HEYNE
JUBILÄUMS
REIHE

In derselben Reihe erschienen außerdem als Heyne-Taschenbücher:

Thriller · Band 50/6
Klinik · Band 50/19
Horror · Band 50/21
Das endgültige Buch der Sprüche und Graffiti · Band 50/26
Sinnlichkeit · Band 50/31
Noch mehr Witze · Band 50/34
Das Buch der Sprüche und Graffiti · Band 50/39
Lust · Band 50/40
Beschwingt & heiter · Band 50/47
Sex · Band 50/50
Deutsche Erzähler des 19. Jahrhunderts · Band 50/52
Sehnsucht · Band 50/53
Körner, Sprossen, Keime · Band 50/57
Glück muß man haben · Band 50/59
Männerwitze · Band 50/62
Zauber der Leidenschaft · Band 50/65
Super-Sex · Band 50/67
Ärzte · Band 50/68
Immer fröhlich, immer heiter · Band 50/69
Alptraum · Band 50/71
Bürosprüche · Band 50/72
Lateinamerikanische Erzähler · Band 50/73
Louisiana · Band 50/74
Samurai · Band 50/76
Obsession · Band 50/77
Ratgeber Bauen und Wohnen · Band 50/79
Viel Vergnügen · Band 50/80
Ekstase · Band 50/81
Österreichische Erzähler · Band 50/82
Ratgeber Versicherung ·Band 50/83
Grauen Pur · Band 50/84
Fröhlich und beschwingt · Band 50/85
Arztpraxis · Band 50/86
Bombenstimmung · Band 50/87
Starke Frauen · Band 50/88
Heiter und so weiter · Band 50/89
Frauenkrimis · Band 50/90
Lachsalven · Band 50/91
Romantische Liebe · Band 50/92
Geheimnisvolles Erbe · Band 50/93
Hinter dem Schleier · Band 50/94
1000 neue Witze zum Totlachen · Band 50/95
Herr Doktor · Band 50/96
Leidenschaftliche Liebe · Band 50/97
Glücklich und zufrieden ·Band 50/98
Crime Ladies · Band 50/99
Die große Liebe · Band 50/100
Psycho · Band 50/101
Tatmotiv: Liebe · Band 50/102
Vergnügliches · Band 50/103
Halbgott in Weiß · Band 50/104
Stürme des Herzens · Band 50/105
König Artus · Band 50/106
Lachen ist ansteckend · Band 50/107
Die Patientin · Band 50/108
Shadorun · Band 50/109
Liebesglück · Band 50/110
Verborgene Zuflucht · Band 50/111
Im Reich der Fantasy · Band 50/112
Bitte lächeln · Band 50/113
U-Boot · Band 50/114
Gefühle · Band 50/115
Thriller spezial · Band 50/116
Hoffnung · Band 50/117
Schwestern · Band 50/118
Notfall · Band 50/119
Liebeserwachen · Band 50/120
Star Trek spezial · Band 50/121
Zärtliches Feuer · Band 50/122
Thriller · Band 50/123
Liebe und Macht · Band 50/124
Macht der Leidenschaft · Band 50/127
Nichts als die Wahrheit · Band 50/128
Rache ist Weiblich · Band 50/129
Akte X · Band 50/130
Männer · Band 50/132
Liebe für ein ganzes Leben · Band 50/133
Mord am Golden Gate · Band 50/134

HEYNE
JUBILÄUMS
REIHE

Liebe

Zwei ergreifende Liebesromane

WILHELM HEYNE VERLAG
MÜNCHEN

HEYNE JUBILÄUMSBÄNDE
Nr. 50/137

Besuchen Sie uns im Internet:
http://www.heyne.de

QUELLENHINWEIS

Nora Roberts SCHATTEN ÜBER DEN WEIDEN/*True Betrayals*

Aus dem Amerikanischen von Nina Heyer
(Der Titel erschien bereits in der Allgemeinen Reihe
mit der Band-Nr. 01/9872.)

Nicole McGehee RAUSCH DES LEBENS/*Regret Not A Moment*

Aus dem Amerikanischen von Cornelia Haenchen
(Der Titel erschien bereits in der Allgemeinen Reihe
mit der Band-Nr. 01/10010.)

Umwelthinweis:
Dieses Buch wurde auf chlor- und säurefreiem Papier gedruckt.

Printed in Germany 1998
Umschlagillustration: Tony Stone Images/Chris Harvey
Umschlaggestaltung: Atelier Ingrid Schütz, München,
Satz: Buch-Werkstatt GmbH, Bad Aibling
Druck und Bindung: Elsnerdruck, Berlin

ISBN 3-453-14049-4

INHALT

NORA ROBERTS

Schatten über den Weiden

Für Phyllis Grann und Leslie Gelbman

1

Als Kelsey den Brief aus ihrem Briefkasten nahm, konnte sie nicht ahnen, daß er von einer Toten stammte. Das cremefarbene Briefpapier, die ordentlich von Hand geschriebene Adresse und der Poststempel des Staates Virginia erschienen ihr so alltäglich, daß sie den Brief einfach mitsamt der restlichen Post auf den alten Teetisch unter ihrem Wohnzimmerfenster legte, während sie aus ihren Schuhen schlüpfte.

Dann ging sie in die Küche und schenkte sich ein Glas Wein ein. Das wollte sie in aller Ruhe genießen, ehe sie ihre Post öffnete. Nicht daß sie den Drink gebraucht hätte, um sich für das Lesen der Post in dem schmalen Umschlag, die Reklamesendungen, die Rechnungen oder die bunte Postkarte, die ihr eine Freundin von einer Urlaubsreise in die Karibik geschickt hatte, zu wappnen.

Das kleine Päckchen, das den Absender ihres Rechtsanwaltes trug, hatte sie aus dem Gleichgewicht gebracht. Es konnte nur ihre Scheidungsunterlagen enthalten; die offizielle Urkunde, die Kelsey Monroe wieder in Kelsey Byden, eine verheiratete Frau, in eine alleinstehende, geschiedene Frau verwandelte.

Sie wußte, daß es töricht war, so zu denken. Schließlich war sie die letzten zwei Jahre mit Wade nur auf dem Papier verheiratet gewesen, fast ebensolange wie ihre Ehe gedauert hatte.

Doch das Dokument besiegelte das Scheitern ihrer Verbindung mit einer lähmenden Endgültigkeit; viel mehr, als dies die tränenreichen Auseinandersetzungen, die Trennung, die Anwaltsgebühren und die juristischen Formalitäten vermocht hatten.

Bis daß der Tod uns scheidet, dachte sie erbittert und nippte an ihrem Wein. Was für ein Unsinn! Wenn dem so wäre, hätte sie im Alter von sechsundzwanzig Jahren dahinscheiden müssen. Statt dessen war sie ausgesprochen lebendig und munter, bei guter Gesundheit und für den Markt der Singles wieder verfügbar.

Allein der Gedanke ließ sie schaudern.

Vermutlich war Wade ausgegangen und feierte zusammen mit seiner hübschen, stets nach der neuesten Mode gekleideten Kollegin Lari aus der Werbeagentur das Ende seiner Ehe. Mit derselben Kollegin, mit der er eine Affäre gehabt hatte; eine Affäre, die, wie er seiner überraschten und vor Wut kochenden Frau erklärte, nichts mit ihr oder ihrer Ehe zu tun hatte.

Seltsamerweise hatte Kelsey die Dinge anders gesehen. Zwar dachte sie weder selbst das Zeitliche zu segnen noch Wade ins Jenseits zu befördern, um eine Trennung zu ermöglichen, doch hatte sie ihr Ehegelübde sehr ernstgenommen. Und Treue stand dabei an erster Stelle.

Nein, nach Kelseys Meinung hatte die lebhafte, zierliche Lari mit dem aerobicgestylten Körper und dem süßen Lächeln sogar ziemlich viel mit ihr zu tun.

Eine zweite Chance hatte es für Wade nicht gegeben. Sein Ausrutscher, wie er es zu formulieren beliebte, sollte sich nicht wiederholen. Kelsey war auf der Stelle aus dem schönen Stadthaus in Georgetown ausgezogen und hatte alles, was sie im Laufe ihrer Ehe zusammen angeschafft hatten, zurückgelassen.

Zwar empfand sie es als demütigend, in das Haus ihres Vaters und ihrer Stiefmutter zurückkehren zu müssen, doch auch ihrem Stolz waren Grenzen gesetzt. Genau wie ihrer Liebe. Und diese Liebe war in dem Moment erloschen, in dem sie Wade und Lari in einer Hotelsuite in Atlanta überrascht hatte.

Eine nette Überraschung, dachte Kelsey höhnisch. Nun, alle drei Beteiligten waren unangenehm berührt gewesen, als sie mit einer Reisetasche und der lächerlich romantischen Vorstellung, das Wochenende mit Wade zu verbringen und ihm so seine Geschäftsreise zu versüßen, in die Suite hereingeschneit war.

Vielleicht war sie ja wirklich streng, unnachgiebig und hartherzig – alles Eigenschaften, derer Wade sie beschuldigt hatte, als sie sich weigerte, die Scheidungsklage zurückzuziehen. Aber dennoch war sie im Recht gewesen, wie Kelsey sich selbst bestärkte.

Sie leerte ihr Glas und ging in das makellos aufgeräumte Wohnzimmer zurück. Nicht ein einziger Stuhl, nicht eine einzige Kerze in dem sonnendurchfluteten Raum stammte aus dem Haus in Georgetown. Eine klare, saubere Trennung. Das hatte sie gewollt, und das hatte sie auch bekommen. Die kühlen Farben hatte sie gewählt, und die Kunstdrucke, von denen sie nun umgeben war, gehörten ausschließlich ihr allein.

Um Zeit zu gewinnen, schaltete sie die Stereoanlage ein und legte eine CD auf. Beethovens Pathétique erfüllte den Raum. Ihr Vater hatte ihre Liebe zur klassischen Musik geweckt; eine ihrer zahlreichen gemeinsamen Interessen. Gemeinsam war ihnen beiden vor allem ein unstillbarer Wissensdurst, und Kelsey wußte, daß sie auf dem besten Wege gewesen war, zur ewigen Studentin zu werden, bis sie ihre erste feste Stelle bei Monroe Associates angetreten hatte.

Sogar während dieser Zeit konnte sie der Versuchung nicht widerstehen, eine Vielzahl von Kursen, angefangen bei Anthropologie bis hin zur Zoologie, zu belegen. Wade hatte sie ausgelacht, offenbar fasziniert und belustigt zugleich über ihre ruhelose Sprunghaftigkeit, die sie von Kurs zu Kurs, von Job zu Job trieb.

Nach der Hochzeit hatte sie bei Monroe gekündigt. Ihr Treuhandvermögen und Wades Einkommen machten einen festen Job überflüssig. Lieber widmete sie sich voll und ganz dem Umbau und der Renovierung ihres neu erworbenen Hauses. Sie hatte Farbe abgekratzt, Fußböden poliert, in staubigen Antiquitätenläden herumgestöbert, um das passende Möbelstück für eine bestimmte Stelle zu finden – und jede Stunde genossen. Den kleinen Hof in einen typischen englischen Garten zu verwandeln bereitete ihr das reinste Vergnügen. Binnen eines Jahres hatte sie das Haus in ein Schmuckstück verwandelt; Zeugnis ihres Geschmacks, ihrer Anstrengungen und ihrer Geduld.

Nun war es nichts weiter als ein Vermögenswert, der zwischen ihr und Wade aufgeteilt werden mußte.

Kelsey ging zurück an die Universität, jenen akademischen Hafen, wo es ihr möglich war, den Alltag für einige Stunden zu vergessen. Nun arbeitete sie dank ihrer kunstgeschichtlichen Kenntnisse halbtags in der National Gallery.

Dabei hatte sie es nicht nötig, ihren Lebensunterhalt zu verdienen. Der Treuhandfonds ihres Großvaters väterlicherseits ermöglichte ihr ein sorgenfreies Leben, so daß es ihr freistand, ihren ständig wechselnden Interessen nachzugehen.

Jetzt war sie also eine unabhängige Frau. Jung, dachte Kelsey, und, mit einem Blick auf den Stapel Post, alleinstehend, mit vielfältigen Kenntnissen, aber ohne fundierte Ausbildung. Wofür sie ihrer Meinung nach die besten Voraussetzungen mitbrachte, nämlich für eine gute Ehe, hatte sich als völliger Fehlschlag erwiesen.

Kelsey atmete vernehmlich aus, ging langsam zu dem Tischchen und tippte mit den Fingerspitzen auf das amtlich aussehende Päckchen. Sie hatte lange, schlanke Finger; Finger, die Klavier spielen und zeichnen konnten. Finger, die gelernt hatten, eine Schreibmaschine zu bedienen, köstliche Mahlzeiten zuzubereiten und einen Computer zu programmieren, und an einem dieser Finger hatte einst ein Ehering gefunkelt.

Kelsey überging den dicken Umschlag und ignorierte die kleine Stimme in ihrem Kopf, die ihr das Wort *Feigling* zuzischelte. Statt dessen griff sie nach einem Brief, dessen Umschlag eine ihrer eigenen verblüffend ähnliche Handschrift trug, kühn geschwungen und gut leserlich. Ohne übergroße Neugier riß sie ihn auf.

Liebe Kelsey, du bist bestimmt überrascht, von mir zu hören.

Als sie weiterlas, verwandelte sich ihr flüchtiges Interesse in Schrecken, der Schrecken in Ungläubigkeit und die Ungläubigkeit in eine Empfindung, die Angst am nächsten kam.

Sie hielt die Einladung von einer Toten in der Hand. Und diese Tote war ihre Mutter.

Solange Kelsey zurückdenken konnte, hatte sie sich in Krisenzeiten stets an ihren Vater gewandt. Die Liebe und das Vertrauen, das sie ihm entgegenbrachte, waren das einzig Beständige an ihrer sonst so unbeständigen Natur. Er war immer für sie da, weniger als ein rettender Hafen im Sturm, sondern eher als jemand, bei dem sie Halt fand, bis der Sturm abebbte.

Ihre frühesten Kindheitserinnerungen galten ihm, seinem angenehmen, ernsten Gesicht, seinen sanften Händen, seiner ruhigen, geduldigen Stimme. Er hatte Schleifen in ihr langes, glattes Haar geflochten oder die hellblonden Strähnen ausgekämmt, während Musik von Bach oder Mozart aus der Stereoanlage klang. Er war es gewesen, der Pflaster auf ihre aufgeschürften Knie klebte, der ihr Lesen und Fahrradfahren beibrachte, der ihre Tränen trocknete.

Kelsey betete ihren Vater an und war ungeheuer stolz auf ihn, als er zum Dekan der Englischen Fakultät der Georgetown University ernannt wurde.

Als er wieder heiratete, verspürte sie keinerlei Eifersucht. Damals war sie achtzehn und froh, daß er jemanden gefunden hatte, den er liebte und mit dem er sein Leben teilen wollte. So räumte sie Candace einen Platz in ihrem Heim und ihrem Herzen ein, heimlich stolz auf ihre Reife und ihr Verständnis. Wer hätte schon so ohne weiteres eine Stiefmutter und einen Stiefbruder im Teenageralter akzeptiert?

Wahrscheinlich hatte sie tief in ihrem Inneren immer gewußt, daß nichts und niemand das Band zwischen ihr und ihrem Vater zerreißen konnte.

Nichts und niemand, dachte sie nun, außer ihrer Mutter, die sie für tot gehalten hatte.

Sie kämpfte sich durch den dichten Berufsverkehr zu dem palastähnlichen Landsitz in Potomac, Maryland. In ihr stritt der Schock über den Betrug ihres Vaters mit einer kalten, nagenden Wut. Sie war ohne Mantel aus ihrem Apartment gestürzt und hatte nicht einmal die Heizung in ihrem Spitfire aufgedreht, doch sie spürte die Kälte des Februarabends kaum. Die innere Erregung hatte ihr Farbe ins Gesicht getrieben und ihre porzellanbleichen Wangen rosig überhaucht.

Kelsey trommelte mit den Fingern auf das Lenkrad, während sie an einer Ampel wartete und ihre ganze Willenskraft darauf konzentrierte, das rote Licht zum Umspringen zu bewegen. Ihre von Natur aus vollen Lippen waren schmal und weiß vor Zorn.

Es brachte nichts, sich mit quälenden Gedanken zu zermürben. Besser, sie dachte gar nicht daran, daß ihre totgeglaubte Mutter am Leben war und nur eine knappe Stunde von ihr entfernt in Virginia lebte. Wenn sie jetzt darüber nachgrübelte, müßte sie wahrscheinlich laut schreien.

Aber als sie die von majestätischen Bäumen gesäumte Straße, in der sie ihre Kindheit verbracht hatte, entlangfuhr und in die Einfahrt des dreistöckigen, im Kolonialstil erbauten Hauses, in dem sie aufgewachsen war, einbog, zitterten ihre Hände.

Das Haus strahlte die Ruhe und den Frieden einer Kirche aus, die Fenster blinkten, die Fassade leuchtete in makellosem Weiß. Kleine, gekräuselte Rauchwolken, die von einem abendlichen Kaminfeuer zeugten, stiegen aus dem Schornstein empor, und die ersten Krokusse kamen zaghaft neben der alten Ulme in vorderen Hof aus dem Boden hervor.

Ein perfektes Haus, inmitten einer perfekten Nachbarschaft, hatte sie stets gedacht. Eine Oase des guten Geschmacks, geschützt und unantastbar, nur wenige Autominuten von Washington, D.C., mit seinem reichhaltigen Angebot an Kultur und Zerstreuungsmöglichkeiten, entfernt. Und mit dem sorgfältig gepflegten Image respektablen Wohlstands.

Kelsey sprang aus dem Wagen, lief zur Vordertür und stieß sie auf. In diesem Haus brauchte sie nicht vorher zu läuten. Als sie durch die in Weiß gehaltene Halle stürmte, kam Candace aus einem Zimmer.

Wie üblich war sie untadelig gekleidet. In ihrem konservativen blauen Wollkleid bot sie das perfekte Bild einer Akademikergattin. Das hellbraune Haar trug sie aus der Stirn gekämmt, und in den Ohrläppchen schimmerten schlichte Perlenohrringe.

»Kelsey, was für eine nette Überraschung! Ich hoffe, du bleibst zum Essen. Wir erwarten Gäste, einige Kollegen von der Universität, und ich kann immer Hilfe …«

»Wo ist er?« unterbrach Kelsey sie schroff.

Verblüfft über den barschen Tonfall zuckte Candace zusammen. Kelsey hatte offenbar wieder eine ihrer Launen. In einer Stunde würde sie das Haus voller Gäste haben, und das letzte, was sie jetzt gebrauchen konnte, war einer der berüchtigten Wutausbrüche ihrer Stieftochter. Unwillkürlich wich sie ein Stück zurück.

»Stimmt etwas nicht?«

»Wo ist Dad?«

»Du bist ja ganz außer dir. Wieder Probleme mit Wade?« Candace winkte ab. »Eine Scheidung ist zwar unerfreulich, Kelsey, aber noch lange kein Weltuntergang. Komm setz dich erst mal.«

»Ich will mich nicht setzen, Candace. Ich will mit meinem Vater reden.« Ihre Hände verkrampften sich. »Also sagst du mir jetzt, wo er ist, oder muß ich ihn suchen?«

»Hi, Schwesterchen!« Channing schlenderte die Treppe herunter. Sein Äußeres war ebenso wie das seiner Mutter, doch seine Abenteuerlust hatte er nach Meinung seiner Mutter nicht von ihr. Obwohl er bereits vierzehn war, als Candace Philip Byden heiratete, hatten seine Gutmütigkeit und sein Sinn für Humor die Situation sehr erleichtert. »Was ist los?« fragte er.

Kelsey zwang sich, tief durchzuatmen, um nicht loszubrüllen. »Wo ist Dad, Channing?«

»Der Prof. hat sich mit dem Vortrag, an dem er gerade feilt, in seinem Arbeitszimmer vergraben.«

Channing hob die Augenbrauen. Auch ihm entgingen die Anzeichen aufkeimender Wut nicht – die blitzenden Augen, die glühenden Wangen seiner Stiefschwester. Manchmal versuchte er in solchen Fällen die Wogen zu glätten, manchmal goß er sogar noch Öl ins Feuer.

»Hey, Kel, du willst doch wohl nicht den ganzen Abend bei diesen Bücherwürmern rumhängen, oder? Wie wär's, wenn wir einen Zug durch ein paar Kneipen machen würden?«

Kelsey schüttelte nur den Kopf und marschierte durch die Halle auf das Arbeitszimmer ihres Vaters zu.

»Kelsey!« rief Candace scharf und verärgert. »Mußt du deine schlechte Laune so deutlich zeigen?«

O ja, dachte Kelsey, als sie die Tür zum Heiligtum ihres Vaters aufriß. *Und ob!*

Ohne einen Ton zu sagen schlug sie die Tür hinter sich zu. In ihrem Inneren brodelte es, böse bittere Worte der Anklage würgten ihre Kehle. Philip saß an seinem geliebten Eichenholzschreibtisch, hinter aufgestapelten Büchern und Akten nahezu verborgen, und hielt einen Stift in seiner knochigen Hand. Von jeher vertrat er die Ansicht, daß man nur dann etwas Sinnvolles produzieren konnte, wenn man den Bezug zum Handschriftlichen nicht verlor, und er weigerte sich daher beharrlich, einen Computer zu benutzen.

Seine Augen hinter der silbergerahmten Brille zeigten jenen eulenhaften Ausdruck, den sie immer annahmen, wenn er der Welt vollkommen entrückt war. Das Licht der Schreibtischlampe glänzte auf seinem kurzgeschnittenen silbergrauen Haar.

»Da ist ja mein Mädchen. Du kommst rechtzeitig, um den Entwurf meiner Abhandlung über Yeats Korrektur zu lesen. Ich fürchte, er ist ein wenig weitschweifig ausgefallen.«

Wie normal, wie alltäglich er wirkt, dachte Kelsey. Als ob nichts wäre, so saß er da, umgeben von seinen Werken der Dichtkunst, in seinem Tweedjacket und der ordentlich gebundenen Krawatte.

Ihre Welt dagegen, deren Mittelpunkt er bildete, war in tausend Stücke zersprungen.

»Sie ist am Leben«, sprudelte es aus Kelsey hervor. »Sie ist am Leben, und du hast mich die ganze Zeit belogen.«

Er wurde sehr blaß und wandte den Blick von ihr ab. Doch für einen Augenblick, Bruchteile von Sekunden nur, hatte Kelsey Furcht und Entsetzen in seinen Augen gesehen.

»Wovon redest du eigentlich, Kelsey?« sagte er, aber er wußte es bereits, wußte es nur zu gut, und er mußte all seine Selbstbeherrschung aufbieten, um den bitteren Tonfall aus seiner Stimme zu verbannen.

»Lüg mich jetzt nicht an!« schrie sie und stürzte auf seinen Schreibtisch zu. »Lüg mich nicht an! Meine Mutter lebt, und du wußtest es! Du wußtest es die ganze Zeit, während du mir weisgemacht hast, sie sei tot.«

Panik durchfuhr Philip. »Wer hat dich denn auf die Idee gebracht?«

»Sie selbst«. Kelsey griff in die Tasche und zog den Brief heraus. »Meine Mutter. Wirst du mir jetzt die Wahrheit sagen?«

»Darf ich mal sehen?«

Kelsey starrte ihn an mit einem Blick, der bis in sein Innerstes zu dringen schien. »Ist meine Mutter tot?«

»Nein. Darf ich den Brief mal sehen?«

»Mehr hast du dazu nicht zu sagen?« Die Tränen, die sie mühsam zurückgehalten hatte, drohten ihr jetzt in die Augen zu steigen. »Nichts weiter als nein? Nach all den Jahren, all den Lügen?«

Nur eine einzige Lüge, dachte er, und bei weitem nicht genug Jahre. »Ich werde mein Möglichstes tun, um dir alles zu erklären, Kelsey. Aber laß mich zuerst den Brief lesen.«

Wortlos reichte sie ihrem Vater den Brief, und da sie es nicht ertragen konnte, ihn zu beobachten, drehte sie sich um und sah durch das schmale Fenster, wie die hereinbrechende Nacht die Dämmerung vertrieb.

Philips Hand zitterte so stark, daß er den Brief auf den Schreibtisch legen mußte. Die Handschrift war unverkennbar. Furchteinflößend. Sorgfältig, Wort für Wort las er das Schreiben.

Liebe Kelsey,

Du bist bestimmt überrascht, von mir zu hören. Aber es schien mir unklug, oder zumindest unfair, schon früher Kontakt mit Dir aufzunehmen. Obwohl ein Anruf persönlicher gewesen wäre, wollte ich Dir Zeit geben. Ein Brief gibt Dir mehr Zeit, Dir über Deine Absichten klarzuwerden.

Als du noch sehr klein warst, hat man Dir erzählt, ich sei gestorben. In gewisser Hinsicht traf das zu, und ich erklärte mich einverstanden, um Dich zu schonen. Doch nun sind zwanzig Jahre vergangen, und Du bist kein Kind mehr. Ich denke, Du hast ein Recht zu erfahren, daß Deine Mutter am Leben ist. Vielleicht wird Dir diese Neuigkeit nicht gefallen. Wie dem auch sein, ich habe mich entschlossen, Kontakt mit Dir aufzunehmen, und ich bereue diese Entscheidung nicht.

Wenn Du mich sehen willst oder einfach nur Fragen hast, die der Klärung bedürfen, dann bist Du herzlich willkommen. Ich lebe auf der Three-Willows-Farm, etwas außerhalb von Bluemont, Virginia. Diese Einladung gilt unbegrenzt, und wenn Du Dich entschließen solltest, ihr zu folgen, würde ich mich freuen, Dich bei mir zu haben, so lange Du willst. Wenn ich nichts von Dir höre, entnehme ich daraus, daß Du keinen Kontakt mit mir wünschst. Ich hoffe aber, daß die Neugier, die Dich schon als Kind angetrieben hat, dazu bringt, mit mir zu sprechen.

Deine
Naomi Chadwick

Naomi. Philip schloß die Augen. Großer Gott, Naomi.

Beinahe dreiundzwanzig Jahre war es her, seit er sie das letzte Mal gesehen hatte, doch er konnte sich mit schmerzhafter Deutlichkeit an sie erinnern. An das Parfüm, das sie benutzt hatte und das ihn immer an dunkles Moos und Gräser denken ließ, an ihr helles, ansteckendes Lachen, das seine Wirkung auf andere Menschen nie verfehlte, an ihr silbrigblondes Haar, das ihr wie ein Wasserfall den Rücken hinunterfloß, an die dunklen Augen und den schlanken Körper.

Die Erinnerung war so lebhaft, daß Philip meinte, sie leibhaftig vor sich zu sehen, als er die Augen wieder öffnete. Sein Magen zog sich zusammen, teils vor Furcht, teils vor lang unterdrücktem Verlangen.

Aber es war Kelsey, die hochaufgerichtet vor ihm stand und ihm den Rücken zukehrte.

Wie war es nur möglich, daß er Naomi vergessen hatte, fragte er sich, wo er doch nur ihre Tochter ansehen mußte, um ihr Ebenbild vor sich zu haben.

Philip erhob sich und schenkte sich aus einer Kristallkaraffe einen Whisky ein, der eigentlich nur für Besucher gedacht war. Er selbst rührte kaum etwas Stärkeres an als ein kleines Glas Brombeerwein. Doch jetzt brauchte er einen Whisky, um seine zitternden Hände zu beruhigen.

»Was hast du nun vor?« wollte er von seiner Tochter wissen.

»Ich habe mich noch nicht entschieden.« Sie wandte ihm weiterhin den Rücken zu. »Das hängt zum großen Teil davon ab, was du mir erzählst.«

Philip wünschte, er könnte zu ihr gehen und sie in den Arm nehmen. Aber im Moment würde sie diese Geste nicht zulassen. Er wünschte, er könnte in seinen Stuhl sinken und das Gesicht in den Händen vergraben, doch das wäre nutzlos und zudem ein Zeichen von Schwäche.

Am meisten jedoch wünschte er, er könnte die Zeit um dreiundzwanzig Jahre zurückdrehen und etwas, irgend etwas tun, um den unaufhaltsamen Lauf des Schicksals, das jetzt sein Leben zerstörte, abzuwenden.

Doch auch das war unmöglich.

»Es ist nicht einfach, Kelsey.«

»Lügengewebe sind meistens kompliziert.«

Kelsey drehte sich um, und Philips Finger schlossen sich unwillkürlich fester um das Kristallglas. Sie sah Naomi so ähnlich mit ihrem nachlässig gebundenem hellen Haar, den dunklen Augen, der vor Erregung geröteten Haut ihres zarten Gesichts. Manche Frauen sahen dann am besten aus, wenn sie ihr Temperament kaum noch zügeln konnten.

Naomi hatte zu diesen Frauen gehört. Genau wie ihre Tochter.

»In all den Jahren hast du mich angelogen, nicht wahr, Vater?« fuhr Kelsey fort. »Du hast gelogen, Großmutter hat gelogen, sie hat gelogen.« Sie deutete auf den Brief auf dem Schreibtisch. »Und wenn dieser Brief nicht gekommen wäre, dann hättest du mich auch weiterhin angelogen.«

»Das ist richtig. Solange ich es für das beste für dich gehalten hätte.«

»Das beste für mich? Wie könnte es das beste für mich sein, meine Mutter für tot zu halten? Wie kann überhaupt eine Lüge das beste für jemanden sein?«

»Du warst dir schon immer so sicher, was richtig und was falsch ist, Kelsey. Eine bemerkenswerte Eigenschaft.« Er hielt inne und trank einen Schluck. »Und eine sehr erschreckende. Schon als Kind hattest du fest umrissene Moralvorstellungen. Für gewöhnliche Sterbliche ist es schwierig, da mitzuhalten.«

In Kelseys Augen loderte es. Das ähnelte stark dem, was ihr auch Wade immer vorgeworfen hatte. »Also ist es meine Schuld?«

»Nein, nein.« Er schloß die Augen und rieb sich geistesabwesend die Stirn. »Nichts davon ist deine Schuld, aber du warst der Anlaß für alles.«

»Philip!« Nach kurzem Klopfen öffnete Candace die Tür zum Arbeitszimmer. »Die Dorsets sind da.«

Er zwang sich zu einem gequälten Lächeln: »Kümmere du dich um sie, Liebes. Ich habe noch etwas mit Kelsey zu besprechen.«

Candace warf ihrer Stieftochter einen Blick zu, in dem sowohl Mißbilligung als auch Resignation lag. »Na gut, aber bitte nicht so lange. Um sieben Uhr ist das Essen fertig. Kelsey, soll ich noch ein Gedeck auflegen?«

»Nein, danke, Candace. Ich bleibe nicht.«

»Gut, aber halte bitte deinen Vater nicht so lange auf.« Sachte zog sie die Tür hinter sich zu.

Kelsey holte tief Atem und straffte sich. »Weiß sie Bescheid?«

»Ja. Ich mußte es ihr sagen, ehe wir heirateten.«

»Du mußtest es ihr sagen«, wiederholte Kelsey, »mir aber nicht.«

»Die Entscheidung ist mir nicht leichtgefallen. Keinem von uns ist sie leichtgefallen. Aber sowohl Naomi als auch deine Großmutter und ich wollten das Beste für dich. Du warst erst drei Jahre alt, Kelsey. Fast noch ein Baby.«

»Ich bin schon seit einiger Zeit erwachsen, Dad. Ich war inzwischen verheiratet und bin geschieden.«

»Du ahnst ja gar nicht, wie schnell die Zeit vergeht.« Philip setzte sich wieder und drehte das Glas in seiner Hand. Er hatte gehofft, daß dieser Augenblick niemals kommen würde. Sein Leben verlief in ruhigen Bahnen, und er wollte sich nicht wieder einem Wechselbad der Gefühle aussetzen. Doch er erinnerte sich gut, daß Naomi nicht viel für ein geregeltes Leben übriggehabt hatte.

Genausowenig wie Kelsey. Und nun war die Stunde der Wahrheit gekommen.

»Ich habe dir ja schon erzählt, daß deine Mutter zu meinen Studenten gehörte. Sie war jung, bildhübsch und sprühte vor Leben. Ich habe nie so richtig begriffen, was sie eigentlich an mir fand. Alles ging sehr schnell. Sechs Monate nachdem wir uns kennengelernt hatten, heirateten wir. Keiner von uns beiden konnte in dieser kurzen Zeit feststellen, wie grundverschieden wir waren. Wir lebten in Georgetown. Beide kamen wir, wie man so schön sagt, aus gutem Hause, aber in ihr brannte ein Freiheitsdrang, der mir fremd war. Eine Art ungebändigter Lebensgier, ein Hunger nach Menschen, Dingen, Orten. Und dann gab es da natürlich ihre Pferde.«

Um die schmerzliche Erinnerung zu lindern, trank er einen weiteren Schluck. »Ich glaube, es waren in erster Linie die Pferde, die zwischen uns standen, uns entfremdeten. Nach deiner Geburt wollte sie um jeden Preis zurück auf die Farm in Virginia. Sie wollte, daß du dort aufwächst. Meine Wünsche und Hoffnungen für die Zukunft lagen hier. Ich schrieb damals an meiner Doktorarbeit und hatte bereits den Dekansposten der Englischen Fakultät im Auge. So schlossen wir einen Kompromiß, und ich fuhr eine Zeitlang jedes freie Wochenende nach Virginia, doch das war zuwenig. Man könnte sagen, wir lebten uns auseinander.«

Vorsichtig umschrieben, dachte er, und starrte in sein Glas, mit Sicherheit eine weniger schmerzhafte Formulierung. »Wir beschlossen, uns scheiden zu lassen. Sie wollte dich bei sich in Virginia haben. Ich aber fand, du gehörtest nach Georgetown, zu mir. Ich verstand weder die Leute, mit denen sie verkehrte, die Pferdenarren und die Jockeys, noch interessierten sie mich. Wir fochten einen erbitterten Kampf aus und schalteten schließlich Anwälte ein.«

»Ein Sorgerechtsprozeß?« Überrascht schaute Kelsey ihren Vater an. »Ihr habt um das Sorgerecht gestritten?«

»Eine häßliche Geschichte, viel schmutzige Wäsche wurde dabei gewaschen. Daß zwei Menschen, die sich einmal geliebt und ein Kind miteinander haben, zu Todfeinden werden können, spricht nicht gerade für den menschlichen Charakter.« Wieder schaute er hoch und blickte ihr schließlich voll ins Gesicht. »Nicht daß ich auf mein Handeln stolz bin, Kelsey, doch ich fühlte mit Bestimmtheit, daß du bei mir besser aufgehoben warst als bei ihr. Sie traf sich bereits mit anderen Männern, und man erzählte, daß einer von ihnen Verbindungen zum organisierten Verbrechen habe. Eine Frau wie Naomi zog Männer unwiderstehlich an. Es kam mir so vor, als ob sie mit ihren Galanen angeben wollte, mit den Partys, mit ihrer Lebensweise, um mich und den Rest der Welt herauszufordern. Man sollte ruhig schlecht von ihr denken, sie tat jedenfalls, was sie wollte.«

»Du hast also gewonnen«, entgegnete Kelsey ruhig. »Du hast den Prozeß gewonnen, mich dazu, und dann hast du dich entschlossen, mir zu sagen, sie sei tot.« Wieder wandte sie sich ab und blickte in das dunkle Fenster, in dem sie den Geist ihrer selbst erkennen konnte. »In den siebziger Jahren haben sich noch mehr Menschen scheiden lassen. Kinder sind damit fertig geworden. Es gibt so etwas sie Besuchsrecht. Man hätte mir erlauben müssen, sie zu sehen.«

»Sie wollte das nicht. Ich ebensowenig.«

»Warum? Weil sie mit einem ihrer Kerle durchgegangen ist?«

»Nein.» Philip setzte vorsichtig sein Glas auf einem dünnen Silbertablett ab. »Weil sie einen von ihnen umgebracht hat, und weil sie wegen Mordes zu zehn Jahren Gefängnis verurteilt worden ist.«

Ganz langsam drehte Kelsey sich um. »Mord? Du willst mir erzählen, daß meine Mutter eine Mörderin ist?«

»Ich hatte gehofft, daß ich das nie tun müßte.« Er stand auf, überzeugt, daß in der plötzlichen Stille das Knacken seiner Knochen zu hören war. »Du warst bei mir. Gott sei Dank warst du in der Nacht, in der es passierte, bei mir und nicht auf der Farm. Sie erschoß ihren Liebhaber, einen Mann namens Alec Bradley. In ihrem Schlafzimmer kam es zu einer Auseinandersetzung, da nahm sie eine Pistole aus ihrer Nachttischschublade und tötete ihn. Damals war sie sechsundzwanzig, so alt wie du jetzt. Sie wurde des Totschlags für schuldig befunden. Das letzte Mal sah ich sie im Gefängnis. Sie sagte, es sei ihr lieber, du würdest sie für tot halten, und wenn ich mich damit einverstanden erklärte, würde sie nie wieder Kontakt zu dir suchen. Bis heute hat sie ihr Wort gehalten.«

»Ich verstehe das alles nicht.« Kelsey wurde schwindlig, und sie preßte die Hände gegen die Augen.

»Ich hätte dir das gern erspart.« Liebevoll faßte Philip ihre Handgelenke und drückte ihre Hände nach unten, damit er ihr ins Gesicht sehen konnte. »Wenn es falsch war, dich beschützen zu wollen, gut, dann war ich vielleicht im Unrecht, aber ich werde mich nicht dafür entschuldigen. Ich liebte dich, Kelsey. Dafür kannst du mich doch nicht hassen.«

»Nein, ich hasse dich ja nicht.« Aus alter Gewohnheit lehnte sie den Kopf an seine Schulter und blieb so stehen, während sich die Gedanken in ihrem Kopf überschlugen. »Ich muß nachdenken. Es erscheint mir alles so unwirklich. Ich kann mich noch nicht einmal an sie erinnern, Dad.«

»Du warst noch zu klein«, murmelte er erleichtert. »Aber glaub mir, du siehst ihr unwahrscheinlich ähnlich. Es ist beinahe gespenstisch. Deine Mutter war eine lebenssprühende, faszinierende Frau, trotz all ihrer Fehler.«

Wozu unter anderem ein Gewaltverbrechen gehörte, dachte Kelsey. »Ich habe noch so viele Fragen. Ich kann einfach keinen klaren Gedanken fassen.«

»Bleib doch über Nacht hier. Sobald ich mich loseisen kann, reden wir weiter.«

Der Gedanke war verlockend, sich in die Geborgenheit ihres alten Zimmers zurückzuziehen und sich von ihrem Vater den Kummer und die Sorgen vertreiben zu lassen, so, wie er es von jeher getan hatte.

»Nein, ich will nach Hause«, sagte sie und wandte sich ab, um nicht doch noch schwach zu werden. »Ich muß eine Weile allein sein. Candace ist schon nicht gut auf mich zu sprechen, weil ich dich von euren Gästen fernhalte.«

»Sie wird das verstehen.«

»Natürlich. Du kümmerst dich jetzt besser um deine Gäste. Ich gehe lieber hinten raus, ich möchte keinem in die Arme laufen.«

Die hitzige Röte ihrer Wangen war verblaßt, und ihr Gesicht wirkte jetzt bleich und abgespannt. »Kelsey, ich wünschte, du würdest hierbleiben«, sagte ihr Vater.

»Es geht mir gut, wirklich. Ich muß das alles nur erst verarbeiten. Wir reden später darüber. Schau du jetzt nach deinen Gästen.« Als

Zeichen der Vergebung gab sie ihrem Vater einen Kuß. Als sie allein im Zimmer war, ging sie zum Schreibtisch und schaute nachdenklich auf den Brief, faltete ihn dann zusammen und steckte ihn wieder in ihre Tasche.

Welch ein Tag, dachte sie. Sie hatte einen Ehemann verloren und eine Mutter gewonnen.

2

Manchmal war es am besten, einem Impuls zu folgen. Nun, vielleicht nicht gerade am besten, korrigierte sich Kelsey, als sie die Route 7, die durch die Berge Virginias führte, westwärts fuhr – aber äußerst befriedigend.

Wahrscheinlich wäre es klüger gewesen, noch einmal mit ihrem Vater zu reden, alles noch einmal gründlich zu überdenken. Doch Kelsey hatte sich entschieden, einfach ins Auto zu steigen und zur Three-Willows-Farm zu fahren, um die Frau zur Rede zu stellen, die sich zwei Jahrzehnte lang totgestellt hatte.

Meine Mutter, dachte Kelsey, die Mörderin.

Um das häßliche Bild zu verscheuchen, drehte sie das Radio auf; Rachmaninoff erklang. Es war ein herrlicher Tag für eine Autofahrt, hatte sie sich immer wieder eingeredet, seit sie am Morgen eilig ihr einsames Apartment verlassen hatte. Und auch als sie die Karte studierte, um den schnellsten Weg nach Bluemont zu finden, hatte sie sich das Ziel ihrer Fahrt nicht eingestanden.

Niemand wußte, daß sie kam. Niemand wußte, wo sie hingefahren war.

Das war Freiheit! Sie trat das Gaspedal durch, genoß die Geschwindigkeit, den kühlen Windzug, der durch die Fenster wehte, und die kraftvolle Musik. Sie konnte tun, was sie wollte, mußte niemandem Rede und Antwort stehen. Jetzt war es an ihr, Fragen zu stellen.

Allerdings hatte sie sich entschieden sorgfältiger gekleidet, als es ein Ausflug aufs Land erforderte. Der pfirsichfarbene Seidenblazer mit dazu passender Hose schmeichelte ihrem Teint, und der schmale Schnitt unterstrich ihre schlanke Figur.

Schließlich wollte sie, wenn sie ihre Mutter traf, gut aussehen. Sie hatte ihr Haar zu einem komplizierten Zopf geflochten und mehr Zeit als sonst auf ihr Make-up verwandt.

All diese Vorbereitungen hatten ihr geholfen, sich etwas zu beruhigen. Doch je näher sie Bluemont kam, desto nervöser wurde sie.

Noch konnte sie ihre Meinung ändern, sagte sich Kelsey, als sie vor einem kleinen Laden anhielt. Nach dem Weg nach Three Willows zu fragen hieß noch lange nicht, daß sie auch dorthin fahren mußte. Wenn sie wollte, brauchte sie nur zu wenden, um nach Maryland zurückzukehren.

Oder sie konnte einfach weiterfahren, Virginia durchqueren und sich in westlicher Richtung halten. Oder vielleicht östlich, zur Küste. Sie mochte es, aus einer Laune heraus ins Auto zu springen und loszufahren, immer der Nase nach. So hatte sie einmal kurz entschlossen ein Wochenende in einer kleinen Pension an der Ostküste verbracht, nachdem sie Wade verlassen hatte.

Dort könnte sie wieder hinfahren, überlegte sie. Ein Anruf bei ihrem Arbeitgeber, ein Stopp an einem Einkaufszentrum, um sich ein paar Kleider zu besorgen, das genügte schon.

Schließlich lief sie ja vor nichts davon, sie brauchte einen Tapetenwechsel.

Aber warum kam es ihr dann so vor, als würde sie davonlaufen?

Der kleine Laden war mit Regalen, Milchkannen und Werkzeugen, die an der Wand hingen, derart vollgestopft, daß drei Kunden kaum Platz gehabt hätten. Hinter der Theke stand ein alter Mann, kahl wie eine Billardkugel, mit einer qualmenen Zigarette im Mundwinkel. Durch eine Rauchwolke schielte er zu Kelsey.

»Können Sie mir sagen, wie ich zur Three-Willows-Farm komme?«

Mit vom Rauch geröteten Augen musterte er sie einen Augenblick lang fragend: »Woll'n Sie zu Miß Naomi?«

Kelsey schaute ihn mit einem Blick an, den ihre Großmutter immer angewandt hatte, wenn sie den Fragesteller in seine Schranken weisen wollte, und wiederholte: »Ich suche die Three-Willows-Farm. Sie muß hier in der Nähe liegen.«

»Allerdings.« Der Mann grinste sie an, wobei seine Zigarette im Mundwinkel kleben blieb, und sagte: »Sie fahren diese Straße ein Stück weiter, sagen wir mal, zwei Meilen. Da steht 'n weißer Zaun, wo Sie links abbiegen müssen, auf die Chadwick Road. Dann fahr'n Sie noch mal fünf Meilen oder so, an Longshot vorbei. Könn' Sie gar nicht verfehlen, hat so 'n großes Eisentor, wo der Name draufsteht. An der nächsten Abzweigung steh'n zwei Steinpfosten mit sich aufbäumenden Pferden drauf. Das ist Three Willows.«

»Vielen Dank.«

Er sog den Rauch tief ein und stieß ihn dann wieder aus. »Sie heißen nicht zufällig Chadwick, oder?«

»Zufällig nicht.« Kelsey verließ den Laden und ließ die Tür hinter sich zufallen. Sie spürte förmlich die Blicke des Alten in ihrem Rücken und war erleichtert, als sie wieder im Auto saß.

Verständlich, dachte sie. In einer kleinen Stadt wurden Fremde immer neugierig betrachtet. Trotzdem hatte ihr die Art, wie der Mann sie angestarrt hatte, nicht gefallen.

An dem weißen Zaun bog sie links ab und fuhr aus der Stadt heraus. Die Gegend wurde ländlicher, die Häuser standen weiter voneinander entfernt, und auf den Hügeln hatte sich bereits das erste Grün des Frühlings gegen den Winter behauptet. Pferde mit im Wind wehenden Mähnen grasten auf der Weide, Stuten mit dickem Winterfell knabberten genüßlich an den Halmen, während ihre Fohlen auf spindeldürren Beinen um sie herumtobten. Hier und da waren bereits Felder für die Frühsaat umgepflügt; braune Flecken inmitten der grünen Landschaft.

Bei Longshot verlangsamte sie ihre Fahrt. Longshot war keine Straße, wie sie vermutet hatte, sondern eine Farm. Der Name an dem geschwungenen Eisentor stach einem förmlich ins Auge. Dahinter führte ein langgezogener Schotterweg zu einem aus Zedernholz und Stein erbauten Haus, das mitten auf einem Hügel stand. Es war ein schönes Haus, das das Gebiet beherrschte, in dem es stand, und von den Terrassen mußte man einen atemberaubenden Blick über das Land haben.

Den Weg säumten Ulmen, die sicher älter waren als das Haus, das, geradezu anmaßend modern, seine Umgebung zu beherrschen schien.

Kelsey blieb eine Weile still im Auto sitzen. Nicht weil sie die reizvolle Architektur oder die schöne Landschaft bewundern wollte, sondern weil sie wußte, daß es kein Zurück mehr geben würde, wenn sie dieser Straße weiter folgte.

Longshot war also eine Art Grenzpunkt. Eine angemessene Bezeichnung, fand Kelsey, schloß die Augen und zwang sich zur Ruhe. Sie mußte sich vernünftig verhalten. Es würde kein Zusammentreffen geben, bei dem sie sich ihrer totgeglaubten Mutter weinend in die Arme warf.

Sie waren Fremde, die Zeit brauchten, um zu entscheiden, ob sich das ändern sollte. Nein, berichtigte Kelsey sich, *sie* würde diese Entscheidung treffen. Sie wollte keine Zuneigung, sie wollte noch nicht einmal Entschuldigungen hören. Sie war nur hier, um Antworten auf brennende Fragen zu bekommen.

Und die bekäme sie nicht, ermahnte sich Kelsey selbst, wenn sie nicht weiterfuhr.

Feigheit war noch nie eine ihrer Charaktereigenschaften gewesen, sagte sich Kelsey, als sie den Wagen startete. Dennoch waren ihre Hände eiskalt, als sie das Steuer umklammerte und den Wagen zwischen den steinernen Pfosten hindurch die Auffahrt entlang zum Haus ihrer Mutter lenkte.

Im Sommer schirmten die drei hohen Weiden, nach denen die Farm benannt worden war, das Haus ab. Jetzt zeigte sich ein erstes zaghaftes Grün, Bote des nahen Frühlings, auf den gebogenen Zweigen. Dahinter sah Kelsey weiße dorische Säulen, Dachträger einer großen Veranda, die sich vor dem dreistöckigen Gebäude im alten Plantagenstil befand. Sehr feminin, dachte Kelsey, fast einer Königin würdig und bezaubernd wie die Epoche, in deren Stil das Anwesen gebaut war.

In einigen Wochen würde der Garten in einem Farbenmeer explodieren. Kelsey sah das Bild vor sich, hörte das Summen der Bienen und das Zwitschern der Vögel und roch sogar fast den Duft von Flieder und Glyzinien.

Unwillkürlich richtete sie den Blick auf die Fenster des oberen Stockwerks. Welcher Raum ist es, fragte sie sich, in dem der Mord begangen worden war.

Ein Schauer lief ihr über den Rücken, als sie den Motor abstellte. Ursprünglich hatte sie direkt zur Vordertür gehen und energisch anklopfen wollen, doch statt dessen ging sie langsam zu einer Seite des Hauses, von dem hohe Glastüren in einen gepflasterten Hof führten.

Von hier aus konnte sie einige Nebengebäude sehen; gepflegte Stallungen und eine Scheune, die beinahe so stattlich wie das Haus wirkte. In der Ferne, wo sich die Berge über das Land erhoben, erkannte sie grasende Pferde und das schwache Glitzern von Wasser in der Sonne.

Auf einmal schob sich eine andere Szene über dieses Bild. Bienen summten, Vögel sangen, die Sonne brannte, und der süße, intensive Duft von Rosen hing in der Luft. Jemand schwang sie lachend hoch und immer höher, bis sie den starken, sicheren Rücken eines Pferdes unter sich spürte.

Kelsey preßte eine Hand vor den Mund, um einen leisen Schreckenslaut zu unterdrücken. Sie erinnerte sich nicht an diesen

Ort, konnte sich gar nicht daran erinnern. Ihre Fantasie ging mit ihr durch, das war alles. Fantasie gepaart mit Nervosität.

Dennoch hätte sie schwören können, ein Lachen gehört zu haben, ein wildes, freies Lachen.

Wärmesuchend schlang sie die Arme um ihren Körper und trat einen Schritt zurück. Sie sollte ihren Mantel anziehen, sagte sie sich. Sie mußte lediglich ihren Mantel aus dem Auto holen. Doch in diesem Moment kamen ein Mann und eine Frau um die Ecke, Arm in Arm.

Die beiden in Sonnenlicht getauchten Gestalten wirkten so überirdisch schön, daß Kelsey einen Augenblick lang meinte, sie seien gleichfalls ein Produkt ihrer Fantasie.

Der Mann war hochgewachsen und bewegte sich mit jener geschmeidigen Anmut, die manchen Männern eigen war. Sein dunkles windzerzaustes Haar kräuselte sich ungebärdig über dem Kragen eines ausgeblichenen Flanellhemdes. Seine dunkelblauen Augen in dem kantigen Gesicht weiteten sich kurz in einem Anflug leiser Überraschung.

»Naomi«, seine Stimme klang tief und leicht gedehnt, »du hast Besuch.«

Die Beschreibungen ihres Vaters hatten sie in keiner Weise auf das vorbereitet, was sie nun sah. Ihr war, als blickte sie in einen Spiegel und sähe ihr gealtertes Ebenbild. Einen Augenblick lang glaubte sie, ohnmächtig zu werden.

Naomis Hand schloß sich fest um den Arm ihres Begleiters; eine automatische Reaktion, derer sie sich nicht bewußt war. »Ich dachte nicht, daß ich so schnell von dir hören würde, geschweige denn, daß ich dich leibhaftig vor mir sehen würde.« Die Jahre hatten sie gelehrt, wie nutzlos Tränen sein konnten, und so blieben ihre Augen trocken, als sie ihre Tochter ansah. »Wir wollten gerade Tee trinken. Laß uns hineingehen.«

»Ich komme später noch einmal wieder«, sagte Naomis Begleiter, Gabriel Slater, doch Naomi klammerte sich an ihm fest, als sei er ihr Schutzschild.

»Das ist nicht nötig.« Wie aus weiter Ferne hörte Kelsey ihre eigene Stimme, »ich kann nicht lange bleiben.«

»Dann komm wenigstens rein. Wir wollen deine Zeit nicht verschwenden.«

Naomi führte sie durch die Terrassentüren in ein Wohnzimmer, das genauso hübsch und gepflegt war wie seine Bewohnerin. Ein kleines Feuer flackerte im Kamin, um die winterliche Kälte zu vertreiben.

»Setz dich doch, mach's dir gemütlich. Ich kümmere mich gleich um den Tee«, sagte Naomi, warf Gabe einen raschen Blick zu und verließ schnell den Raum.

Der Mann hatte offenbar gelernt, schwierige Situationen zu beherrschen. Er setzte sich, zog eine Zigarre hervor und schenkte Kelsey ein charmantes Lächeln. »Naomi ist ein bißchen verwirrt.«

Kelsey hob eine Braue. Die Frau war ihr eher kühl und gefaßt vorgekommen. »Ist sie das?«

»Nur zu verständlich, würde ich sagen. Sie haben ihr einen Schock versetzt. Ich selbst dachte, mich trifft der Schlag.« Er zündete sich die Zigarre an und fragte sich, ob sich Kelsey trotz der angespannten Nervosität, die er in ihren Augen las, hinsetzen würde. »Ich bin Gabe Slater, ein Nachbar. Und Sie sind Kelsey.«

»Woher wollen Sie das wissen?«

Wie eine Königin, die mit einem Untertan spricht, dachte er. Ein Tonfall, der normalerweise jeden Mann reizen mußte, besonders einen wie Gabriel Slater. Doch er ließ es ihr durchgehen.

»Ich weiß, daß Naomi eine Tochter namens Kelsey hat, die sie schon eine ganze Zeit lang nicht mehr gesehen hat. Und für ihre Zwillingsschwester sind Sie ein bißchen zu jung.« Er streckte die Beine in den Reitstiefeln aus und legte die Füße übereinander. Beide wußten, daß er langsam den Blick von ihr abwenden sollte. Und er wußte, daß er es nicht tun würde.

»Sie könnten die Hoheitsvolle noch viel wirkungsvoller spielen, wenn sie sich setzen und ganz entspannen würden.«

»Ich stehe lieber.« Kelsey ging zum Feuer, in der Hoffnung, es würde sie ein wenig wärmen.

Gabe zuckte nur mit den Achseln und lehnte sich zurück. Schließlich ging ihn das Ganze nichts an. Es sei denn, sie würde Naomi verletzen. Aber im allgemeinen konnte sich Naomi ganz gut selbst helfen. Noch nie hatte er eine so tatkräftige, unverwüstliche Frau kennengelernt. Dennoch hatte er sie zu gern, um zuzulassen, daß irgend jemand, und sei es ihre eigene Tochter, ihr weh tat.

Auch interessierte es ihn wenig, daß Kelsey offenbar entschlossen war, seine Anwesenheit zu ignorieren. Lässig zog er an seiner Zigarre und genoß ihren Anblick. Die abweisende Haltung verdarb den angenehmen Gesamteindruck keinesfalls, er fand, daß sie sogar einen reizvollen Gegensatz zu den langen, schlanken Beinen und dem herrlichen Haar bildeten. Gabe fragte sich, wie leicht sie wohl aus dem Gleichgewicht zu bringen sei und ob sie lange genug bliebe, damit er sie auf die Probe stellen konnte.

»Der Tee kommt gleich.« Etwas gelassener kam Naomi wieder ins Zimmer. Ihr Blick ruhte auf ihrer Tochter, und ihr Lächeln wirkte aufgesetzt. »Das alles muß furchtbar unangenehm für dich sein, Kelsey.«

»Nicht jeden Tag steht die Mutter von den Toten auf. War es wirklich notwendig, mich in dem Glauben zu lassen, du seiest tot?«

»Damals schien es mir so. Ich befand mich in einer Situation, in der mein eigenes Überleben Vorrang hatte.« Naomi nahm Platz. In ihrem maßgeschneiderten, sandfarbenen Reitkostüm wirkte sie kühl und gefaßt. »Ich wollte nicht, daß du mich im Gefängnis besuchst. Außerdem hätte dein Vater das nie zugelassen. Also mußte ich mich damit abfinden, zehn oder fünfzehn Jahre von deinem Leben ausgeschlossen zu sein.«

Ihr Lächeln wirkte plötzlich spröde. »Wie hätten denn die Eltern deiner Freunde reagiert, wenn du ihnen erzählt hättest, daß deine Mutter wegen Mordes im Gefängnis sitzt? Ich glaube nicht, daß du sehr beliebt gewesen wärst. Oder sehr glücklich.«

Naomi hörte auf zu sprechen und blickte zur Tür, durch die eine Frau mittleren Alters in einer grauen Uniform mit weißer Schürze einen Teewagen hereinschob. »Da ist ja Gertie. Du erinnerst dich doch noch an Kelsey, Gertie?«

»Sicher, Ma'am.« Die Augen der Frau füllte sich mit Tränen. »Das letzte Mal waren Sie fast noch ein Baby. Sie bettelten immer um Plätzchen.«

Kelsey schwieg. Was sollte sie der Fremden mit den feuchten Augen auch erwidern? Naomi legte eine Hand über die Gerties und drückte sie liebevoll. »Wenn Kelsey das nächste Mal kommt, mußt du welche backen. Danke, Gertie, ich schenke selbst ein.«

»Ja, Ma'am.« Schniefend wandte sich Gertie ab, doch dann drehte sie sich noch einmal um. »Sie sieht aus wie Sie, Miß Naomi. Ganz genauso.«

»Ja«, bestätigte Naomi weich und blickte zu ihrer Tochter. »Das tut sie.«

»Ich erinnere mich nicht an sie.« Kelseys Stimme klang feindselig, als sie zwei Schritte auf ihre Mutter zutrat. »Und an dich auch nicht.«

»Damit habe ich auch nicht gerechnet. Möchtest du Zucker? Zitrone?«

»Soll das eine Filmszene werden?« fauchte Kelsey, »Mutter und

Tochter versöhnen sich beim Tee. Erwartest du von mir, daß ich einfach hier sitze und mit dir Assamtee schlürfe?«

»Es ist Earl Grey, glaube ich. Und um die Wahrheit zu sagen, Kelsey, ich weiß nicht, was ich erwarte. Wut vermutlich. Du hast ein Recht, wütend zu sein. Anschuldigungen, Forderungen, Schuldzuweisungen.« Mit überraschend ruhigen Händen reichte Naomi Gabe eine Tasse. »Ehrlich gesagt, glaube ich, daß alles, was du sagst oder tust, gerechtfertigt ist.«

»Warum hast du mir geschrieben?«

Um ihre Gedanken ordnen zu können, füllte Naomi eine weitere Tasse. »Das hatte viele Gründe, einige davon sind egoistisch, andere nicht. Ich hoffte, du wärst neugierig genug, mich sehen zu wollen, du warst schon als Kind neugierig, und außerdem wußte ich, daß du gerade eine schwierige Zeit durchmachst.«

»Wie kannst du irgend etwas über mein Leben wissen?«

Naomis Blick war ebenso unergründlich wie der Rauch, der vom Kaminfeuer aufstieg. »Du hast mich für tot gehalten, Kelsey, ich dagegen wußte, daß du quicklebendig warst. Also habe ich dein Leben verfolgt. Das war mir sogar vom Gefängnis aus möglich.«

In Kelsey stieg nackte Wut hoch, und sie mußte den Drang niederkämpfen, den Teewagen mit dem zarten Porzellan durch den Raum zu stoßen. Welche Wonne ihr das bereiten würde! Aber gleichzeitig würde sie sich zum Narren machen, und nur dieser Gedanke hielt sie davon ab, einen Tobsuchtsanfall zu bekommen.

Gabe nippte an seinem Tee und schaute zu, wie sie um Selbstbeherrschung rang. Reizbar, entschied er, leidenschaftlich, aber klug genug, sich zurückzuhalten. Vielleicht war sie ihrer Mutter ähnlicher, als beide ahnten.

»Du hast mir nachspioniert.« Kelsey schleuderte ihr die Worte förmlich entgegen. »Wen hast du dazu angeheuert? Einen Privatdetektiv?«

»Es war bei weitem nicht so melodramatisch. Mein Vater hat dein Leben verfolgt, solange er konnte.«

»Dein Vater.« Kelsey ließ sich niedersinken. »Mein Großvater.«

»Ja. Vor fünf Jahren ist er gestorben. Deine Großmutter starb ein Jahr nach deiner Geburt, und ich war ein Einzelkind. Somit sind dir Tanten, Onkel und Neffen erspart geblieben. Nun weiter. Was für Fragen du auch hast, ich werde sie dir beantworten, aber bitte laß uns beiden noch ein wenig Zeit, ehe du dir ein Urteil über mich bildest.«

Kelsey konnte nur an eine einzige Frage denken, die ständig in ihrem Kopf hämmerte. »Hast du diesen Mann getötet? Hast du Alec Bradley umgebracht?«

Naomi schwieg einen Moment, dann hob sie die Tasse an die Lippen. Über den Rand hinweg sah sie Kelsey fest an, ehe sie die Tasse lautlos wieder absetzte.

»Ja«, antwortete sie schlicht, »ich habe ihn umgebracht.«

»Entschuldige Gabe.« Naomi stand am Fenster und sah ihrer davonfahrenden Tochter nach. »Es war wirklich unentschuldbar, dir das zuzumuten.«

»Ich habe deine Tochter kennengelernt, weiter nichts.«

Müde lächelnd kniff Naomi die Augen zusammen. »Du warst schon immer ein Meister der Untertreibung, Gabe.« Sie drehte sich um, so daß sie im vollen Sonnenlicht stand. Daß es die feinen Linien um ihre Augen deutlich hervorhob, erste Anzeichen des Alters, kümmerte sie wenig. Zu lange hatte sie das Tageslicht entbehren müssen. »Ich hatte Angst, und als ich sie sah, wurde ich wieder an vieles erinnert. Einiges habe ich mir vorstellen können, anderes nicht. Alleine wäre ich mit der Situation nicht fertiggeworden.«

Gabe erhob sich, ging zu ihr und legte beruhigend die Hand auf ihre verkrampften Schultern. »Wenn ein Mann einer schönen Frau nicht mehr gern behilflich ist, dann ist er so gut wie tot.«

»Du bist ein guter Freund.« Sie ergriff seine Hand und drückte sie. »Einer der wenigen, auf die ich mich voll und ganz verlassen kann.« Ihre Lippen verzogen sich leicht. »Vielleicht kommt das daher, daß wir beide eine Zeitlang im Gefängnis gesessen haben.«

Seine Mundwinkel zuckten belustigt. »Nichts verbindet so sehr wie das Knastleben.«

»Knastleben, soso. Obwohl ein Streit in Jugendjahren bei einer Pokerrunde harmlos ist gegenüber Totschlag.«

»Da hast du's. Du hast mich schon wieder übertroffen.«

Naomi lachte. »Wir Chadwicks sind schrecklich ehrgeizig.« Sie wandte sich von ihm ab und rückte eine Vase mit Narzissen auf dem Tisch zurecht. »Was hältst du von ihr, Gabe?«

»Sie ist bildhübsch. Dein Ebenbild.«

»Ich dachte, ich wäre darauf vorbereitet. Mein Vater beschrieb sie mir, ich sah die Fotos. Trotzdem hat es mich aus der Fassung gebracht, sie anzuschauen und mich selbst zu sehen. Ich kann mich an sie als Kind so gut erinnern, und sie nun als Erwachsene zu sehen …« Über sich selbst verärgert schüttelte Naomi den Kopf. Die Jahre vergingen, keiner wußte das besser als sie. »Aber davon mal abgesehen.« Flüchtig blickte sie über die Schulter. »Was hältst du von ihr?«

Er war nicht sicher, ob er ihr seine Gedanken erläutern konnte – oder wollte. Kelsey hatte ihn aus der Fassung gebracht, und er war wirklich kein Mann, den man leicht beeindrucken konnte. In seinem Leben hatte er Scharen schöner Frauen gekannt, er hatte sie bewundert, sie begehrt und mit ihnen gespielt. Doch als er Kelsey Byden das erste Mal sah, hatte ihm der Atem gestockt.

Später würde er sich mit diesem interessanten Phänomen eingehender auseinandersetzen, aber jetzt wartete Naomi auf eine Antwort. Und er wußte, daß seine Antwort von Bedeutung war.

»Sie war nervös, konnte ihr Temperament kaum zügeln. Sie hat nicht soviel Selbstbeherrschung wie du.«

»Ich hoffe, die wird sie auch nie brauchen«, murmelte Naomi.

»Sie war aufgebracht, aber klug – und neugierig – genug, sich zurückzuhalten, bis sie das Terrain sondiert hatte. Wäre sie ein Pferd, würde ich sagen, ich muß ihre Gangarten sehen, um zu beurteilen, ob sie über Mut, Ausdauer und Anmut verfügt. Aber die Blutsverwandtschaft ist unverkennbar, Naomi. Deine Tochter hat Stil.«

»Sie hat mich geliebt.« Naomi bemerkte das Zittern in ihrer Stimme kaum, ebensowenig wie die ersten Tränen, die ihr aus den Augen quollen und über die Wangen rannen. »Wie soll man jemandem, der selbst keine Kinder hat, diese reine, kompromißlose Liebe, die ein Kind seinen Eltern entgegenbringen kann, begreiflich machen? Kelsey empfand so für mich – und für ihren Vater. Philip und ich haben versagt. Unsere Liebe reichte nicht aus, um diese Einheit zusammenzuhalten. Und so habe ich meine Tochter verloren.«

Naomi tupfte eine Träne mit der Fingerspitze ab und betrachtete sie wie etwas Exotisches. Seit dem Tode ihres Vaters hatte sie nicht mehr geweint. Nichts hatte sie seitdem so stark berührt.

»Niemand wird mich je wieder so lieben.« Sie schnippte die Träne fort und vergaß sie. »Ich glaube, bis zum heutigen Tag habe ich das nie richtig begriffen.«

»Überstürz die Dinge nicht, Naomi. Das sieht dir gar nicht ähnlich. Du hast sie gerade einmal eine Viertelstunde gesehen.«

»Hast du ihren Gesichtsausdruck gesehen, als ich ihr sagte, ich hätte Alec umgebracht?« Ein Lächeln lag auf ihren Lippen, als sie sich zu Gabe umdrehte; doch es war ein hartes, sprödes Lächeln. »Diesen Ausdruck habe ich bei Dutzenden von anderen Menschen beobachtet. Eine Art beherrschter Abscheu – anständige Menschen töten nicht.«

»Die Menschen, ob nun anständig oder nicht, tun das, was sie tun müssen, um zu überleben.« Diese Erfahrung hatte er am eigenen Leibe gemacht.

»Sie denkt da anders. Vom Äußeren her mag sie ja mir ähneln, aber sie hat dieselben heren Grundsätze wie ihr Vater. Und der Himmel weiß, es gibt keinen anständigeren Menschen als Dr. Philip Byden.«

»Oder keinen größeren Narren. Schließlich hat er dich gehen lassen.«

Ihr Lachen klang befreit, als sie ihn fest auf den Mund küßte. »Wo warst du bloß vor fünfundzwanzig Jahren?« Dann schüttelte sie seufzend den Kopf. »Da hast du wohl noch mit deinen Buntstiften gespielt.«

»Ich kann mich nicht erinnern, jemals damit gespielt zu haben. Eher habe ich sie verwettet. Da wir gerade vom Wetten sprechen: Ich wette 100 Dollar, daß mein Pferd deins garantiert beim Mai-Derby um Längen schlägt.«

Sie hob die Brauen. »Wie stehen denn die Chancen?«

»Sie haben die gleichen Chancen.«

»Die Wette gilt. Wie wär's, wenn du jetzt mitkommst und dir meine preisgekrönte Jährlingsstute ansiehst? In einigen Jahren läßt sie jeden Gegner hinter sich.«

»Wie hast du sie genannt?«

Ihre Augen glitzerten, als sie die Terrassentür öffnete. »Naomi's Honor.«

Sie war so gefaßt gewesen, dachte Kelsey, als sie die Tür zu ihrem Appartement aufschloß, so gelassen. Naomi hatte den Mord so zugegeben, wie eine andere Frau eingestehen würde, daß sie sich das Haar färbt.

Was für eine Frau war ihre Mutter nur?

Wie konnte sie es fertigbringen, Tee zu servieren und Konversation zu betreiben? So höflich, so beherrscht, so furchtbar distanziert. Kelsey lehnte sich gegen die Tür und rieb sich die schmerzenden Schläfen. Alles kam ihr wie ein böser Traum vor, das prächtige, große Haus, die geschmackvolle Einrichtung, die Frau, die ihre, Kelseys, Gesichtszüge trug, der Mann der so viel Kraft ausstrahlte.

Naomis neuester Liebhaber? Schliefen sie in demselben Raum, in dem ein anderer Mann gestorben war? Er sah aus, als wäre er dazu imstande, dachte sie. Er sah aus, als wäre er zu allem imstande.

Erschauernd stieß Kelsey sich von der Tür ab und begann, im Zimmer auf und ab zu gehen.

Warum nur hatte Naomi diesen Brief geschrieben, grübelte sie. Weder hatte es große Gefühle gegeben, noch ein besonderes Willkommen für die verlorene Tochter. Noch nicht einmal verzweifelte Entschuldigungen für all die verlorenen Jahre – nur eine höfliche Einladung zum Tee. Und ein Schuldgeständnis, das ruhig und ohne Zögern abgegeben worden war.

Als das Telefon klingelte, sah sie das Lämpchen ihres Anrufbeantworters blinken. Kelsey ignorierte beides und wandte sich ab. In zwei Stunden begann ihr Dienst im Museum, und sie wollte vorher mit niemandem sprechen.

Jetzt mußte sie sich nur davon überzeugen, daß ihre Mutter, die so unverhofft wieder in ihr Leben getreten war, dies nicht auch noch verändern würde. Sie konnte genauso weitermachen wie bisher – mit ihrem Job, ihren Kursen, ihren Freunden.

Kelsey ließ sich auf das Sofa sinken. Wem wollte sie eigentlich etwas vormachen? Ihr Job war nicht mehr als ein Hobby, die Kurse besuchte sie eher aus Langeweile, und ihre Freunde ... Die meisten stammten noch aus ihrer Zeit mit Wade und hatten daher, wie es bei vielen Scheidungen der Fall war, entweder Partei ergriffen oder sich vorsichtig zurückgezogen. Ihr Leben war ein einziges Chaos. Als es an der Tür klopfte, reagierte sie nicht.

»Kelsey.« Ein weiteres ungeduldiges Klopfen folgte. »Machst du jetzt auf, oder muß ich den Hausmeister holen, damit er mir die Tür öffnet?«

Resigniert erhob sich Kelsey und öffnete die Tür. Draußen stand ihre Großmuter.

In Erwartung des üblichen Kusses hielt Milicent Byden ihrer Enkelin die Wange hin. Wie stets war sie makellos gekleidet und frisiert. Ihr kastanienbraun gefärbtes Haar war aus dem Gesicht gekämmt, und bei flüchtiger Betrachtung hatte man sie auf sechzig statt achtzig Jahre geschätzt. Der Figur merkte man strenge Diät und tägliche Gymnastik an. Unter ihrem Nerzmantel trug sie ein hellblaues Chanelkostüm mit den passenden Handschuhen, die sie auf ein Tischchen fallen ließ, ehe sie den Nerz über einen Stuhl legte.

»Du enttäuschtst mich. Schließt dich in deinem Zimmer ein und schmollst wie ein Kind.« Mit ihren mandelfarbenen Augen betrachtete sie ihre Enkelin, als sie sich setzte und die Beine übereinanderschlug. »Dein Vater macht sich furchtbare Sorgen um dich. Sowohl er als auch ich haben heute mindestens ein halbes Dutzend Mal bei dir angerufen.«

»Ich war unterwegs. Und Dad hat gar keinen Grund, sich Sorgen zu machen.«

»Ach nein?« Milicent tippte mit einem ihrer lackierten Fingernägel gegen die Armlehne des Stuhls. »Erst hast du ihn gestern nacht mit der Nachricht überfallen, daß sich diese Frau bei dir gemeldet hat, und dann verschwindest du einfach und gehst nicht einmal ans Telefon.«

»Diese Frau, wie du es ausdrückst, ist meine Mutter, und du wie auch Vater habt gewußt, daß sie noch lebt. Dies führte zu einer heftigen Auseinandersetzung, die du vielleicht als geschmacklos werten würdest; ich allerdings hielt sie für gerechtfertigt.«

»Sprich nicht in diesem Ton mit mir!« Milicent beugte sich vor. »Dein Vater hat alles getan, um dich zu beschützen, dir eine anständige Erziehung und stabile Familienverhältnisse zu bieten. Und zum Dank dafür machst du ihm Vorwürfe.«

»Vorwürfe?« Kelsey schlug die Hände über dem Kopf zusammen, wohl wissend, daß dieser Ausbruch ihr Minuspunkte eintragen würde. »Ich habe ihn zur Rede gestellt, habe Antworten verlangt und wollte die Wahrheit wissen.«

»Und nun, da du sie erfahren hast, bist du nun zufrieden?« Milicent neigte leicht den Kopf. »Für dich, nein, für uns alle wäre es besser gewesen, wenn du deine Mutter weiterhin für tot gehalten hättest. Aber diese Person war schon immer egoistisch, dachte nur an sich.«

Aus Gründen, die sie niemals hätte erklären können, nahm Kelsey den Fehdehandschuh auf. »Hast du sie schon immer so gehaßt?«

»Ich habe mich nie täuschen lassen. Philip war von ihrem Äußeren, von dem, was er für Lebensfreude und Schwung hielt, geblendet. Und er hat für seinen Fehler teuer bezahlt.«

»Und ich sehe aus wie sie«, meinte Kelsey sanft, »was auch erklärt, warum du mich immer so angeschaut hast, als könnte ich jeden Augenblick ein furchtbares Verbrechen begehen – oder zumindest einen unverzeihlichen Bruch der Etikette.«

Seufzend lehnte Milicent sich zurück. Sie würde dies nicht abstreiten, denn dafür gab es keinen Grund. »Natürlich habe ich mir Gedanken darüber gemacht, wieviel du wohl von ihr geerbt hast. Du bist eine Byden, Kelsey, und die meiste Zeit hast du der Familie Ehre gemacht. Aber jeder Fehler, den du machtest, trug ihren Stempel.«

»Ich ziehe es vor, meine ganz persönlichen Fehler zu machen.«

»So wie diese Scheidung«, erwiderte Milicent scharf. »Wade stammt aus einer guten Familie. Sein Großvater mütterlicherseits ist Senator, und seinem Vater gehört eine der größten und angesehensten Werbeagenturen des Ostens.«

»Und Wade ist ein Ehebrecher.«

Ungeduldig hob Milicent die Hand, an der ihr diamantenbesetzter Ehering wie Eis glitzerte. »Du gibst natürlich ihm die Schuld, und nicht dir oder der Frau, die ihn verführt hat.«

Beinahe belustigt lächelte Kelsey. »Das ist richtig. Ich gebe ihm die Schuld. Die Scheidung ist endgültig und abgeschlossen, Großmutter. In diesem Punkt verschwendest du deine Zeit.«

»Und dir gebührt die zweifelhafte Ehre, in der Familiengeschichte der Bydens die zweite zu sein, die sich scheiden läßt. Im Falle deines Vaters ließ es sich nicht vermeiden. Du dagegen hast das getan, was dir schon zur zweiten Natur geworden ist. Du hast überreagiert. Aber das steht auf einem anderen Blatt. Jetzt will ich wissen, was du hinsichtlich des Briefes zu unternehmen gedenkst.«

»Meinst du nicht, daß das nur mich und meine Mutter etwas angeht?«

»Dies ist eine Familienangelegenheit, Kelsey. Dein Vater und ich sind deine Familie.« Wieder tippte sie mit dem Finger gegen die Lehne, bemüht, ihre Worte sorgfältig zu wählen. »Philip ist mein einziges Kind. Sein Glück und Wohlergehen standen für mich immer an erster Stelle. Und du bist sein einziges Kind.« Mit echter Zuneigung griff sie nach Kelseys Hand. »Ich will doch nur dein Bestes.«

Was sollte die darauf antworten? Sosehr die starren Verhaltensregeln ihrer Großmutter an ihren Nerven zerrten, wußte Kelsey doch, daß sie sie trotz allem liebte. »Das weiß ich, und ich will mich auch nicht mir dir streiten, Großmutter.«

»Und ich mich nicht mit dir.« Zufrieden streichelte Milicent Kelseys Hand. »Du warst immer ein gutes Kind, Kelsey. Keiner, der dich und Philip kennt, könnte an der Zuneigung zwischen euch zweifeln. Ich weiß, daß du nichts tun würdest, was ihn verletzt. Daher halte ich es für das Sinnvollste, wenn du mir diesen Brief gibst und mich diese Angelegenheit für dich regeln läßt. Es ist absolut nicht nötig, daß du dich mit ihr in Verbindung setzt oder dich in diesen Strudel der Gefühle hineinziehen läßt.«

»Ich habe mich bereits mit Mutter in Verbindung gesetzt. Ich habe sie heute morgen besucht.«

»Du hast ...« Milicents Hand zuckte hoch. »Du hast sie besucht? Du bist zu ihr gefahren, ohne das vorher mit uns zu besprechen?«

»Ich bin sechsundzwanzig Jahre alt, Großmutter. Naomi Chadwick ist meine Mutter, und ich brauche niemanden um Erlaubnis zu fragen, wenn ich sie besuchen will. Entschuldige, wenn ich dich aufgeregt haben sollte, aber ich habe getan, was ich tun mußte.«

»Was du tun wolltest«, berichtigte sie Milicent, ohne dabei einen Gedanken an die Konsequenzen zu verschwenden.

»Nenn es, wie du willst, doch die Konsequenzen muß schließlich ich tragen. Ich hatte angenommen, Dad und du, ihr würdet meine Handlungsweise verstehen. Daß es nicht leicht für euch ist, leuchtet mir ein, aber warum wirst du so wütend?«

»Ich bin nicht wütend.« Das war sie aber, sie kochte sogar vor Wut. »Ich mache mir Sorgen, weil ich nicht möchte, daß du dich von irgendwelchen dummen Gefühlen beeinflussen läßt. Du kennst sie nicht, Kelsey. Du hast keine Ahnung, wie gerissen und rachsüchtig sie ist.«

»Ich weiß, daß sie das Sorgerecht für mich beantragt hatte.«

»Damit wollte sie deinen Vater verletzen, weil er sie durchschaut hatte. Du warst nur das Werkzeug. Sie trank, sie hatte andere Männer, und sie machte aus all ihren Schwächen nie einen Hehl, so sicher war sie, daß sie am Ende gewinnen würde. Und wie endete das alles? Sie hat einen Mann getötet.« Milicent holte tief Atem. Allein der Gedanke an Naomi brachte sie in Rage. »Vermutlich wollte sie dir einreden, daß sie in Notwehr gehandelt hat, um ihre Ehre zu verteidigen. Ihre *Ehre.*«

Milicent konnte nicht länger stillsitzen und sprang erregt auf. »Oh, sie war schlau, und sie war schön. Wenn die Beweislast gegen sie nicht so erdrückend gewesen wäre, hätte sie die Geschworenen vielleicht sogar zu einem Freispruch bewegen können. Aber wenn eine Frau einen Mann nachts in ihrem Schlafzimmer empfängt, und nur mit einem dünnen Morgenmantel bekleidet, dann ist es sehr unglaubwürdig, hinterher von Vergewaltigung zu reden.«

»Vergewaltigung?« wiederholte Kelsey schockiert, doch sie brachte nur ein Flüstern zustande, und Milicent verstand es nicht.

»Einige glaubten ihr natürlich, denn es gibt immer Leute, die dieser Art Frau Glauben schenken.« Milicent nahm ihre Handschuhe vom Tisch und schlug sie nervös gegen ihre Hand. »Aber letztendlich wurde sie schuldig gesprochen und verurteilt. Sie verschwand aus Philips und deinem Leben – bis jetzt. Kannst du wirklich so störrisch und egoistisch sein und ihr wieder einen Platz in deinem Leben einräumen? Deinem Vater diesen Kummer bereiten?«

»Es ist doch aber nicht so, als ob ich zwischen ihr und Vater wählen müßte, Großmutter.«

»Doch, genau darauf läuft es hinaus.«

»Für dich, nicht für mich. Ich will dir eins sagen: Bevor du kamst, war ich mir nicht sicher, ob ich sie wiedersehen wollte. Jetzt weiß ich, daß ich das tun werde. Und willst du auch wissen, warum? Weil sie sich mir gegenüber nicht verteidigt hat. Sie forderte mich nicht auf zu wählen. Ich werde sie noch einmal treffen und dann meine Entscheidung fällen.«

»Egal, wen du damit verletzt?«

»Soweit ich das beurteilen kann, bin ich hier die einzige, die ein Risiko eingeht.«

»Du irrst dich, Kelsey, und begehst einen schweren Fehler. Sie ist schlecht und hinterhältig.« Milicent strich ihre Handschuhe Finger für Finger glatt. »Wenn du darauf bestehst, diese Verbindung aufrechtzuerhalten, dann wird sie alles tun, was in ihrer Macht steht, um dich und deinen Vater zu entzweien.«

»Das würde keinem gelingen!«

Milicent blickte sie an, und ihre Augen waren dabei kalt wie Eis. »Du kennst Naomi Chadwick nicht.«

3

Es stimmte, Kelsey kannte Naomi Chadwick nicht, aber sie beabsichtigte, sie kennenzulernen.

Ihre Hochschuljahre waren keine Zeitverschwendung gewesen. Wenn es etwas gab, das sie beherrschte, war es das Sammeln von Hintergrundinformationen. Egal zu welchem Thema. Und auch Naomi bildete da keine Ausnahme.

Die nächsten zwei Wochen verbrachte Kelsey größtenteils in der öffentlichen Bibliothek und in Zeitungsarchiven, wo sie eifrig Mikrofilme studierte. Zuerst fand sie in der Gesellschaftsspalte die Verlobungsanzeige von Naomi Anne Chadwick, einundzwanzig, Tochter von Matthew und Louise Chadwick, wohnhaft Three-Willows-Farm in Bluemont, Virginia, und Professor Philip James Byden, vierunddreißig, Sohn von Andrew und Milicent Byden aus Georgetown. Die Hochzeit sollte im Juni stattfinden.

Dann entdeckte Kelsey die Heiratsanzeige mit einem Foto. Es versetzte ihr einen regelrechten Schock, ihren Vater so jung, sorglos und glücklich zu sehen, eine Rosenknospe im Knopfloch und Hand in Hand mit Naomi. Sie fragte sich, ob die Rose wohl weiß oder vielleicht sonnengelb gewesen war.

Neben Philip stand eine strahlende Naomi. Sogar das unscharfe Zeitungsfoto vermittelte den Glanz, den sie ausstrahlte. Ihr Gesicht wirkte unwahrscheinlich jung und schön, und ihre Augen blitzten, als würde sie jeden Moment in ein Lachen ausbrechen.

Die beiden sahen aus, als könnten sie es mit der ganzen Welt aufnehmen.

Der Anblick schmerzte Kelsey, und sie ermahnte sich, daß es unsinnig sei, sich über eine Scheidung zu grämen, die ohne ihr Wissen erfolgt war. Doch diese beiden jungen lebensfrohen Menschen waren ihre Eltern, und nun war der eine für den anderen nicht mehr als eine schmerzliche Erinnerung.

Kelsey fotokopierte die wichtigsten Dinge und machte sich zusätzlich Notizen wie für einen Bericht. Als sie ihre eigene Geburtsanzeige fand, schwankte sie zwischen Belustigung und Verwirrung.

Danach kam nicht mehr viel, hier und da eine kurze Meldung über einen Ballbesuch oder die Teilnahme an einer Wohltätigkeitsveranstaltung. Offenbar hatten ihre Eltern während ihrer kurzen Ehe ein zurückgezogenes Leben geführt.

Dann folgte der Sorgerechtsstreit; ein knapper Artikel, der sein Erscheinen in der *Washington Post* vermutlich Kelseys Großvater väterlicherseits, einem hohen Beamten des Finanzministeriums, verdankte. Mit gemischten Gefühlen las sie die Namen – ihren eigenen, den von Naomi und den ihres Vaters. Die *Post* hatte diesen familiären Zwistigkeiten keine allzu große Aufmerksamkeit gewidmet.

Ab und zu war ein Artikel über Three Willows und Galopprennen erschienen. Einer davon berichtete über den tragischen Unfall eines vielversprechenden Hengstes, der während eines Rennens zusammengebrochen war und erschossen werden mußte. Ein Foto zeigte Naomis schönes, mit Tränen überströmtes Gesicht.

Doch dann kamen Berichte über den Mord.

Solchen Ereignissen wurde mehr Platz eingeräumt, zumindest waren sie immer gut für fette Schlagzeilen.

STREIT EINES LIEBESPAARES ENDETE IN
EINER TRAGÖDIE
BRUTALER MORD IM IDYLLISCHEN VIRGINIA

Ihre Mutter wurde beschrieben als eine von ihrem Mann, einem in Georgetown ansässigen Professor für Englisch, getrennt lebende Frau und Tochter eines bekannten Züchters von Vollblutpferden, das Opfer wurde als ein Playboy mit Verbindungen zur Rennsportszene bezeichnet.

Die Ereignisse sprachen für sich. Alec Bradley wurde in einem Schlafzimmer auf der Three-Willows-Farm erschossen. Die Tatwaffe gehörte Naomi Chadwick Byden, die die Polizei benachrichtigt hatte. Zur Zeit des Mordes hatte sie sich mit Bradley allein im Haus befunden. Die Polizei hatte die Ermittlungen aufgenommen.

Die in Virginia erschienenen Zeitungen lieferten genauere Informationen. Naomi hatte nie bestritten, den tödlichen Schuß abgegeben zu haben, und ließ durch ihren Anwalt erklären, Bradley habe sie angegriffen, und sie habe in Notwehr zur Waffe gegriffen.

Der Artikel ging noch auf die freundschaftliche Beziehung zwischen Naomi und Bradley ein, die seit Wochen häufig zusammen gesehen worden waren, und natürlich auf die Tatsache, daß Naomi zur selben Zeit einen erbitterten Rechtsstreit um das Sorgerecht für ihre dreijährige Tochter ausfocht.

Eine Woche nach dem Mord gab es neue Schlagzeilen.

NAOMI CHADWICK UNTER MORDVERDACHT FESTGENOMMEN
Neue Beweise lassen Zweifel an Notwehr aufkommen

Und diese Beweise waren erdrückend. Kelsey gefror das Blut in den Adern, als sie von einem Foto las, das ein von den Anwälten ihres Vaters beauftragter Detektiv aufgenommen hatte. Der Detektiv, der Beweise für Naomis angeblich lockeren Lebenswandel sammeln sollte, war dabei Zeuge des Verbrechens geworden. Davon hatte er ein Foto gemacht.

Der Detektiv hatte auch bei dem Prozeß ausgesagt. Kelsey zwang sich zum Weiterlesen. Zeugen hatten unter Eid zu Protokoll gegeben, daß Naomi und Bradley in der Öffentlichkeit sehr vertraut miteinander umgegangen seien. Daß Naomi eine ausgezeichnete Schützin sei; daß sie Partys, Champagner und die Aufmerksamkeit der Männer liebte; daß sie und Bradley am Abend des Mordes eine heftige Auseinandersetzung gehabt hätten wegen seines Flirts mit einer anderen Frau.

Dann wurde Charles Rooney, ein im Staat Virginia zugelassener

Privatdetektiv, in den Zeugenstand gerufen. Er hatte dutzendweise Fotos von Naomi geschossen; auf der Rennbahn, auf der Farm, bei zahlreichen gesellschaftlichen Anlässen, und seine Berichte über die Beschattung waren minutiös dokumentiert.

Es entstand das Bild einer rücksichtslosen, leichtfertigen Frau, die nur ihr Vergnügen suchte und es kaum erwarten konnte, die Fesseln ihrer Ehe mit einem älteren Mann abzuschütteln. Sie hatte das Opfer in der Mordnacht zu sich eingeladen. Sie war allein im Haus und nur mit einem Negligé bekleidet gewesen.

Rooney konnte zwar nicht beschwören, was die beiden miteinander gesprochen hatten, doch die Fotos und seine Beobachtungen sprachen Bände. Demnach hatte das Paar sich zunächst umarmt, es war Brandy geflossen, und bald waren die beiden in Streit geraten. Naomi war nach oben gestürmt und Bradley ihr gefolgt

Pflichteifrig war Rooney auf den nächsten Baum geklettert, um sein Teleobjektiv auf das Schlafzimmerfenster zu richten. Dort wurde der Streit heftiger, Naomi schlug Bradley ins Gesicht, und als sich dieser zum Gehen wandte, zog sie eine Pistole aus ihrer Nachttischschublade. Die Kamera hatte das Entsetzen auf seinem und die Wut auf Naomis Gesicht genau eingefangen.

Kelsey starrte das Foto und die Schlagzeile, die SCHULDIG! schrie, lange an. Dann fotokopierte sie die Seiten, ordnete ihre Notizen, ging zum Telefon und wählte eine Nummer, ehe ihr Verstand Oberhand über ihre Gefühle gewinnen konnte.

»Three Willows.«

»Naomi Chadwick bitte.«

»Wer spricht denn dort?«

»Kelsey Byden.«

Am anderen Ende hörte sie kurz einen überraschten Laut. »Miß Naomi ist bei den Ställen unten. Ich sage ihr Bescheid.«

Einige Sekunden später wurde ein anderer Hörer abgehoben, und Kelsey hörte Naomis kühle, beherrschte Stimme. »Hallo, Kelsey, schön, dich zu hören.«

»Ich möchte noch einmal mit dir sprechen.«

»Sicher. Wann immer du willst.«

»Jetzt. Ich bin ein einer Stunde da, und es wäre mir lieber, diesmal mit dir allein zu sein.«

»Gut. Ich warte auf dich.«

Naomi legte auf und wischte die feuchten Hände an ihren Jeans ab. »Meine Tochter kommt, Moses.«

»Das dachte ich mir.« Moses Whitetree, Naomis Trainer, Vertrauter und langjähriger Liebhaber, las weiter in seinen Zuchtberichten. Er war halb Jude, halb Choctaw-Indianer und hatte diese Mischung nie als selbstverständlich hingenommen. Das Haar hing ihm in einem grau werdenden Zopf den Rücken hinunter, und auf seiner Brust glitzerte ein silberner Davidstern.

Es gab nichts, was er nicht über Pferde wußte. Und bis auf wenige Ausnahmen zog er sie den Menschen vor.

»Sie wird Fragen stellen.«

»Ja.«

»Was soll ich ihr antworten?«

Moses mußte Naomi nicht erst anschauen, um ihre Stimmung beurteilen zu können. Er kannte sie in- und auswendig. »Versuch's mal mit der Wahrheit.«

»Was hat mir die Wahrheit schon gebracht?«

»Sie ist dein Fleisch und Blut.«

Für Moses war alles so einfach, dachte Naomi ungeduldig. »Sie ist eine erwachsene Frau, und ich hoffe, sie hat ihre eigene Meinung. Sie wird mich nicht einfach akzeptieren, nur weil wir blutsverwandt sind, Moses. Ich wäre auch sehr enttäuscht, wenn sie das täte.«

Moses legte seine Papiere beiseite und erhob sich. Er war ein kleiner Mann, nur ein paar Pfund zu schwer und ein paar Zentimeter zu groß, um als Jockey arbeiten zu können – einst sein heimlicher Traum. »Du willst, daß sie dich liebt, aber so wie du dir das vorstellst. Du hast schon immer zuviel verlangt, Naomi.«

Liebevoll streichelte sie seine Wange, die vom Wetter gegerbt war. Sie konnte ihm nie ernsthaft böse sein; er war der Mann, der auf sie gewartet hatte, der keine Fragen stellte und der sie immer geliebt hatte.

»Das hast du mir schon oft vorgeworfen. Aber bis zu dem Zeitpunkt, als ich sie wiedersah, wußte ich nicht, wie sehr ich sie brauchte, Moses. Ich wußte nicht, daß sie mir so viel bedeuten würde.«

»Und nun wünschst du, daß es nicht so wäre.«

»O ja.«

Das konnte er gut verstehen. Fast sein ganzes Leben lang hatte er sich gewünscht, er würde Naomi nicht lieben. »In meinem Volk gibt es ein Sprichwort.«

»In welchem Volk?«

Er mußte lächeln. Beide wußten sie, daß er die Hälfte der Sprichwörter, die er als Kommentare abgab, erfand und die andere Hälfte so auslegte, daß sie zu seinen Absichten paßte. »Nur Narren verschwenden ihre Wünsche. Gib dich so, wie du bist, das wird genügen.«

»Moses.« Ein Pferdepfleger schaute ins Büro und tippte an seinem Hut, als er Naomi sah. »Miß. Mir gefällt es nicht, wie Serenity ihr rechtes Vorderbein schont. Leicht geschwollen ist es auch.«

»Heute morgen ist sie gut gelaufen.« Moses zog die Brauen zusammen. Er war seit dem Morgengrauen auf den Beinen, um das Training zu beobachten. »Dann schauen wir doch mal.«

Moses' Büro befand sich neben den vorderen Ställen. Es war ein kleiner, vollgestopfter, unangenehm nach Pferdeurin stinkender Raum, den er aber dem luftigen Zimmer in dem weißgetünchten Gebäude bei der westlichen Weide, das sein Vorgänger benutzt hatte, vorzog.

Seine ständige Redensart lautete, der kräftige Geruch nach Pferden sei ihm angenehmer als jedes französische Parfüm, und er wolle an Ort und Stelle des Geschehens sein.

Die Ställe funkelten fast so wie die Halle eines Luxushotels, nur ging es hier lebhafter zu. Die betonierte Gasse zwischen den Stallreihen war makellos sauber geschrubbt, und an jeder Box waren Emailleschilder angeschraubt, die in goldenen Lettern den Namen des Pferdes trugen, das dort stand. Naomis Vater hatte dies eingeführt, und als Naomi die Leitung der Farm von ihrem Vater übernahm, hatte sie es beibehalten.

Es roch nach Pferden, Heu, Getreide und Leder – eine Mischung, die Naomi während der Jahre im Gefängnis schmerzlich vermißt hatte und deshalb heute um so mehr zu schätzen wußte.

Für sie war es der Geruch von Freiheit.

Als Moses vorbeiging, steckten einige Pferde die Köpfe aus ihren Ställen. Auch er verbreitete einen Geruch, den sie kannten. Und egal wie schnell er die betonierte Gasse zwischen den Ställen entlangging, er hatte immer Zeit für eine kurze Liebkosung, ein gemurmeltes Wort für die Tiere.

Die Stallburschen arbeiteten weiter wie gewohnt, nur daß Striegel und Heugabeln vielleicht etwas eifriger geschwungen wurden, wenn Moses in Sicht war.

»Ich wollte sie gerade auf die Koppel führen, als ich merkte, daß sie vorsichtig auftritt.« Der Pfleger blieb bei Serenitys Stallbox stehen. »Dann hab' ich die Schwellung gesehen und dachte, du solltest selbst mal einen Blick darauf werfen.«

Moses gab ein unverständliches Grunzen von sich und strich mit der Hand über das schimmernde kastanienfarbene Fell. Er sah der jungen Stute in die Augen, schnupperte an ihrem Maul und sprach beruhigend auf sie ein, während er ihr Bein abtastete.

Genau über der Fessel war das Bein geschwollen und fühlte sich heiß an. Als Moses vorsichtig auf die Stelle drückte, zuckte die Stute zurück und ließ ein warnendes Schnauben hören. »Sieht aus, als hätte sie sich böse gestoßen.«

»Reno hat sie heute morgen geritten.« Naomi erinnerte sich, daß der Jockey extra wegen des Trainings zur Farm gekommen war. »Sieh nach, ob er noch da ist.«

»Ja, Ma'am.« Der Pfleger eilte davon.

»Sie ist heute morgen gut gelaufen.« Naomi bückte sich neben Moses und untersuchte selbst das lahme Bein. Sanft bewegte sie es hin und her, um zu prüfen, ob die Schulter in Mitleidenschaft gezogen war. »Sieht nach einer Prellung aus«, murmelte sie. Das Bein hatte sich verfärbt, Zeichen eines Blutgerinnsels unter der Haut. Vermutlich ist der Knochen verletzt, dachte sie. Mit etwas Glück aber nicht gebrochen. »Sie sollte nächste Woche in Saragota an den Start gehen.«

»Vielleicht schafft sie's noch.« Doch Moses zweifelte daran. Nicht mit diesem Bein. »Wir können die Schwellung lindern, sollten aber trotzdem den Arzt rufen. Eine Röntgenaufnahme kann nicht schaden.«

»Ich kümmere mich darum und werde mit Reno sprechen.« Naomi richtete sich auf und legte der Stute den Arm um den Hals. Die Pferde waren zwar Kapitalanlage, ein Geschäft, doch das tat ihrer Liebe zu ihnen keinen Abbruch. »Sie hat das Herz eines Siegers, Moses. Ich will nicht hören, daß sie nie wieder Rennen laufen kann.«

Eine knappe Stunde später beobachtete Naomi grimmig, wie die verletzte Stute behandelt wurde. Die Wunde war bereits mit Wasser gekühlt worden, und nun massierte Moses selbst das Bein mit einer Mixtur aus Essig und kaltem Wasser. Der Tierarzt stand im Stall und zog eine Spritze auf.

»Wann kann sie das Training wiederaufnehmen, Matt?«

»In einem Monat, sechs Wochen Pause wären noch besser.« Matt Gunner blickte zu Naomi. Er hatte ein angenehmes, längliches Gesicht und freundliche Augen. »Der Knochen und das Gewebe sind verletzt, Naomi, aber zum Glück ist nichts gebrochen. Haltet sie im Stall, massiert sie, macht leichte Bewegungsübungen mit ihr, dann kommt sie wieder in Ordnung.«

»Wir sind scharf geritten«, warf Reno ein, der vor der Box stand und zusah. Er hatte seine Arbeitskleidung gegen einen seiner gutgeschnittenen Anzüge, die er mit Vorliebe trug, vertauscht. Die Rennbahn war sein Lebensinhalt, und für ihn wie auch für seine Kollegen gab es nichts Wichtigeres als die empfindlichen Beine eines Vollbluts. »Ich habe keinen Tempowechsel bemerkt.«

»Ich auch nicht«, bestätigte Naomi. »Reno sagt, sie ist nicht gestolpert. Ich habe das Rennen heute morgen gesehen, und mir wäre so etwas aufgefallen. Diese Stute hat ein ausgeglichenes Temperament, die gehört nicht zu den Pferden, die im Stall ausschlagen.«

»Jedenfalls hat sie einen ziemlich heftigen Schlag oder Stoß abgekriegt«, meinte Matt. »Und wenn dein Pfleger nicht so aufmerksam gewesen wäre, dann hätte es viel schlimmer enden können. So, das hier wird die Schmerzen lindern. Na komm, mein Mädchen, ganz ruhig.« Er drückte Serenity direkt über der Wunde die Nadel ins Fleisch. Die Stute rollte die Augen und schnaubte, hielt aber still. »Sie ist gesund und kräftig«, sagte Matt. »Sie wird wieder an Rennen teilnehmen können. Moses, ich kann dir nichts zur Weiterbehandlung sagen, was du nicht schon wüßtest. Ruf mich an, wenn sie Fieber bekommt. Sonst ...« Er brach ab und starrte über Naomis Schulter.

»Entschuldigung.« Kelsey war gekommen, ihre Handtasche und einen Schnellhefter fest in der Hand. »Ich wollte nicht stören. Im Haus hat man mir gesagt, daß ich dich hier finden würde.«

»Oh«, zerstreut fuhr sich Naomi mit der Hand durchs Haar. »Ich habe die Zeit vollkommen vergessen. Wir haben hier ein kleines Problem. Matt, das ist meine Tochter Kelsey. Kelsey Byden, Matt Gunner, unser Tierarzt.«

Matt streckte die Hand aus, merkte, daß er noch immer die Spritze festhielt, und zog sie errötend zurück. »Tut mir leid. Hallo.«

Trotz ihrer Nervosität mußte Kelsey lächeln. »Nett, Sie kennenzulernen.«

»Und das ist Moses Whitetree«, fuhr Naomi fort, »unser Trainer.«

Moses massierte weiterhin das Bein der Stute und nickte nur knapp.

»Reno Sanchez, einer der besten Jockeys im Umkreis.«

»Der beste«, meinte Reno augenzwinkernd. »Sehr erfreut.«

»Gleichfalls«, erwiderte Kelsey automatisch. »Ihr habt zu tun. Ich kann warten.«

»Nein, ich kann hier nichts mehr tun. Danke, daß du so schnell gekommen bist, Matt. Tut mir leid, daß ich dir den Feierabend verdorben habe, Reno.«

»Kein Problem. Bis zum nächsten Start hab' ich noch viel Zeit.« Mit unverhohlener Bewunderung blickte er wieder zu Kelsey. »Sie müssen mal zur Rennbahn kommen und mir beim Reiten zusehen.«

»Das würde ich gern tun.«

»Moses, ich komme später noch mal wieder und sehe nach ihr. Laß uns ins Haus gehen, Kelsey.« Sorgsam jegliche Berührung vermeidend, wies Naomi ihr den Weg zum Hinterausgang.

»Ist das Pferd krank?«

»Verletzt, leider. Wir müssen sie von den Rennen der nächsten Wochen abmelden.«

»So ein Jammer.«

Kelsey blickte zu einer Koppel hinüber, wo ein Jährling an der Longe die Gangarten durchexerzierte. Ein anderes Tier, diesmal mit Reiter, wurde von einem Betreuer gerade zum Übungsplatz geführt. Ein Pferdepfleger wusch einen schimmernden Braunen, während andere ihre Pferde einfach nur im Kreis herumführten.

»Ganz schöner Betrieb hier«, murmelte Kelsey, die sich bewußt war, daß viele Augen auf sie gerichtet waren.

»Ja, die Hauptarbeit ist morgens, aber am Nachmittag, wenn die Rennbahn schließt, wird's hier wieder lebhaft.«

»Habt ihr heute ein Rennen?«

»Irgendein Rennen findet immer statt«, erwiderte Naomi abwesend. »Aber im Augenblick haben wir noch einige trächtige Stuten, so daß auch noch Arbeit in der Nacht anfällt.« Sie lächelte leise. »Fohlen kommen offenbar am liebsten mitten in der Nacht.«

»Mir war gar nicht klar, daß du so ein Riesengestüt hast.«

»Innerhalb der letzten zehn Jahre sind wir zu einem der führenden Vollblutgestüte hier im Staat aufgestiegen. Eines unserer Pferde ist sogar bei den letzten drei Derbys gestartet. Hat in St. Leger und Belmont gewonnen. Seit zwei Jahren halten wir den Breeder's Cup, und bei den letzten Olympischen Spielen holte eine unserer Stuten Gold.« Lachend brach Naomi ab. »Wenn ich erst anfange ... Ich bin schlimmer als eine Großmutter mit einer Brieftasche voller Schnappschüsse.«

»Ist schon in Ordnung, es interessiert mich wirklich.« Mehr, dachte Kelsey, als sie geahnt hatte. »Als Kind hatte ich Reitstunden. Ich glaube, die meisten Mädchen machen diese pferdenärrische Phase durch. Dad war entschieden dagegen, aber ...« Sie schwieg einen Augenblick, da ihr plötzlich klar wurde, warum ihr Vater über diese schon fast traditionelle Mädchenschwärmerei so unglücklich gewesen war.

»Natürlich«, lächelte Naomi dünn. »Das ist nur zu verständlich. Aber du hattest trotzdem Reitstunden?«

»Ja, ich habe sie ihm abgebettelt.« Kelsey blieb stehen und sah ihrer Mutter direkt in die Augen. Ihr fielen nun die ersten leichten Anzeichen des Alterns auf, die sie bei ihrem ersten Treffen vor lauter Nervosität nicht bemerkt hatte. Feine Linien umgaben die Augen, andere, Sorgenfalten vielleicht, zeigten sich auf der hohen Stirn. »Es muß schwer für ihn gewesen sein, mich Tag für Tag zu sehen«, sagte Kelsey.

»Das glaube ich nicht. Was auch immer Philip von mir hielt, dich hat er vergöttert.« Naomi wandte den Blick ab. Es war leichter, auf die Berge zu schauen. Ein helles, freudiges Wiehern ertönte, für Naomi der schönste Ton der Welt. »Ich habe dich noch gar nicht nach ihm gefragt. Wie geht es ihm?«

»Es geht ihm gut. Er ist jetzt Dekan der Englischen Fakultät an der Universität von Georgetown. Seit sieben Jahren schon.«

»Er hat einen glänzenden Kopf. Außerdem ist er ein guter Mann.«

»Aber nicht gut genug für dich.«

Naomi hob eine Augenbraue. »Liebe Kelsey, ich war nie gut genug für ihn. Da kannst du fragen, wen du willst.« Sie warf ihr Haar zurück und ging weiter. »Wie ich höre, hat er wieder geheiratet.«

»Ja, als ich achtzehn war. Sie sind sehr glücklich miteinander. Ich habe auch noch einen Stiefbruder, er heißt Channing.«

»Und du magst deine Familie?«

»Sehr.«

Wie bei ihrem ersten Besuch öffnete Naomi ihr die Terrassentür. »Was kann ich dir anbieten? Kaffee, Tee? Oder vielleicht ein Glas Wein?«

»Danke, das ist nicht nötig.«

»Ich hoffe, du machst Gertie die Freude. Als sie hörte, daß du kommst, hat sie bergeweise Plätzchen gebacken. Ich weiß, daß du dich nicht mehr an sie erinnerst, aber du hast ihr viel bedeutet.«

Gefangen in der Falle aus Höflichkeit und Mitgefühl, sagte Kelsey: »Also gut, dann Tee und Plätzchen, bitte.«

»Ich werde es ihr sagen. Setz dich doch.«

Kelsey blieb stehen. Sie hielt es für gerechtfertigt, sich die Umgebung, in der ihre Mutter lebte, genauer anzusehen. Auf den ersten Blick wirkte der Raum unauffällig elegant. Ein kleines Feuer im Kamin brannte, und die rosafarbenen Vorgänge waren zurückgezogen, um die Sonne ins Zimmer zu lassen. Ihre Strahlen fielen auf ein gutes Dutzend wunderschöner Kristallpferde, die wie Edelsteine im hellen Licht funkelten. Auf dem glänzenden Parkettboden lag ein farblich auf die Vorhänge und das cremefarbene Sofa abgestimmter orientalischer Läufer.

Nichts wirkte protzig oder übertrieben. Die Wände waren mit Waschseide bespannt, die im selben Elfenbeinton wie die Polstermöbel schimmerte. Doch die riesigen abstrakten Gemälde an der Wand, in leuchtenden Farben gehalten, schienen vor Kelseys Augen förmlich zu explodieren. Es waren kraftvolle, von Leidenschaft und Zorn bestimmte Arbeiten, und ein Zucken ging durch ihren Körper, als sie bemerkte, daß alle Gemälde mit einem blutroten N. C. signiert waren.

Naomis Werke? Niemand hatte je erwähnt daß ihre Mutter malte. Und diese Bilder stammten beileibe nicht von einem Stümper, sondern von jemandem, der über großes Talent verfügte.

In diese Umgebung hätten die Gemälde eigentlich einen Mißton bringen müssen. Statt dessen belebten sie den Raum.

Kelsey entdeckte noch weitere Objekte in diesem Zimmer. Eine Frauenstatue, deren alabasterfarbenes Gesicht unvorstellbaren Schmerz ausdrückte, ein blaßgrünes Glasherz mit einem gezackten Sprung in der Mitte, ein kleines, mit bunten Steinen gefülltes Glas.

»Die haben Ihnen gehört.«

Schuldbewußt ließ Kelsey einen Stein ins Glas zurückfallen und drehte sich um. Gertie hatte den Teewagen hereingeschoben und blieb neben ihr stehen. »Wie bitte?«

»Sie haben schon immer gern schöne Steine gesammelt. Ich habe sie für Sie aufgehoben, als Sie …« Ihre Stimme schwankte. »Als Sie fortgingen.«

»Oh.« Was sollte sie darauf sagen? »Dann arbeitest du schon lange hier?«

»Ich kam schon als junges Mädchen nach Three Willows. Meine Mutter hat für Mr. Chadwick den Haushalt geführt, und als sie sich zur Ruhe setzte, habe ich ihren Platz eingenommen. Hier sind Schokoladenplätzchen, die mochten Sie immer am liebsten.«

Die Frau verschlang Kelsey nahezu mit den Blicken, und die Freude, die in ihren Augen leuchtete, war Kelsey fast unangenehm. »Ich esse sie auch heute noch gerne« brachte sie mühsam hervor.

»Setzen Sie sich und greifen Sie zu. Miß Naomi telefoniert, aber sie kommt sofort.« Vor Freude summend, goß Gertie Tee ein und ordnete die Plätzchen auf einer Platte. »Ich wußte, daß Sie zurückkommen. Immer hab' ich's gewußt. Miß Naomi, die glaubte nicht daran, zermürbte sich immer mehr. Aber ich hab' zu ihr gesagt: ›Sie ist Ihre Tochter, und sie kommt zurück zu ihrer Mama.‹ Und recht hatte ich! Jetzt sind Sie hier.«

»Ja.« Kelsey zwang sich, sich hinzusetzen und eine Tasse Tee zu nehmen – »jetzt bin ich hier.«

»Und so erwachsen!« Unfähig, sich zurückzuhalten, strich Gertie kurz über Kelseys Haar, »Sie sind eine erwachsene Frau.« Sie schien den Tränen nahe. Schnell ließ sie wieder die Hand fallen, wandte sich rasch ab und eilte aus dem Zimmer.

»Entschuldige bitte«, sagte Naomi, die nur kurz danach hereinkam. »Gertie reagiert sehr emotional. Es muß peinlich für dich sein.«

»Schon gut.« Kelsey nippte an ihrem Tee. Assam diesmal, konstatierte sie, leicht lächelnd. Naomi mußte lachen.

»Das ist mein hintergründiger Sinn für Humor.« Sie schenkte sich selbst ein und nahm Platz. »Ich war mir nicht sicher, ob du wiederkommst.«

»Ich mir auch nicht. Vielleicht wäre ich nicht gekommen, zumindest nicht so schnell, wenn Großmutter es mir nicht strikt verboten hätte.«

»Ach ja, Milicent.« Bemüht, sich zu entspannen, streckte Naomi ihre langen Beine aus. »Sie hat mich von Anfang an verabscheut. Nun ja«, fügte sie achselzuckend hinzu, »das beruhte auf Gegenseitigkeit. Sag mir, hast du es geschafft, ihren hohen Ansprüchen zu genügen?«

»Nicht ganz.« Kelsey lächelte unsicher. Es erschien ihr nicht richtig, an diesem Ort über ihre Großmutter zu sprechen.

»Familienehre«, nickte Naomi verständnisvoll. »Du hast vollkommen recht. Ich sollte dich nicht zu indirekter Kritik an Milicent bewegen. Außerdem sollte nicht ich es sein, die hier die Fragen stellt.«

»Wie kannst du dich bloß so gelassen geben?« Kelsey setzte ihre Tasse mit einem vernehmlichen Klirren ab. »Wie kannst du bloß so ruhig dasitzen?«

»Ich habe im Gefängnis vieles gelernt, unter anderem, das Leben so zu nehmen, wie es kommt. Jetzt bist du am Zuge, Kelsey. Ich hatte viel Zeit, über alles nachzudenken, und bevor ich mich mit dir in Verbindung setzte, hatte ich mir geschworen, alles zu akzeptieren, was auch geschehen mag.«

»Warum hast du so lange gewartet? Du bist doch schon vor einiger Zeit aus dem Gefängnis entlassen worden.«

»Vor zwölf Jahren, acht Monaten und zehn Tagen. Ehemalige Häftlinge sind da noch genauer als ehemalige Raucher, und ich bin beides.« Wieder lächelte sie. »Doch das ist keine Antwort auf deine Frage. Schon am Tag meiner Entlassung dachte ich daran, mich bei dir zu melden. Ich bin sogar zu deiner Schule gefahren. Eine Woche lang saß ich jeden Tag im Auto und beobachtete dich von dort auf dem Schulhof. Sah, wie du mit den anderen Kindern spieltest. Einmal bin ich sogar ausgestiegen und wollte über die Straße gehen. Und da habe ich mich gefragt, ob man mir wohl anmerkt, daß ich aus dem Gefängnis komme. Ich dachte, jeder müsse es sehen, so, als trüge ich ein Kainsmal auf der Stirn.«

Naomi hob die Schultern und nahm sich ein Plätzchen. »Also stieg ich wieder in mein Auto und fuhr davon. Du warst glücklich, du wurdest behütet, und du hattest keine Ahnung, daß es mich gibt. Dann wurde mein Vater krank. Die Jahre vergingen, Kelsey. Jedesmal, wenn ich daran dachte, zum Telefon zu greifen oder dir zu schreiben, schien es mir der falsche Zeitpunkt zu sein.«

»Und warum gerade jetzt?«

»Ich hielt die Zeit für gekommen. Jetzt bist du nicht so glücklich, nicht so behütet, und ich dachte, es sei an der Zeit, daß du von meiner Existenz erfährst. Deine Ehe ist gescheitert, und du stehst an einem Scheideweg. Vielleicht denkst du, ich kann nicht nachempfinden, wie du dich fühlst, aber glaub mir, ich kann es.«

»Du weißt über Wade Bescheid?«

»Ja. Und über deinen Job und dein Studium. Du hattest Glück, daß du die Intelligenz deines Vaters geerbt hast. Ich war immer eine miserable Studentin. Wenn du die Plätzchen nicht ißt, steck wenigstens ein paar ein, ja? Gertie merkt es bestimmt nicht.«

Seufzend nahm sich Kelsey eines und biß hinein. »Ich weiß nicht, was ich von all dem halten soll. Und ich weiß nicht, was ich von dir halten soll.«

»Die Realität ist selten so, wie es einem die Seifenopern im Fernsehen weismachen wollen«, meinte Naomi lakonisch. »Tränenreiche Wiedervereinigung von Mutter und Tochter. Alles vergeben und vergessen. Ich verlange ja gar nicht, daß alles vergeben und vergessen sein soll, Kelsey. Ich hoffe nur, daß du mir eine Chance gibst.«

Kelsey nahm den Schnellhefter, den sie neben sich auf das Sofa gelegt hatte. »Ich habe einige Nachforschungen angestellt.«

Das muß die Hölle gewesen sein, dachte Naomi und griff nach einem weiteren Plätzchen. »Das habe ich mir schon gedacht. Zeitungsberichte über den Prozeß?«

»Unter anderem.«

»Ich kann dir eine Abschrift des Protokolls besorgen.«

Kelseys Finger schlossen sich um den Schnellhefter. »Ein Protokoll?«

»Wäre ich an deiner Stelle, wollte ich es sehen. Die Verhandlung war öffentlich, Kelsey. Selbst wenn ich etwas geheimhalten wollte, wäre es mir nicht möglich.«

»Als ich das letzte Mal hier war, fragte ich dich, ob du schuldig bist, und du sagtest ja.«

»Du fragtest, ob ich Alec getötet habe, und ich bejahte das.«

»Warum hast du mir nicht gesagt, daß du in Notwehr gehandelt hast?«

»Was macht das für einen Unterschied? Ich wurde verurteilt, habe meine Strafe abgesessen und bin, wie man so schön sagt, rehabilitiert.«

»Also war es eine Lüge? War es nur eine Ausrede, als du ausgesagt hast, daß du ihn erschießen mußtest, weil er dich vergewaltigen wollte?«

»Die Geschworenen waren dieser Ansicht.«

»Ich frage aber *dich*«, schoß Kelsey zurück. »Ich will ein einfaches Ja oder Nein.«

»Jemanden zu töten ist niemals einfach, egal unter welchen Umständen.«

»Und welche Umstände waren das? Du hast ihn ins Haus, in dein Schlafzimmer gelassen.«

»Ich ließ ihn ins Haus«, berichtigte Naomi. »Er kam in mein Schlafzimmer.«

»Er war dein Liebhaber.«

»Das war er nicht.« Mit eiskalten Händen schenkte Naomi Tee nach. »Vielleicht wäre er es irgendwann einmal geworden, aber damals habe ich nicht mit ihm geschlafen.« Ihr Blick heftete sich auf ihre Tochter. »Auch das haben die Geschworenen nicht geglaubt. Ich fand ihn anziehend und hielt ihn für einen charmanten, harmlosen Dummkopf.«

»Du hast dich wegen einer anderen Frau mit ihm gestritten.«

»Ich bin sehr besitzergreifend«, entgegnete Naomi nüchtern. »Er sollte bis über beide Ohren in mich verliebt sein, und das hieß, daß ich mit anderen flirten durfte, er aber nicht. Und da er begann, mich zu langweilen und mir lästig zu werden, beschloß ich, die Beziehung zu beenden. Alec war damit keineswegs einverstanden. Wir hatten einen

Streit, in aller Öffentlichkeit. Später, als wir allein waren, stritten wir weiter. Er gebärdete sich wie rasend, beschimpfte mich auf übelste Weise und versuchte dann, durch Grobheit sein Ziel zu erreichen. Ich sagte, er solle verschwinden.«

Trotz aller Bemühungen, die Ruhe zu bewahren, zitterte ihre Stimme, als sie an diese Nacht zurückdachte. »Statt dessen folgte er mir nach oben, nannte mich Gott weiß was und wurde gewalttätig. Vermutlich wollte er mir zeigen, was ich verpaßt hatte, als er mich mit Gewalt ins Bett zerren wollte. Ich war wütend und hatte Angst. Als mir klar wurde, daß er genau das tun würde, was er mir angedroht hatte, wehrte ich mich, riß mich los, griff nach meiner Pistole und erschoß ihn.«

Wortlos schlug Kelsey den Schnellhefter auf und nahm die Kopie des Zeitungsfotos heraus. Als Naomi es sah, verriet nur ein Zucken im Mundwinkel ihre Gefühle.

»Nicht sehr schmeichelhaft, weder für ihn noch für mich, nicht wahr? Allerdings wußten wir damals nicht, daß wir Zuschauer haben.«

»Er berührt dich gar nicht. Er hat die Hände erhoben.«

»Vermutlich hätte man selbst an Ort und Stelle sein müssen, um die Situation richtig beurteilen zu können.« Naomi reichte ihrer Tochter das Foto zurück. »Ich verlange ja nicht, daß du mir glaubst, Kelsey. Warum solltest du auch? Wie auch immer die Umstände gewesen sein mochten, ich bin nicht ohne Schuld. Doch ich habe dafür bezahlt, und die Gesellschaft hat mir noch eine Chance gegeben. Und mehr verlange ich auch nicht von dir.«

»Warum hast du mich in dem Glauben gelassen, du seist tot? Warum hast du das zugelassen?«

»Weil es in gewisser Weise zutraf. Ein Teil von mir war tot. Und egal welches Verbrechen ich auch begangen habe, dich habe ich geliebt. Ich wollte nicht, daß du in dem Wissen aufwächst, daß ich in einem Käfig sitze. Ansonsten hätte ich diese zehn Jahre nicht überstanden. Und ich mußte überleben.«

Dutzende von Fragen schwirrten Kelsey im Kopf umher, doch sie wußte nicht, ob sie die Antworten ertragen konnte. »Ich kenne dich nicht«, sagte sie schließlich. »Ich weiß nicht, ob ich jemals etwas für dich empfinden werde.«

»Dein Vater hat dir doch sicher Sinn für Gerechtigkeit beigebracht. Und wenn nicht er, dann Milicent. Ich will an diesen Gerechtigkeitssinn appellieren und dich bitten, hierherzukommen und ein paar Wochen zu bleiben. Einen Monat vielleicht.«

Für einen Augenblick verschlug es Kelsey die Sprache. »Ich soll hier leben?« stieß sie schließlich hervor.

»Nennen wir es einen ausgedehnten Besuch, Kelsey. Ein paar Wochen deines Lebens gegen die Zeit, die ich verloren habe.«

Sie wollte nicht betteln. O Gott, sie wollte nicht betteln, doch sie würde es tun, wenn es sein mußte. »Es mag ja egoistisch und unfair sein, aber ich will diese Chance.«

»Das ist zu viel verlangt.«

»Das ist es wohl. Aber ich verlange es trotzdem. Ich bin deine Mutter, das kannst du nicht leugnen. Du kannst mir zwar aus dem Weg gehen, wenn du das willst, aber ich bin und bleibe deine Mutter. Wir werden in Ruhe herausfinden können, wie wir zueinander stehen. Wenn sich gar kein Gefühl zwischen uns entwickelt, kannst du gehen. Aber ich wette, du bleibst.« Naomi beugte sich vor. »Aus welchem Holz bist du geschnitzt, Kelsey? Hast du genug Chadwick-Blut in den Adern, um eine Herausforderung anzunehmen?«

Kelsey rieb sich ihr Kinn. Es war eine Herausforderung, aber darauf war sie eher bereit einzugehen als auf eine Bitte. »Einen ganzen Monat kann ich dir nicht versprechen, aber ich werde kommen.« Überrascht bemerkte sie daß Naomis Lippen leicht zitterten, ehe sie sich zu ihrem üblichen kühlen Lächeln verzogen.

»Ausgezeichnet. Wenn ich dich schon nicht unterhalten kann, Three Willows kann's bestimmt. Dann werden wir sehen, wieviel du in deinen Reitstunden gelernt hast.«

»Ich lasse mich nicht leicht abwerfen.«

»Ich auch nicht.«

4

Das Dinner im Familienkreis war von jeher eine äußerst zivilisierte Angelegenheit. Stilvoll wurde dabei ausgezeichnetes Essen serviert – wie eine Henkersmahlzeit, dachte Kelsey, als sie ihre Lauchsuppe löffelte. Sie wollte den Abend im Hause ihre Vaters weder als Verpflichtung noch, was schlimmer war, als Verhör betrachten. Doch sie wußte, daß beides zutraf.

Philip betrieb beiläufig Konversation, doch sein Lächeln wirkte aufgesetzt. Seit Kelsey ihm von ihrem bevorstehenden Besuch auf Three Willows erzählt hatte, ließ ihn die Vergangenheit nicht mehr los. Obwohl er es Candace gegenüber als illoyal empfand, konnte er kaum an etwas anderes denken als an seine erste Frau. Nachts wälzte er sich schlaflos von einer Seite auf die andere, da ihn seine Erinnerungen peinigten. Obwohl er sich selbst sagte, daß er sich wie ein Narr verhielt, quälte ihn der Gedanke, er könne das Kind verlieren, um das er so erbittert gekämpft hatte.

Doch dieses Kind war inzwischen zur Frau gereift. Er brauchte sie nur anzusehen, um sich dessen bewußt zu werden. Und doch, wenn er die Augen schloß, sah er das Kind vor sich. Und fühlte sich schuldig.

Milicent wartete, bis das gegrillte Hähnchen serviert wurde. Normalerweise vermied sie es, während der Mahlzeit unerfreuliche Themen anzuschneiden, doch diesmal würde ihr wohl keine andere Wahl bleiben.

»Du fährst morgen fort, wie ich hörte?«

»Ja.« Kelsey nahm einen Schluck aus ihrem Wasserglas und sah zu, wie die dünne Zitronenscheibe darin auf und ab tanzte. »Gleich morgen früh.«

»Und dein Job?«

»Ich habe gekündigt.« Herausfordernd hob Kelsey eine Augenbraue. »Es war sowieso nicht viel mehr als eine ehrenamtliche Tätigkeit. Wenn ich zurückkomme, kann ich mich ja immer noch bei der Smithsonian Institution bewerben.«

»Für jemanden, der kommt und geht, wie es ihm beliebt, dürfte es schwierig sein, eine Stelle zu finden.«

»Mag sein.«

»Die Gesellschaft für Geschichte kann immer Hilfe gebrauchen«, warf Candace ein. »Vielleicht kann ich ein gutes Wort für dich einlegen.«

»Danke, Candace.« Der reinste Friedensengel, dachte Kelsey. »Ich werde es mir überlegen.«

»Vielleicht befällt dich ja auch das Rennfieber.« Channing zwinkerte seiner Stiefschwester zu. »Dann legst du dir einen feurigen Hengst zu und reist von Rennen zu Rennen.«

»Das wäre sowohl unpassend als auch unklug.« Milicent betupfte die Lippen mit ihrer Serviette. »Für jemanden deines Alters mag das ja romantisch und aufregend klingen, aber Kelsey ist alt genug, um es besser zu wissen.«

»Ich stell mir das toll vor. Sich in den Ställen herumzutreiben, hier und da eine kleine Wette zu riskieren … Ich hätte nichts dagegen, ein paar Wochen auf dem Land zu verbringen.«

»Du könntest mich besuchen kommen. Ich würde mich freuen.«

»Ist das alles, woran du denken kannst?« Aufgebracht legte Milicent ihre Gabel beiseite. »An dein persönliches Vergnügen? Hast du eigentlich eine Ahnung, was du deinem Vater antust?«

»Mutter ...«

Doch Milicent wischte Philips Einwand mit einer ungeduldigen Handbewegung beiseite. »Nach all dem Kummer, den uns diese Person bereitet hat, muß sie jetzt nur mit den Fingern schnippen, und Kelsey kommt angerannt. Es ist unfaßbar.«

»Sie hat keineswegs einfach nur mit den Fingern geschnippt.« Unter dem Tisch ballte Kelsey die Fäuste. Fahr nicht aus der Haut, ermahnte sie sich. »Sie bat mich um einen Besuch, und ich war einverstanden. Es tut mir leid, wenn du dich verletzt fühlst, Dad.«

»Es ist eher so, daß ich mir Sorgen um dich mache, Kelsey.«

»Ich frage mich ...« In der Hoffnung, Milicent zu beschwichtigen und wenigstens den Rest des Abends zu retten, meldete Candace sich zu Wort. »Mußt du denn wirklich dort wohnen, Kelsey? Schließlich liegt die Farm nur eine Stunde von hier. Du könntest es langsamer angehen lassen und ab und zu über's Wochenende hinfahren.« Sie blickte zu Philip, um seine Reaktion zu sehen, dann lächelte sie Kelsey bittend an. »Das erscheint mir wesentlich vernünftiger.«

»Wenn sie nur einen Funken Verstand hätte, wäre sie nie dorthin gefahren.«

Kelsey verbiß sich ein Seufzen und lehnte sich zurück. »Es ist ja nicht so, als ob ich einen Vertrag unterschrieben hätte. Ich kann jederzeit wieder gehen. Aber ich will hinfahren.« Das galt ihrem Vater. »Ich will herausfinden, wer sie wirklich ist.«

»Kann ich verstehen«, stimmte Channing mit vollem Mund zu. »Wenn ich erfahren hätte, daß meine totgeglaubte Mutter noch am Leben ist und 'ne Zeitlang gesessen hat, würde ich auch so handeln. Hast du sie gefragt wie's im Bau so ist? Ich liebe diese Filme, die von Frauen im Knast handeln.«

»Channing!« flüsterte Candace entsetzt. »Du bist geschmacklos!«

»Ich bin bloß neugierig.« Er spießte eine goldgelbe Frühkartoffel auf die Gabel. »Ich wette, der Fraß im Gefängnis ist ätzend.«

Kelsey lachte laut auf. »Ich verspreche dir, sie danach zu fragen. Sagt mal, sind Channing und ich hier die einzigen, denen das Ganze nicht wie eine Szene aus einem Rührstück vorkommt? Seid doch froh, daß ich meinen Schock nicht auf der Couch eines Psychiaters verarbeite oder in Alkohol ertränke. Ich bin schließlich diejenige, die die neue Situation am stärksten belastet, aber ich tue mein Bestes, um damit fertig zu werden.«

»Du denkst nur an dich«, zischte Milicent mit zusammengekniffenen Lippen.

»Ganz recht. Ich denke an mich.« Was zuviel war, war zuviel, entschied Kelsey und stand vom Tisch auf. »Vielleicht interessiert es dich ja, daß sie kein einziges böses Wort über dich verloren hat«, sagte sie zu ihrem Vater. »Es gibt keine hinterhältige Verschwörung, die mich gegen dich aufwiegeln soll. Das wäre auch gar nicht möglich.« Sie beugte sich zu ihrem Vater und küßte ihn auf die Wange. »Danke für das Essen, Candace. Ich muß jetzt wirklich nach Hause und packen. Channing, ruf mich an, wenn du ein freies Wochenende hast. Gute Nacht, Großmutter.«

Sie eilte hinaus. Als die Tür hinter ihr zufiel, holte sie tief Luft. Der Geruch der Freiheit, dachte sie, und sie würde sie genießen.

Als Kelsey am nächsten Morgen in Three Willows ankam, öffnete Gertie die Tür. »Da sind Sie ja!« Sie nahm Kelsey den Koffer aus der Hand, ehe sie protestieren konnte. »Miß Naomi ist bei den Ställen. Wir wußten nicht genau, wann Sie kommen, aber ich soll ihr sagen, wenn Sie da sind.«

»Nein, laß nur. Sie ist sicher beschäftigt. Ich nehme dir den Koffer ab, er ist schwer.«

»Ach wo, ich bin kräftig wie ein Pferd.« Gertie hob den Koffer an. »Ich zeige Ihnen jetzt Ihr Zimmer.«

So klein und dünn sie auch war, mühelos stieg Gertie die Stufen empor, munter weiterschwatzend. »Alles ist vorbereitet. Es tut gut, wieder etwas zu tun zu haben. Miß Naomi kümmert sich wenig ums Haus. Braucht mich eigentlich gar nicht.«

»Das kann ich nicht glauben.«

»Oh, als Gesellschafterin schon. Aber sie ißt wie ein Spatz und macht fast alles selbst, ehe ich es ihr abnehmen kann.« Gertie führte den Gast durch eine geräumige Diele, die mit einem rosengemusterten Teppich ausgelegt war. »Manchmal hat sie Leute da, aber es ist nicht mehr so wie früher. Damals hatten wir ständig Gäste.«

Sie öffnete eine Tür, trat ins Zimmer und legte den Koffer auf ein elegantes Himmelbett.

Durch die hohen, schmalen Fenster, die zum Garten hinausgingen, fiel helles Sonnenlicht in das Zimmer. Die kräftigen Farben und die geschmackvoll arrangierten Blumen verliehen dem Raum eine elegante, beinahe europäische Note.

»Wie hübsch!« Kelsey trat zu einer Frisierkommode aus Kirschholz, auf der eine Kristallvase mit frischen Tulpen stand. »Als ob man in einem Garten schliefe.«

»Früher war das Ihr Zimmer. 'türlich anders eingerichtet, ganz in Weiß und Rosa. – wie ein Bonbonladen.« Gertie biß sich auf die Lippen, als sie Kelseys überraschten Blick auffing. »Miß Naomi sagte, wenn Ihnen das Zimmer nicht gefällt, können Sie auch den Raum gegenüber nehmen.«

»Nein, es gefällt mir gut.« Kelsey verharrte einen Augenblick, wartete darauf, jeden Moment von Erinnerungen überflutet zu werden. Doch sie empfand lediglich Neugier.

»Ihr Badezimmer ist hier.« Dienstbeflissen öffnete Gertie eine Tür. »Wenn Sie noch Handtücher brauchen, sagen Sie's nur. Oder wenn Sie sonst noch etwas wünschen. Ich gehe und hole Miß Naomi.«

»Nein.« Kurz entschlossen drehte Kelsey sich um. »Ich gehe sie selbst suchen. Auspacken kann ich ja später.«

»Ich mach' das schon für Sie. Sie sehen sich um und genießen Ihren Besuch. Bald gibt's Lunch. Knöpfen Sie Ihre Jacke zu, es ist kühl draußen.«

Kelsey verkniff sich ein Grinsen. »Okay. Zum Lunch bin ich wieder da.«

»Bringen Sie Ihre Mama mit. Sie muß etwas essen.«

»Ich werd's ihr ausrichten«, sagte Kelsey und ließ Gertie mit dem Koffer allein.

Die Verlockung, sich das Haus genauer anzusehen, den Kopf in jeden Raum zu stecken und den letzten Winkel zu erforschen, war groß. Doch das hatte Zeit. Ein Hauch von Winter lag zwar noch in der Luft, doch schien die Sonne strahlend hell vom Himmel. Ein gutes Omen, hoffte Kelsey, als sie das Haus verließ.

Sie wollte nicht gleich zu Beginn ihres Besuches den Schatten der Vergangenheit nachjagen. Auf lange Sicht war das natürlich unvermeidlich. Doch es konnte nicht schaden, einen unbeschwerten Tag auf dem Lande zu verbringen, den Duft der ersten Frühlingsblumen und des jungen Grases zu genießen und die Berge, Pferde und den blauen Himmel zu bewundern. Zumindest vorerst konnte sie ihren Aufenthalt hier als Kurzurlaub betrachten. Erst als sie ihren Koffer gepackt hatte, war ihr bewußt geworden, wie dringend sie es nötig hatte, dem Alltagstrott zu entfliehen. Bloß weg aus ihrem leeren Apartment, weg von dem Job und der nervenzermürbenden Aufgabe, sich an das Singleleben zu gewöhnen.

Außerdem, dachte sie, als ihr der Geruch nach Pferden in die Nase stieg, konnte sie auch hier noch etwas lernen. Sie verstand überhaupt nichts vom Pferderennsport, kannte sich in dieser Welt überhaupt nicht aus und hatte nur wenig Ahnung von Pferden.

Also würde sie sich jetzt bemühen, soviel wie möglich darüber herauszufinden. Sie hatte das Gefühl, daß der Schlüssel zum Wesen ihrer Mutter in dem Umfeld lag, in dem sie lebte.

Wie schon bei ihrem letzten Besuch herrschte bei den Ställen reges Treiben. Pferde wurden herumgeführt oder gestriegelt, Männer wie Frauen schleppten Futtersäcke heran oder schoben Schubkarren mit Mist fort. Kelsey ignorierte die neugierigen Blicke und ging hinein.

In der ersten Box bandagierte ein Pfleger einer Stute das Bein. Kelsey zögerte, als er zu ihr aufschaute. Unter seinen Augen lagen tiefe Schatten. Sein Gesicht erschien ihr steinalt und seine Haut erinnerte an von der Sonne ausgedörrtes Leder.

»Entschuldigung. Ich suche Miß Chadwick.«

»Groß geworden, nich' wahr?« Der Mann schob einen Priem Kautabak in den Mund. »Hab' schon gehört, daß Sie kommen. So, Süße, das wär's.«

Kelsey brauchte einen Moment, um zu begreifen, daß diese Bemerkung nicht ihr, sondern der Stute galt. »Fehlt ihr etwas?« wollte sie wissen.

»Nur 'ne leichte Verstauchung. Alt ist sie, aber das Rennen hat sie noch nicht verlernt. Du erinnerst dich noch an die alten Zeiten, was, mein Mädchen? Hat ihr erstes und ihr letztes Rennen gewonnen, und 'ne ganze Reihe dazwischen. Fünfundzwanzig ist sie jetzt. War 'n munteres Fohlen, als Sie sie das letzte Mal gesehen haben.« Er schenkte ihr ein zahnloses Grinsen. »Nehm' an, Sie erinnern sich weder an sie noch an mich. Boggs heiß' ich. Hab' Sie auf Ihr erstes Pony gesetzt, aber vermutlich ham' Sie vergessen, wie das geht.«

»Nein, ich kann reiten.« Kelsey streckte vorsichtig die Hand aus, um die alte Stute zu streicheln. »Wie heißt sie denn?«

»Queen Vanity Fair. Ich nenn' sie einfach Queenie.«

Die Stute schnaubte leise, und ihre sanften braunen Augen richteten sich auf Kelsey. »Sie ist zu alt, um noch beim Rennen zu starten«, murmelte Kelsey.

»Und auch zum Fohlen, Queenie ist im Ruhestand. Aber manchmal denkt sie, sie wär noch 'n junges Ding, so tobt sie 'rum. Wenn ich

’n Sattel mitbringen täte, was meinen Sie, wie sie dann die Ohren spitzen würde«.

»Man kann sie also noch reiten?«

»Wenn’s der richtige Reiter ist. Ihre Ma’ ist hinten im Schuppen, auf der linken Seite. Große Dinge geh’n heute hier vor.«

»Oh. Vielen Dank auch, äh, …«

»Boggs. Willkommen zu Hause.« Der Mann drehte sich um und strich mit seiner knorrigen, verarbeiteten Hand zart über das Bein der Stute. »Besser, Sie zieh’n beim nächsten Mal Stiefel an.«

»Ja«, Kelsey sah auf ihre weichen italienischen Pumps hinab. »Da haben Sie recht.«

Sie durchquerte die Ställe und blieb, nach einem prüfenden Blick über ihre Schulter, bei Serenitys Box stehen. Die Stute belohnte sie mit einem freundschaftlichen Schnauben und knabberte dann an ihrer Hand.

Draußen, bei dem Gebäude zu ihrer Linken, herrschte hektischer Betrieb. Sie erkannte Gabe und fragte sich einen Moment lang hingerissen, wer wohl prachtvoller aussah, er oder der sich aufbäumende braune Hengst, den er zu bändigen versuchte. Er hielt das Tier am kurzen Zügel und stemmte mit aller Kraft die Beine in den Boden, während der Hengst am ganzen Leibe zitterte und laut wieherte.

Gabe, dessen Haar vom Wind zerzaust wurde, warf lachend den Kopf zurück. »Du hast Angst, was? Kann ich verstehen. Nichts bringt das Blut so sehr in Wallung, wie eine schöne, liebesbereite Stute. Hallo, Kelsey.« Ohne sich umzudrehen hielt er weiterhin den Hengst im Zaum. Er hatte ihre Anwesenheit gespürt, fast meinte er, ihren Duft wahrgenommen zu haben, so wie der Hengst die Stute roch. »Da sind Sie gerade rechtzeitig zum großen Ereignis gekommen. Sie sind doch nicht empfindlich, oder?«

»Nein, bin ich nicht.«

»Wunderbar. Naomi wartet drinnen mit der Stute. Longshot und Three Willows sind im Begriff, gemeinsam einen Champion hervorzubringen.«

Kelseys Blick wanderte über das Pferd. Mehrere Helfer standen bereit, Gabe im Notfall zur Hand zu gehen. Das Tier bot einen herrlichen Anblick, sein Fell glänzte bereits vor Schweiß, die Muskeln spielten unter der Haut, und seine Augen glühten.

»Den wollen Sie auf eine arme, nichtsahnende Stute loslassen?«

Gabe grinste. »Glauben Sie mir, sie wird mir dankbar sein.«

»Furchtbare Angst wird sie haben«, widersprach Kelsey und betrat den Stall. Ihre Mutter und Moses beruhigten die Stute, die offenbar genauso aufgeregt war wie der Hengst. Auch sie war braun und sah prächtig aus wie der ihr zugeteilte Partner. Man hatte ihr Fußfesseln angelegt und ihren Nacken mit einem dicken Ledertuch geschützt.

»Kelsey«, Naomi wischte sich über das schweißbedeckte, schmutzverschmierte Gesicht, »Gertie sollte mir doch Bescheid geben.«

»Ich hab' ihr gesagt, sie soll sich nicht bemühen. Bin ich im Weg?«

»Nein ...« Zweifelnd blickte Naomi zu Moses hinüber. »Aber hier wird es gleich ziemlich wüst zugehen.«

»Ich bin schon ein wenig aufgeklärt«, meinte Kelsey trocken.

»Bleiben Sie hier«, fügte Moses hinzu, »dann lernen Sie noch was dazu.« Und zu einem seiner Männer sagte er: »Sie ist soweit.«

»Bleib außer Reichweite«, warnte Naomi ihre Tochter. »Das wird kein gemütliches Schäferstündchen.«

Sex lag in der Luft. Als Gabe und seine Helfer den Hengst hereinführten, verstärkte sich der beißende Geruch noch. Die Stute wieherte, ob aus Protest oder Zustimmung, konnte Kelsey nicht entscheiden, und der Hengst antwortete mit einem Laut, der ihr durch und durch ging.

Es wurden rasche Befehle gegeben, als der Hengst mit einem einzigen kraftvollen Satz die Stute bestieg. Mit weit aufgerissenen Augen sah Kelsey zu, wie Moses bei der Paarung technische Hilfestellung leistete. Dann sah sie, warum die Stute den ledernen Nackenschutz trug, und ihr stockte der Atem. Wahrscheinlich hätte der Hengst ihr sonst seine Zähne bis auf die Knochen ins Fleisch gegraben. In seiner Raserei wirkte er beinahe menschlich.

Ohne daß es ihr bewußt wurde, kam Kelsey näher, fasziniert von diesem leidenschaftlichen Deckakt. Ihr Herz schlug wild vor Erregung, ihr Blut schien in den Adern zu kochen.

Unwillkürlich blickte sie Gabe an. Schweiß lief ihm über das Gesicht, die Muskeln spannten sich unterm T-Shirt. Er schaute ihr voll ins Gesicht. Zu ihrem Entsetzen sah sie an ihm ihre eigene Reaktion; die kurze Vorstellung, genauso wild und kraftvoll genommen zu werden wie die Stute.

Gabe lächelte, arrogant und anziehend zugleich. Er lächelte, durchfuhr es Kelsey, als ob er ihre Gedanken lesen konnte.

»Unglaublich, nicht wahr?« Ihre Mutter kam zu ihr. Die Braune war schon die dritte Stute, die an diesem Morgen gedeckt wurde, und Naomis ganzer Körper schmerzte vor Anstrengung.

»Tut ihr das …« Kelsey räusperte sich. »Tut ihr das weh?«

»Ich glaube, sie würde Schmerzen kaum bemerken.« Naomi zog ein blaues Tuch aus der Gesäßtasche und wischte sich damit den Schweiß ab. »Manche Hengste decken sehr vorsichtig, fast so wie ein scheuer Liebhaber.« Grinsend deutete sie auf die keuchenden Pferde. »Der da ist alles andere als sanft. Ein richtiger Draufgänger. Und welche Frau hätte nicht ab und zu mal gern einen Draufgänger.« Bei diesen Worten schielte sie zu Moses.

Ich muß mich beruhigen, dachte Kelsey, denn ihr Puls raste immer noch. Besser, und sicherlich klüger wäre es, sich auf den wissenschaftlichen Aspekt der Sache zu konzentrieren. »Nach welchen Kriterien sucht ihr denn den passenden Hengst für eine Stute aus?« fragte sie.

»Das kann vom Stammbaum, von den Erbanlagen, den Qualitäten, ja sogar von der Farbe abhängen. Wir erstellen eine Art genetisches Diagramm, und dann können wir nur noch die Daumen drücken. Herrjeh, ich weiß, daß ich in Klischees rede, aber ich könnte eine Zigarette vertragen. Laß uns an die Luft gehen. Hier gibt's kaum noch etwas zu tun.«

Naomi kramte einen Streifen Kaugummi aus ihrer Hosentasche. »Möchtest du auch eins?«

»Nein, danke.«

»Ein armseliger Ersatz für Tabak.« Seufzend schob sie sich den Kaugummi in den Mund. »Aber jeder Ersatz ist irgendwie armselig.« Mit geneigtem Kopf musterte sie ihre Tochter. »Du siehst müde aus, Kelsey. Hast du schlecht geschlafen?«

»Das auch.«

Naomi seufzte erneut. Früher hatte ihre Tochter ihr alles anvertraut, was sie auf dem Herzen hatte, doch diese Zeiten waren vorbei – wie so vieles andere. »Wenn du mir nicht antworten willst, dann sag es, aber ich wüßte trotzdem gern, ob Philip gegen deinen Besuch hier ist.«

»Ich würde es so ausdrücken: Ihn hat meine Entscheidung, deiner Einladung Folge zu leisten, tief getroffen.«

»Verstehe.« Naomi blickte nachdenklich zu Boden, dann nickte sie. »Ich würde ja vorschlagen, mit ihm zu reden, um ihn zu beruhigen, aber ich fürchte, das würde die Sache nur noch schlimmer machen.«

»Das glaube ich allerdings auch.«

»Na gut. Dann wird er sich eben ein paar Wochen lang nicht wohl in seiner Haut fühlen.« Als sie wieder hochblickte, waren ihre Augen hart. Verdammt, sie hatte es verdient – einen kurzen Monat Zusammensein nach so vielen Jahren. »Aber er wird es überleben. Ich kann mich ja nicht totstellen, nur weil es einigen Leuten lieber wäre.« Sie sah zu Gabe hinüber, der gerade den schweißtriefenden Hengst aus dem Schuppen führte, und ihr Gesicht wurde weicher. »Meinst du, es hat geklappt?«

»Wenn nicht, liegt es jedenfalls nicht am mangelnden Einsatz.« Er klopfte dem Hengst auf den Hals ehe er einem Stallburschen die Zügel übergab. »Das erste Fohlen von vielen, hoffe ich. Nun, Kelsey, für Sie war das eine interessante Einführung in das Leben auf einer Pferdefarm. Wenn Sie bis ungefähr Januar nächsten Jahres hierbleiben, können Sie das Ergebnis des heutigen Ereignisses laufen sehen.«

»Ereignis, das ist wohl eine ziemliche Untertreibung für das, was da drinnen vor sich gegangen ist. Die Stute schien dabei ja keine Wahl zu haben.«

»Er aber auch nicht.« Grinsend nahm sich Gabe eine Zigarre. »Bei so einem Urereignis hat keiner eine Wahl. Moses wird mir Bescheid geben, falls die Vorstellung wiederholt werden muß«, wandte er sich an Naomi, »aber ich hab' so ein Gefühl, daß es nicht nötig sein wird.«

»Ich würde ja eine Wette darauf abschließen, aber diesmal vertraue ich deinem Gefühl. Entschuldigt mich eine Minute, ich muß kurz nach der Stute schauen.«

Kelsey blickte zu dem Hengst, der gerade trockengerieben wurde. »Sollten Sie nicht mit ihm ein Männergespräch unter vier Augen führen? Ihn vielleicht einmal an Ihrer Zigarre ziehen lassen?«

»Gespräche dieser Art habe ich schon in der High-School vermieden. Mache ich Sie nervös, Kelsey, oder liegt das nur an der Atmosphäre?«

»Weder noch.« Doch in Wahrheit übte er einen ganz besonderen Reiz auf sie aus. Aber das war ihr Problem. »Ihnen gehört also die Nachbarfarm, Longshot?«

»Richtig.«

»Ich habe Ihr Haus von der Straße aus bewundert. Es fällt in der Umgebung etwas aus dem Rahmen.«

»Genau wie ich. Der altehrwürdige Prachtbau, der auf dem Hügel stand, als ich die Farm übernahm, hat mir nicht gefallen. Also ließ ich ihn abreißen.« Er stieß eine Rauchwolke aus. »Sie müssen mal rüberkommen und das Haus besichtigen.«

»Gern, aber zuerst will ich Three Willows erkunden.«

»Sie finden an der ganzen Ostküste keinen besseren Betrieb als meinen.« Hinter ihm war ein Schnaufen zu hören. Gabe drehte sich um und sah Moses. »Natürlich hätte ich das beste Gestüt im ganzen Land, wenn ich Naomi Whitetree abspenstig machen könnte. Ich biete das Doppelte von dem, was sie dir zahlt, Moses.«

»Behalte dein Geld, mein Junge. Kauf dir lieber einen schicken Anzug.« Moses übergab die Stute einem Pfleger. »Besitzer wie du sind Eintagsfliegen.«

»Das hast du vor fünf Jahren auch schon gesagt, Moses.«

»Und das sage ich auch heute noch. Gib mir eine Zigarre.«

»Du bist eine harte Nuß, Whitetree.«

»So ist es.« Moses steckte sich die Zigarre für später in die Tasche. »Dein Pferdepfleger, der mit der gebrochenen Nase, roch nach Gin.«

Gabes vergnügtes Lächeln verschwand sofort, seine Augen wurden schmal, und er sagte: »Ich kümmere mich darum.«

»Sag doch deinem Trainer, er soll sich darum kümmern«, gab Moses zurück. »Das ist doch sein Job.«

»Aber es sind meine Pferde«, korrigierte ihn Gabe. »Entschuldigt mich.« Er drehte sich auf dem Absatz um und ging zu dem Transporter, in den der Hengst gerade verladen wurde.

»Der wird's nie lernen«, brummte Moses.

»Bei Gabe gibt es keine Hierarchie«, kopfschüttelnd beobachtete Naomi, wie Gabe den Mann zur Rede stellte. »Du hättest seinen Trainer informieren sollen, Moses.«

»Und Jamison sollte sich nicht an mich wenden müssen, um ihn darauf zu stoßen, was unter seiner Nase vorgeht.«

»Moment mal.« Kelsey hob eine Hand. »Würde wohl jemand so liebenswürdig sein, mir zu erklären, worüber hier eigentlich geredet wird«.

»Gabe feuert einen seiner Männer«, antwortete Naomi.

»Einfach so?«

»Bei der Arbeit wird nicht getrunken«, zischte Moses durch die Zähne, als die wütende Stimme des Pferdepflegers zu ihnen herüberscholl. »Rennstallbesitzer sollten sich aus dem Betrieb raushalten.«

»Warum?« wollte Kelsey wissen.

»Weil sie die Besitzer sind.« Mit einem unwilligen Kopfschütteln drehte sich Moses um und lief zu den Ställen.

»Hier gibt's keine Minute Langeweile.« Naomi berührte Kelsey am Arm. »So, und jetzt ... Mist!«

»Wie bitte?« Kelsey schaute sich gerade noch rechtzeitig um und sah, daß der Mann ausholte und nach Gabe schlug. Er wich aber geschickt aus.

Mit Mühe hielt sich Gabe zurück, den Kerl fertigzumachen. Der Mann ist ja nur ein jämmerlicher Wicht, dachte er, und er war nur halb so groß wie er selbst. Das Schlimmste war eigentlich, von Moses zu erfahren, daß ein Trinker sein Pferd betreute.

»Hau ab und pack deine Sachen, Lipsky«, wiederholte Gabe mit eisiger Ruhe, während der Mann mit geballten Fäusten vor ihm stand. »Du bist für Longshot erledigt.«

»Was glauben Sie eigentlich, wer Sie sind?« Lipsky fuhr sich mit der Hand über den Mund. Noch war er nicht völlig betrunken, er hatte nur genügend Gin intus, um sich stark zu fühlen. »Ich weiß mehr über Pferde, als Sie je lernen werden. Sie sind doch nur durch Glück und Betrug was geworden, Slater. Jeder weiß das, und genauso weiß jeder, daß Ihr Alter ein elender Säufer ist.«

Die Wut, die jetzt in Gabes Augen aufblitzte, ließ die Männer ein wenig zurückgehen, und in schweigender Übereinkunft bildeten sie einen Ring. Gleich würde es hier etwas zu sehen geben.

»Du kennst meinen Vater, was, Lipsky? Wundert mich gar nicht. Tu dich doch mit ihm zusammen und sauf dich zu Tode. Aber erst packst du deine Sachen und holst dir deinen noch ausstehenden Lohn ab. Du bist gefeuert.«

»Jamison hat mich eingestellt. Ich bin seit zehn Jahren auf der Cunningham Farm, und ich werd' auch noch hiersein, wenn Sie schon längst wieder an Ihrem Roulettetisch sitzen.«

Über Lipskys Kopf hinweg bemerkte Gabe, daß zwei seiner Männer vielsagende Blicke tauschten. Wenn er jetzt einen Rückzieher machte, war sein Ansehen dahin.

»Es gibt die Cunningham Farm nicht mehr. Für dich ist kein Platz mehr auf Longshot. Jamison mag dich ja eingestellt haben, aber ich unterschreibe deine Lohnschecks. Und ich bezahle keine Säufer. Wenn du noch einmal in die Nähe meiner Pferde kommst, dann kriegst du's mit mir zu tun.«

Gabe drehte sich um, und sein Blick fiel auf Kelsey, die mit seinen Leuten dastand und das Geschehen verfolgte. Einen Moment lang war sie froh, daß die Abscheu in Gabes Augen nicht ihr galt. Dann sah sie das Aufblinken von Stahl in der Sonne.

Sie wollte einen warnenden Laut ausstoßen, doch da wandte sich Gabe schon wieder seinem Gegner zu, und das Messer ritzte nur leicht seinen Arm, anstatt ihn in den Rücken zu treffen. Beim Anblick des Blutes wandelte sich das gespannte Interesse der Zuschauer in Aufregung.

»Zurückbleiben«, befahl Gabe, ohne den Schmerz in seinem Arm zu beachten, und verfluchte seine eigene Dummheit. Er hatte nicht damit gerechnet, daß sein betrunkener Gegner so weit gehen würde. »Jetzt willst du's aber wissen, was, Lipsky?« Jeder Muskel seines Körpers war gespannt. Er war bereit, denn wenn man einem Kampf nicht mehr ausweichen konnte, mußte man sich so gut wie möglich behaupten. »Das Messer wirst du brauchen. Na los, komm schon.«

Das Messer in Lipskys Hand zitterte. Einen Augenblick lang konnte er sich nicht mehr daran erinnern, wie es dorthin gelangt war. Doch nun war Blut geflossen. Sein Stolz, der durch den Gin noch verstärkt wurde, ließ es nicht zu, jetzt dem Kampf aus dem Wege zu gehen.

Er duckte sich, täuschte ab und umkreiste seinen Gegner.

»Wir müssen etwas unternehmen!« schrie Kelsey mit vor Entsetzen zugeschnürter Kehle. »Ruf die Polizei.«

»Nein, keine Polizei.« Naomi leichenblaß im Gesicht, sagte nur: »Keine Polizei.«

»Dann tu etwas! Um Gottes willen tu etwas!« Die glänzende Klinge stieß vor, und Lipsky verfehlte Gabe nur um Millimeter. Außer den beiden Kämpfenden rührte sich niemand, nur der Hengst begann, in seinem Hänger wild auszuschlagen. Das Tier spürte die unheilvolle Stimmung.

Ohne nachzudenken packte Kelsey eine an die Scheunenwand gelehnte Heugabel, hob sie hoch und rannte damit los, blieb aber wie angewurzelt stehen, als sie die Klinge wieder aufblitzen sah. In hohem Bogen flog das Messer durch die Luft, und Lipsky ging zu Boden.

Gabe schien sich kaum bewegt zu haben und stand nun breitbeinig über seinem Gegner, das Gesicht so unbeweglich, als sei es aus Stein, und musterte ihn kalt.

»Laß Jamison wissen, wo du hingehst. Er schickt dir dann deine Sachen und dein Geld.« Mühelos riß er Lipsky am Kragen auf die Füße. Der Gestank nach Gin und Blut traf ihn wie ein Schlag in die Magengrube, und unangenehme Erinnerungen stiegen in ihm auf. »Laß dich hier ja nie wieder sehen, ansonsten könnte ich mich dazu hinreißen lassen, dich zu Brei zu schlagen.«

Er stieß den taumelnden Pferdepfleger wieder zu Boden und wandte sich an seine Leute. »Nehmt ihn mit und werft ihn irgendwo an der Straße raus. Er kann dann auf Schusters Rappen verschwinden.«

»Ja, Sir, Mr. Slater.« Beeindruckt wie Buben von einer Schulhofrauferei gingen die Männer auseinander. Einige von ihnen halfen Lipsky hoch und führten ihn fort.

»Tut mit leid, Naomi.« Nachlässig strich sich Gabe das Haar aus dem Gesicht. »Ich hätte warten sollen, bis wir wieder auf Longshot sind, um ihn da zu feuern.«

Naomi zitterte am ganzen Leib. »Dann hätte ich ja die Vorstellung versäumt.« Gezwungen lächelnd kam sie näher und bemerkte das Blut, das von seinem Arm tropfte. »Komm mit ins Haus. Wir müssen die Wunde verbinden.«

»Wie lautet die übliche Floskel? Es ist ja nur ein Kratzer.« Er blickte auf seinen Arm, dankbar dafür, daß es wirklich nur eine kleine Wunde war, auch wenn sie höllisch schmerzte. Mit den Worten: »Aber ich lasse mich gern von schönen Frauen verarzten«, schaute er Kelsey an.

Sie hielt noch immer die Heugabel so fest umklammert, daß ihre Knöchel weiß hervortraten. Rote Flecken zeigten sich auf ihren Wangen, und in ihren Augen stand der Schock.

»Ich glaube, die brauchen Sie jetzt nicht mehr.« Sachte nahm Gabe ihr die Heugabel, mit der sie ihn hatte verteidigen wollen, aus der Hand. »Aber ich weiß den Hilfsversuch zu schätzen.«

Ihre Knie begannen zu zittern. »Sie lassen ihn einfach so gehen?«

»Was denn sonst?«

»Wegen versuchten Mordes werden Leute gewöhnlich festgenommen.« Sie drehte sich nach ihrer Mutter um und sah deren bitter zusammengepreßte Lippen. »Werden die Dinge hier anders geregelt?«

»Da mußt du Moses fragen«, gab Naomi zurück. »Auf Three Willows ist er für Entlassungen zuständig.« Sie zog ihr kleines Halstuch aus der Tasche und tupfte damit Gabe das Blut ab. »Schade, daß ich keinen Unterrock habe, den ich zerreißen kann.«

»Das wäre noch besser.«

»Halt fest und drück das Tuch auf die Wunde«, wies Naomi ihn an. »Und jetzt gehen wir ins Haus und legen dir einen Verband an.«

Gabe verlangsamte seinen Schritt, bis Kelsey ihn eingeholt hatte. Grinsend wandte er ihr das Gesicht zu. »Willkommen zu Hause, Kelsey.«

5

Kelsey überließ ihrer Mutter und der geschäftig herumwuselnden Gertie die Erste Hilfe. Sie hätte ja vorgeschlagen, in die Notaufnahme eines Krankenhauses zu fahren, aber niemand schien an ihrer Meinung sonderlich interessiert zu sein.

Offenbar wurden Stichwunden hier mit solcher Ruhe hingenommen und selbst verarztet.

Sobald Gabes Arm gesäubert und verbunden war, wurde Hühnersuppe mit heißem Toast aufgetischt. Das Gespräch drehte sich ausschließlich um Pferde, Stammbäume, Rennen und Bestzeiten, für Kelsey Bücher mit sieben Siegeln. So beschränkte sie sich auf die Rolle der Zuhörerin und hing ihren eigenen Gedanken nach.

Aus Naomis Beziehung zu Gabriel Slater wurde sie immer noch nicht schlau, aber sie schienen sehr vertraut miteinander zu sein. So stand zum Beispiel er auf und schenkte Kaffee nach, nicht seine Gastgeberin. Und dann berührten sie sich ständig wie unabsichtlich, strichen mit den Fingerspitzen über den Arm des anderen, legten die Hände ineinander.

Das ging sie nun wirklich nichts an, mahnte sich Kelsey. Ihre Mutter und ihr Vater waren seit über zwanzig Jahren geschieden, also stand es Naomi frei, eine andere Beziehung einzugehen.

Seltsamerweise störte sie aber gerade diese Beziehung gewaltig.

Auf jeden Fall paßten die beiden gut zusammen. Es verband sie einerseits ihre Liebe zu Pferden, andererseits zeigten ihre Charaktere eine Art unterdrückter Gewalttätigkeit, die, wie sie von ihrer Mutter wußte und bei Gabe selbst gesehen hatte, durchaus tödlich sein konnte, wenn sie außer Kontrolle geriet.

»Vielleicht hat Kelsey Lust, morgens einmal mit zur Rennbahn zu kommen und beim Training zuzuschauen«, schlug Gabe vor, der sich seinen Kaffee schmecken ließ und Kelseys Anblick genoß. Er glaubte zu sehen, wie sich ihre Gedanken überschlugen.

»Auf die Rennbahn?« Aus ihren Grübeleien gerissen blickte Kelsey interessiert hoch. »Ich dachte, die Pferde würden hier trainiert.«

»Wir machen beides«, erklärte Naomi. »Aber das Training auf der Rennbahn soll den Pferden ein Gefühl für die Strecke vermitteln.«

»Und es gibt den Wettern die Chance, die Pferde zu beobachten, einzuschätzen und danach ihren Einsatz zu richten«, warf Gabe ein. »Auf der Rennbahn findet sich immer ein buntes Völkchen ein, gerade am frühen Morgen, lange vor dem eigentlichen Start.«

»Und früher Morgen ist keine Übertreibung.« Naomi lächelte ihre Tochter an. »Vielleicht möchtest du deinen Tag nicht so früh beginnen?«

»Doch, ich würde gern sehen, wie das alles so abläuft.«

»Wie wär's mit morgen?« Gabe zog herausfordernd die Brauen hoch.

»Abgemacht.«

»Wir treffen uns auf der Rennbahn.« Naomi schaute auf die Uhr. »Ich muß noch mal zu den Ställen, der Hufschmied kommt gleich.« Beim Aufstehen legte sie Gabe die Hand auf die Schulter. »Trink in Ruhe deinen Kaffee aus. Kelsey leistet dir Gesellschaft, ja? Erzähl ihr, was sie morgen erwartet.« Sie schnappte sich eine Jeansjacke und eilte hinaus.

»Lange kann sie nicht stillsitzen«, murmelte Kelsey.

»Zu Jahresbeginn fällt aber auch immer die meiste Arbeit an.« Gabe hatte die Kaffeetasse noch in der Hand und lehnte sich zurück. »So, soll ich Ihnen erzählen, was Sie zu sehen bekommen?«

»Ich lasse mich lieber überraschen.«

»Dann verraten Sie mir: Hätten Sie von der Heugabel Gebrauch gemacht?«

Kelsey überlegte kurz. »Ich glaube, keiner von uns beiden kann darauf eine Antwort geben.«

»Ich wette, Sie hätten's getan. Ein tolles Bild haben sie jedenfalls abgegeben, meine Liebe. Dieser Anblick war mehr als einen Kratzer am Arm wert.«

»Sie werden eine Narbe zurückbehalten, Slater. Freuen Sie sich, daß er nur Ihren Arm und nicht Ihr hübsches Gesicht getroffen hat.«

»Er hat auf meinen Rücken gezielt«, erinnerte Gabe sie.

»Ich habe Sie doch gar nicht gewarnt.«

»O doch. Ihr Gesichtsausdruck kam einem Schrei gleich.« Er langte in die Tasche, holte ein abgegriffenes Kartenspiel heraus und begann, die Karten lässig zu mischen. »Spielen Sie Poker?«

Verwirrt runzelte sie die Stirn. »Ich kenne das Spiel, aber ich beherrsche die Regeln nicht.«

»Wenn Sie's mal probieren sollten, versuchen Sie bloß nicht zu bluffen, sonst verlieren Sie Ihr letztes Hemd.«

»Sprechen Sie da aus Erfahrung?«

»Ich stand schon öfter kurz davor. Aber nach einer Weile riskiert man nicht mehr, als man sich leisten kann – wenn man klug ist.«

»Sind Sie eigentlich mehr an den Pferden oder den Wetten interessiert?«

»Sagen wir mal so: Ich habe sehr vielseitige Interessen.«

»Dazu gehört auch Naomi?«

»Dazu gehört auch Naomi.« Er nahm ihre Hand und stellte amüsiert fest, daß ihre Finger sich verkrampften. Ohne den Blick von ihr abzuwenden zog er die Hand an seine Lippen. »Wegen Lipsky schulde ich Ihnen noch etwas. Die Art und Weise der Zahlung können Sie sich aussuchen.«

Lange vergessen geglaubte Gefühle wurden in Kelsey wach. Da sie sie nicht unterdrücken konnte, mußte sie damit fertig werden. »Es spricht nicht gerade für Ihre Manieren, mir in der Küche Avancen zu machen.«

Wie er ihre mit heiserer Stimme hervorgebrachten Allgemeinplätze liebte. »Schätzchen, das war noch gar nichts.« Er hielt ihre Hand fest und drehte die Handfläche nach oben. »Die Hände einer Lady«, murmelte er, »wie geschaffen, um eine Teetasse zu halten. Ich hatte schon immer eine Schwäche für schmale, weiche Hände.«

Er drückte seine Lippen in ihre Handfläche und streichelte gleichzeitig ihr Handgelenk. Unter seinem Daumen konnte er ihren hämmernden Puls fühlen. Über ihre Finger streichend sagte er: »So sehen Avancen aus. Sie gefallen mir. Vielleicht denken Sie mal darüber nach.«

Er gab ihre Hand frei, schob die Karten wieder zusammen und erhob sich. »Ich sehe Sie dann morgen früh. Träumen Sie schön von mir.«

Würde, dachte Kelsey, ist genauso wichtig wie Stolz. »Wenn ich träume, Slater, dann bestimmt nicht von Ihnen.«

»Tun Sie doch.« Er beugte sich zu ihr hinunter, bis sich ihre Gesichter beinahe berührten: »Ich habe Sie gewarnt. Bluffen Sie nicht, Kelsey, Sie verlieren.«

Er ließ sie vor ihrem kalt gewordenen Kaffee sitzen. Es war doch wirklich jammerschade, dachte er mit Bedauern, daß er sich nicht seinen Tagträumen hingeben konnte. Aber auf ihn wartete noch viel Arbeit.

Sowie Gabe nach Longshot zurückgekehrt war, machte er sich auf die Suche nach Jamison. Der Trainer hatte schon für Cunningham gearbeitet, und als Gabe die Farm übernahm, kostete es ihn nicht allzuviel Überredung, Jamison zum Bleiben zu bewegen, denn dessen Loyalität galt ohnehin mehr den Pferden als ihrem Besitzer.

Jamisons stattlicher Bauch zeigte, daß er ein Mann war, der Essen und Trinken zu schätzen wußte. Er hatte Generationen von Pferden ausgebildet, die ihren Besitzern reichlich Geld einbrachten. Trotzdem war er lange nicht so gut wie Moses Whitetree.

Als Kleinkind war er mit seinen Eltern aus der Grafschaft Kerry in Irland in die Vereinigten Staaten gekommen, und seine früheste Kindheitserinnerung war mit dem Geruch der Pferde verbunden, die sein Vater betreut hatte.

Jamison hatte sein bisheriges Leben mit Vollblütern verbracht. Jetzt war er zweiundsechzig und träumte manchmal davon, eine eigene kleine Farm und ein erstklassiges Pferd zu besitzen, das ihm genug einbrachte, um einen sorgenfreien Lebensabend zu verleben.

»Nun, Gabe.« Er schob einige Unterlagen zur Seite und stand auf, als Gabe eintrat. »Ich habe Honest Abe nach Santa Anita und Reliance nach Pimlico geschickt. Hab' das erste Rennen verpaßt.« Er lächelte matt. »Aber wie ich hörte, hattest du Probleme, und da dachte ich, du wolltest noch mit mir reden, ehe ich zur Rennbahn fahre.«

»Wie oft hast du Lipsky erwischt, daß er bei der Arbeit trinkt?«

Bei Leuten wie Gabriel Slater halfen weder Ausflüchte noch beschönigende Worte, dachte Jamison. Da kannte er den Jungen nun seit zwanzig Jahren und verstand ihn immer noch nicht ganz. »Zweimal. Ich habe ihn verwarnt und ihm gesagt, daß er fliegt, wenn das noch mal vorkommt. Er ist ein guter Mann. Zugegeben, er guckt gern ins Glas, aber er arbeitet seit einem Jahrzehnt auf dieser Farm.« Seufzend blickte er auf den Verband an Gabes Arm. »Ich schwöre beim Leben meiner Mutter, ich hätte nie gedacht, daß er auf dich losgeht.«

»Trinker sind unzuverlässig, Jamie. Du weißt, wie ich darüber denke.«

»Allerdings.« Jamison faltete die Hände über dem Bauch. Anstatt hier seinen Brötchengeber zu besänftigen, sollte er eigentlich schon längst auf der Rennbahn sein. »Und vielleicht verstehe ich besser, als du ahnst, warum du für diese spezielle Schwäche kein Verständnis aufbringst. Aber für die Jungs bin ich zuständig, und es war meine Entscheidung, Lipsky einzustellen.«

»Deine Entscheidung war falsch.«

»Weiß ich.«

»Wenn ich einen von meinen Leuten, von dir bis zum kleinsten Stallburschen, noch mal während der Arbeit beim Trinken erwische, dann fliegt er. Ohne Ausnahme.«

Verärgerung blitzte zwar in Jamisons Augen auf, doch er nickte: »Du bist der Boß, Gabe.«

Zufrieden nahm Gabe einen Aktenordner vom Tisch und blätterte darin. »Ich werde von nun an mehr Zeit auf der Koppel und bei den Ställen verbringen« kündigte er an, »ich möchte nicht, daß du denkst, ich wollte dir auf die Finger schauen.«

»Es sind deine Ställe«, erwiderte Jamie steif. »Das Gestüt gehört dir.«

»Allerdings. Und heute morgen wurde mir deutlich vor Augen geführt, daß mich meine Leute nicht ganz ernst nehmen. Sicher mein Fehler.« Er legte den Ordner wieder weg. »Die ersten Jahre, nachdem ich die Farm übernommen hatte, war ich viel zu sehr mit dem Bau des Hauses beschäftigt. Und damit, meine Aufnahme in den erlesenen Klub der Rennstallbesitzer durchzusetzen. Daher habe ich die praktische Seite des Betriebs dir überlassen, aber das wird sich ab sofort ändern. Du bist der Trainer, Jamie, und in allem, was die Pferde betrifft, werde ich deine Ratschläge befolgen. Aber ich mische jetzt wieder mit.«

Diese Phase wird vorübergehen, dachte Jamison bei sich. Nur selten machte sich ein Rennstallbesitzer die Hände mit Arbeit schmutzig, sondern er legte eher Wert darauf, im Rampenlicht zu stehen und achtete darauf, daß der Rubel rollte. »Du mußt tun, was du für richtig hältst«, sagte er.

»Es ist lange her, seit ich das letzte Mal eine Heugabel zur Hand genommen habe.« Gabe erinnerte sich lächelnd daran, wie Kelsey aussah, als sie dieses Gerät wie einen Speer wurfbereit hochgehalten hatte. Dann schaute er auf die große Uhr, die in Jamisons Büro hing. »Wir können bis drei in Pimlico sein. Wen hast du mitgeschickt?«

»Carstairs. Torky reitet, und Lynette soll ihm zur Hand gehen.«

»Dann gehen wir und schauen mal, was für ein Team sie abgeben.«

Sich selbst überlassen, vertauschte Kelsey ihre Schuhe mit einem Paar fester Stiefel und verließ das Haus. Sie wollte nicht zu den Ställen zurückgehen, wo sie doch nur im Weg stand oder wie ein Wundertier bestaunt wurde. Statt dessen wanderte sie zu den Hügeln hinüber, wo die Pferde friedlich grasten.

Die Ruhe, die über dieser Szenerie lag, bildete einen willkommenen Gegensatz zu der Hektik am Morgen. Und trotzdem mußte sie eine innere Unrast bekämpfen, die sie dazu trieb, weiterzugehen, immer weiter, um zu sehen, was hinter der nächsten Biegung lag.

Wie war es möglich, daß sie sich nicht mehr an diesen Ort erinnerte? Kelsey empfand es als seltsam, daß die ersten drei Jahre ihres Lebens vollkommen aus ihrem Gedächtnis getilgt waren. Gerade in diesen frühen Jahren waren die Weichen für ihr Schicksal gestellt worden, und sie wollte diese Zeit zurückhaben, wollte selbst entscheiden können, was richtig und was falsch war.

An einem weißgestrichenen Zaun blieb sie stehen und sah drei Stuten zu, die wie auf Kommando losgaloppierten, ihre Fohlen immer hinterdrein. Eine vierte Stute stand geduldig grasend da, während ihr Fohlen trank.

Kelsey fand den Anblick sehr idyllisch. Ähnlich einem Postkartenbild, das mit der Realität wenig gemeinsam hatte. Und doch lächelte sie unwillkürlich, als sie zu dem Fohlen hinüberschaute. Sie bewunderte die langen grazilen Beine und den schön geformten Kopf. Wie das Tier wohl reagieren würde, wenn sie über den Zaun kletterte und versuchte, es zu streicheln?

»Sind sie nicht großartig?« Naomi war plötzlich bei ihr. Der Wind fuhr durch ihr kinnlanges Haar; ein Schnitt, den sie weniger aus modischen als aus praktischen Gründen trug. »Es wird mir nie langweilig, ihnen zuzusehen, jeden Frühling, Jahr für Jahr. In diesem sich ewig wiederholenden Ablauf liegt etwas Beruhigendes.«

»Sie sind wunderschön, so unbeschwert. Ich kann mir kaum vorstellen, daß sie einmal über eine Rennbahn jagen werden.«

»Diese athletische Rasse ist auf Geschwindigkeit gezüchtet, was du morgen mit eigenen Augen sehen wirst.« Naomi warf ihr Haar zurück und zog dann eine weiche Kappe aus der Jackentasche und setzte sie auf ihre widerspenstige Mähne. »Siehst du den Kleinen dort, der gerade trinkt? Er ist fünf Tage alt.«

»Fünf?« Überrascht drehte Kelsey sich um und nahm Mutter und Kind genauer unter die Lupe. Das kräftige, gutgebaute Fohlen schien sich auf der Weide schon ausgesprochen heimisch zu fühlen. »Kaum zu glauben.«

»Sie wachsen sehr schnell. Mit drei Jahren sind sie auf dem Höhepunkt ihrer Leistungsfähigkeit. Was hier, oder besser gesagt, im Deckschuppen beginnt, endet einmal in der Startbox. Dann ist dieser kleine Kerl zum Beispiel ungefähr zwölfhundert Pfund schwer und dreht mit einem Jockey auf dem Rücken seine Runden. Ein herrlicher Anblick.«

»Aber der Weg dorthin ist nicht einfach«, meinte Kelsey nachdenklich. »Es ist sicher nicht leicht, aus so einem zierlichen Geschöpf ein konkurrenzfähiges Rennpferd zu machen.«

»Nein.« Naomi lächelte. Ihre Tochter begann bereits zu begreifen. Das mußte ihr wohl im Blut liegen. »Es ist mit viel Arbeit verbunden und endet häufig mit einer Enttäuschung. Aber es ist die Mühe wert. Jedesmal.« Sie rückte ihre Kappe zurecht, so daß der Schirm ihr Gesicht beschattete. »Tut mir leid, daß ich dich so lange warten lassen mußte, aber der Hufschmied redet ohne Punkt und Komma. Er hat schon für meinen Vater gearbeitet und beschlägt die Pferde am liebsten hier.«

»Schon gut. Ich erwarte ja gar nicht, daß du mir dauernd Gesellschaft leistest.«

»Was erwartest du denn?«

»Nichts. Noch nichts.«

Naomi musterte die säugende Stute und wünschte sich, so leicht auch ein Band zu ihrem Kind zu knüpfen. »Bist du wegen heute morgen noch böse?«

»Böse ist nicht das richtige Wort.« Kelsey riß sich vom Anblick der Pferde los und sah ihre Mutter ernst an. »Erstaunt trifft die Sache besser. Alle standen bloß herum, und keiner unternahm etwas.«

»Außer dir.« Grinsend schüttelte Naomi den Kopf. »Ich dachte, du würdest diese Schnapsdrossel einfach aufspießen. Ich beneide dich, Kelsey, weil du zu impulsiven Handlungen fähig bist und keine Angst hast. Oder du hast ein ausgeprägtes Ehrgefühl. Ich war wie erstarrt. Ich fürchte, ich habe zuviel Angst und längst nicht mehr genug Ehrgefühl. Vor langer Zeit hätte ich auch so gehandelt.«

Sie schlang die Arme um den Körper und sah ihrer Tochter voll ins Gesicht. »Du wunderst dich, warum niemand die Polizei gerufen hat. Gabe hat das mir zuliebe nicht getan. Vielleicht – aber da bin ich mir nicht sicher hätte er auf seinem Grund und Boden anders gehandelt. Aber hier … er weiß, daß ich es nur äußerst ungern noch einmal mit der Polizei zu tun bekommen möchte. Am liebsten nie wieder.«

»Das geht mich nichts an.«

Naomi schloß die Augen. Es war an der Zeit, daß sie beide sich an eines gewöhnten: Alles, was sie anging, ging nun auch Kelsey etwas an. »Als sie kamen, um mich festzunehmen, da hatte ich noch keine Angst. Ich war mir so sicher, daß sie am Ende wie Narren dastehen würden und ich als die große Heldin. Ich hatte auch keine Angst, als ich im Verhörzimmer saß, einem tristen grauen Raum mit harten Stühlen, auf denen man nicht richtig sitzen konnte. So wollen sie dich weichklopfen.« Sie schlug die Augen wieder auf. »Sie kriegten mich nicht klein. Am Anfang noch nicht, denn ich war schließlich eine Chadwick. Aber dann kriecht die Angst langsam in dir hoch, immer höher. Du kannst sie unterdrücken, aber nicht ausschalten. Und noch ehe ich diesen schrecklichen grauen Raum verließ, hatte ich auch Angst.«

Naomi atmete tief durch und wurde sich bewußt, daß all das hinter ihr lag – bis auf die Erinnerungen. »Ich hatte während der gesamten Verhandlung Angst, aber ich wollte es nicht zeigen, denn die Vorstellung, jeder könne mir meine Angst ansehen, war mir zuwider. Und dann mußt du aufstehen, damit der Richter das Urteil verkünden kann. Deine Verurteilung. In diesem Moment kannst du die Angst nicht mehr unterdrücken. Sie schnürt dir die Kehle zu, daß du glaubst, nicht mehr atmen zu können. Du stehst da und gibst dich so gelassen und zuversichtlich wie möglich, denn du weißt, daß alle Blicke auf dir ruhen. Doch deine Knie werden weich wie Butter, und wenn du dann das Wort ›Schuldig‹ hörst, fühlst du plötzlich nur noch eine große Leere in dir.«

Wieder holte sie tief Atem. »Jetzt kannst du sicher verstehen, daß ich es nie wieder mit der Polizei zu tun haben möchte.« Einen Moment lang schwieg sie, erwartete aber keine Antwort. Dann fuhr sie fort: »Weißt du, daß du als Kind immer hierhergekommen bist? Ich hab' dich auf den Zaun gehoben, damit du die Fohlen besser beobachten konntest.«

»Es tut mir leid.« Plötzlich überkam Kelsey eine tiefe Trauer. »Ich kann mich nicht erinnern.«

»Macht ja nichts. Siebst du das Hengstfohlen da, das in der Sonne liegt, das kleine schwarze? Es ist ein Champion, das wußte ich schon bei seiner Geburt. Vielleicht wird das Pferd mal eines der besten aus der Three-Willows-Zucht.«

Kelsey nahm das Fohlen genauer in Augenschein. Ein schönes Tier, gewiß, aber sie konnte keinen Unterschied zu den anderen herumtollenden Fohlen erkennen. »Woran siehst du das?«

»An seinen Augen. Wir wissen es beide.«

Naomi lehnte sich an den Zaun und blickte Seite an Seite mit ihrer Tochter über die Weiden. Und für einen Moment fühlte sie sich beinahe glücklich.

Spätnachts, als das Haus in tiefer Stille lag und nur der Wind leise durch die Läden pfiff, kuschelte sich Naomi enger an Moses. Es war ihr am liebsten, wenn er zu ihr kam, irgendwie verlieh es ihr ein Gefühl von Sicherheit und Beständigkeit.

Nicht daß sie ihn ungern in seinem Zimmer über den Ställen besuchte. Das erste Mal – ihr erstes Mal – war sie einfach zu ihm gegangen und hatte ihn dabei überrascht, wie er in der Unterhose bei einem Bier saß und einige Papiere durchging.

Ihn zu verführen war nicht ganz leicht gewesen, erinnerte sie sich lächelnd, als sie mit der Hand über seinen muskulösen Brustkorb strich. Doch seine Augen hatten ihn verraten. Er begehrte sie, wie er sie seit je begehrt hatte, während sie sechzehn Jahre gebraucht hatte, um zu erkennen, daß sie ihn genauso wollte.

»Ich liebe dich, Moses.«

Wenn sie das sagte, versetzte es ihm jedesmal einen kleinen Schlag. Daran würde sich wohl auch nie etwas ändern. Er legte eine Hand auf ihre: »Ich liebe dich auch, Naomi. Sonst hättest du mich wohl kaum dazu überreden können, zu dir zu kommen, wo deine Tochter ein paar Zimmer weiter schläft.«

Lachend küßte sie seinen Hals. »Kelsey ist erwachsen. Ich bezweifle, daß sie einen Schock fürs Leben bekommt, wenn sie erfährt, daß ich mit dir ins Bett gehe.«

»Wie soll ich mit dir streiten, wenn sich alle meine Gedanken auf einen einzigen Körperteil konzentrieren?« Wie er es oft zu tun pflegte, strich er mit den Händen über ihren schlanken Körper. »Du wirst von Tag zu Tag schöner, Naomi, jedes Jahr.«

»Das kommt dir so vor, weil deine Augen älter werden.«

»Nicht wenn sie dich ansehen.«

Sie schmolz fast dahin. »Verdammt noch mal, wenn du sentimental wirst, nimmst du mir immer den Wind aus den Segeln. Ich brauche doch nur Kelsey anzusehen, um zu merken, wie sehr ich mich verändert habe. Trotzdem bin ich eitel genug, um dauernd in den Spiegel zu schauen – und jede gottverdammte Falte zu zählen.«

»Ich bin verrückt nach jeder einzelnen gottverdammten Falte.«

»Früher war mir mein Aussehen so wichtig. Schön zu sein schien mir fast eine Mission – eine heilige Verpflichtung. Dann bedeutete es mir jahrelang gar nichts, bis du kamst.«

Lächelnd beugte sie sich zu ihm und berührte leicht mit ihren Lippen seine. »Und jetzt erzählst du mir, daß du Falten magst.«

Moses schob eine Hand unter ihren Kopf und zog sie enger an sich, und sie küßten sich leidenschaftlich. Sie hob ihm die Hüften entgegen, und als er tief in sie eindrang, begann sie heiser zu stöhnen.

Von der Diele aus hörte Kelsey die gedämpften Laute des Liebesspiels, das Quietschen des alten Bettes, das Keuchen und die gemurmelten Laute. Wie angewurzelt blieb sie stehen, eine Tasse Tee in der einen, ein Buch in der anderen Hand.

Nie hatte sie ihren Vater und Candace nachts gehört. Vermutlich waren beide zu höflich und wohlerzogen, um laute Geräusche zu machen. Was jetzt hinter der verschlossenen Tür am Ende der Diele zu hören war, klang alles andere als zurückhaltend.

Allerdings, sagte sie sich, war es auch nicht gerade höflich, zu lauschen. Sie drückte die Türklinke so hastig nieder, daß sie etwas Tee verschüttete.

Das waren vermutlich ihre Mutter und Gabe Slater. Die Gefühle, die seine Anwesenheit hinter dieser Tür bei ihr auslösten, wollte sie lieber nicht analysieren.

Als sie die Zimmertür hinter sich geschlossen hatte, lehnte sich Kelsey tief durchatmend dagegen. Fast war ihr zum Lachen. Eine erwachsene Frau, die schockiert war, weil eine andere erwachsene Frau – zufällig ihre Mutter – noch ein aktives Sexualleben hatte.

Doch im Augenblick fand sie weder die Situation noch ihre eigene Reaktion darauf sehr erheiternd. Sie stellte Teetasse und Buch ab und ging zum Fenster. Der stille Garten, der unter ihr lag, war in silbernes Mondlicht getaucht. Romantisch, dachte sie, die Stirn gegen die Scheibe gepreßt. Geheimnisvoll. Wie vieles an Three Willows.

Sie wollte weder Romantik noch Geheimnisse. Sie war einzig und allein hier, um den Elternteil kennenzulernen, den man ihr so lange vorenthalten hatte.

Kelsey wandte sich ab und ging zu Bett. Doch sie konnte lange nicht einschlafen, erst als sie hörte, wie die Tür am Ende der Diele geöffnet und wieder geschlossen wurde und jemand leise an ihrer Zimmertür vorbei zur Treppe schlich, fiel sie in einen unruhigen Schlummer.

6

Die Rennbahn in der Morgendämmerung entsprach ganz und gar nicht Kelseys Erwartungen. Zur Welt des Pferderennsports gehörten ihrer Meinung nach Buchmacher und Wettende, dicke Zigarren und schlechtsitzende Anzüge, der Geruch nach schalem Bier und dem Schweiß der Verlierer.

Der betrunkene Pferdepfleger, den Gabe am Tag zuvor gefeuert hatte, paßte genau in ihr Bild von dieser Welt. Die Realität jedoch sah anders aus.

Die Rennbahn lag in dichtem Nebel, als sie mit Naomi dort ankam. Die Pferde waren schon früher eingetroffen, damit sie in Ruhe ausgeladen, gesattelt und auf die Trainingsläufe vorbereitet werden konnten. Es herrschte eine ruhige, beinahe heitere Atmosphäre; die Stimmen klangen gedämpft durch den Nebel, und die hier und da aufgetauchten Gestalten wirkten wie Geister. Am Geländer rund um die Bahn lehnten Männer und nippten an dampfenden Pappbechern.

»Das sind Zeitnehmer«, erklärte Naomi. »Sie bleiben stundenlang hier, messen die Zeiten, beurteilen das Gewichtshandicap der Pferde.« Sie lächelte. »Sie jagen sozusagen der Zeit hinterher. Irgendwie tun wir das alle. Wolltest du dir nicht zuerst einmal einen Überblick verschaffen?«

»Es ist alles ... nun, ich finde es schön. Die Bäume im Nebel, die leeren Tribünen. Ich hatte es mir ganz anders vorgestellt«, sie wandte sich ihrer Mutter zu, »ganz anders.«

»Die meisten Menschen sehen nur die eine Seite der Medaille. Zwei Minuten um die Runde, und alles ist vorbei. Das ist sicher spannend. Manchmal geradezu gewaltig, und es kann mit einem Triumph oder einer Tragödie enden. Weißt du, oft werden Menschen nur nach ihrem äußeren Verhalten beurteilt, und man macht sich nicht die Mühe, den Hintergrund kennenzulernen.« In ihrer Stimme lag keine Bitterkeit, sondern sie drückte die schlichte Akzeptanz dieser Tatsache aus. »Jetzt werfen wir mal einen Blick hinter die Kulissen. Da spielt sich nämlich das Wesentliche ab.«

Und dort entdeckte Kelsey die andere, den Zuschauern verborgene Seite des Pferderennsports. Alternde Jockeys, die mit ihrer Karriere kein Glück gehabt oder zu viel Gewicht angesetzt hatten, absolvierten mit den Pferden Trainingsrunden, um sich so vierzig Dollar pro Ritt zu verdienen. Andere, halbe Kinder noch, drängten sich in der Hoffnung, selbst einmal eine Chance zu bekommen, dazwischen. Man diskutierte über die Vorzüge der einzelnen Pferde und entwarf Strategien. Ein Pferdepfleger mit einem Tweedhut führte ein lahmendes Pferd in der Runde herum, auf das er dabei beruhigend einsprach.

Kein Hauch jener vibrierenden Spannung, die Kelsey sich ausgemalt hatte, war zu spüren. Nur Routine. Sie begriff, daß sich all dies Tag für Tag wiederholte. Währenddessen schliefen die meisten Menschen noch oder tranken ihren Frühstückskaffee.

Ihr Blick fiel auf einen Mann im hellblauen Anzug mit blankgewienerten Stiefeln, der in ein ernsthaftes Gespräch mit einem anderen Mann in schäbiger Strickjacke verwickelt zu sein schien. Ab und zu verlieh der Mann im Anzug seinen Worten mit heftigen Gesten Nachdruck. Ein protziger Diamantring in Form eines Hufeisens blitzte bei jeder Bewegung auf.

»Bill Cunningham«, erklärte Naomi, der Kelseys Interesse aufgefallen war.

»Cunningham?« Kelsey durchforstete stirnrunzelnd ihr Gedächtnis. »Hat nicht der Mann, den Gabe gestern gefeuert hat, diesen Namen erwähnt?«

»Longshot hieß früher einmal Cunningham Farm. Bill hat sie geerbt, vor fünfundzwanzig Jahren, schätze ich.« Ein verächtlicher Unterton schwang in ihrer Stimme mit.

»Er war auf dem besten Wege, sie herunterzuwirtschaften, ehe er sie an Gabe verlor. Jetzt ist er an einigen Pferden beteiligt und besitzt ein oder zwei mittelmäßige Galopper. Er lebt in Maryland. Er redet gerade mit seinem Trainer, Carmine, der für Bill und noch einige andere Pferdebesitzer arbeitet. Im Moment lauscht er ergeben Bills Anweisungen und erklärt sich mit allem einverstanden. Hinterher macht er doch, was er für richtig hält, denn er weiß, daß Bill ein Mistkerl ist. Oje.« Naomi stöhnte, »er hat uns entdeckt. Ich entschuldige mich schon mal im voraus.«

»Naomi.« Flotten Schrittes kam Cunningham auf sie zumarschiert. Seine Augen glänzten, als er Naomis Hände ergriff. »Welch ein schöner Anblick an diesem düsteren Morgen.«

»Bill.« Mit den Jahren hatte Naomi gelernt, sich im Umgang mit Dummköpfen in Geduld zu fassen, so hielt sie ihm nur ihre Wange hin. »Man sieht dich nicht oft bei den Trainingsläufen.«

»Hab' mir 'n neues Pferd zugelegt, von 'nem Versteigerungsrennen in Hialeah. Bin gerade dabei, Carmine zu erklären, wie er sie reiten soll. Bloß nicht zu sehr schonen.«

»Natürlich nicht«, lächelte Naomi süß. »Bill, das ist meine Tochter Kelsey.«

»Tochter?« Bill zeigte sich überrascht und blähte die Wangen auf. Wie jeder andere in der Umgebung auch, hatte er natürlich bereits von Kelsey erfahren. »Du meinst wohl Schwester. Nett, dich kennenzulernen, Häschen.« Er packte Kelseys Hand und schüttelte sie wild. »Willst wohl in die Fußstapfen deiner Ma treten, was?«

»Ich bin nur Zuschauerin.«

»Nun, hier gibt's 'ne Menge zu sehen. Bei Sonnenuntergang zappelt sie am Haken«, fügte er, Naomi zuzwinkernd, hinzu. »Wenn du wetten willst, dann wende dich an mich, Kleine. Ich geb' dir ein paar Tips.«

»Danke.«

»Für Naomis kleines Mädchen tu' ich alles. Ich könnte ja schließlich dein Papa sein, wenn ich nicht kurz vorher gekniffen hätte.«

»Wovon träumt der bloß nachts?« brummte Naomi leise, als Bill ging, um seinem Trainer weiter auf die Nerven zu gehen. »Tut so, als wären wir ein Pärchen gewesen, dabei hat er's nur einmal knapp geschafft, mir einen feuchten Kuß zu verpassen.«

»Einen so schlechten Geschmack hätte ich dir auch nicht zugetraut. Was zum Teufel hat er denn da von seinem Pferd erzählt?«

»Ach, das.« Naomi fing an zu lachen. »Bill spuckt immer große Töne. Denkt, er kann den Leuten weismachen, daß er Ahnung hat. Im Klartext: Die Stute hat ein Versteigerungsrennen gewonnen, Bill hat das Höchstgebot – viel zuviel vermutlich – abgegeben und will das Tier jetzt drillen. Das heißt, er will, daß sie schon im Training ihr Äußerstes gibt.« Sie schnitt hinter Bills Rücken eine Grimasse. »Er ist der Typ, der seinem Jockey für jeden Schlag mit der Gerte einen Bonus zahlt. Wenn ein Pferd nicht ins Ziel geprügelt wird, fehlt ihm etwas.«

»Ich habe mich nur gewundert, daß du so höflich zu ihm warst.«

»Das kostet mich ja nichts.« Sie zuckte die Achseln. »Und ich weiß, wie man sich als Außenseiter fühlt. Komm, Moses dürfte schon einen Reiter im Sattel haben.«

Sie kamen an einem Platz vorbei, wo die Pferde für die Trainingsritte vorbereitet wurden. Ladjockeys, so werden die Jungen genannt, die die Pferde pflegen und sie auch im Training reiten dürfen, wurden in den Sattel gehoben, der, wie Kelsey staunend bemerkte, aus kaum mehr als einem schmalen Lederstreifen bestand. Die Jungs stellten sich in den Steigbügeln auf, und die Trainer ritten neben oder hinter ihnen her zur Bahn.

»Das ist eins von unseren Pferden.« Naomi wies auf einen vorbeitrottenden Rotbraunen. »Er heißt Virginia's Pride. Wenn dich heute das Wettfieber packt, solltest du ein paar Dollar auf ihn setzen. Er ist in Topform, und diese Bahn liegt ihm.«

»Wettest du auch?«

»Mmmh.« Naomis Blick ruhte auf Moses, der eine halbe Länge hinter dem Rotbraunen herritt. »Ich kann nur schwer widerstehen. Komm, wir wollen sehen, wie er läuft.«

Andere Pferde befanden sich bereits auf der Bahn. Der Nebel lichtete sich, und die Tiere rasten vorbei. Kelsey stockte der Atem. Die mächtigen Pferde mit den sich duckenden schmächtigen Reitern donnerten mit vorgestrecktem Hals über die Bahn, daß der Staub nur so aufwirbelte.

»Da!« Vor Aufregung versagte ihr beinahe die Stimme. »Da ist dein Pferd!«

»Ja, das ist es. Die Bahn ist heute schnell, aber ich nehme an, Moses hat den Jungen angewiesen, Pride knapp unter zwei Minuten zu halten.«

»Wie kann der Reiter das wissen?«

»Er hat sozusagen ein Uhrwerk im Kopf«, ertönte hinter ihr Gabes Stimme. Obwohl Kelsey zusammenschrak, wandte sie den Blick nicht von dem dahinjagenden Pferd. »Er macht einen guten Eindruck, Naomi.«

»Beim Derby wird er einen noch besseren machen.« Ihre Augen wurden schmal. »Der da gehört dir, nicht wahr?«

»Das ist Double or Nothing.« Gabe lehnte sich über das Pferd. »Er wird im Mai noch besser aussehen.«

Kelsey konnte sich nicht vorstellen, was die Pferde noch besser machen sollten. Sie schienen förmlich über die Bahn hinzufliegen, die Hufe wirbelnd und die Mähnen flatternd.

Stundenlang hätte sie hier stehenbleiben und den Tieren zusehen können, Runde für Runde. Zwar dauerte es nur eine oder zwei Minuten, und die Trainer standen mit ihren Stoppuhren an der Zielgerade, doch für sie stand die Zeit still.

»Haben Sie schon einen Favoriten ausgeguckt?« wollte Gabe wissen.

»Nein.« Sie blickte ihn nicht an. Weder er noch die Erinnerung an die Geräusche, die sie in der Nacht gehört hatte, sollten ihr die Stimmung verderben. »Ich bin kein Spielertyp.«

»Dann wollen Sie vermutlich auch nicht mit mir wetten, daß Sie am Wettschalter stehen, noch ehe der Nachmittag vorbei ist?«

Sie zuckte die Achseln, doch dann konnte sie der Versuchung nicht widerstehen. »Bill Cunningham hat sich erboten, mir ein paar Tips zu geben.«

»Cunningham?« Gabe lachte dröhnend. »Dann kann ich nur hoffen, daß Sie ein gefülltes Portemonnaie haben, meine Liebe.« Er lehnte sich gegen den Zaun und überlegte, ober er sich eine Zigarre anzünden sollte, entschied sich aber dagegen. Lieber genoß er Kelseys angenehmen Duft, diesen Duft, der einem Mann die Sinne verwirren konnte, und der auch dann noch in der Luft hing, wenn sie schon längst verschwunden war.

»Morgens ist noch die beste Zeit«, murmelte Naomi, die eine Hand über die Augen legte, denn die Sonne, die langsam die Frühnebel auflöste, blendete sie. »Da macht man reinen Tisch.«

Später gingen sie wieder zu den Stallungen zurück. Vor Anstrengung dampfende Pferde wurden abgesattelt und herumgeführt, die Beine sorgfältig nach Verletzungen untersucht. Ein Pfleger ölte seinem Schützling die Hufe ein, während ein Hufschmied mit langer Lederschürze und verbeultem Werkzeugkasten auf einem Hufeisen herumhämmerte.

»Wirkt wie gemalt, nicht wahr?« sagte Gabe, als habe er Kelseys Gedanken gelesen.

»Ja, wirklich.«

Gabe nickte in die andere Richtung, wo ein Mann mit einer Reitkappe Moses hinterherlief und auf ihn einredete.

»Wer ist das?«

»Ein Jockeyagent. Der hastet von Stall zu Stall und versucht, jeden davon zu überzeugen, daß er den nächsten Sieger vertritt.« Beiläufig strich er Naomi das Haar aus dem Gesicht. »Soll ich euch einen Kaffee besorgen?«

»Für mich gerne.«

»Was ist mit dir, Kelsey?«

»Ich mag auch einen. Darf ich mir dein Pferd genauer ansehen, während es herumgeführt wird?«

»Selbstverständlich, geh nur.«

Naomi setzte sich auf einen umgedrehten Eimer. Die morgendliche Arbeit war fast getan, jetzt hieß es warten. Darin hatte sie mittlerweile einige Übung. Außerdem bereitete es ihr Freude, ihrer Tochter zuzuschauen, die mit dem Pfleger die Runden drehte und ihm vermutlich Löcher in den Bauch fragte. Das Kind hatte schon immer voller Fragen gesteckt, so zurückhaltend wie heute war sie früher allerdings nicht gewesen.

Heute morgen, als sie zusammen im Nebel standen und den ersten Pferden bei ihren Trainingsrunden zusahen, hatte sie einen Moment lang gedacht, die Spannung zwischen ihnen würde sich lockern. Doch dann war die Reserviertheit wieder da, zwar unterschwellig, aber nicht zu leugnen.

Kelsey lachte. Es war das erste Mal, daß Naomi sie von Herzen lachen hörte.

»Sie amüsiert sich«, bemerkte Gabe, als er Naomi einen Kaffeebecher reichte.

»Es tut gut, das zu sehen. Weißt du, ich sitze hier und rede mir ein, daß unser Verhältnis bald nicht mehr so unpersönlich sein wird.« Sie trank einen Schluck vom heißen Kaffee, um ihre trockene Kehle zu beruhigen. »Ich möchte sie so gern berühren, sie nur einmal in den Arm nehmen. Aber ich kann nicht. Vielleicht würde sie es sogar zulassen, aber das wäre schlimmer als eine Zurückweisung.«

»Sie ist doch hergekommen.« Sanft strich Gabe über Naomis Haar und ihre Schulter. »Sie scheint mir nicht der Typ zu sein, der etwas tut, was er nicht will.«

»Ich erwarte ja gar nicht, daß sie mich liebt. Aber ich wünsche mir so, daß sie sich lieben läßt.« Naomi ergriff die Hand, die auf ihrer Schulter ruhte.

Kelsey, die gerade auf sie zukam, bemühte sich, die Intimität dieser Geste zu übersehen. Das ist nicht meine Angelegenheit, ermahnte sie sich. Gezwungen lächelnd nahm sie den Kaffee entgegen, den Gabe ihr reichte. »Danke. Man hat mir gerade den Sieger jedes Rennens genannt. Wenn ich wollte, könnte ich heute von hier mit einer dicken Brieftasche fortgehen.«

»Jimmy hat immer Tips auf Lager«, meinte Naomi. »Und sie sind ebensooft richtig wie falsch.«

»O nein, da kann gar nichts schiefgehen.« Verschmitzt grinsend hob Kelsey ihren Becher. »Er hat geschworen, daß er Miß Naomis Tochter nur todsichere Tips gibt. Ich soll im ersten Rennen auf Necromancer setzen, weil das Feld langsam ist und er um Längen gewinnt.« Sie hob die Brauen. »Habe ich mich richtig ausgedrückt?«

»Niemand würde auf den Gedanken kommen, daß Sie heute zum erstenmal hier sind«, entgegnete Gabe trocken.

»Ich lerne schnell.« Kelsey blickte sich um und stellte fest, daß die Hektik merklich nachgelassen hatte. »Was passiert nun?«

»Jetzt warten wir.« Naomi stand auf und reckte sich. »Komm mit. Ich hole uns ein paar Doughnuts zum Kaffee.«

Der Renntag schien hauptsächlich aus Warten zu bestehen. Für die nicht für ein Rennen gemeldeten Pferde war der Arbeitstag um zehn zu Ende. Transporter kamen an und fuhren wieder weg. Die Rennbahn wurde aufbereitet.

Gegen Mittag begannen sich die Tribünen zu füllen, und in den Aussichtsrestaurants dahinter konnte man sich servieren lassen und das Rennen fern vom Lärm und Gestank der Menschenmassen genießen.

Die Pferde wurden in ihren Boxen erneut bereitgemacht. Geschwollene Beine wurden mit Eis gekühlt, und je nach der persönlichen Strategie ließ man die Tiere entweder in Ruhe oder hätschelte sie wie Babys.

Jetzt lag auch, ganz anders als am Morgen, Spannung in der Luft. Die Pferde, begierig, endlich loszugaloppieren, tänzelten hin und her. Einige beruhigten sich, sobald ihr Jockey in den Sattel gehoben wurde, andere scharrten weiter unruhig mit den Hufen.

Dann wurden sie in einer Reihe zum Vorführring geführt.

Jetzt belebten sich auch die Tribünen. Neulinge gesellten sich zu alten Hasen, aber alle hofften sie, heute möge ihr Glückstag sein. Die Rituale des Pferderennsports begannen mit der Vorstellung der Konkurrenten, die vor dem Publikum ihre Runden drehten. Wer wetten wollte, begutachtete Pferde und Jockeys und vertiefte sich in sein Programm. Jeder hoffte natürlich, seinen Einsatz für einen Sieger zu machen.

Wenn ein Pferd schwitzte, konnte das ein Zeichen von Nervosität sein. War das ein Vor- oder ein Nachteil? Da waren die Ansichten geteilt. Bedeutete ein bandagiertes Vorderbein Schwierigkeiten? Dort zerrte ein Pferd am Zaumzeug, es könnte heute schlecht unter Kontrolle zu halten sein – oder besonders schnell laufen. Ein anderes wieder *sah aus,* als könnte es siegen.

Kelsey spürte die Hoffnungen und Träume der Zuschauer und Jockeys, als sie am Geländer stand. Und plötzlich verstand sie, wie mächtig der Wunsch werden konnte, zu siegen.

»Ich glaube, ich gebe mal meinen ersten Tip ab.«

Naomi lachte, denn sie hatte es nicht anders erwartet. »Gehst du mit, Gabe? Niemand sollte beim ersten Mal allein am Wettschalter stehen.«

»Ich komme auch allein zurecht«, wehrte Kelsey ab, als Gabe ihre Hand nahm.

»Das denken alle.« Er bahnte sich einen Weg durch die Menge nach innen, wo sich vor den Wettschaltern bereits lange Schlangen gebildet hatten. »Lassen Sie mich kurz erklären, wie man auf Pferde wettet. Haben Sie sich schon überlegt, wieviel Einsatz Sie riskieren wollen?«

Verärgert runzelte Kelsey die Stirn: »Hundert ungefähr.«

»Verdoppeln Sie's. Wieviel Sie auch immer setzen wollen, verdoppeln Sie's, und dann schreiben Sie's ab. Haben Sie ihr Programm?«

»Ja.« Sie verstand zwar nicht, was dort stand, aber sie hatte es dabei.

»Normalerweise müßten Sie sich für mehrere Stunden an ein ruhiges Plätzchen zurückziehen, um das Programm gründlich zu studieren, Leistungsprofile zu vergleichen, sich mit Plazierungen, Starts und so weiter zu beschäftigen. Man beschränkt sich am Ende am besten auf zwei oder drei Kandidaten. Haben Sie ein Fernglas dabei?«

»Nein, ich dachte nicht ...«

»Macht nichts, ich leihe Ihnen meins.« Er schob sie in eine Reihe, den Arm freundschaftlich um ihre Schulter gelegt, und verkniff sich ein Lächeln. Sie hörte ihm mit der Aufmerksamkeit, mit der ein eifriger Student den Ausführungen seines Professors lauscht, zu. »Wollen Sie auf Sieg setzen?«

»Natürlich will ich das.«

»So ist es richtig – das bringt auch was. Alles andere ist für Weichlinge.« Es gab ihm eine gewisse Befriedigung, den Mann in der Schlange neben ihm zusammenzucken und die Schultern hochziehen zu sehen. »Haben Sie sich einen Überblick über die Quoten verschafft?«

»Nein«, antwortete Kelsey, die sich mittlerweile ziemlich dumm vorkam.

»Für Ihr Pferd steht es vier zu eins. Das ist in Ordnung. Nur Feiglinge setzen auf die Favoriten. Zu schade, daß Sie erzählt haben, Sie wären kein Spielertyp. Sonst hätte ich nicht zugelassen, daß Sie etwas essen oder trinken, ehe Sie Ihre Wette plazieren.«

»Wie bitte?«

»Niemals etwas essen oder trinken, bevor Sie wetten.«

Ihre Augen verengten sich. »Wollen Sie mich auf den Arm nehmen?«

»Nein. Das ist eine eiserne Regel.« Jetzt mußte er grinsen, »und alles ganz großer Quatsch. Es ist ein Glücksspiel. Schließen Sie die Augen und tippen Sie auf eine Nummer. Pferde sind Hochleistungssportler und keine Maschinen. Sie sind unberechenbar.«

»Vielen Dank.« Belustigt trat sie an den Schalter. »Zehn Dollar auf Necromancer.« Sie warf Gabe einen Blick zu. »Auf Sieg.«

Den Arm immer noch um ihre Schulter gelegt, angelte Gabe nach seiner Brieftasche. »Fünfzig auf Nummer drei, Sieg.«

Kelsey hielt stirnrunzelnd ihren Wettschein fest. »Wer ist denn Nummer drei?«

»Keine Ahnung.« Er steckte den Schein in die Tasche.

»Sie haben einfach so auf eine Nummer gesetzt?«

»War so eine Eingebung. Kleine Wette am Rande, daß mein Pferd als erstes durchs Ziel geht?«

»Noch mal zehn«, antwortete Kelsey prompt.

»Und Sie behaupten allen Ernstes, kein Spielertyp zu sein.«

Er führte sie zur Bahn zurück; gerade rechtzeitig, denn die Pferde wurden in diesem Moment in die Startboxen gebracht. So verrückt es auch sein mochte, das Herz schlug ihr bis zum Hals, und ihre Handflächen wurden feucht. Als das Startsignal ertönte, beugte sie sich vor, ganz benommen von dem Farbenspiel.

»Nummer drei schafft es,« flüsterte Gabe ihr ins Ohr.

Kelsey schüttelte ihn ab. »Sie sind doch gerade erst gestartet.«

Sie hörte, wie die Jockeys Anfeuerungen oder Drohungen brüllten und dabei die Gerten knallen ließen. Als die Pferde in die Zielgerade einliefen, hatte Kelsey ihre Wette vollkommen vergessen. Die Spannung lag im Rennen selbst, im Rausch der Geschwindigkeit. Ein Pferd fing an das Feld aufzubrechen. Ohne daß es ihr bewußt wurde, drückte sie ihm innerlich die Daumen, beeindruckt von seinem Willen zu siegen.

Es schob sich schließlich an dem bislang führenden Pferd vorbei und gewann mit einer halben Länge Vorsprung.

»Haben Sie das gesehen?« Lachend warf Kelsey den Kopf in den Nacken. »Er war großartig.«

Gabe hatte nicht auf das Finish, sondern auf sie geachtet. Die Maske der Beherrschung war von ihr abgefallen und enthüllte die leidenschaftliche Energie, die sich dahinter verbarg. Er wollte diese Frau mehr, als er je einen Sieg gewollt hatte.

Naomi verzog leicht die Lippen, als sie Gabes leuchtende Augen bemerkte. Das war etwas, worüber sie nachdenken mußte. »Dein Pferd ist Fünfter geworden«, sagte sie zu Kelsey.

»Das macht nichts.« Kelsey holte tief Atem. »Das war mir die Sache wert. Hast du gesehen, wie er quasi aus dem Nichts aufgetaucht ist?«

»Nummer drei«, sagte Gabe und wartete, bis sich ihre Aufmerksamkeit auf ihn richtete. »Meine Eingebung hat sich ausgezahlt.«

»Das war Nummer drei?« Sie drehte sich nach dem siegreichen Pferd um und schwankte zwischen dem Ärger, gegen Gabe verloren zu haben, und der Freude beim Anblick des Pferdes. »Heute ist wohl Ihr Glückstag?«

»Da könnten Sie recht haben.«

»Soso.« Kelsey schaute ihn an und lächelte dann. »Auf wen würden Sie denn im nächsten Rennen setzen?«

Am Nachmittag verschlang sie einen Hotdog und trank eine wäßrige Limonade dazu. Überraschenderweise war sie unbeschreiblich stolz, als Virginia's Pride das Feld behauptete. Sogar für ihr ungeschultes Auge war es deutlich, daß sich keiner seiner Konkurrenten mit ihm messen konnte.

Sie hatte ein nicht so leicht zu analysierendes Gefühl, als Gabes Pferd als Erster durchs Ziel ging.

Bei Einbruch der Dämmerung waren die Tribünen mit alten Wettscheinen und Zigarettenkippen übersät, stumme Zeugen zerbrochener Träume.

»Kann ich die beiden Damen mit einer Einladung zum Essen lokken?«

»Wie?« Zerstreut knöpfte Naomi ihre Jacke zu. Sie hielt bereits nach Moses Ausschau. »Ich habe noch mindestens eine Stunde hier zu tun. Geh doch mit Kelsey.«

Instinktiv wich Kelsey zur Seite. »Mir macht es nichts aus, auf dich zu warten.«

»Nein, geh nur und amüsier dich. Ich seh dich dann in ein paar Stunden zu Hause.«

»Wirklich …« Doch Naomi eilte bereits davon. »Danke für die Einladung, Gabe, aber …«

»Sie sind zu gut erzogen, um abzulehnen.« Er nahm sie beim Arm.

»Keineswegs.«

»Dann sind Sie zu hungrig. Ein einziger Hotdog kann Ihnen unmöglich diese ganze Energie liefern. Außerdem kann ich Ihnen helfen, Ihren Gewinn zu zählen.«

»Ich glaube kaum, daß dazu besondere mathematische Kenntnisse erforderlich. sind.« Sie hatte tatsächlich einen Bärenhunger, also ließ sie sich von Gabe über den Parkplatz zu einem flaschengrünen Jaguar führen. »Ein schönes Auto«, sagte sie.

»Und schnell.«

Das war nicht zu leugnen. Kelsey lehnte sich zurück und genoß die Fahrt durch die Abenddämmerung. Seit jeher liebte sie es, schnell zu fahren, und dabei das Radio voll aufzudrehen. Wade hatte ihr zahllose Vorträge über zulässige Höchstgeschwindigkeiten gehalten. Wie vernünftig und verantwortungsbewußt er doch gewesen war, dachte sie.

Er hatte nie verstanden, daß sie ab und zu mal über die Stränge schlagen, ihre Grenzen spüren mußte. Ständig hatte er ihr gepredigt, Maß zu halten, und sie hatte das auch getan – doch manchmal hielt sie das nicht aus. Ein impulsiver Einkaufsbummel, Strafzettel für zu schnelles Fahren oder ein Kurztrip auf die Bahamas waren dann das Ergebnis – und Ursache der meisten Streitereien zwischen ihnen gewesen.

Spießer hatte sie ihn in solchen Fällen genannt. Heute begriff sie, daß sie im Unrecht gewesen war. Was hatte ihr zum Beispiel der impulsive Besuch in Atlanta eingebracht?

Freiheit, sagte sie sich und zog energisch einen Schlußstrich unter das leidige Kapitel.

Als sie ihre Umgebung wieder wahrzunehmen begann, stellte sie fest, daß sie schon beinahe in Bluemont waren. »Ich dachte, wir gehen essen?«

»Das tun wir auch. Mögen Sie Fisch?«

»Gern. Gibt es hier ein Fischrestaurant?«

»Eins oder zwei. Aber wir essen bei mir. Ich habe vorhin zu Hause angerufen. Was halten Sie von gegrilltem Schwertfisch?«

»Hört sich gut an. Woher wußten Sie denn, daß ich zum Essen mitkomme?«

»Ich hatte eine Eingebung.« Er bog in die Einfahrt. »Sie können sich ja vor dem Essen das Haus ansehen.«

Sein Gärtner hatte allerhand geleistet. Die Beete waren frisch gejätet, und wenige Narzissen hatten schon ihre gelben Köpfchen aus der Erde gestreckt.

Komisch, Kelsey hätte Gabe nie für einen Blumenfreund gehalten.

Um die Eingangstür herum zogen sich zu geometrischen Mustern angeordnete Glaspaneelen, die im Licht wie Diamanten funkelten. Ihr fiel wieder ein, daß seine Stallfarben sie gleichfalls an Diamanten erinnert hatten – ein auffallendes, leuchtendes Rot und Weiß.

»Wie sind Sie eigentlich auf Ihre Stallfarben gekommen?«

»Durch einen Straight Flush in Karo.« Gabe öffnete die Tür. »Das ist ein Kartenspiel. Jeder wird Ihnen erzählen, daß ich auf diese Weise auch an mein Haus gekommen bin, daß ich es beim Kartenspiel gewonnen habe.«

»Und? Stimmt das?«

»Ja und nein.«

Kelsey trat in eine riesige Eingangshalle mit schwindelerregend hohen Decken und bogenförmigen Fenstern. Überall hingen große Terrakottatöpfe, in denen üppige Grünpflanzen wucherten.

»Die Größe ist ja überwältigend!« sagte sie beeindruckt.

»Ich hasse es, mich eingeengt zu fühlen. Jetzt hole ich Ihnen erst einmal einen Drink.«

»Gern.« Sie folgte ihm durch einen hohen Türbogen der zum Wohnbereich führte. In dem gemauerten Kamin prasselte ein Feuer, davor stand ein gedeckter Tisch. Für zwei, wie Kelsey bemerkte. Mit einem weißen Tischtuch, Kerzen und eisgekühltem Champagner.

»Hatten Sie auch eine Eingebung, daß Naomi nicht mitkommen würde?«

»Nach einem Tag auf der Rennbahn hat sie normalerweise noch lange Besprechungen mit Moses.« Geschickt entkorkte Gabe die Flasche. »Wollen Sie erst das Haus besichtigen oder lieber erst essen?«

»Wenn ich schon mal hier bin, würde ich mir gern das Haus ansehen.« Sie nahm ihr Glas und stellte erstaunt fest, daß neben dem zweiten Gedeck kein Glas stand. »Wollen Sie nicht mit mir anstoßen?«

»Nein, ich trinke nicht. Wie wär's, wenn wir oben anfangen?«

Er führte sie eine geschwungene Treppe hinauf. Kelsey zählte nicht weniger als vier Gästeschlafzimmer, ehe sie über eine weitere kleine Treppe in den Hauptraum gelangten, ein kombiniertes Wohn- und Schlafzimmer mit einem steinernen Kamin, einem übergroßen französischen Bett und einem Dachfenster darüber, durch das man nachts in den Sternenhimmel schauen konnte.

Genau wie in den anderen Räumen des Hauses fand sich hier Antikes und Modernes in harmonischem Einklang. Auf einem Chippendale-Tisch stand eine abstrakte Skulptur aus Bronze und Kupfer, auf dem Boden lag ein schimmernder persischer Läufer unter einem kleinen Tisch aus poliertem Teakholz.

Eines der Gemälde erregte Kelseys Aufmerksamkeit. Sogar aus der Entfernung erkannte sie, daß es eine Arbeit des Künstlers war, der auch die Bilder im Haus ihrer Mutter gemalt hatte.

Dieses Übermaß an Leidenschaft, dachte sie, als sie den kraftvollen Pinselstrich und das grelle Nebeneinander der Farben betrachtete. »Ein ziemlich unruhiges Werk für ein Schlafzimmer.«

»Ich finde, es paßt gut hierher.«

»N. C.«, murmelte Kelsey. »Hat das Naomi gemalt?«

»Ja. Wußten Sie nicht, daß sie malt?«

»Nein, niemand hat mir etwas davon gesagt. Sie hat Talent. Ich kenne einige Kunsthändler, die sich um ihre Gemälde reißen würden.«

»Damit würden Sie ihr keinen Gefallen tun. Ihre Malerei ist sehr persönlich.«

»Das ist Malerei eigentlich immer.« Kelsey wandte sich ab. »Malt sie schon lange?«

»Nein. Sie sollten sie am besten selbst fragen. Sie wird Ihnen alles sagen, was Sie wissen wollen.«

»Erst einmal muß ich mir darüber klarwerden, was das ist.« An ihrem Champagner nippend schlenderte sie durch den Raum. »Ich weiß ja nicht, wie der altehrwürdige Prachtbau ausgesehen hat, aber ich bezweifle, daß er sich mit diesem Haus messen konnte.« Ihre innere Anspannung ließ merklich nach. »Haben Sie die Nachbarschaft schokkiert, als Sie ihn abreißen ließen?«

»Ich hab' so ziemlich alle im Umkreis von zwanzig Meilen gegen mich aufgebracht.«

»Und jede Minute genossen.«

»Verdammt richtig. Man muß schließlich seinem Ruf gerecht werden.«

»Und was für einen Ruf haben Sie?«

»Einen sehr zweifelhaften, meine Liebe. Jeder wird Ihnen bestätigen, daß es den ersten Schritt zur ewigen Verdammnis bedeutet, mit mir allein in mein Schlafzimmer zu gehen.«

»Vom ersten Schritt bis zum Sündenfall ist es aber ein langer Weg.«

»Nicht so lang, wie Sie vielleicht denken.«

Achselzuckend leerte Kelsey ihr Glas. »Erzählen Sie mir von besagtem Kartenspiel?«

»Beim Essen.« Er reichte ihr die Hand. »Das ist die richtige Atmosphäre dazu.«

Kelseys Neugier war geweckt, sie nahm seine Hand und sagte: »Das klingt aber keineswegs anrüchig, Slater.«

»Ich fange ja auch gerade erst an.«

Unten füllte er ihr Glas nach. Ein unsichtbarer dienstbarer Geist hatte bereits zwei mit Silberhauben abgedeckte Platten aufgetragen, die Kerzen entzündet und Musik angestellt. Zu den Klängen von Gershwin setzten sie sich zu Tisch.

»Das Kartenspiel?«

»Na gut. Was verstehen Sie von Poker?«

»Ich weiß, welche Karte welche schlägt. Glaube ich jedenfalls.« Sie probierte den köstlich zubereiteten Fisch und schloß die Augen. »Dies übertrifft die kulinarischen Genüsse auf der Rennbahn bei weitem.«

»Ich werde es dem Koch ausrichten. Also weiter im Text. Vor fünf Jahren spielte ich um das große Geld. Es war ein echter Pokermarathon, mit enorm hohen Einsätzen.«

»Hier in der Gegend?«

»Nein, hier in diesem altehrwürdigen Prachtbau.«

Kelseys Augen wurden schmal. »Ist Glücksspiel in diesem Staat nicht gesetzlich verboten?«

»Sie können's ja noch der Polizei melden. Wollen Sie nun die Geschichte hören oder nicht?«

»Will ich. Sie nahmen also an einem illegalen Pokerspiel teil. Und dann?«

»Cunningham hatte eine Pechsträhne. Nicht nur in diesem Spiel, sondern schon seit Monaten. Seine Pferde liefen schlecht, seit einem Jahr hatte er keine Preisgelder mehr geholt. Seine Schulden wuchsen ihm über den Kopf, und wie viele in dieser Situation dachte er, er müsse nur einmal einen großen Treffer landen.«

»Deshalb die Pokerrunde.«

»Genau. Ich war an einem Pferd beteiligt, das ausgesprochen gut lief. Also war ich …«, er lächelte, »… flüssig. Ich hatte mir schon immer eine Farm wie diese gewünscht. Na ja, und da dachte ich, mit etwas Glück könnte ich genug gewinnen, um in ein zweites Pferd zu investieren. Mich sozusagen hocharbeiten.«

»Klingt vernünftig, je nachdem, wie man es betrachtet.« Rücksichtslos traf eher zu, dachte sie. Aber auch Rücksichtslosigkeit konnte man bewundern. »Offenbar haben Sie mehr gewonnen als nur ein Pferd.«

»Ich konnte gar nicht verlieren. Ich hatte eine Glückssträhne, in der mir alles gelang. Hatte er einen Drilling, hatte ich ein Full House, hatte er einen Straight Flush, hatte ich einen Royal Flush. Seine eigentlichen Probleme fingen erst an, als er nicht aufhören konnte. Er stand schon so mit sechzig, fünfundsechzig in der Kreide.«

»Hundertern?«

Von ihrer Naivität bezaubert nahm er ihre Hand und küßte sie leicht. »Tausendern, Schätzchen. Und er hatte das Geld nicht, bar jedenfalls nicht. Also erhöhte er den Einsatz und wollte kein Nein gelten lassen.«

»Und Sie taten natürlich Ihr Bestes, um ihn zur Vernunft zu bringen.«

»Ich sagte ihm, daß er einen Fehler macht, aber er wollte nicht hören.« Gabe zuckte mit den Achseln. »Sollte ich mich mit ihm streiten?

Zu diesem Zeitpunkt waren wir nur noch vier Spieler, und wir saßen seit fünfzehn Stunden am Tisch. Das sollte die letzte Runde werden. Sie wurde mit fünftausend eröffnet, und nach oben gab es kein Limit.«

»Das waren zwanzigtausend auf dem Tisch des Hauses, ehe Sie richtig angefangen haben.«

»Und mehr als hundertfünfzigtausend, als alle außer Cunningham und mir ausgestiegen waren.«

Kelsey führte gerade die Gabel zum Mund: »Hundertfünfzigtausend?«

»Er dachte, er hätte alle Trümpfe in der Hand, und so wollte er den Einsatz hochtreiben. Ich legte noch fünfzig drauf, weil ich dachte, er würde endlich aussteigen, aber er hielt mit.«

Kelsey hob ihr Glas und trank in kleinen Schlucken. Sie sah die Szene so deutlich vor sich, als sei sie dabeigewesen. Ein kleines Vermögen, das an ein paar Karten hing.

»Das wäre dann eine Viertelmillion Dollar.«

Er grinste. »Gut gerechnet. Er tat mir zwar leid, aber ich kann nicht sagen, daß ich den Moment bedauerte, wo ich meinen Straight Flush auf den Tisch legte. Er hatte nur drei Könige und kein Geld.« Gabe schenkte ihr Champagner nach. »Gerade mal die Vermögenswerte. Also machten wir ein Geschäft. Cunningham hat buchstäblich Haus und Hof verspielt.«

»Sie haben ihn an die Luft gesetzt?«

Gabe musterte sie mit geneigtem Kopf. »Was hätten Sie denn getan?«

»Ich weiß es nicht«, erwiderte sie nach einem Augenblick. »Aber ich glaube nicht, daß ich einen Mann aus seinem eigenen Haus vertreiben könnte.«

»Auch nicht, wenn er Geld verspielt, das er nicht hat?«

»Auch dann nicht.«

»Sie haben eben ein weiches Herz. Wir schlossen einen Handel ab«, wiederholte Gabe, »der uns beide zufriedenstellte. Und da ich auf Risiko gesetzt hatte, habe ich etwas gewonnen, was ich mir mein ganzes Leben lang gewünscht habe.«

»Das ist ja eine abenteuerliche Story. Vermutlich haben Sie den Unglücksraben Bill Cunningham auf der Rennbahn kennengelernt.«

»Nein. Ich habe einmal für ihn gearbeitet.«

»Hier?« Sie legte ihre Gabel nieder. »Sie haben hier gearbeitet?«

»Pferde gestriegelt, ausgemistet, Futter geschleppt. Drei Jahre lang war ich einer von Cunninghams Stallburschen. Damals ging es ihm ganz gut. Die Pferde haben ihn überhaupt nicht interessiert, sie sollten ihm nur Geld bringen, sie waren sein Kapital. Die Leute, die seine Tiere betreuten, interessierten ihn noch weniger. Unsere Unterkünfte ähnelten Gefängniszellen, so eng und schäbig waren sie. Aber Cunningham dachte nicht daran, sein Geld in Verbesserungen zu investieren.«

»Und deswegen hat es Sie auch nicht weiter berührt, ihn aus seinem Haus zu jagen.«

»Es hat mir jedenfalls keine schlaflosen Nächte bereitet. Als ich von hier fortging, arbeitete ich eine Zeitlang auf Three Willows. Das ist eine Farm! Der alte Chadwick hatte ein Händchen für Pferde, genau wie Ihre Mutter. Als ich diese Gegend dann endgültig verließ – damals war ich ungefähr siebzehn –, träumte ich davon, eines Tages zurückzukehren, die Taschen voller Geld, und mir selbst ein Gestüt aufzubauen.«

»Das haben Sie ja auch getan.«

»So kann man's nennen.«

»Und was haben Sie in der Zwischenzeit gemacht?«

»Das ist eine andere Geschichte.«

»Ich hab' schon verstanden.« Essen und Wein hatten ihre Stimmung gehoben. Sie stützte ihr Kinn auf die Hand. »Ich wette, Sie haben alles gehaßt an dem altehrwürdigen Prachtbau.«

»Jeden verdammten Stein des Gebäudes.«

Lachend lehnte sich Kelsey zurück und nahm ihr Glas. »Ich fange an, Sie zu mögen. Sie haben mir das doch nicht alles vorgelogen?«

»Weshalb hätte ich das tun sollen? Möchten Sie einen Nachtisch?«

»Ich bin eigentlich satt.« Stöhnend stand Kelsey auf und ging im Zimmer umher. »Wissen Sie, als ich dieses Haus zum erstenmal sah, wirkte es auf mich herrisch, und ich hatte recht.« Einen Moment lang schloß sie die Augen. »Mein Grenzpunkt.«

»Wie bitte?«

»Nichts.« Sie trat ans Fenster. »Wie fühlt man sich eigentlich, wenn man aus dem Fenster schaut und über sein eigenes Land blickt?«

»Wieso? Was sehen Sie denn von Ihrem Fenster?«

»Ein Restaurant, ein kleines Einkaufszentrum mit einer häßlichen Boutique und einer himmlischen Bäckerei. Die U-Bahn-Station liegt praktisch nebenan. Ich dachte immer, daß ich städtischen Komfort brauche.«

Gabe legte ihr die Hände auf die Schultern und drehte sie zu sich um. »Den brauchen Sie aber nicht.«

»Nein.« Zu ihrer Überraschung begann sie zu zittern, als er mit der Hand über ihren Hals strich.

»Was denn dann?«

»Ich weiß es noch nicht.«

Er nahm ihr Gesicht in beide Hände und fuhr mit seinen Fingern durch ihr Haar. »Aber ich weiß es.«

Er senkte seinen Mund auf ihren herab, zögernd zuerst, kaum mehr als der Hauch einer Berührung, so daß beide jederzeit wieder zurückweichen konnten.

Doch Kelsey warf sich an seine Brust, schlang die Arme um seinen Hals und suchte seine Lippen.

Sie hatte beinahe vergessen, was für ein Gefühl das war. Oder sie hatte es vielleicht niemals gekannt. In dieser Umarmung lag nichts Zaghaftes oder Zurückhaltendes, sondern sie war fordernd und wild. Dieses Verhalten wollte so gar nicht zu dem gedämpften Kerzenlicht und der sanften Musik passen.

Gabe konnte nur noch an sie denken. Für ihn gab es nichts anderes mehr auf der Welt. Das Gefühl ihres Körpers, der sich gegen seinen preßte, das Verlangen nach ihr ließ ihn alles vergessen. Er war jetzt nur noch ein Mann, der eine Frau begehrte.

Es mußte sie berühren. Seine Hände glitten mit verzweifeltem Hunger über ihren Körper, und er spürte, wie sie ihm entgegenkam, ihn ermutigte. Nur nicht nachdenken, nur nicht zur Besinnung kommen.

Dann strich er ihr mit einer Hand das Haar aus dem Gesicht, und blitzartig hatte sie das Bild vor Augen, wie er nur einige Stunden vorher mit der gleichen lässigen Geste durch das Haar ihrer Mutter gefahren war.

Schrecken und Scham überkamen sie. Sie schob Gabe fort, versuchte, sich loszureißen, sich Luft zu verschaffen. »Nein!« Als er nach ihr griff, wich sie zurück. »Fassen Sie mich nicht an!« Fast meinte sie, seine Lippen noch auf den ihren zu spüren, und ihr Verlangen nach ihm hatte nicht nachgelassen. »Wie konnten Sie das tun? Wie konnte ich das nur zulassen?«

»Ich will dich.« Gabe mußte sich mit aller Kraft beherrschen, um sich nicht mit Gewalt zu nehmen, was sie ihm beinahe freiwillig gegeben hätte. »Und du willst mich auch.«

Das konnte sie nicht leugnen. Voller Scham über sich selbst wehrte sich Kelsey. »Ich bin keine Stute, die man festbindet. Und ganz bestimmt bin ich heute abend nicht hierhergekommen, damit Sie Mutter und Tochter vergleichen können!«

Mühsam bremste sich Gabe. »Würdest du mir das bitte genauer erklären?«

»Ich will keine fadenscheinigen Entschuldigungen für mein Verhalten suchen, aber ich habe doch noch so viel Anstand, nicht bis zum Äußersten zu gehen. Doch Sie – Sie haben keinen Funken Anstand im Leib.« Kelsey strich über ihre zerzausten Haare. Wut, hervorgerufen durch ein stechendes Schuldgefühl, gab ihrer Stimme eine ungewohnte Schärfe. »Ist das für Sie vielleicht ein neues Spiel, Slater? Die Tochter zum Essen einladen, versuchen, sie ins Bett zu kriegen, nur um festzustellen, ob sie so gut ist wie die Mutter? Haben Sie etwa insgeheim eine kleine Wette abgeschlossen?«

Gabe antwortete nicht gleich. Weder sein Gesicht noch seine Stimme verrieten seinen Zorn. »Denkst du, daß ich mit Naomi schlafe?«

»Ich weiß es.«

»Da fühle ich mich aber geschmeichelt.«

»Sie – was für ein Mensch sind Sie eigentlich?«

»Du hast keine Ahnung, Kelsey. Überhaupt keine. Ich bezweifle stark, daß dir in deiner geordneten kleinen Welt schon Leute wie ich über den Weg gelaufen sind.« Er trat auf sie zu und packte sie im Nacken, wohl wissend, daß dies ein kleinlicher, gemeiner Racheakt war. Doch er fühlte sich klein – und schmutzig.

Obwohl sich Kelsey um Haltung bemühte, zitterte sie doch am ganzen Leib. »Nehmen Sie Ihre Hände weg!«

»Du magst es, wenn ich dich berühre«, sagte er sanft. »Im Augenblick hast du zwar Angst und weißt nicht, was du tun sollst, wenn ich dich nach oben bringe. Aber warum sollte ich mir die Mühe machen? Der Boden hier tut's auch.« Seine Stimme klang kühl und beherrscht, doch in seinen Augen loderte ein gefährliches Feuer. »Was würdest du denn tun, Kelsey, wenn ich jetzt hier mit dir schlafen würde?«

Angst schnürte ihr die Kehle zu, so daß ihre Stimme gepreßt klang: »Ich sagte, Sie sollen Ihre Hände wegnehmen.«

Die Panik, die sich auf ihrem Gesicht zeichnete, traf ihn. Sie blieb auch, als er sie freigab und einen Schritt zurücktrat. Er fühlte Abscheu vor sich selbst.

»Ich entschuldige mich dafür. Aber nur dafür.« Er musterte sie einige Sekunden lang. Langsam kehrte die Farbe in ihr Gesicht zurück. »Du urteilst vorschnell, Kelsey. Aber da du dich bereits festgelegt hast, wollen wir unsere Zeit nicht damit verschwenden, dieses Thema weiterzuverfolgen. Ich bringe dich jetzt nach Hause.«

7

Naomi zog gerade den Gürtel ihres Morgenmantels enger zu, als sie hörte, wie die Vordertür schlug. Der heftige Knall erschreckte sie, aber sie zögerte einen Moment, ehe sie in die Diele ging. War es richtig, überlegte sie, Kelsey nach den Erlebnissen des Abends zu fragen? Sie wußte es nicht. Wenn sie Kelseys Teenagerjahre miterlebt hätte, die Zeit der nächtlichen Gespräche und Diskussionen, der Probleme, Tragödien der Pubertät, dann wüßte sie, was zu tun wäre.

Aber sie hatte keine Erfahrung damit und konnte sich nur auf ihren Instinkt verlassen. Sie hörte Kelsey die Treppe hinaufstürmen und öffnete ihre Zimmertür. Sie würde möglichst unpersönlich sein, nicht fragen und sich nur auf ein flüchtiges »Na, wie war der Abend?« beschränken. Doch als sie das Gesicht ihrer Tochter sah, änderte sie ihre Absicht.

»Was ist passiert?« Ohne nachzudenken faßte sie Kelseys Arm. »Ist alles in Ordnung?«

Kelsey, deren Temperament bei dieser Frage wieder mit ihr durchging, ging augenblicklich zum Angriff über. »Wie kannst du dich nur mit ihm abgeben, und erst recht ... O Gott, du hast mir auch noch zugeredet, den Abend mit ihm zu verbringen!«

»Gabe?« Naomis Finger schlossen sich um den Arm ihrer Tochter. Sie vertraute Gabe ohne Vorbehalt, doch nun beschlich sie ein Gefühl der Angst. »Was hat er getan?«

»Er hat mich geküßt«, fauchte Kelsey, die bei dieser lächerlichen Untertreibung hochrot anlief.

»Dich geküßt«, wiederholte Naomi erleichtert und belustigt zugleich. »Und das ist alles?«

»Interessiert dich das nicht?« Erbost riß Kelsey sich los. »Ich sagte, er hat mich geküßt. Ich habe seinen Kuß erwidert, und wenn ich mich nicht erinnert hätte, wäre noch viel mehr daraus geworden.«

Naomi seufzte. Wenn sie schon nicht wie Mutter und Tochter miteinander reden konnten, dann vielleicht von Frau zu Frau – für den Anfang. »Komm herein und setz dich.«

»Ich will mich nicht setzen.« Trotzdem folgte Kelsey Naomi ins Schlafzimmer.

»Ich schon.« Naomi bemühte sich, klar und logisch zu denken, als sie sich vor ihre Frisierkommode setzte. »Kelsey, ich weiß, daß du noch unter deiner Scheidung leidest. Aber du bist nun einmal geschieden und damit frei, eine neue Beziehung einzugehen.«

Kelsey hielt in ihrem rastlosen Aufundabgehen inne und schnappte hörbar nach Luft. »*Ich* bin frei? Hier geht es nicht um mich. Es geht um dich!«

»Um mich?«

»Verstehst du denn gar nichts?« Jetzt mischte sich ihre Wut noch mit Empörung darüber, daß diese Frau, in deren Adern ihr Blut floß, dermaßen oberflächlich sein konnte. »Hast du denn überhaupt keinen Stolz?«

»Tatsächlich«, entgegnete Naomi langsam, »hat man mir schon oft gesagt, ich hätte zuviel davon. Aber ich verstehe nicht ganz, worum es hier geht.«

»Ich versuche dir mitzuteilen, daß dein Liebhaber mit mir ins Bett gehen wollte.«

Um Naomis Mundwinkel zuckte es, als ihr langsam klar wurde, was Kelsey meinte. »Mein Liebhaber?«

»Daß du dich so täuschen läßt«, tobte Kelsey weiter. »Du kennst ihn schon seit Jahren und müßtest mittlerweile wissen, wie er ist. O ja, er ist attraktiv und charmant – nach außen. Aber er kennt weder Skrupel noch Ehrgefühl, noch Loyalität.«

Naomis Augen blitzten, und ihr Kinn spannte sich. »Von wem redest du eigentlich?«

»Von Slater.« Fast hätte Kelsey losgebrüllt. »Gabriel Slater. Wie viele Liebhaber hast du denn?«

»Nur einen.« Naomi faltete die Hände und atmete tief durch. »Und du glaubst, das ist Gabe?« Sie dachte einen Moment nach, fing an zu lächeln und lachte schließlich zu Kelseys Verblüffung schallend los. »Es tut mir leid, es tut mir wirklich leid. Ich bin sicher, du findest das gar nicht komisch.« Hilflos hielt sie sich den Bauch. »Aber das ist ja großartig, ehrlich. Ich fühle mich sehr geschmeichelt.«

»Das hat er auch gesagt«, zischte Kelsey durch die Zähne.

»Hat er das?« Kichernd wischte sich Naomi eine Träne aus dem Augenwinkel. »Du meinst, du hast ihn tatsächlich gefragt, ob er mit mir schläft? Du lieber Himmel, Kelsey, er ist um die Dreißig. Ich bin fast fünfzig.«

»Was macht das schon für einen Unterschied?«

Sie konnte nicht an sich halten. Naomi grinste breit, »Jetzt fühle ich mich aber wirklich geschmeichelt. Glaubst du im Ernst, so ein toller Mann – und er ist ja wirklich hinreißend – wie Gabe könnte ein romantisches Interesse an mir haben?«

Kelsey musterte Naomi so unbeteiligt, wie es ihr in ihrer Aufregung möglich war, die klassischen Gesichtszüge, den schlanken, feingliedrigen Körper in dem schlichten weißen Morgenmantel. »Von einer Romanze habe ich nicht gesprochen«, sagte sie tonlos.

»Ach so.« Naomi nickte verständnisvoll. »Nun denn. Du nimmst also an, daß Gabe und ich in eine, na, sagen wir mal, wilde sexuelle Affäre verstrickt sind?« Ihre Lippen verzogen sich. »Ich fühle mich von Minute zu Minute jünger.«

»Ehe du dich bemühst, alles abzustreiten, will ich dir zwei Dinge sagen.« Hocherhobenen Hauptes blickte Kelsey ihre Mutter an. »Erstens geht es mich nichts an, mit wem du schläfst – von mir aus kannst du dir zwanzig Liebhaber halten –, zweitens habe ich dich letzte Nacht gehört. Hier im Zimmer, mit ihm.«

»Oh.« Naomi sog die Luft ein. »Das ist mir aber peinlich.«

»Peinlich?« Das Wort klang wie eine Explosion. »Es ist dir *peinlich?*«

Naomi, der klar wurde, daß sie sich etwas deutlicher ausdrücken mußte, hob eine Hand. »Nun mal der Reihe nach. Erstens habe ich im Gegensatz zu allem, was du denken oder gehört haben magst, nicht mit den Männern geschlafen, die man mir andichtet. Du wirst es nicht glauben, aber dein Vater war mein erster Mann. Und danach gab es niemanden mehr, erst zwei Jahre, nachdem ich aus dem Gefängnis entlassen worden war, fand ich wieder einen Mann, und er ist bis heute mein einziger.« Sie erhob sich, so daß sie ihrer Tochter in die Augen sehen konnte.

»Wenn das stimmt, ist es um so schlimmer. Stört es dich gar nicht, daß er dich so hintergeht?«

»Kein Mann betrügt mich mehr als einmal«, sagte Naomi so bestimmt, daß Kelsey ihr nicht nur glaubte, sondern sie auch verstehen konnte. »Es war nicht Gabe, den du letzte Nacht hier gehört hast, es war Moses.«

Kelsey verschlug es die Sprache, und sie ließ sich in einen Sessel sinken. »Moses, dein Trainer.«

»Ja, Moses, mein Trainer, mein Freund und mein Liebhaber.«

»Aber Gabe – er berührt dich doch ständig.«

»Auf das Risiko hin, daß ich mich jetzt eines Klischees bediene – wir sind sehr gute Freunde. Neben Moses ist Gabe mein bester Freund. Es tut mir leid, daß du das so mißverstanden hast.«

»Ach du lieber Gott!« Kelsey schloß die Augen und fühlte sich gedemütigt, als ihr alles, was sie Gabe an den Kopf geworfen hatte, wieder zu Bewußtsein kam. »Kein Wunder, daß er so wütend war. Was ich ihm alles gesagt habe!«

Gefaßt darauf, zurückgewiesen zu werden, strich Naomi Kelsey übers Haar. »Vermutlich hast du dir nicht die Mühe gemacht, ihn einfach danach zu fragen.«

»Nein.« Ihre Worte schienen wie ein Bumerang auf sie zu prallen. »Nein, ich war mir so sicher, und dann habe ich mich furchtbar geschämt, daß er mich dazu gebracht hatte, mich derart zu vergessen, und sei es auch nur für eine Minute. Ich habe noch nie … mit Wade war es immer … ist ja auch egal«, unterbrach sie sich rasch. »Jedenfalls fuhr ich aus der Haut und sagte ihm einige sehr häßliche Dinge.«

»Du warst ja auch in einem Zwiespalt. Ich werde ihn anrufen und ihm alles erklären.«

»Nein, ich gehe morgen früh zu ihm und entschuldige mich von Angesicht zu Angesicht.«

»Es ist schrecklich, sich entschuldigen zu müssen, nicht wahr?«

»Fast so schlimm wie wenn man im Irrtum ist.« Seit je fiel es Kelsey schwer, ihren Stolz zu überwinden. »Es tut mir leid.«

»Was mich betrifft, braucht es dir nicht leid zu tun. Du bist hier in eine fremde Welt geraten, Kelsey, und hast deinem Instinkt vertraut. Deine Moralvorstellungen und dein Sinn dafür, was richtig und was falsch ist, sind für deine Handlungsweise verantwortlich.«

»Suchst du nach Entschuldigungen für mich?«

»Ich bin deine Mutter«, erwiderte Naomi ruhig. »Vielleicht werden wir beide uns bald daran gewöhnen. Jetzt versuch zu schlafen. Und wenn du morgen nicht allein in die Höhle des Löwen gehen willst, werde ich dich begleiten.«

Doch Kelsey ging allein, schon aus Selbstachtung. Zuerst hatte sie erwogen, mit dem Auto zu fahren, aber sie wollte Zeit gewinnen. Obwohl sie fast die ganze Nacht wachgelegen und gegrübelt hatte, wußte sie noch nicht genau, was sie sagen und wie sie es sagen sollte.

So entschied sie sich, ein Pferd zu nehmen und zur Farm hinüberzureiten, um sich zu beruhigen und einen klaren Kopf zu bekommen.

Sie traf Moses im Stall, wo er gerade den Hals eines Wallachs mit Salbe einrieb. Sie zögerte, wie sollte sie sich ihm gegenüber verhalten, nun, da sie wußte, daß er Naomis Liebhaber war?

Einen Augenblick blieb sie still stehen uns sah ihm zu. Seine Hände waren sanft, dunkel gebräunt und kräftig. Am Handgelenk trug er einen Armreif aus gehämmertem Kupfer. In seinem Zopf zeigten sich bereits ebenso viele graue wie schwarze Haare. Niemand hätte ihn als gut aussehend bezeichnet, doch sein Gesicht mit der Adlernase und der wettergegerbten Haut wirkte einnehmend.

Zwar war sein Körper durchtrainiert und drahtig, doch nicht zu vergleichen mit Gabes muskulöser Erscheinung.

»Schwer vorstellbar, nicht?« In Moses' Stimme klang eine unterschwellige Belustigung mit. Er mußte sich nicht erst zu Kelsey umdrehen, um ihre Gedanken lesen zu können. »Eine so schöne Frau wie sie, reich, gebildet und dann so ein häßlicher Gnom wie ich.« Er stellte die Salbe beiseite und griff nach einem Topf mit wäßrigem Haferschleim. »Ich kann es Ihnen nicht verdenken, daß Sie überrascht sind. Das bin ich auch, bis heute. Werd's wohl nie begreifen.«

»Wie bitte?«

»Naomi hat mir erzählt, daß Sie über uns Bescheid wissen.«

Kelsey zuckte zusammen und rieb sich über ihr Gesicht. Blieb ihr denn keine Demütigung erspart? »Mr. Whitetree …«

»Moses«, unterbrach er sie in Anbetracht der Situation einfach, »Moses. Na komm schon, mein Junge.« Sanft auf ihn einredend, versuchte er den Wallach dazu zu bewegen, von dem Haferschleim zu fressen. »Versuch's doch mal. Nur ein bißchen. Ich habe mich auf den ersten Blick in sie verliebt, als ich hier anfing, als Pferdepfleger zu arbeiten. Sie muß damals ungefähr achtzehn gewesen sein. Eine Frau wie sie hatte ich noch nie zuvor gesehen. Ich habe nicht erwartet, daß sie mich beachtet. Warum sollte sie auch?«

Kelsey beobachtete, wie liebevoll er mit dem kranken Pferd umging, es sanft und behutsam fütterte. Sie betrat die Box und stellte sich neben ihn. »Was fehlt ihm denn?«

»Unser King Cole ist erkältet.«

»Erkältet? Pferde können sich erkälten? Woran erkennt man das denn?«

»Sehen Sie, hier?« Moses nahm ihre Hand und führte sie über den Hals des Tieres. »Fühlen Sie die Schwellung?«

»Ja. Du Armer.« Sie redete beruhigend auf das Pferd ein, während sie ihm sacht den Hals streichelte. »Ist es etwas Ernstes?«

»Kann man noch nicht sagen. Wenn sich die Luftröhre schließt, kann er ersticken.«

»Sie meinen, er stirbt daran?« Entsetzt drückte sie sich an den Wallach. »Es ist doch bloß eine Halsentzündung.«

»Das gilt für Menschen. Bei ihm ist es schlimmer. Aber es wird schon wieder, was, Kumpel? Richtig fressen kann er noch nicht, er bekommt nur Haferschleim und Leinsamentee.«

Tee für ein Pferd, dachte Kelsey. »Sollte der Tierarzt ihn nicht untersuchen?«

»Nur, wenn es schlimmer wird. Wir halten ihn warm, lassen ihn Eukalyptusdämpfe inhalieren und reiben ihm drei- bis viermal täglich Kampfer auf die Zunge. Er hustet nicht mehr, und das ist ein gutes Zeichen.«

»Behandeln Sie die Tiere immer selbst?«

»Matt wird nur gerufen, wenn wir nicht weiterwissen.«

»Ich dachte, ein Trainer bildet die Pferde nur aus.«

»Der Trainer ist für alles zuständig. Manchmal beanspruchen die Pferde ihn am wenigsten. Begleiten Sie mich mal einen Tag, dann verstehen Sie, was ich meine.«

»Gern.«

Er hatte das einfach nur so dahingesagt und nicht erwartet, daß sie sofort darauf einging. Nachdenklich musterte er sie. »Ich fange im Morgengrauen an.«

»Das weiß ich. Wahrscheinlich bin ich Ihnen nur lästig. Aber ich habe schon überlegt, ob ich nicht irgend etwas tun kann, während ich hier bin. Ställe ausmisten oder Heu schaufeln. Ich erwarte ja gar nicht, daß man mir Pferde anvertraut, aber ich hasse Nichtstun.«

Sie ist die Tochter ihrer Mutter, dachte Moses. »Hier gibt es immer was zu tun. Wann wollen Sie anfangen?«

»Heute nachmittag, vielleicht besser morgen, jetzt muß ich noch etwas erledigen.« Beim Gedanken daran sank ihre Stimmung. »Ich würde lieber Mist karren, aber es läßt sich nicht vermeiden.«

»Dann kommen Sie, sobald Sie können, okay?«

»Vielen Dank. Ich habe aber noch eine Bitte: Kann ich mir für heute morgen ein Reitpferd ausleihen? Reiten kann ich.«

»Sie sind Naomis Tochter, und das bedeutet, sie müssen reiten und brauchen nicht um Erlaubnis fragen, wenn Sie ein Pferd möchten.«

»Ich frage aber lieber.«

»Dann satteln wir Justice«, entschied Moses. »Er wird Ihnen gefallen.«

Der Wallach liebte es loszugaloppieren. Obwohl er seit drei Jahren nicht mehr aktiv an Rennen teilnahm, merkte man immer noch, daß er kein reines Reitpferd war.

Wie Moses Kelsey erklärte, war Justice auf der Rennbahn nie absolute Spitze gewesen, aber doch besser als der Durchschnitt, und er hatte während seiner Zeit als Galopper regelmäßig Preisgelder eingebracht.

Doch Kelsey war das egal, auch wenn er jedes Rennen verloren hätte, als er mit ihr auf dem Rücken geradezu über die Hügel flog.

Das Tier reagierte bereitwillig auf den leisesten Schenkeldruck und fiel gehorsam in flüssigen Galopp, als sei es ebenso glücklich wie seine Reiterin, den Morgen im Freien auf den Hügeln und Feldern verbringen zu dürfen.

Jetzt erst wurde Kelsey bewußt, was für ein Vergnügen sie sich seit Jahren versagt hatte. Von jetzt ab würde sie regelmäßig reiten, auch wenn sie einen furchtbaren Muskelkater bekäme. Und wenn sie nicht mehr auf Three Willows war, würde sie versuchen, diesen Sport weiterhin zu betreiben.

Vielleicht würde sie ja auch ihr Apartment aufgeben und aus der Stadt wegziehen. Es gab keinen Grund, warum sie sich nicht ein Häuschen im Grünen und ein Reitpferd zulegen sollte. Selbst wenn sie es in einem Reitstall unterstellen müßte, so etwas konnte man gut arrangieren. Wenn Moses ihr genug beibrächte, könnte sie sogar in einem Stall arbeiten.

Im Moment aber berauschte sie sich an der klaren, frischen Luft, dem Duft des Grases und der ersten Blumen. Was um alles in der Welt hatte sie nur bewegt, sich den ganzen Tag in einem Büro oder einer Galerie zu vergraben, wenn sie im Freien sein und etwas tun konnte, was ihr Spaß machte?

Lachend warf sie ihr Haar zurück, als sie über einen schmalen Bach hinwegflogen und die nächste Anhöhe hinaufrasten.

Dann sah sie die Gebäude von Longshot vor sich und zügelte Justice.

Kelsey beugte sich vor, tätschelte den Hals des Wallachs und sah sich um. Der Ritt hatte ihr zwar gutgetan, das eigentliche Problem aber nicht gelöst. Sie wußte nach wie vor nicht, wie sie mit Gabe ins reine kommen sollte.

»Improvisation ist alles«, murmelte sie in die Mähne des Pferdes und schnalzte mit der Zunge, um Justice in einem gemäßigtem Trab zu bringen.

Gabe sah Kelsey den Hügel herunterkommen, doch er blieb, wo er war, und beobachtete einen Jährling an der Longe. Er war jetzt weder ruhiger als am Abend vorher, noch hatte sein Verlangen nach ihr nachgelassen. Ihre schlanke Gestalt auf dem majestätischen Vollblüter wirkte ausgesprochen verführerisch.

Er zog noch einmal an seiner Zigarre, stieß lässig den Rauch aus – und wartete ab.

Kelsey hatte sich in ihrem Leben bestimmt schon unbehaglicher gefühlt, als sie abstieg und mit dem Wallach am Zügel auf Gabe zuging. Aber gelöste Probleme erschienen im Rückblick nie so unlösbar wie die, die man noch vor sich hatte.

»Du reitest gut«, bemerkte Gabe. »Ein alter Krieger wie der benötigt eine feste Hand.«

»Normalerweise habe ich die. Wenn du ein paar Minuten Zeit für mich hast, würde ich gern mit dir reden.«

»Schieß los.«

Warum sollte er es ihr auch leichtmachen, dachte sie und unterdrückte ihren Stolz. »Allein, wenn es geht.«

»Gut.« Er nahm ihr die Zügel aus der Hand und winkte einen Pfleger heran. »Reib ihn ab, Kip.«

»Ja, Sir.«

Gabe marschierte in Richtung Haus los, und Kelsey hatte Mühe, mit ihm Schritt zu halten. »Ein schöner Betrieb, er erinnert mich an Three Willows.«

»Willst du Süßholz raspeln?«

»Nein.« Sie verwarf die Idee, höfliche Konversation zu machen wieder. »Wie ich sehe, bist du beschäftigt. Ich werde nicht viel von deiner kostbaren Zeit beanspruchen.« Dann schwieg sie, bis sie das Haus erreicht hatten und er eine Glastür an der Rückseite aufschob.

Sie fühlte sich in einen tropischen Garten versetzt. Wo sie auch hinsah, überall wucherten üppig blühende Pflanzen in Ampeln oder Körben. Durch das Glasdach fiel Sonnenlicht auf einen in der Mitte angelegten Swimmingpool, der verlockend tiefblau schimmerte.

»Wie schön!« Kelsey strich über eine leuchtendrote Hibiskusblüte. »So weit sind wir gestern abend gar nicht gekommen.«

»Ich fand es nicht angebracht, die Führung fortzusetzen.« Er ließ sich auf einem gestreiften Gartenstuhl nieder und streckte die Beine aus. »Jetzt sind wir unter uns.«

Kelsey schaute dem Rauch nach, der von seiner Zigarre aufstieg und von den sanft rotierenden Deckenventilatoren aufgelöst wurde. »Ich bin gekommen, um mich zu entschuldigen.« Die verhaßten Worte blieben ihr fast in der Kehle stecken.

Er hob lediglich eine Augenbraue. »Wofür?«

»Für mein Benehmen gestern abend.«

Gabe drückte seine Zigarre in einem mit Sand gefüllten silbernen Eimer aus und tat so, als ob er überlegte. »Gestern abend ist einiges passiert. Könntest du dich etwas präziser ausdrücken?«

Hilflos ging sie ihm in die Falle. »Du bist ein Ekel, Slater, ein arrogantes, überhebliches Ekel.«

»Das ist ja eine großartige Entschuldigung, Kelsey.«

»Ich habe mich entschuldigt. Es ist mir zwar verdammt schwer gefallen, aber ich habe mich entschuldigt. Und du hast noch nicht einmal den Anstand, diese Entschuldigung zu akzeptieren.«

»Wie du gestern sehr deutlich gemacht hast, fehlt es mir in jeder Hinsicht an Anstand.« Lässig schlug er die Beine übereinander. »Ich entnehme deinem plötzlichen Sinneswandel, daß du Naomi zur Rede gestellt hast und sie die Sache geklärt hat.«

Sie konnte zu ihrer Verteidigung nur das Kinn vorstrecken. »Du hättest es ja abstreiten können.«

»Hättest du mir denn geglaubt?«

»Nein.« Schon wieder vor Wut schäumend wandte sie sich von ihm ab. »Aber du hättest es doch abstreiten können. Du wußtest, wie mir zumute war! Zu glauben, daß du und Naomi … wo ich mich beinahe …«

»Beinahe was?«

»Dir an den Hals geworfen hätte!« Kelsey warf ihm die Worte förmlich hin. »Ich gebe es ja zu, du hättest ein leichtes Spiel mit mir gehabt. Ich konnte nicht mehr klar denken. Stolz bin ich zwar nicht darauf, aber ich hatte nicht das Gefühl, daß es mir allein so ging. Auch ich habe Bedürfnisse, und – verdammt noch mal, ich bin nicht aus Stein!«

Er war sich nicht sicher, was ihn mehr verblüffte, die Heftigkeit ihrer letzten Bemerkung oder die Tränen, die in ihren Augen glänzten. »Ich bin der letzte, den du davon überzeugen mußt. Warum steigerst du dich in etwas hinein, das es gar nicht gibt?«

Kelsey kämpfte mit den Tränen. »Das ist nicht der Punkt«, sagte sie. »Ich habe einen großen Fehler gemacht, das ist es. Ich habe dir Dinge gesagt, die du nicht verdient hast und die ich bedaure.« Sie fuhr sich mit beiden Händen durchs Haar, dann ließ sie sie sinken. »Gabe, ich habe geglaubt, du wärst die Nacht davor in ihrem Zimmer gewesen. Ich hörte …«

»Moses«, führte er den Satz zu Ende.

Seufzend schloß sie die Augen. »Der Narr erfährt es immer als letzter. Ich dachte, du wärst bei ihr gewesen. Und die Vorstellung, daß du von ihr zu mir – daß ich beinahe zugelassen hätte …« Wieder brach sie ab. »Es tut mir leid.«

Sie sah so bezaubernd aus. Ihr Haar schimmerte golden in der Sonne, und ihre Augen waren dunkel vor Kummer. Fast hätte er selbst geseufzt. »Weißt du, daß ich am liebsten weiter stinksauer auf dich sein würde? Ich dachte, das würde alles erleichtern, auf jeden Fall wäre es sicherer.« Er stand auf und sagte: »Du siebst müde aus, Kelsey.«

»Ich hatte eine schlechte Nacht.«

»Nicht nur du.« Er streckte die Hand aus, um ihre Wange zu berühren, doch sie wich zurück.

»Nicht, bitte. Ich komme mir zwar wie ein Idiot vor, es zuzugeben, aber so ist es nun mal. Ich bin im Moment ziemlich leicht zu verletzen, und du hast offenbar die Macht dazu.«

Gabe unterdrückte einen Seufzer. »Warum soll es dir besser gehen als mir? Mit diesem Wissen kann ich ruhiger schlafen. ›Faß mich nicht an, Gabe, ich könnte mich dir sonst an den Hals werfen.‹«

Kelsey mußte lächeln. »So ist es ungefähr. Wie wär's, wenn wir noch mal von vorn anfangen würden?« Sie streckte ihm die Hand hin: »Freunde?«

Er schaute auf ihre Hand, dann in ihre Augen. »Ich glaube nicht.« Ohne sie aus den Augen zu lassen kam er vorsichtig näher.

»Hör zu …« Sie spürte schon die Erregung, die in ihr hochstieg. »Ich will mich nicht voreilig auf etwas einlassen, denn jetzt ist für mich ein ganz schlechter Zeitpunkt.« Immer noch auf der Hut trat sie einen weiteren Schritt zurück.

»Zu schade. Ich finde den Zeitpunkt ausgesprochen günstig.«

»Ich sage dir doch …« Ihr nächster Schritt nach hinten ging ins Leere. Sekunden, ehe das Wasser über ihr zusammenschlug, sah sie noch sein grinsendes Gesicht. Zwar war das Wasser angenehm kühl, doch sie erschrak trotzdem fürchterlich. Als sie wieder auftauchte und sich das nasse Haar aus dem Gesicht strich, blitzten ihre Augen. »Du Mistkerl!«

»Ich habe dich nicht gestoßen, aber kurz dran gedacht.« Hilfsbereit bot er ihr eine Hand, um sie herauszuziehen.

Kelsey griff danach und versuchte, sich daran hochzuziehen.

»Nicht bluffen, Kelsey.« Da ließ er einfach ihre Hand los, und sie tauchte wieder unter. Diesmal nahm sie es gelassen, kletterte allein über den Rand und setzte sich. »Ein schöner Pool.«

»Mir gefällt er auch.« Er setzte sich im Schneidersitz neben sie. »Komm doch irgendwann mal her und schwimm richtig – aber im Badeanzug.«

»Das werde ich tun.«

»Im Winter ist es am besten, richtig gemütlich, wenn draußen der Schnee fällt.«

Langsam drückte sie ihr Haar aus, und spritzte ihm Wasser ins Gesicht. »Erwischt!«

Er packte einfach nur ihre Hand, preßte die nasse Handfläche gegen seine Lippen und sah ihr tief in die Augen. »Erwischt«, wiederholte er.

Mit wild klopfendem Herzen stand Kelsey auf. »Ich muß zurück.«

»Du bist ja ganz naß.«

»Draußen ist es warm genug.« Kelsey widerstand der Versuchung, zurück ins Wasser zu springen, als er aufstand. »Ein Frühlingstag wie aus dem Bilderbuch.«

Er fragte sich, ob sie ahnte, wie begehrenswert sie in diesem Augenblick wirkte. »Ich fahre dich zurück.«

»Nein, wirklich nicht nötig. Ich möchte lieber reiten. Ich hatte schon fast vergessen, wieviel Spaß das macht, und deshalb will ich es ausnutzen, solange ich hier bin, und …« Sie preßte eine Hand auf ihren nervösen Magen. »Ich muß mich von dir fernhalten.«

»Keine Chance.« Er hakte einen Finger in den Bund ihrer Jeans und zog sie näher zu sich. »Ich will dich, Kelsey«, flüsterte er, »Und früher oder später bekomme ich dich auch.«

Kelsey zwang sich, tief durchzuatmen. »Vielleicht.«

Er grinste: »Darauf kannst du wetten«, und gab sie frei. »Ich hole dir aus den Ställen eine Jacke.«

Kelsey verließ schnell das Haus, und zehn Minuten später galoppierte sie in Richtung Three Willows davon. Gabe blickte ihr nach, bis sie hinter dem ersten Hügel verschwand, dann wandte er sich ab.

»Nettes Mädchen, die Kleine.«

Die Stimme traf ihn wie ein Dolchstoß, wie ein Angriff aus dem Hinterhalt. Doch so leicht ließ er sich nicht aus dem Gleichgewicht bringen. Gabes Gesicht blieb unbewegt, als er sah, daß es sein Vater war.

Keine augenfälligen Veränderungen, stellte er fest. Rich Slater hatte immer noch Stil. Zwar ähnelte sein Auftreten dem eines aufdringlichen Handelsvertreters, aber auch das war eine Art Stil. Er war groß und breitschultrig, sein eleganter Gabardineanzug spannte zwar ein wenig um den Brustkorb, aber die polierten Schuhe funkelten, und auf dem schwarzen, kurzgeschnittenen Haar saß ein modischer grauer Filzhut.

Der Mann war ein Blender, der sein gutes Aussehen – die schönen blauen Augen und das anziehende Lächeln – bewußt einsetzte. Fast sechs Jahre waren vergangen, seit Gabe seinen Vater das letztemal gesehen hatte, doch er wußte, auf welche Anzeichen er achten mußte.

Die tiefen Furchen im Gesicht, die keine noch so sorgfältige Pflege vertuschen konnte, die geplatzten Äderchen, die unnatürlich glänzenden Augen. Rich Slater war, wie schon vor sechs Jahren und wie die meiste Zeit seines Lebens, betrunken.

»Was zum Teufel willst du hier?«

»Ist das eine Art, seinen Alten Herrn zu begrüßen?« Rich lachte herzlich und umarmte, so als ob Gabe froh wäre, ihn zu sehen, seinen Sohn. Sein Atem roch nach Pfefferminz, doch darunter lag der unverkennbare Geruch von Whisky. Eine Kombination, die Gabe seit je den Magen umdrehte.

»Ich habe dich gefragt, was du willst.«

»Bin nur vorbeigekommen, um zu sehen, wie's dir geht, Sohn.« Er klopfte Gabe auf den Rücken, ehe dieser ausweichen konnte. Rich Slater schwankte nicht, und auch seiner Stimme war nichts anzumerken. Er konnte, ›einen ziemlichen Stiefel‹ vertragen, wie er zu sagen pflegte.

Bis zur zweiten Flasche, und die gab es immer.

»Diesmal hast du's geschafft, Gabe, das große Los gezogen. Steckst nicht mehr bis zum Hals in Schwierigkeiten, was, Sohn?«

Gabe packte Rich am Arm und zog ihn beiseite. »Wieviel?«

Obwohl seine Augen funkelten, spielte Rich den Beleidigten. »Nun, Gabe, kann denn ein Vater nicht einmal seinem eigenen Fleisch und Blut ohne Hintergedanken einen Besuch abstatten, ohne daß du denkst, er wäre auf ein Almosen aus? Mir geht es glänzend, das kannst du glauben. Hab' ein hübsches Sümmchen gewonnen beim Spiel – wie du.« Wieder lachte er auf, während er insgeheim schon kalkulierte, wieviel alles hier wert sein mochte. »Aber ich würd' nicht seßhaft werden wie du. Du kennst mich, Junge. Ich muß frei und ungebunden sein.«

Er nahm sich eine Zigarre und ließ ein vergoldetes Feuerzeug mit seinem Monogramm darauf aufschnappen. »So, und wer war das blonde Häschen? Ganz schön sexy. Aber du hattest es ja schon immer mit den Weibern.« Er zwinkerte lustig. »Und sie mit dir. Ganz wie dein Alter Herr.«

Gabe verlor fast die Geduld: »Wieviel willst du diesmal?«

»Ich sagte dir doch, keinen Cent.« Keinen Cent, dachte Rich, der zur nahe gelegenen Koppel blickte, wo der Jährling noch immer abgerichtet wurde. Mit ein paar Pferden wie diesem konnte ein Mann einen Haufen Geld machen, einen Haufen Geld. Er wollte keinen Cent, nein er wollte sehr viel mehr.

»Ein schönes Tier ist das. Ich weiß noch, wie du früher den Pferden auf der Bahn mehr Aufmerksamkeit geschenkt hast als dem Wetter.«

Und jedesmal hatte ihn dann sein Vater verprügelt, erinnerte sich Gabe. »Ich habe keine Zeit, um mit dir über meine Pferde zu diskutieren, ich muß nämlich arbeiten.«

»Wenn sich ein Mann so ins gemachte Nest gesetzt hat wie du hier, dann muß er nicht arbeiten.« Oder um sein Leben fürchten, dachte Rich bitter, oder mit kleinen Beträgen zufrieden sein. »Aber ich will dich wirklich nicht aufhalten. Tatsache ist, daß ich ein Weilchen in der Gegend bleiben will, um alte Freunde zu besuchen.« Lächelnd blies er Rauch in die Luft. »Und da ich nun schon einmal hier bin, hätte ich nichts dagegen, ein paar Tage in deinem schicken Haus zu Besuch zu sein.«

»Ich will dich weder in meinem Haus noch auf meinem Grundstück haben.«

Richs Lächeln verlor sich. »Ich bin dir wohl nicht mehr gut genug, was? Meinst, du wärst 'n feiner Herr und willst nicht mehr dran erinnert werden, wo du herkommst. Ein Streuner, das bist du, Gabe.« Er bohrte seinem Sohn den Zeigefinger in die Brust. »Und das wirst du immer bleiben, auch wenn du jetzt in einem feinen Haus wohnst und feine Frauen vögelst. Du Strolch! Hast wohl vergessen, wer dir ein Dach über dem Kopf und Essen im Bauch besorgt hat?«

»Ich habe nicht vergessen, daß ich auf der Straße geschlafen und gehungert habe, weil du jeden Penny versoffen hast, den Mutter verdient hatte.« Er haßte diese Erinnerungen. »Ich habe auch nicht vergessen, daß wir mitten in der Nacht aus irgendeiner stinkenden kleinen Bude hinausgeworfen wurden, weil kein Geld für die Miete da war. Ich habe vieles nicht vergessen, und daß Mutter im Armenhaus starb, sich die Lunge aus dem Leib spuckte, das habe ich bestimmt nicht vergessen.«

»Ich habe immer mein Bestes getan!«

»Dein Bestes, daß ich nicht lache! Also, wieviel wird es mich kosten, wenn du hier verschwindest?«

»Ich muß irgendwo unterkriechen.« Richs Nerven begannen ihn im Stich zu lassen, und seine Stimme klang weinerlich. Dann verlor er die Beherrschung und zog seinen Flachmann aus der Tasche. »Nur für ein paar Tage.«

»Hier nicht. Für dich ist in diesem Haus kein Platz!«

»Um Himmels willen!« Rich nahm gierig einen Schluck, dann noch einen. »Ich sag's, wie es ist, ich bin in Schwierigkeiten. Kleines Mißverständnis bei einem Spiel in Chicago. Ich hab' mit 'nem Typen zusammengearbeitet, und der hat Mist gebaut.«

»Du bist also beim Falschspielen erwischt worden, und jetzt sind sie hinter dir her und wollen dir das Hirn wegpusten.«

»Du bist ein eiskalter Hurensohn«, sagte Rich und nahm einen großen Schluck aus seinem Flachmann. »Du schuldest mir noch was, daß du's nur nicht vergißt. Ich muß ein paar Wochen untertauchen, bis Gras über die Sache gewachsen ist.«

»Aber nicht bei mir.«

»Du wirfst mich raus? Läßt zu, daß man deinen Vater umbringt?«

»Nun übertreib nicht.« Kalt lächelnd musterte Gabe seinen Vater. »Aber ich gebe dir eine reelle Chance. Ich denke, daß Fünftausend genügen.«

Rich sah sich um, registrierte die in Ordnung gehaltenen Gebäude, die gepflegten Pferde. Er war nie zu betrunken, um nicht einen Vorteil für sich herauszuschinden. »Das reicht nicht.«

»Es muß reichen. Halt dich vom Haus und meinen Pferden fern. Ich schreibe dir einen Scheck aus.«

Als Gabe sich entfernte, setzte Rich erneut den Flachmann an. Das reicht bei weitem nicht, dachte er, und der Whisky schmeckte ihm bitter. Der Junge hatte sein Glück gemacht, und er wollte auch seinen Anteil abhaben.

Und den würde er auch bekommen, schwor sich Rich. Er hatte den Jungen zu sanft angefaßt. Jetzt würde er die Spielregeln diktieren.

8

Er wußte, daß er sich wie ein Narr benahm. Dennoch schaute Philip ständig auf die Uhr, während er seinen Weißwein trank. Kelsey war nicht zu spät dran, er war zu früh.

Es war verrückt zu glauben, sie könne sich in den zwei Wochen, die sie nun schon fort war, irgendwie verändert haben. Ihn jetzt mit anderen Augen betrachten. Oder ihn für einen Schwächling halten – ein Vorwurf, den er sich selbst machte, seit er tatenlos zugeschaut hatte, wie man die Frau, die er einmal geliebt hatte, ins Gefängnis steckte.

Aber er hatte nichts dagegen unternehmen können. Doch so oft er sich das auch einredete, es half ihm nicht. Das seit Jahren an ihm nagende Schuldgefühl konnte er nur dadurch etwas mildern, daß er seiner Tochter besonders viel Liebe gab.

Sogar heute noch, nach zwei Jahrzehnten, sah er Naomis Gesicht klar und deutlich vor sich; so, wie sie ausgesehen hatte, als er sie zum letztenmal besuchte.

Von Washington nach Alderson in West-Virginia zu gelangen hieß, eine sechsstündige Autofahrt in Kauf zu nehmen. Sechs Stunden Fahrt trennten die geordnete, zivilisierte Welt der Universität von der trostlosen, grauen Realität einer staatlichen Vollzugsanstalt. Beides eine in sich geschlossene Welt, doch die eine wurde von Hoffnung und Zuversicht bestimmt, die andere von Zorn und Verzweiflung.

Obwohl er meinte, auf alles gefaßt zu sein, traf es ihn wie ein Schlag, Naomi, seine lebenssprühende, vitale Naomi hinter der Trennscheibe zu sehen. Die vergangenen Monate hatten ihren Tribut gefordert. Ihr Körper hatte die frauliche Weichheit verloren, und sie wirkte in der formlosen Gefängniskleidung hager und eckig. Alles an ihr schien grau – ihre Kleider, ihre Augen, ihr Gesicht. Es hatte ihn seine ganze Kraft gekostet, ihrem ruhigen, unbewegten Blick nicht auszuweichen.

»Naomi.« In Anzug und Krawatte, mit dem gestärkten weißen Kragen kam er sich fehl am Platze vor. »Ich war überrascht, daß du mich sehen wolltest.«

»Ich mußte dich sprechen. Wünsche zählen hier nichts, das gehört zu den ersten Dingen, die man im Gefängnis lernt.« Sie hatte erst drei Wochen von ihrer Strafe abgesessen und bereits aufgehört, die Tage abzuhaken – um nicht den Verstand zu verlieren. »Ich danke dir für deinen Besuch, Philip. Mir ist klar, daß du im Moment mit einigen Problemen zu kämpfen hast, aber ich hoffe, deine Position an der Universität ist nicht gefährdet.«

»Nein.« Seine Stimme klang flach. »Vermutlich werden deine Anwälte Berufung einlegen.«

»Ich habe nicht allzuviel Hoffnung.« Naomi verschränkte ihre unruhigen Hände ineinander. Hoffnung war die größte Bedrohung für ihren Geisteszustand, so hatte sie sich angewöhnt, nur noch mit dem Schlimmsten zu rechnen. »Ich habe dich hierhergebeten, Philip, um mit dir über Kelsey zu reden.«

Er entgegnete nichts darauf. Die Angst, sie könne ihn bitten, Kelsey einen Besuch zu ermöglichen, ihn bitten, sein Kind an diesen Ort mitzubringen, lastete wie ein Alpdruck auf ihm.

Es war ihr gutes Recht. Tief in seinem Inneren wußte er, daß sie ein Recht darauf hatte, ihr Kind zu sehen. Aber er wußte auch, daß er bis zum letzten Atemzug darum kämpfen würde, Kelsey diese traumatische Erfahrung zu ersparen.

»Wie geht es ihr?«

»Gut. Sie verbringt ein paar Tage bei meiner Mutter, damit ich diese … diese Reise machen konnte.«

»Ich bin sicher, Milicent ist entzückt, sie bei sich zu haben.« Sarkasmus schlich sich in Naomis Stimme, obwohl der Kummer sie zu überwältigen drohte. Entschlossen, das zu Ende zu führen, was sie begonnen hatte, fuhr sie fort: »Ich nehme an, du hast ihr noch nicht erklärt, wo ich bin?«

»Nein, ich dachte … nein. Sie glaubt, daß du jemanden besuchst, der sehr weit entfernt lebt.«

»Nun ja.« Der Abglanz eines Lächelns zeigte sich auf ihrem Gesicht. »Ich bin ja auch sehr weit weg, nicht wahr?«

»Naomi, sie ist doch noch ein Kind.« Zugegeben, es war unfair, doch er würde ihre Liebe zu Kelsey ausnutzen. »Ich wußte nicht, wie ich es ihr sagen sollte. Ich hoffe, daß ich nach einiger Zeit …«

»Ich mache dir keinen Vorwurf«, unterbrach Naomi und beugte sich vor. Dunkle Schatten lagen unter ihren Augen. »Ich mache dir keinen Vorwurf«, wiederholte sie. »Nichts von alldem ist deine Schuld. Was ist nur mit uns geschehen, Philip? Ich weiß nicht, wo alles angefangen hat. Ich dachte, wenn ich einen bestimmten Zeitpunkt, ein bestimmtes Ereignis zugrunde legen könnte, fiele es mir leichter, die Folgen zu akzeptieren. Aber das kann ich nicht.« Gequält schloß sie die Augen und wartete, bis sie sich so weit gefaßt hatte, um normal weitersprechen zu können. »Ich weiß nicht, was ich alles falsch gemacht habe, aber ich weiß, was richtig war. Besonders was Kelsey betrifft. Ich muß ständig an sie denken.«

Ein tiefes Mitleid mit ihr überkam ihn und stimmte ihn milde. »Sie fragt dauernd nach dir.«

Naomis Blick wanderte durch das Besuchszimmer. Ganz in der

Nähe hörte sie jemanden verzweifelt schluchzen. Aber Tränen waren an diesem Ort nichts Besonderes. Sie starrte auf die Wände, die Wächter, die Schlösser. Besonders auf die Schlösser.

»Ich möchte nicht, daß sie erfährt, wo ich bin.«

Das hätte er zu allerletzt von ihr erwartet. Vollkommen aus dem Konzept geraten wußte er nicht, ob er dankbar sein oder protestieren sollte. »Naomi ...«

»Ich habe sehr lange darüber nachgedacht, Philip. Zeit genug dazu hatte ich ja. Ich will nicht, daß sie erfährt, daß man mir alles genommen und mich in einen Käfig gesperrt hat.« Sie holte tief Atem. »Der Skandal wird bald abebben. Schließlich habe ich mich seit fast einem Jahr nicht mehr in deinen Kreisen bewegt. Das Gedächtnis der Leute ist kurz. Ich zweifle daran, daß mehr als ein vages Gerücht, wenn überhaupt, im Umlauf sein wird, wenn Kelsey zur Schule kommt. Und Virginia ist weit weg.«

»Das mag ja alles zutreffen, aber das löst nicht das augenblickliche Problem. Wie soll ich ihr erklären, daß du nicht mehr zurückkommst? Sie wird meine Ausreden nicht mehr lange hinnehmen, Naomi. Sie liebt dich.«

»Sag ihr, ich sei tot.«

»Um Gottes willen, Naomi, das kann ich nicht tun!«

»Du kannst.« Beschwörend preßte sie eine Hand gegen die Trennscheibe. »Um Kelseys willen mußt du es. Hör mir zu. Willst du, daß sie ihre Mutter an einem Ort wie diesem sieht? Wegen Mordes verurteilt?«

»Natürlich nicht. In ihrem Alter kann sie das noch gar nicht verstehen, geschweige denn verarbeiten. Aber ...«

»Genau: Aber«, stimmte Naomi zu. Ihre Augen waren wieder zum Leben erwacht und glühten vor leidenschaftlicher Willenskraft. »In einigen Jahren wird sie es verstehen – und damit leben müssen. Wenn ich etwas für sie tun kann, Philip, dann kann ich ihr das ersparen. Denk doch mal nach«, beharrte sie. »Denk nach. Wenn ich hier herauskomme, ist sie ungefähr achtzehn. Die ganzen Jahre würde sie die Vorstellung begleiten, daß ihre Mutter eingesperrt ist. Vielleicht würde sie sich verpflichtet fühlen, mich zu besuchen. Ich will sie hier nicht haben!« Der mühsam aufrechterhaltene Panzer der Selbstbeherrschung fiel von ihr ab, und Tränen stiegen ihr in die Augen. »Ich kann den Gedanken nicht ertragen, daß sie mich so sieht. Welche Auswirkungen würde das auf sie haben? Welchen Schaden könnte sie nehmen? Ich werde es nicht zulassen, hörst du? Ich will sie davor bewahren, Philip. Es ist das letzte, was ich noch für sie tun kann.«

Unwillkürlich streckte er die Hand aus, so daß sich ihre Fingerspitzen an der Scheibe trafen. »Ich kann es nicht ertragen, dich hier zu sehen.«

»Könnte einer von uns es verantworten, sie an deinem Platz sitzen zu sehen, mir gegenüber?«

Nein. Er konnte es jedenfalls nicht. »Aber ihr zu sagen, du seist tot. Wir können nicht vorhersehen, wie sie das verkraftet. Wie sollen wir mit einer solchen Lüge leben?«

»So falsch ist diese Behauptung gar nicht.« Naomi zog ihre Finger zurück. Die Tränen waren versiegt. »Ein Teil von mir ist tot. Der Rest kämpft um jeden Preis ums Überleben. Ich könnte nicht überleben, wenn ich wüßte, daß Kelsey die Wahrheit kennt. Sie wird leiden, Philip. Sie wird trauern, aber du bist ja für sie da. In ein paar Jahren wird sie sich kaum noch an mich erinnern, und schließlich wird sie mich vergessen.«

»Und damit kannst du leben?«

»Ich muß. Ich werde weder Kontakt zu ihr aufnehmen noch irgendein Lebenszeichen von mir geben. Ich werde dich auch nicht um einen weiteren Besuch bitten, und wenn du doch kommst, will ich dich nicht sehen. Für euch beide werde ich von nun an tot sein.« Naomi richtete sich auf. Die Besuchszeit war beinahe um. »Ich weiß, wie sehr du sie liebst und was für ein Mensch du bist. Du wirst für sie sorgen, ihr ein glückliches Leben ermöglichen. Schade ihr nicht, indem du sie mit der Wahrheit konfrontierst. Bitte, versprich es mir!«

»Und wenn du entlassen wirst?«

»Dann sehen wir weiter. Zehn bis fünfzehn Jahre sind eine lange Zeit, Philip.«

»Ja.« Der Gedanke daran lag ihm wie ein Stein im Magen. Er mußte sein Kind schützen. »Gut, Naomi wir machen es so, um Kelseys willen.«

»Danke.« Sie erhob sich und kämpfte mit einer Übelkeit. »Auf Wiedersehen, Philip.«

»Naomi ...«

Sie ging schnurstracks auf den Wärter zu und verschwand durch die Tür. Sie drehte sich nicht mehr um.

»Dad?« Kelsey legte ihrem Vater eine Hand auf die Schulter und schüttelte ihn sanft. »In welchem Jahrhundert bist du gerade versunken?«

Verwirrt sprang er auf. »Kelsey. Ich habe dich gar nicht kommen sehen.«

»Du hättest nicht einmal bemerkt, wenn ein Elefant hereingestapft wäre.« Sie gab ihm einen Kuß und küßte ihn lachend. »Es tut gut, dich zu sehen.«

»Laß dich anschauen.« Wirkte sie glücklicher, fragte er sich. Mehr im Einklang mit sich selbst als früher? Der Gedanke versetzte ihm einen bösen kleinen Stich ins Herz.

»Ich kann mich in zwei Wochen doch nicht sehr verändert haben.«

»Fühlst du dich so gut, wie du aussiehst?«

»Ich fühle mich großartig.« Sie ließ sich auf einen Stuhl sinken und wartete, bis er ihr gegenüber Platz genommen hatte. »Liegt vermutlich an der Landluft, der guten Küche und der körperlichen Arbeit.«

»Arbeit? Du arbeitest auf der Farm?«

»Na ja, ein bißchen.« Sie lächelte die Kellnerin an. »Ein Glas Sekt, bitte.«

»Für mich nichts mehr, danke.« Philip blickte wieder seine Tochter an. »Gibt es etwas zu feiern?«

»Pride hat heute Santa Anita gewonnen.« Kelsey sprudelte vor Freude über den Sieg immer noch über. »Wenn er auf Three Willows ist, bin ich für das Ausmisten seiner Box verantwortlich, also in gewisser Weise auch für seinen Sieg. Im Mai gewinnt Virginia's Pride das Derby.« Sie zwinkerte ihm zu. »Todsicher.«

Philip nippte an seinem Wein. Seine Kehle war wie zugeschnürt. »Ich hätte nie gedacht, daß du dich so für die Pferde begeistern würdest.«

»Sie sind großartig.« Kelsey hob das Glas, das die Kellnerin hingestellt hatte, und prostete ihrem Vater zu. »Auf Pride, das hinreißendste männliche Wesen, das ich je gesehen habe. Auf vier Beinen, versteht sich.« Sie ließ die Flüssigkeit auf der Zunge prickeln. »Jetzt erzähl du mal. Wie geht es allen? Ich dachte, Candace würde mitkommen.«

»Sie hat Verständnis dafür, daß ich dich ein paar Stunden allein haben will. Aber sie läßt dich grüßen, Channing auch. Er hat übrigens eine neue Freundin.«

»Das überrascht mich nicht. Was ist aus der Philosophiestudentin geworden?«

»Er behauptet, sie hätte ihn noch in Grund und Boden geredet. Seine neue Flamme hat er auf einer Party kennengelernt. Sie entwirft Schmuck und trägt nur schwarze Pullover. Vegetarierin ist sie auch.«

»Das hält er doch nur fünf Minuten aus, dann braucht Channing einen Hamburger.«

»Candace baut darauf. Sie findet, daß Victoria – so heißt die junge Dame – überhaupt nicht zu ihm paßt.«

»Na ja.« Kelsey öffnete die Speisekarte und überflog sie. »Ihrer Meinung nach ist niemand gut genug für Channing. Er ist und bleibt ihr kleiner Junge.«

»Für Eltern ist es immer furchtbar schwer, die Kinder loszulassen. Deswegen wollen so viele auch nicht wahrhaben, wenn die Kinder flügge werden.« Er legte eine Hand über ihre. »Ich habe dich vermißt.«

»Ich bin doch nicht für immer fortgegangen. Wirklich, ich wünschte, du würdest dir nicht immer solche Sorgen machen.«

»Eine alte Gewohnheit, Kelsey …« Er verstärkte den Griff um ihre Hand. »Ich habe dich aus mehreren Gründen gebeten, mit mir zu essen. Einmal weil ich dachte, daß du einige Neuigkeiten von mir erfahren solltest.«

Kelsey erstarrte. »Du hast gesagt, es sei alles in Ordnung.«

»Stimmt ja auch. Es geht um Wade. Er hat sich verlobt.« Philip fühlte, wie Kelseys Hand kalt wurde. »Die Hochzeit soll offenbar im kleinen Kreis stattfinden, in ein oder zwei Monaten.«

»Verstehe.« Seltsam, dachte sie, daß diese Neuigkeit sie noch berührte. »Das ging ja schnell.« Scharf stieß sie den Atem aus und ärgerte sich über ihren scharfen Tonfall. »Dumm von mir, auch nur einen Gedanken daran zu verschwenden.«

»Nur menschlich, würde ich sagen. Die Scheidung ist gerade erst rechtskräftig geworden, egal wie lange ihr schon getrennt lebt.«

»Das Scheidungsurteil ist bloß ein Stück Papier. Die Ehe endete vor über zwei Jahren in Atlanta.« Kelsey hob ihr Glas und betrachtete nachdenklich die tanzenden Bläschen. »Ich hatte ja vor, mich als guter Verlierer zu zeigen und ihm Glück zu wünschen. Das kommt jetzt nicht mehr in Frage.« Sie nahm einen tiefen Schluck. »Ich hoffe, sie macht ihm das Leben zur Hölle. Aber jetzt bestelle ich mir erst einmal das Pfeffersteak, ich brauche etwas Herzhaftes.«

»Alles in Ordnung?«

»Mir geht es blendend.« Sie klappte die Speisekarte zu, gab ihre Bestellung auf und lächelte ihren Vater an. »Hattest du Angst, ich würde einen hysterischen Anfall kriegen?«

»Ich dachte, du brauchtest vielleicht eine Schulter zum Ausweinen.«

»Ich bin dir für deine Tröstungen immer dankbar, Dad, aber warum sollte ich wegen einer längst abgeschlossenen Sache Tränen vergießen? Vielleicht ändert sich meine Weltanschauung, wenn ich für meinen Lebensunterhalt einmal richtig arbeiten muß.«

»Kelsey, du arbeitest doch schon seit Jahren. Seitdem du die High-School abgeschlossen hast.«

»Ich habe einen Job nach dem anderen angenommen, und keiner hat mich richtig ausgefüllt.«

»Und das, was du jetzt machst? Ist Ställe ausmisten für dich die Erfüllung?«

Die Kälte in seiner Stimme warnte sie, und sie wählte ihre nächsten Worte sehr vorsichtig. »Ich fühle, daß ich dazugehöre. Es geht ja nicht nur um ein Rennen oder ein Pferd, sondern um das Ganze. Auf einem Gestüt hängt alles zusammen, jeder hat seinen festen Platz, jeder ist ein Rädchen im Getriebe. Manches ist langweilig, manches hektisch, und alles wiederholt sich ständig. Doch für mich ist es jeden Morgen neu. Ich kann es dir nicht erklären.«

Und er würde es nie verstehen. Im Moment wußte er nur, daß sie redete wie Naomi. »Es ist sicher aufregend für dich. Mal etwas anderes.«

»Ja, aber auch irgendwie beruhigend. Und ich fühle mich gefordert.« Bring's hinter dich, dachte sie und fuhr rasch fort: »Ich denke daran, mein Apartment aufzugeben.«

»Aufgeben? Und dann? Willst du für immer nach Three Willows ziehen?«

»Nicht unbedingt.« Warum kränkte ihn diese Vorstellung bloß, fragte sie sich, dann seufzte sie. Genausogut konnte sie sich fragen, warum sie die Nachricht von Wades Wiederverheiratung gekränkt hatte. »Darüber ist noch nicht gesprochen worden, aber ich habe darüber nachgedacht, aufs Land zu ziehen. Ich sehe von meinem Fenster aus lieber Bäume und Felder statt eine Betonwüste, Dad. Und das, was ich im Augenblick tu', macht mir Spaß. Ich möchte dabeibleiben, sehen, ob ich etwas leisten kann.«

»Naomis Einfluß. Kelsey, laß dich nicht von ihr dazu verleiten, von einem Extrem ins andere zu fallen. Nach so kurzer Zeit kannst du gar nicht beurteilen, in was für eine Welt du hineingeraten bist.«

»Ich verstehe diese Welt ja auch noch nicht voll und ganz. Aber ich möchte es lernen.« Sie schwieg, da ihr Salat serviert wurde. »Und ich will lernen, sie zu verstehen. Du kannst nicht von mir verlangen, daß ich vorher fortgehe.«

»Ich verlange nicht von dir, daß du fortgehst, sondern ich bitte dich nur, dich nicht Hals über Kopf in etwas zu stürzen, was du noch nicht überblicken kannst. Diese Welt bedeutet nicht nur Ausritte im Morgengrauen oder Endspurt über die Zielgerade, sondern auch Rücksichtslosigkeit und Grausamkeit. Und Gewalt.«

»Und all das macht die eine Hälfte meiner Person aus, genau wie der Geruch von Büchern in der Universitätsbibliothek die andere.«

»Wen haben wir denn da? Naomis hübsches Töchterchen!« Bill Cunningham schlenderte auf sie zu, einen Drink in der Hand, an der anderen blitzte das diamantene Hufeisen. »Dieses Gesicht kann man nicht übersehen.«

Perfektes Timing, fluchte Kelsey im stillen und setzte ein gezwungenes Lächeln auf. »Hallo, Bill. Dad, das ist Bill Cunningham, ein Bekannter von Naomi. Bill, mein Vater Philip Byden.«

»Da soll mich doch der Teufel holen! Wieviel Jahre ist das jetzt her?« Bill streckte eine Hand aus. »Schätze, ich hab' Sie seit dem Tag, an dem Sie mir Naomi unter der Nase weggeschnappt hatten, nicht mehr zu Gesicht gekriegt. Lehrer waren Sie doch oder so was Ähnliches.«

»Richtig.« Philip nickte ihm mit der Herablassung zu, mit der er normalerweise Studenten behandelte, wenn sie schlechte Leistungen brachten. »Professor an der Universität von Georgetown.«

»Hört, hört.« Grinsend legte Bill Kelsey eine Hand auf die Schulter und drückte sie vertraulich. »'ne richtige kleine Schönheit haben Sie da, Phil. Die reinste Augenweide auf der Rennbahn. Hab' mir sagen lassen, daß der Dreijährige Ihrer Ma heute in Santa Anita alle anderen abgehängt hat.«

»Stimmt. Wir sind sehr zufrieden.«

»In Kentucky wird die Sache anders aussehen. Lassen Sie sich ja nicht von ihr überreden, Ihren Gehaltsscheck auf den Gaul von Three Willows zu setzen, Phil. Ich stelle nämlich den Sieger. Geben Sie Ihrer Mama einen Kuß von mir, Süße. Ich muß zurück an die Bar, bin verabredet.«

Als Bill gegangen war, nahm Kelsey ihre Gabel und begann, ihren Salat zu essen.

»Und mit dieser Art von Leuten willst du Umgang haben?«

»Dad, jetzt klingst du genau wie Großmutter, ›Kelsey, diese Menschen sind unter deinem Niveau.‹« Aber Philip lächelte nicht. »Dad, der Mann ist ein Idiot. Erinnert mich an die aufgeblasenen Angeber, die mir an der Universität, in der Werbeagentur und in der Galerie über den Weg gelaufen sind. Es gibt sie überall.«

»Ich erinnere mich an ihn«, erwiderte Philip steif. »Es gab Gerüchte, daß er Jockeys bestochen haben soll, damit sie verlieren oder absichtlich ein anderes Pferd abdrängen.«

Stirnrunzelnd schob Kelsey den Salat beiseite. »Also ist er nicht nur ein aufgeblasener Angeber, sondern auch noch ein Möchtegernganove. Trotzdem ist und bleibt er ein Idiot, und ich beabsichtige nicht, mich mit ihm mehr abzugeben als unbedingt nötig.«

»Er bewegt sich in den selben Kreisen wie deine Mutter.«

»Vielleicht, wenn du die Rennbahn meinst. Ich weiß zwar noch nicht viel über sie und vertraue ihr auch noch nicht blindlings, aber eines weiß ich, daß Three Willows für sie mehr ist als nur eine Farm und die Pferde nicht nur eine Kapitalanlage. Es ist ihr Leben.«

»Das war schon immer so.«

»Entschuldige.« In einer hilflosen Geste nahm Kelsey die Hand ihres Vaters. »Es tut mir leid, daß sie dich verletzt hat, und es tut mir auch leid, daß jetzt durch mich alles wieder aufgewühlt wird. Ich kann dich nur bitten, mir zu vertrauen. Ich muß meine eigenen Entscheidungen treffen. Dad, ich brauche ein Ziel im Leben, und vielleicht habe ich es jetzt gefunden.«

Genau das war auch seine Befürchtung. Und vielleicht würde er sie, wenn sie ihr Ziel erreicht hatte, nicht mehr wiedererkennen. »Versprich mir, daß du nichts überstürzt, Kelsey. Nimm dir viel Zeit, bevor du grundlegende Entscheidungen triffst.«

»Ich nehme mir deinen Rat zu Herzen.« Und zögernd sagte sie: »Du hast noch nicht nach ihr gefragt.«

»Ich wollte mich langsam herantasten«, gestand Philip. »Ich möchte eigentlich deine Eindrücke hören.«

»Sie wirkt unwahrscheinlich jung und strotzt vor Energie. Ich habe gesehen, wie sie im Morgengrauen aufsteht und bis spät in die Nacht auf den Beinen ist.«

»Naomi war schon immer eine Gesellschaftslöwin.«

»Ich rede von Arbeit«, korrigierte Kelsey. »Sie hat keinerlei gesellschaftliche Verpflichtungen wahrgenommen, zumindest nicht, seitdem ich da bin. Ehrlich gesagt kann ich mir nicht vorstellen, wie man nach dieser täglichen Knochenarbeit noch Lust haben könnte, auf eine Party zu gehen. Normalerweise ist sie vor zehn im Bett.« Wohlweislich verschwieg sie, daß Naomi nicht immer allein schlief. »Sie ist sehr beherrscht und zurückhaltend.«

»Naomi beherrscht? Zurückhaltend?«

»Ja.« Kelsey brach ab und wartete, bis die Vorspeisen serviert wurden. »Ich nehme an, sie war nicht immer so, aber ich kann es nicht anders beschreiben.«

»Wie stehst du zu ihr?«

»Das kann ich nicht sagen. Ich bin dankbar, daß sie nichts erzwingen will.«

»Das klingt gar nicht nach Naomi. Geduld war nie ihre Stärke.«

»Ich denke, Menschen können sich ändern, Dad. Ich verstehe sie zwar nicht, aber ich bewundere sie. Sie weiß, was sie will, und sie arbeitet dafür.«

»Und was will sie?«

»Da bin ich mir nicht sicher«, bekannte Kelsey. »Aber *sie* weiß es.«

Cunningham saß an der schummrigen Bar und beobachtete Kelsey und ihren Vater aus sicherer Entfernung. Hübsches Bild, dachte er. Das Mädchen hatte Klasse. Er ließ die Eiswürfel in seinem Bourbon leise klirren.

»Gutaussehendes Mädchen«, tönte Rich Slater neben ihm. »Kommt mir irgendwie bekannt vor.« Lachend nahm er seinen Drink. »Vermutlich sehen für einen Mann ab einem gewissen Alter alle hübschen jungen Mädchen gleich aus.«

»Das ist Naomis Chadwicks Tochter. Ihr gottverdammtes Ebenbild.«

»Naomi Chadwick.« In Richs Augen leuchtete boshafte Freude, vermischt mit bitteren Erinnerungen. Er war nicht zuletzt hier, um mit seinen Erinnerungen aufzuräumen, aber auch von ihnen zu profitieren. »So ein tolles Mädchen vergißt man nicht. Ist jetzt Nachbarin meines Sohnes. Die Welt ist klein.« Genüßlich schlürfte er seinen Whisky. Erste Qualität – und Cunningham bezahlte ihn. »Du, Bill, ich meine, ich hätte die Kleine vor einigen Wochen auf der Farm meines Jungen gesehen. Der war scharf auf sie, wie ich Gabe kenne.«

»Er hat mit der Mutter rumgeturtelt. Vermutlich will er jetzt die Tochter ausprobieren.« Und Cunningham dachte, daß Gabe Slater nie die Gelegenheit bekommen hätte, auch nur mit einer von beiden anzubändeln, wenn er nicht solches Glück beim Kartenspiel gehabt hätte. Dann sähen die Dinge jetzt anders aus.

Doch die Dinge würden bald wieder ganz anders aussehen.

»Wenn er seine Trümpfe richtig ausspielt«, fuhr Cunningham fort, »dann gibt's bald keine Grenze mehr zwischen den beiden Farmen.«

Rich beobachtete Kelsey mit wachsendem Interesse. Also hatte sein Sohn ein Auge auf die Tochter dieser eiskalten Chadwick-Hexe geworfen. Das könnte ihm vielleicht sogar noch nützlich sein. »Wär ja 'n tolles Ding. Das wäre dann das beste Gestüt in der Umgebung, so wie ich das sehe.«

»Könnte sein.« Cunningham bedeutete der Kellnerin, eine weitere Runde zu bringen. »Wär vielleicht nicht schlecht, wenn da einer zwischenfunken würde.« Er langte nach den Nüssen, die vor ihm standen, und stopfte sich eine Handvoll in den Mund. Vorsichtig mahnte er sich, halt dich zurück. Es war besser, wenn Rich Slater nicht erfuhr, wie sehr er auf diesen Deal zählte. »Jetzt zum Geschäft. Wie kann man die Sache angehen?«

Rich, der bereits berechnete, was er herausschinden konnte, bewunderte nebenbei den Diamantring an Cunninghams Finger. »Wie steht's: Wäre dir dieser zusätzliche Pluspunkt denn eine angemessene Prämie wert?«

»Allerdings.«

»Mal sehen, was sich da machen läßt.« Wieder warf er Kelsey einen Blick zu. »Mal sehen, was sich machen läßt. Aber ich werde einen Spesenvorschuß brauchen, Billy.«

Cunningham holte aus der Innentasche seiner Jacke einen Umschlag und ließ ihn unter der Bar in Richs gierig zupackenden Hände gleiten. Der Gedanke an eine ähnliche Situation, die er früher erlebt hatte, veranlaßte ihn, mißtrauisch über die Schulter zu schauen. »Du kannst später nachzählen.«

»Nicht doch, nicht doch. Wir sind alte Freunde, Billy. Ich vertrau dir.« Sowie der Umschlag sicher verstaut war, hob Rich erneut sein Glas. »Wenn ich es so ausdrücken darf: Es ist eine Freude, wieder mit dir Geschäfte zu machen. Auf die alten Zeiten!«

Gegen Mittag des nächsten Tages konzentrierte sich Kelsey auf ihre Unterrichtsstunde mit der Longe. Die fünfjährige Stute war ein geduldiges Tier, das von dieser Prozedur bedeutend mehr verstand als Kelsey.

Es war ja auch nicht das Pferd, das ausgebildet werden sollte.

»Antraben lassen, Richtung ändern«, befahl Moses. Aus dem Mädchen könnte was werden, dachte er bei sich. Sie wollte etwas lernen, und darum würde sie auch lernen. »Sie wird tun, was du willst. Wenn du einen Jährling an der Longe hast, wird's ungemütlich.«

»Dann gib' mir doch einen Jährling«, rief sie zurück und ließ die Peitsche knallen. »Ich werde schon mit ihm fertig.«

»Oder er mit dir. Träum weiter.« Doch vielleicht würde er ihr in einigen Wochen einen zuteilen. Wenn sie dann noch da war. Sie hat gute Hände, dachte er, schnelle Reflexe und die richtige Stimme.

»Wie lange ist sie schon dabei?« fragte Naomi.

»Ungefähr eine halbe Stunde.«

Naomi stützte einen Fuß auf die unterste Zaunlatte. »Kelsey und die Stute sehen aber noch ganz munter aus.«

»Sie haben beide ein ziemliches Durchhaltevermögen.«

»Ich bin dir wirklich dankbar, daß du dir die Zeit nimmst, sie zu unterrichten, Moses.«

»Keine Ursache. Ich fürchte nur, sie hat ein Auge auf meinen Job geworfen.«

Erst lachte sie, dann sah sie, daß er nicht nur im Spaß gesprochen hatte. »Glaubst du wirklich, sie bleibt bei der Stange?«

»Jedesmal, wenn ich ihr eine Stunde gegeben habe, komme ich mir anschließend völlig ausgelaugt vor. Das Mädchen stellt Fragen über Fragen. Vor ein paar Tagen habe ich einen großen Fehler gemacht und ihr ein Buch über Pferdezucht gegeben. Danach hat sie mit mir ein regelrechtes Quiz veranstaltet. Quetschte mich aus über Vererbungslehre, Gene und so weiter.«

»Und? Hast du bestanden?«

»Gerade so eben. Früher warst du auch so.« Grinsend zupfte er an seinem Ohrläppchen. »Die Fantasie. Ein Mann ohne Fantasie hat keine Seele. Und du hast meine Fantasie schon immer beflügelt.«

»Das kann ich auch heute noch. Ich werde es dir später beweisen. Da kommt Matt.«

»Ich wußte nicht, daß du den Tierarzt gerufen hast.«

»Habe ich auch nicht.« Naomi fuhr sich mit der Zunge über die Zähne. »Er sagte, er sei sowieso in der Gegend gewesen und könnte sich daher genausogut mal schnell die Stute mit der Beinwunde ansehen.«

Moses schaute zu Kelsey hinüber. Ja, ja, die Träume, dachte er. »Ach so. Alles klar.«

Naomi begrüßte den Tierarzt und verbiß sich mühsam das Lachen. »Nun, Matt, wie lautet der Befund?«

»Heilt gut. Keine Komplikationen.«

»Nett, daß du Zeit gefunden hast, vorbeizukommen«, meinte Moses.

»Ich war drüben in Longshot. Eines der Pferde hat sich verletzt.«

»Was Ernstes?« wollte Naomi wissen.

»Könnte sein. Eine Wunde, ziemlich klein und leicht zu übersehen, die eine böse Entzündung verursacht hat.« Beim Sprechen ruhte sein Blick bewundernd auf Kelsey. »Ich mußte schneiden, ziemlich unangenehm. Jamison sagte, daß das Tier eigentlich morgen in Hialeah an den Start gehen sollte.«

»Three Aces?« Mitfühlend legte Naomi eine Hand auf Matts Arm. »Gabe wollte mitfahren. Dieses Pferd ist in absoluter Hochform.«

»Und jetzt werden beide zu Hause bleiben müssen.«

»Ich werde Gabe nachher anrufen und ihn aufzumuntern versuchen.«

»Er kann's bestimmt gebrauchen.« Matt wandte seine Aufmerksamkeit wieder Kelsey zu. »Ansonsten sieht mir hier jeder sehr gesund aus.« Als Kelsey ihn sah und ihm zunickte, grinste er erfreut. »Sie sieht aus, als würde sie das schon ihr ganzes Leben lang machen.«

Moses erbarmte sich endlich und gab Kelsey ein Zeichen, mit der Übung aufzuhören. Das Pferd an der Longe kam sie zum Zaun. »Sie ist ein Goldstück.« Liebevoll rieb sie ihre Wange am Hals der Stute. »Ich wünschte, du würdest mir ein temperamentvolleres Tier geben, Moses. Dann hätte ich das Gefühl, etwas zu leisten.«

»Jede Reise beginnt langsam, Schritt für Schritt. Wir werden sehen, wie schnell es weitergeht.«

»Er ist doch immer bemüht, mein Selbstvertrauen zu stärken.« Kelsey schob ihre Kappe nach hinten. »Hallo, Matt. Bist du aus beruflichen oder privaten Gründen hier?«

»Beides. Ich war in Longshot.«

»Oh.« Kelsey setzte ein betont unverfängliches Gesicht auf und ließ die Stute auf die Weide. »Gibt's Probleme?«

»Eine Verletzung.« Matt wiederholte seine Geschichte.

»Aber als ich Three Aces das letztemal beim Rennen gesehen habe, machte er einen großartigen Eindruck. Wann ist das denn passiert?«

»So wie es aussieht, vor drei oder vier Tagen.«

»Vor drei Tagen ist er in Charles Town gestartet. Hat mit einer Länge Vorsprung gewonnen.« Stirnrunzelnd streichelte sie die Stute. »Was für eine Verletzung?«

»Nur eine ganz kleine Wunde. Sitzt direkt über dem Gelenk.«

»Wie ist das denn passiert?«

»Vielleicht hat er sich beim Transport an irgendeiner scharfen Kante verletzt. Falls man ihm die Wunde nicht absichtlich zugefügt hat.«

»Sie meinen, jemand könnte Three Aces absichtlich verletzt haben, damit er nicht starten kann?«

»Eher unwahrscheinlich«, meinte Matt. »So schlimm war es wieder nicht.«

»Wie behandeln Sie derartige Wunden?«

Kelsey hörte aufmerksam zu, als Matt ihr ausführlich die Behandlungsmethoden schilderte.

»Nun siehst du selbst, was ich meine«, flüsterte Moses Naomi zu. »Als nächstes wird sie die Fachliteratur über Veterinärmedizin verschlingen.« Als er zu den Ställen hinüberblickte, wurden seine Augen schmal. »Erwartest du jemanden?«

»Nein.« Naomi schob die Unterlippe vor und beobachtete den jungen Mann, der auf sie zukam, eingehend. Schlank, schmale Schultern, hübsches Gesicht. Trug Levi's und ein Sweatshirt. Nichts Ungewöhnliches, überlegte sie, bis auf die Stiefel. Die mußten mindestens dreihundert Dollar gekostet haben.

»Kennt einer den Cowboy?«

»Hm?« Neugierig drehte Kelsey sich um, dann stieß sie einen Freudenschrei aus: »Channing!« Sie rannte auf ihn zu und warf ihm die Arme um den Hals, was Matt mit einem wehen Gefühl im Herzen zur Kenntnis nahm. »Was machst du denn hier?«

»Dachte, ich schau mich hier mal um, ehe ich nach Lauderdale abdampfe. Es sind Semesterferien.«

»Bist du Lauderdale nicht langsam leid?«

»Wie kann man von Bikinischönheiten je genug bekommen? Jetzt guck sich mal einer mein Schwesterchen an. Wie eine wandelnde Reklame fürs Landleben.« Er legte ihr einen Arm um die Schulter und musterte das Trio am Zaun. »Sag bloß, das ist deine Mutter!«

»Das ist Naomi. Komm, ich mache euch bekannt.« Den Arm um seine Taille geschlungen führte sie ihn zur Gruppe. »Channing, das ist Naomi Chadwick; Moses Whitetree und Matt Gunner. – Mein Stiefbruder Channing Osborne.«

»Willkommen auf Three Willows.« Naomi lächelte, als Channing ihre Hand an die Lippen zog. »Kelsey hat mir schon von Ihnen erzählt.«

»Nur Gutes, hoffe ich. Tolle Farm ist das hier.«

»Danke. Wir werden Ihnen alles zeigen. Ich hoffe, Sie können eine Weile bleiben?«

»Ich bin frei wie ein Vogel.« Channing konnte nicht widerstehen, über den Zaun zu langen und die weiche Nase der Stute zu streicheln. »Wollte für eine Woche nach Florida runter.«

»Um praktische Erfahrungen zu sammeln – was die weibliche Anatomie betrifft«, fügte Kelsey hinzu. »Channing studiert nämlich Medizin.«

Channing grinste und kraulte die Stute hinter den Ohren. »Jugend ist vergänglich, wie jeder weiß. Störe ich?«

»Nicht im geringsten«, versicherte Naomi. »Sie kommen gerade rechtzeitig zum Lunch. Matt, du bleibst doch auch, oder?«

»Kann ich leider nicht. Ich muß noch zur Bartlett-Farm, eines der Fohlen hat Koliken.«

»Hey, Sie sind Tierarzt?« Channing horchte auf. »Stell ich mir cool vor, Tiere zu verarzten. Die jammern nicht so viel wie Menschen«, fügte er rasch hinzu, als er Kelseys überraschten Blick auffing.

»Das nicht. Dafür pflegen menschliche Patienten für gewöhnlich nicht zu beißen oder auszuschlagen. Naomi, ich komme auf deine Einladung zurück. Kelsey, es war nett, Sie wiederzusehen. Bis später dann.«

»Ich bringe dich zum Auto. Kelsey, kümmerst du dich um Channing?«

»Wie ich dich kenne, hast du Hunger.« Kelsey zwinkerte ihrem Stiefbruder zu. »Willst du dir nach dem Essen die Farm ansehen?«

»Mit Vergnügen.«

»Ich wußte ja gar nicht, daß du dich für Tiermedizin interessierst?«

Verlegen zuckte Channing die Achseln. »Alter Kindertraum.«

Langsam gingen sie zum Haus zurück. »Jetzt fällt mir auch wieder ein, wie du immer die Vögel behandeln wolltest, die gegen das große Panoramafenster geflogen sind. Und dann hast du einmal diesen alten verflohten Straßenköter angeschleppt, der auch noch hinkte.«

»Ja.« Er lächelte, aber seine Augen erreichte das Lächeln nicht. »Ich hatte die Rechnung bloß ohne den Wirt, sprich, ohne Mom gemacht. Sie wurde fuchsteufelswild.«

»Das hatte ich ganz vergessen.« Kelsey lehnte ihren Kopf an seine Schulter. »Sie hat befürchtet, er würde ihr den Garten umwühlen.«

»Außerdem war er kein Rassehund.« Channing zuckte die Achseln. »Wie dem auch sei, mit ihrer Allergie hätte sie kein Tier im Haus geduldet. Außerdem sagte ich ja schon, daß Tierarzt ein Kindertraum war.«

Wie kam es, daß ihr der resignierte Ton seiner Stimme nie zuvor aufgefallen war, fragte sich Kelsey. Vielleicht hatte sie nie aufmerksam genug zugehört. »Willst du wirklich Arzt werden, Channing?«

»Familientradition«, erwiderte er obenhin. »Ich hab' nie daran gedacht, etwas anderes zu machen. Ach doch, mit sechs wollte ich unbedingt Astronaut werden. Aber alle männlichen Osbornes sind Chirurgen. Das war's dann.«

»Candace würde dich nie zu etwas zwingen, was du nicht willst.«

Mit einem trockenen Auflachen blieb Channing stehen und sah sie an. »Kel, als die beiden geheiratet haben, warst du schon achtzehn und fast dein eigener Herr. Mom hat im Haus die Hosen an. Der Prof. und ich tun meistens, was uns gesagt wird.«

»Klingt, als hättest du Krach mit ihr. Was ist los?«

»Mann, sie hat gedroht, mir meinen Zuschuß zu streichen, weil ich die Frechheit hatte, für die Sommersemesterferien einen unstandesgemäßen Job anzunehmen. Weißt du, ich will arbeiten, mal das wirkliche Leben kennenlernen. Hab' da was an 'ner Baustelle laufen. Da könnte ich einen dieser Schutzhelme tragen und mittags den Sekretärinnen hinterherpfeifen. Ich würde gern mal ein paar Monate ohne Bücher verbringen.«

»Das kann ich verstehen. Vielleicht sollte ich mal mit ihr reden ...«

»Das laß mal lieber sein. Auf dich ist sie im Moment auch nicht sehr gut zu sprechen. Das hier«, er blickte sich vielsagend um, »sie hält deinen Aufenthalt auf der Farm für eine Zumutung für den Prof. Und die allmächtige Milicent unterstützt sie darin noch.«

Kelsey atmete tief ein: »Da sitzen wir also im selben Boot. Sag mal, hängt dein ganzes Herz denn an Lauderdale und Bikinis?«

»Wenn du damit sagen willst, ich soll nach Hause fahren und meiner Mutter in den ...«

»Nein, ich wollte dir vorschlagen, deine Ferien hier zu verbringen. Naomi hat sicher nichts dagegen.«

»Spielst du die große Schwester?«

»Genau. Hast du Probleme damit?«

»Nein.« Er beugte sich vor und küßte sie auf die Stirn. »Danke, Kel.«

9

Der Pferdepfleger hieß Mick. In Virginia geboren und aufgewachsen, prahlte er gern damit, mehr über Pferde vergessen zu haben als die meisten je lernten. Und damit lag er gar nicht so falsch. In seinen fünfzig Berufsjahren hatte er sich von der Pike auf hochgearbeitet, war zuerst Stallbursche gewesen, und dann Jockey. Gern erzählte er, daß er während Mr. Cunninghams Glanzzeit für ihn im Sattel gesessen hatte.

Bis zum Alter von zwanzig Jahren war er klein und leicht genug gewesen, um als Jockey zu arbeiten, obwohl er nie beim eigentlichen Rennen reiten durfte. Aber er hatte die Stallfarben getragen, und das ließ er immer wieder durchblicken.

Für kurze Zeit hatte er auf einer kleinen Farm in Florida einen Trainerposten übernommen und sogar ein Jahr lang selbst einen Wallach gehabt – oder zumindest fünfzehn Prozent davon. Zwar hatte sich das Tier als Niete erwiesen, schnell im Training und langsam im Rennen, aber Mick hatte sich zu den Pferdebesitzern zählen dürfen.

Er war auf die Cunningham Farm zurückgekehrt, als er hörte, daß sie den Besitzer gewechselt hatte. Seine Arbeit als Pferdepfleger gefiel ihm, besonders da Gabriel Slater ein Siegertyp war. Schon immer gewesen war, wenn Mick sich recht erinnerte.

Er genoß es, daß die jüngeren Gehilfen zu ihm aufblickten und sich seinen Wünschen unterordneten, auch wenn sie ihn seiner leuchtendblauen Kappe und seines prahlerischen Gebarens wegen den ›Pfau‹ nannten. Aber es war ein liebevoller Spitzname.

Sein schmales, zerfurchtes Gesicht war auf jeder Rennbahn zwischen Santa Anita und Pimlico bekannt – auch das genoß er.

»Die Bahn ist langsam«, kommentierte Boggs, der sich hingebungsvoll eine Zigarette drehte.

Mick nickte. Die kräftigen Regengüsse des Morgens hatten nachgelassen, und nun nieselte es nur noch leicht, aber unaufhörlich. Das war nicht schlimm, denn Slaters Double or Nothing brillierte auf feuchtem Boden.

Jetzt war die ruhige Zeit zwischen Training und Rennen. Mick saß unter einem überhängenden Dach, blickte in den Regen hinaus und dachte an die zehn Dollar, die ihm ein Loch in die Tasche brannten. Vielleicht sollte er sie auf Doubles Nase setzen und sie so vermehren.

Er kramte eine zerknüllte Packung Zigaretten aus der Tasche, um auch eine zu rauchen.

Alles war still. Die Jockeys waren in ihren Aufenthaltsräumen oder in der Sauna, um vor dem Start noch schnell ein Pfund abzuschwitzen, die Trainer brüteten vermutlich über ihren Büchern, und die Besitzer diskutierten bei einer Tasse Kaffee über ihre Pferde. Bald würde es wieder hektisch sein.

»Komisch, Miß Naomis Tochter hier zu sehen«, eröffnete Mick das Gespräch. »Vor ein paar Wochen kam sie nach Longshot rübergeritten. Als sie wieder weg ist, war sie klatschnaß.«

Boggs nickte und stieß eine Rauchwolke aus. »Hab's gehört.«

»Saß auf eurem großen Wallach. Ist gut mit ihm fertig geworden.«

»Reitet wie ihre Ma. Ein schönes Bild.«

Die zwei Veteranen, Freunde, solange sie denken konnten, saßen schweigend da und rauchten.

Ganze fünf Minuten verstrichen, ehe Mick wieder das Wort ergriff. »An dem Tag kam noch einer vorbei.«

»So?« Boggs fragte nicht, wer das war. Mick würde schon noch darauf zu sprechen kommen.

»Hab' ihn zwar lange nicht gesehen, aber trotzdem erkannt.« Mick schnippte seinen Zigarettenstummel in eine Pfütze, wo er zischend erlosch. »Hab' die gar nicht mehr in Verbindung gebracht, erst wie ich sie zusammen seh, fällt bei mir der Groschen. Ich erinnere mich noch daran, wie Mr. Slater als Stallbursche für Mr. Cunningham gearbeitet hat.«

»Hm! Muß fünfzehn Jahre her sein. Er kam dann nach Three Willows und blieb 'ne Weile.«

»'n Jahr oder zwei. Arbeiten konnte der. Hat nie was gesagt, außer wenn er gefragt wurde. War 'n Einzelgänger.« Er kicherte leise. »Hätt' nie gedacht, daß ich mal für ihn arbeiten würde.«

»Hat's zu was gebracht.«

»Das hat er. Kaum einer wollt's glauben, so wie er dauernd hier rumgehangen ist oder 'n Spielchen laufen hatte. Bloß 'ne kleine Rennbahnratte, haben sie gesagt. Aber ich wußte es besser.«

»Konnt' den Jungen schon immer gut leiden.« Boggs rieb sich eine schmerzende Stelle am Oberarm, wo ihn ein Jährling gebissen hatte. »Der hatte so was an sich. Hat er auch heute noch.«

»Stimmt. Ich war dabei, als Lipsky auf ihn losgegangen ist. Hat nicht viel Federlesens mit ihm gemacht, unser Mr. Slater.«

Boggs spuckte aus, um deutlich zu machen, was er von Lipsky hielt. »'n Mann sollt' sich nicht besaufen, wenn er sich um 'n Pferd kümmern muß.«

»Meine Rede.« Mick verfiel wieder in Schweigen und überlegte flüchtig, ob er sich noch eine Zigarette anstecken sollte. »Was unser Mr. Slater ist, der kann Säufer nicht brauchen. Hab' ganz vergessen, wie sein Vater sich dauernd einen zur Brust genommen hat, bis ich den Alten an dem Tag bei den Ställen gesehen hab'.«

»Rich Slater?« Boggs' Interesse war geweckt. »Der ist nach Longshot gekommen?«

»Sag ich doch. An dem Tag, als Miß Naomis Tochter pudelnaß abgezogen ist. Aufgeputzt wie 'n Bibelverkäufer, das war er.« Mick steckte sich doch noch eine Zigarette an. »Sie haben sich eine Weile unterhalten. Konnte nicht verstehen, was Mr. Slater sagte. Der Junge hat 'n Pokerface, das hat er. Man sieht nie, was der denkt.« Mick inhalierte tief und stieß dann genüßlich den Rauch aus. Die Aufmerksamkeit seines alten Freundes war ihm sicher. »Du hättest den Alten mal hören sollen, hat sich aufgespielt wie sonst noch einer, wie dick er's hätte und daß er nur vorbeigekommen wäre, um zu sehen, wie's seinem Sohn so geht.«

»Ausnehmen wollte er ihn, oder?«

»Schätze auch. Mir gefiel die Art nicht, wie er sich umgeschaut hat, als würde er schon zusammenrechnen, was alles wert ist. Polly hatte 'nen Jährling an der Longe, Inside Straight, so hat Mr. Slater ihn genannt. Die Polly, die kommt gut zurecht mit den Pferden, das tut sie.«

»Finde ich auch«, stimmte Boggs zu, der an Micks weitschweifiger Erzählung nichts außergewöhnlich finden konnte, und nickte grüßend zu einem der Angestellten der Rennbahn hinüber. »Gute Betreuerin für Jährlinge. Kann sein, daß Moses Miß Kelsey für denselben Job auf Three Willows ausbildet. Der alte Chip redet schon wieder vom Ruhestand.«

»Tut er doch immer. Nichts wie heiße Luft. Also …« Mick griff das Thema wieder auf. »Mr. Slater geht zum Haus. Der Alte treibt sich draußen rum, vergnügt sich mit seinem Flachmann. Aus Silber, richtig nobel. Dann macht er Jamison an und quasselt auf ihn ein. Wie Mr. Slater wiederkommt, gibt er seinem Vater 'nen Scheck und schmeißt ihn raus. Hat keinen Krach angefangen, das nicht, aber der Alte war ganz schnell weg.«

»Hatte noch nie viel für Rich Slater übrig.«

»Ich auch nicht. Heißt ja, der Apfel fällt nicht weit vom Stamm. Aber bei den beiden – nee. Unser Mr. Slater hat Klasse, jawohl. Und er hört zu, wenn man ihm was sagt. Fragte mich 'nen Tag später, was ich von Three Aces' Bein halte.«

»Ist 'n gutes Pferd.«

»Das ist er. Ich sag also Mr. Slater, daß mir das nicht nach 'm Unfall aussieht. Er guckt nur, und dann bedankt er sich ganz höflich.« Micks Knochen krachten, als er aufstand. »Ich werd' mal nach Double sehen.«

»Denke, ich hol mir jetzt 'n Kaffee.«

Sie trennten sich, und Mick verschwand in den düsteren Ställen. Der Regen trommelte auf das Dach und übertönte das Scharren der Pferde in ihren Boxen. Ein Pfleger legte seinem Schützling eine Decke über. Mick blieb stehen, um das Tier genauer in Augenschein zu nehmen.

Keine Konkurrenz für Double, entschied er und schlenderte weiter zu dessen Box. Vor dem Rennen pflegte er Double immer ein bißchen aufzumuntern. Und er schaute ihm in die Augen, um festzustellen, ob er ein paar Dollar auf ihn riskieren konnte.

»Siehst du, mein Junge, wir haben den Regen extra für dich bestellt.« Mick öffnete die Tür zur Box. Sein Gesicht wurde finster. »Was zum Teufel hast du hier verloren, Lipsky? Du hast bei Mr. Slaters Pferden nichts zu suchen.«

Lipsky verblieb in seiner gebückten Stellung und musterte Mick mißtrauisch, während er mit der Hand über Doubles Bein fuhr. »Wollte ihn mir nur mal ansehen. Dachte, ich könnte ein paar Dollar auf ihn setzen.«

»Tu' das, aber mach, daß du hier rauskommst.«

»Ich gehe. Ich geh ja schon.« Lipsky wollte verschwinden, doch Micks scharfen Augen entging so leicht nichts.

»Was wolltest du damit?« Mit einer raschen Bewegung schloß sich Micks Hand fest um Lipskys Arm. Die dünne, scharfe Klinge des Messers glänzte im schummrigen Licht. »Du Scheißkerl. Wolltest ihm das Bein zerschneiden, was?«

»Ich wollte ihm nichts tun.« Ängstlich schielte Lipsky zur Tür. Viel Zeit blieb ihm nicht mehr. »Nur dafür sorgen, daß er heute nicht starten kann.« Oder überhaupt mal wieder, dachte er. Mit zerschnittenen Sehnen auf keinen Fall. »Slater hat sich das selbst zuzuschreiben.«

»Du hast gekriegt, was du verdient hast«, korrigierte ihn Mick. »Keiner pfuscht mir an meinen Pferden herum. Und du Stück Dreck hast auch Three Aces auf dem Gewissen!«

»Weiß gar nicht, wovon du redest. Ich geb' zu, das war 'ne blöde Idee. Aber es ist ja nichts passiert. Du siehst doch selbst, daß ich ihm nichts getan hab'.«

»Ich werd's mir ansehen, später. Jetzt wollen wir erst mal sehen, was Mr. Slater dazu sagt.«

Lipsky fuhr zurück, wütend darüber, daß der knorrige alte Mann einen derart eisernen Griff hatte. »Mach keinen Unsinn.«

»Nicht doch. Ich übergebe dich Mr. Slater, und wenn der dir den Hals umdreht, dann tanze ich auf deinem Grab.«

»Ich hab' den beschissenen Gaul nicht angerührt!« Verzweifelt holte Lipsky aus und stach nach Mick. Es entstand ein Handgemenge, und Double begann nervös zu tänzeln.

Die Klinge fuhr durch die Luft, verfehlte Micks Oberarm und ritzte die Flanke des Pferdes. Wild vor Schreck und Schmerz bäumte Double sich auf. Fluchend holte Mick tief Atem, um loszubrüllen, aber er kam nicht mehr dazu. Die Klinge traf ihn genau über der Gürtellinie.

»O Gott!« Genauso verblüfft wie sein Gegner riß Lipsky das Messer zurück und starrte auf die blutende Wunde. »Um Himmels willen, Mick! Ich wollte dich doch nicht verletzen.«

»Scheißkerl«, brachte Mick noch hervor und stolperte nach vorn. Im selben Moment stieg der vom Blutgeruch erregte Hengst vorne hoch und traf Mick mit einem Huf am Kopf. Nach einem kurzen brennenden Schmerz spürte dieser nichts mehr, kippte nach vorne und wurde von den Hufen des Pferdes zertrampelt.

Beinahe wäre Lipsky voller Panik aus der Box gerannt, doch er besann sich noch rechtzeitig und duckte sich in eine Ecke. Es war nicht seine Schuld, sagte er sich immer wieder. Verdammt, er war schließlich kein Mörder! Er wäre niemals mit dem Messer auf Mick losgegangen, schon gar nicht jetzt, wo er doch stocknüchtern war. Wenn Mick ihm bloß zugehört hätte, wäre das alles nicht passiert. Lipsky wischte sich über den Mund, kroch zur Tür und ließ das blutige Messer in seinem Stiefel verschwinden, ehe er leise aus der Box schlüpfte und sich davonmachte.

Er brauchte dringend einen Drink.

»Ist ja super!« Channing stand auf der nassen Tribüne und verschlang einen Hot dog. »Ich meine«, nuschelte er mit vollem Mund, »wer hätte gedacht, daß hier so viel los ist? Kommt mir vor wie die Probe für eine Broadway-Show.«

Naomi lächelte. Der Junge gefiel ihr. Wenn sie sich einen Bruder für ihre Tochter aussuchen könnte, dann wäre ihre Wahl mit Sicherheit auf Channing Osborne gefallen. »Es tut mir nur leid, daß wir nicht mit besserem Wetter dienen können.«

»Das verleiht dem Drama erst Atmosphäre. Pferde, die durch den Regen jagen, aufspritzender Schlamm und so weiter.« Grinsend spülte er seinen Hot dog mit einer Cola hinunter. »Ich kann's kaum erwarten.«

»Jetzt dauert es nicht mehr lange«, versicherte Kelsey ihm. »Im Augenblick müßten eigentlich gerade die Pferde für die Parade fertiggemacht werden. Willst du's dir ansehen?«

»Gern. Es ist wirklich nett von dir, daß du mich mitgenommen hast, Naomi.«

»Ich bin froh, daß du uns den Vorzug vor Sonne, Strand und Bikinis gegeben hast.«

»Das hier ist viel besser.« Mit einer Ritterlichkeit, die sie rührend fand, bot er ihr den Arm. »Wenn ich nächste Woche zurückfahre, kann ich vor meinen sonnengebräunten, verkaterten Freunden damit angeben, daß ich mit zwei tollen Frauen zusammen war.«

»Was ist mit der Vegetarierin?« erkundigte sich Kelsey.

»Wer, Victoria?« Er lächelte verschmitzt. »Sie hat mir den Laufpaß gegeben, als sie merkte, daß ich ein unverbesserlicher Fleischfresser bin.«

»Sehr kurzsichtig von ihr«, bemerkte Naomi.

»Das sag ich ja auch. Ich finde, ich bin ein echter Hauptgewinn, was sagst du, Kel?« Er blickte auf seine Stiefschwester und stellte fest, daß ihre Aufmerksamkeit jemand anders galt. So, so, dachte er und musterte Gabe. Diesen Ausdruck hatte er in Kelseys Augen schon lange nicht mehr gesehen. »Kennst du den?«

»Was? Wen?« Zerstreut zog sie ihre Kappe tiefer in die Stirn. »Das ist nur ein Nachbar.«

Gabe unterbrach sein Gespräch mit Jamison und drehte sich um, als die zwei sich näherten. Himmel, sah Kelsey gut aus! Dann wanderte sein Blick zu dem Mann, der seinen Arm um ihre Schulter gelegt hatte.

Zu jung, um ein ernsthafter Konkurrent zu sein, stellte er fest. Doch in seiner Geste lag etwas Vertrauliches, und seine Augen blickten neugierig und abweisend zugleich.

Ihr Stiefbruder, folgerte Gabe und trat auf die beiden zu.

»Immer noch nicht trocken?« sagte er zu Kelsey, deren Gesicht sich ärgerlich verzog.

»Heute ist ein anderer Tag, Slater. Das ist Channing Osborne, Gabriel Slater.«

»Nett, daß Sie Ihre Schwester besuchen.«

»Finde ich auch.«

Amüsiert registrierte Gabe, daß Channing ihm betont männlich die Hand schüttelte. »Wie geht's der Stute, Naomi? Ich wollte sowieso vorbeikommen und sie mir anschauen.«

»Sie ist wirklich trächtig. Und gesund. Gestern kam Matt vorbei und erzähle mir von Three Aces. Heilt sein Bein gut?«

Gabes Blick verdüsterte sich, aber er blieb freundlich: »Ja. In ein paar Wochen ist er wieder in Topform.«

»Du hast für heute Double or Nothing angemeldet, stimmt's?«

Gabe blickte wieder zu Kelsey. Da er sie berühren wollte, um sie durcheinanderzubringen, strich er ihr über die Wange. »Harte Konkurrenz, was?«

»Wie man's nimmt. Dein Pferd läuft neben unserem.«

»Noch eine Wette am Rande? Einen Zehner schuldest du mir noch.«

»Angenommen. ich verdopple den Einsatz.«

»Gut. Willst du einen Blick auf den Sieger werfen?«

»Ich habe Virginia's Pride schon gesehen, besten Dank.«

Er grinste und nahm ihre Hand. »Komm mit.«

Stirnrunzelnd verfolgte Channing das Geplänkel zwischen den beiden. »Geht das schon lange so?«

»Langsam fällt es mir auch auf.« Naomi sah den beiden nach und rieb sich die Nase. »Machst du dir Sorgen?«

»Die Scheidung hat ihr schwer zu schaffen gemacht. Ich möchte nicht, daß jemand das ausnutzt. Was weißt du über ihn?«

»Eine ganze Menge.« Naomi seufzte. »Ich erzähl's dir später. Jetzt schlage ich vor, daß wir hinterhergehen, damit du dir keine Sorgen mehr machen mußt.«

»Gute Idee.« Er blickte sie nachdenklich an, als sie zu den Ställen gingen. »Du bist in Ordnung, Naomi«, sagte er.

Erfreut nahm sie seine Hand. »Du auch, Channing.«

»Weißt du, obwohl ich dich am liebsten mit der Peitsche über die Rennbahn jagen würde, tut es mir doch um Three Aces leid. Vermutlich kann ich sowieso nichts tun, aber …«

»Sie haben's dir angetan, nicht wahr?«

Kelsey schob ihre Kappe höher, um ihn besser ansehen zu können. »Wer?«

»Die Pferde.«

Achselzuckend ging Kelsey auf die Ställe zu. »Und wenn schon.«

»Steht dir gut, dieser weiche Zug.« Absichtlich verlangsamte Gabe den Schritt. Er wollte sie noch eine Weile für sich haben, ehe sie den Stall erreichten. »Wann kommst du wieder?«

Sie wich der Frage aus. »Ich war sehr beschäftigt, und Moses nimmt uns ganz schön ran.«

»Wäre es dir lieber, wenn ich zu dir komme?«

»Nein.« Argwöhnisch schaute sie über die Schulter nach hinten. Naomi und Channing waren nur wenige Schritte hinter ihnen. »Nein«, wiederholte sie, »dies ist auch nicht der geeignete Zeitpunkt für eine Diskussion.«

»Meinst du, dein Bruder würde mir an die Kehle springen, wenn ich dich direkt hier küssen würde?«

»Er sicher nicht. Aber ich.«

»Führ mich nicht in Versuchung, Kelsey.« Doch er beschränkte sich darauf, ihre Hand an seine Lippen zu führen. »Heute abend«, murmelte er, »ich möchte dich heute abend sehen.«

»Ich habe Besuch, Gabe, Channing ist da.«

»Heute abend«, beharrte Gabe. »Entweder du kommst zu mir oder ich zu dir. Du entscheidest.« Ohne ihre Hand freizugeben blieb er an einer Box stehen. »Hallo, mein Junge. Na, bist du bereit zu ...« Er brach ab, als er die frische rote Blutspur sah. »O verdammt!«

Er stieß die Tür auf und hatte die Box noch nicht ganz betreten, als er den zusammengekrümmten Körper im Stroh bemerkte.

»Bleib draußen!« Ohne sich umzublicken hielt er Kelsey mit einem Arm zurück.

»Was ist passiert? Der arme Kerl blutet ja!« Die Augen nur auf das Pferd gerichtet ging sie vorwärts. Als Gabe das Tier am Halfter pakken mußte, um es am Hochsteigen zu hindern, erhaschte sie einen Blick auf das formlose Bündel im blutigen Stroh. »O mein Gott, Gabe!«

»Halt ihn fest!« befahl Gabe und drückte Kelseys starre Finger um das Halfter.

»Was ist hier los?« Von Kelseys unnatürlich fahler Gesichtsfarbe alarmiert, drängte sich Naomi hinein. Schwer holte sie Atem. »Ich rufe den Notarzt.« Sie nahm Kelseys Hand. »Kommst du zurecht?«

Kelsey zwinkerte, nickte und räusperte sich. »Ja. Ja, ich bin in Ordnung.« Aber sie drehte doch dem, das hinter ihr im Stroh lag, den Rücken zu.

»O Mann!« Channing schluckte hart, dann schob er sich zwischen Kelsey und Gabe, der sich über den Körper beugte. »Ich studiere zwar noch«, sagte er ruhig und hockte sich neben ihn, »aber vielleicht ...«

Er benötigte nur einen Blick, um zu wissen, daß er hier nicht mehr helfen konnte, selbst wenn er ein so fähiger und erfahrener Chirurg wie sein Vater gewesen wäre.

Alles war voller Blut. Eine ursprünglich leuchtendblaue, nun rotgesprenkelte Kappe lag halb darunter verborgen.

»Das Pferd muß durchgedreht sein«, schimpfte Channing grimmig. »Kelsey, geh raus, geh weg von ihm.«

»Nein, ich hab' ihn fest im Griff.« Tief durchatmend streichelte sie Doubles Hals. »Er zittert ja. Er hat Angst.«

»Verdammt, er hat gerade den Typ da umgebracht!«

»Nein, das hat er nicht.« Gabes Stimme klang hart und entschieden. Er hatte Mick vorsichtig umgedreht, sein Hemd hochgezogen und eine häßliche Stichwunde im Unterleib freigelegt. »Jemand anders hat es getan.«

Später stand Kelsey fröstelnd im Nieselregen und versuchte, so zu tun, als würde sie den Kaffee trinken, den Channing ihr aufgenötigt hatte.

»Du solltest hier verschwinden«, wiederholte er drängend. »Ich bringe dich nach Hause oder wenigstens ins Klubhaus.«

»Nein, ich bin okay. Ich muß warten. Der arme Kerl.« Kelsey sah sich um. Die Rennbahn wirkte nicht mehr eindrucksvoll, sondern einfach nur noch schmutzig. Einzelne Gruppen von Menschen standen herum, hatten die Ställe im Auge und warteten. »Gabe ist schon lange bei den Polizeibeamten drin.«

»Der kommt gut allein klar.« Channing blickte zu Naomi hinüber, die auf einem Faß unter dem Dach saß. »Vielleicht solltest du dich um deine Mutter kümmern. Sie sieht aus wie ihr eigener Geist.«

Kelsey starrte auf die Stalltür. Am liebsten wäre sie jetzt drin gewesen, hätte zugehört und entschieden, was als nächstes zu tun war. »Gabe und ich haben ihn gefunden«, murmelte sie. »Ich fühle mich irgendwie verpflichtet zu helfen.«

»Dann geh und hilf Naomi.«

Kelsey seufzte tief. »Gut. Du hast recht.« Aber es fiel ihr schwer, zu Naomi zu gehen, die ausdruckslos vor sich hin starrte. »Hier.« Sie hielt ihr den Kaffee hin, »Brandy wäre sicher besser, aber ich habe zufällig keinen dabei.«

»Danke.« Naomi nahm den Becher und zwang sich, daran zu nippen. All das hatte nichts mit ihr zu tun, redete sie sich ein. Die Polizei würde diesmal nicht kommen, um sie mitzunehmen. »Armer Mick.«

»Hast du ihn gut gekannt?«

»Er ist schon lange im Geschäft.« Wieder trank sie einen Schluck. Der Kaffee hatte zwar nicht die gleiche beruhigende Wirkung, wie ein

Brandy gehabt hätte, doch er half ihr. »Er hat einmal die Woche mit Boggs Gin-Romme gespielt, und die beiden haben getratscht wie die alten Weiber. Ich glaube, Mick wußte genausoviel über meine Pferde wie über die von Gabe. Aber er war loyal.« Sie atmete kräftig durch. »Und er war harmlos. Ich weiß nicht, wer dazu fähig sein sollte, ihm dies anzutun.«

»Das wird die Polizei herausfinden.« Nach kurzem Zögern legte Kelsey eine Hand auf Naomis Schulter. »Soll ich dich nach Hause bringen?«

»Nein.« Naomi faßte nach der Hand ihrer Tochter. Beiden wurde bewußt, daß dies die erste von Herzen kommende Berührung zwischen ihnen war. »Es tut mir leid, Kelsey. Das ist eine schreckliche Erfahrung für dich.«

»Für uns alle.«

»Ich hätte dir das gern erspart.« Naomi sah hoch, ihrer Tochter in die Augen. »Unter diesen Umständen bin ich keine große Hilfe.«

»Dann übernehme ich das für dich.« Kelsey bewegte vorsichtig ihre Hand. Naomis Finger waren starr vor Kälte. »Du fährst nach Hause«, ordnete sie an. »Die Polizei wird noch mit mir sprechen wollen, also bringt Channing dich zurück.«

»Ich will dich hier nicht allein lassen.«

»Ich bin doch nicht allein. Gabe ist hier und Moses auch. Und Boggs.« Sie blickte zu dem alten Mann, der einsam im Regen stand. »Es bringt keinem was, wenn du hierbleibst, so aufgeregt, wie du bist. Geh nach Hause, nimm ein heißes Bad und leg dich hin. Ich komme noch hoch zu dir, sobald ich zurück bin.« Sie lehnte sich enger an ihre Mutter. »Außerdem will ich Channing nicht hier haben. Er wird sich sehr männlich vorkommen, wenn er dich nach Hause bringt.«

Obwohl sie sich für ihre Schwäche verachtete, stand Naomi auf. »In Ordnung, ich gehe. Wenn man mich am Schauplatz eines Verbrechens sieht, gibt das sowieso nur Anlaß zu Spekulationen. Aber bitte, bleib nicht länger als unbedingt notwendig.«

»Mach ich. Keine Angst.«

Als sie allein war, ließ sich Kelsey auf das frei gewordene Faß sinken und wartete geduldig.

Es dauerte nicht lange, bis ein uniformierter Beamter sich suchend umblickte und sie dann ansprach: »Miß Byden? Kelsey Byden?«

»Ja.«

»Der Lieutenant möchte drinnen mit Ihnen sprechen.«

»Ich komme.« Sie ignorierte die neugierigen Blicke und stand auf.

Drinnen ging alles seinen routinemäßigen Gang. Der Polizeifotograf hatte seine Arbeit erledigt, und im hinteren Teil des Stalles lief ein Tonband.

Gabes Augen blitzten bei ihrem Anblick wütend auf. »Ich habe Ihnen doch gesagt, es besteht kein Grund, sie da hineinzuziehen!«

»Sie beide haben die Leiche gefunden, Mr. Slater.« Lieutenant Rossi kletterte über das Tonbandgerät und nickte Kelsey zu. Er war ein alter Hase in seinem Beruf, hatte schon über zwanzig Dienstjahre hinter sich. Er hatte ein angenehmes Gesicht, scharfe, wissende Augen und dichtes, dunkles Haar, in dem sich nur wenig Grau zeigte. Seinen Körper behandelte er wie ein Heiligtum, aß Vitamine und trank Gesundheitssäfte, hielt strikte Diät und trieb soviel Sport wie möglich.

Er saß die meiste Zeit hinter dem Schreibtisch, das Telefon am Ohr, aber für ihn war das noch lange kein Grund, dick zu werden.

Er liebte seine Arbeit und hatte viel Erfolg in seinem Beruf. Mord haßte er.

»Miß Byden, danke, daß Sie gewartet haben.«

»Ich will Ihnen behilflich sein, so gut ich kann.«

»Sehr gut. Sie könnten damit anfangen, mir ganz genau zu erzählen, was heute morgen passiert ist.«

»Ich will es versuchen.« Sie erzählte ihm den gesamten Ablauf, vom Ausladen der Pferde bis zum Training. »Wir blieben eine Zeitlang an der Bahn. Mein Stiefbruder war zum erstenmal hier, und wir dachten, er würde gern zuschauen, wenn die Pferde auf das Vorführen vorbereitet werden.«

»Und das war ungefähr wann?«

»Gegen Mittag. Zwischen zehn Uhr und Mittag ist nicht viel los. Von der Bahn sind wir hierhergegangen und haben zufällig Gabe getroffen. Er sprach gerade mit seinem Trainer.«

Über Rossis Schulter hinweg hielt sie nach ihm Ausschau und sah zu ihrem Entsetzen den glänzenden Plastiksack, der gerade auf eine Bahre gelegt wurde.

Verhalten fluchend beugte Gabe sich über das Tonbandgerät und versperrte ihr die Sicht. »Das muß doch wohl nicht jetzt sein. Und mit Sicherheit nicht hier.«

»Nein, ist schon gut.« Kelsey kämpfte mit einer Übelkeit. »Ich möchte es lieber hinter mich bringen.«

»Das ist sehr gut. Also, Sie haben Mr. Slater draußen getroffen.«

»Ja. Wir haben uns ein paar Minuten unterhalten, über Pferde hauptsächlich, weil zwei unserer Tiere im selben Rennen starten. Ich bin mit Gabe in den Stall gegangen, um nach Double or Nothing zu sehen. Meine Mutter und mein Stiefbruder waren kurz hinter uns.«

»Ihre Mutter?«

»Ja. Es ist eigentlich ihr Pferd, das gegen das von Gabe antritt. Ihr gehört Three Willows, sie heißt Naomi Chadwick.«

»Chadwick?« In Rossis Kopf schlug eine kleine Glocke an. Er kritzelte den Namen nieder. »Also kamen Sie vier zusammen hier rein.«

»Nein, die beiden kamen kurz nach uns. Sie erreichten die Box erst, nachdem wir ... wir schon alles gesehen hatten. Ich glaube, Gabe und ich bemerkten die Wunde an der linken Flanke des Pferdes gleichzeitig. Er ging hinein, blieb stehen und versperrte mir den Weg. Aber ich machte mir Sorgen um Double, also ging ich ihm nach. Dann sah ich das Blut und den Körper in der Ecke. Ich hielt das Pferd am Halfter fest, weil es unruhig wurde, dann kamen Channing und Naomi dazu. Sie lief sofort los, um den Notarzt zu verständigen, und Channing kam in die Box, weil er dachte, er könne vielleicht helfen. Ich glaubte – vermutlich glaubten wir das alle –, daß das Pferd ihn verletzt hatte. Bis Gabe den Leichnam umdrehte, und da sahen wir ...« Sie würde nie vergessen, was sie gesehen hatte. »Wir sahen, daß das nicht stimmte. Gabe sagte dann zu Channing, er solle die Polizei rufen.«

»Als Sie und Mr. Slater den Stall betraten, war niemand sonst dort?«

»Nein, ich habe niemanden gesehen. Ein paar Pfleger hielten sich vermutlich dort auf. Aber es war noch ein bißchen früh, um die Pferde fertigzumachen.«

»War Ihnen der Verstorbene bekannt, Miß Byden?«

»Nein. Aber ich bin erst seit ein paar Wochen auf Three Willows.«

»Sie leben nicht dort?«

»Nein, ich wohne in Maryland. Ich verbringe nur etwa einen Monat auf der Farm.«

»Dann brauche ich Ihre ständige Adresse für das Protokoll.« Sie nannte sie ihm, und er steckte seinen Notizblock wieder in die Tasche. »Danke, daß Sie sich Zeit für uns genommen haben, Miß Byden. Ich möchte dann jetzt mit Ihrer Mutter und Ihrem Stiefbruder sprechen.«

»Ich habe Channing gesagt, er soll sie nach Hause bringen. Sie hat sich furchtbar aufgeregt.« Unwillkürlich straffte Kelsey sich und stemmte die Füße in den Boden. »Auf jeden Fall waren die beiden den ganzen Morgen mit mir zusammen. Keiner kann etwas anderes gesehen haben als ich.«

»Sie würden sich wundern, was manchen Leuten noch alles auffällt. Danke, das ist alles.« Er entließ sie, indem er sich wieder an Gabe wandte. »Meinen Informationen zufolge hat ein Mann namens Boggs wahrscheinlich als letzter das Opfer lebend gesehen. Arbeitet er auch für Sie?«

»Er arbeitet auf Three Willows.«

»Er ist draußen«, informierte Kelsey Rossi. »Ich werde ihn holen.« Sie eilte hinaus, froh, den monotonen Fragen und den so scharf beobachtenden Augen zu entkommen. Boggs stand noch da, wo sie ihn zuletzt gesehen hatte, mitten im Regen. »Ein Lieutenant Rossi möchte mit Ihnen sprechen.« Sie nahm die Hand des alten Mannes und versuchte vergebens, sie zu wärmen. »Es tut mir so leid, Boggs.«

»Wir haben doch nur geredet, nur dagesessen und geredete. Heute abend wollten wir Karten spielen.« Tränen strömten ihm über das Gesicht und mischten sich mit dem Regen. »Wer hat ihm das angetan, Miß Kelsey? Wer hat dem alten Mick das angetan?«

»Ich weiß es nicht, Boggs. Kommen Sie, ich werde Sie begleiten.« Sie legte den Arm um ihn und führte ihn zum Stall.

»Er hat keine Familie nich', Miß Kelsey? 'ne Schwester, aber die hat er seit zwanzig Jahren nicht mehr gesehen. Ich muß mich um alles kümmern. Er soll 'n schönes Begräbnis kriegen.«

»Ich sorge dafür, Boggs.« Gabe kam nach draußen und fing sie ab. »Sie sagen mir, wie Sie's haben wollen, und ich arrangiere das.«

Boggs nickte. Das hatte seine Richtigkeit. »Er hat viel von Ihnen gehalten, Mr. Slater.«

»Und ich von ihm. Kommen Sie zu mir, sobald Sie dazu in der Lage sind. Wir regeln dann alles.«

»Das hätt' ihm gefallen.« Mit gesenktem Kopf schlurfte Boggs davon.

»Der Lieutenant sagt, du kannst jetzt gehen.« Gabe nahm Kelseys Arm und zog sie fort. »Ich bringe dich nach Hause.«

»Ich werde auf Boggs warten. Er sollte jetzt nicht allein sein.«

»Moses kümmert sich um ihn. Ich will dich hier wegbringen, Kelsey.«

»Ich kann nicht. Das Ganze betrifft mich genauso wie dich.«

»Da irrst du dich.« Er zerrte sie fast über den schlammigen Boden. »Die Box gehört mir, das Pferd gehört mir, und verdammt noch mal, Mick ist einer meiner Leute.«

»Jetzt mal langsam.« Kelsey packte ihn an der Jacke. Obwohl er sich im Stall kühl und gelassen gegeben hatte, stand er jetzt kurz vor der Explosion. Kein Pokerface mehr, dachte sie. Seine Augen glühten vor Wut.

»Du hältst dich da raus und machst, daß du wegkommst!«

Sie hätte sich auf eine hitzige Debatte einlassen und seinen eisernen Griff abschütteln können, aber sie wartete, bis sie sein Auto erreicht hatten.

Dann drehte sie sich einfach um und schlang die Arme um ihn. »Tu' dir das nicht an«, murmelte sie.

Er machte sich steif und wollte sie ins Auto drängen. »Was soll ich mir nicht antun?« fragte er.

»Dir Vorwürfe machen, Gabe.«

»Wem denn sonst?« Sein Körper entspannte sich, er drückte sie an sich und vergrub sein Gesicht in ihrem Haar. »Wem soll ich denn sonst Vorwürfe machen, Kelsey? Er hat versucht, mein Pferd zu beschützen.«

»Das kannst du gar nicht wissen.«

»Ich fühle es.« Er schob sie von sich. Zwar blickten seine Augen nun ruhiger, aber das, was sich hinter diesem kühlen, tiefen Blau verbarg, ließ Kelsey erschauern. »Und ich werde herausfinden, wer dafür verantwortlich ist, koste es, was es wolle.«

»Die Polizei …«

»… hat ihre Methoden. Ich habe meine.«

10

Selbst der Tod konnte die tägliche Routine auf einem Gestüt nicht erschüttern, egal, ob es der Tod eines Pferdes oder eines Menschen war. Morgendämmerung hieß Beginn des Trainings, die Pferde mußten versorgt, die Ställe gesäubert werden. Obwohl man sich auf den Koppeln und in den Ställen über den grausamen Tod des alten Mick unterhielt, blieb der Tagesrhythmus wie immer.

Man mußte sich um ein Fohlen mit einem bösen Ekzem kümmern, ein Jährling duldete immer noch keinen Reiter im Sattel, und eine hoffnungsvolle Jungstute sollte erstmals bei einem Rennen starten. So trauerte man um Mick und tauschte seine Vermutungen aus, während Futterkrippen aufgefüllt und Pferde warm gemacht wurden.

»Möchten Sie Pride nicht lieber selbst die Stallbandagen umlegen? Die Beine hab' ich ihm schon abgespritzt.« Boggs' Gesicht war ausdruckslos, und unter seinen Augen lagen tiefe Ringe, doch er ging wie jeden Tag seinen Pflichten nach. Er hielt Kelsey die Zügel hin. »Es scheint ihm lieber zu sein, wenn Sie das tun.«

»Gut, Boggs.« Ihre weiche Hand legte sich über seine, die voller Schwielen war. »Kann ich irgend etwas für Sie tun?«

Seine Augen hefteten sich auf einen Punkt im Nichts, irgendwo hinter ihr. »Kann man nichts machen, Miß Kelsey. Ist nur nicht richtig, find ich. Ist einfach nicht richtig.«

Was sollte sie darauf entgegnen? Keinesfalls wollte sie den alten Mann mit seinem Kummer allein lassen. »Würde es Ihnen etwas ausmachen, mich zu begleiten? Ich bin immer noch ein wenig nervös, wenn ich den nächsten Derbysieger betreuen muß.«

Beide wußten, daß dies eine fadenscheinige Ausrede war, doch Boggs nickte und trottete bereitwillig neben ihr her. Es hatte wieder angefangen zu regnen, derselbe unaufhörliche feine Nieselregen, der schon den vorhergegangenen Nachmittag verdorben hatte. Obwohl es schon auf zehn Uhr zuging, hing der Nebel noch dick über der Landschaft. Drinnen waren die Stallburschen eifrig dabei, die Boxen auszumisten, und die Luft roch nach Mist, Heu und Schlamm.

An Queenies Box blieb Kelsey stehen und drückte Boggs die Zügel in die Hand. »Dauert nur eine Minute.«

Sie zog eine Möhre aus der Gesäßtasche und hielt sie der Stute hin, während sie ihr die weichen Ohren kraulte. »Na, altes Mädchen? Hast wohl gedacht, ich hätte dich vergessen, was?« Die Stute knabberte die Möhre und dann an Kelseys Schulter, wobei sie behaglich schnaubte. Obwohl ihr Boggs' Interesse nicht entgangen war, schloß sie das tägliche Ritual mit einem Kuß auf Queenies Kopf ab.

»Ich weiß, ich weiß. Man hat mich schon oft mit der typisch weiblichen Pferdevernarrtheit aufgezogen.« Nach einem letzten Klaps wandte sich Kelsey wieder zu Boggs und Pride um. »Vielleicht übertreibe ich ja ein bißchen, aber ich habe schon mehr als einen der Männer hier auch dabei erwischt, wie sie ein Pferd verhätschelten.«

»Ihr Großvater hat diese Stute heiß und innig geliebt.« Boggs führte Pride in seine Box, die Kelsey bereits ausgemistet und mit frischem Stroh für den Tag ausgelegt hatte. »Jeden Nachmittag hat er ihr Zuckerstückchen zugesteckt. Wir haben alle so getan, als ob wir nichts sehen.«

»Wie war er, Boggs?«

»Er war ein guter Mann. Gerecht, aber leicht aufbrausend, konnte hochgehen wie 'ne Bombe.« Beim Sprechen schweifte sein Blick durch Prides Box, und befriedigt nahm er zur Kenntnis, daß Kelsey den Hengst auch mit frischem Wasser und Futter versorgt hatte. »Faulheit hat er nicht geduldet, no, Sir. Aber wer seine Arbeit erledigte, bekam pünktlich sein gutes Geld. Hab' mit eigenen Augen gesehen, wie er die ganze Nacht bei einem kranken Pferd saß und wie er 'nen Mann, ohne mit der Wimper zu zucken, gefeuert hat, weil er das ihm zugeteilte Pferd vernachlässigte.«

Kelsey bückte sich und ließ ihre Hände über Prides Beine gleiten, um ihn auf Verletzungen oder Schwellungen hin zu untersuchen. Boggs hatte die Bandagen schon ausgewaschen und mit den Wäscheklammern, die er stets am Hosenbein mit sich trug, aufgehängt.

»Klingt, als ob es schwer war, für ihn zu arbeiten.« Zufrieden rieb sie den regenfeuchten Hengst mit Stroh ab.

»Nicht, wenn man getan hat, wofür man bezahlt wurde.« Er sah zu, wie sie Prides Striegel aus dem Kasten nahm. »Sie haben das richtige Händchen, Miß Kelsey«, sagte er nach einer Weile.

»Ich komme mir vor, als hätte ich mein Leben lang nichts anderes getan.« Sie redete beruhigend auf das nervös tänzelnde Tier ein und streichelte es. Wie alle Aristokraten hatte Pride ein reizbares Temperament. »Er ist heute morgen ein bißchen unruhig.«

»Er kann's kaum noch erwarten, das ist es. Im Geist ist er schon in der Startbox.«

Kelsey fuhr fort, Sattel und Zaumzeug vom Schlamm zu befreien. »Wie ich gehört habe, ist er gestern gut gelaufen.« Sie legte den Striegel beiseite und griff nach einem Hufkratzer. »Es kommt mir ziemlich kaltherzig vor, nach dem gestrigen Tag an Rennen und Zeiten zu denken.«

»Das ist nun mal so.«

»Sie waren schon lange mit ihm befreundet?«

»Fast vierzig Jahre.« Boggs nahm eine Tabakdose aus der Tasche und bediente sich. »Als ich hierherkam, war er schon ein alter Hase.«

»Ich habe noch nie jemanden verloren, der mir nahestand.« Flüchtig dachte sie an Naomi, aber sie konnte sich beim besten Willen nicht mehr an die Trauer erinnern, die sie mit drei Jahren empfunden hatte. »Ich will ja nicht behaupten, daß ich weiß, wie Ihnen zumute ist, aber ich weiß, daß Naomi Ihnen freigeben würde, wenn Sie ein paar Tage Zeit brauchen.«

»Ich wüßte nicht, wo ich jetzt lieber wäre als hier. Dieser Polizeibeamte scheint zu wissen, was er tut. Er wird herausfinden, wer Mick das angetan hat.«

Kelsey weichte einen Schwamm ein und säuberte behutsam Prides Augen, in den Winkeln angefangen. Die Art, wie er sie ansah, während sie ihn versorgte, gefiel ihr. Langsam baute sich ein Vertrauensverhältnis zwischen ihnen auf. »Den Lieutenant Rossi mag ich nicht, aber warum, kann ich selbst nicht sagen.«

»Ist 'n reservierter Typ. Aber das heißt, daß er nachdenkt und Schritt für Schritt vorgeht, bis er die Wahrheit kennt.«

Kelsey warf den Schwamm in den Eimer zurück und wählte eine weiche Bürste für die Fellpflege. Ihr fiel das Glitzern in Gabes Augen wieder ein. Rachedurst, dachte sie. Dieses Gefühl konnte sie nur zu gut verstehen.

»Ist es gut so, Boggs?«

»Es muß reichen.«

»Da bist du ja.« Channing lehnte sich gegen die Tür der Box, um ihr zuzusehen. Ihre Hände waren ruhig und sicher, und sie wirkte wie ein Profi. »Sieht aus, als ob du genau weißt, was du tust.«

»Glaub mir, ich weiß auch genau, was ich tue.« Darüber freute sie sich jeden Tag von neuem. »Ich hab' dich beim Frühstück vermißt.«

»Ich habe verschlafen.« Er grinste verlegen. »Meine innere Uhr ist nicht auf Nahrungsaufnahme um fünf Uhr morgens eingestellt. Hör mal, Matt ist vorbeigekommen. Ich werde ihn bei ein paar Hausbesuchen begleiten. Oder bei Stallbesuchen, wie auch immer.«

»Viel Spaß.«

Er zögerte. »Du bist doch okay, oder?«

»Klar bin ich okay.«

»Ich bin in ein paar Stunden zurück. Ach ja, und Moses sagte, wenn ich dich finde, soll ich dir ausrichten, du sollst zurückkommen in die Longe.«

»Sklaventreiber«, knurrte Kelsey. »Ich gehe, sobald ich hier fertig bin.«

Ihr blieb keine Zeit zum Grübeln. Ein erfahrener Pfleger brauchte eine Stunde, um ein Pferd an der Longe alle Gangarten durchexerzieren zu lassen, und bei Kelsey dauerte es noch eine Viertelstunde länger. Dann war es Zeit für die Mittagsfütterung, wo Getreide, Nüsse und Kleie gemischt, abgemessen und nachgewogen werden mußten. Für Pride gab sie noch einen Eßlöffel Salz und Elektrolyte dazu, und da er mit seinem Futter heikel war, süßte sie ihm die Mischung mit ein wenig Melasse.

Später würde sie ihm einen Apfel vorbeibringen. Nicht nur, um ihn zu verwöhnen, denn Moses hatte ihr erklärt, daß Pferde zusätzlich zu ihrem Futter auch Vitamine in Form von Obst oder Gemüse benötigten. Und Pride zog Äpfel den Möhren vor. Besonders die saftigen Granny Smith fraß er mit Begeisterung.

»So, das wär's«, murmelte sie, als er sich seinem Mittagessen widmete. »Und du frißt alles auf, klar?«

Er beäugte sie kauend.

»Von dir hängt eine Menge ab, mein Freund. Und ich glaube, du hättest auch nichts dagegen, als Sieger umjubelt zu werden.«

Pride schnaubte, was Kelsey wie ein Achselzucken wertete. Kichernd liebkoste sie ihn. »Du kannst mich nicht täuschen, Bursche. Du willst das genauso sehr wie wir.«

Die von der Arbeit schmerzenden Schultern rollend, verließ sie den Stall, um den Rest der täglichen Arbeit zu erledigen.

Vermutlich hegte Moses keinerlei sadistische Absichten, wenn er sie so gnadenlos antrieb, doch das änderte nichts daran, daß ihr alle Muskeln ihres Körpers weh taten, sie von Kopf bis Fuß mit Schlamm verschmiert war und ihr Magen sie knurrend ermahnte, endlich etwas zu essen.

Nachdem sie sich gründlich die Stiefel abgeputzt hatte, betrat sie die Küche und stürzte sich auf den Kühlschrank. Mit einem Freudenschrei entdeckte sie dort eine Platte mit kaltem Huhn, über das sie sich sofort hermachte.

Sie biß gerade in eine Keule, als Gertie hereinkam. »Miß Kelsey!« Entsetzt, ihr kleines Mädchen in schmuddeligen Jeans an der Spüle lehnen zu sehen und mit den Händen zu essen, kramte sie in einem Schrank herum und suchte einen Teller. »Was sind denn das für Manieren!«

»Ich habe Hunger. Und das ist das beste Hühnchen, das ich je gegessen habe.« Kelsey schluckte. »Das ist schon meine zweite Keule.«

»Setzen Sie sich an den Tisch. Ich richte Ihnen rasch was her.«

»Nein, das ist wirklich nicht nötig.« Ab und zu waren gute Manieren nur lästig. Kelsey biß wieder in ihre Hühnerkeule. »Ich bin zu schmutzig, um mich irgendwo hinzusetzen und viel zu hungrig, um mich erst zu waschen. Ich habe drei Kochkurse absolviert und könnte trotzdem niemals so ein Huhn zubereiten.«

Vor Freude errötend, winkte Gertie ab. »Natürlich könnten Sie das.

Ein Rezept meiner Mama. Ich zeig' Ihnen irgendwann mal, wie's gemacht wird.«

»Weißt du, Gertie, ich könnte dieser Hühnerkeule fast ein Gedicht widmen.«

»Ach, übertreiben Sie nicht.« Gertie lief puterrot an und beeilte sich, Kelsey ein Glas Milch einzugießen. »Sie wollen mich auf den Arm nehmen, genau wie Ihr Bruder. Man könnte meinen, der Junge hat noch nie in seinem Leben eine anständige Mahlzeit bekommen.«

»Er hat dich also um den kleinen Finger gewickelt.«

»Ich mag es gern, wenn ein junger Mensch einen herzhaften Appetit hat.«

»Den hat er wirklich.« Und ich auch, dachte Kelsey, die mit sich kämpfte, ob sie noch ein Stückchen essen sollte oder nicht. »Ist Naomi da?« fragte sie Gertie.

»Sie mußte weg.«

»Hm!« Also waren sie beide allein. Vielleicht sollte sie die Gelegenheit nutzen, um Gertie ein wenig auszuhorchen. »Gertie, ich habe oft über jene Nacht nachgedacht. Und über Alex Bradley.«

Gerties Gesicht wurde ausdruckslos. »Das ist erledigt und vorbei.«

»Du warst nicht zu Hause«, hakte Kelsey vorsichtig nach.

»Nein.« Gertie griff nach einem Geschirrtuch und fing an, die ohnehin schon blinkende Spüle zu polieren. »Und das werde ich mir nie verzeihen. Meine Mama und ich, wir waren im Kino und haben anschließend Pizza gegessen, während Miß Naomi mit diesem Mann allein war.«

»Du mochtest ihn nicht?«

Schniefend schlug Gertie ihr Geschirrtuch auf die Spüle. »Ein aalglatter Kerl. Der wäre einem aus dem Händen geflitscht, wenn man ihn zu fest angefaßt hätte. Miß Naomi hatte mit solchen Typen nichts zu schaffen.«

»Und warum ist sie dann mit ihm … ausgegangen?«

»Hatte wohl ihre Gründe, nehm ich an. Manchmal kann Miß Naomi ziemlich störrisch sein, ja, das kann sie. Und ich denke, sie war noch durcheinander wegen Ihres Daddy. Dann bedrückte sie der Verlust eines Pferdes, das auf der Rennbahn gestürzt ist und erschossen werden mußte. Hat sie schwer getroffen. Das muß so um die Zeit gewesen sein, als sie sich mit diesem Mann traf.«

Gerties Abneigung war offensichtlich. Sie weigerte sich, wie sie sich von Anfang an geweigert hatte, Alex Bradleys Namen in den Mund zu nehmen.

»Er sah gut aus. Aber von einem schönen Teller kann man nicht essen, sag ich immer. Ich werd' Ihnen mal sagen, was das eigentliche Verbrechen war, Miß Kelsey. Es war ein Verbrechen, dieses junge Ding ins Gefängnis zu stecken, nur weil sie getan hat, was sie tun mußte.«

»Sie hat sich selbst verteidigt.«

»Sie sagte, sie mußte so handeln, also war es auch so«, erwiderte Gertie bestimmt. »Miß Naomi lügt nicht. Wenn ich in dieser Nacht zu Hause gewesen wäre oder ihr Daddy, dann wäre das alles nie passiert. Dieser Mann hätte nie Hand an sie gelegt. Und sie hätte die Pistole nie gebraucht.«

Seufzend ließ Gertie Wasser laufen und wusch das Tuch aus. »Hat mich immer nervös gemacht zu wissen, daß sie eine Waffe im Nachttisch hat. Aber ich bin froh, daß sie sich in dieser Nacht wehren konnte. Ein Mann hat kein Recht, eine Frau mit Gewalt zu nehmen. Kein Recht!«

»Nein«, stimmte Kelsey zu. »Dazu hat er kein Recht.«

»Die Waffe hat sie heute noch.«

»Wie bitte?« Unbehaglich legte Kelsey die fast abgenagte Keule zurück. »Naomi hat die Pistole immer noch oben?«

»Vermutlich ist es nicht dieselbe. Aber so eine ähnliche. Die erste gehörte ihrem Daddy. Das Gesetz verbietet ihr, eine Waffe zu besitzen, aber sie tut's trotzdem. Sie sagt, nur zur Erinnerung. Ich frag, warum sie sich an so was erinnern will, und sie sagt, manche Dinge sollte man niemals vergessen.«

»Ich schätze, da hat sie recht«, meinte Kelsey. Aber ob sie nun, wo sie von der Existenz der Waffe wußte, ruhiger schlafen würde?

»Es steht mir wohl nicht zu, das zu sagen, aber ich sag's trotzdem«, schniefte Gertie und nahm sich ein Taschentuch, um sich zu schneuzen. »Sie waren ihr ein und alles, Miß Kelsey. Daß Sie jetzt wieder da sind, bedeutet sehr viel. Was geschehen ist, kann man nicht ändern, man kann die Zeit nicht zurückdrehen. Aber Wunden können heilen, und das tun Sie.«

So? Kelsey war sich ihrer Gefühle selbst noch nicht sicher. »Sie hat Glück, daß sie dich hat, Gertie«, flüsterte sie. »Glücklich, jemanden zu haben, der treu zu ihr steht.« Um Gertie aufzuheitern, der immer noch die Tränen in den Augen standen, fügte sie noch hinzu: »Und sehr glücklich, jemanden zu haben, der so gut kochen kann.«

»Ach wo.« Gertie wischte sich über die Augen. »Hausmannskost ist das, mehr nicht. Und Sie haben Ihr Huhn noch nicht aufgegessen. Sie brauchen mehr Fleisch auf den Rippen.«

Kelsey schüttelte abwehrend den Kopf. In diesem Moment schellte es an der Tür. »Nein, Gertie, ich gehe schon. Sonst esse ich alles ratzekahl auf und die Platte auch noch.«

Sie nahm ihr Milchglas mit und trank beim Gehen. Als sie an einem Spiegel vorbeikam, verdrehte sie die Augen. Ihre Wangen wiesen deutliche Schmutzstreifen auf, und ihre Haare waren vollkommen durcheinander. Mit dem Ärmel ihres fleckigen T-Shirts wischte sie sich über das Gesicht. Hoffentlich war der Besucher an Pferdenarren gewöhnt.

Weit gefehlt!

»Großmutter!« Kelseys Schreck mischte sich mit diebischer Freude, als sie bemerkte, wie Milicent bei ihrem Anblick zusammenzuckte. »Das ist aber eine Überraschung.«

»Was in Gottes Namen hast du denn getrieben?«

»Gearbeitet.« Kelsey schaute auf den fleckenlos sauberen Lincoln vor der Tür. Der Fahrer saß mit steinerner Miene hinterm Steuer. »Kleine Spazierfahrt gemacht?«

»Ich bin gekommen, weil ich mit dir sprechen muß.« Hocherhobenen Hauptes schritt Milicent über die Schwelle. Mit derselben unbeugsamen Würde mußten einst die französischen Aristokraten die Guillotine bestiegen haben. »Was ich dir zu sagen habe, ist zu wichtig, um es am Telefon zu besprechen. Glaube mir, es hat mich große Überwindung gekostet, dieses Haus zu betreten.«

»Das glaube ich dir gern. Komm herein und setz dich.« Gott sei Dank war Naomi irgendwo unterwegs, dafür konnte Kelsey dem Schicksal nicht genug danken. »Was darf ich dir anbieten? Kaffee? Tee?«

»Nichts, was aus diesem Haus stammt.« Milicent setzte sich. Da sie sich nicht die Blöße geben wollte, bürgerliche Neugier zu zeigen, schaute sie sich nicht im Zimmer um, sondern heftete ihren Blick fest auf ihre Enkelin. »Verbringst du so deine Zeit? Du bist so schmutzig wie eine Feldarbeiterin.«

»Ich bin gerade erst reingekommen. Vielleicht hast du gar nicht bemerkt, daß es regnet.«

»Sprich nicht in diesem Ton mit mir. Es ist unentschuldbar, Kelsey, daß du deine Gaben und deine Erziehung derart verschwendest. Noch schlimmer ist allerdings, daß du durch dein Verhalten deine Familie ins Unglück stürzt.«

»Großmutter, das haben wir doch alles schon einmal durchgekaut.« Kelsey stellte ihr Milchglas ab und ging zum Kamin, um das

Feuer stärker zu schüren. Ob es nun am Regen lag oder der Besucherin, sie fröstelte plötzlich. »Ich kenne deine Ansichten und deine Gefühle, was das betrifft. Und ich glaube kaum, daß du den langen Weg gemacht hast, nur um das alles zu wiederholen.«

»Wir beide haben nicht viel Rücksicht auf die Wünsche des anderen genommen, Kelsey.«

»Nein.« Nachdenklich hängte Kelsey den Feuerhaken an seinen Platz und wandte sich um. »Das haben wir wohl nicht.«

»Aber ich kann nicht glauben, daß du in dieser Angelegenheit gegen meine Wünsche handelst. Heute morgen stand dein Name in allen Zeitungen. Dein Name im Zusammenhang mit einem Mord auf der Rennbahn!«

Neuigkeiten verbreiten sich schnell, dachte Kelsey zynisch. Sie war schon im Stall bei der Arbeit gewesen, lange ehe die Morgenzeitungen erschienen. »Das konnte ich nicht wissen. Wenn ich das gelesen hätte, dann hätte ich Dad sofort angerufen, um ihn zu beruhigen. Ich war hier, Großmutter. Der Mann, der umgebracht wurde, arbeitete auf der Nachbarfarm. Ich bin nur zufällig in die Sache hineingeraten.«

»Der springende Punkt ist doch, daß du überhaupt dort warst. Auf einer Rennbahn, zusammen mit der Art von Leuten, die an einem derartigen Ort zusammenkommen.«

Kelsey neigte den Kopf. »Mich zieht sie auch an.«

»Werde bitte nicht kindisch.« Milicent preßte die Lippen zusammen. »Ich erwarte mehr von dir. Ich erwarte, daß du an die Familie denkst.«

»Was hat denn der arme Mann, der gestern getötet wurde, mit der Familie zu tun?«

»Dein Name wurde mit dem von Naomi in Verbindung gebracht. Und ihr Name in Verbindung mit einem Mord wühlt alte Skandale wieder auf. Einer Frau von deiner Intelligenz sollte ich das alles eigentlich nicht mehr auseinandersetzen müssen. Kelsey, möchtest du, daß dein Vater deswegen leidet?«

»Natürlich nicht. Und warum sollte er leiden? Großmutter, ein alter Mann ist brutal ermordet worden. Es war reiner Zufall, daß ich ihn gefunden habe. Selbstverständlich mußte ich eine offizielle Aussage machen, aber das war schon alles. Ich habe ihn noch nicht einmal gekannt. Und was Dad betrifft, ihn geht die ganze Sache überhaupt nichts an.«

»Ein Makel bleibt immer zurück. Kelsey, diese Welt ist nicht die unsere. Man hat dich gewarnt, was du zu erwarten hast, mit welcher

Art von Leuten du zusammentreffen wirst. Nun haben sich unsere schlimmsten Befürchtungen bewahrheitet. Und da dein Vater zu weichherzig ist, um dir die Leviten zu lesen, muß ich das tun. Ich bestehe darauf, daß du deine Sachen packst und mit mir nach Hause kommst.«

»Es wiederholt sich doch alles im Leben.« Naomi stand in der Tür, aschfahl im Gesicht. Ihr taubengraues Kostüm unterstrich noch die Zerbrechlichkeit ihrer Gestalt. Doch die Zerbrechlichkeit täuschte. Als sie ins Zimmer trat, wirkte sie so elegant und kraftvoll wie eines ihrer preisgekrönten Stutfohlen. »Wenn ich mich recht entsinne, habe ich dich einmal etwas ganz Ähnliches zu Philip sagen hören.«

Milicents Miene wurde eisig. »Ich bin hier, um mit meiner Enkelin zu sprechen. Ich habe nicht das geringste Interesse, mit dir auch nur ein Wort zu wechseln.«

»Du befindest dich in meinem Heim, Milicent.« Naomi legte ihre Handtasche ab und ließ sich in einen Sessel fallen. »Es steht dir selbstverständlich frei, zu Kelsey zu sagen, was du willst, aber du wirst aufhören, mich zu beleidigen. Die Zeiten sind vorbei.«

»Wie ich sehe, hast du im Gefängnis nichts dazugelernt.«

»Wenn ich dir aufzählen würde, was ich dort alles gelernt habe, würde ich nicht vor heute abend fertig.« Zu ihrer Genugtuung stellte Naomi fest, daß sie Milicent mittlerweile gefaßt gegenübertreten konnte. Sie war sich nicht sicher gewesen, wie sie auf ein Wiedersehen mit ihrer ehemaligen Schwiegermutter reagieren würde.

»Du bist noch dieselbe Schlange wie früher! Kalt, berechnend und egoistisch. Und jetzt benutzt du auch noch Philips Tochter für deine Zwecke.«

»Kelsey ist ihr eigener Herr. Du scheinst sie nicht besonders gut zu kennen, wenn du glaubst, sie ließe sich benutzen.«

»Nein, das lasse ich mich auch nicht.« Kelsey schob sich zwischen die beiden Frauen, um ihnen besser die Meinung sagen zu können. »Und hört bitte auf, über mich zu reden, als sei ich gar nicht anwesend. Ich bin keine Marionette, die ihr nach Belieben bewegen könnt. Ich bin aus freien Stücken hierhergekommen und werde bleiben, solange ich es für richtig halte. Du kannst mich nicht wie ein Kind oder einen Dienstboten herumkommandieren, Großmutter.«

Hochrote Flecken zeigten sich auf Milicents Wangen. »Ich kann darauf bestehen, daß du im Sinne der Familie handelst.«

»Du kannst mich höchstens bitten, mir gut zu überlegen, was ich tue. Die Bitte würde ich dir gewähren.«

»Du hast sie beeinflußt.« Milicent durchbohrte Naomi mit einem anklagenden Blick. »Hast ihr weiches Herz ausgenutzt, um sie auf deine Seite zu ziehen. Hast du ihr denn auch von deinen Männern erzählt, Naomi? Von der Trinkerei? Daß du deine Ehe, dein Kind und deinen Mann vernachlässigt hast? Hast du ihr gesagt, daß du meinen Sohn in den Ruin treiben, ihn zerstören wolltest, aber am Ende nur dich selbst vernichtet hast?«

»Das reicht jetzt!« Kelsey trat einen Schritt zurück, ohne zu bemerken, daß sie sich mit dieser Geste fast schützend an Naomis Seite stellte. »Welche Fragen ich stelle und was für Antworten ich bekomme, geht dich nichts an. Ich handele nach eigenem Ermessen, Großmutter.«

Milicent kämpfte um Selbstbeherrschung. Ihr Herz klopfte wie wild. Nun gut, auch sie würde nach eigenem Ermessen handeln. »Wenn du hierbleibst, zwingst du mich, zu drastischeren Maßnahmen zu greifen. Dann bleibt mir keine andere Wahl, als mein Testament zu ändern und meinen Einfluß zu nutzen, um den Treuhandfond deines Großvaters zu sperren.«

Kelsey verspürte eher Mitleid als Schrecken. »Ach, Großmutter, glaubst du wirklich, daß mir Geld so viel bedeutet? Denkst du so schlecht von mir?«

»Bedenke die Konsequenzen, Kelsey.« Milicent griff nach ihrer Tasche. Sie war sicher, daß ihre Drohung das Mädchen zur Vernunft bringen würde.

»Hey, Kel, rate mal, was ich …« Channing blieb wie angewurzelt stehen, als er Milicent sah. »Großmutter!«

Vor Wut schäumend fuhr diese auf Naomi los. »Also hast du ihn auch in deine Fänge bekommen! Erst Philips Tochter, und dann den Jungen, den er liebt wie einen eigenen Sohn!«

»Großmutter, ich bin lediglich …«

»Halt den Mund!« fauchte Milicent ihn an. »Du hast schon einmal teuer bezahlt, Naomi. Und ich schwöre dir bei Gott, du wirst wieder bezahlen.«

Nachdem sie zur Tür hinausgerauscht war, hob Channing die Schultern. »Bin ich im falschen Film?«

»Du hast gerade den donnernden Schlußapplaus verpaßt.« Erschöpft rieb sich Kelsey mit beiden Händen das Gesicht. »Channing, du hast doch Candace angerufen und ihr gesagt, daß du hier bist?«

»Angerufen hab' ich sie.« Channing schob die Hände in die Hosentaschen. »Ich hab' ihr nur gesagt, daß es mir gutgeht und daß ich gut untergekommen bin. Allerdings habe ich nicht erwähnt, wo. Dachte, ich vermeide lieber Komplikationen.« Da Kelsey ihn unverwandt anstarrte, atmete er tief durch. »Schätze, ich rücke lieber mit der Wahrheit raus, ehe die Sache noch unangenehmer wird.«

Kopfschüttelnd sah Kelsey ihm nach, als er die Treppe hinaufstieg. »Channing ist ein Meister darin, wesentliches für sich zu behalten.« Sie blickte wieder zu ihrer Mutter. »Möchtest du einen Drink?«

Naomi rang sich ein Lächeln ab und kuschelte sich in die Kissen. »Warum nicht? Ein kleiner Whisky spült vielleicht den schlechten Nachgeschmack von dieser Szene hinunter.«

»Versuchen wir's.« Kelsey ging zur Bar und schenkte zwei Gläser voll. »Es tut mir leid.«

»Mir auch, Kelsey. Geld mag dir ja nicht viel bedeuten, aber es ist dein Erbe. Ich möchte nicht dafür verantwortlich sein, daß du es nicht bekommst.«

Geistesabwesend fuhr Kelsey mit der Fingerspitze über eines von Naomis Kristallpferden. »Ich habe keine Ahnung, ob sie das Geld sperren lassen kann. Und selbst wenn, ich habe noch genug auf der hohen Kante.« Achselzuckend reichte sie Naomi ein Glas. »Ich möchte das Geld zwar nicht unbedingt verlieren, aber ich will verdammt sein, wenn ich mich von ihr mit Dollarscheinen ködern lasse. Cheers!« Sie stieß mit ihrer Mutter an.

»Cheers.« Naomi mußte lachen. Sie schloß die Augen und zwang sich dazu, zu entspannen. »Herrjeh, was für ein Tag!«

Die letzten zwei Stunden hatte Naomi bei ihren Anwälten verbracht, um sich zu erkundigen, wie sie die Verfügungen ihres Vaters am besten mit ihren eigenen Wünschen in Einklang bringen konnte. Sollte Milicent allerdings ihre Drohung, Kelsey zu enterben, wahrmachen, mußte sie sich weitere Schritte überlegen.

Naomi schlug die Augen wieder auf und nahm einen Schluck. »Ich war unheimlich stolz auf dich, wie du ihr entgegengetreten bist!«

»Mir ging es ebenso, als du plötzlich in der Tür standest, kamst du mir vor wie der leibhaftige Racheengel.«

»Gespräche mit Milicent haben mich immer derartig aufgeregt. Obwohl sie in einigen Punkten nicht ganz unrecht hat. Ich habe Fehler gemacht, Kelsey, schwerwiegende Fehler.«

Kelsey drehte das Glas in ihrer Hand. »Hast du Dad geliebt, als du ihn geheiratet hast?«

»O ja, sehr.« Einen Moment lang wurden Naomis Augen weich. »Er war so klug und schüchtern. Und so sexy.«

Kelsey kicherte unwillkürlich. »Dad? Sexy?«

»Dieser verträumte Dichterblick, diese ruhige, geduldige Stimme. Die Liebenswürdigkeit. Und seine Tweedjacketts. Ich habe ihn angebetet.«

»Und wann hat das aufgehört?«

»So einfach war das nicht.« Naomi stellte ihr zur Hälfte geleertes Glas ab. »Ich war nicht so geduldig wie er und auch nicht so liebenswürdig. Unsere Träume waren grundverschieden. Als die Schwierigkeiten begannen, war ich dumm genug, keinerlei Zugeständnisse zu machen, mal nachzugeben. Einer meiner Fehler war, daß ich dachte, ich könnte ihn halten, wenn ich ihm beweise, daß ich ihn nicht brauche. Also rannte ich ihm fort. Und ich verlor. Ich verlor Philip, dich und meine Freiheit. Ein sehr hoher Preis für falschen Stolz.«

Als es erneut klingelte, zog sie eine Grimasse. »Sieht aus, als ginge das jetzt so weiter.«

»Ich gehe.« Zum zweitenmal an diesem Nachmittag stand ein unwillkommener Besucher vor der Tür: Lieutenant Rossi.

»Es tut mir leid, daß ich Sie störe, Miß Byden, aber ich muß Ihnen und Ihrer Mutter noch ein paar Fragen stellen.«

»Wir sind im Wohnzimmer. Gibt es neue Ergebnisse?« erkundigte sich Kelsey, als sie vorausging.

»Die Ermittlungen laufen.«

Mit kundigem Blick überflog Rossi den gemütlichen Raum, registrierte die beiden halbleeren Whiskygläser sowie das Milchglas. Naomi erhob sich, als er eintrat. Als Mann bewunderte er ihre Anmut, als Polizist ihre Haltung.

»Lieutenant Rossi.« Obwohl ihre Haut eiskalt geworden war, reichte sie Rossi die Hand. »Setzen Sie sich doch. Möchten Sie eine Tasse Kaffee?«

»Danke, aber für heute ist mein Bedarf gedeckt, Miß Chadwick. Ich habe noch einige Fragen.«

»Natürlich.« Sie hatten immer noch einige Fragen. Naomi nahm wieder Platz und hielt sich so gerade wie möglich. »Wie kann ich Ihnen helfen?«

»Sie waren mit dem Opfer gut bekannt?«

»Ich kannte Mick.« Faß dich kurz, mahnte Naomi sich. Sag nicht mehr als unbedingt notwendig.

»Die letzten fünf Jahre hat er auf Longshot gearbeitet, ist das richtig?«

»Das dürfte stimmen.«

»Er hat auch für den früheren Besitzer, Cunningham, gearbeitet?«
»Eine Zeitlang.«
»Bis er gefeuert wurde«, fuhr Rossi fort, »das war vor ungefähr sieben Jahren.«
»Bill Cunningham ließ Mick gehen, weil er ihn, wenn ich mich recht entsinne, für zu alt hielt. Daraufhin bot mein Trainer Mick einen Job hier auf der Farm an, aber Mick entschloß sich, die Gegend zu verlassen.«
»Meinen Informationen zufolge hat er während dieser zwei Jahre auf den Rennbahnen in Florida gearbeitet.«
»Gut möglich.«
»Hatte er irgendwelche Feinde?«
»Mick?« Einen Augenblick lang war sie nicht auf der Hut. Die Frage erschien ihr zu absurd. »Jeder mochte den alten Mick. Er war eine Art Institution hier, konnte hart arbeiten, hatte ein großes Herz und war ein zäher Bursche. Er hatte keine Feinde.«
»Und doch hat ihn jemand umgebracht.« Rossi hielt inne, fasziniert von Naomis Selbstbeherrschung. »Ein Pferd, dem Mick Gordon als Pfleger zugeteilt war, wurde verletzt. In meinem Bericht steht, daß das Tier eine lange, tiefe Schnittwunde an der linken Flanke aufwies. Ungefähr zwölf Zoll lang.« Er blätterte in seinem Notizbuch, als würde er die Angaben überprüfen. »Die ersten Untersuchungen haben ergeben, daß die Wunde von demselben Messer stammt, mit dem Mick Gordon getötet wurde.«
»Anscheinend hat jemand versucht, das Pferd zu verwunden, und Mick wollte ihn davon abhalten«, warf Kelsey ein. »Moses sagte mir, daß gerade dieses Pferd sehr ruhig und verträglich ist. Es hätte nie nach Mick getreten, wenn es nicht verletzt oder erschreckt worden wäre.«
»Das kann schon sein.« Rossi mußte den Befund der Autopsie abwarten. Erst dann konnte man mit Sicherheit sagen, ob Mick Gordon an der Stichwunde oder den Hufschlägen gestorben war. Er wollte den Fall unbedingt abschließen, egal ob es sich um Mord oder Mordversuch handelte. »Mr. Slaters Pferd trat an diesem Tag gegen Ihres an, Miß Chadwick?«
»Ja, das wäre es, wenn es nicht jemand verhindert hätte.«
»Und Ihr Pferd gewann, nicht wahr?«
Naomi hielt seinem Blick stand. »Um eine Halslänge, wie wir sagen. Die Quoten standen drei zu fünf.«
»Sie und Mr. Slater sind alte Konkurrenten. Wie ich hörte, lieferten

sich im letzten Jahr besonders diese beiden Pferde erbitterte Rennen. Und Mr. Slater hat Sie mehrere Male von der Spitze verdrängt.«

»Double or Nothing ist ein ausgezeichnetes Pferd. Ein Champion, genau wie mein Virginia's Pride. Sie sind sich sozusagen ebenbürtig.«

»Ich selbst verstehe nicht viel von Pferderennen.« Rossi lächelte selbstgefällig. »Aber auch vom Standpunkt eines Laien erscheint es mir logisch, daß es für Sie von Vorteil gewesen wäre ...«, er wedelte mit der Hand durch die Luft, »... dem Glück etwas nachzuhelfen.«

»Das ist eine böswillige Unterstellung, Lieutenant.« Kelsey legte ihrer Mutter beschwichtigend die Hand auf die Schulter. »Vollkommen aus der Luft gegriffen!«

»Das ist keineswegs eine Unterstellung, Miß Byden, nur eine Beobachtung. Manchmal werden Rennpferde absichtlich verwundet, unter Drogen gesetzt oder sogar getötet, um einem Konkurrenten den Weg zu ebnen, ist es nicht so, Miß Chadwick?«

»Skrupellosigkeit und Kriminalität finden sich in allen Lebensbereichen.« Naomi unterdrückte ein Schaudern. Die Augen eines Polizisten registrierten wie ein Sensor sogar die leisesten Anzeichen von Furcht. »Diejenigen, die etwas vom Pferderennsport verstehen, wissen allerdings, daß die meisten Manipulationen bei den Versteigerungen vorkommen.«

»Three Willows hat es nicht nötig, auf solche Methoden zurückzugreifen«, giftete Kelsey. »Und ich habe Ihnen bereits gesagt, daß meine Mutter den ganzen Morgen mit mir zusammen war. Dafür gibt es Dutzende von Zeugen.«

»Vielleicht«, sagte Rossi. »Miß Chadwick, würden Sie als Veteranin des Pferderennsports mir nicht beipflichten, daß ein Besitzer oder Trainer, der die Chancen seines Pferdes verbessern will, vermutlich eher jemanden anheuert, der für ihn die Drecksarbeit macht, als selbst ein Pferd zu verletzen?«

»Vermutlich.«

»Derartige Fragen mußt du nicht beantworten.« Die Unverschämtheit dieses Mannes brachte Kelsey auf die Palme.

»Ich bin sicher, Ihre Mutter kennt ihre Rechte«, meinte Rossi kühl, »und, sie ist mit den Ermittlungen in einem Mordfall wohlvertraut.«

»Beides trifft zu, Lieutenant. Aber ich bin mir auch darüber im klaren, daß die Rechtsprechung nicht immer die Unschuldigen schützt.« Naomis Lippen verzogen sich zu einem kalten Lächeln. »Ich könnte Sie jetzt darauf hinweisen, daß mein Pferd nicht der einzige Konkurrent von Double war und daß Three Willows während der fünfzig Jahre seines Bestehens noch nie wegen einer Regelwidrigkeit belangt werden mußte. Aber ich bin sicher, Sie wissen das bereits. Genau wie ich weiß, daß ein ehemaliger Sträfling immer als erster den Verdächtigungen ausgesetzt ist. Kann ich Ihnen sonst noch irgendwie behilflich sein?«

»Das ist im Augenblick alles.« Was für eine Frau, dachte Rossi und steckte sein Notizbuch weg. Er mußte sich die Zeit nehmen, ihre Akte einmal gründlich zu studieren. »Eins noch, Miß Byden. Sie haben ausgesagt, daß Sie Mr. Slater gestern außerhalb des Stalles trafen und mit ihm zusammen hineingingen, um nach dem Pferd zu sehen.«

»Ja. Er sprach gerade mit seinem Trainer.«

»Danke. Ich finde selbst hinaus.«

»Das ist ja empörend!« Kelsey explodierte im selben Moment, in dem sich die Tür hinter Rossi schloß. »Wie konntest du nur einfach dasitzen und alles schlucken? Er hat dich ja indirekt der Anstiftung zum Mord bezichtigt!«

»Ich hatte es nicht anders erwartet. Und er wird nicht der einzige sein, der diese Möglichkeit in Betracht zieht. Schließlich habe ich mir schon einmal etwas zuschulden kommen lassen.«

»Sei doch nicht so verdammt gelassen!«

»Das bin ich ja gar nicht, aber diese Maske ist alles, was ich habe.« Erschöpft erhob sich Naomi. Was sie jetzt brauchte, war ein ruhiges Zimmer, ein paar Aspirin und die Flucht in den Schlaf. Doch erst einmal blieb sie noch stehen und nahm Kelseys Gesicht in ihre Hände. »Du ziehst die Möglichkeit, daß ich meine Hand im Spiel haben könnte, noch nicht einmal in Erwägung, nicht wahr?«

»Nein.« Die Antwort kam ohne Zögern.

»Dann liege ich falsch«, murmelte Naomi. »Offenbar habe ich doch entschieden mehr als nur meine Maske. Geh zum Reiten, Kelsey, das ist die beste Art, sich abzureagieren.«

Kelsey befolgte diesen Rat, aber der Zorn nagte weiter an ihr. Nach kurzer Überlegung lenkte sie ihr Pferd Richtung Longshot. Dort angekommen, übergab sie Justice' Zügel einem Pfleger und ging zum Haus.

Sie war viel zu aufgewühlt, um daran zu denken, an die Vordertür zu klopfen. So lief sie am Innenpool vorbei und eine kleine Treppe hinauf, die in ein großes Zimmer führte, das angenehm warm war.

Jetzt erst wurde ihr bewußt, daß sie gar nicht wußte, wo sie eigentlich war, und daß sie ihre Befugnisse weit überschritten hatte. Also ging sie nach links, die Diele entlang. Sie würde die Eingangstür suchen, hinausgehen und dann anklopfen. Es sei denn, sie traf vorher auf Gabe.

Zuerst hörte sie die Stimme von Boggs. Weinerliche Töne drangen aus einer angelehnten Tür.

»Er würd' kein großes Brimborium wollen, Mr. Slater. Nichts mit Blumen und Orgelmusik. Wie wir mal zusammensaßen, hat er gesagt, er wollt' eingeäschert werden, und dann soll seine Asche auf der Trainingsbahn verstreut werden, damit er dort bleibt, wo er hingehört. Klingt komisch, find' ich.«

»Wenn er es so wollte, dann machen wir es auch so.«

»Das ist gut. Ich hab' ein bißchen was gespart. Weiß zwar nicht, was so was kostet, aber ...«

»Die Kosten übernehme ich, Boggs«, unterbrach Gabe. »Ich weiß nicht, ob ich heute hiersein würde, wenn Mick nicht gewesen wäre. Wenigstens das möchte ich noch für ihn tun.«

»Ich weiß, daß es nicht wegen Geld ist, Mr. Slater. Vielleicht steht's mir nicht zu, das zu sagen, aber richtig stolz war er auf Sie, der alte Mick. Sagte immer, er hätt' sofort erkannt, was in Ihnen steckt. Ich werd' ihn schwer vermissen.«

»Ich auch, Boggs.«

»Tja, ich werd' dann mal gehen.« Boggs verließ den Raum und errötete leicht, als er Kelsey bemerkte. »Miß«, brummte er, tippte an seine Kappe und eilte hinaus.

Beschämt, ein so offensichtlich privates Gespräch belauscht zu haben, trat Kelsey ein und setzte zu einer Entschuldigung an.

Gabe saß an einem prachtvollen alten Schreibtisch. Durch das hohe, bogenförmige Fenster hinter ihm fiel fahles Sonnenlicht ins Zimmer. Die über zwei Etagen reichende Bibliothek war voller Bücher.

Der Mann, dem sie gehörte, hatte den Kopf in den Händen vergraben.

Kelseys Verlegenheit wurde zu Mitleid, sie flüsterte seinen Namen und ging auf ihn zu. Noch ehe er den Kopf hob, schlang sie die Arme um ihn. »Ich wußte nicht, daß ihr euch so nahestandet. Es tut mir so leid.«

Seit Jahren hatte Gabe keine Trauer mehr empfunden, eigentlich seit dem Tod seiner Mutter nicht mehr. Daher verblüffte ihn die Heftigkeit dieses Schmerzes. »Er war gut zu mir. Ich muß ungefähr vierzehn gewesen sein, als er mich am Kragen packte und aus der Misere zog. Aus irgendeinem Grund interessierte er sich für mich, und so brachte er Jamison dazu, mich einzustellen. Und er sorgte dafür, daß ich auch etwas lernte. Verdammt, Kelsey, er war siebzig. Er hätte friedlich im Bett sterben sollen.«

»Ich weiß.« Sie machte sich los. »Gabe, Rossi war eben da.«

»Ein vielbeschäftigter Mann.« Gabe fuhr sich mit der Hand durchs Haar. »Vor ungefähr einer Stunde ist er noch hier gewesen.«

»Er verdächtigt Naomi, in die Sache verwickelt zu sein.« Als Gabe nichts erwiderte, drängte Kelsey ihn nervös: »Ich muß wissen, ob du das auch glaubst.«

Etwas ruhiger musterte er sie. »Nein. Und du glaubst es auch nicht, wie ich sehe. Rossi hat so seine Ideen. Eine davon ist, daß ich das Ganze arrangiert habe, denn Double or Nothing ist hoch versichert.«

»Eher würdest du dir selbst etwas antun als dein Pferd verletzen.« Kelsey seufzte. »Das ist der andere Grund, warum ich hier bin. Als Rossi mich ausfragte, habe ich gemerkt, daß er auch diese Möglichkeit erwägt. Ich glaube, ich wollte dich warnen.«

»Ich weiß das zu schätzen.« Gabe bewegte seine Schultern, um die verspannte Muskulatur zu lockern. Kelsey, die in ihrer verschmutzten Arbeitskluft dastand und ihn mitleidig betrachtete, trug allerdings schon viel zu seiner Entspannung bei. »Du siehst gut aus.«

»Ja, Schlamm steht mir.«

»Aber nur dir.« Er nahm ihre Hand und spielte mit den Fingern. »Setz dich doch eine Weile auf meinen Schoß.«

Belustigt antwortete sie: »Ist das nun der Start- oder der Zielpfosten, Slater?«

Als Antwort zog er sie nur an sich und hielt sie fest, als sie stolperte. Dann vergrub er sein Gesicht in ihrem Haar, das nach Regen und Frühling duftete. »Das brauche ich jetzt. Du mußt aber still sitzen, Kelsey.«

»Ich bin kein gemütliches Schoßhündchen.«

»Dann mußt du es lernen.« Er knabberte an ihrem Ohrläppchen und freute sich, als er merkte, wie sie erschauerte. »Bist du nur gekommen, um mich vor Rossi zu warnen?«

»Ja.«

Diesmal holte er tief Atem. »Na gut. Aber ich will dich bald hier haben. Ich fange nämlich an zu leiden.«

»Ich habe gedacht, du wärst zäher.« Kelsey legte ihren Kopf an seine Schulter. Sehr angenehm, fand sie, und sehr verlockend. »Ich mache keine Spielchen.«

»Zu schade. Normalerweise gewinne ich nämlich.«

11

»Und du willst ganz bestimmt keine Augenbinde?« Kelsey legte einen Arm um Channing, »oder eine letzte Zigarette?«

Channing nahm seine rotgerahmte Sonnenbrille ab. »Manchmal nervst du ziemlich, Kel.«

»Also wirklich, ich komme mir vor, als ob ich dich ohne seelischen Beistand zu deiner Hinrichtung schicke.«

»Mit Mom werde ich fertig«, er nahm seinen Helm vom Rücksitz der Harley, »und der Prof. ist kein Problem.«

»Und Großmutter?«

Channing schnitt eine Grimasse und stülpte den Helm auf. »An mir prallen sämtliche Giftpfeile seit Jahren ab. Und solange mein brillanter Verstand mich unter den zehn besten meiner Jahrgangsstufe hält, habe ich nichts zu befürchten.«

»Der Schutzschild der Höchstpunktzahl, verstehe.« Darauf hatte sie sich selbst auch immer verlassen. »Was ist mit den Sommerferien?«

»Mom wird sich daran gewöhnen müssen, daß ich nicht immer nur über Büchern hocken kann.«

»Mein Bruder, der Dickkopf.« Grinsend tippte sie mit den Fingern gegen seinen Helm.

»Naomi hat mir für den Sommer einen Job auf Three Willows angeboten.«

»Hier?«

»Channing Osborne, Stallbursche. Hört sich doch gut an. Außerdem mag ich sie.« Channing schwang sich auf sein Motorrad. »Weißt du, eigentlich bin ich nur vorbeigekommen, um zu sehen, ob alles in Ordnung ist. Mir schwebte da so das Bild einer Schlampe vor, mit hartem Gesicht und wüstem Lebenswandel; einen Drink in der einen und eine Fünfundvierziger in der anderen Hand.«

»Gezeichnet von der allmächtigen Milicent«, bemerkte Kelsey trocken.

»Selbst Mom versucht neuerdings, Zwietracht zu säen. Jetzt bildet die ganze Familie eine geschlossene Front gegen dich. Sie sind genauso entschieden gegen deinen Aufenthalt hier, wie sie für deine Heirat mit Wade waren.«

Er drehte sich noch einmal um und warf einen letzten Blick auf das Haus. Mit den grünenden Weiden und dem bunten Farbengemisch der ersten Narzissen und Hyazinthen bot es ein entzückendes Bild.

»Sie ist ganz anders, als man sie darstellt, stimmt's?«

»Das glaube ich auch«, murmelte Kelsey. »Ich bin froh, daß du gekommen bist, Channing, und sie kennengelernt hast.«

»Mann, das waren die tollsten Ferien überhaupt.« Channing beugte sich vor, um seiner Stiefschwester einen Abschiedskuß zu geben. »Ich komme wieder. Wir sehen uns dann in ein paar Monaten.«

»Ich ...« Sie wollte ihm noch sagen, daß sie dann vielleicht nicht mehr hier sein würde, doch der Motor der Maschine lief bereits. Winkend brauste er die Auffahrt hinunter.

Gedankenverloren ging Kelsey zum Haus zurück. Hatte sie sich innerlich bereits zum Bleiben entschieden? Der Monat, den sie mit Naomi locker abgemacht hatte, war nahezu um. Trotzdem hatte keine von ihnen über die Möglichkeit einer Abreise gesprochen.

Und was erwartete sie zu Hause in Maryland, in ihrem gepflegten Apartment? Vorstellungsgespräche, um einen neuen Job zu finden, einsame Mahlzeiten und ab und zu ein gemeinsamer Lunch mit einer Freundin, die sich mitfühlend über ihre Scheidung zeigte, um dann beiläufig zu erwähnen, daß ein Bekannter von ihr auch gerade solo war. Wenn sie wollte ...

Der Gedanke war schon mehr als deprimierend.

Hier hatte sie ihre Arbeit, ein Umfeld, das sie bereits zu lieben begann, führte ein Leben, das ihr zusagte, und kam mit Menschen zusammen, die sie akzeptierten.

Und dann war da noch Gabe.

Sie würde lügen, wollte sie behaupten, daß er sie nicht faszinierte. Seine Stimmungen, die man nie genau einschätzen konnte, reizten sie. Sie mochte seinen Sinn für Humor, seinen Charme und sogar manchmal seine Arroganz.

Seine Persönlichkeit beschäftigte sie. Zum Beispiel seine Trauer um Mick. Allein und verlassen hatte er in der Dämmerung gestanden, während Boggs langsam die Trainingsbahn abgeritten war und die Asche des alten Mannes verstreut hatte. Sie erinnerte sich, daß er wortlos ihre Hand gehalten hatte, voller Vertrauen, daß sie dies Ritual verstand.

Diese Art von Loyalität und Liebe konnte man nicht lernen.

Und doch war er hart und rücksichtslos gewesen, als es galt, beim Pokern ein kleines Vermögen zu gewinnen. Sogar dieser Zug gefiel ihr; die unbekümmerte Leichtigkeit, mit der er das Haus eines anderen Mannes niedergerissen hatte, um sein eigenes dorthin zu bauen.

Dazu kam die körperliche Anziehungskraft, die er auf sie ausübte und die sie bei keinem anderen Mann je zuvor empfunden hatte. Noch nicht einmal bei ihrem Ehemann.

»Kelsey?« Naomi blieb am Treppenabsatz stehen, denn das Mädchen schien ihr so versunken. »Du vermißt Channing wohl schon?«

»Nein, ich dachte gerade an ...« Sie brach mitten im Satz ab und blies sich eine Haarsträhne aus dem Gesicht. »Ach, nichts.« Sie löste sich von diesen Gedanken und schaute Naomi an. Schmal, stark und selbstbeherrscht. »Es war nett von dir, ihm einen Job anzubieten.«

»Na, so ganz uneigennützig war das nicht. Er ist fleißig und wißbegierig, und ich habe ihn gern um mich. Mein Haus steht schon viel zu lange leer.«

»Ich glaube, er möchte gern Tierarzt werden.«

»Das hat er mir erzählt.«

»Das hat er dir erzählt?« Verblüfft sagte Kelsey: »Mir gegenüber hat er diese Pläne nie erwähnt. Nicht ein einziges Mal. Ich dachte immer, er wollte unbedingt Chirurg werden wie sein Vater.«

»Es ist oft leichter, seine geheimen Sehnsüchte einem Außenstehenden anzuvertrauen. Er liebt und bewundert dich sehr, vielleicht hat er Angst, du wärst von ihm enttäuscht.«

»Er könnte mich gar nicht enttäuschen«, sie wurde ungeduldig. »Candace redet seit Jahren davon, daß er die Osborne-Tradition fortführen soll. Ich dachte immer, daß das auch sein Wunsch ist. Warum müssen Eltern ihre Kinder bloß immer in solche Schablonen pressen?«

»Familienehre. Diese vorbestimmten Verpflichtungen finde ich schrecklich.«

Kelsey öffnete kurz den Mund. War das nicht auch der Grund gewesen, weswegen sie Wade geheiratet hatte? Wie oft hatte man ihr versichert, daß er der perfekte Mann für sie sei, solange, bis sie es selbst geglaubt hatte. Gute Familie, hervorragende Zukunftsaussichten, gesellschaftlich hochangesehen. Schließlich war es ihre Pflicht, eine gute Partie zu machen und nicht unter ihrem Stand zu heiraten.

Hatte sie Wade eigentlich jemals geliebt?

»Und wenn man diesen Verpflichtungen nicht nachkommt«, fuhr Kelsey langsam fort, »dann gilt man als Versager. Das wünsche ich Channing wirklich nicht.«

»Er wird tun, was er will. Wie du.«

»Schließlich und endlich.«

»Aber schließlich und endlich kannst du urteilen, wenn du in meinem Alter bist. Kelsey ...« Sie war sich nicht sicher, wie sie beginnen sollte. Ganz beiläufig, sagte sie: »Ich fahre nach Hialeah zum Rennen. Nach allem, was geschehen ist, möchte ich Virginia's Pride nicht aus den Augen lassen.«

»Oh.« Also war nichts mit ihrer letzten gemeinsamen Woche. »Das kann ich verstehen. Wann willst du fahren?«

»Morgen früh. Willst du nicht mitkommen?«

»Nach Florida?«

»Das Schauspiel ist wirklich sehenswert.«

Ebenso vorsichtig wie Naomi nickte Kelsey. »Ich würde gern mitkommen.«

»Wunderbar. Wie wär's, wenn wir uns den Rest des Tages freinehmen?«

Kelsey machte große Augen. In den letzten drei Wochen hatte sie nicht einmal erlebt, daß Naomi sich mehr als eine Stunde freinahm. »Wofür?«

»Wofür wohl?« Naomi lachte. »Zum Einkaufen natürlich. Zu einer Reise gehört vorher ein ausgedehnter Einkaufsbummel.«

Kelseys Augen leuchteten. »Ich hole meine Handtasche.«

In einem schäbigen Hotelzimmer abseits der Route 15 saß Lipsky und stürzte lauwarmen Gin hinunter. Die Eismaschine auf dem Flur hatte ihren Geist aufgegeben. Nicht daß ihn das sonderlich störte. Ob warm oder eisgekühlt, Hauptsache, es handelte sich um Schnaps.

»Glaub mir, früher oder später kommen die auf mich.«

»Da könntest du recht haben. Du wirst nachlässig, alter Freund.« Rich Slater zupfte seine modische Krawatte zurecht. »Ein gepflegtes Äußeres ist schon die halbe Miete, mein Junge.«

»Ich wollt' mich doch bloß um das Pferd kümmern«, jammerte Lipsky und nahm mit der freien Hand seine Zigarette, die in einem angeschlagenen, bis zum Rand mit Kippen gefüllten Glasaschenbecher vor sich hin qualmte. »Wollt' nur dafür sorgen, daß er nicht starten kann, mehr nicht.«

»Allerdings war das nicht dein Auftrag«, erinnerte ihn Rich mit einem Grinsen. »Du solltest nur Augen und Ohren offenhalten, bis du weitere Anweisungen von mir erhältst, weiter nichts.«

»Als ich seinen anderen Gaul in die Mangel genommen habe, hast du nicht so 'n Geschiß gemacht.« Lipskys rotgeränderte Augen funkelten aufsässig. »Da hast du mir noch 'n Hunderter extra draufgelegt.«

»Das hast du ja auch ganz ordentlich gemacht, Fred. Aber ich habe dir damals schon gesagt, du sollst kein Risiko eingehen. Aber ...«, er machte eine wegwerfende Handbewegung, »das liegt ja nun hinter uns. Und Gabes Lieblingspferd wird bestimmt noch eine Woche lang nicht einsatzfähig sein.« Alles fügte sich nahtlos in seinen eigentlichen Plan, die verletzten Pferde und sogar der Mord. Derartige Vorfälle waren Nahrung für die Gerüchteküche und beschäftigten die Behörden. Rich war in großzügiger Stimmung. Er griff in die Tasche. Seinen Glücksbringer, einen silbernen Geldclip in Form eines überdimensionalen Dollarzeichens, trug er ständig bei sich. Am liebsten war es ihm, wenn der Clip vor Geldscheinen nur so strotzte.

Gewöhnlich pflegte er Eindollarnoten zusammenzustecken und einen Fünfziger, und wenn ihm das Glück hold war, legte er sogar einen Hunderter darüber. Da er im Moment geradezu im Geld schwamm, war der Clip mit Hundertern prall gefüllt. Er zupfte einen Schein heraus und legte ihn auf den Tisch.

Lipsky starrte das Geld mit einer Mischung aus Gier und Schuldbewußtsein an. »Ich hätt' doch dem Pfau nie was getan. Keiner hätt' mich je dafür bezahlen können, den alten Mick umzulegen.«

»Ein unglücklicher Unfall.« Rich klopfte ihm beruhigend auf die Schulter.

Lipsky kippte einen weiteren Gin. »Hab' noch nie einen umgebracht. Vielleicht mal 'n paar Leuten 'ne Lektion erteilt, wenn sie's verdient hatten. Aber nie einen kaltgemacht.« Er sah Micks angst- und schmerzverzerrtes Gesicht noch vor sich, die hervorquellenden Augen und dann das Pferd, das sich aufbäumte.

Und er sah das in Strömen fließende Blut, von dem sich die blaue Kappe, Micks Markenzeichen, langsam rot färbte.

Er packte die Flasche und goß sich das Glas randvoll. »Er hätt' eben seine Nase nicht in alles reinstecken sollen.«

»Ausgezeichnet formuliert.« Rich bediente sich gleichfalls. Er haßte es, einen Mann allein trinken zu sehen, sogar wenn es sich um eine so abstoßende Kreatur wie Lipsky handelte. Doch die Zigaretten und das gravierte Feuerzeug hielt er lieber unter Verschluß. »Es ist an der Zeit, den nächsten Schritt in Angriff zu nehmen.«

»Die Polizei wird mir auf die Schliche kommen. An dem Tag haben mich jede Menge Leute auf der Bahn und bei den Ställen gesehen.«

»Du hast dir die Rennen angesehen«, beschwichtigte Rich. »Vollkommen legal. Du bist auf der Bahn bekannt, Fred. Sonst hätten dich die Wachtposten wohl kaum in den Stall gelassen.«

»Ja, ja, und früher oder später wird sich einer dran erinnern, daß ich nicht mehr zurückgekommen bin.« Er drückte seine Zigarette aus, und die Asche verteilte sich über den schmierigen Tisch. »Dann wer'n sie sich dran erinnern, daß ich 'n Messer dabei hatte.«

»Deine Schlußfolgerungen sind bewundernswert. Ich gebe dir den guten Rat, schleunigst das Weite zu suchen. Hau ab, nach Florida, Kalifornien oder Kentucky. Vielleicht nach Mexiko. Da gibt's auch Rennbahnen.«

»Ich denk' ja gar nicht dran, im Ausland zu leben. Ich bin Amerikaner.«

»Ja, ja, der Patriotismus.« Rich prostete ihm zu. »Du bist doch nicht auf den Kopf gefallen, Fred. Sonst hätte ich dich nie auf meine Lohnliste gesetzt. Aber jetzt fürchte ich, daß wir unter diesen Umständen unsere Geschäftsbeziehung beenden müssen.«

»Das kostet aber mehr als 'n Hunderter!«

Richs Lächeln blieb unbewegt, doch seine Augen wurden eiskalt. »Nun, Fred, du willst mir doch wohl nicht die Pistole auf die Brust setzen?«

Die Verzweiflung trieb Lipsky den kalten Schweiß aus allen Poren. »Ich laß' mir nicht den Schwarzen Peter zuschieben. Wenn ich abhauen soll, brauche ich Geld. Scheiße, Rich, ich hab' schließlich für dich gearbeitet. Du hängst da genauso mit drin.«

»So siehst du das also?«

»Ich weiß, daß ich zehntausend Mäuse brauche, um unterzutauchen und die Schnauze zu halten, falls die Polizei mich kriegt. Das ist ja wohl nicht zuviel verlangt, Rich.«

Rich seufzte. So etwas hatte er kommen sehen. »Ich verstehe dich ja, Fred. Ehrlich. Hör zu, ich telefoniere jetzt erst mal und sehe, was sich machen läßt.« Er unterstrich sein aufmunterndes Lächeln durch einen weiteren Klaps auf Lipskys Schulter. »Laß mich mal fünf Minuten allein, ja?«

»Okay. Ich muß sowieso pinkeln.« Lipsky stand auf und torkelte ins Bad.

Rich griff nicht zum Telefon, sondern zog statt dessen eine kleine Ampulle aus seiner Manteltasche. Es war wirklich eine Schande, daß er es sich nicht leisten konnte, auf Lipskys Forderungen einzugehen. Aber selbst wenn er zahlte, würde der Mann singen wie ein Kanarienvogel, sobald die Polizei ihn festnagelte. Das war so sicher wie das Amen in der Kirche, dachte Rich bedauernd, als er die Flüssigkeit in Lipskys Glas schüttete.

»Komm, Fred. Alles geregelt.« Er setzte ein strahlendes Lächeln auf, als Lipsky zurück ins Zimmer schwankte. »Morgen kriegst du dein Geld.«

Erleichtert ließ Lipsky sich auf seinen Stuhl fallen. »Ohne Scheiß, Rich?«

»Sind wir alte Kumpel oder nicht? Typen wie wir halten zusammen.« Er erhob sein Glas. »Auf die alte Freundschaft.«

»Ja.« Vor Dankbarkeit den Tränen nahe hob Lipsky sein Glas an die Lippen. »Ich wußte, daß ich mich auf dich verlassen kann.«

»Hm!« Richs Lächeln wurde böse, als er zusah, wie Lipsky sich buchstäblich zu Tode trank. »Du kannst dich immer auf mich verlassen, Fred.«

Palmen und gestreifte Markisen, strahlender Sonnenschein und üppig blühende Bougainvillea. Männer in weißen Anzügen und Frauen in knappen Sommerkleidern. Das war der perfekte Hintergrund für das große Rennen, das war Hialeah, wo das Rennen stattfand.

In den nahe dem Golfstrom gelegenen Ställen standen die Pferde in ihren Boxen, schnaubten und sogen die Luft ein; Athleten, bereit, sich im Wettkampf zu messen.

Die Atmosphäre war ähnlich wie in Charles Town; Verkäufer riefen die *Daily Racing Form* aus, Buchmacher boten ihre Dienste an, Trainer diskutierten aufgeregt über die Zeiten der Probeläufe. Doch durch das herrliche Wetter hatte diese Veranstaltung eine ganz andere Atmosphäre als die in West-Virginia mit kühler Frühlingsluft.

Kelsey beobachtete amüsiert eine Frau, die auf hohen Pfennigabsätzen einherstakste, und eine junge Stute am Zügel führte. Ihre schulterlangen Straßohrringe glitzerten in der Sonne.

»Wer das sieht, nennt kein Pferd mehr dumm.«

Kelsey blickte zu Gabe auf. »Bitte?«

»Was siehst du, wenn du sie anschaust?«

»Die Stute oder die Frau?«

»Die Stute.«

Gehorsam musterte Kelsey das Pferd, das mit gesenktem Kopf hinter der Frau hertrottete. »Verlegenheit.«

»Korrekt. Das ist Cunninghams Neuerwerbung.«

»Pferd oder Frau?«

»Beide.«

Kelsey lachte schallend. Sie war so froh, daß sie mitgekommen war. Vielleicht lag das an dem schönen Wetter, vielleicht aber auch an dem guten Gefühl, Mitglied einer verschworenen Gesellschaft zu sein.

»Ich hab' schon gehört, daß du auch hier bist, aber ich habe dich beim Training nicht gesehen.«

»Bin erst vor einer Stunde gekommen«, erklärte ihr Gabe. »Wie gefällt dir Miami?«

»Tja, einige der Pfleger haben sich heute morgen beschwert, daß sie nicht schlafen konnten – ein paar Idioten haben offenbar in der Gegend herumgeballert –, und als ich gestern am Strand war, ist mir schmerzlich zu Bewußtsein gekommen, daß ich wohl langsam alt werde, denn ich hatte nicht die geringste Lust, Rollerblades auszuprobieren. Davon mal abgesehen ...«, sie holte tief Luft, »... gefällt es mir hier. Eine wunderschöne Anlage.«

»Echte Insider hegen nicht das geringste Interesse für die Welt außerhalb von Hialeah Park.«

»Ich schon.«

»Du bist ja auch kein Insider«, er blickte auf sie hinunter, »jedenfalls noch nicht.«

Kelsey verzog das Gesicht. Sollte sie die Bemerkung als Kompliment oder als Beleidigung auffassen? Sie entschied sich, das Thema nicht weiter zu verfolgen, und konzentrierte sich auf die Verlierer des ersten Rennens, die gerade zu den Ställen geführt wurden. Die Sieger, das wußte sie, kamen zuerst zum ›Spucknapf‹, wo ihnen Urin- und Speichelproben entnommen und auf Dopingmittel untersucht wurden.

Kelseys Herz blutete, als sie die Verlierer sah, die schwitzend und schlammbespritzt in ihre Boxen gebracht wurden. Wenn sich ein Pferd schon schämen konnte, von einer aufgetakelten Barbiepuppe geführt zu werden, wie sehr mußte es dann erst darunter leiden, wenn es versagte.

»Traurig, nicht wahr?« murmelte sie. »Wie Soldaten, die von der Front zurückkehren. Dieser ganze Aufwand, und in ein paar Minuten ist alles vorbei.«

»Aber die Minuten haben's in sich. Schade, daß du das Florida-Derby verpaßt hast. Da war vielleicht was los! Eine Supershow mit Akrobaten und einem Kamelrennen.«

»Kamele? Wirklich?«

»Wette bloß nie auf ein Kamel.«

Langsam schlenderten sie an den Sattelkammern vorbei. Das zweite Rennen würde gleich beginnen, und Pride war für das dritte gemeldet. Sie wollte Reno noch erwischen, ehe Moses ihn aufs Pferd hob, da sie es sich – beinahe abergläubisch – zur Gewohnheit gemacht hatte, ihm noch Glück zu wünschen, bevor er sein Pferd zur Startbox brachte.

»Gehst du heute nicht zum Wettschalter?« erkundigte sich Gabe.

»Nee. Ich hab' meine Favoriten schon ausgeguckt, Pride im dritten und Three Aces im fünften.« Sie blieb stehen, um bei einem alten Schwarzen eine lauwarme Pepsi zu kaufen. »Ich habe mein eigenes System entwickelt.«

Gabe nahm ihr die Dose aus der Hand, trank einen Schluck und gab sie ihr zurück. »Und wie sieht das aus?«

»Ich verlasse mich auf mein Gefühl.«

»Dabei kannst du aber arm werden.«

Kelsey zuckte die Achseln. »Das Risiko ist es ja gerade, das mich reizt.«

»Verdammt richtig. Komm her.« Sie waren fast am Sattelplatz, wo der Betrieb schon in vollem Gange war.

»Am besten, du denkst gar nicht drüber nach, Slater.« Doch er hatte sie bereits am Pferdeschwanz, der unter ihrer Kappe hervorlugte, erwischt.

»Ich will dich ja nur küssen. Das Risiko ist auf beiden Seiten.«

Ehe die Welt um sie herum versank, meinte Kelsey noch, einige der Pfleger dröhnend lachen zu hören. Sie hatte sich insgeheim schon gefragt, ob jener erste und einzige Kuß nur ein Zufall gewesen war, eine einmalige Erfahrung.

Jetzt wurde sie eines Besseren belehrt.

Sein Mund war unwiderstehlich. Bereitwillig reagierte sie auf seinen Kuß, drückte sich an ihn, wollte mit ihm verschmelzen. Leise stöhnend griff sie in sein dichtes Haar und hielt ihn fest, bis alles um sie wie in einem Nebel verschwamm.

Ich will, war alles, was er denken konnte. Die meiste Zeit seines Lebens hatte er irgend etwas gewollt – eine anständige Mahlzeit, ein sauberes Bett, ein Leben ohne Furcht. Seine Wünsche waren im Lauf der Zeit gewachsen. Später dann wollte er Frauen und Macht – und das Geld, mit dem er sich beides leisten konnte.

Doch noch nie hatte er sich so verzweifelt nach etwas gesehnt, wie er es jetzt nach Kelsey tat. Eine Frau. Eine Nacht. Er würde für eine Nacht mit ihr alles, was er besaß, aufs Spiel setzen.

»Wie lange soll ich noch warten?« flüsterte er an ihren Lippen.

»Ich weiß es nicht«, Kelsey rang nach Atem. »Ich kenne dich doch gar nicht.«

»Doch, das tust du.«

»Vor einigen Monaten wußte ich noch gar nicht, daß es dich überhaupt gibt.« Sie löste sich von ihm und wunderte sich, daß ihre Beine nicht nachgaben. »Ich bin nicht ...« Als sie mit zitternden Händen ihre Kappe zurechtrückte, hörte sie, wie hinter ihnen Beifall geklatscht wurde. »Wir reden später darüber. Ohne Publikum.«

»Gut.« Er fuhr mit den Fingerspitzen über ihre Wange. »Ein bißchen habe ich ja schon erreicht. Man erzählt sich nämlich, daß du unnahbar bist.«

»Daß ich ...« Kelsey knirschte mit den Zähnen. »Also deswegen! Du wolltest damit deinem Ego schmeicheln!«

»Nein. Das war ganz persönlich, Kelsey. Aber es hat funktioniert.«

Wütend trat sie gegen die Dose, die sie bei seinem Kuß fallen gelassen hatte. »Idiot«, murmelte sie, drehte sich auf dem Absatz um und prallte beinahe mit Naomi zusammen.

»Das ist schon sehr komisch«, sagte sie, während Kelsey noch nach Worten rang, »wenn man das beobachtet. Der Vergleich ist vielleicht schlecht gewählt, aber genauso empfinde ich oft, wenn eines meiner Pferde zur Bahn geführt wird. Als ob man sein Kind in den Schulbus steigen sieht. Plötzlich wird dir bewußt, daß es jetzt nicht mehr dein Kind ist und daß man eigentlich kaum etwas von ihm weiß.«

»Das hat er nur getan, um mich zu ärgern.«

Naomi lächelte wissend. »Das glaube ich nicht.« Dann strich sie Kelsey leicht über die Wange. »Durcheinander?«

»Ja.«

Aber sprechen wollte sie darüber sicher nicht. »Möchtest du, daß ich mit Gabe rede? Es wird ihm zwar nicht gefallen, aber er mag mich zu gern, um sich meine Einmischung zu verbitten.«

»Nicht nötig, ich werde schon mit ihm fertig.« Kelsey schaute sich um und blickte in zahlreiche immer noch grinsende Gesichter. »Habt ihr nichts zu tun?« brauste sie auf. »Ihr werdet nicht dafür bezahlt, Maulaffen feilzuhalten!«

Als Kelsey so würdevoll wie möglich zum Sattelplatz schritt, schaute auch Naomi ihr grinsend nach.

Auf der Rennbahn zeigte sich Pride in Hochform und schoß mit einem triumphierenden Leuchten in den Augen mit seinem Jockey

Reno im Sattel ins Ziel. Anfangs hatte er Schwierigkeiten gehabt, sich aus dem Feld zu lösen, dann aber die Führung übernommen und sie mühelos behauptet. Volle drei Längen lagen im Ziel zwischen ihm und dem Zweitplazierten.

»Muß einem reichen Mann gehören«, hörte Kelsey hinter sich.

Das traf zu, dachte sie. Doch Geld hatte in diesem Fall nicht viel mit dieser hervorragenden Leistung zu tun.

Gabe kam beim fünften Rennen zu ihr, und er wirkte so kühl und gelassen, als hätten sie nur gemeinsam ein Sandwich gegessen, statt sich in aller Öffentlichkeit leidenschaftlich zu küssen. »Reno ist fantastisch geritten.«

»Er und Pride sind ein eingespieltes Team.« Sie warf Gabe einen herausfordernden Blick zu: »Das beste am Platz.«

»Wir werden sehen«, murmelte er. »Behalte Cunninghams Big Sheba im Auge und sag mir, was du siehst.«

Stirnrunzelnd beobachtete Kelsey, wie die Pferde in die Startboxen gezwängt wurden. Die große braune Stute zeigte sich nervös und widerspenstig, schlug aus und versetzte ihrem Pfleger einen bösen Tritt.

»Sie steht unter Hochspannung, das ist nichts Ungewöhnliches.« Ihr Blick blieb an Three Aces hängen, der seinen Betreuern gleichfalls zu schaffen machte. »Dein Pferd ist auch nicht gerade die Ruhe selbst.«

»Schau nur genau hin.«

Das Startsignal ertönte, die Pferde stürmten los. Cunninghams Stute übernahm die Führung, ihre langen Beine wirbelten Kaskaden von Schmutz auf. Kelsey kniff die Augen hinter dem Fernglas zusammen. Big Sheba triefte schon nach der ersten Runde vor Schweiß.

»Sie ist schnell.« Sie zuckte zusammen, als der Jockey auf das Tier einschlug. »Warum treibt er sie bloß so an?«

»Er tut, was man ihm gesagt hat.«

Auf halber Strecke begann die Stute etwas nachzulassen, doch das reichte, damit die Verfolger aufholen konnten. Kelsey stiegen die Tränen in die Augen. Big Sheba hatte viel Mut und Willenskraft, doch ihr fehlte es an Ausdauer. Und sie wurde gnadenlos gequält.

Auf der Gegengeraden fiel sie zuerst eine halbe Länge hinter Three Aces zurück, dann eine ganze. Schließlich behauptete sie noch den zweiten Platz mit einer Nasenlänge.

»Das ist unverantwortlich!« Kochend vor Zorn ging Kelsey auf Gabe los. »Dagegen müßte es Vorschriften geben!«

»Vorschriften gibt's genug, aber keine verbietet, ein Pferd über seine Grenzen hinaus zu belasten. Angeblich hat Big Sheba Lungenprobleme. Also weist dieser Idiot seinen Jockey an, sie über die Strecke zu prügeln. Er will um jeden Preis das verdammte Derby gewinnen, und dafür riskiert er sogar sein Pferd.«

»Ich habe ihn bislang nur für einen Angeber gehalten.«

»Ist er auch. Aber ein ehrgeiziger. Er will der Erste sein.«

»Wollen wir das nicht alle?«

»Das schon. Die Frage ist nur, wie weit wir gehen, um das zu erreichen.«

Gabe verließ sie und ging zum Siegerring. Kelsey wandte der Bahn den Rücken zu. Der Glanz war jetzt ganz plötzlich verblaßt.

12

Jack Moser führte ein ordentliches Haus. Gut, einige seiner Gäste mieteten schon mal ein Zimmer nur für eine Stunde, doch das interessierte ihn nicht. Hinter verschlossenen Türen spielte sich immer das gleiche ab, sei es in seinem Hotel oder im Ritz. Im Ritz war der Spaß bloß teurer.

Bei ihm gab es keine Wanzen, er duldete nach Mitternacht keinen Lärm mehr, und er hatte für seine Gäste Kabelfernsehen legen lassen.

Da waren neunundzwanzig Dollar pro Person und Nacht nicht zu teuer. Kinder unter achtzehn Jahren waren frei.

Moser bot seinen Gästen einige Annehmlichkeiten. In den Bädern gab es riesige Badetücher und stets frische Seife. Außerdem lieferte ein nahe gelegenes Schnellrestaurant auch nach sechs Uhr abends und vor zehn Uhr morgens Mahlzeiten ins Haus.

Und wenn er bei Barzahlung die Einnahme nicht immer der Steuer meldete, dann war das seine Sache.

Die Bettwäsche war immer frisch, das Bad desinfiziert, und jede Tür hatte ein sicheres Schloß.

Moser hatte den Sommer am liebsten, denn da hielten meistens Familien an seinem blinkenden ›Zimmer-frei‹-Schild. Und die hatten meistens nur den einen Wunsch, aus dem Auto direkt ins Bett zu fallen. Da brauchte er keine Angst zu haben, daß sie Bierflaschen an die Wand schmissen oder die Laken zerfetzten.

Seit zwölf Jahren beobachtete er nun schon das Kommen und Gehen seiner Gäste und bildete sich viel auf seine Menschenkenntnis ein. Ein Pärchen auf Abwegen erkannte er auf den ersten Blick, und er wußte sofort, wann sich eine Frau vor einem rabiaten Kerl versteckte. Er erkannte die Verlierer und die Vagabunden, und er wußte, wann jemand auf der Flucht war.

Der Gast auf Nummer 22 gehörte seiner Meinung nach in die letzte Kategorie.

Geht mich nichts an, dachte Jack, als er den Hauptschlüssel vom Brett nahm. Der Kerl hatte in bar für drei Nächte im voraus bezahlt. Was kümmerte es ihn, daß er wohl Angst hatte und daß er sich ständig umdrehte, als ob er befürchtete, jeden Moment ein Messer zwischen die Rippen zu bekommen.

Er hatte seine siebenundachtzig Dollar plus Steuer bezahlt und sich seitdem nicht mehr sehen lassen.

Genau das war das Problem. Die drei Tage waren um, und laut Dottie, dem vollbusigen Zimmermädchen, war die Tür noch immer verschlossen und draußen hing: Bitte nicht stören.

Jetzt würde er seinen Gast allerdings stören müssen, dachte Jack, als er über den Parkplatz auf die Reihe einheitlich grauer Türen zuging. Entweder zahlte Nummer 22 die Miete für einen weiteren Tag, oder er würde in hohem Bogen rausfliegen. Bei Jack Moser gab es keinen Kredit.

Zuerst klopfte er laut an die Tür. Er empfand insgeheim immer eine tiefe Befriedigung, wenn er einen Gast zur Ordnung rufen konnte. »Hier ist der Manager«, rief er barsch und sah, wie Dottie ihren Kopf aus Nummer 27 steckte und ihn neugierig musterte.

»Wahrscheinlich ist der stinkbesoffen!« brüllte sie ihm zu.

Seufzend straffte Jack seine Schultern. »Kümmere du dich um deine Arbeit, Dottie. Ich erledige das schon.« Wieder klopfte er und sah nicht, daß sie ihm eine Grimasse schnitt. »Der Manager«, wiederholte er, dann steckte er den Schlüssel ins Schloß.

Der Gestank, der ihm entgegenschlug, traf ihn wie ein Schlag. Sein erster Gedanke war, daß Nummer 22 sich eine Mahlzeit bestellt hatte, die ihm nicht bekommen war, und sein zweiter Gedanke, daß er wohl einen Kanister Lysol benötigen würde, um den Gestank wieder aus dem Zimmer zu vertreiben.

Doch dann konnte er gar nichts mehr denken, als er den aufgetriebenen Körper sah, der über dem Tisch zusammengesunken war.

Von diesem Anblick und dem Gestank betäubt, taumelte er aus dem Raum. Ein Schrei blieb ihm in der Kehle stecken, und er rannte nur weg, rannte sogar noch weiter, als Dottie ins Zimmer 22 huschte und gellend schrie.

Als Rossi ins Motel kam, war die Leiche bereits in einen Plastiksack verpackt worden. Er verdankte es seiner Hartnäckigkeit und einem glücklichen Zufall, daß er überhaupt hier war. Normalerweise wurde er nicht bei jedem verdächtigen oder unnatürlichen Todesfall aufmerksam, aber der Name Fred Lipsky war ihm bekannt vorgekommen. Es war einer der Namen auf seiner Liste, den er noch nicht überprüft hatte.

Jetzt schien er dazu die Chance zu bekommen.

Die Pathologin, Dr. Agnes Lorenzo, packte gerade ihre Sachen zusammen. Rossi nickte der kleinen, stämmigen Frau mit den grau werdenden Haaren zu. »Mrs. Lorenzo.«

»Hallo, Rossi! Ich dachte, das wäre Newmans Fall.«

»Hängt mit einem von meinen zusammen. Wie weit sind Sie?« Er heftete sich seine Dienstmarke an und bahnte sich einen Weg durch die uniformierten Beamten, die man vor der geöffneten Tür postiert hatte.

Der Plastiksack wurde gerade auf eine Trage gehoben. Zum Transport in die Leichenhalle. Verwesungsgeruch hing in der Luft, doch an solche Unannehmlichkeiten hatte Rossi sich längst gewöhnt. Prüfend blickte er sich in dem kleinen Zimmer um, registrierte das ungemachte Bett, die in eine Ecke geworfene Reisetasche, den Schmutz, den die Spurensicherung hinterlassen hatte. Eine fast leere Flasche Gin, ein einzelnes Glas und einen Aschenbecher voller Stummel, Marke Lucky Strike.

»Fragen Sie mich bloß nicht nach der Todesursache«, begann Dr. Lorenzo. »Ich kann Ihnen lediglich sagen, daß der Tod vor zwei bis drei Tagen eingetreten ist. Keine äußeren Verletzungen, keine Anzeichen eines Kampfes.«

»Todesursache?«

»Herzstillstand, Rossi. Wie bei allen.«

Ohne auf die Spitze einzugehen, versuchte Rossi, sich ein Bild von der Situation zu machen. Ein Mann betrank sich. Allein. Warum? Wut? Reue? Angst? Warum mietete sich ein Mann noch in einem billigen Motel ein, wenn er schon woanders eine Unterkunft hatte?

Sollte Lipsky auf der Flucht gewesen sein? Dann hatte er etwas zu verbergen.

Da er auf ihre sarkastische Antwort nicht reagiert hatte, beschloß Dr. Lorenzo, ihm etwas entgegenzukommen. »Er hatte ungefähr dreihundert Dollar in der Brieftasche, dazu eine abgelaufene Kreditkarte. In seiner Reisetasche haben wir eine vier Tage alte Ausgabe der *Daily Racing Form* gefunden, und in seinem linken Stiefel steckte ein Messer.«

Rossi nahm diesen Hinweis begierig auf: »Was für ein Messer?«

»Sechs Zoll lang, dünne Klinge, ziemlich stumpf.«

Das Herz des Polizisten schlug schneller. Die Spurensicherung würde sich das Messer vornehmen, und wenn Blut daran klebte, ob nun von einem Menschen oder einem Pferd, dann würden sie es feststellen. »Wer hat die Leiche gefunden?«

»Der Manager, ein gewisser Moser. Sitzt wahrscheinlich noch in seinem Büro und steht unter Schock.«

»Nicht jeder ist so hart im Nehmen wie Sie, Dr. Lorenzo.«

»Wem sagen Sie das?« Die Pathologin trat ins Freie und ärgerte sich, daß der Verkehrslärm von der Route 15 den herrlichen Frühlingstag störte. Ein Leichnam lag schon auf ihrem Seziertisch, und nun kam noch ein zweiter dazu.

»Ich brauche eine Kopie des Autopsieberichtes.«

»Sie bekommen ihn in zwei Tagen.«

»Vierundzwanzig Stunden. Kommen Sie mir entgegen.«

»Ich komme niemandem entgegen, Rossi.« Sie drehte sich um und stieg in ihr Auto.

»Moment.« Er hielt die Tür fest, bevor sie sie zuschlagen konnte. Drei Jahre kannte er Agnes Lorenzo jetzt und wußte mittlerweile, wie er mit ihr umgehen mußte. »Erinnern Sie sich an den Typen, den Sie letzte Woche untersucht haben? Gordon, Mick Gordon. Alter Mann mit Stichwunde.«

Agnes Lorenzo griff nach einer Zigarette. Schon lange dachte sie nicht mehr darüber nach, wie schädlich Rauchen war. »Der mit dem Schädelbruch, den völlig zerstörten inneren Organen? Ja, ich erinnere mich.«

»Ich glaube, unser toter Freund hier ist dafür verantwortlich.«

Sie stieß eine Rauchwolke aus. Es hatte keine Notwendigkeit gegeben, das Messer näher zu untersuchen, aber an die Wunde erinnerte sie sich. In ihrem Kopf waren Dutzende verschiedener Verletzungen gespeichert.

Langsam nickte sie. »Könnte hinkommen. Okay, Rossi, für Sie schlage ich mir die Nacht um die Ohren, aber ich kann Ihnen nichts versprechen.«

»Danke.« Er schloß die Autotür. Dann ging er ins Büro, um Jack Moser zu verhören.

Zehn Minuten später, nachdem er aus Florida zurückgekommen war, erfuhr Gabe von Lipskys Tod. Für die Presse hatte Dottie, das Zimmermädchen, sich als wahre Goldgrube für Informationen erwiesen.

Die Nachricht von Lipskys Tod in einem Motelzimmer verbreitete sich in Windeseile. In den Ställen wurde von nichts anderem mehr geredet. Gabes Haushälterin, die zweimal die Woche kam, brachte ihm die Zeitung mit der Meldung, als er gerade seine Reisetasche aufs Bett geworfen hatte.

Nackte Wut stieg in ihm hoch, als er den Bericht las. Er hatte sich gerade wieder unter Kontrolle, als Rossi auftauchte.

»Nett, Sie wiederzusehen, Mr. Slater.«

»Lieutenant.« Gabe hielt ihm die Zeitung unter die Nase, ehe er sich hinsetzte. »Wetten, daß Sie gekommen sind, um mit mir darüber zu reden?«

»Gewonnen.« Rossi legte die Zeitung beiseite und machte es sich bequem. »Fred Lipsky hat bis vor einigen Wochen für Sie gearbeitet.«

»Bis ich ihn gefeuert habe, wie Sie wohl wissen. Er war ständig betrunken.«

»Und mit seiner Entlassung ganz und gar nicht einverstanden.«

»Allerdings nicht. Er fing einen Streit an und zog ein Messer, ich schlug ihn nieder und dachte, damit sei die Sache erledigt, was sich aber als Irrtum herausstellte.« Gabes Gesicht blieb unbewegt. »Wenn ich geahnt hätte, was er mit diesem Messer noch alles anrichtet, wäre er nicht so billig davongekommen.«

»Äußern Sie solche Drohungen nie einem Polizisten gegenüber, Mr. Slater. Die Presse hat zwar noch keinen Wind davon bekommen, aber das Messer, das wir bei Lipsky gefunden haben, ist dieselbe Waffe, mit der Mick Gordon getötet wurde. Wir haben leider keine Zeugen, die Lipsky am Tatort gesehen haben, aber wir haben die Waffe und das Motiv – Rache.«

»Somit ist der Fall abgeschlossen«, faßte Gabe zusammen.

»Einige Ungereimtheiten gibt es da noch. Wie gut kannten Sie Lipsky?«

»Nicht gut. Ich habe ihn quasi zusammen mit der Farm übernommen.«

Diese Auskunft entlockte Rossi ein Lächeln. »Interessante Beschreibung.«

»Als ich die Farm übernahm, stellte ich es jedem, der wollte, frei zu bleiben. Keiner der Angestellten sollte darunter leiden, daß Cunningham ein miserabler Pokerspieler war.«

Aufmerksam tippte Rossi mit seinem Bleistift gegen das Notizbuch. »Diese Geschichte entspricht also der Wahrheit. Ich muß wohl nicht erwähnen, daß sich ein derartiger Handel hart an den Grenzen der Legalität bewegt?«

»Das müssen Sie nicht«, stimmte Gabe zu.

»Ich werde noch einmal mit Ihrem Trainer und Ihren Männern sprechen. Es würde mich interessieren, ob jemand, der Lipsky kannte, ihm einen Selbstmord zutrauen würde.«

»Sie glauben, Lipsky hat sich umgebracht?« Gabe spürte, wie die Wut erneut in ihm hochstieg. »Warum denn? Aus Schuldgefühl? Reue? Unsinn, Lieutenant, eher hätte er auf dem Broadway getanzt, als sich einen Lauf in den Mund zu stecken oder einen Strick um den Hals zu legen.«

»Sie sagten, sie kannten ihn nicht gut, Mr. Slater.«

»Das ist wahr, aber ich kenne den Typ.« Er war unter Menschen von Lipskys Schlag aufgewachsen. »Die geben jedem die Schuld, nur nicht sich selbst. Und sie hoffen immer auf einen Ausweg. Sie saufen, sie betrügen, wo sie nur können, und sie haben eine große Klappe. Aber sie bringen sich nicht um – nie.«

»Eine interessante Theorie.« Rossi hatte sie sich auch schon selbst zurechtgelegt. »Allerdings hat sich Lipsky weder mit einem Revolver erschossen noch sich aufgehängt. Er hat einen tödlichen Cocktail aus Gin und Acepromazin getrunken. Wissen Sie, was das ist?«

Gabes Stimme klang betont gleichgültig: »Man benutzt es, um Pferde einzuschläfern. Es ist ein starker Tranquilizer.«

»So hat man es mir erklärt. Komisch, ich dachte immer, daß ein Pferd erschossen wird, wenn es sich das Bein gebrochen hat.«

»Das ist ein Irrtum«, erwiderte Gabe trocken. »Auch bedeutet nicht jeder Bruch gleich das Aus. Heutzutage kann man da viel tun. Oft können die Pferde sogar wieder an Rennen teilnehmen oder zur Zucht verwendet werden. Erst wenn gar nichts mehr zu machen ist, gibt der Tierarzt ihm eine Spritze. Die Tiere sollen nicht leiden.«

»Bewahren Sie das Zeug hier im Haus auf oder im Stall?«

»Nur der Tierarzt wendet es an, wie ich schon sagte. Niemand schläfert ein Pferd nur so zum Spaß ein.«

»Das glaube ich gern, da ginge ja ein Haufen Geld zum Teufel.«

»Allerdings«, stimmte Gabe kühl zu. »Haben Sie so etwas schon mal gesehen?«

»Nein.«

»Das Pferd stolpert auf der Bahn und stürzt. Der Jockey fliegt in hohem Bogen durch die Luft. Plötzlich wird es totenstill, und von überall her strömen Leute herbei, egal, ob sie etwas damit zu tun haben oder nicht. In diesem Augenblick ist es jedermanns Pferd. Dann wird der Tierarzt gerufen, und wenn dieser überhaupt nicht mehr helfen kann, schläfert er das Tier ein – aber abgeschirmt von der Menge.«

»Haben Sie auf diese Weise schon einmal ein Pferd verloren?«

»Erst einmal. Vor ungefähr einem Jahr während des morgendlichen Trainings. Dieses Training ist viel gefährlicher als das eigentliche Rennen, weil der Reiter und die Crew viel entspannter sind und deswegen nicht so aufpassen.« Nur zu gut konnte sich Gabe an den Unfall erinnern und an seinen hilflosen Zorn.

»Es war eine bildschöne junge Stute, Queen of Diamonds hieß sie. Der verantwortliche Pfleger weinte wie ein Kind, als alles vorbei war. Das war Mick.« Gabe hätte am liebsten die Fäuste geballt, hielt sich aber zurück. »Wenn jemand Lipsky auf dieselbe Art ins Jenseits befördert hat, wie man ein Pferd einschläfert, dann ist er leichter zur Hölle gefahren, als er's verdient hat.«

»Haben Sie etwas gegen den Mann, Mr. Slater?«

»Ja, Lieutenant.« Gabe wich Rossis Blick nicht aus. »Doch wenn Sie mich fragen, ob ich Lipsky getötet habe, sage ich nein.«

»Wissen Sie was, Mr. Slater? Ich mag Sie.«

»Tatsächlich?«

»Tatsächlich.« Rossi schenkte ihm eines seiner seltenen Lächeln. »Einige Leute weichen allen Fragen aus, andere stottern herum, wieder andere winden sich wie die Aale. Sie tun nichts von alledem.« Rossi entfernte einen Fussel von seinem Hosenbein. »Sie haben diesen Kerl gehaßt und geben offen zu, daß sie gern mit ihm abgerechnet hätten, wenn Sie die Gelegenheit dazu bekommen hätten. Deshalb glaube ich Ihnen.« Er erhob sich. »Nun kann es trotzdem sein, daß Sie mich an der Nase herumführen. Aber ich würde auf jeden Fall herausfinden, wenn Sie dem Motel einen kurzen Besuch abgestattet haben.« Nachdenklich musterte er Gabe. »Doch das halte ich für unwahrscheinlich. Ein Blick durch den Spion, und Lipsky hätte sich in seinem Zimmer verschanzt. Haben Sie was dagegen, wenn ich jetzt mit Ihren Männern spreche?«

»Nicht das geringste.« Gabe blieb sitzen, Rossi kannte den Weg. Er schloß die Augen und versuchte, sich zu entspannen.

Er gab Rossi eine Stunde, ehe er selbst zu den Ställen ging. Gerüchte und Vermutungen, die ein derartiger Todesfall unweigerlich mit sich brachte, lagen in der Luft. Die Männer unterbrachen ihre Gespräche, sobald sie Gabe bemerkten, und bemühten sich, einen beschäftigten Eindruck zu machen.

Jamison redete mit Matt über den verletzten Hengst.

»Die Entzündung ist weg«, sagte Matt gerade, »und die Wunde heilt gut. Wir werden einmal am Tag den Verband wechseln und ihm weiter ein Antiseptikum geben.«

»Behält er eine Narbe zurück?«

Matt nickte und begutachtete die lange Schnittwunde. »Höchstwahrscheinlich.«

»Eine gottverdammte Schande.« Jamison griff nach einer Spritze, um die Wunde anzufeuchten. »So ein Prachtpferd wie dieses!«

»Das hebt sein Ansehen«, kommentierte Gabe, packte Double am Halfter und strich ihm so liebevoll über den Kopf, wie ein Mann sonst nur eine Frau liebkost. Der Hengst reagierte auf diese Geste, indem er Gabe spielerisch anstupste. »Kampfspuren«, brummte Gabe. »Sie werden seine Leistung nicht beeinträchtigen. Wann kann man ihn wieder reiten?«

»Nicht so hastig!« Matt sprang zur Seite, als Double nach seiner Schulter schnappte. Die Zähne verfehlten ihr Ziel nur knapp. »Der muß mich immer ärgern. Am liebsten würdest du mich zum Abendbrot verspeisen, was, Freundchen?« Er gab dem Hengst einen gutmütigen Klaps auf den Hals, nachdem er sich vergewissert hatte, daß Gabe ihn festhielt. »Er wird in Kentucky starten können, Gabe. Ich wette ja nicht, sonst würde ich ein paar Dollar auf ihn setzen.«

Gabe nahm Matts Diagnose zur Kenntnis und wandte sich an seinen Trainer: »Jamie?«

»Ich habe ein neues Trainingsprogramm für ihn ausgearbeitet. Wir müssen es mal versuchen.«

»Das wär's dann wohl. Hat Rossi mit dir gesprochen?«

Jamisons Augen funkelten grimmig, als er einen neuen Verband anlegte. »O ja, der war hier und hat eine Menge Fragen gestellt. Alle hat er durcheinandergebracht. Peterson nahm an, daß eine Gangsterbande dahintersteckt. Kip dachte, es sei eine Frau. Lynette wollte sich das nicht bieten lassen und hat ihm ordentlich die Leviten gelesen. Jeder ergreift in irgendeiner Weise Partei.«

»Keiner hält es für Selbstmord?«

Jamison warf Gabe einen vielsagenden Blick zu und trat aus der Box: »Keiner, der ihn kannte.«

»Er hätte sich das Gift besorgen können«, gab Matt zu bedenken.

»Er kannte die Wirkung und hat sicher auch damit gerechnet, daß er seiner gerechten Strafe nicht entgeht.«

»Ein Typ wie Lipsky hätte auf jeder Rennbahn untertauchen können.« Jamison schaute zu dem Pferd. Er versorgte Doubles Wunden selber, gewissermaßen als Buße für seine Mitschuld. »Ich hätte den Kerl schon vor Monaten feuern sollen, dann wäre das alles nicht passiert, und Mick würde auch noch leben.«

»Das ist nicht mehr zu ändern«, meinte Gabe, »aber der Fall ist noch nicht abgeschlossen. Es bleibt die Frage, wer Lipsky seinen letzten Drink gegeben hat.«

»Weißt du, was ich Rossi gesagt habe?« Matt kratzte sich beim Hinausgehen am Kinn. »Es muß jemand gewesen sein, der etwas von Pferden versteht und Zugang zu den Medikamenten hat.« Er lächelte gequält. »Was den Kreis der Verdächtigen auch nicht einschränkt.«

»Wir alle gehören dazu.« Gabe sah, wie Matts Kinnlade herunterfiel. »Und Hunderte andere Personen. Danke fürs Vorbeikommen, Matt.«

Matt schluckte nervös: »Keine Ursache. Ich schau' in ein paar Tagen noch einmal nach ihm. Jetzt, äh, werde ich mal nach Three Willows fahren.«

»Ach ja?« Gabe sah Matt fragend an und zündete sich lässig eine Zigarre an. »Gibt es dort ein Problem?«

»Nein, nein. Ich wollte nur ... nun ja ...«

Gabe lächelte leicht, und seine Anspannung ließ etwas nach. »Sie ist ein erfreulicher Anblick, was?«

Matt wurde rot. »Allerdings. Channing glaubt, daß sie noch eine Weile hier bleibt.« Er hatte sein Bestes getan, um Channing auszuhorchen, aber der junge Mann war entweder sehr diskret oder sehr zurückhaltend, wenn es um seine Stiefschwester ging.

»Oh, ich denke schon, daß sie noch bleiben wird.« Dafür würde er sogar persönlich sorgen. »Und du darfst sie anschauen, soviel du willst.« Er legte Matt einen Arm um die Schulter, als er ihn zum Auto begleitete. »Daraus kann dir niemand einen Vorwurf machen. Aber nicht anfassen, Doc!«

Während Matt noch nach einer Antwort suchte, öffnete Gabe ihm schon die Autotür. »Sie gehört mir«, sagte er nur.

»Was, du ...«, puterrot im Gesicht brach Matt ab, »das wußte ich nicht. Kelsey hat nie ... Ich habe nie ...«

»Wenn ich das angenommen hätte, wäre es dir schlecht ergangen«, unterbrach ihn Gabe freundlich, aber die Warnung in seinen

Augen war nicht zu übersehen. »Grüß Kelsey von mir, wenn du sie siehst.«

»Mach' ich.« Matt hatte es plötzlich eilig. »Aber weißt du, vielleicht sollte ich lieber nach Hause fahren. Ein Berg Papierkram wartet auf mich.«

»Dann will ich dich nicht länger aufhalten.« Gabe trat zurück und sah dem davonfahrenden Wagen grinsend nach.

»Du hast dem Jungen eine Todesangst eingejagt.« Jamison steckte sich eines seiner geliebten Kirschbonbons in den Mund.

»Ich habe ihm nur Ärger erspart.«

»So kann man's auch nennen.« Jamison ließ sein Bonbon auf der Zunge zergehen. »Weiß sie, daß du ein Auge auf sie geworfen hast?«

Gabe stieß eine Rauchwolke aus und dachte an Kelseys Reaktion auf den Kuß in aller Öffentlichkeit. Er hatte das mit voller Absicht getan. »Sie hat ein kluges Köpfchen.«

»Gerade die klugen Frauen machen einem Mann die meisten Schwierigkeiten.«

»Ich habe schon lange keine derartigen Schwierigkeiten mehr gehabt.« Und er hatte auch nicht gewußt, wie sehr er sich danach sehnte. »Vielleicht fahre ich mal rüber, um mir welche einzuhandeln.« Die Ablenkung würde ihm guttun, dachte er und musterte seinen Trainer genauer.

Matt und Double hatten ihn zu sehr in Anspruch genommen, daß er die Furchen der Erschöpfung in Jamies Gesicht und die Schatten unter seinen Augen erst jetzt bemerkte. »Du siehst mitgenommen aus, Jamie.«

Er hatte die letzten Nächte schlecht geschlafen und seit dem Mord an Mick kaum einen Bissen hinunterbringen können.

»Mir geht vieles im Kopf herum.«

»Über eins brauchst du nicht mehr nachzudenken, für Micks Tod bist du in keiner Weise verantwortlich.« Als Jamison nur trübe ins Leere starrte, ließ Gabe seine Zigarre fallen und trat sie aus. Der Ausdruck in Jamisons Augen verstärkte seine eigenen Schuldgefühle nur noch. »Okay, du hast mangelnde Menschenkenntnis bewiesen, indem du ihn weiter beschäftigt hast. Ich allerdings auch, indem ich ihn vor aller Augen rausgeschmissen habe. Das könnte der Auslöser gewesen sein.«

»Ich sehe Mick immer wieder vor mir, wenn ich die Augen schließe.« Jamisons Stimme klang gepreßt. »Wie er ausgesehen haben muß, als Lipsky und das Pferd mit ihm fertig waren. Das hätte nie passieren dürfen, Gabe.« Er seufzte. Darauf gab es keine Antwort, das wußte er. »In dreieinhalb Wochen findet das Derby statt. Double muß bis dahin in Form sein, und es ist mein Job, ihn soweit zu bringen. Aber immer, wenn ich ihn ansehe, muß ich daran denken, wie stolz Mick darauf war, ihn zu betreuen.«

Ohne etwas zu erwidern, blickte Gabe über die Hügel. Das war seine Heimat. Das Derby bedeutete ihm mehr als nur ein bloßes Rennen. Für ihn war es wie ein Heiligtum, nach dem er sein ganzes Leben lang gesucht hatte.

Und jetzt, nach vielen Kämpfen und Anstrengungen, nach fünf Jahren harter Arbeit, hatte er dieses Ziel beinahe erreicht.

»Double muß starten, Jamie. Wenn du nicht mit ihm arbeiten kannst, teile ich ihn Duke zu.« Duke Boyd, der Assistenztrainer, war ein kompetenter Mann, das wußten sowohl Gabe als auch Jamison. Doch ihm fehlte jene besondere Gabe, die Jamie in die Wiege gelegt worden war. »Er muß für Churchill Downs in Form gebracht werden, egal wie.«

»Ich werde meinen Job machen«, entgegnete Jamison und rieb sich die Augen.

»Du mußt mit deinem ganzen Herzen dabeisein.«

Jamison ließ die Arme sinken. »Das bin ich auch, verdammt noch mal. Mit Leib und Seele.«

Er wandte sich ab und ging entschlossen zum Stall zurück.

Kelsey wußte, daß es ein Fehler war, sich in ein Pferd zu verlieben. Doch in diesem Punkt ließ sie ihr Verstand im Stich. Sie liebte die Fohlen auf ihren staksigen Beinchen genauso wie die älteren Tiere, und ihre Gesten der Zuneigung wurden nur ein einziges Mal mit einem Tritt erwidert.

Vielleicht lag es daran, daß sie diesen Zwischenfall mit Gelassenheit hingenommen, sich hochgerappelt und sich nur den Staub abgeklopft hatte, jedenfalls intensivierte Moses von da an ihre Ausbildung.

Ihm gefiel ihr Stil und die Art, wie sie mit den Pferden umging. Mehr noch gefiel ihm aber, wie die Pferde auf sie reagierten.

Dennoch registrierte er zufrieden, daß Kelsey nervös und neugierig war, als er sie in den Jährlingsstall mitnahm. Er hatte die Angelegenheit mit dem Betreuer der Tiere besprochen, und gemeinsam hatten sie diese spezielle Stute ausgesucht. Das kleine lebhafte Tier wog ungefähr siebenhundertfünfzig Pfund.

Das goldene Dämmerlicht ergoß sich über das kastanienbraune Fell der Stute und ließ es aufflammen. Benommen blieb Kelsey stehen. Sie fand, daß sie noch nie in ihrem Leben etwas Schöneres gesehen hatte.

»Sie hat Mut und Charakter«, erklärte Moses, der einem Betreuer half, die Stute zu beruhigen, als sie gesattelt wurde. »Deshalb hat Naomi sie auch Honor genannt. Naomi's Honor.«

Die Stute stupste Moses hart mit dem Kopf an; ein Stoß, den er bis in die Schulter spürte. Energisch zog er an den verkürzten Zügeln und fuhr fort:

»Du wirst die erste sein, die auf ihrem Rücken sitzt. Jetzt bild dir bloß nicht ein, sie würde sich von ihrer besten Seite zeigen. Sie ist an ihre Freiheit gewöhnt, also wissen wir nicht, was wir zu erwarten haben. Außerdem ist sie viel stärker als du.« Er betrachtete die schmale Gestalt in der gepolsterten Jacke. »Du mußt sie überlisten.« Er strich dem Jährling über das Fell, vom Hals bis zum Widerrist, »und du mußt sanft mit ihr umgehen.«

Seine Wahl war auf Kelsey gefallen, denn nur wer Pferde liebte, konnte erfolgreich mit ihnen arbeiten.

Im Stall herrschte Stille. Moses sprach so leise, als seien sie in einer Kirche. Er schnalzte mit der Zunge und bedeutete Kelsey, näher zu kommen und den Kontakt zu dem Jährling herzustellen.

Ihr Herz pochte so laut und heftig, daß sie meinte, es würde die junge Stute erschrecken. Sie bewegte sich langsam und berührte das Tier liebevoll. Flüsternd sprach sie auf Honor ein und beobachtete, wie sich ihre Ohren beim Klang ihrer Stimme aufstellten.

»Du bist ja eine richtige Schönheit, Honor. Ich kann's kaum erwarten, mit dir zu reiten. Wir beide werden schon Freunde werden.«

Der Jährling schnaubte zurückhaltend und legte die Ohren an, als Moses ihm das Zaumzeug über den Kopf streifte.

»Ganz ruhig«, murmelte Kelsey. »Keiner tut dir was. Es dauert gar nicht lange, dann bist du die absolute Königin. Ich wette, das fühlt sich eigenartig an.« Sie sprach weiter beruhigend auf das Tier ein, während Moses den Sattelgurt festzog. »Du solltest mal eine enge Jeans anziehen, die ist mit Sicherheit unbequemer als dieser lächerliche kleine Sattel.«

»Ich helfe dir jetzt hoch. Denk dran, was ich dir gesagt habe!« warnte Moses.

»Ja.« Sie holte einmal tief Atem. »Noch sitze ich nicht im Sattel. Erst muß ich aufsteigen.«

»Richtig. Damit machst du ihr klar, was von ihr erwartet wird. Langsam jetzt. Und vergiß nicht, wo die Tür ist, falls du ganz schnell hier raus mußt.«

Der Gedanke an diese Möglichkeit ließ Kelsey noch einmal tief durchatmen, ehe sie ihr Knie und ihr Schicksal in Moses' Hand legte.

Der Jährling bockte überrascht und wütend, als Kelsey sich in den Sattel schwang. Sie spürte die heftige Bewegung und versuchte, einfach nicht daran zu denken, wie man sich fühlt, wenn man auf dem Boden liegt und ein mehrere hundert Pfund schweres aufgeregtes Pferd über sich hat. Sie folgte den Anweisungen von Moses und ihrem eigenen Instinkt, richtete sich auf und verlagerte ihr Gewicht auf Sattel und Steigbügel.

Honor tänzelte, schlug nach hinten aus und versuchte, sich in die richtige Position für einen Tritt gegen Moses zu bringen. Sofort beugte Kelsey sich vor und flüsterte der Stute beschwichtigend ins Ohr.

»Ganz ruhig. Du willst doch nicht, daß dich alle für ein gewöhnliches Pferd halten?«

Aber auch sie konnte nicht zaubern. Die Stute beruhigte sich beim Klang ihrer Stimme nicht gleich, aber nach einigen weiteren widerspenstigen Bewegungen stand sie still.

»Sie mag mich«, verkündete Kelsey.

»Sie überlegt, wie sie dich am besten abwerfen kann.«

»Nein.« Kelsey grinste auf Moses hinunter. »Sie mag mich.«

»Das werden wir ja sehen.« Moses wartete, bis Kelsey fest im Sattel saß. »Gut so. Jetzt an die Arbeit.«

Wie Moses treffend bemerkte, war diese Arbeit zunächst ein Kinderspiel. Kelsey würde nur im Sattel sitzen müssen, während ein Ausbilder Honor auf der Jährlingsbahn herumführte, deren hohe Mauern Pferd und Reiter nach außen abschirmten.

Hatte sich die Jährlingsstute erst einmal an das Gewicht des Reiters gewöhnt, nahm der Betreuer sie an die Longe, und dann war es schließlich an Kelsey, sie zu lenken.

So würden sie zusammen lernen.

»Wie macht sie sich denn?« wollte Naomi wissen, als sie sich zu ihnen gesellte.

»Wie man es von ihr erwartet. Sie ist schließlich eine Chadwick.« Moses nahm ihre Hand und streichelte sie, eine seiner seltenen öffentlichen Zärtlichkeitsbekundungen. »Ich hatte eigentlich damit gerechnet, daß du dich selbst davon überzeugst.«

»Ich war zu nervös.« Naomi schaute, wie Kelsey den Jährling unter

Kontrolle brachte. »Sie ist jetzt seit einem Monat hier, Moses, und sie hat noch kein Wort über ihre Abreise verloren.« Sie hakte die Daumen in die Hosentaschen. »In den letzten Wochen ist so viel Unerfreuliches geschehen, daß ich beinahe jeden Tag gefürchtet habe, sie würde ihre Sachen packen und gehen.«

»Du siehst eben nicht richtig hin, Naomi.« Moses lächelte nachsichtig, als Kelsey kurz ihre eigentliche Aufgabe vergaß, sich vorbeugte und ihr Gesicht an der weichen Mähne des Jährlings vergrub. »Sie wird nirgendwo hingehen.«

Auf Moses' Kommando zügelte Kelsey die Stute und ritt langsam auf die beiden zu. »Sie ist wundervoll!«

»Ja.« Naomi empfand einen solchen Stolz, daß es sie selbst erschreckte. Sie hob eine Hand, um die Stute zu streicheln, dann fuhr sie mit den Fingerspitzen zart über Kelseys Wange und sagte: »Ihr paßt großartig zusammen.«

»Ich fühle mich auch großartig.« Nachdem Moses Honor mit einer Möhre belohnt hatte, streckte Kelsey die Hand aus: »Hab' ich mir nicht auch eine verdient?«

»Na ja. Ich will mal nicht so sein.«

Kelsey biß herzhaft in die Möhre. »Jetzt, wo ich keine Angst mehr habe, fängt die Sache an, mir Spaß zu machen.« Sie klopfte Honor auf den Hals und betrachtete sie verzückt. »Kann ich morgen wieder mit ihr arbeiten, Moses?«

»Und übermorgen auch«, sagte er. »Du bist ab sofort für sie verantwortlich.«

»Wirklich?« Am liebsten wäre sie ihm um den Hals gefallen, aber sie begnügte sich damit, ihn strahlend anzulächeln. »Ich werde dich nicht enttäuschen.«

»Wenn du das tust, kürze ich deinen Lohn.«

Jetzt grinste sie: »Ich kriege ja gar keinen.«

»Du stehst seit zwei Wochen auf der Lohnliste.« Da Kelsey ihn nur entgeistert anstarrte, zwinkerte Moses ihr zu. »Freitag bekommst du deinen ersten Scheck.«

»Das ist wirklich nicht nötig. Ich …«

»Du tust deine Arbeit und bekommst dein Geld dafür«, erwiderte Moses bestimmt. Schließlich war er für die Lohnbuchhaltung verantwortlich. »Natürlich fängst du ganz unten an. So wie du damals, Naomi.«

»Niedrigste Stufe.« Naomi verzog das Gesicht. »Mein Vater bestand darauf, daß ich mir jeden Penny – und ich bekam wirklich nur einen Hungerlohn – auch verdiente. Er war der Ansicht, daß ich später mein Erbe mehr zu schätzen wüßte. Und er hatte recht.«

Kelsey überlegte. Wahrscheinlich war es am besten, wenn sie ihre Beziehung auf rein geschäftlicher Ebene hielten. »Wie hoch ist denn der Hungerlohn?«

»Du kommst auf ungefähr zweihundert pro Woche«, erklärte Moses.

Kelsey hob die Brauen. »Und wann kriege ich eine Lohnerhöhung?«

Lachend trat Naomi näher. »Du hättest meinem Vater gefallen.« Sanft streichelte sie Honors Hals. »Sie mag dich.«

Kelsey warf Moses einen triumphierenden Blick zu. »Was habe ich gesagt?«

»Ich habe dreiundzwanzig Geburtstage versäumt.« Naomis eigenartiger Ton ließ Kelsey aufhorchen. »Und dreiundzwanzig Weihnachtsfeste. Also gibt es viel nachzuholen.« Äußerlich ruhig, doch innerlich aufgewühlt, sah sie ihrer Tochter in die Augen. »Damit könnte ich jetzt anfangen, wenn du mich läßt. Möchtest du sie haben?«

»Sie haben?« Überwältigt starrte Kelsey ihre Mutter an. »Honor? Du willst mir Honor schenken?«

»Ich möchte gern, daß du sie annimmst. Ohne jede Verpflichtungen. Es dürfte zwar fast unmöglich sein, ein Pferd in einem Apartment zu halten«, fuhr sie betont gelassen fort, »aber sie kann ja hierbleiben, solange du willst, und Moses kann sie weiter ausbilden. Aber sie gehört dir, wenn du magst.«

Voll widersprüchlicher Gefühle stieg Kelsey langsam ab. Ihre Hände umklammerten die Zügel, und sie fühlte den warmen Atem der Stute in ihrem Nacken.

»Ich nehme sie furchtbar gern. Danke!«

»Das freut mich. Ich muß zurück, hab' eine Verabredung zum Lunch.«

Kelsey blieb unschlüssig stehen, dann drückte sie plötzlich Moses die Zügel in die Hand und lief hinter ihrer Mutter her, die mit weitausgreifenden Schritten davoneilte. Als sie Naomi erreicht hatte, tat sie etwas, was ihr auf einmal die natürlichste Sache der Welt zu sein schien: Sie küßte sie.

»Danke«, wiederholte sie, und Naomi umarmte sie fest und innig.

»Tut mir leid«, murmelte Naomi dann, als ob es ihr leid täte, und ließ sie rasch los. »Ich werde sofort die Besitzurkunde umschreiben lassen. Bin spät dran«, fügte sie hinzu, mühsam ihre Gefühle beherrschend, und lief davon.

Kelsey stand hilflos da, blickte ihr nach und wünschte, sie könnte diese Frau, die ihr das Leben geschenkt hatte, verstehen.

»Ich weiß nicht, was ich machen soll!«

»Du machst es genau richtig.« Moses übergab ihr die Zügel. »Und jetzt geh und versorge dein Pferd.«

13

Die Tage flogen schnell dahin. Kelsey hatte ein eigenes Pferd, eine vielversprechende Romanze mit einem faszinierenden, wenn auch unberechenbaren Mann und eine Mutter, die ihr nahestand und die sie allmählich zu lieben begann.

Das hatte sie nicht erwartet. Naomi zu respektieren vielleicht, denn mit einer Frau wie Naomi so eng zusammenzuleben, ließ die widersprüchlichsten Gefühle entstehen.

Ihr blieb jedoch nicht viel Zeit, um lange darüber nachzugrübeln. Die Eröffnung des entscheidenden großen Derbys rückte näher, und sowohl auf Three Willows als auch auf Longshot ging es zu wie in einem Taubenschlag.

Obwohl sie es nie zugegeben hätte, sah Kelsey im Geiste schon Honor als Sieger aus vielen Derbys hervorgehen. Heute würden sie beide einen wichtigen Schritt in diese Richtung tun.

Draußen auf dem Übungsplatz von Three Willows hatte man eine originalgetreue Startbox aufgebaut. Obwohl sich der eisige Griff des Winters langsam lockerte, war die Luft noch kühl. Kelsey zupfte nervös an ihrer Jacke und hoffte, daß sich ihre Anspannung nicht auf Honor übertrug.

Ein Vollblut ist der geborene Renner, erinnerte sie sich. Die heutige Übung war nur dazu gedacht, Honor mit den äußeren Bedingungen vertraut zu machen. Alle guten Erbanlagen verhalfen einem Galopper nicht zum Sieg, wenn er nicht vorher gelernt hatte, was es mit diesem Stahlkäfig auf sich hatte, und daß das eigentliche Rennen erst begann, wenn die Boxen sich öffneten.

»Hab' gehört, du hast hier einen künftigen Champion.« Gabe schlenderte zu ihr und rieb mit der Hand über die Nase des Jährlings. Honor legte die Ohren an, beäugte Gabe und stupste ihn dann leicht an, als ob ihr sein Geruch und seine Berührung gefielen.

»Da hast du richtig gehört.« Besitzergreifend legte Kelsey eine

Hand auf Honors Halfter. »Ich hab' dich schon ein paar Tage nicht gesehen.«

»Hast du mich vermißt?«

»Dazu hatte ich gar keine Zeit.« Kelsey war froh, daß sie nicht zu den Frauen gehörte, die sehnsüchtig wartend neben dem Telefon hockten. »Wir haben gerade allerhand um die Ohren.«

»Und wir lassen Double wieder voll trainieren.«

Spontan ergriff Kelsey seine Hand. »Das ist ja großartig! Ich freue mich so für dich!«

Er zog ihre Hand an seine Lippen: »Ich erinnere dich daran, wenn er das Derby gewonnen hat.«

»Mein Geld habe ich auf Pride gesetzt.« Genau wie ihr Herz. »Aber vielleicht lege ich was beiseite, um es auf Double zu setzen.«

»Wir schicken ihn jetzt zum Rennen nach Keeneland. Jamie möchte ihn auf Herz und Nieren prüfen, ehe er bei den Bluegrass Stakes antritt.«

»Fährst du mit?« erkundigte sie sich beiläufig.

»Wo das Pferd hingeht, gehe auch ich hin, und das bedeutet in den Siegerring von Churchill Downs.« Er strich ihr über das Haar, so wie er eben das Pferd gestreichelt hatte. »Willst du mir Gesellschaft leisten?«

Sie drehte sich um, weil sie die Gurte an Honors Sattel überprüfen wollte. »Ich habe eigentlich die Absicht, Naomi in den Siegerring zu begleiten.«

Er faßte sie fest an der Schulter. »Komm doch mit nach Keeneland, Kelsey! Ein paar Tage, an denen wir Zeit für uns haben.« Mittlerweile strömte sie auch schon den typischen Pferdegeruch aus, vermischt mit ihrer eigenen Duftnote nach Zitrone und Frühling. »Ich frage mich, wie oft ich dich auf einem solchen Kurztrip wohl lieben kann.«

Kelseys Beine wurden weich, aber sie sagte kühl: »Gibt es da einen Rekord?«

»Den werde ich dann übertreffen.« Ohne den Blick von ihr zu wenden beugte er sich vor: »Du hast …«, er biß leicht auf ihre Unterlippe und beobachtete, wie sich ihre Pupillen weiteten, »… einen absolut unwiderstehlichen Mund.«

»Laß das Mädchen in Ruhe!« Moses bemühte sich, ärgerlich zu wirken, und zog Gabe heftig am Arm. »Willst du dich mit der Konkurrenz verbrüdern, Kelsey, statt deinen Job zu machen?«

Sie setzte ihren Hut auf und hob trotzig das Kinn. »Beides«, gab sie zurück, wandte sich ihrem Pferd zu, und Moses half ihr hinauf.

»Ganz schön anmaßend«, brummte er.

»Nein, er macht sich Hoffnungen«, verbesserte sie. Dann ritt sie langsam auf den Stahlkäfig zu, dessen Tore weit geöffnet waren, damit Honor nicht sofort vor der Enge zurückscheute. Trotzdem warf die Stute den Kopf zurück und versuchte auszubrechen. Kelsey wußte, sie wollte ihre Kraft erproben.

»O nein, so nicht«, schimpfte sie leise, »noch hab' ich hier was zu sagen. Du willst uns doch nicht vor unserem Publikum blamieren?« Ein leichter Schenkeldruck, Kelsey packte die Zügel fester und trieb Honor vorwärts. Erst als sie direkt in der Box waren, brachte sie die Stute zum Stehen.

»Siehst du, alles halb so schlimm«, murmelte sie. »Du mußt ja auch nicht lange hierbleiben. Alles, was zählt, ist das, was nachher passiert.« Langsam verließen Pferd und Reiterin die Box, drehten eine Runde und wiederholten die Prozedur.

»Sie hat gute Hände«, bemerkte Moses.

»Auf einem Pferderücken könnte man sie fast mit Naomi verwechseln.« Gabe schob die Hände in die Hosentaschen und fragte: »Wie geht es mit den beiden voran?«

»Langsam und stetig. Keine entscheidenden Fortschritte, aber ich würde sagen, die erste Hürde haben sie genommen, als Naomi ihr diesen Jährling schenkte.«

»Sie setzt große Hoffnungen auf das Pferd.«

»Und noch größere auf das Mädchen.« Moses nutzte die Gunst der Stunde und blickte Gabe fest an. »Kelsey hat zwar einen Vater, aber der ist nicht hier, also fühle ich mich als sein Stellvertreter und sage dir eins: Sei vorsichtig! Kelsey gehört nicht zu der leichtfertigen Sorte, und Naomi würde sich gewaltig aufregen, wenn du ihrem Mädchen weh tust.«

Gabes Gesicht bekam einen verschlossenen Ausdruck, aber er ließ sich seinen Groll nicht anmerken. Er legte nur Neugier in seine Stimme: »Und du vermutest, daß ich das tun will?«

Moses zupfte eine Zigarre aus Gabes Tasche und verstaute sie in seiner. »Spiel hier nicht den Geheimnisvollen, mein Junge. Mein Volk hatte die ersten Geheimnisse dieser Erde bereits gelüftet, als deine Vorfahren noch in Höhlen hausten und sich von rohem Fleisch ernährten. Ich vermute gar nichts. Ihr zwei gebt ein hübsches Paar ab.« Mit einem raschen Blick vergewisserte er sich, daß Kelsey keine Probleme hatte. »Aber erst wenn man die Rose gepflückt hat, weiß man, ob die Dornen stechen.«

Gabes Lippen verzogen sich zu einem Lächeln. »Ein weiser Spruch.«

»Ich möchte doch nur verhindern, daß du sie zu sehr bedrängst. Das Mädchen hat nämlich Herz.« Über sich selbst verärgert stapfte Moses durch das Gras, um Kelseys Fortschritte zu begutachten.

Ja, sie hat Herz, stimmte Gabe zu, der beobachtete, wie sie aufmerksam Moses' Ratschlägen lauschte. Und dazu noch blaues Blut.

Viele, die ihn kannten, behaupteten, er habe überhaupt kein Herz. Und mit Sicherheit floß kein Tropfen blauen Blutes in seinen Adern. Doch das hatte ihn früher nicht gehindert, seine Ziele zu verfolgen, und das würde es auch jetzt nicht tun.

Es gab genug Frauen, die bereit waren, diesen Makel zu übersehen, und viele hatten es schon getan, dachte er zynisch. Sie hatten über einen gewalttätigen Säufer als Vater, einen kurzen Gefängnisaufenthalt und einen Hang zum Glücksspiel einfach hinweggesehen.

Aber er wollte nicht mehr nur irgendeine Frau, er wollte nur Kelsey.

Da die Sonne an Kraft gewann, setzte Gabe seine Sonnenbrille auf. Die Zeit verging, eigentlich wurde er dringend auf seinem Gestüt gebraucht, doch er blieb wartend am Rand stehen, bis Kelsey vom Pferd stieg.

»Sie hat ihre Sache gut gemacht«, freute sie sich und gab dem Jährling einen Kuß auf die Stirn, ehe sie die obligatorische Möhre hervorholte. »Kein bißchen Angst!«

»Ich möchte dich heute abend sehen.«

»Wie bitte?« Sie hatte die Wange noch immer an Honors schimmerndes Fell gepreßt und blinzelte ihn an.

»Ich würde dich heute abend gern ausführen. Mit dir essen gehen, dann ins Kino oder vielleicht durch die Gegend fahren. Du hast die Wahl. Ich möchte mich mit dir verabreden«, erläuterte er, als sie ihn fragend anschaute. »Mir scheint, daß ich dieses spezielle Ritual bei dir bisher versäumt habe.«

»Eine richtige Verabredung?« Kelsey überlegte einen Moment. »Du holst mich ab, wir gehen zusammen aus, und dann bringst du mich nach Hause und begleitest mich bis zur Tür?«

»So ungefähr hatte ich mir das vorgestellt.«

»Nun, das ist allerdings etwas anderes.« Nachdenklich neigte Kelsey den Kopf zur Seite. »Ich muß um fünf Uhr aus den Federn, also darf's nicht zu spät werden. Ich habe nichts dagegen, ins Kino zu gehen, sagen wir, in die Sieben-Uhr-Vorstellung. Und danach gehen wir eine Pizza essen.«

Jetzt zögerte er. Einen derartigen Vorschlag hatte er von ihr nicht erwartet. »Gut, Kino und Pizza. Ich hole dich gegen sechs Uhr ab.« Er hob ihr Kinn leicht an und küßte sie flüchtig.

»Hey, Slater!« schrie sie ihm nach. »Darf ich den Film aussuchen?«

Ohne stehenzubleiben rief er über die Schulter: »Aber bitte keinen mit Untertiteln.«

»Bei der allerersten Verabredung?« lachte sie. »Für was für eine Frau hältst du mich eigentlich?«

»Für meine«, gab er schlagfertig zurück, und sie lachte nicht mehr.

An einer überfüllten Pizzeria voller kichernder Teenager war nichts Romantisches. Genau das hatte Kelsey beabsichtigt. Sie war entschlossen, das Treffen so unpersönlich wie möglich zu halten und ihn auf keinen Fall zu nahe an sich heranzulassen. Außerdem wollte sie herausfinden, was wirklich in Gabriel Slater vorging.

»Herrlich!« Sie ließ sich an einem Ecktisch nieder. »Ich hatte schon fast vergessen, daß es noch etwas anderes auf der Welt gibt außer Rennpferde.«

»Das geht uns allen so.« Gabe streckte die Beine aus. Er dachte belustigt, ausgerechnet er mußte eine Frau zum Essen einladen und sich dann mit ihr in einem Lokal wieder finden, das mit Bildern grinsender Pizzas dekoriert war. »Du hast dich schnell und fast perfekt angepaßt.«

»Eines meiner Talente. Oder ein Fehler – je nachdem, wie man's sieht. Wenn man etwas tut, soll man es ganz tun.« Entspannt stützte sie die Füße auf den Holm seines Stuhls. »So kommt man entweder zu Ruhm, oder man geht mit fliegenden Fahnen unter.«

»Ist es das, worauf du aus bist, Kelsey? Auf Ruhm?«

Sie lächelte. »Ich bringe die Begriffe Ruhm und Befriedigung immer durcheinander.« Dann blickte sie erst zur Kellnerin, ehe sie Gabe zuwinkerte: »Such dir was aus. Ich esse alles.«

»Ich nicht. Bringen Sie uns bitte eine kleine …«

»Große«, verbesserte Kelsey ihn rasch.

»Große Pizza«, nickte er, »mit Peperoni, Schinken und Pilzen und dazu zwei Pepsi.«

»Wie konservativ«, bemerkte Kelsey, als die Kellnerin gegangen war.

»Ich möchte gern wissen, was ich esse.« Das stammte wohl noch aus der Zeit, als er gezwungen war, Reste zusammenzukratzen. »Wo wir gerade beim Thema sind: Hast du nicht erst vor knapp einer Stunde zwei Tüten Popcorn leergefuttert?«

Immer noch lächelnd spielte sie mit der schlichten Goldkette an ihrem Hals. »Was man im Kino ißt, zählt nicht, das gehört einfach dazu, genau wie die Titelmusik.«

»Hatte der Film eigentlich einen Titelsong? Weiß ich gar nicht mehr.«

»Ich bin wohl doch oberflächlich«, meinte Kelsey achselzuckend. »Ich liebe Actionfilme, hab' sogar mal für einen Kurs an der Uni ein Drehbuch verfaßt. So eins, wo Gutes und Böses miteinander kämpften, wo wilde Autojagden und viele Schießereien stattfanden.«

»Was hast du damit gemacht?«

Abwesend ging sie den Rhythmus eines Songs, der aus der Musikbox dröhnte, mit den Fingern auf dem Tisch mit. »Ich habe die Note ›sehr gut‹ dafür bekommen und es dann in eine Schublade gesteckt. Erst wollte ich es bei einer Filmgesellschaft einreichen, aber dann hätten die es komplett umgeschrieben, und es wäre nicht mehr mein Text gewesen.« Die Kellnerin servierte ihnen ihre Drinks in riesigen roten Plastikbechern. »Ich wollte ja auch nie Schriftstellerin werden.«

»Was dann?«

»Ach, alles mögliche.« Sie zog die Schultern hoch und beugte sich vor. »Das hing ganz von meiner Stimmung ab. Was ich alles für Kurse belegt habe!« Ein leises Lächeln zog über ihr Gesicht. »Darin bin ich ganz groß, Kurse zu besuchen. Wenn du jemanden suchst, der von allem ein bißchen versteht, dann bist du bei mir richtig.«

»Das paßt doch gut, schließlich bist du bei einem Universitätsprofessor aufgewachsen.« Er hob seinen Becher: »Wissen ist Macht.«

»Und nichts wissen macht nichts. Aber Spaß beiseite, ich hoffte immer, wenn ich nur genug ausprobiere, finde ich irgendwann mal das Richtige.«

»Und hast du es gefunden?«

»Ja«, seufzte sie. »Meine Familie würde jetzt sofort sagen, daß ich das schon öfter behauptet habe, aber diesmal ist es anders – auch das habe ich schon öfter gesagt«, murmelte sie. »Aber es stimmt. Noch nie erschien mir das, was ich getan habe, so richtig und natürlich wie jetzt. Und so … so echt. Gott weiß, daß ich noch nie in meinem Leben so hart gearbeitet habe.«

Und als wollte sie sich davon überzeugen, blickte sie auf ihre Hände, die von Tag zu Tag kräftiger wurden. Ihr gefiel die Idee, daß sie selbst gleichzeitig mit ihnen auch immer stärker wurde.

»Wie steht's mit dir? Hast du schon gefunden, was du gesucht hast?«

Seine Augen ruhten unverwandt auf ihr, und einen kurzen Augenblick lang glaubte sie, ein Geheimnis darin zu entdecken, einen Hunger.

»Vielleicht.«

»Siehst du eine Frau immer so an, als ...?«

Seine Lippen zuckten ganz leicht, aber der Ausdruck seiner Augen blieb unverändert. »Das hat mich noch niemand gefragt.« Er legte eine Hand um ihren Knöchel, der auf dem Holm seines Stuhles lag, und begann ihn zu streicheln. »Aber da du es selbst erwähnst, könnten wir den Abend doch so beschließen.«

Die Kellnerin brachte die Pizza und zwei weiße Plastikteller, wünschte stereotyp: »Guten Appetit«, und eilte davon.

»Ich mag die Atmosphäre hier.« Vorsichtig zog Kelsey ihren Fuß zurück und setzte sich gerade. »Aber jetzt habe ich den Faden verloren. Was ist mit deiner Farm? Hast du dort gefunden, was du gesucht hast?«

Gabe nahm ein Plastikmesser, um die Pizza zu zerteilen, dann legte er ein Stück auf ihren und eines auf seinen Teller. »Es gefällt mir da.«

»Warum?«

»Weißt du, Kelsey, ich glaube, es war ein Fehler, das Schreiben aufzugeben. Du wärst eine hervorragende Journalistin geworden.«

»Wenn man keine Fragen stellt, bekommt man auch keine Antworten.« Sie biß in ihre Pizza, und die scharfen Peperonistücke brannten ihr auf der Zunge. »Zumindest von manchen Menschen nicht. Hast du was gegen Fragen, Slater?«

Er überging diese Frage, indem er die vorherige beantwortete: »Es gefällt mir da, weil alles mir gehört.«

»So einfach ist das?«

»Nein, so kompliziert. Aber du wirst dir doch nicht den Abend mit meiner Lebensgeschichte beschäftigen wollen. Das verdirbt dir den Appetit.«

»Mein Magen hält einiges aus.« Sie leckte sich genüßlich Sauce vom Finger. »Du kennst meine Geschichte, Gabe. Zumindest einige Höhen und Tiefen. Und du hast bei mir keine Chance, wenn ich nicht wenigstens ein bißchen weiß, mit wem ich es zu tun habe.« Ungerührt aß sie weiter, obwohl er sie stirnrunzelnd musterte. »Das ist kein Ultimatum und auch keine Garantie, sondern einfach nur eine Tatsache.

Ich fühle mich zu dir hingezogen, und ich bin gern mit dir zusammen. Aber ich kenne dich nicht.«

Und wenn das der Fall wäre, würden sich ihre Gefühle wahrscheinlich drastisch ändern, dachte er. Sein Risiko. Nun er war schon öfter Risiken eingegangen, wenn der Preis hoch genug war. »Laß mich erst einmal ein paar Worte über dich sagen. Du bist das einzige Kind eines liebevollen Vaters. Behütet. Verwöhnt.«

Zwar nagte die letzte Bemerkung an ihr, doch sie konnte nicht leugnen, daß es stimmte. »Zugegeben, ich habe als junges Mädchen fast alles bekommen, was ich mir wünschte. Sowohl materiell als auch emotional. Vermutlich wollte man mich dadurch für das Fehlen der Mutter entschädigen. Aber mir fehlte nichts.«

»Ein großes Haus in einem Vorort«, spann er den Faden weiter. »Gute Schulen, Ferienlager, Ballettstunden.«

Falls er beabsichtigte, sie zu ärgern, gelang ihm das vortrefflich. »Du hast Klavierunterricht, Schwimmen und Reiten vergessen.«

»Gehört alles zum Gesamtbild. Abschlußball, College deiner Wahl und als Krönung eine Riesenhochzeit.«

»Und als Höhepunkt eine lange, nervenzermürbende Scheidung. Wie sieht's bei dir aus, Slater?«

»Du hast ja keine Ahnung, wo ich herkomme, Kelsey. Ich will es dir erzählen, aber du wirst es nicht verstehen.«

Er würde es ihr erzählen, entschied er. Und dann sehen, wie die Würfel fielen.

»Es gab Tage, da bin ich nicht hungrig ins Bett gegangen. Das waren die Tage, an denen genug Geld für Essen übrigblieb oder an denen ich etwas stehlen oder erbetteln konnte. Kinder sind gute Diebe oder Schnorrer«, fügte er hinzu und beobachtete sie scharf. »Entweder haben die Erwachsenen Mitleid mit ihnen, oder sie übersehen sie.«

»Viele Menschen geraten einmal in die Situation, wo sie um Geld bitten müssen«, gab Kelsey vorsichtig zu bedenken. »Deswegen muß sich keiner schämen.«

»Das sagst du, weil du noch nie um Almosen bitten oder welche annehmen mußtest.« Die Eiswürfel in seinem Becher klirrten, ehe er ihn abstellte. »Nachts habe ich mir den Krach im Nebenzimmer angehört – oder besser, versucht, ihn zu überhören. Meine Mutter weinte. Die Nachbarin verdiente sich etwas damit, daß sie einen Kerl mit aufs Zimmer nahm. Wenn ich Glück hatte, wachte ich im selben Bett auf, in dem ich eingeschlafen war. Manchmal kam meine Mutter mich mitten in der Nacht wecken, und wir schlichen uns davon, ehe wir rausgeworfen wurden, weil mein Vater das Geld für die Miete wieder mal beim Spielen verloren hatte.«

Vor Kelseys Augen erschien ein düsteres Bild. »Wo bist du denn aufgewachsen?«

»Überall und nirgends. Vielleicht in Chicago oder Reno oder Miami. Im Winter hielten wir uns im Süden auf, weil dort das Wetter besser war und die Rennsaison länger dauerte. Die Plätze waren austauschbar. Wenn du pleite und auf der Flucht bist, sieht alles gleich aus. Natürlich hat der Alte immer gesagt, wir würden nur weiterziehen, daß er bald sein Glück machen würde. Meine Mutter schrubbte Klos, damit wir nicht verhungerten, und er nahm ihr das meiste Geld wieder ab und verpraßte es beim Pferderennen, beim Kartenspiel oder beim Wetten. Der wettete um alles, im Notfall sogar darauf, wie weit ein beschissener Grashüpfer springt.«

Gabe erzählte seine Geschichte ganz leidenschaftslos, nur manchmal erschien ein Anflug von Verbitterung in seinen Augen. »Er hat gern beim Spiel betrogen, und meistens kam er damit durch, und wenn nicht, kratzte meine Mutter genug Geld zusammen, um zu verhindern, daß er zusammengeschlagen wurde. Sie liebte ihn.« Das war die bitterste Pille, die er schlucken mußte. »Viele Frauen liebten Rich Slater.«

Er aß weiter, als ob er sich selbst beweisen müßte, daß ihn all das nicht mehr berührte. »Er hat seine Frauen oft geschlagen. Manche kamen trotzdem immer wieder und trugen ihre blauen Augen und aufgeplatzen Lippen wie ein Markenzeichen. Meine Mutter war so eine Frau. Wenn ich versuchte, ihn aufzuhalten, hat er uns beide verdroschen. Sie hat mir das nie gedankt, sondern immer nur gemeint, ich würde nichts verstehen. Sie hatte recht«, fügte er hinzu. »Ich habe das nie verstanden.«

»Es gab aber doch Institutionen, an die du dich hättest wenden können. Das Jugendamt, die Fürsorge oder die Polizei.«

Gabe blickte sie schweigend an, sah ihren makellosen Teint und fühlte ihre ganz besondere Ausstrahlung. »Manche Menschen landen in der Gosse, Kelsey. Das ist das System.«

»Ich finde das ungerecht. Gewisse Dinge sollte es einfach nicht geben.«

»Du mußt nach Hilfe suchen, mußt fest erwarten, daß du sie findest. Meine Mutter tat das nicht, sondern sie nahm alles so hin, wie es war, erwartete nichts und bat um nichts.«

Kelseys Augen, von Mitleid und Entsetzen verdunkelt, hielten ihn völlig gefangen.

»Du warst doch noch ein Kind. Jemand hätte etwas … etwas unternehmen müssen.«

»Glaubst du, ich wäre für Einmischung von außen dankbar gewesen? Ich bin von klein auf dazu erzogen worden, Polizisten zu meiden wie die Pest. Sozialarbeiter hielt ich für lästige Bürokraten, die nur darauf aus waren, mir Vorschriften zu machen. Manchmal ging ich zur Schule, manchmal nicht. Ich habe mich weiß Gott nicht darum gerissen, und meine Mutter besaß nicht mehr genügend Kraft, um mir Beine zu machen. Also konnte ich meistens tun und lassen, was ich wollte. Der Alte schleppte mich gern mit sich herum, so als eine Art Talisman. Und wenn ich ihn nicht aus den Augen ließ, gelang es mir wenigstens, daß etwas Geld zum Leben übrigblieb. Wenn er erst einmal betrunken war, kümmerte er sich nicht mehr darum.«

»Hast du nie daran gedacht, einfach wegzurennen?«

»Das schon. Aber ich meinte, bleiben zu müssen, damit er meine Mutter nicht zu Tode prügelte. Aber ob ich ihr damit einen Gefallen erwiesen habe? Meine Mutter starb schließlich im Armenhaus, an Lungenentzündung. Danach habe ich es noch ein halbes Jahr mit meinem Vater ausgehalten und das Geld verjubelt, das ich mir mit Jobs auf der Rennbahn verdient oder mir ergaunert hatte. Dann ging ich auf und davon. Damals war ich dreizehn.«

Und groß für sein Alter, erinnerte er sich, und durchtrieben. Vor der Zeit erwachsen.

»Der Alte hat mich ein paarmal aufgestöbert. Ich hatte ja damals schon die Vorliebe für Pferde, also landete ich gewöhnlich auf einer Rennbahn. Er fand das schnell heraus, und dann setzte es Prügel. Gewöhnlich konnte ich mich loskaufen.«

»Loskaufen?«

»Wenn Fortuna mir hold war, hatte ich die Taschen voller Geld. Ein paar Hunderter reichten aus, damit er selbst ein Spielchen riskieren oder in der nächsten Bar verschwinden konnte, wo er sich vollaufen ließ und ich meine Ruhe vor ihm hatte. Seitdem war der Preis allerdings gewaltig gestiegen. Sobald ich ihn glücklich losgeworden war, fing ich wieder von vorne an, beherrscht von dem einen Gedanken, daß ich mir eines Tages etwas eigenes aufbauen würde und mir niemand mehr etwas anhaben konnte, er nicht und auch sonst niemand. Du ißt ja gar nichts.«

»Das tut mir sehr leid.« Sie nahm seine Hand fest in die ihre. »Es tut mir wirklich leid, Gabe.«

Ihr Mitleid wollte er nicht. Plötzlich wurde ihm klar, daß er insgeheim gehofft hatte, sie würde sich entsetzt von ihm abwenden. Das hätte es ihm leichter gemacht, sich auch von ihr zurückzuziehen, und diese ungestüme Jagd nach einer ungewissen Zukunft hätte ein Ende gehabt.

»Dann habe ich eine Zeitlang im Knast gesessen, weil ich in eine fingierte Pokerrunde geraten war und die Falle nicht rechtzeitig erkannt habe.« Er sah sie erwartungsvoll an, doch der erwartete Kommentar blieb aus. »Ich war zwar nur ein kleiner Fisch, aber ich wurde trotzdem eingelocht. Als ich wieder frei war, stellte ich es klüger an. Ich hab' einige Betrügereien versucht, aber im Grunde genommen war ich eher ein Spieler als ein Gauner. Bei der Arbeit in den Ställen verdiente ich mir die nötigen Einsätze. Außerdem mochte ich die Pferde. Ich ließ mir nichts zuschulden kommen, weil ich nicht wieder ins Gefängnis wollte, und ich trank nichts, weil ich immer an meinen Alten denken mußte – vor allem an seinen Geruch. Dann hatte ich endlich Glück.«

Er war am Ende seiner Geschichte, lehnte sich zurück und zündete sich eine Zigarre an. »Verstehst du mich jetzt besser?«

»Vielleicht verstehe ich dich besser, als du denkst. Es muß ein Alptraum gewesen sein, mit einem Alkoholiker zu leben, der …«

»Er ist nicht nur ein Alkoholiker«, unterbrach Gabe sie schroff, »er ist auch ein gemeiner, mieser Ganove, Kelsey. Keine noch so harte Entziehungskur könnte etwas daran ändern, daß er ein Säufer ist, einer, der sich an jedem vergreift, der schwächer ist als er, besonders natürlich an Frauen. Und das war kein Alptraum, sondern das wirkliche Leben, mein Leben.«

Kelsey entzog ihm ihre Hand. »Dir wäre es wohl lieber, wenn ich dich nicht verstehen würde, oder?«

Gabe hatte nicht damit gerechnet, daß einfache Teilnahme so viele Erinnerungen und die damit verbundenen Gefühle an die Oberfläche schwemmen würde. »Richtig. Mir wäre es lieber gewesen, wenn du mich so genommen hättest, wie ich bin.«

»Wir sind jeder das Produkt unserer Erziehung, Gabe, so oder so. Ich beurteile die Menschen nicht nach dem äußeren Schein. Und wenn du mich wirklich willst, mußt du dich daran gewöhnen, daß ich an deinem Leben teilhabe.«

Er drückte seine Zigarre aus. »Das klingt ja wie ein Ultimatum.«

»Das ist es auch.« Kelsey schob ihren Teller von sich und griff nach ihrer Jacke. »Wir haben noch eine lange Heimfahrt vor uns, deshalb sollten wir uns besser auf den Weg machen.«

Der kleine Junge, dessen Kindheit von Betrug und Gaunereien bestimmt gewesen war, würde ihr noch viel Stoff zum Nachdenken geben. Ein Kind, dessen Schlaflieder aus dem Gestöhne der Huren im Nebenzimmer bestanden hatten.

Wieviel von diesem Jungen noch in dem erwachsenen Mann steckte, wußte Kelsey nicht. Aber wahrscheinlich viel mehr, als Gabe ahnte. Und mehr, als er jemals freiwillig zeigen würde, dessen war sie sicher.

Die angenehmen Umgangsformen, das prächtige Haus und die Champions, die aus seinem Gestüt hervorgingen, hatten ihm einen gewissen sozialen Status verschafft. Doch wer aus der Rennsportelite wußte über seine Vergangenheit Bescheid? Und wenn sie jemand kannte, betrachtete man sie dann nicht sogar als eine pikante Abwechslung?

Und sie begann, Gabes Widerstand zum Trotz, ihn zu verstehen. Er stand ihr bereits viel näher, als sie zugeben wollte.

Es war schon fast ein Uhr nachts, als es heftig an Bill Cunninghams Vordertür klopfte. Er hüllte hastig seinen unförmigen Körper in einen roten Seidenkimono, eilte nach unten und schaute durchs Fenster. Als er sah, wer draußen stand, war er heilfroh, daß Marla, seine neueste Liebschaft, einen so tiefen Schlaf hatte. Er redete sich gern ein, daß seine Aktivitäten im Bett sie so müde machten, hielt es aber insgeheim für wahrscheinlicher, daß die Schlafmittel, die sie reichlich nahm, daran schuld waren.

Er war jedenfalls erleichtert, daß er seinen späten unwillkommenen Besucher allein empfangen konnte.

»Habe ich dir nicht ausdrücklich untersagt, hierherzukommen?« zischte Cunningham, während er sich das noch verbliebene Haar glattstrich. Nach dem Derby würde er sich als erstes ein Toupet zulegen.

»Aber, aber, ganz ruhig, Billy Boy. Keine Menschenseele hat mich gesehen.« Rich hatte bereits gewaltige Mengen Alkohol getrunken. Zwar schwankte er nicht und hatte auch kaum Artikulationsschwierigkeiten, doch seine glasigen Augen verrieten seinen Zustand. »Und selbst wenn – gibt es etwa ein Gesetz, das es einem Mann verbietet, seinen alten Pokerkumpel zu besuchen?« Grinsend ließ er den Blick durch die großzügig eingerichtete Halle schweifen. Der alte Bill hatte sich wieder ganz schön hochgerappelt, stellte er fest, und überlegte gleichzeitig, wie er ihn um ein paar weitere Scheinchen erleichtern konnte. »Wie wär's denn mit einem Drink.«

»Bist du verrückt geworden?« Obwohl außer ihnen nur noch Marla im Haus war, vermutlich tief schlief, flüsterte Cunningham. »Weißt du eigentlich, daß die Polizei hier war? *Hier*«, betonte er, als ob sein Heim ein Heiligtum sei. »Haben hier rumgeschnüffelt, nur weil irgendein Großmaul ihnen erzählt hat, daß ich Lipsky mal ein bißchen unter die Arme gegriffen habe.«

»Hab' dir gleich gesagt, das war ein Fehler – aber nur ein kleiner.« Rich hob mahnend den Finger. »Wo ist die Bar, Bill? Ich bin so ausgedörrt wie die ganze verdammte Sahara.«

»Ich will nicht, daß du in meinem Haus trinkst.«

Richs Grinsen wurde breiter, doch seine Augen verdunkelten sich gefährlich. »Aber, aber, Bill. Redet man so mit seinem Geschäftspartner? Besonders, wenn er ein neues Angebot hat?«

Cunnigham befeuchtete nervös seine Lippen. »Wir haben bereits eine Abmachung getroffen.«

»Genau darüber wollte ich mit dir reden. Bei einem Drink.«

»Na gut. Aber faß dich kurz.« Er blickte vielsagend zur Treppe, während er Rich in ein in Gold und Königsblau gehaltenes Wohnzimmer führte. »Und verhalte dich ruhig. Ich hab' ein Frau oben.«

»Du Hallodri!« Rich stieß ihm freundschaftlich in die Rippen. »Hat sie nicht zufällig eine hübsche Freundin? In dieser Hinsicht bin ich auch schon eine Weile nicht ausgelastet.«

»Nein, hat sie nicht. Und halt dich bloß zurück. Ich will nicht, daß sie zuviel über dich erfährt oder in die ganze Geschichte mit reingezogen wird. Sie hat zwar eine Bombenfigur, aber ein Spatzenhirn.«

»Dieser Typ ist mir der liebste.« Mit einem anerkennenden Seufzer ließ sich Rich in einen breiten, mit goldenem Samt überzogenen Sessel sinken. »Du verstehst zu leben, Kumpel. Ich hab' ja schon immer gesagt, der Billy, der weiß, worauf es ankommt.«

»Aber achte darauf, daß du solche Sätze jetzt nicht mehr verbreitest.« Cunningham schenkte zwei Drinks ein. Zwölf Jahre alter Scotch; für Rich Slater eigentlich verschwendet, aber er wollte Eindruck machen. Wie immer. »Du solltest dich um Lipsky kümmern.«

»Das habe ich auch getan.« Selbstzufrieden ließ Rich – den Whisky im Glas kreisen, sog den Geruch genüßlich ein und nahm einen

Schluck. »War doch ne' klasse Idee, ihn auf dieselbe Art wie ein Pferd ins Jenseits zu befördern.«

Mit zitternden Händen hob Cunningham sein Glas. »Davon will ich nichts hören. Ich rede von dem, was vorher passiert ist. Um Himmels willen, Rich, es sollte niemand umgebracht werden. Den alten Mick haben doch alle regelrecht angebetet!«

»Eine unvorhergesehene Komplikation«, erklärte Rich, der aufstand, um sich sein Glas erneut zu füllen. »Und Lipsky hat teuer genug dafür bezahlt. Aber ich mußte dafür sorgen, daß er seine Quittung kriegt, und das kostet natürlich was, Bill. Ich denke da an weitere zehntausend Dollar.«

»Sag mal, spinnst du?« Cunningham sprang auf und verschüttete dabei seinen Whisky. »Du hast auf eigene Faust gehandelt, Rich.«

»Um dich und einen Besitz zu schützen. Die Bullen hätten Lipsky innerhalb von fünf Minuten zum Singen gebracht, und er hätte mich verpfiffen. Und dann«, fügte er drohend hinzu, »wärst du auch nicht ungeschoren davongekommen. Also, Billy, noch mal zehntausend Dollar, das ist ein fairer Preis.«

Cunningham schluckte. Er hatte Geld zur Verfügung, denn Big Sheba hatte sich als wahres Laufwunder erwiesen. Doch dieses Wunder hatte seinen Preis. »Du könntest auch zehn Millionen verlangen. Ich bin blank bis auf die Knochen.«

Rich, der mit derartigen Protesten gerechnet hatte, zeigte sich verständnisvoll. »Kein Problem. Ich kann bis Mai warten. Was sind unter Freunden schon ein paar Wochen? Aber jetzt ...«, er schlug die Beine übereinander, »... was anderes. Ich hab' da was ausgebrütet, Billy: Eine verfeinerte Variante unserer Grundidee, die sich für uns beide auszahlen wird. Du willst beim Churchill Downs abkassieren. Ich auch. Aber ich habe außerdem meinen Job zu erledigen, und dann will ich meinem Herrn Sohn noch eine Lektion erteilen.«

»Deine familiären Probleme interessieren mich einen Scheißdreck. Sieh zu, daß du dich um deine Arbeit kümmerst.« Doch bei der verlockenden Vorstellung, Gabe etwas heimzuzahlen, wurde ihm warm ums Herz. »Diese Geschichte mit Lipsky hat uns beinahe alles verdorben.«

»Kein Grund zur Aufregung.« Lässig schwenkte Rich sein Glas. »Ich habe alle Spuren verwischt – durch, wie ich schon sagte, eine kleine Änderung des Plans.«

»Was für eine?«

»Nun gut«, seuftze Rich, an seinem Scotch nippend. »Ich werde es dir erklären. Und ich glaube, dir wird die Sache gefallen, Billy Boy. O doch, davon bin ich überzeugt.«

Später kroch Cunningham zitternd ins Bett zurück. Schließlich war er kein blutrünstiger Mensch, beruhigte er sich selbst. Es war nicht seine Schuld, daß es zwei Tote gegeben hatte, sondern Künstlerpech, wie Rich es lakonisch formuliert hatte.

Es war verrückt gewesen, sich mit Rich Slater einzulassen. Aber er war verzweifelt gewesen, und der Zeitpunkt hätte gar nicht günstiger sein können. Der Zweck heiligt nun einmal die Mittel, und Richs teuflischer Plan paßte ihm zu gut in den Kram, als daß er sich dagegen hätte sträuben können.

Hatte er denn eine andere Wahl gehabt? fragte sich Cunningham. Wenn er in Churchill Downs verlor, würde es für ihn keine Marlas mehr geben, kein protziges Landhaus, keine großspurigen Auftritte. Dann wäre alles vorbei.

Big Sheba war sein As. All sein Geld, jeder mühsam ersparte Dollar und was er sich zusammengepumpt hatte, steckte in dieser Stute. Und die hatte eine schwache Lunge. Cunningham kniff die Augen zusammen und verfluchte seine Dummheit, alles auf eine Karte zu setzen. Das Derby. Er brauchte nur das Derby zu gewinnen, dann wäre er saniert. Danach konnte er Big Sheba zur Zucht verwenden und von dem Geld, das ihre Fohlen brachten, bequem leben.

Ein Rennen. Sie mußte nur ein einziges gutes Rennen laufen.

Mit diesem Gedanken schmiegte er sich wärmesuchend an Marla, bis ihr ruhiger Atem ihn in den Schlaf lullte.

14

Die Fahrt von Virginia nach Maryland dauerte länger, als Kelsey sie im Gedächtnis hatte. So blieb ihr viel Zeit zum Nachdenken. Sie zweifelte nicht daran, da sie auf Widerstand stoßen würde, auf heftigen Widerstand. Es sei denn, die Dinge hätten sich in den letzten Wochen drastisch geändert.

Candace hatte Milicent garantiert mitgeteilt, daß Kelsey zu ihnen unterwegs war.

Es war auch besser, der ganzen Familienversammlung gegenüberzutreten. Dann wären alle schockiert, enttäuscht und würden in Rage geraten. Eine treffende Beschreibung, dachte sie mit einem gequälten Lächeln: Candace würde schockiert sein, ihr Vater enttäuscht und ihre Großmutter in Rage.

Und sie selbst wäre hoffentlich glücklich und erleichtert.

Als sie die Auffahrt entlangfuhr, sah sie ihren Vater, der an einem Blumenbeet arbeitete. Er trug einen alten Pullover mit Flicken an den Ellbogen und erdige Stiefel und pflanzte die bereits knospenden Azaleen. Plötzlich von Liebe zu ihrem Vater überwältigt, sprang Kelsey aus dem Auto und rannte über den gepflegten Rasen, um ihn zu umarmen. So blieben sie einen Moment stehen und bewunderten die neu angepflanzte Pracht.

»Ich liebe dieses Haus«, murmelte Kelsey, den Kopf an die Schulter ihres Vater gelehnt. »Erst vor kurzem ist mir so richtig bewußt geworden, welches Glück ich hatte, hier aufwachsen zu dürfen.« Sie dachte unwillkürlich an Gabe und strich abwesend über eine lachsfarbene Blüte. »Wie glücklich ich war, dich zu haben, eine Veranda mit vielen Blumen.« Sie lächelte leicht. »Und Ballettstunden.«

»Nach sechs Monaten hast du die Ballettstunden bereits gehaßt«, erinnerte er sie.

»Trotzdem war ich glücklich, daß ich welche bekommen habe.«

Philip musterte sie nachdenklich, dann strich er ihr über das Haar: »Ist alles in Ordnung, Kelsey?«

»Ja.«

»Wir haben uns große Sorgen um dich gemacht. Dieser neuerliche Vorfall …«

»Ich weiß«, unterbrach sie. »Schrecklich, was diesen zwei Männern zugestoßen ist. Ich kann dir aber sagen, daß mich all das nichts angeht, ich nichts damit zu tun habe. Mir geht's gut.«

»Davon wollte ich mich persönlich überzeugen, Telefonate sind da nichts.« Er suchte seine Gartenutensilien zusammen und legte sie in einen Drahtkorb. »Jedenfalls bist du jetzt zu Hause, und nur das zählt. Laß uns lieber hinten reingehen, sonst zieht Candace mir das Fell über die Ohren, weil ich ihre Fußböden dreckig mache.«

Kelsey legte den Arm um ihren Vater, als sie zum Haus gingen. »Da ist ja Großmutters Wagen!«

»Ja, Candace hat sie angerufen, weil du kommen würdest. Sie sitzen drinnen und besprechen die Pläne für den Wohltätigkeitsball im Frühling.« Er schenkte ihr ein mitfühlendes Lächeln. »Ich fürchte, ganz oben auf ihrer Liste steht die schwere Aufgabe, für dich einen Begleiter zu finden.«

Unbewußt zuckte Kelsey zusammen, doch dann fiel ihr etwas ein. »Der Frühlingsball. Findet der nicht im Mai statt?«

»Ja, am ersten Samstag.«

An diesem Tag kehrte der Frühling in Kentucky ein. Es war der Tag des Derbys. Vermutlich würde ihr Fernbleiben vom Ball ihren Verfehlungen hinzugefügt werden.

»Dad«, sie wartete, bis er seinen Werkzeugkorb in der kleinen Abstellkammer verstaut hatte. »An dem Wochenende bin ich nicht da.«

»Du bist nicht da?« Philip ging durch die Küche, um sich die Hände zu waschen. »Aber Kelsey, du hast keinen Frühlingsball verpaßt, seitdem du sechzehn bist.«

»Das weiß ich, aber trotzdem habe ich diesmal etwas anderes vor.« Ohne etwas darauf zu erwidern, trocknete sich Philip die Hände ab. Er war bereits enttäuscht. »Ich habe andere Pläne«, wiederholte sie. »Beim Tee erzähle ich euch alles ganz genau.«

»Na gut.« Bemüht, sich seine Besorgnis nicht anmerken zu lassen, ging Philip mit seiner Tochter ins Wohnzimmer.

Dort saßen Candace und Milicent bereits beim Tee und unterhielten sich angeregt. Kelsey schnupperte unauffällig. Jasmintee, stellte sie fest. Um diese Zeit schlang sie gewöhnlich irgend etwas Ungesundes, Lauwarmes hinunter und spülte mit starkem schwarzem Kaffee nach.

Ihr Geschmack hatte sich in vieler Hinsicht rasch geändert.

»Kelsey.« Freudig lachend erhob sich Candace, um ihre Stieftochter auf beide Wangen zu küssen. Kelsey stieg ein leichter Duft nach L'Air du Temps in die Nase, vermischt mit dem Geruch des Tees und dem Markenzeichen ihrer Großmutter, Chanel.

Salondüfte, dachte Kelsey. Mittlerweile war ihr der Stallgeruch entschieden vertrauter. Fast entschuldigend umarmte sie Candace etwas enthusiastischer als sonst.

»Du sieht ja großartig aus. Neue Frisur?«

Verlegen zupfte Candace an ihren kurzen Kringellöckchen. »Findest du es zu jugendlich? Ich schwöre dir, Princeton kann mir alles aufschwatzen.«

»Es steht dir ausgezeichnet«, versicherte ihr Kelsey, der plötzlich in den Sinn kam, daß sie selbst seit Wochen weder bei Princeton noch bei sonst einem Friseur gewesen war. »Hallo, Großmutter.« Die Begrüßung wie auch der obligatorische Kuß auf die Wange waren eher Ausdruck eines Pflichtgefühls als echter Herzlichkeit. »Du siehst auch gut aus.«

»Wie ich sehe, hast du ein bißchen zugenommen.« Milicent nippte an ihrem Tee und musterte Kelsey über den Tassenrand hinweg kritisch. »Läßt dich fraulicher erscheinen. Aber du mußt auf dein Gewicht achten, zartknochige Frauen wie du dürfen nicht zu rundlich werden.«

»Fast alles Muskeln.« Um ihre Großmutter zu ärgern, ließ Kelsey ihren Armmuskel spielen. »Das kommt vom Ausmisten und Heu schaufeln.« Lächelnd wandte sie sich der argwöhnischen Candace zu. »Ich würde gern eine Tasse Tee trinken. Keine Angst, ich hab' nach dem Morgentraining geduscht.«

»Natürlich. Setz dich, Liebes. Philip, du hast mir doch nicht den halben Garten hereingeschleppt?«

»Nicht ein Krümelchen.« Ohne Murren nahm Philip eine Tasse und ein winziges Sandwich entgegen. Wenn Channing nach Hause kam, würde er mit ihm zusammen den Kühlschrank plündern. »Die Azaleen kommen dieses Jahr gut. Der Garten hat noch nie so schön ausgesehen.«

»Das sagst du jedesmal.« Liebevoll tätschelte Candace seine Hand. »Wißt ihr, in dieser Stadt beschäftigt jeder außer uns einen Gärtner, und trotzdem kann sich kein Garten mit unserem messen. Philip vollbringt wahre Wunder.«

»Ein nettes Hobby«, pflichtete Milicent ihr bei. »Auch ich habe stets meine Rosen selbst beschnitten.«

Dann richtete sich ihre Aufmerksamkeit wieder auf Kelsey. Wenigstens hatte das Mädchen genug Verstand besessen, sich angemessen zu kleiden. Sie hatte es für durchaus möglich gehalten, daß Kelsey aus purem Trotz in abgewetzten Jeans und schlammbespritzten Stiefeln erscheinen würde. Aber der aprikosenfarbene Hosenanzug stand ihr vorzüglich und zeugte von gutem Geschmack.

»Nun«, begann sie, »Candace und ich haben gerade die Blumenarrangements für den Frühlingsball durchgesprochen. Wir sitzen im Festkomitee. Du hattest schon immer ein Händchen für solche Sachen, Kelsey. Wir dachten daran, dir diese Aufgabe zu übertragen.«

»Euer Vertrauen in meine Fähigkeiten ehrt mich, aber ich muß leider ablehnen. Ich werde nämlich nicht dabeisein.«

»Nicht beim Ball?« Candace lachte ungläubig auf und schenkte Tee nach. »Aber natürlich nimmst du daran teil, Liebes. Man erwartet es von dir. Mir leuchtet ja durchaus ein, daß die Situation für dich etwas peinlich werden kann, wo die Scheidung gerade rechtskräftig ist und

Wade schon mit seiner neuen Verlobten erscheint, aber über solchen Dingen muß man stehen. Milicent und ich haben gerade eine Lösung für dieses Problem gefunden.«

Kelsey setzte zu einer Erklärung an, doch dann brach sie ab und sagte nur: »So, habt ihr das?«

»In der Tat.« Candace, die sich immer mehr für ihre Idee erwärmte, tat einen Löffel Zucker in ihren Tee. »Es war ja sehr lieb von Channing, dich letztes Jahr zu begleiten, aber wir wollen das doch nicht zur Gewohnheit werden lassen. Jedenfalls werden die Leute weniger reden, wenn du mit einem passenden Begleiter kommst.« Ganz perfekte Gastgeberin reichte sie ein Tablett mit Gurkensandwiches herum. »Zufälligerweise ist der Sohn von June und Roger Miller vor kurzem wieder in seine Heimatstadt gezogen. Du erinnerst dich doch besimmt an Parker, Kelsey. Er hat in New York ein Praktikum als Kieferchirurg absolviert und ist jetzt Teilhaber einer sehr angesehenen Praxis in D. C. Er ist übrigens noch nicht verheiratet«, fügte sie mit einem listigen Lächeln hinzu.

»Richtig, ich erinnere mich.« Aus guter Familie, gesellschaftlich hochangesehen. Er hatte die richtigen Schulen besucht, den richtigen Beruf ergriffen; in den Augen ihrer Familie stimmte einfach alles. Und dafür, daß er ein Abziehbild von Wade Monroe hätte sein können, konnte er nun wirklich nichts.

»Ich habe bereits mit Millers gesprochen.« Sehr zufrieden mit ihrem Schachzug schlürfte Milicent den duftenden Tee. »Parker begleitet dich. Es ist alles arrangiert.«

Typisch, dachte Kelsey und unterdrückte ihren aufsteigenden Zorn. Das hätte sie sich denken können! »Ich bin sicher, Mr. und Mrs. Miller sind froh, ihn wieder bei sich zu haben. Richtet ihm schöne Grüße aus, wenn ihr ihn seht, aber ich nehme an dem Ball nicht teil. Diese Woche noch fahre ich nach Kentucky und komme erst nach dem ersten Maiwochenende zurück.«

»Kentucky?« Milicent setzte ihre Tasse hart ab. »Was in aller Welt hast du in Kentucky verloren?«

»Dort findet das Derby statt. Und das gilt ja sogar in deinen Kreisen als gesellschaftsfähiges Ereignis, Großmutter. Stell dir doch mal vor, wieviel Gesprächsstoff der Sieg eines Pferdes von Three Willows liefert. Das wird das Hauptthema auf dem Ball sein.« Verständnisheischend blickte Kelsey zu ihrem Vater. »Und ich will dabeisein, wenn Pride gewinnt.«

»Das ist unentschuldbar«, erwiderte Milicent scharf. »Die Bydens sind Gründungsmitglieder des Wohltätigkeitsvereins und haben bisher keinen einzigen Ball versäumt.«

»Die Dinge ändern sich eben.« Es fiel Kelsey schwer, einen ruhigen, vernünftigen Tonfall beizubehalten. »Ich habe einen Job und somit eine gewisse Verantwortung, außerdem freue ich mich auf das Derby; und all das werde ich nicht wegen einer ländlichen Tanzveranstaltung hintanstellen. So sehr ich deine Mühe auch zu schätzen weiß, Candace, ich will nicht, daß man mir einfach einen Begleiter zuteilt. Ich habe nämlich einen Freund.«

»Oh.« Candace zwinkerte überrascht und setzte ein betont erfreutes Gesicht auf. »Das ist natürlich etwas anderes, Liebes. Wie schön für dich. Du mußt ihn unbedingt mitbringen.«

»Lieber nicht«, Kelsey legte Candace freundschaftlich die Hand auf die Schulter, »er ist nicht ganz der Typ für Frühlingsbälle.«

»Vermutlich einer deiner Stallburschen«, bemerkte Milicent bitter.

»Nein.« Unfähig, sich einen bösen Seitenhieb zu verkneifen, sprach Kelsey weiter: »Er ist ein Spieler.«

»Du bist genau wie deine Mutter!« Milicent erhob sich. Ihre ganze Haltung drückte Abwehr aus. »Ich habe dich gewarnt«, sagte sie zu Philip, »aber du wolltest ja nicht auf mich hören, weder bei Naomi noch bei deiner Tochter. Und nun müssen wir alle dafür büßen.«

»Milicent.« Rasch sprang Candace auf und lief ihrer Schwiegermutter nach, die empört das Zimmer verlassen hatte.

Kelsey stellte ihre Tasse ab. Sie hatte ihre Worte schon bedauert, kaum daß sie heraus waren, aber nicht aus Rücksicht auf Milicents Gefühle, sondern wegen ihres Vaters.

»Das war wohl nicht sehr taktvoll von mir«, begann sie.

»Takt war noch nie deine Stärke – aber Ehrlichkeit.«

Seine Stimme klang traurig, was ihre Schuldgefühle noch verstärkte.

»Du bist enttäuscht von mir. Ich wünschte bloß, ich könnte einen Weg finden, wie ich mich verhalten muß, ohne dir Kummer zu bereiten.«

»Wir befinden uns in einer Situation, in der man es nicht jedem recht machen kann.« Er stand auf und ging, ihr den Rücken zukehrend, zum Fenster und schaute auf seine Azaleen. Bald würden sich ihre Blüten aus dem sicheren Schutz der Knospe befreien und zu eigenem Leben erwachen.

»Du hast dich mit Naomi angefreundet«, sagte er weich. »Ich kann nicht behaupten, daß mich das wundert. Ihr seid euch so ähnlich, nicht nur äußerlich. Aber ein Teil von mir – ein Teil, dessen ich mich schäme – möchte dich warnen. Dir sagen, daß du einen Fehler machst; daß du nicht dorthin gehörst. Dieser Teil von mir möchte nicht wahrhaben, daß du glücklich bist, eben weil du dorthin gehörst.«

»Ich habe das Gefühl, als ob ich gefunden hätte, wonach ich schon immer gesucht habe. Ich muß nicht mehr wie unter Zwang immer wieder etwas Neues ausprobieren, hinter etwas herrennen, was vielleicht noch interessanter und noch befriedigender sein könnte als das, was ich vorher getan habe. Das habe ich nämlich mein Leben lang getan, wie wir beide wissen.«

»Du warst auf der Suche nach einem Ziel, Kelsey. Dessen muß man sich nicht schämen.«

»Ich schäme mich ja auch nicht. Aber ich mag nicht mehr suchen. Ich liebe die Pferde und bin gut in meinem Job. Ich kann einfach nicht mehr in mein Apartment zurückkehren, zu den Nullachtfünfzehn-Jobs, zu den Wochenenden im Klub. Ich komme mir vor, als ob ich …«

»Aufblühe?« Plötzlich empfand Philip den Anblick der Blumen als schmerzlich und drehte sich um. »Als ob du deine Fesseln sprengst?«

»Genau so. Ich wußte gar nicht, wie unzufrieden ich war – besonders mit mir selbst.«

»Das mag ja sein.« Candace rauschte zur Tür herein, die Zähne zusammengebissen, die Augen funkelnd vor Wut. »Aber das ist keine Entschuldigung für dein Benehmen. Dein Vater und ich und auch deine Großmutter versuchen nur, dir in einer schweren Zeit beizustehen.«

»Ich glaube«, sagte Kelsey bedächtig, »das eigentliche Problem besteht darin, daß all das für mich nicht so schwer ist, wie ihr denkt.«

»Dann könntet du wenigstens etwas Rücksicht auf andere nehmen, auf Philips Gefühle zum Beispiel, und darauf, wie dein Verhalten auf Außenstehende wirken muß.«

»Candace«, mischte sich Philip ein, »das ist nun wirklich nicht nötig.«

»Ach nein?«

»Vielleicht hast du recht, Candace. Ich möchte Dad auf keinen Fall verletzen. Aber was die Leute denken, interessiert mich weniger. Ich will aber deinem gesellschaftlichen Ansehen nicht schaden«, fügte sie hinzu, »und schon gar keine Probleme zwischen euch beiden verursachen.«

»Trotzdem hast du Channing dazu ermutigt, mich zu täuschen und sich an diesem Ort aufzuhalten.«

Unsicherer Boden, dachte Kelsey und verfluchte Channing im stillen dafür, daß er sie in diese Zwickmühle gebracht hatte. »Ich habe ihn ermutigt, auf der Farm zu bleiben, das ist richtig.«

»Und hast ihm damit einen Floh ins Ohr gesetzt. Jetzt spricht er sogar davon, diesen Sommer auf der Farm zu arbeiten.« Mit hochrotem Gesicht umklammerte Candace eine Stuhllehne. »Es genügt schon, daß sie dich eingewickelt hat, Kelsey, aber ich werde nicht zulassen, daß sie auch noch Channing verdirbt.«

»Du lieber Gott.« Kelsey war mit ihrer Weisheit am Ende. Ungeduldig fuhr sie sich mit der Hand durchs Haar. »Woher habt ihr bloß eure Vorstellungen? Du hast die Frau noch nie gesehen und stempelst sie trotzdem als ein rücksichtsloses Luder ab, das nur darauf aus ist, junge Männer zu verführen und alles zu zerstören, was ihr in die Hände fällt. Sie hat Channing weder zum Bleiben eingeladen, um ihn zu verderben, noch, um euch eins auszuwischen, sondern meinetwegen. Und den Job hat sie ihm angeboten, weil er großes Interesse am Farmbetrieb zeigte.«

»Das werde ich auf keinen Fall gestatten!« Candace verabscheute selbst den zänkischen Klang ihrer Stimme, aber Kelseys Sturheit brachte sie zur Weißglut. »Ich dulde nicht, daß sich mein Sohn auf der Rennbahn herumtreibt und Umgang mit Spielern und einer Mörderin pflegt.«

Ergeben ließ Kelsey die Hände sinken. »Das ist eine Angelegenheit zwischen dir und Channing.«

»Allerdings. Ich weiß selber, daß ich kein Recht habe, dir Vorschriften zu machen.« Candaces Lippen bebten leicht. Sie hatte sich alle Mühe gegeben, um Kelsey eine Freundin und Vertraute zu sein und nicht die böse Stiefmutter aus dem Märchen. Offenbar hatte sie versagt. »Und selbst wenn ich es tun würde, machtest du doch, was du willst. So wie du es immer getan hast.«

Philip trat auf sie zu. Ihr Ausbruch hatte ihn erschüttert, aber auch verletzt. »Candace, das alles führt doch zu nichts. Schließlich handelt es sich nur um ein Tanzvergnügen.«

»Es tut mir leid, Philip«, ihre Wut wegen der Szene mit Milicent war noch nicht verraucht. Sie betrachtete Milicent nicht nur als Schwiegermutter, sondern als Freundin, als Verbündete. »Aber ich werde doch wohl noch meine Meinung sagen dürfen. Es geht hier nicht nur um den Ball, sondern auch um Loyalität und angemessenes Betragen. So kann es nicht weitergehen, Kelsey. Du hast deinem Vater schon genug Schmerz zugefügt, als du Naomi ihm vorgezogen hast.«

»Empfindest du das so?« Kelsey drehte sich zu ihrem Vater herum. »Glaubst du das wirklich, Dad? Kannst du denn nicht begreifen, daß ich euch beide gleichermaßen liebe? Daß ich verstehen und vergeben lerne?«

»Du hast Philip überhaupt nichts zu vergeben«, beharrte Candace bissig, »denn er hat nun wirklich alles für dich getan.«

»Ich habe getan, was ich für richtig hielt«, murmelte Philip. »Für mich ist alles sehr schwierig, Kelsey, das gebe ich zu. Aber ich will nach wie vor nur das Beste für dich.«

»Ich versuche ja gerade herauszufinden, was das ist. Und wenn ich das schon nicht weiß, dann will ich wenigstens das Richtige tun. Aber ich will dich auch während dieser Zeit keinesfalls verletzen.«

»Das glaube ich dir sogar«, meinte Candace müde. Sie hatte ihre Stieftochter nie verstanden. Warum sollte sich das jetzt ändern? »Das grundlegende Problem ist immer noch dasselbe, Kelsey. Du marschierst schnurstracks auf dein Ziel zu, ohne nach rechts und links zu schauen, ohne an die Konsequenzen zu denken. Und wenn du erreicht hast, was du wolltest, dann interessiert es dich oft nicht mehr.«

Diese Stegreifanalyse traf Kelsey wie ein Schlag und schürte ihren Ärger noch mehr. »Und das macht mich zu einer kaltherzigen, oberflächlichen Person, was?« Obwohl sie sich anstrengte, konnte sie nicht verhindern, daß ihre Stimme zitterte. »Das wird mir nicht zum erstenmal vorgeworfen, also was soll ich dazu noch sagen?«

»Daß es nicht stimmt.« Philip faßte sie an der Schulter. »Und Candace hat es mit Sicherheit nicht so gemeint. Du hast einen starken Willen, Kelsey, und du bist ziemlich eigensinnig – was man als Stärke oder als Schwäche auslegen kann.«

Candace gab auf. Die Erfahrung hatte sie gelehrt, daß gegen diese geballte Front nicht anzukommen war. »Wir machen uns Sorgen um dich, Kelsey. Und wenn ich zu hart mit dir ins Gericht gegangen bin, dann nur aus diesem Grund. Dazu kommt, daß uns allen die Situation allmählich über den Kopf wächst. Diese neuerlichen Vorfälle haben alte Erinnerungen wachgerufen. Die Leute fangen wieder an zu reden, und das wirft natürlich ein schlechtes Licht auf deinen Vater.«

»Zwei Männer sind getötet worden.« Etwas ruhiger trat Kelsey einen Schritt zurück. »Darauf hatte ich keinen Einfluß, genausowenig wie auf die Gerüchte, die dann in Umlauf waren.«

»Zwei Männer wurden getötet«, wiederholte Philip. »Und da erwartest du von uns, daß wir uns keine Sorgen machen?«

»Nein. Ich kann euch nur versichern, daß diese Ereignisse weder mit mir noch mit Three Willows etwas zu tun haben. Gewalt gibt es überall. Rennbahnen sind keine Brutstätten von Laster und Ausschweifung; für so etwas hat man weder die Zeit noch die Energie, wenn man jeden Morgen in aller Hergottsfrühe aufstehen muß. Dieses Leben besteht aus Arbeit, und zwar aus harter Arbeit. Teils ist sie langweilig, teils aufregend, aber für mich ist sie ungeheuer befriedigend. Da steigen nicht jede Nacht wüste Partys, wo der Champagner in Strömen fließt. Meistens schlafen wir um zehn schon tief und fest. Dad, ich habe gesehen, wie Fohlen geboren wurden – und ich habe auch gesehen, wie gestandene Männer ein krankes Pferd in den Schlaf gesungen haben. Die Rennbahn ist kein Ort aus einem Disney-Film, aber sie ist auch kein Sündenpfuhl!«

Philip schwieg. Er wußte, daß er verloren hatte. Genausogut hätte Naomi vor ihm stehen und eine Welt verteidigen können, zu der er niemals Zugang gefunden hatte.

»Ich bin sicher, es gibt auch positive Aspekte.« Candace bemühte sich sichtlich um Objektivität. »Ich habe das Derby von Kentucky schon einmal im Fernsehen verfolgt und muß zugeben, daß ich von den Pferden beeindruckt war. Das ganze Ereignis ist sicherlich nicht ohne Reiz. Vor einigen paar Jahren besaßen die Hanahans sogar einen Anteil an einem Rennpferd, weißt du noch, Philip? Wir verdammen ja auch nicht den gesamten ... Berufsstand« – so nannte man das wohl –, »wir sind wegen deines Umgangs in Sorge. Du hast gesagt, dein Freund sei ein Spieler.«

Kelsey stieß vernehmlich den Atem aus. »Das habe ich nur gesagt, um Großmutter auf die Palme zu bringen. Ich hätte es folgendermaßen formulieren sollen: Ich interessiere mich für den Mann, dem das Nachbargestüt gehört. Tut mir leid, daß ich euch Kummer bereitet habe. Und ich entschuldige mich von vornherein für den nächsten Schlag. Ich werde nämlich den Mietvertrag für mein Apartment nicht verlängern; sondern auf Three Willows bleiben, zumindest vorerst. Vielleicht sehe ich mich später nach einem eigenen Haus um, aber auf jeden Fall werde ich weiter auf der Farm arbeiten.«

Candace legte eine Hand auf Philips Arm, eine Geste, die sowohl Verständnis als auch Unterstützung ausdrücken sollte. »Ohne Rücksicht auf die Konsequenzen?« sagte sie.

»Ich werde mein Bestes tun, um sie so gering wie möglich zu halten. Da ihr mich sicherlich nicht auf der Farm besuchen wollt, werde ich so oft zu euch kommen, wie ich kann. Jetzt bin ich eine Weile nicht in der Stadt, aber ich werde anrufen.« Kelsey griff nach ihrer Handtasche und drehte den Riemen zwischen den Fingern. »Ich möchte keinen von euch verlieren.«

»Das wirst du auch nicht. Dies ist dein Zuhause, und das wird es auch immer bleiben.« Philip zog seine Tochter an sich. Candace sagte nichts dazu.

Die Rückfahrt erschien Kelsey endlos, ein ernüchterndes Zwischenspiel, das sie zwischen Tränen und Zorn schwanken ließ. Der größte Zorn war verflogen, als sie Three Willows erreichte, doch der Schmerz ließ nicht nach.

Kelsey machte an der Vordertür wieder kehrt. Sie wollte noch nicht hineingehen und Naomi gegenübertreten, denn sie war nicht in der Verfassung, ihrer Mutter zu erzählen, wie über sie und die Welt, in der sie lebte, geurteilt worden war. Es war besser, sie versuchte erst einmal, selbst darüber hinwegzukommen. Sie würde einfach zwischen den langsam verblühenden Narzissen sitzen bleiben, bis sich ihre innere Aufruhr gelegt hatte.

Da trat Gabe auf die Veranda.

»Ich habe dich gesucht.«

»Oh. Ich dachte, du wärst schon längst weg.«

Gabe setzte sich neben sie auf die schmale Steinbank, von der aus man die ersten Nelken und Akeleien sehen konnte. »Ich fahre erst heute abend.« Er hatte sie wiedersehen wollen, Grund genug, um seine ursprünglichen Pläne über den Haufen zu werfen. Sanft nahm er ihr Kinn in die Hand und drehte ihr Gesicht zu sich, um sie besser ansehen zu können. Sie hatte geweint. Überrascht stellte Gabe fest, daß dieser Anblick ihn tief berührte.

»Was ist los?«

Kelsey schüttelte den Kopf und rückte von ihm ab.

»Verbringst du viel Zeit damit, über dich selbst nachzudenken?«

»Wenn es sich vermeiden läßt, nicht.«

»Aber man muß es tun, wenn man seine Fehler in aller Deutlichkeit vorgehalten bekommt, so daß man meint, in einen Spiegel zu blicken und ein Zerrbild seiner selbst zu erblicken.«

Gabe legte seinen Arm um ihre Schulter und fragte betont unverfänglich: »Wer ist denn gemein zu dir gewesen, Baby? Sag's mir, damit ich ihm eine Tracht Prügel verpassen kann.«

Da mußte sie lachen, kuschelte sich kurz an ihn und setzte sich dann wieder auf. »Ich bin kein umgänglicher Mensch, Gabe. Es hat mich immer überrascht, wenn mich jemand starrköpfig oder verwöhnt nannte. Ich habe mir dann immer gesagt, daß stimmt nicht, ich tue nur, was ich für richtig halte.«

Ruhelos stand sie auf und ging ein paar Schritte von ihm weg über einen gepflasterten kleinen Pfad, der sich durch die frisch gesetzten Blumen schlängelte. »Als Wade mir vorwarf, ich sei kalt, engstirnig, rechthaberisch, nachtragend und was weiß ich noch alles, erklärte ich das damit, daß er nur seinen eigenen Betrug rechtfertigen wollte. Ich war ihm im Bett zu langweilig, also war es sein gutes Recht, sich eine interessantere Frau zu suchen. Ich zeigte nicht genug Verständnis für seine beruflichen Probleme, also suchte er sich das bei einer anderen. Und ich habe mich geweigert, großzügig darüber hinwegzusehen, daß ich ihn mit einer anderen Frau im Bett ertappt habe. Wenn ich seine physischen Bedürfnisse nicht erfüllen konnte, war das schließlich mein Problem. Ich hatte aber noch nie Schwierigkeiten, Nägel mit Köpfen zu machen. Wade bricht sein Ehegelübde? Gut, somit ist die Ehe für mich beendet, und basta. Schön, dann bin ich eben unnachgiebig!«

Auf Widerspruch gefaßt, wandte sich Kelsey Gabe zu. »Ich habe ganz klare Grundsätze. Es gibt richtig und falsch, Wahrheit und Lüge, Gesetz und Verbrechen. Nimm zum Beispiel die Anschnallpflicht!«

Gabe nickte, doch er war auf der Hut. »Gut. Nehmen wir die Anschnallpflicht.«

»Ehe die Vorschrift in Kraft trat, habe ich mich auch nicht immer angeschnallt. Man hat andere Dinge im Kopf, ist in Eile oder will nur kurz wegfahren. Aber von dem Moment an, wo dieses Gesetz rechtskräftig wurde, hat Klein Kelsey brav den Sicherheitsgurt angelegt. Immer, ohne Ausnahme.«

»Und du meinst, das macht dich zu einem Moralapostel?«

»Ehe dieses Gesetz in Kraft trat, da war es einfach nur Dummheit, ohne Gurt zu fahren. Ich kann über vieles hinwegsehen, nur über ein Gesetz nicht. Na ja, Geschwindigkeitsbeschränkungen«, gab sie zu. »Aber immer wenn ich zu schnell gefahren bin, dann wußte ich, daß ich damit ein Gesetz verletzt hatte. Aber Wade sah das alles anders. Wenn ich schon nach Atlanta gefahren bin, um unsere Ehe zu retten, warum war ich dann nicht auch bereit, Wades Seitensprung hinzunehmen? Ich werd's dir sagen. Weil er sein Versprechen gebrochen hat. Und das konnte ich nicht entschuldigen.«

Gabe rieb sich das Kinn. »Was willst du jetzt von mir hören, Kelsey? Daß es ein Fehler war, den Mistkerl zum Teufel zu jagen? Da kann ich dir aus zwei Gründen nicht zustimmen. Erstens finde ich, daß du vollkommen richtig gehandelt hast, und zweitens will ich dich für mich. Aber eins kann ich dir sagen, wenn wir verheiratet gewesen wären und ich hätte dich mit einem anderen Kerl im Bett überrascht, dann wäre der Kerl danach einen Kopf kürzer gewesen und du würdest es sehr bedauern. Hilft dir das weiter?«

Kelsey schloß die Augen und rieb mit beiden Händen ihr Gesicht. »Wie konnte ich nur in diesen Schlamassel geraten?«

»Ich schätze, du hattest einen harten Morgen. Wo warst du denn?«

»Bei meinem Vater.« Ihr war schon wieder zum Weinen zumute. Lächerlich, schalt sie sich, wandte sich ab und kämpfte gegen die Tränen an. »Ich wollte ihn von Angesicht zu Angesicht informieren, daß ich mein Apartment aufgebe und hierbleibe, vorläufig jedenfalls.«

»Und daraufhin hagelte es Vorwürfe.«

»Nein, eigentlich nicht. Zumindest nicht von seiner Seite. Mein Vater ist der liebenswerteste Mensch der Welt, und ich habe ihm weh getan.« Nun ließ sie ihren Tränen doch freien Lauf. Zur Hölle mit ihnen! »Ich wollte ihn nicht verletzen. Ich will ihn auf keinen Fall unglücklich machen, aber ich kann einfach nicht nachgeben, nur um es allen recht zu machen.«

Wortlos stand Gabe auf und zog sie an sich. Er versuchte nie, mit Worten Tränen zu verhindern. Es war das beste, man ließ sie einfach laufen, bis sie allen Kummer weggeschwemmt hatten.

»Es ist aber auch zu dumm.« Schniefend kramte Kelsey in ihrer Tasche vergeblich nach einem Taschentuch, und nahm dann eins, das Gabe ihr hinhielt. »Der ganze Trubel kam eigentlich nur wegen eines dämlichen Balls, dem Derby und dem Zahnarzt zustande.«

»Ich schlage vor, wir setzen uns wieder, und du übersetzt mir das.«

»Es geht um Traditionen«, erklärte Kelsey, und setzte sich auf die Bank. »Und darum, die Erwartungen der Familie zu erfüllen. Ich kann zwar nicht sagen, daß meine Kindheit von Zwängen und Vorschriften bestimmt war, aber es galt immer, dem Namen Byden Ehre zu machen. Und meine Großmutter hat darauf immer besonderen Wert gelegt.«

Sie knüllte das Taschentuch zusammen und wünschte, sie könnte auch ihren ganzen Groll so zusammenknüllen und beiseite schieben. »Sie trägt mir noch immer nach, daß ich die Familienehre durch eine Scheidung besudelt habe. Und daß sie tobt, weil ich hier bin, brauche ich wohl nicht extra zu erwähnen.« Um sich aus ihrer düsteren Stimmung herauszureißen, versuchte sie zaghaft zu lächeln. »Sie hat mich schließlich aus ihrem Testament ausgeschlossen.«

»Nun …« Er nahm ihre Hand und spielte mit den Fingern. »Du kannst jederzeit zu mir ziehen. Zeig ihr, daß du nicht auf sie angewiesen bist.«

»Dafür würde mein Name aus der Familienchronik gestrichen.«

Als ihm bewußt wurde, daß er damit nicht nur einen Spaß machen wollte, gab er ihre Hand frei. »Das können wir natürlich nicht verantworten. Also, was ist mit dem Ball, dem Derby und dem Zahnarzt?«

»Klingt wie ein Filmtitel.« Kelsey entspannte sich ein wenig. »Eigentlich wollte ich nur meinen Vater besuchen, aber quasi als Zugabe waren auch Candace, meine Stiefmutter, und meine Großmutter dort. Sie planten gerade bei Gurkensandwiches das Blumenarrangement für den Frühlingsball des Wohltätigkeitsvereins, an dem ich natürlich auch teilnehmen würde, das stand für sie fest. Sie hatten sogar schon einen Begleiter für mich ausgesucht, denn seit ich Wade verlassen habe, bin ich mit niemandem mehr ausgegangen. Sie …«

»Moment mal.« Gabe hob die Hand. »Nur für die Akten: Wiederhole doch bitte den letzten Teil des Satzes, der ist für mich von persönlichem Interesse.«

»Ich habe mich seit zwei Jahren mit keinem Mann mehr eingelassen, zum einen, weil ich es nicht richtig fand, mich mit jemandem zu treffen, solange die Scheidung noch nicht rechtskräftig ist, zum anderen, weil Sex nie eine treibende Kraft in meinem Leben war.«

Er griff wieder nach ihrer Hand und küßte sie. »Das können wir ändern.«

»Ich versuche doch nur, dir alles zu erklären.« Kelsey wollte ihm ihre Hand nicht lassen, sie mußte aber vor seinem festen Griff kapitulieren. »Der Begleiter, den sie ausgesucht hatten, ein Kieferchirurg, ist der Sohn von Freunden meiner Eltern, der vor kurzem wieder nach D. C. zurückgekommen ist. Er entspricht allen Anforderungen der Familie Byden. Im Gegensatz zu dir.«

»Das ist das Netteste, was du bislang zu mir gesagt hast. Laß uns zu mir gehen und feiern.«

»Du hilfst mir darüber hinweg. Mir geht's schon viel besser.« Lächelnd lehnte sie den Kopf gegen seine Schulter. »Jedenfalls mußte ich ihnen nicht nur klarmachen, daß ich an ihrem Goldjungen kein Interesse hatte, sondern gleich auch noch beichten, daß ich nicht auf den Ball gehe. Er findet nämlich am ersten Samstag im Mai statt.«

»Das Derby. Jetzt fügen sich die Puzzleteilchen ineinander.«

»Genau, das Derby. Damit kam es zum Familienkrach. Anfangs war's noch recht zivilisiert, doch bald wurde Großmutter ziemlich massiv. Also …«, sie blinzelte ihn verstohlen an, »… dann habe ich ihr gesagt, daß ich mit einem Spieler befreundet wäre, nur um sie zu ärgern.«

»Du hast einen Hang zur Bosheit.« Gabe nahm ihr Gesicht in seine Hände und küßte sie, ehe sie ausweichen konnte. »Das gefällt mir.«

»Meiner Familie nicht. Großmutter stürmte wutentbrannt aus dem Zimmer, mein Vater war am Boden zerstört und Candace stinksauer. Wir sind schon häufiger aneinandergeraten, doch diesmal verteilte sie gezielte Hiebe. Und die haben gesessen. Je länger ich hierbleibe, desto mehr schade ich der Familie. Und da ich zu störrisch bin, um nachzugeben, gehe ich auch keinen Kompromiß ein.«

»Manchmal gibt es keine Kompromisse.«

»Nette, umgängliche Menschen finden immer welche.«

Jetzt wußte Gabe nicht weiter. Ein Familienzwist, hinsichtlich familiärer Probleme hatte er kaum Erfahrung.

»Ist dir schon einmal aufgefallen, daß deine Familie auch keinen Kompromiß eingeht?« Er beobachtete sie, als sie sich langsam zu ihm umdrehte. »Alles oder nichts. Im Grunde genommen wollen sie nur, daß du dich all ihren Wünschen beugst.«

»Ich … so habe ich das noch nie gesehen.«

»Nein, du bist ja auch so kalt und unnachgiebig, daß du dich automatisch für alles verantwortlich fühlst. Egal ob sie dir die Schuld geben, dir mit Enterben drohen, dir einreden, daß du nur an dich denkst, du meinst, alles ist dein Fehler.«

Kelsey konnte sich nicht erinnern, daß bisher jemand ihre Partei ergriffen hatte, wenn es um die Familie ging. Wade schon gar nicht. Immer hatte man sie beschuldigt, alle Unstimmigkeiten zu verursachen. Seltsam, daß ihr nie zuvor aufgefallen war, daß ihre Familie ebenso unerbittlich auf ihren Forderungen beharrte wie sie selbst.

»Ihrer Meinung nach tue ich nur, was ich will, ohne Rücksicht auf …«

»Ohne Rücksicht auf was?« hakte Gabe nach. Zwar hatte er nie eine Familie gehabt, die sich schützend vor ihn stellte, dafür war er aber auch von Verpflichtungen und Schuldzuweisungen verschont geblieben. »Ohne Rücksicht darauf, daß immer beide Seiten Zugeständnisse machen müssen. Wenn du jetzt brav mit dem für dich ausgewählten Zahnarzt auf den Ball gegangen wärst, hätte das etwas geändert?«

»Nein«, gab sie nach einer Weile reiflicher Überlegung zu. »Die nächste Szene wäre nur etwas aufgeschoben gewesen, gegeben hätte es sie auf jeden Fall.«

»Bleibst du hier, um ihnen eins auszuwischen?«

»Natürlich nicht!« Beleidigt warf Kelsey den Kopf in den Nacken. »Natürlich nicht«, wiederholte sie gedämpfter. »Das muß dir doch alles ziemlich lächerlich vorkommen, dieses Getue um Anstandsregeln und Traditionen.«

»Nein, ich finde nur, daß du dich lange genug mit Selbstvorwürfen gequält hast. Na, fühlst du dich besser?«

»Viel besser.« Kelsey seufzte erleichtert. »Ich bin froh, daß du noch nicht weggefahren bist, Slater.«

»Ich wollte dich unbedingt vorher sehen.« Seine Finger glitten sanft über ihren Nacken, und sie bekam eine Gänsehaut. »Du bringst meinen Zeitplan vollkommen durcheinander, Kelsey.«

»Ach ja?« Sie schaute unverwandt auf ihre im Schoß gefalteten Hände.

»Ich denke schon an dich, ehe ich morgens die Augen aufschlage. Vermutlich gibt es drei Situationen, in denen ein Mann am verwundbarsten ist: Wenn er betrunken ist, wenn er mit einer Frau schläft und kurz bevor er aufwacht. Ich trinke nicht, und seit ich dich kenne, habe ich ein großes Verlangen nach dir. Du beherrschst alle meine Gedanken. Jetzt bin ich schutzlos.«

Selten hatte jemand so tiefe Gefühle in ihr geweckt, romantische wie auch sexuelle. Während er sprach, hatte sie den Blick nicht von ihm gewandt, verzaubert von dieser weichen, lockenden Stimme. Nun war auch sie gefangen, war auch sie schutzlos.

»Du machst mir angst!« Es war heraus, ehe sie es verhindern konnte. Aber sofort wurde ihr klar, daß es stimmte.

»Dann geht es dir wie mir.«

Er umfaßte ihr Gesicht und strich mit den Fingern langsam ihr Haar zurück, kostete den Augenblick aus. Vogelgezwitscher, Frühlingsblumen, goldene Nachmittagssonne. Dann ihr Mund auf dem seinen, ein leises Stöhnen.

»Was ich empfinde, wenn ich dich küsse, erschreckt mich fast zu Tode.« Von widerstreitenden Gefühlen überwältigt, lehnte er seine Stirn gegen ihre. »Und daß ich es immer wieder tun möchte, erschreckt mich fast noch mehr.«

»Mich auch. Wahrscheinlich ist es besser, wenn wir uns ein paar Tage nicht sehen. Ich habe über so vieles nachzudenken.«

»Für mich gibt es nichts mehr zu überlegen, Kelsey.«

Als sie wieder zu Atem kam, nickte sie ruhig. »Eigentlich gibt es das auch nicht.« Fast bedauernd machte sie sich los. »Viel Glück in Keeneland, und danke für die Schulter zum Anlehnen. Ich konnte sie brauchen, ja eigentlich brauchte ich dich.«

15

Als Naomi von Kelseys Entscheidung, das Team nach Kentucky zu begleiten, erfuhr, stellte sie keine Fragen. Sie hatte sich zwar so sehr gewünscht, ihre Tochter möge mitkommen, doch wollte sie das nicht als selbstverständlich nehmen. Für Naomi war nichts mehr im Leben selbstverständlich.

Die einzige Unstimmigkeit kam auf, als Kelsey darauf bestand, ihre Auslagen selbst zu bezahlen. Das nagte an Naomi, während sie packte und ihre Vorbereitungen traf, während des Fluges und beim Einchecken im Hotel. Und als sie Kelsey zu sich ins Zimmer bat, machte sie ihrem angestauten Ärger Luft.

»Das ist doch absurd!« Erregt lief sie im Zimmer auf und ab und ignorierte die leichte Mahlzeit und den Wein, den sie bestellt hatte, um die Auseinandersetzung erfreulicher zu gestalten. »Du bist als eine Mitarbeiterin von Three Willows hier und hilfst Boggs mit Pride. Betrachte es als Spesen.«

»Ich bin hier«, berichtigte Kelsey, »weil ich mir um nichts in der Welt die Bluegrass Stakes oder das Derby entgehen lassen will. Und was Pride angeht, da bin ich vollkommen überflüssig. Moses und sein Team brauchen mich nicht.«

»Aber ich«, gab Naomi sofort zurück. »Kannst du dir eigentlich vorstellen, was es für mich bedeutet, dich hier zu haben? Aus freien Stücken? Nach all der Zeit, nach all dem Kummer zu wissen, daß du neben mir stehst, und zwar nicht nur während des Zieleinlaufs, sondern die ganze Zeit über. Lieber habe ich dich von heute bis zum ersten Samstag im Mai an meiner Seite, als ein Dutzend Derbys zu gewinnen. Und du läßt mich noch nicht einmal deine Hotelrechnung bezahlen!«

Ziemlich verblüfft, starrte Kelsey ihre Mutter an. Noch nie hatte sie Naomi so engagiert, so emotionsgeladen erlebt. Hier endlich sah sie die Frau, die ihr von dem Hochzeitsfoto entgegengelacht hatte, die rücksichtslos mit anderen Männern geflirtet hatte – und die einen von ihnen getötet hatte.

»Es erscheint mir einfach nicht richtig«, begann sie, verstummte aber augenblicklich, als Naomi herumfuhr.

»Und warum bitte schön nicht? Weil ich nicht dem üblichen Bild einer Mutter entspreche? Weil ich in einer Zelle saß, als ich eigentlich bei dir sein und dir beibringen sollte, wie man sich die Schnürsenkel bindet?«

»Das habe ich nicht ...«

»Ich erwarte ja gar nicht, daß du mir das verzeihst«, brauste Naomi auf. »Ich erwarte auch nicht, daß du alles vergißt. Du bist weder verpflichtet, mich zu lieben, noch, mich als deine Mutter zu betrachten. Aber ich war der Meinung, daß du Three Willows allmählich als dein Heim betrachtest.«

»Das tue ich auch«, sagte Kelsey vorsichtig, auf eine neue Explosion gefaßt. »Was aber noch lange nicht heißt, daß ich die Situation oder dich ausnutzen will.«

Die erwartete Explosion blieb aus. Naomi setzte sich, bemüht, ihr Temperament zu zügeln. »Wenn du dir deinen Aufenthalt nicht von mir finanzieren lassen willst, dann wenigstens von Three Willows. Es ist gut möglich, daß dich dein Aufenthalt auf der Farm zumindest einen Teil deines Erbes kostet. Was ich sehr bedauere.«

»Also läuft das Ganze auf eine Entschädigung hinaus? Nun gut.« Kelsey hob die Hände, als in Naomis Augen erneut ein rebellischer Funke aufglomm. »So ein Quatsch. Ich weiß wirklich nicht, warum du dich so aufregst. Zahl die Rechnung, wenn dir das soviel bedeutet.« Energisch warf sie ihr Haar zurück. »Und da habe ich mich immer gefragt, von wem ich mein Temperament geerbt habe. Dad ist die Ruhe selbst, und du hast immer so gelassen und beherrscht gewirkt. Jetzt weiß ich, wo ich meinen Hitzkopf herhabe, dafür ziehe ich gern bei einem Streit den kürzeren.«

»Freut mich, daß ich wenigstens ein Geheimnis lüften konnte.« Unwillig die Achseln zuckend, zupfte Naomi eine Erdbeere von der Obstplatte, die sie bestellt hatte. »Wie dem auch sei, vom Streiten krieg' ich immer Hunger. Möchtest du auch was essen?«

»Ja.« Kelsey nahm eine Apfelscheibe. »Eins will ich noch klarstellen«, begann sie in einem Tonfall, der Naomi beim Einschenken des Weins innehalten ließ. »Ich akzeptiere dich durchaus als meine Mutter. Sonst wäre ich nämlich längst nicht mehr hier.«

Naomi beugte sich vor und küßte Kelsey leicht auf die Wange, dann füllte sie die Gläser.

»Auf die Frauen von Three Willows.« Leise klirrend stießen die beiden miteinander an. »Ich habe lange gewartet, bis ich darauf trinken konnte.«

Die Tage vor den Bluegrass Stakes vergingen wie im Flug. Kelsey lernte unzählige Leute kennen und stand jeden Tag in der Morgendämmerung auf, um das Training zu verfolgen und Pride mit jedem anderen der Pferde zu vergleichen. Sie musterte die Jockeys, bewertete die Trainer und entlockte Boggs alles an Informationen und Spekulationen, die dieser in Erfahrung bringen konnte.

Sooft sie Gelegenheit dazu hatte, versuchte sie, den armen Reno in die Enge zu treiben, fragte ihn über seine Strategie aus und quälte ihn mit tausenderlei Fragen, was die Form der Pferde, der Zustand der Bahn und dergleichen mehr betraf.

»Sag mal«, fragte er sie schließlich entnervt, »wer reitet eigentlich diesen Hengst, du oder ich?«

Kelsey verzog schmollend die Lippen. Die zwei standen gerade bei Pride und führten heiße Diskussionen. »Du natürlich. Aber ...«

»Aber dir wäre es lieber, wenn du die Zügel in der Hand hättest.«

Kelsey mußte lächeln. »Kann schon sein.« Sanft streichelte sie Prides warme, weiche Nase. »Vermutlich hat mich das Fieber auch schon gepackt.«

»Du glühst förmlich davon.« Reno hakte die Daumen in die Taschen seines dunkelblauen Seidenanzugs.

»Aber das gehört einfach dazu, oder nicht? Die Unruhe, der Ehrgeiz.« Sie holte einen Apfel, den sie extra aufgehoben hatte, aus der Tasche und hielt ihn Pride hin. »Und die Liebe.«

»Es packt dich, ohne daß du dich wehren kannst«, stimmte Reno ihr zu. Was hatte es für einen Sinn, ihr zu erklären, daß später andere Dinge wichtiger wurden. Die Tricks, die Quoten, die Wetten. Sie würde schon noch von selbst dahinterkommen, dachte er und gab ihr einen freundschaftlichen Klaps auf den Rücken. »Halt du unseren Jungen bei Laune, Kindchen. Erinnere ihn an diesen Hengst aus Kentucky. Bring ihn in Stimmung.«

Winkend verließ Reno den Stall.

»Laß dir wegen dieser Eintagsfliege keine grauen Haare wachsen«, beruhigte Kelsey Pride. »Der kann sich mit dir nicht messen.« Pride verspeiste seinen Apfel und war offensichtlich ganz ihrer Meinung.

Midnight Hour, ein in Kentucky gezüchteter junger Hengst, galt als lokaler Favorit. Er hatte überraschend das Derby von Florida gewonnen und dabei sowohl Pride als auch Double um eine Halslänge geschlagen. Der kleine, schreckhafte Hengst war Held der örtlichen Presse.

Und ein herrliches Tier, wie Kelsey zugeben mußte. Klassischer Bau, schwer einzuschätzende Tagesform und feurige Augen. Er trug während des Rennens Scheuklappen, da er sich allzu leicht irritieren ließ. Aber er war schnell, das hatte sie selbst gesehen.

Auch Cunninghams Stute hatte ihre Fans. Man mußte ja nicht auch noch den Besitzer bewundern, wenn einem das Pferd gefiel. Big Sheba hatte Charakter und Courage, und sie donnerte wie ein Tornado über die Bahn. Doch ihr gequältes Keuchen nach jedem Training beunruhigte Kelsey sehr.

Die anderen Konkurrenten waren gleichfalls nicht zu unterschätzen, vor allem Gabes Double. Doch Kelsey setzte voll und ganz auf Pride, nicht allein aus Loyalität, noch nicht einmal aus purer Liebe. Sie schmeichelte sich, daß sie unter Moses' Anleitung langsam ein Gespür für Pferde entwickelte. Ein Pferd wie Pride fand man einmal unter Tausenden, ebenso wie ihre Honor, davon war sie fest überzeugt.

Am Renntag stand sie neben ihrer Mutter und hoffte, daß sie ebenso zuversichtlich war.

»Heute morgen hat er einen hervorragenden Eindruck gemacht.«

Kelsey holte tief Atem. Eigentlich wollte sie die Parade, das Schauspiel, die Vorfreude genießen, doch sie konnte nicht stillstehen. Und erst recht nicht den Mund halten.

»Moses hat Reno angewiesen, ihn etwas zurückzuhalten, um ihn so anzuspornen. Die Bahn ist hart und schnell, genau richtig für ihn. Ich hab' mich ein bißchen umgehört, Midnight Hour ist zwar der Hoffnungsträger des hiesigen Publikums, aber die Fachleute schätzen Pride und Double als gleichwertig ein.« Aufgeregt fuhr sie sich mit der Hand über den Mund. »Aber Sudden Force könnte uns Probleme bereiten, das ist der Kastanienbraune aus Arkansas. Und Cunninghams Big Sheba dürfen wir auch nicht unterschätzen.«

Amüsiert und beeindruckt zugleich strich Naomi ihrer Tochter beruhigend über den Arm. »Einmal tief Luft holen. In ein paar Minuten ist alles vorrüber.«

»Da komme ich ja gerade noch rechtzeitig, um meinen beiden Frauen Glück zu wünschen.« Gabe drängte sich zwischen sie und gab jeder einen Kuß. »Die Quoten stehen für beide sieben zu fünf«, bemerkte er mit einem Blick auf die Anzeigentafel. »Wie wär's, wenn der Sieger den Verlierer zum Essen einlädt?«

»Und der Verlierer spendiert den Sekt.« Naomi grinste ihn schelmisch an. »Mir war es schon immer lieber, wenn ein Mann mir den Drink bezahlt.«

»Bravo«, murmelte Kelsey, doch dann hielt sie die Luft an, die Pferde wurden gerade zu den Startboxen geführt.

Im Schutz der Tribüne beobachtete Rich seinen Sohn. Der Junge hatte schon immer einen guten Geschmack in punkto Frauen gezeigt. Und auch ein geradezu unverschämtes Glück bei ihnen gehabt. Ganz wie sein alter Herr, dachte Rich, und tätschelte die Kehrseite der kleinen beschwipsten Blondine, die er vorige Nacht aufgelesen hatte.

»Behalt Nummer drei im Auge«, instruierte er sie. »Ich habe großes Interesse an diesem Pferd.«

Die Glocke ertönte, die Boxen öffneten sich, und die Pferde schossen vorwärts, während die Frau an Richs Seite quitschte und grölend die Nummer drei anspornte.

Rich schaute angestrengt durch sein Glas. Der lokale Favorit führte und drängte dabei den Hengst aus Arkansas seitlich ab. Obwohl sich das Feld in einer Masse leuchtender Farben und wirbelnder Beine auflöste, verlor er Nummer drei nicht aus den Augen. Cunninghams Stute kämpfte sich verbissen vor und hängte die Führungsspitze um eine Halslänge ab. Doch schon löste sich die Virginia's Pride aus der Masse und schoß, Torf aufwirbelnd, voran.

Rich nickte bedächtig, und seine Lippen verzogen sich zu einem hämischen Grinsen. Double holte auf der Innenseite der Gegengeraden auf. Sogar das Donnern der Hufe ging in dem tosenden Beifall der Menge unter, als die drei Pferde eine Sekunde lang, ein großartiger Augenblick, auf gleicher Höhe lagen.

Dann gewann Pride an Boden, eine Nasenlänge, eine Halslänge, schließlich eine halbe Länge. In Bruchteilen von Sekunden gingen sie ins Ziel; Virginia's Pride, Double or Nothing, Big Sheba. Sieg, Platz und Platz.

Laut lachend warf Rich den Kopf zurück. »Süße, ich hab' genau ins Schwarze getroffen.«

Seine Begleiterin zog einen Flunsch und verschüttete fast ihr Bier: »Aber Nummer drei hat doch gar nicht gewonnen.«

Rich lachte noch lauter und tastete nach dem Wettschein. Tausend Dollar hatte er auf Prides Nase gesetzt. »Denkst du, Schätzchen. Aber der alte Rich weiß genau, was er tut.«

»Ich glaub's einfach nicht!« Kelsey hatte immer noch die Hände an ihrem Mund. Kurz vor dem Ende des Rennens hätte sie sich am liebsten die Augen zugehalten. »Er hat's geschafft! Er hat gewonnen!« Jubelnd schlang sie die Arme um Naomi: »Herzlichen Glückwunsch! Das ist der Auftakt zum Derby, ich hab's im Gefühl.«

»Ich auch.« Naomi drückte ihre Tochter an sich, ohne auf die Kameras und die Reporter zu achten. »Komm mit zum Siegerring. Ich möchte dich bei mir haben.«

»Keine Macht der Welt könnte mich davon abhalten.« Kelsey drehte sich zu Gabe um. Für jemanden, der gerade um eine halbe Länge verloren hatte, wirkte er ausgesprochen zufrieden. »Dein Pferd ist gut gelaufen«, sagte sie.

»Das ist er. Aber eures war besser«, er zog sie an ihrem Zopf, »diesmal. Wir sehen uns dann beim Essen.«

Auch durch die Freude über den Sieg durfte sich niemand von seiner Arbeit abhalten lassen. Das Team würde bis nach dem Derby in Kentucky bleiben und nur von Keeneland nach Churchill Downs umziehen.

Die Morgendämmerung bedeutete nach wie vor Beginn des Trainings, Zeitmessungen, schwarzen Kaffee und die Kommentare der Trainer, die den Ablauf des Geschehens vom Geländer aus verfolgten.

Nur ging es bei diesen Vorbereitungen um das Derby, so daß die Trainingsrennen längst nicht mehr privat und in aller Ruhe abliefen. Reporter waren überall, und sie fingen sogar die Stallburschen ab, sowie sie die Nase aus der Tür steckten, um von ihnen einen Kommentar zu ergattern. Ob Fernsehen, Tageszeitung oder Fachzeitschrift, jeder wollte einen Aufmacher, ein Insiderinterview oder *das* Foto schlechthin.

Kelsey wußte, wann und wo sie *das* Foto geschossen hätte. Und zwar im sanften Licht der Morgendämmerung, die Pferd und Reiter in zauberische Wesen verwandelte, wenn der Nebel vom Boden emporstieg, die Farben verwischte und die Laute dämpfte. Dann glich die Bahn einer verwunschenen Landschaft, in der Vögel zwitschernd den neuen Tag begrüßten.

Der Frühling hatte Einzug in Louisville gehalten, doch die Luft zu dieser frühen Stunde war noch kühl, so daß weiße Schwaden hinter den vom Aufwärmgalopp zurückkehrenden, schwitzenden Pferden herwehten. Einem sich in die Lüfte schwingenden Pegasus vergleichbar, flogen sie durch den Nebel.

Aber sie waren Athleten. Nur allzuleicht vergaß man, daß diese Tiere, die immerhin eine halbe Tonne auf die Waage brachten und auf unverhältnismäßig zierlichen langen Beinen liefen, zum Rennen geboren waren.

Von den Tausenden Vollblutfohlen, die jedes Jahr zur Welt kamen, war es nur sehr wenigen bestimmt, in dieser besonderen Woche durch den Morgennebel der Rennbahn zu jagen. Und nur eines von ihnen würde am Samstag mit einem Blumenkranz um den schweißglänzenden Hals im Siegerring stehen.

Pfleger schleppten die Wasserbottiche und Bandagen heran und huschten, geisterähnlich, zwischen den Pferdeleibern hindurch. Langsam stieg die Sonne höher und ließ die Tautröpfchen auf dem Gras wie Diamanten glitzern. Eine Katze miaute, irgendwo knirschten Stiefel auf Kies. Dann erklang von fern Hufgetrappel, gespenstisch, weil nichts zu sehen war, bis sich die Nebel teilten und ein Pferd vorbeischoß.

Diese Eindrücke wollte Kelsey mitnehmen; Bilder einer Oase der Ruhe und des Friedens neben all dem Trubel und dem prächtigen Farbenspiel während der Renntage.

»Was machst du denn hier?«

Kelsey sagte nichts, sondern ergriff einfach nur Gabes Hand. Sie hätte wissen müssen, daß er genau in diesem Moment dazukommen und sich zu einem Teil ihrer Gefühle machen würde. »Ich nehme die Eindrücke tief auf, damit ich diese Szenen über all der Hektik, den Partys, den Pressekonferenzen und dem Druck nicht vergesse.«

»Für jemanden, der garantiert nicht vor zwei ins Bett gekommen ist, bist du aber schon früh auf den Beinen.«

»Wer kann jetzt schlafen?«

Zur Antwort deutete Gabe auf einen Stallburschen, der dösend an der Scheunenwand lehnte. Kelsey lachte und holte einmal tief Atem, sog den Geruch nach Pferden und Stall tief in sich auf.

»Für mich ist alles neu. Heute morgen habe ich deinem Jockey bei der Arbeit mit Double zugesehen. Sie sahen gut aus.«

»Und ich habe dir zugesehen, wie du an der Gegengeraden am Geländer lehntest. Du hast gut ausgesehen.«

»Ich weiß wirklich nicht, wie du bei all dem Trubel noch die Energie zum Flirten aufbringen kannst. Mir kommt es vor, als hätten sich hier alle Karnevalszüge der Welt zu einem einzigen großen getroffen.« Sie setzte sich in Bewegung. »Paraden, Heißluftballonrennen, hier ein Empfang, dort ein Diner. Dann diese Dampferregatta gestern. So was habe ich in meinem ganzen Leben noch nicht gesehen.«

»Ich hab' fünftausend Dollar gewonnen.«

Kelsey schluckte: »Das hätte ich mir denken können. Und wer war blöd genug, gegen dich zu wetten?«

Gabe grinste: »Moses.«

Sie zog die Krempe ihrer Kappe tiefer ins Gesicht. »Na ja, mit den zehn Prozent Gewinnanteil, die er Samstag einstreichen wird, kann er sich's leisten.«

»Du bist ganz schön vorlaut, meine Liebe.«

»War ich schon immer. Gehst du zur Auslosung der Startpositionen?«

»Selbstverständlich.« Seit fünf Jahren hatte er keine Auslosung versäumt. Seine Anwesenheit hatte zwar keinen Einfluß auf die Position, die seinem Pferd zugewiesen wurde, aber es war immerhin sein Pferd. »Vorher gibt's Frühstück auf dem alten Sattelplatz. Hast du Hunger?«

Stöhnend drückte sie eine Hand auf ihren Magen. »Seit ich in Louisville bin, habe ich mehr gefressen als ein Holsteiner. Ich glaube, ich verzichte. Wenn du …«

Sie brach ab, da sie bemerkte, daß seine Aufmerksamkeit abgelenkt wurde. Geradezu gebannt schaute er auf etwas, was hinten bei den Ställen sein mußte. »Stimmt etwas nicht?«, fragte Kelsey.

»Nein, nein.« Einen Moment lang glaubte Gabe, seinen Vater dort gesehen zu haben. Diese vertrauten großspurigen Bewegungen, der pastellfarbene Anzug, der zwischen Jeans und Cord so fehl am Platz wirkte. Aber es war nur der Bruchteil eines Augenblicks gewesen, außerdem war Slater nun wirklich nicht der Typ, der am frühen Morgen zwischen den Ställen von Churchill Down herumspazierte. »Nein«, wiederholte er und schüttelte das unbehagliche Gefühl, das sich automatisch eingestellt hatte, ab. »Wenn du nichts essen willst, kannst du mir wenigstens Gesellschaft leisten.«

Danach verschwendete Gabe keinen Gedanken mehr an den Zwischenfall. Noch ehe der Morgen vorüber war, beratschlagte er eifrig mit Jamison und seinem Jockey, wie sie die Startposition Doubles, der die Nummer drei erhalten hatte, am besten nutzen konnten.

»Pride startet an der Innenseite!« Kelsey stand mit Boggs im Stall und biß in einen der Äpfel, die sie ständig bei sich trug, während der alte Pfleger Bandagen auf eine Leine hängte. »Das ist ein Zeichen Gottes.«

Boggs zupfte eine Wäscheklammer von seinem Hosenbein und befestigte sorgsam eine königsblaue Bandage an der Leine. »Ich nehm' an, Gott schaut auch beim Derby zu, und wahrscheinlich hat auch er seinen Favoriten.« Mit den Fingerspitzen fuhr er über einen abgewetzten Sattel. Die Steigbügel hatte er eigenhändig gesäubert und poliert. »Dachte, ich könnt' ein paar von den toten Präsidenten in meiner Tasche auf Prides Nase setzen.«

»Ich dachte, Sie wetten nicht, Boggs?«

»Nee.« Mit großer Sorgfalt breitete er eine Decke über die Leine. »Seit April '73 nich' mehr.«

Er warf ihr einen flüchtigen Blick zu, um festzustellen, ob sie wußte, was in diesem Jahr passiert war. Damals hatte ihre Mutter Alec Bradley getötet. Als er merkte, daß sie nicht daran dachte, fuhr er fort:

»War auch in Keeneland. 'n Rennen in Lexington. Three Willows hatte 'nen hoffnungsvollen Hengst am Start. Einen Prachtkerl. Hab' diesen Hengst mehr geliebt als jemals 'ne Frau. Sun Spot hieß er. Muß wohl verrückt gewesen sein, hab 'n ganzen Monatslohn auf ihn gesetzt. Schoß aus der Startbox raus wie der Blitz, als könnt' er schon den Zielpfosten sehen. In der ersten Runde stolperte der Hengst neben ihm und rempelte ihn so hart an, daß Spot zu Boden ging. Wußt' sofort, daß er nie wieder rennen würde. Vorderbein gesplittert. Konnte man nichts mehr machen, ihn nur noch erlösen. Ihre Ma hat ihn selbst erschossen. War ja ihr Pferd, und sie hat geheult wie 'n Schloßhund, aber sie hat getan, was getan werden mußte.« Boggs seufzte schwer.

»Aber ich wett' seitdem nicht mehr. Denke, bringt Unglück, wenn ich's tu.«

Kelsey legte einen Arm um Boggs, und gemeinsam betrachteten sie seine Arbeitsutensilien, die feuchten Bandagen, die Scheuklappen, die Decken und Baumwollpolster. »Pride wird nichts geschehen.«

Boggs nickte und nahm den Apfel, den Kelsey ihm anbot. »Ist 'n Fehler, ein Pferd zu lieben, Miß Kelsey.« Er rieb den Apfel an seinem Hemd ab, ehe er ihn ihr zurückgab. »Sie brechen einem das Herz, so oder so.«

Kelsey lächelte nur, warf den Apfel in die Luft und fing ihn wieder auf. »Ist der für mich oder für Pride?«

Ein zahnloses Grinsen breitete sich auf Boggs' Gesicht aus, als er sagte;: »Er liebt seine Äpfel.«

»Dann sollte ich ihn wohl mit ihm teilen.«

Boggs trat von einem Bein auf das andere und kratzte sich am

Hals. »Wissen Sie, heute hab' ich jemanden gesehen, der schon lange nicht mehr hier war. Den kenn' ich auch noch vom Frühjahr '73.«

»Ach?«

Um Zeit zu gewinnen nahm Boggs ihr den Apfel wieder aus der Hand und drehte ihn in seinen schwieligen Händen, so daß er in zwei Hälften brach. »Mr. Slaters Alten Herrn.«

»Gabes Vater? Den haben Sie hier gesehen?«

»Dachte, er wär's. Aber meine Augen sind nicht mehr das, was sie mal waren. Komisch, wenn er hier wäre. Ich erinnere mich, daß er sich am Tag, wo Spot stürzte, auch in der Nähe rumtrieb. Machte 'n Riesentheater, so als ob Miss Naomi geplant hätte, an diesem Tag Rennen und Pferd zu verlieren. War natürlich besoffen. Aber Rich Slater kann ganz schön überzeugend sein. Sie haben das Pferd dann auf unerlaubte Drogen untersucht.«

Kelsey blieb stehen, wo sie war. Die Sonne brannte ihr auf den Rücken, doch ihr Gesicht lag im Schatten. »Und was hat man gefunden?«

»Bei unserm Spot gar nichts, die Chadwicks sind sauber. Aber dafür bei dem Hengst, der ihn angerempelt hat. Amphetamine.«

»Und für wen lief dieser Hengst?«

»Cunningham.« Boggs spuckte verächtlich aus. »Ist schon ulkig. Erst zeigten sie alle mit den Fingern auf Cunningham, doch dann kam raus, daß der Jockey schuld war. Benny Morales, war 'n verdammt guter Reiter. Hat 'n Zettel mit 'nem Geständnis geschrieben, ehe er sich in Cunninghams Sattelkammer 'nen Strick um den Hals legte.«

»Das ist ja entsetzlich.«

»Auch bei Rennpferden ist nicht alles Gold, was glänzt, Miß Kelsey. Dieser Rich Slater, der tönte dann rum, die Chadwicks hätten Benny bestochen, damit er das Pferd dopt. Wenn er gewonnen hätte, wäre er später disqualifiziert worden. War natürlich totaler Blödsinn, aber 'n Typ wie der muß irgendwem die Schuld in die Schuhe schieben. Vielleicht war's ja auch nicht der alte Slater, den ich gesehen hab', aber ich dachte, ich sag's Ihnen lieber, damit sie sich von dem Kerl fernhalten können.«

»Das werde ich auch tun.«

Rich Slater hatte nicht die Absicht, irgend jemandem von Three Willows über den Weg zu laufen. Er war lediglich als unbeteiligter Zuschauer hier. Und obwohl es mit Sicherheit gescheiter gewesen wäre, sich am Samstag so weit wie möglich von Louisville fernzuhalten, hatte er der Versuchung, sich einen Platz in der ersten Reihe zu sichern, nicht widerstehen können.

Er hatte eine regelrechte Glückssträhne. Die Taschen voller Geld, eine willfährige Frau im Bett und die Aussicht auf ein paar wüste Partys. Bald würde er zu den ganz Großen gehören. Und das beste daran war – o ja, Rache war süß –, daß gewisse Leute zugrunde gehen würden, während sein Stern immer höher stieg.

Rich hielt sich in aller Bescheidenheit für ein Genie – und er achtete peinlich darauf, sich niemals so sehr zu betrinken, daß er das auch anderen erzählte. Jetzt konnte er nicht nur eine alte Schuld begleichen und seinem undankbaren Herrn Sohn eine Lehre erteilen, sondern er würde damit sogar noch ein kleines Vermögen verdienen. Und dabei mußte er sich noch nicht einmal selbst die Finger schmutzig machen.

Jetzt würde diese Chadwick endlich büßen. Nackt tappte er zu der improvisierten Bar und bediente sich aus einer verschmierten Schnapsflasche. Seine Begleiterin lag ausgestreckt auf dem Bett. Er hatte wieder einmal seine Männlichkeit unter Beweis gestellt, dachte er selbstgefällig und prostete seinem Spiegelbild zu.

Er war eben immer noch ein Mann, mit dem man rechnen mußte.

Mit dem Glas in der Hand stolzierte Rich vor dem Spiegel auf und ab. Seine Eitelkeit machte ihn blind für die schlaffen Fleischwülste um seine Taille, die alternde Haut. Er sah im Spiegel den straffen, kräftigen Körper eines Dreißigjährigen. Der Körper, den sein Sohn von ihm geerbt hatte. Sein Sohn, der ihn mit lumpigen fünftausend Dollar abspeisen wollte.

Sein Sohn, der seinen Daddy noch nicht einmal eine Nacht lang unter seinem Dach beherbergen wollte. Wenn ich mit dir fertig bin, dachte Rich, dann gehört mir das verdammte Anwesen!

Er kippte seinen Whisky hinunter und beobachtete, wie sein Adamsapfel beim Schlucken auf und ab tanzte. Der Junge hatte sich schon immer für was Besseres gehalten. Aber in ein paar Tagen würde er nicht mehr so hochnäsig auftreten, in ein paar Tagen würde sich das Blatt wenden.

Er hatte es den Umständen zu verdanken – damals wie heute –, daß sich ihm die Gelegenheit zur Rache bot. Cunningham war ein Glück, das ihm unverhofft in den Schoß gefallen war. Zwar war der Mann ein Idiot, doch um so besser konnte man ihn ausnehmen.

Und in den nächsten Jahren würde er Cunningham gehörig rupfen. Eine kleine Erpressung am Rande würde ihm ein nettes kleines Einkommen sichern. Aber die große Abrechnung, o ja, die würde am Samstag erfolgen, noch vor sechs Uhr abends. Dann würde er für einen Job kassieren, der erstklassig ausgeführt worden war, wie er selbst zugeben mußte.

Er öffnete die nächste Flasche und schenkte sich noch einen Drink ein. Ob sich Naomi Chadwick wohl noch an ihn erinnerte? Wenn er schnurstracks auf sie zugehen und sie mit Wonne in das wohlgeformte kleine Hinterteil kneifen würde, ob sie sich dann erinnerte? Die Versuchung war groß.

Der Gedanke, daß eine Frau, egal welche, Rich Slater vergessen könnte, behagte ihm überhaupt nicht.

Er erinnerte sich an Naomi, sehr gut sogar. Dieses eingebildete, verwöhnte Flittchen, das sich in tief ausgeschnittenen Kleidern oder hautengen Jeans schamlos zur Schau stellte, sich aufreizend auf der Rennbahn herumtrieb und die Beine für jeden breit machte.

Rich war verrückt nach ihr gewesen, hätte ihr nur zu gern gezeigt, wozu ein richtiger Mann fähig ist. Doch als er ihr ein dementsprechendes Angebot gemacht hatte, hatte sie ihn angesehen, als sei er ein besonders ekelhaftes Insekt, das sie am liebsten unter ihrem Stiefel zertreten würde. Und dann hatte sie ihn ausgelacht, hatte nicht mehr aufgehört zu lachen, bis er nur noch den einen Wunsch hatte, ihr seine Faust ins schöne Gesicht zu schlagen.

Vielleicht hätte er das auch getan, dachte Rich, indem er abwesend mit der Faust in die Handfläche schlug. Vielleicht hätte er es getan, wenn nicht dieser jüdische Indianer oder was er nun war dazugekommen wäre.

»Gibt es ein Problem, Miß Naomi?«

»Nein, kein Problem. Moses. Nur so ein kleiner Schleimer. Wie geht's unserem Jungen?«

Mit schwingendem Hinterteil war sie davongerauscht, um ihren preisgekrönten Hengst zu hätscheln. Und Rich blieb nichts anderes übrig, als in seine schäbige Bude zurückzukehren und an ihrer Stelle seine blasse, hausbackene Frau zu verdreschen.

Sie dachte, er sei nicht gut genug für sie. An diesem Tag hatte sie ihn gedemütigt, doch er hatte es ihr heimgezahlt, indem er das Rennen manipulierte. Natürlich war der unglückliche Ausgang nicht beabsichtigt gewesen, niemand konnte vorhersehen, daß Benny Morales die Kontrolle über sein mit Drogen vollgepumptes Pferd verlieren und ihres zu Boden stoßen würde.

Und dennoch, grübelte Rich, dennoch war alles glattgegangen. Alles hatte sich zum Besten gewendet, weil er die Sache dermaßen schlau eingefädelt hatte, daß die Umstände gegen sie sprachen. Gut, er hatte es ihr heimgezahlt. Aber er war noch nicht mit ihr fertig.

Diese zehn Jahre im Gefängnis waren erst die Anzahlung gewesen, die Restschuld würde sie am kommenden Samstag begleichen müssen.

Am Tag des Derbys blieb Kelsey dem Frühstücksempfang im Landsitz des Gouverneurs fern. Einerseits hätte sie keinen Bissen hinuntergebracht, andererseits wollte sie sich auf keinen Fall, wenn auch nur für kurze Zeit, von der Rennbahn entfernen.

Das Startsignal für das erste Rennen würde um halb zwölf ertönen. Wie die Pfleger, Jockeys und Trainer war auch Kelsey bereits um sechs auf dem Rennplatz. Unmöglich hätte sie mittags ins Hotel zurückkehren und sich ein Stündchen hinlegen können. Statt dessen blieb sie bei Boggs und ein paar Helfern und nagte an einem Brathähnchen.

»Immer noch da?« Moses ließ sich neben ihr auf dem Boden nieder und wühlte in der Hähnchentüte nach einer Keule.

»Wo denn sonst?« Sie aß eher aus Nervosität als aus Hunger und trank ein Ginger Ale dazu.

»Du könntest zum Beispiel in eurer Loge sitzen. Der Rummel geht schon los. Die Tribünen füllen sich langsam.«

»Bin viel zu nervös. Außerdem würde mir doch nur irgendein Reporter ein Mikrofon unter die Nase halten.«

»Hier wirst du ihnen auch nicht entgehen können Der Name deiner Mama hat zuviel Zugkraft. Verkriech dich doch im Matt-Winner-Saal.«

»Nööh.« Kelsey leckte sich die Finger an. »Der ist für Geschäftsleute reserviert. Genausogut könnte ich in einer Konferenz sitzen. Von da aus will ich mir das Rennen nun wirklich nicht anschauen. Wie geht's Naomi?«

»Sie ist sehr aufgeregt. Man sieht es ihr zwar nicht an, aber sie steht regelrecht unter Strom. Liegt zum Teil daran, daß du hier bist. Sie will unbedingt mit dir zusammen die Trophäe in Empfang nehmen.«

»Wir können es doch schaffen, oder?«

»Ich will die Götter nicht versuchen, indem ich ja sage.« Moses blinzelte gen Himmel. »Guter Tag heute, trocken und klar. Die Bahn ist sehr schnell.«

»Ich hab' schon zugesehen, wie sie aufbereitet wurde. Eigentlich wollte ich mir einige von den frühen Rennen ansehen, aber das hätte mich nur noch kribbeliger gemacht.« Ihr Magen krampfte sich immer noch nervös zusammen, und sie nahm sich ein weiteres Stück Hähnchen. »Hast du Gabe gesehen?«

»Er teilt sich eine Box mit Naomi. Wird wohl gleich wiederkommen, um Jamie zu schikanieren, und dann zum Sattelplatz zu gehen, wenn's soweit ist.«

»Gestern ging es so hektisch zu, daß ich ihn kaum zu Gesicht bekommen habe. Ich weiß gar nicht, wie ich das Thema zur Sprache bringen soll, weil ich weiß, wie er reagiert. Aber Boggs glaubt, Gabes Vater gesehen zu haben.«

»Wann?« fragte Moses so schnell, daß Kelsey ihn verwirrt ansah.

»Nun, äh, am Donnerstag, am späten Morgen. Er war sich aber nicht sicher. Moses?« Kelsey rappelte sich hoch, da er bereits aufgesprungen war und auf den Stall zusteuerte.

»Der Mann bringt nichts als Ärger«, schnaubte Moses. »Schlechte Medizin.«

»Schlechte Medizin?« Kelsey wollte spöttisch lächeln, doch es gelang ihr nicht. »Geh schon, Moses!«

»Manche Menschen ziehen das Unheil regelrecht an und verbreiten es weiter. Rich Slater ist einer davon.« Moses verschwand in Prides Box, vergewisserte sich, daß alles in Ordnung war, und zwang sich zur Ruhe, damit sich seine Anspannung nicht auf das Pferd übertrug. Pride sollte kampfbereit ins Rennen gehen und nicht hochgradig erregt. »Wenn er sich hier rumtreibt, will ich ihn nicht hier in der Nähe sehen.«

»Die Wachtposten lassen keinen Unbefugten durch. Boggs war sich ja nicht mal sicher. Außerdem, was kann er denn schon anrichten?«

»Nichts.« Moses streichelte die Nase des Hengstes und murmelte ihm beruhigende Worte zu. »Vermutlich sehe ich Gespenster. Slater gehört der Vergangenheit an.«

»Boggs erzählte mir von dem Rennen in Lexington, wo Sun Spot gestürzt ist.«

»Schlimme Sache. Das hat Naomi schwer getroffen. Slater stocherte da in einem Wespennest herum, bloß daß die falsche Person getroffen wurde. Benny Morales war ein guter Jockey, er hatte wegen einer schlimmen Rückenverletzung lange pausieren müssen und versuchte in dem Jahr sein Comeback. Cunningham ließ ihn für sich reiten. Ich weiß bis heute nicht, ob Benny das Pferd gedopt hat, weil er dringend Geld brauchte oder weil er das Pferd der Chadwicks um jeden Preis schlagen wollte.«

Darauf kommt es auch nicht mehr an, dachte Moses voll Ingrimm. Das Schlimmste war passiert.

»Er ist für Three Willows geritten, als er während des Morgentrainings abgeworfen wurde. Dauerte eineinhalb Jahre, bis er wieder auf den Beinen war. Mr. Chadwick bot ihm einen Job als Assistenztrainer an, aber Benny wollte wieder reiten, wollte sich selbst beweisen, daß er noch dabei war. Also hat Cunningham ihn in den Sattel gelassen.«

»War er denn dazu schon in der Lage?«

»Kann ich nicht sagen. Er hatte tonnenweise Schmerzmittel geschluckt und sich halb zu Tode gerackert, um wieder auf sein ursprüngliches Gewicht zu kommen. Viele Angebote bekam er nicht, also konnte Cunningham ihn billig einkaufen. Nur wurde am Ende ein viel zu hoher Preis gezahlt. Nun ja …«, wieder streichelte er Pride, »… das ist lange her. Wir haben ein anderes Rennen vor uns. *Das* Rennen. Langsam wird es Zeit, unseren Jungen zum Sattelplatz zu schaffen.«

Ein Rennpferd ging den Weg vom Stall zum Sattelplatz am ersten Samstag im Mai nur einmal. Vor weniger als drei Jahren hatte es noch ausgelassen neben seiner Mutter auf der Weide getollt. Dann, als Jährling, war es vielleicht über die Koppeln getobt und zusammen mit seinen Kameraden dem eigenen Schatten hinterhergejagt. Dabei wurden die Muskeln kräftiger, die Sehnen belastbarer und das Knochengerüst stabiler. Das junge Pferd lernte die Freude an der Bewegung kennen; eine Freude, die für seine Rasse so natürlich war wie die Luft zum Atmen. Bereitwillig oder widerstrebend würde sich der Jährling zum erstenmal das Zaumzeug anlegen lassen, um dann zum erstenmal das Gewicht eines Reiters auf seinem Rücken zu spüren.

Eines Tages würde man ihn zu einem Eisengestell führen und ihn zwingen, sich an die Enge zu gewöhnen. Zuvor würde er an der Longe und auf der Übungsbahn trainiert werden, den Geruch seiner Pfleger erkennen lernen, die Hitze in seinen Beinen und die Gurte um seinen Bauch fühlen.

Er würde das tun, wozu er geboren war: bei Rennen laufen.

Doch nur ein einziges Mal würde es ihm – vielleicht – vergönnt sein, diesen einen Gang zu machen, in diesem einen Rennen. Eine zweite Chance gab es nicht.

Um kurz nach fünf kam das Three-Willows-Team zum Sattelplatz, wo Pride gesattelt und seine Stallfarben sowie die Marke mit der Nummer kontrolliert wurden – wie bei jedem der anderen sechzehn

Teilnehmer auch. Es war nicht anders als bei jedem anderen Rennen und doch einzigartig.

Einen Wermutstropfen gab es allerdings doch. Niemand erwähnte den Hengst aus Kalifornien, der beim Training gestolpert und sich den Knöchel verletzt hatte. Das brachte Unglück.

In den Jockeyunterkünften wurden die Reiter vor dem Rennen gewogen, in voller Montur. Hundertsechsundzwanzig Pfund, nicht mehr und nicht weniger durfte die Waage anzeigen, inklusive Sattel und Zaumzeug. Reno stieg auf die Waage, prüfte den Stand des Zeigers und lächelte. Das stundenlange Schwitzen in der Sauna hatte sich gelohnt. Einige Momente später machten sich die Jockeys in ihren farbenfrohen Seidenjacken auf den Weg zum Sattelplatz.

Das nervenzermürbende Warten würde nicht mehr lange dauern.

Auf den Zuschauertribünen rumorte es, aufgeregte oder freudige Kommentare flogen hin und her, hier und da feierte man bereits einen Sieg oder diskutierte heftig, wozu der eingeschmuggelte Alkohol ein übriges tat.

Die Anzeigentafeln flimmerten, und vor den Wettschaltern drängelten sich die Menschen in Massen.

Es war Viertel nach fünf. Die Pferde waren gesattelt und ihre Begleitponys mit Blumen und in die Schweife geflochtenen Bändern geschmückt. Am Himmel zogen Schäfchenwolken dahin, und die Luft schien zum Schneiden dick. Die Spannung stieg.

»Nicht gleich die Führung übernehmen«, wies Moses Reno an. »Laß den Kentuckyhengst in der ersten Runde das Tempo bestimmen. Pride läuft im Feld gut mit.«

»Das stachelt ihn nur an«, pflichtete Reno seinem Trainer bei. Obwohl seine Stimme kühl und beherrscht klang, schwitzte er unter seiner Seidenjacke.

»Und rede mit ihm. Du mußt auf jeden Fall mit ihm reden. Er wird sich für dich die Seele aus dem Leib rennen, wenn du ihn darum bittest.«

Reno nickte und bemühte sich um ein selbstsicheres Lächeln. Von diesen zwei Minuten hing so viel ab.

»Aufsitzen!«

Auf das Kommando des Sattelplatzaufsehers klopfte Moses Reno kurz auf die Schulter, ehe er ihn in den Sattel hob. Jetzt ging es auf die Bahn.

»Bist du bereit?« Naomi umklammerte Kelseys Hand.

»Ja.« Kelsey atmete ein paarmal tief durch. »Ja, ich bin bereit.«

»Ich auch.« Nach einigen Schritten blieb Naomi stehen: »Wart mal einen Moment.« In ihrem gutgeschnittenen roten Kostüm hetzte sie über den Sattelplatz, lachte, als sie Moses einholte, warf ihm die Arme um den Hals und küßte ihn.

»Naomi!« Stolz und Verlegenheit zugleich ließen Moses' Wangen erglühen. Unsicher wie ein Schuljunge wich er ihr aus. »Was ist denn mit dir los? Die …«

»Leute sehen schon her«, beendete sie den Satz und küßte ihn erneut. »Jetzt ist dein guter Ruf zum Teufel, Moses.«

Sie lachte immer noch, als sie zu Kelsey zurückkehrte. »So, die Sache wäre geklärt.«

Belustigt und gleichzeitig seltsam angerührt hielt Kelsey mit ihr Schritt. »So?«

»Das ist seit – ach, ich weiß nicht wieviel Jahren ein Streitpunkt zwischen uns. Er wollte nie, daß unsere Beziehung an die Öffentlichkeit dringt. Unschicklich für eine Frau in meiner Stellung.« Naomi warf ihr Haar zurück. Sie fühlte sich jung, frei und unwahrscheinlich glücklich. »Nichts als männlicher Stolz natürlich.«

Kelsey lachte befreit. »Warum heiratest du ihn nicht einfach?«

»Er hat mich nie darum gebeten. Und vermutlich bin ich zu stolz, um ihn zu fragen. Da wir gerade von Männern sprechen …« Sie bemerkte, daß Gabe auf sie zukam. »Schnell, ehe er es hören kann. Da kommt eines der prächtigsten Exemplare des männlichen Geschlechts, das ich je zu Gesicht bekommen habe.«

»Diese Augen«, murmelte Kelsey. »Dieser Mund, auch die Wangenknochen gefallen mir.« Ihr Lächeln wurde breiter. »Und dann natürlich dieser unglaubliche Po.«

»Ist mir auch schon aufgefallen«, kicherte Naomi. »Auch wenn ich alt genug bin, um seine Mutter zu sein, bin ich noch lange nicht blind.«

»Hallo, die Damen.« Gabe neigte den Kopf. Wenn zwei Frauen derart glänzende Augen hatten, gab es ein Geheimnis. »Darf man mitlachen?«

Die beiden sahen sich an und schüttelten zur gleichen Zeit ihre Köpfe. »Nö.«

Auf der Tribüne saß Rich Slater, umgeben von ausgefallenen Hüten und Seidenjacketts, und schlürfte seinen dritten Pfefferminzdrink. Die Plätze, die Bill Cunningham ihm besorgt hatte, waren zwar nicht in der ersten Kategorie, aber akzeptabel. Er hatte sich ein neues Fernglas im Taschenformat geleistet, durch das er nun Gabe beobachtete, wie er die beiden Frauen zu ihrer Prunkloge geleitete.

Hübsches Bild boten die zwei, dachte er. Naomi in ihrem leuchtendroten Kostüm und ihre Tochter in einem leuchtendblauen. Die blonden Haare der beiden Frauen schimmerten in der Sonne, sehen sexy aus neben dem großen, dunkelhaarigen Mann, schoß es ihm durch den Kopf.

Ob sein Junge schon mit beiden im Bett gewesen war?

»Schau doch mal, Süßer. Sind die nicht goldig mit all den Blumen und so?«

Cherri, die es mit ihm nun schon eine Woche aushielt, zupfte ihn aufgeregt am Ärmel.

»Sicher, Baby. Sieht hübsch aus.«

Nun drehten die Konkurrenten, eskortiert von blumengeschmückten Ponys, deren Reiter farbenprächtige Uniformen trugen, eine Runde um die Bahn. Der Hengst aus Arkansas tänzelte nervös und schnappte immer wieder nach seinem Vordermann. Der Reiter seines Begleitponys half dem Jockey, das Tier zu beruhigen.

Unter dem tosenden Beifall der Zuschauer fielen die Pferde in leichten Galopp, und bald war die Runde beendet.

»Es ist unglaublich«, wunderte sich Kelsey, »einfach unglaublich.« Sie schüttelte den Kopf und lehnte den Drink ab, den Gabe ihr anbot. »Ich kann bestimmt nicht schlucken, ich kann ja kaum atmen. O Gott, sieh nur! Jetzt werden sie in die Startbox geladen.«

Alle Beteiligten hatten inzwischen den ihnen zugewiesenen Platz eingenommen, die Pferde, die Jockeys, die Helfer und die Mitarbeiter der Rennbahn. Auf einem speziellen Hochstand draußen beobachteten zwei Rennrichter das Geschehen durch ihre Ferngläser, während ein dritter drinnen vor zwei Monitoren saß; an verschiedenen Posten und an der Ziellinie waren ebenfalls einige Rennrichter postiert.

»Fertigmachen zum Start!«

Früher wurde das Derby durch einen Peitschenknall gestartet, heute wurde ein Knopf gedrückt, der die Startbox automatisch öffnete, und ein Glockenton erklang.

»Und los!«

Die Pferde donnerten aus den Startboxen, die Menge brüllte wie aus einem Mund auf, und die aufblitzenden Hufe rasten über die ersten Meter. Kelseys Herz schlug bis zum Hals.

Die Vielfalt an Farben und Bewegung, der auf- und abschwellende Geräuschpegel ließen ihren Puls jagen. Das Feld der Pferde passierte zum erstenmal die Tribünen und die Kurve am Klubhaus; die Führungsspitze kam bislang auf etwas über zweiundzwanzig Sekunden, der Favorit aus Kentucky lag vorn.

Kelsey hielt das Fernglas so fest an die Augen gepreßt, daß es fast schmerzte, um Pride im Feld besser ausmachen zu können. Seine Stallfarben schienen aufzuflammen, als er voranstürmte und sich neben Gabes Double setzte, Cunninghams Big Sheba drängte sich dazwischen.

»Er holt auf! Er holt auf!« Ohne daß es ihr bewußt wurde, steigerte sich ihre Stimme zu einem Schrei, der jedoch im allgemeinen Getöse unterging. Naomis Finger gruben sich in ihren Arm.

Pride überholte Midnight Hour nach genau fünfundvierzig Sekunden. Reno beugte sich flach über seinen Hals.

Kelsey sah Erdreich auffliegen, Seide blitzen, Peitschen schlagen und dazu die langen, schlanken Beine, die mit unglaublicher Kraft über die Bahn wirbelten. Sonst nichts mehr.

Midnight Hour fiel auf den vierten Platz zurück, Pferd und Reiter bemühten sich verzweifelt, den Anschluß an die Führungsspitze zu halten.

Zwei Drittel der Strecke waren bereits zurückgelegt, als Pride sich nach vorn schob, erst um eine Halslänge, dann um eine halbe Körperlänge. Doch der Hengst von Longshot ließ sich nicht abschütteln und verringerte den kleinen Vorsprung rasch. Ein Zwei-Pferde-Rennen, wie bereits gemunkelt wurde, denn Cunninghams Stute war um zwei volle Längen zurückgefallen.

Doch da löste sich der Hengst aus Arkansas vom Feld und versuchte, die Spitze zu attackieren. Die Menge tobte.

Die Zielgerade lag vor den Pferden. Jetzt ging es um alles oder nichts.

Kurz vor dem sechzehnten Pfosten geschah es. Pride stolperte und knickte in vollem Galopp weg. Reno, der sich halb in den Steigbügeln aufgerichtet hatte, verlor den Halt und flog über den Kopf des Pferdes hinweg, und stürzte dann wie ein Stein ins Innenfeld. Während sich die anderen Jockeys noch verzweifelt bemühten, ihre Tiere unter Kontrolle zu halten, um eine Massenkollision zu verhindern, versuchte Pride ein letztes Mal, wieder auf die Beine zu kommen, dann brach er zusammen und blieb reglos liegen.

Double or Nothing ging nach zwei Minuten und dreidreiviertel Sekunden als Sieger ins Ziel. Und von überall her stürzten Helfer auf die Bahn, um sich um den Champion zu kümmern.

16

Das tragische Ereignis hatte Gabe die Freude über den Sieg vergällt. Der goldene Pokal und der riesige Strauß blutroter Rosen bedeuteten ihm nichts mehr. Alle Kameras waren auf den Derbysieger, den Champion mit den rotweißen Stallfarben, gerichtet. Der Jockey beugte sich über Doubles schweißglänzenden Hals, um seinen Blumenstrauß entgegenzunehmen, doch sein Gesichtsausdruck wirkte eher grimmig als triumphierend, als er den siegreichen Hengst streichelte.

»Mr. Slater«, war alles, was er hervorbrachte, als Gabe ihm die Hand schüttelte. »Ach, Mr. Slater.«

Gabe nickte nur. »Du bist ausgezeichnet geritten, Joey. Ein neuer Derbyrekord.«

Joeys Augen, die noch von einem Schmutzkranz umgeben waren, wo die Schutzbrille gesessen hatte, zeigten bei dieser Nachricht keine Freude. »Was ist mit Reno und Pride?«

»Ich weiß noch nichts Genaueres. Genieß den Augenblick, Joey. Du und Double, ihr habt es euch verdient.« Ungeachtet des Schweißes und Schmutzes schlang Gabe dem Hengst die Arme um den Hals. »Um den Rest kümmern wir uns später.« Er wandte sich an Jamison, wobei er vergebens versuchte, den allgegenwärtigen Kameras und den Fragen, die auf ihn niederprasselten, zu entgehen. »Du warst näher dran, Jamie. Kannst du mir sagen, was passiert ist?«

Jamison, dem der Schock im Gesicht stand, starrte mit aschfahlem, ausdruckslosem Gesicht auf die Rosen in seiner Hand. »Er ist zusammengebrochen, Gabe. Dieses herrliche Pferd ist einfach zusammengebrochen.« Als er aufblickte, hatten seine Augen einen flehenden Ausdruck: »Double hätte es auch so geschafft.« Und er setzte bekräftigend hinzu: »Ich weiß es genau. Ich fühle es.«

»Das ändert nun auch nichts mehr.« Trotz der harten Worte legte Gabe seinem Trainer tröstend die Hand auf die Schulter. Die Umstände des Sieges waren zwar bitter, aber es war der Sieg seines Pferdes.

Die Wachposten hielten Presse und jubelnde Fans zurück. Hinter der Scheibe konnte Kelsey die tanzenden Schatten sehen und die aufgeregt protestierenden Stimmen hören. Draußen brandete der Beifall auf, wurden Fragen und Forderungen gestellt. Doch all das schien zu einer anderen Welt zu gehören, hier, hinter der dünnen weißen Mauer, gab es für Kelsey nur das gedämpfte Schluchzen ihrer Mutter.

»Moses«, sagte Naomi zu dem Trainer, der sie sanft hin und her wiegte, ihr Haar streichelte und sie an sich drückte. »Ach Moses, warum nur?«

»Hätt' nicht' wetten sollen.« Boggs stand mit tränenüberströmten Gesicht daneben, Prides Sattel fest an die Brust gepreßt. »Hätt's nicht tun dürfen.«

Liebevoll strich Kelsey mit der Hand über Prides Hals. So weich, dachte sie. Und völlig regungslos. Sein Fell war noch schmutzverkrustet; Beweis seiner letzten Anstrengung. Er sollte geputzt werden, grübelte sie dumpf. Er sollte geputzt und gestriegelt und mit den Äpfeln, die er so gern fraß, verwöhnt werden.

Nach einer allerletzten Liebkosung riß sie sich los, stand auf und legte die schlammbespritzten Scheuklappen beinahe ehrfürchtig über den Sattel.

»Bringen Sie doch bitte seine Sachen zum Stall, Boggs.«

»'s ist nicht richtig, Miss Kelsey.«

»Nein, das ist es nicht.« Ihr Herz drohte vor Kummer über diese Sinnlosigkeit fast zu zerspringen. »Aber Sie kümmern sich doch um seine Sachen wie immer, ja? Wir müssen meine Mutter von hier fortbringen.«

»Jemand muß hierbleiben – jemand muß doch nach dem Rechten sehen.«

»Ich werde bleiben.«

Boggs starrte sie aus tränenblinden Augen an, dann nickte er bedächtig. »Das geht in Ordnung, schätz' ich.« Wie ein Knappe, der Schwert und Schild seines Herrn in die Schlacht trägt, ging er davon.

Kelsey beugte sich hinunter und sagte betont beherrscht: »Moses, sie braucht dich jetzt. Bringst du sie ins Hotel?«

»Hier gibt es noch viel zu regeln, Kelsey.«

»Ich tue, was ich kann. Der Rest muß eben warten.«

Sanft strich sie über Naomis Nacken, als wolle sie das unkontrollierte Zittern wegstreicheln. »Mom.« Nur Moses fiel auf, daß Kelsey zum ersten Mal diese Anrede gebrauchte. »Geh jetzt mit Moses.«

Gramgebeugt und von Schuldgefühlen gequält, erhob sich Naomi schwerfällig und klammerte sich an Moses, da ihre Beine unter ihr nachzugeben drohten. Ein letztes Mal blickte sie auf den Hengst. Virginia's Pride. Ihr ganzer Stolz. »Er war doch erst drei«, flüsterte sie gepreßt. »Länger kann ich anscheinend nichts und niemanden behalten.«

»Bitte nicht.« Obwohl sie mit ihren eigenen Ängsten zu kämpfen hatte, nahm Kelsey Naomi bei der Hand. »Draußen wartet eine Menschenmenge. Du mußt da durch.«

»Ja.« Naomis Augen blickten trübe. »Da muß ich durch.«

Kelsey begleitete sie nach draußen und zuckte angesichts der Flut von Menschen und Geräuschen zusammen. Niemals würde sie diese Stunden vergessen – erst die fiebrige Erregung, dann der Schock. Die Jubelrufe und diese tödliche Stille. Die Pfleger, die zum Unglücksort rannten, die Panik, das Durcheinander. Die gemeinsame Anstrengung, Pferd und Reiter von der Bahn zu schaffen.

Wie oft würde sie die Augen schließen und Pride vor sich sehen, wie er mit unnatürlich verdrehten Beinen leblos dalag?

Oder das leise, unterdrückte Schluchzen ihrer Mutter hören?

»Kelsey.« Gabe war vom Siegerring so schnell wie möglich zu den Ställen gehetzt; sich im stillen immer noch an einen dünnen Strohhalm der Hoffnung klammernd. Als er Kelseys Gesicht sah, wußte er Bescheid. »O verdammt!« Er zog sie an sich und hielt sie fest. »Er mußte also eingeschläfert werden.«

Kelsey preßte einen kurzen Moment lang ihr Gesicht an seine Brust und sagte: »Nein. Er war schon tot. Boggs war als erster bei ihm, aber da war schon alles vorbei.«

»Es tut mir leid. O Gott, es tut mir ja so leid. Was ist mit Reno?«

Kelsey schöpfte tief Atem. »Man hat ihn ins Krankenhaus gebracht. Der Sanitäter sagte, es sei nichts Ernstes, aber wir warten noch auf die Diagnose der Ärzte.« Sie richtete sich auf und wischte sich die Tränen ab. »Ich habe jetzt noch einiges zu erledigen.«

»Aber nicht allein.«

Kopfschüttelnd wehrte sie ab. Wenn sie jetzt ihrer Schwäche nachgab, dann würde sie zusammenbrechen. »Ich muß es tun – für meine Mutter und für Pride. Ich seh' dich später im Hotel.«

»Ich lasse dich jetzt nicht alleine.«

»Boggs und der Rest des Teams sind noch hier.«

Die hitzige Erregung in seinen Augen flaute ab. Wie um den Abstand zwischen ihnen zu vergrößern, trat er einen Schritt zurück und nickte knapp. »Wie du meinst. Solltest du noch etwas brauchen, dann wende dich an Jamie.«

»Danke.«

Sie kam sich vor, als sei sie in einem Alptraum gefangen. Als Kelsey gegen Mitternacht todmüde ins Hotel zurückkehrte, lagen ihre Nerven bloß. Man hatte ihr gesagt, daß die Beamten bereits mit ihrer

Mutter und Moses gesprochen hatten. Man hatte ihr aber auch mitgeteilt, daß es sich um einen Anschlag handelte.

Irgend jemand hatte Pride eine tödliche Dosis Amphetamine injiziert; ein Medikament, daß sein Herz so stark in Mitleidenschaft gezogen hatte, das es bei der Belastung durch den mörderischen Galopp einfach aussetzte. Am sechzehnten Pfosten.

Und nun würde jeder, der auf Three Willows arbeitete oder sonstwie mit der Farm zu tun hatte, einer Flut von Fragen, Vermutungen und Verdächtigungen ausgesetzt sein. Hatten sie ihr Pferd etwa selbst gedopt, dabei die Dosis falsch berechnet und darauf spekuliert, daß keine Spuren der Droge in Prides Speichel gefunden werden würde?

Oder hatte ein Außenstehender, vielleicht jemand von der Konkurrenz, das Pferd und somit das Rennen manipuliert? Jemand, der um jeden Preis gewinnen wollte und dabei den Tod von Pferd und Jockey billigend in Kauf nahmen?

Vor der Tür zur Suite ihrer Mutter zögerte Kelsey. Was konnte sie dort schon ausrichten? Naomi hatte Moses, der sie tröstete und ihr über den schlimmsten Schmerz hinweghalf.

Auch ihr eigener leerer Raum schreckte sie ab. Trotz ihrer Erschöpfung war sie noch voller Anspannung, die ihr den Schlaf unmöglich machte. Zu viele wirre Gedanken schossen ihr durch den Kopf, bohrende Zweifel quälten sie. So drehte sie sich entschlossen um und ging über den Flur zu Gabes Zimmer.

Er schlief noch nicht, aber mit ihrem Besuch hatte er nicht gerechnet, zumal sie ihn vorher weggeschickt hatte. Und schon gar nicht, nachdem man ihm die Informationen über Pride zugespielt hatte. Und nun stand sie vor ihm, tiefe Ringe unter den Augen, das Gesicht von so durchscheinender Blässe, daß er meinte, durch sie hindurchsehen zu können. Er bat sie einzutreten.

»Hast du's schon gehört?«

»Ja. Setz dich, Kelsey, ehe du mir umkippst.«

»Lieber nicht. Wenn ich mich hinsetze, kann ich vielleicht nicht wieder aufstehen. Jemand hat ihn getötet, Gabe, darauf läuft es hinaus, jemand wollte Pride unbedingt aus dem Rennen haben.«

Gabe ging quer durchs Zimmer zur Bar und nahm sich eine Flasche Mineralwasser. »Und mein Pferd hat gewonnen.«

»Ich weiß. Entschuldige bitte, daß ich dir noch nicht einmal gratuliert habe, aber ...« Mitten im Satz brach sie ab, als sie seine Augen sah. »Glaubst du, daß ich gekommen bin, um dich zu beschuldigen? Oder auch nur, um dich zu fragen, ob du etwas damit zu tun hast?«

Trotz der Wut, die in ihm kochte, blieben seine Hände ganz ruhig, als er das sprudelnde Wasser in ein Glas mit Eiswürfeln goß. »Ein logischer Schritt.«

»Zur Hölle mit deiner Logik! Und zur Hölle mit dir! Wofür hältst du mich eigentlich?«

»Wofür ich dich halte?« Gabes Lachen klang bitter. »Wofür ich dich und was ich von dir halte, das ist ja wohl ziemlich bedeutungslos. Tatsache ist, euer Pferd ist tot und meines hat mir innerhalb von zwei Minuten fast eine Million Dollar eingebracht. Ein plausibles Motiv für einen Mord, und du wärst nicht die einzige, die so denkt.«

»Ah ja.« Kelsey stieß das Glas, das er ihr hinhielt, so heftig zurück, daß Wasser auf den Teppich schwappte. »Es geht also um Logik und bloße Tatsachen. Aber eines hast du dabei vergessen, Slater, Charakter.«

»Habe ich das?« Er stellte ihr Glas ab und nippte an seinem. »Nun, ich habe ja wohl einen schlechten.«

»Eines will ich dir mal sagen, Gabriel Slater, du spielst zwar nach außen den starken Mann, aber wenn es um Pferde geht, dann wirst du weich. Du bist so vernarrt in sie wie ein kleines Mädchen, das für Black Banuty schwärmt.« Kelsey warf ihren Kopf zurück und registierte zufrieden, daß sich seine kühlen, beherrschten Augen vor Überraschung weiteten.

»Wie bitte?«

»Du liebst sie. Verdammt noch mal, du liebst sie. Hast du wirklich gedacht, es spricht sich nicht herum, daß du versucht hast, Cunninghams Stute zu kaufen, weil du befürchtest, daß sie mißhandelt wird?«

Sein Gesicht verschwand wieder unter einer Maske, aber Kelsey hatte kurz dahinter geschaut und ließ nicht locker.

»Glaubst du, daß deine Leute unseren nicht erzählt haben, daß du mit den Fohlen spielst wie andere mit Welpen, oder daß du die ganze Nacht bei einem kranken Pferd Wache hältst?«

»Ich habe schließlich genug in sie investiert.«

»Du liebst sie«, fuhr Kelsey fort, und setzte einen Finger auf seine Brust. »Ich mag es nicht, wenn du mir sagst, was ich zu denken habe, wenn ich es besser weiß. Du wolltest das Rennen genauso gern gewinnen wie wir. Aber ein manipulierter Sieg ist kein wirklicher Sieg, das solltest gerade du als eingefleischter Spieler wissen. Also, wenn du vorhast, dich selbst zu bemitleiden, wo du eigentlich nur mit mir Mitleid haben solltest, überlasse ich dich deinem Weltschmerz.«

»Hör auf.« Er packte sie am Arm, ehe sie hinausstürmen konnte.

»Du redest auf mich ein wie ein Maschinengewehr, Kelsey.« Er stellte sein Glas ab und rieb sich die Brust. »Jetzt hast du's mir aber gegeben. Wollen wir uns setzen?«

»Setz dich ruhig. Ich muß mich abreagieren.«

Gabe wußte nicht recht, ob er sich über ihren Ausbruch amüsieren oder ärgern sollte. Vorsichtig setzte er sich auf die Sofalehne nieder. »Es tut mir leid, Kelsey. Ich weiß, daß das nicht viel hilft, aber es tut mir furchtbar leid.«

»Weißt du, ich versuche, möglichst nicht darüber nachzudenken, wie mies ich mich fühle. Ich mache mir Sorgen um Naomi.«

»Sie wird darüber hinwegkommen.«

»Früher oder später werden wir das alle.« Kelsey ging zum Tisch, nahm eines der Gläser und trank einen großen Schluck, um das Kratzen in ihrem Hals zu lindern. »Als man mir von den Amphetaminen berichtete, da kam es mir vor, als hätte ich Pride zum zweiten Mal verloren. Die Beamten haben sämtliche Abfalleimer durchwühlt und jede alte Spritze untersucht, aber nichts gefunden. Und selbst wenn sie noch was finden sollten, was bedeutet das? Pride ist tot.«

»Wenn die Rennkommission die Spritze findet, könnten darauf Rückschlüsse auf den Täter gezogen werden.«

Kelsey schüttelte den Kopf. »Ich kann mir nicht vorstellen, daß jemand so leichtsinnig wäre, die Spritze einfach in den Abfalleimer zu werfen. Selbst wenn, würde er bestimmt keine Fingerabdrücke oder sonstige Spuren hinterlassen.« Voll innerer Unruhe steckte sie ihre Hände in die Taschen und nahm sie sofort wieder heraus. »Wenn ich herausfinde, wer das getan hat – und ich werde es herausfinden – dann soll er leiden.« Wieder griff sie nach ihrem Glas und betrachtete abwesend die tanzenden Bläschen. »Er hat sich buchstäblich die Seele aus dem Leib gerannt.« Bei diesem Gedanken rann ihr ein Schauer über den Rücken, doch sie bemühte sich, den aufsteigenden Kummer zu unterdrücken. »Reno hat sich die Schulter ausgerenkt und das Schlüsselbein angebrochen, sonst fehlt ihm Gott sei Dank nichts.«

»Joey sagte es mir. In ein paar Wochen ist er wieder fit, Kelsey.«

»Vielleicht kann er an den Preakness Stakes wieder teilnehmen.« Reiß dich zusammen, befahl sie sich energisch. »Du kennst doch unseren High Water? Er könnte ganz ordentlich abschneiden.«

»Braves Mädchen«, murmelte Gabe.

Sie lächelte. »Aber es gibt noch viel zu tun. Ich war heute dabei, als sie Pride wegbrachten, und es hat furchtbar weh getan. Ich habe so an ihm gehangen.«

»Ich weiß.«

»Und du auch.« Kelsey ging zu ihm und legte ihre Hand an seine Wange. »Entschuldige, daß ich dich abgewiesen habe, als du bei mir bleiben wolltest. Aber ich wußte, das muß ich allein durchstehen. Wärst du geblieben, wäre ich vermutlich zusammengeklappt.«

»Ich dachte, du wolltest mich nicht bei dir haben, weil mein Pferd gewonnen hat.«

»Ich bin froh, daß es gewonnen hat. Das war der einzige Lichtblick des Tages. Leider konnte ich nicht zusehen, wie man dir den Pokal überreicht, aber ich wäre zu gern dabeigewesen.« Plötzlich mußte sie lachen und griff in ihre Tasche. »Das habe ich ja ganz vergessen. Sieh mal.« Sie hielt ihm zwei Wettscheine, einer auf Pride, einer auf Double hin. »Ich bin auf Nummer Sicher gegangen.«

Gabe starrte ungläubig auf die Scheine. Ihm war, als hätte sie ihm eine Liebeserklärung gemacht. »Die gleiche Summe auf jedes Pferd.«

»Ich glaube, sie haben mir beide gleichviel bedeutet.«

Er blickte auf. Die Farbe, von der Erregung in ihre Wangen getrieben, verblaßte langsam, und ihr Gesicht wirkte so zart und durchscheinend wie altes Porzellan. Die Hand, die in der seinen lag, war schmal und feingliedrig, trotz der Spuren der körperlichen Arbeit. Sie trug noch immer dieselbe Kleidung, mit der sie zum Rennen gegangen war; das blaue Seidenkostüm und die Pumps.

Zart strich er mit der Hand über die Haarsträhnen, die sich aus ihrem Zopf lösten, sie erinnerten ihn an in der Nachmittagssonne golden aufleuchtenden Weizen.

Die Berührung und die plötzliche Stille ließen ihr Herz schneller schlagen. Sie war nur müde, redete sie sich ein. Ausgelaugt. Schließlich hatte sie Stunden damit verbracht, den Reportern entweder entgegenzutreten oder ihnen auszuweichen, hatte Fragen beantwortet und Spekulationen zurückgewiesen. Und das war nur der Auftakt zu einem Medienspektakel gewesen. Warum nur strömte auf einmal neue Lebenskraft durch ihre Adern?

»Es ist schon spät. Ich sollte besser gehen.«

Unwillkürlich nahm sie eine Abwehrstellung ein, als Gabe sich erhob. »Ich muß noch schauen, wie es Naomi geht.«

»Sie hat Moses.«

»Trotzdem.«

Jetzt breitete sich ein langsames Lächeln über sein Gesicht, und er wurde weich: »Trotzdem«, wiederholte er.

»Es war ein langer Tag.«

»Er war sehr lang. Ein Tag, der Gefühle in dir wachruft oder abtötet. Weißt du eigentlich, daß man dir deine Gefühle ablesen kann?« Er kam näher, ohne sie jedoch zu berühren. »Unsicherheit, Zweifel, Wünsche ... Bedürfnisse.«

Kein Wunder, daß ihre Gefühle ihr im Gesicht geschrieben standen. Schließlich tobten sie in ihr wie ein Wirbelsturm. »Ich bin nicht sehr gut, Gabe, ich sag's dir von vornherein.«

»Nicht sehr gut worin?«

»In ...« Sie stieß gegen einen Stuhl, fluchte und umkreiste ihn. »In diesem ganzen Mann-Frau-Geschäft. Und der Zeitpunkt ...«

»Ist ideal«, vervollständigte Gabe den Satz, »das Timing stimmt.« Noch konnte er sie gehen lassen, es würde ihm zwar schwerfallen, aber er konnte noch zurück. »Du mußt mir schon ins Gesicht sagen, daß du mich nicht willst. Hier und jetzt. Entweder sagst du ja, Kelsey, oder nein. Aber du mußt es jetzt sagen.«

»Ich versuch's ja. Laß mich nachdenken.« Sie wich zurück, als er ihr Gesicht in seine Hände nahm.

»Du wägst die Risiken ab, weißt aber gar nicht, wie die Chancen stehen.« Jetzt kam die Entscheidung. Ob Sieg oder Niederlage, das Rennen hatte begonnen. »Der Einsatz ist hoch und man muß vorsichtig sein. Ist es das, was du willst? Sicherheit?«

Kelsey merkte kaum, daß sie sich bewegte, daß sie langsam den Kopf schüttelte, hin und her. Und da sie die Augen keine Sekunde von ihm wandte, entging ihr auch der Triumph nicht, der in seinem Gesicht aufleuchtete.

»Zum Teufel mit der Sicherheit.« Er zog sie an sich. »Wir setzen auf Risiko.«

Kelsey vergaß alle Vorsicht, schaltete jegliche Vernunft aus. Sie wollte genau das, was er ihr geben konnte: seinen hungrigen Mund auf dem ihren, heiße, forschende Hände. Ungeachtet aller Risiken hatte sie sich bereits im ältesten Spiel der Welt verloren.

Keuchend holte sie Luft, als er sie gegen die Wand drängte und ihr die Jacke von den Schultern streifte. Gerade von ihm hätte sie dieses verzweifelte Verlangen nicht erwartet. Und von sich selbst erst recht nicht. Dennoch krallten sich ihre Finger in sein Hemd und zerrten daran, bis der Stoff knirschend zerriß.

Dann spürte sie seine nackte Haut unter ihren tastenden Händen, die angespannten Muskeln, die Hitze seines Körpers. Von ihren eigenen Gefühlen überwältigt, suchte sie seinen Mund, bettelte um mehr.

Jetzt war nicht die Zeit für liebevolle Worte, für langsame Liebesspiele. Der Vulkan, der so lange in ihr geschlummert hatte, brach aus. Was jetzt geschehen sollte, mußte schnell geschehen. Heftig. Nimm mich, war der einzige Gedanke, der in ihrem Kopf hämmerte, ihr Blut zum Kochen brachte. Sie konnte ihr eigenes Lachen hören, rauh, heiser und seltsam fremd, als er mit seinem Mund über ihren Hals und ihre nackte Schulter fuhr.

Es war dieser Laut, der die letzte Schranke niederriß. Mit einem Stöhnen packte Gabe ihre Hände und zog sie über ihren Kopf. Kelseys Körper zitterte, und ihre Augen verdunkelten sich vor Leidenschaft.

Ihre Handgelenke fest umklammernd, riß er ihr die Bluse bis zur Taille auf, so daß die kleinen Knöpfchen in alle Richtungen sprangen. Ihr Körper zuckte, als sei sie eine Marionette in einem irrwitzigen Tanz, doch ihre Augen schauten fest in seine.

Gabe fühlte Seide, ein winziges, aufreizendes Stück Stoff, das kaum ihre Brüste bedeckte. Aufmerksam sah er ihr ins Gesicht, und strich mit einer Hand an ihren Beinen entlang, bis er auf den spitzenbesetzten Rand ihres Strumpfes traf. Ein Schleier schien sich über Kelseys Augen zu legen, als er das Feuer noch weiter schürte. Seine Hand tastete weiter.

Kelsey schrie überrascht auf und bäumte sich gegen seine forschende Hand wie ein Pferd, das zum ersten Mal einen Reiter auf seinem Rücken spürt. Nie gekannte Empfindungen durchströmten sie, bis ihr ganzer Körper in Flammen stand. Mit einer Mischung aus Entsetzen und Lust warf sie den Kopf zurück, während ihr Innerstes explodierte.

Die Erfüllung trug sie auf einer Welle davon, bis sie immer leichter wurde. Feurige Pünktchen tanzten hinter ihren Augen, und die Welt um sie löste sich in ein Meer von Farben und Tönen auf.

Langsam kam sie wieder zu sich, nahm die Umgebung wieder wahr. Schwer atmend zog Gabe sie enger an sich, streifte ihr den Rock ab und fuhr mit den Lippen über ihre Brüste, küßte sie, genoß die Wärme und Weichheit ihrer Haut. Ein leises Stöhnen entrang sich ihrer Kehle, und er fühlte unter seinen Händen, unter seinem Mund ihren rasenden Herzschlag.

Ihre Nägel gruben sich in seine Haut, während sie sich enger und immer enger an ihn preßte. Ohne sie freizugeben, entledigte sich Gabe seiner Kleidung und drang tief in sie ein, nahm sie fest an den Hüften und trug sie mit sich in ungekannte Höhen.

Kelseys Kopf sank gegen seine Schulter, und ihr Körper, den eben noch eine wilde Begierde angetrieben hatte, fühlte sich auf einmal leer und knochenlos an. Wenn er sie nicht mit seinem Körpergewicht gegen die Wand gedrückt hätte, wäre sie wohl erschöpft zu Boden gesunken.

»Wer hat gewonnen?« fragte sie atemlos.

Gabe rang lachend nach Luft: »Unentschieden. Mein Gott, du bist einfach unglaublich.«

Kelsey hatte nicht die Kraft, zu widersprechen. Als sie wieder einen klaren Gedanken fassen konnte, stellte sie benommen fest, daß sie sich soeben wild und leidenschaftlich geliebt hatten – im Stehen – und daß das, was von ihren und seinen Kleidern übriggeblieben war, verstreut am Boden lag.

»So etwas habe ich noch nie erlebt, noch nie in meinem ganzen Leben.«

»Das ist gut«, er hob sie hoch.

»Nein, ich meine …« Sie brach ab, da sie bemerkte, daß sie noch immer einen Schuh trug. Sie streifte ihn ab. »Ich meine, überhaupt jemals. Als ich noch verheiratet war, haben wir nur … du weißt schon. Laß es gut sein.«

»Nein, sprich weiter.« Er trug sie ins Schlafzimmer hinüber. »Ich mag Vergleiche, besonders wenn sie zu meinen Gunsten ausfallen.«

»Ich habe nur eine Vergleichsmöglichkeit. Außer Wade – es gab keinen außer Wade.«

Er hielt inne, gerade als er sie aufs Bett sinken lassen wollte. Seine Augen richteten sich prüfend auf sie: »Es gab vor ihm niemanden?«

Genau darin lag das Problem im Schlafzimmer, dachte Kelsey erbittert, sie redete zuviel. »Na und?«

»Nichts na und.« Gabe streckte sich und küßte sie erneut. Vermutlich gehörte es zum typisch männlichen Wunschdenken, sich einzureden, man sei der einzige. Er beschloß, Wade zu streichen und den Augenblick zu genießen. Er ließ Kelsey aus so großer Höhe aufs Bett fallen, daß es federte. »Dein Ex war nicht nur ein Mistkerl, sondern auch noch ein Idiot.«

»Wahrscheinlich.« Da er unverwandt auf sie hinunterblickte, zog sie nervös am Träger ihres Hemdchens und stellte fest, daß er zerrissen war. »Du wirst mir wohl einen Bademantel oder so was leihen müssen. So kann ich doch nicht in mein Zimmer zurückgehen.«

Er lächelte nur, als er sich zu ihr ins Bett legte und sich an sie schmiegte.

»Wirklich, Gabe, ich kann doch nicht in diesem Ding über den Flur gehen.« Sie wies auf das zerfetzte Seidenhemd. »Oder besser, in dem, was davon übriggeblieben ist«, berichtigte sie sich.

»Steht dir ausgezeichnet.« Gabe schob eine Hand unter das Hemd und umschloß ihre Brust. »Aber ich glaube, ich werde es dir trotzdem ausziehen.«

»Jetzt?« Ihr Herzschlag schien auszusetzen, als er mit dem Daumen leicht über ihre Brustwarzen strich. »Ich kann nicht mehr und du auch nicht.«

Er zog die Augenbrauen hoch, als er seinen Mund auf den ihren herabsenkte: »Wollen wir wetten?«

Sie hätte verloren. Und nicht nur ein Mal. Als es am Horizont zu dämmern begann, lag sie halb über ihm, vom letzten Sturm noch ganz erschöpft, zu betäubt, um zu schlafen.

»Ich muß gehen. Ich muß auf den Rennplatz.«

»Du mußt erst mal schlafen, und dann etwas essen. Danach gehen wir zur Rennbahn.«

»Können wir Kaffee bestellen?« Die Erschöpfung breitete sich langsam in ihrem ganzen Körper aus.

»Sicher. Aber erst später.« Er streichelte ihr Haar, ihren Rücken, aber nicht, um sie zu erregen, sondern um sie in den Schlaf zu lullen. »Jetzt ruh dich aus, Liebling.«

»Wie spät ist es?«

Nach einem Blick auf seine Uhr log er ohne Gewissensbisse: »Ungefähr vier«, obwohl es bereits auf sechs zuging.

»Okay. Nur einige Stunden.« Kelsey fühlte, wie sie federleicht wurde und in einem dunklen Tunnel dahintrieb. »Nur etwas ausruhen.«

Gabe drehte sie behutsam um, strich ihr das Haar aus dem Gesicht und deckte sie mit dem zerknitterten Laken zu. Ihr Gesicht war immer noch blaß, die Schatten unter ihren Augen wirkten wie die dunklen Stellen in edlem Marmor. Einige Minuten betrachtete er die schlafende Kelsey. Und während er das tat, verliebte er sich in sie.

Plötzlich empfand er ein merkwürdiges Unbehagen. Von atemberaubendem Sex, den man mit einer Frau haben konnte war es noch ein langer Weg bis zur Liebe.

Er hatte sie schon lange begehrt, und nun hatte er sie gewonnen. Aber das hieß noch lange nicht, daß er wußte, wie es weitergehen sollte. Kelsey brauchte ebenso dringend einen Freund wie einen Liebhaber, und da er beides für sie sein wollte, wäre es das beste, zuerst einmal ein Freund zu sein.

Gabe ging duschen. Als er ins Zimmer zurückkam, um sich anzuziehen, hatte sich Kelsey noch keinen Millimeter bewegt. Ohne sich weitere Gedanken über Kelseys Privatleben oder ihre Beziehung zu machen, ging er ins Wohnzimmer und öffnete ihre Handtasche. Darin fand er ihr Portemonnaie, ein Päckchen Taschentücher, einen ledergebundenen Terminkalender und zu seiner Belustigung einen Hufnagel. In einem kleinen Reißverschlußfach an der Seite steckten ihr Schlüssel, ein Lippenstift, ein Fläschchen Parfüm – an dem er genüßlich schnupperte – und eine Zwanzigdollarnote. Lauter Dinge, die eine Frau wie Kelsey gern griffbereit hatte.

Er steckte ihren Zimmerschlüssel in seine eigene Tasche und verließ leise den Raum.

Zuerst ging er zu Naomis Zimmer. Moses öffnete bereits nach dem ersten Klopfen. Obwohl er angespannt und übermüdet aussah, streckte er Gabe die Hand hin und schenkte ihm ein von Herzen kommendes Lächeln. »Ich hatte noch keine Gelegenheit, dir zu gratulieren. Dein Pferd ist wunderbar gelaufen.«

»Er hatte einen hochklassigen Konkurrenten. Aber auf diese Weise wollte ich wirklich nicht gewinnen.«

»Ich weiß.« Moses klopfte ihm auf die Schulter und ließ ihn eintreten. »Es ist für uns alle schwer, Gabe. Und seitdem wir wissen, wie es dazu gekommen ist, sogar noch schwerer.«

»Keine neuen Erkenntnisse, nehme ich an?«

»Die Ermittlungen laufen. Und Three Willows wird auf eigene Faust Untersuchungen anstellen.« In Moses' zerfurchtem Gesicht leuchteten seine Augen hart auf: »Ich weiß nur, daß irgend jemand dieses Pferd töten wollte!«

»Wenn ich – oder sonstwer von Longshot – etwas tun kann, dann müßt ihr's nur sagen. Ich bin genauso interessiert daran wie ihr, daß der Fall aufgeklärt wird. Gabe blickte zur Schlafzimmertür, die sich öffnete.

Naomi trat ins Zimmer, offensichtlich in Kampfstimmung. Verschwunden war die Aura von Zerbrechlichkeit, die sie gestern noch umgeben hatte. Sie trug ein dunkelviolettes Kostüm, das von all den Kleidern, die sie hierher mitgebracht hatte, einem Trauergewand am nächsten kam, und ihr Gesichtsausdruck zeigte eine grimmige Entschlossenheit.

Wie Gabe schon vermutet hatte: Sie war bereit, sich zu wehren.

»Ich bin so froh, daß du gekommen bist.« Sie ging auf ihn zu, umarmte ihn und schmiegte ihre Wange kurz an die seine. »Es ist für uns beide hart.« Ohne die Hände von seinen Schultern zu nehmen, trat sie einen Schritt zurück. »Du wirst auch ins Gerede kommen, Gabe, und ich möchte, daß wir eine geschlossene Front bilden.«

»Das ist auch meine Meinung.«

»Ich bedaure, was geschehen ist. Meinetwegen, deinetwegen und wegen der negativen Wirkung auf den Ruf des Rennsports. Aber damit müssen wir fertigwerden. Ich habe bereits eine Pressekonferenz einberufen und möchte, daß du daran teilnimmst.«

»Wann und wo?«

Lächelnd strich sie ihm über die Wange. »Gegen Mittag auf dem Rennplatz. Ich halte es für wichtig, daß sie am Ort des Geschehens stattfindet. Wir werden Pride unmittelbar nach der Autopsie überführen lassen.« Naomi hielt inne und holte tief Atem. »Wir sollten uns darauf gefaßt machen, daß uns die Presse in den kommenen Wochen keine Ruhe läßt. Und da die Preakness Stakes näherrücken, ist den Spekulationen keine Grenze gesetzt.« Naomis Augen wurden hart. »Du solltest besser versuchen, dieses Rennen auch zu gewinnen, Gabe.«

»Genau das habe ich vor.«

Sie nickte zufrieden. »Ich werde Kelsey noch ungefähr eine Stunde Zeit lassen, dann rufe ich sie an. Sie hat gestern einiges auf sich genommen, und ich möchte ihr nicht noch mehr abverlangen.«

Gabe steckte die Hände in die Hosentaschen und faßte nach Kelseys Zimmerschlüssel. »Kelsey war letzte Nacht bei mir. Sie schläft jetzt. Ich muß ein paar Sachen aus ihrem Zimmer holen und dafür sorgen, daß sie etwas ißt.«

Schweigen. Erst fünf Sekunden, dann zehn. Bis Naomi schließlich seufzte und sagte: »Gut, daß du bei ihr warst. Ich bin froh, daß du es bist.«

»Vielleicht bist du das nicht mehr, wenn ich dir sage, daß ich es auch zu bleiben gedenke.«

Naomi hob eine Augenbraue. »Redest du von Heirat, Gabe?« Zum ersten Mal seit Stunden konnte sie wieder lachen. »Aha, er wird schreckensbleich. Typisch Mann!« Als er sie nur fassungslos anstarrte, streichelte sie seinen Arm: »Du machst besser, daß du hier rauskommst, Gabe, ehe ich dir noch mehr peinliche Fragen stelle. Bring Kelsey um elf hierher, dann können wir alle gemeinsam zur Bahn gehen. Ach ja, und hol ihr das marineblaue Kostüm mit der korallenroten Bluse.«

Mit diesen Worten schob sie ihn zur Tür hinaus, schloß sie hinter ihm und lehnte sich dagegen. »Mein Gott, Moses, die letzten vierundzwanzig Stunden waren so schrecklich, und jetzt fühle ich mich schon eine Minute lang einfach großartig. Glaubst du, sie weiß, daß er sie liebt?«

Kelsey wußte nur, daß sie vor Wut beinahe platzte. Nicht genug damit, daß er sie einfach verschlafen ließ – nein, er hatte auch noch ihren Zimmerschlüssel genommen und sich davongemacht. Und nun saß sie ohne ein anständiges Kleidungsstück in seinem Zimmer und konnte nicht weg.

Sie nahm eine kalte Dusche und wickelte sich in einen hoteleigenen Bademantel. Ein Handtuch um den Kopf geschlungen, rannte sie vom Schlafzimmer ins Wohnzimmer und wieder zurück.

Erst dachte sie kurz daran, Naomi in ihrer Suite anzurufen, doch wie hätte sie ihrer Mutter erklären sollen, daß sie sich halbnackt in Gabes Zimmer aufhielt?

Als sie hörte, wie die Tür geöffnet wurde, marschierte sie schnurstracks ins Wohnzimmer, bereit, Gabe gründlich die Meinung zu sagen. »Würdest du mir bitte erklären, was zum Teufel du dir dabei gedacht … Oh!«

Sie stand einem verlegen hüstelnden Zimmerkellner gegenüber. »Entschuldigen Sie, Miss. Der Herr sagte, ich solle hier das Frühstück servieren, da Sie noch schlafen.«

»Ach ja. Schon gut, ich bin schon wach.« So würdevoll wie möglich verschränkte Kelsey die Arme vor der Brust. »Und wo ist der Herr?«

»Das kann ich Ihnen nicht sagen, Miss. Ich weiß nur, was man mir aufgetragen hat. Soll ich lieber später wiederkommen?«

»Nein.« Bloß nicht den Kaffee aus ihrer Reichweite lassen! »Nein, lassen Sie das Frühstück hier. Tut mir leid, daß ich Sie so angefahren habe.«

Während der Kellner den Tisch deckte, überlegte Kelsey, ob sie die Kleidungsstücke rasch vom Boden aufsammeln oder es einfach ignorieren sollte. Sie entschied sich, sie liegen zu lassen, unterschrieb die Rechnung und fügte ein Trinkgeld hinzu, bei dem, wie sie hoffte, Gabe vor Schreck erbleichen würde.

»Danke, Miss. Guten Appetit.«

Kelsey schenkte sich gerade eine Tasse Kaffee ein, als Gabe zur Tür hereinkam. »Du bist ja schon wach.«

»Du bist vielleicht ein gemeiner Kerl!« Kelsey trank gierig einen

Schluck und verbrannte sich prompt die Zunge. »Wo ist mein Schlüssel?«

»Hier.« Er zog ihn aus der Tasche und legte dann ihr Kostüm sorgfältig über einen Stuhl. »Ich glaube, ich habe nichts vergessen. Kulturbeutel, Zahnbürste und so weiter. Übrigens, deine Wäsche gefällt mir. Ich dachte, dieses kleine blaue Etwas hier würde gut zu dem Kostüm passen.« Grinsend hielt er einen blauseidenen Body hoch. »Willst du ihn gleich anziehen?«

Erbost riß sie ihm das Wäschestück aus der Hand. »Du hast in meinen Sachen herumgewühlt!«

»Ich hab' dir nur die notwendigsten Kleidungsstücke gebracht. Das Kostüm war ein Vorschlag deiner Mutter.«

»Meiner ...« Kelsey biß die Zähne zusammen und betete im stillen um Geduld. »Du warst bei ihr?«

»Ihr geht es wieder besser, und sie ist bereit, zum Gegenschlag auszuholen. Für heute mittag hat sie auf der Rennbahn eine Pressekonferenz angesetzt. Wie ist denn der Kaffee?« Er goß sich selbst eine Tasse ein. »Wir sollen sie um elf auf ihrem Zimmer treffen, und dann zusammen losgehen. Sie hat mir zwar gesagt, welches Kostüm ich dir holen soll, aber nicht, welche Accessoires dazu passen. Also habe ich das ausgesucht, was mir gefiel.«

»Sie hat dir gesagt, welche Kleidungsstücke du mir mitbringen sollst?« Kelsey holte tief Luft und atmete dann langsam wieder aus. »›Das heißt, sie weiß, daß ich hier bin.‹«

Gabe setzte sich, hob die silberne Haube einer der Platten hoch und entdeckte Eier mit Schinken. »Ich habe ihr gesagt, daß du die Nacht bei mir verbracht hast.« Aufmerksam studierte er ihr Gesicht. »Schlimm?«

»Nein, aber ... nein.« Resigniert preßte sie die Hände gegen ihre Schläfen. »Mir ist ganz schwindelig.«

»Setz dich und iß etwas, dann geht's dir besser.« Sie gehorchte. Er griff nach ihrer Hand, hielt sie fest und sagte: »Wir schaffen das schon. Wir beide gemeinsam. Klar?«

Kelsey starrte auf ihre ineinander verschlungenen Hände. Er hatte damit nicht nur die Pressekonferenz gemeint, und das wußten beide. Noch ein Risiko, dachte Kelsey kurz, doch sie hob den Kopf und schaute ihm voll ins Gesicht.

»Klar.«

17

»Es war niemals die Rede davon, das Pferd zu töten«, sagte Cunningham zu Rich und wischte sich den Schweiß vom Gesicht. Noch nie hatte er soviel geschwitzt wie in den letzten Tagen, als er vor den Kameras stehen mußte, ein dümmliches Grinsen auf dem Gesicht. Bei den anschließenden Partys, wo man ihm auf die Schulter klopfte und einen Drink nach dem anderen spendierte. Und dann nachts im Bett, wo er schlaflos an die dunkle Decke starrte und im Geist die letzten Sekunden des Derbys wieder und wieder durchlebte.

So verzweifelt er sich den Sieg auch gewünscht hatte, am Ende war er mehr als dankbar für den zweiten Platz. Aber der Preis, den er dafür zahlen mußte, war höher, als er erwartet hatte.

»Keinen Ton hast du gesagt«, beharrte er, während ihm der Schweiß nun aus allen Poren brach und ihm unangenehm den Rükken herunterrann. »Disqualifizieren wolltest du ihn, damit Sheba eine Chance hat, sich zu plazieren.«

»Die Einzelheiten hast du mir überlassen«, erinnerte ihn Rich. Er trank gerade ein Glas erstklassigen Kentucky-Bourbon und genoß von seiner noblen Hotelsuite aus die Aussicht auf D. C. Er konnte es sich leisten. Im Augenblick konnte er sich so einiges leisten. »Du hast doch gekriegt, was du wolltest. Deine Stute hat sich beim Derby plaziert. Jetzt wird dich keiner mehr einen Trottel nennen, und keiner wird hinter deinem Rücken über dich herziehen.«

»Du solltest nur dafür sorgen, daß der Hengst disqualifiziert wird.«

»Hab' ich ja auch.« Rich grinste. »Das allerdings gründlich. Die Chadwicks haben verloren, der Verdacht richtet sich gegen sie und meinen feinen Herrn Sohn, und du, Billy Boy, hast eine blütenweiße Weste.« Er nahm sich eine kandierte Mandel aus einer Schale, die vor ihm stand. »Jetzt sei mal ganz ehrlich, Billy: Du hast doch nichts dagegen, Gabe eine anständige Lektion zu erteilen, oder? Schließlich hast du seinetwegen vor fünf Jahren nicht nur deine Farm, sondern auch dein Ansehen verloren.«

»Nein, ich hab' gar nichts dagegen, ihm einen Dämpfer aufzusetzen, das weißt du, Rich. Aber ...«

»Wir beide wissen doch genau, daß deine Stute nicht die geringste Chance hatte, das Rennen zu gewinnen«, fuhr Rich fort. »Wenn sie gegen beide Pferde, das von Three Willows und das von Longshot hätte antreten müssen, wäre sie höchstens Dritte geworden, und das auch nur, wenn man sie ins Ziel geprügelt hätte. Aber wahrscheinlich wäre nur Rang vier oder fünf dabei herausgekommen, und das war dir ja nicht gut genug.«

Nicht bei dem Schuldenberg, der sich über ihm auftürmte, dachte Cunningham. »Nein, aber ...«

»Nein.« Rich kaute knirschend. Sein Gesicht war ernst, und er sagte leutselig: »Du hast in der Scheiße gesessen, und ich habe dich herausgezogen. Ehrlich gesagt hätte ich von Big Sheba bestenfalls den dritten Platz erwartet, aber sie hat sich wacker geschlagen. Mit der kannst du Helden zeugen«, fügte er schmierig grinsend hinzu. »Das wär's doch überhaupt. Du verdienst dir 'ne goldene Nase, indem du sie zur Zucht verwendest. Mußt nur dafür sorgen, daß sie von 'nem hübschen Hengst besprungen wird.«

Das klang alles gut und schön, dachte Cunningham, doch seine Hände flatterten immer noch: »Rich, wenn das rauskommt, bin ich ruiniert.«

»Wie sollte das wohl rauskommen? Glaubst du, ich geh' mit der Geschichte hausieren?« Wieder grinste Rich breit. »Es sei denn, du hast deinem kleinen süßen Bettwärmer alles brühwarm erzählt. Manche Männer können ja nicht mehr denken, wenn's um Sex geht.«

»Unsinn!« Cunningham fuhr sich mit der Hand über den Mund. »Ich hab' ihr kein einziges Wort gesagt.« Es hätte sie auch wohl kaum interessiert, denn wie er an sein Geld kam, war Marla egal, solange sie es mit vollen Händen ausgeben konnte. »Aber die Leute stellen Fragen, und die Presse läßt mir keine Ruhe.«

»Was hast du denn erwartet?« fragte Rich freundlich. »Jetzt mußt du nur ein betroffenes Gesicht aufsetzen, fassungslos den Kopf schütteln und ein paar passende Worte fallenlassen. Du könntest sogar hinzufügen, daß du Naomi Chadwick und Gabriel Slater schon seit Ewigkeiten kennst und dir nie hättest vorstellen können, daß einer von beiden so tief sinken würde. Bring Gabes Namen ins Spiel, Billy. Das liegt mir wirklich am Herzen.«

Cunningham leckte sich über die Lippen. »Wie hast du's gemacht, Rich?«

»Aber, aber, Billy Boy, das ist Geschäftsgeheimnis. Und je weniger du weißt, desto besser. Du bist nur ein Glückspilz, der ein vielversprechendes Pferd ersteigert und es bis ins Derby gebracht hat.«

»In zwei Wochen sind die Preakness Stakes.«

Richs Brauen stiegen in die Höhe. »Du bist zu gierig, mein Freund. Und unvernünftig. Du weißt doch, wie riskant es ist, dieses Pferd wieder starten zu lassen.«

»Sie schafft es.« Vergessen waren Angst und Schuldgefühle, vergessen waren die Männer, die sterben mußten, und auch das Bild des am sechzehnten Pfosten zusammenbrechenden Hengstes zählte nicht mehr. »Es würde reichen, wenn sie den dritten Platz belegte.«

»Vergiß es.« Mit einem glucksenden Lachen hob Rich den Zeigefinger. »Selbst wenn du sie meldest und sie auch durchhält, diesmal können wir nichts machen. Dieses Rennen muß sauber bleiben, sonst könnte man dich schief ansehen, Billy Boy. Und wer weiß, wo das hinführt. Vielleicht stößt man dann auf mich, aber dann ...« Er klirrte mit den Eiswürfeln in seinem Glas, »dann wären wir keine Freunde mehr.«

»Es steht viel Geld auf dem Spiel.«

»Du willst mehr Geld? Dann setz auf den Longshot-Hengst. Ich kenn' doch meinen Jungen. Der tut, was er kann, um zu gewinnen. Muß sich reinwaschen.« Richs Grinsen wurde säuerlich, und er goß noch einen Schuß Bourbon über das schmelzende Eis. »Der hat sofort die Hosen voll, wenn irgendwo gemauschelt wird. Da hab' ich ihm doch alle gottverdammten Tricks beigebracht, die ich kenne, und was macht er? Hält sich für was Besseres. Ist sich zu fein, dem Glück ein bißchen nachzuhelfen.« Richs Augen wurden schmal und böse, während er trank. »Aber wir werden ja sehen, wer diesmal die Nase oben hat. Wir werden ja sehen.«

Es hatte keinen Sinn, mit Rich zu streiten, wenn dieser mehr Alkohol als Blut in den Adern hatte. »Was soll ich denn jetzt machen?«

»Du meldest sie von Pimlico ab, Billy. Behaupte einfach, sie hätte nach dem Morgentraining gelahmt und du wolltest nichts riskieren. Mach einen entäuschten Eindruck, spiel den verantwortungsvollen Besitzer, dem die Gesundheit seiner Pferde am Herzen liegt. Dann stellst du Sheba auf die Weide, bis du einen Deckhengst für sie hast.«

»Du hast recht.« Mit Bedauern nahm Cunningham Abschied von dem bereits einkalkulierten Preisgeld. »Lieber nichts auf die Spitze treiben. Ich steig in die Zucht ein und laß sie nächstes Frühjahr dekken.« Er lächelte leicht. »Vielleicht komme ich sogar mit deinem Jungen ins Geschäft, Rich, und nehm' seinen Derbysieger als Deckhengst.«

»So gefällst du mit.« Rich beugte sich vor und klopfte Cunningham mit der Hand aufs Knie. »Wie wär's denn mit einem kleinen Bonus, Billy?«

»Bonus?« Argwöhnisch wich Cunningham zurück. »Wir hatten eine Abmachung, Rich, und ich habe mich daran gehalten.«

»Kann man nicht leugnen. Aber siehst du, Billy, du hast ganz schön abgesahnt. Schätze, du hast insgesamt so drei- bis vierhunderttausend eingesackt.« Als Cunningham wieder der Schweiß auf die Stirn trat, wurde Richs Grinsen breiter. »Und wenn du dich dann auch noch auf die Zucht verlegst – Sheba bringt dir die nächsten Jahre sicher regelmäßig Fohlen – dann hast du ausgesorgt. Ohne mich hättest du das nicht geschafft, so isses doch?«

»Ich hab' dich schon bezahlt.«

»Sicher, aber ich muß noch was draufschlagen. Ich mußte für Lipsky schließlich auch was auslegen.«

»Das war deine Idee. Damit hatte ich nichts zu tun.«

»Ich bin quasi ein Subunternehmer, Billy«, erklärte Rich geduldig. »Alles, was ich tue, kommt im Endeffekt von dir, vergiß das nicht. Jedenfalls hat Lipsky den Pfleger unschädlich gemacht und ich dafür ihn. Wir wollen uns jetzt doch nicht über jeden streiten, der auf meiner Lohnliste steht, aber glaub mir, das sind unvermeidliche Ausgaben, die ich dir in Rechnung stellen muß. Zwei Männer und ein Pferd sind tot, und zwischen diesen Todesfällen und deiner Person stehe ich.« Strahlend zählte er die Toten an den Fingern an. »Deshalb solltest du mich besser bei Laune halten. Hunderttausend Dollar könnten dafür sorgen.«

»Hundert ... Du spinnst wohl, Rich! Wie stellst du dir das vor? Ich hab' schließlich alle Ausgaben. Weißt du, was der Unterhalt eines Vollbluts kostet, bloß eines einzigen Pferdes? Und dann die Startgebühren!«

»Du wirst doch nicht mit mir feilschen wollen, Billy Boy. Das würde ich an deiner Stelle gar nicht erst versuchen.« Richs lächelndes Gesicht hatte sich in eine Fratze verwandelt. Er hatte vor, Cunningham auszuquetschen wie eine Zitrone, und zwar eine ganze Zeit lang. »Hunderttausend, abgemacht? Ich gebe dir eine Woche Zeit, damit du dir überlegen kannst, wie du deine Bücher am besten türkst. Bring mir das Geld am Tag vor den Preakness Stakes hierher. In bar.« Sehr zufrieden mit sich lehnte Rich sich zurück. »Ich habe das dringende Verlangen, ein paar Dollar auf das Pferd meines Sohnes zu setzen. Familienbande, weißt du?«

Lachend schenkte er sich einen weiteren Bourbon ein.

Kelseys Familienbande verursachten ihr gewaltige Kopfschmerzen. Sie hatte zwar damit gerechnet, daß ihre Fahrt nach Potomac nicht besonders erfreulich werden würde, aber es war viel schlimmer gekommen, als sie befürchtet hatte. Ihr Vater hatte getobt; Kelsey hatte ihn noch nie so wütend gesehen. Daß sich sein Wutausbruch nicht gegen sie richtete, spielte keine Rolle, aber sie war, wie Candace ihr kühl erklärte, die Ursache des Problems.

Milicent hatte ihre Drohung wahr gemacht. Zwar konnte sie an den testamentarischen Verfügungen von Kelseys Großvater nichts ändern, wohl aber an ihrem eigenen Testament. Nach guter alter viktorianischer Tradition hatte Milicent von nun an keine Enkelin mehr.

Kelsey ließ ihren Wagen mit laufendem Motor in der Einfahrt von Three Willows stehen und legte ihren schmerzenden Kopf aufs Lenkrad. Es war eine furchtbare Szene gewesen. Milicent, die voller unterdrücktem Zorn ihre Ankündigung machte, der Schreck und der anschließende Wutausbruch ihres Vaters. Und Candace, die, von Milicent beeinflußt, ständig kleine Giftpfeile auf Kelsey abschoß.

Stöhnend richtete Kelsey sich auf und stellte den Motor ab. Sie hatte nicht damit gerechnet, daß ihr die Sache so an die Nieren gehen würde. Da Milicent und sie sich noch nie vertragen hatten, hätte sie doch eigentlich erleichtert sein müssen. Doch statt Erleichterung verspürte sie Trauer und eine große Müdigkeit.

Sie stieg aus. Ein Aspirin würde zumindest die rasenden Kopfschmerzen lindern.

Schon von weitem hörte sie Musik, den harten, hämmernden Rhythmus eines Titels der Rolling Stones. Mick und seine Jungs bekundeten lauthals eine Seelenverwandtschaft mit dem Teufel. Kelsey folgte den Klängen und ging ums Haus.

Die Veranda war mit einem fleckigen alten Bettlaken abgedeckt, und aus einem Transistorradio, das in der Ecke auf einem Glastisch stand, dröhnte Rock 'n' Roll. Naomi hatte das Haar zu einem Pferdeschwanz gebunden, trug ein bis zu den Knien reichendes Männerhemd und stand an einer Staffelei und trug gerade karminrote Farbe auf die Leinwand auf.

Als ob sie mit einem Schwert ein erbittertes Duell mit der Leinwand führen würde, die schon vor Farben und Formen nahezu explodierte, dachte Kelsey. Das Gesicht ihrer Mutter, das sie nur von der Seite sah, wirkte steinern, aber ihre Augen sprühten Feuer.

Kelsey wollte sich vorsichtig zurückziehen, da der innere Kampf, der hier ausgefochten wurde, sie nichts anging. Doch Naomis Kopf flog bereits herum, und ihre zornigen Augen schienen ihre Tochter förmlich zu durchbohren.

»Entschuldige«, begann Kelsey, doch ihre Stimme ging im Dröhnen der Musik unter. Naomi drehte sie bis auf eine erträgliche Lautstärke herunter. »Ich wollte dich nicht stören.«

»Schon gut.« Die Leidenschaft in Naomis Augen erstarb schnell, sowie sie nicht mehr auf die Leinwand blickte. »Ich reagiere mich gerade ein wenig ab.« Sie legte den Pinsel beiseite und griff nach einem Tuch, um sich die Hände abzuwischen. »Ich habe schon eine ganze Weile nicht mehr gemalt.«

»Das Bild ist großartig.« Kelsey trat näher und betrachtete das wilde Farbengemisch und die immer noch feucht glänzenden kraftvollen Pinselstriche. »So ursprünglich.«

»Stimmt. Du bist ja ganz außer dir.«

»O verdammt!« Kelsey steckte die Hände in die Hosentaschen. »Manchmal kommt es mir so vor, als trüge ich ein Schild auf der Stirn, auf dem steht, wie ich mich fühle.«

»Du hast eben ein sehr ausdrucksvolles Gesicht.« Wie sie selber früher einmal, erinnerte sich Naomi. »Ich gehe davon aus, daß das Familientreffen ein Mißerfolg war.«

»Es war ein totaler Reinfall. Meinetwegen haben sich Vater und Großmutter zerstritten. Und er hat sich außerdem noch mit Candace entzweit.«

»Weil du hierbleibst.«

»Weil ich so bin, wie ich bin.« Kelsey griff nach dem unberührten Glas mit Eistee, das Naomi sich mitgebracht hatte, und trank gierig. »Milicent hat mich nicht nur aus ihrem Testament gestrichen, sondern sie hat mich regelrecht verstoßen. Für sie existiere ich einfach nicht mehr.«

»Ach, Kelsey.« Naomi legte ihr die Hand auf den Arm. »Ich bin sicher, sie meint es nicht so.«

Glas klirrte auf Glas, als Kelsey ihren Eistee absetzte. »Natürlich meint sie es so.«

Naomis Mitleid und Anteilnahme verwandelten sich in Wut. »Das sieht ihr ähnlich. Es tut mir leid, daß ich dir solche Schwierigkeiten bereitet habe.«

»*Ich* habe sie mir bereitet«, explodierte Kelsey. »Ich ganz allein. Es wird Zeit, daß ihr alle kapiert, daß ich für mich selbst denken, entscheiden und handeln kann! Wenn ich nicht hier sein wollte, dann wäre ich auch nicht hier. Ich bin nicht auf Three Willows, um ihnen eins auszuwischen oder um dich versöhnlich zu stimmen. Ich bin hier, weil ich es will.«

Naomi holte tief Atem. »Du hast recht. Du hast vollkommen recht.«

»Wenn ich woanders hinfahren wollte, dann würde ich das tun. Aber ich lasse mich weder durch Drohungen noch durch Bestechung noch dadurch, daß man mir Schuldgefühle einimpft, dazu bringen, etwas aufzugeben, das mir viel bedeutet. Meine Familie bedeutet mir viel, Three Willows bedeutet mir viel, und du bedeutest mir auch viel.«

»Tja.« Naomi griff selbst nach dem Glas, wobei ihre Hand zitterte. »Danke.«

Kelsey beherrschte sich nur mühsam. Am liebsten hätte sie gegen den Topf mit Geranien getreten. »Da gibt's ja wohl nichts zu danken. Du bist meine Mutter, ich mag dich, und ich bewundere dich für das, was du aus deinem Leben gemacht hast. Sicher, die ganzen verlorenen Jahre fehlen mir, aber ich mag dich so, wie du bist. Ich werde bestimmt nicht bei meiner Familie angekrochen kommen und so tun, als gäbe es dich nicht, nur weil es Milicent so lieber wäre.«

Naomi mußte sich mit der Hand am Tisch festhalten, sonst wäre sie auf dem Stuhl zusammengesunken. »Du kannst dir gar nicht vorstellen, wie es ist, wenn die eigene erwachsene Tochter sagt, daß sie ihre Mutter so mag, wie sie ist. Ich liebe dich, Kelsey.«

Kelseys Zorn verrauchte. »Ich weiß.«

»Ich wußte ja nicht, zu was für einem Menschen du herangewachsen warst, bis ich dich wiedersah. Ich liebte das kleine Mädchen, das ich verloren hatte. Dann kamst du hierher, und du hast mir eine Chance gegeben. Ich bin so stolz auf dich, auf die Frau, die du jetzt bist. Wenn du morgen fortgehen und nie mehr wiederkommen würdest, so hast du mir doch mehr gegeben, als ich mir je hätte träumen lassen.«

»Ich gehe nirgendwohin.« Voller Gefühl ging Kelsey auf ihre Mutter zu und breitete die Arme aus. »Ich bin genau da, wo ich sein möchte.«

Mit geschlossenen Augen nahm Naomi den Duft ihrer Tochter in sich auf. »Ich würde jetzt gern sagen, daß ich alles wieder gutmache. Daß ich einen Weg finde, um sie zum Einlenken zu bewegen.«

»Das brauchst du nicht. Mach dir deswegen keine Gedanken.« Kelsey hatte sich beruhigt und wich zurück. »Ich bin nur so verdammt sauer.« Wieder schlug ihre Stimmung um, und sie ging erregt auf und ab. »Und ich bin gekränkt. Ich hätte nie gedacht, daß es so wehtut. Sie ist überzeugt, daß mir an ihrem Geld sehr viel liegt, und so benutzt sie es wie auch meine Gefühle gegen mich. Sie will auf diese Weise Macht über mich gewinnen.«

»Macht ist für Milicent so lebensnotwendig wie die Luft zum Atmen. Das war schon immer so.«

»Sie konnte die Verfügungen meines Großvaters nicht ändern. Das muß sie zur Weißglut gebracht haben, denn daß sie ihren Willen nicht durchsetzen kann, kann und darf nicht sein. Und Dad hat sich so aufgeregt. Er hat sie angeschrien, obwohl er noch nie zuvor die Stimme gegen sie erhoben hat.«

»Doch, das hat er schon einmal getan.« In Naomis Lächeln lag eine Art grimmiger Befriedigung. »Das ist allerdings schon eine Weile her. Ich bin froh, daß er für dich eingetreten ist.«

»Ich wünschte, ich könnte das auch so sehen. Ich fand die Art, wie sie aufeinander losgingen, entsetzlich. Dieses ganze Theater hat Vater und Candace einander entfremdet, und das ist meine Schuld, ob ich nun im Recht oder im Unrecht bin. Großmutter ist so unnachgiebig, sie weigert sich einfach, die Dinge auch einmal von meinem Standpunkt zu betrachten.« Hatte man ihr nicht einst dieselben Eigenschaften nachgesagt? Kelsey schauderte bei dem Gedanken.

»Dann hat sie zwei Möglichkeiten«, meinte Naomi nachdenklich. »Entweder sie gibt nach, oder sie wird einsam sterben.«

»Ich muß daran glauben, daß sich alles wieder einrenkt«, murmelte Kelsey. »Ich muß es einfach. Ob Großmutter und ich jemals wieder miteinander klarkommen ist fraglich, jedenfalls nicht nach dem heutigen Tag. Sie hat sogar den Vorfall mit Pride gegen mich ausgelegt. Sie sagte, daß du wahrscheinlich einen deiner Gangsterfreunde – Originalton Milicent – dazu gebracht hast, dem Pferd die Droge zu verabreichen. Schließlich, wenn du schon einmal einen Mann getötet hast …« Entsetzt brach Kelsey ab.

»Warum sollte ich dann davor zurückschrecken, ein Pferd umzubringen?« führte Naomi den Satz zu Ende. »Ja, warum eigentlich?«

»Tut mir leid.« Voller Ekel vor sich selbst rieb sich Kelsey die schmerzenden Schläfen. »Ich bin etwas überreizt.«

»Das macht nichts. Sie ist mit Sicherheit nicht die einzige, die auf diese Idee gekommen ist. Einer der Gründe, warum ich mich hier abreagiere«, Naomi wies auf die Leinwand, »ist nämlich das neueste Gerücht, das hier kursiert. Angeblich habe ich Prides Tod arrangiert, um die Versicherungssumme zu kassieren.«

Kelsey ließ die Hände sinken und ballte die Fäuste. »So eine Schweinerei! Niemand, der dich kennt, könnte das glauben.«

»Leider ist Derartiges in der Praxis schon vorgekommen. In dieser Welt gibt es auch viel Gemeinheit, Kelsey. Und das Gerücht wird sich verbreiten.« Sie griff wieder zum Pinsel, als böte er ihr Halt. »Obwohl man es mit einem einfachen Rechenexemplar widerlegen könnte. Pride war zwar hoch versichert, aber lebendig war er noch viel mehr wert, auf der Rennbahn und als Deckhengst. Aber dieses ganze Gerede weckt Erinnerungen. Bei mir und bei anderen.«

Sie führte den Pinsel wieder etwas ruhiger über die Leinwand. »Im Gefängnis war die Malerei eine Art Therapie für mich, mehr noch, sie bot mir die Möglichkeit durchzuhalten, denn beim Malen konnte ich meine Gefühle ausleben. Wer im Gefängnis sitzt, möchte auf keinen Fall Aufmerksamkeit erregen, sei es durch Zorn, Kummer oder Angst, ganz besonders nicht durch Angst.«

»Erzähl mir doch mehr darüber« bat Kelsey ruhig. »Wie war es dort?«

Schweigend malte Naomi weiter. Sie hatte schon auf diese Frage gewartet, denn daß sie einmal kommen würde, war unvermeidbar. Menschen wie ihre Tochter wollten auf jede Frage eine Antwort, für jedes Problem eine Lösung, das war ein fester Bestandteil ihres Charakters.

Nun, sie würde ein weiteres Bild malen, diesmal allerdings mit Worten statt mit dem Pinsel.

»Du wirst dort vollkommen entblößt«, begann sie ganz ruhig, als wollte sie sich beweisen, daß all das lange hinter ihr lag. »Und damit meine ich nicht nur die Kleider, obwohl das eine der ersten Demütigungen ist. Man nimmt dir alles, deine Kleider, deine Freiheit, deine Rechte, deine Hoffnungen. Du hast nur das, was sie dir zugestehen. Man schreibt dir vor, wann du morgens aufstehst, wann du ißt, wann du zu Bett gehst. Was du willst und was du fühlst, interessiert niemanden.«

Kelsey trat zu ihr. Die Vögel begrüßten zwitschernd den Frühling, und ein Duft von Blumen und Farbe hing in der Luft.

»Du ißt, was man dir vorsetzt«, fuhr Naomi fort. »Und nach einer Weile gewöhnst du dich sogar daran. Du vergißt, wie es ist, in einem Restaurant zu essen oder einfach nur nachts aufzuwachen und in die Küche, an den Kühlschrank zu gehen.« Sie seufzte leise. »Es ist leichter, wenn man all das vergessen kann. Wenn du zu viel an die Welt draußen denkst, dann drehst du durch, weil du weißt, daß du nicht mehr dazugehörst. Du siehst die Berge, die Blumen, die Bäume; du siebst, wie die Jahreszeiten wechseln. Doch es liegt außerhalb deiner Welt, es hat mit dir nichts mehr zu tun. Du darfst nicht mehr der Mensch sein, der du bist. Und wenn du dich verzweifelt nach Gesellschaft, nach Freunden sehnst, du kannst dich niemandem anschließen.«

Naomi wechselte den Pinsel, malte sich beim Sprechen alle in ihr tobenden Empfindungen von der Seele. »Einige Frauen führten einen Kalender. Ich tat das nicht. Ich wollte nicht daran erinnert werden, daß die Tage zu Wochen, die Wochen zu Monaten und die Monate zu Jahren wurden, mit derselben Monotonie. Ich hätte es nicht ertragen. Manche hatten Fotos von ihrer Familie und ihren Kindern dabei und sprachen oft von ihnen. Oder schmiedeten Pläne für die Zeit nach ihrer Entlassung. Ich konnte das nicht. Für mich war es einfacher, mich auf die Routine zu konzentrieren.«

»Aber du warst einsam«, murmelte Kelsey. »Du mußt entsetzlich einsam gewesen sein.«

»Das ist die schlimmste Strafe. Die Einsamkeit, und daß man keinerlei Privatsphäre hat. Es sind nicht die Gitter. Jeder denkt, es wären die Gitter, die dich einengen. Aber das stimmt nicht.«

Sie holte tief Atem und zwang sich weiterzusprechen. »In deiner Freizeit konntest du lesen oder fernsehen. Modezeitschriften waren sehr beliebt, aber nach einigen Jahren habe ich keinen Blick mehr hineingeworfen. Es tat zu weh zu sehen, wie die Dinge sich änderten, sogar wenn es sich um so banale Kleinigkeiten wie die Rocklänge handelte.«

»Hattest du Besuch?«

»Mein Vater, Moses. Was ich auch sagte, ich konnte sie nicht davon abbringen, wiederzukommen. Der Himmel weiß, daß ich sie sehen wollte, auch wenn ich litt, sobald sie wieder fort waren. Ich sah meinen Vater altern. Vermutlich war das für mich das Schlimmste, zu beobachten, wie die Jahre ihre Spuren hinterließen. Das Gesicht meines Vaters war mein Kalender.

Das letzte Jahr war das schwerste. Ich sollte auf Bewährung entlassen werden, und es sah so aus, als würde dem Antrag stattgegeben. Zu wissen, daß die Freiheit greifbar nah ist und doch Angst davor zu haben, das zerrte an meinen Nerven. Wie sollte es weitergehen? Die Tage zogen sich dahin, ich hatte viel zuviel Zeit zum Nachdenken, zum Hoffen. Dann durfte ich wieder Zivilkleidung anlegen. Mein Vater brachte mir ein Kostüm; graue Nadelstreifen, sehr konservativ. Aber meine Hände zitterten so sehr, daß ich die Bluse nicht zuknöpfen konnte. Als ich durch das Tor ging, tat mir die Sonne in den Augen weh. Dabei ging es mir den Umständen entsprechend gut, denn es war ein ganz ordentliches Gefängnis, und wir wurden anständig behandelt, meistens jedenfalls. Trotzdem erschien mir die Sonne an jenem Tag so grell, daß ich kaum etwas sehen konnte. Und dann sah ich zuviel.«

Wieder tauschte sie die Pinsel aus, die Augen starr auf die Leinwand gerichtet. »Willst du den Rest wirklich hören?«

»Sprich weiter«, flüstere Kelsey. »Bring es zu Ende.«

»Ich sah, wie alt und gebrechlich mein Vater geworden war, und ich sah den neuen, leuchtendweißen Cadillac, in dem er mich nach Hause brachte. Ich weiß zwar, daß wir etwas geredet haben, aber ich kann mich an kein einziges Wort erinnern. Nur daran, daß sich alles so schnell zu bewegen schien, und daß die Straßen überfüllt waren. Und ich hatte Angst, Angst vor der Freiheit. Wir hielten bei einem Restaurant. Leinenservietten, Blumen auf dem Tisch, Wein. Mein Vater mußte für mich bestellen wie für ein Kind, weil ich nicht mehr wußte, was ich gern aß. Ich fing an zu weinen, dann weinte er auch. So saßen wir an dem weißgedeckten Tisch und weinten, weinten, weil ich vergessen hatte, wie es ist, in einem Restaurant zu sitzen und ein Essen zu bestellen.«

»Den Rest der Fahrt verschlief ich, so sehr hatte die Freiheit mich angestrengt. Als ich aufwachte, bogen wir gerade in die Einfahrt ein. Ich sah, daß die Bäume gewachsen waren. Die Hartriegel, die ich als Schößlinge gepflanzt hatte, waren ausgewachsene Bäume geworden, und sie hatten Jahr für Jahr ohne mich geblüht. Das Wohnzimmer war frisch gestrichen, es stand eine Vase da, die ich noch nie gesehen hatte. Jede kleine Veränderung erschreckte mich.

Tagelang konnte ich nicht zu den Ställen gehen, bis Moses mich dazu überredete. Es gab ein Fohlen, das ich mit zur Welt gebracht hatte. Nun war es ein erwachsener Hengst, der zur Zucht verwendet wurde. Neue Gerätschaften, neue Männer. Alles war anders. Danach verschanzte ich mich eine Woche lang im Haus und schlief bei geöffneter Tür und mit Licht. Anfangs konnte ich geschlossene Türen nicht ertragen, das wurde aber nach einer Weile besser. Ich mußte wieder Autofahren lernen, und ich tat es, obwohl ich furchtbare Angst hatte. Als ich mich das erste Mal allein auf die Straße wagte, fuhr ich zu deiner Schule. Und ich sah, daß aus dem Baby, das ich zurückgelassen hatte, ein junges Mädchen geworden war, das gerade das erste Interesse an Jungen zeigte. Ich zwang mich, es hinzunehmen, daß du gelernt hattest, ohne mich zu leben. Und ich versuchte, von vorne anzufangen.«

Naomi legte den Pinsel aus der Hand, trat einen Schritt zurück, schaute ihr Bild an und sagte: »Fertig.«

Kelsey war sich da nicht sicher. Was das Bild betraf, mochte es wohl stimmen, aber es schlummerten noch zu viele unverarbeitete Emotionen im Verborgenen. Die Geschichte war gleichfalls noch nicht zu Ende. Es ging nicht nur darum, Naomi zu rehabilitieren. Ein Mann war getötet worden, und eine Frau hatte dafür gebüßt. Doch so ganz paßte das für Kelsey noch nicht zusammen.

Trotzdem war es ein Schock, Charles Rooneys Namen im Telefonbuch zu entdecken. Der Privatdetektiv, dessen Aussage Naomi damals so schwer belastet hatte, besaß immer noch ein Büro im Staat Virginia, jetzt allerdings in Alexandria. Die kleine Anzeige in den Gelben Seiten besagte, daß Rooneys Ermittlungsdienst straf- und zivilrechtliche Angelegenheiten sowie Sorgerechtsfälle übernahm. Höchste Diskretion wurde zugesichert, die erste Konsultation war gratis.

Vielleicht würde sie darauf zurückkommen.

»Miss Kelsey!« Als Gertie in die Küche stürzte, schlug Kelsey rasch das Telefonbuch zu.

»Hast du mich erschreckt!«

»Entschuldigung. Dieser Polizeibeamte ist schon wieder da.« Gerties unscheinbares Gesicht zeigte sowohl Loyalität als auch Verärgerung. »Sagt, er hat noch Fragen.«

»Ich rede mit ihm. Naomi ist im Stall. Kein Grund, sie zu beunruhigen.«

»Soll ich Kaffee machen?«

Kelsey zögerte nur eine Sekunde. »Nein, danke, Gertie. Ich will ihn so schnell wie möglich wieder loswerden.«

»Je eher, desto besser«, brummelte Gertie böse.

Rossi erhob sich, als Kelsey das Wohnzimmer betrat. In den engen Jeans sah sie großartig aus, doch bei der Pressekonferenz, zu der sie und ihre Mutter in Seidenkostümen erschienen waren, ordentlich frisiert und geschminkt, hatte ihn ihr Aussehen auch sehr beeindruckt.

»Miß Byden, danke, daß Sie mir Ihre Zeit opfern.«

»Viel Zeit habe ich zwar nicht, Lieutenant, aber ich nehme sie mir, falls Sie Neuigkeiten für uns haben.«

»Ich wünschte, es wäre so.« Das Ergebnis der bisherigen Ermittlungen war mehr als enttäuschend. Keine unbekannten Fingerabdrücke in Lipskys Zimmer, keine Zeugen und auch sonst keinerlei Anhaltspunkte. »Sie haben beim Derby einen schweren Verlust erlitten. Das tut mir leid. Ich bin zwar kein Pferdenarr, aber sogar Polizisten sehen sich so ein Rennen an. Furchtbare Sache.«

»Das ist es wohl. Meine Mutter hat das alles furchtbar mitgenommen.«

»Bei der Pressekonferenz wirkte sie aber ausgesprochen gefaßt.«

Kelsey setzte sich und bedeutete Rossi mit einem kühlen Kopfnicken, es ihr gleichzutun. »Haben Sie erwartet, daß sie in aller Öffentlichkeit zusammenbricht?«

»Eigentlich nicht. Aber ich fand es bemerkenswert, daß Slater daran teilnahm.«

»Wir sind Nachbarn, Lieutenant und gute Freunde. Außerdem hat Gabe auch Rennpferde, und die Tatsache, daß sein Hengst unter so tragischen Umständen gewonnen hat, macht es für uns alle nur noch schwerer. Wir haben ihn dazugebeten, um ihm Rückendeckung zu geben, und deshalb hat er auch zugestimmt.«

»Ich will Ihnen ja nicht zu nahe treten, Miß Byden, aber nach dem, was man so sieht, scheinen Sie und Mr. Slater mehr als bloße Freunde zu sein.«

Kelseys Erziehung zahlte sich aus, sie hob hochmütig den Kopf und setzte ein arrogantes Lächeln auf. »Ist das eine amtliche Feststellung, Lieutenant?«

»Nein, nur eine Beobachtung. Es erscheint mir ganz natürlich, zwei attraktive Menschen wie Sie, die so viele gemeinsame Interessen haben ...« Sie ließ sich nicht aus der Reserve locken, aber damit hatte er wohl auch nicht gerechnet. »Ich hatte gehofft, Sie könnten mir detailliert schildern, was vorgefallen ist.«

»Ich dachte, Sie interessieren sich nicht für Pferde, Lieutenant?«

»Mord interessiert mich mehr, sogar der Mord an einem Pferd.« Er machte eine effektvolle Pause. »Besonders, wenn er mit einem anderen Fall der Mordkommission zusammenhängst, den ich endlich abschließen will.«

»Sie nehmen an, was Pride zugestoßen ist, hängt mit dem Mord an dem alten Mick zusammen? Wieso? Lipsky ist tot.«

»Genau. Wie ich hörte, ist es sehr schwer, in die Nähe eines Derbyteilnehmers zu kommen.«

»Das ist es. Die Sicherheitsvorkehrungen sind sehr streng. Überall stehen Wachposten.« Kelsey zog die Brauen zusammen. »Lipsky hatte es auf Gabes Pferd abgesehen, nicht auf unseres. Ich dachte, Lipskys Tod war Selbstmord. Sie glauben, es war Mord?«

»Wir haben noch Zweifel«, war alles, was Rossi dazu sagte. »Ich verknüpfe gern alle Fäden miteinander. Würden Sie mir sagen, wer offiziell Zugang zur Box des Hengstes hatte?«

»Ich natürlich, meine Mutter, Boggs, Reno.« Kelsey blies sich eine Haarsträhne aus dem Gesicht. »Der Prüfer von der Rennleitung, die

Helfer an den Startboxen. Carl Tripper, der ihn zur Bahn eskortiert hat. Und die Teammitglieder.« Sie ratterte einige Namen herunter.

»Die Wachposten?«

»Die vermutlich auch.«

»Und inoffiziell?«

Kelsey zuckte mit den Achseln, ihre Gedanken überschlugen sich. »Man muß schon sehr gerissen sein, um am Tag des Derbys durch die Maschen des Sicherheitsnetzes zu schlüpfen, Lieutenant. Im Fernsehen mag ja alles wie ein einziges großes Gedränge aussehen, aber die Pferde werden sehr streng bewacht.«

»Schwer zu sagen, wann dem Pferd das Medikament verabreicht wurde.«

»Das ist ein Teil des Problems.« Kelsey atmete tief durch, denn es fiel ihr immer noch schwer, darüber zu reden. »In Prides Blut wurden Rückstände von Digitalin und Epinephrin gefunden, an denen er auch gestorben ist. Diese Medikamente haben sein Herz zu stark strapaziert. Er war hochgradig nervös, aber das war er vor jedem Rennen, dafür sorgte schon Moses.«

»Und warum?«

»Manche Pferde laufen unter Anspannung besser, manche müssen beruhigt werden. Pride lief am besten, wenn er etwas aufgeregt war. Das ist bei jedem Pferd anders.«

»Wieso?«

»Die Pferde wissen genau, wenn ein Rennen vor der Tür steht. Sie bekommen weniger Futter, es wird anders mit ihnen gearbeitet. Sie spüren es einfach. Oft muß man sie dann im Training zurückhalten, wenn sie rennen wollen.«

»Aber sie bekommen keine leistungssteigernden Medikamente?«

Kelseys Gesicht wurde ernst. »Nein, Lieutenant. Unsere Pferde bekommen nur bewährte Medikamente, und nur dann, wenn es unbedingt notwendig ist. Was Pride verabreicht wurde, hat seinen Herzschlag beschleunigt und seinen Adrenalinspiegel hochschnellen lassen. Und das Rennen, diese wahnsinnige Anstrengung über eine Strecke von einer Meile, hat ihn umgebracht.«

Genau das hatte auch die Autopsie des Pferdes ergeben. »Hätte der Jockey nicht bemerken müssen, daß etwas nicht stimmte?«

Kelsey biß die Zähne zusammen. Sie würde nicht zulassen, daß jemand Reno die Schuld gab, nicht nach allem, was er durchgemacht hatte. Sie hatte selbst gesehen, wie er litt – bis zum heutigen Tag.

»Pride rannte, weil er von klein auf darauf trainiert worden ist. Er war kein Zauderer, nicht bockig, und er hat auch nie gegen Reno angekämpft. Sie brauchen sich nur das Video vom Rennen anzusehen. Er hat alles gegeben, um zu gewinnen, und ist dabei gestorben. Reno hatte Glück, daß er nicht auch umgekommen ist.«

Rossi studierte seine Aufzeichnungen. Er hatte sich die Videoaufzeichnungen von dem Rennen immer wieder angesehen, in einzelnen Standbildern genau untersucht. Schließlich nickte er. »Da stimme ich Ihnen zu. Wenn er auf der Bahn statt auf dem Rasen des Innenfeldes gelandet wäre, dann wäre er mit Sicherheit zertrampelt worden. Und als ich den Sturz sah, konnte ich mich nur wundern, daß er sich nicht den Hals gebrochen hat.«

»So geht's mir auch. Er wird frühestens in einem Monat wieder auf den Beinen sein, wenn überhaupt.«

»Das wär's dann für heute. Ich werde mit einigen der Leute, die Sie mir genannt haben, sprechen müssen und hören, was die davon halten.«

»Ich hoffe, Sie verstehen mich richtig, Lieutenant. Aber mir wäre es sehr lieb, wenn Sie meine Mutter nur dann befragen würden, wenn es sich nicht umgehen läßt.«

»Es war ihr Pferd, Miß Byden.«

»Sie wissen genau, was ich meine.« Kampfbereit stand Kelsey auf. »Sie kennen den Hintergrund nur zu gut, und Ihnen ist auch klar, wie schwer es für meine Mutter ist, ein Verhör zu ertragen.«

»Ein paar Fragen ...«

»Haben dieselbe Wirkung. Und ob Sie es nun verstehen oder nicht, sie trauert um Pride. Fragen Sie mich, was Sie wollen, oder wenden Sie sich an die Rennleitung.«

»Ich kann nichts versprechen, aber im Moment sehe ich keinen Grund, sie zu behelligen.«

»Danke.« Sie brachte Rossi zur Tür. »Lieutenant, Sie hatten mit den Ermittlungen im Fall meiner Mutter nichts zu tun, oder?«

»Damals war ich noch auf der Polizeischule. Ein richtiger Grünschnabel.«

»Mich würde interessieren, wer mit dem Fall betraut war.«

»Das muß Captain Tipton gewesen ein. Jim Tipton, heute im Ruhestand. Ich habe unter ihm gearbeitet, als er noch Lieutenant war. Dann wurde er zum Captain befördert. Ein guter Polizist.«

»Das glaube ich gern. Danke, Lieutenant.«

»Danke Ihnen, Miß Byden.« Rossi ging gedankenversunken zu seinem Wagen. Eine Idee spukte ihm im Kopf herum, Kelsey Byden führte etwas im Schilde. Es konnte nicht schaden, wenn er sich etwas eingehender mit der Vergangenheit befaßte.

18

»Ich bin immer mehr davon überzeugt, daß ich dich nur in einem Hotel ins Bett bekomme.«

»Hmm.« Kelsey drehte den Strauß gelber Wicken, den Gabe für sie vom Tafelschmuck der letzten Preakness-Party mitgenommen hatte, in den Händen. »Die letzten Tage waren ziemlich turbulent. Außerdem warst du ja damit beschäftigt, Interviews zu geben.«

»Und morgen werde ich noch mehr davon geben.«

»Ich liebe Männer mit ausgeprägtem Selbstbewußtsein.«

Gemeinsam gingen sie durch die Hotelhalle zum Fahrstuhl. »Und Double ist in Box dreizehn untergebracht. Bist du abergläubisch, Slater?«

»Und ob.« Er betrat den Fahrstuhl und zog sie mit sich. Noch ehe die Türen sich schlossen, lag sein Mund schon auf dem ihren.

»Der Knopf«, keuchte sie, während sie, ohne auf die Blumen zu achten, beide Hände unter sein Hemd gleiten ließ. »Du hast vergessen, den Knopf zu drücken.«

Fluchend tastete er nach der Knopfleiste und schaffte es sogar, die richtige Etage zu drücken. »Ich hatte die Hoffnung, dich irgendwann einmal allein zu erwischen, schon fast aufgegeben. Zwei Wochen sind eben zwei Wochen zu lange, Kelsey.«

»Das stimmt.« Sie lachte atemlos, als er sie liebevoll in den Hals biß. »Ich mußte bei Naomi sein, sie brauchte mich. Und bei all der Aufregung, den Ermittlungen und den Bemühungen, High Water auf das Rennen vorzubereiten, blieb kaum Zeit zum Nachdenken. Du hast mir sehr gefehlt.«

Als sich die Fahrstuhltür öffnete, zuckte Kelsey zusammen, denn ihr Cocktailkleid gab jetzt mehr als nur ihre Schulter frei. Hastig zupfte sie es zurecht. Der Flur war zum Glück menschenleer.

»Du weißt nicht, ob du zufrieden oder verlegen sein sollst.«

Kelsey ordnete ihr Haar. »Hör auf, meine Gedanken zu lesen«, befahl sie ihm und hielt eine Hand zwischen die Tür, damit sie sich nicht wieder schloß.

»Gehen wir in dein Zimmer oder in meins?«

So einfach war das, dachte sie. Beide hatten sie den ganzen Abend auf eine Gelegenheit gewartet, um dort weiterzumachen, wo sie in Kentucky aufgehört hatten.

»Meins«, entschied sie. »Dann wirst du am eigenen Leibe erfahren, wie man sich fühlt, wenn man mit zerrissenen Kleidern in einem fremden Zimmer aufwacht.«

»Hast du damit eben versprochen, daß du sie mir vom Leib reißt?«

Kelsey schob ihre Codekarte in den Schlitz an der Tür, während sie nach einer passenden Antwort suchte. In dem Moment, als das Licht auf Grün sprang, klingelte im Zimmer das Telefon. »Wir reden gleich darüber«, lachte sie und rannte los.

Die zerdrückten Blumen flogen auf ein Tischchen, ehe sie sich einen Clip abnahm und den Hörer gegen das schmerzende Ohr preßte: »Hallo?« Sie wollte gerade den zweiten Clip abnehmen, als sie mitten in der Bewegung erstarrte. »Wade? Woher weißt du, daß ich hier bin?« Vorsichtig nahm sie dann den zweiten Ohrclip ab und legte ihn auf den Tisch. »Verstehe. Ich wußte nicht, daß du immer noch Kontakt zu Candace … Natürlich. Na, ist das nicht schön? … Und ob ich sarkastisch bin!«

Ihre Augen begannen wütend zu funkeln, als sie Gabe anschaute. Wortlos ging er zur Minibar, öffnete eine Flasche Chardonnay und schenkte ihr ein Glas ein.

»Wade, du rufst mich doch nicht um …«, sie blickte kurz auf die Uhr, »… um viertel nach elf an, um Belanglosigkeiten auszutauschen, und ich habe nicht die geringste Lust, mit dir über meine Mutter zu reden. Also, wenn das alles ist …«

Sie nahm das Glas entgegen, das Gabe ihr reichte. Natürlich war das nicht alles. Nicht bei Wade.

»Willst du meinen Segen? … Nein, ich habe keine schlechte Laune, aber das wird sich gleich ändern.« Flüchtig erwog sie, sich zusammenzureißen, doch es war entschieden befriedigender, ihrem Zorn freien Lauf zu lassen. Seine so vernünftige Stimme zerrte an ihren Nerven. »Weiß die glückliche Braut, daß du auf Geschäftsreisen deine Angestellten vernaschst? … O ja, ich bin furchtbar nachtragend. Du Mistkerl. Wie kannst du es wagen, mich am Abend vor deiner Hochzeit anzurufen, nur um dein Gewissen zu beruhigen! … Wie bitte? … Nein, ich verzeihe dir gar nichts! Und ich nehme auch keinen Teil der Schuld auf mich … Vollkommen richtig, Wade. Ich bin so unversöhnlich und kaltherzig wie eh und je. Wenn du Absolution brauchst, bist du bei einem Priester besser aufgehoben!«

Sie knallte den Hörer mit großer Wucht auf die Gabel.

»Na«, murmelte Gabe in die Stille, »dem hast du's aber gegeben.« Er prostete ihr mit einer Dose Cola zu. »Ruft er dich regelmäßig an?«

»Alle paar Monate.« Sie trat heftig gegen den Tisch, schleuderte dann ihren Schuh von sich und rieb sich die schmerzenden Zehen.

»Er heiratet morgen und fand, daß ich es von ihm selber hören sollte, also rief er Candace an.« Sie trank einen großen Schluck Wein und stellte fest, daß ihr nicht danach zumute war. »Sie hat ihm gesagt, wo ich bin, als ob er ein verbrieftes Recht darauf hätte, es zu erfahren. Was interessiert es mich, daß er heiratet?«

»Tut es das nicht?« Gabe faßte nach dem Glas, das sie wütend abstellen wollte, da es überzuschwappen drohte.

»Nein.« Kelsey spürte das dringende Bedürfnis, etwas an die Wand zu werfen. Der Reiseführer mußte dran glauben. »Ich ärgere mich, daß er einfach hier anruft und mir das Gefühl gibt – und sei es nur für eine Sekunde lang – es sei meine Schuld, daß er sich einer anderen Frau zugewandt hat. Und dann erinnere ich mich an früher. Ein hübsches junges Paar, beide aus guter Familie, die Hochzeit ein gesellschaftliches Ereignis. Dann die romantischen Flitterwochen in der Karibik, ein entzückendes kleines Haus in Georgetown. Die richtigen Freunde, die richtigen Klubs, die richtigen Partys. Aber wenn ich jetzt zurückschaue, wird mir klar, daß ich ihn nie geliebt habe.«

Sie brach ab und preßte die Hände an die Schläfen. »Ich habe ihn noch nicht einmal geliebt, Gabe. Wie konnte ich ihn nur heiraten? Wie konnte ich, wo ich doch für ihn nicht einmal den Bruchteil von dem empfunden habe, was ich für dich fühle?«

Seine Augen leuchteten kurz auf. »Sei vorsichtig, Kelsey. Mir ist es egal, ob du aufgeregt bist oder nicht. Wenn du zu viel sagst, dann werde ich dich beim Wort nehmen.«

»Ich weiß im Moment gar nicht, was ich rede.« Entnervt und am ganzen Leibe zitternd ließ sie die Hände sinken. »Mir ist nur jetzt, als ich seine Stimme gehört habe, klargeworden, daß ich ihn nur geheiratet habe, weil jeder sagte, er sei der Richtige für mich. Es schien mir ein logischer Schritt zu sein. Ich wollte, daß es gutgeht, und habe mir alle Mühe gegeben. Aber wie sollte es denn gutgehen? Er hat in mir nicht ein einziges Mal solche Gefühle wecken können wie du.« Ihre Stimme erstarb zu einem Flüstern. »Niemand hat je zuvor in mir solche Gefühle geweckt.«

Gabe stellte seinen Drink beiseite, da er plötzlich merkte, wie verkrampft er die Dose umklammerte. »Jeder wird dir sagen, daß ich nicht der Richtige für dich bin.«

»Na und?«

»Ich hasse Wohltätigkeitsvereine, und ich werde dich bestimmt nie zu einem Frühlingsball begleiten.«

»Hab' ich dich darum gebeten?«

»Wenn's mich überkommt, setze ich morgen alles, was sich besitze, im Spiel ein.«

Das konnte sie sich gut vorstellen. »Weißt du, Slater, ich glaube, das Glücksrad dreht sich bereits. Vielleicht bist du doch nicht Spieler genug, um alles zu riskieren.«

»Du weißt noch gar nicht, was du für mich empfindest.«

Von seinen Gefühlen überwältigt, packte Gabe sie und hob sie hoch. »Du bist gerade dabei, dich selbst zu analysieren. Ich kann förmlich sehen, wie es in deinem Kopf arbeitet.«

»Ich will dich.« Ihr Herz schlug bis zum Hals. »Ich habe noch nie jemanden so gewollt wie dich.«

»Ich schaffe es schon, dich ganz für mich einzunehmen. Und was ich einmal habe, Kelsey, das lasse ich nie mehr los. Wenn du gescheit bist, dann überlegst du dir genau, auf was du dich da einläßt, und läufst schnell davon.«

Als sie den Kopf schütteln wollte, hob er sie hoch und sagte nur: »Zu spät.«

»Für dich auch«, murmelte sie und drehte leicht den Kopf, um mit ihren Lippen seinen Hals zu berühren. »Ich laufe nicht weg, Gabe. Ich renne hinterher.«

Jetzt wußte sie, wonach sie sich sehnte. Hitze, Begierde, Leidenschaft. Sie sehnte die beinahe schmerzliche Lust herbei, die nur er stillen und wieder von neuem entfachen konnte, bis ihr ganzer Körper brannte. Und zu wissen, daß er dasselbe atemlose, immer wieder aufflammende Verlangen empfand, beglückte sie.

Eng umschlungen fielen sie aufs Bett, kämpften mit Knöpfen und Reißverschlüssen, konnten nicht schnell genug die Haut des anderen spüren.

Seine Hände erkundeten ihren Körper, die festen, samtweichen Brüste, die schmale Taille, die runden Hüften. In der Dunkelheit ertastete er jeden Zentimeter von ihr mit den Fingerspitzen, erforschte er eine Frau, die er doch schon kannte.

Sie war alles, was er immer schon gewollt, wofür er immer schon gekämpft hatte; worum er gespielt hatte. Und nun lag sie neben ihm, zitternd, bereit, willig. Und sie gehörte ihm.

Kelsey richtete sich auf, legte sich auf ihn und umfing ihn mit ihrer Hitze. Ihre Hände suchten die seinen, ihre Finger verschlangen sich ineinander, und die Welt um sie herum löste sich in ein Meer von Empfindungen auf.

Gabes letzter Gedanke war, daß es tatsächlich zu spät war. Viel zu spät für sie beide.

Ein trüber Morgen brach an. Der Himmel war von dicken Wolken verhangen, die alles in ein stumpfes, metallisches Grau tauchten. Ab und zu fiel ein scharfer, schneidender Regen, der wie tausend Nadeln in die Haut stach. Männer bearbeiteten die Bahn mit Maschinen, bereiteten sie auf und zogen schmale, ordentliche Furchen. Das Geläuf von Pimlico ließ sich gut trocknen, und die dafür zuständige Bahnequipe pflegte es so sorgfältig und liebevoll wie etwa ein Mann sein Lieblingspferd hegen mochte.

Der Regen hielt weder die Zuschauer noch die Presse ab, als das erste Rennen gestartet wurde, waren die Tribünen brechend voll. Leuchtendbunte Regenschirme schwebten darüber wie Luftballons über einem grauen See. Im Klubhaus saßen die weniger wetterfesten Besucher im Trockenen, aßen Krabben und tranken Bier, während sie das Geschehen auf großen Bildschirmen verfolgten.

Schweren Herzens hatte Kelsey wegen des schlechten Wetters auf das Leinenkleid, das sie eigentlich anziehen wollte, verzichtet und sich statt dessen für Jeans und Stiefel entschieden. So konnte sie wenigstens in den Stall gehen und gelbe Wicken in Justices blonde Mähne flechten, um ihn für seine Aufgabe, High Water zur Bahn zu eskortieren, gebührend zu schmücken.

Außerdem gab es ihrer Meinung nach nichts Besseres als einen Regentag, um seinen Gedanken nachzuhängen.

Sechs Monate zuvor hatte sie noch gar nicht gewußt, daß Naomi überhaupt existierte, und für die Welt, die zur ihren geworden war, hatte sie nie mehr als ein flüchtiges Interesse gezeigt. Ziellos hatte sie sich durchs Leben treiben lassen, nach ihrer gescheiterten Ehe auf der Flucht vor der wachsenden Verzweiflung über ihr sexuelles Versagen. Ihr Job hatte ihr zwar Spaß gemacht, sie sogar bis zu einem gewissen Grad ausgefüllt, aber der Wunsch weiterzuziehen, war doch stärker gewesen.

Immer gab es einen anderen Job, einen anderen Kurs, den man belegen, einen anderen Trip, den man planen konnte. Kelsey hatte sich gern eingeredet, sie sei nur deshalb so rast- und ruhelos, weil sie neue Erfahrungen sammeln wollte. In Wirklichkeit ging es nur darum, die Leere in ihrem Leben auszufüllen, eine Leere, die sie nicht hatte wahrhaben wollen. Und die sie mit Sicherheit auch nicht verstanden hätte.

Sie hatte lange darüber nachgedacht, ob sie im Grunde genommen nicht immer das gleiche tat, ob sie Naomi, die Farm und sogar Gabe nur dazu benutzte, um die Brüche in ihrem Leben zu kitten. Würde sie die alltägliche Routine über kurz oder lang nicht ernüchtern und langweilen, wie ihre Familie es ihr prophezeite, und sie wieder weitertreiben?

Oder waren die Gefühle, die in ihr aufkeimten, diesmal von Bestand? Die wachsende Zuneigung zu ihrer Mutter, die fast unmerklich vonstatten gegangene Entwicklung von Zorn und Argwohn zu Respekt und Liebe. Warum sollte sie nicht einfach akzeptieren, daß sie auf der Farm ihren Platz gefunden hatte – und dabei war, ihn sich zu verdienen?

Und Gabe? Warum sollte sie nicht ganz entspannt genießen, was zwischen ihnen geschah? Gestern nacht, als sie ins Bett fielen, hatten sie keine Zweifel geplagt, und heute morgen, als sie sich an ihn gekuschelt und sie sich langsam und zärtlich geliebt hatten, auch nicht.

Vielleicht lag es an ihrer allzu starren Auffassung davon, was richtig, was falsch ist, an ihren tiefverwurzelten Wertvorstellungen. Wie konnte sie es zulassen, daß sich Naomi auf sie verließ, wenn sie sich gar nicht sicher war, wie lange sie bleiben würde? Wie konnte sie eine leidenschaftliche Beziehung eingehen, wenn dabei noch kein Wort von Liebe gefallen war?

Vielleicht war sie wirklich zu streng mit sich und anderen. Wenn sie den Augenblick nicht genießen konnte, alles gleich hinterfragen mußte, was ließen sich daraus für Rückschlüsse auf ihren Charakter ziehen? Konnte es sein, daß sie beleidigt war – wenn auch nur ein bißchen – weil ihr Exmann wieder heiratete, weil er vielleicht schon zum zweiten Mal das Gelübde wiederholt hatte, während sie Blumen in die Mähne eines Wallachs flocht?

Langsam war es an der Zeit, mit alledem endgültig abzuschließen, mahnte sie sich, und nach vorne zu schauen. Sie hatte jetzt ein Ziel vor Augen – und Fragen, die nach einer Antwort verlangten. Sie würde diese Aufgabe logisch angehen und bei einer zwanzig Jahre alten Spur beginnen. Sie schwor sich, morgen früh Charles Rooney anzurufen.

Als sie zum Sattelplatz gingen, hatte der Regen wieder aufgehört, wäßrige Sonnenstrahlen drangen durch die aufgerissene Wolkendecke und schienen auf die tropfenden Dächer.

Kelsey warf Boggs einen verstohlenen Blick zu. Er wirkte älter und wesentlich gebrechlicher als noch vor zwei Wochen. Sie wußte, daß er High Water aus zwei Gründen als Pfleger zugeteilt worden war, einerseits wegen seiner Fähigkeiten, andererseits aber auch, um ihn auf andere Gedanken zu bringen.

»Der Regen ist ein Pluspunkt«, sagte sie zu ihm und hoffte, ihn damit aus seinen Grübeleien zu reißen. »High Water hat es gern, wenn die Bahn naß ist.« Genau wie Double, dachte sie.

»Ist 'n guter Hengst.« Abwesend tätschelte Boggs High Waters Hals. »Freundlich und zuverlässig. Kann sein, daß er uns allen 'ne Überraschung bereitet.«

»Zuletzt wurde er fünf zu eins gehandelt.«

Boggs zuckte die Achseln. Die Quoten hatten ihn noch nie interessiert. »Is' dieses Jahr noch nich' viel gelaufen, also weiß keiner, wozu er in der Lage ist. Hat jedenfalls mehr Geld eingebracht, als er gekostet hat. Er wird schon laufen, wenn er soll.«

Aber er war nicht wie Pride. Boggs brauchte es nicht laut auszusprechen, Kelsey verstand ihn auch so.

»Dann werde ich ihn darum bitten.« Sie nahm den Hengst am Zügel und zog seinen Kopf zu sich, bis sie ihm in die Augen sehen konnte. Sie schienen ihr weise, abgeklärt und, wie Boggs schon gesagt hatte, freundlich. »Du wirst laufen, nicht wahr, mein Junge? Wenn du rennst, so schnell du kannst, dann sind wir schon zufrieden.«

»Du bittest ihn nicht darum zu gewinnen?« Naomi legte Kelsey eine Hand auf die Schulter; eine kleine Geste nur die sie trotzdem beide immer noch anrührte.

»Manchmal ist der Versuch wichtiger als der Sieg.«

Ihr Blick fiel auf Reno, der, mit blassem, verhärmtem Gesicht, etwas abseits stand, den Arm noch in der Schlinge. »Wir treffen uns gleich an der Box.«

Kelsey ging zu ihm hinüber und ergriff seine unverletzte Hand. »Ich hatte gehofft, dich hier zu sehen.«

»Ich mußte einfach kommen.« Das letzte, was er hatte tun wollen – als Zuschauer an der Seitenlinie stehen. »Ich dachte daran, zu Hause zu bleiben und mir das Rennen im Fernsehen anzuschauen, aber dann bin ich ganz automatisch ins Auto gestiegen und hierher gefahren.«

»Wir haben dich bald wieder im Sattel, Reno.«

Ein Zucken lief über sein Gesicht, und er wandte sich ab; von ihr, von den Pferden, von der Rennbahn. »Ich weiß nicht, ob ich noch mal den Mut dazu aufbringe. Pride hatte das nicht verdient.«

»Du auch nicht«, erwiderte ihm Kelsey ruhig.

»Fast mein ganzes Leben lang habe ich von einem Derbysieg geträumt. Man kann Dutzende von Pferden reiten, Dutzende von Malen als Sieger durchs Ziel gehen, aber am Derby teilzunehmen ist einzigartig.«

»Nächstes Jahr findet wieder ein Derby statt«, sagte Kelsey darauf, »es gibt immer ein nächstes Derby.«

»Ich weiß nicht, ob ich noch eine Chance haben möchte.« Sein Gesicht erstarrte, als er hinter ihr eine Gestalt auftauchen sah. »Viel Glück heute«, wünschte er rasch und eilte davon.

Rossi bemerkte, wie fluchtartig der Jockey verschwand und vermerkte es in seinem Gedächtnis. Ohne Rücksicht darauf zu nehmen, daß Kelsey bei seinem Anblick wenig Begeisterung zeigte, ging er auf sie zu.

»Scheußlicher Tag heute.«

»Bis vor einem Moment sah es noch so aus, als würde es aufklaren.«

Lächelnd nahm er die Spitze zur Kenntnis. »Ich hatte gehofft, ich würde ein paar Tips kriegen, während ich mich hier umsehe.«

»Äußerst unwahrscheinlich.« Kelsey setzte sich in Bewegung und bemerkte resigniert, daß er an ihrer Seite blieb. »Man sieht Ihnen sofort an, was Sie sind, ein Polizist.«

»Berufsrisiko. Ich will ja nicht behaupten, daß ich viel von Pferden verstehe, Miß Byden, aber Ihres scheint mir ein wenig klein geraten.«

»Der Größte ist er nicht. Stockmaß knapp einsfünfzig. Aber Sie sind mit Sicherheit nicht hier, um über Pferde zu reden.«

»Da irren Sie sich. Die Pferde sind der Mittelpunkt der ganzen Geschichte.« Er bot ihr Erdnüsse an, und als sie ablehnte, knackte er sich selbst eine Nuß. »Ich habe einige Nachforschungen angestellt. Es gibt viele Methoden, um ein Pferd zu töten, Miß Byden, und einige sind ziemlich grausam.«

»Das ist mir bekannt.« Mittlerweile wußte sie schon viel zu viel darüber, denn sie hatte Matt so lange zugesetzt, bis er ihr verschiedene Möglichkeiten schilderte. Man stellt ein Pferd in ein Becken mit Wasser und leitet mit Batteriekabeln Strom ins Wasser. Ein roher und cleverer Mord, der oft gar nicht erkannt wird, es sei denn, der Tierarzt bemerkt Verbrennungen an den Nüstern. Schlimmer noch ist das Ersticken des Tieres, indem man Tischtennisbälle in die Nase einführt. Die kann das Pferd nicht wieder ausstoßen, und es erleidet einen langsamen und qualvollen Tod.

»Ihr Derbypferd«, fuhr Rossi fort, »wurde sogar vor den Augen von Millionen von Zuschauern umgebracht. Sehr riskant. Ich bin überzeugt, daß jemand, der ein solches Risiko eingeht – zumal wenn es unnötig ist – mit allen Mitteln einem anderen Schaden zufügen will. Wer hätte denn ein Interesse daran, Ihrer Mutter in aller Öffentlichkeit einen Tiefschlag zu versetzen?«

»Ich habe keine Ahnung.« Kelsey blieb bei Rossi stehen. Das eröffnete ja ganz neue Möglichkeiten, es machte Naomi zum Opfer statt zur Verdachtsperson. »Glauben Sie, daß eine derartige Absicht dahintersteckt?«

»Man sollte dem nachgehen. Der Hengst war hoch versichert, aber Three Willows steckt nicht in finanziellen Schwierigkeiten, und auf lange Sicht hätte das Pferd ein Vielfaches der Versicherungssumme eingebracht. Ihre Mutter scheint mir eine vernünftige Geschäftsfrau zu sein. Dann ist da aber noch Slater.«

»Er hat nichts damit zu tun.«

»Das ist eine emotionale Antwort.« Und genau die hatte er erwartet. »Aber lassen wir das mal beiseite. Es hätte sich für ihn gelohnt. Man sucht immer nach denen, die von einem Mord profitieren, Miß Byden, egal, um was für eine Art Mord es sich handelt. Das Problem ist nur, daß die Sache ein schlechtes Licht auf ihn und seinen Derbysieg wirft. Also frage ich mich, ob ihm die Sache das wert gewesen wäre. Er hatte auch so eine gute Chance zu gewinnen, also warum sollte er sich so offensichtlich die Hände schmutzig machen? Er scheint mir nämlich kein Dummkopf zu sein.«

»Eine emotionale Bemerkung, Lieutenant.«

»Eine Beobachtung, Miß Byden. Er war nicht der einzige, der von dem Sieg profitierte. Da wären noch sein Trainer und sein Jockey, die beide ein Stück vom Kuchen abbekommen. Und nicht zu vergessen: Jeder, der auf Double or Nothing gewettet hat.«

Kelsey lachte kurz auf und ließ ihren Blick über die Menge schweifen. »Das engt den Kreis der Verdächtigen allerdings gewaltig ein.«

»Mehr als Sie denken.« Auch Rossis Blick schweifte über die Menge. Er unterhielt sich prächtig. »Wenn wirklich eine Verbindung zu meinen beiden Mordfällen besteht, dann reduziert das die Zahl der Verdächtigen enorm. Wem hat Lipsky vertraut – oder wen fürchtete er – um ihn so nahe an sich heranzulassen, daß dieser Mensch ihn töten konnte? Jemand, mit dem er zusammengearbeitet hat? Oder jemand für den er gearbeitet hat? Es waren mehr als nur zwei Pferde im Rennen, Miß Byden, und von dem Derby hing entschieden mehr ab als nur ein Pokal.«

Kelsey sah ihm ins Gesicht. »Warum erzählen Sie mir das alles?«

»Sie sind ein Neuling in diesem Geschäft, und Ihnen fällt vielleicht mehr auf als manch anderen.« Rossi schwieg einen Moment, um eine weitere Erdnuß zu knacken. »Und Sie sind persönlich betroffen. Ihre Verbindung mit Ihrer Mutter ist manchen Leuten ein Dorn im Auge.«

Also hatte er auch ihr Privatleben unter die Lupe genommen. Das hätte sie sich eigentlich denken können. »Das sind Familienangelegenheiten, Lieutenant, die mit den Morden nicht das geringste zu tun haben.«

»Ich könnte jetzt anhand von Statistiken belegen, daß gerade Familienangelegenheiten häufig zu einem Mord führen, aber ich bitte Sie nur, die Augen offenzuhalten.«

»Sie sind offen, Lieutenant.« Kelsey rührte sich nicht von der Stelle. Sie wollte unbedingt verhindern, daß er ins Sichtfeld der Boxen geriet. Naomi sollte sich so kurz vor Rennbeginn nicht noch unnötig aufregen. »Wenn Sie mich jetzt entschuldigen wollen, ich muß zu meiner Mutter.«

»Viel Glück«, rief er ihr nach und nahm sich noch eine Nuß. Ihn beschlich das ungute Gefühl, daß Kelsey Byden sehr viel schwerer zu knacken war.

Kelsey kam gerade rechtzeitig, um mitanzusehen, wie die Pferde in die Startboxen geladen wurden.

»Ich hatte schon Sorge, daß du's nicht mehr schaffst.«

»Hab' jemanden getroffen«, brummte Kelsey und schaute von ihrer Mutter zu Gabe. Sie nahm seine Hand und drückte sie kurz. »Kleine Wette am Rande, Slater?«

»Du schuldest mir noch was von der letzten.«

»Gut, dann alles oder nichts.« Sie musterte das Feld durch ihr Fernglas. »Dein Pferd, um zwei Längen. Der Boden ist zwar matschig, aber ich würde sagen, er schafft es in einer Minute achtundfünfzig. Unser Hengst ... Dritter, zwei Minuten zwölf.«

Gabe hob eine Augenbraue. »Die Wette gilt. Dabei kann ich gar nicht verlieren.«

Das Startsignal ertönte. Unmittelbar nachdem die Boxen sich geöffnet hatten, übernahmen Double und sein Jockey die Führung. Als ob sie beide wußten, daß sie sich beweisen mußten, dachte Kelsey. Hier lief ein Champion, löste sich vom Feld und schoß vorwärts, ohne daß er mit der Gerte angetrieben werden mußte. Nach der ersten Runde führte er mit einer halben Länge, während die Pferde aus Kentucky und Arkansas um den zweiten Platz kämpften.

Wieder war Kelsey vollkommen fasziniert von der Magie des Rennens. Das Fernglas fest gegen die Augen gepreßt, spornte sie die Pferde an. Ihre Befürchtung, daß sie ständig das Bild von Prides Sturz vor Augen haben würde, hatte sich zum Glück nicht bewahrheitet. Sie sah nur die schlammbespritzten, über die Bahn donnernden Kraftpakete.

Ein leichter Nieselregen, der wie feiner Nebel in der Luft hing, setzte ein und trübte ihren Blick.

Double hatte sich jetzt um eine volle Länge vom Feld abgesetzt. Seine roten Bandagen waren inzwischen schmutzbefleckt, sein Jockey balancierte in den Steigbügeln. Vor Freude über diesen Anblick lachte Kelsey laut auf.

Doch dann geschah etwas Unerwartetes. Wie ein von der Sehne schnellender Pfeil schoß High Water plötzlich an der Außenseite hervor. Kelseys Atem stockte bei diesem blitzschnellen Spurt. Er holte auf, seine Hufe gruben sich in den Boden und wirbelten Erdpartikel auf. Er kämpft um seine Ehre, dachte sie benommen.

Auf der Geraden baute Double seine Führung aus, angefeuert von dem dröhnenden Jubel der Menge, in dem alles andere unterging und der sich sogar noch steigerte, als sich High Water in einem atemberaubenden Finish hinter Double den zweiten Platz erkämpfte.

»Sieh nur, Mom! Mein Gott, sieh ihn dir nur an!«

»Ich sehe es ja.« Tränen rannen Naomi über das Gesicht und vermischten sich mit den Regentropfen. Sie hatte Kelsey den Arm fest um die Taille geschlungen, als die Pferde ins Ziel gingen. Double hatte sich die gelben Wicken redlich verdient, und High Water hatte den Hengst aus Arkansas auf den dritten Platz verweisen können.

»Er hat's geschafft!« Kelsey ließ beinahe ihr Fernglas fallen. »Der kleine Kerl hat's doch tatsächlich geschafft!« Sie ließ ihrer Freude freien Lauf, indem sie Naomi um den Hals fiel. »Wer hätte das gedacht? Keiner von uns hätte mit einem solchen Ergebnis gerechnet!« Sie wirbelte herum und warf sich jauchzend in Gabes Arme. »Herzlichen Glückwunsch! Wie war die Zeit? Wie war seine Zeit?«

Gabe hielt die Stoppuhr hoch und grinste, als Kelsey sie ihm aus der Hand riß. Eine Minute siebenundfünfzig fünfzehn.

Wieder lachte sie, wobei der Regen aus ihrem Haar auf ihr Gesicht tropfte. »Gabriel Slater, du hast soeben den zweiten Zacken der Triple Crown gewonnen. Was hast du jetzt vor? Nach Disney World gehst du bestimmt nicht.«

»Ich gehe nach Belmont.« Er hob sie hoch und schwang sie einmal herum, ehe er sie küßte. »*Wir* gehen nach Belmont.«

Im Klubhaus prostete Rich Slater dem Bild seines Sohnes und Kelseys auf dem Monitor zu, dann kippte er seinen Scotch hinunter. Ein schönes Paar, dachte er. Sie waren wirklich ein schönes Paar, so wie er und Naomi eines gewesen wären, wenn sie ihm nicht die kalte Schulter gezeigt hätte.

Aber im Moment hatte er andere Dinge zu tun. Außerdem gab es etwas zu feiern.

Von den hunderttausend Dollar, die er aus Cunningham herausgepreßt hatte, hatte er zehntausend auf Doubles Nase gesetzt und war mit seinem Profit recht zufrieden.

Fürs erste.

»Ich hoffe, es stört dich nicht.« Kelsey öffnete die Champagnerflasche mit einem vernehmlichen ›Plop‹. Sie hatte zwar schon in der Suite ihrer Mutter einige Gläschen getrunken, aber die Nacht war noch jung. »Ich habe vor, diese ganze Flasche zu leeren, auch wenn ich einen gewaltigen Schwips kriegen werde.«

Gabe setzte sich und schlug die Beine übereinander. Er hatte mit dem Gedanken an eine heiße Dusche zu zweit gespielt, doch das konnte warten. Es wäre interessant, herauszufinden, wie viele Hemmungen Kelsey nach einer Flasche Dom Perignon fallenließ.

»Nur weil ich nichts trinke, heißt das noch lange nicht, daß ich nicht gern dabei zusehe, wie du dir ein paar Drinks genehmigst.«

»Das werde ich auch tun.« Kelsey schenkte sich ein Glas ein und sah zu, wie der Schaum über den Rand quoll. »Weißt du, ich war noch nie richtig betrunken. Manchmal zwar ziemlich nah dran, aber dann habe ich mich doch immer zurückgehalten.« Abwinkend trank sie einen großen Schluck. »Eine Frage der Erziehung. Benimm dich nie im Klub daneben, sonst kommst du ins Gerede. Benimm dich nie auf einer Party daneben, sonst kommst du auch ins Gerede.« Fröhlich schwenkte sie die Flasche. »Und die Bydens legen keinen Wert auf Tratsch.«

»Worauf denn?«

»Auf Ansehen, auf Respekt und vor allem auf Diskretion.« Da sie ihn nur noch verschwommen wahrnahm, kniff sie die Augen zusammen. »Ach, zum Teufel damit! Laß sie doch reden! Wir haben gewonnen, ist das nicht unglaublich?«

»Da hast du recht.« Gabe lächelte sie an. Mittlerweile war sie barfuß, und ihr Haar schimmerte wie gesponnenes Gold.

»Dabei waren wir vorher alle so niedergeschlagen, auch wenn es keiner zugeben wollte. Ich habe Reno auf dem Sattelplatz gesehen, und sein Anblick hat mir beinahe das Herz gebrochen.« Seufzend hob sie ihr Glas erneut an die Lippen. Die Wirkung des Champagners gefiel ihr, der Raum begann sich schon leicht um sie zu drehen. Ausgelassen drehte sie, das Glas noch in der Hand, zwei kleine Pirouetten.

»Mach das noch mal.« Er liebte es, wenn ihr das Haar um den Kopf flog.

Kichernd tat sie ihm den Gefallen. »Siehst du, die Ballettstunden zahlen sich doch noch aus. Außerdem hab' ich da Disziplin gelernt, körperliche und geistige. Auf diesem Körper kannst du Steine klopfen!«

»Ich bin sicher, da fallen mir noch ganz andere Dinge ein.«

Kelsey mußte wieder kichern. Sie wußte nur zu gut, daß seine Fantasie in dieser Richtung grenzenlos war. »Wo waren wir stehengeblieben? Ach ja, bei dem Rennen. Ich hoffe, Reno fühlte sich jetzt besser. Wie glücklich Naomi und Moses waren, konnte man sehen. Sogar Boggs, der arme alte Boggs, der sich Vorwürfe macht, weil er auf Pride gewettet hat. Dabei hatte das eine mit dem anderen gar nichts zu tun. Nur daß die Menschen immer nach Erklärungen und Zusammenhängen suchen. Wie Rossi.«

»Rossi?«

»Mmm.« Kelsey füllte ihr Glas noch einmal, ehe sie zerstreut begann, ihre Bluse aufzuknöpfen. Der Alkohol hatte sie ziemlich erhitzt. »Er war gestern beim Rennen. Ich hab' mit ihm gesprochen, oder besser, er mit mir. Überall stolpert man über ihn, wie er Beobachtungen anstellt und seine Theorien entwickelt. Warum sollte jemand Naomi schaden wollen oder in irgendeiner Weise Staub aufwirbeln?«

Wie gebannt starrte Gabe sie an. Ihre halb geöffnete Bluse gab den Blick auf den Ansatz ihrer Brüste frei, so daß es ihm schwerfiel, sich auf ihre Worte zu konzentrieren. »Nimmt er das an?«

»Wer weiß?« Achtlos zuckte sie die Achseln. »Ich glaube, er sagt nie, was er wirklich denkt. Wenn du verstehst, was ich meine«, fügte sie nach einem Moment hinzu. »Er behauptet einfach irgend was, nur um dich aus der Reserve zu locken. Aber wenigstens hält er Naomi nicht mehr für eine Pferdemörderin.« Sie lächelte gewinnend. »Er hat immer noch dich auf dem Kieker, Slater.«

»Daran habe ich nie gezweifelt.«

»Aber nur halbherzig. Er hält dich nämlich nicht für einen Dummkopf.«

»Eine Bemerkung aus seinem Mund werte ich als Kompliment.« Gabe wollte aber nicht länger über dieses Thema reden und sagte zu Kelsey: »Du hast noch ein paar Knöpfe vergessen, mein Liebling.«

»Bin ja schon dabei. Ich hab' noch nie für einen Mann einen Striptease gemacht.«

»Dann laß mich dein erster Bewunderer sein.«

Mit einem glucksenden Lachen und halb geschlossenen Augen zog Kelsey am Reißverschluß ihrer Jeans. »Seine Anwesenheit war mir unangenehm. Rossis, meine ich. Ich mußte sofort wieder an das Derby denken; an alles, was geschehen ist. An die Pferde, die beim morgendlichen Training aus dem Nebel auftauchten, an die Gerüche und Geräusche, an Boggs, der Prides Bandagen aufhängte und mir von seiner letzten Wette erzählte. Und daß er glaubte, er hätte deinen Vater gesehen.«

»Was?« Gabe erstarrte plötzlich. »Was hast du da eben von meinem Vater gesagt?«

»Ach, Boggs meinte nur, ihn in Churchill Downs gesehen zu haben, sagte, er bringe Unglück. Aber ich glaube nicht, daß er dort war, sonst hätte er sich doch mit dir in Verbindung gesetzt.«

»Kelsey.« Gabe stand auf, nahm ihr das Glas aus der Hand und stellte es beiseite. »Was genau hat Boggs gesagt?«

»Nicht viel.« Kelsey atmete seufzend aus. In ihrem Kopf drehte sich alles, ein herrliches Gefühl, doch Gabes Augen brannten sich förmlich in ihre ein. »Nur, daß er dachte, ihn gesehen zu haben.«

Gabe hielt sie an beiden Armen fest: »Wann?«

»Irgendwann am Morgen. Aber er war sich nicht sicher. Er sagte, es wäre ja nur ein flüchtiger Eindruck gewesen, und seine Augen seien nicht mehr die besten.« Kelsey schüttelte den Kopf, um einen klaren Gedanken fassen zu können, aber das half nichts. »Was ist denn daran so wichtig?«

»Gar nichts«, murmelte Gabe, und lockerte seinen Griff. »Ich hab' ja nur gefragt.«

»Die Vergangenheit läßt einen nicht los.« Sie löste eine Hand aus seinem Griff. »Das sollten wir nicht zulassen, denn wir leben heute und jetzt.«

»Ja, das tun wir.« Die Angelegenheit konnte warten, sagte Gabe sich. Wahrscheinlich war an der Sache nichts dran, aber was auch dahinterstecken mochte, er würde sich erst nach seiner Rückkehr damit befassen. »Schau mich mal an.« Er faßte sie am Kinn und musterte ihr erhitztes Gesicht und die glänzenden Augen. »Liebling, du wirst morgen früh mit einem Mordskater aufwachen.«

»Na wenn schon.« Sie schlang die Arme um seinen Hals, und legte ihm mit einer einzigen geschmeidigen Bewegung die Beine um die Taille. »Dann sollten wir dafür sorgen, daß es sich lohnt.

»Das ist das mindeste, was ich tun kann. Ab unter die Dusche.« Er senkte den Kopf, um ihre bloße Schulter zu küssen. »Ich werde dir zeigen, was ich vorhabe.«

19

Kelsey spielte mit dem Gedanken, Gabe einzuweihen. Es konnte doch noch kein Zeichen von Abhängigkeit sein, wenn man einem Mann, zu dem man eine so intime Beziehung hatte, von seinen Absichten erzählte. Es war auch bestimmt kein Zeichen von Schwäche, wenn man ihn bat, mitzukommen und moralische Unterstützung bei der Vergangenheitsbewältigung zu leisten.

Aber dann hatte sie ihm doch nichts gesagt, denn sie wäre sich abhängig und schwach vorgekommen. Und schließlich war es ja ihr Problem.

Er hatte sowieso keine ruhige Minute mehr, denn es gab nicht jedes Jahr einen ernsthaften Bewerber um die Triple Crown, der bereits zwei Zacken erworben hatte. Ihm schwirrte der Kopf, die Presse bedrängte ihn, und seine Tage waren damit ausgefüllt, das Training zu überwachen. In drei Wochen fanden die Belmont Stakes statt.

Auf keinen Fall wollte sie ihn von seinem Weg zum Ziel ablenken, ein Ziel, von dem sie wußte, daß es ihm viel mehr bedeutete als Geld und Ruhm. Für Gabe würde der Sieg beim Triple Crown die Bestätigung sein, daß er nicht nur etwas erreicht, sondern Außergewöhnliches vollbracht hatte.

Außerdem wollte sie vermeiden, daß ihr guter Rat wie ein Bumerang auf sie zurückprallte. Man sollte sich von der Vergangenheit lösen.

Nur sie selbst konnte sich offenbar nicht vollständig davon befreien. Je länger sie Naomi kannte und je größer ihre Zuneigung zu ihrer Mutter wurde, desto unwahrscheinlicher erschien es Kelsey, daß sie kaltblütig einen Mann getötet haben sollte.

Darüber, daß Naomi den Abzug der Waffe betätigt und damit einem Leben ein Ende bereitet hatte, gab es keinen Zweifel. Naomi hatte es nicht nur zugegeben, die Geschworenen hatten sie auch verurteilt, und es hatte sogar einen Augenzeugen gegeben.

Diesen Teil ihrer Vergangenheit konnte Kelsey nicht zu den Akten legen, sie mußte erst mit Charles Rooney sprechen.

Sie genoß die Fahrt, obwohl der Highway voll war. Aber der Frühling hatte seinen Höhepunkt erreicht, und das frische Grün, das sich überall zeigte, und die milde Luft übten eine beruhigende Wirkung auf sie aus. Kelsey fuhr mit geöffnetem Verdeck, und aus dem Radio klang Chopin in voller Lautstärke. Sie hielt es für besser, über das, was sie vorhatte, im Augenblick nicht nachzudenken.

Der Sekretärin, mit der sie den Termin vereinbart hatte, den Namen Kelsey Monroe zu nennen, konnte man wohl nicht als direkte Lüge werten. Es war eine Vorsichtsmaßnahme, damit Rooney sie nicht sofort mit Naomi in Verbindung brachte.

Zum ersten Mal war sie von ihren Prinzipien abgewichen, dachte sie. Eigentlich verachtete sie Menschen, die Notlügen für entschuldbar hielten oder einfach aus Bequemlichkeit schwindelten. Und nun hatte sie sich selbst auf diesen unsicheren Boden begeben, um ihr Ziel zu erreichen – doch nach Rechtfertigungen konnte sie später suchen.

Auch die Ausreden, die sie vorgebracht hatte, um sich den Nachmittag freinehmen zu können, lasteten ihr auf der Seele. Sie hatte Besorgungen und einige Verabredungen vorgegeben und Naomi gesagt, sie wolle ihre Familie besuchen, was sie ihr auch geglaubt hatte.

Was der Nachmittag auch bringen mochte, Kelsey glaubte nicht, daß sie Naomi davon erzählen würde. Zum ersten Mal, seit sie Pride verloren hatte, schien Naomi wieder zu sich selbst gefunden zu haben. Niemand rechnete damit, daß High Water seine Leistung vom zweiten Rennen der Triple Crown auf den mörderischen eineinhalb Meilen von Belmont wiederholen könnte.

Der Punkt war gemacht, der Triumph gebührte ihnen, nun konnten sie die Früchte ihrer Mühe ernten.

Und Kelsey konnte sich ein paar Stunden davonstehlen, um die Vergangenheit zu erforschen.

Ehe sie losfuhr, hatte sie auf einer Straßenkarte die Route ausgeschaut. Und obwohl sie sich in Alexandria nicht sonderlich auskannte, fand sie das Gebäude ohne Schwierigkeiten. Sie stellte ihren Wagen in der Tiefgarage ab.

Die Furcht vor dem Ungewissen machte sie nervös, ihre Hände wurden feucht, und sie spürte ein flaues Gefühl im Magen. Um Zeit zu gewinnen, zog sie ganz gemächlich die Handbremse an, stieg aus, schloß den Wagen ab und verstaute die Schlüssel im Reißverschlußfach ihrer Handtasche.

Was konnte schon passieren, fragte sie sich. Was konnte schlimmer sein als das Wissen, daß die eigene Mutter einen Menschen getötet hatte? Was Charles Rooney ihr zu sagen hatte, konnte sie daher wohl kaum noch schocken. Sie hegte nur die verschwommene Vorstellung, er könnte vielleicht Ordnung in das Durcheinander ihrer Gedanken bringen, damit sie ein für allemal Naomi als die Frau akzeptieren konnte, die sie heute war, und die Vergangenheit endlich abgeschlossen wurde.

Der Fahrstuhl trug sie von der Garage in die gedämpfte Stille des mit Teppichboden ausgelegten Korridors der fünften Etage. Zu beiden Seiten des Flurs waren große Fenster und Glastüren mit Namensschildern. Hinter den Türen arbeiteten Menschen an riesigen Computeranlagen.

Kelsey erschauerte. Wie fühlte man sich wohl, wenn man einen ganzen langen Arbeitstag wie auf dem Präsentierteller sitzen mußte, den Blicken der Vorübergehenden hilflos ausgesetzt? Es mußte ein schreckliches Gefühl sein, wenn man hinter Glas gefangensaß, während draußen der Frühling lockte.

Über sich selbst verblüfft, schüttelte Kelsey den Kopf. Es war noch gar nicht so lange her, daß es ihr ähnlich ergangen war. Wie sehr sich doch in den paar Monaten ihre Anschauungen und Erwartungen geändert hatten.

Rooneys Ermittlungsdienst lag in der südlichen Ecke des Gebäudes. Es handelte sich dabei weder um ein Ein-Mann-Unternehmen, noch wirkte das Büro so schäbig und vernachlässigt, wie Detektivagenturen oft im Fernsehen dargestellt wurden.

Hier würde sie wohl kaum eine Whiskyflasche in der Schreibtischschublade finden, schmunzelte Kelsey, als sie die Glastür öffnete und von sanfter Hintergrundmusik und Gardenienduft begrüßt wurde.

Die Blumen blühten in großen Kübeln neben einer pastellfarbenen Sofagarnitur. An den Wänden hingen Drucke von Monets Wasserlilien, und auf einem imitierten Queen-Anne-Teetisch stapelten sich Ausgaben von *Southern Home.*

Die Frau, die hinter dem riesigen Ebenholzschreibtisch in der Mitte des Raumes saß, wirkte ebenso aufpoliert wie ihre Umgebung. Als Kelsey eintrat, blickte sie von ihrem Bildschirm hoch und bedachte sie mit einem professionellen, jedoch überraschend herzlichen Lächeln.

»Kann ich Ihnen helfen?«

»Ich habe einen Termin bei Mr. Rooney.«

»Miß Monroe? Sie sind ein bißchen früh dran. Nehmen Sie bitte Platz, ich schaue mal, ob Mr. Rooney schon Zeit für Sie hat.«

Kelsey ließ sich neben den Gardenien nieder, schlug eine Zeitschrift auf und versuchte die nächsten zehn Minuten einen Fotobericht über die prunkvolle Einrichtung einer Vorkriegsvilla außerhalb von Raleigh zu lesen. Aber ihr schlechtes Gewissen plagte sie.

Sie hätte nicht kommen sollen. Und sie hätte sich schon gar nicht unter dem Namen anmelden sollen, den sie nicht mehr trug und den sie nicht mehr haben wollte. Welches Recht hatte sie überhaupt, ihre Nase in Naomis Angelegenheiten zu stecken? Sie sollte wirklich besser gehen und der Empfangsdame sagen, sie hätte es sich anders überlegt.

Sie wäre mit Sicherheit nicht die erste, die Hals über Kopf aus einem Detektivbüro flüchtete. Und selbst wenn, was machte das schon?

Sie sollte lieber im Stall sein und mit Honor arbeiten.

Trotzdem blieb sie sitzen, bis die Empfangsdame ihren Namen nannte und sie in Rooneys Büro führte.

Zu beiden Seiten des Innenflurs lagen weitere Türen. Kein Glas diesmal, wie Kelsey bemerkte, was hinter diesen Türen vorging, war nicht zu sehen. Diskretion war das A und O in diesem Geschäft.

Wie konnte sie erwarten, daß Rooney ihr Auskünfte gab, auch wenn der Fall schon dreiundzwanzig Jahre zurücklag?

Weil es ihr gutes Recht war, sagte sich Kelsey, und straffte ihre Schultern, und weil sie Naomi Chadwicks Tochter war.

»Mr. Rooney. Miß Monroe ist hier.« Die Empfangsdame öffnete einen Flügel der schweren Eichentür, ließ Kelsey eintreten und zog sich taktvoll zurück.

Der unpersönlich wirkende Raum war einfach und funktionell möbliert. Sein einziger Schmuck bestand aus einem großen präparierten Fisch mit Glasaugen an der Wand und einem Regal voller Modellschiffe. Der Mann, der sich hinter dem Schreibtisch erhob, sah aus wie der sprichwörtliche gute Onkel von nebenan. Leichter Bauchansatz, schütter werdendes Haar, ein rundes Gesicht und hängende Schultern. Sein Schlips saß schief, als hätte er ihn eben noch zu lockern versucht.

Rooneys Stimme klang ruhig und freundlich; ein Tonfall, den er bewußt einsetzte, um seinen Klienten die Nervosität zu nehmen.

»Tut mir leid, daß ich Sie habe warten lassen, Miß Monroe. Möchten Sie eine Tasse Kaffee?« Er wies auf eine Kaffeemaschine auf dem Tisch hinter sich. »Ich habe immer frischen da, um in Schwung zu bleiben.«

»Nein, danke. Aber bedienen Sie sich nur.« Kelsey nahm Platz und nutzte die Zeit, in der er sich Kaffee einschenkte, um ihn und seine Umgebung aufmerksam zu mustern.

Ein ganz gewöhnlicher Mann in einem ganz gewöhnlichen Büro. Wie hatte er nur einen so vernichtenden Einfluß auf das Leben so vieler Menschen haben können?

»Also, Miß Monroe, Sie haben anklingen lassen, daß Sie Hilfe in einem Sorgerechtsstreit benötigen.« Er setzte sich und rührte zerstreut in dem Kaffeebecher herum. Ein Notizblock lag schon bereit. »Sie sind geschieden?«

»Ja.«

»Und das Kind? Bei welchem Elternteil liegt augenblicklich das Sorgerecht?«

Kelsey holte tief Atem, der Augenblick der Wahrheit war gekommen. »Ich selbst bin das Kind, Mr. Rooney.« Ihre Hände krallten sich um ihre Tasche, doch sie wich seinem Blick nicht aus. »Monroe ist der Name meines Exmannes, doch ich habe ihn abgelegt und wieder meinen Mädchennamen angenommen. Dieser lautet Byden, Kelsey Byden.«

Sie sah sofort, daß ihm dieser Name etwas sagte. Er hielt mitten im Rühren inne, und seine Pupillen weiteten sich, so daß seine Augen einen Augenblick lang schwarz statt grün wirkten.

»Verstehe. Sie erwarten von mir, daß ich mich an den Namen und den Fall erinnere. Natürlich tue ich das. Sie sehen Ihrer Mutter bemerkenswert ähnlich. Ich hätte Sie sofort erkennen müssen.«

»Daran hatte ich gar nicht gedacht. Sie müssen sie ja damals recht häufig gesehen haben, schließlich haben Sie sie observiert.«

Der Anflug von Abscheu in ihrer Stimme entging ihm nicht. »Das gehört zu meinem Job.«

»Dieser spezielle Job hat eine Lawine ausgelöst. Mein Vater hat Sie angeheuert, Mr. Rooney?«

»Miß Byden – Kelsey – ich kann an Sie nur als Kelsey denken«, sagte Rooney, der versuchte, sie einzuschätzen. »Sorgerechtsprozesse sind nie sehr angenehm. Sie waren damals zum Glück noch zu klein, um alle schmutzigen Einzelheiten mitzubekommen. Wie Sie wissen, wurde ich engagiert, um den ... Lebenswandel Ihrer Mutter zu dokumentieren, damit dem Antrag Ihres Vaters auf das alleinige Sorgerecht stattgegeben würde.«

»Und was haben Sie über ihren Lebenswandel herausgefunden?«

»Darüber kann ich Ihnen keine Auskunft geben.«

»Ein großer Teil ist der Öffentlichkeit bereits bekannt. Ich glaube kaum, daß Sie nach all diesen Jahren noch an Ihre Schweigepflicht gebunden sind.« In der Hoffnung, ihn umstimmen zu können, beugte sie sich vor und verlieh ihrer Stimme einen flehentlichen Klang: »Ich muß es wissen. Ich bin kein Kind mehr, das man vor derlei Dingen bewahren muß. Ich finde, ich habe ein Recht darauf zu erfahren, was sich damals genau abgespielt hat.«

Wie war es möglich, daß er dieses Gesicht nicht sofort wiedererkannt hatte, fragte sich Rooney, daß er in diese Augen geschaut hatte, ohne zu bemerken, daß Naomis Tochter vor ihm saß? »Ich fühle ja mit Ihnen, Miß Byden, aber ich kann Ihnen wirklich so gut wie nichts sagen.«

»Sie sind ihr gefolgt. Sie haben Fotos und Notizen gemacht, Berichte verfaßt, Sie kannten sie, Mr. Rooney. Und Sie kannten Alec Bradley.«

»Ich soll sie gekannt haben?« Rooney neigte den Kopf. »Ich habe weder mit Naomi Chadwick noch mit Alec Bradley jemals auch nur ein einziges Wort gewechselt.«

Kelsey dachte gar nicht daran, sich mit solchen Beteuerungen abspeisen zu lassen. »Sie haben sie zusammen gesehen – auf Partys, auf der Rennbahn, im Klub. Sie sahen sie in jener Nacht, in der er ins Haus kam. Rein rechtlich gesehen haben Sie Ihre Kompetenzen weit überschritten, als Sie die belastenden Fotos schossen.«

Das hatte Rooney nicht vergessen. Er hatte überhaupt nichts vergessen, was mit diesem Fall zusammenhing.

»Zugegeben, ich habe mich da auf ziemlich dünnem Eis bewegt. Wahrscheinlich war ich übereifrig.« Er lächelte betreten, während ihm die Erinnerungen durch den Kopf schossen. »Mit Hilfe der heutigen Technologie wäre es mir möglich, dasselbe zu tun, ohne dabei eine

Rechtswidrigkeit zu begehen.« Er führte den Kaffeebecher zum Mund.

»Sie haben sich doch eine Meinung über Naomi gebildet. Ich nehme an, es gehört zu Ihrem Job, objektiv zu urteilen. Aber wenn man das Leben eines Menschen so genau unter die Lupe nimmt, dann bildet man sich doch zwangsläufig eine Meinung.«

Wieder rührte Rooney in seinem Kaffee, obwohl sich der gehäufte Teelöffel Zucker, den er hineingetan hatte, längst aufgelöst hatte. »Das ist über zwanzig Jahre her.«

»Sie erinnern sich an sie, Mr. Rooney. Sie haben weder sie noch irgend etwas von dem, was damals geschah, vergessen.«

»Sie war eine schöne Frau«, sagte Rooney langsam. »Eine Frau voller Lebensfreude, die damals in etwas hineingeraten ist, was ihr über den Kopf wuchs.«

»In die Sache mit Alec Bradley?«

Über sich selbst verärgert legte Rooney den Löffel beiseite, wobei sein Notizblock ein paar Spritzer abbekam. »Mit Bradley, ja. Wie Sie schon sagten, ist der Öffentlichkeit bekannt, daß Naomi Chadwick wegen Mordes an Alec Bradley festgenommen und verurteilt wurde.«

»Und Ihr Foto hat dazu beigetragen.«

»Ja.« Lebhaft erinnerte sich Rooney daran, wie er auf den Baum geklettert war, mit klopfendem Herzen und vor der Brust baumelnder Kamera. »Man könnte sagen, ich war zur rechten Zeit am rechten Ort.«

»Naomi sagt, es sei Notwehr gewesen, Alec Bradley habe sie bedroht und vergewaltigen wollen.«

»Ich weiß, daß sie das ausgesagt hat. Aber sie konnte es nicht beweisen.«

»Sie waren doch dabei! Sie müssen doch gesehen haben, ob sie Angst hatte, ob er sie bedroht hat!«

Wie ein Mann, der im Begriff ist, ein lang geprobtes Gebet zu sprechen, faltete Rooney die Hände auf seinem Schreibtisch und antwortete: »Ich sah, wie sie ihn ins Haus ließ. Sie tranken etwas, sie stritten sich. Heute wie damals kann ich nicht bezeugen, was genau zwischen ihnen gesprochen wurde. Dann gingen sie nach oben.«

»Sie ging nach oben«, verbesserte Kelsey. »Er folgte ihr.«

»Ja, soweit ich das sagen kann. Ich ergriff die Gelegenheit beim Schopf und kletterte auf den Baum, weil ich dachte, sie würden in ihr Schlafzimmer gehen.«

»Weil er dort schon öfter war?« bohrte Kelsey weiter.

»Nein, ich habe nichts dergleichen beobachtet. Aber es war erst die dritte Nacht, die ich den Besitz observiert hatte, und die erste, in der die anderen Mitglieder des Haushalts abwesend waren.«

Er hielt die Hände gefaltet und die Augen ruhig und fest auf sie gerichtet. »Einige Minuten vergingen. Beinahe wäre ich wieder vom Baum geklettert. Doch dann kamen sie ins Schlafzimmer, Naomi zuerst. Sie schienen sich immer noch zu streiten.«

Er erinnerte sich an den Ausdruck in Naomis Gesicht. Ärger und Abscheu zeichneten sich darauf ab und Angst, ja, auch Angst.

»Für eine kurze Zeit hat sie mir den Rücken zugekehrt.« Er räusperte sich. »Dann fuhr sie herum und hatte die Waffe in der Hand. Ich konnte sie beide durch das Fenster sehen. Er hob die Hände und wich zurück, sie schoß.«

Kelsey war, als griffe ein eisiger Finger nach ihrem Hals. »Und dann?«

»Und dann erstarrte ich regelrecht vor Schreck. Ich bin nicht stolz darauf, aber ich war noch jung. Ich hatte noch nie … ich konnte mich nicht rühren«, betonte er. »Ich sah, wie sie zu der Stelle ging, wo er zusammengebrochen war, und sich über ihn beugte. Ich sah, wie sie zum Telefonhörer griff. Dann hab' ich mich davongemacht und mich in mein Auto gesetzt, bis ich die Sirenen hörte.«

»Sie haben nicht die Polizei verständigt?«

»Nein, nicht sofort jedenfalls. Das war töricht von mir und hätte mich meine Lizenz kosten können. Aber dann ging ich hin, gab ihnen den Film und machte meine Aussage.« Er löste seine ineinander verschränkten Hände, denn seine Finger schmerzten schon vor dem Druck. »Ich habe nur meine Arbeit getan.«

»Und alles, was Sie sahen, war eine schöne, lebenssprühende Frau, der die Situation über den Kopf wuchs und die deshalb einen Mann getötet hat.«

»Ich wünschte, ich könnte Ihnen etwas anderes sagen. Ihre Mutter hat ihre Strafe abgesessen. Es ist lange vorbei.«

»Nicht für mich.« Kelsey erhob sich. »Und wenn ich Sie nun engagieren würde, Mr. Rooney? Jetzt und hier? Ich möchte, daß Sie dreiundzwanzig Jahre zurückgehen und den Fall neu aufrollen. Ich will alles über Alec Bradley wissen.«

Kalte Angst stieg in Rooney hoch. »Lassen Sie die Dinge ruhen, Kelsey. Sie ändern nichts, indem Sie alte Wunden aufreißen. Glauben Sie, Sie tun Ihrer Mutter einen Gefallen, wenn Sie sie das alles noch einmal durchleben lassen?«

»Vielleicht nicht. Aber ich will zurückgehen, Schritt für Schritt, bis ich alles verstehe. Werden Sie mir helfen?«

Er musterte sie aufmerksam, sah aber eine andere Frau vor sich, eine Frau, die blaß und gefaßt in einem überfüllten Gerichtssaal saß, äußerlich gefaßt. Nur ihre Augen verrieten sie, diese verzweifelten Augen.

»Nein, das werde ich nicht tun. Und ich rate Ihnen, sich das gut zu überlegen. Denken Sie an die Konsequenzen.«

»Ich habe mir alles sehr gut überlegt, Mr. Rooney. Und ich komme immer wieder zu demselben Schluß. Meine Mutter hat die Wahrheit gesagt, und ich werde das beweisen, mit oder ohne Ihre Hilfe. Guten Tag!«

Lange nachdem die Tür hinter Kelsey zugefallen war, saß Rooney immer noch regungslos da. Als seine Hände nicht länger zitterten, griff er zum Telefon und wählte.

Ihr nächstes Ziel war die Universität. Während der langen Wartezeit in dem engen Büro ihres Vaters konnte sie sich beruhigen. Es war Balsam für ihre Seele, wieder von Büchern umgeben zu sein, die vertrauten Gerüche und Geräusche aufzunehmen. Vermutlich war sie deswegen immer wieder hierher zurückgekehrt. In dieser Welt war Lernen oberstes Gebot, und auf jede Frage gab es eine Antwort.

Philip trat ein und wischte sich Kreideflecken von den Fingern. »Kelsey! Jetzt ist mein Tag gerettet. Ich wäre schon früher hiergewesen, aber ich hab' mein Seminar ein bißchen überzogen.«

»Ach, das Warten macht mir nichts aus. Ich hatte gehofft, daß du ein paar Minuten Zeit für mich hast.«

»Die ganze nächste Stunde.« Eigentlich wollte er sie ja dazu verwenden, seine letzte Vorlesung für heute vorzubereiten, aber das konnte warten. »Wenn du den restlichen Nachmittag Zeit hast, dann führe ich dich zum Essen aus, sobald ich hier fertig bin.«

»Heute nicht, danke. Ich habe noch etwas zu erledigen. Dad, ich muß mit dir reden.«

»Mach dir wegen deiner Großmutter keine Sorgen. Ich regele das schon.«

»Deswegen mache ich mir auch keine Sorgen. So wichtig ist die Sache nicht.«

»O doch.« Er faßte sie an den Schultern und streichelte ihre Arme. »Ich werde einen derartigen Bruch innerhalb der Familie nicht dulden, und schon gar nicht den Versuch, dich um dein Erbe zu bringen.« Erregt ging er in dem kleinen Raum auf und ab, wie er es immer tat, wenn er über etwas nachdachte. »Deine Großmutter ist eine bewundernswerte und beeindruckende Frau, Kelsey. Ihre schwache Seite ist leider, daß sie unter dem Vorwand der Liebe bei der Familie nur ihre eigenen Wertvorstellungen durchsetzen will.«

»Du mußt sie nicht in Schutz nehmen oder ihre Handlungsweise rechtfertigen. Ich weiß, daß sie mich auf ihre Weise liebt. Nur ist ihre Weise nicht immer leicht zu ertragen.« War nie leicht zu ertragen gewesen, korrigierte sich Kelsey im stillen. »Ich weiß auch, daß sie es nicht gewöhnt ist, daß ihr jemand in die Quere kommt. Aber diesmal muß sie akzeptieren, was ich aus meinem Leben mache. Ich kann mich davon nicht beeinflussen lassen.«

Philip blieb stehen und nahm einen gläsernen Briefbeschwerer von seinem Schreibtisch. »Ich möchte nicht, daß ihr euch entzweit.«

»Ich auch nicht.«

»Wenn wir beide gemeinsam zu ihr gehen würden …«

»Nein.«

Seufzend nahm er seine Brille ab und putzte sie; mehr aus Gewohnheit als aus Notwendigkeit. »Kelsey, sie ist nicht mehr jung, und sie ist deine Großmutter.«

Aha, dachte Kelsey. So versuchte er, sie milde zu stimmen. »Es tut mir leid, aber ich kann in diesem Fall keine Zugeständnisse machen. Ich weiß, daß du zwischen die Fronten geraten bist. Auch das tut mir leid. Diesmal kann Milicent nicht ihren Willen durchsetzen, Dad, und wenn wir mal ganz ehrlich sind: Ich war nie das, was sie wollte.«

»Kelsey …«

»Ich bin Naomis Tochter, und das hat sie nie vergessen können. Jetzt kann ich nur hoffen, daß sie im Laufe der Zeit einsieht, daß ich auch deine Tochter bin.«

Vorsichtig klappte Philip seine Brille zusammen und legte sie auf seinen mit Papieren übersäten Schreibtisch, neben eine zerlesene Ausgabe von *King Lear*. »Sie liebt dich, Kelsey. Sie kämpft nur gegen die Umstände.«

»Ich bin der Anlaß für die Umstände«, entgegnete Kelsey ruhig. »Ich bin das Motiv und der Anlaß, ein Kind, um das zwei Menschen gekämpft haben, die schon lange nichts mehr füreinander empfanden. Daran führt kein Weg vorbei.«

»Es ist doch lächerlich, daß du dir Vorwürfe machst.«

»Keine Vorwürfe, das ist nicht das richtige Wort. Aber vielleicht fühle ich mich in gewisser Hinsicht verantwortlich. Ja, das ist es«, bestätigte sie, als er den Kopf schüttelte. »Dir und ihr gegenüber. Deswegen bin ich hier. Du mußt mir erzählen, was passiert ist.«

Philip war plötzlich der ganzen Sache überdrüssig. Erschöpft rieb er sich die Stirn. »Das haben wir doch alles schon hinter uns, Kelsey.«

»Du hast das Thema nur grob umrissen. Du hast dich in jemanden verliebt, den du trotz des Widerstandes deiner Familie geheiratet hast. Du hattest ein Kind mit dieser Frau. Und irgendwann einmal muß etwas zwischen euch schiefgegangen sein.«

Sie trat zu ihm. Zwar litt sie darunter, ihm Schmerz zufügen zu müssen, aber sie mußte die Wahrheit wissen. »Ich bitte dich ja nicht, mir jede Kleinigkeit auseinanderzusetzen, aber du kanntest schließlich die Frau, die du geheiratet hast, du hast sie einmal geliebt. Wenn du also bereit warst, sie vor ein Gericht zu bringen, um das Sorgerecht für dein Kind zu erstreiten, wenn du Anwälte und Privatdetektive zu Hilfe gerufen hast, dann mußt du einen Grund dafür gehabt haben. Einen triftigen Grund. Ich will ihn wissen.«

»Du warst der Grund«, antwortete Philip schlicht. »Ich wollte dich bei mir haben. Sicher teilweise aus egoistischen Gründen, aber du warst der beste Teil von uns beiden. Ich war überzeugt, daß du bei mir besser aufgehoben wärst als bei deiner Mutter. Du solltest nicht in dieser … unsteten Atmosphäre aufwachsen.«

Hatte er sich damals geirrt? fragte sich Philip. Hatte er sich geirrt? Wie oft hatte er sich diese Frage schon gestellt, sogar dann noch, als ihm die Ereignisse recht gegeben hatten.

»Deine Großmutter und ich haben die Angelegenheit ausführlich besprochen«, fuhr Philip fort. »Sie war entschieden dagegen, daß Naomi das alleinige Sorgerecht bekommen sollte, und am Ende stimmte ich ihr zu. Die Entscheidung fiel mir nicht leicht, aber ich war überzeugt, richtig zu handeln.«

Er blickte zu ihr hoch, und wie er die Frau ansah, erinnerte er sich an das Kind. »Ich wollte dich nicht verlieren, Kelsey, und ih wollte kein Wochenendvater werden, dessen Rolle bald Naomis nächster Mann übernehmen würde. Und mit dem Lebenswandel, den sie in den Monaten nach der Trennung führte, legte sie es offensichtlich darauf an, mich zu provozieren. Ihre Anwälte hatten sie sicherlich beschworen, sich diskret zu verhalten, also tat sie das genaue Gegenteil, buhlte um die Gunst der Presse, gab Anlaß zu Klatsch. Ich war gar nicht begeistert von der Idee mit dem Privatdetektiv, aber ich brauchte handfeste Beweise. Also überließ ich das den Anwälten.«

»Du hast Rooney nicht persönlich engagiert?«
»Nein, ich – woher kennst du seinen Namen?«
»Ich komme gerade aus seinem Büro.«
»Kelsey!« Philip packte seine Tochter am Arm. »Was bezweckst du damit? Was versprichst du dir davon?«
»Antworten. Eine ganz spezielle Antwort.« Ihre Finger schlossen sich um die seinen. »Ich werde dich ganz direkt fragen: Glaubst du, daß Naomi Alec Bradley ermordet hat?«
»Es gibt keinen Zweifel, daß ...«
»Daß sie ihn getötet hat«, sagte Kelsey schroff. »Aber Mord? Hat sie ihn ermordet? War die Frau, die du kanntest, die Frau, die du geliebt hast, eines Mordes fähig?«
Er zögerte, spürte, wie seine Tochter seine Hand umklammerte. »Ich weiß es nicht«, erwiderte er schließlich. »Ich wünschte von ganzem Herzen, ich könnte es dir sagen.«

Als letztes an diesem Tag stattete Kelsey den Anwälten ihrer Mutter einen Besuch ab. Auch hier erreichte sie wenig, denn die Anwälte beriefen sich auf ihre Schweigepflicht. Sie verließ das vornehme Büro unzufrieden, aber entschlossen.
Es gab immer einen Weg, sagte sie sich. Für jedes Problem fand sich letztendlich eine Lösung, man benötigte bloß die Fakten, die Formel und die Geduld, beides zu kombinieren. Schade, daß ihre Begabungen mehr bei Philosophie und Kunst lagen als bei Mathematik und den Naturwissenschaften.
Sie war entmutigt, was sie auf ihre Erschöpfung zurückführte. Sie mußte sich eingestehen, daß sie zu müde war, um Naomi Märchen über den Verlauf ihres Nachmittags zu erzählen. Und so fuhr sie statt zu ihrer Mutter nach Longshot.
Wenn Gabe nicht zu Hause war, würde sie nach Three Willows zurückfahren und sich mit einer Ausrede – Kopfschmerzen vielleicht – in ihr Zimmer zurückziehen.
Noch eine Notlüge, Kelsey? fragte sie sich ungehalten. Wenn sie noch lange so weitermachte, würde sie nicht nur zu einer ausgezeichneten Lügnerin werden, sondern es auch bald für selbstverständlich betrachten, die Unwahrheit zu sagen.
Sie ging auf das Haus zu, aber anstatt zu klopfen setzte sie sich einfach auf die Treppe und schaute in die milchiger werdende Sonne.
Ein oder zwei Stunden noch, dann würde sie untergehen, sinnierte Kelsey. Ob der Vogel, der vorm Fenster sein Lied anstimmte, wohl ei-

ne Gefährtin hatte? Wenn ja, würde ihre Antwort bei Anbruch der Dämmerung ertönen – weich, süß und lockend.

Die Pflanzen hier gediehen prächtig; ein Blütenmeer, das die Luft mit Duft erfüllte. Leuchtendgelbe Primeln, kecke Stiefmütterchen, dahinter ein Gitter, das bald von Wickenranken überwuchert sein würde. Die Fliederbüsche standen in voller Blüte und verströmten einen schweren, süßen Wohlgeruch. Überall auf dem Rasen lagen die kleinen lila Blüten verstreut.

An einem so beschaulichen, stillen Plätzchen lebte dieser Mann voller Energie und Leidenschaft.

Kelsey hörte, wie die Tür hinter ihr geöffnet wurde und Schritte näher kamen. Mit einer Selbstverständlichkeit, die sie selbst erstaunte, lehnte sie sich an ihn, als er sich neben sie setzte und den Arm um sie legte.

»Ich hab' dein Auto gesehen.«

»Wer hat die Blumen gepflanzt?«

»Ich. Das ist mein Besitz.«

»Mein Vater ist Hobbygärtner. In Georgetown hatte ich einen entzückenden kleinen Hinterhof, also habe ich natürlich Kurse in Gartenbau und Landschaftsgestaltung belegt. Der Garten ist mir auch wirklich gut gelungen, aber an den meines Vaters reichte er nicht heran. Es gibt Dinge, die kann man nicht aus Büchern lernen.«

»Ich pflanze das, was mir gerade gefällt.«

»Wenn ich noch einmal einen Garten hätte, würde ich das genauso machen.«

»Ich will dort drüben einen Steingarten anlegen.« Gabe deutete zum Fuß eines Hügels hinüber. »Warum hilfst du mir nicht dabei?«

Lächelnd schmiegte sie ihr Gesicht an die warme Haut seines Halses. »Ich würde vorher schnurstracks in die nächste Bücherei marschieren. Ich kann nichts dafür.«

»Also müßten wir Logik und Marotten in Einklang bringen, ehe wir die nächstgelegene Baumschule räubern.« Er tippte mit dem Finger unter ihr Kinn, um ihr Gesicht zu sich hinzudrehen. »Was liegt dir auf der Seele, Kelsey?«

Auf einmal wurde ihr klar, daß sie sich ihm ohne Bedenken anvertrauen konnte. Es gab nichts, was sie ihm nicht sagen konnte. »Ich habe heute etwas begonnen, das ich auch zu Ende führen werde. Jeder hat mich gewarnt, schlafende Löwen zu wecken, aber darauf kann und will ich nicht hören.« Sie atmete tief durch und wich ein Stück zurück, so daß sie sich nicht länger berührten. »Glaubst du, daß meine Mutter Alec Bradley ermordet hat?«

»Nein.«
Kelsey zwinkerte verwirrt und schüttelte dann den Kopf. »Einfach nur nein? Ohne Zögern, ohne Einschränkung?«
»Du hast gefragt, ich habe geantwortet.« Gabe bückte sich und pflückte eine Freesie ab, die er ihr reichte. »Ist es nicht viel wichtiger, was du glaubst?«
Wieder schüttelte sie den Kopf: »Du kannst nein sagen, einfach nein, obwohl du sie gar nicht kennst?«
»Nicht direkt.«
»Nicht direkt?« Kelsey hob den Kopf. »Was soll das heißen?«
»Ich hatte von ihr gehört, und ich hatte sie auch schon gesehen.« Gabe neigte den Kopf und spielte mit ihren Haarspitzen. »Ich treibe mich schon ziemlich lange auf der Rennbahn herum, Kelsey, und ich erinnere mich, sie hier und da gesehen zu haben.«
»Da mußt du doch noch ein Kind gewesen sein.«
»Nicht in dem Sinne, wie du meinst. Aber es stimmt, ich kannte sie nicht gut und habe mir kein klares Bild von ihr machen können. Aber jetzt kenne ich sie.«
»Und?«
Sie wollte präzisere Auskünfte, dachte Gabe. Die würde sie immer verlangen. Nur war er nicht sicher, ob er sie ihr geben konnte. »Ich habe nicht zuletzt deshalb überlebt, weil ich in den Menschen lesen kann wie in einem Buch. Achte auf die Mimik, die Gestik, den Tonfall. Nimm zum Beispiel Spieler, Psychiater oder Polizisten. Alle diese Leute müssen über eine derartige Begabung verfügen, oder sie gehen unter. Naomi hat zwar den Abzug betätigt, aber keinen Mord begangen.«
Mit geschlossenen Augen schmiegte sie sich wieder an ihn. Die Blume, die er ihr gegeben hatte, verbreitete einen zarten, lieblichen Duft. »Das ist auch meine Überzeugung, Gabe. Aber vielleicht will ich einfach nur nicht akzeptieren, daß meine Mutter zu Recht verurteilt worden ist. Was meine Überzeugung trotzdem nicht erschüttert. Heute habe ich den Detektiv aufgesucht, der damals gegen sie ausgesagt hat.«
Seine Reaktion darauf war nur: »Du bist wohl überhaupt nicht auf den Gedanken gekommen, mich zu bitten, dich zu begleiten?«
»Das schon. Aber ich wollte das allein durchstehen.« Sie zuckte die Achseln. »Viel gebracht hat es eh' nicht. Er hat mir nichts gesagt, was ich nicht schon wußte. Und als ich ihn engagieren wollte, um mehr über Alec Bradley herauszufinden, hat er mich abblitzen lassen.«

»Was wolltest du denn wissen?«

»So ziemlich alles. Meine Mutter ist nur ein Teil des Puzzles.« Kelsey machte sich los. »Was für ein Mann war er? Was wollte er eigentlich? Naomi sagte, er wurde grob und versuchte, sie zu vergewaltigen. Was war der Auslöser?«

»Hast du sie mal danach gefragt?«

»Das möchte ich nur tun, wenn es gar nicht anders geht. Sie würde abblocken, Gabe. Sicher, sie würde mir sagen, was sie weiß, aber das könnte die Fortschritte, die wir machen, zum Stillstand bringen. Und das will ich nicht riskieren.«

»Naomi war nicht die einzige, die ihn kannte.«

Diese Möglichkeit hatte Kelsey auch schon erwogen und wieder verworfen. »Ich kann ja wohl kaum auf der Rennbahn herumlaufen und Fragen stellen, die anderen Pferdebesitzer oder die Pfleger ausquetschen. Was ich dabei in Erfahrung bringen könnte, wiegt den Klatsch, der daraus resultieren würde, nicht auf.«

»Was hast du dann vor?«

»Ich kenne den Namen des Beamten, der den Fall bearbeitet hat. Er ist mittlerweile pensioniert und lebt in Reston.«

»Wie ich sehe, hast du deine Hausaufgaben erledigt.«

»Ich war schon immer eine gute Studentin. Ich werde diesem Tipton einen Besuch abstatten.«

Gabe nahm ihre Hand und zog sie hoch, bis sie stand. »Wir werden ihm einen Besuch abstatten.«

20

»Ist schon lange her, Roscoe.« Tipton schüttelte Rossi die Hand. »Wie kommt's, daß du noch nicht auf meinem alten Stuhl sitzt?«

»Ich arbeite dran, Captain.«

»Komm, setz dich, und wir trinken einen Schluck.« Tipton machte es sich in einem Schaukelstuhl bequem und bediente sich aus einer kleinen Kühlbox, in der ein Sechserpack Budweiser stand. »Wie geht's deiner Frau?«

Rossi nahm die Dose, die Tipton ihm reichte, und riß sie auf. »Welcher?«

»Ach ja, ich vergaß. Du bist ja ein doppelter Verlierer.« Kichernd stieß Tipton mit seiner Dose die von Rossi an und trank einen

Schluck. »Scheidung ist schon fast eine Berufskrankheit, stimmt's? Na ja, ich hatte Glück.«

»Wie geht's Mrs. Tipton?«

»Frisch und munter wie eh und je.« In Tiptons rauher Stimme schwang eine tiefe Zuneigung mit. »Zwei Wochen nachdem ich in Pension gegangen bin, hat sie einen Job angenommen.« Belustigt schüttelte er den Kopf. »Behauptet, sie bräuchte Beschäftigung, jetzt, wo die Kinder aus dem Haus sind. Dabei wissen wir beide, daß die Arbeit sie nur davon abhalten soll, mir bei der nächstbesten Gelegenheit auf den Schädel zu schlagen. Also hab' ich meine Werkstatt im Schuppen, und sie verkauft Schuhe.« Lächelnd nahm er noch einen Schluck. »Ich hatte wirklich Glück, Roscoe. Nicht jede Frau kann mit einem Polizisten leben, ob er nun aktiv oder pensioniert ist.«

»Wem sagst du das?« Zwei Frauen und zwei Scheidungen innerhalb von zwölf Jahren hatten Rossi das nur allzu drastisch vor Augen geführt. »Du siehst gut aus, Captain.«

Was nicht zu leugnen war. In den drei Jahren seit seinem Ausscheiden aus dem aktiven Dienst hatte Tipton ein paar Pfund zugelegt, aber es stand ihm gut. Die harten Linien, die der Job in sein Gesicht gegraben hatte, waren durch das zusätzliche Gewicht verschwunden. Er wirkte entspannt und zufrieden.

»Vielen Leuten bekommt der Ruhestand nicht«, bemerkte Tipton. »Macht sie alt. Aber ich fühle mich prächtig, ich hab' ja noch meine Werkstatt – den Stuhl habe ich übrigens auch selbst gemacht.«

»Wirklich?« Rossi schaute den wackeligen Schaukelstuhl genau an. Der Anstrich konnte nicht darüber hinwegtäuschen, daß der Stuhl einen deutlichen Linksdrall hatte.

»Außerdem habe ich jetzt schon drei Enkel und Zeit genug, um mich an ihnen zu freuen. Meine Frau und ich denken daran, diesen Herbst einen Wanderurlaub zu machen.«

»Klingt, als hättest du alles, was du willst, Captain.«

»Verdammt richtig. Ein langer, ruhiger Lebensabend ist die Belohnung für ein erfolgreiches Arbeitsleben.«

»Und am Erfolg gibt es ja keinen Zweifel.« Rossi nippte an seinem Budweiser. Eigentlich bevorzugte er Importbier, doch er hütete sich, das zu sagen. »Vermutlich interessieren dich die beruflichen Dinge jetzt nicht mehr. Aber hast du von dem Fall, den ich gerade bearbeite, gelesen?«

»Manchmal werfe ich einen Blick auf die Schlagzeilen.« In Wahrheit verschlang er sie regelrecht.

»Der Pferdepfleger, der im März in Charlestown ermordet wurde.«

»Erstochen und dann zertrampelt. Du hattest den Fall abgeschlossen«, erinnerte sich Tipton. »Ein anderer Pfleger war's, Lipsky. Beging Selbstmord.«

»Das ist noch nicht raus.« Rossi lehnte sich zurück und beobachtete ein Spatzentrio, das mit Getschulpe um ein offensichtlich in Heimarbeit entstandenes Vogelhäuschen im Garten herumflatterte. Darunter saß eine rotgetigerte Katze und beobachtete sie geduldig.

Für Außenstehende mußten sie wie zwei Männer wirken, die sich die Zeit mit Fachsimpeleien vertrieben, dachte er. »Kein Abschiedsbrief, kein Hinweis auf Selbstmordabsichten. Und die Methode paßte nicht ins Bild. Paß mal auf.«

So präzise wie in einem schriftlichen Bericht legte Rossi Tipton die Fakten dar, von Lipskys Rauswurf bis hin zu seinem Tod. »Wir haben es hier mit einem Mann zu tun, dem leicht die Sicherung durchbrannte, der zu Gewalttätigkeit neigte und der etwas von Pferden verstand. Kein Typ, der sich leicht Freunde schaffte. Bei uns kein Unbekannter. Überfall, Körperverletzung, unehrenhafte Entlassung aus der Armee.«

»Das Bild eines Mannes, der sich eher aus dem Staub machen würde, statt sich einen Giftcocktail zu mixen.« Tipton hatte eine Weile daran zu knacken. »Aber er hätte sich das Zeug beschaffen können.«

»Er hätte das gekonnt wie auch jeder andere. Er hatte es – vielleicht aus persönlichen Gründen – auf Slaters Pferd abgesehen. Seine Entlassung hat ihm gar nicht geschmeckt, also sinnt er auf Rache. Der alte Mann erwischt ihn, er gerät in Panik. Jetzt hat er einen Menschen auf dem Gewissen. Warum haut er nicht ab, Captain? Warum verkriecht er sich in einem Motel, das nur eine Stunde von Charlestown entfernt liegt?«

»Weil er auf jemanden wartet. Jemanden, der ihm weitere Anweisungen erteilt.«

»Und dieser Jemand hat ihm einen Höllendrink gemixt. Auf der Ginflasche haben wir keine Fingerabdrücke gefunden. Sie ist abgewischt worden.«

Dieser besondere Aspekt entlockte Tipton ein Lächeln. Kleine Fehler, dachte er. Er hatte immer auf kleine Fehler der Verbrecher gewartet, so wie seine alte Katze darauf wartete, daß einer der Spatzen einen Fehler machte.

»Also hast du einen ungeklärten Mordfall am Hals. Hast du diesen Slater mal unter die Lupe genommen?«

»Hab' ihn mir vorgeknöpft. Interessanter Mann. Über den gehen viele Gerüchte um. Hat schon mal gesessen.«

»Weswegen?«

»Illegales Glücksspiel. Ein paar Monate früher, und er wäre noch unter das Jugendstrafgesetz gefallen.« Zerstreut tippte Rossi mit den Fingern gegen die Stuhllehne. »Seitdem ist er nicht mehr straffällig geworden. Hauptsächlich auf der Straße aufgewachsen. Die Mutter starb, als er noch ein Kind war. Der Vater hat sich aus Schwierigkeiten immer wieder herausgewunden. Paarmal verhaftet worden – Betrug, Fälschung, ungedeckte Schecks. Ein Kleinganove und Spieler. Hat vor ein paar Jahren in Taos eine Nutte vermöbelt. Aalglatt. Sein Sohn ist ihm durchgegangen, als er vierzehn war, hat Mist gebaut und seine Strafe dafür abgesessen, seitdem ist er sauber. Ich kann nicht beschwören, daß er Lipsky nicht erledigt hat, aber er wäre anders vorgegangen. Direkter.«

»Wen hättest du denn sonst noch anzubieten?«

»Keinen Topverdächtigen. Hast du das Derby im Fernsehen gesehen?«

»Roscoe, es gibt nur eine echte Sportart, und das ist Baseball.« Vielsagend tippte er an seine Kappe. »Ich hab' da was munkeln gehört, daß sich ein Pferd das Bein gebrochen haben soll.«

»Das Pferd wurde gedopt, und zwar mit einer Überdosis, und ist eingegangen. Slaters Gaul hat das Rennen gewonnen.«

»Soso.« Tipton leerte seine Bierdose. »Worauf willst du hinaus, Roscoe?«

»Ich bin mir nicht sicher. Der Kreis ist groß, und das Ganze geht dreiundzwanzig Jahre zurück. Naomi Chadwick, Captain. Was kannst du mir über sie sagen?«

»Seltsam.« Tipton zertrat die leere Dose. »Den Namen höre ich heute schon zum zweiten Mal. Die Tochter hat mich heute morgen angerufen.« Er schaute auf seine Uhr. »Sie müßte gleich hier sein.«

»Kelsey Byden kommt hierher?«

»Sie will mit mir über ihre Mutter reden.« Tipton lehnte sich im Schaukelstuhl zurück und genoß das quietschende Geräusch, das er erzeugte. »Auf einmal ist alles wieder gegenwärtig.«

»Du hättest auf der Farm bleiben sollen«, brummte Kelsey. »Bis zum Belmont ist es nur noch eine Woche.«

»Jamie kommt auch ohne mich klar.« Lächelnd nahm Gabe die nächste Kurve. »Das ist ihm sogar lieber.«

»Ich mache mir Vorwürfe, weil ich dich gerade jetzt von deiner Arbeit abhalte. Ich wäre auch allein zurechtgekommen.«

»Kelsey.« Geduldig griff Gabe nach ihrer Hand und küßte sie. »Sei still.«

»Kann ich nicht, bin viel zu nervös. Dies ist der Mann, der meine Mutter festgenommen, verhört und ins Gefängnis gebracht hat. Und ich will ihn bitten, mir dabei zu helfen, ihm einen Fehler nachzuweisen. Naomi habe ich auch schon wieder belogen. Ich habe ihr gesagt, wir fahren spazieren.«

»Tun wir doch auch.«

»Darum geht es doch nicht. Ich täusche sie, und Moses, und alle anderen. Und weshalb? Um diesen idiotischen Drang zu befriedigen, mich zu vergewissern, daß ich nicht von einer Mörderin abstamme.«

»Ist das der Grund?«

»Nein.« Kelsey rieb sich die Augen. »Ich weiß nicht. Zum Teil vielleicht. Vererbung kann mitunter ziemlich erschreckend sein.« Sie zuckte zusammen, kaum daß die Worte heraus waren. »Ich wollte damit nicht sagen, daß ausschließlich Vererbung den Charakter prägt. Da wäre noch das Umfeld …« Entnervt brach sie ab.

»Und ich habe was beides betrifft schlechte Karten« murmelte er. »Ich hab' mich schon gefragt, wann du zwei und zwei zusammenzählst.«

»Das tue ich nicht«, sagte Kelsey, die sich hätte ohrfeigen können. »Ich weiß gar nicht, was ich eigentlich tue. Aber es hat nichts mit dir oder meinen Gefühlen für dich zu tun.«

»Laß uns das jetzt mal klarstellen.« Er hatte zu hoch gepokert. Wie konnte er nur so dumm sein und hoffen, daß dieser Moment nie kommen würde? Aber wenn er schon verlor, dann im großen Stil. »Du zweifelst wegen deiner Familiengeschichte an dir. Nein«, sagte er, als sie ihn unterbrechen wollte, »jetzt legen wir die Karten auf den Tisch. Und zweifelst auch an mir.«

Er beschleunigte das Tempo und ging mit halsbrecherischer Geschwindigkeit in die Kurven, um so seine innere Spannung abzubauen.

»Das stimmt nicht, Gabe. Wenn ich Zweifel gehabt hätte, dann hätte ich nicht mit dir schlafen können.«

»O doch. In der Hitze des Augenblicks wirft man Verstand und Zweifel leicht über Bord. Und im Bett passen wir ausgezeichnet zusammen. Aber früher oder später meldet sich der Verstand wieder zu Wort. Ich habe schlechtes Blut, Kelsey, das ist eine Tatsache.«

Obwohl er merkte, daß ihre Augen prüfend und abwägend auf seinem Gesicht ruhten, hielt er den Blick auf die Straße gerichtet.

»Deine Herkunft verfolgt dich wie ein Schatten, egal was für eine Fassade du dir auch aufbaust. Ich habe Dinge gesehen und getan, die deine Moralvorstellungen bis in die Grundmauern erschüttern würden. Ich betrüge nicht, und ich trinke nicht, aber das ist auch schon alles. Tatsache ist, daß ich haben wollte, was Cunningham gehörte, und ich fand einen Weg, es zu bekommen. Ich wollte dich ins Bett kriegen, und dafür hätte ich so ziemlich alles getan.«

»Verstehe.« Nun starrte sie auf die Straße. Die Geschwindigkeit machte ihr keine Angst, sondern er. »Also geht es nur um Sex.«

Einen Moment lang schwieg er, und beide schauten auf die vor ihnen liegende Straße. »Nein. Ich wünschte bei Gott, es wäre so.«

Mit einem tiefen Seufzer schloß Kelsey die Augen. »Fahr an den Rand«, murmelte sie. Als er nicht reagierte, setzte sie sich in ihrem Sitz auf. »Fahr rechts ran«, befahl sie fest, »und halt den gottverdammten Wagen an.«

Die Reifen quietschten, als Gabe voll auf die Bremse trat und das Steuer so hart herumriß, daß Schotter hochflog. »Wenn du dir einbildest, daß ich dich hier rauslasse, dann hast du dich geirrt. Entweder bringe ich dich nach Reston oder zurück nach Hause!«

»Ich habe nicht die Absicht, hier auszusteigen.«

»Na wunderbar. Du solltest lieber begreifen, daß ich nicht vorhabe, dich gehen zu lassen, nicht jetzt und auch nicht später. Ich habe dir bereits die Chance gegeben zu gehen.«

Noch nie hatte sie ihn so außer sich erlebt. »Das hast du nicht.«

Er packte sie am Revers und riß sie zu sich herum. »Das war deine einzige Chance. Du gehörst mir. Pfeif auf dein Richtig und Falsch, Kelsey, auf deine noble Erziehung und auf alles, was mir im Weg steht. Kampflos gebe ich dich nicht auf.«

Kelseys Temperament begann mit ihr durchzugehen. »Prima. Da du diese unmögliche, vorsintflutliche Ansicht vertrittst, scheint es mir nicht ganz passend, dir zu sagen, daß ich dich liebe.«

Einen Moment lang erschlaffte jeder Muskel seines Körpers, und er sank in sich zusammen. Kelseys Augen blitzten herausfordernd. Doch er war total perplex.

»Das kannst du doch gar nicht beurteilen.«

Kelsey schlug zu. Beide waren überrascht, als ihre Faust ihn genau in die Magengrube traf.

»Was fällt dir ein?« Wütend stieß sie seine Hände weg. »Diese Einstellung steht mir bis hier! Ich hab' es satt, daß die Menschen, an denen mir etwas liegt, mir immer unterstellen, daß ich meine Gefühle nicht kenne! Glaub mir, ich kenne sie sehr gut. Und obwohl es mir eigentlich gewaltig gegen den Strich geht, liebe ich dich. Jetzt laß den verdammten Motor an, damit wir's hinter uns bringen.«

Gabe hätte noch nicht einmal ein Dreirad von der Stelle bewegen können. »Gib mir noch eine Minute.«

Kelsey schnaubte vernehmlich, schlug die Beine übereinander und verschränkte die Arme. »Gut. Laß dir nur Zeit. So habe ich Gelegenheit, darüber nachzudenken, wie ich es dir heimzahlen kann.«

»Komm mal her.«

Kelsey holte aus und bekam ihren eigenen Ellenbogen ab, als er nach ihr griff. »Hände weg!«

»Okay. Ich hatte mir nur vorgestellt, daß ich dich dazu in den Arm nehme, wenn ich dir sage, daß ich dich auch liebe.«

Nachdenklich, aber noch nicht nachgiebig drehte sie sich ein Stück zu ihm hin. »Hast du dir das schon lange vorgestellt?«

»Eine Zeitlang. Ich dachte, es würde vorübergehen, wie eine Krankheit.« Als sie herumfuhr, hob er ergeben beide Hände. »Nicht schon wieder schlagen!«

»Mal sehen.« Bloß nicht lachen, mahnte sie sich, egal, wie sehr er sie auch provozierte. »Eine Krankheit?«

»Genau. Nur hatte ich eine kleine Eigenart vergessen. Sie verschwindet nicht wieder, sondern nistet sich bei dir ein und schlägt zurück, wenn deine Abwehrmechanismen nachlassen.« Er zog ihre geballte Faust an die Lippen. »Ich habe versucht, damit zu leben.«

»Und wie klappt das?«

»Jetzt geht's schon besser.« Er lehnte seine Stirn an ihre. »Was für ein Timing. Wir sollten zu Hause sein, und zwar allein.«

»Macht nichts.« Kelsey senkte den Kopf, so daß ihre Lippen seine streiften. »Das holen wir nach.« Sie drückte ihn an sich. »Wie kann alles um mich herum so in Aufruhr und das hier so … so richtig sein?«

»Das ist die Gunst der Stunde.« Er schob sie von sich, um ihr in die Augen sehen zu können. »Wir müssen nur dafür sorgen, daß es so bleibt.«

»Für den Augenblick ist es genug, Gabe.« Liebevoll strich sie ihm über die Wange. »Sogar mehr als genug.«

Als das Paar aus dem flotten Schlitten, den sie in seiner Einfahrt geparkt hatten, ausstieg, stand für Tipton sofort fest, daß es sich um Liebende handelte. Der Mann legte seiner Begleiterin nur die Hand auf die Schulter, und sie blickte nur zu ihm auf und lächelte ihn an. Doch Tipton war sich seiner Sache sicher.

Dann bemerkte er, daß die Frau Naomi fast aufs Haar glich, der Naomi, die er damals hinter Gitter gebracht hatte.

Feine Unterschiede gab es schon, die seinem geschulten Auge nicht entgingen. Der Mund der Tochter war weicher und großzügiger geformt, ihre Wangenknochen weniger ausgeprägt, und der Gang wirkte fließender. Naomi pflegte damals energisch und kraftvoll auszuschreiten; eine Art zu gehen, die die Aufmerksamkeit eines jeden Mannes im Umkreis von einer Meile auf sie lenkte.

Trotzdem war er froh, daß Kelsey Byden vorher angerufen hatte. Es wäre ein zu großer Schock gewesen, unvermutet das Abbild der Frau, die er niemals ganz vergessen hatte, auf sich zukommen zu sehen.

»Captain Tipton.« Ihr Lächeln verblaßte, als sie seinen Besucher sah. »Lieutenant Rossi. Ich habe nicht damit gerechnet, Sie hier anzutreffen.«

»Die Welt ist klein, nicht wahr?« Es bereitete ihm großes Vergnügen, sie herauszufordern. Zufrieden griff er nach der zweiten Dose Bier. Schließlich war er ja nicht im Dienst. »Darf ich die Vorstellung übernehmen? Kelsey Byden, Gabriel Slater, mein früherer Vorgesetzter, Captain James Tipton.«

»Roscoe hat schon immer Wert auf Etikette gelegt.« Tipton grinste, als Kelsey bei der Erwähnung des Spitznamens eine Braue hochzog. »Setzen Sie sich und trinken Sie ein Bier mit.«

»Mr. Slater trinkt keinen Alkohol«, bemerkte Rossi.

»Hmm. Ich glaube, meine Frau hat Eistee gemacht. Roscoe, sei doch so nett und hole unseren Gästen eine Erfrischung.«

»Das wäre nett.« Voll Vergnügen, Rossi in die Rolle eines Bediensteten drängen zu können, machte Kelsey es sich auf der obersten Stufe bequem. »Danke, daß Sie sich für uns Zeit genommen haben, Captain.«

»Nicht der Rede wert. Zeit habe ich wahrhaftig genug. Wie geht es Ihrer Mutter?«

»Sehr gut, danke. Sie erinnern sich also noch an sie?«

»Ich vergesse nicht so leicht.« Tipton änderte seine Taktik, um das Terrain zu sondieren. »Roscoe sagte mir, daß Glückwünsche angebracht sind, Mr. Slater. Sie besitzen ein Pferd, das die Triple Crown gewinnen könnte. Nicht, daß ich viel davon verstehe. Baseball ist eher mein Fall.«

Auch Gabe verstand es, taktisch vorzugehen. »Dieses Jahr würde ich auf die Birds setzen. Ihre Werfer sind in Topform, und sie machen das Innenfeld so dicht, daß nicht mal eine Mücke durchschlüpfen kann.«

»Ganz genau.« Tipton schlug sich vergnügt mit der Hand aufs Knie. »Haben Sie gesehen, wie sie letzte Nacht die Jays geputzt haben? Gottverdammte Kanadier!«

Grinsend zog Gabe eine Zigarre hervor. »Ich hab' gerade noch die letzten Innings mitbekommen.« Er bot Tipton eine Zigarre an und gab ihm Feuer. »Das Spiel hat meinen Assistenztrainer fünfzig Dollar gekostet, die hab' ich ihm abgeknöpft.«

Tipton paffte genüßlich. »Ich selbst wette nie.«

Gabe hielt sein Feuerzeug an seine eigene Zigarre und betrachtete Tipton über die Flamme hinweg. »Ich schon.« Er stieß den Rauch aus und nickte Rossi der mit zwei hohen Gläsern in der Hand zurückkam, zu. »Danke.«

»Roscoe ist ein Fußballfan. All meine Erziehungsversuche haben ihn nicht zu einer intelligenteren Sportart bekehren können.«

»Langsam entwickele ich Interesse für den Sport der Könige.« Rossi nahm wieder Platz. »Ich werde das Belmont-Rennen im Auge behalten, Mr. Slater.«

»Wie viele andere auch.«

»Die junge Dame ist bestimmt nicht hergekommen, um sich über Sport zu unterhalten.« Tipton bedachte Kelsey mit einem freundlichen Lächeln, »sondern wegen eines Mordes.«

»Was können Sie mir über Alec Bradley sagen, Captain?«

Tipton verzog leicht die Lippen. Sie hatte ihn aus dem Konzept gebracht, war er doch überzeugt gewesen, daß sie sich auf ihre Mutter konzentrieren würde. Da seine Neugier geweckt war, versuchte er, die Uhr zurückzudrehen. »Alec Bradley, zweiunddreißig, stammte aus Palm Beach. War mal mit einer bestimmt fünfzehn Jahre älteren Frau verheiratet. Die Scheidung hat sie einiges gekostet. Offenbar hat er sich gerade so über Wasser gehalten, bis er Ihre Mutter kennenlernte.«

»Wovon hat er gelebt?«

»Von Frauen.« Tipton zuckte die Achseln. »Hat sich aushalten lassen. Wenn er gut genug bei Kasse war, wettete er auf Pferde. Besaß einen Smoking.« Er unterbrach sich, um einen Schluck Bier zu trinken. »Den trug er auch, als er getötet wurde.«

»Sie mochten ihn nicht«, stellte Kelsey sachlich fest.

Aus Spaß und um seine Gedanken zu sammeln, blies Tipton drei Rauchringe in die Luft. »Zu seinen Lebzeiten habe ich ihn zwar nicht gekannt, aber trotzdem. Nach alldem, was die Ermittlungen über ihn ans Licht brachten, war er nicht gerade ein Mann, den ich mir nach Hause einladen würde. Er hatte es sich zum Beruf gemacht, verheiratete Frauen – *reiche* verheiratete Frauen – auszunehmen. War die Geschichte beendet, haben sie ihn mit Geld oder Geschenken abgefunden oder anderen interessierten Ehefrauen vorgestellt. Zahlten sie ihm nicht genug, verlegte er sich auf Erpressung. Zu meiner Zeit bezeichnete man solche Männer als Gigolos. Wie man sie heute nennt, weiß ich nicht.«

»Abschaum«, meinte Gabe leichthin und erntete ein zustimmendes Nicken vom Captain.

Slater hat Geschmack, dachte Tipton. Was Zigarren betraf und auch bei Frauen. »Das trifft den Nagel auf den Kopf. Aber der Mann hatte was. Gute Manieren, eine gute Erziehung, und einen Familienstammbaum, der bis zu einem aufgeblasenen englischen Earl zurückging. Und er kannte sich mit Frauen aus, hatte einen Blick für verheiratete Damen, die sich keinen Skandal erlauben konnten.«

»Meine Mutter war geschieden, Captain.«

»Und sie steckte mitten in einem Sorgerechtsprozeß. Wenn sie den gewinnen wollte, durfte das Techtelmechtel mit Bradley nicht auffliegen.«

»Aber sie hat sich öffentlich mit ihm gezeigt.«

»Sie hat gesellschaftlich mit ihm verkehrt«, stimmte Tipton zu. »Es schien sie nicht zu stören, daß die Leute ihr ein Verhältnis mit ihm unterstellten. Es gab aber keine Beweise.« Er schnippte Zigarrenasche in eine leere Bierdose. »Man munkelte auch, daß Bradley gern teures weißes Pulver schnupfte. Auch das konnte niemand beweisen. Bis er tot war.«

»Drogen.« Kelsey erblaßte, fuhr jedoch tapfer fort: »Meine Mutter erwähnte niemals irgendwelche Drogen, und in den Zeitungsberichten stand auch nichts davon.«

»Auf Three Willows gab es keine Drogen«, seufzte Tipton. Kelsey Augen, die denen ihrer Mutter so sehr glichen, brachten ihm alle Erinnerungen zurück. »Die Farm war sauber, und Ihre Mutter auch. Aber in Bradleys Blut haben wir eine Mischung aus Alkohol und Kokain gefunden.«

»Wenn das zutrifft, dann könnte er doch durchgedreht und gewalttätig geworden sein, so, wie meine Mutter ausgesagt hat.«

»Es gab keinerlei Anzeichen eines Kampfes. Der Spitzenbesatz am Nachthemd Ihrer Mutter war zerrissen.«

Tipton faßte sich an die Brust, um ihr die Stelle zu zeigen. »Sie hatte ein paar blaue Flecken; nichts, was sie sich nicht selber hätte zufügen können.«

»Und warum hat sie dann nicht auch ein paar Tische umgeworfen und ein paar Lampen zerbrochen?«

Kluges Kind, dachte er. »Diese Frage habe ich ihr auch gestellt.«

»Und was hat sie darauf geantwortet?«

»Das erste Mal saßen wir unten, weil der Polizeifotograf im Schlafzimmer noch Aufnahmen machte. Sie hatte sich einen dicken Bademantel über ihr Nachthemd gezogen.« Als ob sie entsetzlich frieren würde, erinnerte sich Tipton, als ob sie noch unter dem schweren gesteppten Stoff zittern würde. »Als ich sie fragte, herrschte sie mich an: ›Vielleicht hab' ich nur nicht dran gedacht‹.«

Lächelnd schüttelte er den Kopf. »Sie war stinksauer auf mich und gab ständig solche Antworten, bis ihre Anwälte ihr jede Aussage verboten. Das zweite Mal verhörte ich sie auf dem Revier. Sie rauchte eine Zigarette nach der anderen. Als ich ihr dieselbe Frage noch einmal stellte, meinte sie, sie wünschte, sie hätte das Zimmer etwas durcheinandergebracht, weil ihr dann vielleicht jemand Glauben schenken würde.«

Er stellte seine Bierdose weg und seufzte tief: »Und wissen Sie was, Miß Byden? Ich glaubte ihr. Das habe ich, kurz ehe Sie kamen, auch zu Roscoe gesagt.«

Kelsey massierte ihre eingeschlafenen Beine und stand mühsam auf. »Sie haben ihr also geglaubt. Sie glaubten, daß sie die Wahrheit sagte, und sie haben sie trotzdem ins Gefängnis gebracht?«

»Ich habe ihr geglaubt«, wiederholte Tipton. Seine Augen wurden schmal und fixierten sie, es waren die Augen eines Polizisten. »Aber die Beweislast war erdrückend. Ich habe einige schlaflose Nächte damit verbracht, nach Entlastungsmaterial zu suchen. Ich konnte allein auf mein Gefühl bauen, und ich habe nur meinen Job erledigt, Miß Byden. Ich habe sie festgenommen, sie verhört und vor Gericht meine Aussage gemacht. Das getan, was ich tun mußte.«

»Das ist also Ihre Rechtfertigung vor sich selbst.« Kelsey ballte die Fäuste. »Damit können Sie leben? Sie wußten, daß sie die Wahrheit sagt!«

»Ich glaubte ihr«, korrigierte Tipton. »Glauben heißt nicht wissen.«

»Tja, Roscoe, da wären wir nun.« Tipton sah dem Jaguar nach, der gerade aus der Einfahrt bog. »Wie oft sieht man schon graue Augen? Ohne Grün darin, ohne Blau, nur Rauch. Augen wie diese vergißt man nie.«

»Naomi Chadwick hatte es dir angetan, Captain. Das heißt aber noch lange nicht, daß sie die Wahrheit gesagt hat.«

»O ja, sie hatte es mir angetan. Ich war ein glücklich verheirateter Mann, Roscoe, und hab' nicht ein einziges Mal was mit einer anderen angefangen. Aber ich habe über Naomi Chadwick nachgedacht. Habe ich ihr geglaubt, weil sie in meinem Inneren etwas zum Klingen gebracht hat?« Seufzend zuckte er die Achseln und zerdrückte seine zweite Bierdose. »Ich weiß es nicht. Ganz sicher war ich mir nie. Aber der Staatsanwalt bestand auf einem Haftbefehl, er wollte sie vor Gericht bringen. Die Beweise waren da, also tat ich meine Pflicht.«

Rossi betrachtete sein zweites Budweiser. »Was hast du von Charles Rooney gehalten?«

»Dem Privatdetektiv? Ein ganz heißer Tip damals. Zu seinen Klienten gehörte viele, die Rang und Namen hatten. Er bearbeitete hauptsächlich Scheidungsfälle. Ich hab' mich auf ihn und seine Story verlassen. Er hatte die Fotos, die Berichte, und er hatte die Anwälte der Bydens hinter sich.«

»Er war Zeuge eines Mordes und hat sich nicht sofort gemeldet.«

»Darauf haben wir ihn auch festgenagelt. Gab an, er sei total von der Rolle gewesen. Dachte, er würde scharfe Sexfotos schießen und wurde statt dessen Zeuge eines Mordes. Angeblich saß er noch immer in seinem Auto, als die Bullen kamen. Er hat über jede Minute Rechenschaft abgelegt.«

»Und dann drei Tage gewartet, bis er die Fotos rausrückte.«

Tipton zog seine buschigen Augenbrauen zusammen. »Wie tief willst du da buddeln, Roscoe?«

»So tief wie nötig.« Rossi stellte die halbvolle Dose zwischen die Beine, stützte die Hände auf seine Knie und beugte sich vor. »Vor dreiundzwanzig Jahren hattest du ein totes Pferd während eines Rennens, Drogen, einen Selbstmord und einen Mord. Heute habe ich einen Mord, einen verdächtigen Todesfall, der nach Selbstmord riecht, ein totes Pferd während eines Rennens und Drogen. Klingelt's jetzt bei dir?«

»Du bist ein guter Polizist, Roscoe.« Wie ein Jagdhund nahm Tipton die Witterung auf. »Wer von den alten Bekannten ist denn in dieser Runde noch dabei?«

»Das müssen wir herausfinden. Kannst du dich eventuell von deinem Hobbyraum losreißen und mir bei meinen Nachforschungen helfen?«

Langsam breitete sich ein Lächeln auf Tiptons rundem Gesicht aus, und er sagte: »Ich könnte es einrichten.«

»Ich hatte gehofft, daß du das sagen würdest. Könntest du mir alles über den Jockey, der sich erhängt hat, Benedict Morales, Benny, erzählen, was du weißt?«

Als Gabe in die Toreinfahrt von Longshot einbog, straffte Kelsey sich in ihrem Sitz. »Gabe, ich sollte besser nach Hause fahren. Ich bin heute keine angenehme Gesellschafterin.«

»Allerdings nicht.« Er parkte den Wagen und stellte den Motor ab. »Aber ich halte es für besser, wenn du hier aus der Haut fährst statt in Three Willows, wo du Naomi Rede und Antwort stehen mußt.«

»Ich bin sowas von wütend!« Kelsey sprang aus dem Wagen und knallte die Tür zu. »Er hat sie ins Gefängnis geschickt, obwohl er ihr glaubte.«

»Nicht die Polizisten schicken dich ins Gefängnis, Kelsey, sondern die Geschworenen. Du kannst es mir glauben, ich habe es am eigenen Leib erfahren.«

»Der springende Punkt ist, daß sie zehn Jahre hinter Gittern gesessen hat. Ist es nicht so?«

»Der springende Punkt ist«, sagte er, während er sie am Arm nahm und ins Haus führte, »daß all das Schnee von gestern ist. Ändern kannst du nichts mehr. Wieviel bist du denn bereit zu riskieren, um die Zeit zurückzudrehen und zu beweisen, daß ein Fehler gemacht wurde?«

Fassungslos starrte sie ihn an. »Riskieren? Was ist denn in dich gefahren? Das Risiko zählt nicht, es ist bedeutungslos. Man hat ihr Unrecht getan, das muß wiedergutgemacht werden.«

»Schwarz und Weiß?«

Kelseys Magen krampfte sich kurz zusammen. »Na und wenn?«

»Ich meine nur«, entgegnete er schlicht, »du solltest die Grauzonen nicht vergessen, Kelsey. Du wirst nicht alles, was du vielleicht herausfindest, fein säuberlich in die eine oder andere Kategorie einordnen können.«

Sie trat einen Schritt zurück und schuf damit eine Distanz, die weit über das Räumliche hinausging. »Du möchtest, daß ich aufgebe?«

»Ich möchte nur, daß du vorbereitet bist.«

»Worauf?«

Bewußt überwand er die Distanz zwischen ihnen, indem er ihr die Hände auf die Schultern legte. »Nicht jeder, der dir am Herzen liegt, ist perfekt. Und nicht jeder, der dir etwas bedeutet, wird es dir danken, wenn du zwanzig Jahre alten Staub wieder aufwirbelst.«

Mit einem verärgerten Achselzucken versuchte Kelsey seine Hände abzuschütteln, ohne Erfolg. »Mir ist durchaus klar, daß Naomi nie eine Heilige war – oder ist. Weder erwarte ich Perfektion, Slater, noch suche ich danach. Aber ich will die Wahrheit wissen.«

»Schön. Hoffentlich kannst du sie auch vertragen. Und du brauchst gar nicht erst zu versuchen, mich loszuwerden.« Gabe lächelte, als sie seine Hände fortschieben wollte. »Das erste, was du wissen mußt, ist, daß man an die Karten gebunden ist, die man auf der Hand hat. Und wir beide werden unser Blatt gemeinsam ausspielen.«

»Ich will dich nicht loswerden, ich überlege nur, was als nächstes zu tun ist.«

»Dabei kann ich dir helfen.« Gabe zog sie enger an sich, und seine Hände glitten zart über ihren Rücken. »Du mußt dich ein bißchen entspannen. Geh schwimmen.«

»Ich habe keinen Badeanzug dabei.«

»Mein Liebling, darauf habe ich gehofft.« Er küßte sie auf eine Weise, die ihr fast den Verstand raubte. »Danach kannst du mir dann beweisen, daß die Berichte über deine Kochkünste nicht gelogen waren.«

Der Gedanke, etwas zur Ruhe zu kommen, war verlockend. Zufrieden seufzend bog Kelsey den Kopf zurück und sagte: »Du meinst, ich soll für dich kochen?«

»Genau. Danach werde ich dich nach oben tragen und dich verführen.«

»Und was ist das, was du jetzt gerade tust?«

»Das ist nur ein Vorgeschmack. Morgen, wenn du ausgeruht bist und wieder klar denken kannst, sehen wir weiter.«

»Klingt vernünftig.«

Seine Lippen wanderten wieder zu ihrem Mund. Er wußte, daß es nicht ganz fair von ihm war, gewisse Ideen für sich zu behalten, doch er wollte den angespannten Ausdruck von ihrem Gesicht verscheuchen. Und mit ihr feiern, daß sie sich gefunden hatten. Eine Nacht nur sollten sie sich allein auf diese Tatsache konzentrieren.

»Dann laß uns auch vernünftig sein.« Er gab sie frei und strich an ihren Armen hinunter, bis sich ihre Hände ineinander verschlangen. »Ich liebe dich.«

Ihr Herz schlug schneller. »Wie kann ich da widersprechen?«

21

Moses sah zu, wie die Stuten im sanften Morgenlicht ihre Fohlen zum Wasser führten. Er kannte die Rangordnung so gut wie die Tiere. Zuerst kam wie immer die hochmütig mit dem Schweif schlagende Big Bess, dann Carmen, die eigenwillige Fuchsstute, gefolgt von Trueheart, bis hin zu der scheuen, zurückhaltenden Sunny, die das Schlußlicht bildete.

Die Fohlen tollten sorglos und ausgelassen um ihre Mütter. Sie konnten nicht ahnen, dachte Moses wehmütig, daß sie in einigen Wochen entwöhnt und von der Mutterstute getrennt würden.

Einige würden zu Galoppern ausgebildet, andere auf Jährlingsauktionen versteigert werden. Vielleicht zeigte auch eines der Fohlen ganz andere Anlagen und konnte zum Springreiten oder zur Dressur verwendet werden. Von Dressur hielt Moses wenig, es erschien ihm so oberflächlich wie Schönheitswettbewerbe. Einige der Hengstfohlen würden kastriert werden, andere durften ihre Anlagen weitergeben.

Und vielleicht hatte eines der Fohlen das Zeug zu einem echten Champion. Es gab immer ein nächstes Derby, tröstete er sich, immer einen nächste Chance.

Eventuell der dort, der kleine Kastanienbraune mit der Blesse, der immer fast hochmütig den Kopf zurückwarf, weswegen Naomi ihn Tomorrow's Arrogance genannt hatte. Was Körperbau und Erbanlagen betraf, hielt Moses ihn für geeignet, ob er auch noch das Herz eines Champions hatte, würde sich im Laufe der Zeit zeigen.

Moses war schwer ums Herz. Er hatte beim Derby zu viel aufs Spiel gesetzt, obwohl er es eigentlich besser wissen mußte. Seine Vorfahren hätten ihn davor gewarnt, die Götter zu versuchen. Trotzdem hatte er all seine Wünsche und Hoffnungen in ein Zwei-Minuten-Rennen gelegt.

Und dafür einen viel zu hohen Preis bezahlt.

»Sind sie nicht wunderschön?« hörte er Kelseys Stimme hinter sich. »Kaum zu glauben, daß sie in einem Jahr schon einen Sattel tragen.«

Moses schob die Hände in die Hosentaschen und behielt die Fohlen im Auge. »Also hast du dich entschlossen, dich doch noch hier sehen zu lassen?«

»Tut mir leid. Ich bin ein bißchen zu spät dran.«

»Ein bißchen zu spät – heute. Gestern warst du einen halben Tag weg. Und vorgestern auch.«

»Ich hatte einige Dinge zu erledigen.«

»Dinge.« Er drehte sich zu ihr um, wohl wissend, daß er Kelsey als Blitzableiter für seine schlechte Laune benutzte. Verdient hatte sie es. »Für jeden, der hier arbeitet, steht nur eins an erster Stelle, und das sind die Pferde.«

Gereizt marschierte er auf die Ställe zu. Kelsey trottete schuldbewußt hinterdrein. »Entschuldige, Moses, aber es ließ sich wirklich nicht vermeiden.«

Ihre Absätze gruben sich in den Boden, als er unverhofft stehenblieb und sie anschnauzte: »Hör zu, Kleine, das hier ist kein Spielplatz. Du mußt deine ganze Kraft einsetzen, den ganzen Tag lang, jeden Tag. Denn wenn du's nicht tust, muß es ein anderer ausbaden. Eine derartig lasche Arbeitseinstellung dulde ich hier nicht. Wo warst du zum Beispiel gestern, als du dich eigentlich um dein Pferd kümmern und deine täglichen Anweisungen vom Jährlingsbetreuer entgegennehmen solltest?«

»Ich war …« Kelseys Zunge schien wie gelähmt. »Eine Privatangelegenheit.«

»Von jetzt ab erledigst du private Dinge in deiner Freizeit. Ich verschwende doch nicht meine Zeit mit dir! Du kannst jetzt mit dem Ausmisten der Ställe anfangen.«

»Aber ich – ich muß doch mit Honor arbeiten!«

»Sie ist schon an der Longe. Wenn sie fertig ist, kannst du sie abkühlen. Hoffentlich hast du bald eine Mistgabel in der Hand!«

Er drehte sich auf dem Absatz um und verschwand in seinem Büro. Die Pfleger und Stallburschen, die gespannt zugehört hatten, wandten sich sofort wieder ihrer Arbeit zu. Alle genossen einen öffentlich ausgetragenen Streit, aber niemand ließ sich gern beim Lauschen ertappen.

»So, damit bist du ins Team aufgenommen.« Naomi ging zu ihrer Tochter und strich ihr beschwichtigend über den Rücken. »Wenn er dich nicht akzeptieren würde, hätte er nie so mit dir gesprochen.«

»Er hätte mich ja auch unter vier Augen zurechtweisen können«, knurrte Kelsey. »Was zum Teufel denkt er sich eigentlich? Nur weil ich ein paar Stunden brauchte …« Fluchend brach sie ab. »Es war wichtig für mich.«

»Manchmal vergessen wir alle, daß dieses Gestüt nicht der Mittelpunkt der Welt ist. Aber du bist schließlich nicht verpflichtet, dich von diesem Fieber anstecken zu lassen. Es ist nun mal so, daß die meisten Besitzer sich nur halb so viel um die alltägliche Arbeit kümmern. Wenn du lieber …«

»Du traust mir also auch nicht zu, daß ich es schaffe.« Auf Kelseys Wangen zeigten sich leuchtendrote, hektische Flecken. »Du glaubst auch nicht, daß ich bei der Stange bleibe.«

»Das habe ich doch gar nicht sagen wollen, Kelsey.«

»Ach nein? Warum sollte es diesmal auch anders sein! Ich hatte doch immer Job auf Job, hatte ständig wechselnde Interessen. Warum sollte irgend jemand es für möglich halten, daß mir diese Arbeit mehr bedeutet als Anzeigen zu entwerfen oder das Herumführen von Touristengruppen? Klar, wenn ich alles andere wieder aufgeben konnte, warum dann nicht auch dies?« Kelsey warf ihr Haar zurück. »Weil es diesmal anders ist. Alles ist anders.«

Abrupt wandte sie sich ab und stolzierte zu den Ställen hinüber.

Naomi seufzte nur. Es gab doch kein besseres Mittel, die eigenen Probleme zu vergessen, als die Zwistigkeiten der einem Nahestehenden zu schlichten. Wenn man die unterschiedlichen Temperamente der beiden berücksichtigte, war es für Kelsey wohl das beste, sich eine Weile mit der Mistgabel abzureagieren. Also begann sie mit Moses.

Er saß an seinem Schreibtisch und kläffte Renos Agenten durchs Telefon an. »Nein, ich stelle ihn nicht für Belmont auf. Er ist noch nicht soweit, und High Water hat unter Corelli bei den Preakness Stakes den zweiten Platz gemacht. Er und der Hengst verdienen die Chance. Ja, das ist mein letztes Wort!«

Er schnitt der klagenden Stimme aus dem Hörer das Wort ab, indem er einfach auflegte.

»Ich setze doch keinen verstörten Jockey mit einer lädierten Schulter in den Sattel.«

»Da stimme ich dir voll und ganz zu.« Bereit, Frieden zu stiften, setzte sich Naomi auf eine Ecke des Schreibtischs. »Und Reno auch. Er weiß selbst, daß er noch nicht wieder in Form ist.« Besänftigend legte sie eine Hand über die seine. »Warst du nicht eben ein bißchen zu streng mit Kelsey?«

Moses' Gesicht verdüsterte sich, und er entzog ihr seine Hand. »In welcher Funktion bist du hier? Als Besitzerin oder als Mutter?«

»Ich bin einfach hier, Moses«, erwiderte sie und beließ es dabei. »Ich weiß, daß sie sich kürzlich häufiger freigenommen hat. Ich weiß aber auch, daß sie irgend etwas bedrückt. Und ich weiß auch«, fuhr sie ruhig fort, »daß dich etwas bedrückt.«

»Eins nach dem anderen, Naomi.« Moses stieß sich vom Tisch ab. »Kelsey hat ihre Pflichten vernachlässigt. Vielleicht ist der Reiz des Neuen schon verblaßt.«

Erstaunt sah sie ihn an. In seinem Gesicht zeichnete sich neben Ärger auch Bekümmerung ab. »Vielleicht mußte sie einfach nur einige Dinge regeln. Wir dürfen nicht vergessen, daß sie in sehr kurzer Zeit sehr viele Zugeständnisse machen mußte. Ich hatte angenommen, daß du mit ihrer Arbeit bislang zufrieden, ja, sogar beeindruckt davon warst.«

»Bis jetzt«, betonte Moses. »In den letzten Tagen war ich alles andere als zufrieden, geschweige denn beeindruckt. Sie brauchte eine Abreibung, und die hab' ich ihr verpaßt. Vielleicht hast du vergessen, daß so etwas auch zu meinem Job gehört. Wenn du allerdings möchtest, daß sie bevorzugt behandelt wird ...«

»Das habe ich ja gar nicht gesagt.« Nun klang auch Naomis Stimme ärgerlich. »Aber ich kenne dich, Moses. Wegen ein paar kleiner Fehler stauchst du niemanden vor versammelter Mannschaft zusammen. Wo bleibt dein Sinn für Gerechtigkeit?«

Er drehte sich um, und sie standen sich, den Tisch zwischen ihnen, gegenüber. »Soweit ich das beurteilen kann, hat das Mädchen bislang immer ihren Willen bekommen. Sie ist verwöhnt, unbekümmert und gewöhnt, zu kommen und zu gehen, wie es ihr beliebt.«

»So, wie ich früher war.«

Er nahm das mit einem Nicken zur Kenntnis. »Zum Teil jedenfalls. Aber du hast zu Ende gebracht, was du angefangen hast.«

»Vielleicht hat sie zum ersten Mal etwas gefunden, was sie wirklich zu Ende bringen will. Etwas, was sie für lohnenswert hält.«

»Und vielleicht fängt sie auch an, sich zu langweilen, und dann packt sie ihre Sachen. Meinst du, ich weiß nicht, was sie dir damit antun würde?«

Fröstelnd schlang Naomi die Arme um ihren Körper. »Du warst derjenige, der mir versichert hat, sie würde nicht einmal im Traum daran denken.«

»Ich kann mich auch irren. Vielleicht war ich einfach nur zu glücklich, dich wieder lächeln zu sehen. Alles schien sich so gut anzulassen. Und dann ...« Erschöpft sank Moses in den Stuhl zurück und rieb sich das Gesicht. »Ach, verdammt. Sie ist mir im falschen Moment über den Weg gelaufen.«

»Was ist los, Moses?« Wieder faßte sie nach seiner Hand. Diesmal ergriff er sie.

»Die Götter lachen, Naomi. Besonders, wenn die Sterblichen vergessen, daß sie die Fäden ziehen. Und daß sie ihnen das wegnehmen können, was sie sich am meisten wünschen. Mir wurde schon einmal das Herz gebrochen.« Wieder sah er zu ihr hoch und lächelte schwach. »Daran warst du schuld. Aber das ist schon eine Weile her. Ich hatte vergessen, wie weh das tut.«

»Pride«, murmelte sie. »Und ich dachte, nur ich allein trauere um ihn.«

Unglücklich schaute er auf ihre Hände, die sich immer noch gefaßt hielten. »Ich habe etwas übersehen, Naomi. Ich habe mich so darauf konzentriert, das Rennen zu gewinnen, daß ich unvorsichtig geworden bin, und sei es auch nur für eine Minute. Und das habe ich teuer bezahlt.«

»Trauern kannst du, Moses. Aber du darfst dir nicht die Schuld geben.«

»Es war mein Pferd, Naomi.« Seine Augen hefteten sich auf ihr Gesicht. »Auch wenn dein Name in den Papieren steht, er gehörte mir. Und ich habe ihn verloren. Ich war nicht zur richtigen Zeit am richtigen Ort. Ich habe nicht gespürt, was ich hätte spüren müssen. Auch heute noch rufe ich mir jede Minute dieses Tages ins Gedächtnis zurück. Ich überlege und überlege, aber ich kann nichts finden. Dabei muß es direkt vor meiner Nase passiert sein.« Er schlug mit der Faust auf den Schreibtisch. »Direkt unter meiner verdammten Nase!«

Aus Erfahrung wußte sie, wie sie mit ihm umgehen mußte, wenn er in einer solchen Stimmung war. »Okay, Whitetree, es war alles dein Fehler. Du warst für Pride verantwortlich. Ich bezahle dich dafür, meine Pferde auszubilden, sie zu kennen, sie zu verstehen und sie von der Geburt bis zum Tod zu betreuen. Ferner bezahle ich dich dafür, meine Leute zu beaufsichtigen, sie einzustellen oder rauszuschmeißen und zu entscheiden, welches Team mit welchem Pferd bei welchem Rennen arbeitet. Aber wie es aussieht, habe ich dich auch dafür bezahlt, die Zukunft vorherzusehen.« Naomi wiegte den Kopf hin und her. »Und da dem so ist, weiß ich jetzt nicht, ob ich dich feuern oder dir eine Lohnerhöhung geben soll.«

»Es ist mein Ernst.«

»Meiner auch.« Sie stand auf und ging um den Tisch herum, um seine verspannten Schultern zu lockern. »Ich will wissen, was geschehen ist, Moses. Ich will wissen, wer es getan hat, und ich will, daß derjenige dafür büßt. Was ich überhaupt nicht möchte, ist, daß jemand, den ich liebe und brauche, sich so quält. Bis zum ersten Samstag im Mai sind es weniger als elf Monate.«

»Stimmt.« Moses fiel ein Stein vom Herzen, und er atmete erleichtert auf. »Schätze, ich sollte jetzt gehen und mich bei deinem Mädchen entschuldigen.«

»Laß nur. Sie muß lernen, Kritik zu vertragen.«

Wieder lächelte er. »Sie hätte mir am liebsten die Augen ausgekratzt. Himmel, sieht sie dir ähnlich! Es gibt nicht viele Dinge, von denen ich bedauere, sie nicht getan zu haben, Naomi. Eigentlich kann ich die wichtigsten an einer Hand abzählen. Ich habe nie eine Pilgerfahrt nach Jerusalem unternommen, bin nie in die Fußstapfen meiner Vorfahren getreten, und ich habe kein Kind mit dir.«

Sie hielt mit der Massage inne, und er griff hinter sich und drückte ihre Hände. »Es tut mir leid.«

»Nein.« Naomi senkte den Kopf, so daß ihre Wange auf seinem Haar ruhte. »Das muß es nicht. Warum bekommt man so selten im Leben eine zweite Chance, Moses?«

Eine zweite Chance fand man so selten wie eine Stecknadel im Heuhaufen, dachte auch Rich, und wer eine bekam und sie am Schopf packte, der war ein glücklicher Mann. Wie Rich Slater.

Er hatte zwei Riesen riskiert, um eine Dreierwette zu plazieren, ehe er wieder an die Bar ging. Dreierwetten waren immer heikel, doch er hatte eine Glückssträhne.

Man sollte sich an die Pferde halten, dachte er. Zur Hölle mit den Karten, die brachten einem Mann nur Scherereien. Nein, von nun an würde es für ihn nur noch die Pferde geben.

Er bestellte einen weiteren Bourbon, sein neuestes Lieblingsgetränk, und zog eine Fünf-Dollar-Zigarre aus der Tasche.

Ein Feuerzeug flackerte unter seiner Nase auf, und er zog seine Augenbrauen hoch. Rich paffte genüßlich an der Zigarre, dann drehte er sich um, um seinen Sohn gewinnend anzulächeln: »Sieh an, sieh an. Wie in alten Zeiten. Bringen Sie meinem Jungen dasselbe«, befahl er dem Barkeeper.

Gabe hob einen Finger: »Kaffee. Schwarz.«

»Scheiße.« Rich dehnte das Wort aus. »Hab' dich doch nicht so, Junge. Ich geb' einen aus.«

»Kaffee«, wiederholte Gabe, der seinen Vater musterte. Er kannte die Anzeichen: gerötete Wangen, glänzende Augen, ein verkrampftes Grinsen. Rich Slater war nicht nur betrunken, sondern er hatte auch noch Geld in der Tasche.

»Ich dachte, du hättest von Chicago her noch Ärger am Hals?«

»Hab' alles ausgebügelt. Du mach dir mal keine Sorgen um deinen alten Herrn, Gabe. Jeder weiß, daß Rich Slater seine Schulden bezahlt.«

»Tatsächlich?« Gabe verzog spöttisch die Lippen. »Ich dachte, der Ärger rührt daher, daß du die falschen Leute beschissen hast.«

Hatte er dem Jungen etwas in dieser Richtung erzählt, fragte sich Rich und versuchte, sich zu erinnern. Na, war ja egal. »Kleine Meinungsverschiedenheit, weiter nichts. Hat sich alles geklärt. Ha, ist das ein Rennen!« Begeistert gestikulierte er vor dem Monitor herum. »Nummer drei«, schnaufte er. »Na mach schon, Nummer drei!«

Gabe blickte zum Bildschirm, als sich die Boxen gerade öffneten. »Wie ich höre, sieht man dich wieder auf den Rennbahnen.«

»Komm schon, Baby, zeig's ihnen. Wo hast du das denn gehört?«

»Hier und da. Du bist am Derbytag in Churchill Downs gesehen worden.«

Rich verfolgte angestrengt das Rennen und feuerte sein Pferd mit ruckartigen Bewegungen an. Während dessen überlegte er, wie er sich Gabe gegenüber am besten aus der Affäre ziehen konnte.

»Er schafft es! Er schafft es! Na komm schon, gib's ihnen! Na also! Dieser Satansbraten hat mir Glück gebracht.« Hocherfreut, daß das erste Pferd auf seinem Wettschein gesiegt hatte, bestellte sich Rich einen weiteren Drink. »Ich hab' eben eine Nase für Pferde, Gabe. Hatte ich schon immer.«

»Und was hat dir deine Nase letzten Monat in Kentucky gebracht?«

»Kentucky?« Das treuherzige Grinsen auf Richs Gesicht wurde noch eine Spur breiter. »Ich bin seit fünf oder sechs Jahren nicht mehr in Kentucky gewesen. Obwohl ich mich besser an die Pferde gehalten hätte, das seh' ich jetzt ein.«

»Ich habe dich mit eigenen Augen dort gesehen, und zwar am Morgen des Rennens.«

Rich zuckte mit keiner Wimper. Seine Augen ruhten unverwandt auf seinem Sohn. »Das halte ich für ein Gerücht, Jungchen. Hab' mir 'ne nette Wohnung außerhalb von Baltimore genommen. Von da aus ist es nur 'n Katzensprung nach Pimlico, Laurel oder Charles Town. Alles, was das Herz begehrt. Vielleicht verwechselst du da was. Ich war in Pimlico, bei den Preakness Stakes.« Lässig winkte er ab. »Hatte ein bißchen was auf deinen Hengst gesetzt. Du hast mich ja auch nicht enttäuscht. Mal sehen, wenn's weiter so läuft, dann mach' ich vielleicht einen Abstecher nach Belmont. Du glaubst, du kannst dir die ganze Krone holen, was, Gabe? Wenn du das schaffst, dann steigt hier eine Riesenfete.«

»Beim Derby gab es Ärger.«

»Hab' davon gehört. Hat mir 'n regelrechten Schock versetzt, wie ich's im Fernsehen gesehen habe. Furchtbar, wenn'n Klassepferd so enden muß.« Bekümmert starrte Rich in seinen Drink. »Wirklich ein Jammer. Aber dir hat's ja nicht geschadet, oder?«

»Jemand hat bei diesem Unfall ein bißchen nachgeholfen.«

Rich schürzte die Lippen mit der Zigarre im Mund und nickte. »Auch das hab' ich mitgekriegt. Schlimme Sache. Aber so was kommt immer wieder mal vor.« Er langte in die Schale mit den Nüssen und stopfte sich ein paar davon in den Mund. Gabe entging nicht, daß an seinem kleinen Finger ein Ring funkelte. Kleine Diamanten, angeordnet in Form eines Dollarzeichens.

»Heute allerdings nicht mehr so oft wie früher«, fuhr Rich fort. »Heutzutage kommt man mit Doping nicht mehr so leicht durch.« Zufrieden stieß er eine Rauchwolke aus. Er genoß es, Gabe zappeln zu lassen. »Nicht so wie in den guten alten Zeiten, als dein Opa und ich im Geschäft waren. Damals gab's jede Menge Tricks und nicht so viele verdammte Vorschriften. Na ja, das ist über vierzig Jahre her.« Rich seufzte wehmütig. »Zu schade, daß du deinen Opa nicht mehr gekannt hast.«

»Zu schade, daß er eine Kugel in den Kopf bekommen hat, wegen einer … Meinungsverschiedenheit.«

»Das ist wahr.« Rich sprach ohne eine Spur von Sarkasmus. Schließlich hatte er seinen Daddy geliebt. »Was habe ich dir immer einzubleuen versucht, Sohn? In diesem Geschäft muß man manchmal dem Glück ein wenig nachhelfen. Es ist nur eine Frage des Geschicks und das Timings.«

»Und manchmal besteht deine Nachhilfe aus einem Mord. Pferd oder Mensch, manche Leute sehen da keinen Unterschied.«

»Zeitweise sind mir Pferde lieber als Menschen.«

»Ich erinnere mich da an ein anderes Rennen, in Lexington. Ich war noch ein Kind.« Gabe hob seine Tasse und musterte seinen Vater über den Rand hinweg. »Aber ich weiß noch, daß du nervös warst. Es war noch nicht allzu heiß, die Bluegrass Stakes finden ja im Frühjahr statt, aber trotzdem hast du furchtbar geschwitzt. Mich hattest du zu den Tribünen geschickt, um die Betrunkenen abzuzocken und ein bißchen was zusammenzubetteln. An jenem Tag ist auch ein Pferd schwer gestürzt.«

»Kann vorkommen.« Rich richtete seine Aufmerksamkeit wieder auf den Monitor. Trotz der Kühle, die aus der Klimaanlage strömte, fühlte sich sein Nacken unangenehm feucht an. »Zu meiner Zeit hab' ich das oft miterlebt.«

»Auch damals handelte es sich um ein Chadwick-Pferd.«

»Stimmt das? Nein, so ein Pech. Hey, soll ich hier verdursten?« Aufgebracht schlug Rich mit der Hand auf die Theke.

»Wegen dieses Vorfalls hat sich später ein Jockey aufgehängt. Und wenn ich mich recht entsinne, sind wir nach dem Rennen nicht mehr lange in der Stadt geblieben. Höchstens ein paar Tage. Auch das fand ich merkwürdig, weil nämlich die Miete schon bezahlt war.«

»Ich bin eben ein Wandervogel.«

»Nach dem Rennen warst du gut bei Kasse. Das Geld hat zwar nicht lange gereicht, wie immer, aber als wir die Stadt verließen, hattest du eine prall gefüllte Brieftasche.«

»Dann muß ich an dem Tag auf ein paar Sieger gesetzt haben.«

»Und jetzt kannst du auch nicht klagen, wie ich sehe. Neuer Anzug, goldene Uhr, Diamantring.« Gabe griff nach Richs Hand. »Sogar Maniküre.«

»Was dagegen, Junge?«

Gabe lehnte sich zu seinem Vater vor und sagte: »Bete zu Gott, daß ich dir nicht beweisen kann, daß du am ersten Samstag im Mai in Kentucky warst.«

»Willst du mir drohen, Gabe?«

»Allerdings.«

In Rich wallten Zorn und Angst zugleich auf, als er zu seinem frischen Drink griff. »Du wirst dich schön ruhig verhalten und den Dingen ihren Lauf lassen, verstehst du? Denk daran, daß dein Pferd nächste Woche startet, und konzentrier dich lieber auf deine süße kleine Blonde.«

Blitzschnell packte Gabe nach Richs neuer Seidenkrawatte. Der Barkeeper mischte sich gleich ein: »Wir wollen hier keinen Ärger.«

»Keine Sorge.« Rich grinste seinen Sohn unverschämt an. »Nur eine kleine familiäre Auseinandersetzung. Ein Klasseweib hast du dir da an Land gezogen, Sohn. Blaues Blut in den Adern. Ich wette, die hat Temperament. Und Ausdauer. Vielleicht ist es langsam an der Zeit, daß sie deinen lieben alten Daddy kennenlernt.«

Fast unwillkürlich ballte Gabe die Faust. Er konnte sich nur schwer zurückhalten, sie in dieses höhnisch lächelnde Gesicht zu stoßen. Doch so ekelhaft dieser Mann auch sein mochte, er war immerhin sein Vater. »Laß sie bloß in Ruhe, oder ...« drohte er leise.

»Oder was?«

»Oder ich bringe dich um.«

»Wir wissen doch beide, daß dir dazu der Mumm fehlt. Aber ich mache dir einen Vorschlag. Du hältst dich aus meinen Angelegenheiten raus und ich mich aus deinen.« Rich glättete sorgsam seine Krawatte, als Gabe ihn losließ. »Ansonsten könnte ich in Versuchung kommen, mich einmal ausgiebig mit deiner Flamme zu unterhalten. Wir hätten uns sicher viel zu erzählen.«

»Bleib weg von dem, was mir gehört.« Gabe warf einen Geldschein auf die Theke. Seinen Kaffee hatte er kaum angerührt. »Bleib weit weg von allem, was mir gehört.«

»Kinder.« Als Gabe sich entfernte, lächelte Rich dem verunsicherten Barkeeper beruhigend zu. »Keinen Respekt mehr vor den eigenen Eltern.« Er hob sein Glas, und dabei zitterte seine Hand. »Manchmal muß man den in sie hineinprügeln«, brummte er leise und wandte sich wieder dem Monitor zu, um den Zieleinlauf der Pferde zu verfolgen.

Die Sonne ging bereits unter, als Kelsey den Stall verließ. Zwölf Stunden anstrengender Arbeit lagen hinter ihr.

Ausmisten, Stroh aufschütten, Böden schrubben und Zaumzeug einfetten und putzen. Mittlerweile schmerzte jeder Muskel ihres Körpers, und sie sehnte sich nur noch nach einem heißen Bad und ihrem Bett.

»Möchtest du auch ein Bier?« Moses saß auf einem Faß, zwei kalte Flaschen in der Hand. Er hatte auf sie gewartet.

»Nein, danke«, lehnte sie frostig ab.

»Kelsey.« Moses hielt eine Flasche hoch. »Ich konnte meine Friedenspfeife nicht finden.«

Widerwillig gab sie nach und nahm die Flasche. Warum sollte sie den Schmutz und Schweiß nicht mit einem Bier hinunterspülen?

Moses' Augen wurden schmal, als er den schillernden Bluterguß auf ihrem Oberarm bemerkte. »Wie ist denn das passiert? Hat Pacer nach dir geschnappt?«

»Richtig geraten. Und?«

»Du schaffst es ja doch nicht, mir lange böse zu sein. Ich bin viel zu charmant.«

Kelsey trank einen Schluck. »Ansichtssache.«

»Bei deiner Mutter funktioniert das«, brummelte Moses. »Jetzt hör mir mal gut zu. Ich war der Meinung, daß du Mist gebaut hast, und das habe ich dir auch gesagt. Und jetzt sage ich dir, daß du gut gearbeitet hast, und zwar nicht nur heute, sondern fast immer.«

»Fast?«

»Genau. Du lernst schnell und machst denselben Fehler nicht zweimal, aber trotzdem muß dir noch jemand auf die Finger schauen. Dein Problem ist dein Hitzkopf, aber an Temperamentausbrüche sind wir hier ja gewöhnt, sowohl bei den Pferden als auch bei deiner Mutter.«

»Meiner ...« Kelsey blieb vor Erstaunen fast der Mund offenstehen. »Meiner Mutter?«

»Je nach Stimmung kann sie so störrisch wie ein Maulesel sein. Allerdings geht sie heute nicht mehr so leicht in die Luft wie früher. Manchmal bedaure ich das.« Nachdenklich betrachtete Moses seine Stiefel. »Macht mich verdammt traurig. Ich will nicht behaupten, daß man sie im Gefängnis gebrochen hat, aber sie hat sich verändert. Schätze, sie ist härter geworden, hat gelernt, sich zusammenzunehmen. Ich hab' dich heute eher ihretwegen als wegen deiner Arbeit zusammengestaucht.«

»Ich verstehe nicht ganz.«

»Es würde sie umbringen, wenn du sie jetzt im Stich ließest. Sie wäre zwar bestimmt nicht einverstanden damit, daß ich dir das sage, aber ich tu's trotzdem. Naomi bedeutet mir mehr als alles andere auf der Welt, und ich will um jeden Preis verhindern, daß sie verletzt wird.«

»Ich lasse sie weder im Stich, noch will ich sie verletzen, auch wenn's dir schwerfällt, das zu glauben. Ich wünschte, du würdest das verstehen.«

»Weißt du, ich neige dazu, jedem zu vertrauen, der von einem Pferd gebissen wird und nicht gleich nach einem Sanitäter schreit. Ich seh' dich dann morgen früh.«

»Klar.« Kelsey drehte sich um, dann blickte sie noch einmal über ihre Schulter. »Schöner Abend heute.«

»Stimmt.«

»Frauen gehen gern im Mondschein spazieren.«

»Hab' ich auch schon gehört.«

»In ein paar Stunden gibt's davon reichlich.« Zufrieden mit sich und der Welt ging Kelsey zum Haus zurück. Sie hatte ihren Job gut erledigt, und jetzt würde sie Gertie bitten, ihr alles aufzutischen, was die Küche zu bieten hatte, und sich dann den Luxus eines ausgedehnten heißen Bades gönnen.

Eine Stunde später döste sie in der Wanne vor sich hin, umgeben von duftendem Badeschaum. Ihre Welt war wieder in Ordnung. Als sie wohlig gähnte, öffnete sich die Tür.

»Gabe!« Erschrocken fuhr sie hoch, wobei das Wasser fast über den Wannenrand schwappte. »Was machst du denn hier?«

»Gertie sagte mir, daß ich dich hier oben finden würde.« Gabe hängte die Daumen in seine Gürtelschlaufen und genoß einen Augenblick lang ihren Anblick. »Ich wollte dich eigentlich abholen und mit zu mir nehmen, aber ich fürchte, dafür bist du nicht passend angezogen.«

»Ich habe die schlechte Angewohnheit, nackt zu baden.«

»Wie wär's denn, wenn ich dir den Rücken und andere schwer erreichbare Zonen wasche?«

»Danke, ich komme schon allein klar.« Kelsey strich sich das Haar aus dem Gesicht und widerstand dem Wunsch, ihre schaumbedeckten Brüste mit den Armen zu verdecken. »Ich schlage vor, du wartest unten, bis ich fertig bin.«

Er überlegte kurz, dann schüttelte er den Kopf und begann, sein Hemd aufzuknöpfen. »Abgelehnt. Ich komme lieber zu dir rein.«

»Das wirst du schön bleiben lassen. Wir befinden uns im Haus meiner Mutter, falls du das vergessen hast.«

»Die ist nicht da.«

»Darum geht es gar nicht.« Entschlossen schüttelte Kelsey ihre Ponyfransen. »Laß das Hemd an, Slater. Gertie ist unten.«

»Dort wird sie auch bleiben müssen. Für drei ist in der Wanne beim besten Willen kein Platz.« Gabe warf sein Hemd auf den Boden und setzte sich, um seine Stiefel auszuziehen.

»Ich meine es ernst. Das gehört sich einfach nicht.«

»Ich brauche dich, Kelsey.«

Was als Protest gedacht war, endete mit einem Seufzer. Jetzt erst bemerkte sie, daß ihm offensichtlich etwas auf der Seele lastete. »Verdammt«, flüsterte sie. »Schließ wenigstens die Tür ab.«

»Schon geschehen.«

Er legte seine Jeans zu ihren auf den Fußboden. Dann kletterte er hinter ihr in das dampfende Wasser, schlang die Arme um ihre Taille und vergrub sein Gesicht in ihrem Haar.

»O Gott.« Der Zorn, der seit der unerfreulichen Szene mit seinem Vater in ihm war, ebbte langsam ab, als er Kelseys Duft in sich einsog wie ein Verdurstender.

Er brauchte eine Stunde völligen Vergessens. Sie würde sie ihm schenken. Sie war alles für ihn.

»Gabe, sag mir doch, was dich bedrückt.«

»Schschtt.« Seine Hände glitten über ihre nasse Haut, bis sie die sanfte Kurve ihrer Brüste fanden. Feuchte Fingerspitzen spielten mit ihren Brustwarzen. »Ich möchte dich einfach nur berühren, mehr brauche ich nicht.«

Kelsey versank in seiner Zärtlichkeit. Nie zuvor hatte er sich so liebevoll, so sanft und so geduldig gezeigt. Sie lehnte sich gegen ihn und gewährte ihm das, was er verlangte. Für den Augenblick genügte es ihm, sie zu berühren. Seine Finger strichen über ihre Schenkel, vom Knie bis zum Knöchel, dann wieder höher, tauchten in sie hinein, bis sie meinte, innerlich zu verglühen.

Erschauernd versuchte sie, sich umzudrehen, doch er hielt sie zurück. »Noch nicht.« Seine Lippen fuhren über ihre feuchtglänzende Schulter und folgten der Linie ihres Nackens, bis sie auf ihren Haaransatz trafen.

Kelsey ergab sich seinen forschenden Händen, lieferte sich ihm so vollkommen aus wie niemals zuvor. Bei jedem Höhepunkt, der in ihrem Körper eine beseeligende Explosion auslöste, war sie sicher, daß es der letzte war. Doch jedesmal schürte Gabe langsam und geduldig das Feuer von neuem.

Kelsey trieb wie auf einer Wolke dahin. Und als er sie schließlich zu sich herumdrehte, ohne auf das überschwappende Wasser zu achten, versank sie in einem Flammenmeer, in dem es nur noch sie und ihn gab.

22

Dieses Pferd durfte keinesfalls gewinnen. Rich bediente sich großzügig mit Cunninghams Scotch. Ein Mann sollte in jeder Hinsicht flexibel bleiben, ob es sich nun um Schnaps, Frauen oder Spiel handelte.

Das hatte sein Junge nie begriffen, dachte er, als er einen doppelten Whisky hinunterkippte und sofort nachschenkte. Nichts, aber auch gar nichts hatte diese kleine Ratte von ihm gelernt.

Nun, diesmal würde er ihm eine Lektion erteilen, die er nie vergessen würde.

Dieses Jahr würde es für Gabe keine Triple Crown geben, o nein. Dafür wollte er schon sorgen. Zwar war er ursprünglich nur gekommen, um einen Job zu erledigen, aber wenn er nebenbei auch noch seine Rachegelüste befriedigen konnte, um so besser.

Rich machte es sich in Cunninghams Sessel bequem und legte seine auf Hochglanz polierten neuen Slipper von Gucci auf die Fußbank.

Langsam erschien ein Lächeln auf seinem Gesicht. Das war der Lebensstil, der ihm zustand. Schon sah er sich als Gutsherr, Besitzer eines feudalen Landsitzes und eines erlesenen Wagenparks. Dazu jede Nacht eine willige Frau im Bett.

Bald würde er all das sein eigen nennen. Sobald er diese letzte Kleinigkeit über die Bühne gebracht hatte, würde er mit seinem ganzen Geld nach Las Vegas weiterziehen. Dort war er bekannt. O ja, in dieser Stadt kannte man den guten alten Richie Slater. Dort war er mal ganz oben gewesen, hatte eine Penthousesuite im Caesar's Palace bewohnt und immer eine Klassefrau im Arm gehabt.

Wenn er in Vegas richtig abkassiert hatte, würde er vielleicht sogar in Nevada bleiben, sich ein Haus zulegen. Eine dieser Traumvillen mit Palmen und Kakteen davor, und mit eigenem Swimmingpool. Und wenn er Lust und Laune hatte oder wenn ihn seine leere Kasse dazu zwingen würde, konnte er einen erneuten Abstecher nach Vegas machen, um noch einmal abzuräumen.

Eine Weile saß er da und schwelgte in Tagträumen, in denen er immer die richtigen Karten bekam und das Glück ihn nie im Stich ließ.

»Was zum Teufel hast du denn hier zu suchen?« Hochrot im Gesicht und völlig außer Atem blieb Cunningham in der Tür stehen. Doch statt des befehlenden Tonfalls, den er eigentlich anschlagen wollte, kam nur ein Kieksen aus seiner Kehle.

»Hallo, Billy Boy. Geschäftsbesprechung schon beendet? Es heißt, daß der Zuchtvertrag für deine Stute dir eine satte Million einbringen soll.«

»Das geht dich nichts an.« Das Geschäft war nahezu perfekt, und nichts, absolut nichts sollte ihm jetzt noch dazwischenkommen. Er mußte ein Darlehen zurückzahlen, mit dem er beinahe in Verzug geraten wäre. »Du hast dein Geld bekommen, Slater. Wir sind fertig miteinander.«

Rich spitzte die Lippen und leerte genüßlich sein Glas. »Findest du nicht, daß du dich ziemlich unfreundlich verhältst, Billy?«

»Was hast du in meinem Haus verloren?«

»Kann ein alter Kumpel nicht mal auf einen Sprung vorbeischauen?« Rich bedachte ihn mit einem herzlichen Lächeln. »Deine niedliche kleine Wärmflasche, die mich reingelassen hat, schien sich über meinen Besuch weit mehr zu freuen. Sagte, sie wolle noch einen kleinen Einkaufsbummel machen.« Er kicherte vergnügt.

»Marla«, sagte Cunningham mit soviel Würde, wie er aufbringen konnte, »ist meine Frau.«

»Das darf nicht wahr sein!« Rich klatschte sich mit der Hand aufs Knie, ehe er aufstand, um sich einen weiteren Drink zu genehmigen. »Hast du dich tatsächlich von einer an die Kette legen lassen? Ich gratuliere, Billy Boy. Du bist ein noch größerer Idiot, als ich dachte.«

Und die größte Dummheit, die er je begangen hatte, dachte Cunningham grimmig, war die, sich wieder mit Rich Slater einzulassen. Aber von jetzt an ging alles ganz legitim zu. Das Geschäft, das er soeben mündlich besiegelt hatte, war tatsächlich so ertragreich, wie Rich meinte. Es war höchste Zeit, wenn nicht schon zu spät, sich von gewissen Leuten zu lösen. Und zwar für immer.

»Ich muß dich bitten, jetzt zu gehen, Rich. Wir zwei sind ein für allemal quitt, und es ist besser für uns beide, wenn wir nicht zusammen gesehen werden.«

»Außer uns ist keiner im Haus.« Rich winkte ab und ließ sich wieder in den Sessel sinken. Er konnte Cunningham die Gedanken geradezu von der Stirn ablesen. Billy Boy gab sich dem Irrglauben hin, er brauche den guten alten Rich nicht mehr. »Jetzt laß dir mal keine grauen Haare wachsen. Ich habe nicht die Absicht, dich anzupumpen, falls du das befürchtet hast.«

Cunningham beruhigte sich ein wenig. »Was willst du dann?«

»Einen kleinen Gefallen, weiter nichts. Nur eine Gefälligkeit von einem alten Freund und ehemaligen Geschäftspartner. Da gibt es ein Pferd, um das man sich kümmern sollte, Bill.« Rich hob sein Glas und drehte es so, daß das Sonnenlicht sich in den Kristallrauten brach.

»Damit will ich nichts zu tun haben.«

»Was du willst und was du bekommst, das sind zwei verschiedene Paar Schuhe.« Richs Blick heftete sich fest auf Cunningham. »Ich werde mich ein bißchen mit dem Hengst meines Sohnes befassen, Billy. Und du wirst mir dabei helfen.«

»Du bist ja verrückt.« Entsetzt wischte sich Cunningham die feinen Schweißtröpfchen von der Stirn. »Du bist verrückt, Rich, und ich will damit nichts zu schaffen haben.«

»Darüber bekommst du noch näher Bescheid«, lächelte Rich.

Kelseys ordentlich gepackte Koffer standen aufgereiht neben denen von Gabe an der Schlafzimmertür. Um Punkt sieben Uhr morgens würden sie nach New York aufbrechen. Noch sechs lange Stunden, dachte sie, als sie träumend aus dem Fenster über ihrem Bett schaute.

Seufzend drehte sie sich um und kuschelte sich enger an Gabe. Immer noch berührte es sie seltsam, ihn neben sich im Bett vorzufinden, warm, fest und sicher. Er gehörte zu ihr. Dieser Körper. Kelsey strich mit den Fingerspitzen sanft über seine Brust. Dieses Gesicht. Noch immer schlug ihr Herz schneller, wenn er sie anschaute.

Und das war nur sein Äußeres.

Ein anziehendes Äußeres, zugegeben, dachte Kelsey, während sie mit den Fingern der Linie seines Kinns folgte. Aber was darunter verborgen lag, war gleichermaßen beeindruckend. Die Kraft, die Liebenswürdigkeit, der starke Wille. Wie oft schon hatte er das Schicksal herausgefordert und besiegt, hatte sich aus dem Elend, in das er hineingeboren worden war, befreit und war seinen eigenen Weg gegangen.

Und zur gleichen Zeit stand in seinem Stall ein Pferd, das über dieselbe Kraft und denselben Mut verfügte. Zusammen würden sie in die Geschichte eingehen.

»Hat keinen Zweck«, murmelte sie, die Lippen an seinen Hals gepreßt.

»Hmm?« Automatisch fuhr er mit der Hand ihren Rücken entlang. Schon eine ganze Weile hatte er ihr zartes Streicheln genossen.

»Ich kann nicht schlafen. Bin viel zu aufgekratzt.«

»Na gut.« Stets bereit, ihr entgegenzukommen, griff er nach ihr und zog sie über sich. »Ich stehe dir zur Verfügung.«

Kichernd machte Kelsey sich los. »Daran habe ich eigentlich nicht gedacht.« Über ihm kniend sah sie auf ihn hinab. »Obwohl das Angebot durchaus verlockend ist.« Sie beugte sich zu ihm hinunter und gab ihm einen schallenden Kuß. »Ich komme darauf zurück, wenn ich wieder da bin.«

Gabe langte nach ihr, doch sie krabbelte bereits aus dem Bett. »Wo willst du denn hin?«

»Ich muß an die Luft, und da kann ich gleich nach Double sehen.«

Als er zusah, wie sie ihre Jeans über die nackten Hüften streifte, stieg Verlangen in ihm auf. »Liebes, es ist ein Uhr nachts.«

»Ich weiß.« Sie zog sich ein überweites T-Shirt über den Kopf. »Aber in ungefähr acht Stunden sind wir in Belmont. Wer kann da schon schlafen?« Das Haar zurückwerfend, fuhr sie in ihre Stiefel.

Er hätte noch weiter schlafen können, kannte sie aber gut genug, um darüber nicht mehr zu reden. »Ich komme mit.«

»Brauchst du nicht. Ich bleibe nicht lange weg.«

Gabe setzte sich auf und fuhr sich mit der Hand durchs Haar. »Ich komme mit.«

»Okay, dann fang mich doch.« Mit diesen Worten stürmte sie zur Tür hinaus und rannte die Treppe hinunter.

Es war eine herrlich warme Juninacht, nur ab und zu wehte ein sachter Wind, und am Himmel funkelten unzählige Sterne. Von fern ertönte der klagende Ruf einer Eule, und in der Luft hing ein süßer Duft von Rosen und Jasmin. Über allem schien der Mond und tauchte die Gebäude in ein fahles, gespenstisches Licht, das ihnen eine zeitlose, märchenhafte Aura verlieh.

Es war einmal, dachte Kelsey verträumt. Vielleicht spielte sie gerade die Hauptrolle in ihrem eigenen, ganz persönlichen Märchen. Eine Tragödie hatte sie hierher geführt und ihr die Tür zu ihrer Zukunft geöffnet, das stimmte schon. Andererseits gab es in Märchen auch tragische Ereignisse, da gab es verwunschene Prinzen, arme Waisenkinder, Verrat, schwere Opfer und verlorene Liebe.

Aber immer triumphierte das Gute über das Böse.

Vielleicht gefiel ihr der Vergleich deshalb so gut. Wenn dies ihr eigenes Märchen werden sollte, dann würde sie dafür sorgen, daß das Gute siegte. Sie würde die Suche nach der Wahrheit nicht aufgeben.

Sie würde sowohl Captain Tipton als auch Charles Rooney noch einmal aufsuchen, mit Gertie, Moses und auch mit Naomi sprechen. Mit jedem, der auch nur im entferntesten mit den Ereignissen, die zum Tod Alec Bradleys geführt hatten, in Verbindung gebracht werden konnte. Und sie würde Naomi überreden, ihre Anwälte von der Schweigepflicht zu entbinden.

Aber jetzt lag erst einmal das Belmont vor ihr, die ganze nächste Woche lang. Und sie würde daran teilhaben. Übersprudelnd vor Freude schaute Kelsey in den Nachthimmel. Sie war ein Rädchen im Getriebe des großartigsten Ereignisses der Rennwelt, es war kaum zu fassen.

In einer Woche würde sie zusehen, wie Gabe und sein sensationeller Hengst sich den letzten Zacken der Triple Crown holten.

Eine Katze huschte über den Weg. Angesichts des schlanken grauen Schattens erschrak Kelsey so sehr, daß ihr Herz beinahe stehenblieb.

Die Stalltür öffnete sich leise quietschend. Vertraute Gerüche stiegen ihr in die Nase, es roch nach Pferden, Leder, Salben und Heu. Da sie es vermeiden wollte, das Licht einzuschalten und die schlafenden Tiere zu stören, tastete sie sich an der Wand entlang, bis sie eine Taschenlampe fand.

Aus der Dunkelheit des zweiten Stalls heraus funkelte sie ein Paar koboldähnlicher Augen an. Kelsey stockte der Atem, der Lichtstrahl flackerte leicht. Sah sie schon Gespenster? Nur gut, daß Gabe nicht dabei war und sie damit aufziehen konnte, daß sie sich vor harmlosen Katzen fürchtete.

Beim Anblick des Feldbetts, das vor Doubles Box aufgestellt war, mußte sie schmunzeln.

Nun, sie hatte nicht vor, den Pfleger zu wecken. Sie würde nur kurz einen Blick in die Box werfen und die beiden dann ruhig schlafen lassen.

Doch zu ihrer Überraschung war das Bett leer. Besorgt leuchtete Kelsey in die Box. Double stand da, hellwach, und starrte sie neugierig an.

»Entschuldige, Kumpel. Schätze, ich bin einfach viel zu nervös. Ist dein Freund eine Zigarette rauchen gegangen, oder wo ist er? Hast du deine Sachen schon gepackt?« Lachend griff sie nach der Tür.

Sie war nicht ordnungsgemäß verriegelt, sondern stand einen Spalt offen.

»O Gott!« Eine Bewegung hinter ihr ließ sie herumfahren, die Taschenlampe zum Schlag erhoben. Das Blut rauschte in ihren Ohren, als sie den Lichtstrahl wandern ließ und die Katzen, die unbedingt nachts auf die Jagd gehen mußten, von Herzen verwünschte.

Aber selbst die geschickteste Katze hätte nicht den Riegel zurückschieben und die Tür öffnen können. Die Sorge um das wertvolle Pferd bestimmte Kelseys Denken, und sie stieß die Tür ganz auf und leuchtete in die Box. In dem Moment, in dem sie sich umdrehte, um die Ecken der Box abzusuchen, schien etwas in ihrem Kopf zu explodieren.

Das letzte, was sie wahrnahm, war ein plötzlicher stechender Schmerz und das hohe, verängstigte Wiehern des Hengstes. Dann umgab sie tiefe Dunkelheit. Voller Panik und keuchend atmend, huschte eine Gestalt aus der Box, während Double unruhig zu tänzeln begann. Seine tödlichen Hufe schwebten über der bewußtlosen Kelsey.

Auf halbem Weg zwischen Haus und Stall balancierte Gabe zwei Becher mit Tee in der Hand. Er hielt es für wahrscheinlich, daß sie den größten Teil der Nacht aufbleiben würden, dennoch war um diese Zeit der Kräutertee, den Kelsey bevorzugte, immer noch besser als Kaffee. Besonders, wenn es ihm gelang, sie ins Bett zurückzulocken.

Eigentlich hatten sie nur wenig geschlafen, dachte er, seit jener

Nacht, in der er zu ihr in die Badewanne gekommen war. Es hatte ihn Überredungskünste gekostet, sie zu bewegen, für ein paar Tage bei ihm einzuziehen. Dabei hatte er sich auf das bevorstehende Rennen berufen – schließlich brauchte er moralische Unterstützung.

Bislang ging alles gut, dachte Gabe. Und er hatte vor, sie immer bei sich zu behalten. Doch vermutlich war jede Frau, die gerade eine Scheidung hinter sich hatte, von dem Gedanken an eine zweite Ehe nicht sehr begeistert.

Was ihn am meisten wunderte, war, daß er sich gegen diese Vorstellung nicht sträubte. Irgendwann hatte sich der Wunsch in seinem Kopf festgesetzt und war in seinem Herzen gereift. Dabei hatte er nie geplant, zu heiraten und eine Familie zu gründen. Für einen Mann seiner Herkunft schien ihm der Gedanke absurd, ja sogar gefährlich.

Doch nicht mit Kelsey. Mit ihr konnte er sich eine gemeinsame Zukunft vorstellen. Diese Chance wollte er unbedingt nutzen.

Zusammen könnten sie der Welt entgegentreten, alles miteinander teilen. Sein Blick schweifte über die Stallungen, die Hügel, die Koppelzäune. Zusammen würden sie stark sein und mehr schaffen.

Und vielleicht konnten sie sich auch gegenseitig helfen, ihre Vergangenheit zu bewältigen.

Das schrille Wiehern des Hengstes durchdrang die Stille. Beide Becher zersprangen auf dem Schrotter, als Gabe vorwärtsstürmte. Lauthals Kelseys Namen rufend riß er die Stalltür auf und schaltete das Licht an. Die Angst stieg in ihm hoch und raubte ihm fast den Verstand.

Sie lag zusammengekrümmt mit dem Gesicht nach unten im Stroh. Double drängte sich mit rollenden Augen in die Ecke seiner Box und keilte wie rasend nach allen Seiten aus. Vor Schreck wich Gabe das Blut aus dem Gesicht.

Mit einer blitzschnellen Bewegung war er bei Kelsey und hob sie vorsichtig auf, wobei er sie mit seinem Körper schützte. Den Schlag, der ihn an der Schulter traf, spürte er kaum. Kelseys Gesicht war leichenblaß, ihr Körper schlaff und leblos. Ohne auf den Hengst zu achten, legte Gabe sie behutsam auf das Feldbett und tastete mit zitternden Fingern nach ihrem Hals, um ihren Puls zu fühlen.

»Bitte, Baby. Bitte.«

Da war es, das schwache Lebenszeichen. Gabe preßte die Finger fest auf ihre Halsschlagader, als ob er fürchtete, das Leben könne ersterben, sobald er sie losließ, und vergrub sein Gesicht in ihrem Haar.

Zwischen Panik und Erleichterung schwankend, blieb er so sitzen, die Finger noch immer an ihrem Hals und das Gesicht in ihr Haar gedrückt, und wiegte sie sacht hin und her.

»Gabe. Um Himmelswillen, Gabe!«

Die angsterfüllte Stimme seines Trainers holte ihn in die Wirklichkeit zurück. Er hob den Kopf und erblickte Jamison, der mit unirdisch anmutenden Bewegungen in die Box trat, um den Hengst zu beruhigen.

»Ruhig, mein Junge. Ganz ruhig jetzt.« Er zog den Kopf des Tieres zu sich herunter und setzte Stimme und Hände ein, um Double zu besänftigen. »Ist ja gut.« Doch der Blick, mit dem er Gabe anschaute, war alles andere als ruhig. »Was zum Teufel geht hier vor? Wo ist Kip? Er sollte vor der Box Wache halten.«

»Woher soll ich denn wissen, wo er ist? Aber du wirst ihn schon finden. Sieh zu, daß du ihn und den verfluchten Nachtwächter auftreibst.« Gabe zwang sich bewußt zur Ruhe, als er Kelsey mit langsamen Bewegungen auf Knochenbrüche hin untersuchte. An ihrem Hinterkopf ertastete er eine Beule. Sanft strichen seine Fingerspitzen darüber hin, während er Jamison mit flammenden Augen ansah. »Ruf einen Arzt und die Polizei. Und zwar sofort.«

»Ist sie verletzt?« Jamison streichelte den am ganzen Körper zitternden Hengst weiter. »Schlimm?«

»Woher soll ich das wissen? Du sollst anrufen, verdammt!«

Als wollte sie antworten, bewegte sich Kelsey unter seiner Hand und stöhnte leise.

»Kelsey?« Gabe mußte seine ganze Selbstbeherrschung aufbieten, um sie nicht in die Arme zu reißen. »Kelsey, langsam jetzt.«

»Gabe?« Flatternd öffnete sie die Augen, doch alles drehte sich um sie, und eine Übelkeit würgte sie. »O Gott.« Sie schloß die Augen wieder und versuchte verzweifelt, ruhig durchzuatmen.

»Beweg dich am besten gar nicht.«

»Das habe ich auch nicht vor.« Kelsey konzentrierte sich darauf, frische Luft in ihre Lungen aufzunehmen. Erst als ihr das gelang, öffnete sie vorsichtig erneut die Augen. Diesmal konnte sei sein Gesicht klar erkennen. Rache steht in seinen Augen, dachte sie benommen. Dann kam die Erinnerung zurück. »Double. Jemand war drinnen bei dem Pferd.«

»Es ist alles in Ordnung. Ihm geht es gut.« Gabe fluchte fürchterlich, als Kelsey vor Schmerz zusammenzuckte. »Ich werde dich jetzt ins Haus zurückbringen und mich um dich kümmern.«

»Jemand war dort drinnen. Der Pfleger war fort und die Tür stand offen. Ich konnte bloß nicht sehen, wer es war. Ist dem Pferd was passiert?«

»Nein.« Gabe warf Jamison, der die Tür zur Box zuzog, einen flüchtigen Blick zu. »Ruf an, Jamie. Lieutenant Rossi soll kommen, und Gunner auch. Sorg dafür, daß er den Hengst gründlich untersucht.«

»Er scheint okay zu sein«, hob Jamison an, doch dann nickte er. Seine Augen waren blutunterlaufen und blickten übermüdet. »Ich hole ihn her, Gabe. Bring du sie ins Haus und sieh zu, was du für sie tun kannst. Ich bleibe heute nacht selbst bei Double.«

»Ich will zwei Männer vor seiner Box haben.« Gabe hob Kelsey so vorsichtig hoch, als sei sie aus Glas. »Nicht weniger als zwei, die ganze Zeit. Ist das klar?«

»Ja.«

»Und such Kip. Ich will mit ihm reden.«

»In Ordnung.« Schweren Herzens beobachtete Jamison, wie Gabe Kelsey nach draußen trug. Er blickte sich noch einmal nach dem Pferd um, rieb dann seine überanstrengten Augen und ging zum Telefon.

»Mir geht's schon wieder gut, ehrlich«, sagte Kelsey auf dem Weg vom Stall zum Haus, hielt aber die Augen fest geschlossen. »Ich habe etwas Kopfschmerzen.«

»Sei still«, befahl Gabe so gelassen er konnte. »Nicht bewegen.«

Als seine Stiefel auf den Scherben der zerbrochenen Becher knirschten, biß er die Zähne zusammen. Wenn er sich bloß nicht so lange damit aufgehalten hätte, den verdammten Tee aufzubrühen. Wenn er bei ihr geblieben wäre …

»Bist du ganz sicher, daß es Double gutgeht?«

»Hör endlich auf, dir Sorgen um den verdammten Gaul zu machen!« Er schien zu explodieren. »Im Augenblick interessiert mich das Pferd keinen Deut. Ich würde ihn sogar erschießen, wenn er dich verletzt hätte!«

»Gabe …«

»Sei doch endlich still!« Ärgerlich stieß er die Tür auf. Kelsey krümmte sich zusammen, denn seine Stimme hallte in ihrem Kopf wider.

»Mußt du unbedingt so brüllen? Du magst ja aufgeregt sein, aber …«

»Aufgeregt?« Er legte sie auf der Couch im Wohnzimmer nieder. So, wie seine Muskeln zu zittern begannen, fürchtete er, daß er es nicht mehr schaffen würde, sie die Treppe hochzutragen. »Du glaubst also, ich bin ein bißchen aufgeregt? Vielleicht leicht aus der Fassung gebracht, weil dich jemand bewußtlos geschlagen hat? O ja, da hast du vollkommen recht. Ich bin aufgeregt.«

Ein Teil der in ihm aufgestauten Emotionen entlud sich, indem er mit der Faust heftig gegen die Wand schlug.

Die Worte, die Kelsey schon auf der Zunge gelegen hatten, sprach sie nicht. Hilflos starrte sie auf den abgebröckelten Putz, dann auf seine aufgeschürften Knöchel.

»Vermutlich bin ich ein wenig aufgeregt, weil ich dich bewußtlos im Stall gefunden habe, mit einem in Panik geratenen Pferd in der Box, das dich jede Sekunde zu Tode hätte trampeln können.«

Darüber hatte sie gar nicht nachgedacht, und es drehte ihr jetzt fast den Magen um. Sie zitterte und flehte. »Gabe, bitte nicht.«

»Ich war etwas aufgeregt, weil ich eine Minute lang, und das war die längste Minute meines Lebens, dachte, du seist tot.«

Tränen quollen aus ihren Augen. »Ich fürchte, ›aufgeregt‹ ist das falsche Wort.«

»O Himmel.« Gabe fühlte sich plötzlich wie ausgelaugt. Erschöpft rieb er sich das Gesicht. Dann ging er zur ihr, zog sie eng an sich und hielt sie fest, als sie sich auf seinem Schoß zusammenrollte. »Kelsey, ich dachte, ich würde den Verstand verlieren.« Zärtlich küßte er ihr die Tränen von den Wangen. »Es tut mir so leid. Ich hole dir etwas Eis.«

»Nein, geh nicht weg. Bitte, bleib hier.«

»Ja. Dann laß mich mal sehen, ob du noch woanders verletzt bist.«

»Mir tut nur der Kopf weh. Er muß direkt hinter mir gewesen sein. Ich weiß, es war dumm von mir, einfach so in den Stall zu stürzen, aber ich habe gar nicht überlegt. Mir fiel nur ein, was ihm schon früher beinahe zugestoßen wäre. Was Pride zugestoßen ist.«

»Das nächste Mal denk lieber daran, wie es gehen könnte.« Er hob ihr Gesicht an. »Ich könnte es nicht ertragen, dich zu verlieren.«

Kelsey ergriff seine Hand und preßte ihre Lippen auf seine zerschundenen Knöchel. »Ich schätze, wir könnten beide etwas Eis vertragen.«

»Ja.«

Doch sie blieben, wo sie waren, bis Rossi an die Tür klopfte.

Eine Stunde später kamen Gabe und Rossi aus dem Stall. »In Ihrem Sicherheitssystem ist eine undichte Stelle, Mr. Slater.«

»Das ist mir klar.« Es stimmte, dachte er ergrimmt, jemand mußte die Zeit genutzt haben, während der Nachtwächter seine stündliche Runde außerhalb des Stalles drehte.

»Jemand ist von außen hier eingedrungen, jemand, der mit den Örtlichkeiten vertraut ist. Sie besitzen viel Land, also gibt es viele Wege hinein und hinaus.«

Rossi suchte weiter im Dunkeln. Er beneidete Gabe nicht um seinen Besitz. Ihm waren sein ordentliches Apartment und die Stadt lieber.

»Ich prüfe gern das Naheliegende«, fuhr er fort, »und konzentriere mich auf alle, die hier Bescheid wissen.«

Auch Gabe hatte im Geist schon alle Insider überprüft, jeden Helfer, den er von Cunningham übernommen hatte, jeden Mann und jede Frau, die er in den letzten fünf Jahren eingestellt und entlassen hatte.

»Sie haben bereits eine Liste aller Personen, die für mich arbeiten. Tun Sie damit, was Sie für richtig halten.«

»Das hatte ich auch vor.«

»Ich habe dafür gesorgt, daß zwei Männer den Hengst ständig bewachen. Wenn ich Kelsey nicht länger als unbedingt nötig allein lassen wollte, hätte ich selbst die Wache übernommen.«

»Daraus kann ich Ihnen keinen Vorwurf machen.« Rossi hielt inne. Es war eine schöne Nacht – zumindest das, was noch davon übrig war. »Sie verkraftet das alles recht gut. Ihr scheint der Schlag auf den Kopf weniger ausgemacht zu haben als Ihrem Pfleger.«

»Vielleicht hat sie einen härteren Schädel.« Sie hatten den stöhnenden Kip, der aus seiner Bewußtlosigkeit erwacht war, in der leeren Box neben Double gefunden. »Wir haben Kip sofort ins Krankenhaus bringen lassen.«

»Sie wird wieder ganz gesund.« Rossi hatte eine Scherbe von chinesischem Porzellan entdeckt und tippte neugierig mit der Spitze seines Schuhs dagegen.

»Ich hatte gerade zwei Becher Tee in der Hand, als ich das Pferd hörte«, erklärte Gabe. »Hab' sie fallenlassen.«

»Hmm. Wie ich schon sagte, es wird ihr bald besser gehen. Aber Sie sollten Ihre rechte Schulter schonen.«

Instinktiv straffte sich Gabe. »Halb so wild. Der Hengst hat mich erwischt.« Und statt seiner Schulter hätte es Kelsey treffen können, ihren Kopf, ihr Gesicht. Beim Gedanken daran krampfte sich sein Magen zusammen. »Sie haben Informationen über mich eingeholt, nicht wahr, Rossi?«

»Reine Routine.«

»Dann wissen Sie ja auch so einiges über meinen Vater.«

»Genug, um ihn nicht zum Vater des Jahres zu wählen.«

»Er hält sich schon seit einigen Wochen in der Stadt auf.« Gabes Stimme klang so unbeteiligt, als ob er sich über das Wetter unterhalten würde. »Ich denke, ich war eine seiner ersten Stationen. Ich habe ihm etwas Geld gegeben. Allerdings wollte er mehr haben. So etwas reizt ihn. Und er kennt sich auf der Bahn und hier gut aus.«

»Sie vermuten, Ihr Vater könnte versuchen, Ihnen auf diese Weise eins auszuwischen?«

»Er haßt mich wie die Pest«, entgegnete Gabe sachlich. »Und er würde jede Gelegenheit nutzen, mir Schwierigkeiten zu machen, besonders, wenn dabei für ihn etwas herausspringt. Ich dachte, ich hätte ihn in der Derbywoche in Churchill Downs gesehen. Einer der Pfleger von Three Willows ist derselben Meinung. Und vor einigen Tagen habe ich ihn in Laurel erkannt, obwohl er das strikt leugnet.« Gabe suchte in seiner Tasche nach einer Zigarre, fand aber keine. »Aber er lügt.«

Rossi, der die Geste richtig deutete, holte ein Päckchen Zigaretten hervor und bot Gabe eine an. »Ich werde das überprüfen.«

»Tun Sie das, Lieutenant.« Gabes Augen funkelten im Licht des Streichholzes. »Und wenn Sie das tun, vergessen Sie eins nicht. Die Chancen, daß er Lipsky kannte, sind groß. Rich Slater ist der geborene Betrüger. Es macht ihm Spaß, auf unehrliche Weise zu gewinnen – und er muß gerade etwas gewonnen haben, er wirft nämlich mit Geld nur so um sich.«

»Ich werde versuchen, herauszufinden, wie er dazu gekommen ist.«

»Ich erinnere mich an ein Rennen, als ich noch ein Kind war. Ein Pferd aus diesem Gestüt trat gegen eines von Three Willows an.« Gabe sog gierig den Rauch ein und betrachtete nachdenklich die davonwehenden Rauchwölkchen. »Der Hengst von Three Willows stürzte und brach sich das Bein. Er mußte eingeschläfert werden. Und auch nach diesem Rennen schwamm mein Vater in Geld.«

»Das muß in Lexington gewesen sein, im Frühjahr '73.«

Gabe musterte sein Gegenüber durch den Rauch. »Ganz genau.«

»Komisch, daß Sie das nicht bereits früher erwähnt haben.«

»Damals hatte er Kelsey noch nichts getan.«

»Entschuldigung.« Matt Gunner näherte sich ihnen, das Haar noch immer vom Schlaf zerzaust. »Dem Pferd geht es gut, Gabe.«

»Wunderbar. Danke, daß du gekommen bist.«

»Keine Ursache.« Matt blickte fragend zum Haus. »Wie geht's Kelsey?«

»Sie ruht sich aus. Der Arzt hat zwar empfohlen, sie ins Krankenhaus zu bringen, aber davon wollte sie nichts wissen.«

»Ich würde gern nach ihr sehen, wenn es ihr besser geht.«

»Kannst du gern tun.« Gabe verabschiedete sich von Matt und wandte sich wieder zu Rossi. »Besser, Sie finden ihn, bevor ich es tue.«

»Sie haben keinen Beweis, daß Ihr Vater in einen dieser Vorfälle verwickelt ist.«

Gabe warf die Zigarette weg und trat sie aus. »Ich brauche keinen Beweis.«

Als Kelsey seine Schritte auf der Treppe hörte, setzte sie sich vorsichtig auf. Zwar hatten die Tabletten, die der Arzt ihr dagelassen hatte, den ärgsten Schmerz gelindert, doch sie wollte sich etwas schonen.

»Was ist mit Double?« fragte sie sofort, als Gabe ins Zimmer trat.

»Matt sagte, er ist okay.« Und er selbst hatte den Futtersack, den der Hengst nachts umgehängt bekam, ausgetauscht.

Seufzend entspannte sich Kelsey ein wenig. »Gott sei Dank! Ich habe hier gelegen und mir die schrecklichsten Dinge ausgemalt.«

»Du sollst dich ausruhen.« Gabe setzte sich behutsam auf das Bett. »Du hast ja schon wieder Schatten unter den Augen.« Sanft fuhr er mit dem Daumen darüber. »Warum finde ich sie bloß so sexy?«

»Typisch Macho. Sucht immer nach Zeichen weiblicher Verwundbarkeit.« Kelsey lächelte. »Komm ins Bett. Vielleicht können wir beide noch ein paar Stunden schlafen, ehe wir aufbrechen.«

»Ich möchte, daß du hierbleibst, Kelsey. Nein, nicht hier«, berichtigte er sich. »Auf Three Willows. Du bist nicht in der Verfassung für eine Reise, und es wäre sicherer und klüger, wenn du bei Gertie bleibst. Rossi stellt ein paar Männer zu deinem Schutz ab.«

»Gabe.« Sie nahm sein Gesicht in beide Hände, berührte seine Lippen leicht mit den ihren und sprach klar und bestimmt weiter. »Das kommt überhaupt nicht in Frage.«

»Hör mir doch erst mal zu!«

»Das könnte ich tun«, stimmte Kelsey zu. »Ich könnte dir zuhören, und du könntest mir zuhören, und wir könnten uns bis zum Morgengrauen immer weiter im Kreis drehen. Trotzdem würde ich mitkommen. Also tun wir doch einfach so, als ob wir diese Diskussion schon hinter uns hätten.«

»Du handelst aus reinem Egoismus«, konterte er, erhob sich vom Bett und begann, sich auszuziehen. »Du willst um nichts in der Welt das Rennen verpassen, und deshalb ist es dir egal, daß ich mich weder darauf konzentrieren noch darauf freuen kann, weil ich mir Sorgen um dich mache.«

»Die Erklärung ist gut. Normalerweise reagiere ich sofort darauf, wenn man mir Schuldgefühle einimpft, aber diesmal nicht. Ob ich dabei bin oder nicht, du machst dir auf jeden Fall Sorgen, Gabe. Und ich werde dabei sein.«

»Störrisch wie ein Maulesel.«

»Das hilft dir auch nichts. Obwohl Beschimpfungen zu einem Streit gehören. Ich könnte dich dafür ja einen überfürsorglichen Idioten nennen, aber da ich eine Dame bin, verkneife ich es mir. Also ...«, erschrocken hielt sie inne. »Um Gottes willen, was ist denn mit deinem Rücken passiert?«

Gabe drehte den Kopf, konnte jedoch den in allen Farben schillernden Bluterguß an seiner Schulter nicht sehen. »Ich hab' einen Tritt abgekriegt.«

»Wann? Der war doch vorher noch nicht ...« Sie brach ab, als ihr klar wurde, wann und wo er sich die Verletzung zugezogen hatte. »Und du bist doch ein Idiot! Indianerherz kennt keinen Schmerz, was? Der Arzt war eben da. Er hätte das versorgen können.«

»Das hat mit falsch verstandenem Heldentum gar nichts zu tun. Ich war beschäftigt.« Vorsichtig bewegte er seine Schulter. Das Stechen hatte etwas nachgelassen, aber der hämmernde Schmerz war mehr als unangenehm. »Da muß bloß ein bißchen Salbe drauf.«

»Trottel!«

Gabe war drauf und dran, ihr eine passende Antwort zu geben, doch dann gab er sich seufzend geschlagen. »Ich liebe dich auch.« Er schlüpfte zu ihr ins Bett und schmiegte sich eng an sie.

»Was hast du denn vor?«

»Noch ein Weilchen zu schlafen. Ich will mich alle paar Stunden davon überzeugen, daß es dir gutgeht, und viel mehr Zeit haben wir sowieso nicht.«

»Die Salbe ...«

»Später. Jetzt möchte ich dich einfach nur im Arm halten.«

Damit gab sie sich zufrieden. Behutsam strich sie ihm das Haar aus dem Gesicht. »Gabe, ich komme mit dir.«

»Ich weiß. Versuch jetzt zu schlafen.«

23

Niemand ließ zu, daß sie bei der Arbeit half. Während der ersten zwei Tage in New York wurde Kelsey mit allen Tricks von der Rennbahn ferngehalten, und jeder, angefangen von Gabe bis zum kleinsten Stallburschen, bemühte sich, ihr jeden Handgriff abzunehmen. Anscheinend hatte sie mit der Durchsetzung der Reise ihren einzigen Sieg errungen.

Also hatte sie viel Zeit zur Verfügung, die sie meistens allein verbringen mußte. So blieben ihr zwei Möglichkeiten, entweder sie drehte langsam durch oder sie nutzte diese ihr aufgezwungene Untätigkeit als kurzen Urlaub.

Sie entschied sich für den Urlaub.

So ging sie jeden Morgen in den Pool des Hotels und schwamm einige Runden, damit die Muskeln, die sie in den letzten paar Monaten entwickelt hatte, nicht wieder erschlafften. Sie unternahm ausgedehnte Einkaufsbummel, trainierte im Fitneßclub und kämpfte ständig gegen die Langeweile an.

Die Party, die Gabe am Vorabend des Belmont im Ballsaal des Hotels geben wollte, war da die richtige Beschäftigung. Kelsey mußte sämtliche Details ausarbeiten und mit Floristen und Zulieferern des Hotels den Abend planen. Gabe hatte angesichts der ellenlangen Listen einen Rückzieher gemacht und ihr allein die Organisation überlassen.

Eine größere Freude hätte er ihr nicht machen können.

Stundenlang diskutierte sie mit dem Manager und dem Küchenchef darüber, was machbar war und was nicht, erwog und verwarf verschiedene Möglichkeiten. Da Gabe ihr kein Limit gesetzt hatte, entschied sie sich dafür, daß alles machbar war, und sie machte sich daran, auch das Personal davon zu überzeugen.

»Wenn ich nur einen Funken Verstand gehabt hätte, dann hätte ich dir eine Mistgabel in die Hand gedrückt und dich die ganze Woche lang Ställe säubern lassen.« Gabe gönnte sich einen Kaffee auf die Schnelle und sah zu, wie Kelsey die Menüliste noch einmal durchging. »Dabei hättest du wahrscheinlich mehr Ruhe bekommen.«

»Reg dich nicht auf, schließlich hast du damit angefangen.«

»Ich hielt die Party für eine gute Idee.« Gabe ging zu ihr hinüber, stellte sich hinter sie und knetete ihre Schultern, während sie in die Papiere vertieft war. »Eine Kleinigkeit zu essen, etwas Musik, Getränke. Aber ich habe nicht damit gerechnet, eine Stephen-Spielberg-Produktion zu finanzieren.« Seine Augen wurden schmal. »*Wieviel* Champagner hast du bestellt?«

»Verschwinde.« Sie rollte wohlig die Schultern. »Du trinkst ja doch nichts davon. Außerdem hast du mir freie Hand gelassen, Slater, und das nutze ich aus. Sieh du nur zu, daß du um acht Uhr deinen Smoking anhast.«

»Du klingst wie ein General«, brummelte er.

»Und du wie ein genervter Lieferant. Lauf zu deinen Reportern.«

»Ich kann keinen Reporter mehr sehen.«

»Du bist ja nur eifersüchtig, weil nicht du, sondern Double auf der Titelseite von *Sports Illustrated* ist.«

»Und mir hat man dafür eine ganze Doppelseite in *People* gewidmet«, konterte er und begann, an ihrem linken Ohrläppchen zu knabbern. »Die Stelle gefällt mir«, murmelte er, und machte weiter. »Ich könnte ja meiner augenblicklichen Stimmung nachgeben und das Interview sausen lassen.«

Die prickelnden Schauer, die sie überliefen, lenkten sie ab. Gabe nutzte seinen Vorteil und hatte die zwei obersten Knöpfe ihrer Bluse bereits geöffnet, aber dann wehrte sie ab.

»Hör auf! Ich habe in einer Viertelstunde einen Termin.«

»Ich mache ganz schnell.«

»Das ist mein Ernst.« Etwas außer Atem machte sie sich los und stand auf. »Ich muß noch zum Friseur.«

Er grinste. Ihr Haar löste sich bereits aus dem Pferdeschwanz, der von einem hellen Haarband zusammengehalten wurde. Sein Werk. »Mir gefällt deine Frisur genau so, wie sie gerade ist.«

»Halt dich zurück, Slater. Der Rest meines Tages ist Minute für Minute verplant, und ich will meine kostbare Zeit nicht damit vergeuden, mich von dir um den Schreibtisch herumjagen zu lassen.«

»Dann ändere deinen Zeitplan.«

»Für dich mag das ja einfach nur eine Party sein.« Obwohl sie sich eigentlich lächerlich dabei vorkam, lief sie um den Tisch herum, der wie ein Schutzwall zwischen ihr und Gabe stand. »Aber die Organisation hat mich die ganze letzte Woche aufrecht gehalten. Ich habe sozusagen mein Herzblut gegeben.«

»Ich auch.« Die Handflächen auf den Schreibtisch gestützt lehnte Gabe sich nach vorne. »Komm her.«

»Ich denke nicht daran.«

»Ich habe etwas für dich.«

»O bitte.« Wenn sie es gewagt hätte, den Blick von ihm zu wenden, hätte sie die Augen verdreht. »Das ist aber ein schwacher Versuch, Slater.«

Er richtete sich auf und hob spöttisch eine Augenbraue. »Ein Geschenk.« Mit diesen Worten zog er ein kleines, mit Samt überzogenes Kästchen aus der Tasche. »Ich hoffe, du schämst dich gebührend.«

»Ein Geschenk?« Trotz der Freude, die sie empfand, schaute sie mißtrauisch auf das Kästchen. »Ist das einer deiner Tricks?«

»Mach's doch auf. Eigentlich wollte ich es dir erst nach dem Rennen geben, aber ich dachte, es bringt dir mehr Glück, wenn du es vorher bekommst.«

Die Versuchung war zu groß. Sie kam um den Tisch herum, nahm ihm das Kästchen aus der Hand und streckte ihm dann ihren Mund entgegen. »Danke.«

»Du hast es doch noch gar nicht aufgemacht.«

»Nur für die Idee.«

Als sie den Deckel aufklappte, stockte ihr der Atem. Das galoppierende Pferd hob sich schimmernd von dem schwarzen Samt ab. Es war eine Brosche aus dunkelroter Jade und so kunstvoll gearbeitet, daß Kelsey meinte, das Spiel der Muskeln zu fühlen, als sie mit der Fingerspitze darüberstrich. Das diamantene Auge des Schmuckpferdes funkelte triumphierend.

»Es ist wunderschön. Einfach perfekt.« Sie blickte zu ihm hoch. »So wie du.«

Er legte ihr die Arme um die Taille und zog sie an sich. »Gern geschehen«, flüsterte er, als sein Mund den ihren berührte.

Natürlich kam sie zu spät. Kelsey stürmte in den Schönheitssalon unter einem Schwall von Entschuldigungen. Während der Behandlung schaute sie dauernd besorgt auf die Uhr, während dic Kosmetikerin versuchte, ihren vernachlässigten Nägeln einen Hauch von Eleganz zu verleihen.

»Wie wär's mit künstlichen Nägeln?«

»Nein, die würde ich mir nur abbrechen.« Ihr Haar war auf riesige Wickler aufgedreht und mit Schaumfestiger eingesprüht, das Gesicht von einer hellgrünen Paste bedeckt, zu der sie sich hatte überreden lassen. Und die Zeit verrann. »Feilen Sie doch einfach das, was da ist, und dann tun Sie farblosen Nagellack drauf.«

»Hätten Sie nicht lieber etwas … Schickeres?«

Kelsey schaute auf die unnatürlich langen, dunkelrot lackierten

Nägel der jungen Frau. »Nein, danke, ich möchte lieber nichts Auffallendes.«

Kopfschüttelnd tauchte die Kosmetikerin Kelseys rechte Hand in warmes Wasser. »Wie Sie wollen.«

»Nanu, das ist doch Kelsey.« Die Frau im Sessel neben ihr lächelte sie an. »Ich bin Janet Gardener. Overlook Farm, Kentucky.«

»Ach ja, Mrs. Gardener.« Kelsey zeigte nicht, daß sie die Frau nicht wiedererkannt hatte, nicht mit dem flammendrot gefärbten Haar und nicht unter der grellrosa Gesichtsmaske. »Freut mich, Sie wiederzusehen.«

»Lifting ohne Skalpell, wie man mir sagte.« Lachend tippte Janet mit dem Finger gegen die langsam trocknende Maske. »Na, wir werden sehen. Und Ihre?«

»Soll entspannend wirken. Offenbar hab' ich allzu verhärmt ausgesehen.«

»Wer tut das beim Belmont nicht? Mein Hank und ich werden zwei Wochen lang nur schlafen, wenn wir nach Hause kommen, das haben wir uns geschworen.«

Jetzt erinnerte sich Kelsey wieder an Hank – es war der hagere Mann, mit dem sie die Nacht zuvor getanzt hatte. Sonnenverbrannte Haut, ein bleistiftdünner Schnurrbart und eine auffallend sonore Stimme. Er hatte ihr Tango beibringen wollen.

»Grüßen Sie Ihren Mann von mir. Er ist ein ausgezeichneter Tänzer.«

»Ja, das ist er' mein Hank.« Janet kicherte und fuhr fort: »Jede Frau möchte gern mit ihm aufs Parkett. Er behauptet ja, ich hätte ihn nur geheiratet, weil er so gut tanzen kann.«

Auf Anweisung der Kosmetikerin streifte sie einen Smaragdring vom Finger, der leicht als Briefbeschwerer hätte dienen können.

»Ich habe Ihre Mutter heute auf der Bahn gesehen. Kaum zu glauben, daß wir so viele Rennen schon gemeinsam gemacht haben.«

»Sie kennen Naomi schon lange?«

»Seit ich quasi die Pferde mitgeheiratet habe. Sie ist allerdings mit ihnen großgeworden.« Offenbar mehr am Klatsch interessiert als an dem Modemagazin, das sie lässig durchblätterte, legte es Janet beiseite. Ihre Augen funkelten vor Neugier. »Sie sind doch auch schon von Kind an dabei?«

»Ich bin erst später dazugekommen.«

»Ist es nicht so, daß Sie zurückgekommen sind? Ich erinnere mich, Sie auf der Bahn gesehen zu haben, als Sie noch in den Windeln lagen.«

»Ach wirklich?«

»Ja klar! Naomi war auf Sie stolzer als auf all ihre blauen Bänder. Wir haben Sie immer ›Naomis Vollblut‹ genannt. Aber daran erinnern Sie sich bestimmt nicht mehr.«

Naomis Vollblut. Die Bezeichnung gefiel Kelsey, stimmte sie aber zugleich ein wenig traurig. »Nein, ich erinnere mich nicht.«

»Ihren Vater habe ich auch ein- oder zweimal getroffen. Der Arme, er wirkte immer so verloren. Was war er doch gleich? Buchhändler?«

»Mein Vater ist Dekan der Englischen Fakultät der Georgetown University.«

»Ach ja, richtig.« Ohne die Kühle in Kelseys Stimme zu bemerken, plapperte Janet weiter, wobei sie gehorsam die Finger in eine Schüssel mit Wasser tauchte. »Ich wußte doch, daß es irgendwas mit Büchern zu tun hatte. Naomi war vollkommen vernarrt in ihn. Wir alle dachten insgeheim, daß es eine Schande war, als die Ehe in die Brüche ging. Aber das kommt ja häufig vor, nicht wahr?«

»Wenn man den Statistiken Glauben schenken darf.«

»Hank und ich gehören zu den Glücklichen. Im September werden es achtundzwanzig Jahre.«

»Herzlichen Glückwunsch.« Da es offenbar kein Entrinnen gab, versuchte Kelsey, das Thema zu wechseln. »Haben Sie Kinder?«

»Drei, zwei Jungen und ein Mädchen. Unsere DeeDee ist schon verheiratet und hat selbst zwei kleine Mädchen.« Wenn sie eine Hand frei gehabt hätte, Janet hätte wohl sofort in ihrer Handtasche nach Fotos gekramt. »Meine Jungs behaupten immer, sie hätten die Richtige noch nicht gefunden. Aber mein Jüngster ist ja auch gerade erst zwanzig. Studiert Bautechnik. Aber davon habe ich nicht die leiseste Ahnung.«

Janet erzählte noch eine Weile von ihren Kindern, und Kelsey entspannte sich dabei ein wenig.

»Aber zwischen Mutter und Tochter besteht doch ein besonderes Band«, sagte Janet dann, sich an ihr eigentliches Thema herantastend. »Oder finden Sie nicht? Wissen Sie, sogar nach all diesen Jahren der Trennung wirken Sie und Naomi noch so verbunden. Um die Wahrheit zu sagen, das alles ist schon so lange her, daß viele Leute schon vergessen haben, daß Naomi überhaupt eine Tochter hat. Falls sie es überhaupt gewußt haben.«

Sie hielt eine Hand hoch, um die erste Schicht rosafarbenen Lackes zu inspizieren. »Sehr hübsch, meine Liebe.« Als sie ihre Aufmerksamkeit wieder Kelsey zuwandte, nahm ihre Stimme einen vertraulichen

Ton an: »Ich möchte Ihnen ja nicht zu nahe treten, aber die meisten von uns, die Naomi und die ganze Situation kannten, standen damals hinter ihr. Ich halte es für gegen die Natur, ein Kind von seiner Mutter wegzureißen.«

Da sie merkte, daß beide Kosmetikerinnen die Ohren gespitzt hatten, schlug Kelsey einen bewußt kühlen Ton an. »Ich bin sicher, Naomi wußte das zu schätzen.«

»Viel geholfen hat es ihr nicht. Ich muß zugeben, daß sie damals leider selbst ihr ärgster Feind war. Ich war immer der Meinung, die Wut auf Ihren Vater hätte sie zu ihrem Verhalten getrieben. Und damals ging es in der Gesellschaft noch etwas ... wilder zu. Aber Alec Bradley.« Sie schnalzte mit der Zunge. »Naomi hätte es wirklich besser wissen sollen. Mit diesem Kerl zu flirten! Oje!« Als ob ihr der Ausgang dieses Flirts wieder in den Sinn gekommen wäre, schlug Janet verlegen die Augen nieder. »Das tut mir aber leid. Da habe ich wohl einen wunden Punkt getroffen.«

Unter anderen Umständen hätte sich Kelsey darüber amüsiert, daß jemand einen tödlichen Schuß und eine zehnjährige Haftstrafe als ›wunden Punkt‹ bezeichnete. Doch Janets Satz enthielt eine wichtige Information. »Haben Sie Alec Bradley gekannt?«

»O ja. Die meisten von uns haben ihn damals gekannt oder wenigstens von ihm gehört. Er war ein Bombenkerl, wie meine DeeDee sich ausdrücken würde. Gutaussehend, groß und dunkelhaarig und mit einem Lächeln, das Frauen dahinschmelzen ließ. Und er wußte um seinen Charme. Glauben Sie mir, er wußte es und nutzte es nach Kräften aus. Sogar bei mir hat er versucht zu landen – aber Hank hat das schnell abgestellt.« Janet kicherte wie ein Schulmädchen. »Ich muß zugeben, daß ich mich geschmeichelt fühlte, obwohl ich seinen Ruf kannte.«

»Was für einen Ruf hatte er denn?«

»Nun, meine Liebe ...«, bereitwillig rutschte Janet ein Stückchen nach vorn, »seine Familie hat ihn quasi verstoßen. Verarmter Adel. Hatten zwar kaum genug Geld, um ihre Rechnungen zu bezahlen, waren aber ungemein stolz auf ihren Stammbaum. Da war auch noch der Skandal mit Alecs erster Frau.« Sie rückte noch ein bißchen näher, sichtlich interessiert, den alten Klatsch wieder aufzuwärmen. »Wissen Sie, er hatte eine Vorliebe für ältere Frauen, wohlhabende ältere Frauen. Jeder wußte, daß seine erste Frau ihn bei der Scheidung mehr als großzügig abgefunden hatte, um ihr Gesicht zu wahren. Nicht, daß ihr das viel genutzt hat, da ohnehin jeder wußte, daß Alec ... nun ... daß er auch andere Damen beglückt hat.«

»Er war also ein Frauenheld?«

»Und was für einer. Der Witz an der Sache war allerdings, daß er sich für seine Dienste bezahlen ließ.«

»Er – die Frauen bezahlten ihn für Sex?«

Wieder kicherte sie verlegen. Janet bevorzugte vorsichtige Umschreibungen. »Ich weiß nicht, ob das nicht ein bißchen hart klingt, aber es war allgemein bekannt, daß man ihn sozusagen engagieren konnte. Als Begleiter. Auch in der Welt des Pferderennsports gibt es viele alleinstehende Frauen, unverheiratete, geschiedene oder getrennt lebende. In solchen Fällen sprang Alec ein, begleitete diese Frauen auf Partys oder zu Rennen. Wie ich schon sagte, er sah sehr gut aus. Billig war er bestimmt nicht, denn er neigte auch dazu, hohe Summen zu wetten.«

Als sie lächelte, bröckelten Krümel von ihrem Gesicht ab und fielen wie bunte Schuppen auf ihren Umhang. »Niemand hat angenommen, daß zwischen ihm und Ihrer Mutter eine derartige – Geschäftsbeziehung bestand. Eine Frau wie Naomi konnte jeden Mann haben, den sie wollte. Das ist auch heute noch so. Alec schien von ihr vollkommen betört zu sein. Trotzdem konnte er es nicht lassen, auch anderen Frauen schöne Augen zu machen. Aber Naomi war nicht der Typ, der das einfach hinnahm. Es kam zu einer hitzigen Auseinandersetzung, und Naomi machte mit ihm Schluß.«

Diesmal war Janets Verlegenheit nicht vorgetäuscht. »Das heißt – ich wollte damit sagen ...«

»Sie waren in jener Nacht dabei.« Unerbittlich bohrte Kelsey, die jegliches Ablenkungsmanöver im Keim ersticken wollte, weiter. »In der Nacht, in der er starb.«

»Ja.« Janet war von Kelseys zielsicherer Frage überrascht, und sie hatte sie leicht aus der Fassung gebracht. »Hank und ich hatten geschäftlich in Virginia zu tun. Fast alles, was in der Rennwelt Rang und Namen hat, war bei dieser Party anwesend. Aha, scheint so, als ob ich fertig wäre.« Prüfend hielt Janet die Hände hoch. »Und da wir gerade von Partys sprechen, ich freue mich ja schon so auf heute abend. Bin gespannt, was sich Ihr hübscher junger Mann da ausgedacht hat.«

»Sie haben sich gestritten.« Ohne auf den Protest der Kosmetikerin zu achten, griff Kelsey mit einer Hand nach Janets Arm. »In dieser Nacht haben sie sich gestritten.«

»Ja, Liebes.« Inzwischen bedauerte Janet heftig, daß sie sich durch ihre Schwatzhaftigkeit so in die Enge hatte treiben lassen. Freundlich fuhr sie fort: »Nachdem es zu diesem … Vorfall gekommen war, wurden viele von uns über diese Auseinandersetzung befragt. Sie haben sich ja auch nicht gerade leise gezankt, sondern Naomi hat Alec in aller Deutlichkeit zu verstehen gegeben, daß für sie die Beziehung zu Ende war. Beide hatten wohl etwas mehr getrunken, als sie vertragen konnten, und so gab ein Wort das andere. Naomi schüttete ihm ein Glas Sekt ins Gesicht und verließ wutschnaubend den Raum. Und seitdem habe ich sie sehr, sehr lange nicht mehr gesehen.«

Die Augen unter der bunten Gesichtsmaske wurden weich. »Ich hatte Naomi gern. Daran hat sich bis heute nichts geändert. Der Mann taugte nichts, er war es nicht wert, daß sie auch nur eine Minute ihrer Zeit an ihn verschwendete. Das eigentliche Unglück bestand darin, daß sie das erst erkannt hat, als es zu spät war.«

Den Rest des Nachmittags versuchte Kelsey krampfhaft, sich die Unterhaltung Wort für Wort wieder ins Gedächtnis zu rufen; jeden einzelnen Satz abzuwägen. Jetzt sah die Sache für sie anders aus. Irgendwie änderte sich die Situation, seit sie wußte, daß Alec Bradley käuflich gewesen war.

Aber so verzweifelt sie sich auch wünschte, die Teile des Puzzles zu einem vollständigen Bild zusammenfügen zu können, im Augenblick hatte sie viel zu viel um die Ohren, um sich darauf zu konzentrieren.

Außerdem wollte sie auf keinen Fall Gabe die Party verderben oder die stille Zufriedenheit ihrer Mutter erschüttern, indem sie sich ihre Stimmung anmerken ließ.

Schon früh begann sie, sich anzukleiden und zurechtzumachen, und legte Gabe einen Zettel mit der Notiz, sie um Punkt acht im Ballsaal zu treffen, aufs Bett.

Hier und da legte sie noch Hand an, obwohl das den Floristen und dem Hotelpersonal offensichtlich nicht paßte. Aber alles sollte perfekt sein. Und als sie in dem großen, kerzenerleuchteten Raum stand, erfüllte sie eine tiefe Genugtuung.

Die Farben von Longshot, Rot und Weiß, beherrschten den Saal, erschienen in der Tischdekoration, den Kerzen und dem Blumenschmuck. Zu Ehren der Triple Crown hatte sie überall im Raum Körbe und Hängeampeln voll roter Rosen, leuchtendgelber Wicken und weißer Nelken verteilen lassen. Schwarzbefrackte Kellner standen Spalier, und die Angestellten des Partyservice gaben den drei riesigen Büffettischen den letzten Schliff.

Aber Kelseys Idee, ihr ganzer Stolz, aber auch ihr größtes Problem, war die Spielbank.

Überdimensionales Spielgeld stand zum Verkauf, und der Erlös sollte einer wohltätigen Stiftung zufließen. Die Klärung der Einzelheiten hatte sie tagelange Kämpfe mit sturen Beamten gekostet. Doch Naomis Vollblut hatte schließlich gesiegt.

Und nun stand Kelsey da und blickte zufrieden über das Roulette, die Würfel- und Kartentische und freute sich darauf, Gabe mit *der* Party der Saison zu überraschen.

Als die Kapelle zu spielen begann, ging sie zum Roulettetisch und setzte das Rad in Bewegung.

»Ich setze auf Rot.«

Lachend drehte sie sich um und sah Gabe an. »Du bist pünktlich.«

»Und du siehst wunderbar aus.« Er ging nicht zu ihr hinüber, noch nicht. Erst wollte er den Anblick genießen, den sie in ihrem langen, schimmerndweißen Kleid bot. Die Brosche, die er ihr geschenkt hatte, blitzte an ihrer Brust, ihr Haar war zu einer wilden Lockenpracht frisiert, die von glitzernden Spangen gehalten, über ihre nackten Schultern floß. Ein Gehänge aus Diamant- und Rubintropfen funkelte in ihren Ohren. »Du bist einfach unglaublich schön.«

»Deine Farben.« Sie streckte die Hände nach ihm aus. »Was sagst du nun?«

»Ich kann's kaum glauben.« Er hielt sie immer noch auf Armeslänge von sich, als er sich umblickte. »Was hast du nur mit diesem tristen Hotelsaal angestellt?«

»Ich habe ohne Rücksicht auf Verluste jeden Händler und jeden städtischen Beamten im Umkreis von fünfzig Meilen zum Wahnsinn getrieben, Gabe, um dir für eine Nacht ein Kasino aufzubauen.«

»Und der Erlös?«

»Geht an eine Einrichtung für mißhandelte Frauen und Kinder in D.C.«

Seine Augen wurden dunkel, und er sagte: »Du beschämst mich, Kelsey.«

»Ich liebe dich, Gabe.«

Tief bewegt zog er ihre Hände an die Lippen. »Welcher Zufall hat dich nur zu mir geführt?«

»Der glücklichste deines Lebens.« Kelsey blickte auf das Rouletterad und lächelte, als sie sah, wo die silberne Kugel zum Stillstand gekommen war. »Rot«, murmelte sie. »Du gewinnst schon wieder. Weißt du, Gabe, das alles hier ist nicht nur für dich gedacht.«

»Nein?«

»Nein.« Sie kam näher und schlang die Arme um seinen Hals. »Ich will dir heute nacht einmal bei der Arbeit zusehen. Ich hab' so ein Gefühl, daß ich das sehr … erregend finden werde.«

Ihr Gefühl hatte sie nicht getrogen. Stunden später, als der Raum von Menschen wimmelte, die Büffets nur noch Reste boten und die Tanzfläche überfüllt war, stand sie hinter Gabe, blickte ihm über die Schulter und bewunderte seine Geschicklichkeit. Sie hatte sich immer eingebildet, die Regeln von Siebzehn und Vier zu kennen, einem einfachen Kartenspiel, bei dem es auf Glück und Kombinationsgabe ankam und bei dem es einzig und allein darum ging, so nahe wie möglich an einundzwanzig Punkte zu kommen. Wer darüber geriet, der verlor. Aber sie begriff einfach nicht, wie Gabe magere fünfzehn Augen halten und damit gewinnen und im nächsten Spiel über die Sechzehn hinausgehen – und wieder gewinnen konnte.

»Es geht nur um Zahlen«, erklärte er ihr. »Nichts weiter als Zahlen, Liebling.«

Genau das hatte sie bislang auch gedacht. Bis sie ihn spielen sah. »Du kannst doch unmöglich alle Zahlen und Kombinationen im Kopf behalten.«

Er lächelte nur, klopfte auf seine Karten und fügte seinen siebzehn Punkten noch vier hinzu. »Hier«, er schob ihr einen Stapel roter und weißer Chips zu, »spiel du mal ein Weilchen.«

»Ich probier's.« Sie ließ sich auf dem Stuhl, den er ihr freimachte, nieder und blickte erstaunt auf, als sich Naomi neben sie setzte.

»Eben hab' ich beim Würfeln ein kleines Vermögen verloren. Jetzt werde ich hier zehn Minuten mein Glück versuchen und dann Moses beschwatzen, mit mir zu tanzen.« Sie schob sich eine goldene Haarsträhne hinters Ohr und schlug die Beine übereinander. Nachdem sie einige Chips nach vorn geschoben hatte, ließ sie den Blick durch den Saal wandern. »Eine tolle Party.«

»Deine Tochter setzt dich eben immer wieder in Erstaunen.«

»Das stimmt.« Mit zusammengezogenen Brauen musterte Naomi ihre Karten. »Eine noch«, verlangte sie. Dann seufzte sie tief und sagte: »Mist!«

»Alles für einen guten Zweck. Es sollte dir das Herz wärmen zu verlieren.« Kelsey betrachtete die Acht und die Fünf in ihrer Hand. »Okay, ich nehme auch noch eine. Eine Acht! Noch eine Acht! Gewonnen!« Lachend strich sie ihre Chips ein, bis sie Naomis schmale

Augen bemerkte. »Nun ja, wenn man gewinnt, wird's einem noch wärmer ums Herz. Tanz du mal mit meiner Mutter, Gabe, und ich probiere aus, wieviel ich von deinem Geld verspielen kann.«

»Wie könnte ich ein solches Angebot ausschlagen?« Gabe streckte die Hand aus, seine Finger schlossen sich um die von Naomi. »Du siehst großartig aus«, meinte er bewundernd, als er sie zur Tanzfläche führte.

»Woher willst du das denn wissen? Du hast doch nur Augen für Kelsey.«

Gabe schwieg einen Moment. »Mir fällt keine passende Antwort ein.«

Naomi neigte den Kopf und musterte ihn prüfend. »Ich wäre auch sehr enttäuscht, wenn du eine hättest. Ihre Gefühle für dich stehen ihr ins Gesicht geschrieben. Das gefällt mir. Mir gefällt auch, daß sie dich aus der Reserve locken konnte. Ihr habt ja vorher beide niemanden an euch herankommen lassen. Ich glaube, ihr habt euch gesucht und gefunden.«

»Trotzdem machst du dir Sorgen?«

»Nicht wegen euch. Aber alles andere beunruhigt mich.« Sie blickte sich zum Kartentisch um, wo Kelsey lachend einen Stapel Chips nach vorn schob. »Ich weiß, daß sie das, was ihr zugestoßen ist, zu verdrängen versucht. Aber ich habe Angst.«

Seine Augen blickten plötzlich abweisend. »Das hätte nie geschehen dürfen. Ich hätte bei ihr sein sollen.«

»Nein, das hätte nie geschehen dürfen«, pflichtete Naomi ihm bei. Dabei ruhten ihre Augen auf ihrer Tochter. »Ich finde, sie sollte auf Three Willows bleiben, oder besser noch zu ihrem Vater zurückgehen, bis die Angelegenheit geklärt ist.«

Daran hatte er auch schon gedacht, aber es erleichterte ihm die Entscheidung nicht, daß es Naomi nun laut aussprach. »Selbst wenn sie damit einverstanden wäre, wir wissen ja noch gar nicht, wie lange es dauert, bis alles geklärt ist.«

»Alles?«

Gabe verfluchte im stillen seinen Ausrutscher. Naomi war nur über den momentanen Ärger mit den Pferden informiert. »Zum Beispiel, wer in meinen Stall eingedrungen ist und was er dort vorhatte. Andererseits kann nach dem Rennen morgen schon alles vorbei sein.«

»Darauf zähle ich. Ich könnte es nicht ertragen, wenn ihr etwas zustößt, Gabe. Der Gedanke, daß sie nun mit den Schattenseiten in der Welt der Pferde in Berührung kommt, ist mir furchtbar. Milicent hat ja immer behauptet, der Pferderennsport sei eine Quelle des Lasters und der Kriminalität.« Sie schüttelte den Kopf, und ihre Augen loderten. »Aber das stimmt nicht. Schwarze Schafe gibt es überall, nicht nur hier. Und die Leute erinnern sich immer nur an die negativen Schlagzeilen.«

»Gibst du etwas auf die Meinung von Milicent Byden?«

»Um Gottes willen, nein.« Der altvertraute Trotz stellte sich wieder ein. »Aber ich will ihr nicht nachträglich recht geben müssen. Und der Teufel soll mich holen, wenn ich zulasse, daß sie meine Ehre noch einmal in den Schmutz zieht. Deshalb will ich diese Sache hinter mich bringen. Für Kelsey, für dich und für mich selbst.«

Als Kelsey erwachte, war es um sie herum kühl und dunkel. Wohlig räkelte sie sich, während ihr Bilder der vergangenen Nacht durch den Kopf gingen. Farbe, Licht, Stimmengewirr und Musik. Das sich mit schwindelerregender Schnelligkeit drehende Rad, das Klappern der Würfel. Sie hatte die Hälfte von Gabes Gewinnen beim Kartenspiel verloren, aber er hatte alles und noch mehr beim Würfeln zurückgewonnen.

Am deutlichsten stand ihr sein Bild vor Augen; wie dunkel und gefährlich er im Abendanzug gewirkt hatte, die unglaublich blauen, unergründlichen Augen auf die tanzende Kugel, die fallenden Karten gerichtet, und zwischendurch hatte er immer wieder sie angeschaut, und diese Blicke verschlugen ihr jedesmal den Atem.

Und dann, als sie endlich allein waren, als der Abend mit seiner bunten, geräuschvollen Menschenmenge hinter ihnen lag, hatte er sie zum Bett getragen.

Und sie hatten Dinge getan, die Kelsey niemals zuvor gestattet, geschweige denn erbeten hätte.

Als sie jetzt langsam aus den Tiefen des Schlafes emportauchte, meinte sie, sich zum ersten Mal in ihrem Leben ihres Körpers voll und ganz bewußt zu sein. Mit geschlossenen Augen tastete sie suchend über das Laken, setzte sich dann benommen im Bett auf und stellte fest, daß sie allein war.

So einfach würde er nicht davonkommen, schwor sie sich, als sie, noch immer halb im Schlaf, aus dem Bett aufstand, einen dünnen Morgenmantel überzog und ins Wohnzimmer der Hotelsuite ging.

Das Licht, das durch die halb geöffneten Jalousien drang, blendete sie. Kelsey legte eine Hand vor die Augen und hielt sich an der Türklinke fest.

»Wie spät ist es eigentlich?«

»Kurz vor zehn.« Naomi schenkte sich gerade eine Tasse Kaffee ein. Vor ihr auf dem Tisch wartete ein Tablett mit einem einladenden Frühstück. »Du kommst genau richtig. Das Frühstück ist gerade serviert worden.«

»Frühstück? Zehn Uhr?« Kelsey blinzelte durch ihre gespreizten Finger hindurch. »Und Gabe?«

»Oh, der ist seit dem Morgengrauen auf der Bahn.«

»Aber …« Plötzlich hellwach ließ sie die Hand sinken. »Dieser Mistkerl! Er hat mir versprochen, heute morgen auf keinen Fall ohne mich zu gehen. Ausgerechnet heute!«

»Mm.« Naomi goß ihrer Tochter eine Tasse Kaffee ein. »Er hat gesagt, du seist heute morgen entsetzlich schlechter Laune gewesen und hättest ihn angefahren, als er dich aus dem Bett werfen wollte.«

»Stimmt gar nicht.« Sie nippte an ihrem Kaffee. »Oder doch? Wahrscheinlich hat er geschwindelt.«

»Wahrscheinlich wollte er, daß du ein bißchen Ruhe bekommst.«

»Er ist mein Liebhaber und nicht mein Kindermädchen.« Kelsey schoß das Blut ins Gesicht, kaum daß die Worte heraus waren. Naomi war immerhin ihre Mutter, mochte die Beziehung auch noch so ungewöhnlich sein. Sie räusperte sich und setzte sich an den Tisch. »Was tust du denn noch hier? Ich habe dich schon längst auf der Bahn vermutet.«

»Kein großes Rennen für uns. Eineinhalb Meilen.« Achselzuckend strich Naomi Brombeergelee auf einen Toast. »High Water schlägt sich tapfer, und da der Hengst aus Arkansas vom Rennen zurückgezogen worden ist, könnten wir Glück haben.«

»Er ist zurückgezogen worden? Wann? Was ist passiert?«

»Ach, er hat beim Training gelahmt. Verstauchtes Vorderbein. Ich hab' ganz vergessen, dir das zu erzählen.«

Schmollend biß Kelsey in einen Streifen gebratenen Schinken. »Ich komme mir vor, als wäre ich von der Party ausgeschlossen und könnte nur von weitem zusehen, wie alle anderen sich amüsieren.«

»Das tut mir leid, Liebes. Aber du mußt verstehen, daß wir uns alle Sorgen um dich machen. Wenn ich daran denke, was alles hätte passieren können …« Seufzend verteilte Naomi noch mehr Gelee auf ihrem Toast. »Schon gut, schon gut, lassen wir das Thema. Ich kenne diesen trotzigen Gesichtsausdruck, hab' ihn oft genug im Spiegel gesehen.«

»Das hat mit Trotz nichts zu tun«, lächelte Kelsey. »Du sollst dir nur keine Sorgen machen.«

»Jede Mutter sorgt sich um ihr Kind. Ich habe nur reichlich spät Gelegenheit dazu bekommen. Und jetzt iß dein Frühstück. Ich habe Anweisungen, darauf zu achten, daß du nichts übrig läßt.«

»Schon wieder Gabe.«

»Vermutlich weißt du längst, daß er dich liebt.«

»Ja, das weiß ich.«

»Weißt du auch, daß er verrückt nach dir ist?«

Ein strahlendes Lächeln breitete sich auf Kelseys Gesicht aus. »Meinst du?«

Naomi mußte lachen. »Und ob du das weißt! Ist es nicht einfach herrlich, wenn ein Mann bis über beide Ohren in einen verliebt ist?«

»O ja. Und doppelt so schön, wenn man selbst genauso verliebt ist. Ich weiß, es ist ein bißchen früh, direkt nach der Scheidung wieder eine Beziehung einzugehen, aber …«

»Kelsey, ich bin nun wirklich die letzte, die ein Recht hat, Kritik an dir zu üben. Außerdem möchte ich dich darauf hinweisen, daß du dich schon vor zwei Jahren von Wade getrennt hast.«

»Trotzdem …« Kelsey schüttelte den Kopf. »Ich mache mir im nachhinein Vorwürfe, weil es mir nicht richtig erscheint.« Sie stocherte in ihrem Essen herum und hoffte, daß sie für ihre nächste Frage nicht den falschen Moment erwischt hatte. »Hast du Dad auch noch geliebt, als du schon getrennt von ihm gelebt hast? Ach, entschuldige bitte.« Unsicher schaute sie ihre Mutter an. »Jemand hat gestern etwas zu mir gesagt, das mir zu denken gibt. Wenn du lieber nicht antworten willst, verstehe ich das vollkommen.«

»Ich habe dir einmal gesagt, daß ich versuchen will, dir jede Frage zu beantworten.« Aber diesmal fiel es ihr schwer. Kelseys Frage riß eine alte Wunde wieder auf; eine, von der sie geglaubt hatte, daß sie längst vernarbt wäre. »Ja, ich habe ihn immer noch geliebt, noch eine lange, lange Zeit. Und diese Tatsache machte mich wütend, auf ihn und auf mich, deshalb war ich wild entschlossen, zu beweisen, daß mir die Trennung nichts ausmacht.«

»Hast du dich deswegen …«

»Ins wüste Partyleben gestürzt?« beendete Naomi die Frage. »Es genossen, mit anderen Männern zu flirten und ins Gerede zu kommen? Ja, zum Teil bestimmt. Um keinen Preis hätte ich zugegeben, versagt zu haben. Ich wollte Philip quälen, ihm schlaflose Nächte bereiten, ihn im Glauben zu lassen, ich würde meine Freiheit genießen. Und ich hatte zweifellos Erfolg damit, nur habe ich ihn durch mein Verhalten dazu getrieben, sich mehr und mehr von mir abzuwenden, bis ich das, was ich mir am meisten wünschte, nicht mehr haben konnte.«

»Du wolltest ihn zurückgewinnen?«

»Unbedingt. Ich war nur dumm und eingebildet genug zu glauben, ich könnte die Bedingungen diktieren.«

»Und Alec Bradley?« Kelsey merkte, wie Naomi zusammenzuckte, und zwang sich weiterzusprechen. »Hast du ihn auch dazu benutzt, Dad zu verletzen?«

Naomi ging von Kaffee zu Wasser über. »Er war so etwas wie die letzte Herausforderung. Sein Familienstammbaum stand dem Philips in nichts nach, nur sein Ruf war schlecht.«

Die nächste Frage lag Kelsey wie ein Stein auf der Seele, doch sie mußte es wissen, deshalb sprach sie weiter: »Hast du seine Dienste in Anspruch genommen?«

Das Unbehagen verschwand aus Naomis Augen. »Wie bitte?« fragte sie verdutzt.

»Ich habe gehört, daß er sich für gewisse Tätigkeiten bezahlen ließ.« Kelsey spülte den schlechten Geschmack im Mund mit einem großen Schluck Kaffee hinunter. »Das ist sogar noch vorsichtig ausgedrückt.«

Naomi brach unverhofft in schallendes Gelächter aus. Das war die letzte Reaktion, die Kelsey erwartet hätte. »O jemine, was für ein Gedanke! Das allerletzte, was ich von Alex wollte, war käuflicher Sex.« Ihre Belustigung ließ merklich nach. »Wirklich das allerletzte.«

»Entschuldige, das war eine dumme Frage. Ich hab' es eigentlich auch anders gemeint, ich dachte eher an Auftritte in der Öffentlichkeit als an private Dinge.«

»Nein, ich habe ihn nicht für seine Dienste bezahlt, obwohl ich ihm ein- oder zweimal Geld geliehen habe. Er hatte immer gerade ein Geschäft in Aussicht, verstehst du? Und immer war er gerade nicht flüssig. Vielleicht beeinflußt die Eitelkeit auch jetzt noch mein Erinnerungsvermögen, aber wenn ich mich recht entsinne, ist er mir nachgelaufen wie ein treuer Hund. Nicht, daß ich etwas dagegen gehabt hätte«, fügte sie hinzu und nahm sich eine Himbeere aus der Schüssel, »ich wollte und brauchte Aufmerksamkeit, Zuwendung und Bewunderung, und er konnte ausgesprochen charmant sein. Er machte dich glauben, du seiest für ihn die einzige Frau im Saal, obwohl du es eigentlich besser wußtest. Ich kannte ja seinen Ruf, wußte, daß er käuflich war. Das hat vermutlich den Reiz noch erhöht. Ein Mann wie er war hinter mir her, versuchte mich zu erobern, weil er einfach nicht anders konnte, das hat mein angeschlagenes Ego wieder aufgerichtet.« Bei der ganzen Sache war es eigentlich nur um ihr Ego gegangen, dachte Naomi. »Doch am Ende weigerte er sich zu akzeptieren, oder er konnte es nicht akzeptieren, daß ich mich nicht von ihm erobern lassen wollte. Und deswegen mußte er sterben.«

»Aber bei einer Vergewaltigung geht es doch nicht nur um Sex.«

»Nein.« Früher einmal hatte sie sich das einzureden versucht, weil es ihr leichtergefallen wäre, die Erlebnisse zu verarbeiten. »Er wollte mir wehtun, mich demütigen. Ich habe nie richtig begriffen, was ihn in jener Nacht so bis zum Äußersten getrieben hat. In seinen Augen stand weder Leidenschaft noch Begierde. Ich glaube, damit wäre ich fertiggeworden. Es war diese verzweifelte Besessenheit in seinen Augen, die mich zur Waffe greifen ließ.«

Naomi erschauerte, dann machte sie ihrer Anspannung in einem tiefen Atemzug Luft. »Ich hatte das ganz vergessen.«

»Bitte verzeih, daß ich dich daran erinnert habe.« Obwohl sie sich vornahm, später alles noch einmal zu überdenken, griff Kelsey nach Naomis Hand. »Laß gut sein. Wir wollen beide nicht mehr daran denken. An einem Tag wie heute sollte man nach vorn blicken und nicht zurück. Kommst du jetzt mit und siehst dir meine neuen Sachen an? Ich habe sie mir extra für das Rennen gekauft, und wenn ich sie nicht bald anziehe, verpassen wir den ersten Start.«

24

Reno trug einen schiefergrauen Anzug, dazu einen rötlichbraunen Schlips, und seine Stiefel aus weichem italienischem Leder waren auf Hochglanz poliert. Die gertenschlanke Frau an seiner Seite überragte ihn um Haupteslänge und drehte ihr kunstvoll geschminktes Gesicht so oft wie möglich den Kameras zu.

Reno wußte um das abgedroschene Klischee vom kleinen Mann, der seine Männlichkeit unter Beweis stellen muß, indem er großgewachsene, auffallende Frauen wählt. Heute gab er keinen Pfifferling darauf. Gerade jetzt mußte er sich dringend beweisen, daß er ein Mann war. Ein vollwertiger Mann.

Die Schlinge um seinen Arm paßte farblich genau zu seiner Seidenkrawatte. Es war die einzige Seide, die er heute tragen würde.

Lächelnd stellte er sich in Positur, genauso gierig auf die Aufmerksamkeit der Reporter wie seine Begleiterin. Bereitwillig beantwortete er alle Fragen über seinen Gesundheitszustand, die nächste Saison, seine Aussichten auf ein Comeback, doch hinter der selbstsicheren Fassade verbarg sich ein geschlagener Mann, der nur sein Elend zu überspielen versuchte.

Er sah den Jockeys zu, die zum Sattelplatz gingen, und wußte genau, was sie dachten und fühlten. Wer kannte die Aufregung, die Konzentrationsübungen, die dem Rennbeginn vorausgehen, besser als er?

Nur einer würde gewinnen, aber die anderen konnten ihr Talent unter Beweis stellen. Einige sah man dann später bei anderen Rennen, einige gingen unter – setzten Gewicht an, verloren das Interesse, verunglückten. Manche wechselten zu anderen Disziplinen oder arbeiteten auf zweitklassigen Bahnen. Die echten Spitzenjockeys unter ihnen blieben einem Gestüt treu, häuften im Laufe der Zeit ein kleines Vermögen an und ließen sich auch von Knochenbrüchen und bösen Stürzen nicht aus der Bahn werfen.

Dann gab es da noch das Mittelmaß. Diese Jockeys zogen von Rennbahn zu Rennbahn, immer auf der Suche nach einem guten Trainer oder Agenten, verschwanden dann vielleicht aus der Öffentlichkeit und tauchten dann irgendwo als Pferdepfleger, Helfer oder Assistenztrainer auf irgendeiner kleinen, unbedeutenden Farm wieder auf.

Doch daran dachte jetzt wohl keiner, jetzt waren sie Helden, Krieger und Stars zugleich. Ihre Augen hinter der Schutzbrille blickten konzentriert, jeder Muskel des Körpers war angespannt. Am Arm trugen sie eine Binde mit ihrer Startnummer, ihre Füße steckten in weichen, geschmeidigen Stiefeln.

Einige von ihnen waren schon in aller Herrgottsfrühe aufgestanden, um ihre vierbeinigen Partner selbst zu trainieren. Die Angst vor der Waage hatte die meisten vom Essen abgehalten und noch für eine Stunde in die Sauna getrieben.

Mittlerweile waren sie gewogen worden und startklar. Reno beobachtete sie mit wachsendem Neid und nagender Verzweiflung.

Er hätte derjenige sein sollen, der die letzten Anweisungen des Trainers entgegennahm. Auf ihm hätten die Hoffnungen der Besitzer ruhen, ihm die Bewunderung des Publikums gelten sollen.

Er hätte die Bahn entlangfliegen sollen, die Gerte zwischen den Zähnen. Die Angst, daß er nie wieder dazugehören würde, lastete auf ihm wie ein Alpdruck.

Er setzte ein großspuriges Lächeln auf und zwang sich, auf Naomi zuzugehen.

»Miß Naomi.«

»Reno.« Automatisch streckte Naomi die Hand aus und drückte seinen gesunden Arm. »Schick siehst du aus.«

»Danke, viel lieber würde ich jetzt Ihre Farben tragen.«

»Das wirst du auch bald wieder.« Naomi blickte zu der Frau hinüber, die er bei den Reportern zurückgelassen hatte. »Hübsches Mädchen. Kommt mir irgendwie bekannt vor.«

»Sie haben sie bestimmt schon mal in einem Werbespot gesehen, hauptsächlich für Shampoo und Zahnpasta. Sie versucht, beim Film unterzukommen.« Achselzuckend winkte er ab und richtete sein Augenmerk wieder auf den Hengst. »Er wird für Sie rennen, Miß Naomi.«

»Ja, das wird er.«

»Genau der Mann, den ich gesucht habe.« Kelsey gesellte sich zu ihnen. »Ich hatte eigentlich gehofft, daß du in den nächsten Wochen mal einen Blick auf meinen Jährling werfen könntest, Reno. Honor braucht einen Reiter, der das Beste aus ihr herausholt.«

Reno spürte einen brennenden Stich in der Herzgegend. »Sicher, sicher mach' ich das. Zeit habe ich ja wirklich mehr als genug. Jetzt werd' ich mal eben Joey begrüßen.«

»Hab' ich was Falsches gesagt?« wunderte sich Kelsey, als Reno eilends verschwand.

»Ich weiß es nicht.« Beunruhigt sah Naomi Moses an. »Er ist wahrscheinlich nur überreizt – wie wir alle.«

»Du hast sicher recht. Ich muß nur Gabe noch Glück wünschen. Wir sehen uns gleich in der Box.«

»Tu dein Bestes, damit wir in die Renngeschichte eingehen, Joey.« Gabe schüttelte seinem Jockey die Hand.

Joey ließ die Fingerknöchel knacken. »An mir soll's nicht liegen, Mr. Slater.«

»Denk daran, was ich dir gesagt habe. Halt ihn anfangs zurück«, fügte Jamison hinzu. »Ich will nicht, daß er sich am Anfang gleich völlig verausgabt. Wir wollen keinen Rekord aufstellen, sondern siegen.«

»Double und ich werden schon dafür sorgen«, grinste Joey und begrüßte Reno, der langsam näherkam. »Sichere dir einen Platz in der ersten Reihe, Kumpel, und halt 'ne Flasche Schampus bereit.«

»Mach' ich.« Renos Lächeln wirkte wie festgefroren, als er Gabe zunickte. »Viel Glück, Mr. Slater. Ein Pferd wie Ihres findet man nur einmal unter Millionen.« Er spürte, wie ihm der Schweiß ausbrach. »Ich würde ihn gern einmal selbst reiten.«

»Wenn du wieder hundertprozentig fit bist, reden wir darüber.«

»Ein Mann gewöhnt sich daran, nur das Beste vom Besten unter sich zu haben, wenn er die Art Pferd reitet, die ich in den letzten Jahren geritten habe.« Seine Augen hefteten sich auf Jamison. »So ist es doch, nicht wahr? Wir sind zu verwöhnt.«

»Da hast du nicht unrecht, Reno.« Jamisons Hand schloß sich fester um Doubles Zügel.

»Weißt du noch, wie ich vor zwei Jahren das Belmont für dich gewonnen habe? Jeder hat es für Wahnsinn gehalten, einen unerfahrenen Jockey in den Sattel zu lassen, und auch noch auf einen Außenseiter. Und dann wurde es mein großer Tag. Mein Pferd. Mein Rennen.« Nervös öffnete und schloß er die Hand, die er in die Hosentasche geschoben hatte. »Aber die Leute vergessen schnell. Sie vergessen alle Rennen, alle Siege. Nur das Derby bleibt ihnen im Gedächtnis. Das Derby bringt dich ganz nach oben.«

Seine Hand zitterte, als er sie aus der Tasche zog und dem Hengst flach auf den Hals legte. »Nun, jetzt hast du das Derby, und noch viel mehr.« Er rang sich ein Lachen ab. »Ob Sieg oder Niederlage, dieses Belmont wird man nicht vergessen. Also, gewinn!«

»Aufsitzen!«

Bei diesem Aufruf trat Reno zurück, das Gesicht aschfahl und schweißglänzend. Er wandte sich rasch ab, und als er sich entfernen wollte, packte ihn Kelsey am Arm.

»Reno?«

»Es tut mir leid«, war alles, was er hervorbrachte, ehe er sich losmachte und eilig den Sattelplatz verließ.

»Jockeys!« Jamison half Joey in den Sattel. »Launisch wie Aprilwetter.«

»Er sah krank aus«, murmelte Kelsey, doch ihr blieb kaum noch Zeit zum Nachdenken, geschweige denn, sich Sorgen zu machen. Aber nach dem Rennen würde sie ihn aufsuchen, vielleicht konnte sie ihm helfen. Doch dieser Moment gehörte Gabe, und sie wollte ihm keinesfalls die Stimmung verderben.

»Auch wenn du heute morgen einfach ohne mich losgegangen bist, möchte ich dir trotzdem Glück wünschen.«

»Ich hätte dich doch nur mit brutaler Gewalt im Morgengrauen aus dem Bett bekommen«, sagte er. Außerdem hatte er den Morgen für sich haben wollen, um nach seinem Vater Ausschau zu halten. Aber Rich Slater hatte sich nicht blicken lassen. Gabe musterte Kelsey. Das Haar hatte sie unter einem weißen Strohhut versteckt, dessen breite Krempe kokett über einem Auge wippte. Über dem engen roten Kleid trug sie eine taillenlange weiße Jacke, und das Jadepferd galoppierte an ihrer Brust.

»Wo ich sehe, was die paar Stunden Schlaf mehr bewirkt haben, bin ich heilfroh, daß ich dich nicht geweckt habe.«

»So einfach kannst du dich nicht aus der Affäre ziehen, Slater.«

»Ich denke doch.« Er hakte sich bei ihr ein. »Du trägst meine Farben.«

»Heute sind nur diese Farben wert, getragen zu werden.« Auf dem Weg zur Box preßte Kelsey eine Hand auf die Herzgegend. »Wie schaffst du es bloß, so gelassen zu bleiben?«

»Nervosität ändert doch auch nichts.«

»Das sag mal meinem Magen«, brummte sie und kramte in ihrer Handtasche nach dem Fernglas. »Langsam komme ich zu dem Schluß, daß mir noch mehr an diesem Rennen liegt als dir.«

»Glaub' ich nicht.«

Er hielt ihre Hand fest in der seinen, als die Pferde zu den Startboxen geführt wurden.

Die Quoten standen fest, die Wettschalter waren bereits geschlossen. Der Himmel über ihnen erstrahlte in tiefem sommerlichen Blau. Die Bahn, eineinhalb Meilen sorgsam gepflegten Rasens, war heute schnell. Von den bereits überfüllten Tribünen drang ein stets, eintöniges, nur hier und da von Rufen und Gelächter unterbrochenes Summen herüber.

Wie leicht konnte man die gewaltigen Ausmaße dieser Veranstaltung vergessen. Wer den Sport nur vom Fernsehen kannte, dem erschien diese Welt viel kleiner und überschaulicher, als sie in Wirklichkeit war.

Durch Ehrgeiz, Glück und innere Antriebskraft war sie auch zu Gabes Welt geworden. Und nun liefen alle Hoffnungen in einem einzigen Rennen zusammen, hingen an diesem einen Pferd.

Gabe sah zu, wie Double in die Startbox verfrachtet wurde, und dachte an die Nacht zurück, als das Pferd geboren worden war. An das keuchende Atmen der Stute, an den Wind, der um den Abfohlstall heulte. An die herabwirbelnden Schneeflocken, an die schier endlose Wartezeit, bis die Stute nach einer letzten krampfhaften Preßwehe Double zur Welt brachte.

Dann der erste Blick auf die erschreckend zerbrechlich wirkenden Beinchen, die sich den Weg ins Leben freistrampelten, den Blutschwall, der sich über das Stroh ergoß, und der fast menschlich anmutende Schrei, den die Stute ausstieß.

Damals hatte ein kleines, feuchtes Häufchen Leben auf dem durchnäßten Stroh den ersten Atemzug getan, jetzt war Double or Nothing, Sohn von Bold Courage, drei Jahre alt und stand in den Startboxen von Belmont Park, Long Island.

Gabe erinnerte sich noch gut an die elektrisierende Erregung, die er gespürt hatte, als er dem Fohlen in die Augen blickte.

»Ich liebe dieses Pferd.«

Erst als sich Kelseys Finger fester um seine schlossen, bemerkte er, daß er den Gedanken laut ausgesprochen hatte. »Das weiß ich.«

Mit einem metallischen Quietschen öffneten sich die Startboxen, und fast im selben Augenblick ertönte ein einstimmiger unterdrückter Aufschrei der Menge, als Double nach rechts ausbrach und seinen Reiter beinahe abwarf. Was ihn auch erschreckt haben mochte, die verhängnisvolle Bewegung warf ihn hinter das Feld zurück, während sein Jockey noch darum kämpfte, das Gleichgewicht zu halten.

In Bruchteilen von Sekunden waren Jamisons Anweisungen zur Strategie des Rennens hinfällig geworden. Joey hatte jetzt nur noch ein Ziel: Double or Nothing wieder ins Belmont zu bringen.

Die Entscheidung, das Feld zu umgehen oder sich hindurchzudrängen, fiel blitzschnell. Reiter und Pferd trafen sie gemeinsam. Double beschrieb einen weitausholenden Bogen um das Feld, ein Vorgehen, das, je nachdem wie das ausging, verurteilt oder gefeiert werden würde. Und als wüßte der Hengst, was er zu tun hatte, preschte er los.

Er raste hinter dem Feld her, wobei sich der Abstand ständig verringerte. Nach der ersten Runde lag er nur noch eine Länge hinter dem führenden Pferd und holte weiter auf.

Gabe stand an der Box und preßte das Fernglas an die Augen, nur auf ein einziges Pferd konzentriert. Das Rennen hatte er über der Bewunderung, die er für Doubles Kampfgeist empfand, beinahe vergessen. Hier zeigte sich der Mut des Tieres in seiner reinsten Form, und das würde Gabe nicht vergessen, ob er nun gewann oder nicht.

Die letzte halbe Meile. Double und das führende Pferd setzten sich immer mehr vom gesamten Feld ab. Die Menge tobte, jubelte ihnen zu. Doch Gabe hörte nur Kelseys Stimme neben sich, die Double leise anfeuerte.

Am Anfang der Geraden erzwang Double sich die Führungsposition. Die Zielgerade des Belmont galt als besonders anspruchsvoll und forderte den Pferden ihr Letztes ab. Auch der Hengst aus Kentucky begann jetzt, das Feld aufzurollen, und jagte wie der Blitz auf die Spitze zu.

Aber es war zu spät. Was dem Hengst von Longshot in jener stürmischen Winternacht auf seinen Lebensweg mitgegeben worden war, was Gabe damals in seinen Augen gelesen hatte, als er kaum eine Minute alt war, trieb ihn jetzt stärker an als die Peitsche, die über seinen Rücken zischte.

Mit zwei Längen Vorsprung donnerte er ins Ziel und gewann das Belmont und damit die Triple Crown.

Einen Moment lang konnte Gabe nur fassungslos ins Leere starren. Zu viele verschiedene Empfindungen wühlten sein Innerstes auf, als daß er einfach nur Freude über den Sieg hätte verspüren können. Es war *sein* Pferd, das jetzt in einen leichten Galopp fiel, wobei sich sein Reiter hoch in den Steigbügeln aufrichtete, sein Traum war in Erfüllung gegangen. Was auch geschehen mochte, diesen strahlenden Augenblick konnte ihm und seinem einzigartigen Hengst niemand mehr nehmen.

»Was für ein Pferd«, murmelte er rauh. Benommen blickte er auf Kelsey und bemerkte Tränen auf ihren Wangen. »Was für ein Pferd.«

»Ja.« Obwohl ihr die Tränen über das Gesicht liefen, lachte sie vor Freude laut auf und umarmte Gabe. »Herzlichen Glückwunsch, Slater! Du hast es geschafft!«

»Herrje! Wir haben's wirklich geschafft.« Ungeachtet der sie umringenden Kameras schwang er Kelsey hoch in die Luft. Und sie lachte immer noch, als er sie küßte.

Einige hundert Meilen entfernt saß Rich in seinem Hotelzimmer und starrte gebannt auf den Fernsehschirm. Er war nicht nach New York gefahren, denn er hatte es angesichts der zu erwartenden Ereignisse für klüger und sicherer gehalten, sich dort nicht blicken zu lassen.

Er nickte zufrieden, als die Kameras von dem siegreichen Hengst zu seinem Besitzer schwenkten. »Genieß es nur, so lange du noch kannst, mein Junge«, brummte er, ehe er sich mit zwölf Jahre altem Scotch selbst zuprostete. Ein häßliches Grinsen umspielte seine Lippen, als er den Kuß sah und die atemlose Stimme des Ansagers hörte, der Gabriel Slater und Kelsey Byden zwei freundschaftlich verbundene Rivalen nannte.

Rich lehnte sich zurück, jetzt brauchte er nur zu warten. Nach dem Rennen würde dem Hengst, wie nach jedem Rennen, eine Speichelprobe entnommen werden. Und dann, dachte Rich, würde Gabe nicht mehr so breit lachen. So war es sogar noch besser, dachte er, denn der schon sicher geglaubte Sieg würde Gabe wieder genommen werden.

Dank Naomis kleinem Mädchen hatten sich die Dinge hervorragend entwickelt. Wenn sie nicht in jener Nacht überraschend im Stall aufgetaucht wäre und das verhindert hätte, was dem Pferd zugedacht war, wäre es gar nicht gestartet.

Aber er war das Rennen gelaufen, und er hatte gesiegt. Und in wenigen Augenblicken würde die schockierende Meldung kommen, daß man bei Double or Nothing verbotene Medikamente nachgewiesen hatte.

Dann würde Gabe nicht nur als Verlierer, sondern auch noch als Betrüger dastehen, und es würde einen gewaltigen Skandal geben.

Voller Vorfreude auf seinen ganz persönlichen Sieg schlürfte Rich seinen Drink. Als das offizielle Ergebnis durchgegeben wurde, zuckte er so heftig zusammen, daß sein Drink überschwappte.

Neun. Fünf. Zwei.

Vor Entsetzen registrierte er die Berichte über Siegprämien und Gewinnauszahlungen kaum noch. Mit offenem Mund starrte er auf den Bildschirm, den Pferd und Reiter, beide mit weißen Nelken bekränzt, ausfüllten. Dann erschien Gabe im Bild, der seinem Jockey gratulierte, den Arm besitzergreifend um Kelsey gelegt, und sich dann mit einer sentimentalen Geste wie ein Fernsehcowboy vorbeugte, um den schweißglänzenden Hengst zu küssen.

Richs Glas flog krachend gegen den Fernseher, wo es zerschellte. Er sprang vom Sessel hoch und schlug auf das Gerät wie besessen mit den Fäusten ein, bis seine Knöchel rot anliefen, dann trat er mit voller Wucht dagegen und warf den Fernseher vom Tisch, nur noch von dem einen Wunsch beherrscht, den Apparat zu zerstören, der ihm solche Bilder zeigte.

Als er schließlich keuchend und völlig ausgepumpt von seinem wahnsinnigen Treiben abließ, stank der Raum nach Rauch, Scotch und Schweiß. Seine Knöchel bluteten, er atmete rasselnd. Er stieg über einen zerbrochenen Stuhl und nahm die Flasche hoch. Der größte Teil des Scotch war auf den Teppich geflossen, aber mit dem Rest linderte er den Brechreiz, der ihn würgte. Danach war er wieder klarer.

Jetzt sollten Köpfe rollen, schwor er sich. Und da er sich offenbar auf niemanden verlassen konnte, müßte er sich persönlich um alles kümmern.

In der Woche, die auf Doubles Triple-Crown-Sieg folgte, blieb kaum Zeit zum Nachdenken. Auf Three Willows ging alles, ungeachtet der plötzlichen Berühmtheit des Nachbarn, seinen gewohnten Gang. Die Rennsaison war mit dem Belmont nicht zu Ende, und die tägliche Pflege und das Training der Pferde ließen keine Zeit, um sich auf seinen Lorbeeren auszuruhen.

Und Kelsey verfolgte ihre eigenen ehrgeizigen Ziele. Darunter auch das, selbst einmal einen Champion zu stellen. Mit Honor standen diese Chancen nicht schlecht, und sie war entschlossen, sie zu nutzen.

Ihr anderes Ziel, das Puzzle der Vergangenheit wieder zusammenzufügen, hatte sie gleichfalls nicht aus den Augen verloren. Auch wenn Charles Rooney keinen ihrer Anrufe annahm, sie würde ihn schon noch mürbe machen. Irgendwann würde er doch mit ihr sprechen. Captain Tipton wollte sie ebenfalls noch einmal aufsuchen, und wenn es sein mußte, würde sie sogar ihren Vater bitten, die fraglichen Monate seines Lebens Tag für Tag durchzugehen, bis sich ein klares Bild ergab.

Das Bild, das im Moment Gestalt annahm, war das einer Frau, die ihren Mann sehr geliebt hatte. Einer Frau, die sicherlich aus Stolz, Eitelkeit und Starrsinn, große Fehler gemacht hatte. Doch was eine eigensinnige, manchmal sogar rücksichtslose Frau zur Mörderin gemacht hatte, mußte Kelsey noch herausfinden.

»Hey, Schwesterchen.«

»Channing.« Kelsey drehte sich um, den Schwamm noch in der Hand, und gab ihm einen Kuß. »Ich hatte noch keine Zeit, um dir zu sagen, wie froh ich bin, daß du wieder hier bist.«

»Ich bin ja auch erst seit ein paar Stunden hier. Obwohl, nach meinen Rückenschmerzen zu urteilen, kommt es mir schon wie Tage vor.« Channings Hemd war bereits schweißnaß. »Moses hat mich so schnell zum Arbeiten gekriegt, daß es mir vorkommt, als wäre ich nie weggewessen.«

»Ich hatte gar nicht mehr mit dir gerechnet.« Mit behutsamen Bewegungen wusch Kelsey ihrem Jährling den Kopf ab. »Der Juni ist schon halb vorbei.«

»Es hat mich auch harte Kämpfe und viel Zeit gekostet, um alles zu regeln.«

»Candace ist immer noch dagegen?«

»Man kann mit gutem Gewissen behaupten, daß sie über meine Entscheidung nicht allzu glücklich ist. Wir hatten ziemlich heiße Diskussionen.«

»Das tut mir leid.«

»Mir nicht. Da kam vieles zur Sprache, was schon lange fällig war. Vor allem für mich. Sie wollte, daß ich die Familientradition fortführe. Mein ganzes Leben lang hat sie von mir erwartet, daß ich wie mein Vater und mein Großvater ein brillanter Chirurg werde. Sie hat es von mir erwartet, und ich habe sie in dem Glauben gelassen.«

»Wolltest du denn nicht selber Medizin studieren?«

»Nein, ich studiere Veterinärmedizin.« Er hielt ihrem Blick stand, denn er rechnete mit Einwänden oder sogar mit einem geringschätzigen Lachen. Statt dessen trat Kelsey zu ihm und küßte ihn leicht auf beide Wangen.

»Prima.«

»Mehr sagst du nicht dazu?«

»Es ist absolut frustrierend, wenn man den Erwartungen anderer Menschen – besonders, wenn es sich um die eigene Familie handelt – gerecht werden soll, davon kann ich auch ein Lied singen. In den letzten paar Monaten habe ich das nur zu deutlich erfahren. Aber ich nehme an, das weißt du alles schon. Candace wird sich schon wieder beruhigen, Channing. Sie liebt dich, und letztendlich wird sie klein beigeben.«

»Vielleicht.« Channing schob mit den Füßen das Stroh hin und her. »Ich hasse es, mich mit ihr zu streiten, und ich hasse mich, weil ich wahrscheinlich doch nicht nachgegeben hätte, wenn der Prof. sich nicht für mich eingesetzt hätte.«

»Dad? Wirklich?«

»Er hat regelrecht zur Schlacht geblasen – nur die Hörner fehlten.« Channing grinste. »Er hat einfach nur in seiner ruhigen, geduldigen Art auf sie eingeredet. Ich habe noch nie erlebt, daß er so mit ihr umgegangen ist. Vermutlich hat der Schock, daß er für mich und nicht für sie Partei ergriffen hat, das Blatt gewendet.«

»Er liebt dich auch.« Kelsey ging wieder an die Arbeit. »Haben die beiden Probleme, Channing?«

»Die Atmosphäre ist etwas gespannt. Aber jetzt, wo ich hier bin, haben sie ja Zeit und Ruhe genug, sich auszusprechen. Außerdem gibt Mom eher dir die Schuld.«

Kelsey verzog das Gesicht. »Schätze, da steht mir einiges bevor.«

»Mom ist nicht nachtragend, jedenfalls grollt sie nie lange. Ihr Weltbild ist aus den Fugen geraten, weiter nichts. Sie braucht nur etwas Zeit, um sich daran zu gewöhnen.«

»Störe ich?« Reno stand am Eingang der Box.

»Hi, Reno.« Kelsey wandte den Kopf, striegelte aber den Jährling weiter. »Du kennst meinen Bruder Channing noch?«

»Klar. Wie geht's denn so?«

»Bestens. Was macht die Schulter?«

Unwillkürlich bewegte Reno die verletzte Schulter. »Es wird schon besser. In ein paar Wochen kann ich wieder in den Sattel. Ich habe ein Angebot, in dieser Saison beim European Circuit zu reiten.«

»Moses hat auch schon davon gesprochen«, meinte Kelsey. »Wir schicken High Water hin. Ich hoffe, du wirst ihn dann reiten.«

»Möglich. Das ist doch Honor, nicht? Naomis Honor.«

»Das ist sie. Was hältst du von ihr?«

»Ich überlasse euch zwei euren Fachsimpeleien«, unterbrach Channing. »Wenn Moses mich bei einem Schwätzchen erwischt, kürzt er mir den Lohn. War nett, dich zu sehen, Reno.«

»Bis dann.« Reno trat in die Box und bückte sich. Die Beine eines Vollbluts waren immer das Wichtigste. Wortlos ging er um das Pferd herum und strich mit den Händen über Brust, Flanken und Widerrist, dann prüfte er Augen und Zähne.

»Ein schönes Tier«, sagte er schließlich. »Wunderbar gebaut, genügend Lungenkapazität. War sie schon mal in der Startbox?«

»Ja. Wir hatten keine Probleme. Sie erschrickt zwar leicht, aber seit wir dazu übergegangen sind, Scheuklappen zu verwenden, ist sie ruhiger geworden.« Die Stute stupste sie am Arm, und gehorsam zog Kelsey eine Möhre aus der Tasche. »Sie hat eigentlich ein eher sanftes Naturell, aber beim Rennen zeigt sie Feuer und Temperament. Moses meint, wir sollten sie nächstes Jahr probeweise bei einigen Rrennen starten lassen. Hast du Interesse?«

»Ein schönes Tier«, wiederholte Reno, der zwischen Hoffnung und Verzweiflung hin- und hergerissen war. »Warum soll ich sie denn reiten?«

»Zum einen, weil ich deinen Stil kenne, zum anderen, weil du ein Pferd nicht nur als Mittel zum Zweck betrachtest. Du trainierst die Tiere selber, du bist oft im Stall, du behandelst ein Pferd als Partner.« Sie zögerte und kraulte Honor hinter den Ohren. »Ich weiß, daß du Pride geliebt hast, Reno. Man hat dir angemerkt, wieviel du von ihm gehalten hast. So einen Reiter möchte ich für Honor.«

Reno wandte sich ab und kämpfte mit den Tränen. Ihre Worte trafen ihn wie kleine, scharfe Pfeile. »Ich habe dieses Pferd geliebt«, sagte er mit schwankender Stimme, und er gab auf, sie unter Kontrolle halten zu wollen. »Pride hätte alles für mich getan, und am Ende hat er sein Leben für mich gegeben.«

»Reno, du darfst dir keine Vorwürfe machen.«

»Ich hab' ihm doch nicht schaden wollen. Wie konnte ich denn ahnen, daß das Rennen ihn umbringt?« Ausdruckslos starrte Reno vor sich hin. »Wie hätte ich das ahnen können?«

»Keiner konnte das ahnen«, sagte Kelsey sanft. »Früher oder später finden wir heraus, wer dafür verantwortlich war.«

Reno stieß keuchend den Atem aus. »Früher oder später.« Er wich einen Schritt zurück. »Das ist ein gutes Pferd hier.«

»Wirst du sie reiten?«

Reno warf ihr einen Blick zu, in dem eine so herzzerreißende Verzweiflung lag, daß sie auf ihn zuging. Aber als sie die Hand nach ihm ausstreckte, gab er ein leises Stöhnen von sich und lief davon.

25

»Ich sag' dir, Gabe, es hat mir fast das Herz gebrochen.«

Kelsey saß auf seinem langen, bequemen Sofa, ein Glas Wein in der Hand, und zog die Beine an. Es war ein warmer Abend, Türen und Fenster standen weit offen, und ließen die leichte Brise, die einen süßlichen Blumenduft mit sich brachte, herein. Doch Kelsey hatte noch immer die abgrundtiefe Hoffnungslosigkeit vor Augen, die Renos Gesicht gezeigt hatte, als er Honor ansah.

»Er muß wieder in den Sattel.«

Gabe, der sich auch auf dem Sofa ausgestreckt und die Füße in Kelseys Schoß gelegt hatte, blies genüßlich Rauchwolken an die Decke und erwiderte nichts. Zwar hatte er für Renos mißliche Lage durchaus Verständnis, aber er war jetzt einfach zu erschöpft, um sich darüber Gedanken zu machen. Wie hätte er ahnen sollen, daß sich seine Berühmtheit, die sich wie ein Lauffeuer ausgebreitet hatte, die Besprechungen, Telefonate und Einladungen anstrengender waren als harte körperliche Arbeit?

Im Moment hätte er eine Mistgabel und einen schweißnassen Rükken den Zahlen und stumpfsinnigen Berechnungen, die ihm von Anwälten, Buchhaltern und Börsenmaklern vorgelegt wurden, bei weitem vorgezogen.

Gerade an diesem Nachmittag hatte er einer Fernsehgesellschaft das Angebot abgelehnt, die Rechte an seiner und Doubles Lebensgeschichte zu verkaufen.

»Ich weiß nicht mehr weiter«, fuhr Kelsey fort, während Gabe seine Gedanken wandern ließ. »Ich habe immer angenommen, daß die Teilnahme an einem anderen Rennen für Reno alles ist, was er braucht. Aber jetzt …«, sie kuschelte sich an ein Kissen. Gabe hatte für sie Mozart aufgelegt. Sie wußte, daß ihm gute Rockmusik oder Blues allemal lieber war als klassische Klavier- oder Orchesterkonzerte. »Ich habe ihm vorgeschlagen, Honor zu reiten, und ich habe nicht nur aus selbstlosen Motiven gehandelt. Er ist wirklich einer der Besten. Natürlich wollte ich ihm damit auch helfen, aber ich fürchte, ich habe alles nur noch schlimmer gemacht.«

»Woher willst du das denn wissen?«

»Du hast sein Gesicht nicht gesehen. Wenn ich heute darüber nachdenke, wie sehr ich unter Prides Tod gelitten habe … Und obwohl ich an diesem Pferd gehangen habe, muß es Reno noch viel mehr geliebt haben. Er gibt sich die Schuld, Gabe, weil er im Sattel saß, als es passierte.« Abwesend drehte sie ihr Weinglas. »Ich habe schon daran gedacht, Naomi zu bitten, ihn zu einer Therapie zu überreden. Meinst du …« Ihr Blick fiel auf Gabe, der die Augen geschlossen hatte. »Langeweile ich dich?«

»'tschuldige«, er öffnete ein Auge, »ich bin wohl eingedöst.«

»Nein, mir tut es leid.« Kelsey verlagerte ihre Position, um seine Füße massieren zu können. »Du bist fix und fertig, das habe ich schon gesehen, als ich zur Tür reingekommen bin. Ich hätte mich nach deinem Tagesverlauf erkundigen sollen, anstatt dich mit meinen laienhaften psychologischen Theorien zu bombardieren.«

»Wenn du meine Füße weiter so rubbelst, dann kannst du mich mit noch ganz anderem bombardieren.«

Kichernd stellte sie ihr Glas beiseite, um beide Hände frei zu haben. »Also, was ist bei den Besprechungen heute herausgekommen? Haben wir die höchste Summe zu feiern, die jemals für einen Deckvorgang geboten wurde?«

»Ich habe abgelehnt.« Es ist doch faszinierend, wie viele erogene Zonen eine Fußsohle hat, dachte er. Man mußte sie nur entdecken. »Ich will Double nicht als Deckhengst verwenden.«

»Nicht?« Ihre Hände lagen einen Augenblick still. »Aber Gabe, die letzten Angebote haben schwindelerregende Höhen erreicht.«

»Ich will ihn nicht teilen.« Er schlug die Augen auf und sah sie an. »Ich habe alle Ratschläge, Angebote und Summen zur Kenntnis genommen und danach beschlossen, nach meinem Gutdünken zu handeln. Wenn etwas mir gehört, dann gehört es ausschließlich mir.«

»Eine ebenso naive wie emotionale Entscheidung.«

»Was würdest du denn tun?«

Kelsey überlegte kurz. »Hiermit ist mein Plan, mir einige Anteile an einem Triple-Crown-Sieger zu sichern, hinfällig.«

»Kommt drauf an.« Gabe setzte seine ganze Willenskraft ein, um sich entspannt zu geben und einen betont leichten Ton anzuschlagen. »Du kannst eine Hälfte von ihm haben.«

»Eine Hälfte?« Sie hob ihre Brauen, als sie Gabes Spann knetete. »Ich glaube, das übersteigt meine Möglichkeiten.«

»Da würden dir viele Leute recht geben. Du kannst dir die Bedingungen nicht leisten.«

Schmollend verzog sie die Lippen: »Ich denke, daß ich selbst am besten beurteilen kann, was ich mir leisten kann und was nicht. Okay? Also, wie lauten die Bedingungen?«

»Es handelt sich nur um eine einzige.« Gespannt sah er sie an. »Du mußt mich heiraten.«

Als erstes ging Reno in den Stall, in den Stall, der einst Cunningham gehört hatte. Niemand hielt ihn auf. Die Wachposten, die Pfleger, alle kannten Reno. Er wolle Jamison treffen, behauptete er, und alle glaubten ihm. Er gehörte dazu.

Er mußte die Pferde noch einmal sehen. Sie riechen, sie berühren. Erst hatte er erwogen, sich an Jamison zu wenden und ihm sein Herz auszuschütten. Aber was hätte das geändert? Nichts konnte mehr geändert oder wieder gutgemacht werden.

Während der letzten Wochen hatte er oft versucht, die Schuld auf andere abzuwälzen. Aber schließlich begriff er, daß alles wie ein Bumerang auf ihn zurückprallte. Er war derjenige, der zur Spritze gegriffen hatte. Er war derjenige, der einem schönen, mutigen Tier das tödliche Gift verabreicht hatte.

Wie das Instrument in seine Hände gelangt war, zählte nicht mehr, das sah er ein, und damit fand er sich auch ab. Er hatte getötet, was er liebte, und sich dadurch selbst zerstört.

Wie der Vater, so der Sohn. Schluchzend lehnte sich Reno an eine Stute. Es lag ihm im Blut. Schlechte Erbanlagen, grübelte er dumpf. Er hatte sich selbst etwas vorgemacht. All die Entschuldigungen, die er sich zurechtgelegt hatte, konnten daran nichts ändern. Hatte er wirklich geglaubt, den Vater, den er nie gesehen hatte, rächen zu können? Man hatte seine Gefühle als Waffe gegen ihn benutzt, so wie er die Nadel als Waffe gegen das Pferd benutzt hatte.

Er war ein Schwächling, schwach, wie es sein Vater gewesen war. Er war verdammt.

Also blieb ihm nur noch eins zu tun.

Er würde dasselbe Ende finden wie sein Vater. Und somit den Kreis schließen, der bei einem Mann begonnen hatte, den er nur von Fotos und kurzen Fernsehspots kannte. Es war ein Mann, den er blind verehrt und darüber seine eigene Ehre vergessen hatte.

Wie in Trance verließ Reno den Stall mit dem beruhigenden Geruch der Pferde. Sein Ziel war die Sattelkammer, die Sattelkammer, die einst Cunningham gehört hatte.

Kelsey brauchte zehn Sekunden, um die Sprache wiederzufinden. Dieser Antrag paßte zu einem Mann wie Gabe. Herausfordernd, kaltblütig und ohne Furcht vor einem Risiko. Absichtlich schob sie seinen Fuß von ihrem Schoß und griff nach dem Weinglas.

»Wenn ich dich heirate, bekomme ich einen fünfzigprozentigen Anteil an Double?«

»So ist es.« Er hatte sich eine andere Reaktion erhofft. »Und fünfzig Prozent von Longshot und allem, was dazugehört.«

Sie nippte an ihrem Wein und musterte ihn. »Und fünfzig Prozent von dir, Slater.«

Die unterdrückte Belustigung in ihrer Stimme und in ihren Augen irritierte ihn. Er schwang die Beine von der Couch und erhob sich. »Ich bin nicht Wade, Kelsey. Wenn wir uns darauf einlassen, dann total, mit Leib und Seele. Das wird keine Mal-sehen-ob-es-gutgeht-Ehe mit Hintertürchen.«

»Verstehe. Wenn ich den Einsatz wage, gibt es kein Zurück mehr.«

»Du hast es erfaßt. Und weil ich die Höhe des Einsatzes bestimme, lege ich meine Karten auch offen auf den Tisch. Ich will dich. Das ist mein Trumpf, und du brauchst ein verdammt gutes Blatt, um mich zu schlagen. Vielleicht bist du ja der Ansicht, daß du schlechte Karten hast, weil du einmal Pech hattest und eine Wiederholung vermeiden möchtest. Aber dies ist ein anderes Spiel mit anderen Spielern, und was mich angeht, ist auch der Einsatz höher.«

Kelsey schaute sich ihr Weinglas an. Und da behauptete er, sie könnte nicht bluffen, dachte sie mit einem Anflug von Stolz. Dennoch hütete sie sich, ihn voll anzublicken, ehe sie antwortete.

»Du glaubst also, daß ich vor einer Heirat, vor einer festen Bindung zurückschrecke, nur weil es einmal danebengegangen ist? Das empfinde ich als ebenso beleidigend wie der lächerliche Antrag, den du dir abgerungen hast.«

»Natürlich, du hast bestimmt Blumen, Kerzenschein und einen Ring erwartet.« Genauso hatte er seinen Antrag eigentlich geplant, und daß er jetzt alles so überstürzt hatte, brachte ihn nur noch mehr auf. »Ich wiederhole die Farce, die er aufgeführt hat, nicht.«

Jetzt blickte Kelsey ihm ins Gesicht. In ihren Augen funkelte gerade soviel Zorn, daß ihre wahren Gefühle verschleiert wurden. »Nanu? Wer hängt denn hier an der Vergangenheit, Slater?« Mit einem vernehmlichen Knall setzte sie ihr Glas auf den Tisch und stand auf. »Wieso führst du mich eigentlich nicht nach Las Vegas? Das wäre doch das perfekte Milieu für dich. Wir könnten uns an einem Würfeltisch das Jawort geben.«

Gabe nickte steif: »Geht in Ordnung, wenn es das ist, was du willst.«

»Was ich will, ist eine simple, ehrliche Frage, auf die ich eine simple, ehrliche Antwort geben kann. Also entweder stellst du jetzt diese Frage, oder du kannst dich zum Teufel scheren.«

Mit schmalen Augen musterte er sie, aber zum ersten Mal konnte er nicht in ihrem Gesicht lesen. Wie sollte er auch, denn zum ersten Mal in seinem Leben hielt sein Gegenspieler alle Trümpfe in der Hand.

»Willst du mich heiraten?«

»Ja«, antwortete sie. »Und ob.«

Er sah sie an und atmete schwer aus. Ihm war gar nicht bewußt geworden, daß er die ganze Zeit die Luft angehalten hatte. »Das ist alles?«

»Das ist alles«, bekräftigte sie.

Langsam zog ein Lächeln auf seine Lippen. Er ging zu ihr, fuhr mit den Händen durch ihr Haar und sagte: »Ich liebe dich, Kelsey.«

»Das mußt du wohl, sonst hättest du die Szene nicht so verpatzt.«

»Verpatzt, soso.« Er küßte sie heftig. »Gehörst du zu mir?«

»Ja.« Lachend umarmte sie ihn fest. »Ja, das tue ich.«

Er hob sie hoch. »Was den Trip nach Vegas angeht …«

»Nein.«

»Denk doch mal an die Möglichkeiten.« Gabe hatte nur noch einen

Gedanken im Kopf. Er wandte sich zur Treppe. »Man ist schnell dort, kann sich rasch trauen lassen. Das ist doch mal was anderes. Wir könnten unsere Hochzeitsnacht in einem großen herzförmigen Bett vor zimmerhohen Spiegeln verbringen.«

»So verlockend das auch klingt, ich muß leider passen. Warum ...«

Das laute Klopfen an der Hintertür ließ Gabe Kelsey wieder auf die Füße stellen. »Du bleibst hier«, befahl er und schob sie zur Treppe. Noch ehe er die Tür erreicht hatte, stolperte einer seiner Pferdepfleger mit aschfahlem Gesicht und weit aufgerissenen Augen herein.

»Mr. Slater. O Gott, Mr. Slater. Sie müssen sofort kommen. Es geht um Reno. Ich glaube, er ist tot.«

Daran bestand kein Zweifel. Obwohl schon jemand den Mut gehabt hatte, Reno von dem an einen Balken geknoteten Seil, an dem er hing, abzuschneiden, war die Ursache seines Todes deutlich.

Kelsey konnte den Blick von dem schlaffen Körper, dem unnatürlich abgeknickten Hals und den Würgemalen, die das Seil hinterlassen hatte, nicht abwenden.

»Ruf die Polizei«, ordnete Gabe an und schob Kelsey grob zur Seite. »Raus hier. Geh nach Hause.«

»Nein, ich bleibe hier. Mir geht es gut. Ich bleibe hier.«

Zum Streiten war jetzt keine Zeit. »Dann warte um Himmels willen draußen«, schimpfte Gabe, als sie störrisch an seiner Seite blieb. »Warte draußen!«

Sie schüttelte nur abwehrend den Kopf und blickte von Reno zu Jamison, dessen Augen vor Schock und Entsetzen glasig wirkten. Kelsey ging zu ihm und führte ihn zu einem Stuhl.

»Setz dich erst mal, Jamie.«

»Ich hab' ihn gefunden. Irgendwer sagte mir, er sei hier und würde mich suchen. Ich weiß nicht, warum ich hier reingegangen bin, ich weiß gar nichts mehr. Außer, daß ich ihn gefunden habe. Wie das letzte Mal. Ich hab' ihn gefunden.«

»Letztes Mal?«

»Benny. Genau wie Benny. O Gott!« Jamison vergrub das Gesicht in den Händen. »O Gott, wann hat das ein Ende?«

»Hier ist eine Nachricht, Mr. Slater.« Ein junger Stallbursche kam vorsichtig näher. Er flüsterte, als ob der Tote ihn noch hören könnte. »Da auf der Bank liegt ein Zettel. Ich hab' ihn nicht angefaßt«, fügte er hinzu. »Es heißt doch immer, daß man in solchen Fällen nichts anrühren soll.«

»Vollkommen richtig. Warte draußen auf die Polizei, ja?«

»Klar, Mr. Slater.« Er zögerte. »Wir haben ihn abgeschnitten«, sprudelte er dann hervor. »Vielleicht hätten wir das nicht tun dürfen, aber wir konnten ihn doch nicht so hängen lassen. Wir mußten ihn runterholen.«

»Ihr habt richtig gehandelt.« Gabe legte dem Jungen eine Hand auf die Schulter. »Warte jetzt draußen.« Von bösen Vorahnungen erfüllt ging er zu der Bank hinüber und nahm den von Hand geschriebenen Zettel auf.

> Es tut mir leid. Ich weiß, ich handele wie ein Feigling, aber es ist der einzige Ausweg, der mir noch bleibt. Nie wieder werde ich im Sattel sitzen. Ich habe das beste Pferd getötet, das ich je reiten durfte, doch Gott ist mein Zeuge, ich wußte nicht, daß die Dosis tödlich war. Er sollte lediglich disqualifiziert werden. Ich habe nie an die Schuld meines Vaters geglaubt. Bis jetzt. Was er getan hat, habe ich auch getan. Was er getan hat, werde ich auch tun. Schlechtes Blut. Das Blut ist stärker.

Gabe ließ den Bogen sinken und blickte seinen Trainer an. »Wußtest du es, Jamie?«

Jamison nickte. Tränen tropften auf seine Hand. »Ich wußte es. Ich wußte, daß Reno Benny Morales' Sohn war. Möge Gott seiner Seele gnädig sein.«

Die Tatsachen, die nach und nach ans Licht kamen, fügten sich nahtlos aneinander. Der verzweifelte Benny Morales hatte seine Schande nicht länger ertragen können und sich erhängt. Seine junge Frau war schwanger zurückgeblieben, hatte Virginia verlassen und sich in Kansas niedergelassen, um sich und ihren kleinen Sohn Reno vor dem Skandal zu bewahren.

Als der Junge fünf Jahre alt war, heiratete sie erneut.

Obwohl Reno den Namen seines Stiefvaters annahm, hörte er nie auf, von seinem leiblichen Vater zu träumen. Von Benny hatte er den kleinen Wuchs, die geschickten Hände und die Liebe zu Pferden geerbt. Also trat er in die Fußstapfen seines Vaters und arbeitete sich zum Jockey hoch.

Da er von dem Gedanken an seinen unbekannten Vater wie besessen war, zog er nach Virginia. Sein Geheimnis vertraute er nur Jamison, dem engsten Freund seines Vaters an. Und Jamison bewahrte es.

»Er hat Sammelalben mit Bildern und Berichten über seinen Vater angelegt.« Zwei Tage nach Renos Selbstmord teilte Rossi Gabe einige seiner Ermittlungsergebnisse mit. »Fast schon eine kleine Bibliothek. Einige handelten von den Anschuldigungen, die gegen Morales erhoben wurden, von den Untersuchungen und von seinem Selbstmord. Heute sind seine Mutter und sein Stiefvater aus Kansas eingetroffen, um den Leichnam zu überführen. Die Mutter bestätigte meinen Verdacht, daß Reno ein krankhaftes Verhältnis zu seinem toten Vater entwickelt hatte. Für ihn war der Mann ein Held, den man zum Sündenbock abgestempelt hatte, und er war entschlossen, das alte Unrecht zu sühnen.«

»Indem er den Chadwick-Hengst dopte«, folgte Gabe, »um ihn vom Derby zu disqualifizieren.«

»Morales ritt für die Chadwicks, als er den Unfall hatte, der ihn über ein Jahr lang arbeitsunfähig machte.« Rossi blätterte in seinem Notizbuch, obwohl er seine Aufzeichnungen auswendig kannte. »Als dann das Pferd Sun Spot in Keeneland eingeschläfert werden mußte, war Matthew Chadwick einer derjenigen, die Benny Morales am schärfsten verurteilten. Schließlich hatte er dank der Pfuscherei eine wertvolle Kapitalanlage verloren.«

»Schlechtes Blut.« Gabe biß die Zähne zusammen. »Aber dennoch stellt sich die Frage wie Reno an das Medikament herangekommen ist. Er muß dem Pferd die Injektion verpaßt haben, nachdem es gewogen und bevor es in die Startbox gebracht wurde. Vermutlich auf dem Weg dorthin. Doch woher hatte er das Zeug und von wem?«

»Für einen Mann in seiner Position scheint mir das nicht allzu schwierig zu sein, Mr. Slater. Reno trieb sich auf den Rennbahnen herum, seit er ein Teenager war. Er wird schon die richtigen Leute gekannt haben – oder die falschen.«

»Wenn er sich das Zeug selbst beschafft hätte, dann hätte er sich nicht in der Dosis geirrt. Ich bin überzeugt, daß er nicht die Absicht hatte, das Pferd zu töten, Lieutenant.«

»Er hat einen Fehler gemacht.«

»Oder er ist reingelegt worden. Haben Sie meinen Vater überprüft.«

»Eine Familienangelegenheit, was? Nein«, sagte er, als Gabe verbissen schwieg. »Er ist ausgezogen und hat keine neue Adresse hinterlassen. Der einzige Grund für mich, diese bestimmte Spur zu verfolgen, ist Ihr Instinkt. Und ich vertraue darauf, Mr. Slater. Wenn er auf der Rennbahn oder irgendwo in der Umgebung auftaucht, dann schnappen wir ihn uns.«

»Der taucht auf. Er ist viel zu eitel, um zu wissen, wann er aufgeben muß.«

Reno hatte nicht an die Schuld seines Vaters geglaubt. Kelsey stand, frisch geduscht, an ihrem Schlafzimmerfenster und blickte über die Hügel. Reno hatte seinen Vater für unschuldig gehalten und den größten Teil seines Lebens damit verbracht, einem Geist hinterherzujagen, hatte sich in den Gedanken verrannt, ihn zu entlasten, ihn zu rächen. Und am Ende hatte er etwas über den Mann, dessen Blut in seinen Adern floß, und über sich selbst herausgefunden, mit dem er nicht leben konnte.

Es war nicht ganz ungefährlich, das Tor zur Vergangenheit aufzustoßen. Sie selbst ermutigte Gabe ständig, die Schatten seiner Vergangenheit abzuschütteln und nur er selbst zu sein. Warum brachte sie das nicht auch fertig?

Setzte sie nicht alles, was zwischen ihr und Naomi in den letzten Monaten gewachsen war, aufs Spiel, indem sie beharrlich an jenem Tor rüttelte? Und wenn sie es aufgestoßen hatte, wenn sie herausgefunden hatte, was sich dahinter verbarg, ob sie damit leben konnte?

Laß es bleiben, befahl sie sich. Warum schlafende Löwen wecken? Ihr ganzes Leben lag noch vor ihr. Ein Leben mit Gabe. Ein neuer Anfang – in jeder Hinsicht. Sie mußte nur aufhören, den Schatten der Vergangenheit nachzujagen und das Hier und Jetzt akzeptieren.

»Miß Kelsey?«

Ohne sich umzudrehen sagte Kelsey: »Ja, Gertie.«

»Ein Mr. Lingstrom ist am Apparat. Er wollte Miß Naomi sprechen, aber sie ist nicht da, kommen Sie doch bitte ans Telefon.«

»In Ordnung, Gertie. Ich gehe nach unten.«

Sie nahm den Anruf im Büro ihrer Mutter entgegen, hörte zu, brachte es fertig, Bemerkungen zu machen und legte schließlich den Hörer behutsam wieder auf die Gabel. Sie saß noch immer regungslos am Schreibtisch, als Naomi eintrat.

»Der Himmel bewahre mich vor diesen schwachsinnigen Lunchverabredungen. Warum ich überhaupt hingehe, ist mir ein Rätsel. Der einzige Lichtblick war diese kleine Boutique neben dem Restaurant. Sie hatten das absolute Traumkleid, ideal für eine schlichte Gartenhochzeit. Ich hab's für vierundzwanzig Stunden zurücklegen lassen, damit du …«

Sie brach ab. Die freudige Erregung, die sie auf dem schnellsten

Weg nach Hause zu ihrer Tochter getrieben hatte, ließ merklich nach. Kelsey starrte sie unbewegt an, ohne auf ihre Worte zu reagieren.

»Was ist los?« fragte Naomi besorgt. »Ist es wegen Reno? Oder was ist es?«

»Nein, nicht wegen Reno.« Kelsey bemerkte den Anflug von Erleichterung auf Naomis Gesicht. »Dein Anwalt hat angerufen.«

»Ach.« Beunruhigt spielte Naomi mit der sternförmigen Brosche an ihrem Revers.

»Er läßt dir ausrichten, daß die Dokumente, die er für dich aufsetzen sollte, zur Unterschrift bereitliegen.« Sie schwieg einen Augenblick. »Die Übertragung der Hälfte von Three Willows auf meinen Namen ist dann rechtsgültig.«

»Gut. Wunderbar.«

»Warum hast du das getan?«

»Dein Großvater und ich haben diese Transaktion bereits vor seinem Tod besprochen. Es war schon immer meine und auch seine Absicht, Kelsey, und ich legalisiere sie nur.«

»Ohne mir vorher etwas davon zu sagen?«

»Ich wollte vermeiden, daß es zu sehr nach einer Verpflichtung aussieht«, erwiderte Naomi vorsichtig, »weder für mich, noch für dich. Ich konnte dir nie viel geben. Aber dies ist etwas, was ich für dich tun kann. Mein Vater hat mir die Wahl des Zeitpunkts und der genauen Bedingungen überlassen, aber eigentlich ist dies sein Vermächtnis. Nur, Kelsey, versteh mich richtig, das ist nicht etwas, das dich an die Farm binden soll. Oder an mich.«

»Du weißt ganz genau, daß ich bereits an die Farm und an dich gebunden bin. Darauf hast du doch gesetzt, als du mich gebeten hast, hierher zu kommen.«

»Das habe ich. Ich konnte nicht damit rechnen, sondern nur hoffen, daß du etwas für mich empfinden würdest. Aber ich war ganz sicher, daß dir Three Willows bald etwas bedeuten würde.«

»Was im Endeffekt auf dasselbe hinauskommt.«

Ein leichtes Lächeln umspielte Naomis Lippen. »Das hat man mir auch gesagt.«

»Es ist fast unmöglich, das eine ohne das andere zu lieben und zu respektieren.« Kelsey stand auf und streckte über den Schreibtisch die Hände nach Naomi aus. »Ich habe es jedenfalls nicht fertiggebracht und sehe auch keinen Grund dafür.«

»Nicht jeder hätte mir die Chance gegeben.« Naomi ergriff Kelseys Hände und drückte sie fest.

Nicht jeder hatte ihr eine Chance gegeben, dachte auch Kelsey. Doch sie würde die Herausforderung annehmen und versuchen, das zu ändern.

Als sie in Tiptons Einfahrt einbog und hinter seinem uralten, schmutzigen Lieferwagen parkte, ging es schon auf fünf Uhr zu. Der Nachbarshund machte ein Höllenspektakel und raste wie verrückt am Zaun entlang, der die beiden Grundstücke trennte, als wolle er sie davor warnen, in seinen Bereich einzudringen. Aus dem Fenster der oberen Etage lehnte eine Frau und rief den Hund zur Ruhe, ehe sie Kelsey prüfend musterte.

»Wollen Sie zu Jim?«

»Ja. Ist er zu Hause?«

»Im Schuppen.« Mit dem Kopf wies die Frau ihr den Weg. »Hören Sie den Radau nicht?«

Nachdem das wütende Gekläff zu einem tiefen, heiseren Knurren geworden war, konnte Kelsey tatsächlich dem Geräusch einer Motorsäge folgen, das sie zu einem kleinen, ziemlich windschiefen Schuppen im Hof führte.

Vorsichtig klopfte sie an die wackelig in den Angeln hängende Tür, die bei dieser leichten Berührung weit aufflog und gegen die Innenwand prallte.

Tipton stand an einer Werkbank, hatte eine Schutzbrille auf, Ohrenschützer und eine Baseballkappe, die er verkehrtherum aufgesetzt hatte. Sägespäne flogen auf, als er ein kleines Stück Holz von einem Balken trennte. Kelsey hielt es für sicherer zu warten, bis die Säge stillstand.

»Hab' ich dich, du Schweinehund«, brummte Tipton, als das Holzstück zu Boden fiel.

»Captain Tipton?«

Er fuhr herum. Mit der Brille, den bauchigen grauen Ohrenschützern und dem mit roten Flecken übersäten Hemd hätte er ohne weiteres in einem Horrorfilm mitspielen können.

»O Gott, haben Sie sich verletzt?«, fragte Kelsey entsetzt.

»Was? Wo?« Erschrocken vergewisserte Tipton sich, daß alle Finger noch dran waren. »Ach, das.« Grinsend klopfte er sich auf die Brust. »Kirschsaft. Meine Frau sieht es nicht gern, daß ich in guten Klamotten hier arbeite.«

Kelsey hatte weiche Knie, lehnte sich an die Werkbank und fluchte leise.

»Hab' ich Sie erschreckt?« Immer noch kichernd nahm Tipton die Ohrenschützer ab und schob die Brille hoch. »Setzen Sie sich doch.«

»Nein, danke.«

»Ich baue ein paar Regale.« Er hob ein breites, flaches Brett hoch und prüfte, ob es sich verzogen hatte. »Ein altes Spielchen zwischen mir und meiner Frau. Ich bastele Regale, und sie füllt sie mit allem möglichen Zeug. So sind wir beide zufrieden.«

»Sehr nett. Haben Sie ein paar Minuten Zeit?«

»Die werd' ich schon erübrigen können. Limonade?« Ohne auf ihre Zustimmung zu warten griff er nach einem großen Plastikkrug und schenkte zwei Pappbecher voll. »Wie ich hörte, hatten Sie da draußen noch mehr Probleme.«

»Leider. Es ist doch ein eigenartiger Zufall, daß Renos Leben wie sein Tod ein so genaues Spiegelbild vom Leben und Tod seines Vaters sein soll?«

»Die Welt ist voll seltsamer Zufälle, Miß Byden.« Doch dieser Fall machte Tipton mehr als nachdenklich. Er hatte sein Dossier über Benny Morales fertiggestellt und nur Stunden vor Renos Selbstmord die letzten Details hinzugefügt. Vierundzwanzig Stunden später, und alles wäre vielleicht ganz anders gekommen. »Jedenfalls ist eine Ihrer Fragen beantwortet. Sie wissen, wer Ihr Pferd getötet hat.«

»Reno wollte Pride nicht töten, dessen bin ich mir absolut sicher.« Kelsey nippte an ihrer Limonade. Viel zu sauer und voller Fruchtfleisch, stellte sie fest. Tiptons Frau mußte sie selbst gemacht haben. »Jemand hat ihn benutzt, Captain. Auch das kommt in unserer Welt häufig vor. Menschen, die andere Menschen benutzen.«

»Da kann ich Ihnen nicht widersprechen.«

»Meine Mutter benutzte Alec Bradley, um meinen Vater eifersüchtig zu machen, um ihre eigene Unabhängigkeit zu beweisen, ja, sogar um Gerüchte zu schüren. Aber ich frage mich, wozu Alec Bradley meine Mutter benutzt hat.«

Das Mädchen hat einen scharfen, logisch arbeitenden Verstand, stellte Tipton fest. Er langte nach einem Stück Sandpapier und begann, eine gebogene Holzleiste abzuschmirgeln. »Sie ist eine schöne Frau.«

»Hier geht es nicht um Sex, Captain. Eine Vergewaltigung hat nicht nur mit Sex zu tun.«

Tipton stieß vernehmlich den Atem aus. »Mag sein. Aber wir haben nur ihre Aussage, daß es sich um eine versuchte Vergewaltigung gehandelt hat.«

»Ich glaube ihr. Sie doch auch. Haben Sie schon einmal darüber nachgedacht, warum – immer vorausgesetzt, meine Mutter sagte die Wahrheit – Alec Bradley sich ausgerechnet diese Nacht ausgesucht hat, um sie zu attackieren? Die beiden hatten sich doch schon seit Wochen getroffen. Und sie ist nicht der Typ Frau, der sich auch dann noch mit einem Mann abgibt, wenn er sie mißbraucht hat. Oder sie bedroht.«

Tipton bearbeitete weiter das Holz. Er wollte einen Schaukelstuhl bauen, als Geburtstagsgeschenk für seine Enkelin.

»Wenn sie die Wahrheit gesagt hat, Miß Byden, wenn. Er hatte getrunken. Sie haben sich in aller Öffentlichkeit gestritten, und Ihre Mutter hat ihm den Laufpaß gegeben und das noch deutlich gemacht, indem sie ihm ein Glas französischen Champagner ins Gesicht schüttete. So etwas können bestimmte Männer schwer verdauen.« Sachte blies Tipton den Staub fort. »Aber, wie ich schon sagte, es gibt keine Beweise.«

»Ihr Nachthemd war zerrissen. Sie hatte am ganzen Körper Schrammen und blaue Flecke.« Als Tipton nur die Achseln zuckte, gab Kelsey einen unwirschen Laut von sich. »Ja, ja, die kann sie sich genausogut selbst beigebracht haben. Aber wenn nicht, wie kann man das beweisen? Sie haben doch sicher Nachforschungen über Bradley angestellt. Wenn es da noch eine andere Frau gäbe, die er mißbraucht oder bedroht hat, würde das doch für Naomi sprechen, oder nicht?«

»Ich habe aber keine solche Frau aufgetrieben. Außerdem kommen viele Vergewaltigungen erst gar nicht zur Anzeige, besonders nicht die von der Art, um die es hier geht. Sozusagen Kavaliersdelikte.«

Diese Bezeichnung mochte er nicht. Kavaliersdelikt. Damit wurde eine grausame, hinterhältige Tat verharmlost.

»Vor zwanzig Jahren hatten die Menschen noch eine andere Einstellung. Bradley hatte zwar einen schlechten Ruf, aber Gewalttätigkeit wurde ihm nie nachgesagt. Er steckte tief in Schulden«, fuhr Tipton gedankenverloren fort. »So um die Zeit herum, als er anfing, Ihre Mutter zu treffen, hatte er bereits einiges zurückgezahlt, ungefähr zwanzigtausend Dollar. Aber er benötigte mindestens noch einmal so viel, um sich aus dem Dreck zu ziehen.«

»Also brauchte er Geld, und meine Mutter hatte genug.«

»Er ist sie nie mehr als um ein paar tausend Dollar angegangen.« Tipton legte die Holzleiste beiseite. »Ihren eigenen Angaben zufolge hat er sie nie um große Summen gebeten. Und neben einigen anderen

Ungereimtheiten fand ich das mehr als merkwürdig, denn Bradley war eigentlich immer darauf aus gewesen, die Frauen auszunehmen.«

»Er könnte ja auf Zeit gespielt haben. Oder ... er könnte aus einer anderen Quelle Geld erwartet haben.«

»Hab' ich auch schon dran gedacht.« Tipton zog einen Schokoriegel aus der Gesäßtasche, brach ihn durch und bot Kelsey eine Hälfte an. »Obwohl ich den Gedanken nie weiterverfolgt habe, hätte ich doch zu gern gewußt, wo er die zwanzigtausend her hatte. Er kann sie natürlich beim Pferderennen gewonnen haben, aber es hieß, er würde mehr verlieren als gewinnen, und meistens handelte es sich dann nur um minimale Beträge. Großes Mundwerk«, fügte Tipton mit vollem Mund hinzu. »Gab immer groß damit an, daß er gerade einen dicken Deal laufen hatte. Nur Schaumschlägerei, soviel ich weiß.«

»Aber wenn es stimmte, hatte dieser Deal mit meiner Mutter zu tun.« Kelsey ging im Schuppen auf und ab, während sich Gedanken formten und Gestalt annahmen. »Sie war fertig mit ihm, sagte ihm, die Beziehung sei beendet. Er geriet in Panik und bedrängte sie. Wenn sie mit ihm Schluß machte, war der Deal für ihn gelaufen, und er brauchte dringend Geld. Viele Leute wußten das. Aber wer hätte ihn dazu benutzen können, daß er sich an meine Mutter heranmacht?«

Die Antwort auf diese Frage traf sie wie ein Schlag. Die Hand, die den Pappbecher hielt, krampfte sich zusammen.

»Das ist die Gefahr, wenn man alte Steine umdreht«, meinte Tipton freundlich, »man weiß nie, was darunter zum Vorschein kommt. Ich habe Ihren Vater nie mit Alec Bradley in Verbindung bringen können. Und ich habe es weiß Gott versucht. Ich habe kraft meines Amtes die Kontoauszüge Ihres Vaters angefordert und genau unter die Lupe genommen, um diese Zahlung von zwanzigtausend Dollar zu finden. Nichts. Die Telefonrechnung war auch sauber. Keine Anrufe von oder an Bradley, weder von dem Haus in Potomac noch von seinem Büro in der Universität.«

»So etwas hätte er nie getan.« Doch Kelseys Lippen waren kalt und starr. »Mein Vater hätte so etwas nie getan.«

»So, wie's aussieht, haben Sie recht. Allerdings landet der Schwarze Peter dann wieder bei Ihrer Mutter.«

»Es muß eine andere Antwort geben.« Kelsey drehte sich um. »Ich weiß, daß es eine andere Antwort gibt.«

»Sie wollen eine andere Antwort«, sagte Tipton sanft. »Vielleicht werden Sie sie finden. Vielleicht wird sie Ihnen nicht gefallen.« Seufzend nahm er ihr den zerdrückten Becher aus der Hand. »Ich habe nur ein einziges Bindeglied zwischen Philip Byden und den Ereignissen auf Three Willows in jener Nacht gefunden. Charles Rooney.«

26

Es bestand kein Zweifel, irgend etwas stimmte nicht. Nach Einbruch der Dunkelheit war sie zu ihm gekommen und hatte nur gesagt, sie wolle bei ihm sein. Gabe wünschte, er könnte glauben, daß es so einfach war, daß es der Wahrheit entsprach.

Doch in ihren Augen lag ein abwesender Ausdruck, ihr Lächeln wirkte künstlich, und ihr Verlangen, das ihn stets von neuem entzückte, war zu heftig. Unter ihrer hingebungsvollen Leidenschaft lauerte Verzweiflung.

Als ob sie sich von irgend etwas befreien wollte, dachte Gabe, als Kelsey still neben ihm lag. Sein Körper hatte auf sie reagiert wie sonst, doch nun, als sich Schweigen zwischen ihnen ausbreitete, schien ihm, daß sie beide nicht befriedigt waren.

»Bist du jetzt bereit?« fragte er.

Kelsey drehte den Kopf, um auf dem warmen Laken nach einer kühleren Stelle zu suchen. »Bereit?«

»Mir zu erzählen, was dich belastet.«

»Was sollte mich denn belasten?« Ihre Stimme klang tonlos und erschöpft. »Vor ein paar Tagen hat sich ein Mann, den ich kannte und gern hatte, umgebracht.«

»Hier geht es nicht um Reno, sondern um dich.«

Sie rollte sich auf den Rücken und starrte in den dunklen Himmel. Der Mond war heute nacht nicht zu sehen, er war hinter Wolken verschwunden. Um viel zu verbergen, bedurfte es manchmal nur sehr wenig.

»Er hat seinen Vater geliebt«, begann sie. »Er hat ihn nicht einmal gekannt, aber er liebte ihn. Glaubte an ihn. Alles, was Reno tat, ist auf diese Liebe, diesen Glauben zurückzuführen. Blinde, kompromißlose Liebe, unerschütterlicher Glaube.« Sie seufzte tief. »Und als er erkannte, daß er seine Gefühle an die falsche Person verschwendet hatte, daß zumindest der Glaube nicht gerechtfertigt war, da konnte er mit dieser Erkenntnis nicht mehr weiterleben.«

Unruhig wälzte sie sich herum, das Rascheln der Laken an ihrer Haut klang in der Dunkelheit wie geheimnisvolles Flüstern.

»Es wäre besser gewesen, er hätte die Ereignisse, die so viele Jahre zurücklagen, ruhen lassen, nicht wahr? Was kann man schon beweisen, Gabe? Was kann man schon ändern, wenn man auch noch so beharrlich in der Vergangenheit wühlt?«

»Das hängt davon ab, wie dringend man Gewißheit haben muß. Und davon, was man herausfindet.« Er streichelte mit einer Hand ihr Haar, ließ die blonde Fülle durch seine Finger gleiten. »Es geht um dich, Kelsey, oder? Um dich und Naomi.«

»Sie hat mit der Vergangenheit abgeschlossen. Warum kann ich das nicht auch? Niemand hat die Macht, die Uhr zurückzudrehen und ihr all die verlorenen Jahre wiederzugeben. Verlorene Jahre für uns beide. Sie hat Alec Bradley umgebracht. Ich sollte das als gegeben hinnehmen und nicht so verzweifelt nach dem wahren Grund für diese Tat suchen.«

Kelsey setzte sich auf, zog die Knie an und schlang die Arme darum; eine Geste, die sie dermaßen schutzbedürftig erscheinen ließ, daß es Gabe einen Stich ins Herz versetzte.

»Dann laß die Dinge ruhen.«

»Die Dinge ruhen lassen«, wiederholte sie. »Das wäre das Vernünftigste. Schließlich hat sie für ihre Fehler teuer bezahlt. Damals kannte ich sie noch nicht oder konnte mich zumindest nicht an sie erinnern. Was denke ich eigentlich, wer ich bin, daß ich im nachhinein eine entscheidende Wende herbeiführen könnte? Sie ist glücklich. Mein Vater ist glücklich. Keiner von beiden würde es mir danken, wenn ich alte Wunden aufreiße. Mein lächerliches Bedürfnis nach Wahrheit und Gerechtigkeit gibt mir noch lange nicht das Recht dazu.«

Mit fest zusammengekniffenen Lippen preßte sie ihr Gesicht gegen die Knie. »Und manchmal sind Wahrheit und Gerechtigkeit nicht dasselbe, oder?«

»Doch, das sollten sie sein. Eine deiner bemerkenswertesten Eigenschaften ist, daß du beides vereinen möchtest.« Er strich mit der Hand über ihre Schultern, fühlte die verspannten Muskeln und begann, sie zu massieren. »Wie bist du überhaupt auf diese Gedanken gekommen, Kelsey?«

Um sich zu beruhigen holte Kelsey tief Atem und erzählte ihm von ihrem Besuch bei Tipton. Er hörte ihr zu, ohne sie zu unterbrechen, und unterdrückte den Ärger darüber, daß sie ohne ihn zum Captain gegangen war.

»Und jetzt machst du dir Sorgen, daß dein Vater irgendwie in die Sache verwickelt sein könnte.«

»Unmöglich!« Ihr Kopf fuhr hoch. In ihren Augen glomm ein rebellischer Funke – und die Bitte um Verständnis. »Er kann nichts damit zu tun haben, Gabe. Du kennst ihn nicht.«

»Nein, ich kenne ihn nicht.« Verstimmt über sich selbst, wandte Gabe sich ab und griff nach einer Zigarre, die auf dem Nachttisch lag. »Da haben wir doch glatt vergessen, ihm einen Höflichkeitsbesuch abzustatten.«

Gequält fuhr Kelsey sich mit der Hand durchs Haar. Irgendwie mußte sie ihn verletzt haben. »Alles ging doch so schnell. Unsere Beziehung hat sich sozusagen im Eiltempo entwickelt. Und die Situation, ich meine meine familiäre Situation, steht zur Zeit unter einem schlechten Stern. Denk bitte nicht, daß ich dich von meinem Vater fernhalten will.«

»Vergiß es.« Er ließ sein Feuerzeug klicken und starrte grollend in die Flamme. »Vergiß es«, sagte er, diesmal schon ruhiger. »Darauf kommt es jetzt gar nicht an. Und das ist es auch nicht, was mich ärgert. Ich hätte dich zu Tipton begleitet. Ich hätte bei dir sein sollen.«

»Es war eine ganz impulsive Handlung.« Aber das war nur die halbe Wahrheit, gestand sich Kelsey ein. »Aber vielleicht wollte ich auch allein gehen, mußte sogar allein gehen. Ich will nicht mehr beschützt werden, Gabe. Mein ganzes Leben lang bin ich beschützt und behütet worden, ohne mir darüber klar zu sein. Ich kann nicht für den Rest meines Lebens so weitermachen.«

»Es ist ein gewaltiger Unterschied, ob dir jemand zur Seite stehen oder dich beschützen will. Ich möchte, daß du dich auf mich stützt, Kelsey, genau wie ich mir sicher sein möchte, daß ich mich auf dich stützen kann.«

Nach einer Weile nahm sie seine Hand. »Mußt du eigentlich immer recht haben?«

»Nicht immer, aber manchmal.« Er zog ihre Finger an seine Lippen. »Was hast du als nächstes vor?«

»Eigentlich will ich am liebsten alles vergessen, alles Vergangene hinter mir lassen und hier und jetzt neu beginnen. Aber ich kann nicht. Ich muß die Wahrheit wissen. Und ich muß mit dem leben, was ich eventuell herausfinde.« Sie drückte ihre Handfläche gegen die seine, bis sich ihre Finger ineinander verschlangen. »Morgen nachmittag werde ich Charles Rooney aufsuchen. Willst du mitkommen?«

Noch mehr Lügen, dachte Kelsey. Not macht erfinderisch. »Du wirst dich in dieses Kleid verlieben.« Naomi hielt ihr eine lavendelblaue Visitenkarte hin. »Der Name der Verkäuferin steht auf der Rückseite. Ilsa. Sie ändern dir das Kleid auch, wenn es sein muß.«

»Prima.«

»Und wenn es dir nicht gefällt, findest du bestimmt etwas anderes. Es ist ein tolles Geschäft. Ach, und dann hab' ich mit dem Partyservice vom Klub gesprochen. Ich weiß ja, daß du nur eine einfache Hochzeitsfeier willst, aber Essen muß trotzdem auf den Tisch. Der Chef arbeitet dir einige Menüvorschläge aus, unter denen du dann wählen kannst. Und ...« Sie griff nach einer weiteren Liste. »Gabe hat ja einen wunderschönen Garten und eine Hand für Blumen, aber du möchtest bestimmt extra Blumenschmuck. Wenn du dich für die Farben entschieden hast, können wir bestellen, was du magst.«

»Klingt gut.«

»Ich kann es fast nicht glauben!« Naomi lachte über sich selbst, als sie die Listen wieder auf den Tisch fallen ließ. »Ich bin die überfürsorgliche Brautmutter, wie sie im Buche steht.«

Kelsey zwang sich zu einem Lächeln. »Nein, ich bin dir wirklich dankbar. Auch die Vorbereitung einer kleinen Hochzeit macht viel Arbeit.«

»Mit der du auch ganz allein fertig würdest«, führte Naomi den Satz zu Ende. »Ich weiß, daß du schon einmal eine prächtige Hochzeit hattest, und daß es diesmal anders werden soll.«

»Die hatte ich allerdings.« Kelsey drehte die Karte der Boutique in der Hand und steckte sie dann in die Tasche. »Candace hatte die Organisation übernommen. Ich hatte praktisch nichts anderes zu tun, als rechtzeitig dort zu sein.« Kelsey atmete schwer aus. »Das klingt jetzt sehr undankbar. Dabei hat sie alles perfekt arrangiert.«

»Aber diesmal möchtest du es selbst in die Hand nehmen.«

»Sagen wir, ich möchte nicht bloß die Nebenrolle spielen. Hilfe kann ich immer brauchen.«

»Nie hätte ich gedacht, daß ich einmal die Chance bekomme, die Hochzeit meiner Tochter zu planen.« Entschlossen stapelte Naomi die Listen übereinander und legte einen Briefbeschwerer darauf. »Halt mich zurück, wenn ich meine Kompetenzen überschreite. Und ...« Sie setzte sich auf eine Ecke des Schreibtisches. »Wegen des Kleides verspreche ich dir hoch und heilig, nichts zu sagen, wenn es dir nicht gefällt. Und jetzt gehst du besser, bevor ich dich dazu überrede, mich mitzunehmen anstatt Gabe.«

»Wir suchen dein Kleid dann gemeinsam aus«, versprach Kelsey, die von Schuldgefühlen erdrückt zu werden schien. »Vielleicht am Wochenende.«

»Das wäre schön.« Lässig hakte sich Naomi bei Kelsey ein und brachte sie zur Tür. »Dann kann ich mit dir noch über den Fotografen reden. Und jetzt geh und amüsier dich!«

Kelsey murmelte etwas vor sich hin und verließ das Haus im selben Moment, als Gabe in die Einfahrt einbog.

»Wir müssen vorher noch etwas erledigen«, rief sie ihm zu und zog die Visitenkarte hervor, als sie auf dem Beifahrersitz saß.

Gabe hob eine Augenbraue. »Einkaufen?«

»Mein schlechtes Gewissen beruhigen.«

Es funktionierte nicht. Auch nicht, als sich zeigte, daß Naomi mit dem Kleid vollkommen recht gehabt hatte. Oder vielleicht gerade deswegen nicht.

Das Kleid hätte eigentlich ihre Stimmung heben müssen. Die blaßrosa Seide, der elegante Schnitt, der mit kleinen Perlen besetzte Ausschnitt. Es war wirklich ein Traumkleid, das für Kelsey wie geschaffen war, wie ihr Ilsa versicherte. Dazu gäbe es noch einen entzückenden Hut, schwärmte ihr die Verkäuferin vor, mit einem kurzen Schleier, geradezu ideal für eine intime kleine Hochzeitsfeier.

Schuhe? Ja, natürlich. Am besten wären klassische Satinpumps, die passend eingefärbt werden konnten. Was für Blumen wollte sie denn tragen? Was, das wußte sie noch nicht? Weiße Rosen würden wunderbar wirken, sagte man Kelsey. Eine Braut mußte Weiß tragen. Wollte sie Kleid und Hut gleich mitnehmen, oder sollte man es liefern?

Sie nahm alles gleich mit, gab wie im Traum die nötigen Anweisungen. Alles erschien ihr so unwirklich – und doch so richtig.

»Du hast es mir gar nicht vorgeführt«, sagte Gabe, als sie zum Wagen gingen.

»Das bringt Unglück«, erwiderte sie abwesend, dann blieb sie plötzlich stehen und preßte die Hände an ihre geröteten Wangen. »O Gott, habe ich gerade ein Hochzeitskleid gekauft?«

»Scheint so.« Er drehte sie zu sich herum. »Bedenken?«

»Nein. Nicht wegen dir, nicht wegen uns. Es geht alles so schnell. Da habe ich doch tatsächlich einen Hut dazu gekauft, außerdem lasse ich Schuhe dazu passend einfärben. Und dabei habe ich noch nicht einmal meiner Familie etwas von der Hochzeit erzählt.«

»Das kannst du heute nachholen, wenn du magst.« Gabe verstaute die Schachteln im Kofferraum.

»Okay.« Sie nickte und faßte nach dem Türgriff. Gabe legte eine Hand über ihre und hielt sie zurück.

»Vielleicht bringt das ja Glück.« Er steckte ihr einen Ring an den Finger. Es war ein in Gold gefaßter, viereckig geschliffener Diamant, der von einem Kranz kleiner Rubine umgeben war. »Meine Farben, und ab jetzt auch deine. Damit ist es offiziell.«

Tränen traten ihr in die Augen. Sie standen zwar in der prallen Sommersonne auf einem überfüllten Parkplatz, aber Kelsey erschien der Augenblick genauso romantisch, als würden sie im Mondlicht über einen stillen See dahingleiten. »Er ist wunderschön, Gabe. Aber es wäre nicht nötig gewesen.«

»Das finde ich schon!«

Auf der anderen Seite des Parkplatzes verfolgte Rich von seinem Auto aus diese Szene und die darauffolgende Umarmung, dann nippte er an seinem Flachmann. Was für ein hübsches Paar sie abgaben, dachte er bitter. Sein Sohn und die Tochter dieser Schlampe.

Gabe war schuld daran, daß er wieder auf der Flucht war, daß er seine Zelte abbrechen und untertauchen mußte. Jetzt würde es für ihn keinen triumphalen Einzug in Las Vegas mehr geben. Die Polizisten stellten unangenehme Fragen, das hatte Rich aus Cunningham herausbekommen, als er ihm weitere zweitausend Dollar abpreßte.

Sollten sie doch herumschnüffeln, dachte er und drehte den Zündschlüssel, als auch Gabes Jaguar röhrend ansprang. Er würde nicht mehr hier sein, um ihnen Rede und Antwort zu stehen. No, Sir. Rich Slater würde sich nach Mexiko absetzen, wenn er hier noch eine Kleinigkeit erledigt hatte.

Er behielt den Jaguar im Auge und fuhr aus seiner Parklücke.

»Wir werden unnachgiebig sein müssen«, meinte Kelsey zu Gabe, als sie sich durch das Verkehrsgewühl von Alexandria kämpften. »Rooney hat sich geweigert, meine Anrufe anzunehmen.«

»Dann sind wir eben unnachgiebig.«

»Du denkst, daß ich meine Zeit verschwende.«

»Wichtig ist, was du denkst. Du willst mit ihm sprechen, also werden wir mit ihm sprechen.«

Kelsey rutschte auf ihrem Sitz hin und her. Einerseits wünschte sie, daß sie schneller vorankommen würden, andererseits, daß die

Fahrt ewig dauern möge. »Ich will wissen, inwieweit mein Vater an Rooneys Ermittlungen beteiligt gewesen ist. Wenn Dad Alec Bradley gekannt oder über ihn Bescheid gewußt hat, muß ich erst damit fertigwerden. Natürlich ändert das auch nichts an den Ereignissen jener Nacht, aber ich muß es wissen.«

»Du könntest ja deinen Vater fragen.«

»Das werde ich wohl müssen, früher oder später. Jetzt erstmal ...« Sie brach ab, richtete sich abrupt in ihrem Sitz auf und lehnte sich nach vorn, als Gabe in das Parkhaus unter Rooneys Bürogebäude fuhr.

»Was ist?«

»Der Wagen, der, der da gerade herausgekommen ist.«

Gabe warf einen Blick in den Rückspiegel und sah noch, wie der Wagen links abbog und im Verkehrsgewühl verschwand. »Der schwarze Lincoln?«

»Meine Großmutter.« Kelsey rieb über die Gänsehaut an ihren Armen. »Das war der Wagen meiner Großmutter. Ihr Fahrer saß am Steuer.«

»In diesem Gebäude gibt es viele Büros, Kelsey.«

»Und das Leben ist voll seltsamer Zufälle. Nein.«

Kelsey starrte vor sich hin, als Gabe das Auto in eine freie Parklücke lenkte. »Daran glaube ich nicht. Sie wollte zu Rooney, und ich werde herausfinden, warum.«

Gabe nahm ihren Arm, als sie zum Fahrstuhl gingen. Sie zitterte fast vor Nervosität. »Wenn du wie ein feuerspeiender Drache in sein Büro stürmst, jagst du ihm nur einen Heidenschreck ein.«

»Und wenn schon.« Kelsey trat in die Kabine und drückte den Knopf für die Etage von Rooneys Büro.

Sie marschierte grimmig entschlossen auf die Empfangsdame in dem protzigen Vorzimmer zu, als sei sie auf dem Weg zu einem Duell.

»Kelsey Byden und Gabriel Slater. Wir möchten zu Mr. Rooney.«

Die Frau setzte ein professionelles Lächeln auf: »Haben Sie einen Termin?«

»Nein.«

»Es tut mir leid, Miss Byden, Mr. Slater ...«

»Nicht nötig«, unterbrach Kelsey, lehnte sich über den Tisch und schaute die Frau mit einem Blick an, der ihr professionelles Lächeln rasch verblassen ließ. »Sagen Sie ihm einfach, daß wir hier sind und nicht eher gehen werden, bis wir mit ihm gesprochen haben. Ach, und Sie könnten noch erwähnen, daß meine Großmutter, Milicent Byden, soeben das Haus verlassen hat.«

Das war das Zauberwort. Innerhalb weniger Minuten wurden sie in Rooneys Büro geführt. Er erhob sich nicht, als sie eintraten, sondern begrüßte sie nur mit einem knappen Lächeln.

»Sie kommen ziemlich ungelegen. Ich fürchte, ich kann höchstens fünf Minuten für Sie erübrigen.«

»Wir hätten einen festen Termin vereinbaren können, Mr. Rooney, wenn Sie meine Anrufe entgegengenommen hätten.«

»Miss Byden«, sagte Rooney sichtlich um Geduld bemüht, und faltete seine Hände auf dem Schreibtisch. »Ich wollte uns beiden nur Zeit und Ärger ersparen. Ich kann Ihnen nicht helfen.«

»Warum waren Sie in der fraglichen Nacht auf Three Willow, Mr. Rooney? Wie Sie sehen, komme ich immer wieder auf diese Frage zurück. Vielleicht liegt es daran, daß all das schon so lange her ist und ich die Dinge aus einer anderen Perspektive sehe als die damals Beteiligten. Aber warum gerade diese Nacht? Warum gerade in dieser einen Nacht?«

»Ich hatte eine Routineüberwachung durchzuführen. Genausogut könnten Sie fragen, warum Ihre Mutter ausgerechnet in jener Nacht Alec Bradley erschoß.«

»Die Antwort darauf kenne ich bereits«, gab Kelsey unbeirrt zurück. »Ich frage mich nur, ob Sie sie auch kennen. Wieviel haben Sie wirklich gesehen?«

»Das steht alles in den Akten.« Rooney erhob sich, um deutlich zu machen, daß das Gespräch für ihn beendet war. »Ich kann Ihnen nicht weiterhelfen.«

»Wie lauteten denn die Anweisungen meines Vaters? Wie weit durften Sie gehen? War er damit einverstanden, daß Sie unbefugt das Grundstück meiner Mutter betreten und sie durch das Fenster beobachtet haben?«

»Ich werde dafür bezahlt, nach meinem eigenen Gutdünken zu handeln.«

»Sie müssen meine Mutter und Alec Bradley in all den Wochen, in denen Sie die beiden observiert haben, recht gut kennengelernt haben. Sind Sie auch einmal nur ihm allein gefolgt? Haben Sie gesehen, mit wem er sich traf, mit wem er sprach, wer ihm Geld gegeben haben könnte?«

Rooney schluckte schwer. Seine Kehle war wie ausgedörrt. »Man hat mich engagiert, um Nachforschungen über Ihre Mutter anzustellen.«

»Aber er war ein Teil Ihrer Ermittlungen. Wie gut kannte mein Vater ihn?«

Rooney hob das Kinn. »Soweit ich weiß, kannten sie sich überhaupt nicht.«

Kelsey zog eine Augenbraue hoch. »Er interessierte sich nicht für den Mann, mit dem seine Frau angeblich ein Verhältnis hatte?«

»Seine von ihm getrennt lebende Frau. Außerdem war Philip Byden zu jener Zeit einzig und allein an seinem Kind interessiert.«

»Aber als Sie ihm Bericht erstatteten ...«

»Seinen Anwälten. Ob er die Kopien meiner Berichte, die sie ihm zuschickten, auch wirklich gelesen hat, kann ich Ihnen nicht sagen. Er wollte in die Sache nicht hineingezogen werden.« Ein leises Lächeln spielte um Rooneys Lippen. »Er hielt es für unter seiner Würde, einen Privatdetektiv hinzuzuziehen.«

»Und dennoch hat er Sie engagiert?«

»Vielleicht dachte er, der Zweck heiligt die Mittel. Sie müssen mich jetzt entschuldigen, ich habe noch einen Termin.«

»Weswegen hat meine Großmutter Sie heute aufgesucht?«

»Das ist vertraulich.«

»Ist sie eine Ihrer Klientinnen?«

»Ich kann Ihnen nicht helfen«, sagte er, jedes Wort betonend, doch blickte er verstohlen zu Gabe und schaute dann gleich wieder weg.

Sowie er allein war, atmete Rooney tief durch, griff in seine Tasche und holte eine Magentablette hervor. Doch sie würde die aufsteigende Übelkeit auch nicht lindern können.

Wie konnten sich die Dinge nur so gegen ihn wenden? Nach all diesen Jahren. Dreiundzwanzig Jahre lang hatte er sich strikt an seine Anweisungen gehalten, war nicht von seinem Weg abgewichen. Und jetzt sah es so aus, als würde ihm diese eine Nacht, die so lange zurücklag, zum Verhängnis werden.

Als der Summer ertönte, schrak er zusammen und verfluchte sich selbst. Es half ihm nicht weiter, wenn er die Nerven verlor, und er drückte auf den Knopf.

»Mr. Rooney, hier ist ein Herr, der Sie sprechen möchte. Er hat keinen Termin, behauptet aber, ein alter Freund zu sein. Ich soll Ihnen sagen, Rich ist hier.«

»Ich kenne keinen ...« Wieder wurde sein Mund trocken und seine Handflächen feucht. Einen verzweifelten Moment lang blickte er sich um, auf der Suche nach einem Fluchtweg. Aber es gab keinen.

»Schicken Sie ihn rein, und stellen Sie keine Anrufe mehr durch.«

»Ja, Sir.«

Rich strahlte übers ganze Gesicht, als er Rooneys Büro betrat. »Lange nicht gesehen, was?«

»Was willst du hier?«

Rich setzte sich und legte die Füße auf den Tisch. »Hast ein bißchen zugenommen, wie ich sehe, Charlie. Steht dir aber gut. Siehst nicht mehr wie 'ne Vogelscheuche aus. Wie wär's, wenn du einem alten Kumpel einen Drink anbieten würdest?«

»Was willst du?« fragte Rooney erneut.

»Nun, als erstes könntest du mir erzählen, was mein Junge und seine hübsche Kleine von dir wollen«, Rich nahm sich eine Zigarette, »dann sehen wir weiter.«

»Ich fühle mich jetzt auch nicht besser«, meinte Kelsey, als sie ins Auto stieg. »Soll ich mich freuen, daß mein Vater den Mann zwar engagiert, sich aber ansonsten vornehm im Hintergrund gehalten hat? Oder soll ich erleichtert sein, daß er nichts mit Rooney oder Alec Bradley zu tun hatte?«

»Vielleicht solltest du dich fragen, warum Rooney so nervös war.«

»Nervös? Er kam mir kalt, abweisend und verärgert vor, aber nicht nervös.«

»Er mußte die Hände falten, um sie ruhig halten zu können.« Gabe setzte den Jaguar rückwärts aus dem Parkplatz. »Die Klimaanlage in seinem Büro arbeitete auf Hochtouren, trotzdem hat er geschwitzt. Und er hat die Zähne so fest aufeinandergebissen, daß ein Muskel an seinem Mundwinkel zuckte.« Er bezahlte die Parkgebühr und bog um die Ecke. »Solche Kleinigkeiten haben ihn verraten. Und seine Augen. Er wirkte wie ein Mann, der nur miese Karten auf der Hand hat und trotzdem blufft.«

Neugierig und fasziniert zugleich musterte Kelsey ihn. »Hast du das alles beim Glücksspiel gelernt?«

»Das ist Beobachtungsgabe. Irgendwas hat ihm Angst eingejagt.«

»Jetzt müssen wir nur noch herausfinden, was das war.« Sie seufzte. »Halt bitte an der nächsten Telefonzelle an, Gabe. Ich muß meine Familie zusammentrommeln.«

Milicent nahm den Sherry, den ihr Sohn ihr eingegossen hatte, und tätschelte ihm großmütig die Hand. »Sie ist letztendlich doch zur Vernunft gekommen. Schau nicht so bekümmert drein, Philip. Ich bin durchaus bereit, die letzten Monate aus meinem Gedächtnis zu streichen. Schließlich ist sie eine Byden.« Seufzend lehnte sie sich zurück und nippte an ihrem Sherry. »Blut ist dicker als Wasser.«

»Ich hoffe nur, daß sie Channing mitbringt.« Candace ging zum Fenster und zupfte ungeduldig an der Spitzengardine herum. »Ich sehe keinen Grund, warum er auf der Farm bleiben sollte, wenn Kelsey nach Hause kommt.«

»Channing tut das, was er für richtig hält.« Liebevoll legte Philip seiner Frau eine Hand auf die Schulter. Am liebsten hätte sie sie abgeschüttelt, aber etwas in ihrem Inneren konnte den Gedanken an weitere böse Worte zwischen ihnen nicht mehr ertragen.

»Ich möchte, daß er glücklich ist, Philip. Das weißt du.«

»Natürlich möchtest du das.«

»Der Junge wird schon einlenken«, versicherte Milicent ihnen. »Jugendlicher Trotz, das ist alles. Er, als Tierarzt. Also wirklich, glaubt mir, das geht vorbei.«

Mit einer eleganten Handbewegung tat sie Channings Traum ab. »Es gab mal eine Zeit – kaum vorstellbar – als Philip noch ein Junge war und Baseballspieler werden wollte. Ausgerechnet! – Erinnerst du dich noch, mein Lieber?«

»Ich erinnere mich sehr wohl«, murmelte Philip. Sechzehn war er damals gewesen, und er hatte, obwohl er wie ein Bücherwurm aussah, stählerne Muskeln gehabt. Natürlich war dieser Traum im Keim erstickt worden – ein Byden war zu Höherem berufen.

»Channing wird genauso Vernunft annehmen wie Philip damals. Meine liebe Candace, dein Fehler war nur, daß du deine Autorität nicht geltend gemacht hast.«

»Channing ist über einundzwanzig«, entgegnete Candace steif.

»Eine Mutter ist und bleibt eine Autoritätsperson.« Milicent lächelte selbstgefällig, als es an der Tür läutete. »Ah, das wird die verlorene Tochter sein. Laß sie zuerst um Verzeihung bitten, Philip, dann geht es ihr besser – und danach heißen wir sie erst wieder willkommen.«

Doch Kelsey machte keinen sehr reumütigen Eindruck, als sie mit Gabe an der Seite das Wohnzimmer betrat. Lächelnd begrüßte sie ihren Vater, gab ihm einen Kuß und umarmte Candace, ehe sie sich an ihre Großmutter wandte.

»Danke, daß ihr alle gekommen seid.« Sie beugte sich vor und küßte Milicents dezent gepuderte Wange. »Großmutter, Dad, Candace, das ist Gabriel Slater. Gabe, Milicent, Candace und Philip Byden.«

»Nett, Sie kennenzulernen.« Philip hielt Gabe die Hand hin.

»Ich möchte ja nicht unhöflich erscheinen ...«, Milicents Augen wurden kalt, als sie auf Gabe ruhten, »... aber ich war der Meinung, daß wir Familienangelegenheiten zu besprechen hätten.«

»Das haben wir auch, alte und neue. Am besten fange ich mit der neuen an. Gabe und ich werden heiraten.«

Einen Moment lang herrschte verblüfftes Schweigen, ehe Philip die Sprache wiederfand. »Nun, das ist ... eine Überraschung. Eine freudige Überraschung.«

»Die wie eine Bombe eingeschlagen hat«, fügte Candace hinzu. »Typisch Kelsey!« Sie machte eine kurze Pause und sagte dann: »Jetzt ist Sherry allerdings fehl am Platz. Wir brauchen Champagner.«

»Ich werde das nicht dulden!« Milicents Gesicht war unter der Schminke bleich geworden. »Ich werde dieses empörende Benehmen in meinem Haus nicht dulden.«

»Mutter ...«, begann Philip vorsichtig.

»In meinem Heim«, betonte Milicent und schlug mit der Faust auf die Sessellehne. »Gilt dieser Schlag mir?« fauchte sie Kelsey an, »soll das eine unterschwellige Beleidigung sein, daß du diesen Menschen in mein Haus bringst und damit drohst, ihn zu heiraten?«

Das übertraf alles, was sie bislang von Milicent gewohnt war. Kelsey traute ihren Ohren nicht. »Es ist weder ein Schlag gegen dich, noch eine Beleidigung, noch eine Drohung. Sondern eine Tatsache. Wir heiraten in ein paar Wochen, in Gabes Haus in Virginia. Ich würde mich sehr freuen, wenn ihr alle kommt.«

»Natürlich kommen wir.« Bemüht, die Wogen zu glätten, mischte sich Candace ein. »Wir sind zwar im Augenblick alle von der Ankündigung überrascht, aber wir würden deine Hochzeit um nichts in der Welt verpassen. Ich hoffe, ich kann dir bei den Vorbereitungen ein wenig zur Hand gehen.«

»Genug!« Milicent knallte ihr Sherryglas so hart auf den Tisch, daß es einen Sprung bekam und die Reste der bernsteinfarbenen Flüssigkeit auf den Teppich tropften. »Diese Hochzeit wird selbstverständlich nicht stattfinden. Offensichtlich bist du auf ein hübsches Gesicht hereingefallen, Kelsey. Das ist zwar töricht, aber man kann den Schaden wieder gutmachen.«

Mit aller Kraft rang sie um Selbstbeherrschung. »Es ist noch keine öffentliche Bekanntmachung erfolgt, also muß auch nichts zurückgenommen werden. Und Sie ...«, sie deutete auf Gabe, »... Sie können sich einige Unannehmlichkeiten ersparen, wenn Sie jetzt gehen.«

»Das glaube ich nicht«, sagte Gabe gelassen. »Bereiten Sie mir ruhig Unannehmlichkeiten.«

»Wir gehen beide.« Vor Wut schäumend ergriff Kelsey Gabes Hand. »Dieser Besuch war ein Fehler. Was ich meiner Großmutter sonst noch zu sagen habe, kann ich ihr auch später sagen. Ich hätte dich nicht hierherbringen sollen, Gabe, und dich dieser Szene aussetzen dürfen.«

»Laß nur.« Gabe zog ihre Hand an die Lippen und küßte sie oberhalb des Ringes. »Laß sie zu Ende reden.«

»Ich muß in aller Form um Entschuldigung bitten.« Philip schob sich zwischen seine Mutter und seine Tochter. »Diese Neuigkeit kam sehr überraschend. Es wäre besser, später in Ruhe darüber zu reden.«

»Nimm das Mädchen nicht auch noch in Schutz.« Milicent stand auf. »Das hast du lange genug getan. Sie muß lernen, den Tatsachen ins Auge zu blicken.«

»Das tue ich wahrhaftig«, murmelte Kelsey, »schon seit einiger Zeit.«

»Dann beschäftige dich mal mit dem hier.« Milicent zog einen Schnellhefter aus der Schublade. »Ich habe einige Informationen über Sie zusammengetragen, Mr. Slater. Hochinteressant. Professioneller Spieler, vorbestraft. Sohn eines herumvagabundierenden Säufers und einer Putzfrau. Ein Streuner und Ganove, der wegen illegalen Glücksspiels im Gefängnis gesessen hat.«

Milicents Hand klammerte sich um den Hefter, als sie Gabe hart und kompromißlos ansah. »Sie mögen ja einen Geschmack für die feineren Dinge des Lebens entwickelt und es zu einigem Wohlstand gebracht haben, aber das ändert nichts daran, wer Sie sind.«

»Nein, das tut es nicht«, stimmte Gabe zu. »Sie sind zwar mit einem silbernen Löffel im Mund geboren worden, aber das ändert auch nichts daran, wer Sie sind.«

Milicent schlug mit dem Schnellhefter auf den Tisch. »Verlassen Sie sofort mein Haus!«

»Warte.« Kelseys Hand krampfte sich um Gabes Arm. »Wie kannst du es wagen! Wie kannst du es wagen, in Gabes Privatleben herumzuschnüffeln! Und in meinem!«

»Ich tue alles, was notwendig ist, um den Namen Byden zu schützen. Und du bist trotz dieser unseligen Zuneigung, die du für diese Frau entwickelt hast, noch immer eine Byden.«

»Diese Frau ist meine Mutter! Hast du auch über sie ein Dossier zusammenstellen lassen?« erkundigte sich Kelsey.

»Wolltest du ein paar häßliche kleine Geheimnisse aufdecken und sie meinem Vater unter die Nase reiben, um ihn von der Heirat abzubringen?«

»Zu meinem Bedauern hat er in dieser Angelegenheit nicht auf mich gehört.«

Die Szene damals hatte der heutigen sehr geähnelt, erinnerte sich Milicent. Philip hatte sie zum Schluß angebrüllt und vor die Wahl gestellt, entweder diese Frau zu akzeptieren oder ihren Sohn zu verlieren.

»Nein, er hat nicht auf mich hören wollen«, wiederholte sie. »Und die Folgen waren verheerend.«

»Ich bin eine dieser Folgen«, schoß Kelsey zurück. »Warst du deswegen heute nachmittag in Rooneys Büro?«

Milicent stützte sich mit einem Arm am Schreibtisch ab. »Ich weiß nicht, wovon du redest.«

»Ich habe dich gesehen. Du hast ihn erneut engagiert, nicht wahr? Um Gabe nachzuspionieren, um in seiner Vergangenheit herumzuschnüffeln.«

»Es war notwendig, um gewisse Fakten ans Tageslicht zu bringen, damit du endlich Vernunft annimmst«, verteidigte sich Milicent.

»Jedenfalls hast du dein Geld umsonst ausgegeben. Ich weiß bereits alles über Gabe.«

»Dann bist du deiner Mutter noch ähnlicher, als ich befürchtet habe. Du wirst das bekommen, was du verdienst.«

»Da hast du recht.« Kelsey wandte sich an ihren Vater. »Ist deine Liebe zu ihr erloschen, Dad? Oder hat man sie ausgelöscht?«

»Kelsey«, sagte er leise. Seine Stimme klang heiser, da er nicht mit gutem Gewissen antworten konnte. »Was damals geschehen ist, ist geschehen. Ich entschuldige mich von ganzem Herzen.« Vor Schock und Verlegenheit wie gelähmt sah er Gabe an. »Bei euch beiden.«

»Entschuldigen?« Milicent spie das Wort förmlich aus. »Ich habe dir gesagt, zu welcher Sorte Mann er gehört, daß sie ihn benutzt, um die Familie zu demütigen, und du entschuldigst dich?«

»Ja.« Philip blickte seine Mutter an. In seinen Augen stand tiefer Kummer. »Ich entschuldige mich für dich und dafür, daß du den Namen der Familie wie eine Waffe benutzt. Einen Namen, der dir immer mehr bedeutet hat als Glück.«

Totenbleich hielt sich Milicent an der Tischkante fest. »So darf man nicht mit mir reden. Nicht mein eigener Sohn. Nicht in meinem eigenen Haus.« Ihre Augen durchbohrten Kelsey förmlich: »Sie ist die Wurzel allen Übels. Naomi steckt dahinter.«

Kelsey nickte langsam und sagte: »Vielleicht. Es tut mir leid. Ich werde nicht wiederkommen. Laß uns nach Hause fahren, Gabe.«

»Kelsey.« Mit hochroten Wangen rannte Candace ihnen nach und hielt sie an der Tür zurück. »Gib bitte nicht deinem Vater die Schuld.«

»Ich will es versuchen.«

»Er hätte es nie so weit kommen lassen, Kelsey, wenn er gewußt hätte ... nun, du weißt doch, wie er ist.«

Kelsey blickte in Candace' bekümmerte Augen. »Ja, das weiß ich. Ich fand schon immer, daß du und Dad hervorragend zusammenpaßt. Ihr ergänzt euch so vollkommen.« Sie beugte sich vor und küßte Candace zart auf die Wange. »Bis zum heutigen Tag ist mir gar nicht klargeworden, wie sehr du ihn liebst. Sag ihm, ich rufe ihn später an, okay?«

»Ja. Ja, ich werde es ihm ausrichten. Und, Kelsey?« Ihr Lächeln wirkte zwar etwas schief, aber sie meinte es ernst: »Alles Gute, für euch beide.«

27

»Eine reizende Familie hast du da, Liebling.«

Als Gabe den Wagen in der Einfahrt von Three Willows geparkt hatte, stieg Kelsey aus und schloß betont behutsam die Tür. »Okay, Gabe, das ist nicht der geeignete Zeitpunkt, um anzüglich zu werden.«

»So war das auch nicht gemeint. Ich habe dich die eine Hälfte der Fahrt Gift und Galle spucken und die andere Hälfte vor dich hinbrüten lassen. Ich finde, jetzt reicht's.«

Sie war aber noch lange nicht fertig. »Es ging ja nicht nur um mich. Im Grunde genommen ging es überhaupt nicht um mich, sondern um dich.«

»O Mann.« Mit einer ganz selbstverständlichen Bewegung legte er ihr den Arm um die Schulter. »Man hat mich schon mit viel mehr Dreck beworfen. Sie hat noch nicht einmal die Tänzerin in Reno oder diese Geschichte in El Paso zur Sprache gebracht.«

»Darum geht es ja gar nicht.« Auf der ersten Treppenstufe blieb Kelsey plötzlich wie angewurzelt stehen. »Was für eine Tänzerin?«

»Da horchst du auf, was?« Er drückte sie versöhnlich an sich. »Jedenfalls haben mir dein Vater und deine Stiefmutter gefallen, und das sind zwei von drei Mitgliedern deiner Familie.«

Kelsey konnte ihn nur verblüfft anstarren. »Du bist nicht böse, du bist nicht einmal wütend, trotz allem, was sie getan hat? Gabe, sie hat einen Detektiv angeheuert, um in deinem Privatleben herumzuschnüffeln, um ein Dossier über dich zusammenzustellen, als ob du ein Verbrecher wärst.«

»Und was hat sie damit erreicht? Du weißt bereits das Schlimmste über mich, und sogar in diesen Punkten hast du mich verteidigt.«

»Das ist keine Entschuldigung für ihr Verhalten.«

»Aber es nimmt ihm die Bedeutung. Sieh mal, ich kann sie in gewisser Hinsicht sogar verstehen. Ich hatte ja nie eine Familie, die ich verteidigen mußte.«

Wieder blieb Kelsey stehen. »Du nimmst sie noch in Schutz?«

»Nein. Aber ich denke, sie hat sich falsch verhalten, und dieser Fehler hat sie weit mehr gekostet als mich.«

Kelsey blies ihr Haar aus der Stirn. »Vielleicht brauche ich etwas mehr Zeit, um meine Vorurteile abzubauen – Holst du bitte mein Kleid aus dem Auto? Ich will es Naomi zeigen, dann kann ich heute wenigstens einen Menschen glücklich machen.«

»Ich könnte euch beide ja zum Essen ausführen.« Gabe fühlte den Ring an ihrem Finger, es gefiel ihm, ihn dort zu sehen. »Dann feiern wir.«

»Warum nicht? Ich werd's ihr sagen.«

Sie eilte ins Haus und schüttelte sich kurz, wie um die unangenehmen Ereignisse des Tages loszuwerden. Als sie schon halb auf der Treppe war, rief Naomi nach ihr.

»Ach, da bist du ja.« Eine Hand auf das Geländer gelegt hastete Kelsey wieder nach unten. »Du hattest wegen des Kleides vollkommen recht. Gabe holt es gerade aus dem Auto, und dann will er uns zum Essen ausführen. Wollen wir versuchen, Moses auch mitzuschleifen?«

Naomi stand mit verschränkten Armen in der Halle. »Wir müssen miteinander reden. Es wäre besser, wenn wir uns setzen.«

»Was ist passiert? Doch nichts mit einem der Pferde! Justice hat böse gehustet, aber ich habe ihn genauso behandelt, wie Moses gesagt hat.«

»Es geht nicht um die Pferde, Kelsey. Komm bitte herein und setz dich.«

Die Fremde war wieder da; jene kühle, beherrschte Frau, die ihr bei ihrer ersten Begegnung Tee angeboten hatte. Verblüfft folgte Kelsey ihr. »Du bist mir wegen irgend etwas böse.«

»Böse ist nicht das richtige Wort.« Naomi blickte zu Gabe, der eben zur Tür hereinkam. »Wir sollten das besser unter vier Augen besprechen.«

»Ich habe vor Gabe keine Geheimnisse.«

»Nun gut.« Naomi ging zum Fenster und schaute hinaus, um Kraft zu sammeln. Sie würde jetzt jedes Quentchen Selbstbeherrschung brauchen. »Während du weg warst, kam ein Anruf für dich. Gertie hat ihn entgegengenommen und dir eine Nachricht auf den Tisch in deinem Zimmer gelegt. Vor ein paar Minuten bin ich hineingegangen, um eine Gästeliste zu holen.«

Mit ausdruckslosem Gesicht drehte sie sich um. »Es tut mir leid, daß ich den Zettel gelesen habe. Es war keine Absicht, er lag einfach da, und ich habe zufällig draufgeschaut.«

»Sag mir doch einfach, wer angerufen hat.«

»Charles Rooney. Es war angeblich dringend. Du sollst dich so schnell wie möglich mit ihm in Verbindung setzen.«

»Dann werde ich mich besser sofort darum kümmern.«

»Einen Moment.« Naomi hob eine Hand. »Nach mehr als zwanzig Jahren kann ich kaum glauben, daß es so dringend ist. Du warst bei ihm?«

»Ja. Zweimal.«

»Was wolltest du damit bezwecken, Kelsey? Habe ich nicht alle deine Fragen beantwortet?«

»Ja, das hast du. Und das war einer der Gründe, warum ich zu ihm gegangen bin. Weil du meine Fragen beantwortet hast.«

»Und du?« Naomi wandte sich an Gabe. Ein gereizter Ton lag in ihrer Stimme. »Du hast sie auch noch dazu ermutigt?«

»Da gab es nichts zu ermutigen. Aber ich kann es gut verstehen.«

»Wie solltest du das verstehen können?« fragte Naomi bitter. »Wie sollte es einer von euch beiden wohl verstehen können. Ihr könnt euch nicht vorstellen, wie ich mich fühlte, als ich seinen Namen auf dem Zettel las. Mehr als zehn Jahre meines Lebens habe ich versucht zu vergessen. Dann zwang ich mich dazu, mich an alles wieder zu erinnern. Das war der Preis, den ich zu bezahlen hatte, um – wie ich hoffte – meine Tochter wiederzubekommen. Ist das nicht genug?«

»Ich bin nicht zu ihm gegangen, weil ich dir nicht glaubte. Es tut mir leid, wenn du so denkst. Ich bin zu ihm gegangen, weil ich hoffte, ich würde etwas finden, was die Dinge in ein anderes Licht rückt.«

»Du kannst nichts mehr ändern.«

»Und wenn er nun in jener Nacht etwas gesehen hat, was er der Polizei verschwieg? Wenn er Informationen zurückgehalten hat?«

Benommen ließ sich Naomi auf die Sofalehne sinken. »Hast du wirklich geglaubt, du würdest etwas finden, um meinen Namen reinzuwaschen, Kelsey? Ging es dir darum? Den guten Ruf mit einiger Verspätung wiederherzustellen?« Gequält auflachend rieb sich Naomi die Augen. »Was für einen Unterschied würde das jetzt noch machen? Du kannst mir nicht eine einzige Sekunde dieser verlorenen Jahre wiedergeben. Du kannst keine geflüsterte Bemerkung, keinen verstohlenen Blick, kein höhnisches Lächeln zurücknehmen. Es ist vorbei«, sagte sie und ließ die Hände sinken, »tot und begraben wie Alec Bradley.«

»Nicht für mich. Ich habe getan, was ich für richtig hielt. Und Rooney hatte bestimmt einen Grund für seinen Anruf. Als ich bei ihm war, wollte er nämlich nicht mit der Sprache heraus. Er kam mir nervös und sogar verängstigt vor.«

»Laß doch die Vergangenheit ruhen.«

»Das kann ich nicht.« Kelsey trat zu Naomi und nahm ihre kalten Hände in ihre. »Es geht um so vieles. Nimm das, was Pride und Reno zugestoßen ist. Die Umstände ähneln denen der Vergangenheit haargenau. Dein Pferd, Benny Morales. Und es geht noch weiter. Sogar die Polizei fragt sich, ob es da einen Zusammenhang gibt.«

»Die Polizei.« Nun wich auch noch der letzte Rest Farbe aus Naomis Gesicht. »Du warst bei der Polizei?«

Kelsey ließ die Hände ihrer Mutter los und trat zurück. »Ich habe Captain Tipton besucht.«

»Tipton.« Naomi konnte ein Schaudern nicht unterdrücken. »O Gott!«

»Er hat dir damals geglaubt.« Kelsey sah, wie ihre Mutter den Kopf hob. »Er hat gesagt, daß er dir geglaubt hat.«

»Unsinn!« Am ganzen Körper zitternd, sprang Naomi auf. »Du hättest dabeisein sollen, in diesem gräßlichen Raum, wo ich mit Fragen bombardiert wurde, immer und immer wieder. Niemand hat mir geglaubt, und Tipton erst recht nicht. Warum hat man mich denn dann ins Gefängnis gesteckt?«

»Er konnte nichts beweisen. Die Fotos …«

»Zurück zu Rooney«, unterbrach Naomi sie. »Bildest du dir wirklich ein, daß du jetzt noch etwas tun kannst? Einen Beweis findest, daß ich mich nur verteidigt habe, es kein Mord war?« Der Schmerz schnürte ihr die Kehle zu, ihre Stimme klang gepreßt. »Das kannst du nicht. Und selbst wenn du helfen willst, es ist zu spät. Ich kann das alles nicht noch einmal durchmachen. Ich kann nicht.«

Sie verließ das Zimmer und rannte die Treppe hoch. Einen Moment später schlug eine Tür zu.

Kelsey ließ sich auf einen Stuhl fallen und schloß die Augen. »Was habe ich da bloß angerichtet?«

»Du hast nur alte Wunden wieder aufgerissen. Vielleicht war das auch dringend nötig.«

»Sie und ich, wir waren schon so weit gekommen, und jetzt habe ich alles zerstört.«

»Glaubst du das wirklich?«

»Ich weiß es nicht.« Kelsey hob die Hände, und ließ sie gleich wieder sinken. »Anfangs habe ich mir eingeredet, daß ich all diese Fragen stelle, weil ich ein Recht darauf habe, die ganze Wahrheit zu erfahren. Dann war ich davon überzeugt, daß ich es für sie tue. Aber jetzt glaube ich, daß ich es für mich tat. Ich wollte Klarheit über alles haben. Wenn ich ihr glaubte, sollte ihr auch jeder andere glauben.«

»Du hast nach bestem Glauben und Gewissen gehandelt, Kelsey.« Gabe setzte sich neben sie auf die Stuhllehne. »Wie soll es jetzt weitergehen?«

Kelsey holte tief Atem. »Ich werde Charles Rooney anrufen. Ich muß diese Sache zu Ende bringen.«

Sie hatten sich in der Bar eines gehobeneren Hotels verabredet. Rooney hatte alle Tricks, die er kannte, angewandt, um sicherzugehen, daß ihm niemand folgte.

Als er die beiden näherkommen sah, leerte er schon seinen ersten Gin Tonic. Er war erledigt und wußte das. Nachdem Rich Slater sein Büro verlassen hatte, war er stundenlang an seinem Schreibtisch sitzengeblieben und hatte über Flucht nachgedacht. Er hatte die nötigen Beziehungen und Kenntnisse, und nun auch ein Motiv.

»Mr. Rooney.«

»Nehmen Sie Platz. Den Hauswein kann ich empfehlen.«

»Gut«, sagte Kelsey und nickte der Kellnerin zu.

Gabe bestellte Kaffee. »Sie sagten, es sei dringend«, wandte er sich an Rooney.

»Ganz richtig.« Rooney tippte an sein Glas und bedeutete der Kellnerin, ihm einen neuen Drink zu bringen. One for the road, dachte er, denn morgen früh wollte er bereits in Rio seinen Drink nehmen. »Ich fürchte, ich war etwas überreizt, als ich anrief. Es war ein Tag der unerwarteten Besucher, und der letzte war äußerst unangenehm. Ich bin seit fünfundzwanzig Jahren privater Ermittler, und in dieser Zeit hatte ich viele interessante Fälle zu bearbeiten. Und nicht ein einziges Mal habe ich zur Waffe greifen müssen.« Er klopfte zweimal hart auf den Tisch. »Meine Arbeit machte mir von Anfang an Spaß. Es ist ziemlich schwierig, sich den richtigen Kundenstamm aufzubauen. Menschen, die der besseren Gesellschaftsschicht angehören, legen im allgemeinen keinen Wert darauf, mit Leuten meines Berufsstandes zu vertraut zu werden. Sie engagieren uns zwar, aber mit denselben Gefühlen, mit denen sie einen Kammerjäger kommen lassen. Sie wollen Resultate, selbstverständlich, aber wie diese erzielt werden, ist ihnen meistens egal.«

Er hielt inne, als die Drinks kamen.

»Das ist zwar hochinteressant, Rooney«, bemerkte Gabe, »aber deswegen wollten Sie uns doch nicht dringend sprechen.«

»Milicent Byden«, sagte Rooney und bemerkte, daß Kelsey die Lippen zusammenpreßte. »Eine Frau, die es gewöhnt ist, Dienstboten Befehle zu erteilen und die erwartet, daß sie auch nach ihren Wünschen ausgeführt werden.«

»Wir wissen, daß sie Sie angeheuert hat, damit Sie Informationen über Gabe sammeln.« Kelsey trank einen Schluck Wein. »Dann kann ich nur hoffen, daß Sie einen anständigen Vorschuß kassiert haben. Denn glauben Sie mir, sie ist mit den Ergebnissen nicht sehr zufrieden.«

»Hat Ihnen so einiges unter die Nase gerieben, was?«

Rooney kicherte belustigt. »Vielleicht gibt es doch so etwas wie ausgleichende Gerechtigkeit. Das erste Mal, als sie mich engagiert hat, war sie nämlich mit den Resultaten zufrieden, sogar sehr zufrieden.«

»Das erste Mal?«

»Es war Ihre Großmutter, die mich wegen des Sorgerechtsprozesses engagiert hat.«

»Nach meinen Informationen wurden Sie von den Anwälten meines Vaters engagiert.«

»*Ihren* Anwälten, Miss Byden. Vergessen Sie nicht, daß es auch ihre Anwälte waren.«

Er fischte die Limonenscheibe aus seinem Drink und drückte den Saft ins Glas.

»Ich hatte für eine ihrer Bekannten mal einen Job erledigt. Scheidungssache. Sie muß der Meinung gewesen sein, daß ich gut und diskret gearbeitet habe. Und ich entsprach genau ihren Vorstellungen.

Ehrgeizig und noch jung genug, um von ihrem Status – oder dem ihres Mannes – und von der Höhe ihres Schecks beeindruckt zu sein.«

Achselzuckend nahm er sich etwas aus der Schüssel mit Knabbergebäck, die auf dem Tisch stand.

»Ich kann nicht ganz einsehen, was es für einen Unterschied machen soll, von wem Sie Ihr Geld bekamen«, kommentierte Kelsey.

»Einen großen. Ihren Vater habe ich erst bei der Gerichtsverhandlung gesehen. Ihre Großmutter wollte es so, und sie ist eine Frau, die ihren Willen durchsetzt. Sie wollte ihre Mutter aus dem Weg haben. Naomi sollte aus Ihrem und dem Leben Ihres Vaters verschwinden, und um das zu erreichen, hat sie einen ebenso sicheren wie einfachen Plan ausgearbeitet. Meine Aufgabe war es, Naomi zu beschatten, Fotos zu machen und Berichte vorzulegen. – Das war Milicent Bydens Auftrag an mich. Aber ich bin ein guter Ermittler, Miss Byden. Ich war damals schon gut, und ich habe mehr herausgefunden.«

»Mehr?« Kelsey hatte das Gefühl, als öffne sich die Tür zur Vergangenheit noch einen Spalt weiter, und sie fragte sich besorgt, was sich wohl dahinter verbergen mochte.

»Nichts ist leichter, als sich auf der Rennbahn umzuhören. Ich habe eine Informationsquelle aufgetan; einen Mann, der sich an Bradley heranmachte und einiges über ihn herausbekam. Bradley hatte zu hoch gespielt und steckte bis über beide Ohren in Schulden. Er gehörte zu den Menschen, die nichts für sich behalten können, und er redete fortwährend von einem großen Ding, das er drehen wollte. Alles, was er zu tun hätte, wäre, sich mit einer hübschen Frau eine schöne Zeit zu machen, und danach hätte er ausgesorgt. Bradley nahm den Mund zu voll, mein Informant hakte nach und gab – gegen Entgelt natürlich – alles an mich weiter.«

»Sie reden ziemlich um den heißen Brei herum, Mr. Rooney«, meinte Gabe.

»Dann will ich zur Sache kommen.« Rooney lockerte seine Krawatte, die ihm zu eng vorkam. »Der Sorgerechtsprozeß drohte zugunsten Naomis auszugehen. Gerichte sprechen ein Kind meistens seiner Mutter zu. Sie mochte ja gern auf Partys gehen und verschiedene Männerbekanntschaften haben, aber wenn das Kind bei ihr war, benahm sie sich mustergültig. Sie hatte Geld, konnte ihrer Tochter alles bieten, und es gab eine ganze Reihe von Leuten, die bezeugt hätten, daß sie eine gute, hingebungsvolle Mutter war. Also brauchten die Bydens etwas, um diesen positiven Eindruck zu zerstören. Milicent fand es in Alec Bradley.«

»Meine …«, Kelsey wartete eine Sekunde, bis sie ihre Stimme unter Kontrolle hatte. »Meine Großmutter kannte Alec Bradley?«

»Ihn und seine Eltern. Sie kannte seinen Charakter und wußte, daß er für ihren Plan genau der Richtige war. Sie heuerte ihn an, damit er Ihre Mutter verführte und sie in eine kompromittierende Situation brachte. Eine Situation, die ihren guten Ruf zerstören sollte.«

Unter dem Tisch griff Kelsey nach Gabes Hand. »Sie behaupten, daß meine Großmutter Alec Bradley bezahlt hat, damit er … warum soll ich Ihnen das glauben?«

»Glauben Sie, was Sie wollen«, tat Rooney ihren Einwand ab. Er wollte nur reinen Tisch machen, ehe er sich aus dem Geschäft zurückzog. »Sie sind zu mir gekommen, weil Sie Antworten haben wollten, Miss Byden. Geben Sie mir jetzt nicht die Schuld, wenn Ihnen die Antworten nicht gefallen. Milicent Byden gab Bradley zwanzigtausend Dollar als Anzahlung. Dummerweise spielte Naomi nicht mit, jedenfalls nicht so, wie Ihre Großmutter und Bradley sich das vorgestellt hatten. Sie hielt ihn an der langen Leine. Und da der Sorgerechtsprozeß immer härter wurde, brauchte Ihre Großmutter eine wirksame Waffe. Also fand sie eine weitere Möglichkeit, um Unfrieden zu stiften. Ein totes Pferd, einen toten Jockey. Nur daß sich die Publicity als Bumerang erwies. Alles war auf seiten der Chadwicks.«

Gabe hob eine Hand. »Wollen Sie damit sagen, daß da ein Zusammenhang besteht?«

»Es hängt alles zusammen. Bradley wollte Geld sehen, aber Milicent hielt sich damit zurück, bis er Resultate vorweisen konnte. Also haben sich Bradley und sein Freund von der Rennbahn etwas einfallen lassen. Als der Unfall mit dem Pferd passierte, strich Bradley ein bißchen Kleingeld ein, aber den Bonus, den er sich erhofft hatte, bekam er nicht, denn die Sympathien lagen bei Naomi. Milicent stellte ihm ein Ultimatum.«

Rooney schaute auf den Rest seines Drinks und überlegte kurz, ob er sich noch einen bestellen sollte. Doch sein Flug ging bald, und da war es besser, einen klaren Kopf zu haben.

»Sie wies mich an, meine Kamera und ausreichend Filme bereitzuhalten. Ich sollte beim Haus warten. Zuerst fuhr ich zum Klub und sah, wie Bradley die Eifersuchtsszene inszenierte?«

»Inszenierte?« wiederholte Kelsey ungläubig.

»Man durchschaut gewisse Dinge leichter, wenn man nicht direkt beteiligt ist. Außerdem hatte mein Informant mir einen Tip gegeben. In der Nacht sollte es passieren. Bradley wollte sie herausfordern. Ich glaube nicht, daß er damit rechnete, daß sie ihm den Laufpaß geben würde. Was Frauen betraf, war er ziemlich von sich eingenommen. Als Ihre Mutter den Klub verließ, heftete ich mich an ihre Fersen. Außer ihr war niemand im Haus, bis Bradley kam. Ich hatte die Anweisung, Fotos zu schießen, die den Bydens nutzen würden.«

»Ihre Anweisungen«, sagte Kelsey benommen, »die Ihnen meine Großmutter erteilt hatte?«

»Richtig. Alles begann sehr vielversprechend. Naomi öffnete ihm im Nachthemd die Tür und ließ ihn herein. Sie tranken noch etwas, und durch das Fenster konnte ich eine gute Aufnahme machen, wie die beiden sich küßten. Als sie ihn dann allerdings wegstieß, machte ich kein Foto, denn das gehörte ja nicht zu meinem Job. Dann fingen sie an zu streiten. Bruchstücke davon konnte ich verstehen. Dann warf sie ihn hinaus und machte ihm klar, daß alles vorbei war. Er packte sie, versuchte, sie anzufassen.«

Rooney blickte Kelsey fest in die Augen. »Einen Moment lang dachte ich daran, hineinzugehen und einzugreifen. Sie war in Schwierigkeiten, das konnte ich deutlich sehen. Aber ich griff nicht ein. Schließlich hatte ich einen Auftrag zu erledigen. Wie dem auch sei, sie konnte ihn abwehren. Wütend war sie, das konnte ich sehen. Und ihre Wut war größer als ihre Angst. Sie schrie ihn an und wollte zum Telefon greifen, aber er ging wieder auf sie los. Ich glaube, da wußte sie, was ihr bevorstand, und sie rannte los.«

Rooney hielt kurz inne und erzählte dann weiter: »Er wußte, daß ich da war. Dieser Dreckskerl wußte das ganz genau. Er schaute aus dem Fenster und machte eine Handbewegung. So.« Rooney deutete mit einem Finger an die Decke. »Oben, sollte das heißen. Ich kümmere mich oben um sie. Also tat ich, was mir aufgetragen worden war, und kletterte auf den Baum. Hören konnte ich nichts, mein Herz klopfte viel zu laut, und ich dachte erst gar nicht darüber nach, was ich da tat. Ich hatte einen Bombenjob übernommen, der mir noch viele andere einträgliche Aufträge bringen würde. Und ich redete mir ein, daß sie schließlich die Situation selbst herausgefordert hatte, so, wie sie mit ihm Katz und Maus gespielt hatte.«

»Sie wußten, daß er sie vergewaltigen wollte«, stammelte Kelsey, »Sie wußten es und haben nichts unternommen.«

»Richtig.« Rooney stürzte den Rest seines Drinks hinunter. »Sie kam ins Schlafzimmer, nein, sie rannte ins Schlafzimmer. Jetzt kriegte sie es mit der Angst zu tun, aber trotzdem kochte sie noch vor Wut. Dieses durchsichtige Kleidungsstück, das sie trug, war an der Schulter zerrissen. Er kam auch ins Schlafzimmer und lächelte. Sie standen sich gegenüber, das konnte ich durchs Fenster ganz deutlich sehen. Ihr Nachthemd rutschte von der Schulter, und sein Smokinghemd stand offen. Es wirkte provokativ, sehr erotisch. Ich konnte nicht verstehen, was er zu ihr sagte, aber sie schüttelte den Kopf und wich zurück. Er faßte nach unten, so, als ob er seine Hose aufmachen wollte, da gab sie ihm eine Ohrfeige.« Rooney befeuchtete seine Lippen. »Da hab' ich abgedrückt. Er schlug zurück, doch das habe ich nicht fotografiert.«

Er brach ab. Er hätte nicht damit gerechnet, daß es ihn so stark berühren würde, sich diese Nacht Schritt für Schritt wieder ins Gedächtnis zu rufen. Damals hatte er sich klein, mies und ängstlich gefühlt, heute fühlte er sich nur klein und mies.

»Sie bückte sich und war für kurze Zeit außerhalb meines Blickfeldes. Er hob die Hände hoch, lächelte immer noch. Es war allerdings kein freundliches Lächeln mehr. Dann konnte ich sie wieder sehen. Und die Waffe.«

»Jetzt machte ich ein Foto nach dem anderen. Ich hatte Angst. Und selbst als sie ihn erschossen hatte, als gar nichts mehr zu sehen war, drückte ich wie aus einem Reflex immer wieder ab.«

»Es war Notwehr.« Kelseys Finger gruben sich in Gabes Hand. »Genau wie sie immer gesagt hat.«

»Ja. Vielleicht, nur vielleicht hätte sie ihn mit der Waffe in Schach halten können. Aber sie fühlte sich in die Enge getrieben, war in Panik. Wenn alles, was ich gesehen habe, ans Licht gekommen wäre, dann hätte man sie mit Sicherheit nicht wegen Mordes verurteilt.«

»Aber was sich wirklich abgespielt hatte, kam nicht ans Licht.«

»Nein. Ich ging sofort zu Milicent Byden, klingelte sie mitten in der Nacht aus dem Bett, ohne überhaupt zu überlegen. Sie schenkte mir einen Brandy ein und befahl mir, mich hinzusetzen. Dann hörte sie sich meine Geschichte an, von Anfang bis Ende. Sie sagte, alles hätte sich doch noch zum Besten gewendet. Und wies mich an, ein, zwei Tage zu warten, ehe ich zur Polizei ging.«

»Sie wußte Bescheid«, flüsterte Kelsey, »sie wußte also alles.«

»Sie hat alles inszeniert. Wenn man Naomi nicht verhaften würde, sollte ich den Film zur Polizei bringen und meine Aussage machen. Ich sollte sagen, was ich gesehen hatte, nicht, was ich aus den Umständen folgerte. Dann sagte mir Milicent, was ich gesehen hatte. Eine aufreizend gekleidete Frau, die ihren Liebhaber in einem leeren Haus empfing. Sie nahmen einen Drink, schmusten miteinander. Dann fingen sie an zu streiten. Die Frau war eifersüchtig, daran gab es nach der Szene im Klub keinen Zweifel. Sie ging nach oben, ihr Liebhaber folgte ihr, um sich zu entschuldigen und sie versöhnlich zu stimmen, sie vielleicht sogar zu verführen. Vor Eifersucht rasend, griff die Frau dann zur Waffe und erschoß ihn. Milicent gab mir weitere fünftausend Dollar in bar und versprach, mich weiterzuempfehlen.«

Mit aschfahlem Gesicht rutschte Kelsey von ihrem Hocker, hielt die Hand gegen ihren rebellierenden Magen und verschwand eilig auf die Toilette.

Gabe sah ihr nach. Unwillkürlich hatte er unter dem Tisch die Fäuste geballt. »Sie sind ein widerlicher Typ, Rooney. Für ein paar tausend Dollar und einige Angehörige der feineren Gesellschaft auf der Klientenliste haben Sie tatenlos bei einer versuchten Vergewaltigung zugesehen und hinterher mitgeholfen, das Opfer hinter Gitter zu bringen.«

»Meine Geschichte ist noch nicht zu Ende«, sagte Rooney leise, »warten wir auf Kelsey.«

»Verraten Sie mir eins. Warum haben Sie sich plötzlich entschlossen, uns die Wahrheit zu sagen?«

»Mir wird der Boden hier zu heiß. Und ich gerate nicht gern zwischen die Fronten.« Rooney zog die Schultern hoch. »Wenn das alles rauskommt – und es wird rauskommen – dann ist mein Ruf ruiniert. Also gehe ich ein paar Jahre früher als geplant in Rente, und da kann ich vorher auch reinen Tisch machen.«

»Ich überlege gerade«, begann Gabe mit betont ruhiger, beherrschter Stimme, »ob ich Sie jetzt zusammenschlagen oder ob ich Sie mit Ihrer Schuld leben lassen soll.«

Rooney nahm sein Glas und nippte langsam an dem geschmolzenen Eiswasser. »Jeder Mensch trifft seine eigenen Entscheidungen. Sie sind ein Spieler. Gerade Sie müßten wissen, daß man manchmal blitzschnell einen Entschluß fassen muß.«

»Es gibt Spiele, auf die man sich gar nicht erst einläßt.« Gabe erhob sich, als Kelsey zurückkehrte. »Mir geht's schon wieder gut. Tut mir leid.« Sie war noch immer ein bißchen weiß um die Nase, aber ihre Hände zitterten nicht mehr.

»Laß dir noch eine Minute Zeit.« Er wandte seine Aufmerksamkeit wieder Rooney zu. »Fahren Sie fort.«

»Was ich noch zu erzählen habe, wird Ihnen nicht gefallen. Milicent Byden hat mich nicht nur engagiert, um ein Dossier über Sie anzulegen, Slater. Das kam erst später. Sie hat schon Monate vorher mit mir Kontakt aufgenommen, sofort nachdem Kelsey sich mit Naomi Chadwick in Verbindung gesetzt hat.«

Kelsey kniff die Lippen zusammen und wünschte, daß sich ihr Magen beruhigen möge. »Ich verstehe nicht ganz.« Doch sie verstand sehr wohl, und diese Erkenntnis jagte ihr große Angst ein.

»Geradeheraus gesagt«, fuhr Rooney fort, »sie wollte nicht, daß Sie dort sind, wollte verhindern, daß Sie und Naomi eine Beziehung aufbauen.«

»Und wie wollte sie das verhindern?«

»Nun, da sich Naomi nichts hatte zuschulden kommen lassen, seit sie aus dem Gefängnis gekommen war, ging Milicent einfach in die Vergangenheit zurück. Nachdem Alec Bradley erschossen worden war, übergab ich ihr meine Akten. Darin standen viele Details, nicht nur über Naomi. Ich bin gründlich, wissen Sie. Ich hatte Informationen über Bradley und seinen Freund gemacht, über die Manipulation des Rennens und meinem Verdacht über eine Beteiligung von Cunningham. Als sie versuchte, sie zu stoppen, Kelsey, Sie aber trotzdem nicht zur Vernunft kamen, da benutzte sie diese Informationen.«

»Wie?« Kelsey schlang die Arme um ihren Körper. »Am besten, Sie erzählen mir alles.«

»Ich sollte Bradleys alten Freund ausfindig machen und ihn unter Versprechung eines Jobs in diese Gegend zurücklocken. Sie hat mir zwar nicht gesagt, um was für eine Art Job es sich dabei handelte, aber das war nicht schwer zu erraten, wenn sich die Ereignisse wiederholen sollten. Ein manipuliertes Rennen, ein totes Pferd. Die Gerüchte und Verdächtigungen kreisten um Naomi und um Sie.« Er wies mit dem Finger auf Gabe. »Milicent wollte Sie nicht in der Nähe ihrer Enkelin dulden. Kelsey sollte mit eigenen Augen sehen, welche Rücksichtslosigkeit und Grausamkeit beim Pferderennsport herrschten, und sie sollten sich dann nach Hause flüchten.«

»Nur daß ich das nicht getan habe.« Hinter Kelseys Augen brannten Tränen, aber sie würde sie zurückhalten, solange es ging. »Wollen Sie mir weismachen, daß meine Großmutter hinter alldem steckt? Hinter Prides Tod und auch hinter Micks?«

»Nicht einmal eine Frau wie Milicent Byden kann einen Mann, der keine Skrupel kennt, unter Kontrolle halten. Er hat zum Teil auf eigene Faust gehandelt. Nach dem Mord an dem Pfleger war sie außer sich vor Zorn. Las mir die Leviten, als ob ich den armen Kerl persönlich umgelegt hätte.«

Kopfschüttelnd überließ sich Rooney seinen Erinnerungen. »Sie hatte es auf das Pferd abgesehen, wollte eine Wiederholung früherer Verbrechen. Einen Skandal, der ihrer Enkelin eine Lehre sein sollte.«

»Nur meinetwegen«, murmelte Kelsey. Ihre Hand lang schlaff in Gabes. »Alles nur meinetwegen.«

»Sie sind die Letzte der Bydens«, erklärte Rooney. »Das ist der springende Punkt. Und sie haßt Naomi mit einer Inbrunst, die bis heute nicht nachgelassen hat. Um Naomi zu vernichten und die Kontrolle über Sie, Kelsey, zu behalten, würde sie alles tun. Sie lieh Cunningham genug Geld, um das Pferd Big Sheba kaufen zu können. Mehr als genug, um ihn in der Hand zu haben und dazu überreden zu können, mit ihrem Helfer zusammenzuarbeiten. Begeistert war sie davon nicht«, fügte Rooney hinzu. »Sie wollte mit diesen Typen eigentlich gar nichts zu tun haben, aber der Zweck heiligt die Mittel.«

»Ich glaube, die Frau, von der Sie sprechen, ist nicht die Großmutter, die ich zu kennen glaubte«, sagte Kelsey langsam. »Wie konnte sie das Leben so vieler Menschen ruinieren?«

»Sie wollte sie kontrollieren«, korrigierte Rooney. »Sie hielt alles, was sie tat, für notwendige Kontrolle. Und ich habe mich zu ihrem Helfershelfer gemacht.« Müde rieb er sich die Augen. »Beim ersten Mal war ich noch jung, ehrgeizig und leicht zu beeindrucken. Dieses Mal fühlte ich mich wie in einer Falle. Aber schließlich war es ja nur ein Job. Mein letzter Besucher heute hat mich allerdings dazu gebracht, meine Ansichten zu ändern.« Sein Blick ruhte lange nachdenklich auf Gabe. »Vielleicht werde ich alt. Gott weiß, daß ich alles langsam satt habe. Als er auftauchte und mir einen neuen Deal vorschlug, habe ich abgelehnt und aufgegeben. Kann aber auch sein, daß ich fand, daß die Zeit für Reue gekommen ist.«

Rooneys Augen wurden schmal. »Wollen Sie wissen, wie Benny Morales' Sohn es geschafft hat, das Chadwick-Pferd zu erledigen? Und wie es dazu kam, daß beinahe eines von Ihren auch hätte dran glauben müssen, Slater? Dann sehen Sie sich mal in Ihrem eigenen Betrieb um, und werfen Sie ein Auge auf Ihren alten Herrn. Ganz recht«, bestätigte er lächelnd, »Rich Slater hat Alec Bradley so einige Geheimnisse aus der Nase gezogen. Und er hat nur allzu gern davon Gebrauch gemacht und eine Wiederholung inszeniert, als Milicent Byden nach ihm schickte. Rachsucht und Machtgier, Rachsucht und Geld. Ihre Motive und die seinen. Eine höllische Kombination.«

28

»Fährst du bitte rechts ran?«

Eine halbe Meile von Longshot entfernt lenkte Gabe den Wagen an den Straßenrand. »Ist dir wieder schlecht?«

»Nein.« Jedenfalls nicht so, wie er meinte. »Ich möchte mich nur eine Minute etwas bewegen, können wir ein Stück gehen?« Ohne seine Antwort abzuwarten, sprang sie aus dem Wagen.

Eine wundervolle Nacht, dachte sie. Die klassische Sommernacht auf dem Lande, der Himmel eine sternenübersäte Kuppel. Nicht eine einzige Wolke störte das Bild. Der Duft des Geißblatts, das die Felder zu überwuchern drohte, hing in der Luft. Im hohen Gras zirpten die Grillen, und der Boden gab beim Gehen unter Kelseys Füßen leicht nach.

»Es ist zuviel«, murmelte sie. »Zu viel auf einmal. Wie soll ich es ihr nur sagen, Gabe?« Sie wandte sich mit ausgestreckten Armen rat- und haltsuchend nach ihm um. »Wie kann ich meiner Mutter beibringen, daß alles manipuliert war? Daß alles, was geschehen ist, Teil eines Planes war, der ausgearbeitet wurde, um sie von mir fernzuhalten?«

»Als erstes ...«, behutsam strich er ihr eine Haarsträhne hinter die Ohren, »... hörst du auf, dir Vorwürfe zu machen.«

»Ich mache mir doch gar keine Vorwürfe.« Sie blieb stehen, lehnte sich an einen Koppelzaun, und schaute hinüber zu den nächtlichen Bergen. »Aber ich bin wütend, daß man mich wie eine Schachfigur benutzt hat. Ich war für meine Großmutter niemals nur ihre Enkelin oder eine eigenständige Persönlichkeit, ich war nur ein Mitglied der Familie Byden«, erklärte Kelsey bitter, »weiter nichts. Nur als solches bedeute ich ihr etwas.«

Gabe setzte zu einer Antwort an, wollte sie trösten, doch dann besann er sich. Manchmal war es besser, einfach nur zuzuhören.

»Ich glaube«, fuhr Kelsey fort, »ich glaube wirklich, daß sie versucht hat, mich zu lieben. Aber ihre Gefühle für meine Mutter und vielleicht die Schuld, die sie auf sich geladen hat, machten es ihr unmöglich. Ich sollte dem guten Namen der Familie Ehre machen, mußte die besten Schulen besuchen, Kenntnisse über Kunst, Musik und Literatur erwerben. Meine Freunde mußten natürlich aus gutem Hause sein. Vielleicht habe ich deswegen nie wirklich enge Freundschaften gehabt. Und jede Art von Auflehnung, jedes kleinste Zeichen meiner Persönlichkeit spiegelte für sie den Charakter jener Frau wider, deren Leben sie zerstört hatte.«

Kelsey pflückte einen Geißblattstengel und begann langsam, die zarten weißen Blüten abzuzupfen.

»Als ich zwölf war, wollte sie, daß ich nach England ins Internat gehe. Mein Vater war dagegen. Das war eines der wenigen Male, wo sie eine Auseinandersetzung hatten. Milicent sagte, ich brauchte eine feste Hand, mein Vater meinte, ich brauchte eine unbeschwerte Kindheit.«

Seufzend zerrieb sie die Blütenblätter zwischen den Fingern. »Ob ihr wohl jemals klargeworden ist, daß sie ihn auch nur benutzt hat? Eine weitere Schachfigur. Wie weit ist sie für das Scheitern der Ehe meiner Eltern verantwortlich, Gabe, auch wenn vielleicht gar keine Chance bestand, daß diese Ehe glücklich wird? Aber das Kind ist schon lange in den Brunnen gefallen«, murmelte sie und ließ die Blüten fallen. »Jetzt muß ich sehen, wie ich meiner Mutter alles erkläre. Und da ist noch mein Vater. Mit ihm muß ich wohl auch reden, oder? Er hat das Recht zu erfahren, was sie damals getan hat. Und was sie vor kurzem erst getan hat.«

Sie wandte sich zu ihm und preßte ihr Gesicht an seine Brust, dankbar dafür, daß seine Arme ihr Schutz und Geborgenheit boten. »Was für ein Wahnsinn. So viele Leben, die zerstört oder ausgelöscht worden sind. Und warum? Nur aus falsch verstandener Familienehre.«

»Dazu kommen noch ein paar Todsünden«, bemerkte Gabe ruhig, der an seinen Vater denken mußte. »Neid, Gier, Verlangen. Ich habe schon immer eher an das Glück als an schicksalhafte Vorbestimmung geglaubt. Aber es ist mehr als Glück, was uns in diesen Kreis gezogen hat.« Er schob sie etwas von sich, um ihr ins Gesicht sehen zu können. »Du und ich, Kelsey, wir gehörten beide von Anfang an zu diesem Kreis.«

»Und wenn wir uns nicht gefunden hätten, wären wir vielleicht auch der Lösung, die den Kreis schließt, nicht so nahe. Du willst mit deinem Vater abrechnen, nicht wahr?«

»Ich muß ihn finden.«

»Das kannst du doch Rossi überlassen.« Beschwörend verstärkte sie ihren Griff. »Gabe, er will dir schaden. Wenn er gleich nach uns in Rooneys Büro aufgetaucht ist, könnte er uns gefolgt sein. Er sucht nach einer Gelegenheit, dich empfindlich zu treffen.«

»Deshalb muß ich ihn ja zuerst finden. Das ist mein ganz persönlicher Kreis, Kelsey, und den muß ich schließen.«

»Aber wenn wir zur Polizei gehen würden ...«

»Warum haben wir dann nicht schon längst angerufen?«

Kelsey senkte den Blick. Warum nur konnte er in ihrem Gesicht ihre Gedanken lesen wie in einem Buch? »Na gut. Ich muß mit Naomi sprechen, und du mußt deinen Vater finden. Dann machen wir der Sache ein Ende. Und jetzt bringst du mich besser nach Hause.«

Auf Three Willows angelangt wies sie sein Angebot, sie zu begleiten, energisch zurück. Sie mußte allein damit fertigwerden. Also wartete er nur, bis sie im Haus war und die Außenbeleuchtung erlosch.

Gabe hatte mit seinen eigenen bösen Geistern zu kämpfen. Und der erste trug beileibe nicht das Gesicht seines Vaters.

Als Kelsey im Haus war, schaute sie zur Treppe. Es war bereits spät, und Naomi lag zweifellos schon im Bett. Warte lieber bis morgen, dachte sie bei sich. Auf eine Nacht mehr oder weniger kommt es nun auch nicht mehr an. Nein, das war Feigheit. Seufzend ging Kelsey in die Küche. Sie würde sich einen Tee aufbrühen, und dabei konnte sie sich genau zurechtlegen, was sie sagen wollte.

»Gertie?« Zu ihrer Überraschung fand sie die Haushälterin in der Küche vor, wo sie gerade die Spülmaschine einräumte.

»Oh, Miss Kelsey, haben Sie mich erschreckt.« Die Frau zuckte zusammen und preßte eine Hand gegen ihren pinkfarbenen Morgenmantel.

»Es ist schon nach Mitternacht. Du solltest so spät nicht mehr arbeiten.«

»Ach, ich hab' nur mein Geschirr weggeräumt. Heute lief ein Spätfilm mit Bette Davis im Fernsehen, *Reise aus der Vergangenheit.* Ich hab' dabei eine ganze Packung Taschentücher verbraucht.« Bei diesem Gedanken seufzte Gertie glücklich. »Heutzutage werden solche Filme gar nicht mehr gemacht, Miss Kelsey.«

»Nein.« Kelsey ging zum Herd, nahm den Kessel und ließ an der Spüle Wasser hineinlaufen.

»Sind sonst schon alle im Bett?«

»Möchten Sie Tee? Lassen Sie mich das machen.«

Gertie schob Kelsey zur Seite und setzte selbst den Kessel auf. »Channing ist mit Matt Gunner unterwegs. Tennessee Walker von den Williams hat eine Lungenentzündung. Sie wissen noch nicht, ob er durchkommt.«

»Ach, das tut mir leid.«

»Verdammt schade um das Tier, das ist schon richtig.« Gertie wärmte geschäftig eine Porzellantasse an, während sie darauf wartete, daß das Wasser kochte. »Aber ich muß sagen, Channing schien von der Vorstellung, die halbe Nacht im Stall verbringen zu können, begeistert zu sein. Ich hab' ihm gesagt, ich lasse ihm die Küchentür offen und stelle ihm eine Platte mit kaltem Hähnchen in den Kühlschrank.«

»Dann ist er garantiert im siebten Himmel.«

»Es ist eine Freude, ihn hier zu haben.«

»Das ist es für mich auch. Ich brauche zwei Tassen, Gertie. Ich will meiner Mutter eine hochbringen.«

»Oh, sie schläft schon, Kindchen.« Gertie griff nach einer Dose und maß den Tee nach Gefühl ab. »Sie wirkte so erschöpft und hatte sich über irgend etwas so aufgeregt, daß ich ihr vor einer Stunde eine Schlaftablette geben mußte.«

»Eine Schlaftablette?«

»Sie sagte, ich würde nur unnötiges Aufheben machen, aber sie gefiel mir gar nicht, sah ausgelaugt und blaß aus. Ihr fehle nur Schlaf, sagte ich ihr. Ich wollte noch einmal nach ihr sehen, ehe ich zu Bett gehe.«

»Ich mach' das schon.« Kelsey sah die Teekanne mit gemischten Gefühlen an. »Dann eben nur eine Tasse, Gertie. Ich spreche morgen früh mit ihr.«

»Dann geht es ihr bestimmt besser. Vermutlich ist sie nur übermüdet.« Gertie arrangierte Kanne, Tasse und Untertasse auf einem Tablett. »Sie sah in den letzten Monaten besser und glücklicher aus als je zuvor. Das liegt an Ihnen. Für eine Mutter zählt eben nur ihr Kind.«

»Jetzt bin ich ja hier.«

»Ich weiß. Bleiben Sie nicht so lange auf.«

»Bestimmt nicht. Gute Nacht, Gertie.«

Kelsey trug das Tablett nach oben und stellte es in ihrem Zimmer ab, ehe sie nach ihrer Mutter schaute. Im fahlen Mondlicht, das durch das Fenster schien, konnte sie sehen, daß Naomi tief und fest schlief.

Dann also morgen früh, dachte sie und zog sich in ihr eigenes Zimmer zurück, um auf die erste Morgenröte zu warten.

Gabe ging nicht ins Haus, sondern machte sich direkt auf den Weg zum Stall. Über der Sattelkammer brannte noch Licht. Grimmig umrundete er das Gebäude und stieg die Stufen empor. Anklopfen tat er nicht.

Jamison saß an seinem Schreibtisch, auf dem sich der Papierkram stapelte. Ein Glas Brandy stand in Reichweite. Er blickte hoch und blinzelte wie eine Eule.

»Gabe. Was führt dich denn so spät hierher?«

»Dasselbe könnte ich dich fragen.«

»Ach, weißt du, irgend etwas liegt immer an.« Mit einem müden Lächeln deutete Jamison auf den Papierstapel. »Nachts kann ich mich besser konzentrieren, dann ist alles ruhig. Hinter dir steht ein Glas mit Instantkaffee«, fügte er hinzu. »Da auf dem Kocher kannst du Wasser heißmachen.«

»Nein.« Im gelblichen Licht der Schreibtischlampe musterte Gabe seinen Trainer und Freund. Die Anspannung der letzten Monate hatte ihren Tribut gefordert. Tiefe Schatten lagen unter Jamisons Augen, und die harten Linien um seinen Mund wirkten so, als hätte sie jemand mit dem Messer eingeschnitzt.

Das war nicht das Gesicht eines Mannes, der den jüngsten Triple-Crown-Sieger ausgebildet hatte.

»Ich hab' viel in den Ställen rumgehangen, als ich hier noch gearbeitet habe, was, Jamie? Bei dir und Mick.«

»Ich erinnere mich noch gut.« Jamisons Schultern, die sich unter Gabes prüfendem Blick verkrampft hatten, entspannten sich wieder. »Oder du hast uns zu einem Pokerspiel überredet und uns dann einen Wochenlohn abgeknöpft.«

»Cunningham war ja nie zufrieden. Wenn du einen Sieger trainiert hast, wollte er zwei. Immer ein noch größeres Rennen, noch größere Prämien. Ich erinnere mich, wie er immer sagte, der Moses drüben auf Three Willows wüßte, wie man Pferde zu Champions macht. Und wenn du das nicht auch fertigbrächtest, würde er jemand anders finden.«

»Es war nicht leicht, für ihn zu arbeiten. Ich habe gute Pferde für ihn trainiert und viele Rennen gewonnen. Unser Try Again wurde in den Achtzigern sogar zum Galopper des Jahres gewählt. Aber er bekam nie genug.«

»Er wollte einen Derbysieger. Das hast du nie zuwege gebracht, sogar dann nicht, als die Chadwicks damals in Keeneland – wann war das noch? – ach ja, '73, ihren Hengst verloren. Cunninghams Pferd war dann der Favorit, siegte aber trotzdem nicht.«

Gabes Stimme klang kühl und beherrscht. »Es belegte den dritten Platz, wenn ich mich recht entsinne. Einen enttäuschenden dritten Platz. Das muß dich schwer getroffen haben, nach all dem, was du getan hast, um ihm zum Sieg zu verhelfen.«

Bei der Erinnerung daran zuckte es um Jamisons Mundwinkel. »Ein dritter Platz beim Derby ist keine Schande. Der Hengst war nicht in Hochform. Hat auf den letzten Metern nachgelassen.« Er hob sein

Glas und trank. »Und wir machten schwere Zeiten durch, nachdem Benny sich erhängt hatte.«

»Du und Benny, ihr habt euch gut verstanden?«

»Wir waren Freunde.«

»Zweifellos gute Freunde.« Gabe drehte einen Stuhl zu sich herum und setzte sich rittlings darauf. »Wieviel hattest du mit all dem zu tun, Jamie? Damals und heute?«

»Worauf willst du hinaus?«

»Du und Benny, ihr wart befreundet. Hast du ihn dazu überredet, das Rennen zu manipulieren, oder hast du die Sache selbst in die Hand genommen? Ich werd' dir sagen, was ich glaube.« Ohne auf eine Antwort zu warten fuhr Gabe fort: »Ich glaube, du hast ihn gebeten, dir zu helfen, dem Pferd etwas Hilfestellung zu geben. Cunningham setzte dich unter Druck. Vielleicht hat er dir eine größere Gewinnbeteiligung versprochen, vielleicht hat er dir auch nur so lange zugesetzt, bis du nachgegeben hast. Und du hast Benny Morales mit hineingerissen.«

Seine Augen wichen nicht von Jamisons Gesicht. »Ein Derbysieg, Jamie. Etwas, was du immer gewollt und, bis jetzt, nie erreicht hast.«

»Du redest Unsinn, Gabe. Mittlerweile kennst du mich doch lange genug.«

»Allerdings, Jamie. Ich kenne dich lange genug, um zu wissen, daß du deine Finger in allem, was im Stall vor sich geht, drin hast. Ich habe dich nur nie mit dem, was dem Hengst von Three Willows oder meinem beinahe zugestoßen ist, in Verbindung gebracht. Mein Fehler«, sagte er und bemerkte, wie ein Anflug von Furcht in Jamisons Augen aufblitzte. »Ich hätte nie gedacht, daß du ein Pferd töten würdest, nur um ein Rennen zu gewinnen. Egal welches Rennen.«

Gabe zog eine Zigarre hervor und betrachtete sie nachdenklich, während Jamison in Schweigen verfiel. »Das hat mir Sand in die Augen gestreut, Jamie, bis die Sache mit Reno geschah. Er wußte nicht, daß die Dosis tödlich war, genausowenig wie du. Du hast meinem Pferd nur Hilfestellung geleistet, indem du Pride eliminiert hast, nicht wahr, Jamie? Hat mein Vater dir das so verkauft? Daß du ihm Hilfestellung leistest?«

»Ich wollte mein eigenes Gestüt«, flüsterte Jamison. »Ein Mann verdient etwas Eigenes, wenn er sich so lange um den Besitz anderer gekümmert hat. In jedem anderen Jahr hätte Double das Derby spielend gewonnen. Warum mußte ausgerechnet Moses einen ernsthaften Konkurrenten stellen? Warum?«

»Pech.« Gabe zündete seine Zigarre an. Er empfand jetzt weder Mitleid noch Trauer um seinen Freund.

»Du wolltest den Sieg, Gabe. Erzähl mir nicht, daß du ihn nicht wolltest.«

»Ja, ich wollte diesen Sieg. Ich leugne es nicht.«

»Und wenn du Bescheid gewußt hättest, hättest du dann nicht die Augen zugedrückt?«

Gabes Augen funkelten. Nein, hier waren weder Mitleid noch Trauer angebracht. »Wenn du das glaubst, warum hast du es mir dann verschwiegen?«

»Du warst ein Unsicherheitsfaktor, wie Rich sich ausdrückte. Man konnte dir nicht trauen. Denk daran, wie der Hengst gelaufen ist«, gab Jamison verzweifelt zu bedenken. »Er hat sich alle drei Zacken geholt, und nichts konnte ihn aufhalten.«

»Und um welchen Preis? Es geht nicht nur um ein totes Pferd, Jamie. Es geht auch um Mick und Reno.«

Jamisons Augen schwammen in Tränen. »Das war nicht meine Schuld. Jesus, Gabe, du glaubst doch wohl nicht, daß das meine Schuld war. Lipsky hat auf eigene Faust gehandelt. Ich habe erst davon erfahren, als es zu spät war.«

Seine Stimme versagte. Einen Moment lang war nur sein keuchender Atem zu hören, dann riß er sich zusammen. »Rich wollte dir eine Lektion erteilen, aber er hat mich erst hinterher eingeweiht. Ich wußte nicht, daß er es auf Double abgesehen hatte, Gabe, Gott ist mein Zeuge. Er sollte sich um den Hengst von Three Willows kümmern, für eine Disqualifikation und einen Skandal sorgen.«

Erschauernd wartete er darauf, daß Gabe das Wort ergriff. Als weiterhin Schweigen herrschte, wich er zurück. »Vergiß nicht, daß Cunningham und Rich den Plan ausgeheckt haben. Vergiß das nicht.«

»Das vergesse ich ganz bestimmt nicht.«

»Die Disqualifikation reichte Rich nicht. Und auch das Geld, das er dafür bekam, reichte ihm nicht. Er ist gierig, wie du weißt. Er hat uns nur benutzt, um das Pferd zu töten. Als ich Pride zusammenbrechen sah, da wußte ich, daß er uns reingelegt hat. Und dann Reno.« Er vergrub das Gesicht in den Händen. »Ich mochte den Jungen. Hinterher versuchte ich, ihm klarzumachen, daß es nicht sein Fehler war, aber er wollte nicht hören. Rich ist für alles verantwortlich. Für alles. Und dann tauchte er auch noch hier auf und wollte die Spielregeln diktieren.«

»Wie bitte?«

Jamison ließ die Hände sinken und fuhr sich mit dem Handrücken über den Mund, dann griff er wieder zu seinem Glas und kippte den Brandy mit einem Schluck hinunter.

»Er wollte verhindern, daß du die Triple Crown gewinnst, Gabe. Diese Vorstellung nagte ständig an ihm. Mir erzählte er, es sei nur ein Job, nur ein kleiner Nebenverdienst. Aber er wollte Geld. Er hatte mich in der Tasche, verstehst du, mich und Reno. Diesmal habe ich das Mittel selbst besorgt. Die Dosis hätte ihn nur kurzfristig ausgeschaltet.«

In Gabes Augen loderte ein gefährliches Feuer auf. »In der Nacht, als Kelsey in den Stall kam, warst du es, nicht wahr? Du warst derjenige, der sie niedergeschlagen hat.«

»Ich habe ihr keinen ernsthaften Schaden zugefügt, ich mußte nur verschwinden, bevor sie mich erkennt. Kip hatte ich schon aus dem Weg geräumt. Hab' ihm nur leichte Kopfschmerzen verursacht. Aber als sie reinkam, konnte ich nicht weitermachen. Ich ...«

»Allein dafür könnte ich dir den Hals umdrehen, Jamie.« Gabes Hand schloß sich um Jamisons Hals. »Allein dafür«, murmelte er und drückte zu.

»Ich war in Panik, Gabe.« Entsetzt versuchte Jamison, sich aus Gabes eisernem Griff zu befreien. »Ich war nicht ganz bei mir, verstehst du das denn nicht?«

»Ich verstehe so einiges.« Angewidert gab Gabe ihn frei.

Die häßlichen roten Flecken auf Jamisons Gesicht begannen zu verblassen, als er nach Luft schnappte. »Er hat mich in die Enge getrieben, sieh das doch ein. Ich sagte Rich, ich würde es nicht tun, doch er drohte, alles auffliegen zu lassen. Also versuchte ich es, obwohl es mir das Herz brach. Aber es klappte nicht. Reno sollte es dann am Tag des Derbys erledigen, aber er brachte es nicht fertig. Um Gottes willen, Gabe, er hat sich erhängt. Ein Pferd ist es nicht wert, daß man stirbt, um es zu retten.«

»Aber dafür töten, das kann man.«

»Ich hab' dir doch gesagt, daß ich ...«

»Red dir das nur ein«, fauchte Gabe. »Rede dir ein, daß du nur das Opfer warst, Jamie. Daß man dich benutzt hat. Daß das, was Benny Morales, Mick, Reno und sogar Lipsky zugestoßen ist, nur Pech war. Und dann versuch, damit zu leben.« Gabe stand auf und versetzte dem Stuhl einen Tritt.

»Ich habe getan, was ich tun mußte. Und jetzt habe ich den Mut gefunden, ihm Paroli zu bieten. Heute abend.«

Gabes Kopf fuhr hoch. »Wovon redest du denn?«

»Rich war hier, vor einer knappen Stunde. Betrunken und rachsüchtig. Redete wüstes Zeug, drohte, er würde die Pferde umbringen und die Ställe anzünden. Wer weiß, was er angerichtet hätte, wenn ich ihn nicht zurückgehalten hätte.«

Gabe polterte bereits die Stufen hinunter. Jamies Stimme klang ihm noch schwach hinterher. Er knipste das Licht im Stall an und unterdrückte seine Angst, als er systematisch jede Box überprüfte.

»Ich hab' doch gesagt, daß ich ihn nicht hereingelassen habe«, wiederholte Jamison. »Ich sagte ihm, er solle verschwinden und seinen Rausch ausschlafen, wir seien fertig miteinander. Ich würde nicht länger seine Drecksarbeit machen. Nicht nach Renos Tod, um keinen Preis.«

Gabe stand vor Doubles Box. Der Hengst kam näher und stupste ihn lässig an. »Ich will dich hier nicht mehr sehen, Jamie. Pack deine Sachen und mach, daß du wegkommst.«

»Ein Mann hat das Recht auf eigenen Besitz. Gerade du solltest das verstehen.«

»Das verstehe ich auch. Aber für dich ist hier kein Platz mehr.«

Innerhalb von zwanzig Minuten hatte Gabe drei Pfleger aus den Betten geholt und im Stall postiert. Ehe er seinen Vater nicht ein für allemal unschädlich gemacht hatte, würde er die Pferde rund um die Uhr bewachen lassen. Und Rich würde zurückkommen, dachte Gabe, als er zum Haus ging. Gier und Haß würden ihn nach Longshot zurücktreiben.

Nur der völlige Ruin seines Sohnes konnte Rich Slater zufriedenstellen. Was Gabe am liebsten und teuersten war, mußte vernichtet werden.

Aber diesmal würde die Sache anders aussehen. Diesmal … Das Blut wich aus Gabes Gesicht, als ein Gedanke in seinem Kopf Gestalt annahm. Das, was ihm am liebsten und teuersten war, das war …

Kelsey.

Gertie probierte eine neue Nachtcreme aus, die sie sich bei einem Versandhaus bestellt hatte. Ab und zu gönnte sie sich das Vergnügen, in Katalogen zu blättern. Der Hersteller pries das Produkt als ›unglaubliche Verjüngungskur‹ an.

Gertie hoffte auf eine vorübergehende Abmilderung der Linien, die sich unaufhaltsam in ihr Gesicht zu graben schienen.

Schiere Eitelkeit, schalt sie sich. Eine alte Närrin wie sie, die über ein halbes Jahrhundert alt war. Aber als sie ihr Spiegelbild kritisch betrachtete, kam es ihr doch so vor, als ob die Fältchen und Krähenfüße um ihre Augen eine Spur, nur einen Hauch schwächer geworden seien.

Zufrieden mit der neuen Creme stand sie auf, um ihren Morgenmantel auszuziehen, dann lächelte sie, als sie hörte, wie die Küchentür geöffnet wurde.

Jetzt würde der Junge wohl den Kühlschrank plündern und vermutlich ein heilloses Chaos hinterlassen. Jungen in Channings Alter ließen nie auch nur einen Krümel übrig. Besser, sie ging hinunter und richtete ihm einen Teller her, dann konnte sie auch gleich dafür sorgen, daß er die Mahlzeit mit Milch anstatt mit Cola hinunterspülte.

»Ich habe dich gehört«, rief sie, als sie die Tür aufstieß. »Hat gar keinen Sinn, daß du hier rumschleichst. Setz dich auf deine vier Buchstaben, und ich …« Stirnrunzelnd brach sie ab. Im Licht der kleinen Lampe, die sie für Channing angelassen hatte, blinkte die Küche fleckenlos sauber. Niemand war zu sehen. »Jetzt spielen mir schon meine Ohren dumme Streiche«, brummelte sie vor sich hin. »Vielleicht haben sie in dem Katalog auch was für solche Probleme.«

In dem Moment, in dem sie sich umdrehte, fühlte sie einen starken Schmerz am Kopf. Mit einem leisen Laut sank sie ohnmächtig zusammen.

Rich stand grinsend über ihr. Saubere Arbeit, lobte er sich. Er hatte der mageren alten Schachtel mit ihrem eigenen Nudelholz eins übergezogen. Er schob den leblosen Körper mit einem Fuß beiseite und verlor dabei beinahe das Gleichgewicht.

Ein kleiner Schluck würde ihm helfen, entschied er und holte seinen Flachmann aus der Tasche. Aber es waren nur noch Tropfen übrig. Er fluchte fürchterlich, steckte den Flachmann wieder in die Tasche und stieg über die bewußtlose Gertie. Hier im Haus gab es bestimmt etwas Trinkbares. Erster Güte natürlich. Und wenn er sich derart gestärkt hatte, würde er sich um Gabes hübsche Kleine kümmern.

Im Obergeschoß lief Kelsey auf und ab und trank dabei eine weitere Tasse Tee. Wenn doch nur Channing heimkäme, dann könnte sie mit jemandem reden. Und wer könnte diesen furchtbaren Konflikt, der sie zwischen den Angehörigen ihrer Familie hin- und herriß, besser verstehen als er? Auch Gabe war trotz seines Verständnisses in diesem Fall nicht der richtige Gesprächspartner.

Morgen früh, es waren nur noch wenige Stunden bis dahin, würde sie Naomi alles mitteilen, was sie wußte. Danach hätte sie eine Frau, die sie liebte, von einem Alpdruck befreit und eine andere verdammt.

Denn trotz aller Bitterkeit und aller Enttäuschung liebte sie ihre Großmutter immer noch.

Die allmächtige Milicent, dachte sie und schloß die Augen. Ob sie mit dem Skandal wohl fertig werden würde? Von den Rechtsfolgen einmal ganz zu schweigen. Denn die Sache würde auf jeden Fall ein Nachspiel haben.

Und wie würde sie mit der Tatsache leben können, fragte Kelsey sich, daß sie durch ihre Handeln ihre eigene Großmutter ins Gefängnis gebracht hatte?

Das Klirren von zersplitterndem Glas ließ sie den Atem anhalten. Channing, dachte sie. Sie hatte ihn zwar nicht kommen hören, aber er war offenbar unten und tastete sich durch das Dunkel. Ein vergeblicher Versuch, niemanden im Haus aufzuwecken.

Erleichtert lief Kelsey aus ihrem Zimmer und die Treppe hinunter, um nach ihm zu schauen.

»Channing, du Tolpatsch! Wenn das eins von Naomis Kristallpferden war, dann kannst du aber morgen was erleben!«

Am Fuß der Treppe blieb sie stehen und lauschte. Das Haus lag in tiefer Stille, was ihr eine Gänsehaut machte. Schluß jetzt, befahl sie sich und rieb sich über die Arme. »Komm schon, Channing, ich bin nicht in der Stimmung für deine Spielchen. Ich muß mit dir reden.«

Sie knipste das Licht in der Halle an.

»Ich weiß genau, daß du da bist. Deine zarten Bewegungen verraten dich doch. Es ist wichtig, Channing.«

Ärgerlich marschierte sie ins Wohnzimmer. Im Mondlicht glitzerten Scherben auf dem Teppich.

»O verdammt! Es war eins der Pferde. Hast du prima gemacht!« Sie bückte sich, um die Scherben aufzusammeln.

»Die Königin zähmt jedes Pferd«, sagte Rich hinter ihr und schaltete das Licht ein. »Die Königin zähmt jeden Mann.« Er grinste Kelsey an. »Aber ob die liebreizende Tochter der Königin die Scherben auch zusammenfügen kann?«

Lachend warf er den Kopf zurück, begeistert von seiner Stegreifdichtung.

29

Kelsey blieb vor Schock und Schmerzen die Luft weg, als sie sich an einem Glassplitter die Hand verletzte. Blut quoll aus der Wunde.

»Vorsichtig, mein Täubchen.« Rich schlenderte gemächlich auf sie zu. »Schneid dir nicht das Fingerchen ab.« Er pustete auf ihre Wunde, dann bot er ihr galant sein Taschentuch an. »Wollt' dich nicht so erschrecken, aber 's ist an der Zeit, daß wir uns mal unterhalten. Schließlich wärmst du ja meinem Jungen schon seit einiger Zeit das Bett.«

»Sie sind Gabes Vater!« Kelsey raffte sich hoch, aber sie war nicht schnell genug. Richs Hand schloß sich um ihren Arm.

»Die Familienähnlichkeit ist nicht zu übersehen, was? Die Damen behaupten immer, mein Junge und ich geben ein hübsches Bild ab.« Seine Augen glänzten vom Alkohol, er schaute sie an und sagte: »Aus der Nähe betrachtet bist du ja noch hübscher, Püppchen. Kein Wunder, daß mein Junge um dich herumscharwenzelt. Nein, ehrlich nicht.« Er legte ihr das Taschentuch auf die blutende Hand. »Bind dir das drum.«

Automatisch gehorchte sie. »Wenn Sie Gabe suchen ...« Sie brach ab und überlegte rasch. »Er ist oben«, log sie. »Ich gehe hoch und sage ihm, daß Sie hier sind.«

»Eins kann ich bei Frauen nicht vertragen, und das sind Lügen.« Rich versetzte ihr einen so harten Stoß, daß sie rücklings in einen Sessel flog. »Das ist das erste, was du dir merken mußt.« Er beugte sich über den Sessel und hielt sie mit beiden Armen fest. »Gabe ist nicht oben, ich hab' nämlich vor kurzem gesehen, wie du aus seiner Nobelkutsche ausgestiegen bist. Weiß wirklich nicht, was ihn in sein kaltes Bett zieht, wo er doch dich hat. Aber dem Jungen konnte ich noch nie was beibringen.«

Er tätschelte ihr die Wange und registrierte befriedigt, daß sie zurückwich. »Ist vielleicht gar nicht so schlecht. Jetzt können wir zwei uns endlich mal kennenlernen. Wir sind ganz allein. Hey, was haben wir denn da?« Auflachend grub er ihr die Finger ins Fleisch und zwang sie, die Hand zu heben. »Ist das ein Klunker«, sagte er, und schaute sich den Ring genau an. »Ist es das, wofür ich's halte?« Wie im Scherz drohte er ihr mit dem Finger. »Will mein Junge dich zu einer ehrbaren Frau machen, Püppchen? Na ja, du bist ja auch 'ne Klasse besser als die Weiber, die er sonst abgeschleppt hat. Soll keine Beleidigung sein, ehrlich nicht.«

»Nein«, sagte sie, und in der Hoffnung, ihn hinhalten zu können, redete sie weiter: »Gabe und ich heiraten im August. Ich hoffe, Sie können dabeisein.«

Als er ihr mit dem Handrücken ins Gesicht schlug, schrie sie entsetzt auf. Sein Gesichtsausdruck blieb jedoch unverändert. »Was hab' ich dir gesagt? Keine Lügen. Du und mein sauberer Herr Sohn, ihr möchtet mich doch am liebsten in der Hölle schmoren sehen. Ist es nicht so?«

Kelsey blinzelte, um wieder klar sehen zu können. »Ich kenne Sie doch gar nicht«, sagte sie vorsichtig. Aber sie wußte genug über ihn, um es mit der Angst zu bekommen, und ihr Zittern verriet sie.

»Du kennst mich. Ich könnte wetten, mein liebender Sohn hat dir alles über mich erzählt. Oder deine Mama.« Beim Gedanken an Naomi wurde sein Grinsen säuerlich. »Die hat ganz bestimmt so einiges über den guten alten Rich Slater zu sagen gehabt.«

Kelsey hob das Kinn und hoffte, daß es nicht zitterte. »Es tut mir leid, aber sie hat Sie nie erwähnt.«

Sein Lächeln verblaßte. »Dieses Luder! So war sie schon immer. Und du gerätst genau nach ihr.«

»In mancher Hinsicht. – Sie tun mir weh, Mr. Slater.«

»Rich, Süße. Oder sag einfach Daddy. Schließlich sind wir ja bald eine Familie.« Bei dieser Vorstellung brach er in ein schallendes Gelächter aus, das ihm die Tränen in die Augen trieb. »Eine große, glückliche Familie. Wetten, daß der alte Drachen Feuer spuckt? Hab' ich schon erwähnt, daß ich deine Oma kenne? Ziemlich gut sogar. Die schäumt bestimmt schon vor Wut, wenn sie daran denkt, daß ihre hochnäsige Enkelin sich mit meinem Sohn zusammentut. Sie hat deine Mama gehaßt. Bis aufs Blut gehaßt, weißt du?«

»Ich weiß.«

»Und weißt du noch was?« Er kniff so fest in Kelseys brennende Wange, daß sie nach Atem rang. »Du solltest uns beiden jetzt einen schönen Drink mixen. Dann plaudern wir weiter.«

»Gut.« Als er zurücktrat, stand Kelsey vorsichtig auf. Ihr Blick wanderte zur Verandatür, dann zur Tür, die in die Halle führte. Wenn es ihr nur gelang, aus dem Zimmer zu kommen, dann könnte sie weglaufen, und er würde sie in seinem Zustand nicht einholen.

»Versuch's gar nicht erst, Süße.« Richs Finger gruben sich fast bis auf den Knochen in ihren Arm. »Es würde dir nicht bekommen.«

»Dort im Schrank ist Brandy, Napoleon.«

»Schön, schön. Immer vom Feinsten.« Die Hand noch immer um

ihren Arm gekrallt, führte er sie hinüber. »Schenk uns beiden einen guten Schluck ein.«

Er ist bereits stark angetrunken, dachte Kelsey verzweifelt. Wenn sie ihm noch mehr zu trinken gab, konnte sie vielleicht entkommen. »Gabe erzählte mir, daß Sie viel gereist sind.«

»Ich bin viel rumgekommen, richtig.«

»Ich sehe selbst gern neue Orte.« Lächelnd reichte sie ihm einen Kognakschwenker. »Zum Wohl.«

»Du bist wohl 'ne ganz Coole.« Rich schüttete seinen Brandy hinunter und gab ein wohliges Grunzen von sich. »Das hat mich an deiner Mutter so gereizt. Ein ganz stilles Wasser, die Naomi. Wollt' mich aber nie ranlassen. 'zig andere hat sie rangelassen, nur den guten alten Rich nicht. Vielleicht ändert sie ja jetzt ihre Meinung. Ist sie oben?«

»Sie ist nicht zu Hause.« Noch ehe die Worte ganz heraus waren, schlug er sie zu Boden. Kelsey taumelte, und Sterne tanzten vor ihren Augen.

»Verlogenes Luder.« Lächelnd trank Rich seinen Brandy. »Eine kaltes verlogenes Stück bist du, genau wie deine Mama. Vielleicht sollte ich's lieber mit dir probieren.« Als er das nackte Entsetzen in ihren Augen sah, mußte er lachen. »Nein, das würde sich nicht gehören. Da war mein Junge als erster dran. Außerdem ziehe ich etwas ... reifere Frauen vor. Nun ja, Naomi treibt sich ja auch schon 'ne ganze Weile rum, was? Vielleicht wär ja alles ganz anders gekommen, wenn deine Omi mich und nicht diesen Bradley engagiert hätte. Sollen wir mal nach oben gehen und Naomi fragen, ob sie jetzt mal Richie ranläßt?«

»Lassen Sie meine Mutter in Ruhe!« Vor Kelseys Augen drehte sich alles, als sie sich hochrappelte. Die Wunde am Auge trübte langsam ihren Blick. »Wenn Sie Naomi anfassen, bringe ich Sie um!«

»Ganz die Mutter. Einen Mann umbringen, nur weil er fordert, was die Natur verlangt.«

»Wir wissen alles über Sie.« Benommen lehnte sich Kelsey an den Schrank. Eine Minute nur, sagte sie sich, dann würde der Schmerz nachlassen und sie würde sich wieder sicher auf ihren Beinen fühlen. »Gabe ist nicht hier, weil er zur Polizei gefahren ist. Sie werden jeden Augenblick da sein.«

Sie wankte und stürzte beinahe wieder, als er erneut die Hand hob.

»Sag mir lieber die Wahrheit, Süße, oder dein hübsches Gesicht kriegt noch mehr ab.«

»Es ist die Wahrheit. Heute abend haben wir uns mit Charles Rooney getroffen. Er rief an, nachdem Sie in seinem Büro waren, und er hat uns alles erzählt.« Um Zeit zu gewinnen, schilderte sie ihm alle Einzelheiten. Jetzt glaubte er ihr, das konnte sie in seinem Gesicht lesen. Und sie sah auch, daß er bereit war, ihr noch sehr viel Schlimmeres anzutun als sie nur zu schlagen.

»Wenn Sie hierbleiben, dann werden Sie verhaftet«, fuhr sie fort, »dann kommen Sie ins Gefängnis, wie damals meine Mutter. Noch haben Sie eine Chance. Wenn Sie jetzt verschwinden, kommen Sie vielleicht davon.«

»Mir können sie nichts nachweisen. Gar nichts.« Er griff nach ihrem unberührten Glas und leerte es. »Nur Vermutungen. Und denk an deine Großmutter!«

»Wegen vieler Lügen hat man meine Mutter damals eingesperrt. Jetzt ist die Wahrheit heraus, und das wird Sie hinter Gitter bringen.«

»Er würde mich in den Knast bringen?« Außer sich vor Wut warf Rich sein Glas gegen die Wand. »Mein eigenes Fleisch und Blut würde mich in den Knast bringen. Aber das wird ihm noch leid tun. Sehr leid.«

Er warf sich auf Kelsey, die zur Seite sprang, so daß er nur den Ärmel ihrer Bluse zu fassen bekam. Der Stoff zerriß, sie konnte sich losmachen und stürzte zur Tür.

Doch er packte sie und versetzte ihr einen so schweren Schlag, daß sie im ganzen Körper rasende Schmerzen fühlte. Schluchzend und nach Luft ringend, trat sie blindlings um sich, traf seine Schulter und seine Brust, während sie sich Stück für Stück über den Teppich zog.

Er würde sie umbringen, dessen war sie sicher. Sie zu Tode prügeln oder sie mit seinen großen, harten Händen erwürgen. Und wenn er mit ihr fertig war, würde Naomi an die Reihe kommen.

Als er ihren Kopf an den Haaren zurückriß, schrie sie laut auf. Vor ihren Augen tanzten grelle, blendende Lichter, und sie hatte rasende Schmerzen. Wenn ihr ihre Stimme gehorcht hätte, hätte sie vielleicht um Gnade gebettelt, aber sie brachte keinen Ton heraus. Tausend kleine Nadeln stachen ihr in die Kehle.

»Jetzt hab' ich dich. Jetzt bist du dran. Hast dich wohl für oberschlau gehalten, was?«

Ihre Finger krallten sich in den Läufer, tasteten suchend umher und trafen auf eine lange Kristallscheibe. Vor Angst und Schmerz völlig außer sich holte sie aus.

Jetzt schrie er laut auf und sprang zurück. Blut strömte ihm über die Wange.

Kelsey quälte sich hoch und lief benommen, so schnell sie konnte, aus dem Zimmer. Seine Verwünschungen dröhnten noch in ihren Ohren.

Nach Atem ringend, fiel sie auf der Treppe hin und kämpfte gegen die Angst, damit sie einigermaßen klar denken konnte. Doch als sie nach ihrer Mutter rufen wollte, um sie zu warnen, kamen nur klägliche, leise Laute aus ihrer Kehle. Auf allen vieren kroch sie die Treppe hoch, kam wieder auf die Füße, und als sie die obere Etage erreicht hatte, hörte sie Rich wieder hinter sich.

»Nein!« In Panik packte sie eine Vase mit Lilien und schleuderte sie in seine Richtung. Das verschaffte ihr einige kostbare Sekunden Vorsprung. Mit blutverschmierten Händen faßte sie die Klinke der Schlafzimmertür: »Mom! O Gott, Mom!« Mit letzter Kraft stieß sie die Tür auf, taumelte ins Zimmer und knallte die Tür hinter sich zu. Schluchzend und mit fast gefühllosen Fingern schob sie den Riegel vor. »Mom! Wach auf! Um Himmels willen, wach auf!«

Mit einem Satz war sie am Bett, zerrte Naomi an den Schultern hoch und schüttelte sie.

Von den Schlaftabletten benommen stieß Naomi ärgerlich die Hand ihrer Tochter beiseite. »Was ist los?«

»Er kommt! Wach auf! Wir müssen hier raus. Verstehst du denn nicht?«

»Wer kommt?« Naomi schlug mühsam die Augen auf. Ihre Lider waren bleischwer. »Kelsey? Was ist denn los?«

»Er wird uns umbringen! Komm endlich aus dem Bett, verdammt noch mal!« Sie schrie auf, als Rich sich mit voller Wucht gegen die Tür warf. »Komm aus dem Bett!« Ihr Atem ging in heftigen Stößen, als sie angsterfüllt zur Tür blickte. »Er wird sie eintreten. O Gott, sie hält es nicht aus! Wo ist die Pistole? Hast du die Pistole noch?«

Mit einem Stoßgebet zog Kelsey die Nachttischschublade auf. Da lag sie; im Mondschein glänzendes Metall.

»Was machst du denn da?« Naomi kämpfte gegen ihre Schläfrigkeit an und kniete sich im Bett hin. »Großer Gott, Kelsey, was tust du denn da? Wer ist an der Tür?«

Kelsey starrte, ohne auf sie zu achten, zur Tür. Holz splitterte. Sie hielt die Pistole krampfhaft mit beiden Händen fest, damit sie ihr nicht aus den zitternden Fingern rutschte.

Die Tür brach auf, und Rich stürzte ins Zimmer. Auf seinen Wangen glänzte Blut. Sein Blick fiel auf die im Bett kniende Naomi, der Träger ihres dünnen Seidenhemds war ihr von der Schulter gerutscht. Mit verzerrtem Gesicht ging er auf sie los. Kelsey kam es vor, als würde die Pistole in ihren Händen zum Leben erwachen, sie fühlte, wie ihr ganzer Körper zu vibrieren begann.

Den Schuß selbst nahm sie gar nicht wahr.

»Alec?« Naomis getrübte Wahrnehmung zeigte ihr durcheinanderwirbelnde Bilder – Vergangenheit und Gegenwart vermischten sich.

»Das ist nicht Alec!« Wie aus weiter Ferne hörte Kelsey ihre eigene Stimme. »Es ist Gabes Vater. Ich habe Gabes Vater umgebracht.«

»Slater?« Noch halb im Traum gefangen, kletterte Naomi aus dem Bett und beugte sich, wie sie es damals getan hatte, über einen toten Mann. Mechanisch fühlte sie nach seinem Puls, ehe sie sich wieder aufrichtete. »Rich Slater?« Verwirrt rieb sie sich die Augen. »Was in Gottes Namen geht hier vor?«

»Ich habe ihn umgebracht.« Kelsey ließ die Waffe erschöpft sinken.

Naomi blickte ihrer Tochter ins Gesicht, und erkannte dort Schock, Ungläubigkeit und Angst. Mit aller Gewalt zwang sie sich, ihre wackeligen Beine zu beherrschen.

»Setz dich, Kelsey. So ist es gut, setz dich hin.« Sanft drückte sie Kelsey auf die Bettkante. Nichts zählte jetzt mehr, außer ihrer Tochter.

»Gib mir die Pistole. Okay.« Naomi legte die Waffe beiseite. Darum würde sie sich später kümmern. »Jetzt leg den Kopf auf die Knie und atme tief durch. Langsam.«

»Ich kann nicht. Ich bekomme keine Luft.«

»Doch, du kannst. Langsam und tief durchatmen. Gut so, mein Liebes.«

Während Kelsey sich bemühte, ihren Anweisungen zu folgen, legte sich Naomi einen Plan zurecht. »Jetzt sage ich dir, was wir machen, und ich möchte, daß du gut zuhörst und genau das tust, was ich dir sage. Verstehst du mich?«

»Er wollte mich umbringen. Er wollte uns beide töten. Und ich habe ihn erschossen. Ich kann mich zwar nicht erinnern, aber ich muß abgedrückt haben.« Sie begann mit den Zähnen zu klappern. »Ich habe ihn erschossen.«

»Nein. *Ich* habe ihn erschossen. Sieh mich an, Kelsey.« Liebevoll hob Naomi Kelseys verletztes Gesicht. »O mein Gott!« Schaudernd grub sie die Nägel in ihre Handflächen, bis der Schmerz den Schock vertrieb. »Hör zu, Baby. Er brach hier ein, und er …«, sie strich über eine Schnittwunde auf Kelseys Wange, »… und er schlug dich, also nahm ich die Pistole und erschoß ihn.«

»Nein, das stimmt nicht. Ich konnte dich ja gar nicht wachbekommen.«

»Nein, nein, Baby. Ich bin aufgewacht, als du ins Zimmer kamst. Du wolltest dich hier vor ihm verstecken. Dann hat er die Tür aufgebrochen, und ich mußte ihn erschießen. Ich rufe jetzt die Polizei, und wir werden ihr das und nichts anderes erzählen.«

»Ich ...«, Kelsey drückte eine Hand gegen ihren schmerzenden Kopf. »Ich habe nicht ...« Als sie hörte, wie jemand die Treppe heraufkam, fuhr sie herum und schrie auf.

»Um Gottes willen!« Gabe sah seinen Vater, dann starrte er auf die beiden im Bett kauernden Frauen. »Kelsey!« Schon war er bei ihr, beugte sich zu ihr hinunter und ergriff ihre wunden Hände. »Was hat er dir getan? Was ist mit deinem Gesicht?« In seinen Augen glomm ein tödlicher Funke: »Ich bring' ihn um! Mit meinen eigenen Händen bring' ich ihn um!«

»Die Arbeit habe ich dir abgenommen«, bemerkte Naomi gelassen. »Gabe, nimm Kelsey und bring sie in ihr Zimmer. Ich muß die Polizei anrufen.«

»Ich bin okay«, flüsterte Kelsey, aber als sie aufstehen wollte, verschwamm der Raum vor ihren Augen.

»Du mußt dich hinlegen.« Gabe hob sie hoch. »Ich kümmere mich um dich.« Er schaute sich nach Naomi um und sagte: »Ich werde mich um sie kümmern.«

»Sorg dafür, daß sie in ihrem Zimmer bleibt, bis ich hier fertig bin.« Naomi griff zum Telefon, das neben ihrem Bett stand.

»Er stand genau hier«, murmelte Kelsey und erschauerte, als Gabe sie in ihr Zimmer trug und aufs Bett legte.

»Genau hier. Er hat das Pferd zerbrochen.«

»Lieg einfach nur still.«

Kelsey zitterte am ganzen Körper, ihre Pupillen hatten sich klein zusammengezogen, und ihr Gesicht ... Hilflos ballte Gabe die Fäuste. Ihr Gesicht war verschwollen und zerschlagen. Er wagte nicht, daran zu denken, daß sein eigener Vater ihr das angetan hatte.

Rasch lief er ins Badezimmer, feuchtete einen Waschlappen an und füllte einen Becher mit Wasser.

»Hier, Baby.« Sanft schob er einen Arm unter ihren Körper und hielt ihr den Becher an den Mund. »Trink das.«

»Er war unten.« Ihre Finger krampften sich um einen Zipfel der Bettdecke. »Es war nicht Channing. Das kleine Pferd war zerbrochen, und er stand da. Er lächelte die ganze Zeit, schlug auf mich ein und lächelte.«

Die Hand, die den nassen Lappen hielt, spannte sich, bis die Knöchel weiß hervortraten. »Er wird dir nie wieder etwas tun.« Seine Finger waren nicht viel ruhiger als ihre, als er ihr das Blut abwusch. »Halt dich an mir fest, Kelsey. Niemand wird dir je wieder etwas tun.«

»Ich konnte ihn nicht bluffen«, fröstelnd kuschelte sie sich an ihn. Ihr war kalt, so furchtbar kalt, und er spendete ihr Wärme. »Ich hab's versucht, aber ich hatte Angst und war wütend. Er wußte es, deswegen hat er mich auch wieder geschlagen.« Sie barg ihr zerschundenes Gesicht an Gabes Hals. »Er hat so große Hände.«

Die am liebsten Frauen berührten, dachte Gabe grimmig. »Dafür könnte ich ihn jetzt noch umbringen«, murmelte er. »Mit meinen eigenen Händen könnte ich ihn dafür erwürgen, daß er dich angerührt hat.«

»Es ging nicht um mich.« Plötzlich verspürte sie eine bleierne Müdigkeit. »Sondern um dich. Er wollte dich treffen.«

»Ich weiß.« Er küßte sie zart und drückte sie in die Kissen. »Es ist vorbei, Kelsey.«

Sie schloß einen Augenblick die Augen. Der Schock hatte etwas nachgelassen, aber sie hatte große Schmerzen. »Dann kamst du.« Sie tastete nach seiner Hand und hielt sie ganz fest.

»Zum Glück.« Er sah auf ihre Hände. »Es war wie Eingebung.«

Kelsey schlug die Augen wieder auf, Panik stand darin. »Was ist mit Naomi?« fragte sie.

»Es geht ihr gut. Aber wenn du allein gewesen wärst ...« Bei dieser Vorstellung krampfte sich sein Magen schmerzhaft zusammen. »Kelsey, ich gebe dich frei!«

»Frei?« Sie verstand ihn nicht.

»Wenn ich fair wäre, würde ich mich von dir trennen.«

»Trennen?« Die schweren Nebel hoben sich, und sie konnte ihn deutlich sehen. Sein Gesicht wirkte angespannt, und in seinen Augen las sie die widersprüchlichsten Gefühle. »Gabe.« Als wolle sie ihm Farbe in die Wangen reiben, so strich sie ihm über das Gesicht. »Nein, tu das nicht. Mir geht es jetzt wieder besser.«

»Er hat dich ins Gesicht geschlagen, deine Kleider zerrissen und dir furchtbare Angst eingejagt.« Er schob ihre Hand fort und stand auf. »Er war mein Vater. Obwohl ich mein Leben lang versucht habe, mich von ihm zu befreien bleibt er doch mein Vater. Das Blut zählt. Für mich ist in deinem Leben kein Platz, Kelsey. Ich tue dir nur einen großen Gefallen, wenn ich daraus verschwinde.«

Mühsam richtete sich Kelsey auf. Die Schmerzen spürte sie im ganzen Körper. »Hab' ich dich um einen Gefallen gebeten? sagte sie ungehalten und zuckte sofort zusammen, als ihre eigene Stimme in ihrem hämmernden Kopf widerhallte. »Wenn du mir einen Gefallen tun willst, dann hol mir ein Aspirin und spar dir deine großen Gesten.«

Fast mußte er lächeln. »Ich versuche, mich edel zu verhalten.«

»Das gelingt dir aber nicht besonders gut. Edelmut steht dir gar nicht. Ich mag dich lieber so, wie du bist.« Sie strich ihr Haar zurück und musterte ihn: »Glaubst du wirklich, daß du dich einfach so davonmachen kannst, Slater? Wir haben eine Abmachung, und du wirst dich auch nicht davor drücken.«

»Ich drücke mich nie.« Er setzte sich wieder auf die Bettkante und legte ihr zart die Hände auf die Schultern. »Und das ist mein letzter Versuch in Sachen Edelmut. Ich gebe einen schönen Helden ab. Ich hätte ihn töten sollen, Kelsey.«

»Du konntest doch gar nicht wissen, daß er hierherkommen und was er anrichten würde. Trotzdem bist du gekommen.« Ihre Brauen zogen sich zusammen. »Warum eigentlich?«

»Das ist doch jetzt bedeutungslos. Aber ich hätte es tun müssen. Ich hätte ihn an Naomis Stelle umbringen müssen.«

Kelsey machte sich los. Die Farbe wich wieder aus ihrem Gesicht. »Das hast du aber nicht«, sagte sie langsam, »und Naomi auch nicht. Ich habe deinen Vater getötet, Gabe.«

Naomi saß in der Küche und nippte an einem Brandy. Das grelle Licht blendete sie, und ihre Hände zitterten.

Aber damit konnte und würde sie fertigwerden.

Nur ein einziger Gedanke beherrschte sie. Ihre Tochter lag oben, verletzt und verängstigt. Und die treue Gertie war von einem Krankenwagen abgeholt und ins Krankenhaus gebracht worden.

»Er muß hier hereingekommen sein«, sagte sie. »Dann hat er Gertie niedergeschlagen. Sie wird doch wieder ganz gesund werden, oder?« Eine Sekunde lang versagte ihre Selbstkontrolle, und ihre Lippen bebten. »Sie ist so klein und hilflos.«

»Sie hatte Glück, meinen die Ärzte.« Rossi sprach extra leise. Die Frau sah aus, als würde sie jeden Moment zusammenklappen. »Wir werden sie im Krankenhaus befragen, sobald sie vernehmungsfähig ist.«

»Moses hätte sie begleiten sollen. Ich hätte dafür sorgen müssen.«

»Er wollte Sie nicht allein lassen. Wir hatten genug Mühe, ihn hier fernzuhalten. Jetzt erzählen Sie mir bitte, was genau geschehen ist.«

Naomi holte tief Atem und begann. »Er drang ins Haus ein, wie, weiß ich nicht. Ich lag oben im Bett und schlief. Lärm weckte mich. Noch ehe ich aufstehen konnte, flüchtete sich Kelsey in mein Zimmer. Sie war hysterisch, vollkommen außer sich vor Angst. Ihr Gesicht … Ich konnte sehen, wo er sie geschlagen hatte.«

Entsetzt preßte Naomi eine Hand vor den Mund. Sie hatte geschlafen, während er ihr Kind mißhandelt hatte.

»Dann hörte ich ein Krachen an der Tür, als ob sich jemand dagegen werfen würde. Ich holte die Pistole aus dem Nachttisch, und als er die Tür aufbrach, erschoß ich ihn.«

Rossi beobachtete, wie sie ihr Glas mit beiden Händen hob, um es ruhig zu halten.

»Waren Sie noch im Bett, als Sie schossen, Miss Chadwick?«

»Ja. Nein.« Sie setzte das Glas ab. Jetzt nur keinen Fehler machen. »Ich stand am Fenster. Ich war schon aufgestanden. Es ging alles so schnell.«

»Sie sagten, Lärm habe Sie geweckt, aber Ihre Tochter rannte zu Ihnen herein, ehe Sie aufstehen und nachsehen konnten.«

»Ja.« Warum mußten sie nur immer alles wiederholen? Das hatten sie schon einmal getan, erinnerte sich Naomi. Es zählte nicht, was sie sagte. Es zählte nie.

»Waren Sie schon im Wohnzimmer, nachdem Sie die Polizei benachrichtigt haben, Miss Chadwick?«

»Nein.« Naomi preßte die Lippen zusammen. War das eine Falle? Aber wo lag der Haken? »Ich ging gar nicht runter, sondern wartete oben, bis Sie kamen.«

»Da unten sieht's aus wie auf einem Schlachtfeld. Blut, zertrümmerte Möbel, alles durcheinander. Ich würde sagen, es dauert einige Zeit, um eine derartige Verwüstung anzurichten. Zeit genug, um aufzustehen und nachzusehen.«

»Ich … ich hatte Angst.« Sollte sie ihm sagen, daß sie eine Schlaftablette genommen hatte? Ja. Nein. »Ich blieb in meinem Zimmer, weil ich Angst hatte.«

»Mit dem Telefon direkt neben sich und einer Waffe im Nachttisch?«

Naomi sah ihm fest in die Augen. »Er drang in mein Schlafzimmer ein«, erwiderte sie gleichmütig, »und ich erschoß ihn.«

»Das stimmt nicht.« Kelsey betrat die Küche. Sie war dankbar, daß Gabe sie stützte, aber sie machte sich jetzt von ihm los. »Sie hat niemanden getötet.«

»Was machst du denn hier unten?« Entsetzt sprang Naomi auf. »Bring sie nach oben, Gabe. Sie sehen doch, daß sie verletzt ist.« Verzweifelte klammerte sie sich an Rossis Arm. »Sie sehen doch selbst, daß sie verletzt ist. Schauen Sie sich an, was dieser Halunke meiner Tochter angetan hat! Sie steht unter Schock. Sie weiß gar nicht, was passiert ist.«

»Hör auf.« Kelsey trat zum Tisch. Im grellen Licht konnte man die Wunden und blauen Flecke sehen. »Ich lasse nicht zu, daß du das tust. Es ist nicht nötig und auch nicht richtig.«

»Setzen Sie sich doch, Miss Byden«, richtete Rossi das Wort an Kelsey, »und dann erzählen Sie mir, was passiert ist.«

»Nein!« Schnell ging Naomi um den Tisch herum und packte Kelsey am Arm. »Hör mir zu, Kelsey. Du bist verletzt – verwirrt. Gabe bringt dich ins Krankenhaus, und ich kümmere mich weiter um die Angelegenheit.«

»Nein.« Kelsey schmiegte sich an ihre Mutter. »Nein, Mom.«

»Ich lasse nicht zu, daß du dir das antust. Auf gar keinen Fall!« Zitternd zog sie Kelsey an sich. »Du weißt ja nicht, wie das ist. Es ist egal, was du sagst und was passiert ist. Sie werden dich fortbringen, Kelsey. Bitte, bitte, hör auf mich!«

»Es ist nicht egal«, murmelte Kelsey. »Diesmal ist es anders.«

O nein, dachte Naomi. O nein. »Meine Fingerabdrücke sind auf der Waffe.« Mit steinernem Gesicht wandte sie sich an Rossi. »Die Waffe befand sich in meinem Zimmer, und er wurde in meinem Zimmer getötet. Das sollte wohl ausreichen.«

»Naomi«, sagte Gabe sanft, »setz dich.«

»Du hast gesagt, du würdest dich um sie kümmern.« Anklagend drehte sich Naomi zu ihm zu. »Jetzt bring sie doch endlich nach oben!«

»Miss Chadwick.« Rossi blickte ihr prüfend in die Augen. »Es gibt einen ganz einfachen Test, der beweist, ob Sie oder Ihre Tochter die Waffe abgefeuert haben.«

»Ich pfeife auf Ihre Tests! Sie stecken meine Tochter nicht in eine Zelle!«

»Ich glaube, das können wir regeln. Setzen Sie sich. Bitte«, fügte Rossi hinzu.

»Komm.« Kelsey legte einen Arm um Naomis Schulter. »Du brauchst dir keine Sorgen zu machen, das verspreche ich dir.«

»Möchten Sie einen Brandy, Miss Byden?« fragte Rossi, als sie am Tisch saß.

Kelsey blickte auf den Cognakschwenker und erschauerte. »Nein, danke. Mir ist der Appetit darauf vergangen.« Sie schöpfte tief Atem. »Ich hörte, wie unten Glas zerbrach«, begann sie.

30

Tau glitzerte auf dem Gras wie Tausende von kleinen Diamanten. Von ihrem Stuhl auf der Veranda sah Kelsey ihn funkeln. Bald würde die Sonne genug Kraft haben, um ihn verschwinden zu lassen.

Unten beim Stall wurde mit den Pferden gearbeitet, Ställe ausgemistet und Tröge gefüllt. Ihr Körper schmerzte noch immer stark genug, daß sie froh war über die einwöchige Ruhepause, die ihr der Arzt verordnet hatte.

Als sich die Tür hinter ihr öffnete, drehte sie sich um und lächelte ihre Mutter fragend an: »Gertie?«

»Es geht ihr besser. Sie will unbedingt schon aufstehen.« Seufzend nahm Naomi Platz und streckte die Beine aus. Der Gedanke, sich aus der Kaffeekanne, die Kelsey auf den Tisch gestellt hatte, zu bedienen, war verlockend, doch sie konnte sich nicht dazu aufraffen. »Ich habe ihr gesagt, sie soll noch ein, zwei Tage im Bett bleiben. Wenn sie aufsteht, mache ich mir Sorgen.«

»Sehr gut.«

»Hauptsache, es hilft. Im Moment kauft sie die Versandhäuser leer. Wie geht es dir?«

»Solange ich nicht in den Spiegel schaue, gut.« Kelsey schnitt eine Grimasse. In den letzten beiden Tagen waren zwar einige Verletzungen geheilt, dafür schillerten aber die Prellungen in allen Farben des Regenbogens. »Mir kommt alles vor wie ein Traum, und ich weiß nicht, ob ich mich nicht in einem Theaterstück befinde. Ich weiß, daß ich einen Mann umgebracht habe, aber ich empfinde noch nicht einmal Reue.«

»Versuch's erst gar nicht. Du hast getan, was du tun mußtest, um dich und mich zu schützen.« Naomi hob ihr Gesicht zur Sonne. »Ich kann mich überhaupt nicht an ihn erinnern. Vermutlich habe ich ihn ab und zu auf der Rennbahn gesehen, vielleicht sogar mit ihm gesprochen, aber erinnern kann ich mich nicht. Ich denke immer, seine Person hätte sich in mein Gedächtnis einbrennen müssen. Wie ist es möglich, daß ich mich nicht an einen Mann erinnern kann, der mein Leben so nachhaltig beeinflußt hat?«

»Er hat dir nichts bedeutet. Und das wußte er. Deswegen hat er die Zurückweisung auch nicht vergessen können. Dann fand er einen Weg, es dir heimzuzahlen und auch noch davon zu profitieren.« Sie schob Naomi den Teller mit den Croissants hin.

»Sun Spot«, murmelte Naomi. »Wie habe ich dieses Pferd geliebt. O ja, er hat es mir heimgezahlt.«

»Sie – Großmutter – hat Alec Bradley benutzt, um es dir heimzuzahlen, daß du Dad geheiratet hast. Und Cunningham hat das auch.«

»Bill.« Naomi schüttelte den Kopf. »Er ist ein noch viel größerer Idiot, als ich dachte. Und was hat es ihm gebracht, Kelsey? Damals und heute?«

»Einmal ist er davongekommen. Aber jetzt wird er büßen. Die Polizei und die Rennkommission werden schon dafür sorgen, daß Cunningham für das, was er Sun Spot und Pride angetan hat, bezahlt.«

»Nach all den Jahren. Niemand hat da jemals eine Verbindung gesehen.«

»Wenn Gabe nicht zurückgekommen wäre, wäre es damals vielleicht schon zu Ende gewesen mit Lügen und mit Leiden.« Kelsey lächelte, als Naomi in ein Croissant biß.

»Und daß du dich in ihn verliebt hast, gleicht vieles wieder aus. Wenn ich daran denke, was hätte passieren können …«

»Das ist es aber nicht. Und Rich Slater hat für seine Beteiligung an dem Komplott bezahlt. Der Fall ist abgeschlossen. Es war Notwehr.«

»Ich schätze, es war dumm von mir, die Polizei anzulügen.« Naomi schob das Croissant beiseite. »Rossi hat mir nicht geglaubt. Ironie des Schicksals, nicht wahr? Einmal habe ich die Wahrheit gesagt, einmal gelogen. Beides hat nicht funktioniert.«

»Du hast nur versucht, mich zu schützen.« Es war an der Zeit, es auszusprechen, fand Kelsey. Hoffentlich verstand ihre Mutter sie richtig. »Du hast schon einmal versucht, mich zu schützen, als ich noch ein Kind war. Beide Male hattest du recht und unrecht.«

»Das ist keine einfache Antwort.«

»Ich habe lange gebraucht, um zu begreifen, daß es nicht immer nur eine Antwort gibt.« Kelsey preßte die Lippen aufeinander, ehe sie fortfuhr. »Ich bin dir dankbar dafür, daß du Milicent schonst. Versteh bitte, wie ich es meine. Ich bin dafür dankbar, obwohl es eine Lüge ist.«

»Wem würde es jetzt noch helfen, Kelsey, wenn die Wahrheit ans Licht käme und den Rest ihres Lebens zerstörte?« Das Vogelgezwitscher draußen wirkte beruhigend auf Naomi. »Es würde mir die verlorenen Jahre nicht ersetzen. Es würde Mick, Pride und Reno nicht wieder lebendig machen.«

»Sie allein ist für alles verantwortlich.« Scham und Bitterkeit wallten in Kelsey auf. »Auch wenn sie nicht beabsichtigt hat, daß jemand ums Leben kommt, trägt sie die Verantwortung. Sie ist nicht davor zurückgeschreckt, Verbrecher anzuheuern, um ihr Vorhaben durchzuführen. Alles nur, um den guten Namen der Familie zu schützen. Was für einen Namen hat sie denn jetzt noch?« wollte Kelsey wissen. »Was ist ihr von ihrer Ehre geblieben?«

»Und damit muß sie von nun an leben. Das kann und will ich ihr nicht abnehmen.«

»Das ist doch in Ordnung.«

Naomi hob eine Braue. »Ich habe nicht ganz uneigennützig gehandelt, ich wollte das nämlich nicht noch einmal durchmachen, wollte nicht, daß die ganze Geschichte in der Presse breitgetreten wird. Außerdem wußte ich die ganze Zeit, daß du mir glaubst. Du hast zu mir gehalten.«

»Ich war nicht die einzige, die dir geglaubt hat. Und wenn die ganze Geschichte herauskommen würde, dann wüßte auch jeder, was mit Alec Bradley, mit Pride und mit allen anderen geschehen ist.«

»Andere Menschen interessieren mich nicht.« Naomi nahm doch noch einen Kaffee. »Ich habe in der letzten Nacht alles mit Moses besprochen, und wir sind uns einig.« Lächelnd tat sie Sahne in ihren Kaffee. »Wenn eine Frau einen Mann hat, der ihr zur Seite steht, dann ist alles viel leichter.«

Als ein Auto in die Einfahrt einbog, blickte sie auf und sagte: »Das wird Gabe sein.«

»Hoffentlich. Wir müssen unbedingt die Menülisten durchgehen.«

»Dann werde ich euch zwei besser allein lassen.«

»Nein, bleib doch. Dann kannst du mir sagen, ob du mit allem einverstanden bist, was ich ohnehin schon beschlossen habe, und mir so den Rücken stärken.«

Kelsey beugte sich vor und ergriff die Hand ihrer Mutter. »Ich liebe dich.«

Ein strahlendes Lächeln verschönte Naomis Gesicht. »Ich weiß.«

Kelsey stand auf, um Gabe zu begrüßen. Ihre Augen weiteten sich überrascht, als sie ihren Vater neben ihm sah. »Dad?«

»Ach, Kelsey.« Instinktiv umfaßte Philip ihr Gesicht mit beiden Händen. Gabes Bericht hatte ihn nicht auf diesen Anblick vorbereitet. »Ach, mein Liebling.«

»Mir geht es gut, wirklich. Es sieht schlimmer aus, als es ist. Ich wollte dich in ein paar Tagen besuchen kommen.« Wenn ich wieder vorzeigbar gewesen wäre, dachte sie böse und warf Gabe einen vielsagenden Blick zu.

»Der junge Mann hier hat recht daran getan, mir die ganze Geschichte zu erzählen. Die ganze Geschichte«, betonte er, ihr fest in die Augen blickend. »Du hast bei unserem Telefongespräch eine Menge ausgelassen, Kelsey.«

Eine andere Art von Lüge, überlegte sie, eine Unterlassungssünde sozusagen. »Ich hielt es so für besser. Ich wollte nur persönlich mit dir sprechen und dich beruhigen, ehe die Zeitungen alles aufbauschen. Und mir geht es wirklich wieder gut.«

»Wie ich hörte.« Philip blickte wieder zu Gabe, dann wanderten seine Augen hinter Kelsey, die jetzt zwischen ihren Eltern stand.

»Dad wollte sich davon überzeugen, daß es mir gutgeht«, setzte sie an.

»Natürlich«, nickte Naomi. »Hallo, Philip.«

»Naomi. Du siehst gut aus.«

»Du auch.«

»Äh ...«, Kelsey versuchte verzweifelt, dem Augenblick die Peinlichkeit zu nehmen. »Channing ist unten bei den Ställen. Komm doch mit, Dad. Du wirst staunen, wenn du ihn bei der Arbeit siehst. Außerdem gibt er gern mit seinen neuerworbenen Fähigkeiten an.« Hilflos suchend schaute sie zu Gabe.

»Du möchtest sicher mit Kelsey allein sprechen«, kam Naomi ihr zu Hilfe. »Ich wollte gerade zum Stall runter. Ich sage Channing, daß du hier bist.«

»Nein, ich ...«, stammelte Philip, dann nahm er sich zusammen. »Ich wollte eigentlich mit dir sprechen, wenn du Zeit hast.«

»Gut.«

»Wir machen einen Spaziergang«, murmelte Gabe und nahm Kelsey bei der Hand.

»Ich weiß gar nicht, wo ich anfangen soll, Naomi. Gabe hat mir alles erzählt. Alles«, wiederholte Philip wehen Herzens. »Er hat dann freundlicherweise gewartet, während ich meine Mutter aufsuchte. Ich mußte sie sehen«, fügte er hinzu, »ehe ich hierherkam.«

»Das verstehe ich.«

»Du verstehst?« Plötzlich überfiel ihn eine unsagbare Müdigkeit. Er nahm die Brille ab und rieb sich die erschöpften Augen. »Ich nicht. Ich kann es nicht verstehen. Sie hat soviel Leid verursacht, anderen

Menschen soviel Schmerz zugefügt. Und als ich sie mit den Tatsachen konfrontierte, zeigte sie sich so unnachgiebig wie eh und je. Keine Reue, keine Gewissensbisse.« Er setzte die Brille wieder auf und ließ die Hände sinken. »Sie hält alles, was sie getan hat, für unumgänglich notwendig. Sie hat mehrere Menschenleben auf dem Gewissen, aber sie übernimmt keinerlei Verantwortung dafür.«

»Und das überrascht dich?«

Er zuckte zusammen. »Sie ist nun einmal meine Mutter, Naomi, und sie wird es immer bleiben, auch wenn ich heute weiß, was ich weiß. Ich habe mir den Kopf zerbrochen, um eine Entschuldigung zu finden. Es gibt keine. Nicht für das, was sie getan hat, und nicht für das, was ich getan habe.« Wieder nahm er die Brille ab, um sich die Augen zu reiben, und schob sie dann wieder auf die Nase. »Und ich weiß einfach nicht, was ich dir nun sagen soll.«

»Es ist vorbei, Philip.«

»All die Jahre habe ich dich im Stich gelassen.«

»Nein. Eine Zeitlang dachte ich auch so. Es half mir zwar, entsprach aber nicht der Wahrheit. Ich war nie so, wie du mich haben wolltest. Und daran trifft Milicent trotz allem, was sie getan hat, keine Schuld. Sie hat es mir nur klargemacht.«

»Sie hätte dich vor dem Gefängnis bewahren können.«

»Ja.«

»Dann kommt noch dazu, was sie dir jetzt angetan hat – und Kelsey.« Ihm stockte der Atem, als er sich das übel zugerichtete Gesicht seiner Tochter ins Gedächtnis rief. »Mein Gott, Naomi, er hätte sie umbringen können.«

»Sie hat sich gewehrt. Und mich beschützt.« Naomi musterte ihn, sah den Kummer in seinen Augen und das ungläubige Staunen, das dahinter lag. »Ich kann dich auch nur oberflächlich trösten. Kelsey wurde verletzt, war gezwungen, sich selbst zu verteidigen, indem sie ein Leben auslöschte. Und du und ich werden das niemals vergessen. Wir werden nie vergessen, wer diese Kettenreaktion ausgelöst hat.

»Vielleicht«, meinte sie bedächtig, »ist Milicent damit genug bestraft.«

»Und ich kann gar nichts tun«, Philips Stimme brach ab, »überhaupt nichts, um etwas wieder gutzumachen.«

»Nein, du kannst es nicht tun. Kelsey hat, was sie will, und ich auch.« Ihre Lippen spannten sich leicht. »Ich habe alles, was ich mir wünsche. Die Farm, einen Mann, der mich liebt. Meine Tochter. Du hast sie fabelhaft erzogen, Philip. Ich wußte, daß du einen großartigen Menschen aus ihr machen würdest.«

»Sie ist dir so ähnlich.« Philip betrachtete Naomi, die einst seine Frau gewesen war. So viel hatte sich verändert und doch so wenig. »Wenn ich nur die Zeit zurückdrehen könnte, Naomi, und irgend etwas tun.«

»Das kannst du nicht.« Er war immer so fair gewesen, dachte sie. Ein Ehrenmann. Und nun litt er, weil alle Fairneß der Welt den Schmerz nicht lindern konnte. »Wir haben etwas voneinander verlangt, was keiner dem anderen geben konnte. Und wir haben Fehler gemacht, die wir als Waffe gegen uns selbst und die andere als Waffe gegen uns verwendet haben. Wir sind beide Opfer, Philip.«

»Du hast teuer für deine Fehler bezahlt.«

»Ich habe auch viel gewonnen. Kelsey liebt mich. So einfach ist das und so wunderbar. Also lassen wir alles andere ruhen und die Vergangenheit begraben sein.« Sie holte tief Atem. »Ich habe mich immer gefragt, was ich wohl empfinde, wenn ich dich wiedersehe.«

»Das habe ich mich auch gefragt. Was empfindest du, Naomi?«

»Ich bin froh, dich zu sehen, Philip.«

»Meinst du wirklich, wir sollten die beiden so lange allein lassen?«

»Ja, das meine ich«, erklärte Gabe fest. »Sie müssen miteinander ins reine kommen.«

»Aber …« Kelsey blickte über ihre Schulter. Ihre Eltern standen immer noch am selben Fleck, sie konnte es sogar aus der Entfernung erkennen. »Dad sah so traurig aus.«

»Seine Welt ist aus den Fugen geraten. Das wird sich wieder einrenken, auch wenn das Leben dann nie mehr so wie früher sein wird. Aber die Wogen werden sich glätten.«

»Candace wird schon dafür sorgen, daß er nicht zu lange darüber brütet.« Trotzdem war Kelsey unruhig. »Gabe, wie bist du darauf gekommen, ihn mitzubringen?«

»Wir schließen diesen Kreis«, sagte Gabe, »ehe wir mit unserem gemeinsamen Leben beginnen.«

»Hört sich gut an.« Sie lehnte den Kopf leicht an seine Schulter. »Du bist ganz schön clever, Slater. Und gerissen. Ihn einfach hinter meinem Rücken mitzubringen.«

»Ihn aufzusuchen war meine Idee. Hierher zu kommen seine. Er muß mit Naomi Frieden schließen.«

»Das wird er auch.« Kelsey lächelte, sie befand sich jetzt in ihrem ganz persönlichen Märchen. »Ich bin so furchtbar gern hier«, murmelte sie, »ich liebe alles hier. Denk doch nur an die Champions, die wir hervorbringen werden, Gabe.«

»Sprechen wir von Pferden?«

Lachend schüttelte sie den Kopf. »Nicht nur. Findest du das in Ordnung?«

»Ich finde es wunderbar.«

Er führte sie vom Stall und den Menschen zu den sanft ansteigenden Hügeln, wo die Stuten mit ihren Fohlen grasten und Pferde ihrem eigenen Schatten hinterherjagten.

»Im nächsten Frühjahr wird ein Fohlen geboren, dessen Mutter von Three Willows und dessen Vater von Longshot stammt.« Er nahm sie in die Arme. »Ich erinnere mich gut an den Tag, an dem es gezeugt wurde. Ich sah dich an und wußte, daß ich dich haben wollte.«

»Und nun hast du mich.« Kelsey schlug die Arme um seinen Hals. »Was kommt als nächstes?«

»Ein neues Spiel, ein neues Glück«, sagte Gabe, »alles ist möglich.«

»Alles? Na, dann …«, sie suchte seinen Mund. »Ich warte auf deinen Einsatz.«

NICOLE McGEHEE

Rausch des Lebens

Für meine Mutter,
von der ich lernte,
zu träumen,
und für meinen Mann,
der mir hilft,
meine Träume wahrzumachen

Inhalt

I

FAUQUIER COUNTY, VIRGINIA

1930

1

Mit elegantem Schwung sprang Devon vom Sattel ihres schwarzen Hengstes, reichte die Zügel einem Stallburschen und hastete dann den Weg zum Haupthaus hinauf. Als sie den stattlichen Backsteinbau erreichte, warf sie schnell einen verstohlenen Blick zum Balkon ihres Schlafzimmers empor, auf dem Alice, ihr Dienstmädchen, bereits mit vorwurfsvoller Miene auf sie wartete. Devon war schmutzig, verschwitzt und roch nach Pferd. Und sie war wie üblich zu spät dran. Ihr und Alice blieb gerade noch eine knappe Stunde, um sich für die Dinner-Party bei den Magraths vorzubereiten.

Doch fünfundfünfzig Minuten später war Devon fertig.

»Das Ergebnis meiner unzulänglichen Bemühungen, Miß«, knickste Alice artig und schlug verschämt die Augen zu Boden, obwohl man ihr deutlich anhörte, daß ihr klar war, daß sie wieder einmal ein Meisterwerk vollbracht hatte.

Devon musterte kritisch ihr Spiegelbild und nickte dann Alice, die gerade noch letzte Hand an Devons Hochfrisur legte, anerkennend zu. Dunkel und glänzend wie das mitternächtliche Meer türmte sich ihr Haar, durchflochten von Reihen schimmernder Perlen – ein atemberaubender Kontrast zu ihren strahlenden blaugrünen Augen. Ihr elegantes dunkelblaues Abendkleid aus knisternder Seide ließ ihren hinreißenden blaßrosa Teint, den sie von ihrer Mutter geerbt hatte, erst richtig zur Geltung kommen.

»Nicht schlecht … für eine alte Jungfer«, bemerkte Devon kokett und zwinkerte Alice zu. »Alice, ich wette mit dir um … sagen wir, um eine deiner heißgeliebten Tafeln Schokolade, daß Mama und Papa sich just in diesem Moment unten gerade mal wieder den Kopf zerbrechen, wie um alles in der Welt sie mich unter die Haube bringen können. Was meinst du?«

»Nun, Miß, Sie wissen ja, was ich von Ihrem … äh … Lebensstil halte«, bemerkte Alice verlegen. »Es würde Ihnen sicher guttun, ein wenig mehr auf Ihre Eltern zu hören.« Doch trotz dieses leisen Tadels konnte sie sich ein Schmunzeln nicht verkneifen. Sie liebte und verehrte die alten Richmonds, aber sie hatte trotzdem ein gewisses Verständnis dafür, daß Devon ihr junges Leben genießen wollte. Devon liebte ihre Freiheit, liebte ihre Unabhängigkeit. Und dennoch – so manches Mal schon hatte Alice sich insgeheim Sorgen um ihre Herrin gemacht, wenn sie sah, wie sie einen Heiratsantrag nach dem anderen ausschlug. Dieses Jahr bereits hatten deutlich weniger junge Männer um Devons Hand angehalten. Natürlich gab es immer noch ein paar Junggesellen in Devons Freundeskreis in Virginia. Und die Richmonds bestanden ja zum Glück darauf, die meiste Zeit des Jahres nicht in ihrer Stadtvilla in New York, sondern hier in Evergreen zu verbringen.

»Nun, ich liebe nun einmal meinen … Lebensstil, wie du es auszudrücken beliebst«, grinste Devon.

Alice rümpfte die Nase. »Sie sollten die Besorgnis Ihrer Eltern wirklich nicht so auf die leichte Schulter nehmen, Miß«, mahnte sie. »Eines schönen Tages werden Sie aufwachen und feststellen, daß alle Männer, die Ihnen in der letzten Zeit den Hof gemacht haben, glücklich verheiratet sind, wie zum Beispiel Mr. Hartwick.«

»Tja, dann werde ich mich eben mit meinen Pferden trösten müssen«, seufzte Devon in gespielter Verzweiflung und zog es vor, Alices Anspielung auf ihren letzten Verehrer schlichtweg zu ignorieren. Sie hatte Brent nie geliebt und war deshalb in keinster Weise beleidigt, daß er schließlich ihre Nachbarin Helena Magrath geheiratet hatte. Es war nicht Devons Art, Männer hinzuhalten und sich von ihnen umwerben zu lassen, wenn sie nichts für sie empfand. Dazu war sie einfach viel zu ehrlich.

»Na ja«, spöttelte sie, »Mama und Papa hoffen ja inständigst, daß ich heute abend endlich in Liebe entflamme mit diesem Herrn aus New York … Wie hieß er doch gleich?«

»Mr. Alexander, Miß«, nahm Alice begeistert das Thema auf. »Er muß wirklich ein wunderbarer Mann sein. Attraktiv und aus einer der besten alten Familien New Yorks. Ich hab' noch kein einziges schlechtes Wort über ihn gehört. Und Sie wissen ja, wie geschwätzig Lady Magraths Mädchen ist!«

»Na, wenn er wirklich so ein Musterknabe ist, dann weiß ich ja jetzt schon, daß er mich zu Tode langweilen wird«, stöhnte Devon. »Mein Gott, wird das wieder eine grauenhaft nervtötende Party werden, wenn alle nur drauf lauem, daß die alte Jungfer endlich ihren Stich macht.«

»Miß Devon! Wie vulgär!« rief Alice entsetzt. »Ich kann nur hoffen, daß Sie solche Ausdrücke nicht in der Öffentlichkeit gebrauchen!«

Doch Devon kicherte nur und ergriff Alices Hand, die auf ihrer Schulter lag. »Natürlich gebrauche ich solche Ausdrücke in der Öffentlichkeit. Das ist doch der Grund, warum ich eine alte Jungfer bin!«

»Miß Devon! Das ist alles wirklich nicht so lustig! Sie wissen selbst, daß Sie hinreißend aussehen und eine intelligente Frau sind. Von daher hätten Sie die besten Chancen. Aber mit Ihrem vorlauten Mundwerk schockieren sie die Männer!« Alice hätte Devon jetzt am liebsten eine anständige Strafpredigt gehalten, aber sie brauchte ihrer jungen Herrin nur in ihr spitzbübisches Gesicht zu schauen, um sofort wieder weich zu werden. Sie hatte Devon vom ersten Augenblick an geliebt, als man sie ihr vor nunmehr fast fünfundzwanzig Jahren in die Arme gelegt hatte. Diese Anmut, dieser Liebreiz, dieser Charme – konnte man diesem jungen Ding auch nur irgend etwas übelnehmen?

»Na ja«, plauderte Devon munter weiter, »vielleicht ist der Gentleman aus New York ja auch gar nicht so leicht zu schockieren. Es heißt doch immer, daß die Yankee-Mädels kein Blatt vor den Mund nehmen.«

»Nun«, gab Alice reserviert zurück, »alle sagen, daß er sehr charmant sei, und so kann ich mir nicht vorstellen, daß er Gefallen daran findet, wenn sich junge Damen danebenbenehmen.«

»Um Gottes willen!« stöhnte Devon. »Dann muß er ja wirklich ein totaler Langweiler sein. Ich hasse ihn. Das weiß ich jetzt schon!«

Devon hatte das Gesprächsthema ihrer Eltern, die unten in der Bibliothek saßen und auf ihre Tochter warteten, genau erraten.

Je näher Devons 25. Geburtstag rückte, desto mehr machten sie sich Sorgen um ihre Zukunft. Zwar wehte seit den sozialen Umwälzungen der Zwanziger Jahre auch in Virginia ein neuer Wind, doch was die Heiratschancen eines jungen Mädchens betraf, so fing man immer noch spätestens ab deren 23. Lebensjahr an zu munkeln, daß sie wohl als alte Jungfer enden würde, und wenn sie mit 25 immer noch nicht unter der Haube war, so galt das als beschlossene Sache.

»Vielleicht hat sie einfach eine zu spitze Zunge«, sagte Laurel gedankenversunken und schaute von ihrer Häkelarbeit auf.

Beim Klang ihrer Stimme schaute ihr Ehemann, der tief in den ledernen Ohrensessel am Kamin versunken saß, über den Rand seiner Zeitung. Zärtlich betrachtete er seine Frau, die ihm gegenüber saß und deren zartblondes Haar im Schein des Kaminfeuers leuchtete. In ihrer Jugend war sie eine hinreißend schöne Frau gewesen. Jetzt, mit 53, war die jugendliche Frische einer reifen, anmutigen Würde gewichen. Die Falten um ihre Augen und ihren Mund und die grauen Strähnen in ihrem blonden Haar empfand er nicht als Zeichen des Alterns, sondern als Erinnerungen an die vielen, wunderbaren Jahre, die sie miteinander erlebt hatten.

»Von wem sprichst du, Liebes?« fragte er.

»Von Devon. Vielleicht ist sie einfach nicht zurückhaltend genug. Ihre Bemerkungen sind manchmal so … so direkt. Meinst du, daß das der Grund ist, warum sie immer noch nicht verheiratet ist?«

Nachdenklich ließ Chase seine Zeitung sinken. Dieses Thema beschäftigte ihn und Laurel in letzter Zeit so sehr, daß sie mindestens einmal in der Woche ausführlich darüber sprachen. Obwohl Devon nicht unglücklich schien, hätten die Richmonds doch nichts lieber gesehen, als daß sie endlich einen geeigneten Mann finden würde. Die mitleidigen bis spöttischen Bemerkungen und die vielen gutgemeinten Ratschläge ihrer Freunde und Bekannten kränkten sie. Und es kränkte sie ebenso, mitansehen zu müssen, wie deutlich weniger hübsche und intelligente Mädchen als Devon sich nacheinander die besten und aussichtsreichsten Heiratskandidaten der ganzen Umgebung angelten. Was ihnen aber am meisten Sorge bereitete, war das Bewußtsein, daß Devon ohne Ehemann einfach keine Zukunft haben würde. Eine alleinstehende Frau war dazu verurteilt, am gesellschaftlichen Leben nur als Zaungast teilzunehmen. Und sie war dazu verurteilt, die Wonnen der ehelichen Liebe ein Leben lang entbehren zu müssen.

»Nein, das glaube ich nicht, Laurel«, erwiderte Chase, nachdem er über die Frage seiner Frau nachgedacht hatte. »Denk doch nur an den jungen Hartwick, wie er ihr den Hof gemacht hat, an die vielen amüsanten Abende, die die beiden hier verbracht haben. Devons Charme, ihr Esprit – das war doch das, was Hartwick am meisten an ihr bewundert hat!«

»Hartwick!« ereiferte sich Laurel und beugte sich zu ihrem Gatten vor. »Hartwick ist doch das beste Beispiel, Chase! Am Anfang hat es ihn amüsiert, aber dann ist es ihm irgendwann zuviel geworden, und er hat sich zurückgezogen. Ich glaube, sie hätte das nicht so zeigen sollen, ihre … ihre …« Sie vermied das Wort ›Intelligenz‹. Doch dann runzelte sie die Stirn. Man schrieb inzwischen das Jahr 1930. War es denn da tatsächlich immer noch so, daß man als junges Mädchen mit seiner Intelligenz hinterm Berg halten mußte?

»Unsinn, Laurel. Das ist doch einfach Unsinn! Du und ich, wir beide waren doch immer fortschrittlich, oder? Wir haben Devon Reiten und Jagen beigebracht, obwohl sie ein Mädchen ist. Wir haben sie gelehrt, ehrlich zu sein und offen ihre Meinung zu sagen. Wir haben sie sogar auf die Oberschule geschickt! Und ich hoffe doch, daß wir ihr vorgelebt haben, was es heißt, eine harmonische Ehe zu führen. Wenn sie immer noch keinen passenden Mann gefunden hat, dann … dann ist das eben Schicksal. Immerhin ist ihre Schwester glücklich verheiratet.«

»Du glaubst doch nicht«, fragte Laurel beklommen, »daß sie es darauf anlegt, eine alte Jungfer zu werden? So wie die arme kleine Chapman, die von niemandem mehr eingeladen wird, außer als Anstandsdame.«

»Natürlich legt sie es nicht darauf an, Laurel! Sie sagt immer nur, daß sie eben den Richtigen noch nicht gefunden hat.« Hilflos zuckte Chase die Achseln.

Den Richtigen, dachte Laurel. Für sie war es von Kindheitstagen an klar gewesen, wer der Richtige für sie war. Sie und Chase waren Nachbarskinder gewesen, hatten miteinander im Sandkasten gespielt, hatten als Teenager heimlich den Klavierunterricht geschwänzt. Sie waren unzertrennlich gewesen. Mit einem warmen Lächeln schaute sie ihren Mann an. Vielleicht war er mit den Jahren ein wenig korpulent geworden, obwohl er immer noch kräftige Schultern und Arme hatte. Auf seinem Kopf, den einst prächtige Locken zierten, kringelten sich nur noch ein paar graue Strähnen. Aber für Laurel war er immer noch der schönste Mann auf der Welt. Warum war es dann bloß für ihre Tochter so schwer, genauso glücklich zu werden?

2

Die riesigen Fenster der Magrath-Villa waren allesamt hell erleuchtet, als Devon im Cadillac ihrer Eltern vor dem imposanten Gebäude vorfuhr. Devons Herz begann zu klopfen. Dinner-Partys versetzten sie immer in einen kribbligen Erregungszustand, und bei den Magraths ging es meistens ganz besonders hoch her.

Das prunkvolle dreistöckige Herrenhaus erinnerte an ein französisches Schloß und unterschied sich dadurch stark von den üblichen Vorkriegsbauten im Georgia-Stil, die das architektonische Landschaftsbild in Virginia prägten. Helenas Großvater, der sein Leben lang für Frankreich geschwärmt hatte, hatte die Villa gebaut und den Grundstock für die Sammlung kostbarer Antiquitäten gelegt, die die großzügigen Räume dieses romantischen Kleinods schmückten.

Devon betrat, zwischen ihren Eltern eingehängt, den großen, reich vergoldeten Salon im Louis-XIV-Stil und ließ ihre Augen auf der Suche nach ihrer Gastgeberin über die bereits zahlreich versammelten Gäste schweifen. Überall sah sie bekannte Gesichter und lächelte ihnen zu. Doch dann trat eine Gruppe von Männern auseinander – und da stand ein Fremder.

Wie von einer magischen Kraft angezogen blieb Devons Blick an ihm hängen. Er war einer der Menschen, die aus einem unerfindlichen Grunde sofort die Aufmerksamkeit auf sich lenken. Ein ungewöhnlicher Mensch, ein Mensch, dem man sofort ansah, daß er über der Masse stand. Er sah hervorragend aus, doch darauf kam es nicht an. Nein, es war etwas anderes – eine gewisse Ausstrahlung, die Art des Auftretens, die ganze Haltung. John Alexander war so in sein Gespräch vertieft, daß er gar nicht merkte, wie Devon ihn gebannt anstarrte.

Er schien nicht älter zu sein als viele ihrer Freunde, doch er strahlte eine Selbstsicherheit aus, wie sie Devon noch nie bei einem Mann erlebt hatte. Er war auch nicht größer als die anderen Männer im Raum, und dennoch – irgend etwas an ihm wirkte einfach machtvoller, überlegener. Seine Figur war die eines Athleten: breite, muskulöse Schultern und faszinierend schmale Hüften. Ein Mann von geradezu überwältigender Brillanz – nein … Unbezwingbarkeit. Sein männliches Gesicht, sein kantiges Kinn, seine überdurchschnittlich lange Nase mit diesem kühnen Schwung, die seinem Gesicht etwas Markantes, fast zu Hartes gab … neben ihm kamen Devon alle anderen Männer wie kleine Jungen vor.

Rosalind Magrath, die Gastgeberin, erspähte ihre gerade eingetroffenen Gäste und kam lächelnd auf sie zu. Als sie den Richmonds die Hand reichte, um sie zu begrüßen, warf sie einen diskreten Blick über die Schulter, um auszumachen, wer oder was denn da die Aufmerksamkeit von Devon Richmond auf sich gezogen hatte. Die Kleine wirkte ja geradezu hypnotisiert. Als sie sah, was der Grund für Devons Faszination war, konnte sie ein leises Schmunzeln nicht unterdrücken. Sie warf Laurel Richmond einen vielsagenden Blick zu und ergriff sofort die Gelegenheit beim Schopf, die befreundete Familie ihrem Gast aus New York vorzustellen.

Als Devon und ihre Eltern, geführt von der Gastgeberin, auf Alexander zukamen, drehte er sich höflich nach ihnen um – und brach mitten im Satz ab. Diese junge, umwerfende Schönheit, die da auf ihn zuschritt, hatte eine Art, ihn anzuschauen, als wären sie ganz allein im Raum. Einen Augenblick lang verschlug es Alexander die Sprache. Es war nicht ihre Attraktivität, die ihn so fesselte, nein, diese direkte, kühne Art, mit der sie ihn anschaute. Und diese selbstbewußte Grazie, mit der sie einherschritt – die kannte er nur von Frauen, die mindestens zehn Jahre älter waren. Er konnte den Blick nicht von ihr lassen.

Devon fühlte sich wie in Trance. Sie nahm nicht wahr, daß sie durch den Raum schritt, nahm nicht wahr, wie heftig ihr Atem ging. Das einzige, was für sie existierte, waren die Augen dieses Fremden. Und jetzt stand sie vor ihm und starrte einfach nur zu diesen unglaublichen Augen empor. Augen, von langen, schwarzen Wimpern gesäumt – dunkle, meerblaue Augen, in denen sie glaubte zu ertrinken. Sie waren eine Oase der Weichheit und Zartheit in diesem sonst so markanten, männlichen Gesicht.

»Ah, unser Ehrengast«, sagte Mrs. Magrath und tat so, als würde sie nicht bemerken, was zwischen ihm und der kleinen Richmond gerade ablief. »Mr. Alexander,. darf ich Ihnen meine Nachbarn Mr. und Mrs. Richmond aus Evergreen vorstellen – und das ist ihre Tochter Devon. Wie ich Ihnen schon sagte, wird sie heute abend Ihre Tischpartnerin sein.«

Zwischen John und Devon knisterte es, als würden jeden Augenblick die Funken sprühen. »Oh, dann bin ich ja der glücklichste Mann der Welt«, erwiderte er mit einer tiefen, warmen Stimme.

Es war weiß Gott nicht Devons Art, schamhaft zu erröten. Doch in diesem Augenblick stellte ihre Mutter zu ihrer großen Freude fest, daß eine feine Röte die Wangen ihrer Tochter überzog.

»Sehr erfreut, Mr. Alexander«, murmelte Devon. Sie wagte es nicht, ihm ihre Hand hinzustrecken, denn sie war überzeugt, sie würde in Flammen aufgehen, sobald dieser Mann sie auch nur berührte. Allein seine körperliche Gegenwart raubte ihr den Atem. Sie fühlte sich … nackt.

Und Alexander spürte die Hitze, die in ihr brannte, die Hitze, die erfahrene Frauen künstlich herstellten, um verführerisch zu wirken.

Aber dieses junge Mädchen hier war noch unschuldig, das sah Alexander mit einem Blick. Bei ihr war die Hitze echt, entströmte einer angeborenen, natürlichen Sinnlichkeit. Und diese Mischung aus Unschuld und Sinnlichkeit erregte ihn aufs äußerste. Er konnte den Blick nicht von ihr wenden. Er stellte sich vor, wie es sein würde, mit ihr zu schlafen. Sie zu nehmen und …

»Devon Richmond! Willst du mich denn gar nicht begrüßen?« Eine lachende Männerstimme unterbrach die gespannte Stille. Devons Eltern traten diskret zur Seite, als sich ihre Tochter nach Brent Hartwick, ihrem verflossenen Verehrer, umdrehte, der strahlend auf sie zukam. Hartwick hatte erst kürzlich die Tochter der Magraths geheiratet. Er gehörte zu den wenigen Bekannten der Richmonds, die durch den großen Börsenkrach von 1929 gewaltige Verluste erlitten hatten. Die meisten wohlhabenden Familien in Fauquier County und im benachbarten Loudon County waren stets auf Nummer Sicher gegangen und hatten ihr Geld in Sachwerten, vor allem in Grundbesitz, angelegt. Über die jungen Leute, die sich auf waghalsige Spekulationsgeschäfte an der Börse einließen, hatten sie immer ein wenig die Nase gerümpft.

Hartwick war einer von ihnen. Geboren und aufgewachsen in Upperville, Virginia, hatte es den jungen Dandy bald nach New York gezogen, wo er Arbeit in einer Investment-Firma fand, einen Job, den er aber eher als amüsanten Zeitvertreib verstand. Und so hatte es ihn, als er vom Börsenfieber angesteckt wurde, auch prompt erwischt – und er verlor ein Vermögen. So mancher munkelte seitdem, daß dies auch der eigentliche Grund war, warum er nicht länger auf Devon Richmond gewartet und statt dessen die betuchte Helena Magrath geehelicht hatte.

Helena Magrath wußte sehr wohl, was die Leute über ihren Mann und Devon tratschten, und als sie die beiden jetzt miteinander plaudern sah, packte sie sofort die Eifersucht. Sie eilte schnell an die Seite ihres Mannes, um zu sehen, was vor sich ging.

»Devon, meine Liebe! Du siehst hinreißend aus!« flötete sie.

Devon ärgerte es, daß Helena seit ihrer Hochzeit die Angewohnheit hatte, unverheiratete Frauen mit ›meine Liebe‹ anzusprechen, obwohl sie, Devon, doch um einiges älter war als Helena.

»Helena … *meine Liebe*«, äffte Devon sie nach und schenkte ihr ein zuckersüßes Lächeln.

Helena ignorierte die Spitze und wandte sich an Alexander. »Devon ist die begehrteste junge Lady in der gesamten Grafschaft. Ich bin sicher, daß Sie sich glänzend mit ihr unterhalten werden. Deshalb haben wir auch darauf verzichtet, für Sie eine der jüngeren Damen einzuladen, denn es gibt wirklich keine charmantere und geistreichere Tischpartnerin als Devon Richmond.«

»Und trotzdem kommen Charme und Geist nicht zwingend mit fortschreitendem Alter, nicht wahr, Helena?« gab Devon zurück, und John Alexander und Brent Hartwick hatten Mühe, nicht laut loszuprusten.

Entgeistert starrte Helena ihren Mann an und zog ihn dann hastig mit sich fort. Sie schaffte es gerade noch, der Höflichkeit Genüge zu tun, indem sie über die Schulter ein »Hoffentlich amüsieren Sie sich gut!« rief. Aber ihre Stimme verriet, daß sie das Gegenteil meinte.

»Hab' ich gerade etwas Schlimmes gesagt?« wandte sich Devon mit Unschuldsmiene an Alexander. Sie war jetzt wieder ganz die alte. Die kurze Ablenkung durch das Gespräch mit Helena hatte ihr Zeit gegeben, ihre Fassung wiederzufinden.

»Allerdings«, kicherte der, »aber sie hat es verdient. Ich hab' sofort gesehen, daß Sie eine Frau sind, mit der man sich nicht anlegen darf.«

»Nun ja, ich ...« Sie schaute zu ihm auf – und war von seinen blanken Augen sofort wieder in den Bann gezogen. Reiß dich zusammen, befahl sie sich. Was wolltest du gerade sagen? »Ich ... ich«, zwang sie sich, den Satz zu vollenden. »Ich mag es einfach nicht, so von oben herab behandelt zu werden, und Helena macht das manchmal mit mir.«

»Ich wundere mich, daß sie sich bei jemandem wie Ihnen so etwas herausnimmt«, erwiderte John überrascht. Devon machte ihm nicht den Eindruck, daß sie so mit sich umspringen ließ.

Devon lächelte nur. Es ärgerte sie, daß ihr im Moment einfach keine witzige, schlagfertige Antwort einfiel. Wieder spürte sie diese eigentümliche Erregung, die ihren ganzen Körper erfaßte. Verdammt, knurrte sie innerlich, er wird mich für eine dieser verklemmten, dummen Landpomeranzen halten. Ich darf ihm nicht in die Augen schauen, ich darf ihm einfach nicht in die Augen schauen. Nur so kann ich die Situation durchstehen.

Doch John, der Devon nicht kannte, bemerkte ihre tiefe Verunsicherung nicht, sondern erklärte sich ihre Zurückhaltung mit der üblichen, von jungen Damen erwarteten Schüchternheit. Schade, daß sie meinem Blick ausweicht, dachte er. Das heiße Verlangen, das er verspürt hatte, als er ihr in die Augen geschaut hatte, war verschwunden. Schade, dachte er. Schade, daß sie mich nicht anschaut. Am liebsten hätte er sie unmittelbar darauf angesprochen, jetzt auf der Stelle. Aber er riß sich zusammen und fing an, über unverfängliche Themen zu plaudern.

»Und, Miß Richmond, gefällt Ihnen New York?« Es war einer dieser üblichen Sätze, die eine langweilige Konversation einleiteten, und dennoch hatte Devon das Gefühl, als würde ihr jedes Wort einen elektrischen Schlag versetzen. Sie spürte, wie sie eine Gänsehaut bekam.

»Ja ... ja doch«, erwiderte sie wie abwesend. Was hatte er gesagt? Ach ja. New York. »Ja, wir haben dort eine Villa«, fuhr sie fort. Das stilvolle, vierstöckige Stadthaus hatten die Richmonds erst kürzlich erworben, als Ersatz für ihre vorherige Villa in der Fifth Avenue. Nach der großen Depression hatten viele wohlhabende New Yorker ihre repräsentativen Herrenhäuser, die das gesamte Straßenbild der Fifth Avenue prägten, veräußern müssen, und Chase Richmond wollte einfach nicht mehr in einem Viertel wohnen, in dem der große Ausverkauf stattfand und das Ende einer großen Ära an jeder Straßenecke spürbar war.

»Sind Sie oft in New York?« John wunderte sich, daß er ihr auf den zahlreichen Bällen dort noch nie begegnet war.

»Nein, eher selten«, antwortete Devon. Ihre Erregung hatte sich wieder ein bißchen gelegt, und sie fühlte sich sicherer. »Eine Stippvisite dann und wann – aber da sind mir zu viele Leute. Ich ... ich gehöre einfach hierher nach Virginia.«

»Aber fühlen Sie sich hier nicht ein wenig isoliert? So meilenweit von den nächsten Nachbarn entfernt?«

»Überhaupt nicht, im Gegenteil. Sie sehen doch heute abend zum Beispiel, daß wir ein reges Gesellschaftsleben führen.«

John spürte, wie er richtig neugierig wurde. Er wollte wissen, wie sie ihre Tage verbrachte, was sie tat, was sie dachte. Er wollte einfach alles über sie wissen.

»Aber ... langweilt Sie das Leben auf dem Lande denn nicht auch ein bißchen?« fragte er.

Devon fühlte ihren alten Widerspruchsgeist in sich erwachen. Dieser Herr schien ja recht einseitige Vorstellungen vom ›Leben auf dem Lande‹ zu haben. »Mr. Alexander«, erwiderte sie in scharfem Ton und reckte stolz ihr Kinn. »Ich habe mich noch keinen einzigen Tag in meinem Leben gelangweilt. Ich kann mich gut allein beschäftigen.«

»Natürlich. Das kann ich mir sehr gut vorstellen«, antwortete Alexander beschwichtigend. Er überlegte kurz. Sollte er ihr die Frage stellen, die ihm gerade in den Sinn kam? Würde sie beleidigt sein? Er faßte sich ein Herz. Er wollte einfach ihre Reaktion sehen.

»Ist es eine grobe Ungehörigkeit, wenn ich mir erlaube, Sie zu fragen, warum eine solche Schönheit wie Sie noch unverheiratet ist?«

Doch mit dieser Frage war er bei Devon gerade richtig gelandet. Sie richtete sich zu ihrer vollen Größe auf und sagte ihm direkt ins Gesicht: »Vielleicht.« Ein anzügliches Lächeln umspielte ihre Mundwinkel. »Aber ich nehme doch an, daß die Magraths Sie über alle Spekulationen, die diesbezüglich kursieren, ausführlich informiert haben, Mr. Alexander.«

John war sich nicht sicher, ob er sie mit seiner Frage verletzt hatte. Doch bevor ihm eine geeignete Erwiderung einfiel, sah er sie zu seiner Überraschung in lautes Gelächter ausbrechen. »Machen Sie sich keine Gedanken, Mr. Alexander«, lachte sie. »Alle Leute hier zerbrechen sich den Kopf darüber. Aber ich kann Ihnen die Antwort geben. Sie ist ziemlich simpel: Ich habe mich noch nie in einen Mann verliebt. Schlicht und ergreifend. Es ist mir ein Rätsel, warum die Leute das nicht nachvollziehen können. Und ich habe nicht vor, meine Unabhängigkeit für einen Mann aufzugeben, den ich nicht wirklich liebe. Denn bei allem Glück, das einem die Ehe beschert – man gibt dafür doch seine Unabhängigkeit auf, oder etwa nicht, Mr. Alexander? Und ich nehme an, daß das auch der Grund ist warum *Sie* noch nicht verheiratet sind, nicht wahr?«

Alexander lachte verblüfft. Für einen zweiunddreißigjährigen Mann wie ihn galt es keineswegs als ungewöhnlich, noch Junggeselle zu sein. Er war fortschrittlich genug, es als Ungerechtigkeit zu empfinden, daß eine Frau wie Devon schief angesehen wurde, weil sie noch unverheiratet war, während bei einem Mann niemand auf die Idee kam, sich darüber Gedanken zu machen. Und dennoch war er zu sehr ein Mann seiner Zeit, um nicht doch ein wenig irritiert darüber zu sein, daß eine Frau von sich aus dieses Thema zur Sprache brachte.

Alexander dachte über Devons Frage nach. Er hatte viele Frauen gehabt. Ja, und einige hatte er auch geliebt. Als er neunzehn war, wollte er unbedingt eine junge Französin heiraten, die er in Italien kennengelernt hatte. Doch seine Eltern waren dagegen, weil sie katholisch war, ebenso wie die Eltern seiner Angebeteten es unvorstellbar fanden, daß ihre Tochter einen Anglikaner heiraten würde. Und irgendwie hatte den beiden Liebenden die Kraft gefehlt, ihre Beziehung gegen den Widerstand ihrer Eltern durchzusetzen.

Seine zweite große Liebe war eine verheiratete Frau gewesen. Sie beklagte sich ständig bei ihm, wie grausam ihr Mann zu ihr war, und er begann eine leidenschaftliche Affäre mit ihr. Er liebte sie und hatte nichts anderes im Sinn, als sie aus den Klauen dieses Unholds zu erretten. Inständig bettelte er darum, sie möge sich von ihrem Mann scheiden lassen, damit er sie heiraten könne, was sie natürlich ablehnte. John Alexander mußte lächeln, als er daran dachte, wie naiv er damals mit seinen dreiundzwanzig Jahren gewesen war. Erst als sie sich von ihm zurückzog und plötzlich einen anderen jungen Liebhaber hatte, begriff er, was für ein Spiel sie die ganze Zeit mit ihm gespielt hatte.

Seitdem hatte er nur noch wechselnde Liebschaften gehabt, aber nie mehr den Wunsch verspürt zu heiraten. Er genoß seine Unabhängigkeit, genoß es, zu reisen wohin er wollte, seinen Interessen nachzugehen, zu tun und zu lassen, was ihm beliebte. Er wollte sich auf keine Frau mehr wirklich einlassen. Außerdem stellte er fest, daß die Frauen seiner Freunde, so faszinierend sie ihm vor der Ehe erschienen waren, kaum daß der Ehealltag eingezogen war, sich immer mehr zu ähneln begannen. Mit der Zeit hatten sie alle die gleichen Hobbys, die gleichen Gedanken, die gleichen Vorstellungen.

»Es freut mich zu sehen, daß Sie meine Frage ernst nehmen«, riß Devons Stimme ihn aus seinen Gedanken. »Aber *so* fürchterlich ernst hatte ich sie nun auch wieder nicht gemeint«, fügte sie mit einem Grinsen hinzu.

John lachte. »Tut mir leid. Ich wollte Ihnen in der Tat eine ehrliche Antwort geben … Mein Eindruck ist, daß die Leute, sobald sie heiraten, sich in ziemlich langweilige Zeitgenossen verwandeln.«

Einen Augenblick lang vergaß Devon, wie sehr sie von John Alexander angezogen war. Seine Art, zu verallgemeinern, ärgerte sie. »*Ich* habe *nicht* vor, mich in eine langweilige Zeitgenossin zu verwandeln«, gab sie hocherhobenen Hauptes zurück. Langweilig! Sie dachte an ihre Eltern. Sie lebten still und zufrieden, aber sie waren nicht langweilig. Genausowenig wie ihre Schwester, die in Paris mit einem Diplomaten verheiratet war.

»So, dann haben Sie also *doch* vor zu heiraten.« John Alexander lächelte amüsiert.

»Ja«, erwiderte sie, »aber nur, wenn ich mich in einen Mann verliebe. Und ich bin sicher, daß das auch eines Tages geschehen wird.« Devon erschrak über ihre eigenen Worte. Sie wurde auf einmal wieder ganz verlegen. Wie kam sie dazu, mit diesem wildfremden Mann über so intime Dinge zu reden?

»Und was werden Sie tun, um zu verhindern, daß sie nach der Ehe eine langweilige Zeitgenossin werden?« fragte Alexander nicht ohne eine Spur von Herausforderung.

Devon lag eine spontane Erwiderung auf der Zunge, doch der ernste, durchdringende Blick in John Alexanders Augen ließ sie zurückschrecken. So überlegte sie sich ihre Antwort reiflich, und ein langes Schweigen entstand.

»Wissen Sie, Mr. Alexander«, sagte sie schließlich, »ich glaube, wir sind in einem grundlegenden Punkt höchst unterschiedlicher Ansicht. Sie sagen, daß die Ehe die Menschen langweilig macht. Ich sehe das ganz anders. Ich denke, daß langweilige Menschen etwas auf die Ehe schieben, was sie sich im Grunde selbst zuzuschreiben haben. Jeder Mensch ist selbst dafür verantwortlich, was er aus seinem Leben macht. Wenn interessante und aufregende Menschen heiraten, können sie doch in ihrer Ehe genauso ihren Interessen nachgehen wie vorher. Und dann kann ich es beim besten Willen nicht nachvollziehen, warum ihre Ehe nicht interessant und aufregend sein soll.«

»Gut gesagt, Miß Richmond«, erwiderte Alexander anerkennend. »Sie vertreten da einen sehr überzeugenden Standpunkt.«

In dem Moment betrat der Butler der Magraths den Saal und kündigte an, daß das Dinner aufgetragen werde. John drehte sich zu Devon. Sie wußte, daß er ihr jetzt den Arm reichen würde, wie es sich gehörte. Aber mit der Woge von Leidenschaft, die bei seiner Berührung durch ihren Körper wallte, hatte sie nicht gerechnet. Sie hielt den Atem an. Und in diesem Augenblick ahnte sie etwas von dem Geheimnis, das bisher so sorgsam vor ihr gehütet worden war – das Gefühl, sich einem Manne hinzugeben.

Devon hob den Blick, und diesmal ließen sie seine Augen nicht los. Sie konnte die heimliche Botschaft der Verführung in ihnen lesen, so deutlich, als hätte er sie laut ausgesprochen. Sie zitterte, als spürte sie bereits seine starken, zärtlichen Hände auf ihrem sehnsüchtigen Körper. Einen kurzen, atemberaubenden Augenblick lang glaubte sie, daß er sie jetzt küssen würde.

Sie hatte ihm ihr Gesicht zugewandt, vertrauensvoll, unschuldig und einladend. Er brauchte sich nur über sie zu beugen und … Wie gerne hätte er jetzt alle Konventionen in den Wind geschlagen und das getan, wonach ihn verlangte. Doch er küßte sie nicht. In seiner Fantasie tat er etwas anderes, etwas, das viel mehr war als nur ein Kuß. Und Devon spürte es.

3

Devon war nicht überrascht, als sie am nächsten Nachmittag bei der Rückkehr von ihrem Ausritt John Alexander beim Tee mit ihren Eltern vorfand. Als sie die schweren Doppeltüren zur Bibliothek öffnete, sah sie die drei gemütlich am flackernden Kaminfeuer sitzen. John lehnte lässig in einem burgunderroten Ledersessel gegenüber dem Kamin, während Laurel und Chase ihre üblichen Plätze links und rechts des Sofas eingenommen hatten. Der Butler hatte Devon bereits berichtet, daß Mr. Alexander zu Besuch sei – und dennoch verschlug es ihr für einen Moment die Sprache, als sie ihn nun wieder vor sich sah.

»Mr. Alexander, was für eine Überraschung«, rief sie aus. Ihre Stimme zitterte ein wenig, was sie ausgesprochen ärgerte. Es war doch unmöglich, daß dieser Mann sie derartig aus der Fassung brachte!

»Wie ich sehe, sind Sie ausgeritten, Miß Richmond«, erwiderte Alexander lächelnd. »Schade, daß ich nicht früher kommen konnte. Ich habe in New York wenig Gelegenheit zu reiten.«

John hatte befürchtet, daß Devons Erscheinung bei hellem Tageslicht, gemessen an dem Bild, das er vom Vorabend in sich trug, verblassen würde, doch das Gegenteil war der Fall – er war geradezu überwältigt. Er lächelte sie an – ein strahlendes Lächeln, das seine makellos weißen Zähne entblößte, die in reizvollem Kontrast zu seiner sonnengebräunten Haut standen. Ein Lächeln, das Devon einfach gefangennahm.

»Reiten Sie gerne?« fragte Devon, ein wenig atemlos. »Vielleicht haben Sie dann Lust, sich unsere Stallungen anzuschauen, wenn Sie mit Ihrem Tee fertig sind?«

»Oh, sehr gerne!« erwiderte Alexander freundlich.

»Dann wollen Sie mich bitte ein paar Minuten entschuldigen. Ich mach' mich nur ein bißchen frisch.«

Laurel und Chase warfen sich einen vielsagenden Blick zu. Es freute sie zu sehen, welche Wirkung der Gentleman offenbar auf ihre Tochter ausübte. Zum erstenmal schien sie richtig ein bißchen verwirrt – ein Eindruck, der für einen jungen Mann sicherlich reizvoller war als ihre sonst zur Schau getragene spöttische Selbstsicherheit.

»Und, Mr. Alexander, was führt Sie hier zu uns nach Virginia?« nahm Chase Richmond das Gespräch wieder auf, obwohl er die Antwort bereits wußte, denn er und seine Freunde hatten schon seit Tagen über nichts anderes geredet.

»Mr. Magrath besitzt ein paar Immobilien in New York, auf die ich ein Auge geworfen habe«, erwiderte Alexander höflich. Anders als viele andere Männer in diesen Kreisen hatte er beschlossen, sein Geld mit Arbeit zu verdienen. Er kaufte alte Häuser auf, renovierte sie und verkaufte sie dann mit geringem Aufschlag wieder. Vor allem die vielen Einwanderer erhielten so die Möglichkeit, zum erstenmal, wenn auch auf bescheidenem Niveau, in den Vereinigten Staaten ein eigenes Heim zu beziehen. Die Nachfrage war sehr groß, so daß Alexander trotz des vergleichsweise kleinen Gewinns, den er an jedem Haus hatte, auf diese Weise gut verdiente.

»Ja, harte Zeiten heutzutage für einen Unternehmer«, seufzte Chase.

»Nicht unbedingt. Zumindest wenn man klug genug war, die Finger von riskanten Börsengeschäften zu lassen.«

»Meine Rede! Grundbesitz war und bleibt immer noch die beste Investition.«

In dem Moment erschien Devon wieder in der Tür. Sie hatte die kurze Zeit benutzt, sich wieder ein wenig zu beruhigen und erschien deutlich gelassener, obwohl ihr das Herz immer noch bis zum Halse klopfte. »Nun, schauen wir uns die Stallungen an?« fragte sie. Sie wollte möglichst schnell weg, sich den prüfenden Blicken ihrer Eltern entziehen. Ob sie wohl merkten, welche fatale Wirkung dieser Mann auf sie ausübte?

»Auf alle Fälle!« erwiderte Alexander, stand auf und ging mit großen Schritten auf Devon zu.

Als die beiden die Bibliothek verlassen hatten, nahm Laurel wieder ihre Stickarbeit auf, während Chase versonnen ins Kaminfeuer starrte. Lange sagten sie nichts. Schließlich hob Chase den Kopf und blickte zu seiner Frau, die ihn offenbar schon länger angeschaut hatte. Ein kleines, glückliches Lächeln lag auf ihren Zügen.

»Und wie lange bleiben Sie in Virginia, Mr. Alexander?« fragte Devon. Leute, die die ausgedehnten Ländereien hier im Süden besuchten, blieben oft mehrere Wochen, manchmal sogar monatelang. Insgeheim hoffte auch Devon, daß Alexander so bald nicht wieder abreisen würde.

»So lange, bis ich meine Geschäfte hier erledigt habe«, antwortete Alexander ausweichend.

Devon entschied, nicht weiter in ihn zu dringen, da sie ihn noch nicht genug kannte. John Alexander gefiel das. Offenbar hatte dieses Mädchen ein Gefühl für Diskretion.

»Sie sagten, Sie reiten gerne. Gehen Sie auch gerne auf die Jagd?« fragte Devon und deutete auf die weiten Wiesen und Wälder um sich. Das elegante Herrenhaus, von jahrhundertealten Buchsbäumen umgeben, war nämlich nur ein Teil von Evergreen. Die Besitzungen der Richmonds erstreckten sich in allen Richtungen bis zum Horizont.

»O ja, sehr gern sogar«, erwiderte Alexander. »Und Sie? Mögen Sie Pferderennen? Das ist bei uns in New York sehr beliebt.«

»Da kenne ich mich nicht so gut aus, um ehrlich zu sein. Aber es muß wohl ein sehr aufregender Sport sein.« In der frischen Nachmittagsbrise schien sich auch ihre Beziehung etwas zu entspannen. So kamen sie ins Plaudern und fingen an sich ein wenig kennenzulernen.

Die Stallungen lagen abseits vom Haus, und Devon lief in so raschem Schritt den schmalen Weg entlang, daß John Mühe hatte mitzukommen. Interessiert schaute er sich um und stellte fest, daß das gesamte Anwesen sorgfältig gepflegt war. Die Buchsbaumhecke, die den Weg zwischen Haupthaus und Stallungen beiderseits begrenzte, war akkurat geschnitten, so daß auch nicht ein einziges Blättchen aus der Reihe tanzte. Der angrenzende Rasen war von einem langen, sorgfältig gepflegten Blumenbeet gesäumt, auf dem es grünte und blühte. John hielt einen Augenblick inne und drehte sich zum Haupthaus um. Üppig-grüner Efeu rankte die Säulen des Hintereingangs empor bis zum Schornstein hinauf. Die Fenster im palladianischen Stil gaben der architektonischen Struktur des Hauses ein reizvolles Gepräge. Dennoch war nichts Protziges an Evergreen – die ganze Villa strahlte eine gewisse zurückhaltende Eleganz aus, denn die Qualität steckte im Detail und drängte sich einem nicht auf.

»Und was macht man so hier in Virginia, wenn man sich zerstreuen will, Miß Richmond?« nahm Alexander das Gespräch wieder auf.

Devon überlegte einen Moment. »Ich weiß nicht, was ich Ihnen antworten soll, Mr. Alexander. Zerstreuung ist nicht das, was wir hier suchen. Wenn wir Zerstreuung brauchen, gehen wir auf Reisen.« Sie lächelte.

»Sie scheinen eine sehr intelligente junge Frau zu sein. Was machen Sie so den ganzen Tag?«

»Hm. Ich war ziemlich lange weg von Evergreen, auf dem Internat. Deshalb genieße ich es zur Zeit noch sehr, mich wieder in meiner Heimat einzugewöhnen.«

John Alexander schaute um sich. Frisch gestrichene weiße Zäune zogen sich über die Hügel. In der Ferne glitzerte ein Teich, von mächtigen Trauerweiden umstanden. Pferde, deren Fell in der Sonne glänzte, weideten ruhig auf blumenübersäten Wiesen.

»Die blühen immer so im Herbst«, meinte Devon, die John Alexanders Blick gefolgt waren. »Meine Schwester kriegt immer Heuschnupfen davon.«

»Lebt Ihre Schwester hier in der Nähe?« fragte Alexander.

»Nein. Sie ist in Paris mit einem Diplomaten verheiratet.«

»Und was haben Sie so in der letzten Zeit gemacht?«

»Am liebsten reite ich. Ich trainiere auch meine Pferde.« Sie überlegte einen Moment. »Seit unserem Gespräch bei den Magraths habe ich irgendwie den Eindruck, Mr. Alexander, daß Sie sich einfach nicht vorstellen können, daß ein Mädchen wie ich hier in Virginia ein glückliches Leben führen kann.«

In der Tat hatte Alexander gedacht, daß so eine aufregende Frau wie Devon sicher auch ebenso aufregende Hobbys hatte. Daß sie stattdessen ihren Tag mit solch eher schlichten Dingen wie Reiten verbrachte, enttäuschte ihn ein wenig. »Nein, nein«, beeilte er sich, Devon zu beschwichtigen. »Ich hab' mir einfach nur gedacht ... eine Persönlichkeit wie Sie ... und dann hier draußen auf dem Land ...«

Devon blieb abrupt stehen und drehte sich zu ihm um. Unter ihrem herausfordernden Blick wurde John Alexander ein wenig unbehaglich. Er hatte sie nicht beleidigen wollen. »Wahrscheinlich verstehe ich sehr wenig vom Leben auf dem Land«, murmelte er verlegen.

Seine Betretenheit amüsierte Devon. »Nun«, erwiderte sie in gönnerhaftem Ton, »dann wird es uns ein besonderes Vergnügen sein, Sie in der Zeit Ihres Aufenthalts hier bei uns in Virginia mit den Vorzügen des Landlebens vertraut zu machen. Vielleicht können Sie dann hinterher, wenn es Sie wieder zu den flimmernden Lichtern der Großstadt zieht, ein qualifizierteres Urteil darüber abgeben.« Ein ironisches Lächeln umspielte ihren Mund.

»Sie geben mir ja richtig das Gefühl, völlig hinterm Mond zu sein«, sagte er leise und schaute sie mit gesenktem Kopf an. »Werden Sie mir meine provinzielle Denkart jemals verzeihen?«

Devon konnte sich ein Lächeln nicht verkneifen. »Natürlich, wenn Sie mir dafür eine vielleicht ebenfalls nicht zutreffende Verallgemeinerung verzeihen: Ich habe nämlich die Erfahrung gemacht, daß viele New Yorker die gleichen Vorurteile haben wie Sie. Sie können sich einfach nicht vorstellen, daß es außerhalb von Manhattan – vielleicht abgesehen von England und Frankreich – noch Orte auf der Welt gibt, wo sich Menschen mit intellektuellen Fragen auseinandersetzen. In der Tat eine gewisse – wie Sie es bereits ausdrückten – provinzielle Denkart.«

Bei Devons letzten Worten hatten sie die Stallungen erreicht, einen massiven weißgestrichenen Holzbau mit Platz für mindestens vierzig Pferde. Wie auch die übrigen Gebäude der Farm war er in makellosem Zustand. »In wenigen Sekunden werde ich Ihnen ein kleines Beispiel geben, wie aufregend das Leben auf dem Lande sein kann«, lachte Devon.

Sie führte ihn zu einer großen Box, in dem das wunderbarste Pferd stand, das John Alexander jemals gesehen hatte – ein atemberaubender Rappe mit glänzendem, ebenholzfarbenem Fell.

»Das ist mein Liebling«, sagte Devon stolz und streichelte dem Tier zärtlich die Nüstern.

»Was für ein prachtvolles Exemplar!« rief John ehrfürchtig. »Ein Vollblut?«

Devon nickte. »Ein Hengst. Er heißt Scirocco. Hätten Sie Lust, morgen auf einen kleinen Ausritt vorbeizuschauen? Wir könnten auch ein Picknick machen, wenn das Wetter mitspielt. Sie dürfen Scirocco reiten.« Sie warf ihm einen Blick von der Seite zu.

»Es ist sicher ungehörig, Ihr großzügiges Angebot anzunehmen. Aber ich gebe zu, daß ich nur schwer widerstehen kann«, erwiderte John mit einem Lächeln. Er war ein hervorragender Reiter und hatte im College oft Polo gespielt.

Devon zeigte ihm noch eine Reihe weiterer Pferde, bevor sie ihn ins Gewächshaus hinter den Stallungen führte. Als John eintrat, war er überwältigt von der Fülle atemberaubender Düfte, die ihn empfing. Von der Decke hingen unzählige Schalen, aus denen sich exotische Blüten herabneigten, und in kleinen und großen Töpfen grünte und blühte es. Faszinierende Exemplare fielen ihm auf, Arten, die er noch nie gesehen hatte, auch nicht in den exklusivsten Floristengeschäften New Yorks.

»Was sind denn das alles für Blumen?« fragte er staunend.

»Hauptsächlich Orchideen. Ein paar Gardenien, die ich vor dem Wintereinbruch hereinhole. Ich liebe ihren Duft. Aus dem gleichen Grund ziehe ich auch Jasmin.«

»Heißt das, daß Sie hier die Gärtnerin sind?«

»Ja. Ich mache auch Experimente mit verschiedenen Züchtungen. Viele der Arten wachsen nur an einem einzigen Ort auf der ganzen Erde.« Devon ging zu einer großen Schale, die von der Decke hing und aus der sich ein Meer großer, roter Blüten ergoß. Sie pflückte eine und reichte sie John. Ehrfürchtig betrachtete er sie aus der Nähe. Jedes einzelne Blütenblatt war innen schneeweiß, verfärbte sich dann langsam von zartem Rosa bis zu flammendem Rot an den Rändern. »Diese Orchideenart wächst zum Beispiel nur auf der Karibikinsel Tobago. Können Sie sich das vorstellen?« fragte Devon verträumt.

»Sie ist wunderschön«, sagte John. »Wo haben Sie sie her?«

»Von einer Reise mitgebracht«, erwiderte sie beiläufig. John schaute sie mit offenem Munde an. Doch ohne seine Verblüffung zu beachten, führte Devon ihn wieder hinaus und zum Haupthaus zurück.

4

Loretta Morgan räkelte sich schläfrig und lehnte sich dann in einer lasziven Pose in die blauen Satinkissen der Chaiselongue zurück. »So?« fragte sie den Mann, der vor ihr stand.

»Nein. Ein bißchen weiter nach vorn, Loretta. Zeig mehr von dir«, kommandierte er.

Mit einem gequälten Seufzer beugte sich die junge Frau vornüber und hielt ihr tiefausgeschnittenes Dekolleté in die Kamera. »Besser?«

»Wunderbar ... genau ... jetzt!« Loretta entblößte ihre Zähne und verzog ihre Lippen zu einem aufreizenden Lächeln. Kaum hatte sie das Klicken des Apparats vernommen, fiel der verführerische Ausdruck von ihrem Gesicht ab, und sie stand auf. Ohne den Fotografen weiter zu beachten, wartete sie ungeduldig auf die Kostümbildnerin, die sie aus dem engen Glitzerkleid befreite und ihr half, ihre üppigen Kurven in der nächsten Kreation unterzubringen. Der Fotograf, der mit seiner Kamera beschäftigt war, kümmerte sich auch nicht weiter um sie. Er war es gewohnt, mit berühmten Schauspielerinnen umzugehen. Sie waren alle gleich, hatten alle die gleichen Allüren, führten sich auf wie Primadonnen.

Wie um seine Erfahrung zu bestätigen, drehte sich Loretta, nun frisch eingekleidet, wie ein eitler Pfau ununterbrochen vor der Spiegelwand ihres Ankleideraums.

»Komm, Loretta, weiter«, drängte er. »Zeig uns ein bißchen Bein.«

Loretta nahm alle Posen ein, die der Fotograf von ihr verlangte, mechanisch und routiniert. Doch mit ihren Gedanken war sie woanders. Sie dachte an John Alexander. Drei Tage schon hatte er nichts mehr von sich hören lassen. Sie vermißte ihn. Sie vermißte ihn sehr.

Sie fragte sich, ob John sie wohl eines Tages heiraten würde. Manchmal hatte sie das Gefühl gehabt, daß er drauf und dran war, ihr einen Antrag zu machen. Doch dann hatte er sich immer wieder abrupt von ihr zurückgezogen. Als sie einmal von sich aus das Thema zur Sprache brachte, faßte er es offensichtlich als Scherz auf. »Warum sollten wir so eine wunderbare Romanze zerstören, Loretta?« hatte er gelacht.

Ja, ein Mann konnte so etwas leicht sagen. Aber Lorettas Bewunderer fragten sich allmählich auch, warum ihr Idol, das nun schon achtundzwanzig Jahre alt war (vierunddreißig, wenn sie die Wahrheit wüßten), denn nun immer noch nicht den Richtigen gefunden hatte. Zum Beispiel John Alexander, einen attraktiven Mann aus einer der besten New Yorker Familien, der ihr im übrigen auch für die weitere Karriere von großem Nutzen sein konnte. Und der ihr außerdem etwas geben würde, was keine noch so große Karriere vermochte: gesellschaftliches Ansehen, Respekt.

Sie wußte auch nicht, warum ihr das so wichtig war. Vielleicht, dachte sie, weil sie ihr Leben lang darunter gelitten hatte, daß sie aus alles andere als respektablen Verhältnissen kam. Ja, vielleicht war das der Grund.

5

Die Morgensonne drang durch das geöffnete Fenster und wärmte Devon, die noch verschlafen in ihrem Bett lag. Obwohl sie noch halb im Traum war, spürte sie bereits ein aufgeregtes, erwartungsvolles Kribbeln im Bauch. Erstaunt riß sie die Augen auf. Warum war sie denn so guter Stimmung? Ach, ja! John Alexander! Sie seufzte glücklich. Er würde heute zu Besuch kommen und mit ihr ausreiten. Der bloße Gedanke daran ließ in ihr eine unbekannte, verbotene Erregung aufsteigen.

Devon war behütet aufgewachsen. Es galt als selbstverständlich, daß sie als Jungfrau in die Ehe gehen würde. Doch sie war schon immer ein sinnliches Mädchen gewesen. Sie hatte die gleichen heißen Sehnsüchte empfunden und sich genauso oft verliebt wie ihre Schulkameradinnen. Und die Küsse ihrer Verehrer hatten sie jedesmal in den siebten Himmel versetzt. Aber mit der Zeit waren alle ihre Romanzen wieder abgekühlt, sie hatte noch keinen Mann getroffen, dem es gelungen wäre, das Feuer der Leidenschaft in ihr am Glühen zu halten. Würde es ihr bei John Alexander genauso ergehen? Oder war er tatsächlich der Mann, den sie bis ans Ende ihrer Tage würde lieben können?

Sie summte glücklich vor sich hin, während sie die weiße, spitzenverzierte Leinendecke zurückschlug, aus dem Bett sprang und zu dem kunstvoll geschnitzten Schrank aus Kirschholz hinüberhuschte, in dem ihre Reitkleider hingen. Sie wählte eine blaßgraue Hose, ein blaues Baumwollhemd, das das Meerblau ihrer Augen unterstrich, und eine beigegraue Tweedjacke. Sie wusch sich das Gesicht, band die Haare mit einer lavendelfarbenen Schleife zu einem Pferdeschwanz und lief dann die Treppe hinunter zum Frühstück.

»Guten Morgen, mein Liebling«, rief ihre Mutter. »Du siehst entzückend aus.«

»Danke. Mr. Alexander kommt heute vorbei um mit mir auszureiten.« Devon sah, wie ihre Eltern einen beziehungsvollen Blick austauschten und lächelte in sich hinein. Sie ging zu dem kunstvollen antiken Büffet hinüber, auf dem frische Heidelbeertörtchen und dampfendes Rührei mit feinstem Schinken bereitstanden. Devon lud sich von allem eine kräftige Portion auf und setzte sich dann zu ihren Eltern an den langen, rötlich glänzenden Mahagonitisch. Da die Richmonds oft Besuch hatten, war der Tisch stets zu seiner vollen Länge ausgezogen, doch wenn sie unter sich waren, versammelte sich die Familie immer an einem Ende des Tisches zum Essen.

»Na«, fragte Devon schelmisch, »ihr platzt ja geradezu vor Neugier, was ich von unserem neuen Besucher halte, stimmt's?«

»Aber nicht doch!« beeilte sich ihr Vater, sie zu beschwichtigen, »wir … wir …« Er rang nach Worten, denn es war ihm peinlich, das Thema so direkt anzuschneiden.

»Wir finden Mr. Alexander beide äußerst sympathisch«, kam ihm seine Frau zu Hilfe. »Und Mr. Magrath lobt ihn auch in den höchsten Tönen. Meintest du nicht vorhin, wir sollten ihn zum Abendessen einladen, Chase?«

»Hab' ich d …?« fragte Chase überrascht, doch ein Blick von Laurel ließ ihn sofort begreifen. »Ja, richtig, jetzt wo du's sagst … ja, ja, natürlich. Gerade eben, bevor du hereinkamst, habe ich Laurel vorgeschlagen, daß wir …«

Devon konnte sich nicht mehr beherrschen und prustete laut los.

»Ach, Mama, Papa. Ihr braucht mir doch wirklich kein Theater vorzuspielen! Natürlich ist mir nichts lieber, als daß ihr Mr. Alexander zum Abendessen einladet. Ich finde ihn auch sehr sympathisch und würde ihn gerne näher kennenlernen. Habe ich damit eure Neugier hinreichend befriedigt?«

Chase schaute betreten drein und öffnete seinen Mund, um sich zu rechtfertigen, doch da ihm beim besten Willen nichts einfiel, schloß er ihn wieder. Lediglich Laurel schien gänzlich ungerührt. Sie reagierte erst, nachdem sie genüßlich einen Schluck aus ihrer Kaffeetasse genommen hatte. »Nun«, meinte sie dann und schaute ihre Tochter mit Unschuldsmiene an, »wir müssen doch schließlich alles tun, um unserem Ruf als gastfreundliche Familie gerecht zu werden, findest du nicht, Devon?«

Ihre Tochter nickte nur mit einem vielsagenden Lächeln.

Eigenartig, dachte Chase. Frauen sind doch in der Regel dezent und zurückhaltend, aber manchmal – da gehen sie gleich aufs Ganze. Irritierend, wirklich sehr irritierend.

Devon war erfreut zu sehen, daß John wirklich ein hervorragender Reiter war. Nicht, daß ihr diese Fähigkeit so wichtig gewesen wäre, aber sie mochte einfach keine Aufschneider – Männer, die behaupteten, besser zu reiten, als sie es dann tatsächlich konnten. Denn damit taten sie weder sich noch dem Pferd einen Gefallen.

»Sie waren viel zu bescheiden, Mr. Alexander!« rief sie. »Sie sind wirklich mehr als geeignet, Scirocco zu reiten!« John hatte den Wunsch geäußert, zum Aufwärmen erst einmal ein sanfteres Pferd auszuprobieren und hatte auf einem Wallach der Richmonds einige höchst kunstfertige Sprünge auf dem Reitplatz vollführt und Devon damit stark beeindruckt. Sie öffnete das Tor, um ihn hinauszulassen, damit er das Pferd wechseln könnte.

»Aber wollen *Sie* denn nicht Scirocoo nehmen, wenn wir ausreiten?« fragte er höflich.

»Ach, ich kann ihn doch reiten, wann immer ich will«, erwiderte sie. »Außerdem reite ihn ja auf der Jagd nächsten Sonnabend. Sie werden doch dabeisein?« Nachdem Mr. Magrath, Johns Gastgeber, die Jagd anführen würde, war es anzunehmen, daß er ihn dazu eingeladen hatte.

»Ja, sicher.« John stieg ab und übergab die Zügel einem Stallburschen. »Und ich hoffe doch«, lachte er, »daß Sie mir heute ein wenig von der Gegend hier zeigen, damit ich am Sonnabend nicht verlorengehe.«

Devon gefiel es, daß Alexander ihre Liebe zur Jagd teilte. Und daß er gleichzeitig so bescheiden war, zuzugeben, daß er womöglich am Sonnabend das eine oder andere nicht im Griff haben könnte. Denn die Tri-County-Jagd war weltbekannt für die Könnerschaft ihrer Teilnehmer und die Schwierigkeit des Geländes.

»Kommen Sie, steigen Sie auf, daß wir fortkommen«, rief sie munter. Sie hielt Scirocco am Zügel und redete beruhigend auf ihn ein, während John aufsaß.

Er rückte sich im Sattel zurecht und zog dann fachmännisch die Zügel an, so daß Scirocco zur Ruhe kam. Derweilen half der Stallbursche Devon in den Sattel des Wallachs, den John zuvor geritten hatte. Sie bedankte sich bei ihm und verließ dann zusammen mit John den Sattelplatz.

»Ich hab' mich sehr auf diesen Ausritt gefreut«, sagte John nach einem Stück Wegs.

»Ich auch«, gab Devon rundheraus zu, anstatt, wie es sich für eine junge Dame gehören würde, ihre Gefühle hinter einer Höflichkeitsfloskel zu verbergen. Sie mochte die Art, wie John beruhigend auf Scirocco einredete. Und sie mußte auch zugeben, daß er im Reitdress noch attraktiver aussah.

Als sie die unmittelbare Umgebung von Evergreen hinter sich gelassen hatten, legten sie einen leichten Galopp ein.

»Passen Sie auf da mit der Steinmauer!« rief sie ihm zu. »Auf der anderen Seite liegt das Gelände tiefer, so daß es einem beim Aufkommen einen ganz schönen Stoß versetzen kann, wenn man nicht darauf vorbereitet ist.« Und so schwebten sie geradezu über die Mauer, und kurz danach ebenso gekonnt über einen weißen Weidezaun, bis sie, angeregt von der frischen Novemberluft und der strahlenden Sonne, schließlich in wildem Galopp über die Hügel jagten.

Dabei löste sich die Schleife von Devons Pferdeschwanz, so daß ihre Haare wie ein silberschwarzer Kometenschweif hinter ihr herwehten. Trotz der Konzentration auf sein Pferd konnte John den Blick nicht von ihr lassen. Ihre unbefangene, natürliche Art gefiel ihm. Der knapp sitzende Reitdreß ließ ihre langen, wohlgeformten Beine und ihre Wespentaille voll zur Geltung kommen. Trotz ihrer schlanken Statur wies sie höchst weibliche Rundungen auf – genau die Figur, die John bei Frauen am anziehendsten fand. An der Höhe ihrer Steigbügel erkannte er mit geübtem Blick, daß Devon offenbar doch kleiner war als er zuerst geglaubt hatte. Er schätzte sie auf einen Meter sechzig, doch ihr perfekt aufrechter Sitz und die ihr angeborene Grazie ließen sie ein paar Zentimeter größer wirken.

Als sie sich einem Waldstock näherten, fielen sie wieder in einen gemächlichen Trab.

»Überraschend warm heute, finden Sie nicht?« fragte John. »Ich bin es sonst nicht gewohnt, im November ein Picknick im Grünen zu halten.«

»November ist hier in Virginia wie in England der April. Es kann heute schneien, und morgen strahlt die Sonne so warm vom Himmel, daß die Blumen austreiben. Wirklich Winter wird es erst im Februar.«

Während sie so miteinander plauderten, kamen sie an eine kleine Wiese, auf der die gelben, orangenen und feuerroten Herbstblätter der umstehenden Bäume wie bunte Tupfer verstreut lagen.

»Ist das nicht eine nette kleine Lichtung?« fragte John. »Sollen wir hier absteigen?« Er konnte es gar nicht erwarten, sich mit Devon ins Gras zu setzen, umgeben von verschwiegener Natur.

»Ach, ich wüßte da ein noch schöneres Plätzchen«, antwortete Devon geheimnisvoll. So ritten sie noch ein paar Minuten schweigend weiter, bis John auf einmal Wasser rauschen hörte.

»Hier!« rief Devon triumphierend. John, der hinter ihr um die Biegung kam, hielt den Atem an. Eine malerische Szenerie bot sich seinen Augen dar – ein kristallklarer kleiner Wasserfall, der sich in ein schmales Bachbett ergoß. An seinem Ufer, auf der grünen Wiese, blickgeschützt durch dichten Baumbestand, lag eine kleine gepflasterte Terrasse, die mit einem schmiedeeisernen, weiß gestrichenen Tisch und passenden Stühlen bestückt war. Das Verblüffendste jedoch – der Tisch war gedeckt, perfekt mit Tischdecke, chinesischem Porzellan und Kristallgläsern. Mitten auf dem Tisch prangte ein silberner Eiskübel mit einer Flasche Champagner.

»Na, das ist ja eine Überraschung!« rief John staunend aus. »Wie haben Sie denn das gemacht?«

»Ich hab' den Stallburschen mit den Sachen vorausgeschickt.« Devon lachte. Sie freute sich, daß ihr die Überraschung gelungen war.

Devon sprang von ihrem Pferd und bedeutete John, es ihr gleichzutun. Dann lief sie zum Tisch hinüber, schlug die Tischdecke zurück und zog einen Behälter hervor, aus dem sie eine Platte mit gebratenem Hühnchen, einen Korb mit noch warmen, selbstgebackenen Brötchen, Kartoffel- und Krautsalat, verschiedene Käsesorten und zum Nachtisch dunkle Weintrauben und Apfelkuchen hervorholte.

»Hm!« schwärmte John und ließ seine Augen über die Köstlichkeiten schweifen. »Das sind alles Lieblingsspeisen von mir! Da läuft einem ja das Wasser im Munde zusammen.«

Devon strahlte übers ganze Gesicht. »Machen Sie den Champagner auf, während ich auftrage?« bat sie.

John tat, wie ihm geheißen, und Devon arrangierte die Leckereien auf den Tellern.

»Darf ich einen Toast ausgeben?« fragte John, als sie sich zu Tisch gesetzt hatten.

»Aber gern doch«, erwiderte Devon gespannt.

»Liebe Devon Richmond, holde Schönheit, wilde Reiterin und charmante Gastgeberin! Möge dies nicht das letzte Mal sein, daß mir die Ehre zuteil wird, mit Ihnen ein so gastliches Mahl zu teilen. Und vielleicht auch noch so manche andere schöne Stunde«, fuhr er leise fort.

»Oh! Ich wußte gar nicht, daß Sie ein so gewandter Redner sind!« rief Devon lachend, bemüht, ihre Unsicherheit zu überspielen. »Ich hoffe, Sie nehmen es mir nicht übel, wenn ich ebenfalls das Glas erhebe, auch wenn der Toast auf *mich* ging. Ich trinke darauf, daß Ihr Wunsch in Erfüllung gehen möge ...« Sie stockte. »Auch Ihr letztgenannter!« fügte sie ein wenig schamhaft hinzu. Sie hob das Glas und prostete ihm zu, wagte jedoch nicht, ihm in die Augen zu schauen. Wieder fühlte sie diese eigenartig elektrisierende Wirkung, die von ihm ausging.

»Devon – darf ich Devon sagen?« fragte John mit heiserer Stimme.

»Ja«, hauchte sie. Auf einmal war alles Gelächter zwischen ihnen verstummt. Laut und heftig hörte Devon ihr Herz pochen.

John ergriff stumm ihre Hand. Doch diese Berührung stillte sein Verlangen noch nicht. Und so stand er auf, kam zu ihr herüber und zog sie zu sich hoch.

Ihre Knie zitterten so sehr, daß sie Mühe hatte, sich auf den Beinen zu halten. Sie wußte – jetzt würde er sie küssen. Sie brannte darauf. Atemlos wartete sie. Seine Lippen berührten ihre, erst zart, dann immer drängender, leidenschaftlicher, während er sie noch fester an sich zog. Sie fühlte seine Erregung, spürte, wie sein Herz gegen ihres schlug. Bebend schlang sie die Arme um seine Taille und spürte seinen muskulösen Rücken unter dem feinen Leinenhemd. Sie roch seine Männlichkeit, diesen Geruch von Seife und Schweiß. Und sie roch das Pferd an ihm – eine Duftmischung, so erregend, so erotisch, wie sie es noch nie erlebt hatte. Überwältigt von der Hitze ihrer Leidenschaft riß sie ihre Lippen von seinem Mund los und barg ihr Gesicht an seiner

Brust. Es schwindelte ihr. Dann spürte sie, wie er zärtlich ihr Kinn zu sich hochhob und sie so zwang, ihn anzuschauen. Sie ertrank in seinen Augen. Alles an ihm – sein Geruch, seine Berührung, sein Geschmack – berauschte sie. Sie wollte ihn wieder schmecken. Und schon senkte sich sein Mund wieder auf ihre Lippen, die sich willig öffneten, um seine begehrliche Zunge einzulassen. Sie konnte nicht genug von ihm bekommen, zog seinen Kopf noch näher zu sich, preßte sich noch fester an ihn. Und noch leidenschaftlicher schlang er seine Arme um sie. Sie verschmolzen ineinander.

Dann schließlich, langsam, widerstrebend, gab er sie frei. Sie taumelte, griff hilfesuchend nach der Stütze seiner Arme.

»Devon ...«, flüsterte er. Er vergrub sein Gesicht in ihrem duftenden Haar, was ihn nur noch mehr in Erregung versetzte. Aber er durfte jetzt nicht die Beherrschung verlieren. Er spürte, wie sehr sie ihn begehrte, und er nahm an, daß sie ihm in ihrer Leidenschaft erlauben würde, sie zu lieben. Aber er durfte ihre Unerfahrenheit, ihre Unschuld nicht ausnutzen, durfte ihr Vertrauen nicht mißbrauchen. »Devon, ich muß mich entschuldigen«, sagte er heiser und schob sie sanft von sich.

»Vergiß es. Küß mich lieber!« gurrte sie mit einem verführerischen Lächeln.

»Du darfst mich nicht so in Versuchung führen«, wehrte er sich. »Sonst kann ich nicht mehr für mich garantieren. Bitte, Devon! Du bedeutest mir nämlich sehr viel. Mehr als andere.« Zärtlich strich er mit dem Zeigefinger die Konturen ihrer sinnlichen Lippen nach.

»Andere? Hat es sehr viele andere gegeben?« fragte sie und hätte sich im selben Moment am liebsten auf die Zunge gebissen. »Nein, nein ...«, kam sie seiner Antwort zuvor. »Sag jetzt nichts! Ich will nicht in deiner Vergangenheit herumspionieren. Es ... es tut mir leid.« Betreten schaute sie zu Boden.

John war gerührt zu sehen, daß ihr so viel an ihm lag, daß sie mehr von seiner Vergangenheit wissen wollte. Es lag ihm auf der Zunge, ihr zu gestehen, daß er noch nie so viel für eine Frau empfunden hatte wie für sie. Aber er brachte es nicht recht über die Lippen. Er war selber erschrocken über die Heftigkeit seines Gefühls. Sie kannten sich doch erst so kurz. Und er wollte ihr erst sein Herz zu Füßen legen, wenn er sich seiner Gefühle gänzlich sicher war. Auf keinen Fall wollte er sie verletzen.

»Ich bin zweiunddreißig Jahre alt, Devon. Natürlich hat es in meinem Leben Frauen gegeben, aber ...«

»Natürlich«, unterbrach sie ihn. »Natürlich hat es Frauen gegeben.« Sie wollte den Rest des Satzes einfach nicht hören, keine Beteuerungen, die sie ihm glauben und die sich hinterher womöglich nur als Galanterie herausstellen würden. Nein, das würde sie viel zu sehr verletzen.

»Das war eine ganz absurde Frage von mir«, sagte sie mit einem etwas angestrengten Lächeln und deutete dann auf den gedeckten Tisch. »Hören wir auf mit dem Unsinn und machen wir uns erst einmal über diese Köstlichkeiten her, ja?«

Devons Eltern merkten sofort, daß zwischen den beiden jungen Leuten etwas vorgefallen war, als sie mit ihnen beim Abendessen saßen. Die Art, wie sich John um ihre Tochter kümmerte, wirkte irgendwie persönlicher als vorher, während Devon selbst ungewöhnlich still und ein wenig zerstreut wirkte.

Devon hatte zu dem Gespräch ihrer Eltern mit John Alexander nicht viel beizutragen, und so hörte sie nur zu. Ihrem Vater schien es großen Gefallen zu bereiten, sich mit John zu unterhalten, und John selber wirkte irgendwie älter und erwachsener, wenn er mit Chase sprach, nicht weil er es nötig gehabt hätte, mit seiner Bildung zu brillieren, sondern eher durch die Selbstsicherheit, die er ausstrahlte, wenn er von seinen Geschäften sprach. John besaß in der Tat wesentlich mehr geschäftliche Erfahrung als andere Männer seines Alters. Abgesehen von einer nicht unbeträchtlichen Erbschaft hatte er sich mit seinen Investitionen ein beachtliches Vermögen erarbeitet.

Während die Männer es sich nach dem Essen bei einem Glas Brandy und einer guten Zigarre in der Bibliothek bequem machten, zogen sich Laurel und Devon in den großen Salon zurück, wo sie sich gemütlich ans Kaminfeuer setzten. Laurel nahm wie üblich ihre Handarbeit auf. Devon dagegen rutschte ein wenig nervös auf dem Sofa herum und knabberte geistesabwesend an ein paar Cashewnüssen.

Schließlich brach Laurel das Schweigen. »Und, hattet ihr einen netten Nachmittag zusammen?« fragte sie in möglichst beiläufigem Ton.

»Ja«, erwiderte Devon leise. Sie spürte, wie ihr die Schamröte in die Wangen stieg und schaute angestrengt ins Feuer, um dem Blick ihrer Mutter auszuweichen. Nicht, daß ihre Mutter kein Verständnis für einen Kuß gehabt hätte. Was war schon ein harmloser Kuß, dachte Devon. Aber dieser Kuß hatte eine solche Leidenschaft in ihr entfacht, daß sie befürchtete, ihre Mutter könnte ihr im Gesicht ansehen, was sie für John Alexander empfand. Sie erinnerte sich an die Szene heute nachmittag am Wasserfall. Noch nie war sie von solchen Gefühlen überwältigt worden. War es für ihn auch so aufregend gewesen? Die Frage ging ihr nicht aus dem Kopf. Er hatte so erfahren gewirkt. Als er sie in den Arm genommen hatte, war da nichts von dieser Unsicherheit und Schüchternheit gewesen, die ihre verflossenen Liebhaber an den Tag gelegt hatten. Er war offenbar gewöhnt, daß seine Leidenschaft erwidert wurde, daß Frauen ›ja‹ sagten. War er auch daran gewöhnt, daß sich Frauen in ihn verliebten?

Laurels Stimme riß Devon aus ihren Gedanken. »Und wie lange hat Mr. Alexander vor, in Virginia zu bleiben?«

»Das … das weiß ich nicht. Er hat geschäftlich mit Mr. Magrath zu tun. Ich nehme an, wenn die beiden zum Abschluß gekommen sind …«

Laurel glaubte, eine leise Wehmut in Devons Stimme mitschwingen zu hören. »Du wirst traurig sein, wenn er wieder abfährt?« fragte sie mitfühlend.

»Ja«, antwortete Devon leise. Sie sah keinen Grund, vor ihrer Mutter zu verbergen, wie sehr ihr an Alexanders Gesellschaft lag. »Ich weiß auch nicht, wann ich ihn wiedersehen werde. Natürlich, im Frühling fahren wir ja wieder nach New York. Aber bis dahin ist es eine lange Zeit.«

»Ich frage mich bloß, ob er in New York irgendwelche … Bindungen hat«, fragte Laurel und beobachtete aufmerksam, wie Devon auf diese Frage reagieren würde. Zu ihrer Verblüffung stellte sie fest, daß ihre sonst so selbstbewußte Tochter schon wieder errötete.

Devon vermied es, ihrer Mutter zu gestehen, daß dieselbe Frage sie ebenfalls stark beschäftigte. Sie wollte ihr keine unnötigen Sorgen machen. »Ich habe den Eindruck, daß er … daß er ungebunden ist«, sagte sie schließlich.

»Ja, dann«, sagte Laurel mit einem unüberhörbaren kleinen Seufzer der Erleichterung. Dann war ja alles gut. Aber sie würde natürlich trotzdem ihre Nachforschungen anstellen.

Loretta Morgan überlegte fieberhaft, ob sie die Einladung von Whitney Ross zum Abendessen annehmen sollte oder nicht. Er war reich. Er sah gut aus. Er war verheiratet. Normalerweise hielt sie diese Kombination für die optimale, was ihre Interessen anbetraf. Aber jetzt gab es da eben John Alexander, der die ersten beiden Vorzüge besaß ohne den letzteren Nachteil.

Früher, als es Lorettas einziger Traum war, ein Broadway-Star zu werden, waren ihr Verhältnisse mit verheirateten Männern äußerst gelegen gekommen. Wenn ein Mann verheiratet war, bedeutete das, daß er nichts gegen ihre Karrierewünsche hatte und nicht von ihr verlangen würde, die Hausfrau zu spielen. Denn die Bühne würde sie niemals aufgeben, das wußte sie.

Doch jetzt, wo ihr Publikum sich allmählich den Kopf darüber zerbrach, warum sie immer noch solo war, hatte sie ihr Presseagent schließlich überzeugt, daß es an der Zeit wäre zu heiraten. Er befürchtete, ihre Bewunderer würden am Ende zu der Überzeugung gelangen, daß irgend etwas mit ihr nicht stimmte. Und das wollte sie auf jeden Fall vermeiden. Also mußte ein Ehemann her. Wenn doch John Alexander nur ein ganz klein bißchen mehr für sie empfinden würde, dann gäbe er wirklich den idealen Kandidaten ab. Obwohl er ihre körperlichen Vorzüge sehr wohl zu würdigen wußte, war ihr klar, daß er kein Interesse daran hatte, sich auf eine feste Beziehung mit ihr einzulassen. Aber eines wußte sie auch genau: Er würde die Affäre mit ihr sofort beenden, wenn er dahinterkäme, daß sie ein Verhältnis mit einem anderen hatte. Nicht aus Eifersucht, sondern aus Stolz. Manchmal hatte sie das Gefühl, daß er die Romanze mit ihr, die jetzt immerhin schon fünfzehn Monate dauerte, streckenweise aus reiner Bequemlichkeit aufrechterhalten hatte. Dann wieder, in heißen Liebesnächten, hatte sie oft das Gefühl gehabt, daß es nur noch eine Frage der Zeit wäre, daß er ihr einen Antrag machen würde. Wie wäre es ihm sonst möglich gewesen, sie zu solchen Höhen der Wollust zu treiben?

»Komm, Loretta, gib zu, du willst es doch auch«, sagte Whitney mit schmeichelnder Stimme und betrachtete sie in dem großen Spiegel ihrer Künstlergarderobe. Vielleicht war es keine gute Idee gewesen, ihn gerade hierhin einzuladen, dachte sie. Noch dazu, wo sie heute nur einen hauchdünnen seidenen Morgenmantel trug, unter dem sie nackt war. Whitney schob von hinten seine Hand in ihren Ausschnitt und beobachtete zufrieden im Spiegel, wie sich unter der Berührung seiner Hände ihre Brustwarzen steil aufstellten und sich durch den dünnen Stoff drückten. Der Morgenrock war ein Stück auseinandergerutscht und entblößte einen Teil ihrer schlanken, weißen Schenkel.

»Bitte«, schmeichelte er. »Nur ein ganz, ganz kleines Abendessen.«

Loretta war schwer versucht. Und wenn John sie nun doch nicht heiraten würde? Whitney Ross war einer der reichsten Männer New

Yorks. Er konnte ihr einiges bieten. Außerdem würde es ihrer Karriere sicher nicht schaden, eine Affäre mit einer so berühmten Persönlichkeit zu haben. Oder gerade doch? Da war sie wieder, die Frage aller Fragen: ihr Alter und wann sie endlich heiraten würde. Daß sie sich von Whitney körperlich angezogen fühlte, tat überhaupt nichts zur Sache. Gutaussehende Männer gab es wie Sand am Meer. Das einzige, was für sie zählte, war die Frage, ob ihr jemand nützlich war oder nicht.

»Nein«, sagte sie schließlich mit fester Stimme, stand auf und zog ihren Morgenrock wieder fester um ihre Taille. »Ich glaube, du solltest jetzt besser gehen.«

»Gehen? Liebling! Es ist gerade erst halb elf! Die Nacht ist noch jung! Du willst mir doch nicht erzählen, daß du jetzt heim ins Bettchen gehst, Loretta?«

»Doch«, erwiderte sie mit einem verführerischen Lächeln, um ihm die Abfuhr ein wenig zu versüßen. »Und zwar, um zu schlafen, mein Schatz!« Es lag ihr nichts daran, seine Eitelkeit zu verletzen. Vielleicht war es besser, ihn bei der Stange zu halten, falls mit John irgend etwas schief lief.

Sie gab ihm einen freundschaftlichen Kuß auf die Wange. »Gute Nacht, Liebling.« Dann drehte sie sich zu ihrem Garderobenschrank um, in dem ihre Straßenkleidung hing. »Und mach beim Rausgehen bitte die Tür hinter dir zu, ja?«

John Alexander bekam in der Nacht nach dem Abendessen bei den Richmonds kein Auge zu. Ständig gingen ihm Bilder von Devon im Kopf herum. Er sah sie mit wallendem, in der Sonne glänzendem Haar vor dem Hintergrund des rauschenden Wasserfalls. Er erinnerte sich an die Wärme ihrer Lippen – wie sie ihren zierlichen Körper gegen seinen gepreßt hatte.

Und es fiel ihm ihre Frage nach seinen anderen Frauen ein. Natürlich, da gab es Loretta. Aber das war nur eine Liebelei. War er wirklich innerlich bereit für mehr? Denn er wußte, daß Devon mehr als eine flüchtige Liebschaft war. Vieles an ihr gefiel ihm außerordentlich gut. Und dennoch – wollte er sich wirklich auf eine echte Beziehung einlassen? Er liebte seine Unabhängigkeit. Er liebte Loretta und Frauen wie sie. Natürlich wollte er irgendwann einmal heiraten. Irgendwann später. Aber jetzt schon?

Trotzdem, wenn er ein Bild seiner Idealfrau entwerfen müßte, dann würde Devon ziemlich genau diesem Bild entsprechen. Sie vereinte in sich Schönheit, Intelligenz, Selbstbewußtsein, Charme und Esprit. Er war gern mit ihr zusammen.

Warum beunruhigten ihn dann diese Gefühle so, die sie in ihm auslöste? Es irritierte ihn, daß er ständig an sie denken mußte, auch wenn er mit geschäftlichen Dingen befaßt war.

Er versuchte sich zu erinnern, ob er bei seinen beiden großen Jugendlieben auch so starke Empfindungen gehabt hatte. Wahrscheinlich schon. Er durfte sich nicht wieder verlieben. Er durfte nicht wieder die Kontrolle verlieren. Nein, er mußte sich aus Devons Bannkreis entfernen. Sofort. Sonst würde er ihr noch hoffnungelos verfallen.

6

Der Morgen, an dem die Jagd begann, war kalt. Ein erster Hauch von Winter lag in der Luft. Scirocco schnaubte und stampfte nervös, als er, von einem Stalljungen geführt, auf den Sattelplatz kam, wo Devon bereits auf ihn wartete. Ihr dunkles Haar und Sciroccos glänzendes pechschwarzes Fell bildeten einen reizvollen Kontrast zu ihrem scharlachroten Jagdrock und den schneeweißen Reithosen. Auf ihren Jagdrock war Devon besonders stolz, denn am Kragen prangten die Jagdfarben, was für Eingeweihte bewies, daß sie von der Anwärterin zum vollwertigen Mitglied der Tri-County-Jagd aufgestiegen war.

Obwohl sie schon seit vielen Jahren als Anwärterin teilgenommen hatte und ihr Vater langjähriges Mitglied war, bedeutete es doch eine große Ehre, als ihr vor drei Jahren vom Jagdvorstand in aller Form das Recht verliehen wurde, Jagdfarben zu tragen.

Devon konnte es kaum erwarten, daß John sie in dieser Aufmachung sehen würde. Während sie auf ihren Vater wartete, dachte sie an die zwei langen Tage, die vergangen waren, seit sie den Gast aus New York zum letzten Mal gesehen hatte. Sie hatte ihn sehr vermißt, und sie war enttäuscht, daß er nicht auf eine Stippvisite in Evergreen vorbeigeschaut hatte.

Natürlich war, wie es sich gehörte, ein Blumenstrauß eingetroffen, mit dem er sich bei ihren Eltern für den reizenden Abend bedankte, wobei er auch Devon in die herzlichen Grüße miteingeschlossen hatte. Aber darüber hinaus hatte er nichts mehr von sich hören lassen. Kein romantischer Gruß, nicht das geringste Anzeichen dafür, daß ihm die Begegnung genauso wichtig gewesen war wie ihr.

Als Devon sich an der Seite ihres Vaters dem Gut der Magraths näherte, versuchte sie schon von ferne, in den Reihen der Jäger Johns Gestalt auszumachen. Da er kein Mitglied der Tri-County-Jagd war, würde er keinen scharlachroten, sondern eher einen schwarzen oder weißen Jagdrock tragen.

Wie es das Protokoll vorsah, ritten Devon und Chase als erste auf Hamilton Magrath, den Jagdvorsteher, zu, um ihn zu begrüßen. Hinter ihrem Vater kam ihnen Helena entgegen, die verzweifelt, aber offensichtlich erfolglos bemüht war, ihr Pferd unter Kontrolle zu bringen.

»Du siehst mal wieder toll aus«, bemerkte Magrath anerkennend zu Devon. Er wünschte, seine Tochter Helena würde ebenso aufrecht und souverän im Sattel sitzen wie die Tochter seines Nachbarn. Helena war noch nicht als Vollmitglied in die Tri-County-Jagd aufgenommen worden, obwohl sie schon genauso lange wie Devon an der Jagd teilnahm, was ihr ein Dorn im Auge war. Aber Magrath konnte es sich als Vorstand nicht leisten, für seine Tochter irgendwelche Ausnahmen zu machen.

Helena fiel auf, wie Devon die Menge unauffällig mit den Augen absuchte. »Suchst du jemanden?« fragte sie scheinheilig.

»Nein«, log Devon. Wo war John denn bloß? Sie hatten ihn doch eingeladen!

»Hast du schon gehört, daß Mr. Alexander wieder nach New York abgereist ist?« fragte sie dann mit kaum verhohlener Schadenfreude. Sie genoß es sichtlich mitanzusehen, wie Devon erbleichte. Auf der Party bei ihren Eltern war ihr sofort aufgefallen, wie es zwischen Devon und Alexander geknistert hatte.

Devon mußte all ihre Kräfte zusammennehmen, um Helena nicht sofort mit einem Schwall von Fragen zu bestürmen. Nein, die Genugtuung wollte sie ihr nicht gönnen. »Er sagte, er würde heimfahren, sobald er seine Geschäfte hier abgeschlossen hätte«, sagte Devon gepreßt.

»Er ist aber ganz plötzlich abgereist.« Helena durchbohrte Devon mit ihrem Blick. »Und ich weiß, daß Papa und Mr. Alexander nicht abgeschlossen haben.«

Bleiernes Schweigen hing in der Luft. Devon erwiderte nichts, sondern schaute Helena nur mit versteinertem Gesicht an. Du miese Rotzgöre, dachte sie haßerfüllt. Wie gerne würde ich dir jetzt in die Visage schlagen!

Helena wurde ein wenig mulmig zumute. »Ich weiß auch nicht, warum er so plötz ...«

Sie wurde vom Klang des Jagdhorns unterbrochen, das den Beginn der Jagd ankündigte. Es war die Aufgabe des Rüdemeisters, die Hunde unter Kontrolle zu halten und ihr unterschiedliches Gebell zu interpretieren und mit dem Horn weiterzugeben.

Scirocco reagierte sofort auf das Hornsignal. Aufmerksam stellte er die Ohren auf und schnaubte ungeduldig, worauf Devon umgehend beruhigend auf ihn einredete. Sie und Scirocco waren ein eingespieltes Team. Sonst hätte sie ihn auch nicht für die Jagd ausgesucht. Denn sie hatte in der Vergangenheit die Erfahrung gemacht, daß die edelsten Tiere nicht unbedingt die besten Jagdpferde waren. Vollblüter waren so nervös, daß sie oft bei kleinsten Bewegungen und harmlosesten Geräuschen scheuten und dann auch erfahrene Reiter abwarfen. Außerdem waren sie für unübersichtliches Jagdgelände mit unvorhersehbaren Hindernissen nicht geeignet. Doch Devon liebte Scirocco heiß und innig und fühlte sich mit ihm sehr sicher.

Sie wartete, bis die älteren Reiter losgeritten waren und reihte sich dann erst ein. Devon wußte, daß es unabdingbar war, gewisse Gepflogenheiten einzuhalten, weil es sonst zu gefährlichen, unter Umständen sogar tödlichen Unfällen kommen konnte. Aus diesem Grunde mußten sich Reiter, die wußten, daß ihre Pferde vor Hindernissen manchmal scheuten, hinten halten. Wenn es etwa galt, eine hohe Hecke zu überspringen, war es die Regel, zwei Pferdelängen Abstand zum Vordermann zu halten, um ihn, falls er bei dem Sprung stürzte, nicht mit dem eigenen Pferd zusätzlich zu verletzen.

Schon bald hatten die Hunde die Fährte eines Fuchses ausgemacht, was der Rüdemeister durch kurze Hornsignale ankündigte. Je aufgeregter die Hunde wurden, desto schneller ging die Jagd, und so ritt Devon mit den anderen bald in wildem Galopp über die sanft geschwungenen Hügel dahin.

Als einer der Jäger den Fuchs entdeckte, rief er laut »Tallyho!« und zeigte in die Richtung, in der er ihn gesichtet hatte. Das Tier verließ gerade seine Deckung im Unterholz und hetzte zu einem Waldstück am Rande eines kleinen Baches hinüber. Mit wildem Gebell jagten ihm die Hunde hinterher.

Dicht auf ihr Pferd geduckt, galoppierte Devon dahin, um den peitschenden Zweigen der Bäume zu entgehen. Der Untergrund am Rande des Baches war ein wenig sumpfig, so daß alle gezwungen waren, in eine langsamere Gangart zu fallen. Devon fiel auf, daß Helena offenbar Schwierigkeiten hatte, ihr Pferd zu kontrollieren, das begierig den Hunden hinterherstürmte. Oft rutschte es auf dem matschigen Boden aus und fing sich nur mühsam, spurtete dann aber um so ungebärdiger los, als wenn es die verlorene Sekunde wieder wettmachen wollte. Helena riß und zerrte an den Zügeln, doch ihr Pferd schien sich nur wenig darum zu scheren. Devon hatte den starken Verdacht, daß Helena sich im Grunde aus Pferden wenig machte und nur dann an Jagden teilnahm, wenn irgendwelche Männer dabei waren, die sie interessierten. Devon hatte schon mehrmals erlebt, daß Helena die Teilnahme an einer Jagd wegen einer schweren Erkrankung abgesagt hatte und am Tag darauf wie von Geisterhand geheilt strahlend auf einem Ball erschienen war.

Während Devon noch über Helena nachdachte, öffnete sich das Gelände zu einer freien Wiese, die hin und wieder von Steinmauern und Lattenzäunen unterbrochen war – eine Herausforderung für jeden ehrgeizigen Springreiter, und so stürmte die ganze Gesellschaft begeistert voran.

Devon brauchte Scirocco nur ein wenig anzutreiben, und schon flog er an der ganzen Gruppe vorbei nach vorn an die Spitze. Als sie Brent Hartwick, Helenas Ehemann, überholte, rief er ihr etwas zu, was seine Bewunderung zum Ausdruck brachte, preßte dann seinem Pferd die Fersen in die Seite, um Devon einzuholen, und so segelten sie beide im gleichen Augenblick mühelos über einen Zaun.

Helena, die von ganz hinten die Szene beobachtet hatte und sofort von glühender Eifersucht übermannt wurde, machte ohne lange nachzudenken von der Peitsche Gebrauch. Ihr Pferd, das bisher nur gewöhnt war, an kurzem Zügel geführt zu werden, stob angesichts der Freiheit, die ihm seine Herrin nun plötzlich ließ, wie der Wind davon. Helena merkte sofort, daß sie einen schweren Fehler gemacht hatte. Sie wußte, daß es ihr jetzt nicht mehr gelingen würde, die Kontrolle über ihr Pferd zu gewinnen. Es raste an einer Gruppe von Reitern vorbei, direkt auf Devon und Hartwick zu. Schon war es Scirocco dicht auf den Fersen. Devon drehte sich um, dachte sich aber nichts dabei denn sie wußte, daß Scirocco nicht ausschlug. Sie nahm an, daß Helena lediglich ein wenig aufholen wollte. Hartwick, der bereits die nächste Mauer in Angriff nehmen wollte, kam gar nicht auf die Idee, daß die Reiterin direkt hinter Devon seine Frau sein könnte, weil er Helena wie üblich in den letzten Reihen wähnte.

»Ich ... ich kann ihn nicht halten!« rief Helena verzweifelt. Sie wollte um Hilfe rufen, doch angesichts von Devons Gegenwart genierte sie sich. Sie hoffte, daß das Tier sich nach dem Sprung wieder beruhigen würde. Beim Klang ihrer Stimme fuhr nun auch Hartwick herum und riß, ebenso wie Devon, instinktiv die Zügel an, um Helena zu Hilfe zu kommen, ohne daran zu denken, daß die Mauer schon in gefährlicher Nähe war. Hartwicks alter, jagderfahrener Hengst ließ sich von dem Befehl seines Herrn jedoch nicht aus dem Galopp bringen und setzte zum Sprung an. Scirocco dagegen, der seiner Reiterin aufs Wort gehorchte, bremste sofort. Im gleichen Moment erkannte Devon mit Schrecken, daß sie ihm das falsche Zeichen gegeben hatte, denn die Mauer war schon zu nah, um ihr Pferd noch sicher zum Stehen bringen zu können. Helenas Pferd war außer Rand und Band. Es schien wild entschlossen, das vor ihm auftauchende Hindernis im Sturm zu nehmen, egal ob mit oder ohne seine Reiterin. Im Bruchteil einer Sekunde wurde Devon klar, daß weiteres Halten zu einem Zusammenstoß der Pferde führen würde, und so gab sie auf der Stelle Scirocco wieder die Zügel, woraufhin er das Tempo wieder aufnahm, das er schon fast verloren hatte.

Die beiden Pferde jagten nun Kopf an Kopf auf die Mauer zu. Sie war im Prinzip breit genug, daß beide Tiere sie gleichzeitig nehmen konnten. Ein Blick zu Helena klärte Devon jedoch augenblicklich darüber auf, daß sie nicht mehr Herrin der Lage war. Schreckensbleich und mit panischem Blick hatte sie sich an ihr Pferd geklammert, die Schenkel so fest sie konnte in die Seiten gepreßt.

»Helena, mach dich zum Sprung bereit, sonst fliegst du runter!« rief Devon aufgeregt.

Zu Devons großer Erleichterung gehorchte Helena wie in Trance. Jetzt mußte Devon nur noch verhindern, daß sie im Sprung selbst zusammenstießen, denn nur wenige Meter nach der Mauer standen bereits wieder einige Bäume gefährlich im Weg.

Helena stand Todesangst aus. Sie versuchte mit allen Mitteln, sich auf ihrem Pferd zu halten. Aus dem Augenwinkel sah sie, daß Hartwick, inzwischen auf der anderen Seite der Mauer, angehalten hatte und bereit stand, sofort Helenas Pferd bei den Zügeln zu packen, kaum daß es über die Mauer war. Ich muß nur heil über die Mauer, dachte sie, nur heil über die Mauer, dann bin ich in Sicherheit.

Doch dann kam, was kommen mußte. Helenas Pferd, völlig außer Kontrolle, zielte genau auf die Mitte der Mauer und drängte Scirocco so weit nach rechts, daß Devon drohte gegen einen angrenzenden Baum zu knallen, was sie im letzten Moment noch verhindern konnte. Helena, die mit angstgeweiteten Augen Scirocco auf sich zukommen sah, riß mit aller Kraft am linken Zügel, doch ihr Pferd, dem durch diese heftige Bewegung der Kopf nach links geschleudert wurde – gerade in dem Augenblick, als es zum Sprung ansetzte – wehrte sich mit aller Kraft gegen diesen Befehl seiner Herrin, warf sich noch mehr nach rechts und krachte prompt gegen Scirocco. Das schmerzerfüllte Wiehern der beiden Pferde hallte Devon in den Ohren, während sie verzweifelt bemüht war, die Kontrolle über den Hengst zu behalten. Den Rest sah sie wie in Zeitlupe: Scirocco, den der Zusammenstoß voll im Sprung erwischt hatte, verlor das Gleichgewicht und geriet in der Luft in Schräglage nach rechts. Devon nahm noch wahr, daß Helena mit ihrem Pferd aufrecht landete und wie wild davongaloppierte. Dann spürte sie, wie Scirocco beim Aufkommen die Beine wegrutschten und auf einmal die Waldwiese auf sie zu kam. Von der anderen Seite sah sie voll panischen Entsetzens den massigen Körper ihres Hengstes direkt über sich, bevor sie vom Aufprall auf den Boden das Bewußtsein verlor, so daß ihr das grauenhafte Geräusch berstender Knochen erspart blieb.

7

Loretta rollte sich behaglich auf die andere Seite und tastete zu John hinüber. Sie streichelte seinen flachen, muskulösen Bauch und rutschte dann mit der Hand ein wenig tiefer. Obwohl er schlief, spürte sie sofort die Wirkung, die ihre Berührung auf ihn ausübte.

Sie lächelte siegesgewiß. Die vergangene Nacht hatte die letzten Zweifel zerstreut, die sie an John Alexanders Gefühlen für sie gehegt hatte. Es war, als hätte er sie noch mehr vermißt als sie ihn. Wie ein Wahnsinniger hatte er sie geliebt. Ein Schauer der Erregung lief ihr über die Haut, als sie nur daran dachte.

Doch damit lag sie völlig falsch. John hatte gehofft, daß das Wiedersehen mit Loretta Devon endgültig aus seinem Kopf vertreiben würde, doch das Gegenteil war der Fall. Natürlich fand er Loretta nach wie vor sehr erotisch. Doch jedesmal, wenn sie in Ekstase aufschrie, hatte er sich vorgestellt, daß es Devon wäre, die er da in seinen Armen hielt.

Er war fluchtartig aus Virginia abgereist, in der Hoffnung, daß sich die Verwirrung, die diese Frau bei ihm ausgelöst hatte, dann wieder legen würde. Doch ihre Abwesenheit und die Angst, sie zu verlieren, beunruhigten ihn genauso wie ihre Gegenwart. Seit er sie getroffen hatte, spukte ihm die ganze Zeit der Gedanke an eine mögliche Heirat im Kopf herum.

Die Ehe war ihm immer als der Inbegriff von Unfreiheit und Langeweile erschienen. Doch er wußte, Devon war kein abhängiges, hilfloses Weibchen, das die ganze Zeit nur daran dachte, wie es seine Stellung in der Gesellschaft verbessern könnte. Sie war eine interessante, unabhängige Frau, eine Frau, die ihn glücklich machen konnte. Und genau das quälte ihn – die Vorstellung, daß sie als seine Frau für ihn das Wichtigste im Leben darstellen würde, daß er am Boden zerstört wäre, wenn ihr irgend etwas zustieße. Die Liebe zu ihr würde ihn hilflos machen, sein Glück würde von ihr abhängen.

Die Nacht mit Loretta hatte ihm – trotz der körperlichen Lust, die er mit ihr erlebt hatte – zumindest eines klar gemacht: daß er diese Affäre beenden mußte. Er wußte nur nicht, wie er es ihr beibringen sollte. Er war zu sehr Gentleman und er mochte Loretta auch zu sehr, um sich nach einer heißen Liebesnacht im Morgengrauen einfach heimlich aus dem Staube zu machen. Aber er wollte die Entscheidung auch nicht länger hinauszögern. Er würde es ihr beim Frühstück sagen. Offen und ehrlich, aber taktvoll.

Und in ein paar Wochen, wenn er dann noch dasselbe für Devon empfinden würde, dann ... ja, was würde er dann machen?

Loretta, die immer noch von der Wonne der vergangenen Nacht träumte, dachte derweil, daß jetzt vielleicht der richtige Moment wäre, das Thema Heiraten anzusprechen. Doch Johns Atemzüge gingen so regelmäßig – offenbar schlief er tief und fest. Am besten, sie ließe ihn erst einmal weiterschlafen. Vielleicht wäre er dem Thema gegenüber aufgeschlossener, wenn er frisch und munter war. Und wenn er vorher noch einmal ihre Liebeskünste genossen hatte.

Leise stand sie auf und lief auf Zehenspitzen ins Bad, um ihr Make-up zu erneuern. Sie wollte so schön wie möglich aussehen, wenn es soweit wäre. Als sie fertig war, schlüpfte sie wieder unter die Bettdecke und kuschelte sich an ihn. Sie versuchte, ein wenig zu schlafen, doch sie fand keine Ruhe. Die ganze Zeit überlegte sie hin und her, wie sie das Thema einleiten würde. Dutzende Male schon hatte sie die Szene im Geiste durchgespielt. Und jedesmal hatte er ihr am Ende einen formvollendeten Antrag gemacht. Genau. Genau so würde es sein, dachte sie auch jetzt wieder voller Zuversicht.

Sie öffnete die Augen und drehte sich zu John herum, der ihr den Rücken zugekehrt hatte. Zärtlich ließ sie ihre Finger über seinen männlichen Körper spazieren. Er stöhnte leise im Schlaf und reagierte sofort auf ihre Berührung, wie sie zufrieden feststellte. Als er sich zu ihr umdrehte und sie verschlafen anblinzelte, dachte sie, daß er jetzt die Arme nach ihr ausstrecken würde. Doch statt dessen richtete er sich auf, setzte sich einen Moment lang auf den Bettrand und ging dann ins Bad. Er wollte ordentlich angezogen sein, wenn er es ihr sagte.

»John?« Die leise Enttäuschung in Lorettas Stimme war unüberhörbar.

»Ja?« Er blieb stehen und schaute sie über die Schulter an.

»Gehst du schon?«

»Ja, ich muß weg. Aber laß uns vorher noch in aller Ruhe einen Kaffee trinken.« Es graute ihm ein wenig vor dem, was nun kam.

Loretta nahm den Telefonhörer ab, rief in der Küche an und sagte dem Mädchen, sie möge Kaffee und frische Croissants bringen. Als sie den Hörer wieder aufgelegt hatte, seufzte sie glücklich: »Letzte Nacht war wunderbar, nicht wahr, Liebling?«

»Ja, sicher, wunderbar«, erwiderte John geistesabwesend, der in dem Moment in Hosen und offenem Hemd wieder aus dem Bad kam.

Loretta stand auf, warf sich einen hauchdünnen Seidenkimono um und ging mit verführerischem Lächeln auf ihn zu. Zärtlich schob sie ihre Hand unter sein Hemd und kratzte ihm leicht mit ihren langen Fingernägeln über den Rücken. »Wir haben uns stundenlang geliebt«, schnurrte sie und rieb ihren Busen an seiner behaarten Brust. »Du hast mich vermißt, stimmt's?«

John tätschelte ihr freundlich den Arm und entzog sich dann ihrer Umarmung. Er ging zum Bett und bückte sich nach seinen Socken.

Loretta zog einen Schmollmund. »Komm, jetzt sag schon, daß du mich vermißt hast.« Sie baute sich vor ihm auf und stemmte herausfordernd die Fäuste in die Hüften.

John stand wieder auf. »Loretta, ich war doch gerade mal eine Woche fort«, erwiderte er ausweichend. Er setzte sich auf die Bettkante und begann, seine Socken anzuziehen.

»Du hast dich aber im Bett aufgeführt, als ob du mich ganz schön vermißt hättest«, beharrte Loretta. Sie legte den Kopf ein wenig schräg und lächelte lasziv.

John wollte ihr nicht weh tun, und so schwieg er, während er nach seinen Schuhen suchte.

Loretta wurde ärgerlich. »Also raus mit der Sprache«, befahl sie. »Hast du jetzt in der Zeit, in der du fort warst, an mich gedacht oder nicht?«

John hob den Kopf und schaute sie an. »Loretta, ich war geschäftlich in Virginia. Da hatte ich wirklich tausend andere Sachen im Kopf.«

»Aber du hast mir doch erzählt, du wärst vorzeitig abgereist«, erwiderte Loretta wie ein trotziges Kind. »Das hast du doch gemacht, weil du Sehnsucht nach mir hattest, oder?«

»O Gott, Loretta!« stöhnte John. »Was sollen denn all diese Fragen. Das ist doch egal!« Er ging wieder ins Bad.

»Das ist überhaupt nicht egal!« schrie Loretta ihm wütend hinterher und vergaß alle Diplomatie. »Weil ich dich nämlich heiraten will!«

John fuhr auf halbem Wege herum und starrte sie fassungslos an. Als Loretta seinen Gesichtsausdruck sah, hätte sie sich am liebsten auf die Zunge gebissen. Sie hatte schon öfter mal das Thema Heiraten angesprochen, aber immer so, daß man es auch als Scherz verstehen konnte. Doch dieser schrille Ton, der offensichtlich ernst gemeint war – das war ein kolossaler Fehler gewesen. Wie viele Männer hatten ihr schon in gleicher Weise Anträge gemacht – und sie hatte stets mit Verachtung darauf reagiert. Wie ausgesucht dumm von ihr, sich in genau die gleiche Lage zu manövrieren!

Das Gefühl von Entgeisterung wich dem von Verständnis, dann Mitleid, als John sah, wie peinlich es Loretta war, was ihr da herausgerutscht war. In Loretta, die seinen Gefühlswandel bemerkte, stieg eine hilflose Wut hoch. Mitleid! Er bemitleidete sie! Andere Männer winselten um ein Lächeln von ihr, und dieser Kerl maßte sich an, sie zu bemitleiden!

»Du!« stieß sie haßerfüllt hervor. »Du solltest gefälligst dankbar sein! Du ahnst ja nicht, wie viele Männer auf Knien vor mir rutschen, wie viele Männer ...«

»Natürlich weiß ich das, Loretta«, beeilte sich John, sie zu beschwichtigen. Er wollte um alles in der Welt eine häßliche Szene vermeiden.

Meint der Kerl tatsächlich, daß er mir was vormachen kann, dachte Loretta, kochend vor Wut. Sie kannte diesen beschwichtigenden Ton. Der Schneider redete so, wenn Loretta von ihm Veränderungen verlangte. Oder der Friseur, wenn ihr seine Haarkreation nicht gefiel. Es war dieser scheinheilige Ton, den Männer anschlugen, um einen zu besänftigen, damit sie dann wieder ihre Ruhe hatten. Nein, das war nicht die Stimme eines Mannes, der sie liebte oder auch nur mochte. Diesem Mann, der da vor ihr stand, war sie völlig gleichgültig!

»Wie kannst du es wagen, in so einem Ton mit mir zu reden!« Sie schluchzte auf. »Du meinst wohl, ich sitz den ganzen Tag hier herum und warte auf dich, was? Nein, mein Lieber. Whitney Ross hat mir versprochen, sich scheiden zu lassen, um mich zu heiraten!« Sie wollte ihn demütigen, so wie er sie gedemütigt hatte.

»Loretta«, mahnte John. Er wußte, daß sie ihn anlog und wollte verhindern, daß sie sich zum Abschied noch lächerlich machte. Er schaute sie an – ein Häufchen Elend, die Haare zerzaust und das Make-up von den Tränen völlig verschmiert. Sie sah älter aus als vierunddreißig. Sie schien gänzlich verzweifelt. »Loretta«, sagte John mit sanfter Stimme. »Ich kann gut verstehen, daß du jetzt wütend bist. Es war wirklich schön mit ...«

»Schön? Sag mal, was glaubst du eigentlich, wer ich bin?« Sie lachte hysterisch auf. »Spar dir deine gönnerhafte Tour! Da warten ganz andere auf mich. Nur ich, ich hab' zu lange auf dich gewartet! Und jetzt scher dich zum Teufel! Raus mit dir!

»Raus!« Sie packte ihn an den Armen und schubste ihn zur Tür hin. Dann brach sie weinend zusammen.

John wollte nur noch weg. Doch dann blieb er stehen. Nein, in dem Zustand konnte er sie nicht allein lassen. Er drehte sich der schluchzenden Loretta zu. »Loretta«, sagte er mit sanfter Stimme. »Laß dir doch helfen.«

Loretta hielt inne. Da war es wieder – dieses gottserbärmliche Mitleid! Sie konnte es einfach nicht ertragen! Sie hob den Kopf, wischte sich mit dem Ärmel die Tränen ab und schaute ihn aus so haßerfüllten Augen an, daß er instinktiv zurückwich.

»Ich hasse dich, John Alexander!« sagte sie mit bedrohlich leiser Stimme. »Ich hasse dich und werde nicht aufhören, dich zu hassen!«

Ein paar Sekunden starrten sich die beiden wortlos an.

»Raus!« sagte sie dann, so leise, daß er erschrak.

John hatte keine Wahl als zu tun, was sie sagte.

8

Das erste, was Devon wahrnahm, als sie wieder zu Bewußtsein kam, war nicht Schmerz, sondern eine große Dunkelheit. Sie versuchte, die Augen zu öffnen, und stellte mit Schrecken fest, daß sie bereits offen waren. Dann auf einmal spürte sie den dumpfen Schmerz am ganzen Körper.

»Sie ist aufgewacht, glaube ich.« Es war die Stimme ihrer Mutter, ängstlich, und gleichzeitig doch so beruhigend und tröstlich. Jemand, wohl ihre Mutter, hielt ihre linke Hand. Ihre rechte steckte in irgend etwas. Sie hatte keine Ahnung, was es war. Weil sie nichts sehen konnte. Ihr Magen krampfte sich zusammen, als sie versuchte zu sprechen.

Doch was aus ihrer Kehle kam, waren nur krächzende Laute. »Ich ... ich kann ... nichts sehen«, brachte sie schließlich mühsam hervor.

»Devon!« rief ihre Mutter erleichtert, »ich wußte ja, daß du aufwachen würdest!«

»Großer Gott, ich danke dir!« hörte sie ihren Vater murmeln. »Ich danke dir!«

»Reden Sie jetzt besser nicht, Miß Richmond«, vernahm Devon eine tiefe, bekannte Männerstimme. Es war Dr. Hickock. Sie kannte ihn seit ihrer Kindheit, aber sie konnte seinen Rat jetzt nicht befolgen.

»Ich ... kann ... nichts sehen«, wiederholte sie schwach.

»Sie hatten einen schweren Unfall, Miß Richmond«, sagte der Arzt. »Ihr Kopf ist bandagiert, und wir mußten auch die Augen zubinden. Aber das ist nur vorübergehend«, versicherte er.

»Ich ... habe Schmerzen«, sagte Devon, jetzt bereits mit kräftigerer Stimme. Sie war komplett verwirrt und konnte sich nicht erinnern, warum sie sich in einem solchen Zustand befand.

Ein strahlendes Lächeln machte sich auf Dr. Hickocks Gesicht breit, als er hörte, wie schnell Devon in diesen paar Minuten schon zu Kräften gekommen war. Siegesgewiß schaute er ihre Eltern an. Ihre Tochter ist stark, sagte sein Blick. Sie wird es schaffen. Nicht mehr lang, und sie ist über den Berg. Anfänglich hatte er auf die drängenden Fragen der Richmonds, wie lange es dauern würde, bis ihre Tochter wieder gesund wäre, eher ausweichend geantwortet, denn er wollte ihnen keine falschen Hoffnungen machen. Sie hatte sich nicht nur zahlreiche Knochenbrüche und Prellungen, sondern auch innere Verletzungen zugezogen.

Doch daß sie jetzt, nur zwei Tage nach ihrem schweren Unfall, schon aus der Bewußtlosigkeit erwachte, war ein gutes Zeichen. Ihm fiel ein Stein vom Herzen. Seit fünfunddreißig Jahren war er der Hausarzt der Richmonds, und er liebte diese Familie fast so, als wäre es seine eigene.

Es hatte ihn verblüfft, daß Laurels Nerven offenbar viel stärker waren als die ihres Mannes. Dr. Hickock kannte Chase Richmond als beherrschten Gentleman, der über den Dingen zu stehen pflegte. Natürlich lag ihm nichts so sehr am Herzen wie das Wohl seiner Familie, aber deshalb ließ er sich normalerweise noch lange nicht zu irgendwelchen Emotionen hinreißen. Um so überraschter war der Arzt deshalb, als er sah, daß Chase Richmond wie ein kleiner Junge weinte, während er vor dem Behandlungszimmer warten mußte, in dem seine Tochter versorgt wurde. Laurel hatte die ganze Zeit die Fassung gewahrt. Wie sehr sie um ihre Tochter bangte, war lediglich an ihrem totenbleichen Gesicht und an der Tatsache zu erkennen, daß sie die ganze Zeit ihr Taschentuch zwischen den Fingern hin- und herdrehte, bis es nur noch ein einziges verklebtes Leinenknäuel war.

Von der Arztpraxis hatte man Devon im alten Bentley der Magraths, der eilends zum Krankenwagen umfunktioniert wurde – das nächste Krankenhaus lag fünfzig Meilen entfernt in Washington D.C. – nach Hause transportiert. Dr. Hickock hatte gedacht, daß sich Chase nun langsam wieder beruhigen würde. Statt dessen hatte der alte Mann ununterbrochen in brüchiger, tränenerstickter Stimme zu Gott gebetet, daß er ihm seine Tochter heil und wohlbehalten wiedergeben möge.

Dr. Hickock hatte in seiner Hilflosigkeit versucht, Chase mit der Autorität des Arztes neuen Mut einzuflößen. »Sie wird nicht sterben, Chase, keine Angst. Sie ist stark, und sie ist jung. Sie wird sich wieder erholen. Es mag eine Weile dauern, aber sie wird sich von allem wieder erholen.«

Laurel und Chase hatten ihn daraufhin dankbar angelächelt, aber dennoch waren sie in den vergangenen achtundvierzig Stunden keine Minute vom Bett ihrer Tochter gewichen.

Jetzt, da Devons Augenlider gegen den Verband flatterten, da sie mit brüchiger Stimme wieder die ersten Worte sprach, machte sich im Raum ein Gefühl der Erleichterung breit, so, als ob allen Beteiligten eine Zentnerlast von der Seele genommen wäre.

Devon ahnte nichts von der Fülle der Gefühle, die ihre Eltern und Dr. Hickock bewegten, aber sie hörte, wie alle der Reihe nach lange Seufzer ausstießen. Dann roch sie den Duft von Orangenblüten – ah, das war Mamas Parfüm – und den Geruch von Zigarren – das war Papa. Ein wohliges Gefühl von Trost strich durch ihre Seele.

»Kannst du dich daran erinnern, was passiert ist?« fragte ihre Mutter.

»Nein«, stöhnte Devon.

»Du hattest einen Jagdunfall, Liebling, aber es wird dir bald wieder gutgehen. Scirocco ist auf dich draufgefallen. Nicht mit seinem ganzen Gewicht, Gott sei Dank, aber es hat gereicht, dir einen Arm, ein Bein und mehrere Rippen zu brechen.«

Devon schwieg ein paar Sekunden und versuchte sich zu erinnern. Dann schoß ein furchtbarer Gedanke durch ihren Kopf. »Scirocco …?« Sie wollte sprechen, doch ihr versagte die Stimme. Ihr wunderschöner Scirocco. Sie hatte ihn als Fohlen bekommen und großgezogen, hatte ihn eingeritten und trainiert. Sie liebte ihn wie ihr eigenes Kind. Es war ihm doch nichts zugestoßen …

»Es geht ihm gut«, erwiderte ihr Vater, als könne er Gedanken lesen. Jetzt, wo er sah, daß seine Tochter auf dem Wege der Besserung war, gewann er langsam seine Fassung wieder. »Er ist auf der Seite gelandet und hat sich nichts gebrochen. Nur ein paar leichte Prellungen an den Rippen, sagte der Tierarzt, aber die gehen schnell vorüber.«

»Laurel, Chase«, schaltete sich der Arzt ein, »ich glaube, wir sollten Devon jetzt wieder schlafen lassen. Sie braucht Ruhe, um gesund zu werden.«

»Schlaf jetzt wieder, mein Liebes«, sagte Laurel leise und drückte Devon einen Kuß auf ihre gesunde Hand. Chase streichelte seiner Tochter den Fuß durch die Bettdecke, vorsichtig, als hätte er Angst, ihr durch diese zarte Berührung womöglich schon weh zu tun. Devon wackelte als Antwort heftig mit dem Fuß, als wollte sie ihm signalisieren, daß sie schon fast auf dem Wege der Besserung wäre. Doch im gleichen Moment spürte sie, wie eine Woge von Schwäche sie durchlief und weiße, schwere Nebel durch ihren Kopf zogen.

Kurz bevor sie endgültig wieder in Schlaf fiel, spürte sie auf einmal einen anderen Schmerz, einen Schmerz, der aus ihrer Seele kam. Sie wußte nicht, was er bedeutete. Er hatte zu tun mit … Sie konnte sich nicht erinnern. Ein Bild tauchte in ihr auf, vage und verschwommen, das sich gleich wieder auflöste, wie Rauch im Wind. Sie versuchte, das Bild festzuhalten, von dem sie wußte, daß es ihr diesen Schmerz verursachte, diesen Schmerz, der heftiger war als all die Schmerzen ihrer gebrochenen Glieder. Doch es gelang ihr nicht, und sie wurde von einem tiefen, traumlosen Schlaf überwältigt.

Entsetzt ließ Devon den silbernen Handspiegel sinken, indem sie sich betrachtet hatte. Der Unfall lag nun schon zwei Wochen zurück, doch jetzt erst hatte sie einen Blick in den Spiegel gewagt. Ihr Gesicht war über und über mit Blutergüssen, Kratzern und Schürfwunden übersät. Das Schlimmste aber war ihr Haar. Die Wunden an ihrem Kopf schmerzten immer noch so stark, daß sie es nicht hatte kämmen können, und so hingen ihre einst glänzenden schwarzen Locken unter der Kopfbandage stumpf und struppig wie ein Besen auf ihre Schultern herab. Ihr schneeweißes Rüschennachthemd bildete einen auffälligen Kontrast zu dem schmutzigen Grau des Gipsverbandes am rechten Arm.

Devons Mädchen Alice kam herein und brachte einen Teller Suppe auf einem Silbertablett.

»Hier ist eine kleine Stärkung für Sie«, sagte sie lächelnd und zog einen seidengepolsterten Lehnstuhl an Devons Bett.

»Ach, Alice, wenn du mir die Suppe einfach in eine Schnabeltasse schütten würdest, bräuchtest du nicht hier bei mir am Bett zu sitzen und mich wie ein Kleinkind zu füttern.«

»Das ist schon richtig, aber dann würden Sie die Tasse wieder nur zur Hälfte trinken, und das dürfen Sie nicht, denn Sie müssen so bald wie möglich wieder zu Kräften kommen.« Und schon hatte Alice Devon einen Löffel der herzhaften Suppe in den Mund geschoben, und Devon schluckte artig, ohne Alice weiter zu widersprechen.

Alice nahm das als günstiges Zeichen. Und so faßte sie sich ein Herz und sprach etwas an, was ihr schon lange auf der Seele lag. Sie räusperte sich, bevor sie in möglichst beiläufigem Ton sagte: »Ach, übrigens – Miß Helena hat angefragt, ob sie Sie heute besuchen dürfte.«

Devon erstarrte, als sie den Namen hörte, sagte aber nichts. Je öfter sie an den Jagdunfall gedacht hatte, desto größer war ihre Wut auf Helena Magrath Hartwick geworden. Am liebsten hätte sie Alice die Anweisung gegeben, der jungen Frau auf der Stelle die Tür zu weisen, wenn sie das nächste Mal vorbeikam.

»Seit Ihrem Unfall war sie jeden Tag hier«, wandte Alice beschwichtigend ein, als hätte sie Devons Gedanken gelesen. »Sie macht sich fürchterliche Vorwürfe.« Jedesmal, wenn sie kam, hatte Helena gebeten, Devon besuchen zu dürfen, doch Dr. Hickock hatte ihren Wunsch jedesmal abgelehnt – aus Angst, es könnte zu einer häßlichen Szene kommen, die Devon zu sehr strapazieren und in ihrem Heilungsprozeß zurückwerfen könnte. Heute jedoch hatte er den Richmonds erklärt, daß Devon seiner Einschätzung nach jetzt in der Lage wäre, Besucher zu empfangen, und er wußte natürlich, daß Helena eine der ersten sein würde. Das bedeutete, daß Devon endgültig über den Berg war.

»Helena macht sich Vorwürfe!« wiederholte Devon mit einem zynischen Lachen. »Mir kommen die Tränen!« Sie schob einen Finger zwischen Arm und Gipsverband und versuchte, sich an einer Stelle zu kratzen, an der es unsagbar juckte, doch sie kam nicht heran. Der ständige Juckreiz und die Tatsache, so hilflos ans Bett gefesselt zu sein, brachten sie schier zum Wahnsinn.

Alice schwieg. Sie konnte nur hoffen, daß Devons Zorn in der Zwischenzeit verraucht war und sie doch bereit sein würde, Helena zu empfangen. Schließlich hatte Devon eine gute Erziehung genossen und wußte, daß es einfach nicht anging, einen Menschen, der sich so aufrichtig bemühte, derartig vor den Kopf zu stoßen.

»Na gut«, sagte Devon in dem Moment und seufzte unwillig. »Dann sag ihr das nächste Mal, wenn sie kommt, daß sie hochkommen kann.«

Alice nickte stumm, erleichtert, daß sie ihre Herrin richtig eingeschätzt hatte. »Sie wird in einer Viertelstunde hier sein«, sagte sie, nicht ohne ein leises Schmunzeln in der Stimme.

Devon schaute überrascht zu ihr hoch. Erst wallte Unmut in ihr auf, dann konnte sie sich ein Grinsen nicht verkneifen. »Ganz schön selbstbewußt, Alice, meine Hochachtung!«

»Aber nicht doch, Miß«, erwiderte Alice untertänig, »ich habe lediglich auf Ihre gute Erziehung vertraut.«

Devon mußte lachen, als sie den bemüht unschuldigen Ton in Alices Stimme vernahm. »Du kennst mich wirklich besser als ich selbst.«

»Ich kenne Sie ja auch schon länger, als Sie überhaupt auf dieser Welt sind.« Devon schaute Alice ob dieses Unsinns stirnrunzelnd an, dann brachen beide Frauen in prustendes Gelächter aus.

»Hör auf, mich zum Lachen zu bringen«, japste Devon. »Das tut so weh!«

Alice stellte, immer noch kichernd, den leeren Teller aufs Tablett und trug es hinaus. »Ich schicke Miß Helena gleich hoch, wenn sie kommt.«

Als sie zur Tür hinaus war, sank Devon erschöpft in ihre Kissen zurück. Sie fühlte sich müde und bereute, in den Besuch Helenas eingewilligt zu haben. Aber jetzt war es schon passiert.

Sie dachte an den Tag des Unfalls zurück. Bevor das Jagdsignal ertönt war, hatte sie sich mit Helena unterhalten. Über John Alexander. Er war Hals über Kopf abgereist. Devon spürte einen Stich im Herzen, als sie daran dachte. Sie hatte sich so viel von der Begegnung versprochen. Und sie hatte den Eindruck gehabt, als ob er ihr sehr zugetan gewesen wäre. Warum war er so plötzlich abgereist? Gab es da doch jemand anderen in seinem Leben?

Devon schüttelte den Kopf, wie wenn sie Klarheit in ihre Gedanken bringen wollte. Vielleicht hatte seine Abreise ja auch gar nichts mit ihr zu tun. Vielleicht waren es geschäftliche Dinge gewesen, die ihn dazu veranlaßt hatten. Sie durfte sich nicht immer als den Mittelpunkt der Welt betrachten. Außerdem war es ja durchaus möglich, daß er zurückkam. Helena hatte gesagt, daß das Geschäft mit Mr. Magrath noch offen war. Das gab ihr Hoffnung.

Sie mußte wieder an die Szene am Wasserfall denken. Trotz ihres Zustands ging eine Welle der Erregung durch ihren Körper. Sie sehnte sich so nach seiner Umarmung. War sie tatsächlich in ihn verliebt? Er hatte so viele Eigenschaften, die ihr gefielen, die ihn geradezu als idealen Ehemann auszeichneten. Aber wenn sie an ihn dachte, dann überhaupt nicht an diese Eigenschaften. Sie dachte nur an seine warmen Lippen auf ihrem Mund, an seine starken Hände, die sie streichelten. Sie stöhnte bei der Erinnerung.

Und wenn er nun nicht zurückkehrte? Würde diese Sehnsucht, die seitdem in ihr brannte, dann mit der Zeit wieder erkalten? Oder nicht? Wie könnte sie ihr Leben leben, allein, nur mit dieser unstillbaren Sehnsucht? Sie stellte sich vor, wie all ihre verheirateten Freundinnen hinter ihrem Rücken über sie lachen würden. Aber andererseits – war es denn nicht auch möglich, sich diese Sehnsucht zu erfüllen, ohne einen Mann zu heiraten? So wie diese gewissen Damen aus den Romanen, die in den hintersten verschwiegenen Ecken von Papas Bibliothek versteckt waren? Konnte sie nicht einfach die *Geliebte* eines Mannes sein? Um Gottes willen, natürlich nicht! Das war ja absolut undenkbar! Sie seufzte. Aber genauso undenkbar war es für sie, nie wieder die Wärme eines Kusses, nie wieder einen Mann zu spüren, der seinen starken Körper gegen ihren preßte.

Die Berührung ihrer Brüste an ihrem Leinennachthemd erregte sie auf einmal, als sie an diese Dinge dachte. Ihre Brüste wollten gestreichelt werden. Wie würde es wohl sein, wenn John Alexander sie liebkosen würde? Würde er sie küssen? Sie hatte so etwas schon gelesen. Der Gedanke daran erfüllte sie mit heißem Begehren. Vorsichtig schob sie sich ihre gesunde Hand unters Nachthemd und faßte ihre Brust an. Sie stellte sich vor, es wäre John, der sie so berührte. Sie zitterte vor Erregung, und zwischen ihren Schenkeln wurde sie feucht.

In diesem Augenblick ging leise die Tür auf. Schnell zog Devon ihre Hand zurück und richtete sich auf. Sie sah Helena auf Zehenspitzen hereinschleichen. Ihr blasses Gesicht wurde noch blasser, als sie das Ausmaß von Devons Verletzungen sah. Devon amüsierte Helenas entsetzter Blick, aber sie zeigte nicht die leiseste Spur eines Lächelns. So einfach wollte sie es ihr nun auch nicht machen.

»Devon?« Helenas Stimme klang so unsicher, als zweifelte sie daran, daß das Wesen dort im Bett tatsächlich die schöne junge Frau war, auf die sie vor zwei Wochen so fürchterlich eifersüchtig gewesen war.

»Helena.« Devons Stimme klang entspannt, neutral, ohne einen Hauch von Wärme.

»Devon ... du kannst schon wieder sitzen ... geht es dir besser?« Helenas Stimme zitterte.

Sie will, daß ich ihr die Angst nehme, dachte Devon. Sie will, daß ich ihr verzeihe. Aber dazu war Devon immer noch zu wütend. »Ja, es geht mir besser als vor zwei Wochen, wenn es das ist, was du meinst«, erwiderte sie kühl.

Helena, die inzwischen die Tür hinter sich geschlossen hatte, stand ein wenig hilflos im Zimmer herum. Devon hatte sie noch nicht gebeten, Platz zu nehmen. Aber sie konnte ihren Besuch auch nicht einfach so dastehen lassen, dazu war Devon zu gut erzogen. Und so sagte sie denn schließlich in herablassendem Ton: »Setz dich, Helena« und deutete auf den Lehnstuhl an ihrem Bett.

Helena stieß einen kleinen Seufzer der Erleichterung aus und setzte sich zu Devon. Sie wollte nach ihrer Hand greifen, doch sie scheute zurück, aus Angst, daß diese Geste zu aufdringlich wirken könnte.

Devon begann, ein ganz klein wenig Mitgefühl für Helena zu empfinden. In ihrem Gesicht konnte sie lesen, daß sie so manche schlaflose Nacht verbracht hatte, voller Selbstvorwürfe und Schuldgefühle. Und so sagte sie in deutlich freundlicherem Ton, als sie eigentlich vorgehabt hatte: »Was zum Teufel ist an diesem Tag bloß in dich gefahren, Helena?«

»Ach, Devon«, brach es aus Helena hervor. »Ich weiß es auch nicht. Ich hab' einfach die Kontrolle verloren. Es tut mir so leid. Es tut mir so schrecklich leid. Du weißt, daß ich noch nie eine gute Reiterin war.« Die Worte sprudelten nur so aus ihr heraus. All die unterdrückten Gefühle, all die Spannung der letzten zwei Wochen brachen sich mit einem Schlage Bahn.

Devon konnte ihr nicht widersprechen, aber die schuldbewußte Art von Helena wirkte einfach entwaffnend. »Helena, es stimmt, daß du keine gute Reiterin bist. Aber du kennst deine Grenzen. Du suchst dir nie Pferde aus, mit denen du nicht fertig werden kannst, und du hältst dich immer hinten. Warum zum Teufel also bist du an dem besagten Tag plötzlich so vorgeprescht?«

Helena errötete und schwieg. Betreten hielt sie die Augen zu Boden gesenkt.

»Helena?« fragte Devon eindringlich. Sie wollte eine Antwort.

»Ich war eifersüchtig«, erwiderte Helena kleinlaut.

»Eifersüchtig?!« wiederholte Devon ungläubig, weniger, weil sie daran zweifelte, als weil Helenas unverblümte Ehrlichkeit sie verblüffte. Helena war schon immer auf Devon eifersüchtig gewesen.

Sie erinnerte sich an eine Szene, als sie noch Kinder waren. Die beiden Mädchen hatten zu ihrem zehnten Geburtstag beide ihr erstes richtiges Pferd bekommen. Vorher waren sie nur auf Ponys geritten. Ihre Eltern hatten ihnen die Pferde zum gleichen Zeitpunkt geschenkt, in der Hoffnung, daß sich die Mädchen so beim Reitenlernen gegenseitig unterstützen und anspornen würden.

Devon sah die Szene noch genau vor sich. Beide Familien hatten sich am Reitplatz der Magraths versammelt und schauten zu, wie ihre Sprößlinge zum erstenmal die neuen Pferde bestiegen.

Helena saß als erste auf. Sie machte brav ihre Übungen und führte ihr Pferd erst im Schritt, dann im Trab und schließlich in leichtem Galopp im Kreis herum. Das Ganze wirkte nett, aber ein wenig angestrengt.

Ein artiger Applaus empfing die kleine Helena, als sie schließlich aus dem Sattel sprang, und ihr Vater sagte: »Gut gemacht, Helena. Wart nur ab, aus dir werden wir auch noch eine gute Reiterin machen!« Er wollte seine Tochter nicht kränken, es war ihm einfach nur so rausgerutscht, aber die Bemerkung verletzte Helena wie ein Messerstich, das sah Devon ihrer Freundin sofort an. Magrath hatte schon des öfteren bemerkt, daß seiner Tochter beim Reiten einfach eine gewisse Grazie fehlte.

»Und jetzt du, Devon«, sagte Magrath, der nicht wahrnahm, wie sehr er seine Tochter verletzt hatte.

Weil sie wußte, wie ihre Freundin litt, tat Devon alles, um ihre Reitkünste nicht allzu deutlich zu zeigen. Doch ihr sportliches Talent, ihre Liebe zu Pferden und ihre Könnerschaft waren nur schwer zu verbergen, so daß es eine reine Freude war, ihr zuzusehen. Helena, die bei den Erwachsenen stand, mußte mit zusammengepreßten Lippen anhören, wie einer nach dem anderen bewundernde Kommentare abgab.

»Mensch, Chase, deine Tochter ist wirklich ein Naturtalent«, bemerkte Magrath anerkennend. »Möcht' wissen, von wem sie das geerbt hat«, fügte er mit leisem Sticheln hinzu, denn Chase war kein besonders guter Reiter. »Wenn sie *meine* Tochter wäre, wüßte ich natürlich schon, von wem«, setzte er grinsend noch eins drauf. Chase lachte humorvoll.

Devon, die die letzte Bemerkung gehört hatte, hielt unwillkürlich ihr Pferd an und warf einen verstohlenen Blick zu Helena hinüber, die mit versteinertem Gesicht in die Ferne schaute. Devon wußte, wie sehr Helena ihren Papa vergötterte und wie sie alles tat, um ihm zu gefallen.

»Was ist denn, Liebes, warum reitest du nicht noch eine Runde und zeigst uns, was du noch alles kannst?« fragte Laurel Richmond ihre Tochter mit stolzgeschwellter Brust.

»Ach, ich mag nicht mehr. Ich fühl' mich nicht wohl«, log Devon und sprang aus dem Sattel.

»Na gut«, schaltete sich Rosalind Magrath ein. »Dann schlage ich vor, daß ihr Mädels jetzt eure Pferde wieder in den Stall bringt, und anschließend gibt es Limonade und leckeren Kuchen für die zwei tapferen Reiterinnen.«

Schweigend ritten die beiden Mädchen zum Stall hinüber und übergaben die Pferde einem Stalljungen. Doch dann, als sie den Weg zum Haupthaus hinübergingen, sagte Helena zwei Sätze, die Devon ihr Leben lang nicht vergessen würde.

»Dein blödes Mitleid kannst du dir wirklich sparen«, brach es aus ihr heraus. »Mein Papa hat niemanden auf der Welt so lieb wie mich!«

Devon war so verblüfft, daß sie kein Wort herausbrachte.

»Doch, das stimmt!« schrie Helena, als ob Devon ihr widersprochen hätte. »Es gibt niemanden auf der Welt, den er so lieb hat wie mich!« wiederholte sie trotzig. Offenbar versuchte sie verzweifelt, nicht Devon, sondern sich selbst zu überzeugen.

Als Devon an diese Szene dachte, entfuhr ihr unwillkürlich ein tiefer Seufzer. Reiten war nach wie vor ein heikles Thema für Helena, das wußte sie. Aber da Helena es von sich aus angeschnitten hatte, ergriff Devon die Gelegenheit, einmal grundsätzlich die Rivalität anzusprechen, die seit dem damaligen Erlebnis zwischen ihnen bestand und mit den Jahren immer stärker geworden war.

»Bist du eifersüchtig, weil dein Vater nicht *dich* der Jagdgesellschaft als Vollmitglied vorgeschlagen hat?« fragte sie einfühlend, denn sie war sich sicher, daß dies der Grund für Helenas Eifersucht war.

»Der Jagdgesellschaft?« wiederholte Helena verständnislos.

»Na, du sagtest doch gerade, daß du eifersüchtig auf mich warst«, half ihr Devon auf die Sprünge.

»Ach so! Nein, nein!« erwiderte Helena fast lachend. »*Deswegen* doch nicht!«

»Warum dann?«

Helena starrte Devon an. »Weißt du das wirklich nicht?« fragte sie ungläubig.

»Nein.«

»Na, wegen Brent.«

Devon fiel in ihre Kissen zurück, als ob Helena ihr einen Schlag versetzt hätte. »Ach, du meine Güte!« rief sie aus. »Das ist doch nicht dein Ernst, Helena! Ich hab' Brent niemals irgendwelche Hoffnungen gemacht. Er war für mich nie mehr als ein guter Freund. Und außerdem ...« Sie brach ab, denn sie wollte ihrer Nachbarin nicht offen ins Gesicht sagen, daß sie ihren Ehemann nie sonderlich attraktiv gefunden hatte. »Wirklich«, beteuerte sie. »Es war nie mehr als eine nette Freundschaft zwischen uns, das schwöre ich dir!«

»Ja, ich weiß«, seufzte Helena. »Du hast dich immer anständig verhalten. Ich kann dir nichts vorwerfen. Aber *er* ... er ... ich glaube, er bewundert dich immer noch. Ich bin mir nicht sicher – und um ehrlich zu sein, will ich es auch gar nicht so genau wissen –, aber ich glaube ... ich glaube, er liebt dich immer noch.«

Devon runzelte die Stirn. Der Gedanke, daß Brent Hartwick immer noch in sie verliebt war, gefiel ihr ganz und gar nicht. »Das bildest du dir nur ein, Helena«, sagte sie mit warmer Stimme und streichelte beruhigend ihre Hand. »Das ist nur das Geschwätz der Leute. Darauf darfst du nichts geben.« Einen Augenblick vergaß sie, daß Helena selbst zu den größten Klatschmäulern in der ganzen Umgebung zählte. Wie damals vor fünfzehn Jahren, hatte sie im Moment nur im Sinn, Helena zu trösten, ihr Mut zuzusprechen. Es war seltsam. Sie und Helena kannten sich seit ihrer Kindheit und wurden von allen als Freundinnen betrachtet. Und dennoch hatte sich ihre Beziehung in all den Jahren nie zu einer wirklichen Freundschaft entwickelt. Helena war immer zu unsicher gewesen, um Devon das für eine Freundschaft nötige Vertrauen entgegenzubringen. Sie hatte sich ihr immer unterlegen gefühlt, war Devon deshalb stets mit Argwohn und oft auch offener Feindseligkeit begegnet. Devon, die solcherart Behandlung nicht mochte, hatte Helena nie mehr als ein Gefühl von freundlichem Desinteresse entgegengebracht. Doch manchmal, wenn Helenas tiefe Unsicherheit offenbar wurde, so wie jetzt gerade, empfand sie Mitleid mit ihr.

»Nein, bitte, nicht dieses Mitgefühl«, sagte Helena leise. »Du hast mich immer bemitleidet, und ich habe es nie ertragen.«

Devon schwieg betreten. Verzweifelt suchte sie nach Worten des Trostes, die nicht nach Mitleid klangen. Sie betrachtete den roten Haarschopf Helenas, die mit gesenkten Augen an ihrem Bett saß. Devon stellte fest, daß Helena durch ihre Ehe an Attraktivität gewonnen hatte. Sie trug jetzt auffallenden Schmuck und eine schicke Frisur, zu der ihr früher, als unverheiratetes Mädchen, der Mut gefehlt hätte, und diese Veränderung stand ihr gut zu Gesicht.

»Helena, es gibt nicht den geringsten Grund, dich zu bemitleiden«, fuhr Devon fort. »Du bist eine gutaussehende junge Frau, und Brent hat keinen Anlaß, in Nachbars Garten zu wildern. Glaub mir, er hat mir gegenüber nie auch nur irgendeine Andeutung gemacht, daß er in der Ehe mit dir nicht rundum glücklich wäre. Natürlich mag er mich. Dazu kennen wir uns einfach viel zu lange. Aber ich würde es spüren, wenn er immer noch in mich verliebt wäre! Und dem ist nicht so, das schwöre ich dir! Unsere Beziehung war schon Monate zu Ende, bevor er angefangen hat, dir den Hof zu machen.«

»Ich weiß. Aber es gibt da so Stimmen, die sagen, daß … daß es da noch so andere … Gründe für ihn gab, mich zu heiraten.«

»Ach, dummes Gerede! Hör nicht drauf! Wer auf der Welt sollte Brent denn besser kennen als du, seine Ehefrau, hä?«

»Ja, das stimmt«, erwiderte Helena gedehnt.

»Na also. Und war er jemals unaufmerksam zu dir?«

»Nein, natürlich nicht … außer …« Helena zögerte. »Außer damals auf dem Fest bei uns. Die Art, wie er sich mit dir unterhalten hat … und dann vor zwei Wochen auf der Jagd … Du und er … ihr seid zusammen geritten.«

»Helena, ich bitte dich! Du machst dir so viele Gedanken, daß du am Ende Dinge siehst und hörst, die gar nicht existieren! Brent ist nun einmal ein Charmeur, aber ich habe wirklich nicht den Eindruck, daß er mir mehr Komplimente macht als irgendeiner anderen Frau in seiner Umgebung!«

Helena schwieg, und Devon sah, wie es in ihrem Kopf arbeitete. Dann auf einmal klärte sich ihr Gesicht auf. »Weißt du was, Devon?« fragte sie mit einem Lächeln. »Ich glaube, du hast wirklich recht! Brent ist tatsächlich einfach ein Charmeur! Wenn ich es recht bedenke – es gibt in der Tat kaum eine Frau, der er keine Komplimente macht.

Mir ist das nie so richtig aufgefallen, weil ich die ganze Zeit so fixiert war auf eure frühere ... Beziehung.«

»Na, siehst du!« rief Devon begeistert.

Doch in dem Moment verdüstere Helenas Miene sich wieder. Offenbar überkamen sie erneute Zweifel. »Aber auf der Jagd ...«, beharrte sie, »da ... da hat er dich so bewundernd angeschaut. Er wollte unbedingt an deiner Seite reiten. Ach Devon, ich glaube, du willst es einfach nicht sehen, daß ...«

»Das einzige, was ich sehe«, unterbrach sie Devon ärgerlich, »ist, daß du spinnst, Helena! Ich habe auch schon gesehen, wie Brent meinen Vater bewundernd angeschaut hat, wenn ihm ein Sprung gut gelungen ist. Na ja, und er bewundert mich womöglich als Reiterin. Und von mir aus bewundert er mich auch sonst. Aber das ist piepegal, denn er ist schließlich dein Mann, und ich bin absolut sicher, daß er niemanden mehr liebt als dich! Verstanden?«

Helena lächelte hilflos, während ihr die Tränen über die Wangen liefen. »Ja«, schluchzte sie leise, »ich glaube, du hast recht.« Sie schwieg und tupfte sich die Augen mit einem Taschentuch ab. Dann hob sie den Kopf und wirkte auf einmal erstaunlich gefaßt. »Ich glaube, du hast recht«, wiederholte sie mit leicht zitternder Stimme. »Ach, Devon«, murmelte sie, »wirst du mir jemals verzeihen, daß ich so dumm war, und daß ich ... daß ich deinen Unfall verursacht habe?«

»Na, sicher doch«, knurrte Devon. »Aber nur, wenn du mir versprichst, dir diese dummen Gedanken ein für allemal aus dem Kopf zu schlagen, hm?« Sie war eigentümlich berührt. Helena konnte einem schon ganz schön auf die Nerven gehen. Aber sie hatte ihr gerade eben so offen ihr Herz ausgeschüttet, daß Devon gar nichts anderes übrigblieb, als ihr zu verzeihen.

»Und außerdem«, fügte Helena mit einem stolzen Lächeln hinzu, »brauch' ich ja wirklich nicht länger auf dich eifersüchtig zu sein. Denn ich hab' ja jetzt etwas, was du nicht hast – einen Ehemann, der mich liebt. Einen Ehemann, der früher einmal dir den Hof gemacht hat ...« Sie lächelte versonnen, nicht ahnend, wie sehr sie Devon mit ihren Worten verletzte. Sie hatte sich Devon stets unterlegen gefühlt, so daß es ihr gar nicht in den Sinn kam, daß sie ebenfalls in der Lage war, Devon weh zu tun. Und so waren ihr die Worte einfach entschlüpft, ohne daß sie wußte, was sie damit anrichtete.

Im ersten Augenblick war Devon einfach nur verblüfft über Helenas Direktheit, dann erst kam der Schock der Verletzung. »Ja, das stimmt«, erwiderte sie leise. Helena hatte in der Tat etwas, wonach Devon sich sehnte. Immer wenn Helena zu Bett ging, lag sie neben dem Mann, der sie liebte. Die beiden taten Dinge miteinander, von denen Devon nur träumen konnte. Außerdem gab es viele, die sie, Devon, insgeheim bemitleideten, weil sie immer noch unverheiratet war. Helena standen im gesellschaftlichen Leben alle Türen offen. Sie konnte gehen, wohin sie wollte, auch ohne Begleitung ihres Mannes, denn man wußte ja, daß sie verheiratet war. Mit einemmal wurde Devon schlagartig klar, daß ihr gutes Aussehen und ihr Selbstbewußtsein sie nicht davor bewahren würden, ins gesellschaftliche Abseits zu geraten. Sie empfand sich überhaupt nicht als bemitleidenswert, aber die Gesellschaft machte sie zur Außenseiterin. Die Gesellschaft – und ihre eigenen unstillbaren Sehnsüchte, die wohl niemals in Erfüllung gehen würden.

»Ja«, wiederholte Helena hoffnungsvoll, »ich brauche wirklich nicht länger eifersüchtig auf dich zu sein.« Sie lachte erleichtert auf. »Diese dumme Eifersucht hat nichts als Chaos angerichtet, stimmt's? Und schließlich habe ich ja Brent. Er gehört mir, und ich glaube, ich brauch' mir wirklich keine Sorgen mehr zu machen!«

»Nein, nein, das brauchst du wirklich nicht«, murmelte Devon mit leise.

»Und es war wirklich sehr selbstsüchtig von mir, dir soviel Zeit zu stehlen«, fügte Helena reumütig hinzu, »wo du doch jetzt jede Minute brauchst, um wieder gesund zu werden. Du siehst ziemlich mitgenommen aus.« Helena schien wie verwandelt. Sie trug ihren Kopf wieder aufrecht, und ihre Bewegungen waren auf einmal dynamisch und kraftvoll. »So, und jetzt geh' ich dir nicht weiter auf die Nerven«, sagte sie augenzwinkernd und beugte sich über Devon, um ihr einen Abschiedskuß auf die Wange zu drücken.

Als Helena das Zimmer verlassen hatte, drückte sich Devon tief in die Kissen und zog die Decke über den Kopf. Sie fühlte sich leer und erschöpft und suchte Ruhe, doch ohne Erfolg. Denn die ganze Zeit ging ihr nur eine einzige Sache im Kopf herum: daß ihr all das Glück, all die Abenteuer, die das Leben versprach, als alleinstehende Frau für immer verschlossen bleiben würden.

9

Grace Richmond Des Rochers hatte einen Vornamen, der überhaupt nicht zu ihr paßte. Devons ältere Schwester hatte nichts von der Zurückhaltung und Würde, die man mit diesem Namen verbindet. Sie war eine übermütige, ausgelassene Person, stets zu Scherzen und verrückten Späßen aufgelegt, mit einem Mundwerk, das schon manchen das Fürchten gelehrt hatte. Und so waren es nicht wenige, die Philip, ihren Mann, vor einer Ehe mit ihr gewarnt hatten, weil sie es für eine angehende Diplomatengattin einfach zu sehr an Diskretion fehlen ließ. Doch mit ihrem angeborenen Sprachtalent hatte sie sich in jedem der Länder, in das ihr Mann versetzt wurde, schnell zurechtgefunden, und mit ihrer aufgeschlossenen, lebendigen Art und ihrer Fähigkeit, sich mit jedem über jedes Thema unterhalten zu können, hatte sie überall die Herzen im Sturm erobert.

Devon und Grace waren von Kindheit an dicke Freundinnen und hatten auch nach Graces Heirat den Kontakt nie abreißen lassen, indem sie sich regelmäßig lange, ausführliche Briefe schrieben. Sie bedauerten es beide, daß Philips Karriere es ihnen unmöglich machte, sich öfter zu sehen, doch beide waren auch felsenfest davon überzeugt, daß das unstete Diplomatenleben mit seinen vielen Reisen und ständig wechselnden Gesichtern für Grace genau die Art von Leben war, von der sie immer geträumt hatte.

Doch genauso selbstverständlich war es, daß Grace, als sie von Devons Unfall erfuhr, augenblicklich von Paris aus aufbrach, um ihre Schwester zu besuchen, und wenn sie dazu um die halbe Welt hätte reisen müssen. Und so kam sie denn schließlich nach einer langen Bahnfahrt, einer wochenlangen Atlantiküberquerung und einer weiteren beschwerlichen Bahnreise in Evergreen an, trotz allem frisch wie der junge Morgen.

Zunächst begrüßte sie ihre Eltern und erkundigte sich nach ihrem Befinden, wollte dann aber sofort sehen, wie es ihrer Schwester ging. Die Richmonds waren sehr froh über die Ankunft ihrer ältesten Tochter, denn sie erhofften sich dadurch eine deutliche Besserung des Zustands ihrer Jüngsten. Nicht, daß Devon nicht Fortschritte machte, aber seit dem Besuch Helenas vor zwei Tagen machten sich ihre Eltern Sorgen, weil Devon auf einmal so matt und zerstreut wirkte. Auch Dr. Hickock hatte ihre eigenartige Verstimmung bemerkt, konnte Laurel und Chase jedoch zumindest beruhigen, daß Devons körperliche Verletzungen schneller heilten, als er zu hoffen gewagt hatte.

»Wir haben ihr nicht gesagt, daß du dich angekündigt hast«, sagte Laurel in vertraulichem Flüsterton, während sie Grace die Treppe hinauf zu Devons Zimmer führte. »Es sollte eine Überraschung sein!« Laurel konnte es nicht erwarten, Devons Gesicht zu sehen, wenn sie so unverhofften Besuch bekam.

»Ähm ... sieht sie sehr schlimm aus?« fragte Grace eher nebenbei, denn sie war kein Mensch, der leicht zu schockieren war.

»Na ja«, erwiderte Laurel. »Gestern konnten wir ihr zum erstenmal wieder die Haare waschen. Aber ansonsten ist sie immer noch ziemlich grün und blau.«

»Von so einem Unfall erholt man sich nicht über Nacht«, brummte Chase. Grace musterte ihn prüfend. Ihr Vater sah alles andere als gut aus. Er hatte deutlich abgenommen. War es Devons Unfall, der ihn so mitgenommen hatte? Grace wußte, wie sehr er seit je an seiner Jüngsten hing. Sie nahm sich vor, mit ihm einmal in aller Ruhe zu reden. Sie mußte ihn aus diesem Tief wieder herausholen. Doch jetzt galt es erst einmal, nach Devon zu sehen.

Grace fand es wie üblich nicht für wert, anzuklopfen, sondern rauschte ohne Voranmeldung in ihrem knallroten Pariser Modellkleid zu Devon ins Zimmer hinein.

»Devon! Steh auf, nimm dein Bett und wandle! Genug des Simulierens! Laß uns tanzen gehen!« rief sie mit todernstem Gesicht.

Devon traute ihren Augen nicht. »Gracie!« flüsterte sie fassungslos.

»Jawohl, und zwar höchstpersönlich!« lachte Grace und umarmte ihre Schwester herzlich. Dann ließ sie sich mit Schwung auf die Bettkante fallen.

»Autsch!« schrie Devon auf. »Mein Bein!«

Grace fuhr erschrocken hoch. »Hab' ich dir weh getan? O Gott, das wollte ich nicht!«

»Schon gut«, winkte Devon ab. Sie strahlte übers ganze Gesicht. »Ach, Gracie«, seufzte sie glücklich, »ich kann es gar nicht fassen, daß du wirklich da bist! Es ist wie ein Wunder. Du siehst fabelhaft aus!« Sie ergriff die Hand ihrer Schwester und zog sie in den Sessel neben ihrem Bett. Laurel, die lächelnd in der Tür stand, konnte sich gar nicht genug an Devons Begeisterung freuen, zog sich aber diskret zurück, damit die beiden Schwestern unter sich sein konnten.

Devon sah mit einem Blick, daß das extravagante Kleid ihrer Schwester nur von Schiaparelli sein konnte. Kein anderer Modemacher ging so selbstbewußt mit Farbe und Design um. Doch trotz des ein wenig gewagten Rottons wirkte das Kleid wegen seines schlichten Schnitts in keiner Weise übertrieben. Graces Kopf zierte ein schicker, schwarzer, keck auf die Seite gesetzter Hut mit Tüllschleier. Passend zu ihren schwarzen Pumps trug sie schwarze Glacéhandschuhe.

»Du hingegen schaust alles andere als fabelhaft aus, Schwesterherz«, erwiderte Grace besorgt. »Aber zum Glück deutlich weniger schlimm, als ich befürchtet hatte.«

»Ach, es geht mir schon viel besser«, beteuerte Devon. »Aber jetzt erzähl mir erst einmal, wie die Reise war. Seit wann bist du da? Und wie lange bleibst du?«

»Das weiß ich noch nicht, Devon. Das hängt zum Teil auch von dir ab.«

»Ja, wenn das so ist – dann mußt du mindestens bis Weihnachten hierbleiben«, schlug Devon lachend vor. »Können Philip und die Kinder nicht in den Weihnachtsferien nachkommen?«

»Schon möglich. Aber das müssen wir ja alles nicht hier und jetzt entscheiden. Nun erzähl mir doch erst einmal, wie es zu diesem grauenhaften Unfall gekommen ist. Wie ich hörte, war diese Idiotin von Helena daran schuld.«

»Komm, so schlimm ist sie nun auch wieder nicht«, beschwichtigte Devon. »Sie hat es nicht mit Absicht gemacht. Der Unfall – ach, das ist eine lange Geschichte, das erzähl' ich dir ein andermal.« Bei dem Gedanken an den Unglückstag legte sich Devons Stirn in Falten. Sie mußte wieder an das Gespräch mit Helena denken. Es hatte sie total deprimiert. Zum erstenmal in ihrem Leben war ihr bewußt geworden, daß sie im Grunde genommen ganz allein auf dieser Welt war. Ihre Schwester lebte weit von ihr entfernt, und wenn ihren Eltern einmal etwas zustieß … Natürlich, sie hatte Freunde. Aber die waren zum größten Teil verheiratet. Wer blieb ihr da noch übrig? Wenn sie woanders hinziehen würde, wäre sie noch isolierter. Was für eine beängstigende Aussicht! Furcht ergriff sie. Sie hatte bisher nie verstanden, warum manche Menschen Angst vor der Zukunft hatten. Jetzt entdeckte sie dieses Gefühl auf einmal bei sich selbst, und das ließ sie erschaudern.

»Was hast du denn?« Grace, die das Gesicht ihrer Schwester aufmerksam studiert hatte, riß Devon aus ihren Gedanken.

»Ach, nichts«, erwiderte Devon mit einem etwas gekünstelten Lachen. Sie wollte ihre Schwester nicht mit ihren Sorgen belasten. »Ich hab' gerade daran gedacht, was für eine Ewigkeit es her ist, daß wir nicht mehr miteinander gesprochen haben, Grace.«

»Na, du kennst ja mein Mundwerk. Ich werd' dich für all die Zeit, in der du es entbehren mußtest, entschädigen, indem ich dir von jetzt ab nur noch die Ohren vollquatsche«, lachte Grace.

»Erzähl mir von Paris«, fing Devon an. »Du liebst diese Stadt, stimmt's? In deinen Briefen schwärmst du ja geradezu davon!«

»Ja, Paris ist eine wunderbare Stadt! Aber leider regnet es ziemlich viel. Fast soviel wie in London.«

»Du bist lieber in Paris als in London?«

»Ja, auf jeden Fall! Ich liebe dieses freie Leben dort. Ich liebe die Art, wie die Franzosen mit Frauen umgehen. Ich liebe die Art, wie sich die Französinnen kleiden, wie sie sich geben. Ich fürchte, daß ich diese Lebensart inzwischen so sehr angenommen habe, daß man mich auf den ersten Blick ebenfalls für eine Französin hält. Ich weiß wirklich nicht, ob ich mich so leicht umstellen kann, wenn wir eines Tages wieder woanders hinziehen müssen«, seufzte sie.

»Was meinst du mit ›Lebensart‹?«

»Ach, du warst doch auch schon in Paris! Es ist einfach die Art, wie zum Beispiel die Männer in der Öffentlichkeit auf Frauen reagieren. Sie umschwärmen sie, sie machen ihnen Komplimente, auch wenn die Frauen die Blüte ihrer Jahre schon hinter sich haben. Je älter ich selbst werde, desto mehr gefällt mir das. Dann ... dann passieren einfach jede Menge aufregender Dinge. Ständig gibt es Liebesaffären zwischen irgendwelchen Leuten. Seitensprünge werden, na ja, sie werden nicht direkt befürwortet, aber man hat irgendwie Verständnis dafür. Das soll natürlich nicht heißen, daß ... also wenn Philip jemals ... ich würd' ihn umbringen! Aber du verstehst schon ... gesellschaftliche Ereignisse sind viel aufregender, weil es einfach mehr zu erzählen gibt! Und dann ist da noch etwas, was mir sehr gefällt. Viele Pariser Intellektuelle – sind Frauen! Man muß als Frau nicht laufend mit seiner Intelligenz hinterm Berg halten. Das ist unheimlich entlastend, findest du nicht?«

»Ja«, sagte Devon. »Das hört sich ja geradezu paradiesisch an. Ich glaube, ich war einfach nicht lang genug dort. Auf so einer kurzen Stippvisite bekommt man nicht soviel mit von einem Land.«

»Hättest du nicht Lust, uns einmal für länger zu besuchen? Ich würd' mich unheimlich freuen, Devon!« Grace drückte warmherzig die Hand ihrer Schwester.

Devon lächelte glücklich. Wie sie ihre Schwester liebte! Wenn sie doch nur nicht so weit weg leben würde! »Gerne«, antwortete sie. »Vielleicht, wenn ich wieder halbwegs auf den Beinen bin. Wir könnten dann gemeinsam zurückreisen. Ach, wär' das schön! Aber das kann noch Monate dauern. Und so viel Zeit hast du ja sicher nicht.« Devon seufzte traurig.

Grace, der auffiel, wie bedrückt Devon war, versuchte sie aufzumuntern. »Natürlich hab' ich soviel Zeit! Wenn ich abreise, bevor du wieder in alter Pracht erstrahlst dann weiß ich ja gar nicht mehr, wie unser Tausendschönchen aussieht!« Grace war im Vergleich zu ihrer jüngeren Schwester von der Natur mit weniger Schönheit bedacht worden. Ihr rundes Gesicht konnte mit Devons klassischovalem nicht mithalten, und ihre nußbraunen Augen und Haare wirkten, gemessen an Devons meerblauen Sternen und ihrem edlen ebenholzfarbenen Haar, eher gewöhnlich. Doch Grace kannte keine Eifersucht, im Gegenteil, sie war immer besonders stolz auf ihre schöne kleine Schwester gewesen. Und was den Erfolg bei Männern anbetraf, brauchte sie sich nicht zu beklagen, denn Graces extravagante Art, sich anzuziehen und ihre lebendige, temperamentvolle Art ließen die Herren der Schöpfung ihr scharenweise hinterherlaufen.

»Ach ..., Tausendschönchen«, wiederholte Devon und lächelte schwach, als sie daran dachte, daß Grace sie früher immer so genannt hatte. »Was kann ich mir für meine Schönheit schon kaufen?«

»Devon, was sind denn das auf einmal für Töne?« wunderte sich Grace. Sie wurde sofort ernst, als sie sah, daß ihre Schwester etwas bedrückte.

»Ach, vergiß es«, murmelte Devon. »Wahrscheinlich ist es nur dieses ewige Im-Bett-Herumhängen, das mich langsam zum Wahnsinn treibt.«

»Nein, das ist es nicht«, beharrte Grace. Sie spürte, daß Devon etwas auf dem Herzen hatte. Und die beiden Schwestern hatten noch nie Geheimnisse voreinander gehabt. »Was ist los, Devon?« fuhr sie fort. »Komm, erzähl es mir!«

Devon antwortete nicht sofort. Es fiel ihr so schwer, ihre Gefühle in Worte zu kleiden. Wo sollte sie anfangen? Da war diese Angst ... Angst vor der Einsamkeit, vor der Leere und diese Sehnsucht nach John Alexander. Warum war er nur so hastig abgereist? Würde sie jemals im Leben erfahren, was Liebe ist? Niemals wieder würde sie jemanden finden, den sie lieben könnte. Zur Strafe, weil sie so viele Heiratsanträge ausgeschlagen, weil sie das Schicksal herausgefordert hatte.

»Grace ..., ich ... ich habe Angst«, begann Devon kleinlaut. Tränen traten ihr in die Augen.

»Angst? Wovor denn? Daß du nicht wieder gesund wirst?« fragte Grace bestürzt.

»Nein«, schluchzte Devon und suchte nach einem Taschentuch.

»Wovor dann? Daß du dich nie wieder auf ein Pferd traust?«

Devon schüttelte den Kopf, während sie sich schneuzte. »Gracie«, sagte sie dann, »es ist ... es ist etwas anderes. Du mußt mir versprechen, es niemandem zu sagen. Vor allem Mama und Papa nicht. Schwörst du mir das?«

»Ich schwöre!« sagte Grace mit ernstem Blick und hob die Finger zum Schwur, wie sie es schon als Kinder getan hatten.

»Ich habe Angst ...«, begann Devon zögernd, »ich habe Angst, daß ich nie im Leben erfahren werde, was es heißt, einen Mann zu lieben ... und von einem Mann geliebt zu werden.«

»Hach, das ist ja lächerlich!« rief Grace und sprang fast von ihrem Sessel auf. »Wie kommst du denn nur auf eine so verrückte Idee? Mein Gott, wie vielen Männern hast du schon einen Korb gegeben! Du brauchst doch nur mit dem Finger zu schnipsen, und schon hast du einen!«

»Aber nicht ...« Devon hatte Mühe, ihre Tränen zurückzuhalten. Sie vermied es, Grace anzusehen. Statt dessen starrte sie auf die Decke vor sich und fummelte nervös mit den Fingern am Bezug herum.

»Meinst du einen ganz bestimmten Mann?« fragte Grace, die sofort erriet, worum es ging.

Devon fiel es schwer, ihr Geheimnis über die Lippen zu bringen, aber sie sehnte sich so danach, endlich jemandem ihr Herz auszuschütten, daß sie es schließlich wagte. »Ja, ich meine einen bestimmten Mann«, gestand sie leise und schaute ihre Schwester verschämt von unten an. »Ich weiß nicht, ob ich ihn wirklich liebe. Ich kann mir das gar nicht vorstellen. Ich kenn' ihn ja erst ein paar Wochen.«

»Und du meinst, es besteht keine Chance, ihn für dich zu gewinnen?« Grace beugte sich zu ihrer Schwester vor.

»Ich weiß nicht. Grace, es ist mehr so allgemein. Ich ... ich hab' einfach Angst, daß ich sterbe, ohne jemals im Leben ... die ... die Liebe ...« Sie brach ab, unfähig, dem Blick ihrer Schwester standzuhalten.

Grace betrachtete sie liebevoll. Sie verstand sehr gut, was Devon meinte. Grace war eine sehr sinnliche Frau und konnte sich ein Leben ohne Liebe, ein Leben ohne Sexualität einfach nicht vorstellen. »Du brauchst dich wegen solcher Wünsche doch nicht zu schämen, Devon«, sagte sie sanft.

»Aber es ist der erste Mann, in den ich mich richtig verliebt habe!«

rief Devon verzweifelt. »Der erste, von dem ich mir vorstellen könnte, ihn zu heiraten!«

»Wer ist es denn?«

»Er heißt John Alexander und lebt in New York. Er war hier kurz zu Besuch.« Devon erzählte ihrer Schwester ausführlich von ihrer Begegnung mit John, und wie sie sich in ihn verliebt hatte.

»Willst du ihn wirklich heiraten?«

»Ich weiß es nicht. Ich kenne ihn doch erst so kurz! Das einzige, was ich bestimmt weiß, ist, daß ich … er macht mir so komische Gefühle … er …« Devon hielt inne. Sie wagte es nicht, ihr körperliches Verlangen in Worte zu kleiden.

»Ich verstehe!« sagte Grace mit verständnisvollem Lächeln. »Du möchtest gerne mit ihm schlafen, egal, ob du ihn nun hinterher heiratest oder nicht, stimmt's?«

»Grace! Wie kommst du denn auf so etwas!« rief Devon entsetzt.

»Ach, spiel doch nicht das Unschuldslamm, Devon! In Paris ist das gang und gäbe. Die Frauen schlafen mit vielen Männern, mit denen sie nicht verheiratet sind. Manche machen es eben nach der Ehe, manche davor. Es ist doch ganz normal, einen Mann zu begehren! Ich frag' mich ja sowieso, ob du wirklich noch …« Grace sprach den Satz nicht zuende, doch sie hob skeptisch die Brauen.

»Aber natürlich bin ich noch …! Grace! Stell dir bloß vor, Mama und Papa würden dich so hören!«

»Tun sie aber nicht«, konterte Grace mit spitzbübischem Grinsen. Sie rückte ein wenig näher an Devons Bett heran und senkte vertraulich die Stimme. »Hör mir zu, mein Kind. Du bist jetzt fünfundzwanzig, und dein Problem ist, daß du einfach zu sehr behütet worden bist. Du mußt langsam erwachsen werden und den Tatsachen ins Auge sehen.« Wenn du diesen Typen als Ehemann willst, dann sieh zu, daß du ihn heiratest. Und wenn du nur mit ihm schlafen möchtest, dann solltest du das ebenso tun! Es ist doch ganz und gar unnatürlich, daß ein junges schönes Mädchen wie du noch Jungfrau ist. Ja, schau mich nicht so entsetzt an, ich weiß, was ich sage. Und dann noch etwas: Es ist absolut nicht unmöglich, sich in nur einer Woche in einen Mann zu verlieben. Man kann sich auch an einem einzigen Tag verlieben! Ich kenne viele glückliche Paare, die sich nur sehr kurz kannten, bevor sie heirateten. Und ich kenne auch viele, die jahrelang miteinander verlobt waren und heute geschieden sind! Zeit hat mit Liebe *überhaupt* nichts zu tun!«

»Grace!« rief Devon in strengem Ton. »Ich glaube wirklich, daß nicht ich, sondern du den Tatsachen ins Auge sehen solltest! Du tust dich leicht, hier zu sitzen und von der Liebe zu reden. Aber was ist mit den Folgen?«

»Welchen Folgen?« fragte Grace verständnislos. »Ach so, du meinst, schwanger zu werden! Da gibt es doch Verhütungsmethoden, die du sicher kennst, oder? Und was deinen Ruf anbetrifft – du darfst es natürlich nicht hier in der Provinz tun. Dieser ... John Alexander, sagtest du, lebt in New York?«

»Ja«, hauchte Devon. Es war ihr nie in den Sinn gekommen, ihn nach seiner Adresse zu fragen. Sie versuchte sich das Unaussprechliche vorzustellen – eine Affäre mit einem Mann zu haben! Wie fing man das bloß an? Unwillkürlich griff sie nach dem Handspiegel, der auf der Bettdecke lag und warf einen Blick hinein, als wenn sie glaubte, daß man ihr die frivolen Fantasien ansehen könnte. War es dann möglich, so etwas Verbotenes tatsächlich zu tun, ohne daß die anderen etwas davon merkten?

»New York! Das paßt ja hervorragend!« rief Grace. »Eine Großstadt, wo dich keiner kennt. Paris wäre natürlich noch besser!« fügte sie mit einem Augenzwinkern hinzu.

»Aber Grace! Wenn ich mit ihm eine Affäre anfangen würde, dann ... dann würde er mich doch nie und nimmer mehr heiraten, wenn ich es wollte, oder?« Was ihrer Schwester da so locker über die Lippen ging, widersprach allem, was Devon bisher gelernt hatte. Ein Mann erwartete doch, daß seine künftige Frau als Jungfrau in die Ehe ging, oder etwa nicht?

»Devon! Was ist denn bloß mit dir los?« entrüstete sich Grace. »Ich kenne dich ja gar nicht wieder! Du warst doch früher nicht so ängstlich, hast immer nur gelacht über all diese dummen Konventionen! Hör mir zu, Devon. Wenn du diesen Mann heiraten willst, dann solltest du alles daran setzen, ihn vor den Traualtar zu schleppen. Und dann wäre es natürlich nicht gerade das Allerpassendste ihn zu vernaschen, kaum daß du ihn kennengelernt hast. Aber wenn er dich liebt und du mit ihm schläfst, dann gibt es doch nicht den geringsten Grund, warum er dich hinterher auf einmal *nicht* mehr lieben sollte! Und wenn er dich von vornherein nicht liebt, du aber einfach nur scharf auf ihn bist – mein Gott, Devon! Du bist jetzt fünfundzwanzig! Langsam ist es doch wirklich an der Zeit, daß du deine Lust auslebst. Sonst kannst du ja gleich ins Kloster gehen!«

Fassungslos starrte Devon ihre Schwester an. Was die für Ausdrücke hatte! Sie war einfach sprachlos. Doch dann überlegte sie.

Würde ihr so ein Leben, das Grace ihr da gerade beschrieben hatte, gefallen? Wohl kaum. Scheu ergriff sie die Hand ihrer Schwester. »Grace, wenn ich nicht heirate, dann … dann werde ich mein Leben lang allein sein.«

Grace schüttelte den Kopf. »Quatsch! Es gibt Frauen, die jahrelang mit einem Mann zusammenleben, ohne auch nur im Traum daran zu denken, ihn zu heiraten. Manchmal bleiben sie bis an ihr Lebensende mit ihrem Partner zusammen, manchmal auch nicht. Dann wieder gibt es Frauen, denen nach dreißig Jahren Ehe ihr Mann wegstirbt, und dann sind sie auch wieder allein. Andere leben in einer sogenannten ›glücklichen Ehe‹ und haben sich schon seit Jahren nichts mehr zu sagen. Das ist wohl die schlimmste Art der Einsamkeit. Du siehst also – die Ehe schützt dich nicht vorm Alleinsein.«

»Aber wenn du heiratest, dann hast du doch auch Kinder«, gab Devon zu bedenken. »Und wenigstens dann bist du nicht mehr allein.«

»Vielleicht. Aber eine Garantie ist das auch nicht. Und um Kinder zu haben, brauchst du ja nicht gleich zu heiraten.«

»Wie bitte?! Grace! Was redest du denn da!« Erschrocken zog Devon ihre Hand zurück, wie wenn sie befürchtete, von der lästerlichen Gesinnung ihrer Schwester angesteckt zu werden.

»Mein Gott!« seufzte Grace. »Irgendwie beginnt mich unser Gespräch zu langweilen, Devon. Ich weiß wirklich nicht, was in dich gefahren ist. Du hast doch früher nicht diese Ängste gehabt. Du warst frei, unabhängig und furchtlos. Ich habe dich immer wegen deines Muts bewundert. Warum quälen dich auf einmal solche Selbstzweifel?«

Devon atmete tief durch und lehnte sich in die Kissen zurück. Dann begann sie mit leiser Stimme, von ihrem Gespräch mit Helena zu erzählen. »Und da ist es mir wie Schuppen von den Augen gefallen«, gestand sie schließlich, »daß ich noch so schön und charmant sein kann – aber ich werde am Ende allein sein. Mutterseelenallein.«

Grace schwieg für ihre Verhältnisse ungewöhnlich lange, als Devon mit ihrer Geschichte zu Ende war. Jetzt wurde ihr einiges klar … Jede normale Frau wäre von dieser Serie unglücklicher Ereignisse – erst die überstürzte Abreise von John Alexander, dann der Unfall und schließlich das Gespräch mit Helena – zutiefst in ihrem Selbstwertgefühl verletzt und verunsichert worden. Aber Devon war kein Durchschnitt – sie war eine besondere, eine ungewöhnliche Frau.

Devon, die mit geschlossenen Augen in ihren Kissen lag, fuhr erschrocken hoch, als ihre Schwester auf einmal mit beiden Handflächen mehrmals laut auf die Armlehnen ihres Sessels schlug.

»Warum zum Teufel läßt du das alles mit dir machen?« rief sie in harschem Ton. »Wieso läßt du dich von so ein paar lächerlichen Zufällen derart aus der Fassung bringen? Du warst immer unabhängig, Devon! Du bist um die halbe Welt gereist. Du hast stets gesagt und getan, wonach dir der Sinn stand.« Graces Stimme wurde immer erregter. »Und jetzt läßt du es zu, daß diese Idiotin von Helena, die dir in keinster Weise das Wasser reichen kann, dich derartig fertigmacht? Du läßt es zu, daß irgendein Mann, den du kaum eine Woche kennst, dich in solche Selbstzweifel stürzt? Devon! Du benimmst dich wie ein windiger kleiner Feigling, der es nicht wagt, dem Schicksal zu trotzen. Aber du warst nie feige. Du hast stets allem getrotzt, allem! Devon, wenn du nicht so ein verdammt grün und blau geschwollenes Gesicht hättest, dann würde ich dir jetzt links und rechts eine runterhauen!«

»Feigling? Was soll denn das heißen?« begehrte Devon auf. So einen Vorwurf hatte ihr noch keiner gemacht.

»Weil du dir laufend in die Hosen machst! Du machst dir Probleme, weil Mama und Papa schlecht von dir denken könnten. Du sorgst dich, ob dein guter Ruf ja keinen Schaden leidet. Du sitzt hier wie ein Sklave in Ketten, der von der Freiheit träumt. Aber es gibt keine Ketten! Du bist frei zu tun und zu lassen, was du willst. Und langsam ist es an der Zeit, daß du von dieser Freiheit Gebrauch machst! Ich bin überrascht und, um ehrlich zu sein, enttäuscht darüber, daß du dich derartig hängen läßt. So ein Häufchen Elend hab' ich ja mein Lebtag noch nicht gesehen!« Grace hatte sich regelrecht in Rage geredet. Hochrot war ihr Gesicht, und ihre Augen blitzten.

»Ich bin kein Häufchen Elend!« protestierte Devon. »Aber ich lebe nun einmal hier in Evergreen, und da kann ich mir keine solchen Skandale leisten wie deine tollen Frauen in Paris. Hier in Virginia würden die das auch nicht wagen.«

»Aber wer zum Teufel zwingt dich denn, hier zu leben? Du warst doch sonst immer so reiselustig. Du hast genügend Geld auf dem Konto. Du kannst leben, wo und wie du willst. Und selbst wenn es dich hier in Virginia hält, dann heißt das doch noch lange nicht, daß du deshalb wie eine Nonne leben mußt! Es gibt doch auch hier Mittel und Wege. Du brauchst ja nicht gleich eine Kontaktanzeige aufzugeben!«

Devon mußte wider Willen lachen. Doch dann wurde sie wieder

ernst. Es war nicht leicht, all seine moralischen Bedenken von einer Minute auf die andere über den Haufen zu werfen.

»Devon, ich glaube, es ist Zeit, eine Entscheidung zu fällen«, sagte Grace, setzte sich auf die Bettkante und faßte ihre Schwester an den Schultern, während sie mit eindringlicher Stimme fortfuhr: »Hör mir gut zu. Du warst immer etwas ganz Besonderes. Wenn du willst, kannst du das Leben eines Feiglings wählen. Das heißt, du nimmst immer nur das, was man dir anbietet. Aber das ist ein erbärmliches Leben, ein Leben, in dem deine Sehnsüchte auf der Strecke bleiben, das weißt du ganz genau. Ein Leben, in dem dir immer die anderen sagen, was du tun darfst und was nicht. Daß du zum Beispiel die Wahl hast zwischen einem Leben als Ehefrau oder einem Leben als alte Jungfer. Und daß es nichts dazwischen gibt. Aber Devon, sei mal ehrlich – du hast dich doch noch nie in diese Gesellschaft eingefügt, so, wie man es von dir eigentlich erwartet hat. Du warst immer aufsässig, hast kein Blatt vor den Mund genommen, hast dir Freiheiten herausgenommen und dich nicht um das Gerede der Leute geschert. Das ist einfach deine Natur, dieses Widerspenstige, das ich so an dir liebe! Und wenn du jetzt anfängst, das zu unterdrücken, wirst du nur unglücklich werden, unglücklicher, als dich der wildeste Skandal hier in Virginia machen könnte!«

Grace hob den Handspiegel auf und hielt ihn Devon vors Gesicht. »Schau dich an, Devon! Du bist für die Liebe gemacht! Für das Abenteuer! Das ist dein Schicksal – und nicht hier zu sitzen und herumzujammern wie eine vertrocknete alte Jungfer.«

Trotz all der Schrammen und blauen Flecke erkannte Devon die Schönheit in ihrem Gesicht, die Grace meinte. Sollte sie dieses Kapital wirklich verschleudern? Die Sehnsucht verleugnen, die ihr aus den Augen blitzte? Nein, das wäre eine größere Sünde an der Natur als die wildeste Liebesaffäre. Grace hatte recht. Es war an der Zeit, sich zu entscheiden. Sie konnte entweder die Rolle spielen, die man ihr zugedacht hatte oder aber selber Regie führen. Sie hatte sich bisher immer alles genommen, was sie haben wollte. Warum ließ sie sich jetzt durch ein paar ungünstige Umstände derartig in die Enge treiben? Nicht die Wirklichkeit setzte ihr Grenzen, sondern ihre eigene Passivität, ihre eigene Ängstlichkeit. Es war an der Zeit, daß sie zu ihrer alten Unabhängigkeit zurückfand und ihr Leben wieder selbstbewußt in die Hand nahm!

Devon atmete tief durch und richtete sich dann auf. Sie legte den Spiegel auf die Decke zurück und schaute ihrer Schwester ins Gesicht.

»Grace«, sagte sie schlicht. »Ich bin dir sehr dankbar, daß du gekommen bist.« Dann, in einer plötzlichen Anwandlung von scheuer Zärtlichkeit, ergriff sie die Hand ihrer Schwester, führte sie an die Lippen und küßte sie.

10

John Alexander stieß einen Seufzer der Erleichterung aus, als auch der letzte der zahlreichen Briefe unterschrieben war, die seine Sekretärin auf seinem Schreibtisch gestapelt hatte. Fast zwei Wochen hatte er gebraucht, um die unerledigten Akten abzuarbeiten, die sich während seiner Abwesenheit angesammelt hatten. Er zog seine goldene Taschenuhr heraus und stöhnte gequält, als er sah, daß es schon acht Uhr war. So früh, wie die Sonne jetzt im November in New York unterging, war es ein leichtes, die Zeit zu vergessen. Normalerweise arbeitete John nicht bis in den späten Abend hinein. Er war wohlhabend genug, um so etwas nicht nötig zu haben, und zur Selbstbestätigung brauchte er seine Arbeit weiß Gott auch nicht. Er betrachtete sie eher als etwas Nützliches und Interessantes.

Üblicherweise machte John spätestens um sechs Uhr Feierabend. Anschließend schaute er meist auf einen Drink im Herrenclub vorbei bevor er sich in seiner schicken Maisonette-Wohnung fürs Restaurant oder fürs Theater umzog. Hinterher landete er meist bei Loretta, doch seit dem Krach vor zwei Wochen hatten sie sich nicht mehr gesehen, und er beabsichtigte auch nicht, sie je wieder zu besuchen.

Bei der Erinnerung an die Art ihres Abschieds überkamen ihn leise Schuldgefühle, aber er war sich ziemlich sicher, daß Loretta, attraktiv und selbstbewußt wie sie war, in allerkürzester Zeit passenden Ersatz für ihn finden würde. Vieles an ihrem Haßausbruch war wohl auch nicht ganz echt gewesen. Schauspielerinnen waren nun einmal exzentrisch und liebten dramatische Auftritte. Nie würde er die Szene vergessen, als die Schauspielerfreundin seines Bekannten Charles Wittingham ihm in einem Wutanfall eine volle Flasche Champagner über den Kopf geschüttet hatte, und das vor versammeltem Publikum im ›Club 21‹. Dabei hatte sich ihr Streit an der lächerlichen Frage entzündet, ob sie am Wochenende mit dem Zug oder mit dem Auto in die Berge fahren sollten. Er mußte schmunzeln. Ob Devon wohl zu so einer Szene fähig wäre? Sie war sicherlich blitzgescheit und hatte eine äußerst spitze Zunge, aber zu solchen Exzessen würde sie sich wohl nicht hinreißen lassen.

Devon. Immer wieder Devon. Erschöpft lehnte John sich in seinen Ledersessel zurück und rieb sich die Augen. Ganz deutlich sah er ihr Gesicht vor sich, in all seiner Schönheit und Klarheit. Sie lächelte ihn an, wie damals, als sie zusammen ausgeritten waren. Wieder spürte er ihre weichen, warmen Lippen auf seinem Mund. Und ihren Körper, so bebend, so erwartungsvoll, so ... willig. Im Geiste glitt er mit seinen Augen über die Rundungen ihres vollen Busens, ihre schmale Taille entlang zu ihren geschwungenen Hüften. Er erinnerte sich an ihre samtweiche Haut, an ihre Erregung, als er sie streichelte, und er malte sich aus, wie es wäre, sie noch weiter zu erregen. Mit den Lippen fuhr er ihren Hals entlang, versenkte seine Zunge zwischen ihren einladenden Brüsten und saugte an ihren harten Nippeln. Er sah sie vor sich, wie sie stöhnend den Kopf in den Nacken warf, ihr wildes, schwarzes Haar über ein Leinenkissen gebreitet. John Alexander hielt es nicht länger aus. Er mußte sie wiedersehen.

Jetzt, wo seine Arbeit erledigt war, konnte er wieder nach Virginia zurückkehren. In einem spontanen Entschluß nahm er den Hörer ab, um Hamilton Magrath anzurufen, erinnerte sich jedoch im gleichen Moment daran, daß der etwas kauzige alte Herr kein Telefon hatte.

So entschied sich John für ein Telegramm. Er zündete sich eine Havanna an und setzte den Text auf.

HABE MIR OBJEKT ANGESEHEN STOP WURDE ANGEBOT GERNE PERSÖNLICH BESPRECHEN STOP DARF ICH GASTFREUNDSCHAFT NOCH EINMAL BEANSPRUCHEN STOP BITTE PASSENDE ZEIT MITTEILEN STOP AUCH INTERESSE AN HARTWICKS OBJEKT STOP GRÜSSE AN SIE UND FAMILIE STOP

Frühestens übermorgen würde er eine Antwort erhalten, überlegte John. Am liebsten wäre er auf der Stelle abgereist, aber er wußte, daß er Magrath nicht unangemeldet überfallen konnte. Also mußte er warten. Sollte er Devon von seiner Ankunft benachrichtigen? Aber auch sie hatte kein Telefon. Er mußte bei dem Gedanken schmunzeln, daß viele extrem reiche Bekannte von ihm sich nach wie vor strikt weigerten, sich ein Telefon anzuschaffen. Er selbst konnte sich ein Leben ohne Telefon inzwischen gar nicht mehr vorstellen, aber er verstand auch, daß viele Leute diese Errungenschaft der Technik als unerwünschten Eindringling in ihre Privatsphäre betrachteten, vor allem die alten, konservativen Aristokraten im Süden.

Nein, er würde Devon einfach überraschen. Aber was sollte er ihr eigentlich sagen, wenn er schließlich vor ihr stand? Sollte er ihr einen Heiratsantrag machen? Noch fühlte er sich zu so einem einschneidenden Schritt nicht fähig, aber andererseits war er felsenfest davon überzeugt, daß sie die ideale Frau für ihn wäre. Er war verwirrt. Verwirrt, wie schnell er sich in sie verliebt hatte, verwirrt, wie sehr sie seine Gedanken seither gefangennahm.

John sammelte seine Papiere zusammen und verließ den Raum. Während er auf den Aufzug wartete, stellte er fest, daß er Lust hatte, sich jetzt zu amüsieren. Normalerweise bedeutete das, mit einer schönen Frau auszugehen. Aber jetzt, jetzt hatte er auf einmal nicht die geringste Lust, irgendeine Frau zu sehen – außer Devon.

»Oje oje, alter Junge«, sagte er schmunzelnd zu sich selbst. »Dich hat's ja voll erwischt!«

Devon holte tief Luft und blies dann alle fünfundzwanzig Kerzen auf dem riesigen Schokoladenkuchen aus. Sie trug ein knöchellanges burgunderrotes Satin-Brokatkleid mit langen Ärmeln, die ihre beiden Gipsverbände verdeckten. Ihr schwarzes Haar glänzte wieder in alter Pracht, doch das Gesicht war immer noch von den Spuren des Unfalls gezeichnet. Aber die zahlreichen Freunde, die Devon geladen hatte, störte das nicht, denn sie waren erleichtert und froh, Devon zum erstenmal wieder auf den Beinen zu sehen. Sie bewunderten ihre Willensstärke und ihr Selbstbewußtsein, mit dem sie die gravierenden Folgen ihres Unfalls trug. Keiner außer Grace ahnte auch nur die tiefe Depression, die Devon gehabt hatte und aus der sie nur mit Hilfe ihrer Schwester wieder herausgekommen war.

»Devon ist einfach nicht kleinzukriegen«, sagte Brent Hartwick voller Bewunderung, während er Chase Richmond half, seiner Tochter den Stuhl zurechtzurücken.

Devon warf sofort einen beunruhigten Blick zu Helena hinüber, doch die schmunzelte nur gelassen. Devon war erleichtert und freute sich, daß aus der jahrelangen Rivalität nun offenbar doch noch eine echte Freundschaft zu werden schien.

Sie beugte sich vor und schaute mit strahlendem Gesicht in die Runde ihrer versammelten Gäste. Wie dumm war sie nur gewesen, sich in ein solches Tief hinunterziehen zu lassen! Rings um sie herum sah sie die lächelnden Gesichter ihrer Freunde und ihrer Familie. Sie war jung, und das Leben lag vor ihr. Eine ihrer besten Freundinnen aus Kindertagen, Laetitia Brooks, stopfte ihr gerade liebevoll ein Kissen in den Rücken.

»Du kannst dir gar nicht vorstellen, welche Wirkung dein Unfall auf Marianne hatte«, sagte Laetitia lachend und schaute zu ihrer sechsjährigen Tochter hinüber, die mit strahlendem Gesichtchen Devon gegenübersaß. »Seitdem will sie unbedingt Springreiten lernen, damit sie auch einmal so eine Heldin sein kann wie ihre Patentante!«

Devon betrachtete lächelnd das kleine Mädchen. Sie hatte sie in ihr Herz geschlossen, nicht nur, weil sie ihr Patenkind, sondern vor allem, weil sie so wild und abenteuerlustig wie sie selbst war.

»Ich hatte ja eigentlich erwogen, mich als ihre Reitlehrerin anzutragen«, scherzte Devon, »aber nach meiner letzten Nummer wirst du mein Angebot wahrscheinlich dankend ablehnen, nicht wahr?«

»O nein, ganz im Gegenteil«, erwiderte Laetitia, »du kannst ihr das Allerwichtigste beibringen – wie man richtig fällt!«

»So, jetzt ist es aber Zeit, die Geschenke auszupacken!« schaltete Grace sich ein und zog den Teewagen an den Tisch, auf dem sich ein ganzer Berg von hübsch eingewickelten Päckchen türmte.

Devon stieß einen Schrei der Überraschung nach dem anderen aus, während sie die Pakete nacheinander öffnete. »Und jetzt meins!« rief Marianne aufgeregt, die darauf bestanden hatte, ihrer Patentante ein eigenes Geschenk machen zu dürfen – eine kleine Tüte mit köstlichen Schokoladenpralinen, die sie mit Hilfe von Laetitias Köchin selbst gemacht hatte.

»O Marianne, das sind ja meine Lieblingspralinen!« rief Devon begeistert und umarmte den blonden kleinen Engel, der zu ihr herübergekommen war, um die Überraschung im Gesicht der geliebten Patentante hautnah zu erleben. Wie wunderbar ist doch dieses Kind, dachte Devon. Auf einmal spürte sie den Wunsch, selbst Kinder zu haben, so ein süßes Geschöpf wie dieses Mädchen ihr eigen nennen zu dürfen. Ja, sie war sich ganz sicher – eines Tages würde es soweit sein! Verstohlen blickte sie zu Grace hinüber und dankte ihr noch einmal im stillen, daß sie ihr so bravourös aus ihrer Niedergeschlagenheit herausgeholfen hatte. Sie war jetzt wieder voller Optimismus, voller Vertrauen in die Zukunft.

»So, und jetzt dein Geschenk, Grace«, rief Devon, die es gar nicht erwarten konnte, zu erfahren, was in der großen länglichen Schachtel mit den vielen rosa Schleifen verborgen war. Kaum hatte Devon das bunte Geschenkpapier entfernt, da stießen ihre Freundinnen, die sie neugierig umringt hatten, schon ein bewunderndes »Aaah!« aus: Auf dem Karton prangten die leuchtenden Schriftzüge des berühmten Pariser Modehauses Vionnet! Und sogar die Männer brachen ihre Gespräche mitten im Satz ab, als Devon das atemberaubende Abendkleid aus schwerem Satin mit eingearbeiteten Crêpe-de-Chine-Streifen herauszog. Das Faszinierendste daran war jedoch die Farbe: schimmerndes Silber, das im Schein des Kaminfeuers strahlend aufleuchtete. Das Kleid hatte den typischen Vionnet-Schnitt: stützendes Oberteil, enganliegend ohne Taille und nach unten hin bis zum Boden in weiten, fließenden Falten auslaufend. Der Rücken war gewagt fast bis zum Po ausgeschnitten, zusammengehalten nur durch drei echte Perlen im Nacken.

»Grace! Ich bin sprachlos!« hauchte Devon. »Ein wunderschönes Kleid!« Tränen stiegen ihr in die Augen, als sie daran dachte, wieviel Gedanken und Mühe es ihre Schwester gekostet haben mußte, dieses – natürlich maßgeschneiderte – Kleid für sie anfertigen zu lassen. Wahrscheinlich hatte sie sich von Devons Schneiderin in New York ihre Maße geben lassen oder ein Modellkleid ausgeliehen.

»Einen besseren Ansporn, möglichst schnell wieder gesund zu werden, gibt es doch gar nicht, oder?« erwiderte Grace augenzwinkernd.

»Ja, ich kann es kaum erwarten, es anzuziehen«, schwärmte Devon.

Dann wandte sie sich den restlichen Geschenken zu: ein neues Reitkostüm von ihren Eltern, ein wunderschönes Paar ziegenlederne Glacéhandschuhe von Laetitia, das aufregende Parfum Chanel No. 5 von ihren Freunden Ted und Suellen Willis, zahlreiche Bücher, Hals- und Taschentücher von den vielen Nachbarn und Verwandten, die zu Devons Geburtstag gekommen waren. Zum Schluß überreichten ihr Helena und Brent Hartwick ein Paar nagelneue lederne Reitstiefel. »Weil … weil«, stammelte Helena errötend, »deine alten doch sicherlich kaputt sind nach … nach … dem Unfall. Es … es tut mir so leid.« Helena senkte den Kopf.

Devon verstand sofort, daß ihre Freundin sich auf diese Weise noch einmal entschuldigen wollte und gab sich Mühe, die etwas peinliche Situation zu entschärfen und gleichzeitig allen Anwesenden zu signalisieren, daß sie Helena verziehen hatte. So ergriff sie spontan Helenas Hand und zog ihre Nachbarin zu sich herunter, um sie zu umarmen. »Danke!« rief sie. »Sie sind wirklich wunderschön. Ich freue mich schon darauf, sie einzuweihen. Danke, Helena und Brent!« Sie schenkte ihm ein warmes Lächeln.

Jetzt, wo auch das letzte Geschenk ausgepackt war, löste sich die neugierige Spannung unter den Gästen auf, und man unterhielt sich, zu zweit, zu dritt, und in kleinen Gruppen.

Devon lehnte sich ein wenig erschöpft zurück und schaute zufrieden in die Runde. Überall saßen glückliche Paare – ihre Eltern, die sich rührend um die vielen Gäste kümmerten, Hamilton und Rosalind Magrath, die Hartwicks, Devons ehemalige Zimmernachbarin aus dem College, Margaret Larson, und ihr Mann Mark – sie alle wirkten so entspannt und so voller Liebe füreinander. Devon beobachtete Ted Willis, wie er sich zu seiner Frau hinunterbeugte, um ihr etwas ins Ohr zu flüstern, und ihr dabei wie zufällig zärtlich über den Nacken strich. Suellen blickte mit einem verliebten Lächeln zu ihm hoch. Dann rückte sie näher an ihn heran, zog sein Gesicht zu sich hinunter, um ihm leise zu antworten. An der ganzen Szene war etwas so Intimes, so Rührendes, daß es Devon einen kleinen Stich versetzte. Aber es war weniger Neid, den sie empfand, als Ungeduld. Ungeduld, daß endlich der Tag kommen möge, an dem sie an diesem Glück auch teilhaben würde. Aber Devon war zuversichtlich. Sie wußte, daß der Tag kommen würde. Sehr bald sogar.

11

»Miß Devon, ein Herr möchte Sie sprechen«, sagte Alice.

Devon, die in einem schweren, schwarz-weiß gestreiften Ohrensessel im Wintergarten saß, ihr eingegipstes Bein auf einem gepolsterten Hocker hochgelegt, schaute überrascht von ihrem Buch auf. Die Wintersonne, die durch die wandhohen Terrassentüren schien, ließ ihre Strahlen in Devons schwarzem Haar tanzen.

»Ich erwarte aber niemanden«, erwiderte Devon erstaunt. Sie warf einen kurzen Blick auf ihren Morgenrock. Es war ein weiter, lavendelfarbener Kimono, der bis zu den Füßen reichte und nur in der Taille mit einem breiten, paillettenbesetzten Gürtel zusammengehalten wurde. Devon trug ihn gern, weil er weit genug war, ihre Gipsverbände zu verstecken, denn wenn ihr diese unbequemen Apparate aus den Augen waren, ärgerte sie sich weniger darüber. Obwohl sie frisch frisiert war und hübsch und weiblich aussah wie immer, empfand sie ihren Aufzug doch als zu leger, um darin Gäste zu empfangen.

»Wer ist es denn?« fragte sie Alice.

»Ein Mr. John Alexander«, erwiderte ihre Zofe mit einem Augenzwinkern.

»John? Ich meine – Mr. Alexander?« Devon fuhr erschrocken hoch und errötete. »Alice! Ich kann ihn unmöglich so empfangen. Ich muß nach oben und mich umziehen!« Hektisch schlug sie ihr Buch zu und versuchte, sich mit Hilfe ihrer Krücken aus dem Sessel zu erheben.

»Miß Devon, bleiben Sie doch sitzen! Ich bitte Sie!« widersprach Alice in strengem Ton. »Sie sind absolut korrekt angezogen! Alle Welt weiß, daß Sie einen schweren Unfall hatten. Und mit den Gipsen brauchen wir eine halbe Stunde, um Sie umzuziehen. Und so lange wollen Sie doch Mr. Alexander wohl nicht warten lassen?«

»N ... nein, natürlich nicht«, gab Devon widerstrebend nach. »Aber ... mein Gott, ich sehe ja furchtbar aus ... mit all den blauen Flecken im Gesicht ... Alice, bring mir bitte mal schnell den Spiegel dort drüben!«

»Miß Devon! Der hängt doch an der Wand!« protestierte Alice, doch dann begab sie sich seufzend zum Spiegel. Sie hatte ziemlich mit dem Draht und dem Haken zu kämpfen, denn das Ungetüm hing dort mindestens seit hundert Jahren. Aber schließlich gelang es Alice, das gute Stück von der Wand zu heben und es zu ihrer Herrin zu schleppen.

Devon betrachtete sich darin. »Na ja ... zum Glück sind die Schrammen verheilt, aber ... mein Gott, schau doch bloß ... ich hab' immer noch ein blaues Auge!« stöhnte Devon.

»Das ist doch nicht blau«, besänftigte Alice ihren Schützling. »Allerhöchstens gelb oder ein ganz klein bißchen grün.«

Devon schaute argwöhnisch zu Alice hoch, die keine Miene verzog, und brach dann in prustendes Gelächter aus. »Alice, du müßtest dich selbst einmal im Spiegel sehen!« rief sie. »Meinst du wirklich, daß gelb und grün gegenüber blau und schwarz ein Fortschritt ist?«

Alice konnte nicht anders, als in das Gelächter einzufallen. »Na ja ... ich meine ja bloß ...«, gluckste sie, »wirklich ... Sie sehen gar nicht so übel aus ... pardon ... ich meine ...« Sie gab es auf und kicherte nur noch.

»Na gut«, sagte Devon, »dann sag Mr. Alexander, daß ich bereit bin, ihn zu empfangen ... Ach ja, und sag doch bitte Meg Bescheid, daß sie uns Tee und Plätzchen bringt.«

Alice nickte und hängte den Spiegel wieder an die Wand.

Als sie zur Tür hinaus war, fuhr Devon sich nervös durch die Haare. Warum war er bloß zurückgekommen? War es ihretwegen oder nur wegen irgendwelcher Geschäfte? Sollte sie die Beleidigte spielen, weil er am Tag der Jagd nicht erschienen war, oder sollte sie so tun, als ob es ihr überhaupt nicht aufgefallen wäre? Eigentlich war sie ihm gar nicht böse. Dennoch gehörte es sich nicht, trotz der Einladung einfach nicht zu erscheinen. Sie überlegte hin und her, ohne zu einem Ergebnis zu kommen. Das einzige, was sie sicher fühlte, war, daß ihr Herz bis zum Hals klopfte.

»Devon!« Johns Stimme riß sie aus ihren Gedanken. Sie schaute ihm in die Augen, die noch strahlender und noch blauer waren, als sie sie in Erinnerung hatte. Er sah einfach umwerfend aus ... so umwerfend männlich!

Unwillkürlich schlug sie die Augen zu Boden, weniger aus Sittsamkeit als aus dem Gefühl der Überwältigung, das sie erfaßte, wenn sie ihn nur anschaute.

»Schön ... schön, Sie wiederzusehen«, murmelte sie. Sie vermied das vertrauliche ›Du‹. Sie fühlte sich ihm nicht mehr so verbunden wie das letzte Mal. »Setzen Sie sich doch«, fügte sie hinzu und gab sich Mühe, gelassen zu wirken. Sie wollte nicht, daß er merkte, wie sehr er sie verwirrte.

John setzte sich in den Sessel ihr gegenüber. Eine Weile schaute er sie nur schweigend an. Er sah die Verletzungen, von denen ihm Hamilton Magrath schon berichtet hatte. Doch trotz ihrer blauen Flecke sprühte sie vor Leben. Ihre ganze Persönlichkeit – ihr Geist, ihr Charme, ihre Schönheit – leuchtete von innen und ließ ihn ihr etwas ramponiertes Äußeres vergessen. Devon wand sich innerlich unter seinem prüfenden Blick und wäre am liebsten im Boden versunken.

»Ich sehe gräßlich aus, was?« sagte sie und lachte unsicher.

»Ich hab' gerade gedacht, wie schön du aussiehst«, sagte er leise. Er ignorierte ihr distanziertes ›Sie‹. Er wollte ihr näherkommen, wollte die alte Vertrautheit wiederherstellen. »Ich hab' so oft an dich denken müssen«, sagte er heiser. »Und jetzt ... jetzt übertriffst du sogar noch die Erinnerung, die ich an dich hatte.«

Devon kämpfte gegen die aufsteigende Schamröte. Obwohl er fast zwei Meter von ihr weg saß, konnte sie die Hitze seines Körpers spüren. Sie roch den zarten Hauch seines Eau de Cologne, das sie an einen kristallklaren Novembermorgen an einem Wasserfall erinnerte ... Alle ihre Sinne waren in Aufruhr. Und die Erregung, die er in ihr auslöste, stand in so eigenartigem Kontrast dazu, daß sie sich so unbeholfen, so verunstaltet fühlte. »Ich ... ich glaube wirklich nicht, daß ich schön aussehe«, sagte sie mit schwacher Stimme, »... mit all den blauen Flecken ...«

Doch John sah das alles gar nicht. »Devon«, sagte er gepreßt und beugte sich zu ihr vor. »Ich war ein Idiot!«

Devon schaute ihn verdutzt an.

»Bist du mir böse?« fragte er betreten.

»Habe ich denn Grund dazu?« wich sie aus. Sie wußte genau, worauf er sich bezog, aber sie wollte Zeit gewinnen, ihre Gedanken zu ordnen, ihre Fassung wiederzugewinnen. Und sie wollte ihm nicht zeigen, daß seine plötzliche Abreise und sein wochenlanges Schweigen sie sehr verletzt hatten.

»Ja, das hast du wohl«, stieß John hervor. Er wollte sie berühren, wollte ihre Hand ergreifen, doch er traute sich nicht. Was ging bloß in ihr vor? Sie war ihm gegenüber höflich, natürlich, aber doch sehr reserviert. Sie scheute sich, ihm ihre Gefühle offen zu zeigen. Am liebsten hätte er sie auf der Stelle das gefragt, was ihm die ganze Zeit auf der Zunge lag, doch er konnte nicht einfach mit der Tür ins Haus fallen. Er war ja völlig überraschend, wie aus dem Nichts, hier aufgetaucht. Sie mußte sich völlig überrumpelt fühlen. Er dagegen war auf dieses Gespräch vorbereitet. Stundenlang hatte er überlegt, was er sagen sollte, hatte die Szene immer wieder im Geiste durchgespielt.

»Devon, ich möchte gerne ganz offen mit dir über etwas reden. Über etwas, was ich seit einiger Zeit wie eine Last mit mir herumtrage.«

Sie sagte nichts, doch sie nickte ihm zu, fortzufahren. Er schaute in ihre wasserblauen Augen, die ein ganz klein wenig schräg standen und dadurch ihrem klassisch-schönen Gesicht einen Hauch von Exotik gaben. Wie er dieses Gesicht liebte! Trotz der Spuren des Unfalls leuchtete, strahlte es genauso faszinierend wie am Tag ihrer ersten Begegnung. Jetzt, wo er diesem Gesicht leibhaftig gegenübersaß, wußte er, daß die Entscheidung, die er gestern getroffen hatte, richtig war. Alle Zweifel in seinem Kopf hatten sich zerstreut. Verstohlen tastete er in seiner Westentasche nach der kleinen Schachtel, die er aus New York mitgebracht hatte.

»Devon, weißt du eigentlich, warum ich zurückgekommen bin?«

Sie wußte nicht, was sie antworten sollte. Dem ernsten Ton nach zu urteilen, war sein Besuch mehr als pure Höflichkeit. Sie sah die Bewunderung in seinen Augen – und vielleicht sogar mehr als nur das. Doch sie hatte vor nichts so sehr Angst, als sich vor ihm lächerlich zu machen. Und so sagte sie: »Sie haben vor, in New York ein Grundstück von Mr. Magrath zu kaufen, nicht wahr?«

»Mmm ... das stimmt nicht ganz«, sagte John.

»Sie kaufen also kein Grundstück?«

»Doch, schon. Aber ...«

»Was dann?«

»Das Grundstück, an dem ich interessiert bin, ist nicht das in New York, über das ich ursprünglich mit Mr. Magrath verhandelt habe. Dieses Mal geht es um ein Grundstück von seinem Schwiegersohn.«

Devon riß erstaunt die Augen auf, als ihr eine Idee kam, doch er grinste nur breit, ohne weiter mit der Sprache herauszurücken, und so hatte auch sie nicht vor, sich weiter vorzuwagen. »Oh«, murmelte sie statt dessen, »ich habe gehört, daß Brent Hartwick seinen Familiensitz in Middleburg verkaufen möchte. Jetzt, wo er bei den Magraths lebt, ist ihm der ja nur noch eine Last. Außerdem hat er sehr viel Geld beim Börsenkrach verloren.«

»Ja, genau auf diesen Familiensitz hab' ich es abgesehen«, erwiderte John. Er beugte sich vor und ließ sie nicht aus den Augen. »Was hältst du davon?«

»Nun ja ...« Sie zögerte und versuchte verzweifelt herauszufinden, was hinter seinem durchdringendem Blick steckte. Eine Ahnung stieg in ihr auf. Sie zitterte bei der Vorstellung. Wollte er ... wollte er sich tatsächlich hier in der Gegend niederlassen? War es vielleicht ... ihretwegen? Ihr Herz klopfte bis zum Hals. Aber er hatte ihr schon einmal zu verstehen gegeben, daß sie ihm etwas bedeutete. Und dann war er über Nacht verschwunden. Sie würde es nicht zulassen, daß er noch einmal so mit ihr umging. Und so zwang sie sich zur Ruhe und bemühte sich, gelassen auszusehen. »Das Haus ist eines der schönsten in der ganzen Gegend«, sagte sie. »Und der Boden ist sehr fruchtbar. Nicht zu vergessen die herrlichen Stallungen. Ein sehr lohnendes Objekt, denke ich.«

»Wär' das ein Ort, an dem du gerne leben würdest?«

Seine Direktheit brachte Devon völlig aus der Fassung. Sie spürte, wie ihre Wangen zu glühen begannen. Am liebsten hätte sie jetzt geantwortet: Ja, ja, natürlich! Überall, wenn nur mit dir! Doch das konnte sie unmöglich sagen, das war ja völlig lächerlich. Er hatte ihr schließlich keinen Heiratsantrag gemacht. Vielleicht war er nur daran interessiert, ihre Meinung zu erfahren, weil sie die Gegend hier seit fünfundzwanzig Jahren kannte. Devon holte tief Luft und schaute ihm prüfend in die Augen, um herauszufinden, was er wirklich meinte. Sie war immer ein Mensch des offenen Worts gewesen und hatte keine Übung darin, diplomatisch um den heißen Brei herumzureden. Meinte er wirklich das, was sie so inständig hoffte?

John setzte sich auf den Hocker zu ihren Füßen und ergriff ihre Hand. Es war wie ein elektrischer Schlag. Sie spürte, wie eine kribblige Gänsehaut ihr von den Armen hoch den Rücken hinunterlief.

»Würdest du dort gerne leben?« wiederholte er. Er schaute ihr tief in die Augen, ihre Hand in festem Griff.

»Ich … ich glaube, es würde mir sehr gut gefallen«, sagte sie nervös und entzog ihm ihre Hand.

»Nicht doch, Devon«, sagte er enttäuscht und griff erneut nach ihren zarten Fingern, so, wie wenn er sie nie mehr loslassen wollte. »Devon, ich …« Den Bruchteil einer Sekunde zögerte er. Wie hypnotisiert starrte er in ihre Augen – diese Blau, so unergründlich wie das Meer! Trotz des hellen Sonnenlichts waren ihre Pupillen geweitet, große dunkle Pupillen, die ihn magisch anzogen. Er konnte, er wollte sich ihrem Sog nicht entziehen, wollte in ihnen ertrinken. Und so flüsterte er die Worte, die er so lange hatte zurückhalten müssen: »Ich liebe dich.«

In Devons Kopf begann sich alles zu drehen. Wie oft schon hatte sie geträumt, daß er das zu ihr sagen würde! Und doch – einmal schon, als sie in seinen Armen gelegen und sich so sicher gewesen war, daß er diese Worte jetzt, jetzt endlich aussprechen würde – da hatten seine Lippen geschwiegen. Und dann war er gegangen und hatte sie allein zurückgelassen, verwirrt und verletzt. Aber sein Blick und seine Berührung hier und jetzt ließen all ihre Zweifel, all ihre Ängste dahinschwinden. Er war zurückgekommen. Er war da, und das zählte.

John, der ihre Verwirrung bemerkte, spürte, daß er ihr erklären mußte, was seit ihrer letzten Begegnung in ihm abgelaufen war. »Devon«, stieß er hervor, »ich war länger als alle meine Freunde und Bekannten überzeugter Junggeselle. Als ich dich zum erstenmal sah, spürte ich sofort, daß wir beide füreinander bestimmt sind, aber genau dieses Gefühl versetzte mich in große Unruhe. Ich hatte Angst davor, mein Leben so plötzlich von Grund auf ändern zu müssen, Angst, daß mein Glück nun von dir abhängen würde. Und so bin ich einfach Hals über Kopf davongelaufen. Heute weiß ich, Devon, daß das eine fürchterliche Dummheit war. Wie konnte ich nur glauben, daß ich ohne dich jemals glücklich werden könnte! Jetzt, nachdem ich dir begegnet war … wirst du mir jemals … verstehst du mich?« Seine Augen bettelten sie an, ›ja‹ zu sagen.

»Ich … ich weiß nicht. Das ist alles so neu für mich. Das … das macht mir auch ein bißchen angst.«

»Du liebst mich also auch?« brach es flehentlich aus ihm heraus.

Devon wollte sich zwingen, sich ihre Antwort genau zu überlegen, einen kühlen Kopf zu bewahren. Aber es war aussichtslos. Ihr schwindelte. Ihr Atem ging heftig, und ihr Puls raste. Sie hatte Angst, die Worte auszusprechen, die Kontrolle zu verlieren. Aber ach, was ihr seine Worte alles versprachen! All die Freuden, all die Wonnen der Liebe! Der Wunsch, sich dem allem hinzugeben, war einfach übermächtig. Vorsicht war noch nie ihre Sache gewesen. Ihre Gefühle, ihre Sehnsüchte schrien nach Erfüllung. »Du weißt es, nicht wahr?« wisperte sie. Tränen stiegen ihr in die Augen, als sie die ersten Anzeichen der Erleichterung fühlte, die sie ergriff. »Du weißt, daß ich dich liebe.«

Johns ängstlich zusammengepreßte Lippen entspannten sich zu einem breiten, strahlenden Lächeln. In seinen Augen stand das verklärte Glück eines kleinen Jungen, dessen schönster Traum gerade in Erfüllung gegangen war.

Und dieses Kinderglück in seinen Augen ließ Devons letzte Zweifel sich in Luft auflösen. Es war bedeutungslos, daß sie ihn erst so kurze Zeit kannte. Es war auch nicht wichtig, daß er vor ihr davongelaufen war. Das einzige, was zählte, war dieses überwältigende Gefühl von Liebe, das sie jedesmal durchströmte, wenn sie ihn bloß ansah. Sie wurde schwindelig vor Glück, vor Erregung, vor Liebe.

John, der den Ausdruck in ihrem Gesicht sah, wußte, daß es jetzt soweit war. Er zog das kleine blaue Samtkästchen aus seiner Westentasche und öffnete es. Devon hielt die Luft an, als sie den Ring erblickte. Es war ein goldener Fünf-Karat-Ring mit einem oval geschliffenen Diamanten, der von einem Kranz von Saphiren umgeben war. Devon starrte auf den Ring, dann in Johns Gesicht. Einen Augenblick schauten sie sich nur an, ohne sich zu bewegen, dann nahm John den Ring aus dem Kästchen und ergriff Devons Hand. Die Edelsteine funkelten in der Sonne und sandten bunte Strahlen gebrochenen Lichts in alle Richtungen.

»Ich bin froh, daß deine Linke bei dem Unfall keinen Schaden erlitten hat«, sagte John lächelnd, bevor er ihr den Ring an den Finger steckte. Dann zog er ihre elfenbeinfarbene Hand an seine Lippen und küßte sie feierlich.

Als er sie wieder losließ, streckte sie die Hand nach ihm aus und streichelte, von einer plötzlichen Welle von Zärtlichkeit ergriffen, seine Wange. »John …« flüsterte sie.

Wieder faßte er sie bei der Hand. »Dann willst du mich also heiraten?« fragte er.

Sie wunderte sich. Was gab es da noch zu fragen? Natürlich, natürlich wollte sie ihn heiraten.

Er las die Antwort in ihren Augen, aber das reichte ihm nicht. »Ich will, daß du es mir sagst«, befahl er mit sanfter Stimme.

»Ja«, hauchte sie. Es war kaum mehr als ein Seufzer.

John stand auf, kniete neben ihr nieder und nahm ihr Gesicht in seine Hände. Er konnte ihren warmen Atem spüren. Sanft wie ein Schmetterling senkte er seine Lippen auf ihren Mund, und sie erwiderte seinen Kuß, so innig, so einladend, wie er es sich nie erträumt hätte. Er spürte, wie bereit, wie willig sie sich ihm öffnete und zog sie noch heftiger an sich. Leidenschaftlicher preßte er seinen Mund auf ihren, drang mit seiner Zunge in sie ein, und Devon empfing ihn mit bebendem Verlangen, das ein wildes Feuer in ihm entfachte. Die unschuldige Sinnlichkeit, mit der sie seinen Kuß erwiderte, erregte ihn mehr als die ekstatischste Liebesnacht, die er je mit einer Frau gehabt hatte. Er löste sich von ihr, strich ihr zärtlich das duftende Haar hinters Ohr und beugte sich dann über sie, um an ihrem Ohrläppchen zu saugen. Genauso, wie er es sich vorgestellt hatte, wanderte er mit seiner Zungenspitze ihre Halslinie entlang, schmeckte den hauchzarten Film von Schweiß auf ihrer Haut. Vorsichtig schob er die Finger in ihren Ausschnitt, wollte ihre Brüste in seiner Hand spüren. Er stellte sich vor, wie sie sein würden – milchig weiß und weich. Am liebsten wäre er ihr mit der Hand unter den Unterrock gefahren, hätte das hauchzarte Spitzenhöschen beiseite geschoben, das den kostbarsten Schatz vor ihm verbarg – und vor seiner Zunge. Er wollte sich in ihr versenken, ganz eins mit ihr werden, wollte seiner pochenden Männlichkeit endlich Erlösung verschaffen. Aber es war klar – es durfte keine Erlösung geben … noch nicht.

Devon spürte, wie John sich von ihr zurückzog, ohne genau zu verstehen, warum. Sie zitterte am ganzen Leib, und zwischen ihren Beinen spürte sie ein nie gekanntes Sehnen. Ihre Fingerspitzen wanderten hauchzart über Johns Nacken, daß ihm heiße Schauer den Rücken hinunterliefen und er sich zu einem neuen, noch begehrlicheren Kuß über sie beugte.

In dem Moment klopfte es an der Tür. John sprang wie von der Tarantel gestochen auf und setzte sich schnell wieder in den Sessel ihr gegenüber.

»Wer da?« rief Devon mit zitternder Stimme.

»Ich bin's, Miß Devon, mit Ihrem Tee«, antwortete Meg.

»Kommen Sie herein«, sagte Devon und ordnete hastig ihr Haar.

Das junge Dienstmädchen kam mit einem Tablett herein. Verlegenes Schweigen lastete im Raum.

Devon, die jeglichen Klatsch vermeiden wollte, tat so, als griffe sie den Faden ihres unterbrochenen Gesprächs wieder auf. »Auf jeden Fall müssen Sie heute unbedingt zum Abendessen bleiben, Mr. Alexander«, flötete sie. Dann nickte sie dem Mädchen zu. »Danke, Meg, ich gieße selber ein.«

Meg zog diskret die Tür hinter sich zu. Doch kaum war sie wieder in der Küche bei den anderen, platzte sie schon heraus: »Mann, die hat wohl gemeint, daß sie mir was vormachen kann. Dabei hatte sie 'nen Klunker an der Hand, ich sag' euch – so groß wie 'n Pfannkuchen.«

12

Grace begutachtete recht ungeniert den Verlobten ihrer Schwester, der ihr gegenüber am Tisch saß, und konnte Devon nur gratulieren. Er war nicht nur attraktiv, intelligent und unterhaltsam, sondern offensichtlich auch bis über beide Ohren verliebt. Liebevoll schaute sie zu ihrer Schwester hinüber, die noch vor kurzem so am Boden zerstört gewesen war. Jetzt saß sie am Tisch, strahlte übers ganze Gesicht und schien das glücklichste Mädchen der Welt zu sein.

»John hat sich entschlossen, Brent Hartwicks Farm zu kaufen«, schnatterte Devon gerade drauflos. »Wir werden Vollblut-Rennpferde züchten, obwohl ich, ehrlich gesagt, von Pferderennen nicht allzuviel verstehe. Aber die Farm hat einen hervorragenden Ruf als Zuchtfarm, und es wäre doch sehr unklug, diese Tradition nicht weiterzuführen, deshalb werde ich mich von nun an mit Pferdezucht beschäftigen.«

»Ach, willst du dich da wirklich einmischen?« fragte Chase verwundert. »Ich weiß nicht, ob diesem … wie heißt er noch gleich? –, ob dem das so recht sein wird? Er gilt als einer der besten Züchter in der ganzen Gegend.«

»Willy O'Neill?« fragte John.

»Ja, genau. Man sagt, daß er auf der Farm ein eisernes Regiment führt.«

»Tja, dann wird er eben lernen müssen, mit mir auszukommen. Oder ich mit ihm, wie man's nimmt«, fügte Devon lachend hinzu.

»Hmm«, brummte Chase. »Eine Frau als Chefin einer Vollblut-Zuchtfarm – so was hab' ich ja noch nie gehört.« Er warf einen fragenden Blick zu seinem künftigen Schwiegersohn. Was der wohl von den Plänen seiner Verlobten hielt?

»Ich habe zu Devon da volles Vertrauen«, sagte John und warf seiner Angebeteten einen verliebten Blick zu. »Obwohl ich zugebe, daß es ein etwas … ungewöhnliches Arrangement ist«, wandte er sich mit einem diplomatischen Lächeln an Chase.

»Traust du mir das etwa nicht zu, Vater?« fragte Devon mit kokett-herausforderndem Ton in der Stimme.

Chase warf seiner Frau einen Blick zu, in der Hoffnung, von ihr ein wenig Unterstützung zu erfahren, doch sie betrachtete ihn nur mit interessiert hochgezogenen Brauen. Manchmal fühlte er sich in diesem Frauenhaushalt wirklich verdammt in der Minderheit.

»Nun ja«, murmelte Chase. »Wie dem auch sei auf jeden Fall wirst du keinen leichten Stand haben, Devon.« Er konnte sich einfach nicht vorstellen, daß ein erfahrener Pferdezüchter und Trainer sich von einer Frau in seine Arbeit reinreden ließ. An seiner Stelle würde er umgehend kündigen.

»Du hast sicher recht, Vater«, gab Devon zu. »Aber ich mag nun einmal Herausforderungen.«

Ja, das wußte Chase. Er bewunderte seine Tochter dafür, und gleichzeitig machte er sich gerade deshalb Sorgen um sie. Schon oft hatte er sich gefragt, warum seine heimliche Lieblingstochter sich immer so … so unkonventionelle Sachen in den Kopf setzte. Ihm war das irgendwie unangenehm, obwohl er nicht genau sagen konnte, warum. Doch was half das alles. Sie war jetzt erwachsen und mußte ihren eigenen Weg finden. Und so zuckte er nur ein wenig hilflos die Achseln und entschloß sich, das Thema zu wechseln.

»Wollt ihr die Farm weiterhin ›Willowbrook‹ nennen?« fragte er. »Der Name ist ja seit Hartwicks riskanten Geschäften ein wenig in Verruf geraten, obwohl natürlich jedermann weiß, daß die Zeiten schlecht sind und es jeden erwischen kann.«

»Darüber haben wir uns ehrlich gesagt noch gar keine Gedanken gemacht, nicht wahr?« erwiderte Devon und schaute fragend in Johns Gesicht. Devon liebte das Wort ›wir‹. Bei ›wir‹ – da dachte sie an die Liebe, an das Glück zu zweit, an Familie.

»Ach, ich denke, ›Willowbrook‹ ist doch ein eingeführter Name«, gab John zu bedenken. »Es heißt ja nicht ›Hartwick's Willowbrook‹, so daß die Farm nicht unmittelbar mit seinem Namen in Verbindung gebracht wird. Und wenn wir im Geschäft bleiben wollen, sollten wir doch an die alte Tradition anknüpfen.«

»Und wann ist der Vertrag perfekt?« fragte Chase und nahm sich ein zweites Stück Lammschlegel, das Meg ihm gerade auf einem Silbertablett reichte.

»Ich denke, in einem Monat ist alles unter Dach und Fach«, erwiderte John. »In der Zwischenzeit hoffe ich, daß ihr alle mit Devon und mir nach New York kommt. Meine Eltern sind schrecklich neugierig, euch kennenzulernen. Außerdem wird Devon sicherlich viele Einkäufe für die Hochzeit zu erledigen haben – und natürlich auch für Weihnachten.«

»Bist Du verrückt?« protestierte Devon. »Wie soll ich denn mit meinem verflixten Gips nach New York kommen? Es dauert noch mehrere Wochen, bis der runterkommt. Und es sind nur noch drei Wochen bis Weihnachten! Ich muß einfach in Evergreen bleiben, und ich dachte ... ich dachte, wir könnten doch deine Eltern hierher einladen?« Bittend schaute sie in die Runde, in der Hoffnung, die anderen würden ihr zu Hilfe kommen und John von der Vernünftigkeit ihres Plans überzeugen.

Doch das Gegenteil war der Fall. »Ich muß zu Weihnachten auf jeden Fall wieder in Paris sein«, fuhr Grace schnell dazwischen. »Von daher ist es kein Problem für mich, dich nach New York zu begleiten und von da aus weiter nach Paris zu fahren. So kann ich dir bei allem zur Seite stehen. Und außerdem nehmen wir natürlich Alice mit.«

»Aber ich dachte, du bleibst über Weihnachten!« rief Devon enttäuscht.

»Philip kann sich nicht loseisen, und deshalb muß ich zu ihm und den Kindern zurück«, sagte Grace eindringlich und schaute Devon vielsagend an. Devon hatte das eigentümliche Gefühl, daß ihre Schwester ihr etwas durch die Blume sagen wollte, aber sie hatte keine Ahnung, was. »Warum verbringen wir nicht alle Weihnachten in unserer Villa in New York?« wandte sich Grace an ihre Eltern.

»Und ich dachte, ich könnte erst einmal diese fürchterlichen Verbände loswerden, bevor ich mir in New York ein paar neue Kleider anfertigen lasse«, widersprach Devon schwach.

»Nicht zu vergessen dein Hochzeitskleid«, sagte John mit einem warmen Lächeln zu seiner Braut.

»Ach, das Hochzeitskleid mußt du unbedingt in Paris kaufen!« erklärte Grace. »Natürlich bei Vionnet!« Für sie gab es einfach niemand besseren als ihre Lieblingsdesignerin.

»Aber wir fahren doch nach Paris in die Flitterwochen!« erinnerte sie Devon. Sie liebte Paris und konnte es gar nicht erwarten, den Wonnemonat Mai in Paris zu verbringen.

»Alles schön und gut«, brummte John, »aber warum müssen wir eigentlich ein geschlagenes halbes Jahr warten, bis wir heiraten können?«

»Das kann ich dir sagen, mein lieber John«, mischte sich Laurel in ungewohnt energischem Ton ein. »Weil deine Mutter – ebenso wie ich – untröstlich wäre, wenn wir nicht die Verlobungszeit einhalten würden, wie es sich gehört, und somit nicht genügend Zeit hätten, uns auf eine standesgemäße Hochzeit vorzubereiten.«

»Mit ›standesgemäß‹ meint meine Mutter natürlich in erster Linie ›rauschend‹«, bemerkte Grace und zwinkerte Laurel zu.

»Nein, das meine ich überhaupt nicht!« widersprach Laurel. »Aber wir haben sehr viele Freunde ebenso wie John und seine Eltern, und ich nehme doch an, daß wir alle möchten, daß wir hier zusammenkommen, um Johns und Devons Hochzeit in aller Form gebührend zu feiern.« Sie hob ihren Kopf und schaute mit leicht indigniertem Gesicht in die Runde.

»Devon, du hast mir jetzt immer noch nicht gesagt, ob du nächste Woche mit mir nach New York kommst oder nicht«, kam John wieder auf das vorherige Thema zu sprechen. »Warum nimmst du nicht Graces Angebot an und fährst doch mit? Du kannst in eurer Stadtvilla absteigen oder bei meinen Eltern wohnen, ganz wie du willst.« Er war so stolz auf seine Braut, daß er es gar nicht erwarten konnte, sie seiner Familie vorzustellen.

»Hm ...« Devon zögerte. Es würde eine recht beschwerliche Reise werden, das wußte sie, aber andererseits konnte sie es sich jetzt einfach nicht mehr vorstellen, nicht an Johns Seite zu sein. Und sie war so neugierig auf seine Familie. Während sie noch überlegte, merkte sie, wie Grace Augenkontakt zu ihr suchte. Sie schaute ihre Schwester an und sah sie unmerklich nicken.

Und jetzt verstand Devon auf einmal die Botschaft, die Grace ihr übermitteln wollte. Sie war jetzt nicht mehr nur für sich allein verantwortlich und mußte auch auf Johns Wünsche Rücksicht nehmen. Es war einfach nicht zumutbar, von ihm zu verlangen, Weihnachten getrennt von seiner Familie hier in Virginia zu feiern, wenn sie selbst doch eine Villa in New York hatten.

»Ich finde es eine sehr gute Idee, nach New York zu fahren«, willigte Devon ein. »Mutter, du hast doch immer gesagt, daß es in New

York Weihnachten am schönsten ist. Warum feiern wir dann nicht den Heiligen Abend zusammen mit den Alexanders? Und nächstes Jahr kommen sie zu uns, und wir feiern hier. Was haltet ihr davon?«

Laurel und Chase schauten sich kurz an und stimmten dann zu. Sie hatten Verständnis dafür, daß Devon ihrem Verlobten und seiner Familie einen Gefallen tun wollte.

»Na, dann ist das ja beschlossene Sache!« jubelte Grace. Sie konnte es gar nicht erwarten, wieder in diese aufregende Stadt zu kommen. Sie hatte wenig Verständnis für Devons Liebe zum Landleben.

»Dann kommt ihr also alle?« fragte John.

»Natürlich, mein Lieber«, erwiderte Laurel. »Wir freuen uns schon darauf.«

»Wunderbar!« rief John aus. »Dann werdet ihr ja auch unsere Verlobungsanzeige in den Zeitungen lesen. Ich verspreche euch – es wird der herrlichste Urlaub, den ihr euch vorstellen könnt. Und das Neue Jahr läuten wir auch gemeinsam ein!«

Alle erhoben spontan ihre Gläser und prosteten sich zu. Das Neue Jahr stand vor der Tür, und sie waren sich alle sicher, daß es das beste Jahr werden würde, das sie jemals *hatten.*

13

Ungläubig starrte Loretta auf die Anzeige in der Zeitung. Eine ohnmächtige Wut stieg in ihr auf.

»Dieses Schwein, dieses miese Schwein!« fauchte sie.

»Wen meinst du, Liebling, deinen Regisseur oder deine Kostümbildnerin«, murmelte Whitney Ross schläfrig. Er tastete nach ihrem Arm und wollte sie an sich ziehen, doch sie schüttelte ihn verärgert ab. Whitney seufzte leise und drehte ihr dann wieder den Rücken zu. Obwohl ihre Beziehung erst einen Monat alt war, brachten ihn ihre plötzlichen Wutanfälle schon nicht mehr aus der Fassung. Immer fand sie einen Grund, sich aufzuregen – über ihre Schauspielerkollegen, über den Intendanten oder über tausend andere Kleinigkeiten. Er hatte es sich schnell angewöhnt, ihr in allem recht zu geben und sich ansonsten nicht groß auf ihre Geschichten einzulassen. Denn er wollte von ihr nur eins – ihren makellosen, leidenschaftlichen Körper.

Er warf einen Blick auf die Uhr. Vier Uhr morgens. Das war eben der Nachteil an einer Affäre mit einer Schauspielerin.

Abendessen gab es regelmäßig erst um Mitternacht. Dann war man frühestens um eins im Bett, und es blieben nur noch ein paar Stunden bis zum Morgengrauen. Und er legte äußersten Wert darauf, bei Tagesanbruch wieder daheim zu sein. Das heißt, eigentlich nicht er, sondern seine Frau. Sie hatte nichts dagegen, von ihren ehelichen Pflichten von jemandem wie Loretta entbunden zu werden, solange ihr Mann beim morgendlichen Frühstück mit den Kindern auf seinem Platz saß. Sie hatte ihm ins Gesicht gesagt, daß sie, falls die Kinder von seinen Affären erführen, auf der Stelle die Scheidung einreichen würde. Denn sie würde es nicht ertragen, als Gedemütigte vor ihren eigenen Kindern dazustehen. Und Whitney Ross hatte kein Interesse an einer Scheidung wegen Ehebruchs. Seine Frau würde sich mit seinem halben Vermögen davonmachen.

Vier Uhr. Um sechs mußte er wieder zu Hause sein. Das hieß, es blieb ihm noch Zeit für eine …

»Loretta, mein Schatz«, sagte er und rollte sich wieder zu ihr hinüber. Er schob seine Hand zwischen ihre Beine und streichelte die Innenseiten ihrer Schenkel.

»Laß mich in Ruhe«, zischte sie und schlug ihm auf die Finger.

»Ach? Warum hat unser Kätzchen denn auf einmal seine Krallen ausgefahren?« fragte er gutmütig.

»Dein Freund, dieses Dreckschwein, hat sich verlobt!« schrie sie ihn fast an.

Whitney wußte sofort, von wem die Rede war. Das einzige, was ihn an Loretta störte, war die Tatsache, daß er sie nur bekommen hatte, weil John sie nicht mehr gewollt hatte.

»Wahrscheinlich war ich ihm nicht fein genug«, stieß Loretta haßerfüllt hervor. Sie vergaß ganz und gar, daß sie es Whitney gegenüber immer so dargestellt hatte, als hätte *sie* John den Laufpaß gegeben. »Statt dessen hat er sich jetzt so eine Unschuld vom Lande geschnappt.«

»Loretta«, schnurrte Whitney, nahm ihr die Zeitung weg und warf sie im hohen Bogen von sich fort. »Vergiß das doch alles. Ich muß bald gehen. Und ich würd' so gern noch …« Er sprach den Satz nicht zu Ende, sondern zwirbelte nur gekonnt eine ihrer rosa Brustwarzen.

»Komm, laß mich, ich bin einfach nicht in Stimmung«, brummte Loretta ärgerlich.

»Weißt du was, mein Schätzchen«, erwiderte er in unmerklich verändertem Ton, »du bist zwar meine Mätresse, doch diese Bezeichnung ist ein wenig irreführend. Er bedeutet im Französischen ›Herrin‹, was den Eindruck erwecken könnte, du hättest eine gewisse Macht über deinen Liebhaber. Aber das Gegenteil ist der Fall. Ich sage: Wir ficken jetzt, und damit basta.« Es gefiel ihm, sie durch seine vulgäre Ausdrucksweise zu schockieren.

»Spiel dich nicht so auf«, sagte sie verächtlich. »Ich kann jeden anderen haben!«

»Jeden, den du haben willst – im Showgeschäft. Jeden neureichen, kleinen Emporkömmling, der davon träumt, einmal ein Glamourgirl im Arm zu halten. Aber du suchst etwas anderes, Liebling – einen Mann aus der Gesellschaft. Und so einer läuft dir nicht jeden Tag über den Weg«, fuhr er mit süffisantem Lächeln fort, während er mit dem Knie ihre Beine spreizte. Ihr Widerstand erregte ihn. »Du denkst, wenn du nur oft genug in Begleitung von einem aus der Gesellschaft gesehen wirst, dann wird dich mal einer von uns auch heiraten. Und vielleicht hast du ja tatsächlich Glück.« Er spürte, wie ihr Widerstand mit jedem seiner Worte mehr und mehr dahinschwand, und so riskierte er es, einen ihrer Arme loszulassen und mit der Hand ihre Scham zu streicheln. »Aber du solltest dich besser an den halten, den du hast, während du nach einem suchst, der dich heiratet, Liebling«, flüsterte er heiser und grinste sie hämisch an.

Loretta verschlug es die Sprache. Sie war eine mit allen Wassern gewaschene Schauspielerin, die sich nicht so leicht in die Karten schauen ließ. Doch Whitney Ross, der sich nie für ihre Welt, für ihre Gedanken und Träume interessiert hatte, hatte sie in einer Weise durchschaut, als ob sie ihm ihre intimsten Wünsche und Hoffnungen offenbart hätte. Sie war erschrocken und gleichzeitig erleichtert. Es war irgendwie beruhigend, zu wissen, daß man jemanden kannte, der die Wahrheit über einen wußte. Solange dieser Jemand ein Freund war.

»Du Hund!« stieß sie zwischen den Zähnen hindurch, doch in ihrer Stimme schwang ein Hauch von Sympathie mit, und sie rieb sich einladend an seinem Bein.

»Ja … so gefällst du mir viel besser«, gurrte Ross und nahm einen ihrer Nippel in seinen Mund. Und als er seine steife Männlichkeit in sie versenkte, stieß er auf keinen Widerstand mehr.

»Da ist eine … Frau …, die Sie sprechen möchte, Miß Devon«, sagte Truitt, der Butler der Richmonds in ihrer New Yorker Stadtvilla. Der von wildem Wein umrankte Bau im Südstaaten-Stil lag im Nobel-Viertel Sutton Place, das erst seit ungefähr zehn Jahren ›in‹ war. Anne

Vanderbilt hatte dieses Viertel berühmt gemacht, als sie wie viele wohlhabende Familien ihr Herrenhaus im Stil der italienischen Renaissance an der Fifth Avenue verkauft hatte und in diese Gegend mit einer zeitgemäßeren Architektur gezogen war.

Devon schaute überrascht von ihrem Buch auf. Sie saß in dem großen Salon, in dem sie und ihre Mutter in den letzten Tagen viele Besucher empfangen hatte. Doch es war der 8. Januar, und nach dem Dreikönigstag pflegten sich normalerweise keine Besucher mehr anzumelden.

»Und wer ist diese ... Frau?« Devon war ein wenig irritiert, daß Truitt nicht ›Dame‹, sondern ›Frau‹ gesagt hatte. Sie wußte also, daß es keine ihrer Freundinnen sein konnte. Mehr noch – Truitts indignierte Miene verriet ihr, daß ihm die Besucherin nicht gefiel. Wer konnte das nur sein?

»Eine Miß Morgan. Sie sagt, sie möchte Sie in einer persönlichen Angelegenheit sprechen.« Truitt rümpfte unübersehbar die Nase, um zum Ausdruck zu bringen, daß er sich nicht vorstellen konnte, wie solch eine Person mit jemandem wie Devon überhaupt etwas Persönliches zu besprechen haben konnte. Devon überlegte einen Moment. Sie hatte volles Vertrauen in Truitts Menschenkenntnis. Seit seinem vierzehnten Lebensjahr schon arbeitete dieser in Würde ergraute Farbige bei ihnen, ursprünglich als Stalljunge, seit seinem achtundzwanzigsten Lebensjahr dann als Butler, erst in Evergreen, dann hier in New York. Nachdem er vierzig Jahre lang die Gäste der Richmonds empfangen hatte, wußte er auf einen Blick, wen er vor sich hatte, da war sich Devon absolut sicher.

»Eine persönliche Angelegenheit?« Sie runzelte die Stirn. »Hm ... Na, was soll's. Schick sie herein, Truitt«, sagte sie dann kurz entschlossen. Man hatte Devon ihren Armverband inzwischen abgenommen, aber ihr Bein war immer noch in Gips, so daß sie sitzen blieb und nicht aufstand, um ihren Gast zu begrüßen, wie es sich gehörte. Sie gab ein hübsches Bild ab, wie sie da vor dem großen marmornen Kamin saß, in ein bodenlanges, zartrosa Kashmirkleid gehüllt. Ihr schwarzes Haar fiel in sanften Wellen auf ihre Schultern herab, und ihr schönes Gesicht zeigte keinerlei Spuren ihres Unfalls mehr.

Devon hielt die Luft an, als sie sah, wer da hinter Truitt ins Zimmer kam. Es war der berühmte Broadway-Star, den sie erst vor zwei Tagen mit ihren Eltern im erfolgreichsten Theaterstück der Saison gesehen hatte.

»Oh!« rief sie überrascht. »Loretta Morgan!« Sie war geschmeichelt und fast ein wenig verlegen, der großen Schauspielerin so unverhofft von Angesicht zu Angesicht gegenüberzustehen. »Ich hab' Sie gerade erst vor zwei Tagen auf der Bühne gesehen. Sie waren wunderbar!«

Loretta, die mit so einem warmherzigen Empfang nicht gerechnet hatte, fühlte sich einen Moment lang entwaffnet und starrte Devon nur irritiert an. Sie hatte ihre Garderobe mit Bedacht ausgewählt, um vor Devon einen entsprechenden Eindruck zu machen. Der schneeweiße Hermelinmantel unterstrich das strahlende Blond ihres Haars. Sie hatte den Mantel absichtlich nicht am Eingang abgegeben, denn sie wollte ihn unbedingt tragen, wenn sie Devon das erste Mal gegenüberstand. Jetzt erst ließ sie ihn mit einer lasziven Bewegung von den Schultern gleiten und händigte ihn Truitt aus, ohne diesen dabei auch nur anzuschauen. Auf ein kurzes Nicken von Devon hin verließ der Butler wortlos den Raum.

Devon betrachtete Loretta, die ihr mit herausforderndem Blick gegenüberstand. Ihr maßgeschneidertes gelbes Seidenkleid brachte, obwohl – oder besser: gerade weil – es langärmlig und hochgeschlossen war, ihre üppigen Rundungen erst recht zur Geltung. Sie trug hochhackige schwarze Pumps, die ihre schlanken Beine noch länger erscheinen ließen, eine schwarze, wildlederne Baskenmütze und dazu passende schwarze Handschuhe, die sie jetzt auszog. Ihr Mund war grellrot angemalt, ebenso wie ihre Fingernägel. Devon fand, daß sie einfach fabelhaft aussah, obwohl sie gleichzeitig Truitts Mißbilligung nachvollziehen konnte. Noch nie hatte jemand die Richmonds in einem derartig … farbenprächtigen Aufzug besucht. Man sah Loretta an, daß sie aus der glitzernden Welt des Showgeschäfts kam. Doch Devon empfand dies überhaupt nicht als aufgedonnert und peinlich, im Gegenteil. Es hatte für sie einen ganz besonderen Reiz.

»Miß Morgan, ich wußte gar nicht, daß meine Eltern Sie kennen«, nahm Devon das Gespräch wieder auf. »Wenn Sie ihretwegen gekommen sind, muß ich Sie enttäuschen, denn sie sind in die Stadt gefahren. Aber setzen Sie sich doch erst einmal.«

Loretta sah sich ein wenig verunsichert in dem geschmackvoll eingerichteten Raum um. Ihr Penthouse war mit allem nur denkbaren Luxus ausgestattet, doch dieses Interieur strahlte eine gewisse gediegene Eleganz aus, die es nicht nötig hatte, mit Reichtum zu protzen. Die wandhohen Fenster, die auf die Straße hinausgingen, ließen den Raum trotz der spärlichen Wintersonne in hellem Licht erstrahlen. Ölgemälde französischer Meister aus dem achtzehnten und neunzehnten Jahrhundert hingen wie zufällig an den Wänden, die mit einer dezenten, eierschalenfarbenen Brokatseide tapeziert waren. Der Salon wirkte überhaupt nicht überladen – die wenigen Sitzmöbel, mit Damast in hellen, pastellfarbenen Tönen bezogen, waren zwanglos zu kleinen Gruppen arrangiert, die zu Entspannung und Gespräch einluden. Blickfang des Raums war ein großer Aubusson-Teppich in gedecktem Beige, Rot und Himmelblau.

Loretta war durch diese lässige Eleganz, aus der der ausgewählte Geschmack von Generationen sprach, ein wenig eingeschüchtert, denn sie wußte, daß sie diesen Stil niemals kopieren konnte. Sie setzte sich auf einen Louis-XV-Lehnstuhl, sprang aber sofort wieder auf und fing an, nervös vor dem Kamin auf- und abzugehen.

»Ich bin nicht gekommen, um hier mit Ihnen Konversation zu betreiben«, begann sie mit leicht gepreßter Stimme. »Ich möchte mit Ihnen über … einen gemeinsamen Freund sprechen.« Sie blieb stehen und starrte einen Augenblick in die tanzenden Flammen des Kaminfeuers, unfähig, Devon in die Augen zu sehen. Der freundliche Empfang der jungen Frau, die da so hilflos mit ihrem Gipsbein im Sessel saß, hatte sie völlig aus dem Konzept gebracht. Sie war hierher gekommen, voller Rachegedanken, aber jetzt sah sie ein, daß ihr Devon im Grunde ja nichts getan hatte und daß ihre ganze Wut nicht ihr, sondern John galt. Einen Moment lang sah es so aus, als würde sich ihr ganzer Zorn in Luft auflösen.

Doch als sie jetzt in Devons fragende, unschuldige Augen sah, stieg sofort die Erregung wieder in ihr hoch. Warum bloß hatte er sich gerade dieses brave, wohlerzogene Unschuldslamm ausgesucht? Sie würde seine Leidenschaft doch niemals so befriedigen können wie sie!

Am liebsten hätte sie diese Unschuld vom Lande links und rechts geohrfeigt, hätte ihr wenigstens eine Ahnung von dem Schmerz zugefügt, den sie empfunden hatte, als John sie verließ. Man sah diesem Mädchen an, daß es von klein auf behütet und gehätschelt worden war. Haß, abgrundtiefer Haß und Neid brachen in Loretta auf.

»Ihr Verlobter …«, stieß Loretta unvermittelt hervor. »Sie haben ja keine Ahnung, was er für ein Mensch ist!«

Devons Gesicht veränderte sich schlagartig. Alle Unschuld verschwand aus ihren Augen, und ein Ausdruck kühler Herablassung trat auf ihre Züge. Loretta erschrak über die plötzliche Veränderung. Hatte sie die Kleine unterschätzt? War sie vielleicht doch nicht so unschuldig, wie sie tat?

Devon ahnte, daß zwischen Loretta und John etwas gewesen war, aber sie wollte gar nicht so genau wissen, was. Es war ihr ein Rätsel, was John zu dieser Frau hingezogen hatte – abgesehen von ihrer unbestreitbaren Attraktivität. Im Moment war ihr überhaupt nur eines klar: Diese Frau wollte ihr Unannehmlichkeiten bereiten, und für Devon, erzogen im Geiste des aristokratischen Südens, war es stets oberstes Gebot, so etwas um jeden Preis zu vermeiden. So verbarg sie ihre Verunsicherung hinter einer Fassade von Überlegenheit und versuchte, Loretta den Wind aus den Segeln zu nehmen. »Ich weiß alles über John, was ich wissen muß«, erwiderte sie von oben herab. »Was auch immer er mit Ihnen zu tun hatte, hat nichts mit mir zu tun.«

»Ich glaube, es gibt einiges mehr, was Sie wissen sollten«, gab Loretta höhnisch zurück. Sie ärgerte sich, daß ihr Auftritt bei Devon so wenig verfing. »Das ganze letzte Jahr über hatten John und ich eine leidenschaftliche Affäre«, fuhr sie fort. »Jeden Abend wartete er nach dem Theater auf mich. Er ist mir hintergelaufen wie ein Hund. Er war verrückt nach mir!«

Devon versuchte, die Erschütterung zu verbergen, die Lorettas Worte in ihr auslösten. Sie saß da, ohne sich zu rühren, die Hände krampfhaft in ihrem Schoß zusammengepreßt, und betrachtete Loretta, die sie jetzt herausfordernd anstarrte. Die Schauspielerin strahlte eine enorme Sinnlichkeit aus, das mußte Devon zugeben. Schon vor zwei Tagen, als sie sie auf der Bühne sah, hatte sie das empfunden, aber jetzt, wo sie ihr leibhaftig gegenüberstand, war diese Ausstrahlung geradezu überwältigend. Und trotzdem hatte John die Beziehung zu ihr beendet, das bewies diese Frau durch ihre schlichte Anwesenheit. Denn wäre sie hier, wenn sie nicht verzweifelt wäre? Nein. John hatte sich von ihr getrennt, das war offensichtlich. Der Gedanke erleichterte Devon und sie fühlte sich plötzlich durch diese Frau nicht mehr bedroht. Und schließlich hatte John sich entschieden, *sie* zu heiraten und nicht Loretta.

Devons und Lorettas Blicke trafen sich. »Die Lage hat sich inzwischen verändert, nicht wahr?« erwiderte Devon so ruhig und neutral, wie es ihr in der Situation möglich war. Sie hatte nicht vor, Loretta weiter durch einen herablassenden Ton zu provozieren.

»Allerdings!« schoß Loretta zurück. »Weil ich ihm den Laufpaß gegeben habe!« Bedrohlich ging sie ein paar Schritte auf Devon zu, so daß sie jetzt direkt vor ihrem Sessel stand.

»Das glaube ich nicht«, antwortete Devon ungerührt. »Wenn dem so wäre, dann wären Sie jetzt nicht hier.«

Loretta stampfte ärgerlich mit dem Fuß auf. Sie suchte nach einer passenden Antwort, doch es fiel ihr nichts Gemeines ein, und so sagte sie: »Ich bin nur deshalb hier, um Sie zu warnen, sich mit jemanden wie John einzulassen!«

»Ach. Ein Akt der Barmherzigkeit?« fragte Devon nicht ohne einen Hauch von Sarkasmus in der Stimme. Sie hatte jetzt ihr Selbstbewußtsein wiedergewonnen. Es war sonnenklar, daß Loretta nur von Eifersucht getrieben war. John hatte nie geleugnet, vor ihr andere Frauen gehabt zu haben. Das hier war also eine von ihnen. Na gut. Sie hatte nicht vor, sich dadurch aus der Fassung bringen zu lassen. Das hatte nichts mit ihrer Liebe zu John zu tun.

»Meinen Sie denn wirklich, daß Sie ihn halten können?« fragte Loretta verächtlich. »Was haben denn Sie für eine Ahnung, wie man einen Mann wie John befriedigt? Ich …«

»Miß Morgan, ich denke, es ist an der Zeit, unser Gespräch zu beenden«, unterbrach sie Devon mit erhobener Stimme, die sich auf dieses Niveau nicht hinabbegeben wollte. »Was auch immer zwischen Ihnen und John war, ist Vergangenheit. Ich werde ihn heiraten. Und ich schlage vor, daß Sie sich mit dieser Tatsache abfinden.« Devon wollte nach der Klingelschnur greifen, um nach dem Butler zu läuten, doch Loretta kam ihr zuvor und packte sie am Handgelenk.

»Vergiß eines nicht, mein Täubchen«, zischte Loretta. Sie haßte Devon für ihre herablassende Art, für ihre privilegierte Geburt, sie haßte sie für alles, was sie hatte und was sie, Loretta, niemals bekommen würde. »Wenn er mit dir ins Bett geht, dann wird er dich mit mir vergleichen. Und dann wirst du kläglich versagen. Denn du hast doch keinen blassen Schimmer, wie man einen Mann befriedigt! Und dann wird er winselnd zu mir zurückkommen!«

Mit einer heftigen Bewegung riß sich Devon von ihr los. »Warten Sie nicht auf ihn, Miß Morgan!« stieß sie eisig hervor. »Sie verschwenden Ihre Zeit!« Sie zog an der Klingelschnur.

Als im gleichen Augenblick Truitt in der Tür erschien, wußte Devon, daß er die ganze Zeit besorgt hinter der Tür gewartet hatte.

»Miß Morgan möchte gehen, Truitt. Würdest du sie bitte hinausbegleiten?« sagte Devon mit so ruhiger und liebenswürdiger Stimme, als hätte sie gerade einen kleinen Kaffeeklatsch mit ihrer besten Freundin beendet.

Der Butler warf einen Blick auf die Blondine, die mit hochrotem Kopf bereits auf die Tür losmarschierte, dann auf Devon, die mit einem distinguierten Lächeln in ihrem Sessel lehnte.

Wortlos drehte er sich um, um Loretta hinauszuführen. Sie wartete nicht darauf, bis er ihr in den Mantel half, sondern entriß ihn ihm unwillig und rauschte hocherhobenen Kopfes an ihm vorbei auf den Ausgang zu.

Devon zog sich heute nicht zum Abendessen um. Statt dessen saß sie nachdenklich am Kamin und schaute in die Flammen, bis der Butler Johns Ankunft meldete. John kam in letzter Zeit mehrmals die Woche zu den Richmonds zum Abendessen.

»Liebling«, begrüßte John sie zärtlich. Er schaute sich hastig im Raum um, um sich zu vergewissern, daß sie allein waren, bevor er sich über seine Braut beugte und sie küßte. »Du siehst wunderschön aus. Ich mag dieses rosa Kleid ganz besonders an dir!« Er streichelte ihr seidenweiches Haar, glitt dann mit den Händen auf ihre Schultern hinunter, und Devon griff hinter sich, um seine Hand zu fassen.

»Ich weiß, daß es eines deiner Lieblingskleider ist«, erwiderte sie warm. »Deshalb hab' ich mich auch extra nicht umgezogen. Außerdem sind wir heute sowieso unter uns.« Sie zog ihn zu sich herum, daß sie ihm ins Gesicht schauen konnte.

»Ich hab's heute gar nicht erwarten können, endlich nach Hause zu kommen«, sagte John und lächelte sie an. Er setzte sich zu ihren Füßen auf den Hocker und lehnte sich dann vor, um sie erneut zu küssen, diesmal heftiger und leidenschaftlicher. Bei dem Geräusch einer Tür im Haus fuhren sie schnell auseinander. Er seufzte leise. »Ich hab' dich vermißt, Devon. Was hast du so gemacht den ganzen Tag?«

»Ach, nur so das übliche«, sagte Devon so beiläufig wie möglich.

»Ich hab' Bart heute getroffen. Er meinte, Sydney hätte vor, dich zu besuchen. Hat sie heute vorbeigeschaut?«

»Nein«, erwiderte Devon. »Heute war gar kein Besuch da.«

14

Endlich war sie Johns Frau! Endlich! Devon konnte ihr Glück noch gar nicht fassen. In ihrer Luxuskabine im Überseedampfer drängten sich Freunde und Bekannte, die ihr zum Start in die Flitterwochen alles Gute wünschen wollten. Vor knapp einer Woche hatten sich so ziemlich die gleichen Menschen in der kleinen Kirche von Middleburg, Virginia, versammelt, um der Hochzeitszeremonie beizuwohnen.

Es war ein einziger Traum gewesen. Devon bekam immer noch feuchte Augen, wenn sie daran dachte. Ihr Hochzeitskleid – auch wenn es nicht von Vionnet war, wie Grace ursprünglich wollte – hätte nicht hinreißender sein können. Der schmale Schnitt betonte Devons schlanke, grazile Figur, und der Kontrast zwischen den züchtig bedeckten Armen, den freien Schultern und dem großzügigen Dekolleté wirkte besonders reizvoll. Der elfenbeinfarbene, kostbare Satinstoff war über und über mit feinster Alençonspitze bestickt, die in einer langen Schärpe auslief. In ihren nachtschwarzen Haaren trug Devon ein Diadem aus echten Perlen, von dem ein Traum von spitzenübersätem Tüll – der Brautschleier ihrer Mutter – über ihr schönes Gesicht und die zarten Schultern fiel.

John sah in seinem grauen Morgenanzug so großartig aus, daß Devon befürchtete, man könnte ihr ihre schmachtende Sehnsucht nach ihm im Gesicht ansehen – und das vor der gesamten Hochzeitsgesellschaft mit dem Minister an der Spitze!

Und dann erst die Hochzeitsnacht! Sie hatten sie in Evergreen verbracht, weil Willowbrook, ihr neues Zuhause, wegen der umfangreichen Renovierungsarbeiten noch nicht bewohnbar war. Laurel hatte das junge Paar, taktvoll wie sie war, in einem verschwiegenen Seitentrakt des Anwesens einquartiert, so daß Devon die erste Nacht, die sie mit einem Mann verbrachte, in aller Privatheit und Intimität genießen konnte. Sie hatten das große Schlafzimmer am frühen Abend betreten, nachdem sie den ganzen Nachmittag lang Gratulationsgäste empfangen hatten, und waren erst vierundzwanzig Stunden später wieder auf der Bildfläche erschienen. Zwischendurch hatte man ihnen ein Tablett mit leckeren Sachen diskret vor die Tür gestellt, doch die hatten sie kaum angerührt, denn Johns und Devons Hunger aufeinander war größer als alles andere.

Am Anfang war Devon sehr nervös. Sie hatte Lorettas drohende Worte in den letzten Monaten wieder vergessen, doch im Augenblick der Wahrheit, in dem es sich erweisen würde, ob sie John befriedigen könnte oder nicht, waren sie wieder in ihrem Kopf und ließen sich nicht mehr vertreiben, als ob Loretta die ganze Zeit dabei wäre. Würde sie, Devon, in der Lage sein, John eine leidenschaftliche Geliebte zu sein? Ihre Freundinnen hatten ihr erzählt, daß es am Anfang ein bißchen weh tun würde. Würde ihr dieser Schmerz alle Lust vertreiben?

Doch all ihre Befürchtungen und Ängste lösten sich in Nichts auf, kaum daß John sie in seine starken Arme nahm. Minutenlang hielt er sie so, überschüttete sie mit Küssen und zärtlichen Liebkosungen, bevor er ganz langsam begann, die lange Reihe von Perlenknöpfen an ihrem Hochzeitskleid zu lösen.

War ihr kalt, oder war es die Erregung, die sie zittern ließ, als sie aus ihrem weißen Traum stieg und nur noch in Spitzenhöschen, Seidenstrümpfen und hochhackigen weißen Pumps vor ihm stand? John fuhr ihr mit seiner heißen Zunge den Rücken entlang, während er mit den Händen von hinten ihre Brüste umschloß und sie zärtlich zu massieren begann. Dann drehte er sie zu sich um und kniete vor ihr nieder. Mit hauchzarten, saugenden Bewegungen umspielte er ihre Brustwarzen, bis sie sich hart und steil aufrichteten. Seine Berührungen jagten Devon heiße Schauer über den Rücken. Mit quälender Langsamkeit zog er ihr das Spitzenhöschen über ihre schlanken Hüften zu den Füßen hinunter.

Der Anblick ihrer Beine, die jetzt nur noch in Strümpfen und Pumps steckten, ließ ihn fast die Kontrolle verlieren, aber er wußte, er mußte ihr Zeit lassen, um sie nicht zu ängstigen. Immer noch kniend, schlang er die Arme um sie und drückte sein Gesicht in ihren flachen, weichen Bauch, während er mit den Händen über ihre Schenkel und ihre Pobacken strich. Ach, wie sehnte sie sich danach, daß er sie streichelte … dort … zwischen den Beinen, wo ihre Sehnsucht nach Erlösung lechzte. Sie war so erregt, daß sie in einem spontanen Impuls nach seiner Hand griff und sie dorthin, auf diese Stelle legte. Sie erschrak über sich selbst. Wie konnte sie nur so draufgängerisch sein! Nie hätte sie sich das träumen lassen!

John hingegen war begeistert, zu sehen, wie ihr natürliches Verlangen ihre Schüchternheit besiegte. Und so schob er einen Finger ganz sanft in ihren Schoß, während er ihre Klitoris zart mit dem Daumen massierte. Devon schwanden die Sinne. Sie konnte sich nicht mehr auf den Beinen halten und sank in seine Arme. Es war so aufregend erotisch, gänzlich nackt vor ihm zu stehen, während er immer noch völlig bekleidet war. Er schien genau das gleiche zu empfinden, denn er hielt es nicht länger aus, trug sie zum Bett hinüber und bettete sie auf die Kissen. Dann spreizte er vorsichtig ihre Schenkel und fuhr mit seiner Zunge dahin, wo vorher seine Finger gewesen waren. Devon konnte es nicht fassen. Was machte er da bloß! Im ersten Moment wollte sie seinen Kopf wegschieben, doch gleichzeitig durchfuhr sie eine solche Welle der Erregung, daß es kein Halten mehr gab. Sie schrie auf, und dann – dann erlebte sie es zum erstenmal: dieses seltsame, schwindelnde Gefühl der Wollust, das sie taumelnd in einen Strudel hinabriß, um sie im gleichen Augenblick auf die höchsten Höhen emporzuschleudern. Und während sie noch stöhnend da lag, naß und offen für ihn, zog er sich schnell aus und drang in sie ein, unfähig, sich länger zurückzuhalten. Es tat kaum weh. Die Lust war stärker als jeder Schmerz, als sie anfingen, sich gemeinsam in diesem uralten Rhythmus zu bewegen, und sie nur ein paar Sekunden später wieder dieses ungeahnte Gefühl der Verzückung erlebte. Dieses Gefühl, das sie wie wild ihre Beine um ihn schlingen ließ, als wollte sie ihn nie wieder loslassen. Sie trieb ihn an, stürmischer in sie zu dringen, tiefer und tiefer. Dann fühlte sie, wie ihn ein Schauer überlief, ein Zittern. Er stöhnte laut auf, und mit seinem letzten Stoß trug er auch sie erneut über den Gipfel, und beide fielen sie erschöpft und glücklich in die Kissen zurück.

Später dann, als Devon zum erstenmal Zeit fand, Johns Körper in aller Ruhe zu betrachten, konnte sie sich nicht sattsehen an ihm: seine kräftigen, muskulösen Arme, Schultern und Beine, seine schmalen Hüften, sein flacher Bauch mit der zarten Linie schwarzer Haare, die hinunter zu seinem Geschlecht führten. Der Anblick erregte sie so sehr, daß sie ihn wieder in sich spüren wollte. Aber er lag schlafend da, ermattet von ihrem Liebesspiel. Und da tat sie etwas, was sie nie gedacht hätte, daß sie es je tun könnte – sie machte mit ihm das Gleiche, was er ganz zu Anfang mit ihr gemacht hatte. Er erwachte und schlug die Augen auf, überrascht, vielleicht sogar schockiert, daß sie sein Glied in den Mund nahm. Zuerst wußte sie nicht recht, wie es nun weiterging, aber mit den zarten Andeutungen seiner Hand, bekam sie ein Gespür dafür, wie sie es machen mußte. In Sekundenschnelle war seine Männlichkeit wieder hart und prall, und er kam über sie, um wieder in sie einzudringen. Und dieses Mal tat es überhaupt nicht mehr weh.

»Ich liebe dich, Devon«, sagte er hinterher mit heiserer Stimme. »Du erregst mich so, wie ich es mir in meinen kühnsten Träumen nicht auszudenken gewagt habe.«

Seitdem hatte Devon keinen einzigen Gedanken mehr an Loretta verschwendet.

Und jetzt saß sie lächelnd in ihrer Luxuskabine, betrachtete John, wie er sich zum Abschied mit seinen Freunden unterhielt, und wieder überkam sie dieses Begehren, daß sie fühlte, wie sie feucht wurde. Auf einmal schien der ganze Raum zu eng, zu heiß zu sein, und sie wünschte sich nichts sehnlicher, als daß all ihre Gäste, so lieb sie ihr auch waren, verschwinden würden. John, der ihren Blick spürte, drehte sich um, schaute ihr in die Augen – und sie verstanden sich wortlos.

Irgendwie gelang es ihnen schließlich, die Freunde ziemlich schnell hinauszukomplimentieren. Kaum war die Tür hinter dem letzten Gast ins Schloß gefallen, da drehte John schon den Schlüssel um und begann, sich hastig auszuziehen. Devon konnte es genauso wenig erwarten wie er und riß sich fast die Knöpfe von dem Jackett ihres lavendelfarbenen Reisekostüms, so eilig hatte sie es, sich ihrer Kleider zu entledigen. John, der jetzt nackt war, kniete sich vor sie und zog ihr den Rock über die Hüften. Sie begann, ihr Leibchen zu lösen, doch John konnte nicht länger warten. Er schob ihr weites Seidenhöschen zur Seite, ging ein wenig in die Knie und drang in ihren nassen Schoß ein. Wie wild stieß er in sie, während Devon unter ekstatischem Stöhnen die Beine um seine Hüften schlang. Fleisch an Fleisch, Körper an Körper, gierig nach Erlösung, fielen sie übereinander her, bis sie schon kurz darauf beide den Höhepunkt erreichten und eng umschlungen und erschöpft zu Boden sanken.

»Du siehst hinreißend aus!« rief Grace bewundernd. Es war ein warmer, sonniger Tag, und die beiden Schwestern saßen in einem Pariser Straßencafé und aßen zu Mittag, ohne sich von den zahlreichen begehrlichen Männerblicken um sie herum aus der Fassung bringen zu lassen. Grace sah wie eine Pariserin aus – angefangen von dem streng geschnittenen weißen Chanel-Kostüm, das ihre schlanke Figur betonte, bis hin zu dem kokett schief aufgesetzten Strohhut mit Tüllschleier. Sie liebte es, mit Accessoires zu spielen: Heute hatte sie sich ein paar schwarzweiß karierte Glacéhandschuhe und dazu passende Pumps ausgesucht. Diese kleine Abweichung von ihrem ansonsten ganz in weiß gehaltenen Ensemble war genau das gewisse Etwas, das den Chic ausmachte. Devon hatte sich für eine weichere, femininere Kreation entschieden, die bei den Männern eher romantische Fantasien auslöste: Sie trug ein ebenfalls weißes Kleid aus Organdy, einem fließenden, ein wenig durchsichtigen Baumwollstoff, der bei jedem Schritt verführerisch hin- und herschwang und ab und zu einen Blick auf ihre schlanken Beine freigab, dazu einen riesigen weißen Hut mit blauen Chiffon-Bändern.

»Ich *bin* hingerissen«, sagte Devon und seufzte glücklich. Sie schnitt sich ein Stück von ihrem Steak ab, bevor sie fortfuhr. »Weißt du, daß heute unser dritter Hochzeitstag ist?«

»Wie bitte?« fragte Grace ungläubig.

»Ja. Wir sind auf den Tag genau drei Wochen verheiratet«, lachte Devon. »Ach, Grace, wie schade, daß du nicht dabei sein konntest! Es war ein einziger Traum!«

»Ja, wirklich schade. Aber ich wußte ja, daß du mir hinterher alles haarklein erzählen würdest. Ach, übrigens – ich weiß ja gar nicht, ob John so begeistert darüber ist, seine Flitterwochen mit seinen Schwägern zu verbringen.«

»Ach, komm, Gracie! Außerdem wohnen wir ja gar nicht bei euch. Wir sind schließlich im ›Ritz‹ abgestiegen.«

»Trotzdem … heute zum Beispiel hab' ich dich ihm schon wieder entführt.«

»Unsinn. Wahrscheinlich ist er heilfroh, daß er nicht stundenlang mit mir einkaufen muß«, grinste Devon. »Außerdem verstehen sich Philip und er doch glänzend! Und in die Jungs ist er richtig verliebt.«

»Na gut, dann brauch' ich mir ja keine Gewissensbisse zu machen«, erwiderte Grace erleichtert. »Übrigens – wo wollt ihr jetzt eigentlich leben, wenn ihr wieder zurück in die Staaten fahrt?«

»Die meiste Zeit in Willowbrook, denke ich. Wenn wir Rennpferde züchten, müssen wir das ja. Zumindest am Anfang. Mmhh, das schmeckt vielleicht herrlich, Grace! Diese gebratenen Kartoffeln – wie kriegen die die bloß so hin?«

»Ich weiß es auch nicht«, lachte Grace. »An der gesamten amerikanischen Botschaft hat es noch keiner geschafft, es den Parisern nachzumachen. Aber was ich dich fragen wollte – was ist mit Johns Geschäften? Kann er die denn überhaupt von Willowbrook aus führen?«

»Was weiß ich. Aber er selbst hat schließlich Willowbrook gekauft!«

»Ja, als Landsitz vielleicht. Aber nicht, um dort ständig zu leben. Hast du mit ihm noch gar nicht darüber geredet?«

»Um ehrlich zu sein – nein.«

»Würdest du denn gerne in New York leben?«

»Nein, wirklich nicht! Du weißt doch, wie ich an Virginia hänge! Das ist einfach meine Heimat. Natürlich werden wir immer wieder einmal für ein paar Wochen nach New York fahren. Wir haben eine Menge Freunde dort, und ich habe jetzt durch John noch einige dazugewonnen. Ich bin sicher, daß John bei diesen Gelegenheiten genug Zeit hat, seinen Geschäften nachzugehen.«

»Aber zieht es John denn nicht nach New York?«

»Ich weiß bloß, daß er nach unseren Flitterwochen wieder hin muß.

Aber wir werden bloß ein paar Wochen bleiben. Ich kann es gar nicht erwarten, Sydney Howell-Jones von unserer Reise zu erzählen. Erinnerst du dich an sie? Diese Blondine, die so ungeheuer unterhaltsam ist! Aber dann werden wir gleich wieder nach Hause fahren, denke ich.«

»Du weißt hoffentlich, daß dein Zuhause jetzt da ist, wo John ist, Devon«, sagte Grace in ernstem Ton.

»Natürlich weiß ich das! Aber ich habe John vom ersten Tag an gesagt, daß ich nie und nimmer nach New York ziehen werde. Und er hat das bisher nie zum Problem gemacht. Ich nehme an, daß das auch der Grund war, warum er Willowbrook gekauft hat.«

»Ich weiß nicht, ich weiß nicht.« Grace wiegte skeptisch den Kopf. »Ich hab' den starken Eindruck, daß er die meiste Zeit in New York leben will.«

»Grace, jetzt hör doch endlich auf damit!« rief Devon und machte eine wegwerfende Handbewegung. »Wir werden uns da bestimmt einigen. Das ist überhaupt kein Problem, das schwöre ich dir!«

»Aber daß ihr darüber nie geredet habt!« wunderte sich Grace.

»Na, ich hab' dir doch gesagt – er hat meine Meinung von Anfang an gewußt und … ich weiß auch nicht … das war einfach nie Thema bei uns. Wir sind immer zwischen New York und Virginia hin- und hergependelt, wie wir gerade Lust hatten.«

»Ja, das war früher. Da habt ihr die Hochzeit vorbereitet und es gab jede Menge Gründe, nach New York zu fahren. Aber jetzt – wärst du auch weiterhin bereit, ihn dorthin zu begleiten, wenn er es möchte?«

»Ja, ja, natürlich«, stöhnte Devon, »… wenn es sich in Grenzen hält.«

»Devon«, sagte Grace in strengem Ton. »Ich hab' den Eindruck, daß du zu lange als Einzelkind gelebt hast.«

»Was soll denn das heißen?« entrüstete sich Devon. »Willst du damit sagen, ich sei verwöhnt?«

»Nicht direkt … ich meine, Vater und Mutter haben uns nie einen Wunsch abgeschlagen, aber sie lehrten uns andererseits, das, was wir haben, auch zu schätzen. Ich will nicht sagen, daß du verwöhnt bist – aber du hast einfach immer deinen Kopf durchsetzen können. Ist dir wirklich klar, daß du von nun an mit einem Mann zusammenlebst, mit dem du dich abstimmen mußt, tagtäglich? Schau nur, du nennst Virginia zum Beispiel deine Heimat. Das stimmt natürlich. Du bist dort aufgewachsen, und deine Eltern leben dort. Aber du bist nicht mit deinen Eltern verheiratet, sondern mit John! Und Johns Heimat ist

New York. Wenn eine Frau heiratet, wird von ihr erwartet, daß sie dorthin zieht, wo ihr Mann seine Heimat hat.«

»Ja, das weiß ich schon!« rief Devon gereizt. »Aber Willowbrook ist auch seine Heimat!« beharrte sie.

»Er hat Willowbrook für dich gekauft. Und er wird dort sicher auch viel Zeit verbringen. Aber bestimmt nicht soviel Zeit, wie du gerne hättest!«

»Ach Gracie, du machst aus allem ein Problem!« Devon lachte ein wenig künstlich, um die gespannte Stimmung wieder aufzulockern.

»Nein, das stimmt nicht, Devon, und das weißt du auch ganz genau. Ich bin wirklich die letzte, die aus einer Mücke einen Elefanten macht. Aber ich habe aus deinen Gesprächen mit John einfach den Eindruck gewonnen, daß ihr euch überhaupt noch nicht geeinigt habt, wo ihr eigentlich leben wollt. Und überhaupt habe ich insgesamt das Gefühl, daß ihr beide ziemlich verschiedene Vorstellungen von eurer Zukunft habt.«

»Ach, was! Wir lieben uns viel zu sehr, um uns über solche Kleinigkeiten in die Haare zu geraten!« erwiderte Devon. Ein verträumtes Lächeln glitt über ihr Gesicht, als sie an ihren Mann dachte.

»Na, ich kann nur hoffen, daß alles gutgeht«, seufzte Grace.

Paris war schon immer Devons Lieblingsstadt gewesen, und es war ihr ganzer Stolz, John all die kleinen versteckten Ecken und Winkel zu zeigen, die sie bei ihren früheren Besuchen entdeckt hatte. John war bisher nur ein einziges Mal für ein paar Tage mit einer Reisegruppe in Paris gewesen und hatte unter Führung eines Reiseleiters in aller Kürze die wichtigsten Sehenswürdigkeiten abgeklappert. Jetzt waren er und Devon schon drei Wochen in dieser Stadt, und obwohl sie jeden Tag umhergestreift waren, gab es immer wieder etwas Neues, das Devon ihm zeigen konnte.

»In dieser Patisserie hier gibt's die besten Zitronentörtchen von ganz Paris«, erklärte Devon stolz und führte ihn in eine kleine, von außen eher unscheinbar wirkende Konditorei die versteckt in einer der verwinkelten, kopfsteingepflasterten Gassen am linken Seine-Ufer lag.

»Und woher weißt du das so genau?« fragte John augenzwinkernd, während ihnen die Verkäuferin hinter der Theke vier dieser Köstlichkeiten einpackte.

Devon setzte eine beleidigte Miene auf. »Na, ich hab' sie natürlich alle durchprobiert!« behauptete sie, ohne mit der Wimper zu zucken.

»Du nimmst doch wohl nicht an, daß ich dir das glaube, mein Schatz«, lachte John. »So schlank, wie du bist!« fügte er stolz hinzu und schlang seinen Arm um ihre Wespentaille. Bewunderung, Stolz und überschwengliche Liebe lagen in seinem Blick. Wenn er an all die Dinge dachte, die sie ihm in den letzten Wochen gezeigt hatte – ihm war, als hätte er bei jeder neuen Entdeckung auch eine neue Seite von ihr entdeckt.

»Ob du's glaubst oder nicht – ich hab' sie alle durchprobiert«, beharrte sie. »Und die Schokoladentrüffel und die Mandelhörnchen natürlich auch – alle!« sagte sie und biß sofort ein Stück von dem Creme-Törtchen ab, kaum daß sie aus dem Laden waren.

»Hey, hey, wart mal! Die wollten wir uns doch bis zum Kaffeetrinken aufheben!« protestierte John und nahm ihr mit einer blitzschnellen Bewegung das Paket aus der Hand.

»Bis zum Kaffeetrinken? Na hör mal! Es ist erst halb elf. So lange kann ich unmöglich warten!« widersprach sie und versuchte, ihm das Paket wieder wegzuschnappen, das er hinter seinem Rücken versteckt hielt. »Und außerdem esse ich jetzt für zwei!« Devon ließ sich auf eine Parkbank fallen und tat so, als bewundere sie einen kleinen Springbrunnen, während sie auf Johns Reaktion wartete. Doch der stand nur stumm da, als hätte man ihm einen Schlag auf den Kopf versetzt. Nach ein paar Sekunden schaute sie ihn an und zog ihn übermütig neben sich auf die Bank. Sie war so voller Vorfreude, daß sie es gar nicht erwarten konnte, ihre Begeisterung mit ihm zu teilen.

Doch John schwieg nur. Dann sagte er: »Devon, bist du dir da ganz sicher?«

»Na ja, nicht hundertprozentig, aber ich bin ein paar Tage überfällig. Das kann natürlich auch die ganze Aufregung sein, die Reise … und so.« Devon hatte aufgehört herumzualbern. Sie war jetzt ganz ernst. Sie wünschte sich so sehr, schwanger zu sein und nahm sich andererseits ganz fest vor, nicht enttäuscht zu sein, wenn es doch noch nicht soweit wäre. Wahrscheinlich geht es ihm genauso, dachte sie. Vielleicht will er sich nicht zu früh freuen, um nicht enttäuscht zu sein. Das ist womöglich der Grund, warum er so … zurückhaltend ist.

»Aber hast du denn nicht …«

»Doch, das hab' ich schon. Aber ich hab' es erst an dem Tag vor unserer Abreise aus New York bekommen. Du wolltest doch unbedingt, daß ich nicht zu Dr. Hickock, sondern zu einem richtigen Frauenarzt gehe.« Devon war verwirrt. Wieso glaubte er ihr denn nicht, daß sie schwanger war?

»Ja, schon. Aber die Zeit davor, da hab' ich doch immer aufgepaßt.«

»Offensichtlich nicht genügend«, schmunzelte sie und kuschelte sich an ihn. »Außerdem darf ich dich dezent daran erinnern, daß deine atemberaubende Leidenschaft für mich deine gewaltige ... Kontrolle bisweilen schlicht über den Haufen geworfen hat.« Sie kicherte. »Besonders in der Hochzeitsnacht«, flüsterte sie ihm ins Ohr.

John sagte nichts und zog sie nur an sich. Sie lehnte ihren Kopf an seine Brust. »Du bist glücklich, John, nicht wahr?« murmelte sie.

»Ja ... natürlich«, erwiderte er. Aber es klang nicht sehr überzeugend.

Mit einer abrupten Bewegung riß sich Devon von ihm los und setzte sich aufrecht hin, um ihm ins Gesicht zu sehen. »Du freust dich überhaupt nicht!« rief sie enttäuscht.

»Nein, Devon, das stimmt so nicht«, wich John aus. »Ich hab' nur ... ich hab' mir einfach gewünscht, daß wir erst einmal ein bißchen Zeit für uns beide hätten. Ich hatte noch nicht vor, gleich eine Familie zu gründen. Verstehst du das?« Er faßte sie an den Schultern und sah ihr eindringlich in die Augen. Er liebte sie von ganzem Herzen, aber der Entschluß, sie zu heiraten, hatte einen fundamentalen Einschnitt in sein Leben bedeutet. Als er gemerkt hatte, wie sehr er sich in Devon verliebt hatte, hatte er lange gezweifelt, ob er schon willens und bereit wäre, die Verpflichtung und die Verantwortung zu übernehmen, die eine Ehe bedeutete. Die Zweifel hatte er inzwischen überwunden, und er war weiß Gott dankbar dafür, daß er sich zu diesem Entschluß durchgerungen hatte. Aber ein Kind – das war etwas anderes, eine ganz neue Herausforderung, eine Belastung ganz eigener Art.

Devon glaubte ihn zu verstehen. »Liebling, ein Kind ist nichts, was sich zwischen uns stellt, im Gegenteil. Es läßt unsere Liebe erst richtig erblühen.« Sie dachte daran, wie sehr sie ihre Patentochter liebte. Die Liebe zu ihrer eigenen Tochter – oder ihrem Sohn – würde noch tiefer, noch stärker sein.

»Es ist weniger die Befürchtung, ein Kind könnte sich zwischen uns stellen«, erwiderte John nachdenklich. »Ich denke mehr an all die Dinge, die wir miteinander unternehmen wollten: Willowbrook aufbauen, reisen.«

»Aber das können wir doch auch mit einem Kind! Als ich klein war, sind wir immer mit unseren Eltern verreist. Natürlich hat auch Alice viel auf uns aufgepaßt, aber sonst waren wir immer mit unseren

Eltern zusammen. Ich glaube nicht, daß wir ihnen eine Belastung waren.«

»Ja, das kann man natürlich alles organisieren ... ein Kindermädchen und so ... aber ...« Er brach ab. Was war es bloß, das ihn so zurückschrecken ließ? Die Verantwortung? Nein, so wollte er es nicht ausdrücken. Das klang irgendwie unreif. »Ich glaube, es ist einfach, daß ich unser freies Leben so liebe. Ich kann mir mich als Vater noch gar nicht vorstellen.«

»Ich glaub', das kann man sowieso erst, wenn es soweit ist«, gab sie ein wenig altklug zurück. Sie starrte vor sich auf den sonnenüberfluteten Rasen der Parkanlage. Wenn sie sich ein Leben mit Kindern vorstellte ... dann kamen nur Bilder der Freude, des Glücks. Überhaupt keine Zweifel und Ängste, so wie sie John gerade artikuliert hatte.

»Vielleicht, wenn wir mehr Zeit hätten ...«, sagte John stirnrunzelnd.

»Vielleicht! Was heißt hier ›vielleicht‹? Willst du denn gar keine Kinder? Du hast immer gesagt, du wolltest welche!«

»Ja, natürlich. Aber erst später, in ein paar Jahren«, erklärte John. Er verstand auch nicht, warum er solche Widerstände hatte. Als er klein war, hatten seine Eltern ihn der Obhut einer Amme übergeben, dann einem Hauslehrer, später hatten sie ihn ins Internat geschickt. Alle seine Freunde waren unter ähnlichen Verhältnissen aufgewachsen. Natürlich verbrachten Eltern gerne Zeit mit ihren Kindern und hatten ihre Freude an ihnen, aber am liebsten sahen sie sie von der Schokoladenseite. Mit den dunklen Seiten ihrer Kinder, ihren Abgründen wollten sie lieber nichts zu tun haben. Was war so beängstigend an dieser Tatsache? Hatte er Angst, erwachsen zu werden? Angst, daß er kein guter Vater sein würde? Er wußte es nicht. Er fühlte sich einfach noch nicht reif für eine Vaterschaft.

»Na, auf jeden Fall haben wir jetzt keine andere Wahl«, sagte Devon mit gepreßter Stimme. Am liebsten hätte sie losgeheult, aber sie wollte sich jetzt keine Blöße geben. Wie war es bloß möglich, daß ihre Begeisterung, ihre überwältigende Freude bei ihm so gar kein Echo fand? Sie fühlte sich betrogen und abgrundtief verletzt.

John hatte ein schlechtes Gewissen. Er spürte, wie sehr er sie gekränkt hatte. »Liebling«, sagte er leise. »Es tut mir wirklich leid. Ich war gerade eben nicht sehr nett zu dir. Wenn unser Kind erst einmal geboren ist, können wir sicher über meine dummen Befürchtungen nur noch lachen. Ich werde es aus vollem Herzen lieben, das weiß ich.

Und außerdem ... können wir ja jetzt sowieso nichts mehr daran ändern.« Er versuchte, sein Bedauern zu verbergen.

»O John! Du redest, als ob ein Unglück über uns hereingebrochen wäre! Wie kannst du nur so sein!« Sie schluchzte auf.

Er legte den Arm um ihre Schultern und zog sie an sich, aber sie riß sich von ihm los. »Devon«, mahnte er leise. »Natürlich ist es kein Unglück. Aber ich brauche einfach noch ein bißchen Zeit, mich an den Gedanken zu gewöhnen.«

»Ich weiß nicht, was ich sagen soll«, erwiderte sie fassungslos und stand abrupt auf. All ihre Liebe, all ihr Glück schien ihr auf einmal zwischen den Fingern zu zerrinnen. Es war nicht seine Einstellung zu ihrem Kind, die sie so erschaudern ließ, nein, es war etwas anderes, etwas an ihm ... etwas, das sie nicht beschreiben konnte. Ihr war, als hätte er ihr einen Schlag versetzt. Sie betrachtete sein Gesicht, dieses schöne, erregende Gesicht mit den lebendigen blauen Augen. Aber es war nicht das Gesicht des Mannes, den sie liebte. Plötzlich war es nur das Gesicht eines gutaussehenden Fremden. Eine eisige Kälte griff ihr ans Herz. Sie hatte Angst. Sie wollte nicht, daß ihre Liebe zu ihm aufhörte.

John, der ahnte, was in ihr vorging, bekam es ebenfalls mit der Angst zu tun. »Devon, warum schaust du mich so eigenartig an«, flüsterte er beunruhigt und zog sie wieder zu sich auf die Bank. Sie sagte nichts, sondern starrte ihn nur weiter an. Als ob sie mich nicht mehr kennen würde, dachte er erschrocken. Er konnte es fast körperlich spüren, wie ihre Liebe zu ihm, diese Liebe, die er so sehr brauchte, zu Asche zerfiel. Bei dem bloßen Gedanken verwandelte sich die sonnenüberflutete Pariser Szene rund um ihn herum auf einmal in eine leblose, kalte Mondlandschaft. Ich darf nicht zulassen, daß ihre Liebe stirbt, dachte er in Panik. Sie muß mich lieben. Sie muß!

Er ergriff ihre Hände und drückte sie, daß Devon fast vor Schmerz aufschrie. »Devon«, flehte er, »ich hab' einfach ein bißchen Bammel.« Er lachte nervös. »Aber mach dir keine Sorgen. Ich werd' bestimmt der beste und stolzeste Papa aller Zeiten sein.« Er wünschte, er könnte seinen eigenen Worten Glauben schenken. Vielleicht, wenn er das Kind erst sähe ...

Devon nahm seinen Trost an, weil es nichts gab, was sie jetzt so sehr brauchte. Sie wollte ihn lieben. Ihn zu lieben, war ihr einziges Glück im Leben. Die Vorstellung, ihn nicht mehr lieben zu können, machte sie schier wahnsinnig.

Beide, John wie Devon, wollten nichts sehnlicher, als seinen Worten glauben. Und beide wußten, daß es Lüge war.

15

»Huh! Was für ein gewagtes Kleid! Echt pariserisch!« rief Grace bewundernd aus, als sie ihre Schwester vor dem goldgerahmten Drehspiegel stehen sah. »So etwas hab' ich ja noch nie an dir gesehen!«

Die beiden Schwestern befanden sich in dem großen, luxuriös ausgestatteten Foyer der Damentoilette in der amerikanischen Botschaft von Paris. Der Raum war im Louis-XIV-Stil eingerichtet, mit karmesinroter Brokatseiden-Tapete, prunkvollen Barockspiegeln und kunstvoll geschliffenen Kronleuchtern, die von der vier Meter hohen Stuckdecke herabhingen. Ein Dienstmädchen in Livree stand diskret in der Ecke und ordnete die Dinge, die sie für den heutigen Gala-Abend brauchte: Ein Etui mit Nähutensilien, eine Naturhaar-Bürste, Leinenhandtücher, Flakons mit französischem Parfum, Schildpattkämme und Haarnadeln, Puder und die zahlreichen anderen Dinge, die eine Lady zu ihrer Verschönerung benötigte.

Grace saß auf einem kostbaren antiken Diwan mit aufwendig gedrechselten Füßen und rot-weiß gestreiftem Seidenpolster und kam aus dem Staunen über Devons aufsehenerregendes Abendkleid gar nicht mehr heraus. Nicht, daß es in irgendeiner Weise anstößig wirkte – der schwarze Satinstoff und der schlichte Schnitt zeugten von zurückhaltender Eleganz. Aber man sah dem Kleid sofort an, daß es ein Vermögen gekostet hatte, und es betonte in einer Weise Devons schlanke Figur, daß es einem schier den Atem verschlug. Das trägerlose Oberteil war zu einem tiefen V ausgeschnitten und drückte Devons Brüste so stark nach oben, daß eine atemberaubend tiefe Spalte entstand. Von hier aus schmiegte sich der Stoff hauteng an Devons Taille und Hüften, modellierte geradezu jede Kurve ihres grazilen Körpers und öffnete sich erst auf Kniehöhe in weite, fließende Falten bis zum Boden.

»Dreh dich mal um«, sagte Grace und machte eine kreisende Bewegung mit dem Zeigefinger.

Als Devon ihrem Wunsch nachkam, fiel Graces Blick sofort auf den tief ausgeschnittenen Rücken, der höchst reizvoll die Konturen ihres makellosen Rückens und ihres knackigen Pos zur Geltung brachte. Devons schwarze Haare, die ihr in schwingenden Wellen auf die Schultern fielen, wirkten selbst wie glänzend schwarzer Satin und bildeten einen faszinierenden Kontrast zu ihrer schneeweißen Porzellanhaut – ein überwältigender Eindruck, und äußerst sexy dazu.

»Was ist denn bloß auf einmal in dich gefahren?« fragte Grace fassungslos. Devon hatte sich immer schon mit sehr viel Geschmack gekleidet, aber sie hatte bisher stets klassische Schnitte und dezente Eleganz bevorzugt. Daß sie ein derartig gewagtes Abendkleid wählte, das ihre weiblichen Rundungen so deutlich zeigte, war eine absolute Neuheit.

»Sieht aus wie ein Fummel von Jean Harlow, stimmt's?« grinste Devon selbstbewußt.

»Kann man wohl sagen«, bestätigte Grace und schüttelte ein wenig ungläubig den Kopf.

»Und? Findest du es zu provozierend?« fragte Devon und reckte angriffslustig das Kinn.

»Nein ... aber Martha würde sich sicherlich im Grabe umdrehen«, feixte Grace.

»Martha?« Devon runzelte die Stirn. »Welche Martha?«

»Na, die da oben«, sagte Grace respektlos und deutete auf das riesige Ölgemälde in Goldrahmen, das an der Wand über den Sitzgelegenheiten hing und die Frau von George Washington darstellte. Außer Devon, Grace und der Zofe war der Raum noch menschenleer. Grace pflegte zu gesellschaftlichen Anlässen früh zu erscheinen, denn sie war gut mit der Frau des Botschafters befreundet und half ihr immer bei den letzten Handreichungen vor Beginn einer Gala.

Devon warf einen Blick zu dem Porträt Martha Washingtons empor und brach in schallendes Gelächter aus. »Hach!« rief sie. »Was weißt du denn schon! Ich glaube, die gute Martha war mit allen Wassern gewaschen. Sonst wäre es ihr doch nicht gelungen, einen Mann wie George Washington zu halten!«

»Na, so einen verruchten Fummel hätte sie aber bestimmt nicht angezogen – nicht einmal im Bett«, kicherte Grace.

»Ach, ich hab' mir einfach gedacht ...«, grinste Devon, »ich könnt' doch mal die ›femme fatale‹ spielen.« Sie stöckelte mit schwingenden Hüften zum marmornen Spiegeltisch hinüber und begann, an den verschiedenen Parfum-Flacons zu schnuppern, ohne sich für einen der Düfte entscheiden zu können. Sie vermied Graces Blick, denn sie wollte nicht weiter mit ihr diskutieren müssen. So richtig wußte sie auch nicht, warum sie sich gerade dieses Kleid ausgesucht hatte. Vielleicht wollte sie John ja mit Absicht ein bißchen provozieren. Seit ihrem Gespräch vor zwei Tagen, in dem sie ihm angekündigt hatte, daß sie guter Hoffnung war, hatte sie sich dabei ertappt, daß sie immer wieder mit einer gewissen Genugtuung Dinge tat, die ihn ärgerten.

Bei dem Dinner gestern abend zum Beispiel hatte sie hemmungslos mit zwei alten Schulfreunden von John geflirtet.

Einer der beiden war Korrespondent einer amerikanischen Zeitung in Paris, der andere war eher ein Dandy, der sein Erbe durchbrachte, indem er sich auf dem Parkett der Pariser High-Society ein schönes Leben machte. Letzterer war ausgesprochen attraktiv, und sie hatte sich gegen seine überschwenglichen Komplimente nicht gewehrt, sondern ihn mit ihrem strahlenden Lächeln dazu angestachelt. Und als er sie zum Foxtrott aufforderte, hatte sie es zugelassen, daß er eindeutig zu eng mit ihr tanzte. Das Ganze war absolut harmlos geblieben – John hatte scheinbar überhaupt nichts davon bemerkt –, doch Devon hatte sich über ihr provokantes Verhalten selbst ein wenig gewundert.

Johns Reaktion, beziehungsweise das Fehlen jeglicher Reaktion auf ihren Flirt hatte sie stark irritiert. Seit sie ihm eröffnet hatte, daß er Vater werden würde, war er die meiste Zeit eigenartig wortkarg und geistesabwesend. Obwohl sie beide nach wie vor ihre Flitterwochen sehr genossen – jeden Tag absolvierten sie ein dicht gedrängtes Programm –, schien es Devon, als hätten sie gar keinen richtigen Kontakt mehr zueinander. John hatte seitdem auch nicht mehr mit ihr geschlafen, und Devon hatte aus ihr unerklärlichen Gründen ebenfalls keine Lust verspürt.

»Devon – ist irgend etwas?« fragte Grace. Devon, die mechanisch ein Fläschchen nach dem anderen hochgehoben und wieder abgesetzt hatte, fuhr aus ihren Gedanken auf und drehte sich zu ihrer Schwester um.

»Bitte? Ach so – nein, nicht doch, was soll denn sein?« antwortete sie und lachte nervös. »Komm, es ist Zeit, daß wir runtergehen.«

»Du hast recht«, pflichtete ihr Grace bei. »Ich muß noch die Tischkarten kontrollieren und schauen, daß die Martinis auch wirklich eiskalt sind. Ich weiß beim besten Willen nicht, was die Franzosen gegen kalte Getränke haben. Manchmal denke ich, daß sie …«

Doch Devon hörte schon nicht mehr hin. Sie war wieder in ihre Gedanken und Grübeleien versunken. Während sie die breite Treppe hinunterstiegen, warf sie einen Blick auf ihren flachen Bauch. Wann würde es wohl losgehen, daß man ihr ihre Schwangerschaft ansah? Warum erzählte sie eigentlich ihrer Schwester nichts davon? Sie hatten doch sonst nie Geheimnisse voreinander gehabt. Aber sie wußte, daß Grace dann sofort fragen würde, wie John darauf reagiert hätte. Und dann würde sie, Devon, sicher nicht mehr in der Lage sein, mit ihrer Enttäuschung hinterm Berg zu halten. Grace würde dann mit Sicherheit John gegenüber irgendeine kritische Bemerkung machen, und das wollte sie nicht. Sie empfand es fast als Verrat, jemand dritten in ihr Geheimnis einzuweihen, selbst, wenn es die eigene Schwester war. Andererseits wußte sie auch nicht, was sie zu Johns Verteidigung hätte vorbringen können. Sie selbst hatte ja seine Betroffenheit nicht im mindesten nachvollziehen können. Sie hatte das Erschrecken darüber einfach verdrängt und sich vorgenommen, seinen nachgeschobenen Beteuerungen zu glauben, daß er nur im ersten Moment ein wenig verdattert gewesen wäre und sich natürlich ohne Frage schrecklich auf das Baby freuen würde. Doch so sehr sie auch versuchte, alles zu verharmlosen – die Verletzung, die er ihr mit seiner mangelnden Freude über ihre Schwangerschaft zugefügt hatte, saß tief und schwärte in ihr wie eine offene Wunde. Und diese Wunde hinderte sie daran, ihn so rückhaltlos und hingebungsvoll zu lieben wie früher.

Aber ich liebe ihn doch, versuchte sie sich zu überzeugen. Er ist schließlich mein Mann. Ich muß irgendwie damit fertig werden, so wie er auch. Ich liebe ihn wirklich. Ich liebe ihn!

»Was?« fragte Grace und drehte sich verdutzt zu ihrer Schwester um.

»Hab' ich was gesagt?« fragte Devon erschrocken und ein wenig verlegen.

»Ja, du hast was geflüstert«, antwortete Grace.

»Da muß ich mit mir selbst geredet haben«, murmelte Devon.

Grace starrte sie an, ein wenig skeptisch und besorgt zugleich.

Devon überspielte die Situation, indem sie ihre Schwester lachend am Arm nahm und sagte: »Komm, jetzt genehmigen wir uns erst einmal einen *kalten* Martini. Obwohl ich zugeben muß, daß er hier in Paris, wo er nicht verboten ist, nur halb so gut schmeckt wie in den Staaten.« In Amerika galt immer noch die Prohibition, das Verbot von Alkohol, was die Angehörigen der Oberschicht jedoch relativ unberührt ließ. Denn sie hatten in der Regel eigene Weinkellereien und auch die nötigen Beziehungen, um an härtere Sachen zu kommen, wenn sie wollten.

John, Philip und Botschafter Long schauten von der antiken Landkarte auf, über die sie sich gebeugt hatten, als Devon und Grace den Salon betraten. Sie hatten Cocktailgläser in der Hand und waren in erwartungsvoller Stimmung, denn jeden Moment mußten die ersten Gäste eintreffen. Der Salon war wie gemacht für einen Gala-Abend für höchste Ansprüche. Die Wände waren mit jahrhundertealten Wandteppichen behängt, deren aufwendige Muster und Farben, wenn auch ein wenig verblichen, einen in Ehrfurcht erstarren ließen. An beiden Seiten des riesigen Raums befand sich je ein majestätischer Kamin aus weißem Marmor mit kunstvoll gemeißelten Schwan-Motiven aus der Blütezeit des Empire. An diesem warmen Junitag war natürlich kein Feuer entzündet. Statt dessen standen alle sechs Flügeltüren an der Frontseite offen und gaben den Blick auf die breite Marmorterrasse frei, von der eine frische Abendbrise hereinwehte. Den Blickfang der Terrasse bildete eine munter sprudelnde Fontäne, deren Wasser sich, beleuchtet von flackernden Kerzen, in eine geschwungene Muschelschale ergoß, aus der eine meterhohe nackte Venus stieg.

Die Männer brachen mitten im Satz ab, als die Frauen hereinkamen. Grace sah faszinierend aus in ihrem weißen Seidenchiffon-Kleid im klassizistischen Stil, das bei jedem Schritt hin- und herschwang. Doch Devon zog sofort alle Männerblicke auf sich. Der Kontrast zwischen ihrer im Abendlicht schimmernden weißen Haut und dem glänzenden schwarzen Satinstoff ihres gewagten Abendkleides verschlug den Herren der Schöpfung schlichtweg die Sprache.

John empfand Devons Kleid nicht im geringsten als anstößig, sondern im Gegenteil als so erotisch, daß er sie am liebsten auf der Stelle verführt hätte – nein, nicht verführt, sondern einfach genommen, hier und jetzt auf dem Teppich, ohne Vorspiel, wild, hart und schnell. Er war erleichtert über die Wirkung, die sie auf ihn ausübte, denn es hatte ihn äußerst beunruhigt, daß er seit ihrem Gespräch über ihre Schwangerschaft nicht mehr das geringste Bedürfnis verspürt hatte, mit ihr zu schlafen. Er hatte sich diesen Wandel selbst nicht erklären können, aber es war, als hätte sich zwischen ihn und seine Frau eine unsichtbare Barriere geschoben.

Aber Devons Auftritt in diesem Kleid vertrieb alle Reserviertheit, die er in den letzten Tagen ihr gegenüber empfunden hatte. Es war nicht das Kleid selbst – derartig provokante Kleider hatte er schon an vielen Frauen gesehen –, nein, es war Devon selbst. Sie strahlte ein gewisses Flair von Verruchtheit aus, das in reizvollem Gegensatz zu ihrer distinguierten, zurückhaltenden Art stand, sich zu unterhalten und sich zu benehmen. Für John war das ein ganz neuer Zug an Devon, den er zum erstenmal bewußt an ihr wahrnahm, der aber wohl schon immer tief in ihrem Inneren geschlummert und den er wahrscheinlich instinktiv bereits bei ihrer ersten Begegnung gespürt hatte.

John ließ seinen Blick über Devons Figur schweifen und grinste sie so unverschämt an, daß es ihr einen erregenden Schauer über den Rücken jagte. Vergessen war ihr Groll gegen ihn, sie spürte nur noch ein heißes Verlangen nach ihm, ein animalisches Verlangen, das sie beim Gehen automatisch ihre Hüften noch lasziver schwingen ließ.

John mußte an Loretta denken. Loretta hatte genau diesen animalischen Sex-Appeal, den er jetzt zum erstenmal an Devon bemerkte. Doch Loretta fehlte es an der Raffinesse, mit der Devon zu Werke ging, an dem hundertprozentig sicheren Tritt auf dem glatten Parkett der höchsten Kreise, der Devon und ihm garantierte, daß sie nie den Respekt in der Gesellschaft verlieren würden. John spürte, wie unermeßlich stolz er auf seine Frau war.

Er ging einen Schritt auf sie zu, ergriff ihre Hand und gab ihr, ohne den Blick von ihren Augen zu wenden, einen formvollendeten Handkuß. Dann zog er sie an seine Seite, legte ihr den Arm um die schlanke Taille und strich ihr, während sie mit freundlichem Lächeln ein paar höfliche Sätze mit Botschafter Long austauschte, mit der Hand zärtlich über ihren flachen Bauch.

In dem Moment erinnerte er sich wieder daran. Er hatte es ganz vergessen. Und augenblicklich erstarb das ganze Feuer seiner Leidenschaft für sie. Devon sah ganz und gar nicht wie eine Mutter aus. War es wirklich vorstellbar, daß sie bald eine sein würde? Eben noch hatte er sie mit seiner verflossenen Geliebten verglichen, hatte ihre Gemeinsamkeiten – und Unterschiede – höchst erregend gefunden. Aber Devon würde nie mehr seine Geliebte sein, wenn sie ihr Kind erst einmal geboren hätte – ihr gemeinsames Kind, verbesserte er sich. Nie wieder würde es zwischen ihnen so sein wie früher. Auf einmal wäre da ein neues Wesen, dem sie sich zuwenden würde. Und dann gäbe es keinen Platz mehr für ihn.

John wollte einfach noch mehr Zeit für sich und Devon. Er wollte sie noch länger nur für sich haben, als Gefährtin und als Geliebte. Mehr Zeit, um ihre ganze versteckte Sinnlichkeit zu vollem Leben zu erwecken. Jedesmal, wenn er ihr im Bett etwas Neues zeigte, reagierte sie zunächst schockiert, dann gab sie widerstrebend nach, und schließlich machte sie begeistert mit. Er hatte den Schlüssel zu ihrer Sinnlichkeit in der Hand, und es schmeichelte ihm, damit eine Tür nach der anderen zu all den verborgenen Winkeln ihrer Lust aufzuschließen. Wenn erst einmal das Kind da wäre, würde sich das alles verändern, dessen war er sich sicher.

Er mußte an seine eigene Mutter denken. Wie würde er sie beschreiben? ›Matrone‹ war das Wort, das ihm spontan einfiel. Ihm schien, als wäre sie seit eh und je die korpulente, grauhaarige Witwe gewesen, die sie heute war. War sie jemals jung und neugierig auf die Liebe gewesen wie Devon? Ja, natürlich. Zumindest auf dem leicht vergilbten Hochzeitsbild sah man ihr eine gewisse jugendliche Frische an – eine aschblonde junge Frau mit üppigem Busen, schmaler Taille, sinnlich aufgeworfenen Lippen und sprühenden Augen. Ja, damals war sie eine attraktive, begehrenswerte Frau. Aber selbst wenn John sich an seine frühesten Kindheitseindrücke zu erinnern versuchte, sah er immer nur das Bild einer strengen Frau, die niemals ihre Stimme hob, wenn sie ärgerlich war, aber statt dessen ihren vollen Mund zu einem schmalen Strich zusammenkniff. Das Bild einer Frau, die immer hochgeschlossene Kleider trug und nie nach Parfum duftete, höchstens hin und wieder nach einem faden Lavendelwasser.

Auch Johns Vater hatte nie auch nur einen Hauch von jugendlicher Spontaneität und männlicher Kraft gezeigt. Würde er, John, sich nach der Geburt des Kindes zu dem gleichen grauen Langeweiler entwickeln? Er hatte das Gefühl, daß er einfach noch zu jung war, um Vater zu werden. Er wollte noch keine Verantwortung übernehmen. Er wollte das wilde, abenteuerliche Leben führen, das er für sich und Devon geplant hatte. Ein Kind war ein Hindernis, und das würde seine Wirkung auf sie haben. Sie würden alt, fett und behäbig werden.

Natürlich würden sie ein Kindermädchen anstellen. Aber er wußte – Devon war nicht der Typ von Frau, die die Erziehung ihrer Kinder jemand anderem überließ. In dem Moment, in dem sie sich für ein Kind entschieden hatte, hatte sie die Prioritäten verändert. Jetzt stand das Kind an erster Stelle, und erst an zweiter Stelle kam er.

Devon, die Johns inneren Rückzug spürte, griff nach seiner Hand, wie um ihn festzuhalten, während sie die ganze Zeit dem Monolog des Botschafters über die Schönheiten der französischen Riviera lauschte und in regelmäßigen Abständen artig nickte. Doch John drückte ihre Hand nur kurz und entzog sich sofort wieder. Devon warf ihm aus den Augenwinkel einen Blick zu, aber er wich ihr aus und schaute mit starren Augen den Botschafter an. Devon, die keine Peinlichkeit provozieren wollte, wandte sich wieder mit ganzer Aufmerksamkeit ihrem Gesprächspartner zu. Doch in ihr stieg wieder ein unermeßlicher Zorn auf, denn sie spürte instinktiv den Grund für Johns Rückzug.

Obwohl sie natürlich viel zu wohlerzogen war, ihren Ärger zu zeigen, nahm John ihren Stimmungswandel sofort wahr. Es war diese ganz, ganz leise, kaum wahrnehmbare Verhärtung ihrer sonst so weichen, vollen Lippen.

Der Marquis de la Brisière war über alle Maßen erfreut, als er feststellte, daß ihm beim Dinner genau der Platz neben der aufregenden schwarzhaarigen Amerikanerin zugewiesen wurde, die so fließend Französisch sprach. Sie war ihm sofort aufgefallen, kaum daß er den Salon betreten hatte, und seitdem hatte er sie keinen Moment aus den Augen gelassen.

Jetzt betrachtete er es als Wink des Schicksals, daß er links von der attraktiven Dame sitzen durfte. Die Frau zu seiner Linken war eine äußerst charmante, gepflegte Blondine, die Frau eines führenden französischen Industriellen, mit der es ihm ein Vergnügen war, sich zu unterhalten. Aber immer wieder, wenn ein Gesprächsthema beendet schien und Devon gerade ebenfalls mit dem Herrn zu ihrer Rechten eine kurze Konversationspause einlegte, ergriff er die Gelegenheit beim Schopf, ihr Komplimente zu machen.

»Sie sind aus der Nähe betrachtet ja noch schöner als von weitem«, meinte er in perfektem Englisch.

»Oh, Sie sprechen Englisch!« rief Devon erfreut, die sich wunderte, daß er ihr das nicht schon früher gesagt hatte.

»Ja, aber wie alle Franzosen ziehe ich meine Muttersprache vor«, erwiderte er mit charmantem Lächeln.

Devon fielen seine blendend weißen Zähne auf – in Europa ein eher unüblicher Anblick, da man hier auf Zahnhygiene weit weniger Wert legte als in Amerika. Er ist kein schöner Mann in dem Sinne, dachte sie, aber er hat trotzdem etwas äußerst Attraktives. Seine scharfen, markanten Züge gaben ihm ein gewisses mephistophelisches Flair, das ihn sehr anziehend machte. Dabei war der Marquis alles andere als ein Teufel. Er war ein wohlhabender, lebenslustiger Mann, der zwei Leidenschaften hatte: Frauen und gute Weine. Und zwar in der Reihenfolge. Seine Art, um schöne Frauen zu werben, war sehr verfeinert und kultiviert, so daß er in der überwältigenden Mehrzahl der Fälle kein Problem hatte, das Objekt seiner Begierde für sich zu gewinnen.

»Ich habe festgestellt«, fuhr er fort, »daß Sie geradezu perfekt Französisch sprechen. Die meisten Amerikaner haben, ganz im Gegensatz zu Ihnen, Probleme mit der korrekten Aussprache der Vokale.« Devon bewegte ihre Lippen beim Sprechen mit einer Leichtigkeit und intonierte die Sätze in einem Singsang, daß man sie für eine geborene Französin hätte halten können. Es gefiel dem Marquis, Devons wohlgeformte, scharlachrote Lippen beim Sprechen zu beobachten. Wie gerne würde er diese Lippen küssen, sie mit seiner gewandten, erfahrenen Zunge umspielen!

»Meine Mutter meinte immer«, erwiderte Devon, »daß man mindestens eine weitere Sprache wie seine Muttersprache beherrschen müßte, und so hat sie mich im zarten Alter von fünf Jahren bereits einem französischen Hauslehrer in Obhut gegeben. Ach, wie ich diese Französischstunden gehaßt habe!« rief sie theatralisch aus.

»Aber dafür sprechen Sie jetzt perfekt!« gab der Marquis zu bedenken.

»Ja, aber nur, weil der Hauslehrer das Geheimnis gelüftet hat, wie man mir am besten etwas beibringen kann«, antwortete Devon mit vielsagendem Lächeln.

Wenn sie lächelt, ist sie noch verführerischer, dachte der Marquis. »Oh? Welches Geheimnis denn?« fragte er neugierig, bereits ahnend, daß sie ihr Geheimnis nicht für sich behalten konnte. Welche weiteren Geheimnisse würde sie ihm später noch enthüllen?

»Daß man mir am besten etwas auf dem Rücken eines Pferdes beibringt«, rief Devon lachend. »Zum Glück war Monsieur Lamarque ein guter Reiter.«

»Ich werde mich daran erinnern«, gab der Marquis mit einem lasziven Lächeln zurück, »wenn ich vielleicht eines Tages die Ehre haben sollte, Ihnen auch etwas beizubringen.«

Zwischen Devon und dem Marquis gingen noch verschiedene andere versteckte sexuelle Anspielungen hin und her, während der Fisch aufgetragen wurde – eine köstliche Seezunge à la Veronique, die geradezu auf der Zunge zerging.

»Ich kann es gar nicht erwarten, daß das Geflügel serviert wird«, wandte sich der Marquis wieder an die sympathische Dame zu seiner Linken, um nicht unhöflich zu sein.

Auch Devon hätte sich lieber weiter mit dem Marquis unterhalten, nahm aber der Etikette halber das unterbrochene Gespräch mit ihrem rechten Tischnachbarn wieder auf, einem langweiligen Banker, der sich die ganze Zeit damit brüstete, wieviel Profit er aus dem großen Börsenkrach gezogen hatte, während er ein Glas nach dem anderen hinunterschüttete, so daß er schon nicht mehr ganz nüchtern war.

Als der Ober Devon geräucherten Fasan in Johannisbeersauce auflegte, nahm sie die Gelegenheit wahr und wandte sich wieder dem Marquis zu, der bereits auf sie wartete.

»So, dann sind wir beide ... wieder vereint?« sagte er und schaute ihr lächelnd in die Augen.

Er hat diese einfach umwerfende Art der Franzosen, einem in die Augen zu schauen, dachte sie. Wie wenn er einen mit Blicken liebkosen würde. Jedesmal, wenn der Marquis sie anblickte, durchfuhr sie ein warmes Kribbeln, bis ihr ganzer Körper in Flammen stand.

Der Marquis spürte Devons Hitze, und obwohl er diese Reaktion bei Frauen kannte, erfreute sie ihn immer wieder aufs neue. Mmh, dachte er, diese hier ist ganz besonders köstlich, sehr verführerisch, aber sie ist sich ihrer Sinnlichkeit kaum bewußt. Sie hat noch einen Hauch von Unschuld.

»Sie sind noch nicht lange verheiratet?« fragte er, um ihr Geheimnis zu ergründen.

Devon blickte zu John hinüber, der ein paar Plätze weiter auf der anderen Seite saß. Auf einmal bekam sie Schuldgefühle. Wie konnte sie bloß so hemmungslos mit einem Fremden flirten? Wie konnte sie bloß solche Erregung verspüren? Sie liebte doch John, liebte ihn aus ganzer Seele!

Der Marquis bemerkte sofort seinen taktischen Fehler, aber gleichzeitig amüsierte ihn ihre Reaktion. Wie jung sie noch war! Auf einmal fühlte er sich mit seinen zweiundvierzig Jahren sehr alt. Für einen Moment dachte er an seine eigene Frau. Sie war in seinem Alter und immer noch in der Lage, jeden Mann zu verzaubern, der ihr gefiel. Er wußte, daß sie so manches Abenteuer an der französischen Riviera und in Italien erlebt hatte, während er in Paris war, doch er sah großzügig darüber hinweg, denn genau diese heimlichen Abenteuer waren es, die das Feuer der Leidenschaft in ihrer langjährigen Ehe am Lodern hielten. Seiner Frau wäre es nie in den Sinn gekommen, sich dafür zu schämen, daß sie einen anderen Mann attraktiv fand. Aber diese sinnliche junge Frau hier, dachte er verwundert, fühlte sich offenbar schuldig, weil ein anderer Mann als ihr Ehemann sie umwarb. Faszinierend. Und gleichzeitig ein Hindernis für seine Absichten. Er mußte sie also sofort beruhigen, daß sie sich ihm gegenüber keinerlei Blöße gegeben hatte.

»Sie scheinen sehr verliebt in ihn zu sein«, bemerkte er in verständnisvollem Ton.

»O ja, sehr«, erwiderte sie, erleichtert, es aussprechen zu können.

Der Marquis sollte sie nicht mißverstehen – bloß weil sie freundlich zu ihm gewesen war …

»Aber Sie haben meine Frage noch gar nicht beantwortet«, beharrte er. »Sind Sie gerade erst frisch verheiratet?«

»Knapp einen Monat«, sagte Devon. Wieder blickte sie nervös zu John hinüber. Diesmal schaute er zurück, und sie lächelte ihn an. Ihr ganzer Groll von vorhin war vergessen.

Der Marquis suchte ebenfalls Augenkontakt mit John. Er erhob sein Glas und prostete ihm mit einer unmerklichen Kopfbewegung zu. Eine Geste der Höflichkeit, ein Akt des Respekts. Doch irgend etwas an der durchaus üblichen Art des Marquis, ihm seine Reverenz zu erweisen, machte John mißtrauisch.

John prostete dem Marquis zurück, schenkte Devon ein Lächeln und wandte sich dann wieder seiner Gesprächspartnerin zu. Doch nebenbei versuchte er die ganze Zeit, Devon und ihren Tischnachbarn aus dem Augenwinkel zu beobachten. Immer wenn er nach seinem Weinglas griff, drehte er seinen Kopf mehr als nötig, um zu sehen, was zwischen den beiden vor sich ging. John wußte, daß Devon bereits nach einem Glas Wein rosige Wangen bekam, aber heute abend war es mehr als nur der Wein, der ihrem sonst eher blassen Teint diesen rötlichen Schimmer verlieh. Sie schien geradezu von innen heraus zu glühen, und das irritierte John stark. In dem Blick, mit dem sie den Marquis anschaute, lag eine Vertrautheit, wie wenn sie ihn bereits seit Jahren kennen würde, obwohl sie doch gerade erst seine Bekanntschaft gemacht hatte.

John musterte den Franzosen mit prüfendem Blick. Er hatte eine distinguierte, aristokratische Art, gepaart mit einer gewissen Oberflächlichkeit und Galanterie, für die die Franzosen berühmt waren. Aber John bemerkte auch einen Hauch von Verschlagenheit, was Devon wohl nicht durchschaute, im Gegensatz zu der Blondine, mit der der Marquis sich im Augenblick gerade wieder unterhielt. Er plauderte in charmantem Ton mit ihr, flirtete ein wenig, machte ihr Komplimente, was ihr offensichtlich schmeichelte, ohne daß sie deshalb meinte, daß er ernstlich interessiert an ihr sei. Sie lachte amüsiert und kokett und nahm das Ganze eher als Spiel. Devon dagegen hatte sich mit einer Ernsthaftigkeit auf den Marquis eingelassen, hatte sich ihm in einer Weise geöffnet, wie sie es bisher nur John gegenüber getan hatte, und das brachte ihn ein wenig aus der Fassung.

Lustlos schnitt er ein Stück von seinem Filet Wellington ab und lächelte geistesabwesend seiner Nachbarin zu, die pausenlos auf ihn einredete. Sie war eine schon etwas ältere, sehr gepflegte Amerikanerin, die gemeinsam mit Johns Mutter die Lancaster Academy for Young Ladies besucht hatte.

»Ihre Mutter war zwei Klassen unter mir«, erinnerte sich die Dame. »Von daher habe ich sie nur oberflächlich gekannt, aber sie war ein ausgesprochen hübsches Mädchen.«

John brauchte ihr nicht zuzuhören. Es reichte, wenn er sie reden ließ und in regelmäßigen Abständen freundlich nickte. So konnte er relativ ungestört seinen Gedanken nachhängen. Und die kreisten im Augenblick nur um Devon und den Marquis.

Als der Salat gereicht wurde, sah er, wie seine Frau das Gespräch mit dem französischen Charmeur wieder aufnahm. Es waren nicht nur ihre Wangen, sie schien am ganzen Körper zu glühen. Kein Wunder, daß der Marquis von ihr fasziniert war.

John beobachtete, wie der Marquis ihr etwas ins Ohr flüsterte, und sie daraufhin kokett auflachte. Sie wirkte wirklich außergewöhnlich anziehend mit ihren wallenden schwarzen Locken, die ihre Schultern verführerisch umspielten, ihrem strahlenden Lächeln und den sprühenden Augen. Auf einmal spürte John eine Woge von Eifersucht in sich aufwallen, wie er sie noch nie empfunden hatte. Verflogen war das Gefühl der Distanz, der Entfremdung, das die letzten Tage zwischen ihnen gestanden war. Am liebsten hätte er sie hier und jetzt in seine Arme gerissen, hätte sie leidenschaftlich geküßt, um allen Anwesenden zu demonstrieren, daß sie ihm gehörte. Ihm und keinem anderen!

In dem Moment spürte Devon Johns Blick und schaute ihn an. Das Verlangen in seinen Augen war unübersehbar. Ihr Herz begann wild zu klopfen.

Er hat einfach diese unbeschreibliche Wirkung auf mich, und er wird sie wahrscheinlich immer haben, dachte sie voller Hingabe und Liebe. Sie schenkte ihm ihr schönstes Lächeln und prostete ihm diskret zu, so wie es eben noch der Marquis getan hatte. John strahlte zurück, erleichtert und glücklich. Es war so wunderbar, geliebt zu werden! So wunderbar, die schönste Frau der Welt zu besitzen. Er war der glücklichste Mann auf Erden!

Der Marquis, der die Szene aus dem Augenwinkel beobachtet hatte, lehnte sich zurück und sagte nichts mehr. Es war ihm jetzt klar, daß er keine Chance hatte, mit Devons jungem, strahlendem Ehemann zu konkurrieren. Sie würde niemals den letzten, entscheidenden Schritt tun.

Er seufzte leise und wandte sich wieder der Blondine zu seiner Linken zu. Sie war immerhin recht unterhaltsam.

Eine halbe Stunde später, als Devon auf die Toilette ging, stellte sie fest, daß die warme Feuchtigkeit zwischen ihren Beinen Blut war.

16

Willowbrook erinnerte Devon an die klassizistischen Herrenhäuser der Plantagenbesitzer in Louisiana, die sie vor zehn Jahren auf einer Schiffsreise den Mississippi hinunter gesehen hatte. Und das war kein Zufall, denn die Hartwicks, von denen John die Farm gekauft hatte, stammten ursprünglich aus Natchez, Mississippi. Willowbrook, das Brents Großvater, Beauregard Hartwick, im Jahre 1845 gebaut hatte, sollte die Gedanken an ihre alte Heimat wachhalten.

Das einzige, was zu einem genauen Abbild einer Südstaatenplantage fehlt, dachte Devon, als sie mit John im Dämmerlicht des wunderbaren Hochsommerabends die Straße zu ihrer neuen Residenz hochfuhren, ist das dichte grüne spanische Moos, das die uralten Eichen im Mississippi-Delta überwuchert. Aber selbst die Eichen fehlten hier in Willowbrook nicht. Sie säumten mit ausladenden, schattenspendenden Ästen die kiesbedeckte Zufahrtsstraße, die zum Haupthaus des Anwesens führte.

»Die Hartwicks haben so sehr an diesem Haus gehangen«, seufzte Devon leise und dachte an die Zeit vor der großen Depression.

»Es war Liebe auf den ersten Blick«, gestand John, als die ersten Umrisse des Hauses auftauchten. »Ich bin so glücklich, daß es dir genauso gut gefällt.« Stumm drückte er ihre Hand.

»Ach, halt doch einen Moment an!« rief Devon begeistert, als die korinthischen Säulen der Eingangsloggia ins Blickfeld kamen. Sie wollte diese Ansicht in aller Ruhe genießen.

»Sieht imposant aus, nicht wahr?« fragte John und schaltete den Motor aus.

»Ja, sehr! Ich wundere mich, daß es von außen noch so gut erhalten ist. Innen drin ist es wohl ziemlich ausgeweidet. Brent mußte in den letzten Jahren viele der kostbaren Wandteppiche und antiken Möbel unter Wert verkaufen, nur um Schulden zu bezahlen und genügend Geld zu haben, um die landwirtschaftliche Produktion auf der Farm am Laufen zu halten.«

»Ich hab' die Außenwände neu streichen lassen«, erklärte John stolz seiner verblüfften Frau. »Auch der Garten ist wieder in Schuß. Alles andere war in überraschend gutem Zustand. Der alte Hartwick hat wohl bis zu seinem Tod darauf geachtet, daß nichts verkommt.«

»O ja, das hat er. Immer war er am Werkeln. Aber jetzt ... jetzt sieht es prachtvoller aus denn je! Ich kann es gar nicht erwarten, es von nahem zu betrachten. Komm, fahren wir wieder los!«

Die Zufahrtsstraße endete vor einem großen Rasengelände, in dessen Mitte ein idyllischer Fischteich lag, gesäumt von bunten Blumen und acht mächtigen Magnolienbäumen. Vom Teich aus verlief ein ziegelgepflasterter Weg zu der weit ausladenden Freitreppe, deren schmiedeeiserne, von Glyzinien umrankten Geländer zum Eingangsportal führten.

Als die beiden die Treppe erreichten, nahm John mit einer schwungvollen Bewegung Devon zu deren großer Verblüffung auf den Arm, um sie, wie es alter Brauch ist, über die Schwelle des Hauses zu tragen.

»Ich hoffe, du hast nichts dagegen, wenn ich die Treppe mit in die Zeremonie einbeziehe«, grinste er.

»Aber nicht doch, ganz im Gegenteil«, lächelte Devon und hauchte ihm einen federleichten Kuß auf die Wange.

Die wuchtigen korinthischen Säulen der Eingangsloggia, die bis zum zweiten Stock hochreichten, bildeten eine schattige Veranda, die nicht nur an der Front, sondern auch an den beiden Seiten des Hauses entlanglief. Die vier französischen Fenster, die sich je links und rechts des Eingangs befanden, teilten die Front in gleiche Teile. Vervollkommnet wurde diese Symmetrie durch das zentrale, schwarz glänzende, von kleinen Mosaiksteinchen gesäumte Eingangsportal, über dem sich im zweiten Stock ein identisches Portal erhob, das auf einen breiten Balkon mit Balustrade hinausging.

»Kannst du für uns aufmachen?« fragte John seine süße Last.

»Aber sicher doch«, lächelte Devon und stieß die breite Tür auf.

Erst als sie in der Diele waren, setzte er sie wieder ab und umarmte sie. Doch sie waren alle beide viel zu neugierig auf das Haus, um allzu lange in dieser Umarmung zu verharren.

Nach einer ausgiebigen Inspektion kam Devon zu dem Schluß, daß, so imposant auch die Front von Willowbrook wirkte, für sie die Rückseite des Hauses den eigentlichen Reiz des Anwesens ausmachte. Eine zweistöckige Veranda mit großen, lichtspendenden Flügeltüren zierte die gesamte Länge der Hinterfront. Von hier aus fiel das Gelände in sanft auslaufenden grünen Hügeln zu einem von mächtigen Trauerweiden umstandenen kleinen See ab. Die Bäume verdeckten zum Teil die passend zum Haupthaus glänzend weiß gestrichenen Stallungen und den Sattelplatz.

Devon seufzte glücklich. Was für eine malerische Szenerie! Willowbrook war ein einziger Traum – ein idyllisches Fleckchen auf Gottes Erde, ein verheißungsvoller Ort für sie und John, ihr gemeinsames Leben zu beginnen.

»Ich weiß gar nicht, wo ich anfangen soll«, sagte Devon am nächsten Morgen zu John, als sie beide ein wenig verloren in der vierzig Quadratmeter großen Eingangshalle standen.

»Als allererstes solltest du das Personal wieder einstellen, das Hartwick entlassen mußte«, meinte John und schaute stirnrunzelnd zu dem riesigen Kronleuchter an der Decke, der dringend geputzt werden mußte. »Bei den schlechten Zeiten, in denen wir leben, nehme ich an, daß viele nach wie vor ohne Stellung sind und froh sein werden, wieder in Lohn und Brot zu kommen. Ich wollte die Leute eigentlich gleich, nachdem ich das Haus gekauft hatte, einstellen, aber ich dachte, daß du das lieber selber in die Hand nehmen würdest.«

Devon schenkte ihm ein strahlendes Lächeln. »Obwohl wir nicht einmal zwei Monate miteinander verheiratet sind, kennst du mich bereits so gut!« sagte sie.

»Na ja, sagen wir, ich weiß, wo meine Grenzen sind«, erwiderte John mit einem Augenzwinkern und beugte sich über Devon, um ihr einen liebevollen Kuß auf die Wange zu geben.

Doch Devon schlang ihre Arme um seinen Hals und zog ihn an sich. Sie wollte mehr, und so küßte sie ihn so leidenschaftlich, daß er von ihrer Erregung angesteckt wurde.

»Gehen wir wieder nach oben?« fragte sie atemlos. »Zum Glück gibt es ja noch keine Bediensteten, die daran Anstoß nehmen könnten«, fügte sie mit einem lasziven Lächeln hinzu.

»Aber wir sind doch gerade erst aufgestanden!« sagte John. »Ich dachte, du wolltest unbedingt die Stallungen sehen.« Doch sein Handeln strafte seinem halbherzigen Widerspruch Lügen. Mit Schwung nahm er Devon auf die Arme und trug sie, in Anspielung auf die gestrige Zeremonie, eine der beiden geschwungenen Treppen hoch, die links und rechts von der Eingangshalle aus nach oben führten. Ihr gemeinsames Schlafzimmer lag in der Mitte der Galerie, die im ersten Stock rundherum an den Wänden entlanglief und die gesamte Eingangshalle überblickte. Dorthin trug John seine junge Frau, schloß mit dem Fuß die Tür hinter ihnen und warf sie spielerisch auf das noch ungemachte Bett, so daß ihr rosa Seidenrock hochflog und ihre langen weißen Beine und das verführerische schwarze Dreieck zwischen ihren Schenkeln enthüllte.

John hielt einen Moment inne und betrachtete fasziniert die jugendliche Schönheit seiner Frau. Dann erst beugte er sich über sie und löste die Schärpe um ihre Taille, so daß er ihr den Rock über die Hüften ziehen konnte. Schnell entledigte er sich seines blauen Seidenanzugs und legte sich neben Devon in die Daunenkissen.

Zärtlich strich er mit der Hand über ihre warme, glatte Haut, biß sie spielerisch in den Nacken. Er spürte, wie sie ihm ihre Zungenspitze ins Ohr steckte, ihm mit ihrem heißen Atem erregende Schauer über den Rücken jagte. Er wanderte mit seinen Händen ihren Körper hoch, löste ihre Bluse und umfaßte ihre Brüste, zwirbelte die Warzen, bis sie steil aufstanden.

Devon stöhnte unter seinen Berührungen und spreizte einladend ihre Beine. Sie suchte seinen Mund und küßte ihn wild und gierig, bis er über sie kam und sich zwischen ihre Beine legte, sein pralles, aufgerichtetes Glied am Eingang ihres Schoßes.

Devon konnte es nicht erwarten, daß er in sie drang, doch sie spürte auf einmal, daß er innehielt.

»Was hast du denn?« keuchte sie heiser.

»Du … du hast es nicht drin, stimmt's?« fragte er.

»Nein …«, murrte sie, »aber es sind die sicheren Tage.«

»Liebling, es gibt keine sicheren Tage«, sagte er sanft.

Devon wollte ihm widersprechen, aber in ihr tauchte auf einmal ein Bild auf, das sie verstummen ließ. Das Bild von Johns Gesicht, als er die Nachricht von ihrer angeblichen Schwangerschaft erfuhr. Ein paar Tage lang hatte es so ausgesehen, als ob ihre Liebe gestorben wäre. Nie würde sie dieses Gefühl von Entfremdung vergessen, das sich plötzlich wie ein gähnender Abgrund zwischen ihnen aufgetan hatte. John war einfach noch nicht reif für eine Vaterschaft. Als sie ihm erzählt hatte, daß sie ihre Periode bekommen hatte und demnach doch nicht schwanger gewesen war, hatte er seine Erleichterung kaum verbergen können. Zwar hatte er wortreich sein Bedauern beteuert, doch es war unüberhörbar, daß er im Grunde heilfroh war, daß der Kelch an ihm vorübergegangen war. Zuerst hatte sie seine Reaktion sehr verletzt, doch dann, als sie sah, wie er plötzlich in neuer Liebe zu ihr entflammte, verflog in seinen leidenschaftlichen Umarmungen all ihr Groll auf ihn. Nicht zuletzt war es ihr eine hilfreiche Erfahrung, zu erleben, daß man eine Ehekrise auch überwinden kann, ja, daß man aus ihr sogar gestärkt und mit mehr Vertrauen in den anderen hervorgehen kann.

Devon war sicher – eines Tages würde John auch Kinder haben wollen. Und sie konnte auch verstehen, daß er bis dahin die ausschließliche Zweisamkeit mit ihr noch in vollen Zügen genießen wollte. So seufzte sie leise und holte dann aus dem Nachttisch das kleine Gummiding, das ihr der Frauenarzt in New York gegeben hatte. Sie schlüpfte aus dem Bett, warf sich ihren rosa Morgenrock über und lief ins Bad. Sie setzte sich das Pessar ein und warf dann einen Blick aus dem Fenster. Das helle Licht der Morgensonne lag über dem Garten. Auf der Weide dahinter grasten friedlich die Pferde. Soweit das Auge reichte, gehörte das Land ihr. Ihr und John. Was für ein wunderbares Gefühl!

Rasch verließ sie das Bad und schlüpfte wieder zu ihrem Mann ins Bett.

»Na und, war das jetzt so schlimm?« neckte John sie und zog sie heftig an sich.

Sie lächelte ihm zu und preßte ihren Körper an seinen. »Zumindest sehe ich«, gurrte sie, »daß das Feuer deiner Leidenschaft in der Zwischenzeit nicht erloschen ist.«

John verschloß ihren Mund mit seinen Lippen und drückte sie in die Kissen zurück. Devon fühlte sofort die Erregung in sich aufsteigen und seufzte erleichtert, daß die kurze Unterbrechung ihre Lust nicht hatte abflauen lassen. Sie schloß die Augen und überließ sich ganz dem Augenblick. Sie genoß den salzigen Geschmack von Johns Haut auf ihrer Zunge, das Kitzeln seiner Haare auf ihren Brüsten. Er übersäte ihren Arm mit federleichten Küssen, hielt kurz in ihrer Armbeuge inne. Dann wandte er sich wieder ihrem Busen zu, strich mit der Zunge von ihrem Dekolleté hinab zum Nabel. Wellen der Erregung durchliefen Devons Körper, als er mit seinen Lippen, unerträglich langsam, wie ihr schien, die Innenseiten ihrer Schenkel liebkoste. Sie konnte es nicht erwarten, daß sie eins wurden. Dann endlich glitt sein schlanker, muskulöser Körper über sie. Sie spürte seine harte Männlichkeit und schlang ihre Beine um seine Hüften. Unfähig, länger zu warten, drang er in sie ein. Sie bewegten sich ineinander, im gleichen Rhythmus, wie zwei Tänzer. Heftiger wurden ihre Bewegungen, atemloser, schwindelerregender. Devon spannte all ihre Muskeln an, als sie spürte, daß sie auf einen einzigartigen Höhepunkt zutrieb. John hielt einen Moment lang inne, um ihr nicht zuvorzukommen, und als er merkte, daß sie, durch sein plötzliches Anhalten schier zum Wahnsinn getrieben, soweit war, nahm er den Rhythmus wieder auf, verdoppelte das Tempo und die Wucht seiner Stöße, bis sie beide explodierten und von einer Woge von Verzückung davongetragen wurden.

»Sie ist fabelhaft, kein Zweifel«, sagte Willy O'Neill, Pferdetrainer der Willowbrooks-Farm, in seinem breiten irischen Akzent, den er, auch wenn er nun schon seit über dreißig Jahren in den Vereinigten Staaten lebte, immer noch nicht abgelegt hatte. Willy sah aus wie ein Gnom: Inmitten seines sonnengegerbten, runzligen Gesichts saß eine runde Knollennase, unter der sich ein breiter, schmallippiger Mund von einem Ohr zum anderen zog. Aus den tiefen Höhlen unter den buschigen, ergrauten Brauen lugten stechende wasserblaue Augen hervor. Sein Kopf war kahl, bis auf zwei eigenartige Haarbüschel über den Ohren, die wie kleine Flügel abstanden. Das kam von seiner nervösen Angewohnheit, sich seine Baseballmütze, mit der Aufschrift BROOKLYN DODGERS, ständig abzunehmen und wieder aufzusetzen. Niemand wußte, woher Willy diese Mütze hatte, denn er war nie auch nur in die Nähe von Brooklyn gekommen. Das Ganze wirkte ein wenig grotesk, doch niemand hänselte ihn deshalb. Willy war kein Mann, der es vertrug, wenn man ihn aufzog. Obwohl er schon über fünfzig war, strahlte er die Kraft und die Gefährlichkeit eines Boxchampions aus, und so wagte es niemand, ihm zu nahe zu treten. Sein kompakter, untersetzter Körper bestand nur aus Muskeln, und sein ganzer Stolz war die Tatsache, daß er auch nicht die Spur eines Bauchs hatte, obwohl er sich nachmittags und vor allem am Abend vor dem Zubettgehen gerne ein paar Gläser irischen Whiskeys gönnte.

Willy galt als unbestrittener König – Diktator, um genauer zu sein – der Willowbrooks-Farm. Sein Wort war Gesetz, seit ihn die Hartwicks vor fünfundzwanzig Jahren auf ihre Farm geholt hatten, ihn, den aufsteigenden Stern am Himmel der Pferdetrainer. Ihm allein war es zu verdanken, daß die Farm kaum etwas von ihrem guten Ruf eingebüßt hatte, trotz der gewaltigen Vermögensverluste, die der junge Hartwick erlitten hatte. Man sah bei den Rennen zwar nicht mehr so viele Hartwick-Pferde wie vor dem großen Börsenkrach, aber die, die mitliefen, holten nach wie vor Trophäen ab. Außerdem waren die Champions der Vergangenheit immer noch sehr begehrte Zuchttiere. Doch auch Willys Trainerkünste hatten nicht verhindern können, daß durch die finanziellen Probleme des Hausherrn der Pferdebestand von ursprünglich achtzig Tieren auf dreißig geschrumpft war. Von diesen dreißig nahmen nur ganze fünf an Rennen teil, weitere sieben wurden für Einsatz trainiert, und die übrigen führten ein eher beschauliches Leben.

Doch jetzt hatte Willy einen neuen Kandidaten im Auge. Mit aufmerksamem Blick musterte er das junge Fohlen, das da vor ihm stand. Er wußte alles, was man über Pferde wissen mußte, und das hier ließ sein Herz höher schlagen. Ein Lächeln breitete sich auf seinem Gesicht aus – ein Ereignis, das seine Untergebenen sofort mit Verblüffung registrierten. Es kam äußerst selten vor, daß man Willy O'Neill lächeln sah. Und wenn, dann galt es natürlich einem Pferd, nie einem Menschen.

Willy richtete sich auf und ließ das Bein des nußbraunen Füllens los. »Fabelhaft, einfach fabelhaft«, wiederholte er. »Und das Bein so gut wie neu«, fuhr er fort und nickte dem sechzehnjährigen Jeremiah Washington anerkennend zu. Jeremiah war Willys rechte Hand. Er hatte das Tier aufgepäppelt und aus seiner vorübergehenden Lähmung wieder herausgeholt. Auch wenn es Willy O'Neill natürlich nie über die Lippen gegangen wäre – aber er hatte den Eindruck, daß dieser junge Spund von Jeremiah verdammt was von Pferden verstand. Er hatte einfach ein Händchen für diese Tiere. Und so was konnte man nicht lernen. So etwas hatte man oder man hatte es nicht.

Willy tätschelte dem Fohlen die Flanken und nickte Jeremiah erneut zu, zum Zeichen, daß er das Tier jetzt wieder in den Stall bringen sollte. Jeremiah reagierte sofort, und da ihm die ungeschriebene Hierarchie von Willowbrook in Fleisch und Blut übergegangen war, brachte er das Füllen natürlich nicht selber zurück, sondern übergab es einem Reitknecht, der wiederum überprüfte, ob der Stalljunge die Box gereinigt und genügend frisches Stroh ausgelegt hatte. Diese Hierarchie war keine Schikane, sondern entsprang der Notwendigkeit wirksamer Arbeitsteilung. Willy brauchte Jeremiah ständig um sich, wenn er die Beine der Pferde einzeln überprüfte. Jeremiah wiederum mußte genau mitbekommen, welche Schwächen Willy bei welchem Tier feststellte, um es beim Training nicht zu überfordern.

Aufgabe der Reitknechte war es, sich um die Pflege der Pferde zu kümmern, ihre Hufe täglich zu reinigen, ihnen Fell, Mähne und Schwanz zu striegeln sowie das Zaumzeug zu putzen. Die Stalljungen waren für die Fütterung und die Reinigung der Stallungen und Boxen zuständig.

Doch selbst darauf hatte Willy höchstpersönlich noch ein Auge. Auch jetzt warf er wieder einen prüfenden Blick in die Futterkrippe des jungen Füllens. Sie war leer – ein gutes Zeichen. Wenn ein Rennpferd nicht fraß, hieß das, daß es irgendein Problem hatte. In so einem Fall maß Willy ihm sofort die Temperatur, um mögliche Krankheiten bereits im Anfangsstadium zu erkennen. Willys Tagesarbeit begann um fünf Uhr morgens damit, daß er jedes Pferd einzeln vom Kopf bis zu den Hufen untersuchte. Dann kontrollierte er die Futterkrippen.

Wenn er damit fertig war, wies er Jeremiah und die anderen Übungsreiter an, die Pferde zu trainieren.

Die Stallungen, ein großer, weiß angestrichener L-förmiger Trakt, waren in makellosem Zustand. Im Inneren verliefen zwei Reihen von vier bis fünf Meter langen Boxen getrennt durch einen fünf Meter breiten Gang, der genügend Raum gab, die Pferde zu versorgen. Sättel und Zaumzeug, alles perfekt gewienert, wurden in der angrenzenden Geschirrkammer aufbewahrt.

Das Personal, Willy eingeschlossen, wohnte in einem kleinen, weißen Bau ein wenig abseits von den Stallungen. Doch Willy lebte eher zurückgezogen und hielt Distanz zu den anderen. Seine kleine Wohnung, bestehend aus Wohnzimmer mit Kochnische, Bad und Schlafzimmer, war spartanisch eingerichtet und hatte, bis auf die Whiskeyflasche auf dem Küchentisch, keinerlei persönliche Note. Nichts deutete auf seine Vergangenheit hin, keine Gegenstände, keine Fotos. Nichts gab eine Antwort auf die Frage, warum er nach Amerika gekommen war, wer seine Eltern waren, ob er Geschwister hatte. Wenn er jemals verheiratet gewesen sein sollte, so sprach er zumindest nie davon.

An diesem Tag nun lag eine ganz besondere Spannung in der Luft, denn alle, die in den Stallungen arbeiteten, wußten, daß sie heute den neuen Herrn von Willowbrook und seine Frau kennenlernen würden. Willy, ihr unumstrittener Boß, hatte sich von dem bevorstehenden Ereignis natürlich in keiner Weise beeindrucken lassen und war kein Jota von dem gemeinsamen Arbeitsablauf abgewichen, als ob dies ein Tag wie jeder andere wäre.

Jeremiah fragte sich, ob dem alten Mann eigentlich klar war, was da an möglichen Veränderungen auf ihn zukam. Würde der neue Besitzer, ein Yankee, verstehen, wie die Dinge hier im Süden, im Land der Pferde, liefen? Würde er das ungeschriebene Gesetz anerkennen, daß in den Stallungen einzig und allein der Pferdetrainer das Sagen hatte? Würde er wissen, daß hier im Süden die Farmarbeiter in der Regel ihr Leben lang für den gleichen Herrn arbeiteten? Und daß dies für den Herrn im Gegenzug eine lebenslange Verantwortung für seine Untergebenen und deren Familien bedeutete?

»Hey, was träumst du herum, Junge?« riß Willys ungeduldige Stimme Jeremiah aus seinen Gedanken. »Los, nimm ihm die Bandagen ab!«

Erschrocken fuhr Jeremiah hoch und schaute auf den jungen Hengst, den er an der Longe hielt. Vorsichtig nahm er ihm die Binden ab. Das junge Tier hatte in einem Rennen in der letzten Woche den zweiten Platz belegt, was den neuen Herrn von Willowbrook sicher freuen würde. Es war üblich, die Beine eines Pferdes nach einem Rennen eine Zeitlang zu bandagieren, um es zu entlasten.

»Sieht so aus, als ob die Schwellung abgeklungen ist«, stellte Jeremiah fest.

Willy knurrte nur, was für einen Uneingeweihten alles hätte bedeuten können, Jeremiah jedoch sofort verstehen ließ, daß Willy mit dem Ergebnis zufrieden war.

Willy fuhr mit seinen schwieligen Händen über die Flanken und den Widerrist des Fohlens. »Und die Entzündung?« fragte er dann.

»Schon fast abgeklungen. Wahrscheinlich wegen dem trockenen Wetter.« Das Laufen auf Sandbahnen versengte den Pferden meist die Haare an den Fesseln, was zu Entzündungen der darunter liegenden Haut führte. Dies wiederum konnte bei feuchtem Wetter schwere Infektionen nach sich ziehen, da die verletzten Stellen nie richtig trokken wurden.

»Ja, ja, bist ein guter Junge«, brummte Willy und tätschelte dem Fohlen den Hals. Dann nickte er nur kurz, um Jeremiah zu signalisieren, daß er es in den Stall bringen sollte.

»Ein herrliches Tier.«

Willy und Jeremiah fuhren gleichzeitig herum. Ein paar Meter weiter in der Stalltür standen die neuen Besitzer von Willowbrook. Beide trugen weiße Hemden, Reithosen und Stiefel. Keiner hatte einen Reitrock an. Was für ein hübsches Paar, dachte Jeremiah. Natürlich hatte er die beiden schon gesehen. Mr. Alexander hatte des öfteren schon die Stallungen besichtigt, bevor er die Farm gekauft hatte, und Miß Devon hatte früher oft Mr. Hartwick besucht.

Jetzt kam Devon auf sie zu und sagte lächelnd: »Hallo, Mr. O'Neill, hallo Jeremiah!«

Der halbwüchsige Junge nickte scheu zurück. »Ma'am«, sagte er.

Willy straffte seinen Rücken, ansonsten nickte er nur kurz zur Begrüßung.

»Wir kennen uns ja bereits, Mr. O'Neill«, sagte John und ging mit ausgestreckter Hand auf ihn zu. Willy ergriff sie, schüttelte sie so kurz wie möglich und ließ sie dann sofort wieder los.

Einen Augenblick lang herrschte gespanntes Schweigen zwischen allen Beteiligten.

»Wir hätten gern einen Blick in die Stallungen geworfen«, nahm John das Gespräch wieder auf. »Haben Sie schon entschieden, welche Pferde laufen sollen?« John hatte nicht vor, sich in die Arbeit von Mr. O'Neill einzumischen, aber er wollte, zumindest was den geschäftlichen Teil anbetraf, informiert werden, weil er die Farm wieder zu ihrer alten Größe aufbauen wollte. Die Tatsache, daß nur noch wenige Pferde bei Rennen mitmachten, hatte enorme Verluste gebracht. Mehr Pferde kosteten natürlich auch mehr Geld, doch diese zusätzlichen Kosten wurden durch Preisgelder wieder wettgemacht. Und Pferde, die Trophäen holten, waren hinterher auch als Zuchttiere sehr gefragt, was weitere Dollars einbrachte.

Willy schaute von John zu Devon und wieder zu John zurück. »Ich mache gerade die Runde«, brummte er. »Wenn Sie wollen, können Sie ja mitkommen und hinterher beim Training zuschauen. Alles weitere können wir dann in meinem Büro besprechen.« Er mochte es nicht, wenn er bei seiner morgendlichen Runde gestört wurde. Die Hartwicks hatten das immer respektiert.

Devon registrierte Willy O'Neills Unmut sofort und hütete sich, ihn mit irgendwelchen Fragen zu belästigen. Dabei brannte sie darauf, alles über Pferderennen zu erfahren, und wußte, daß O'Neill ihr eine Menge beibringen konnte, auch wenn er – das wußte sie ebenso – dies auf keinen Fall von sich aus tun würde. Die Welt der Pferderennen war eine Männerdomäne. Es gab nur wenige Pferdezüchterinnen. Und soweit sie wußte, keine einzige Pferdetrainerin. Trainer von O'Neills Format wurden teuer gehandelt. Sie wußte, daß sie ihn mit Samthandschuhen anfassen mußte, um nicht zu riskieren, daß er kündigte und bei einer anderen Farm in Stellung ging. Eine uneinvernehmliche Trennung von einem guten Trainer konnte den Ruf einer Farm in der gesamten Pferderennwelt unwiederbringlich zerstören, und es war dann unmöglich, einen ebenso qualifizierten Mann als Ersatz zu bekommen.

Es hatte ihr Genugtuung verschafft, daß John, der ihre Fähigkeit, mit Pferden umzugehen, kannte und schätzte, damit einverstanden war, daß sie die Organisation der Pferdezucht in eigener Regie übernahm, während er seinen Immobiliengeschäften in New York nachging. Beide waren sie überzeugt, daß Devons umfangreiche Erfahrungen mit Zucht und Training von Jagdpferden zusammen mit ihrer natürlichen Begabung für alles, was mit Pferden zu tun hatte, sie befähigen würde, sich in kürzester Zeit alle Kenntnisse und Fertigkeiten anzueignen, die für das Geschäft mit Pferderennen vonnöten waren. Trotzdem war sie sich bewußt, daß O'Neill alles andere als begeistert sein würde, wenn sie ihn tagtäglich mit ihrer Anwesenheit nervte. Sie mußte also mit äußerster Behutsamkeit vorgehen. Im Moment, dachte sie, war es das Beste, sich erst einmal zurückzuhalten.

So beobachteten Devon und John denn lediglich aufmerksam, wie Willy ein Pferd nach dem anderen examinierte, ihnen die Bandagen von den Beinen abnahm, ihre Heuraufen und Futterkörbe überprüfte. Das junge Paar war beeindruckt von der Erfahrung und der Gründlichkeit, mit der O'Neill zu Werke ging.

Dann folgten sie Willy und Jeremiah zur farmeigenen Rennbahn hinter den Stallungen. »Das Füllen hier ist Ginger Snap«, bemerkte Willy. »Los, Jeremiah, bißchen einlaufen.« Der Junge stieg in den Sattel und tat, wie ihm geheißen. Als Willy meinte, daß das Pferd jetzt warm genug sei wies er seinen Gehilfen an, es jetzt auf die Reitbahn zu führen.

Das Füllen hatte eine besonders große Schrittweite, so daß, auch wenn Jeremiah im Galopp ritt, es so aussah, als würden sie nur einen zügigen Trab vorlegen. Devon teilte diese Beobachtung Willy mit, der nur mit einem kurzen Brummen reagierte. Er wußte, daß Devon ein paar gute Jagdpferde gezüchtet hatte und daß man in der Pferdewelt von Fauquier County mit Achtung von ihr sprach. Aber für ihn war sie deshalb trotzdem nur eine Dilettantin. Eine hübsche, verwöhnte Dilettantin.

Jetzt jagte das Füllen in voller Geschwindigkeit über die Bahn.

»Gleich gibt's 'n Bock«, murmelte Willy.

Devon kannte den Ausdruck. Er bedeutete, daß das Pferd vorhatte, mitten im Galopp durch einen plötzlich Stop den Reiter in hohem Bogen abzuwerfen. Jeremiah hatte es ebenfalls bemerkt und hieb das Pferd ein paarmal mit der Peitsche auf die Flanken, um es am Laufen zu halten.

»Die Ohren! nicht wahr?« wandte sich Devon fragend an Willy. Am Spiel der Ohren hatte man als Eingeweihter erkennen können, was das listige kleine Vieh vorhatte. Devon hatte diese typische Bewegung schon des öfteren bei Jagdpferden beobachtet.

Willy nickte nur kurz. Sie meint wohl, mich mit solchen Bemerkungen beeindrucken zu können, dachte er. Jeder Reiter mit ein bißchen Erfahrung kann so etwas erkennen.

»Bißchen zurücknehmen!« rief er Jeremiah zu, als er in der nächsten Runde an ihm vorbeigeflogen kam. Willy wollte nicht, daß sich das Fohlen zu sehr verausgabte. Dazu hatte es beim nächsten Rennen noch genügend Gelegenheit.

Nach ein paar Minuten gab Willy seinem Gehilfen das Signal, die junge Stute langsam in den Schritt zu bringen. Ein Reitknecht lief Pferd und Reiter entgegen, wartete, bis Jeremiah abgestiegen war, und führte das Fohlen dann auf dem angrenzenden Sattelplatz noch eine Weile im Kreis herum, damit es langsam zur Ruhe kommen konnte. Später dann würde er das Pferd waschen und striegeln und das Zaumzeug reinigen.

Jeremiah bestieg ein anderes Pferd, hielt es jedoch abseits der Reitbahn, auf dem bereits der nächste Übungsreiter mit seinem Pferd seine Runden drehte. John und Devon waren sehr angetan von der reibungslosen, geradezu militärischen Disziplin, mit der das morgendliche Trainingsprogramm unter der Regie von Willy O'Neill abschnurrte.

»Wir können ja von Glück reden, daß wir hier auf Willowbrook jemanden wie Sie haben«, sagte Devon voller Bewunderung.

Willy antwortete nicht, sondern verfolgte nur mit Argusaugen den Galopp des Pferdes vor ihm. Trotzdem war ihm das Kompliment natürlich nicht entgangen. Wenigstens weiß sie meine Arbeit zu schätzen, dachte er. Manche sind ja nicht einmal in der Lage, da irgendwelche Unterschiede zu erkennen.

»Gehen dann gleich ins Büro«, wandte sich Willy an John. »Werden sicher die Bücher einsehen wollen. Haben ja oft gewonnen, aber ...« Er zuckte nur die Achseln.

Ein wenig später saß John an Willys Schreibtisch aus dunklem Eichenholz und studierte aufmerksam die Eintragungen. Er erschrak, als er feststellte, wie viele fähige Leute O'Neill in der Vergangenheit hatte entlassen müssen.

»Kein Geld. Kein Geld für Jockeys. Kein Geld für Trainingsreiter. Kein Geld für Rennen«, erklärte Willy in seinem üblichen Telegrammstil.

»Ich bin Ihnen sehr dankbar für alles, was Sie unter diesen erschwerten Umständen erreicht haben«, sagte John anerkennend und lehnte sich in den schweren Ledersessel zurück. Willy stand an seiner Seite, während Devon auf dem einzigen Möbelstück saß, das es sonst noch in diesem nüchtern und funktional eingerichteten Raum gab – einem ledernen Diwan mit einem Kissen, dessen verschlissener Bezug an mehreren Stellen geflickt war. »Wir würden uns freuen, wenn Sie bei uns blieben«, fuhr John fort.

»Solang' ich weiter freie Hand habe – warum nicht«, war die knappe Antwort.

»Die haben Sie natürlich in jeder Beziehung«, beeilte sich John. Er vermied es, Devon anzuschauen. Ihm war klar, daß sie auf nichts so sehr erpicht war, wie von O'Neill alles über die Welt der Pferderennen zu erfahren. Aber er mußte ihr immer wieder deutlich machen, daß sie dabei behutsam vorgehen und O'Neills Position erst einmal akzeptieren mußte.

Willy warf Devon einen Blick zu, in dem man, wenn man wollte, Skepsis sehen konnte. Doch er schwieg. Dann schaute er wieder John an. »Freie Hand bedeutet auch, daß ich die Jungs wieder einstelle, die ich entlassen mußte.«

»Ganz wie Sie wünschen.«

»Müßten dann noch ein paar Stuten dazukaufen. Gäbe der Zucht neuen Auftrieb.«

»Bitte. Sie brauchen nur zu sagen, was es kostet.«

»Bestimmt nicht wenig«, gab Willy zurück. »Dann die Reisen auf Auktionen. Konnten wir uns nicht mehr leisten. Diesen Monat muß ich weg. Keeneland's.« Die berühmte Pferdeauktion von Kentucky fand jedes Jahr im Juli statt. Sie galt als der Ort, an dem man die besten Pferde des ganzen Landes erwerben konnte.

Devon lag es auf der Zunge, zu sagen, daß sie in der Zeit seiner Abwesenheit ja für ihn einspringen könnte, wenn er ihr da nur so ein paar Sachen zeigen würde ..., aber sie konnte sich im letzten Moment noch beherrschen. Sie durfte John an diesem heiklen Punkt der Verhandlungen nicht dazwischenfunken.

»Kein Problem«, erwiderte John. »Fahren Sie, wohin Sie wollen. Stellen Sie Leute ein, soviel Sie wollen.«

»Na gut. Wenn weiter nichts ist, geh' ich wieder in 'n Stall«, brummte Willy und setzte seine grüne Baseballmütze auf.

Devon stand auf und schenkte ihm ihr schönstes Lächeln. »Vielen Dank, Mr. O'Neill, daß Sie uns alles gezeigt haben. Sie haben nicht von ungefähr einen so hervorragenden Ruf. Es war für Sie in der letzten Zeit sicher sehr schwierig, hier zu arbeiten.« Sie wollte ihm ihre Hand hinstrecken, unterließ es aber, weil sie ahnte, daß er nicht einschlagen würde.

»Ma'am«, antwortete und berührte kurz mit den Fingern seine Mütze, bevor er sich abwandte und das Büro verließ.

Einen Augenblick schauten sich John und Devon verblüfft an.

»Scheint ein sehr fähiger Junge zu sein«, sagte John schließlich. »Wenn auch nicht gerade sehr gesprächig.«

»Das kann man wohl sagen!« pflichtete Devon ihm lachend bei. Dann setzte sie sich auf seinen Schoß und gab ihm einen Kuß. »Ja«, seufzte sie leise, »mit dem Mann werd' ich kein leichtes Spiel haben.«

Innerhalb von nur einer Woche hatte Devon das komplette Hauspersonal eingestellt. Alice war und blieb natürlich ihr ganz persönliches Dienstmädchen, während John seinen langjährigen Diener aus New York nach Willowbrook geholt hatte.

In der gleichen Zeit hatte auch O'Neill all die Leute wieder eingestellt, die die Hartwicks hatten entlassen müssen.

»Gut, daß der Laden wieder auf vollen Touren läuft, was, Mr. O'Neill?« fragte Jeremiah.

»Ist aber noch nicht alles«, brummte Willy, während die beiden im Morgengrauen den Weg zu den Stallungen hinübergingen. Es war noch dunkel, und doch lag schon dieser gewisse Dunst in der Luft, der einen heißen, schwülen Tag versprach. Willy nahm seine Mütze ab, fuhr sich mit der Hand über den kahlen Kopf und setzte sie wieder auf. »Die Auktionen«, fügte er hinzu.

Jeremiah wünschte sich nichts sehnlicher, als daß Mr. O'Neill ihn auf die Reise nach Kentucky mitnehmen würde. Sein geheimer Traum war es, Jockey zu werden und später Trainer. Aber in der Welt der Pferderennen gab es keine Jockeys mit schwarzer Hautfarbe, und so würde sein Traum wohl nie in Erfüllung gehen. In der Zeit zwischen 1875, dem ersten Jahr, in dem das Kentucky-Derby ausgetragen wurde, bis 1911 hatten nach und nach auch schwarze Jockeys die Rennbahnen erobert, aber aus einem unerfindlichen Grund waren sie seitdem wieder von der Bildfläche verschwunden.

Außerdem erschien kein Pferdetrainer auf Auktionen in Begleitung seiner Übungsreiter. Dennoch wünschte sich Jeremiah nichts sehnlicher, als einst so gut zu werden wie Mr. O'Neill.

Als hätte er seine Gedanken gelesen, sagte Willy in diesem Moment: »Mußt mich vertreten, während ich weg bin.«

Jeremiah nickte heftig, stolz, daß ihm sein Boß soviel zutraute.

»Mr. O'Neill«, ertönte in diesem Augenblick eine kultivierte weibliche Stimme aus der Dunkelheit. Die beiden Männer fuhren erschrocken herum. Hinter ihnen stand Devon in Reitkleidung. Am liebsten wäre Willy einfach weitergegangen, ohne sie zu beachten, aber bei aller Verschrobenheit wußte er doch, daß man eine Dame so nicht behandeln durfte. Er hatte auch keinen triftigen Grund, ihr die kalte Schulter zu zeigen. Sie spielte sich nicht als die Chefin auf. Wenn sie mit aufmerksamem Blick verfolgte, wie er die Pferde trainierte, hielt sie sich diskret zurück und schnatterte ihm nicht die Ohren voll, wie es andere Ladys wohl getan hätten, stellte höchstens vorsichtige Fragen. Nein, sie respektierte, daß er, was die Pferde anbetraf, der Boß war. Und trotzdem, es war unübersehbar, daß sie so viel wie möglich von ihm lernen wollte, und das ging ihm einfach auf die Nerven. Er wollte seine Ruhe haben, um ungestört seiner Arbeit nachgehen zu können. Auch wenn sie nur hin und wieder im Stall oder auf der Koppel auftauchte, so war ihm doch seit ihrer Rückkehr aus den Flitterwochen, als wäre sie ständig um ihn. Ununterbrochen.

Jeremiah dagegen mochte die junge Mrs. Alexander. Sie war so schön. Und sie behandelte ihn mit Respekt, fragte ihn manchmal etwas. Gab ihm zu verstehen, daß sie seinen Pferdeverstand schätzte. Und sie liebte Pferde, das spürte er deutlich.

»Guten Morgen, Miß Devon«, sagte er höflich.

»Guten Morgen, Jeremiah«, antwortete sie mit einem warmen Lächeln. Es gefiel ihr, daß er sie nicht ›Mrs. Alexander‹, sondern ›Miß Devon‹ nannte. Das klang irgendwie vertrauter, erinnerte sie daran, daß er sie ja schon aus der Zeit mit Brent Hartwick kannte. Willy O'Neill war da ein anderes Kaliber. Er zeigte unverhohlen, daß er alles andere als erbaut darüber war, sie schon wieder zu sehen.

»Mr. O'Neill, hätten Sie etwas dagegen, wenn ich Sie auf Ihrer morgendlichen Runde begleite?« fragte sie höflich.

»Bitte. Ihnen gehört die Farm«, erwiderte der Trainer mit einem Achselzucken. Dann öffnete er die Stalltür und ging Devon und Jeremiah mit zügigen Schritten voran.

Das erste Pferd, das sie unter die Lupe nahmen, hieß Winning Spurs. Das drei Jahre alte Tier war im Kentucky-Derby nur vierter geworden – eine herbe Enttäuschung für Willy.

»Wenn wir Kurtsinger als Jockey gekriegt hätten, hätte er gewonnen«, hatte Willy zu Jeremiah gesagt. Aber ein anderer Trainer hatte ihm den erfahrenen Jockey weggeschnappt, und der hatte dann auf dem Rücken von Twenty Grand mit zwei Minuten und einer Sekunde den ersten Preis geholt – 48.725 Dollar. Die Eigentümerin von Twenty Grand, Helen Hay Whitney, dürfte sich gefreut haben. Es war durchaus üblich, daß eine Frau als Besitzerin eines Rennpferdes auftrat. Nur das Training der Tiere – das war nach wie vor Männersache.

»Ich hab' gehört, daß Sie ihn nicht ins Preakness-Rennen schicken wollen«, nahm Devon das Gespräch wieder auf.

»Konnte keinen Jockey kriegen. Ihr Mann war nicht da, und so konnte ich nicht die Summe bieten, die nötig gewesen wäre, um Kurtsinger oder Sande oder einen anderen von den Top-Jungs zu bekommen.«

»Nun, von jetzt ab brauchen Sie sich da keinerlei Beschränkungen aufzuerlegen. Sie können, wenn nötig, mit dem Preis hochgehen«, erwiderte Devon.

»Sagte mir ihr *Mann* bereits«, gab Willy zurück, um zu betonen, daß nicht sie, sondern John sein Verhandlungspartner war.

»Schicken Sie Winning Spurs dieses Jahr noch einmal in ein Rennen?« fragte sie und lehnte sich gegen die Tür der gegenüberliegenden Box.

Willy brummte etwas Unverständliches, während er Devon den Rücken zukehrte, um den linken Vorderlauf des jungen Hengstes zu inspizieren.

Devons Blick traf den von Jeremiah, der neben Mr. O'Neill mit dem Halfter bereitstand. Sein Gesichtsausdruck verriet, daß er mit ihr sympathisierte und gleichzeitig an dem untergründigen Machtkampf zwischen den beiden seine klammheimliche Freude hatte. Sie schenkte ihm ein trockenes Lächeln, bevor sie fortfuhr.

»Wird Winning Spurs heute trainiert?« fragte sie in den Raum.

»Nein, Ma'am«, erwiderte Jeremiah, als sein Boß wieder einmal nicht reagierte. »Heute ist Bertie dran.«

»Tja, dann werde *ich* Winning Spurs heute übernehmen«, sagte Devon mit Nachdruck. Es war an der Zeit, einmal andere Töne anzuschlagen. Mit Diplomatie hatte sie bisher auch nicht mehr erreicht, als daß er ihr fortwährend zu verstehen gab, daß ihm allein ihre Anwesenheit schon ein Dorn im Auge war.

Willy O'Neill fuhr herum. Devon mußte sich beherrschen, um nicht laut loszuprusten, als sie seinen Gesichtsausdruck sah. Seine buschigen Augenbrauen waren zusammengezogen, und sein schmaler Mund bildete nur noch einen einzigen dünnen Strich. Er wußte offensichtlich nicht, wie er reagieren sollte.

»Haben wir unsere Leute«, versetzte er knapp.

»Und welche Qualifikationen haben die vorzuweisen?« fragte sie mit hochgezogenen Brauen.

»Fliegengewicht. Können reiten. Verstehen was von Vollblütern.«

»Na, dann bin ich ja geradezu prädestiniert für diesen Job«, konterte sie mit amüsiertem Lächeln. »Ich wiege knapp fünfzig Kilo, reite seit zwanzig Jahren und habe Vollblüter gezüchtet und trainiert.«

Jeremiah sah beklommen von Willy zu Devon und wieder zu Willy zurück.

»Sie wollen allen Ernstes ein Pferd trainieren?« fragte O'Neill mit unüberhörbarem Spott in der Stimme.

»So ist es«, gab sie ungerührt zurück.

»Jeijeijei«, erwiderte er kopfschüttelnd. Wenn Sie sich aufspielen wollte – bitte. Er würde auf der Stelle seinen Dienst quittieren. Jemanden wie ihn würde man überall mit Kußhand nehmen. Er hatte es weiß Gott nicht nötig, sich von einer verwöhnten Göre wie ihr in seine Arbeit reinreden zu lassen.

Doch sie reagierte ganz anders, als er erwartet hatte. »Aber lassen Sie sich nicht weiter von mir stören, Mr. O'Neill«, sagte Devon. »Machen Sie Ihre Runde – ich halte mich ganz unauffällig hinter Ihnen.« Sie hatte ihren Triumph gehabt. Jetzt mußte sie ihm wieder die Oberhand lassen. Schließlich war er der Boß im Stall. Und das konnte er am besten demonstrieren, indem man ihn ungestört arbeiten ließ.

Willy drehte sich wortlos um und bedeutete Jeremiah mit einem Kopfnicken, Winning Spurs wieder in die Box zurückzuführen. Dann wandte er sich dem nächsten Pferd zu, gefolgt von Jeremiah. Der konnte es sich nicht verkneifen, sich verstohlen nach Devon umzudrehen und ihr unmerklich zuzunicken. Mein Kompliment! schien sein Blick zu sagen.

17

»Das erste, was wir uns anschaffen, ist ein Telefon«, sagte John in einem Ton, der keinen Widerspruch duldete, und legte seine Serviette auf den langen Mahagoni-Eßtisch. »Ich habe wirklich langsam die Nase voll von diesem lächerlichen, ja geradezu grotesken Widerstand hier unten im Süden gegen ein Gerät, das so außerordentlich nützlich ist!«

»Ach, mir hat so 'n Ding nie gefehlt«, gab Devon zu. Sie trank den letzten Schluck Kaffee aus und stand dann auf. »Aber wenn du unbedingt willst ...« In ihrem blauweiß gestreiften Sommerkleid sah sie so frisch aus wie der junge Morgen. Durch die geöffneten Terrassentüren wehte der Duft der Rosen herein.

»Ich muß auf jeden Fall mit meinem Büro in Kontakt bleiben«, gab John zu bedenken, während er zusammen mit seiner Frau den Frühstücksraum verließ. »Und was ist, wenn wir in New York sind? Da wirst du doch sicher gern hier anrufen wollen, um zu hören, ob alles läuft.«

Devon wartete mit ihrer Antwort ab, bis sie in dem großen, sonnendurchfluteten Wintergarten waren, der sich unmittelbar an die Veranda anschloß. Erst als sie die großen Glastüren hinter sich geschlossen hatte, sagte sie: »Ach, zu unserem Personal hier in Willowbrook habe ich volles Vertrauen. Aber so ein Telefon ist sicher eine sehr gute Sache, wenn du allein in New York bist. Dann können wir täglich miteinander sprechen.«

»Allein in New York? Ohne dich?« John blieb mitten auf dem schwarzweiß gefliesten Marmorfußboden stehen. »Was soll denn das heißen?!«

»Liebling«, begann Devon so sanft wie möglich und setzte sich auf einen Diwan. »Hör mir zu. Du mit deinen Geschäften in New York und ich hier mit meinen Interessen – da lassen sich ein paar Tage Trennung hin und wieder einfach nicht vermeiden.«

»Warum denn? Warum können wir nicht gemeinsam zwischen Willowbrook und New York hin- und herpendeln? Warum willst du mich nicht auf meinen Reisen nach New York begleiten?«

»John, du weißt doch, daß ich dabei bin, mich in das Vollblüter-Geschäft einzuarbeiten. Es wird Zeiten geben, wo ich einfach nicht weg kann, zum Beispiel wenn ein Rennen ansteht.«

»Aber dafür haben wir doch O'Neill!« rief John und ging nervös vor Devon auf und ab.

»Ich möchte mich aber da mehr reinknien, John. Ich will nicht alles O'Neill überlassen. Ich möchte ihm beim Training helfen, möchte von ihm lernen.«

»O'Neill hat doch wohl klipp und klar gesagt, daß er nicht will, daß man ihm bei seiner Arbeit reinredet. Und ich habe keine Lust, zu riskieren, daß er uns den Job hinschmeißt.«

In Johns Stimme schwang eine deutliche Warnung mit. »Devon, es geht hier schließlich um eine Menge Geld.«

»Ich trainiere seit nunmehr zwei Wochen bereits mehrere Pferde«, hielt Devon dagegen. »Und bis jetzt hat er noch nichts hingeschmissen. Hast du den Eindruck, daß ich eine solche Nervensäge bin, daß er meine schlichte Anwesenheit nicht erträgt?«

»Devon, das hat überhaupt nichts mit dir als Person zu tun!« beeilte sich John sie zu beschwichtigen. »Und ich gebe ja zu – es ist schon ein bißchen verrückt, daß ein Pferdetrainer seinen Herrn herumkommandiert. Aber diese Leute sind nun einmal ein ganz eigener Menschenschlag. Es ist verdammt schwer, gute Trainer zu bekommen. Das weißt du selbst am besten.«

»Na ja, wenn ich von ihm lerne, dann wird er vielleicht eines Tages nicht mehr so ohne weiteres in der Lage sein, uns herumzukommandieren«, trumpfte Devon auf. »Vielleicht brauchen wir ihn dann überhaupt nicht mehr!«

»Das ist doch völlig absurd, Devon!« John war am Ende seiner Geduld. »Selbst die erfahrensten Pferdekenner haben eigene Trainer.«

Devons Augenbrauen schossen in die Höhe. Sie hatte Mühe, ihren aufsteigenden Ärger im Zaum zu halten, doch sie riß sich zusammen und sagte in betont ruhigem Ton: »John, ich sage doch nicht, daß wir O'Neill entlassen sollen. Ich weiß seinen Wert durchaus zu schätzen. Aber ich mag es nicht, wenn mir jemand auf der Nase herumtanzt. Ich passe höllisch auf, daß ich ihm nicht im Wege bin. Aber ich habe nun einmal Lust, mich gewissen Herausforderungen zu stellen. Und bis jetzt war ich durchaus erfolgreich. Gestern zum Beispiel habe ich auf Firefly die beste Zeit gestoppt, die sie jemals gelaufen ist. Sie ist reif für Saratoga!«

John schaute überrascht auf. »Sagt O'Neill das?« fragte er. Ein Strahlen ging über sein Gesicht. Sein ganzer Ärger schien auf einmal verflogen.

»Ja, er sagt das *auch*«, erwiderte Devon und reckte selbstbewußt ihr Kinn. »Und ich werde sie begleiten.«

»Wir beide werden sie begleiten! rief John begeistert. »Das sind ja herrliche Neuigkeiten!«

»Winning Spurs schicken wir auch ins Rennen. Und Home Run!« setzte Devon triumphierend noch einen drauf. Sie war erleichtert, daß der drohende Ehekrach sich so in Wohlgefallen aufgelöst hatte.

»Ehrlich? Das ist ja wunderbar!« staunte John. Er zog Devon an sich und küßte sie stürmisch.

»Na, siehst du? Ist doch alles wunderbar, oder?« sagte Devon mit Genugtuung.

»Mehr als wunderbar!« erwiderte John und gab ihr einen langen Kuß.

Devon erwiderte ihn, entzog sich aber dann sanft seiner Umarmung. »Komm mit mir in den Stall. Ich muß in einer halben Stunde dort sein.«

John zog ein enttäuschtes Gesicht. Die innige Umarmung hatte in ihm die Lust geweckt, seine Frau wieder ins Schlafzimmer zu entführen. »Ist es furchtbar schlimm, wenn du erst ein klitzekleines Stündchen später kommst?« fragte er mit verführerischem Lächeln.

Devon fiel es schwer, seinem Werben zu widerstehen. Sie hatte ihn noch nie zurückgewiesen und hatte sich auch vorgenommen, es nie zu tun. Andererseits hatte Firefly ihre festen Zeiten. Und heute wollten sie sie zum erstenmal gegen ein paar junge Hengste aus dem Stall antreten lassen, um zu sehen, wie sie nach den langen Wochen harten Einzeltrainings auf Konkurrenz reagierte.

John sah seiner Frau an, wie sie mit sich kämpfte. »Lauf nur, mein Schatz, ich seh's dir doch an der Nasenspitze an, daß du's gar nicht erwarten kannst, zu deinen Pferden zu kommen!« lachte er gutmütig.

»Du bist der verständnisvollste Ehemann auf der ganzen Welt«, antwortet Devon mit strahlendem Lächeln und stellte sich auf die Zehenspitzen, um ihm einen verliebten Kuß auf den Mund zu geben.

18

»Wer ist denn die schöne Frau da drüben?« flüsterte Devon Sydney Howell-Jones ins Ohr. Sydneys Ehemann, Bart, war ein enger Freund von John, und die beiden Frauen waren sich spontan sympathisch gewesen. Beide Ehepaare hatten hier im Rennen von Saratoga Pferde laufen, ebenso wie ihre anderen Freunde, die Whitneys, die Vanderbilts, die Astors und die Dukes.

Sie saßen auf der Tribüne, die für Eigentümer reserviert war, beide Frauen in luftigen Leinenkleidern und riesigen Hüten mit flatternden Bändern. Aber selbst unter den gutaussehenden, perfekt gekleideten jungen Frauen der amerikanischen Elite, die sich hier versammelt hatten, stach die junge Blondine von gegenüber, deren Namen Devon wissen wollte, deutlich hervor.

»Hast du die noch nie gesehen?« fragte Sydney überrascht und lachte vielsagend. »Das ist Marion Davies.«

»Marion Davies! Natürlich!« Devon wußte sofort, um wen es sich handelte. Die berühmte Filmschauspielerin hatte noch mehr von sich reden gemacht, seit sie die Geliebte von William Randolph Hearst geworden war. »Sie kam mir gleich irgendwie bekannt vor«, sagte Devon. »Dann wird der Herr an ihrer Seite ja wohl Mr. Hearst sein. Ich hab' ihn jahrelang nicht mehr gesehen. Er hatte mal geschäftlich mit meinem Vater zu tun und hat uns in dem Zusammenhang auch einmal in Evergreen besucht. Aber das ist mindestens schon zehn Jahre her. Ich hab' ihn nicht gleich erkannt, obwohl ich zugeben muß, daß er kaum gealtert ist.«

»Tja, mit einer jungen Geliebten bleibt man eben selber jung«, lachte Sydney. »Aber du weißt ja, daß er auf die siebzig zugeht.«

»Und sie ist so um die dreißig, stimmt's?«

»So ungefähr.« Sydney grinste anzüglich. Sie war eine Seele von Mensch, aber sie liebte es nun einmal, den allerneuesten Klatsch zu erfahren und sofort brühwarm weiterzuerzählen. Sie hatte fülliges blondes Haar und aufgeworfene Lippen, die ihr einen Hauch von ›femme fatale‹ gaben, was die Herren der Schöpfung ihr in Scharen hinterherlaufen ließ. Im Grunde ihres Herzens war sie jedoch ein treues Eheweib, und Bart schien ihre harmlosen Flirts, die ihr solchen Spaß machten, überhaupt nicht zu bemerken.

Devon betrachtete aus der Entfernung die blonde Frau, Marion Davies, die ein elegantes weißes Leinenkostüm mit marineblauen Biesen trug, dazu Handschuhe und einen passenden marineblauen Strohhut, der das strahlende Blau ihrer Augen betonte.

»Sie sieht überhaupt nicht wie die Geliebte von jemandem aus«, wunderte sich Devon.

Sydney zog überrascht eine Braue hoch und meinte dann nur: »Ich schwör's dir.«

Devon brach in schallendes Gelächter aus, als sie den Gesichtsausdruck ihrer Freundin bemerkte. »Ja, ich weiß ja, daß es so ist, aber ... sie wirkt irgendwie so nett ... so ... so anständig.« Devon nahm in ihrer Naivität an, daß man eine Frau, die ein Verhältnis zu einem Mann hatte, sofort daran erkennen konnte, daß sie zu dickes Make-up, auffällige Juwelen und schreiende Farben trug.

»Viele dieser Frauen sind ihrem Geliebten treuer als so manche Ehefrau ihrem Mann«, sagte Sydney nachdenklich. »Ich nehme an, du kennst die Fotos von seinem Märchenschloß in Kalifornien.« Sie meinte die ›Cuesta Encantada‹, die im Volksmund nur ›Hearst Castle‹ genannt wurde.

»Es ist wunderbar, nicht wahr?« fragte Devon ehrfürchtig. Devon war wie alle ihre Freunde und Freundinnen an Reichtum gewöhnt, aber so etwas wie das ›Hearst Castle‹, oder die ›Ranch‹, wie der Medienzar sein Schloß in dezenter Untertreibung nannte, hatte noch keiner gesehen.

»Der hat zwei Swimmingpools – da gehen dir die Augen über«, berichtete Sydney. »Einen drinnen, einen draußen. Der draußen ist von Säulen umgeben und sieht wie ein römischer Tempel aus. Er nennt ihn seinen ›Neptun-Brunnen‹. Er hat sogar echt antike Reste eines römischen Tempels gleich daneben, die müssen mindestens fünfzehnhundert Jahre alt sein.«

Devon schüttelte ungläubig den Kopf. Was für eine Extravaganz! Ihre Eltern hatten Geld, aber dieser Luxus war ihnen fremd.

»Der Swimmingpool innen ist aus winzigen, venezianischen Glasmosaiksteinen gemacht«, fuhr Sydney fort. »Teilweise sind sie mit achtzehnkarätigem Gold gefüllt, so daß der ganze Raum wie eine Schatzkammer funkelt und glitzert.«

»Hört sich ja atemberaubend an!« staunte Devon und schaute wieder zu dem weltberühmten Zeitungszar hinüber.

»Das ganze Anwesen ist ein einziger Traum«, versicherte Sydney. »Aber wahrscheinlich wirst du es sowieso demnächst einmal mit eigenen Augen sehen. John und er kennen sich ganz gut. John hat früher viel in die Filmbranche investiert. Und nicht nur in solche Streifen, die aus Hearsts Studios kamen.«

Devon starrte Sydney mit weit aufgerissenen Augen an. »Filmbranche? Davon hat John mir ja nie auch nur ein Sterbenswörtchen erzählt.«

Sydney lachte ein wenig anzüglich, um Devon zu verstehen zu geben, daß es in diesen Filmen vor allem um Sex ging. »Viele Männer mit Geld investieren in diese Branche, wenn du verstehst, was ich meine«, bemerkte Sydney. »John hat sich aus diesen Produktionen wohl zurückgezogen, nachdem er dich kennengelernt hat. Und das ist auch gut so.« Sie sah Devon eindringlich an, um zu prüfen, ob ihre Freundin ihre Anspielung verstanden hatte.

Flammende Röte überzog Devons Gesicht, als sie die Bedeutung von Sydneys Worten begriff. »Oh, ich verstehe«, murmelte sie beschämt und vermied es, ihrer Freundin in die Augen zu schauen.

»Komm, das ist doch jetzt alles aus und vorbei«, kam ihr Sydney zu Hilfe, die sich ein leises Schmunzeln ob Devons Naivität trotzdem nicht verkneifen konnte.

»Ja, natürlich«, erwiderte Devon und versuchte, sich möglichst schnell wieder zu fassen. Sie reckte ihr Kinn und setzte ein Lächeln auf, von dem sie glaubte, daß es ein erfahrenes ›Frau-von-Welt‹-Lächeln wäre.

»In jedem Fall«, bemühte sich Sydney, schnell das Thema zu wechseln, »wirst du bald Gelegenheit haben, dir das alles höchstpersönlich anzuschauen. Mr. Hearst lädt jedes Wochenende einen Haufen Leute zu sich auf die Ranch ein. John war auch schon mehrere Male dort, und ich bin sicher, daß du und er bald eingeladen werdet.«

Wie um ihre Worte zu bestätigen, winkte der imposante William Randolph Hearst in diesem Moment zu ihnen herüber und hob sein Champagnerglas zum Gruße. John grüßte zurück und gab Devon ein Zeichen, ihm zu folgen. Gemeinsam gingen sie hinüber, um dem alten Herrn ihre Reverenz zu erweisen.

»Wie geht's dir, John?« fragte der gewichtige Mann mit röhrender Stimme, so daß alle um ihn herum nicht umhin konnten, zu hören, was er sagte. »Mein Gott, ist das lange her! Du erinnerst dich sicher an Marion.«

»Wie könnte ich die reizende Miß Davies vergessen haben«, gab John mit charmantem Lächeln zurück und gab der jungen Frau die Hand, bevor er sich Devon zuwandte. »Aber du kennst meine Frau noch nicht.« Mit stolzgeschwellter Brust schaute er auf Devon, während er sie den beiden vorstellte.

Devon und Marion Davies schüttelten sich die Hand und lächelten sich freundlich zu. Dann reichte Devon Mr. Hearst ihre zarte Hand, die in seiner riesigen Pranke fast verschwand. Prüfend musterte er sein Gegenüber, das ihm in seinem rosaweiß gestreiften Organdy-Kleid und dazu passendem Hut offenbar ausnehmend gut gefiel. Hearst war ein Mann, der klassische Schönheit verehrte, und so war er von Devon sofort stark beeindruckt.

»Mein Kompliment, John«, sagte Hearst in ernstem Ton. Dann lächelte er zuvorkommend. »Darf ich euch beide zu einem Glas Champagner einladen?« fragte er.

»Oh ja, setzt euch doch!« pflichtete ihm Marion bei.

Devon nahm den leeren Platz gleich neben Marion ein und grüßte höflich die anderen Gäste in der Loge. Ihr Herz schlug höher, als sie Gloria Swanson und Clark Gable sah, die beide eine geradezu überwältigende Ausstrahlung hatten. Dann erkannte sie noch zwei Bekannte aus New York sowie die Herausgeberin einer Bostoner Tageszeitung, die mit ihrem Vater zusammen in die Schule gegangen war.

»Ich hab' gehört, Sie haben ein eigenes Pferd im Rennen«, begann Marion ein Gespräch mit Devon.

Devon schaute sie überrascht an, denn offenbar waren sie und John zwischen den beiden Gesprächsthema gewesen. »Ja, ich bin dabei, mehr über Pferderennen zu lernen«, antwortete sie bescheiden. »Alle meine Hoffnungen ruhen auf meinem Fohlen Firefly. Aber Sie wissen ja, daß Stutfohlen gegen junge Hengste schlechte Chancen haben.«

»Ach, das will ich nicht sagen, da gibt es immer Ausnahmen«, wand Marion ein. »Ich drücke Ihnen die Daumen. Ja, ich würde sogar auf Firefly wetten«, fügte sie lachend hinzu.

Marions freundliches Lachen wirkte irgendwie ansteckend, und so lachte Devon mit. Marion schien ein Mensch zu sein, der es verstand, dem Leben die sonnigen Seiten abzugewinnen. Sie war Devon spontan sympathisch.

Devon hatte zuvor noch nie mit Leuten vom Film zu tun gehabt. Sie schienen ein lustiges Volk zu sein und sich köstlich zu amüsieren. Gemessen an ihnen kam sich Devon regelrecht ein wenig steif und linkisch vor. Was für lebendige, faszinierende Persönlichkeiten das doch waren!

Eigenartigerweise war Hearst, den Marion ›W. R.‹ nannte, in die allgemeine Fröhlichkeit nicht direkt miteinbezogen. Es schien, als hätten alle eine gewisse heilige Scheu vor ihm, so wie halbwüchsige Kinder in Anwesenheit des strengen Vaters.

Als Firefly an den Start ging, nahmen alle in der Loge lebhaften Anteil. Devon empfand die Unterstützung der Gruppe als wohltuend, vor allem, weil die Whitneys in der benachbarten Loge ebenfalls einen jungen Hengst im Rennen hatten. Die Whitneys waren die unbestrittene Nummer eins in der amerikanischen Pferdewelt. Ihr Stall, ihre Trainer und ihre Jockeys genossen den allerbesten Ruf. Erst vor drei Jahren hatten die Ställe von Willowbrook in einem nervenzerreibenden Kopf-an-Kopf-Rennen die Greentree-Ställe der Whitney-Familie besiegt, und Devons Traum war es, dem Namen Willowbrook wieder seine alte Glorie zurückzugeben. Sie erinnerte sich auch, daß es ein Pferd aus dem Whitney-Stall war, das zum ersten und bisher einzigen Mal als Stutfohlen das Kentucky-Derby gewonnen hatte. Harry Payne Whitneys Regret hatte im Jahre 1915 bewiesen, daß auch ein Stutfohlen den Sieg beim berühmtesten amerikanischen Pferderennen davontragen konnte.

Als wenn sie ihre Gedanken gelesen hätte, beugte sich in dem Moment Marion Davies zu ihr hinüber und flüsterte ihr ins Ohr: »Ich würde mich so freuen, wenn ein Stutfohlen das Rennen machen würde!«

Devon lächelte sie dankbar an. Die Unterstützung dieser freundlichen Frau tat ihr gut. Sie war nicht sehr glücklich über den Jockey, den Willy O'Neill engagiert hatte. Er mußte schließlich gegen den berühmten Linus ›Pony‹ McAtee antreten, der für die Whitneys arbeitete. Wie um sich zu vergewissern, daß der noch relativ unerfahrene Slim Bocaso doch eine gute Wahl war, warf sie einen Blick auf die Nummer 6, wo Firefly bereits nervös an der Startlinie tänzelte. Willy hatte den jungen Mann erst vor zwei Wochen angestellt. Er hielt große Stücke auf ihn, trotz seiner geringen Rennerfahrung, und war sich sicher, daß er es mit McAtee aufnehmen konnte, der früher ebenfalls für Willowbrook gearbeitet hatte, bevor er von den Whitneys abgeworben wurde.

Als sie Bocaso in der Menge am Rande der Rennbahn ausgemacht hatte, war Devon doch froh, daß sie sich für neue Willowbrook-Farben entschieden hatte. Lange war sie sich im unklaren, ob sie an dem alten und bewährten, wenn auch etwas angestaubten Image festhalten sollte. Doch dann hatte sie sich spontan dazu entschlossen, das Grün und Blau der Hartwicks über Bord zu werfen und eine neue Uniform für ihre Jockeys zu entwerfen – als Signal an die amerikanische Rennwelt, daß in Willowbrook ein neuer Wind wehte: Scharlachroter Körper, und ebenfalls rote Ärmel mit einer schwarzen Raute vorn und hinten, ein Design, das an den Joker einer Spielkarte erinnerte. Die Mütze des Jockeys war im gleichen Ton rot-schwarz kariert mit rotem Schirm.

Obwohl Devon die ganze Zeit schon wie auf Kohlen saß, war sie doch überrascht, als plötzlich der Startschuß fiel. Wie von der Tarantel gestochen, sprang sie von ihrem Platz auf und riß das Fernglas an die Augen. Sie merkte nicht, daß John hinter sie trat, merkte nicht, daß er ihr beruhigend die Hand auf die Schulter legte. Auch den Lärm der Menge nahm sie nicht wahr. Einen Augenblick suchte sie verzweifelt nach Firefly. Dann sah sie sie.

Die Stute hatte einen guten Start gehabt – bei Fohlen keine Seltenheit. Die eigentliche Frage war jetzt, ob sie ihre Führungsposition durchhalten würde, wenn die jungen Hengste hinter ihr aufholten. Denn normalerweise pflegten Stuten instinktiv im Tempo zurückzufallen, sobald Hengste auftauchten – ein uralter Mechanismus, der noch aus den Zeiten stammte, als ihre Ahnen in wilden Herden über die weiten Steppen zogen. Aber es gab Ausnahmen …

Und zu ihrer großen Begeisterung stellte Devon fest, daß Firefly ihre Spitzenposition tatsächlich hielt! Whitneys Hengst Dance With Me lag dicht hinter ihr. Bocaso lenkte Firefly sofort in die Innenbahn, um Abstand zu Dance With Me herzustellen – ein sehr geschicktes Manöver, wie Devon anerkennend registrierte. Doch dann sah sie beklommen, daß von hinten Hip Hip Hurrah der Vanderbilts aufholte.

Plötzlich zog Dance With Me deutlich an, bis er Kopf an Kopf mit Firefly lag. McAtee versuchte, sein Pferd näher an Firefly zu bringen, ein durchaus legales Mittel, die junge Stute unter Druck zu setzen. In der Zwischenzeit war von hinten ein viertes Pferd fast bis auf die Höhe von Hip Hip Hurrah herangekommen, ein Grauschimmel mit Namen Court Order, dessen Jockey ebenfalls versuchte, sich an Firefly heranzumachen.

Doch Firefly ließ sich nicht einschüchtern. Im Gegenteil. »Schau nur, sie zieht an! Sie zieht an!« jubelte Devon. Ein lautes Raunen ging durch die Menge, die atemlos verfolgte, wie ein relativ unbekanntes Fohlen aus dem Willowbrook-Stall sich anschickte, das Rennen zu machen und das beachtliche, wenn auch nicht übermäßig hohe Preisgeld zu kassieren.

Aber noch fehlten dreißig Meter bis zum Ziel. Noch drohte Gefahr. Firefly hielt die Spitze, dicht gefolgt von Dance With Me, der in dem Moment an Tempo zulegte und Firefly überholte! Jetzt lag er an der Spitze, wenn auch nur um eine Nasenlänge voraus. Devon hörte John hinter sich aufstöhnen und spürte, wie sich seine Hände in ihre Schultern krallten. Alles schien verloren. Doch in dem Moment griff Firefly weiter aus, so weit sie konnte, lag nun Kopf an Kopf mit Dance With Me, gab ihr Letztes.

Den Rest sah Devon verschwommen, wie in Zeitlupe. Firefly zog weiter an, noch weiter – und überquerte die Ziellinie.

Als erste!

»Wir haben gewonnen!« schrie John hinter ihr. Stürmisch umarmte er Devon und riß sie in die Luft hoch. Sie spürte, wie sie an der Hand genommen und aus der Box gezogen wurde. Von allen Seiten rief man ihnen Glückwünsche zu, während sie sich den Weg durch die Menge bahnten. Devon konnte es nicht fassen. Sie war so stolz! Und es hatte alles so einfach ausgesehen. Ihr erstes Rennen! Und noch dazu ein Stutfohlen! »Danke, danke!« rief sie mit strahlendem Lächeln ihren zahlreichen Gratulanten zu.

Dann endlich sah sie Willy. Er hielt die keuchende und schäumende Firefly am Zügel, auf der immer noch der Jockey saß. Ein Reporter schrie Willy Fragen zu, die er in seiner üblichen einsilbigen Art beantwortete. Devon stürmte auf die Gruppe zu, ignorierte die Bitte des Reporters um ein Foto. Sie wollte Willy umarmen, mit ihm auf- und abspringen, um ihren gemeinsamen Sieg zu feiern. Doch je näher sie ihm kam, desto befangener wurde sie, als sie seinen verschlossenen Gesichtsausdruck wahrnahm.

So blieb sie nur vor ihm stehen und fragte, ohne ihre Begeisterung verbergen zu können: »Na, und?«

»Und was?« erwiderte er kurz angebunden, ohne auf das Trommelfeuer der Reporterfragen weiter einzugehen.

»Na ja, was meinen Sie?« fragte Devon ein wenig hilflos, immer noch ein strahlendes Lächeln auf den Lippen.

Willy nahm seine BROOKLYN DODGERS vom Kopf und setzte sie wieder auf. Er schaute auf den Boden, kratzte sich am Kinn und sagte dann: »Is 'n Anfang.«

In einem spontanen Impuls streckte Devon ihm die Hand hin, obwohl sie auch diesmal wieder befürchtete, er würde sie ignorieren. Aber diesmal ergriff er sie tatsächlich und schüttelte sie mit festem Griff, begleitet vom Blitzlichtgewitter der Fotografen.

»Haben gute Arbeit geleistet«, fügte er noch hinzu.

Devon hätte ihn am liebsten auf seine wettergegerbten Wangen geküßt, doch sie hielt sich im letzten Moment zurück. Für seine Verhältnisse war er heute ja geradezu überschwenglich gewesen. Statt dessen wandte sie sich Slim Bocaso zu, um ihm zu gratulieren. Devon war so glücklich. Jetzt hatten sie auch noch einen hervorragenden Jockey für Willowbrook gefunden. Was für ein vielversprechender Anfang!

19

La Cuesta Encantada tauchte wie ein Märchenschloß aus den sonnenüberfluteten Hügeln Kaliforniens auf. Die dekorative Struktur der schneeweißen Stuckmauern und der schuppigen Ziegeldächer bot einen reizvollen Kontrast zu der eher monotonen Fläche des endlos weiten, sonnenverbrannten Graslands ringsherum. Aber was Devon in dieser malerischen Szenerie am meisten faszinierte, war der atemberaubende Panoramablick auf den Pazifischen Ozean, der sich einem vom Aussichtspunkt der Ranch aus darbot.

Obwohl es nun schon das fünfte Mal war, daß Devon und John die

Ranch besuchten, drehte sie sich doch immer wieder auf ihrem Sitz um und schaute durch das Rückfenster des von Hearsts Chauffeur gefahrenen Packard, um den überwältigenden Anblick des silbern schimmernden Morgenlichts auf dem Wasser zu genießen.

Die gesamte Reisegesellschaft, bestehend aus sechsunddreißig Personen, einschließlich Marion Davies und Hearst, hatten Los Angeles am Abend zuvor um Viertel nach acht in Hearsts eigenem Luxus-Schlafwagen verlassen. Der Zug kam um vier Uhr morgens in San Luis Obispo an, wo eine Autoflotte die Gäste bereits erwartete, um sie zur Ranch zu bringen. Von San Luis Obispo bis nach San Simeon, dem kleinen Dorf, in dessen Nähe die Ranch des Zeitungszaren lag, waren es mit dem Auto knappe zwei Stunden. Aber vom Eingang der Ranch bis zu den Häusern auf dem Hügel brauchte man noch einmal eine halbe Stunde, manchmal auch länger, wenn wilde Tiere die Straße versperrten.

Die exotischen Vierbeiner, die Hearst sich von überall auf der Welt hatte einfliegen lassen, gehörten zu dem Faszinierendsten auf der Ranch. Viele der Herdentiere, Zebras zum Beispiel, liefen frei herum. Für die anderen, die Affen, Tiger und Leoparden, hatte sich Hearst einen Privatzoo anlegen lassen. Devon tat es immer in der Seele weh, wenn sie die gewaltigen Raubkatzen in ihren Käfigen unruhig auf- und ablaufen und mit ihrem Schwanz ständig gegen die verhaßten Gitterstäbe schlagen sah.

Devon und John hielten sich gern in La Cuesta Encantada auf. Es war ein Ort ganz besonderer Zerstreuung, ein Ort, in dem alle Wünsche erfüllt, alle Träume wahr wurden. Die ausgelassene Schar von Schauspielern, Regisseuren und Produzenten aus Hollywood, die sich hier tummelte, bewegte sich irgendwie ungezwungener, freier als die High-Society an der Ostküste, die eher auf Etikette hielt. Hier in Kalifornien wurde mehr getanzt, mehr getrunken und mehr gelacht als woanders in Amerika, und Devon und John machten begeistert mit. Es war kein Leben, das Devon auf die Dauer hätte führen wollen, aber so zwischendurch als Entspannung genoß sie die willkommene Abwechslung.

Die Limousinen hielten am Fuße der großen marmornen Freitreppe, die um den Neptun-Brunnen herum hinauf zum Haupthaus und zu den drei luxuriös eingerichteten Gästehäusern führte.

»Devon und John«, sagte Marion mit warmherzigem Lächeln, »für euch beide und Bart und Sydney habe ich die Casa del Mar reserviert. Ich weiß doch, wie sehr du den Blick aufs Meer liebst«, fügte sie, an

Devon gewandt, leise hinzu. Es war typisch für Marion, daß sie stets ein offenes Ohr für die kleinen Vorlieben ihrer Gäste hatte und sie so weit als möglich berücksichtigte.

Paare, die nicht miteinander verheiratet waren, durften allerdings nicht das gleiche Schlafzimmer teilen. In dieser Hinsicht war Hearst extrem konservativ – eine grotesker Widerspruch, wo er doch selbst in ›wilder Ehe‹ lebte.

»In einer halben Stunde gibt es Frühstück«, kündigte Marion an, nachdem sie die Gäste auf ihre Zimmer verteilt hatte.

»Ich finde, wir sollten das Frühstück ausfallen lassen und erst einmal ein Nickerchen machen«, schlug John vor und gähnte herzzerreißend. Wie die meisten Gäste im Zug hatten John und Devon die ganze Nacht kein Auge zugetan, sondern sich die Zeit mit Champagner und Kartenspiel vertrieben.

Devon zögerte. »Hm … W. R. wollte mir nach dem Frühstück sein neues Hengstfohlen zeigen.« Devon war eine der wenigen weiblichen Gäste, der Hearst besondere Aufmerksamkeit schenkte, weil sie sich für sein Empfinden wohltuend von den meisten anderen Frauen abhob, die außer Attraktivität und Sex-Appeal wenig zu bieten hatten. Er schätzte Devon wegen ihrer Intelligenz und ganz besonders wegen ihres Pferdeverstands.

»Na gut, aber gib nicht hinterher mir die Schuld, wenn du vor Erschöpfung zusammenbrichst«, mahnte John lachend.

Er öffnete die Haustür zur Casa del Mar. Der Bungalow war einer der schönsten, die Hearst anzubieten hatte. John und Devon bezogen die obere Suite, deren herrliche Stuckdecken, verziert mit Blattgold aus einem venezianischen Palazzo und deren rote Seidentapeten Devon immer wieder in Verzückung versetzten. Ehrfürchtig strich sie über die zwei italienischen Marmorsäulen rechts und links des Eingangs.

Als sie ihr Schlafzimmer betraten, warf Devon einen sehnsüchtigen Blick auf das große französische Bett, dessen Leinendecke einladend aufgeschlagen war. Ein Nickerchen wäre wirklich nicht zu verachten, dachte sie und spürte auf einmal die Müdigkeit in ihren Gliedern.

»Na, müde?« fragte John, der ihre Gedanken zu erraten schien.

Devon nickte.

»Mehr müde als hungrig?« Er lächelte.

»Na ja … sie haben immer so wunderbare Waffeln zum Frühstück.« John schloß die Tür hinter sich und begann sich auszuziehen. Devon bewunderte das Spiel seiner Muskeln unter seiner sonnengebräunten Haut. Sie konnte sich einfach nicht sattsehen an ihrem attraktiven Mann. Und schon war sie, ohne es zu merken, dabei, sich die Knöpfe ihres Reisekostüms zu öffnen.

Nackt schlüpfte John unter die Decke. »Aah, ist das herrlich!« stöhnte er selig. »Bist du sicher, daß du nicht doch eine Runde an der Matratze horchen willst?« fragte er mit einem Augenzwinkern.

Devon fühlte sich geradezu magisch von diesem Bett angezogen, von ihrem schönen Mann, von der Vorstellung kühlen Leinens auf nackter Haut. So entledigte sie sich schnell ihrer Unterwäsche und schlüpfte zu ihrem Mann ins Bett, der sie sogleich in seine starken Arme nahm. Dies herrliche Gefühl und der wunderbare Geruch des frischen, zart mit Lavendel parfümierten Leinens lullten sie so ein, daß sie auf der Stelle in einen tiefen, traumlosen Schlaf fiel.

Devon erwachte, als die Sonne bereits hoch am Himmel stand und mit voller Kraft durch die riesigen Panoramafenster schien. Sie dehnte und reckte sich genüßlich und warf einen Blick auf John, der immer noch tief und fest schlief. Seine langen dunklen Wimpern lagen wie feine Federn auf seiner braunen Haut. Die Silhouette seines markanten Profils auf dem weißen Kopfkissen rief in ihr eine unendliche Zärtlichkeit, Bewunderung und Verlangen hervor. Sie war so glücklich, daß sie so voller Liebe zu ihrem Mann war und sich gleichzeitig seiner Liebe so sicher sein konnte – ein Geschenk des Himmels angesichts der vielen geschiedenen Paare, die sie kannte.

Vorsichtig schlüpfte sie aus dem Bett, um ihn nicht zu wecken. Sie zog an der Klingelschnur, um Alice zu signalisieren, daß sie ein Bad nehmen wollte. Alice war mit auf die Ranch gekommen, denn bei all den vielen Dinners, Swimmingpool-Partys und Tanzveranstaltungen, die ständig wechselnde Garderobe und Frisuren erforderte, brauchte man einfach ein Dienstmädchen.

Bis Devon gebadet und ihren Reitdress angezogen hatte, war es zwölf. Mittagessen gab es auf der Ranch erst um halb drei – Zeit genug für einen kleinen Ausritt.

Hearst hatte einen großen Stall mit ausgesuchten edlen Pferden, und Devon stellte erfreut fest, daß ihr Liebling, ein Wallach mit Namen Eskimo, in der Box stand, als ob er auf sie gewartet hätte. Eskimo war ein ruhiges, sanftes Tier, ganz anders als die Pferde, die Devon normalerweise ritt. Aber bei den vielen wilden Tieren auf der Ranch, die plötzlich und unvermittelt die ungewöhnlichsten Schreie ausstießen, konnte es bei nervösen Pferden leicht passieren, daß sie scheuten oder sich aufbäumten. Und wenn Devon allein ausritt, wollte sie lieber ihre Ruhe haben. Auch wenn im Freigehege das Reiten verboten war, konnte man die Schreie aus dem Zoo doch meilenweit hören. Einmal, als Devon und Sydney am Nachmittag ausgeritten waren, waren sie plötzlich auf eine Klapperschlange gestoßen, die auf einem Felsen in der Sonne lag. Eskimo hatte kurz angehalten und war dann ganz langsam rückwärts gegangen, die Schlange fest im Auge. Keine Sekunde lang hatte er gescheut oder sonstwie panisch reagiert.

Seit diesem Erlebnis ritt Devon immer mit einem Revolver im Halfter. Noch lieber wäre ihr ein Jagdgewehr gewesen, doch ein Revolver war leichter zu handhaben.

Kaum war Devon unterwegs, da hörte sie schon die schrillen Schreie der Affen aus dem nahegelegenen Gehege. Der Zoo war ein beliebtes Ausflugsziel für die Gäste. An diesem Morgen kreischten die Affen besonders wild, was Devon irgendwie beunruhigte, da sie gleichzeitig auch das schallende Gelächter von Menschen vernahm. Und so machte sie sich auf den Weg, um nachzuschauen, was im Affenkäfig los war.

Erneut hörte sie gellende Schreie, gefolgt vom Klang klirrenden Metalls, danach wieder übermütiges Gelächter. Stirnrunzelnd ritt Devon weiter, und als nach einer Wegbiegung der Affenkäfig in Sicht kam, sah sie eine merkwürdige Szene: Vor dem Gehege, in dem eine Affenfamilie, Mama, Papa und das Baby, geängstigt beieinander saßen, stand eine Gruppe von Leuten, nah genug, um die Tiere zu bedrohen, weit genug, um vor ihren Reaktionen in Sicherheit zu sein. Devon kannte die vier Männer flüchtig, denn sie waren ihr am Vorabend im Zug vorgestellt worden: Zwei Schauspieler, ein Studioboß und ein Filmregisseur. Unter ihnen befand sich ein attraktives junges Mädchen, das Devon noch nie gesehen hatte. Sie hatte eine makellose Figur, die sie durch ein Paar knappe weiße Shorts und ein weißes Bikinioberteil betonte. Am Boden lagen zwei leere Champagnerflaschen, eine weitere steckte in einem Eiskübel. Keiner der Leute bemerkte Devon, denn sie stand ganz ruhig im Hintergrund und beobachtete nur still die Szene.

»Willst du noch Champagner, Bebe?« grölte einer der Schauspieler und griff nach der Flasche im Kübel.

»Klar!« Das Mädchen hielt ihm ihr leeres Glas hin. Der andere Schauspieler schlang den Arm um ihre Taille, glitt dann mit seiner Hand tiefer und packte sie an ihren prallen Pobacken. Sie schien sich an seiner Aufdringlichkeit nicht zu stören, redete wild gestikulierend weiter und deutete auf die Affen.

Bebe. Den Namen hatte Devon schon einmal gehört. Wahrscheinlich war das Bebe Henley. Devon konnte sich an das Debüt des jungen Mädchens in New York vor zwei Jahren erinnern. Sie hatte einen abenteuerlichen Ruf und galt seitdem in der New Yorker High Society als ›wild‹. Wie um dies zu bestätigen, beugte sich das Mädchen in diesem Augenblick zu dem Filmregisseur hinüber, gab ihm einen langen Zungenkuß und rieb ihren Körper einladend an seinem. Den Schauspieler, der eben noch ihr Hinterteil bearbeitet hatte, schien ihr plötzlicher Sympathiewechsel nicht zu beeindrucken. Er lehnte sich statt dessen gegen ihren Rücken und strich mit seinen Händen wollüstig ihre Schenkel entlang.

Devon wollte dieser alkoholisierten, entgleisten Szene nicht länger beiwohnen und trabte mit Eskimo wieder ihres Weges. Plötzliche markerschütternde Schreie aus dem Affenkäfig ließen sie jedoch herumfahren. Sie hielt Eskimo an und sah, wie der Studioboß, womöglich gekränkt durch die mangelnde Aufmerksamkeit, die Bebe ihm schenkte, einen Stein aufhob und sich anschickte, ihn in den Käfig zu werfen. Ein früherer Steinwurf – wohl der Grund für die grellen Schreie, die Devon vorher gehört hatte – hatte das Baby am Kopf verletzt. Die Mutter sprang aufgeregt kreischend um ihr Affenkind herum, während der Affenvater mit seinen starken Armen an den Gitterstäben rüttelte.

Bebe deutete auf ein Schild am Käfig, auf dem in großen Lettern ›BITTE DIE AFFEN NICHT STÖREN!‹ stand. Sie lachte grölend und warf ihr Champagnerglas auf das Schild, doch es verfehlte sein Ziel und zerschellte an den Eisenstäben. Die meisten Scherben fielen vor dem Käfig zu Boden, doch etliche auch ins Innere des Geheges. Der rasende Affenvater nahm ein paar von ihnen und warf sie seinen Quälgeistern zornbebend zurück, die sich mit erhobenen Händen davor zu schützen suchten. In dem Moment schrie das Männchen laut jammernd auf, als es feststellte, daß sich ein paar Scherben in seine Handflächen gebohrt hatten. Schmerzgequält hüpfte es auf und nieder.

Einen Augenblick lang stand die ganze Gruppe, die nichts von den Scherben abbekommen hatte, verblüfft da. Dann brach Bebe in kreischendes Gelächter aus, das wie ein Fanal für die anderen wirkte. Entsetzt beobachtete Devon, wie einer der Schauspieler begann, den Affen nachzuahmen und in wilden Sprüngen achselkraulend vor dem

Käfig auf- und absprang. Sein Kollege, der ihn übertrumpfen wollte, tat es ihm nach und fing zusätzlich an, mit den Füßen von außen gegen die Gitterstäbe zu treten, was die Affenfamilie in Angst und Schrecken versetzte.

Das war zuviel für Devon. Angewidert und zornbebend sprengte sie mit Eskimo auf die Gruppe zu und riß ihr Pferd erst im letzten Moment am Zügel zurück, so daß es mitten im Galopp einen Stop einlegte, sich laut wiehernd aufbäumte und erst kurz vor der Gruppe zum Stehen kam. »Aufhören!« schrie sie. »Sofort aufhören!«

Bebe und die Männer fuhren herum und starrten erschrocken die wilde Reiterin an, die da hoch zu Roß mit wehender schwarzer Haarmähne inmitten einer gewaltigen Staubwolke drohend über ihnen thronte.

»Ihr seid ja ekelhaft!« stieß Devon voller Abscheu hervor. »Wie kommt ihr dazu, diese unschuldigen Kreaturen so gemein zu quälen?!«

Im ersten Moment schwiegen alle betroffen. Dann baute sich Bebe vor Devon auf und fragte mit frecher Stimme: »Und wie kommen Sie dazu, uns hier irgendwas vorzuschreiben?«

Devon starrte sie mit zornfunkelnden Augen an. »Sie kommen sich ganz besonders toll vor, was?« rief sie ihr voller Verachtung zu. »Sie haben es wohl nötig, sich an unschuldigen Tieren zu vergreifen, die sich nicht wehren können, was?« Devon wandte sich an die Männer. Von einem zum anderen wanderte ihr durchdringender Blick, und alle senkten nach ein paar Sekunden schuldbewußt die Augen.

Doch Bebe war es offenbar nicht gewöhnt, Grenzen gesetzt zu bekommen. »Von Ihnen hab' ich mir doch gar nichts sagen zu lassen!« erwiderte sie schnippisch und bückte sich demonstrativ nach einem Stein, um ihn wieder in den Affenkäfig zu werfen.

Devon wandte sich wieder den Männern zu, die immer noch ihrem Blick auswichen. »Meine Herren«, sagte sie in scharfem Ton. »Entweder bringen *Sie* die Dame zur Vernunft oder *ich* tue es!«

Die Männer schauten zu Devon hoch. Sie sahen ihre Peitsche, sie sahen ihren Revolver. Devon machte keinerlei Anstalten, auch nur eine ihrer Waffen zu benutzen, doch ihre ganze Ausstrahlung verriet ihnen, daß sie keinen Moment zögern würde, davon Gebrauch zu machen, falls Bebe ihrer Zerstörungswut weiter freien Lauf lassen würde.

Der Studioboß war der erste, der reagierte. »Komm, Schätzchen, laß uns schwimmen gehen. Wir haben, glaub' ich, alle 'ne kleine Abkühlung nötig«, sagte er und faßte Bebe am Arm. Sie wollte ihn abschütteln, doch er packte sie mit so festem Griff, daß sie keine Chance hatte, und zog sie mit sich fort, gefolgt von den anderen Männern.

Devon blieb vor dem Schimpansenkäfig stehen und sah der Gruppe nach, die den Weg zum Swimmingpool einschlug. Als der Pfad eine Biegung machte, drehte sich Bebe noch einmal nach ihr um. Sie sagte nichts, sondern schaute sie nur an, als wollte sie sich Devons Gesicht einprägen. Dann warf sie mit einer verächtlichen Bewegung ihren Kopf in den Nacken, drehte sich wieder zu ihren Kumpanen um und trottete mit ihnen den Hügel hinab.

John dehnte und streckte sich und schlug dann die Augen auf. Als er den karmesinroten Goldbrokat-Baldachin über sich sah, war er einen Moment lang irritiert und brauchte ein paar Sekunden, um sich daran zu erinnern, daß er auf der Cuesta Encantada war. Der Platz neben ihm war leer. Devon mußte wohl reiten gegangen sein. Er warf einen Blick auf seine Armbanduhr. Halb zwei Uhr nachmittags.

»Großer Gott, dann gibt's ja gleich Mittagessen«, murmelte er.

Er entschloß sich, nicht zu duschen, da er vorher noch kurz schwimmen gehen wollte. Er zog ein Paar beigefarbene Leinenhosen und ein blaues Hemd an und lief zum Neptun-Pool hinunter. In der Kabine suchte er sich unter den zahlreichen Badehosen, die Hearst für seine Gäste bereithielt, eine aus, zog einen Frottee-Bademantel drüber und händigte seine Kleider dem Garderobenwart aus.

Als er auf den Pool zuging, schaute er nach Bekannten aus, entdeckte aber nur Bart und Sydney, die beide schlafend in einem Liegestuhl lagen. Leise, um sie nicht zu wecken, setzte er sich in den leeren Stuhl neben ihnen, zog den Bademantel aus, schloß die Augen und ließ sich von den Sonnenstrahlen wärmen. Doch schon ein paar Minuten später wurde er durch erregte Stimmen, die langsam näherkamen, aus seinem Nickerchen wieder aufgeweckt.

Eine Frau kam an den Pool, begleitet von vier Männern. John verschlug es den Atem. Es war die attraktivste Frau, die ihm jemals begegnet war. Sie war großgewachsen, so groß, daß sie alle ihre Begleiter überragte, und hatte lange, schlanke Beine, die sie noch größer erscheinen ließen. Eine blonde Lockenmähne fiel ihr fast bis auf die Hüften hinab, und ihre knappen weißen Shorts und das ebenso knappe weiße Bikinioberteil unterstrichen ihre aufregenden Kurven.

Die Frau diskutierte erregt mit ihren Begleitern. »Ihr hättet mich verteidigen sollen!« rief sie heftig.

Ein kleiner, korpulenter Mann, den John als den Boß der Crown-Studios wiedererkannte, versuchte sie zu besänftigen. »Komm, vergiß es. Das ist doch alles völlig unwichtig«, sagte er beschwichtigend. Doch die Frau ließ nicht locker.

Zwei der Männer gingen zur Bar hinüber und gaben ihre Bestellung auf. Die anderen setzten sich an einen der Tische unter einen blauen Sonnenschirm. Die Frau war offenbar nicht gewillt, den Streit beizulegen. Sogar als die beiden Männer mit fünf gefüllten Champagnergläsern wiederkamen, hörte sie nicht auf, sich zu beschweren.

»Sie war ganz allein, und wir waren zu fünft! Aber ihr habt ja alle feige den Schwanz eingekniffen«, rief sie voller Verachtung. »Was seid ihr überhaupt für Männer?«

John setzte seine Sonnenbrille auf, um die Gruppe weiter beobachten zu können, ohne indiskret zu wirken. Ihm gefiel es, Zeuge der zahlreichen Dramen zu werden, die sich hier auf der Ranch abspielten. Die Leute, die hier, dem Alltag enthoben, wie in einem Paradies lebten, ließen oft alle Hemmungen fahren und führten sich wie die Wilden auf – gierig nach Leben, nach Abenteuern, nach Exzessen.

John kam die Frau irgendwie bekannt vor, aber er konnte sie nicht recht einordnen. Er mußte schmunzeln, als ihm auffiel, wie sehr er sich seit seiner Ehe mit Devon veränderte hatte. Wäre er noch Junggeselle, dann würde er sich mit Sicherheit jetzt noch an jedes Detail der Begegnung mit einer so umwerfend attraktiven Frau erinnern.

Plötzlich stand die Frau auf, stieß ihren Stuhl hinter sich weg und ging zum Pool. Sie hechtete, so wie sie war, ins Wasser und kraulte einmal die gesamte Bassinlänge hindurch bis zum anderen Ende, wo John saß. Am Beckenrand hängte sie sich ein, keuchte ein-, zweimal und strich sich die Haare aus dem Gesicht. Dann zog sie sich hoch und stieg aus dem Wasser. Der feine Baumwollstoff ihrer Shorts und ihres Oberteils klebten an ihrem Körper und zeichneten jeden Zentimeter ab. Ihre Brustwarzen, hart und aufgerichtet durch das kalte Wasser, drückten sich deutlich sichtbar durch den Stoff. Sie wandte sich um, beugte sich über den Beckenrand, um das Wasser aus ihren Haaren zu streifen, so daß John ihre perfekt gerundeten Pobacken besser nicht hätte begutachten können.

Dann drehte sie sich wieder zu John um. Hübscher Kerl, dachte sie. Sie schenkte ihm ein Lächeln. »Hallo!«

»Hallo.« John warf einen Blick aus dem Augenwinkel auf Bart und Sydney. Bart schnarchte laut in der prallen Mittagshitze, und Sydney hatte sich auch noch kein einziges Mal bewegt, seit er sich neben ihr im Liegestuhl niedergelassen hatte. Beim Anblick seiner Freunde mußte John an Devon denken und bekam sofort Schuldgefühle. Er vermied es, die Blondine wieder anzuschauen.

»Bebe Henley«, sagte sie in dem Augenblick und kam mit ausgestreckter Hand auf ihn zu.

»Bebe Henley?« rief John überrascht und stand höflich auf. »Mein Gott, als ich Sie das letzte Mal sah, waren sie noch ein Kind!« Er lächelte breit und schüttelte ihr herzlich die Hand. »Mein Name ist John Alexander. Ihr Vater und ich hatten vor ein paar Jahren einmal geschäftlich miteinander zu tun. Wahrscheinlich erinnern Sie sich nicht mehr an mich.«

»John Alexander?« lachte Bebe. »Na klar doch! Aber ich glaub' erst, daß Sie's tatsächlich sind, wenn Sie diese verdammte Sonnenbrille abnehmen und ich Ihre irren Augen sehe! Sie hatten wahnsinnig tolle Augen. Mann, war ich damals verknallt in Sie!«

Als John gehorsam seine Brille abnahm, ging Bebe einen Schritt näher auf ihn zu, ohne seine Hand loszulassen. Durch den hauchzarten Stoff sah er sie praktisch nackt vor sich stehen.

»Tatsächlich! Und die Augen noch wahnsinniger als damals!« schnurrte sie.

John war hin- und hergerissen zwischen dem Impuls, auf ihren Flirt einzusteigen und dem Wunsch, sich zurückzuhalten. Das letzte Mal, als er Bebe gesehen hatte, war sie eine lange, dürre, picklige Göre mitten in der Pubertät gewesen, die einem fürchterlich auf die Nerven gehen konnte. In den fünf Jahren hatte sie sich wirklich verdammt verändert.

»Haben Sie was dagegen?« fragte sie kokett und fläzte sich in den leeren Liegestuhl neben ihm.

»Aber nein, ganz im Gegenteil«, erwiderte John schnell und setzte sich ebenfalls wieder. Irgendwie war ihm ein wenig mulmig zumute, und zugleich reizte ihn die Situation. Überrascht stellte er fest, daß er seit seiner Hochzeit mit Devon nie mehr mit einer Frau geflirtet hatte. Allerdings war ihm nie groß nach Flirten gewesen. Diese junge Frau hier jedoch – dieses Mädchen, verbesserte er sich – fand ihn offenbar attraktiv, und das schmeichelte ihm auf ganz eigenartige Weise.

Geschmeidig wie eine Katze räkelte sich Bebe in ihrem Stuhl.

»Wie geht es Ihrem Vater?« fragte John, der das Bedürfnis hatte, das Gespräch auf ein unverfängliches Thema zu bringen.

»Sauer auf mich, ständig sauer auf mich«, seufzte Bebe.

»So?«

»Ich stehe unter Anklage, den Namen der Familie mit meinen Eskapaden zu ruinieren«, grinste sie.

John konnte sich vage an Klatsch über die Tochter seines Bekannten erinnern, aber er wußte nicht mehr, was es genau gewesen war.

»Das kann ich mir gar nicht vorstellen«, sagte er lachend und entblößte seine blendendweißen Zähne.

»Oh, ich bin schon verurteilt – schuldig!« Sie lachte und reckte verführerisch ihre nassen Brüste.

John antwortete nicht. Er hatte das Gefühl, daß er nicht noch weiter gehen sollte. Sie ist noch ein Kind, sagte er sich, und sie genießt die Wirkung, die sie auf Männer hat. Ich habe genug mit diesen Kindfrauen zu tun gehabt, als daß die hier mir unbedingt noch in meiner Sammlung fehlte. Er setzte seine Sonnenbrille wieder auf. »Wenn Sie mich entschuldigen«, sagte er, »ich muß jetzt wieder hoch, um mich fürs Mittagessen umzuziehen.« Er angelte sich seinen Bademantel.

Bebe, die seinen Stimmungswandel spürte, sprang sofort auf, um ihm zuvorzukommen. »Ich geh' wieder zu meinen Freunden«, sagte sie kühl und hielt ihm die Hand hm.

John stand auf und schüttelte sie herzlicher, als er vorgehabt hatte, denn er fühlte sich auf einmal ein bißchen schuldig, Bebe womöglich vor den Kopf gestoßen zu haben. Aber noch bevor er den Gedanken zu Ende denken konnte, war sie schon auf und davon.

Er zog den Bademantel an, band sich den Gürtel um und warf einen Blick auf seine schlafenden Freunde. Er war froh, daß sie die irgendwie etwas peinliche Szene nicht mitbekommen hatten.

Als er auf seinem Weg zur Umkleidekabine an Sydneys Liegestuhl vorbeikam, hörte er plötzlich eine leise, eindringliche Stimme: »Vorsicht, Schätzchen, die kleine Katze hat gewaltige Krallen!«

John fuhr herum und starrte zu Sydney hinüber, die immer noch in genau der gleichen Stellung mit geschlossenen Augen dalag, als wäre sie in tiefen Schlaf versunken.

Zärtlich schlang John die Arme um Devon, während er ihr Bild im Spiegel bewunderte. Marion Davies hatte wieder einmal einen Kostümball organisiert, der diesmal unter dem Motto ›Geheimnisvolles Altertum‹ stand. Für die Männer war es ein leichtes, sich passend zu kostümieren – die meisten hatten vor, sich in irgendwelche Bettücher zu hüllen, die an altgriechische oder römische Togen erinnern sollten. Die Frauen konnten zwischen dem Alten Griechenland, dem Alten Rom und dem Alten Ägypten wählen.

Devon hatte sich für letzteres entschieden und sich ihre Augen dramatisch wie Kleopatra geschminkt. Alice hatte sich für ihre Herrin einen aufregenden Kopfputz ausgedacht, dessen Blickfang ein goldenes Band um die Stirn war, von dem hauchfeine Goldlame-Bänder hingen, die Devon beim Gehen wie ein Schleier hinterherflogen. Ihr trägerloses Gewand war aus dem gleichen Material und schmiegte sich eng an ihren Körper, so daß ihre schmale Taille und ihr voller Busen bestens zur Geltung kamen. Goldene Sandalen und zwei breite, ebenfalls goldene Armbänder an jedem Handgelenk vervollständigten das Ensemble. Mit ihren glänzenden schwarzen Haaren und ihrem bronzenen Teint wirkte Devon unvergleichlich exotisch.

»Ich komm' mir in diesem Bettlaken wie der letzte Idiot vor«, sagte John, »aber du – du siehst einfach hinreißend aus!« Er beugte sich über sie und küßte sie sanft auf ihre nackte Schulter. Dann umfaßte er mit den Händen ihre beiden Brüste und knetete sie zärtlich, bis Devons Brustwarzen sich hart durch das zarte goldene Gewebe drückten. »Ich hab' dich heute sehr vermißt«, murmelte er an ihrem Ohr.

»Hör auf«, wehrte sie sich mit heiserer Stimme, doch sie machte keinen Versuch, sich seiner Berührung zu entziehen. Sie preßte sich gegen sein hartes Glied, das sie in ihrem Rücken spürte.

»Komm, Devon«, stöhnte er, »mach mich nicht an, sonst steht mir meine Toga einen halben Meter weg.«

Devon drehte sich um, zog seinen Kopf zu sich herab und küßte ihn leidenschaftlich. Die Bewegung seiner Zunge ließ ihr wonnige Schauer über den Rücken laufen. »Es ist so aufregend«, stieß sie atemlos hervor, »mir vorzustellen, daß du da drunter ganz nackt bist …« Sie schob ihre Finger unter seine Toga, strich ihm die Schenkel entlang, bis sie sein steil aufgerichtetes Geschlecht in der Hand hatte. Dann ging sie vor ihm auf die Knie.

John stieß hörbar den Atem aus, als er sein Glied in ihrem warmen, feuchten Mund spürte. »Liebling, wir haben keine Zeit …«, machte er einen halbherzigen Versuch, Devon von ihrem Vorhaben abzubringen.

»Du brauchst doch nicht viel Zeit«, murmelte sie und schaute mit einem verführerischen Augenzwinkern zu ihm auf. Sie fuhr fort, mit ihrer Zunge um den Schaft zu kreisen und dabei gierig an seiner Eichel zu saugen. Wie erregend war es, sein pochendes Glied im Mund, seine steigende Erregung zu fühlen, ihn ächzen und stöhnen zu hören! Sie krallte ihre Finger in seine Pobacken und stieß sich sein Glied tief in den Rachen.

Als John spürte, daß er auf den Höhepunkt zutrieb, öffnete er halb die Augen und sah im Spiegel, was sie mit ihm machte, und dieses schamlose Bild trug ihn endgültig über den Gipfel, bis ihm die Knie weich wurden und sein heißer Saft in ihren Mund strömte.

Devon wiegte ihn zärtlich im Arm, bis sich sein Atem wieder beruhigt hatte. Dann standen sie beide auf und strichen sich die Kleider glatt. John zog sie an sich. »Ich liebe dich so!« sagte er.

»Ich dich auch.« Sie küßte ihn auf den Mund. »Wir müssen jetzt gehen«, sagte sie.

Es klopfte an der Tür. »Herein«, rief Devon.

Alice kam mit einem Kranz von Lorbeerblättern herein. »Hier«, sagte sie stolz. »Das hab' ich mir für Mr. Alexander ausgedacht. Das gibt doch dem Kostüm erst den richtigen Pfiff!«

»Alice, du bist wirklich gemein!« stöhnte John gequält.

»Ich? Wieso gemein?« fragte Alice unschuldig.

»So einen Quatsch kann ich doch unmöglich tragen!«

»Bitte, wie Sie wünschen, Gnädigster«, erwiderte Alice mit ironischem Augenzwinkern und knickste ganz besonders tief, um ihn ein bißchen auf den Arm zu nehmen. »Verachten Sie nur all die Mühen der armen Menschen, die Ihnen tagtäglich in Liebe, Treue und Hingabe zu Diensten sind!«

»Ja ja! Du Ärmste!« lachte John. »Also gut, dann schick mir Wilkes rein, daß er mir dieses Monstrum irgendwie auf den Kopf zaubert.«

Als Devon wieder aus dem Bad kam, saß John mit dem Lorbeerkranz in der Hand stirnrunzelnd vorm Spiegel und versuchte verzweifelt, sich das Ungetüm auf dem Kopf zu befestigen.

»Du kannst deine Schönheit natürlich noch stundenlang bewundern«, scherzte Devon, »aber dann kommen wir mit Sicherheit zu spät zum Ball.«

»Genau«, erwiderte John. »Hauen wir am besten ab, bevor Alice den Wilkes aufgetrieben hat. Dann brauch' ich mich wenigstens nicht mit diesem lächerlichen Kopfputz zu blamieren.« Und so verließen sie, kichernd wie zwei Schulkinder, die Casa del Mar.

Schon von weitem drangen die Klänge rhythmischer Musik aus dem Ballsaal der Casa Grande zu ihnen. Der riesige Raum mit der schweren, eichenen Kassettendecke, den kostbaren Wandbehängen und den zahlreichen Ölgemälden und Skulpturen war vom Licht flackernder Fackeln erleuchtet, die der Szenerie etwas Geheimnisvolles und Romantisches gaben.

Im Verlauf des Tages mußten noch mehr Gäste angekommen sein, denn es wimmelte geradezu von Menschen, die ungezwungen beieinander standen, sich lachend unterhielten, tranken und tanzten.

»Na ja, irgendwie beruhigend, daß sogar Gary Cooper in einer Toga ziemlich beknackt aussieht«, grinste John.

»Ja? Moment ... tatsächlich, da muß ich dir recht geben!« erwiderte Devon kichernd, nachdem sie den berühmten Schauspieler kritisch gemustert hatte.

Ein Ober kam mit einem Tablett Champagner vorbei. Sie nahmen sich jeder ein Glas.

»Gehen wir ein bißchen was essen?« fragte Devon. John nickte, und gemeinsam betraten sie den angrenzenden großen Bankettsaal. Hier erwarteten sie drei lange Tische, die sich unter der Last der lukullischen Köstlichkeiten zu biegen schienen. William Randolph Hearst war ein perfekter Gastgeber und genoß es, seine Freunde mit allen nur erdenklichen Schlemmereien zu verwöhnen, doch er selbst zog eher einfache und herzhafte Kost vor. Und so standen denn zwischen gebratenen Wachteln und Wildbret mit Trüffeln in Portweinsauce auch immer wieder Frikadellen mit Kartoffelsalat und natürlich in regelmäßigen Abständen das Wichtigste – große Flaschen mit Ketchup.

»Devon, John, wie geht's euch?« Ihr Gastgeber begrüßte sie warmherzig, in der Hand einen großen Teller mit Frikadellen, viel Ketchup, Krautsalat und Saubohnen.

»Eine wunderbare Party, W. R.«, sagte John. »Wo ist denn die reizende Miß Davies?«

»Ach, die muß hier irgendwo herumlaufen – sie ist als römische Sklavin verkleidet.«

Nachdem John und Devon am Büffet ihren Hunger gestillt und dabei mit ein paar Bekannten geplaudert hatten, zog es sie wieder in den Ballsaal zurück, aus dem heiße Rhythmen erklangen, die zum Tanzen einluden. Und so legten sie zunächst einen flotten Charleston, dann einen langsamen Walzer aufs Parkett und gönnten sich danach mit einem weiteren Glas Champagner eine kleine Verschnaufpause.

»John? Ich hätte Sie ja beinahe schon wieder nicht erkannt!« ertönte auf einmal eine weibliche Stimme.

Devon drehte sich lächelnd um, doch ihr Lächeln gefror zu einer Grimasse, als sie sah, wer da vor ihr stand. Es war das große, blonde Mädchen, das die Schimpansen gequält hatte. Sie war in eine weiße Satintoga gekleidet, die ihre gebräunte Haut und ihre strahlend blonde Mähne hervorhob. Ein goldener Gürtel um die Taille war der einzige Schmuck, den sie trug – und mehr brauchte sie auch nicht, um ihre makellose Figur zur Geltung zu bringen. Devon bemerkte, daß sie – wie viele andere Frauen im Saal – keinen BH trug, so daß sich ihre Brustwarzen durch den hauchzarten Stoff provozierend abzeichneten.

Devons Blick wanderte zwischen dem Mädchen und John hin und her. John schien geschmeichelt und ein wenig verlegen zugleich, während die blonde Schönheit ihn einfach nur rückhaltlos anhimmelte.

»Devon – darf ich dir …«

»Wir kennen uns bereits«, unterbrach Devon ihren Mann in einem Ton, der keine Unklarheit darüber ließ, was sie von dieser jungen Dame hielt. John schaute verblüfft.

»Stör' ich?« fragte das Mädchen mit der reinsten Unschuldsmiene.

»Aber ganz und gar nicht!« rief John in jovialem Ton, bemüht, seine Verwirrung über die offensichtliche Feindseligkeit seiner Bekannten gegenüber zu überspielen. »Darf ich Ihnen Devon, meine Frau, vorstellen?«

»Ihre …« Die Blondine hob irritiert eine Braue und wiederholte ungläubig »… Frau?« Doch sie faßte sich sofort wieder und erwiderte mit ihrem schönsten Lächeln: »Sehr erfreut. Mein Name ist Bebe Henley.« Sie streckte Devon die rechte Hand entgegen.

Einen kurzen Moment überlegte Devon, ob sie die Hand der Frau ignorieren sollte, doch dann siegte ihre gute Erziehung. Sie ergriff sie, schüttelte sie jedoch nur so kurz sie konnte.

»Angenehm.«

John wandte sich an seine Frau. »Bebes Vater ist ein alter Geschäftsfreund von mir.« Er fühlte sich verdammt unwohl in seiner Haut, ohne recht zu wissen, warum.

Als in diesem Moment die Band einen romantischen Song von Cole Porter intonierte, ergriff Bebe die Gelegenheit beim Schopf. »Haben Sie etwas dagegen, wenn ich Ihnen Ihren Mann entführe«, fragte sie scheinheilig, »für ein ganz kurzes, kleines Tänzchen?«

»Was hätt' ich denn machen sollen? Mich weigern, mit ihr zu tanzen?« Krachend schlug John die Tür der Casa del Mar hinter sich zu.

»Hau nicht so mit der Tür rum«, gab Devon kalt zurück. »Hier wohnen noch andere Leute im Haus!«

»Scheiß auf die Tür und antworte mir gefälligst!« rief John, der immer mehr in Rage geriet.

»Ich werf' dir nicht vor, daß du mit ihr getanzt hast, sondern daß du es zugelassen hast, daß sie sich in schamloser Weise an dich preßt!«

Devon haßte sich selbst für ihre dumme Eifersucht, aber irgend etwas an Johns Reaktion irritierte sie. Bebe Henley war weiß Gott nicht die erste Frau, die mit John geflirtet hatte, seit sie mit ihm verheiratet war. Aber bisher hatte John auf die Avancen seiner Verehrerinnen immer mit einer Mischung aus freundlichem Wohlwollen und höflicher Zurückhaltung reagiert. Diesmal jedoch war es anders gewesen – die fast kindliche Bewunderung, die ihm Bebe Henley entgegengebracht hatte, schien ihm nicht nur geschmeichelt, sondern ihn eigentümlich stimuliert zu haben. Devon wußte, daß er sich nichts aus diesem jungen Ding machte. Und dennoch – irgendein unerklärliches Mißtrauen blieb übrig.

Nach dem ersten Tanz hatten John und Bebe noch einen Foxtrott, dann einen Walzer und schließlich einen Tango zusammen getanzt. Nur mit Mühe hatte Devon ihre Eifersucht und ihre Empörung vor ihren Freunden verbergen können und hatte den restlichen Abend versucht, sich möglichst von John entfernt zu halten. Jedesmal, wenn sie aus dem Augenwinkel Ausschau nach ihm hielt, war Bebe an seiner Seite gewesen. Erst als sie schließlich mit John den Heimweg zur Casa del Mar antrat, fand sie Gelegenheit, ihm die Geschichte mit den Schimpansen zu erzählen, um ihm ihre Antipathie der jungen Frau gegenüber zu erklären – eine Abneigung, die sich im Verlaufe des Abends zu regelrechtem Haß gesteigert hatte.

»Schau«, sagte John in versöhnlichem Ton. »Ich kann ja gut verstehen, daß du Bebes Verhalten vom Vormittag verabscheust. Ich hätte sicherlich genauso reagiert. Aber du kannst einen Menschen nicht aufgrund eines einzigen Vorfalls sofort in Bausch und Bogen verdammen. Vielleicht hatte sie einfach nur ein bißchen zuviel getrunken.«

»Wie kannst du nur so reden?« fragte Devon empört. »Ist die Tatsache, daß sie zuviel getrunken hat, etwa eine Entschuldigung? Du bist doch sonst auch immer gegen Tierquälerei gewesen! Und jetzt auf einmal verharmlost du das, bloß weil Bebe Henley die Täterin ist!«

»Ich verharmlose die Sache doch nicht. Ich suche lediglich nach einer Erklärung. Und heute abend hat sich Bebe Henley völlig korrekt benommen.«

»Korrekt? Findest du ihre Art zu tanzen korrekt?« Devon schnaubte verächtlich.

»Devon, ich ...«

»Hör mir zu, John«, unterbrach ihn Devon. Sie atmete tief durch, um sich ein wenig zu fassen. »Es geht hier um etwas Grundsätzliches. Ich finde dein Verhalten dieser Frau gegenüber deshalb so verletzend, weil du bisher noch nie so auf eine andere reagiert hast, bloß, weil sie mit dir flirtet. John, ich bin kein Naivchen. Ich hab' sehr wohl gesehen, wie du ihre Bewunderung genossen hast. Aber was ich dir vor allem vorwerfe, ist, daß du bei ihr ein Verhalten entschuldigst, daß du bei jedem anderen verurteilen würdest!«

»Das ist doch lächerlich!« entrüstete sich John. »Sie bedeutet mir nicht das geringste, und ich entschuldige auch ihr Verhalten nicht. Ich bin lediglich nicht gar so ein Moralapostel wie du!«

Mit einer abrupten Bewegung drehte Devon John den Rücken zu. Sie versuchte, sich unter Kontrolle zu bringen. Sie ärgerte sich über sich selbst, daß sie so eifersüchtig auf eine Frau reagierte, aus der sich ihr Mann überhaupt nichts machte. Es wäre viel besser gewesen, das Thema gar nicht erst zur Sprache gebracht und die ganze Sache mit einem nonchalanten Lächeln übergangen zu haben. Es war ja wirklich nur ein harmloser Flirt gewesen. Aber eines blieb doch übrig: Daß sie und John das Verhalten eines Menschen so unterschiedlich beurteilten – das beunruhigte sie außerordentlich.

»Ich hatte gedacht, daß du, nachdem ich dir die Geschichte mit den Schimpansen erzählt hatte, meine Einschätzung dieser Dame teilen würdest«, stieß sie bitter hervor.

»Ich bin ja wie du der Meinung, daß ihr Verhalten nicht in Ordnung war, aber deshalb verurteile ich doch nicht gleich die gesamte Person!«

»Ich verstehe nicht, wie du das überhaupt trennen kannst!« erwiderte Devon kopfschüttelnd. »Aber ich glaube, daß es wenig Zweck hat, noch weiter über dieses Thema zu diskutieren. Unsere Standpunkte sind einfach unvereinbar.« Damit stand sie auf, schlüpfte in ihren seidenen Morgenmantel und ging ins Bad, nicht, ohne vernehmlich die Tür hinter sich zu schließen.

Im ersten Augenblick war John versucht, ihr nachzulaufen und von ihr zu verlangen, daß sie ihm die Chance gab, ihr zu antworten. Aber was hätte er ihr sagen sollen? Es stimmte ja, er *hatte* mit Bebe geflirtet. Und er *hatte* es ja auch genossen, mit ihr zu tanzen. Sie war schon ein verdammt verführerisches Luder. Er liebte Devon, aber das hieß ja noch lange nicht, daß er deshalb keine andere Frau mehr anschauen durfte. Trotzdem – das beste wäre wohl, dieser schönen Nymphe in Zukunft aus dem Weg zu gehen.

Doch da hatte er nicht mit Bebe Henley gerechnet.

20

Wie alle Vollblüter hatte Firefly offiziell am ersten Januar Geburtstag. So war sie jetzt drei Jahre alt – alt genug, um am Kentucky-Derby teilnehmen zu dürfen!

»Stutfohlen gewinnen kein Derby«, beharrte Willy. Wie zwei Kampfhähne standen er und Devon sich in Willys engem Büro gegenüber.

»Firefly hat aber im letzten Jahr das meiste Geld geholt!« trumpfte Devon auf. Ihrer Meinung nach übertrieb Willy maßlos. Es stimmte, daß Hengstfohlen in der Regel besser abschnitten als Stutfohlen. Stuten hatten die Angewohnheit, sofort ihr Tempo zu verlangsamen, wenn sie gegen Hengste antraten – ein tief verwurzeltes, instinktives Unterwerfungsverhalten, das noch aus der Zeit stammte, als Pferde in wilden Herden über die Steppen galoppierten und jeder Hengst einen ganzen Harem von Stuten unter sich hatte. Doch nicht alle Stuten reagierten so. Es gab Ausnahmen, und Firefly hatte dies bereits unter Beweis gestellt.

»Hat viel gewonnen, okay«, knurrte Willy in seinem üblichen Telegrammstil. »Waren aber meistens reine Stuten-Derbys.«

»Nicht immer. Sie hat das Rennen von Saratoga im letzten Sommer gemacht, da waren Hengste dabei. Und eines in Pimlico.«

»Zufallstreffer.«

»Nein, das waren keine Zufallstreffer!« empörte sich Devon. »Firefly hat das Zeug dazu, das Derby zu gewinnen!«.

»Missis Alexander.« Willy baute sich zu seiner vollen Größe auf. Durchdringend schaute er sie an. »In all den Jahren hat es bisher nur ein einziges Stutfohlen gegeben, das das Derby gewonnen hat!«

»Dann wird es dieses Jahr eben ein zweites geben!« gab Devon trotzig zurück.

»Mit Fearless Leader haben wir bessere Chancen. Aber Sie halten ja offenbar nichts von meiner Meinung«, fügte Willy beleidigt hinzu.

Wütend starrte Devon ihn an. Sie ärgerte sich grenzenlos über ihn, doch sie scheute sich, ihm weiter zu widersprechen. In den letzten Monaten hatte sie ihn bestimmt so manches Mal bis an den Rand seiner Geduld getrieben. Obwohl er sich deutlich ausbedungen hatte, in seinem täglichen Arbeitsablauf mit den Tieren nicht gestört zu werden, hatte sie sich eingemischt, mehr, als jeder andere Trainer es sich hätte bieten lassen. Andererseits hatte sie sich auch nützlich gemacht, hatte sich als versierte und erfahrene Übungsreiterin erwiesen und ihm so Respekt abverlangt – einen Respekt, den er ihr, abgesehen von gelegentlichem anerkennenden Knurren, natürlich nie gezeigt hatte.

»Was halten Sie von folgendem Vorschlag«, sagte sie in versöhnlichem Ton. »Wir schauen uns jetzt erst einmal an, wie sich die Tiere im Frühjahr machen, sagen wir – bis zu den Blue-Grass-Stakes. Danach entscheiden wir, wen wir ins Derby schicken. Ist das ein Angebot? Wir haben ja erst Februar, also noch genügend Zeit. Aber wir trainieren trotzdem beide Pferde so, als ob sie beide antreten müßten, ja?«

»Hm.« Willy überlegte. »Na, von mir aus«, knurrte er schließlich. »Trotzdem kommt mir nur ein Pferd ins Derby. Dürfen uns nicht verausgaben.«

Devon wußte, daß andere Rennställe sehr wohl auch zwei oder mehr Pferde ins Rennen schickten, da sich dadurch die Gewinnchancen erhöhten, vor allem dann, wenn auch Preisgelder für den zweiten und dritten Platz ausgeschrieben waren. Andererseits wurden die Tiere auf diese Weise wesentlich stärker beansprucht, was zu frühzeitigem Verschleiß führen konnte. Insoweit stimmte Devon mit Willy in diesem Punkt durchaus überein. Der Pferdebestand der Willowbrook-Farm war noch nicht so üppig, daß man es sich leisten konnte, die Tiere über Gebühr zu strapazieren. Die wenn auch bescheidenere, aber dafür sicherere Einnahmequelle war nun einmal nach wie vor die Pferdezucht, und da mußte man darauf achten, daß man nicht in den Ruf geriet, seine Tiere zu überfordern.

»In Ordnung, da bin ich ganz Ihrer Meinung.« Devon zögerte einen Moment, bevor sie fortfuhr. Zum erstenmal im Verlauf ihrer Diskussion umspielte die Andeutung eines Lächelns ihre Lippen. »Dann mache ich Ihnen ... äh ... folgenden Vorschlag: Ich übernehme das Training von Firefly, und Sie das von Fearless Leader.«

Für einen Augenblick blieb Willy die Luft weg. Dann bellte er los: »Unmöglich! Unmöglich!«

»Warum denn?« fragte Devon mit unschuldigem Lächeln.

»Ich bin hier der Trainer!«

»Wollen Sie damit sagen, daß ich unfähig bin?« Devon zog die Brauen hoch.

»Sage überhaupt nichts über Sie! Ist eine Frage der Autorität! Der Autorität hier im Stall!«

»Meinen Sie wirklich, daß es auch nur irgend etwas gibt, was *Ihre* Autorität im Stall untergraben könnte?« fragte Devon mit gespieltem Unverständnis.

Willy ergriff den Schirm seiner BROOKLYN DODGERS und riß

sich die Mütze so heftig in die Stirn, daß beide Ohren in grotesker Weise nach außen gedrückt wurden. Doch Devons amüsiertes Grinsen wurde von seinem grimmigen Gesichtsausdruck im Keim erstickt. »Die Jungs. Wissen dann nicht, an wen sie sich halten sollen«, stieß er in einem Ton hervor, der keinen Widerspruch duldete. »So kann ich nicht arbeiten! Man kann nicht zwei Herren dienen!«

Devon starrte ihn an und überlegte, wie sie reagieren sollte. In gewisser Hinsicht konnte sie auch diesmal seinen Standpunkt nachvollziehen.

»Ich verstehe«, gab sie nach. Dann kam ihr eine Idee. »Und wenn ich einfach nur das Kommando über einen der Übungsreiter übernehme? Der trainiert dann nur Firefly und läßt die Finger von Fearless Leader. So kommen wir uns nicht in die Quere und er muß nicht ›zwei Herren dienen‹.«

»Das Gleiche in Grün. Denken die Jungs – wenn's Probleme gibt, geh' ich zur Missis. Geht nicht. Geht einfach nicht. Ich brauch' freie Hand. Haben Sie mir versprochen! Wenn die sehen, daß Sie da plötzlich 'n eigenes Training aufziehen ... wo soll das enden? Gibt Ärger. Gibt nur Ärger.«

Devon schwieg. Sie brauchte Willy. Eines Tages würde es einen Showdown geben, das spürte sie deutlich. Aber sie konnte es sich nicht leisten, daß der vor dem Kentucky-Derby stattfand.

»Dann mache ich Ihnen folgenden Vorschlag«, sagte sie. »Wenn wir uns für Fearless Leader entscheiden, dann verschwinde ich einfach für eine Zeitlang von der Bildfläche. Ich fahre zum Beispiel nach New York. Dann haben Sie den Mann wieder voll unter Ihrer Befehlsgewalt, und es ist allen klar, daß ich mit dem Training fürs Derby nichts mehr zu tun habe.«

»Und was, wenn Firefly antritt?«

»Dann werden wir bei ihrem Training mit Sicherheit hervorragend zusammenarbeiten«, erwiderte sie mit ihrem charmantesten Lächeln.

Willy schwieg einen Moment. Sollte er die Herausforderung annehmen? Sie hatte durchaus Talent, Pferde zu trainieren, mehr Talent, als er nach außen hin zugab. Das allein war auch der Grund, warum er es sich bisher überhaupt in dem Maße hatte bieten lassen, daß sie sich ständig in seine Arbeit einmischte. Doch, sie hatte ein Händchen für Pferde, das mußte er ihr lassen. Aber das hieß natürlich noch lange nicht, daß sie es mit seinem Wissen und seiner Erfahrung aufnehmen konnte. Wenn er ihr beweisen konnte, daß sein Pferd das bessere oder einfach nur seine Entscheidung, welches Pferd ins Rennen geschickt wurde, die richtige war – dann hätte er ihr ein für allemal klargemacht, wer hier auf Willowbrook der Boß in Sachen Pferdetraining war. Vielleicht würde sie dann endlich ihre Grenzen erkennen und ihn in Ruhe seine Arbeit machen lassen, wie es die Besitzer von Rennställen normalerweise taten. Jetzt hatte sie ihn zum Zweikampf gefordert. Aber sie hatte zwei deutliche Handicaps: erstens Mangel an Erfahrung und zweitens die fixe Idee, ausgerechnet ein Stutfohlen fürs Kentucky-Derby trainieren zu wollen – er saß also eindeutig am längeren Hebel.

»Einverstanden – allerdings unter einer Bedingung«, sagte er in einem Ton, der keinen Zweifel darüber ließ, daß diese Bedingung nicht zur Verhandlung stand.

Devon hob erwartungsvoll die Brauen. »Und die wäre?«

»Ich wähle das Pferd aus, das ins Rennen geht.«

Diesmal war es Devon, die Zeit brauchte, um ihre Chancen abzuwägen. Es war ein enormer Vertrauensvorschuß, den er da von ihr verlangte – die Wahl für ein Derby zu treffen zwischen einem Pferd, das sie und einem, das er trainiert hatte. Aber vielleicht würde ja gerade dieser Vertrauensvorschuß ihn in seiner Autorität bestätigen, so daß er ihre Einmischung in seine Arbeit gelassener nehmen konnte. Außerdem identifizierte er sich so sehr mit dem Willowbrook-Stall, daß er wohl nicht aus eigennützigen Motiven heraus das schlechtere Pferd wählen würde, nur weil es nicht von ihm, sondern von ihr trainiert worden war. Er wollte, daß Willowbrook gewann – genauso wie sie.

»Einverstanden«, sagte sie schließlich. »Und Jeremiah nehme ich als meinen Übungsreiter.«

Willy schnappte nach Luft. »Jeremiah! Das ist mein bester Mann!« begehrte er auf.

»Ich nehme ihn Ihnen ja nicht weg – außer für Fearless Leader. Schauen Sie«, fügte sie versöhnlich hinzu. »Ich bin doch sowieso schon im Nachteil, weil ich mit einem Stutfohlen arbeiten muß. Daran haben Sie ja sicher schon gedacht. Und deshalb werden Sie wohl verstehen können, wenn ich als Ausgleich für diesen Nachteil Jeremiah haben möchte.«

»Unmöglich! Außerdem – warum brauchen Sie denn überhaupt einen der Jungs? Bisher waren Sie Ihr eigener Übungsreiter. Machen Sie doch so weiter.«

»Ich war *Ihr* Übungsreiter«, verbesserte ihn Devon und schenkte ihm ein zuckersüßes Lächeln. »Und Sie wissen doch selbst, daß ich nicht Übungsreiter und Cheftrainer zugleich sein kann. Wie soll ich Firefly beim Rennen zuschauen, wenn ich selbst auf ihrem Rücken sitze?«

Willy gab sich geschlagen. »Na gut.« Er zuckte die Achseln. »Dann nehmen Sie in Gottes Namen Jeremiah. Henry übernimmt dann Fearless Leader.«

»Gut«, flötete Devon.

»Gut«, knurrte Willy.

Devon wandte sich zum Gehen. »Wir sehen uns dann später«, sagte sie mit einem kleinen Lächeln und schloß leise die Tür hinter sich.

»Eben. Das ist ja das Problem«, seufzte Willy.

John war sichtlich stolz, daß seine Frau so viel von Pferden verstand. Aber daß sie ihn in letzter Zeit immer öfter nicht nach Manhattan begleiten wollte, bloß weil sie meinte, in Willowbrook unabkömmlich zu sein – das ärgerte ihn langsam. Wie oft schon hatten sie deshalb heftig miteinander diskutiert! Aber die Standpunkte waren einfach zu verschieden. Manchmal hatte er schon das Gefühl, daß er regelrecht eifersüchtig auf Firefly war.

»Es ist doch nur bis zum Derby!« war ihr ständiges Argument. Aber er wußte, daß sie nun einmal vernarrt in Pferde war, und nach dem Kentucky-Derby kam das nächste Rennen, und so würde sie immer wieder einen Grund finden, in Willowbrook zu bleiben.

»Aber geht dir denn das Leben in New York gar nicht ab – die Oper, das Theater, unsere Freunde?« pflegte John dagegenzuhalten.

Aber er wußte bereits die Antwort, obwohl sie stets das Gegenteil beteuerte. Im Grunde bedeutete New York seiner Frau nur wenig. Anders als er liebte sie nun einmal nicht die Lichter der Großstadt, sondern das einfache Landleben. Sie fühlte sich wohl unter ihren Freunden in Fauqier County. Er dagegen fand die alle ein bißchen langweilig im Vergleich zu seinen schicken New Yorker Bekannten, von denen auch etliche Landgüter in Virginia besaßen. Doch keinem von denen wäre es auch nur im Traum eingefallen, dort mehr als nur einen kurzen Sommerurlaub zu verbringen.

»Wenn du New York nicht vermißt, dann kann ich ja nur hoffen, daß du wenigstens mich ein bißchen vermißt«, sagte er fast beleidigt, als sie wieder einmal ein langes Ferngespräch miteinander führten.

»Natürlich vermisse ich dich!« beteuerte Devon. Ja, sie vermißte ihn wirklich. Sehr sogar. Tagsüber hatte sie ja immer viel zu tun, und die Abende vergingen im geselligen Zusammensein mit ihrer Familie und ihren Freunden. Aber vor allem hinterher, wenn sie allein im Bett lag, vermißte sie ihn. Sie vermißte ihn als Liebhaber, als Gefährten, als Ratgeber in all den Fragen, die sie täglich beschäftigten. Aber eben deshalb, *weil* sie so viel beschäftigte, blieb ihr kaum Zeit, sich nach ihrem Mann zu sehnen – und das spürte John.

»Devon, du fehlst mir so«, sagte John leise.

»Du mir auch«, erwiderte sie mit zärtlicher Stimme. »Wann kommst du wieder nach Hause?«

»Hier in New York ist mein Zuhause, Liebes! Zuhause ist dort, wo wir beide sind. Zusammen!«

Devon schwieg. Sie hatte New York noch nie als ihr Zuhause betrachtet.

»Devon, bist du noch da?« fragte John beunruhigt.

»Ja ...« Devon dachte an ihre Eltern, ihre Freunde. An Grace und Philip. In allen glücklichen Ehen war die Frau immer ihrem Mann gefolgt, hatte ihr gesamtes Leben um ihn herum arrangiert. Sie dagegen brauchte einfach ihre Freiheit. Doch wenn sie nach ähnlich unabhängigen Frauen suchte, fielen ihr sofort ihre Schauspieler-Freundinnen ein, deren Ehen allesamt vor dem Scheidungsrichter geendet hatten. Devon dachte auch an die paar New Yorker Bekannten, die berufsbedingt getrennt von ihren Ehepartnern lebten. Aber in diesen Ehen fing es auch bereits an zu kriseln. Tatsächlich fiel ihr nicht eine einzige Ehe ein, in der die Frau frei und unabhängig ihren Interessen nachging, ohne daß dies auf Kosten der Beziehung zu ihrem Mann ging. Auf einmal hatte sie Angst. Angst, daß ihr und John das gleiche Schicksal bevorstand. Sie mußte sich entscheiden: entweder die Rolle zu übernehmen, die die Gesellschaft von ihr erwartete, oder aber das Glück ihrer Ehe zu riskieren.

»John«, erwiderte sie. »Ich gebe zu, daß ich dich zu sehr vernachlässige. Du bist völlig im Recht, wenn du dich darüber beschwerst.« Sie seufzte.

John hörte die Enttäuschung in ihrer Stimme. Warum genügte er ihr denn nicht? Warum bedeuteten ihr ihre Interessen in Virginia mehr als er? Ja, natürlich würde sie nachgeben, wenn er nur genügend Druck machen würde. Aber es wäre ein Pyrrhussieg. Sie würde nur um des lieben Friedens willen zu ihm nach New York kommen und nicht, weil sie sich aus vollem Herzen für ihn und ihr gemeinsames Glück entschieden hätte.

»Liebling, sei nicht traurig«, sagte er in versöhnlichem Ton. »Ich mach' dir einen Vorschlag: Bis zum Derby kannst du da unten deine

Sachen erledigen. Aber wenn das Derby vorbei ist, dann machst du mal eine Weile ein Päuschen und kommst zu mir nach New York, ja?«

Devon erschrak. »Aber du hast doch nicht vor, den ganzen Sommer in New York zu verbringen, oder?« fragte sie betroffen. Keiner ihrer Freunde würde auf so eine Idee kommen. Die meisten gingen im Juni/Juli nach Newport, und im August für die Rennsaison nach Saratoga. Einige fuhren den Sommer über nach Europa, andere nach Virginia auf ihre Landsitze. Aber keiner blieb in der heißen Zeit in New York.

»Nein, natürlich nicht. Ich hatte gedacht, daß du im Mai nach dem Kentucky-Derby nach New York kommst. Für die letzten beiden Juniwochen sind wir bei den Vanderbilts eingeladen, und für Juli bei Bart und Sydney. Oder willst du diese Einladungen nicht annehmen?«

»Doch, doch ...«, beeilte sie sich, ihn zu beruhigen. Doch insgeheim war sie äußerst beunruhigt. »Heißt das, daß wir den ganzen Sommer über nicht in Willowbrook sind?« Sie zögerte. »Weißt du, es gibt hier so viel zu tun, und ich ...«

»Liebling, ich hab' doch überhaupt nichts gegen Willowbrook«, beschwichtigte er sie. »Ich dachte nur, daß wir auch Zeit mit unseren Freunden verbringen sollten, und ich möchte natürlich auch nicht die ganze Newport-Saison nur wegen Willowbrook verpassen.«

»Ach so ...« Devon war erleichtert. »Könnten wir dann nicht die ersten zwei Juniwochen hier in Willowbrook verbringen?«

»Aber sicher, Liebling.« John war froh, daß Devon mit seinem Plan einverstanden war. Er freute sich auf einen langen, heißen Sommer. Tagsüber würden sie segeln, Tennis und Golf spielen, und nachts rauschende Strandparties feiern. John war ein geselliger Typ, der gern ausging. Oft schon hatte eine eigenartige Unruhe von ihm Besitz ergriffen, wenn er an langen Abenden mit Devon allein war. Sie dagegen konnte ganze Wochen und Monate nur im Kreise ihrer Familie und der allernächsten Freunde verbringen. Dieses Jahr würde er dafür sorgen, daß Devon den aufregendsten Sommer ihres Lebens erlebte!

Devon war sich absolut sicher, daß Firefly das Zeug dazu hatte, das Derby zu gewinnen – sie war bester Abstammung, hatte den richtigen Körperbau und die nötige Kraft. Sie, Devon, würde für den Rest sorgen: für ein fachkundiges Training und sorgfältige Gesundheitspflege. Und daß Firefly eine Stute war – dieses kleine Handicap würden sie beide doch locker in den Griff kriegen!

Dabei hatte Devon es nie von Grund auf gelernt, Vollblüter auf ein Rennen vorzubereiten. Aber ihre langjährige Erfahrung mit Pferden gab ihr das Selbstbewußtsein und die Freiheit, eigene Techniken für ein optimales Training von Firefly zu entwickeln.

Sie ging von folgendem Konzept aus: Pferde waren Herdentiere. Seit Urzeiten konnten sie nur dadurch überleben, daß sie sich immer in der Nähe der Herde hielten. Dieses Verhalten ließ sich auch bei Rennen beobachten. Der Gewinner eines Derbys war meist ein Pferd, das sich bis zuletzt dicht im Rudel gehalten hatte, bis es sich am Ende dann, angetrieben durch die Peitsche seines Jockeys, an die Spitze setzte, um als erstes durchs Ziel zu gehen. Wenn sich gleich nach dem Start ein Pferd nach vorn durchboxte, so waren das in der Regel Hengste, die es gewohnt waren, im Rudel die Führung zu übernehmen.

Stuten dagegen hielten sich instinktiv zurück, wenn Hengste in der Herde waren. Und so plante Devon, Firefly dieses störende Verhalten dadurch abzutrainieren, daß sie die Stute konsequent daran gewöhnte, zu gewinnen, sie gewissermaßen auf ›Sieg‹ programmierte. Dazu ließ sie Firefly stets im Rudel von drei Hengsten laufen und wies die Übungsreiter der Hengste an, ihre Tiere zurückzuhalten, so daß Firefly bis zuletzt im Rudel bleiben konnte und am Schluß dennoch gewann. Zusätzlich hielt sie Firefly den ganzen Tag lang im Stall und ließ sie erst zum Training heraus, wo sie dann mit all ihrer angestauten Energie losstürmen konnte, während Devon die Hengste sich bereits vorher austoben ließ.

Dieses Vorgehen stand im schroffen Gegensatz zu Willys Praxis, die Vollblüter ohne Ansehen ihres Geschlechts von Anfang an extrem zu fordern, das letzte aus ihnen herauszuholen. Das bedeutete jedoch, daß Stuten auch Mißerfolge im Wettkampf mit Hengsten einstecken mußten, was ihren angeborenen Instinkt, sich in der Herde zurückzuhalten, wieder verstärkte. Und das wollte Devon um jeden Preis vermeiden.

Devons Taktik funktionierte vom ersten Tag an: Firefly lief die besten Zeiten, stets besser als Fearless Leader, egal, auf welchen Strekken. Willy schüttelte nur wortlos den Kopf. Er konnte sich das alles nicht erklären.

»Fearless Leader ist ein Schlammläufer«, bemerkte Jeremiah fachmännisch, als er und Devon wieder einmal dabei waren, Firefly nach einem anstrengenden Trainingsrennen auf dem angrenzenden Sattelplatz trockenzuführen. Normalerweise war das Sache der Reitknechte, aber Devon und Jeremiah befürchteten, daß die, um weniger Arbeit zu haben, die Auslaufzeiten unmerklich kürzten, so daß Firefly dann erhitzt und verspannt in die Box zurückkam, was zu Schäden führen konnte.

»Letzten Herbst, als die ganze Zeit so nasses Wetter war«, fuhr Jeremiah lachend fort, »da war Fearless Leader richtig in seinem Element. Aber unsere Lady, die mag lieber trockene Rennstrecken, nicht wahr, mein Schätzchen?« Liebevoll tätschelte er Firefly den Hals.

Devon seufzte. »Zum Glück war es ja die letzte Zeit ziemlich trokken. Aber was machen wir nur, wenn der Frühjahrsregen kommt?«

»Weiß auch nicht, Ma'am.« Jeremiah zuckte die Achseln. »Es ist ja nicht so, daß Firefly nasse Bahnen überhaupt nicht laufen könnte, aber … solche Schlammschlachten sind eben Fearless Leaders Spezialität.«

»Ach«, meinte Devon in gespielter Gelassenheit. »Ist ja letztlich egal, wer gewinnt, Firefly oder Fearless Leader. Hauptsache, einer aus dem Willowbrook-Stall.«

Ein wenig skeptisch sah Jeremiah sie aus seinen intelligenten braunen Augen an. »Ja, Ma'am«, antwortete er gleichmütig.

Devon brach in schallendes Gelächter aus. »Du bist wirklich äußerst diplomatisch, Jeremiah«, kicherte sie, und die vollen Lippen des jungen Schwarzen verzogen sich zu einem breiten Grinsen, das seine ebenmäßigen, schneeweißen Zähne entblößte.

»Weißt du was, Jeremiah?« fuhr Devon fort, jetzt in ganz ernstem Ton. »Ich möchte dir bei dieser Gelegenheit einmal wirklich aus ganzem Herzen für die Arbeit danken, die du hier tagtäglich mit Firefly leistest. Ich könnte mir keinen besseren und tüchtigeren Übungsreiter als dich vorstellen.«

Verschämt lächelte Jeremiah. »Bei so einem wunderbaren Pferd wie Firefly …«, gab er das Kompliment schnell zurück. »Ach, wenn unser Liebling gewinnen würde … Was für ein Triumph! Wo sie doch zwei so dicke Handicaps hat …«

»Zwei dicke Handicaps?« fragte Devon überrascht.

Jeremiah, dem da offenbar etwas herausgerutscht war, was er vor seiner Herrin nicht hätte sagen dürfen, schaute nervös zur Seite und machte sich schnell daran, dem Fohlen den Puls zu messen.

»Zwei dicke Handicaps?« wiederholte Devon in einem Ton, der Jeremiah zwang, sich zu ihr umzudrehen und sie anzuschauen.

»Na ja«, druckste er herum. »Sie ist schließlich ein Stutfohlen und …«

»Und was?«

»Und ihr Trainer ist ... eine ...« Geschäftig beugte sich Jeremiah über Fireflys rechten Vorderhuf und tat so, als müßte er dort etwas ganz Wichtiges studieren.

Devon stemmte die Fäuste in die Hüften und rief in halb spöttischem, halb herausfordernden Ton: »Junger Mann, würden Sie bitte die Güte haben, sich vor mich hinzustellen und mir zu erklären, was Sie mit Ihrer letzten Bemerkung gemeint haben?«

Jeremiah richtete sich wieder auf. »Na ja ... Sie sind eine ... eine Lady ... ich meine, eine Trainer*in*«, stammelte er.

Devons Brauen zogen sich zu einem dichten Strich zusammen. Mit hängendem Kopf stand Jeremiah vor seiner Herrin und erwartete ihren Zornausbruch.

Doch es kam ganz anders. »Jeremiah«, fragte Devon. »Glaubst du, daß es hier in Willowbrook irgendeinen Mann gibt, der besser reitet als du?«

»W ... wie bitte?« stotterte Jeremiah, verblüfft über den plötzlichen Themenwechsel.

»Du hast genau gehört, was ich dich gefragt habe.«

»N ... na ja, ich ... ich denke, ich ... ich reite genauso gut wie alle anderen«, kam die ausweichende Antwort.

»Warum trainierst du dann nicht auf das Ziel hin, Jockey zu werden?«

Mit weit aufgerissenen Augen starrte Jeremiah in Devons Gesicht. »Ah ... Ma'am ...«. Er stockte. »Ma'am ... schwarze Jockeys, das ... das hat es schon seit Jahren nicht mehr gegeben.«

»Das ist keine Antwort auf meine Frage.«

Verzweifelt suchte Jeremiah nach einer Antwort, die Devon als Weiße nicht beleidigen würde.

Devon wurde ungeduldig. »Du willst also tatsächlich nur deshalb kein Jockey werden, weil du schwarz bist, stimmt's ?«

»Ich ... ich glaube, ja ... ich ... ich weiß es auch nicht so genau, Ma'am.«

»Okay, Jeremiah, dann treffen wir beide jetzt ein Abkommen.« Devon wartete einen Moment, bis Jeremiahs braune Augen sie wieder anschauten.

»Ma'am?«

»Du hilfst mir, daß Firefly ins Derby geschickt wird, und ich helfe dir, daß du Jockey wirst.«

Einen Augenblick lang schaute er sie nur ungläubig an. Dann glitt ein strahlendes Lächeln seine Züge. »Ja, Ma'am!« rief er glücklich.

Devon erwiderte sein Lächeln und bedeutete ihm dann, mit ihr zusammen Firefly in den Stall zurückzubringen.

»Und dann noch etwas, Jeremiah.«

»Ja, Miß Devon?«

Devon blieb stehen und sah ihn mit festem Blick an. »Es ist nicht im mindesten ein Handicap, daß du ein Schwarzer bist! Genausowenig wie es ein Handicap ist, daß ich eine Frau bin! Nur Idioten denken so. Aber ich sag' dir eines: Sollen sie solchen Quatsch nur behaupten, Jeremiah! Denn eines Tages werden sie erleben, was sie für Riesenidioten sind!« Sie senkte die Stimme zu einem vertraulichen Flüstern. »An dem Tag – an dem wir gewinnen!«.

21

Es war, als erstrahlten die großen palladianischen Fenster der Villa der Alexanders in der Fifth Avenue im Lichte von tausend flackernden Kerzen. Von draußen wehte eine laue Brise herein, die den nahenden Frühling ankündigte. Vor zwei Wochen erst hatte es noch geschneit.

»Ist das nicht ein wunderbarer Abend?« seufzte Devon glücklich und lächelte ihrer Schwiegermutter zu, die sorgfältig die überquellenden Platten auf dem Riesenbuffet inspizierte, das um Mitternacht eröffnet werden sollte.

»Ja, traumhaft«, bestätigte Mrs. Alexander und lächelte ihrer Schwiegertochter zu. »Aber das Beste ist, daß du da bist! Das wird für John das schönste Geburtstagsgeschenk sein!«

Ein wenig beschämt senkte Devon die Augen. Sie verstand den Satz ihrer Schwiegermutter als leise Kritik, obwohl sie wie immer ein freundliches Gesicht aufsetzte. Manchmal konnte sie einem mit ihrer gleichbleibenden Nettigkeit schon auf die Nerven gehen. Nie wußte man, was hinter der stets höflich lächelnden Miene ihrer Schwiegermutter wirklich vor sich ging. Nervös ordnete Devon die Falten an ihrem Schiaparelli-Kleid aus Brokatchiffon. Sie wußte, daß ihre Schwiegereltern sie gern mochten, daß sie mit der Wahl ihres Sohnes höchst zufrieden waren. Aber in letzter Zeit verstärkte sich bei ihr der Eindruck, daß sie es nicht guthießen, daß Devon ihren Mann immer seltener auf seinen Reisen nach New York begleitete.

Höflich wie immer wechselte Victoria Alexander sofort das Thema, um das peinliche Schweigen zu überbrücken. »Meinst du, daß John schon ahnt, daß heute mehr Gäste als üblich da sein werden?« fragte sie und schwebte über die makellos gepflegten weißen Fliesen der großen Küche, wobei sie graziös den bodenlangen Rock ihres grauen Seidenkleides gerafft hielt.

»Ich weiß nicht. Heute nachmittag hat er versucht, mich auszufragen«, erwiderte Devon mit einem vielsagenden Lächeln, »aber ich habe natürlich kein Sterbenswörtchen verraten.«

»So etwas haben wir noch nie für ihn veranstaltet. Das ist eigentlich ganz untypisch für uns.«

Devon konnte sich ein Grinsen nicht verkneifen. Ja, es war in der Tat untypisch für die Alexanders, für ihren Sohn eine Überraschungsparty mit großem Büffet um Mitternacht zu arrangieren. Ihre Vorstellung von Gastfreundschaft reichte normalerweise nicht weiter als bis zu Dinner-Partys im kleinen Kreis von maximal zwölf Personen, die immer nach dem gleichen Muster abliefen: Cocktail um sieben, Essen um acht, dann, Schlag elf Uhr, allesamt schön brav nach Hause ins Bett.

Sogar das Menü unterschied sich deutlich von dem, was es gewöhnlich bei den Alexanders zu essen gab. Johns Mutter hatte sich dazu ausgiebig bei Devon über seine Lieblingsgerichte informiert.

Es war schon verrückt, daß eine Mutter sich bei ihrer Schwiegertochter erkundigen mußte, was ihr Sohn denn am liebsten aß. Aber gerade das war bezeichnend für die gefühlsmäßige Distanz, die Devon zwischen John und seinen Eltern immer wieder beobachtet hatte. Natürlich liebten sie ihren Sohn, aber zwischen ihnen und John bestand eine eigentümliche Fremdheit, wie wenn er nur ein entfernter Verwandter von ihnen wäre. Sicher lag das unter anderem daran, daß John mit zwölf Jahren ins Internat gekommen war und immer nur in den Ferien bei seinen Eltern gelebt hatte.

Devon begutachtete den Hummer in Cognacsauce, den knusprigen Lammschlegel und den Lachs mit Sahnemeerrettich. So etwas hatte es bei den Alexanders noch nie gegeben. Normalerweise kamen bei Dinnerpartys immer nur gebratene Koteletts oder Virginia-Schinken auf den Tisch. Devon war beeindruckt, wieviel Mühe sich Johns Mutter gegeben hatte.

»John wird hingerissen sein«, sagte Devon begeistert. Victoria schaute von der Platte mit duftenden Wachteln auf, die sie gerade kontrollierte und lächelte ihr zu. Ein Hauch von Ängstlichkeit lag in diesem kurzen Lächeln, woran Devon erkannte, daß ihre Schwiegermutter in dem Verhältnis zu ihrem Sohn im Grunde sehr unsicher war. Doch diese leise Befangenheit verschwand sofort aus ihrem Blick. Victoria Alexander hatte in ihrem Leben gelernt, daß es Schwäche um jeden Preis zu vermeiden galt.

»Was hast du denn John gesagt, warum du dieses Mal extra nach New York kommst, ganz anders als sonst?« fragte Victoria und gab Devon ein Zeichen, mit ihr die Küche zu verlassen.

Devon ignorierte die Spitze. »Ich hab' ihm gesagt, daß ich Sydney noch einmal besuchen wollte. Du weißt doch, daß sie übermorgen nach Paris fährt, nicht wahr?« Victoria nickte und ging ihrer Schwiegertochter voraus die breite Treppe zum Ballsaal im ersten Stock hoch. »Sie ist meine beste Freundin«, fuhr Devon fort. »Da ist es ja nur naheliegend, daß ich sie vorher noch einmal sehen will.«

»Wie schade, mein Kind, daß du nur eine Woche hierbleibst. Jeden Tag besuchen uns Leute, die nach dir fragen.« Sie hört nicht auf! dachte Devon unwillig. Doch sie beschloß, sich ihren Ärger nicht anmerken zu lassen und statt dessen die pflichtbewußte Ehefrau zu mimen.

»Ich hab' John versprochen, daß ich ihn diesen Sommer überallhin begleiten werde, wenn erst das Kentucky-Derby gelaufen ist«, erwiderte sie. Sie seufzte. »Ja, es ist schwer, die vielen Trennungen auszuhalten. Aber es sind ja nur noch ein paar Wochen bis dahin.«

Victoria antwortete nicht, was typisch für sie war, und tat so, als wäre sie mit ihrem langen Rock an einer der Treppenstufen hängengeblieben.

Oben angekommen, blieben die beiden Frauen vor der großen Doppeltür zum Ballsaal stehen und warteten, daß der Butler sie ihnen öffnen würde.

»Danke, Parker«, murmelte Victoria und betrat den riesigen Raum, der völlig leer war bis auf jeweils eine Reihe vergoldeter Stühle an drei Wänden und vier lange, weiß gedeckte Tische, deren beide Enden jeweils ein stattlicher Silberleuchter schmückte. Das walnußbraun glänzende Parkett spiegelte die funkelnden Lichter der vier imposanten Kronleuchter an der Decke. Weißer Jasmin aus dem Treibhaus hing in üppigen Girlanden an den Wänden und hüllte den Raum in einen betörenden Duft.

»Was für ein bezaubernd schöner Saal!« hauchte Devon.

Victoria wandte sich zu ihr um. Ein Hauch von verlegener Röte überzog ihr blasses Gesicht. »Meinst du, daß er sich freut?« fragte sie ein wenig beklommen.

Von einem spontanen Impuls getrieben ergriff Devon Victorias

Hand und drückte sie. »Aber sicher!« rief sie, ließ die Hand dann aber schnell wieder los, aus Angst, ihrer Schwiegermutter durch diese Geste bereits zu nahe getreten zu sein. Devon hatte sie noch nie körperlich berührt, abgesehen von den förmlichen Küßchen auf die Wange bei der Begrüßung und beim Abschied – den einzigen Berührungen, die im Hause Alexander zugelassen waren.

Um so mehr erstaunte es Devon, daß ihre Schwiegermutter nun von sich aus ihre Hand ergriff und ebenfalls drückte. »Danke«, sagte sie leise, ohne daß Devon recht begriff, wofür Victoria ihr überhaupt ihren Dank aussprach.

»Ach, da bist du ja, Victoria«, ertönte in diesem Augenblick die sonore Stimme von Johns Vater durch den großen Raum. Die beiden Frauen drehten sich um und gingen auf den weißhaarigen älteren Herrn zu. Er war genauso groß und stattlich wie John, hatte jedoch bei weitem nicht dessen maskuline, sinnliche Ausstrahlung. »Langsam müßten die Gäste doch kommen, oder?« fragte er und schaute auf seine goldene Taschenuhr.

»Ich denke schon«, erwiderte Mrs. Alexander. »Hoffentlich kommt John nicht, bevor alle da sind, sonst klappt ja die Überraschung gar nicht.«

Doch da läutete es auch schon draußen am Eingangsportal. Die drei Alexanders gingen prompt hinaus auf die Galerie, von der aus man die gesamte Empfangshalle überblickte, um hier ihre Gäste zu begrüßen. Parker hatte sich unten bereits auf seinem Platz postiert, um sowohl die Gäste zu empfangen als auch die ihm untergeordneten Hausangestellten dirigieren zu können. Allein drei Diener waren dazu abgestellt, den Damen ihre schweren Pelze und den Herren ihre Kaschmir-, Alpaka- oder Mohairmäntel abzunehmen. Eine weitere Gruppe von Dienern, allesamt in schwarz-weißer Livree, hatte die Aufgabe, mit beladenen Tabletts zwischen den Gästen umherzugehen und ihnen kalte Vorspeisen und Champagner anzubieten.

Im großzügigen Speiseraum der Alexanders erwartete die Gäste bereits das kleine Buffet mit warmen Vorspeisen, das verhindern sollte, daß die Damen und Herren verhungerten, bevor das große Buffet um Mitternacht eröffnet wurde.

Jetzt klingelte es laufend an der Tür, und die Gäste strömten nur so herein – viele davon junge Leute, so daß Devon annahm, daß es Freunde von John waren, doch die meisten hatte sie noch nie gesehen. So war sie erleichtert, als irgendwann die bekannten Gesichter von Sydney und Bart auftauchten.

»Wer sind denn bloß die ganzen Leute?« flüsterte sie atemlos ihrer Freundin ins Ohr.

»Die Freunde deines Gatten«, erwiderte diese in einem eigenartigen Ton.

Aha, dachte Devon. Also sogar Sydney, diese moderne fortschrittlich denkende Frau kritisierte sie, weil sie sich hier in New York nie an der Seite ihres Mannes blicken ließ!

»Danke für Ihre Hilfe«, sagte Victoria in diesem Augenblick zu Sydney, die offenbar die Kontrolle der Gästeliste übernommen hatte, da Devon sich ja nicht auskannte.

Plötzlich runzelte Devon die Stirn. In dem Gewimmel der Gäste tauchte eine großgewachsene, junge Blondine auf, die ihr irgendwie bekannt vorkam. Sie war in Begleitung eines distinguierten, älteren Herrns.

»Horace, wie geht es dir?« rief Johns Vater und schüttelte dem Mann herzlich die Hand. Das waren also Gäste, die Johns Eltern von sich aus eingeladen hatten, dachte Devon. Als der Herr nun näher auf sie zukam, erkannte sie auch die junge Frau wieder. Es war Bebe Henley! »Ich weiß nicht, ob Sie sich noch an mich erinnern – Horace Henley«, wandte sich deren Vater nun an Devon selbst. »Das letzte Mal, als ich Sie sah, waren Sie noch ein kleines Mädchen.«

Devon lächelte höflich und tauschte ein paar charmante Belanglosigkeiten mit ihm aus, während sie ihn aufmerksam betrachtete. Er war ein großer Mann, dessen blondes Haar von dichten weißen Strähnen durchzogen war. Die Ähnlichkeit mit seiner Tochter war unverkennbar. Devon warf einen diskreten Blick auf Bebe. Jetzt wußte sie auch, warum sie sie nicht sofort erkannt hatte. Die junge Frau hatte ihre lange blonde Mähne zu einem kunstvoll gewundenen Knoten im Nacken gebunden und mit einem diamantbesetzten Haarnetz geschmückt. Diese Frisur ließ sie älter und wesentlich eleganter erscheinen. Im Kontrast zu ihrer aufwendigen Frisur trug sie ein äußerst schlichtes, hochgeschlossenes elfenbeinfarbenes Seidenkleid mit langen Ärmeln. Offenbar spielte sie, wenn ihr Vater dabei war, das brave Töchterchen.

»Guten Abend, Mrs. Alexander«, flötete Bebe. Doch ihr hämischer Blick sagte: Ich weiß schon, daß du mich am liebsten auf den Mond schießen würdest, aber ich bin nun einmal da, und du kannst nichts dagegen machen, ätsch!

Doch Devon hatte nicht vor, sich provozieren zu lassen. »Wie schön, daß Sie gekommen sind«, flötete sie zurück, ohne auf Bebes gehässigen Blick zu reagieren. Sie wartete genau zwei Anstandssekunden ab und wandte sich dann dem nächsten Gast zu.

»Marion!« rief sie, diesmal mit einem Lächeln, das von Herzen kam, als sie ein paar Minuten später ihre freundliche Gastgeberin von der ›Cuesta Encantada‹ erkannte. »Ich hab' ja nicht zu hoffen gewagt, daß du kommen könntest!«

»Wie kommst du denn darauf, daß wir uns Johns Überraschungsparty entgehen lassen würden!« entgegnete Marion lachend.

»Ach, wie schön!« sagte Devon nur und nahm ihre Freundin glücklich in die Arme.

In dem Moment kam Parker auf Johns Vater zu und sagte ihm, daß alle Gäste da wären und John jede Sekunde erscheinen müßte. Devons Herz begann zu pochen. Jetzt war es also soweit! Mit der Unterstützung von Bart und Sydney machte sie sich daran, die Gäste in den großen Salon zu bugsieren und sie zu bitten, sich ruhig zu verhalten. Dann schloß Parker hinter ihnen die große Flügeltür aus Mahagoni, damit es so aussah, als ob niemand da wäre.

Schnell huschte sie in die marmorne Empfangshalle hinunter, um zu Johns Begrüßung bereit zu stehen, der jeden Augenblick kommen mußte. Wie immer, wenn sie ihn in Kürze erwartete, hatte sie vor Aufregung Schmetterlinge im Bauch. Ob das den anderen Ehepaaren wohl auch so ging? Oder lag das nur daran, daß sie und John so oft getrennt waren? Aber gerade darüber mokierten sich doch alle in ihrem Umkreis!

»Mr. Alexander ist da, Madam«, meldete ihr Parker in dem Moment mit gedämpfter Stimme. Die stets hundertprozentig diskrete und absolut korrekte Haltung des Butlers reizte Devon, ihn manchmal ein bißchen zu provozieren, und so erwiderte sie jetzt: »Ich mach ihm schon selbst die Tür auf, Parker. Und dann küsse ich ihn hier mitten im Foyer«, fügte sie mit einem frechen Augenzwinkern hinzu.

Schnell lief sie zur Tür und riß sie auf, daß der kühle Nachtwind ihr Chiffonkleid bis zu den Knien hochwirbelte.

»Oh! Was für ein schöner Anblick!« rief John ihr entgegen.

Devon schlang die Arme um ihn und gab ihm einen innigen Kuß, den John heftig erwiderte, bis er aus dem Augenwinkel Parker wahrnahm und sich hastig ihrer Umarmung entzog. Sogleich kam der mit ungerührter Miene hinter der Tür vor, um ihm Hut und Mantel abzunehmen. Er war eben ein Butler, der in jeder Lebenslage die Contenance bewahrte.

»Na, freust du dich schon auf ein gemütliches Geburtstags-Dinner?« fragte Devon.

»Schon«, lachte John.

»Rat mal, was es gibt!«

Er tat so, als ob er lange überlegen mußte. »Ähm, ich würde sagen – gebratenes Kotelett, Victoria-Schinken und zum Nachtisch ... Pflaumenpudding!«

»Nicht schlecht, nicht schlecht. Du bist ganz schön nah dran!« lachte Devon.

»Na, hoffentlich gibt es wenigstens genügend Wein, um das Ganze hinunterzuspülen!« seufzte John in gespielter Verzweiflung.

»Nimm dich zusammen!« rief Devon mit drohend erhobenem Zeigefinger. »Du weißt, wie sehr deine Eltern auf Etikette achten!«

»Wer ist denn sonst noch da?«

»Also ... Mrs. Whitney, Mr. Stanhope-Carruthers, Sydney und Bart.«

»Na ja, ist doch 'ne nette Runde.«

»Charlie Wittingham ist natürlich auch noch da.«

»Schön.«

»Und dann noch ...« Sie hatten inzwischen die große Flügeltür zum Salon erreicht, und Parker, in diskretem Abstand hinter ihnen, öffnete sie nun, ohne sich auch nur das geringste anmerken zu lassen, mit einer schwungvollen Bewegung.

»Aber warum ist denn gar kein Licht ...«, fragte John irritiert in die Dunkelheit hinein, doch in dem Moment tönte aus zweihundert Kehlen: »Überraschung!«

Mit einem Schlag gingen die Lichter an, und mit großem Hallo strömten alle Gäste auf John zu und umringten ihn stürmisch, um ihm zum Geburtstag zu gratulieren.

John stand mit offenem Mund da und starrte auf die lachenden, strahlenden Menschen um ihn herum. Fassungslos blickte er in das Gesicht seiner Frau, die sich gar nicht genug über die offenbar gelungene Überraschung freuen konnte. Er war einfach sprachlos. Dann teilte sich die Menge, um Johns Eltern zu ihm durchzulassen.

In der typischen, etwas steifen Art, die im Hause Alexander herrschte, schüttelte Johns Vater seinem Sohn die Hand und sagte nur: »Alles Gute, alles Gute!«

Seine Mutter, mit dem ewig gleichen höflichen Lächeln auf den Lippen, folgte. »Alles Gute zum Geburtstag, mein Lieber!« sagte sie und hauchte ihm einen flüchtigen Kuß auf die Wange.

Devon schaute zwischen John und ihren Schwiegereltern hin und her. Es war wirklich verrückt. Aber vorhin hatte Victoria ihr, Devon, deutlich mehr Gefühle gezeigt als jetzt ihrem eigenen Sohn gegenüber, der schließlich das Geburtstagskind war!

»Danke, Vater. Danke, Mutter.« Auch John verhielt sich auf einmal eigenartig förmlich.

Die beiden zogen sich ein wenig verlegen zurück und ließen wieder die Gäste vorkommen. Jetzt waren die Damen an der Reihe. Kichernd und tuschelnd umringten sie John und überschütteten ihn geradezu mit Küssen. Plötzlich stand auch Bebe da und küßte ihn, natürlich demonstrativ ein paar Sekunden zu lange, voll auf den Mund. »Wie nett, dich so unverhofft wiederzusehen«, murmelte sie leise, doch laut genug, daß es alle Umstehenden hören konnten.

John warf Devon aus dem Augenwinkel einen nervösen Blick zu, dann antwortete er Bebe in der gleichen förmlichen Art wie eben gerade seinen Eltern: »Es freut mich, daß du gekommen bist.«

Devon nahm die Szene wahr, ohne auch nur mit der Wimper zu zucken. Sie hatte nicht vor, sich Johns Geburtstag von diesem kleinen Biest verderben zu lassen. Nein, den Gefallen einer Eifersuchtsszene würde sie ihr nicht erweisen.

Ich vertraue John, dachte sie voller Liebe. Ich vertraue ihm rückhaltlos.

Im Morgengrauen, nach einer langen, durchtanzten Nacht, nachdem sich Devon und John lange und leidenschaftlich geliebt hatten, war bei ihr auch der letzte Hauch von Eifersucht verflogen.

Sie lag in seinen Armen, hatte ihren Kopf auf seine breite Brust gebettet und war einfach nur glücklich.

»Ich bin so froh, daß du meine Frau bist«, sagte John und wiegte sie zärtlich.

»Ja, das hast du mir letzte Nacht bewiesen ...«, schnurrte sie mit einem lasziven Lächeln, »... beziehungsweise heute morgen ...« Sie rutschte ein wenig höher und legte sich auf ihn.

»Dann bist du ja sicher auch sehr froh, daß ich dein Mann bin«, erwiderte er grinsend und streichelte ihre festen Pobacken.

Devon stöhnte. »Ich hab' dich die letzten Wochen so vermißt«, flüsterte sie heiser.

John richtete sich auf und kam über sie. Er legte ihr die Arme über den Kopf und hielt sie fest, während er ihre Brüste mit Küssen übersäte. Sie bäumte sich auf und genoß seine Liebkosungen in vollen Zügen. Noch immer war sie feucht von ihrer letzten Umarmung, und so brauchte sie kein langes Vorspiel. Doch sie wollte eine andere Stellung, und so stemmte sie sich sanft gegen ihn. Sofort ließ er los und legte sich wieder neben sie auf den Rücken, so daß sie sich auf ihn setzen konnte. Ganz langsam ließ sie seine harte Männlichkeit bis zum Anschlag in sich eindringen, dann fing sie an, sich kreisend zu bewegen. Sie stöhnte und warf den Kopf in den Nacken, während er ihr an die Brüste griff und die Nippel zwirbelte. Dann änderte sie die Art ihrer Bewegungen und hob und senkte sich auf seinem harten Pfahl. Sie genoß es, in dieser Stellung das Tempo und die Wucht der Stöße selber bestimmen zu können. Immer schneller und wilder ritt sie ihn, bis sie von einer Welle ekstatischer Zuckungen geschüttelt wurde und laut aufschreiend vornüber fiel. Im gleichen Moment erreichte auch er den Höhepunkt und schloß sie ächzend in seine Arme.

Ein paar Stunden später erwachte Devon. Sie war so entspannt, daß sie kaum die Kraft aufbrachte, aus dem Bett zu steigen. Sie dachte an ihr wildes Liebesspiel im Morgengrauen. Irgendwie kam sie sich extrem verrucht vor, es im Hause ihrer Schwiegereltern zu treiben, leicht angetrunken, enthemmt und völlig ohne jede Scham. Und noch dazu bei Tagesanbruch, zur gleichen Stunde, in der Johns Eltern aufstanden, um ihr geschäftiges Tagewerk aufzunehmen!

Es war die Zeit, zu der sie normalerweise auch in Willowbrook erwachte, um aufzustehen und als erstes einen Blick in den Stall zu werfen. John dagegen schlief meist bis halb neun und erschien nicht vor zehn Uhr in seinem Büro. Er war ein Nachtmensch, ganz im Gegensatz zu ihr, die nichts im Bett hielt, kaum daß der erste Sonnenstrahl sie an der Nase kitzelte. Doch heute entschloß sich Devon, ausnahmsweise noch ein Weilchen liegenzubleiben. Sie lehnte ihren Kopf an Johns Schulter und fragte leise: »War die Party eigentlich wirklich eine Überraschung für dich?«

John brummte nur im Schlaf und hob dann den Kopf. »Hm?« fragte er schlaftrunken.

Sie wiederholte ihre Frage. »Sag mir die Wahrheit, John.«

»Die Wahrheit?« murmelte er. Er schwieg eine Weile. »Eine ziemliche Überraschung«, sagte er dann.

Devon runzelte die Stirn. »Was soll das denn heißen – eine ›ziemliche‹ Überraschung? Entweder war es eine oder nicht! Da gibt's doch nichts dazwischen!«

»Ich war überrascht, daß meine Eltern die Sache bei sich daheim organisiert haben ...«, sagte er und seufzte. »Aber daß irgendwas im Busch war, das hab' ich schon geahnt.«

»Och!« rief Devon enttäuscht und richtete sich abrupt auf. Prüfend schaute sie ihrem Mann ins Gesicht. »Wer hat uns verraten?!«

»Weiß nicht, irgendwer ...«

»Komm! Raus mit der Sprache!«

»Irgend jemand auf einer Dinnerparty letzte Woche.«

»Und was hat dieser Jemand gesagt?«

»So was wie ›Bis nächste Woche dann‹ oder so ähnlich.«

»Na und? Das besagt doch nichts.«

John war kein guter Lügner. Und indem er Devon die Wahrheit sagte, konnte er ihr gleichzeitig beweisen, daß sie ihm vertrauen konnte. Er holte tief Luft.

»Also, es war Bebe Henley«, rückte er heraus. »Und ich wußte genau, daß ich nichts in meinem Terminkalender hatte, wo ich sie in der nächsten Woche sehen würde. Da konnte es sich also nur um meinen Geburtstag handeln.«

Einen Moment lang herrschte Schweigen zwischen den Eheleuten, während John wartete, daß seine Frau einen Wutanfall bekommen würde. Er wußte, daß sie Bebe Henley aus ganzem Herzen haßte, und die Tatsache, daß gerade dieses Mädchen das Geheimnis verraten hatte, würde sie sicher total in Rage bringen.

Doch nichts dergleichen geschah. »Na ja, dann warst du ja wenigstens ein *bißchen* überrascht«, sagte sie, wider Erwarten ganz gefaßt. Sie schloß die Augen, damit er ihren Gesichtsausdruck nicht ablesen könnte. Nein, sie würde sich auch John gegenüber zu keinem Eifersuchtsanfall hinreißen lassen. Immerhin hatte er ihr die Wahrheit gesagt, und das rechnete sie ihm hoch an. Außerdem bewies das einmal mehr, daß sie ihm vertrauen konnte. Devon entschloß sich, die Angelegenheit auf sich beruhen zu lassen.

Aber mit dem untrüglichen Instinkt einer Frau spürte sie, daß Bebe Henley alles daran setzen würde, zwischen sie und John einen Keil zu treiben.

Zumindest würde sie es versuchen.

22

Das leichte Schwindelgefühl in Devons Kopf wollte einfach nicht vergehen. Wie immer hatte sie ein herzhaftes Frühstück zu sich genommen und noch eine Extratasse von dem starken kreolischen Kaffee getrunken, den der Koch so herrlich aromatisch zubereitete. Aber das Gefühl war immer noch da.

Ich werde es einfach ignorieren, sagte sich Devon, legte entschlossen die Serviette auf den Tisch und ging durch die großen Flügeltüren hinaus auf den Sattelplatz.

Noch war es stockfinster. An dem blauschwarzen, wolkenlosen Himmel stand immer noch die schmale Sichel des Mondes. Ein wunderschöner Aprilmorgen kündigte sich an, genauso, wie Jeremiah es gestern abend vorausgesagt hatte.

Ein Lächeln huschte über ihr Gesicht, als sie an ihren treuen Helfer dachte. Sie arbeiteten hervorragend zusammen und waren schnell Freunde geworden. Seit er sich an ihre Trainingsmethode gewöhnt hatte, glaubte er ebenso felsenfest wie sie an Fireflys Erfolg.

Devon wußte, daß sie den größten Fehler gemacht hatte, den ein Pferdebesitzer machen konnte – sie hatte sich in ihr Pferd verliebt. Willy hatte sie von Anfang an davor gewarnt.

»Ihr Amateur-Reiter meint immer, Pferde sind Kuscheltiere«, hatte er mit einem geringschätzigen Lächeln erklärt. »Falsch, absolut falsch. Ein Kuscheltier schickt man nicht ins Rennen, wenn es verletzt ist. Ein Kuscheltier hält man nicht den ganzen Tag im Stall, nur damit es hinterher auf der Piste explodiert. Pferderennen ist ein Geschäft, da darf man keine Emotionen haben. Emotionen sind der Anfang vom Ende.«

Devon mußte ihm recht geben – in der Theorie. Rennpferde wurden als Kapitalanlage, als Geldautomaten angesehen, und deshalb versuchte man, das Letzte aus ihnen herauszupressen, was oft zu Verletzungen, manchmal sogar zum Tod der Tiere führte. Die meisten Trainer hüteten sich davor, Gefühle für sie zu entwickeln, aber dann und wann gab es doch Tiere, die mit ihrem Mut, ihrem Einsatz und ihrer Begeisterungsfähigkeit selbst die Herzen der gnadenlosesten Trainer erweichten. Und Devon war nun weiß Gott nicht gnadenlos. Firefly hatte alles, was ein aussichtsreiches Pferd brauchte: den idealen Körperbau, Explosivkraft, Ausdauer, schnelle Reflexe – und dazu noch ein ausgeglichenes Gemüt und eine ganz eigene Persönlichkeit. Doch bei aller Leistungsfähigkeit war sie nach wie vor ein übermütiges, verspieltes Füllen, das Devon und Jeremiah alles Vertrauen dieser Welt entgegenbrachte.

Devon wußte, daß diese Mischung von besonderen Eigenschaften und Fähigkeiten einerseits und dem Gefühl, von seinen Herren geliebt und gut behandelt zu werden, Firefly geradezu dazu prädestinierte, auf Rennen gut abzuschneiden. In zwei Wochen fanden die Blue-Grass-Stakes statt, die von vielen Pferde- und Wettbürobesitzern als Generalprobe für das darauf folgende, bedeutendste amerikanische Rennen angesehen wurde – das Kentucky-Derby. Und nach den Blue-Grass-Stakes würde Willy auch entscheiden, welches der Pferde ins Derby geschickt wurde – Firefly oder Fearless Leader.

Doch bis dahin gab es noch viel zu tun. Devon wußte, daß Firefly nach einem minutiösen Plan tagtäglich trainiert werden mußte, um ihre optimale Leistung bringen zu können. Und dazu bedurfte es ihres und Jeremiahs Einsatzes.

Was den letzteren anbetraf, brauchte sie sich keine Sorgen zu machen. Als sie sich dem Stall näherte, sah sie schon von weitem, daß ihr treuer Helfer sich bereits an der Box von Firefly zu schaffen machte. Sie würden als erstes dem Füllen die Bandagen abnehmen und die Beine auf Schwellungen oder andere Verletzungen untersuchen.

»Guten Morgen, Jeremiah.«

»Miß Devon«, sagte er und lächelte.

»Ich denke, heute sollten wir es ein bißchen gemütlicher angehen lassen«, sagte Devon und beugte sich über Fireflys linken Vorderfuß. »Gestern haben wir sie ganz schön gehetzt, nicht wahr?« Sie wollte sich gerade wieder aufrichten, als sich die Welt auf einmal vor ihren Augen zu drehen begann. Sie schwankte und lehnte sich an Fireflys warmen Bauch.

»O mein Gott! Mir ist nicht gut!« stöhnte sie und beugte sich vornüber. »Hilf mir … ich muß an die frische Luft.« Hilfesuchend streckte sie ihren Arm nach Jeremiah aus.

Der legte ihr erschrocken seinen kräftigen Arm um ihre schlanke Taille und führte sie hinaus. Der Geruch von Pferdemist, den Devon sonst liebte, ekelte sie auf einmal an, und schon spürte sie, wie sich ihr der Magen umdrehte.

»Laß mich!« rief sie hastig, wandte sich ab und ging in die Knie. Dann erbrach sie ihr gesamtes Frühstück in einen der großen Abfalleimer, die vor dem Stall herumstanden.

Als es vorbei war, ließ sie sich erschöpft auf den Boden fallen und lehnte sich an die Stallwand. Es war ihr egal, daß sie mit ihrer hellen Reithosen mitten im Dreck saß.

Jeremiah kam mit einem nassen Taschentuch zurück. Sie lächelte dankbar und preßte es sich gegen die Stirn.

»Miß Devon …«

»Ich weiß!« stöhnte sie verzweifelt.

»Das ist jetzt schon das dritte Mal die Woche«, sagte er mit leisem Vorwurf.

Sie nickte nur schwach.

»Sie müssen es Mr. Alexander sagen. Ein Mann hat ein Recht zu erfahren, daß er Vater wird.«

»Dann … dann weißt du es also …?«

»Das … das sieht doch ein Blinder, Ma'am. Zumindest jemand wie ich, der jeden Morgen mit Ihnen verbringt.«

»Ja«, sagte sie niedergeschlagen. »Aber … was ist, wenn er mir verbietet, weiter zu reiten? Vielleicht will er sogar, daß ich das ganze Training aufhöre.« Der bloße Gedanke brachte sie schier um den Verstand.

Jeremiah überlegte einen Augenblick. So waren eben die Weißen. Für sie war Schwangerschaft eine Krankheit. Bei den Schwarzen arbeiteten die Frauen bis zum letzten Moment. Seine Großmutter hatte seine Mutter mitten auf dem Feld beim Tabakpflücken geboren.

»Sie müssen tun, was Ihr Mann Ihnen sagt, Miß Devon. Es ist ja schließlich auch *sein* Baby.«

»Nein!« brach es aus ihr heraus. »Nicht, wenn die Blue-Grass-Stakes so unmittelbar vor der Tür stehen! Und das Kentucky-Derby!«

Jeremiah sah das zwar ein wenig anders, aber er hielt den Mund. Verrückt, dachte Devon. Da sitze ich hier mitten im Dreck und rede über die intimsten Dinge mit einem siebzehnjährigen Angestellten.

»Du hast recht«, seufzte sie resigniert. »Ich muß es ihm sagen.«

Was sie nicht mit Jeremiah beredete, war die Frage, die sie am meisten bewegte: Würde sich John über die Nachricht überhaupt freuen? Doch wie dem auch sei – mit Sicherheit würde er die Schwangerschaft zum Vorwand nehmen, um von ihr zu verlangen, sofort mit Fireflys Training aufzuhören.

Plötzlich erschrak sie. Ich betrachte ihn ja fast wie einen Feind, dachte sie betroffen. Wie wenn seine und meine Interessen in unüberbrückbarem Widerspruch zueinander stünden. Wie komme ich überhaupt dazu, anzunehmen, daß er meine Schwangerschaft zum ›Vorwand‹ nehmen wird? Wieso gehe ich nicht davon aus, daß es ernste Besorgnis um meine Gesundheit und die unseres Kindes ist? Seltsam.

Irgendwann mußte es angefangen haben. Irgendwann war in ihr der Eindruck entstanden, daß er etwas grundsätzlich anderes vom Leben wollte als sie. Und daß er mit aller Macht versuchen würde, ihr *seine* Vorstellungen und *seinen* Willen aufzudrängen. Aber wann hatte das angefangen?

Devon ging mühsam zum Haupthaus hinüber. Sie freute sich jetzt auf ein heißes Bad und eine kühle Limonade. Ihre Kleidung starrte vor Dreck – nicht nur von ihrem ›Kniefall‹ am Morgen, als sie sich übergeben mußte, sondern auch von einem leichten Sturz ein wenig später, als Firefly vor einer Natter gescheut hatte. Aber sie hatte sich zum Glück nur den Ellbogen ein wenig abgeschürft. Trotzdem fühlte sie sich reif für die Wanne.

»Mein Gott, wie sehen Sie denn aus!« rief Alice entsetzt, als Devon ihr Schlafzimmer betrat.

Devon grinste matt. »So wie immer, vermute ich.«

»Ich versteh' nicht, wie man da draußen so schmutzig werden kann«, erwiderte Alice kopfschüttelnd. »Wie ein kleines Kind.«

»Ich hatte einen Sturz heute«, versuchte Devon, zu erklären.

»Einen Sturz!« rief Alice erschrocken. »Und das in Ihren Umständen!«

Devon zog die Brauen hoch. »Meinen Umständen?«

»Sie wissen genau, was ich meine, Miß. Also tun Sie nicht so!«

»Und woher weißt du das?« fragte Devon verdattert.

»Na, das ist doch unübersehbar! Plötzlich legen Sie sich nach dem Essen jedesmal hin. Früher haben Sie sich immer beschwert, daß sie nicht genügend Zeit hätten, um alles zu erledigen, was Sie möchten. Na ja, und dann diese gesamte Veränderung an Ihnen.«

»Veränderung?«

»Miß Devon! Ich kenne Sie seit siebenundzwanzig Jahren!«

»Ich dachte, man würde annehmen, ich hätte einfach nur ein bißchen zugenommen«, sagte Devon leise.

»Nun, das zusätzliche Gewicht ist … etwas ungleichmäßig verteilt, wenn Sie verstehen, was ich meine.«

Devon mußte laut loslachen, als sie den verschämten Ausdruck in Alices Gesicht sah. »Ja, sag's nur offen, Alice: Ich paß' nicht mehr in meine Unterwäsche, stimmt's?«

»Ja, Miß, das habe ich auch bemerkt.«

»So, jetzt muß ich aber in die Wanne, sonst hau' ich mich einfach ungewaschen ins Bett«, sagte Devon und gähnte herzzerreißend.

Nackt ging sie ins Bad und ließ sich selig in das warme Wasser gleiten.

»Brauchen Sie sonst noch etwas, Miß?«

»Nein, ich bin wunschlos glücklich«, rief Devon und winkte Alice zum Abschied zu.

Nach dem Bad trocknete sie sich ab und warf einen letzten Blick aus dem Fenster, das auf die Stallungen und die Rennstrecke hinausging. Sie sah die Pferde über die Bahn jagen und lächelte stolz. Dann schlüpfte sie in ihr Bett, zog sich die Daunendecke hoch und schlief glücklich ein. Sie träumte von schnellen Pferden und, wie immer, von den Blue-Grass-Stakes.

»Schlafende Venus!« Johns zärtliche Stimme weckte sie. Er küßte sie auf die Stirn.

»John!« rief Devon verblüfft und schlug die Decke zurück, um ihren Mann zu umarmen.

»Liebling«, sagte er leise und gab ihr einen langen Kuß.

»Das ist ja eine Überraschung!« sagte sie. »Wann bist du angekommen?«

»Vor einer halben Stunde. Aber Alice hat mir strikt verboten, dich zu wecken.«

»Ich schlag' sie tot!« rief Devon und schlang erneut die Arme um ihn. »Wo ich mich so nach dir gesehnt habe!«

Er lachte. »Ich hab' nur Spaß gemacht. Aber sie meinte in der Tat, du hättest dich gerade hingelegt und wärst sehr erschöpft.«

»Ach was!« schimpfte Devon. »Na ja, was soll's. Auf jeden Fall bin ich jetzt putzmunter. Und ich hätte überhaupt nichts dagegen, wenn du mir ein bißchen Gesellschaft leisten würdest«, fügte sie mit einem verführerischen Lächeln hinzu.

»Hervorragende Idee. Ein Nickerchen würde mir sicher sehr guttun. Ich bin hundemüde.«

»Och du!« rief sie enttäuscht und warf ihm spielerisch ein Kissen an den Kopf.

Er lachte und zog sich schnell aus. »Hm, wunderbar«, stöhnte er selig, als er in die Kissen sank und zog sie an sich.

»Du bist auch wunderbar«, seufzte Devon.

Johns Hände glitten über ihre Brüste. Einen Augenblick hielt sie den Atem an. Ob er wohl eine Veränderung bemerkte? Doch er fuhr fort, sie zu streicheln, ohne irgend etwas zu sagen. Devon atmete innerlich erleichtert auf und überließ sich wieder ganz seinen Liebkosungen.

Sie liebten sich schnell und heftig, denn sie hatten sich zehn Tage entbehren müssen. Hinterher lag Devon glücklich in seinen Armen. Eng aneinandergekuschelt schliefen sie ein und erwachten erst zwei Stunden später.

John dehnte und reckte sich. »Sieben Uhr schon!« rief er erschrocken, als er einen Blick auf die Porzellanuhr auf dem Nachttisch warf.

Zärtlich beugte er sich über seine Frau und küßte sie auf die Schulter. »Aufwachen, Liebling«, murmelte er zärtlich.

Devon brummte unwillig im Schlaf. »Ich bin noch so müde.«

»Ich weiß, aber es ist Zeit fürs Abendessen.«

Devon fuhr erschrocken hoch. »Fürs Abendessen?«

»Ja. Es ist sieben Uhr. Oder willst du den ganzen Tag verschlafen?« neckte John. Er stand auf, zog ihr die Decke weg und hob sie auf in seine starken Arme.

Jetzt ist der beste Zeitpunkt, es ihm zu sagen, schoß es Devon durch den Kopf. Wie wird er wohl reagieren?

»Ich wollte dir noch was sagen«, murmelte sie an seiner Schulter, doch er fragte nicht nach, und so verstummte sie wieder. John trug sie durchs Schlafzimmer, stieß mit dem Fuß die Tür zum Bad auf und setzte seine süße Fracht mitten auf dem runden, flauschigen Teppich ab, der vor der Badewanne lag. »Jetzt geht's ab ins feuchte Vergnügen!« rief er ihr zu. Lachend stand sie auf. Während er den Stöpsel in die Wanne steckte, drehte sie an den beiden Hähnen herum, bis das Wasser die richtige Temperatur hatte.

Sie setzte sich auf einen Badehocker. Nervös spielte sie mit ihren langen, schwarzen Zöpfen, steckte sie schließlich mit ein paar Haarnadeln aus dem kristallenen Lalique-Behälter zu zwei Schnecken hoch.

»Steht dir sehr gut, diese Frisur«, sagte John lächelnd. »Du siehst heute überhaupt besonders schön aus«, fügte er hinzu und betrachtete sie zum erstenmal seit seiner Ankunft genüßlich von oben bis unten.

Sie lächelte ihn an, hatte jedoch auf einmal das Bedürfnis, ihre Blöße zu bedecken, und so ging sie zu dem großen Spiegelschrank hinüber und entnahm ihm einen weichen, mit ihrem Monogramm bestickten Frottee-Bademantel.

Von einem plötzlichen Gefühl von Angst überwältigt drehte sie sich um. »John, ich liebe dich!« stieß sie hervor.

»Ich liebe dich auch«, erwiderte er automatisch, ohne aufzuschauen, während er mit der Hand die Wassertemperatur kontrollierte. »Das Bad ist gleich fertig«, sagte er.

Schnurstracks ging Devon auf ihren Mann zu und blieb unmittelbar vor ihm stehen. Sie legte ihm die Hand auf die Schulter, um ihn zu zwingen, sie anzuschauen.

»Was hast du denn?« fragte er, als er ihren ernsten Gesichtsausdruck sah.

»Ich habe Neuigkeiten für dich«, sagte sie so leise, daß sie bei dem rauschenden Badewasser kaum zu verstehen war. Er drehte die Hähne zu und stieg in die Wanne. Mit einer Kopfbewegung bedeutete er ihr, es ihm gleichzutun, doch sie setzte sich statt dessen nur auf den Wannenrand und spielte mit einer Hand im Wasser. Beunruhigt schaute sie ihn an. Er war so gut zu ihr. Und er fühlte das gleiche, was sie empfand, da war sie sich ganz sicher. Dennoch erinnerte sie sich nur zu gut an seine Enttäuschung vor zwei Jahren, als sie ihm gesagt hatte, daß sie glaubte, schwanger zu sein. Seitdem hatte sie regelmäßig das Pessar benutzt, das ihr der New Yorker Frauenarzt gegeben hatte – bis auf ein paar seltene Fälle, wo sie es unterlassen hatte, das letzte Mal in der Nacht nach Johns Geburtstagsfeier. Manchmal hatte sie es nicht eingesetzt, weil sie von solcher Leidenschaft übermannt wurde, daß sie nicht länger warten konnte, daß er endlich in sie drang. Manchmal, weil das Gefühl zwischen ihr und ihm so innig und zart war, daß eine Unterbrechung einfach alles kaputtgemacht hätte.

Jetzt hatte sie Angst. Angst, daß er sich und ihr Vorhaltungen machen würde, daß sie so nachlässig gewesen waren. Daß er im nachhinein all die Stunden der Zweisamkeit, in denen sie aus Liebe auf das Pessar verzichtet hatte, entwerten würde.

Fragend schaute John sie an. Was lag ihr denn bloß so auf der Seele, daß sie es gar nicht über die Lippen brachte? Wahrscheinlich hatte es mit den Vorbereitungen auf die Blue Grass Stakes zu tun. Sie hatte zur Zeit ja nichts anderes im Kopf.

»Worum geht's denn, Devon?« fragte er freundlich.

Devon hob den Kopf und schaute ihn mit festem Blick an. Sie mußte es ihm jetzt sagen. Und sie mußte auf jede Reaktion gefaßt sein. Tief holte sie Luft.

»John. Wir bekommen ein Baby.« Sie sagte es in ruhigem Ton, mit einer Spur von Vorsicht, fast Feindseligkeit. Sie wollte dieses Kind. Und auch wenn er wieder enttäuscht sein würde – sie würde sich die Vorfreude auf ihr Baby von ihm nicht verderben lassen!

Johns Züge veränderten sich schlagartig. Ein breites Lächeln zog sich über sein Gesicht. Er sprang auf und riß sie an sich. Es war ihm egal, daß er klatschnaß war. »Was für eine wunderbare Nachricht!« rief er so laut, daß es durch das ganze Bad hallte.

Devon fiel ein Stein vom Herzen. Heftig schlang sie die Arme um ihn. Keine Antwort hätte sie glücklicher machen können! Eine Welle von Liebe durchströmte sie. »Dann … dann freust du dich auch?« fragte sie atemlos.

»Ich freue mich nicht nur – ich bin glücklich! Ich bin stolz! Ich bin geradezu überwältigt! O Devon, das ist einfach wunderbar!« Er preßte sie an sich, und aus einem spontanen Impuls heraus löste er ihr den Gürtel ihres Morgenmantels, so daß er ihr über die Schultern glitt und zu Boden fiel. Dann hob er sie hoch und zog sie einfach zu sich in die warme Badewanne.

Die Nummer war ihm gut gelungen. Sie hatte offenbar hundertprozentig überzeugend gewirkt. Jetzt, während er im Dunkeln neben seiner Frau lag, die tief und regelmäßig atmete, konnte er es sich zum erstenmal leisten, über seine wahren Gefühle nachzudenken.

Er hatte ja immer damit gerechnet. Jedesmal, wenn sie miteinander geschlafen hatten, ohne das Pessar zu benutzen, hatte er sich hinterher Vorwürfe gemacht. Und jetzt war es eben schiefgegangen. Aber das war ja vorauszusehen gewesen.

Noch gut erinnerte er sich an den besagten Montagmorgen in seiner New Yorker Wohnung. Auf seinem Terminkalender waren keine Eintragungen gestanden, und so genoß er seinen freien Vormittag. Und dabei fiel es ihm ein. Was wäre, wenn Devon wieder schwanger wäre? hatte er sich gefragt. Nein, er konnte es sich nicht noch einmal leisten, so zu reagieren wie beim erstenmal. Das würde ihrer Ehe einen Schlag versetzen, von dem sie sich nicht mehr erholen würden. Also mußte er sich auf den Tag X vorbereiten. Mußte einüben, wie sich ein liebender Gatte freut, wenn er erfährt, daß er Vater wird.

John ging in sein Bad mit der großen Spiegelwand. Als allererstes würde er sie umarmen, um Zeit zu gewinnen, seine Gesichtszüge unter Kontrolle zu bringen. Er würde lächeln – so. Nein, das war zu aufgesetzt, das wirkte unecht. Nicht ganz so breit. Ja, so war es gut, gerade so, daß das rechte Grübchen erschien. Dann noch ein bißchen die Augenbrauen hochziehen und die Augen aufreißen, aber nicht zu sehr. Und besser jetzt erst umarmen. Ja, das wirkte durchaus überzeugend. So sah ein Mann aus, der begeistert war, ein Baby zu bekommen, oder etwa nicht? Immer wieder übte er den Ablauf. »John, wir bekommen ein Baby!« Grinsen, Brauen hoch, Augen auf. Jetzt umarmen! Ja, das klappte ja wie am Schnürchen. Und jetzt noch den Text dazu.

Irgendwie kam ihm das Ganze schon grotesk vor. Aber der Gedanke, Devon noch einmal so zu verletzen wie beim erstenmal, war ihm einfach unerträglich. Noch einmal – und er würde sie verlieren, für immer. Und das wollte er auf keinen Fall!

Aber jetzt, dachte er, als er da im Dunkeln neben ihr lag, jetzt habe ich sie doch verloren, nur auf andere Weise.

»Sie wird nie mehr sein wie früher«. Er erschrak, daß er laut vor sich hin gesprochen hatte. Schnell warf er einen Blick auf seine schlafende Frau. Nein, ihre Atemzüge gingen nach wie vor ruhig und gleichmäßig. Sie schlief den Schlaf der Gerechten, den tiefen, erquickenden Schlaf einer werdenden Mutter.

Sie würde sich verändern. Sie würde dicker und dicker werden. Er spürte jetzt schon beinahe, wie die sexuelle Anziehung, die sie auf ihn ausübte, für immer dahinschwand. Er schaute sie an. Seine Augen hatten sich an die Dunkelheit gewöhnt, und so konnte er jeden ihrer Züge studieren. Sie war schön. Immer noch schön.

Das ist doch alles Quatsch, dachte er. Sie wird immer schön sein. Warum sollte sie sich verändern? Viele seiner Bekannten hatten Ehefrauen, die nach der Geburt ihres Kindes wieder ihre alte Attraktivität zurückgewonnen hatten.

Unser Kind. Ihres und meins. Ein Ergebnis unserer Liebe. Ich sollte mich glücklich preisen. Ein Kind – das ist doch völlig normal. Alle Welt will Kinder haben.

Vorsichtig zog er die Decke hinunter, gerade soweit, daß er ihre Brüste sehen konnte.

»Schön«, murmelte er. »Wunderschön.« Er beugte sich über sie und berührte einen ihrer rosa Nippel mit der Zungenspitze. Obwohl Devon in tiefem Schlaf lag, reagierte der Nippel sofort und stellte sich auf. John öffnete seine Lippen weiter und nahm mehr von ihrer Brust in den Mund. Das Gefühl tröstete und erregte ihn zugleich.

Bald wird in diese Brüste Milch einschießen, dachte er. Bald wird hier kein Platz mehr für mich sein. Bald wird sich dieses Kind hier breitmachen.

Plötzlich schämte er sich seiner Gedanken, als ob er eine Sünde begangen hätte. Alles Blut schwand aus seinem aufgerichteten Glied, und enttäuscht ließ er sich wieder in seine Kissen fallen.

Nie wieder werde ich sie begehren können, ging es ihm durch den Kopf. Nie wieder.

23

»Komm mit mir nach Kentucky«, bettelte Devon. »Es ist doch bloß für ein paar Wochen!«

»Liebling, ich kann nicht. Ich stecke mitten in den Verkaufsverhandlungen für den ganzen Block in der 36. Straße. Ich kann nicht weg von New York.«

Unruhig ging Devon vor Johns großem Chippendale-Schreibtisch auf und ab. Manchmal hatte sie den Eindruck, daß sein Arbeitszimmer hier in Willowbrook der einzige Ort in Virginia war, wo er sich wirklich zu Hause fühlte. Es war äußerst nüchtern eingerichtet – ein richtiges Männerzimmer: dunkelgrüne Ledersessel und jede Menge Bücherregale an den Wänden.

»Aber wir schicken zwei Pferde in die Blue-Grass-Stakes – Firefly und Fearless Leader! Und dann fahren wir auf die Keeneland-Auktion. Die Farm hier ist doch auch dein Geschäft, John!«

Die Fäuste in die Hüften gestemmt, blieb sie vor ihm stehen. Ihre ganze Körperhaltung drückte Ärger und Enttäuschung aus. »Alle Welt wird in Kentucky sein – die Whitneys, die Coopers ... einfach alle.«

John lächelte gequält. »Ja, sicherlich werden da viele Leute sein. Eben die Pferdefans.«

»Andere Leute kennen wir doch sowieso nicht«, gab Devon patzig zurück und fing wieder an, im Raum auf- und abzugehen.

John öffnete sein Etui, um sich eine Zigarette anzuzünden.

»Bitte laß das!« sagte sie in strengem Ton. »Diese Raucherei ist wirklich sehr lästig und verpestet die ganze Atmosphäre.«

Doch John entzündete ungerührt seine Zigarette und lehnte sich genüßlich in seinen Armsessel zurück.

»Tut mir leid, Liebling, aber ich verkneife mir schon im ganzen Haus das Rauchen. Das hier ist mein Arbeitszimmer, und da nehme ich mir die Freiheit, meinem kleinen Laster zu frönen, auch wenn meine Gattin etwas dagegen hat.«

Devon ärgerte sich maßlos, daß er nicht tat, was sie von ihm verlangte, aber sie konnte nichts dagegen unternehmen, und so entschloß sie sich, die Überlegene zu mimen. »Vielleicht sollten wir doch über wichtigere Dinge reden als über das Für und Wider des Zigarettenkonsums«, erwiderte sie mit hochgezogenen Brauen und ließ sich in den grünen Ledersessel sinken. »Ich verstehe nicht«, nahm sie das vorherige Thema wieder auf, »daß du immer Zeit hast, irgendeinen deiner Freunde in Oyster Bay oder wo auch immer zu besuchen, aber wenn es um Pferderennen geht, bist du seltsamerweise jedesmal beschäftigt.«

»Pferderennen sind doch *dein* Metier, Devon«, rechtfertigte er sich.

»Ach? Das ist ja ganz was Neues!« Sie setzte sich auf den äußersten Rand ihres Sessels und musterte ihn mit einem ironischen Lächeln.

»Na gut«, gab er nach. »Um die Wahrheit zu sagen – ich interessiere mich nun einmal einfach nicht so sehr für Pferde. Zumindest nicht so sehr wie du.« Er nahm einen tiefen Zug und inhalierte genüßlich den Rauch.

Devon beobachtete, wie die kleinen bläulichen Ringe aus seinem geöffneten Mund schwebten, einen Augenblick in der Luft standen, sich weiteten und dann langsam im Raum auflösten. »Sechs Wochen werde ich in Kentucky sein, wenn sich Firefly gut macht«, sagte sie fast vorwurfsvoll. »Sechs Wochen!«

»Wenn du da den ganzen Tag mit dem Training beschäftigt bist, steh' ich dir doch sowieso bloß im Wege«, wandte er ein. Seine Stimme klang herausfordernd.

Devon erschrak. So weit war es also schon mit ihnen gekommen! »John!« rief sie betroffen. »Wie kannst du nur so etwas sagen? Du bist mir doch nicht im Wege!« Devon sprang auf, lief um den Schreibtisch herum und kuschelte sich auf seinen Schoß. »Liebling!« schnurrte sie. »Wie kommst du denn nur auf die Idee?« Zärtlich schlang sie die Arme um seinen Hals. »Ich vermisse dich immer so, wenn du nicht bei mir bist.« Sie lehnte sich ein wenig zurück und schaute schmeichelnd von unten zu ihm auf. »Außerdem weißt du doch so viel über Pferderennen, John. Du könntest mir mit Rat und Tat zur Seite stehen!«

John lachte lauthals auf. »Mit Speck fängt man Mäuse!«

Sie fiel nur kurz in sein Lachen ein und verstummte dann. Beunruhigt musterte sie seine Züge. Irgend etwas stimmte nicht zwischen ihnen, aber sie wußte nicht, was. Er war in letzter Zeit so in sich gekehrt, so geistesabwesend. Hin und wieder war er auch zärtlich und liebevoll wie sonst, aber seit sie ihm gesagt hatte, daß sie ein Kind erwartete, hatte er sie im Bett nicht mehr angerührt. Dabei hatte er sich doch so gefreut!

Einen Augenblick lang wollte sie ihn offen darauf ansprechen, doch dann entschloß sie sich, besser zu schweigen. Vielleicht war es gar nicht gut, das Thema auf den Tisch zu bringen. Was würde dann sonst noch alles herauskommen? Besser die Sache auf sich beruhen lassen und hoffen, daß sich alles von selbst wieder einrenken würde!

24

Mit Wohlgefallen ruhte Johns Blick auf Devon, die neben ihm in der Eigentümer-Loge saß. Schon lange hatte er sie nicht mehr so schick gesehen. Die ganzen letzten Wochen war sie immer nur in Reithosen herumgelaufen. Das einzige Zugeständnis an die Etikette war, daß sie zum Abendessen in irgendeine Baumwollhose oder in ein schlichtes Hauskleid schlüpfte. Heute jedoch trug sie einen raffiniert geschnittenen Plisseerock aus weißer Seide, dessen tausend Falten reizvoll ihre langen Beine umspielten. Das eng anliegende, blaue Oberteil betonte ihre immer noch schlanke Taille und ihren vollen Busen. Der eigentliche Pfiff des Ensembles war jedoch ein breiter, weißer Organza-Schal, den sie sich in kühnem Schwung um den Hals geworfen hatte. Dazu trug sie weiße Seidenstrümpfe und hochhackige Sandaletten, die sie drei Zentimeter größer machten. Ihren Kopf krönte ein extravaganter blauer Strohhut mit einem langen weißen Band, der ihr schönes Gesicht umrahmte und das Azurblau ihrer faszinierenden Augen erst richtig zu Geltung brachte.

»Was schaust du mich denn so an?« fragte Devon.

»Du siehst hinreißend aus!« murmelte John bewundernd.

Sie warf ihm ein Lächeln zu und wandte sich dann wieder Marion Davies zu, mit der sie sich gerade unterhalten hatte. Außer ihnen saßen noch W. R. Hearst, Sydney und Bart sowie Johns und Devons Eltern in der Loge.

John betrachtete aus dem Augenwinkel seine Mutter. Sie sah aus wie immer. Ruhig, ausgeglichen. Eine Matrone. Absolut geschlechtslos. Sein Blick wanderte zu seinem Vater. Ein Verstandesmensch. Kühl. Emotionslos. Ebenfalls absolut geschlechtslos. Er schaute zu Devons Vater, Chase, hinüber. Dick. Gemütlich. Etwas aufgeblasen. Ein Langweiler.

Wieder einmal ergriff ihn dieses Gefühl der Beklemmung, das ihn immer dann überkam, wenn er ans Alter dachte. Er hatte Angst davor. Vielleicht war das der Grund, warum er so lange Junggeselle geblieben und warum es ihm so schwergefallen war, sich seine Liebe zu Devon einzugestehen. Älterwerden hieß Verantwortung übernehmen. War es diese Verantwortung, die seine Eltern all ihrer Vitalität, all ihrer Lebenslust beraubt hatte?

Warum bloß hatte er solche Probleme mit Devons Schwangerschaft? Verantwortung. Ja, ein Kind bedeutete eine enorme Verantwortung. Mehr als eine Ehefrau. Von einer Frau konnte man sich wieder scheiden lassen. Viele seiner Freunde waren geschieden. Seine Familie würde natürlich geschlossen in Ohnmacht fallen, wenn er derartiges im Sinn hätte.

Nicht daß er sich von Devon scheiden lassen wollte. Um Gottes willen, nein! Aber zumindest stand ihm diese Möglichkeit offen, und das wirkte irgendwie beruhigend. Und selbst wenn eine Scheidung aus gesellschaftlichen Gründen ausgeschlossen schien, konnte man doch getrennter Wege gehen. Er kannte viele Ehepaare, die völlig unabhängig voneinander ihr Leben führten. Die nur zusammen blieben, um nach außen das Gesicht zu wahren. Vor allem der Kinder wegen.

Genau. Das war es. Ein Kind war ein Faktum, das nicht mehr aus der Welt zu schaffen war. Eine unwiderrufliche Verantwortung. Eine Last. Und obwohl er den Gedanken natürlich völlig absurd fand, wurde er ihn doch nicht los – daß Devon es war, die ihm diese Last für immer aufgebürdet hatte.

In genau diesem Moment, in dem er Devon gegenüber ausgesprochen feindselige Gefühle empfand, ergriff sie seine Hand und drückte sie zärtlich.

»Komm, gehen wir runter auf den Sattelplatz«, flüsterte sie verschwörerisch. »Ich muß mit McClintock noch schnell ein paar Sachen bereden.«

Sie hatte es Willy gegenüber als Zugeständnis verkauft, daß sie ihm ihren Hausjockey Slim Bocaso für Fearless Leader überlassen hatte. McClintock war noch jung und hatte weniger Rennerfahrung. Andererseits war er bisher nur in Kentucky geritten und kannte von daher die Rennstrecke wie seine Westentasche. Devon war sich deshalb gar nicht einmal so sicher, ob Bocaso wirklich der bessere Mann war. Außerdem hatten ältere Jockeys die Tendenz, in kritischen Momenten eher auf Nummer Sicher zu gehen, während junge Jockeys, die sich erst einen Namen machen wollten, in solchen Situationen eher alles auf eine Karte setzten. Und das führte oft zu spektakulären Siegen – oder zu tragischen Verlusten. Heute jedoch wollte Devon, daß ihr Füllen so aggressiv wie möglich geritten wurde.

Eilig liefen Devon und John durch die Gänge zwischen den eleganten Eigentümer-Logen hinunter in das eher rauhe Ambiente direkt hinter der Rennstrecke bei den Boxen. John beobachtete nicht ohne Stolz, wie alle Männer, die hier mit den Pferden zugange waren, ihre Arbeit unterbrachen und Devon bewundernd hinterherschauten.

Als John seine Frau entsetzt aufschreien hörte, fuhr er herum. Sein

Blick fiel auf Fearless Leader, der vor seiner Box stand, den rechten Vorderfuß in einem Eimer mit Eisbrocken.

»Um Gottes willen!« rief Devon. »Was ist denn passiert?«

»Weiß auch nicht«, erwiderte Willy, der an der Seite seines Schützlings stand und mit besorgtem Blick dessen Bein betrachtete. »Ist geschwollen. Knochenhautentzündung, sagt der Tierarzt. Heute morgen war noch alles in Ordnung.«

»O nein!« stöhnte Devon. Knochenhautentzündung – das hieß Ruhe und nochmal Ruhe. Ein Pferd mit einer solchen Verletzung ein Rennen laufen zu lassen – wovor allerdings viele Pferdebesitzer nicht zurückschreckten – war nicht nur eine gemeine Tierquälerei, sondern konnte das Ende der Rennkarriere des Pferdes bedeuten.

»Wollen Sie ihn von der Liste streichen?« fragte sie beklommen. Sie war den Tränen nahe. Wieviel Mühe und Arbeit hatten sie in dieses Rennen investiert! Zum erstenmal seit langer Zeit hätten sie der Rennwelt zeigen können, was der Willowbrooks-Stall aufzubieten hatte! Fearless Leader und Firefly hatten sich im letzten Jahr gut geschlagen, und es war von enormer Wichtigkeit, daß die Vollblüter regelmäßig an Rennen teilnahmen. Denn nur Kontinuität und Präsenz auf der Piste garantierten neben Siegestrophäen die Nachfrage nach Zuchttieren einer bestimmten Farm.

»Wenn wir ihn nicht von der Liste streichen«, brummte Willy, »wird er für den Rest der Saison ausfallen. Dann müssen wir nächstes Jahr wieder bei Null anfangen. Besser, jetzt 'ne Pause einlegen und die Verletzung gründlich auskurieren.«

Devon ließ enttäuscht die Schultern hängen. Doch im selben Augenblick, als ihr John tröstend den Arm umlegte, straffte sich ihr Rücken schon wieder, und sie reckte energisch ihr Kinn.

»Eine ganz richtige Entscheidung, Willy«, sagte sie mit fester Stimme und hob den Kopf. »Dann müssen wir all unsere Hoffnungen jetzt eben auf Firefly setzen.«

Und ohne ihm einen weiteren Blick zu schenken, rauschte sie von dannen. John folgte ihr über den Sattelplatz zu den Boxen, wo die Fohlen untergebracht waren. Schon von weitem sahen sie Rick McClintock im unübersehbaren schwarz-roten Willowbrook-Trikot, der sich angeregt mit Jeremiah unterhielt.

»Meine Herren«, grüßte Devon.

»Ma'am«, sagte Rick und nahm seine Mütze ab.

»Wie sieht's aus?«. Mit einer Kopfbewegung deutete Devon zu Firefly hinüber.

»Top-Form, Ma'am«, erwiderte Jeremiah mit breitem Grinsen.

»Ich nehme an, ihr habt die Geschichte mit Fearless Leader mitbekommen?«

Beide Männer schauten betreten zu Boden. Für alle Willowbrook-Arbeiter war es ein Schlag gewesen, daß Fearless Leader von der Liste gestrichen worden war. Obwohl Jeremiah genauso wie Devon fest an Firefly glaubte, wäre es gut zu wissen, daß noch ein zweiter Kandidat aus dem Willowbrooke-Stall im Rennen war, der die begehrte Trophäe holen konnte.

John beobachtete seine Frau, wie sie mit den beiden Männern fachmännisch das bevorstehende Rennen besprach und freundlich, aber bestimmt ihre Anweisungen gab. Sie redete dabei ungeniert in dem Rennstall-Jargon, in dem sich die Jockeys und Stallburschen miteinander unterhielten. Es amüsierte John, aus ihrem Mund die entsprechenden Fachausdrücke zu hören. Doch Devon, die Johns belustigte Miene sofort bemerkte, kümmerte sich nicht darum. Sie sprach in diesem Jargon, weil er kurz und griffig war und die Sachen einfach auf den Punkt brachte.

»Okay, McClintock«, sagte sie. »Also volle Rakete, verstanden?« Das bedeutete, daß er sofort nach dem Startschuß an die Spitze gehen sollte, anstatt sich, wie es eine eher defensive Taktik war, zunächst im Mittelfeld zu halten, um dann zum Ende einen Spurt hinzulegen.

»Jawohl, Ma'am.« Er empfand es nicht als unter seiner Würde, sich von einer Frau Anweisungen geben zu lassen. Devon hatte seine volle Achtung, dazu hatte er sie einfach zu oft beim Training mit Firefly erlebt. Sie ritt wie ein Jockey und war absolut angstfrei. Und ihre Art, mit dem Fohlen umzugehen, hatte ihn tief beeindruckt.

Devon wandte sich an John und hängte sich bei ihm ein. »Gehen wir wieder auf unsere Plätze?« fragte sie. Jetzt war sie wieder ganz die Lady. Ab jetzt hing das Rennen nur noch von McClintock ab – und von Firefly.

Wieder zurück in ihrer Loge, warf Devon einen Blick auf die Anzeigetafel, auf der ursprünglich zehn – jetzt, nach Fearless Leaders Ausfall – nur noch neun Pferde eingetragen waren. Sämtliche Tiere kamen aus renommierten Rennställen. Die Nummer eins auf der Wettliste war Rainmaker aus dem Vanderbilt-Stall. Auf Firefly hatte kaum einer gesetzt. Wer wollte schon sein Geld für einen wenig bekannten Außenseiter riskieren, noch dazu ein Stutfohlen?

Der Startschuß fiel. Wie von der Tarantel gestochen sprang Devon auf und riß sich das Fernglas vor die Augen. McClintock hielt sich an ihre Anweisung. Firefly hatte die Führung übernommen und jagte wie eine Furie über die Bahn. Es gab eine Theorie unter Rennreitern, daß Stutfohlen, wenn sie an der Spitze lagen, nicht etwa das Ziel im Auge hatten, sondern umgekehrt dem Rudel der ihnen folgenden Hengste davonliefen. Sozusagen eine Flucht in Panik. Aber Firefly wirkte alles andere als panisch, sondern ruhig und konzentriert, das sah Devon sogar von der Loge aus.

Rainmaker hatte sich zunächst hinten gehalten. Doch nach den ersten zweihundert Metern begann er Tempo zuzulegen. Devon sah, daß der Jockey der Vanderbilts Rainmakers Flanken mit der Peitsche traktierte – nicht übermäßig, aber genug, um dem Tier zu signalisieren, daß es sich nun nach vorne arbeiten sollte.

»Und an der Spitze liegt Willowbrooks Firefly, gefolgt von Tornado und Jungle Girl!« tönte es aufgeregt aus dem Lautsprecher. »Im Mittelfeld Kopf an Kopf Rainmaker und Salt and Pepper, dicht dahinter Fake It, Now's the Time und Sugar'n Spice! Mit zwei Längen Rückstand Sassafras.«

Doch schon stimmte die Reihenfolge nicht mehr, weil Rainmaker überraschend aufholte. Die Stimme des Rennkommentators wurde immer erregter.

»Schauen Sie sich das an!« rief er. »Bob Vasquez treibt Rainmaker nach vorn, hängt Salt and Pepper ab, jetzt Jungle Girl. Und Tornado übernimmt die Führung! Hinter ihm Firefly, gefolgt von Rainmaker mit einer Länge Abstand. Doch schon strebt er weiter zur Spitze hin!«

Ungerührt von den aufgeregten Schreien des Publikums um sie herum konzentrierte Devon all ihre Aufmerksamkeit auf die ersten drei Pferde. Immer näher rückte Rainmaker an Firefly heran. Als er fast auf ihrer Höhe war, wandte er ihr kaum merklich den Kopf zu und schaute ihr in die Augen – ein übliches Machtritual unter Pferden in der Wildnis. Und prompt fiel Firefly zurück, eingeschüchtert durch den drohenden Blick des Hengstes. Devon stöhnte auf. Jetzt hatte Rainmaker ihren Liebling überholt und lag Kopf an Kopf mit Tornado!

»Sieht so aus, als ob es heute doch kein Fohlen sein wird!« krächzte es gespannt aus dem Lautsprecher.

»Nein!« flüsterte Devon. »Nein!« Und als ob Firefly das Kommando ihrer Herrin gehört hätte, legte sie in diesem Augenblick wieder Tempo zu. Offenbar erwachte ihr alter Kampfgeist und besiegte ihren Instinkt, sich den Hengsten unterzuordnen. Wie ein Wahnsinniger peitschte Rick McClintock auf sie ein, und Firefly legte sich mit aller Kraft ins Zeug. Sie gewann Meter um Meter, Meter um Meter …

»Ich kann gar nichts sehen!« jammerte Sydney hinter ihr, doch Devon hing an ihrem Fernglas und war für niemanden zu sprechen.

»Nur noch knappe fünfzig Meter bis zum Ziel! Rainmaker an der Spitze, dahinter Firefly Kopf an Kopf mit Tornado, jetzt zieht sie an ihm vorbei, setzt Rainmaker unter Druck!« Die Stimme des Ansagers schnappte über.

»Wir gewinnen!« jubelte John hinter ihr.

Devon hielt den Atem an. Hielt ihn immer noch an ... Und da krächzte es aus dem Lautsprecher: »Ein unerwarteter Ausgang, ein völlig unerwarteter Ausgang! Willowbrooks Fohlen Firefly geht als erste durchs Ziel! Sieger der diesjährigen Blue-Grass-Stakes ist Willowbrooks Firefly! Willowbrooks Firefly! Ein Riesenerfolg für dieses Fohlen aus dem berühmten Rennstall Willowbrooks!«

25

Am nächsten Tag konnte es Devon gar nicht erwarten, mit Willy Fireflys Trainingsprogramm für das Kentucky-Derby zu besprechen.

Sie fand ihn hinter der Rennbahn, wo er gerade dabei war, Firefly die Bandagen abzunehmen und ihre Beine auf Verletzungen hin zu untersuchen. Er hatte Devon den Rücken zugewandt, so daß er sie nicht kommen sah. Jeremiah dagegen hatte sie schon von weitem mit einem breiten Grinsen begrüßt.

»Missis Whitney war schon da, weil sie Firefly kaufen wollte!« platzte der Junge heraus, ohne Devon erst guten Morgen zu wünschen.

»Na«, lachte Devon. »Ich hoffe doch, daß ihr ihr gesagt habt, daß unser gutes Stück unverkäuflich ist.«

»Haben wir«, brummte Willy und schaute Devon mit ungerührter Miene an.

Devon mußte sich ein Grinsen verkneifen. Trotz des grandiosen Siegs von Firefly und trotz der Provision, die Willy als Stalltrainer von ihrem Preisgeld erhielt, war er auch an diesem Morgen offenbar nicht in der Lage, seine grimmigen Züge zu einem Lächeln zu verziehen.

»Tja, hier bin ich. Wie angedroht«, versuchte Devon die eigentümlich angespannte Situation mit einem Witz zu entkrampfen.

Willy musterte sie, als ob er nicht die geringste Ahnung hätte, worum es ging.

»Nun, wie stellen Sie sich also unsere Zusammenarbeit mit Firefly vor?« fuhr Devon in ernsterem Ton fort.

»Weiß nicht, wovon Sie reden«, war die knappe Antwort.

Langsam wurde es Devon zu bunt. »Es geht um die Frage, wie wir sie für das Derby trainieren wollen«, erwiderte sie scharf.

»Habe nicht vor, sie ins Derby zu schicken«, gab Willy schroff zurück.

Ungläubig starrte Devon ihn an. »Wie bitte?« fragte sie fassungslos.

»Fearless Leader wird bis dahin wieder fit sein«, erklärte Willy gleichmütig. »Die Schwellung war nichts Ernstes.«

»Das freut mich zu hören, aber Firefly hat schließlich die Blue-Grass-Stakes gewonnen.«

»Hat vor dem Hengst gekniffen.«

»Aber sie hat gewonnen!«

»Hab' keine Lust, bei so 'nem wichtigen Rennen wie dem Derby so 'n Risiko einzugehen.« Und um zu signalisieren, daß er damit das Gespräch für beendet betrachtete, kniete sich Willy wieder neben Firefly und begutachtete demonstrativ ihre Beine.

»Ich möchte Sie unter vier Augen sprechen«, sagte Devon in eiskaltem Ton.

Willy machte keine Anstalten, seine Arbeit zu unterbrechen.

»Jetzt.«

Der Klang ihrer Stimme veranlaßte ihn, zumindest einen Blick über die Schulter zu werfen. Und ihr Gesichtsausdruck brachte ihn endgültig auf die Füße.

»Kommen Sie«, befahl Devon und ging ihm voran. In feindseligem Schweigen legten sie den Weg bis in die Eigentümer-Loge zurück.

Als sie beide gegenüber Platz genommen hatten, begann Devon in gefaßtem Ton: »Ich habe den Eindruck, daß Sie die Chancen der beiden Pferde nicht fair beurteilen.«

Willys Miene zeigte nicht die geringste Regung. »Sie haben mir zugesichert, daß ich entscheiden kann, welches Pferd ins Derby geht«, antwortete er. »Hab' mich für Fearless Leader entschieden.«

»Und warum, wenn ich fragen darf?«

Willy zuckte die Achseln, als wäre die Entscheidung sonnenklar. »Ist im Training schneller gelaufen als Firefly gestern. Wird bis zum Derby wieder fit sein. Ist ein Hengst. Hat die besseren Chancen. Firefly hat gestern vor Rainmaker gekniffen. Ist zurückgefallen.«

»Aber nur eine Sekunde, dann hat sie gleich wieder aufgeholt. Außerdem hab' ich daraus gelernt. Ich werde sie das nächste Mal mit Scheuklappen laufen lassen.«

»Gute Idee. Aber Stuten gewinnen nun mal kein Derby.«

»Regret hat aber sehr wohl ein Derby gewonnen!«

»Zufallstreffer.«

»Firefly wird das Derby machen, das weiß ich!« beharrte Devon.

»Entscheidung liegt bei mir, haben Sie gesagt. Und ich hab' mich entschieden.«

»Aber das ist doch völlig absurd!« entrüstete sich Devon. »Seien Sie doch einmal ehrlich – Ihnen geht es doch gar nicht um das Derby, sondern nur darum, zu zeigen, wer im Willowbrook-Stall das Sagen hat! Wissen Sie, was? Sie können gut und gerne das Sagen haben, das ist mir völlig egal! Firefly hat das Zeug, das Derby zu gewinnen, und darum geht es *mir*!«

Sie hatte Willy genau an der richtigen Stelle erwischt. Empört sprang er auf. Noch keiner hatte bisher seine Unbestechlichkeit als Trainer in Frage gestellt. »Wenn ich der Meinung wäre, daß Firefly gewinnen könnte, dann wäre ich der erste, der sie ins Rennen schickt, das wissen Sie ganz genau!« begehrte er auf.

Devon, die mindestens so zornig war wie er, erhob sich so heftig, daß krachend der Stuhl hinter ihr umfiel. Sie ging einen Schritt auf O'Neill zu und starrte ihm wutentbrannt ins Gesicht. »Ihre Gründe, warum Sie Firefly nicht ins Derby schicken wollen, sind doch völlig lächerlich!« stieß sie zwischen den Zähnen hervor. »Sie resultieren aus irgendwelchen überholten Theorien über Stuten und Hengste. Ich weiß schon, warum bisher so wenig Stuten das Derby gewonnen haben: Weil die Pferderennwelt leider noch immer von solchen … Trainern wie Ihnen beherrscht wird!« Devon trat einen Schritt zurück und holte tief Luft, um ihre Fassung zurückzugewinnen. Sie war drauf und dran gewesen, Willy wüsteste Beleidigungen an den Kopf zu werfen.

»Willy!« fuhr sie mit zitternder Stimme fort, »ich gebe ja zu, daß Firefly gestern ein kleines Problem hatte. Aber dieses Problem läßt sich durch Scheuklappen lösen. Firefly hat gestern den Bahnrekord gebrochen!« Unmerklich hob sie ihre Stimme. »Willy, verstehen Sie mich denn nicht?! Firefly hat das Zeug dazu, das Derby zu gewinnen!« Wütend stampfte sie mit dem Fuß auf, um ihren Worten mehr Nachdruck zu verleihen.

»Davon bin *ich* aber alles andere als überzeugt!« schrie Willy, riß sich seine Baseballmütze vom Kopf und schlug sich heftig damit auf den Schenkel.

»Das müssen Sie auch nicht sein!« schrie Devon zurück.

Einen Augenblick lang standen beide schweigend da, erschöpft und erschrocken über die Heftigkeit, zu der sie sich hatten hinreißen lassen.

Wieder holte Devon tief Luft, um sich zu beruhigen. »Willy«, begann sie von neuem, so gefaßt, wie sie konnte. »Ich respektiere ja Ihre Erfahrung und Ihre Ansichten. Aber Sie haben nun einmal nicht so mit Firefly gearbeitet wie ich! Und letztlich bin ich nun einmal die Eigentümerin, Willy. Ich weiß, daß wir eine Übereinkunft hatten, aber ich kann Sie nun einmal nicht Entscheidungen treffen lassen, mit denen ich *überhaupt* nicht einverstanden bin! Wenn Sie unbedingt Fearless Leader ins Derby schicken wollen – bitte. Er ist ein wunderbares Pferd. Aber *ich* werde mit Firefly antreten, und das ist mein letztes Wort zu diesem Thema!«

Fassungslos starrte Willy sie an. »Na, dann haben wir uns ja nichts mehr zu sagen!« Mit diesen Worten zog sich Willy, ohne einen weiteren Kommentar von Devon abzuwarten, wieder seine Baseballmütze auf den Kopf und stürmte fuchsteufelswild aus der Loge.

Das Gästehaus von Mr. und Mrs. Cooper war so hinreißend schön, daß sich Devon darin wirklich wie zu Hause fühlte – zumindest für die Zeit, in der sie und John in Kentucky weilten. Der Tag auf der Rennbahn hatte sie sehr angestrengt – nicht zuletzt wegen der heftigen Auseinandersetzung mit Willy. So konnte sie es gar nicht erwarten, sich endlich gemeinsam mit John bei einem kühlen Drink in die einladenden weißen Ledersessel im Wohnzimmer ihres Bungalows zu fläzen und ihren Blick hinaus auf den blühenden Garten mit dem herrlichen Swimmingpool schweifen zu lassen.

Als sie in die lange, von Buchsbäumen gesäumte Zufahrtsstraße zu der Farm ihrer Freunde einbog, spürte sie bereits, wie die ganze Anspannung des Tages von ihr abfiel. Sie parkte ihren geliehenen Pakkard vor der Tür und huschte ins Haus. Das elegante und gleichzeitig gemütliche Interieur – gedeckte Pastellfarben, gediegene Möbel mit englischen Chintz-Bezügen, glänzende Messingbeschläge – all dies war Balsam für ihre strapazierten Nerven.

»John?« rief sie fragend.

»Hier bin ich«, kam die Antwort aus dem Schlafzimmer, das ganz in Rosa und Weiß gehalten war und deshalb sogar an wolkenverhangenen Tagen hell und licht wirkte.

»Hallo, Liebling.« Sie gab ihrem Mann einen Kuß auf die Wange, doch im gleichen Moment wurde ihr Blick von dem großen Lederkoffer angezogen, der aufgeklappt auf dem Bett lag. Johns Diener war damit beschäftigt, die Kleider seines Herrn darin zu verstauen. Sorgfältig faltete er Hemden und Hosen und legte zwischen die einzelnen Schichten im Koffer Seidenpapier, um Knitterfalten zu vermeiden.

»Was machst du denn da?« fragte Devon ungläubig.

»Ich packe, um nach Hause zu fahren«, erwiderte John in eigenartig bestimmtem Ton.

»Was ... was soll das heißen? Es sind doch noch mehrere Wochen bis zum Derby!«

»Ich weiß. Aber du sagtest ja, daß du, wenn Firefly nicht zum Derby antreten würde, mit mir nach New York kämst. Ich habe Alice schon Bescheid gesagt, daß sie deine Koffer packt.«

Devon zog die Augenbrauen hoch. »Aber Firefly *wird* ins Derby gehen!« rief sie entgeistert.

»Nein.«

»Nein?« Devon war wie vor den Kopf gestoßen.

John wandte sich an seinen Diener. »Den Rest kann ich schon selbst machen, Wilkes. Sie können gehen.«

»Wie Sie wünschen, Sir«, entgegnete der Diener und zog diskret die Tür hinter sich zu.

»Ich hatte heute vormittag Besuch von O'Neill«, begann John und suchte geschäftig ein paar Toilettensachen aus seiner Kommode zusammen.

»So eine Unverschämtheit!« brach es aus Devon heraus.

John zog eine Braue hoch. »Eine Unverschämtheit? Daß er sich mit seinem Chef unterhalten will?«

Mit zügigen Schritten ging Devon zu John hinüber, bis sie so dicht vor ihm stand, daß er gezwungen war, sie anzusehen.

»Und was wollte er von dir?« fragte sie in so ungewöhnlich ruhigem Ton, daß John aufhorchte.

»Er hat mir von eurem Gespräch am Morgen erzählt.«

Devon baute sich zu ihrer ganzen Größe auf. »Interessant. Er hat dir von unserem Gespräch erzählt, und daraufhin hast du entschieden, daß wir nach Hause fahren, ja?«

»So ist es.« Herausfordernd blickte John auf seine Frau hinab.

»Und was sind deine Gründe, wenn ich fragen darf?« Sie betonte jedes einzelne Wort.

Devon war außer sich, daß Willy John von ihrem Streit erzählt hatte, aber was ihr den Rest gab, war die Tatsache, daß ihr Mann offenbar auf O'Neills Seite stand! Was für eine Demütigung! Was für ein Verrat! Ihr wurde regelrecht körperlich übel.

John straffte seine Schultern und stieß das Kinn nach vorn. »Meine Gründe?« fragte er von oben herab. »Meine Gründe sind folgende: Erstens bin ich mit O'Neill der Meinung, daß es das beste ist, Fearless Leader ins Derby zu schicken. Zweitens bin ich mit O'Neill der Meinung, daß wir nur ein einziges Pferd laufen lassen sollten. Drittens bin ich mit O'Neill der Meinung, daß Firefly die schlechteren Chancen hat, zu gewinnen.« Er sagte dies alles mit absolut beherrschtem Gesichtsausdruck, aber Devon sah, daß er seine Hände in den Hosentaschen zu Fäusten geballt hatte.

»Nun«, erwiderte Devon mit kaum merklich erhobener Stimme, »ich teile O'Neills Einschätzung der Lage in keiner Weise. Und ich bin schließlich tagtäglich auf der Rennbahn«, fügte sie in scharfem Ton hinzu.

»Ja, das weiß ich wohl.« John schwieg einen Moment, ehe er fortfuhr. »Du bist in der Tat tagtäglich auf der Rennbahn, sehr zu meinem Leidwesen. Und du bist auf dem besten Wege, die Autorität eines der angesehensten Trainer zu untergraben. Wir können von Glück reden, daß er noch nicht seinen Hut genommen hat.«

Johns Worte trafen Devon wie ein Schlag in den Magen. Noch nie hatte er so offen sein Mißfallen über ihre Rennleidenschaft bekundet. Bisher hatte er sie in ihrem Interesse immer unterstützt, hatte lediglich gesagt, wie sehr er sie vermißte, wenn er allein in New York war. Doch jetzt enthüllte er auf einmal eine Seite, die sie an ihm noch nie wahrgenommen hatte – die eines selbstgerechten, anmaßenden Patriarchen.

Doch so schnell ließ Devon sich nicht unterkriegen. Herausfordernd stemmte sie die Fäuste in die Hüften und ging einen Schritt auf ihn zu. »Wir können von Glück reden, sagst du?« stieß sie gefährlich leise hervor. »Wir können von Glück reden, daß uns einer unserer Angestellten sagt, was wir zu tun und zu lassen haben?!«

»Immerhin einer unserer kompetentesten Angestellten.«

»Das mag ja sein. Aber das macht ihn noch lange nicht zum Eigentümer der Willowbrook-Farm! Wenn ich ein Mann wäre, dann würde es ihm sicher genausowenig passen, wenn ich mich in seine Arbeit einmische, aber er würde es nicht wagen, sich darüber zu beschweren!«

»Da wäre ich mir nicht so sicher. Aber wie dem auch sei – du bist nun einmal kein Mann! Du bist meine Frau, und ich bin dein Ehemann. Und ich bin mit O'Neill in dieser Angelegenheit einer Meinung.«

»Wie bitte?! Gestern hast du mir doch noch versichert, daß die Entscheidung darüber, welches Pferd ins Derby geschickt würde, einzig und allein bei mir und O'Neill läge!«

»Ja, das war, als ich noch nichts von seiner Sicht der Dinge wußte.«

»Aber *meine* Sicht der Dinge kennst du ja noch nicht!«

»O'Neill hat sie ausgiebig dargelegt.«

»Ach?« Flammende Wut stieg in Devon hoch. »Du triffst also eine Entscheidung, ohne die andere Seite gehört zu haben? Verläßt dich auf die Darstellung des Kontrahenten?«

»Na gut.« John richtete sich auf, verschränkte die Arme vor der Brust und schaute gönnerhaft auf sie hinunter. »Dann werde ich es jetzt eben nachholen, die andere Seite zu hören. Schieß los!« Ein ironisches Lächeln umspielte seine Mundwinkel.

Es juckte Devon gewaltig in der Hand. Am liebsten hätte sie ihm links und rechts eine runtergehauen. Dein arrogantes Grinsen wird dir noch vergehen, schäumte sie innerlich. Aber sie zwang sich zur Gelassenheit. Ruhig und gefaßt erklärte sie ihm die Gründe, warum sie Firefly für die geeignetere Kandidatin fürs Derby hielt. »Und«, beschloß sie ihr Plädoyer, »wenn wir ihr Scheuklappen umbinden, werden wir auch das kleine Problem in den Griff kriegen, mit dem sie bei den Blue-Grass-Stakes zu kämpfen hatte.«

John schwieg einen Moment, als sie geendet hatte. »Das mag ja alles schön und gut sein«, sagte er schließlich. »Aber ich habe mit O'Neill nun einmal meine Abmachung bereits getroffen.«

Als ob er sie geschlagen hätte, taumelte Devon zurück. »Ach?« rief sie fassungslos. »Dann ist dir also deine ›Abmachung‹ wichtiger als meine Sicht der Dinge?«

»Du hattest ebenfalls eine Abmachung mit ihm«, erinnerte sie John.

»Ja, das ist richtig«, gab Devon zu. Ihre Stimme klang gepreßt. »Und es gehört, wie du weißt, nicht zu meinen Eigenschaften, Abmachungen nicht einzuhalten. Aber in diesem Fall war es mir einfach unmöglich, seine altmodischen und geradezu abergläubischen Vorstellungen zu tolerieren, daß ein Stutfohlen kein Derby gewinnen könnte. Firefly hat unter Beweis gestellt, was in ihr steckt. Aber O'Neill ist einfach nicht bereit, das zur Kenntnis zu nehmen. Ein unbelehrbarer Dickschädel.«

»So wie du, Liebling«, hielt John dagegen. »Verdammt noch mal, Devon!« Auf einmal ließ er seine kühle Maske fallen und ließ seinen

Gefühlen freien Lauf. »Diese Entscheidung ist doch nichts anderes als ein nüchternes geschäftliches Kalkül! Wieso stilisierst du sie zu einer persönlichen Rivalität hoch? Ich halte mich einfach an das Urteil des Mannes, den ich für seine Erfahrung und Kompetenz teuer bezahle, nichts weiter!«

»Aber Firefly hat die Blue-Grass-Stakes gewonnen!« schrie Devon ihn an. »Gewonnen! Wenn sie zweite geworden wäre, wäre ich mit O'Neills Entscheidung ja völlig einverstanden. Aber sie hat gewonnen, verstehst du das denn nicht? Und gerade aus deinem verdammten ›geschäftlichen Kalkül‹ heraus verstehe ich es darum um so weniger, warum man sie nicht ins Derby schicken soll!«

Warum war es nur so schwer, John ihren Standpunkt begreiflich zu machen? Auf einmal schienen Welten zwischen ihnen zu liegen. Wütend schlug sie mit der Faust auf die Matratze ein. »Verstehst du denn nicht? Ich habe Firefly trainiert. Tag für Tag. Inzwischen bin ich keine Anfängerin mehr in diesem Geschäft. Natürlich respektiere ich O'Neills Erfahrung, und natürlich will ich ihn auf keinen Fall verlieren. Aber ich habe auch keine Lust, mir von ihm auf der Nase herumtanzen zu lassen. Firefly hat einfach das Zeug dazu, das Derby zu gewinnen. Sie hat auch noch nie gesundheitliche Probleme gehabt!«

Auf einmal entspannten sich Johns Züge. Zärtlich strich er Devon über ihr Haar. »Natürlich«, seufzte er. »Ich glaub' dir ja alles, was du sagst. Aber ich kann andererseits nicht zulassen, daß du O'Neills Autorität untergräbst, Liebling!«

Ärgerlich entzog sie sich ihm. »Ja ja, das hast du schon einmal gesagt!« stieß sie zwischen den Zähnen hervor. »Ihr behandelt mich ja, als ob ich ein kleines Kind wäre!«

Tiefe Bitterkeit erfüllte sie. Warum wurde sie von den Männern nicht geachtet, obwohl sie doch mehr als einmal ihre Fähigkeiten unter Beweis gestellt hatte? Natürlich hatte sie mit Willy ausgemacht, daß *er* das Recht hätte, zu entscheiden, welches der Pferde ins Rennen geschickt würde. Aber das war vor Fearless Leaders Verletzung. Und vor Fireflys triumphalem Sieg. Wer hätte das voraussehen können?

»John, ist dir denn nicht klar, daß du auf diese Weise *meine* Autorität untergräbst? Tag für Tag arbeite ich mit O'Neill zusammen. Und dann geht er hinter meinem Rücken zu dir, der du mit dem Pferdegeschäft überhaupt nichts zu tun hast, und trifft mit dir zusammen Entscheidungen, die ausdrücklich gegen meinen Willen sind. Damit signalisiert er mir doch, daß *du* hier die eigentliche Autorität bist und ich nichts zu sagen habe.«

John räusperte sich umständlich, bevor er antwortete. Er schien Mühe zu haben, die richtigen Worte zu finden. »Schau, Devon«, begann er. »Ich habe Willowbrook gekauft, noch bevor wir geheiratet haben. Dann habe ich Willy engagiert und ihm das Pferdegeschäft übertragen. Ich arbeite nun einmal nach dem Prinzip, Macht zu delegieren. Das bedeutet aber auch, daß ich die, denen ich Macht übertragen habe, in ihrem Bereich auch die relevanten Entscheidungen treffen lasse und ihnen ihre Kompetenzen nicht willkürlich wieder entziehe, bloß weil ich es mir gerade anders überlegt habe. Und Devon – so peinlich es mir ist, es dir so offen ins Gesicht sagen zu müssen – ich bin nun einmal hier auf Willowbrook die oberste Autorität.« Empört riß Devon den Mund auf, um ihm in die Parade zu fahren, doch er bestand darauf, auszureden. »Und erinnere dich bitte daran, Devon, daß wir Willy in unserem allerersten gemeinsamen Gespräch freie Hand zugesichert haben.«

Freie Hand? Nein, niemals! dachte Devon grimmig. Sie würde sich von Willys Drohgebärden nicht abhalten lassen, ein Stutfohlen ins Derby zu schicken, das die Blue-Grass-Stakes gewonnen hatte. Ein Stutfohlen, das im letzten Jahr die meisten Trophäen für Willowbrook errungen hatte!

Tief holte sie Luft, bevor sie zu ihrem nächsten Argument ausholte. »Die Lage hat sich verändert, John. Ich respektiere Willys Wissen und Erfahrung, aber deshalb ist er noch lange nicht der liebe Gott. Er kennt Firefly lange nicht so gut wie ich, die ich jeden Tag mit ihr gearbeitet habe. Und ich werde mir die Chance, mit ihr das Derby zu gewinnen, nicht nehmen lassen.«

John zog die Augenbrauen hoch. »Wie darf ich deinen letzten Satz verstehen?« fragte er indigniert.

»Ich habe vor, Firefly ins Derby zu schicken«, erwiderte sie ungerührt. »Dabei ist es Willy natürlich völlig unbenommen, seinerseits mit Fearless Leader anzutreten«, fügte sie mit einem zuckersüßen Lächeln hinzu.

John ging auf sie zu und baute sich vor ihr zu seiner ganzen Größe auf. »Und wenn ich nun schlicht und ergreifend ›Nein‹ sage?« fragte er eisig.

Einen Moment lang stockte ihr der Atem, doch augenblicklich fing sie sich wieder. »Wie du mich ja auf so außerordentlich charmante Art erinnert hast«, gab sie ironisch zurück, »bist du nach dem Buchstaben des Gesetzes der Eigentümer von Firefly. Ich darf dich meinerseits allerdings daran erinnern, daß du dich mit mir darauf geeinigt hast, daß ich das Geschäft mit den Pferden in Eigenregie übernehmen kann. Natürlich steht es dir frei, mir zu untersagen, Firefly ins Rennen zu schicken, da sie ja dir gehört. In diesem Fall bleiben mir zwei Optionen: Entweder kauf' ich sie dir ab oder ich ziehe auf eigene Faust irgendwoanders meinen eigenen Rennstall auf. Ich denke, daß es weder deinen noch meinen Interessen entspricht, einen derartigen Keil in unsere Ehe zu treiben – aber bitte. Dir scheinen die Abmachungen mit O'Neill ja offensichtlich wichtiger zu sein als die mit mir.«

»Das ist doch völlig absurd!« brach es aus John heraus. Mit weit ausgreifenden Schritten begann er, im Zimmer auf und ab zu laufen. Er konnte es nicht fassen. Noch nie war sie so weit gegangen. Noch nie hatte sie im Streit ihre Ehe grundsätzlich in Frage gestellt. Zum erstenmal hatte sie ihm offen ins Gesicht gesagt, daß sie, wenn er sich ihr in den Weg stellen würde, ihren Kopf trotzdem durchsetzen würde, und sei es ohne ihn. Fassungslos schaute er aus dem Fenster. In seinem Rücken spürte er ihren durchdringenden Blick.

Devon schwieg. Sie hatte alles gesagt. Jetzt mußte er sich entscheiden. Plötzlich fuhr er auf dem Absatz herum. »Ich weiß bei Gott nicht, warum du aus dieser Angelegenheit eine solche Staatsaffäre machst«, erregte er sich, »aber du wirst deine Gründe haben.« Ungläubig schüttelte er den Kopf. »Die ganze Sache ist völlig absurd und geht gegen alle menschliche Vernunft«, fuhr er fort. »Und jetzt zwingst du mich, eine Entscheidung nicht nach objektiven, wirtschaftlichen, sondern nach subjektiven, rein persönlichen Kriterien zu treffen. Also gut, dann schick Firefly ins Derby, wenn es dir nicht anders möglich ist. Aber die Sache mit O'Neill mußt du selber ausfechten. Denk bloß nicht, daß ich jetzt hier den Diplomaten spiele und die Wogen glätte. Ich reise noch heute abend nach New York ab, so wie ich es vorgehabt habe. Und rechne nicht auf meine Unterstützung, wenn es darum geht, einen neuen Trainer zu engagieren, falls O'Neill das Handtuch wirft! Denn wenn er geht, dann wird sich in Windeseile herumsprechen, *warum* er gegangen ist. Und dann kannst du lange warten, bis du einen neuen Trainer für Willowbrook findest!«

»O'Neill wird nie wieder die Gelegenheit haben«, hielt Devon dagegen, »eine Farm wie Willowbrook, die so hoffnungslos in der Versenkung verschwunden war, zu ihrem alten Ruhm und ihrer alten Größe zurückzuführen. Das ist eine Herausforderung, die sich ein Mann wie er nie und nimmer entgehen läßt! Nein, der gibt so schnell nicht auf. Und selbst wenn –«, fügte sie betont gelassen hinzu, »so wird mir das keine schlaflosen Nächte bereiten.«

Sie warf den Kopf in den Nacken und wandte sich zum Gehen. An der Tür drehte sie sich noch einmal um. »Ach, übrigens«, sagte sie kühl, »mir hat noch nie im Leben jemand vorgeschrieben, was ich zu tun oder zu lassen hätte. Also bitte versuch es auch du nicht!« Und damit schloß sie die Tür hinter sich.

Auf den ersten Blick sah es wie ein Geschenk aus, das Dokument, das John ihr am Tag nach seiner Abfahrt von New York aus per Einschreiben schickte. Doch nach der ersten Freude beschlich sie auf einmal ein mulmiges Gefühl, als ihr klar wurde, daß dieses Dokument einen einschneidenden, nie wieder zu kittenden Riß in ihrer Ehe bedeutete.

Sie saß am Frühstückstisch, trank einen Schluck Orangensaft und las noch einmal die notarielle Urkunde durch, in der John ihr die Eigentumsrechte an Willowbrook übertrug. Obwohl sie dieses seltsame Gefühl nicht loswurde, fiel ihr doch ein Stein vom Herzen. Diese Urkunde machte sie zur Herrin von Willowbrook. Gab ihr freie Hand, zu schalten und zu walten.

Ein paar Tage lang laß' ich ihn sich erst einmal wieder beruhigen, dachte sie. Dann flieg' ich nach New York und rede mit ihm. Als nächstes muß ich mir Willy vorknöpfen.

Wie würde er wohl reagieren, wenn er erfuhr, daß sie Firefly ins Derby schicken würde und daß sie – was noch viel schwerer wog – ab jetzt die Alleineigentümerin von Willowbrook war? Was sollte sie machen, wenn er seinen Hut nahm? Sie war schließlich schwanger. Aber das Kind kam erst um Weihnachten auf die Welt, und sie wollte bis zum letzten Moment arbeiten, das hatte sie sich fest vorgenommen. Trotzdem – den ganzen Laden würde sie nicht allein schmeißen können. Sie brauchte einen zuverlässigen, kompetenten Trainer. Und der war nicht so leicht zu finden. Alle, die sich einen Namen gemacht hatten, arbeiteten längst für andere renommierte Ställe. Und einen der Top-Trainer abzuwerben würde ihr nicht gelingen. Willys Kündigungsgrund würde sich herumsprechen, da hatte John völlig recht. Und eine Frau als Eigentümerin würde eventuelle Kandidaten auch zögern lassen, noch dazu eine, die bei der Gestaltung des täglichen Trainings mitreden wollte. Und dann war die Farm ja erst im Aufbau; das hieß, daß nur wenige Pferde an Rennen teilnahmen, was wiederum dem Trainer geringere Provisionseinnahmen aus den Preisgeldern bescherte.

Sie mußte Willy also halten. Und plötzlich kam ihr auch eine Idee, wie sie dies bewerkstelligen konnte!

Auf einmal hatte sie es furchtbar eilig. Im Nu war sie in ihrem Schlafzimmer, zog sich schnell ihre hirschledernen Reithosen und ein beiges Hemd an und eilte zur Tür. Unterwegs schnappte sie sich noch eine Haarbürste, mit der sie sich, ohne auch nur einen Blick in den Spiegel zu werfen, im Laufen durch die Haare fuhr. Sie sprang in ihren Leihwagen und fuhr mit quietschenden Reifen davon.

Kaum war sie in Churchill Down, machte sie sich auf die Suche nach Willy. Wie erwartet fand sie ihn an der Rennbahn – die Ellbogen auf den weißen Lattenzaun gestützt, die zusammengekniffenen Augen auf Jeremiah geheftet, der in schnellem Galopp auf Fearless Leader über die Piste jagte.

Willy hatte Devon nicht kommen hören, und so fuhr er erschrocken herum, als sie seinen Namen rief.

»Ich denke, wir sollten miteinander reden«, sagte sie ruhig.

Im ersten Moment reagierte er überhaupt nicht, und sie befürchtete schon, daß er sie einfach stehenlassen würde. Doch er hatte ihr nur deshalb den Rücken zugekehrt, weil er Jeremiah ein Zeichen geben wollte, zum Ende zu kommen. Erst als der Junge ihn verstanden hatte, drehte er sich schwerfällig um und stapfte, die Hände in den Taschen seiner khakifarbenen Hose, auf sie zu.

»Weiß nicht, was es zwischen uns zu bereden gibt«, brummte er grimmig.

»Lassen Sie uns in die Loge gehen«, schlug sie vor und ging ihm voran.

Als sie Platz genommen hatten, entschied sich Devon spontan, nicht lange herumzureden, sondern ihm sofort reinen Wein einzuschenken. Zum einen, weil diese direkte, offene Art ihrem Naturell entsprach, zum anderen, weil sie es sich nicht entgehen lassen wollte, den Schock auf Willys Gesicht zu sehen, wenn sie ihm die Neuigkeit offenbarte. »Mr. Alexander hat sich aus Willowbrook zurückgezogen«, eröffnete sie das Gespräch. »*Ich* bin jetzt die neue Eigentümerin.«

Fassungslosigkeit machte sich auf Willys Zügen breit. Ein paar Sekunden schwieg er. Dann stand er abrupt auf. »Ich pack' meine Sachen und geh'«, war sein einziger Kommentar. Er schaute auf die Rennbahn, wo die Vollblüter über den Sand preschten. Ihr Fell glänzte im Sonnenlicht. Suchte er etwas? Sein Blick schweifte zum Sattelplatz, wo Reitknechte die schnaubenden Tiere nach dem Training im Kreis herumführten, damit sie sich beruhigen und abkühlen konnten. Devon folgte Willys Blick und entdeckte Jeremiah mit Fearless Leader am Zügel. Sie sah Willy an. Lag da nicht ein Hauch von Wehmut in seinen Augen? Es war, als nähme er Abschied. Abschied von Jeremiah, von Fearless Leader – Abschied von Willowbrook.

Auf einmal kam eine grenzenlose Verzweiflung über Devon. Sie hatte Mitleid mit ihm. Warum gab es nur so viele Mißverständnisse zwischen ihnen? Ihrer beider Herz schlug doch für das gleiche – für diese wunderbaren Pferde und für Willowbrook. Warum war es bloß so schwer, sich zu einigen?

»Willy ...«, sagte sie sanft. Er wandte ihr den Blick zu. Doch als sie den eiskalten Ausdruck in seinen Augen sah, verschwand ihr Gefühl des Mitleids, und ihr alter Widerspruchsgeist flammte wieder in ihr auf. Dennoch fielen ihre nächsten Worte milder aus als geplant. »Ich würde mich freuen, wenn Sie blieben«, sagte sie ein wenig steif.

Einen Moment lang schien er diese Möglichkeit zu erwägen. Seine Antwort klang weniger schroff als befürchtet. »Glaub' nicht, daß ich für Sie arbeiten kann«, sagte er, offenherzig wie immer.

Diese Ehrlichkeit mochte sie zumindest an ihm. »Warum nicht?« fragte Devon. »Weil ich eine Frau bin?«

»Vielleicht«, brummte er. »Aber hauptsächlich, weil Sie sich dauernd in meine Arbeit einmischen.«

»Willy«, lenkte sie ein. »Vielleicht sollten Sie es weniger als Einmischung sehen denn als Zusammenarbeit ...«

»Nee«, unterbrach er sie, riß sich seine Baseballmütze vom Kopf und fuhr sich mit den Fingern nervös über seinen kahlen Schädel. »Kann nicht arbeiten, wenn meine Entscheidungen jederzeit von jemand anderem vom Tisch gefegt werden können. Mr. Alexander hat das akzeptiert. Daß ich zu ihm gegangen bin, hatte nichts mit Ihnen zu tun. Wollte ihn nur an sein Wort erinnern. Daß er gesagt hat, daß ich freie Hand hätte. War sein Versprechen von Anfang an.«

»Okay«, seufzte Devon. »Aber jetzt hat sich die Lage eben geändert. Willowbrook gehört mir. Vergessen Sie einfach die Vereinbarung mit ihm. Vergessen Sie Mr. Alexander. Wir können völlig neu verhandeln. Nennen Sie mir Ihre Bedingungen. Mr. Alexanders Versprechen kann ich nicht halten, wohl aber meine eigenen.«

»Haben bereits ein Versprechen gebrochen. Zwei sogar, um genau zu sein. Als Mr. Alexander mir freie Hand versprach, waren Sie schließlich dabei.«

Devon errötete. Sie wußte – Willy würde nie wieder Achtung vor ihr haben, würde nie und nimmer bereit sein, weiter für sie zu arbeiten, wenn sie jetzt nicht in der Lage war, zuzugeben, daß sie in der

Tat wortbrüchig geworden war. Das war einfach eine Frage der Ehre und des gegenseitigen Respekts. Sie holte tief Luft. »Es ist richtig, Mr. O'Neill«, sagte sie zerknirscht. »Ich habe mein Versprechen gebrochen. Aber versetzen Sie sich doch bitte einmal in meine Lage: Als ich hierher kam, hatte ich keine Ahnung von Pferderennen. Je mehr Wissen und Erfahrung ich sammelte, desto mehr wollte ich auch mitreden – ist das nicht verständlich? Ich finde, Sie können mir nur schwer vorwerfen, ein Versprechen gebrochen zu haben, das ich gab, als ich noch gar nicht wußte, *was* ich da überhaupt versprach.«

»Dachte immer, ihr Reichen hättet diesen Ehrenkodex«, stieß Willy verächtlich hervor. »Versprochen ist versprochen. Ehrensache.«

Es kränkte Devon, daß er ihre Entschuldigung nicht annahm. Ärger wallte in ihr auf. »Ich denke, daß ich trotzdem jemand bin, auf dessen Wort man sich verlassen kann«, begehrte sie auf. »Aber ich bin auch keine Heilige. Ich kann mich lediglich für meinen Wortbruch entschuldigen. Ansonsten bin ich der Meinung, daß es durchaus gewisse Umstände gab, die …«

»Seh' das nun einmal anders«, unterbrach Willy sie in barschem Ton. »Haben mir Ihr Wort gegeben, ich könnte entscheiden, welches Pferd ins Rennen geschickt wird.«

Devon schwieg. Es hatte keinen Sinn. So kamen sie nicht weiter. »Schauen Sie«, machte sie einen neuen Versuch. »Vergessen wir die Vergangenheit – blicken wir in die Zukunft! Ich kann Ihnen nicht versprechen, daß Sie in jedem Fall das letzte Wort haben, welche Pferde laufen und welche nicht. Ich kann diese Entscheidung in der Regel Ihnen überlassen, aber ich beanspruche nun einmal ein Vetorecht. Wenn ich von einem Pferd überzeugt bin, und wenn ich dafür stichhaltige Gründe habe, dann sehe ich nicht ein, warum ich als Eigentümerin Ihnen als Trainer die Entscheidung überlassen sollte. Firefly war so ein Fall. Sie können mir keinen überzeugenden Grund nennen, warum wir sie nicht ins Derby schicken sollten.«

»Sie haben Ihr Wort gegeben«, beharrte er eigensinnig.

Devon seufzte. Sie mußte die Taktik ändern, mußte in die Offensive gehen.

»Ich hatte gedacht, daß Sie fair wären.« Herausfordernd schaute sie ihm in die Augen.

»War ich das etwa nicht?!« begehrte er auf. »Wollen Sie mir unterstellen, ich treffe absichtlich die falsche Wahl, nur aus persönlichem Ehrgeiz?!«

»Wenn Sie so felsenfest davon überzeugt sind, daß ein Stutfohlen nie und nimmer ein Derby gewinnen kann«, schoß Devon zurück, »wieso haben Sie sich dann überhaupt auf diese Abmachung mit mir eingelassen?«

»Hab' ja überhaupt nicht ausgeschlossen, daß sie das Derby machen könnte. Aber jetzt bin ich eben von Fearless Leader mehr überzeugt.« Mit einem Achselzucken wandte er sich ab. »Haben wir doch schon tausendmal beredet.«

Devon schwieg, ohne auf seine letzte Bemerkung einzugehen. Dann fragte sie in harmlosem Ton: »Sie glauben also so steif und fest an Fearless Leader?«

»Jawoll, das tu' ich!« erwiderte Willy überzeugt.

»Hmmmm ...« Plötzlich kam Devon eine Idee. »Und wenn wir ... wenn wir einfach *beide* Pferde antreten lassen?«

Willy verzog das Gesicht. »Sagte Ihnen doch bereits, daß ich ...«

»Und ...«, unterbrach ihn Devon mit erhobener Stimme, um schließlich die Katze aus dem Sack zu lassen, »... und wenn ich Ihnen Fearless Leader gebe und das gesamte Preisgeld dazu, falls er gewinnt?«

Willy blieb die Luft weg. Mit offenem Mund starrte er sie an. Auch er träumte, wie die meisten Trainer, davon, eines Tages ein eigenes Rennpferd zu besitzen. Doch bisher war er immer davon ausgegangen, daß dieser Traum wohl nie in Erfüllung gehen würde. Denn man mußte ja nicht nur den Anschaffungspreis aufbringen, sondern auch die Kosten für Futter, Unterbringung, tierärztliche Betreuung und Training. Dazu kamen die Startgelder, die Kosten für den Jockey und vieles mehr. Pferde konnten sich nun einmal nur die Reichen leisten.

Devon, die Willys Gedanken erriet, versuchte, ihn aus der Reserve zu locken. »Mit dem Preisgeld können Sie sich Ihre eigene Farm kaufen«, sagte sie mit verführerischem Lächeln.

Doch so leicht ließ Willy sich nicht über den Tisch ziehen.

Mit zusammengekniffenen Augen schaute er sie an. »Was soll ich mit einem Pferd und einer Farm? Wissen Sie doch selber, was es kostet, einen Rennstall auf die Beine zu stellen.« Sein Blick wurde noch eindringlicher. »Wenn ich dagegen eine Zuchtstute hätte ...« Unvollendet ließ er den Satz im Raum stehen.

Devon verstand sofort, ließ jedoch nicht gleich erkennen, ob sie bereit wäre, auf diese Forderung einzugehen. Innerlich aber war sie erleichtert. Er hatte also angebissen. Nun, da sie ihn einmal an der Angel hatte, würde sie ihn auch noch heil aus dem Wasser kriegen, bevor er ihr davonschwamm.

»Das mit der Zuchtstute … nun ja, darüber könnte man reden«, gab sie sich großzügig. »Allerdings … würde ich mir dann ausbitten, daß ich mir Fearless Leader jederzeit als Deckhengst ausleihen kann.«

Statt einer Antwort lehnte sich Willy mit einem mißbilligenden Grunzen in seinen Sitz zurück und verschränkte die Arme vor der Brust.

»Und«, fuhr Devon gleichmütig fort, »außerdem beanspruche ich das dritte Fohlen der Stute. Auf diese Weise haben Sie drei Jahre Zeit, in die Gänge zu kommen.«

»In dem Fall muß ich Anspruch auf Fireflys erstes Fohlen erheben«, konterte Willy umgehend. »Denn Sie brauchen ja wohl keine drei Jahre, um in die Gänge zu kommen.« Er beugte sich vor und stützte beide Ellbogen auf die Knie. Sein Gesicht war völlig unbewegt.

Noch nie hatten Devon und Willy soviel Spaß miteinander gehabt. Der Handel mit Pferden war etwas, was beide insgeheim begeisterte. Natürlich ließen sie sich nicht das geringste davon anmerken.

»Firefly?« Devon tat erstaunt. »Ich wußte gar nicht, daß Sie so große Stücke auf sie halten!«

Willy schnaubte verächtlich. »Ist das einzige annehmbare Stück, das Sie im Moment anzubieten haben.«

»Ach, so sehen Sie das!« Nur mit Mühe konnte sie sich ein Grinsen verkneifen. »Na gut.« Sie schwieg einen Augenblick, während Willy sie erwartungsvoll anschaute. »Sie können bei mir natürlich nicht sicher sein, ob ich Wort halte«, fuhr sie mit einem leicht ironischen Unterton fort, »sonst …« Sie hielt inne, um die Spannung zu erhöhen. »Sonst hätte ich da schon noch so ein paar andere Punkte, die ich mit Ihnen diskutieren könnte …«

»Raus damit!« Willy hatte Mühe, seine Spannung zu verbergen. Geschäftemachen war eine seiner Leidenschaften. Er konnte es gar nicht erwarten, herauszufinden, wer bei diesem den größten Profit machen würde.

»Wenn Sie gewinnen, dann … dann erwarte ich von Ihnen, daß Sie noch ein weiteres Jahr für Willowbrook arbeiten. Bis dahin wird mein Kind sechs Monate alt sein, so daß ich wieder ganztags arbeiten kann.«

Willy schürzte die Lippen und kratzte sich nachdenklich seinen grauen Stoppelbart. »Tja«, murmelte er vor sich hin, ohne direkt auf ihre Forderung einzugehen, »so eine kleine Gehaltserhöhung würde mir guttun.«

»Zehn Prozent.«

»Ha!« rief Willy in gespielter Empörung. »Da krieg' ich doch woanders das Zigfache!«

»Aber woanders kriegen Sie kein Pferd und ...«

»Zwanzig Prozent«, unterbrach er sie schroff.

»Um Gottes willen!« Sie spielte die Entsetzte. »Fünfzehn.«

»Abgemacht.« Der Hauch eines Lächelns spielte um Willys Mund. Er war in seinem Element.

»Tjaaa ... Dann wäre noch dieser letzte Punkt ...« Sie holte tief Luft. »Was den täglichen Arbeitsablauf anbetrifft.«

»Ja ... Ein sehr heikler Punkt.« Willy seufzte.

»Ich respektiere Ihre Autorität dem Stallpersonal gegenüber«, begann Devon in ernstem Ton. »Ich werde niemals irgendwelche Anweisungen, die sie geben, mit meiner Autorität als Eigentümerin außer Kraft setzen. Das habe ich auch in der Vergangenheit nie getan.«

»Mmh«, brummte Willy.

»Aber ...«

»Doch!« fiel Willy in dem Moment eine Begebenheit ein.

»Einmal haben Sie ...«

»Aber«, fuhr Devon mit erhobener Stimme fort, ohne auf seinen Einwand einzugehen, »ansonsten bin *ich* der Boß. Und zwar *Ihr* Boß, Willy, solange Sie für Willowbrook arbeiten! Das möchte ich absolut klarstellen, ja? Des weiteren möchte ich von Ihnen über alles informiert werden, was im Stall los ist. Vor allem, was unsere Favoriten anbetrifft. Ich möchte dabei mitreden, welche Tiere in welche Rennen geschickt werden. Wir werden in jedem Einzelfall gemeinsam beraten, und wenn wir zu keinem einstimmigen Entschluß kommen, dann zählt *meine* Entscheidung, nicht Ihre, ja? Zuchtfragen dagegen überlasse ich ganz Ihnen. Als nächstes möchte ich pro Saison mindestens ein Pferd selber trainieren, und zwar mit Jeremiah als meinem Übungsreiter. Ich sehe nämlich nicht den geringsten Grund, warum wir nicht beide mit ihm arbeiten können.«

»Sie reden ja, als wär das 'ne Abmachung für die Ewigkeit«, stieß Willy spöttisch hervor. »Ich bleib' aber nur genau ein Jahr, wie Sie selber gesagt haben! Danach können Sie machen, was Sie wollen.«

Devon kniff die Augen zusammen. »Sie sind ja ganz schön von sich überzeugt«, sagte sie leise.

Er zuckte nur die Schultern.

»Na gut. Als nächstes erwarte ich von Ihnen, daß Sie mir alles erzählen, was Sie über die Auswahl von Zuchtpferden wissen. Ich werde Sie deshalb nach Keeneland und Saratoga begleiten. Wenn Sie dann in einem Jahr nicht mehr bei uns sind ...«

»... dann engagieren Sie einen neuen Mann«, legte er ihr die Worte in den Mund.

»So ist es«, gab sie patzig zurück. »Andererseits ...« Sie kratzte sich am Kopf. »Sie haben mir schon genug Ärger gemacht. Wer sagt mir, daß ich mit einem Neuen nicht vom Regen in die Traufe komme?«

Willy brach in schallendes Gelächter aus. Es war das erste Mal, daß Devon diesen Mann lachen sah. Sie war so überrascht und erfreut, daß bisher alles so gut gelaufen war, daß sie erleichtert in sein Lachen einfiel.

Augenblicklich verstummte Willys Gelächter. Er stützte seine Ellbogen auf die Knie und kam wieder zur Sache: »Okay, und was ist jetzt, wenn Firefly gewinnt? Was wollen Sie dann?«

»Dann möchte ich, daß Sie genauso ein Jahr in Willowbrook bleiben, wie wir es für den Fall ausgemacht haben, daß Fearless Leader gewinnt. Das ist alles. Danach können Sie sich nach einem anderen Job umschauen.«

»Einverstanden.« Abrupt stand er auf. »Also wenn sonst nichts ist, dann mach' ich mich wieder an die Arbeit.«

Sie stutzte. »Ich komme mit Ihnen.«

»Mmhh«, murmelte er.

»Und ich werde meinen Anwalt bitten, unsere Abmachung schriftlich zu fixieren. Bis nächste Woche wird er das wohl fertig haben.«

Wie angewurzelt blieb er stehen. »Bisher hab' ich alle meine Geschäfte per Handschlag gemacht«, wandte er sich an Devon. »Hab' keine Lust, mir von so 'nem Paragrafenfuchser die Ohren vollquasseln zu lassen. Versteh' das sowieso nicht.«

Devon war überrascht. »Heißt das, daß Sie meinem Wort vertrauen? Nach den Erfahrungen, die Sie mit mir gemacht haben?«

»Sind keine Anfängerin mehr. Wissen, wovon Sie reden. Das reicht mir.«

Mit einer Mischung aus Respekt und Sympathie schaute Devon diesen Mann an, den sie, seit sie ihn kannte, stets als ihren Feind betrachtet hatte. Aus einem spontanen Impuls heraus entschloß sie sich, ihren Stolz zu vergessen und ihm offen zu sagen, was sie in diesem Augenblick empfand. »Ich freue mich, Willy, daß Sie uns noch einmal eine Chance geben«, sagte sie mit einem Anflug von Rührung. Sie streckte ihm die Hand hin, und er ergriff sie und schüttelte sie fest.

So fest, wie er die Hand eines Mannes geschüttelt hätte.

26

»Kannst du nicht schlafen?« fragte John leise, nachdem Devon ihn schon das fünfte Mal in dieser Nacht aufgeweckt hatte. Sie hustete und wälzte sich ständig unruhig hin und her.

»Nein. Aber das lohnt sich jetzt sowieso nicht mehr«, seufzte sie. »Es ist schon fast halb fünf, und ich muß spätestens um halb sechs bei den Ställen sein.«

John rollte sich zu seiner Frau hinüber. »Ich glaub', ich hab' heute nacht keine zwei Stunden geschlafen«, stöhnte er.

»Das tut mir leid«, sagte Devon und streichelte seinen Arm. »Dann steh' ich am besten gleich auf. Vielleicht kannst du dann noch eine Runde ratzen.«

»Ich versuch's«, murmelte er und zog sich die Decke über den Kopf.

Leise schlüpfte sie in ihre Reithose und zog ein frisches Baumwollhemd an. Am Nachmittag würde sie schnell noch einmal vorbeikommen, um sich für das Derby umzuziehen. Mit einer weißen Schleife band sie sich die Haare zum Pferdeschwanz, lief dann hastig in die Küche, wo Alice ihr ein paar belegte Brote vom Abendessen auf einem Teller bereitgestellt hatte. Es machte Devon nichts aus, daß sie über Nacht ein bißchen hart und trocken geworden waren. Sie hatte vor lauter Aufregung sowieso keinen Appetit und aß nur aus Vernunft, weil sie wußte, daß sie heute sonst nicht mehr dazu kommen würde.

Im Nu war sie mit ihrem Auto in Churchill Downs. Firefly schnaubte freudig, als sie ihre Herrin erblickte.

»Hallo, da bist du ja, mein Schatz«, murmelte Devon leise und streichelte ihrem Liebling die Nüstern.

Wie aus dem Nichts tauchte Jeremiah neben ihr auf. »Na, Miß Devon, nervös?«

Sie lächelte. »Hab' die ganze Nacht kein Auge zugetan.«

»Firefly genauso. Sie spürt, daß heute ein wichtiger Tag ist. Die ganze Nacht war sie schrecklich unruhig.«

Automatisch warf Devon einen Blick in die Futterkrippe. Firefly hatte brav alles aufgefressen, was bewies, daß sie bei guter Gesundheit war. Erleichtert atmete Devon auf. Dann kontrollierte sie die Innenwände der Box. Der Stalljunge hatte sie, wie sie es ihm gesagt hatte, mit Strohballen gepolstert, damit sich Firefly, sollte sie in dieser Nacht aus Nervosität gegen die Boxwände treten, keine Verletzungen zuzöge.

»Alles in Ordnung?« fragte Devon.

»In allerbester Ordnung«, beruhigte sie Jeremiah.

Devon beugte sich hinunter und begutachtete Fireflys Beine. Dann suchte sie Zentimeter um Zentimeter den gesamten Körper des Fohlens ab, um auch die kleinsten Anzeichen irgendwelcher Verletzungen im Frühstadium zu erkennen. Doch Firefly war kerngesund und in Topform. Devon wandte sich an Jeremiah. »Wir machen ein leichtes Aufwärmtraining mit ihr. Aber nur kurz. Ich will, daß sie alle Kraft für heute nachmittag spart.«

Jeremiah nickte und bedeutete dem Stalljungen, Firefly zu satteln.

Als Devon hinter ihrem Pferd hinaus auf den Sattelplatz stapfte, überkam sie auf einmal ein eigenartiges Gefühl von Unwirklichkeit. War sie tatsächlich gerade dabei ihr Pferd für das Kentucky-Derby warmzureiten? War es wirklich wahr, daß sie ihren wertvollsten Hengst, Fearless Leader, im Stall ließ und eine große Chance und jede Menge Geld riskierte, nur weil sie felsenfest davon überzeugt war, daß Firefly gewinnen würde? Wie kam sie nur dazu, diese Überzeugung über all das Wissen und all die Erfahrung von Willy O'Neill zu stellen? War sie verrückt geworden? John und Willy hatten ja völlig recht, wenn sie sie für einen unverbesserlichen Dickschädel hielten!

Fireflys leises Wiehern riß sie aus ihren Selbstzweifeln. Das Fohlen hob seinen Kopf, schnaubte und tänzelte nervös in der kühlen Morgenbrise. Was für ein herrliches Tier, dachte Devon bewundernd. Dieser kraftvolle, schlanke Körper, dieses Spiel der Muskeln! Firefly hatte noch nie eine Verletzung gehabt, war bisher noch keinen einzigen Tag krank gewesen – äußerst ungewöhnlich für ein hochsensibles Vollblutpferd. Sie würde das Rennen machen. Sie würde gewinnen! John und Willy lagen absolut falsch!

Seit der schweren Auseinandersetzung vor ein paar Wochen war John in New York geblieben. Erst zwei Tage vor dem Derby war er nach Kentucky gekommen. Natürlich hatte er sie von New York aus jeden Tag brav angerufen, hatte ihr zu ihren erfolgreichen Verhandlungen mit Willy gratuliert und gnädig ihren Dank für die Überschreibung von Willowbrook entgegengenommen.

»Liebling«, hatte er gesagt, »du weißt doch, daß Willowbrook im Grunde schon immer dir gehört hat, egal, was sonst zwischen uns war.«

»Was willst du damit sagen?« hatte sie gefragt.

»Gar nichts. Nur eben, daß Willowbrook jetzt auch offiziell dir gehört, und damit basta. Ende der Diskussionen.«

Ja, John hatte sich als liebender und ausgesprochen großzügiger Gatte erwiesen. Und dennoch wußte Devon, daß er ihr nicht verziehen hatte. Verziehen … ja, was denn eigentlich? Daß sie darauf bestanden hatte, Firefly ins Derby zu schicken? Daß sie Willys Entscheidung ignoriert hatte? Aber war das ein Grund, sich so demonstrativ nach New York zurückzuziehen und ihre Gegenwart zu meiden? Warum hatte er nicht mit ihr schlafen wollen, als sie sich endlich in Kentucky wiedersahen? Sie waren drei Wochen lang getrennt gewesen!

Bei einem ihrer täglichen Telefongespräche hatte sie ihn offen gefragt, ob er ihr noch böse wäre.

»Böse? Warum denn?« Er lachte. »Meinst du, ich würde dir einen Rennstall mit 400 Hektar Land schenken, wenn ich dir böse wäre?«

Das hast du doch nur aus verletztem Stolz gemacht, dachte sie. Ja, aus verletztem Stolz. Weil ich mich gegen deine Autorität aufgelehnt und nicht nachgegeben habe. Aber Devon wagte es nicht, ihm dies offen zu sagen. Das hätte den Riß in ihrer Ehe nur vertieft.

Und so plauderte sie wieder über dies und das, wie sie es jeden Tag am Telefon taten. An der Oberfläche war alles eitel Sonnenschein. Aber nur an der Oberfläche.

Nach dem Morgentraining übergab Jeremiah das Füllen wieder einem Reitknecht, der es im Kreis herumführte, bis es sich wieder beruhigt und abgekühlt hatte. Anschließend beauftragte er einen Stalljungen damit, Firefly zu baden und ihr Fell zu striegeln. Er selbst würde ihr den letzten Schliff geben, ihr die Hufe polieren und sie noch einmal abbürsten. Jeremiah wollte, daß Firefly in strahlendem Glanz auf der Rennbahn erschien, in direktem und übertragenem Sinn.

Jetzt, wo es im Grunde nichts mehr zu tun gab, fühlte sich Devon auf einmal ziemlich überflüssig. Sie dachte an Willy. Was er jetzt wohl gerade machte? Fearless Leader war wie alle Hengste in einem anderen Stall untergebracht. Noch einmal tätschelte Devon ihrem Liebling den Hals, dann machte sie sich auf den Weg in den Hengststall, um Fearless Leader einen kleinen Besuch abzustatten.

Auf den ersten Blick sah sie, daß auch er Fütterung, Morgentraining und Fellpflege bereits hinter sich hatte. Sie schaute in die wunderbaren dunklen Augen des Hengstes und streichelte ihm die Nüstern.

»Ich hoffe, du gehst mir nicht verloren, mein Schatz«, murmelte sie.

»Gekommen, um sich von ihm zu verabschieden?« ertönte eine leicht ironische Männerstimme hinter ihr.

Devon fuhr herum. Willys Gesichtsausdruck, erinnerte schon fast an ein Lächeln. Noch nie hatte er ihr gegenüber einen Scherz gemacht. Insgesamt war ihr Verhältnis seit der letzten Unterredung deutlich entspannter geworden.

»Sie sind ja ganz schön von sich überzeugt«, grinste sie.

»Anders geht's gar nicht«, brummte er. »Und Sie? Alles klar?«

Schon wieder verblüffte er sie. Noch nie hatte er sich nach ihrem Befinden erkundigt.

»Ich weiß nicht«, erwiderte sie zögernd. »Ich glaube, ich hab' ganz schön Lampenfieber.«

»Ganz normal«, antwortete Willy. Er ging einen Schritt näher an Fearless Leader heran, um seine Nüstern zu tätscheln.

Wie zärtlich dieses Rauhbein zu einem Tier sein konnte! Er liebt seine Pferde, auch wenn er es nicht zugibt, dachte Devon.

»Und Sie? Sind *Sie* nervös?« fragte sie, ohne eine ehrliche Antwort zu erwarten. Niemals würde Willy ein solches Gefühl der Schwäche einräumen.

»Hmmh«, brummte er abfällig, ohne sie anzuschauen. »Hab' nichts zu verlieren. Anders als Sie.«

»O ja, das weiß ich wohl.« Sie seufzte und warf ihm ein Lächeln zu. Er lächelte zurück! Kaum zu glauben, aber Willy lächelte tatsächlich zurück!

Und prompt wandte er sich, als ob er sich bei etwas Verbotenem ertappt hätte, von ihr ab und tilgte mit einem Schlag das Lächeln aus seinem Gesicht.

Warum fällt es ihm nur so schwer, sich einzugestehen, daß er mich einen kurzen Moment lang sympathisch gefunden hat? Unmerklich schüttelte sie den Kopf.

»Willy ...« Devon zauderte. Sie versuchte, in seinen Zügen zu lesen, doch sein Gesicht war verborgen durch den Schirm seiner Baseballmütze. »Ist es sehr schlimm für Sie wenn Ihr Pferd nicht gewinnt? Ich meine ... wollen Sie sich nach dem Jahr wirklich nach einer anderen Stelle umschauen?«

Einen Moment lang herrschte Schweigen. »Weiß nicht«, brummte er dann. »Erst mal sehen, wie's so läuft in Willowbrook.«

»Sie meinen, wie sich unsere Zusammenarbeit gestalten wird?«

»Mmh. Überhaupt alles.«

»Ich nehme an, Sie haben schon immer von einer eigenen Farm geträumt, nicht wahr?« Devon seufzte.

»Ja, wär' schon was.« Lag da nicht ein Hauch von Sehnsucht in der Stimme dieses bärbeißigen Kauzes?

»Tja … dann viel Glück.«

»Ja, Ihnen auch«, murmelte er und schüttelte ihr fest die Hand, die sie ihm entgegenstreckte. Sie wandte sich zum Gehen.

»Missis Alexander …« Verwundert drehte sie sich um. Nur selten nannte Willy sie bei ihrem Namen. »In jedem Fall … wie's heute auch ausgeht … Sie können stolz sein auf Firefly!« Er betonte seine Worte mit einem kurzen Nicken.

»Ich weiß«, erwiderte sie und reckte selbstbewußt ihr Kinn. »Trotzdem nett von Ihnen, daß Sie das sagen.« Sie lächelte.

Auf dem Heimweg ging ihr sein letzter Satz nicht aus dem Kopf. Widerwillig mußte sie sich eingestehen, daß der Ausdruck seines Respekts vor ihrer Arbeit ihr mehr bedeutete, als sie vor sich selbst zugab.

Als sie nach Hause kam, saß John beim Frühstück.

»Na, wie schaut's aus?« fragte er und blickte von seiner Zeitung auf.

»Gut«, erwiderte sie und gab ihm einen Kuß auf die Wange.

»Möchtest du was?« Er deutete auf das Rührei mit Schinken auf seinem Teller.

»Ich krieg' nichts runter.« Sie lächelte nervös. »Jetzt geh' ich erst mal in die Badewanne, und dann zieh' ich mich schon einmal um.«

»Du solltest trotzdem was essen«, sagte er ein wenig geistesabwesend, während er sich wieder seiner Lektüre zuwandte.

Einen Augenblick lang betrachtete Devon ihren Mann. In seinem schneeweißen Tennisdreß, der die bronzene Tönung seiner schlanken, muskulösen Beine und Arme unterstrich, sah er einfach atemberaubend attraktiv aus. Wie viele Frauen beneideten sie wohl, mit so einem gut aussehenden Mann verheiratet zu sein? Wie viele flirteten mit ihm, versuchten gar, ihn zu verführen, während sie, Devon, Hunderte von Meilen von ihm trennten?

Ab morgen, sagte sie sich. Ab morgen, so hatte sie ihm versprochen, würde sie den Rest des Sommers mit ihm verbringen, würde sie überallhin gehen, wohin er ging. Ob er sich noch an ihr Versprechen erinnerte? Ob es ihm überhaupt wichtig war, daß sie sich daran hielt? Manchmal kam es ihr vor, als wären sie sich völlig fremd geworden.

Wenn Firefly das Derby gewänne, würde Devon sie als nächstes bei den Preakness- und den Belmont Stakes antreten lassen, um die begehrteste aller Trophäen zu holen: die Triple-Crown. Doch sie wußte, so gern sie auch bei Fireflys Training mitmischen würde – diesmal mußte sie das Willy allein überlassen. Das Glück ihrer Ehe hing davon ab.

»Liebling«, murmelte sie.

»Hmmmm?« brummte John, ohne von seiner Zeitung aufzuschauen.

»Ich liebe dich, John.« Alle ihre so lange zurückgehaltenen Gefühle brachen auf einmal mit nie gekannter Heftigkeit aus ihr heraus.

Er schaute auf, schenkte ihr ein kurzes Lächeln und widmete sich dann wieder seinem Artikel. »Ich liebe dich auch«, murmelte er.

»Nein, John, ich meine ...«

Wieder blickte er auf, einen höflich interessierten Ausdruck auf seinem Gesicht.

Devon hatte auf einmal das Gefühl, als säße ein Fremder vor ihr. Oder bildete sie sich das alles nur ein? Ihre Nerven waren in letzter Zeit extrem strapaziert worden. Sie kam sich wie ein dummes Schulmädchen vor. »Ich meine ...«, stotterte sie. »Ich ... ich freu' mich so auf den Sommer mit dir ... den ganzen Tag nur faulenzen, sich amüsieren.«

»Ja, das wird sicher wunderschön.« Und schon hatte er sich wieder in seine Lektüre vertieft.

Mit einem Seufzen wandte sich Devon zum Gehen. Sie fühlte sich auf einmal so hilflos.

Nach dem Bad trug sie sorgfältig ihr Make-up auf und schlüpfte dann in das elegante Gewand, das sie sich nach ihrem eigenen Entwurf extra für das Derby hatte anfertigen lassen: eine Kreation in Schwarz und Scharlachrot, den Farben des Willowbrook-Trikots, das der Jockey trug! Das Kleid aus schwarzer Shantung-Seide, das sich eng um ihre Hüften schmiegte, öffnete sich ab halber Schenkelhöhe bis zu den Knöcheln zu Hunderten von Plisseefalten, die innen scharlachrot waren und beim Gehen zu einem einzigen Farbrausch aus Rot und Schwarz explodierten. Das tief ausgeschnittene Oberteil war wieder schwarz und enganliegend, während die langen bauschigen Ärmel aus den gleichen rot-schwarzen Falten wie der Rock bestanden. Devons Kopf krönte ein scharlachroter Hut mit einem breiten, schwarzen Band. Um die Taille hatte sie sich einen roten Gürtel geschlungen, und ihre Füße zierten maßgefertigte schwarze Sandaletten mit hohen, roten Absätzen, ihre Hände rote Handschuhe aus feinstem Ziegenleder.

»Du siehst hinreißend aus«, rief John mit echter Bewunderung, als er seine Frau in ihrem auffallenden Ensemble sah. »Du wirst die schönste aller Frauen sein.«

Obwohl John mit dem Flugzeug nach Kentucky gereist war, hatte er doch seinen Fahrer mit dem Wagen nachkommen lassen. Und so stiegen sie jetzt in den glänzenden schwarzen Rolls-Royce und ließen sich nach Churchill Downs chauffieren. Als sie sich in ihrer Loge gesetzt hatten, brachte der Fahrer einen Eiskübel mit zwei Flaschen Champagner und zwei Gläser sowie ein Silbertablett mit Leberpastete, Kaviar auf hartgekochten Eiern, Creme fraîche, französischem Baguette und einem Berg frischer Garnelen.

John nahm sich eine Scheibe Baguette mit Ei und Kaviar und bedeutete Devon, ebenfalls zuzugreifen.

»Nein, danke.« Sie bekam noch immer keinen Bissen hinunter. Stattdessen rutschte sie nervös auf ihrem Sitz hin und her, grüßte den einen oder anderen Bekannten in einer Nachbarloge und sprang schließlich auf. »Ich muß noch einmal kurz mit McClintock reden«, stieß sie hervor.

»Aber es dauert doch noch ewig, bis das Rennen losgeht«, wunderte sich John.

»Ich weiß«, gab sie mit einem verlegenen Lächeln zu. »Aber ich halt's hier auf dem Sitz einfach nicht aus.«

»Komm, laß den armen Mann sich doch erst einmal in Ruhe sein Trikot anziehen«, mahnte John. »Hier«, er schenkte ihr ein Glas Champagner em, »trink das, das wird dir guttun.« Er zog sie auf ihren Sitz zurück.

Devon nahm einen Schluck von dem herrlich perlenden, eiskalten Getränk. »Ja, wirklich köstlich«, seufzte sie selig.

John legte seine Hand auf ihre. Es war nur eine kleine Geste, aber sie tat ihr gut. Sie lächelte ihn an.

»Ah, da sind ja Sydney und Bart!« rief er in dem Moment freudig überrascht. Die beiden kamen nur langsam voran, denn alle paar Meter mußten sie Freunde und Bekannte begrüßen, Hände schütteln und Küßchen geben. Als sie schließlich die Loge erreicht hatten, folgte ihnen bereits ein ganzer Schwarm von Freunden, die die Alexanders auch kannten.

Mit einer warmherzigen Umarmung begrüßte Devon ihre Freundin, gab Bart dann einen freundschaftlichen Kuß auf die Wange. Sie war so froh, Sydney zu sehen. Mit Bart dagegen hatte sie Probleme. Er war ein netter Kerl und ein charmanter Unterhalter, der mit seinen wilden Locken und seinen kohlschwarzen Augen auch durchaus anziehend auf Frauen wirkte. Devon hatte ihn spontan sympathisch gefunden, doch mit der Zeit hatte sie eine Seite an ihm entdeckt, die ihr ganz und gar nicht gefiel. Er schien eine gewisse Freude daran zu haben, sogar seinen besten Freunden gegenüber bissige und verletzende Bemerkungen fallenzulassen, die noch dazu meist in freundlichem Gewande daherkamen. Besonderen Spaß hatte er daran, Komplimente zu machen, die irgendeine versteckte Spitze enthielten. So sagte er zum Beispiel oft zu Sydney: »Du siehst sehr hübsch aus in dem Kleid. Macht dich schlanker.« Sydney bedankte sich dann immer, schaute aber sofort nervös im Kreise herum, ob die Umstehenden seine kleine Gemeinheit bemerkt hatten.

Devon kam ihr dann immer sofort zu Hilfe, indem sie zum Beispiel sagte: »Wirklich ein sehr schönes Kleid, Sydney. Aber bei deiner super Figur kann es dir ja egal sein, ob es schlank macht oder nicht.«

»John, alter Junge!« Kameradschaftlich klopfte Bart ihm auf die Schulter. Er schien John wirklich zu mögen und zu respektieren. John verschonte er auch mit seinen kleinen Gehässigkeiten, nicht so jedoch dessen Frau.

»Hab' dich kürzlich vermißt«, wandte sich Bart jetzt an Devon.

»Ja, war wirklich eine wunderschöne Dinnerparty bei euch«, nahm John die Gelegenheit wahr, sich bei Sydney, der Gastgeberin, noch einmal zu bedanken.

»Denk' ich mir doch, John, daß es dir gefallen hat«, grinste Bart, »wo die schöne Bebe Henley dich den ganzen Abend nicht aus den Augen gelassen hat.« Er warf Devon einen bedeutungsvollen Blick zu. »Solltest deinem Mann ein bißchen mehr auf die Finger schauen, meine Liebe«, schmunzelte er.

Devon zwang sich zu einem Lachen, das etwas gekünstelt klang. »Ach«, erwiderte sie in betont sorglosem Ton, »du übernimmst das ja offensichtlich hervorragend an meiner Stelle.«

Am liebsten hätte sie sich einfach von ihm abgewandt, statt dessen aber redete und scherzte sie noch ein paar Minuten mit ihm, um sich ihre Eifersucht nicht anmerken zu lassen.

»Tja«, sagte sie schließlich, »wenn ihr mich derweil einen Augenblick entschuldigt ... Ich muß unten noch schnell ein paar Sachen nachschauen.«

»Ah! Unsere wilde Amazone ist wieder in ihrem Element!« Bart warf John von der Seite einen vielsagenden Blick zu, aber John ignorierte ihn und sagte nur: »Beeil dich, Liebling!«

Während Devon sich ihren Weg durch die Massen der Besucher zu den Ställen bahnte, dachte sie über Barts letzte Bemerkung nach. Wäre sie nicht ausgerechnet von ihm gekommen, hätte sie ihr mehr Bedeutung zugemessen. So ging Devon davon aus, daß es sich mal wieder um eine von Barts kleinen Gehässigkeiten handelte. Wahrscheinlich hatte John seinem Freund irgendwann einmal sein Leid über die langen Trennungen von seiner Frau geklagt, und Bart hatte nichts Eiligeres zu tun, als prompt bei der nächstbesten Gelegenheit in diese Kerbe hineinzustoßen.

Devon öffnete die Stalltür und eilte zur Box ihres Lieblings. Zärtlich streichelte sie Firefly über die Blesse. Am liebsten hätte sie ihr eine Mohrrübe gegeben, aber dazu war es jetzt schon zu spät. Die meisten Trainer waren der Überzeugung, daß Pferde ihre besten Zeiten mit leerem Magen liefen. Und so hatte Devon auch Fireflys Futterration heute morgen um zwanzig Prozent kürzen lassen.

»Bist hungrig, was, mein Schätzchen?« flüsterte sie liebevoll und küßte sie auf ihre warmen, weichen Nüstern. Inbrünstig schlang sie die Arme um Fireflys muskulösen Hals, und das Fohlen beantwortete diese Geste der Zärtlichkeit, indem sie an Devons Schulter nibbelte und ihr den Hut vom Kopf schubste. Doch Devon lachte nur und ließ ihn am Boden liegen. Sie störte sich auch nicht daran, daß die junge Stute ihr mit ihrem Speichel zwei nasse Flecken auf ihrem todschicken Seidenkleid hinterließ.

Schließlich verabschiedete sie sich von ihrem Liebling, bückte sich nach ihrem Hut und schlenderte zu den weiß getünchten, einfachen Unterkünften der Jockeys hinüber. Die wenigsten der Top-Jockeys der Nation wohnten die ganze Zeit unmittelbar an ihrem Arbeitsplatz, der Rennbahn. Die meisten arbeiteten das ganze Jahr über nur für einen einzigen Eigentümer und genossen das Privileg, als umworbene Hätschelkinder auf dessen komfortablem Landsitz zu residieren, wo es ihnen an nichts fehlte. Andere zogen es vor, sich von dem vielen Geld, das sie verdienten, eigene Villen auf dem Land zu bauen. Rick McClintock gehörte zu letzteren. Für das Derby hatte er sich eine Unterkunft gemietet, aber sonst wohnte er in einem luxuriösen Herrenhaus in der Nähe der Rennbahn. Er fuhr einen knallroten Sportwagen, auf dessen Beifahrersitz nach jedem Rennen eine andere Schönheit saß. McClintock war der typische Junggesellen-Jockey. Nachdem er und Devon sich ein bißchen besser kennengelernt hatten, hatte er sogar angefangen, mit ihr zu flirten, ohne dabei natürlich eine gewisse Grenze zu überschreiten.

»Ah, Mrs. Alexander, wie reizend Sie heute wieder aussehen!« rief er ihr zu und lud sie mit einer galanten Handbewegung in sein Ein-Zimmer-Kabäuschen ein.

Devon schenkte ihm ein strahlendes Lächeln. Es amüsierte sie immer wieder, was für ein enormes Selbstbewußtsein in diesen kleinen Kerlchen steckte. Dabei mußte sie zugeben, daß McClintock trotz seiner körperlichen Kleinheit durchaus attraktiv war. Mit seinem Verführerblick und dem jungenhaften Lächeln dazu hatte er einen ganz eigenen Charme.

Devon folgte seiner Einladung und setzte sich auf einen der beiden wackligen Holzstühle, Rick auf den anderen. Das Leben am Rande der Rennbahn war eben eher rustikal.

»Jaa …«, begann sie. »Gibt es noch irgend etwas, was wir nicht besprochen haben?« Seit den Blue-Grass-Stakes hatte sie McClintock als ständigen Jockey für Firefly engagiert, und so kannte er die Stute inzwischen fast so gut wie Jeremiah und sie selbst.

»Das mit den Scheuklappen war eine gute Idee«, sagte Rick. »Sie läßt sich davon überhaupt nicht irritieren. Und das besagte Problem ist damit auch vom Tisch. Ansonsten … ansonsten bleibt es bei der alten Strategie: Mit dem Startschuß volle Rakete!«

Devon nickte. »Ja, dann gibt's also sonst nichts mehr zu sagen …« Mit einem Lächeln zuckte sie die Achseln. »Außer, daß ich Ihnen Hals- und Beinbruch wünsche!«

Sie schüttelten sich die Hand. »Ich hoffe, Sie haben den Champagner schon kaltgestellt, Mrs. Alexander«, sagte McClintock mit einem schelmischen Grinsen.

Sie lachte. »O ja, das hab' ich. Das hab' ich!«

Die Tränen stiegen Devon in die Augen, als das gesamte Publikum stehend ›My Old Kentucky Home‹ sang – eine alte Tradition, mit der das Derby jedes Jahr eröffnet wurde. Es war weniger das Lied als die gesamte Situation, die sie so überwältigte.

Devons Nerven waren zum Zerreißen gespannt. Ohne ein Wort herauszubringen, beobachtete sie durch ihr Fernglas, wie Firefly an den Start geführt wurde. Fearless Leader wartete schon auf seinem Platz.

»Ach, das wird ein schönes Rennen«, freute sich Sydney. Sie hat ja keine Ahnung, was auf dem Spiel steht, dachte Devon. Niemand außer ihr und John wußte es.

Da ertönte schon der Startschuß. Wie bei den Blue-Grass-Stakes schoß Firefly wie eine Rakete davon und lag sofort an der Spitze.

»Das Stutfohlen Firefly liegt in Führung«, bestätigte der Rennkommentator, »gefolgt von Battering Ram, Snowball, Sensation, One for the Money, Young Turk und Boisterous. Fearless Leader ganz am Schluß, doch nein, jetzt schließt er auf, überholt Starlight, Henry's Boy, Motherlode und liegt jetzt Kopf an Kopf mit Lollapalooza.«

Ungeduldig sprang Devon auf, lehnte sich so weit sie konnte über die Brüstung der Loge, um Firefly noch besser mit dem Fernglas verfolgen zu können. McClintock hatte sie hervorragend unter Kontrolle. Mit einem Blick sah Devon, daß Firefly noch nicht einmal volle Kraft lief. Sie hatte also noch gute Reserven für den Endspurt. Devon atmete tief durch. Sie war so stolz auf ihr Füllen!

»McClintock kann einen Angriff von One for the Money erfolgreich abwehren, hält Firefly an der Spitze«, tönte es erregt aus dem Lautsprecher. »Fearless Leader nun auf der Innenbahn, überholt One for the Money. Firefly immer noch in Führung, dahinter Sensation. One For the Money zieht an, liegt Kopf an Kopf mit Fearless Leader, das gesamte Mittelfeld eine Länge zurück. Henry's Boy führt die Nachhut an. Achtung! Jetzt strebt Fearless Leader nach vorn, hängt One for the Money ab, ist Firefly auf den Fersen, die noch mit einer halben Länge Vorsprung führt!«

Devon beobachtete jede von McClintocks Bewegungen. Dicht an Fireflys Hals geduckt stand er in den Bügeln, peitschte sie gnadenlos vorwärts. Wie eine Furie stob Firefly voran. Schaum stand ihr vor dem Maul und troff ihren Hals entlang, während sie über die Bahn raste. McClintock trieb sie in die Innenbahn. Devon hielt den Atem an. Auf der Innenbahn war die Strecke kürzer, dafür waren die Kurven enger und daher schwieriger zu nehmen, was an die Kunst des Jokkeys höchste Anforderungen stellte.

Die Scheuklappen funktionierten bestens. Firefly schaute nicht links und nicht rechts, obwohl Fearless Leader nun dicht hinter ihr lag.

»Fearless Leader fällt zurück, One for the Money jetzt hinter Firefly«, klang die aufgeregte Stimme des Ansagers über den Platz.

Der graue One for the Money hatte sich tatsächlich zwischen Firefly und Fearless Leader gedrängt und schloß immer weiter nach vorn auf. Doch so leicht ließ sich Slim Bocaso, Fearless Leaders Jockey, nicht unterkriegen.

»Bocaso schlägt zurück«, dröhnte es aus dem Lautsprecher, »doch Sensation ist ihm im Weg. Wieder ist es One for the Money, der den Durchbruch schafft und jetzt Firefly bedrängt. Die junge Stute immer noch in Führung. Sie gibt nicht auf! Sieht so aus, daß sie einen neuen Bahnrekord läuft!«

Firefly stürmte über die Piste. Devon konnte sehen, wie die Venen am Hals ihres Fohlens hervortraten. Sein langer Schwanz stand waagrecht in der Luft.

Plötzlich ging ein Aufschrei durch die Menge.

»Was ist passiert?« kreischte die Stimme des Ansagers. »Firefly strauchelt! McClintock hat sie nicht mehr in der Gewalt! Sie bricht zusammen! McClintock stürzt. Stößt mit Sensation zusammen. Sensation fällt über ihn!« Wie ein Wolkenbruch prasselten die Worte auf die Zuschauermenge nieder.

»Mein Gott!« schrie Devon auf. Einen Augenblick stand sie wie erstarrt, unfähig, sich zu bewegen, auch nur zu begreifen, was da unten vor sich ging. Dann stürzte sie wie von Sinnen aus der Loge, hinunter zur Bahn, stolperte über Treppenstufen, Menschen, Handtaschen.

Wie von fern hörte Devon die Stimme des Rennkommentators: »Und One for the Money geht als Erster durchs Ziel, gefolgt von Fearless Leader, Young Turk wird Dritter. Firefly kann offenbar nicht aufstehen. Sensation inzwischen wieder auf den Beinen. Sie lahmt, aber es scheint nichts gebrochen. McClintock liegt am Boden, aber er bewegt sich. Jetzt steht er auf, hinkt zu Firefly hinüber. Das Stutfohlen rührt sich immer noch nicht.«

Wie in einem Alptraum sah Devon den weißen Ambulanzwagen durch die Menge zur Rennbahn rasen. Die schrille Sirene schmerzte sie in den Ohren. Devon dachte nur an ihr Füllen, dachte an McClintock. Sie rannte um ihr Leben. Eine kleine Figur in Schwarz und Rot.

»Sorry, Madam, Sie können da nicht durch.« Jemand stellte sich ihr in den Weg. Sie stieß ihn zur Seite, stürmte wie blind weiter.

Schweiß lief ihr über den Rücken. Sie war klatschnaß. Ihre Seidenstrümpfe hingen in Fetzen herunter, ihre Beine bluteten von den Schürfwunden, die sie sich an Treppenstufen, Absperrungen und anderen Hindernissen zugezogen hatte. Ärgerlich schleuderte sie sich die Schuhe von den Füßen, weil die hohen Absätze in den Sand sanken und sie beim Laufen behinderten. Ihren Hut hatte sie schon lange verloren.

»Firefly, Firefly, Firefly«, wiederholte sie keuchend in einem eigenartigen Singsang. »Bitte, lieber Gott, gib, daß ihr nichts passiert ist! Bitte!«

Jetzt war sie schon fast auf der Höhe des Unfallortes. Zwei Männer in weißen Kitteln betteten McClintock auf die Bahre. Sein schwarz-rotes Trikot war zerrissen. Blut rann ihm den Rücken hinunter. Gerade als Devon auf ihn zugelaufen kam, wurde er von den Männern davongetragen.

Eine Gruppe von Menschen drängte sich um die am Boden liegende junge Stute. Devon bahnte sich ihren Weg hindurch und sank an der Seite ihres geliebten Füllens auf die Knie.

»Firefly!« japste Devon mit letzter Kraft. Dann gefror ihr das Blut in den Adern.

Blicklos starrten sie die wunderschönen braunen Augen ihres toten Lieblings an.

»Mein Beileid, Mrs. Alexander«, sagte ein Mann in Schwarz und steckte sein metallenes Stethoskop wieder in die Tasche. »Es tut mir wirklich leid …«

»Nein!« schrie Devon verzweifelt.

»Es war ein Herzschlag, Ma'am«, sagte er so schonend wie möglich. Er stand auf und hielt Devon den Arm hin, um ihr hochzuhelfen.

Doch Devon weigerte sich. Hilflos streckte sie die Hand nach dem toten Füllen aus. »Ich will sie noch einmal streicheln«, hauchte sie.

»Ich glaube nicht, daß das …« begann der Mann in Schwarz.

»Halt die Schnauze, du Arschloch!« Willys barsche Stimme ließ den Tierarzt zusammenfahren. »Sie muß ihr die letzte Ehre erweisen!«

Mit zitternder Hand fuhr Devon über das seidene Fell an Fireflys Hals. »Sie ist immer noch voller Schaum«, flüsterte sie atemlos. Tränen liefen ihr über die Wangen.

Willy kniete an ihrer Seite nieder. »Sie hat Ihnen alles gegeben, was sie hatte«, sagte er mit brüchiger Stimme. »Wunderbar ist sie gelaufen, einfach wunderbar. Mit Sicherheit hätte sie gewonnen.«

»Sie hat mir ihr Herz geschenkt«, schluchzte Devon. »Sie hatte soviel Herz!« Wie ein Kind lehnte sie ihren Kopf an Willys schmuddeliges Hemd und begann bitterlich zu weinen. Er legte ihr den Arm um die Schulter und klopfte ihr ein wenig unbeholfen auf den Rücken.

»Ja, sie hatte Herz«, pflichtete er ihr bei. »Und das ist das schönste Kompliment, das man einem Rennpferd machen kann … sie hatte Herz!«

27

Noch nie hatte Devon solche Schmerzen durchgemacht, aber als ihr der Arzt dann dieses winzige, warme Bündel Leben in den Arm legte, war alle Pein vergessen.

»John?« fragte sie mit schwacher Stimme. Sie wollte diesen Moment des Glücks mit ihrem Mann teilen!

»Hier bin ich, Liebes.« Er kam auf Mutter und Tochter zu und nahm beide in seine starken Arme.

Ein überwältigendes Gefühl des Glücks, der Liebe, der alles umfassenden Liebe, durchströmte Devon, wie sie es noch nie in ihrem Leben empfunden hatte. Mit seligem Lächeln wiegte sie ihre Tochter im Arm. »Ein Weihnachtsbaby ... das schönste Geschenk, das es gibt!«

»Und? Hast du dich jetzt zu einem endgültigen Namen durchringen können?« neckte John seine Frau. Immer wieder hatten sie die verschiedensten Namen diskutiert, hatten sich stets am Ende auf einen geeinigt, nur damit Devon es sich am nächsten Tag wieder anders überlegen konnte.

Devon lächelte verschämt. »›Morgan‹, glaube ich. Und ihr zweiter Name soll ›Victoria‹ sein, nach deiner Mutter.«

»Morgan Victoria Alexander. Gefällt mir gut. Aber was ist mit *deiner* Mutter?«

»Die spar' ich mir für unser nächstes Mädchen auf«, grinste sie.

John betrachtete das runzlige kleine Etwas in Devons Armen. Auf einmal überkam ihn das Gefühl, dieses winzige Wesen beschützen zu wollen. Ein Gefühl, das ihn geradezu überwältigte. Und die Vorstellung der Verantwortung, die dieses Kind für ihn bedeutete, erfüllte ihn nicht mehr mit Angst, sondern mit Stolz. »Darf ich sie mal halten?« fragte er scheu.

Devon schaute zu ihm auf und lachte. »Aber sicher doch. Sie ist doch auch *deine* Tochter!«

Vorsichtig nahm er die kleine Kreatur hoch und bettete sie in seine Armbeuge. Was für winzige, zarte Händchen sie hatte! Und der dunkle Haarschopf – ebenholzfarben, wie Devons –, der so niedlich in die Höhe stand! Dieses Himbeermündchen – rund und rot und süß. John neigte seinen Kopf über sie und streichelte mit seinem Gesicht ihre Wange.

Und da war es um ihn geschehen. Er hatte sich heillos in seine Tochter verliebt!

»Morgan, meine süße kleine Morgan«, flüsterte er. »Ich werde immer auf dich aufpassen. Das versprech' ich dir.«

28

»Eine Überraschung!« sagte John geheimnisvoll und legte Devon eine große, mit bunten Satinbändern umwickelte Geschenkschachtel auf den Frisiertisch.

»Und was ist der Anlaß?« fragte sie verblüfft.

»Valentinstag, und die Tatsache, daß du wieder schlank und schön bist!« Wie ein kleiner Junge strahlte er sie an.

»Na ja«, widersprach sie kokett und kniff sich in den Bauch, der ihrer Meinung nach immer noch einen Zentimeter zu dick war. »Zumindest bin ich auf dem Wege dazu.«

Sie befreite die Schachtel von den Bändern und hob dann gespannt den glänzend-weißen Deckel hoch. »Oh!« hauchte sie und zog aus dem Seidenpapier ein hinreißendes knallrotes Samtkleid hervor. Es war betont schlicht gehalten, um den Blick des Betrachters nicht von dem eigentlichen Clou des Kleides abzulenken: großen schwarzen Puffärmeln aus echtem Nerz!

»Unvergleichlich!« Devon war sprachlos.

»Ziehst du's heute abend an?« fragte er erwartungsvoll.

Verblüfft schaute sie ihn an. »Heute abend?«

»Hast du das etwa vergessen?« John war enttäuscht.

Devon schlug die Augen zu Boden. »Ja, weißt du … ich war nicht mehr so sicher, ob wir überhaupt hingehen. Morgan ist heute schlecht aufgelegt. Sie …«

»Devon, bitte!« unterbrach sie John leicht gereizt. »Wir haben doch genügend Leute, die sich um unsere Tochter kümmern können. Wochenlang sind wir beide nicht mehr zusammen ausgegangen!«

»Och! Das stimmt aber nicht!« protestierte sie. »Erst vorgestern waren wir bei deinen Eltern zum Abendessen. Und letzte Woche sind wir mit Sydney und Bart ins ›Delmonico's‹ gegangen!«

»Ich rede doch nicht von so was, Devon!« Ungeduldig schüttelt John den Kopf. »Ich rede von wirklichen gesellschaftlichen Ereignissen! Eine Zeitlang hatte ich ja Verständnis dafür, daß du so unmittelbar nach der Geburt keine große Lust hattest, dich ins Getümmel zu stürzen. Aber wir können doch nicht ewig wie im Kloster leben!«

»John. Ich weiß, daß du Partys liebst. Warum gehst du nicht einfach ohne mich?« Devon hatte jede Lust an Bällen und anderen Festen verloren. Angefangen hatte es im Sommer, nach dem Tod von Firefly. Wochenlang war sie wie betäubt durch das Leben getaumelt. Es war ihr, als hätte sie ihr eigenes Kind verloren. Trotzdem war sie brav mit

John auf alle Partys und Empfänge gegangen, wie sie es ihm versprochen hatte.

Sie waren nach Newport zum Segeln gefahren, hatten sich ins Nachtleben von Saratoga Springs gestürzt und hatten die Jagdsaison auf dem Landsitz der Whitneys in Thomasville, Georgia, verbracht. Am Schluß hatte sie sich nur noch gewünscht, ihr Kind zur Welt zu bringen, damit sie endlich einen Grund hatte, sich dem ganzen Getümmel zu entziehen. Und jetzt wollte John offenbar ihren alten Lebensstil wieder aufnehmen, als ob es Morgan überhaupt nicht gäbe.

»Ich habe aber nicht die geringste Lust, ohne dich irgendwo hinzugehen!« explodierte John. »Du hast nicht nur eine Tochter, sondern auch einen Ehemann, der ein Recht darauf hat, einen Teil deiner Zeit und deiner Aufmerksamkeit zu beanspruchen!«

Schuldbewußt wandte sich Devon von ihm ab. Er war nicht der einzige, der dieses Klagelied sang. Erst kürzlich hatte ihre Schwester Grace ins gleiche Horn gestoßen, als sie kurz in New York war. Anfang Februar war Grace wieder nach Europa zurückgekehrt, aber ihre Worte klangen Devon noch immer im Ohr.

»Du hast einen verdammt attraktiven Mann, vergiß das nicht!« hatte sie gesagt. »Und du vernachlässigst ihn sträflich! Nein!« fuhr sie Devon in ihrer üblichen direkten Art über den Mund, »du bist jetzt still und hörst mir zu! Du erinnerst dich vielleicht daran, daß ich dir bereits zu Beginn eurer Ehe gesagt habe, daß dein Mann an erster Stelle zu stehen hat. Nicht deine Eltern, nicht deine Kinder, sondern dein Ehemann! Und jetzt erfahre ich, daß ihr monatelang getrennt wart, weil du da deine Rennleidenschaft austoben mußtest!«

Devon traute ihren Ohren nicht. »Wie bitte?« rief sie entrüstet. »Rennleidenschaft austoben? Ich hör' wohl nicht richtig! Ich habe Tag und Nacht gearbeitet! John hat mir Willowbrook gegeben, damit ich es zu seiner alten Größe zurückführe!«

»Aber ich denke, dafür habt ihr einen kompetenten Trainer ...«

»Aber ...«

»Schtt! Ruhig jetzt. Hör auf deine große Schwester! Zwischen John und dir stimmt etwas nicht. Das sehe ich, und das spüre ich! Wenn ich dich verdammte Rotzgöre nicht so gern hätte, würde ich überhaupt kein Wort darüber verlieren, weil mich fremderleuts Ehen nichts angehen. Aber ich kann nicht ruhig dabei zuschauen, wie du langsam aber sicher eine wunderbare Beziehung ruinierst!«

»Ruinierst? Ich weiß gar nicht, was du hast! John liebt mich und ist geradezu vernarrt in Morgan!« Mit Händen und Füßen wehrte sich

Devon gegen die Unterstellungen ihrer Schwester. Aber tief in ihrem Innern ahnte sie, daß Grace womöglich recht hatte.

Grace, die sofort spürte, daß ihre Worte Devon zu Herzen gingen, nahm sich ein wenig zurück. »Ja, das mag ja sein. Du hast jetzt die beste Gelegenheit, zwischen euch alles wieder ins reine zu bringen. Aber ich warne dich noch einmal – wenn du leichtfertig eure Ehe riskierst, wirst du das dein Leben lang bereuen!«

»Ich bereue nichts«, erwiderte Devon kalt. »Und ich werde nie auch nur einen einzigen Augenblick meines Lebens bereuen. Nicht einen Augenblick auf der Rennbahn, und mit Sicherheit nicht einen Augenblick, den ich mit Morgan verbracht habe.«

»Du bist ein unverbesserlicher Dickschädel!« erwiderte Grace mit der gleichen Kälte, die in Devons Stimme gelegen hatte. »Du magst dich jetzt in Sicherheit wiegen, aber ich schwöre dir – eines Tages wirst du es sehr wohl bereuen, wenn du mit John so weitermachst wie bisher. John wird von vielen Frauen umschwärmt. Ich bin erst eine Woche hier, aber ich habe da bereits so Gerüchte gehört …«

»Lächerlich! Bloß weil wir im Frühjahr öfter mal getrennt waren! John ist mir noch nie untreu gewesen …«

»Hoffen wir es«, erwiderte Grace mit einem tiefen Seufzer.

»Du willst doch wohl nicht sagen, daß …?« empörte sich Devon. Sie war kurz davor, endgültig die Beherrschung zu verlieren.

»Nein«, beruhigte sie Grace. »Aber ich könnte mir vorstellen, daß er zumindest schon einmal daran gedacht hat, und wenn es wirklich passieren sollte, dann bist einzig und allein *du* schuld daran!«

»Pah!« rief Devon aufgebracht. »Jeder Mensch ist nur für sein eigenes Handeln verantwortlich! Und für Ehebruch gibt es nicht die geringste Entschuldigung!«

»Vielleicht gibt es keine Entschuldigung, aber es gibt immer einen Grund! Und manchmal sogar einen ziemlich guten Grund.«

»Ist ja wirklich unglaublich, was du auf einmal für altmodische Ansichten vertrittst!« ereiferte sich Devon. »Früher hast du doch immer von dem freien Leben der Französinnen geschwärmt! Und was ist jetzt mit mir? Darf ich kein freies Leben führen? Darf ich nicht den Dingen nachgehen, die mich beschäftigen, die mich interessieren? Soll ich etwa alles aufgeben, nur aus Angst, meinen Mann zu verlieren?«

Eindringlich schaute Grace ihrer Schwester in die Augen. »Ich bin nicht altmodisch, ich bin nur realistisch, Devon. Natürlich bist du frei zu tun und zu lassen, was du willst und was dich interessiert. Mag ja sein, daß dir Willowbrook oder daß dir Morgan wichtiger ist als John.

Das ist ganz allein deine Entscheidung, wo du die Prioritäten setzt. Aber dann mußt du dich nicht wundem, wenn John enttäuscht und verletzt ist. Und du mußt dich nicht wundern, wenn er sich deshalb mit einer anderen Frau tröstet.«

»Aber das ist so ungerecht!« sträubte sich Devon wie ein kleines Kind, das die Wahrheit nicht hören will.

»Mag sein«, konterte Grace mit grimmigem Blick, »aber das ist die Realität.«

»Und was soll ich dann machen? John arbeitet. Den ganzen Tag hockt er in seinem Büro. Er könnte viel mehr Zeit in Willowbrook verbringen, statt dessen liegt er mir dauernd in den Ohren, daß ich ihn in New York besuchen soll. Und jetzt bin ich hier in New York, und das reicht dir immer noch nicht!« Abrupt verstummte Devon, erschrocken über die Feindseligkeit in ihrer Stimme. Hatte sich in ihr tatsächlich soviel Wut angestaut? War ihr John tatsächlich weniger wichtig als Willowbrook? Wie war es bloß dazu gekommen? Sie mußte sich wirklich Gedanken machen, wie sie die ganze Situation verändern konnte.

Als ob sie die Gedanken ihrer Schwester gelesen hätte, sagte Grace: »Ich bin überrascht, daß dir Johns Glück so wenig am Herzen liegt. Euer Glück als Paar. Du scheinst völlig in deiner eigenen Welt versponnen zu sein.«

»Morgan ist schließlich auch *seine* Tochter!«

»Du mußt doch nicht dauernd um Morgan herumtanzen«, widersprach Grace. »Ich hab' den Eindruck, daß du sie nur als Vorwand benutzt, um dir John vom Hals zu halten. Warum bist du nur zu so wenig Zugeständnissen bereit?« Verständnislos schüttelte sie den Kopf. »Aber du warst ja schon immer so. Schon damals, als ihr noch verlobt wart. Erinnerst du dich, daß du das erste gemeinsame Weihnachstfest partout in Evergreen anstatt mit deinem Verlobten in New York feiern wolltest?«

Devon machte eine wegwerfende Handbewegung. »Ach, das ist doch Schnee von gestern!«

»Na gut.« Ihre Schwester gab es auf. »Ich sehe – du bist einfach unbelehrbar. Bitte – wenn du dein Leben allein verbringen willst. Nur zu! Wenn du es dagegen mit einem Mann teilen willst ...«

»Aber wir schreiben das Jahr 1935!« begehrte Devon auf. »Frauen sind berufstätig. Frauen haben das Wahlrecht. Wir sind nicht mehr nur das Anhängsel der Männer!«

Grace brach in schallendes Gelächter aus, in dem ein Hauch von Zynismus mitschwang. »Ach Gottchen, du naives Kind!« prustete sie.

»Hat dich das Leben immer noch nicht von deinen absurden Idealen geheilt? Kein Wunder, daß du unglücklich bist. Du willst der Wahrheit einfach nicht ins Gesicht schauen!«

»Der Wahrheit? Und die wäre?« fragte Devon herausfordernd.

»Daß ein Mann *immer* erwartet, im Leben seiner Frau die Nummer eins zu sein! Ganz egal, wie fortschrittlich und modern die Zeiten sein mögen! Das ist die traurige Wahrheit. Du kannst dich dagegen auflehnen, soviel du willst, aber wenn du das nicht akzeptierst, schaufelst du dir dein eigenes Grab! Über kurz oder lang verlierst du deinen Mann, fertig, aus. So einfach ist das.«

Heftig schüttelte Devon den Kopf. »Nein! Wenn das tatsächlich ›die Wahrheit‹ ist – dann werde ich mich mein Leben lang dagegen wehren! Ich habe ein eigenes Leben, ein Leben unabhängig von John! Und in diesem Leben habe ich bestimmte Ziele, die ich erreichen will!« Sie schwieg und dachte nach. Irgendwie würde sie schon alles unter einen Hut bringen. Gut, sie würde John mehr Zeit widmen, würde mehr mit ihm ausgehen, würde ihm noch mehr zeigen, wie sehr sie ihn liebte. Aber zwei Dinge würde sie nie und nimmer tun: ihre Rennleidenschaft für ihn aufgeben, und die Erziehung ihrer Kinder irgendwelchen Hausangestellten überlassen! Das stand für sie fest.

Grace stieß einen tiefen Seufzer aus, der ihre ganze Resignation zum Ausdruck brachte. »Nun gut, dann kann ich dir nur wünschen, daß du deine Ziele erreichst und damit glücklich wirst. Aber frage dich auch, ob der Preis, den du dafür zahlst, die Sache wert ist. Wenn du diese Frage bejahen kannst – gut. Aber sei dir bewußt, daß du eine Wahl triffst, und sei dann auch bereit, die Konsequenzen dieser Wahl zu tragen!«

Es war dieses Gespräch, an das Devon denken mußte, als sie das herrliche scharlachrote Samtkleid auf ihrem Bett betrachtete. John hatte extra die Farben des Willowbrook-Stalls scharlachrot und schwarz – gewählt, um ihr damit eine besondere Freude zu machen. Jetzt war es an ihr, *ihm* einen Gefallen zu tun.

»Du hast recht, John«, gab Devon zu. »Und mit diesem atemberaubend schönen Kleid wird mir der Abend ein ganz besonderes Vergnügen sein!« fügte sie hinzu, bemüht, Begeisterung in ihre Stimme zu legen. Sie klingelte nach Alice.

»Würdest du mir bitte ein heißes Bad einlassen, Alice«, bat sie. »Wir gehen heute abend aus.« Der befriedigte Ausdruck in den Augen ihres Mädchens half nicht, ihre Stimmung zu heben. Sie fühlte sich hundeelend, auch wenn sie es nicht wahrhaben wollte. Waren ihre Vorstellungen von Freiheit und Glück denn tatsächlich so schwer zu verwirklichen? Auf einmal hatte sie das Gefühl, daß es niemanden auf der Welt gab, der sie wirklich verstand.

29

Es war das erste Mal, daß Devon ihre Tochter Morgan vor sich in den Sattel setzte. Sie saß hinter ihr und hielt sie mit beiden Armen fest – doch das kleine Mädchen hatte trotzdem solche Angst, daß es gottserbärmlich weinte und schrie.

»Um Himmels willen, Devon, hör auf! Das ist ja die reinste Quälerei!« rief John besorgt und streckte die Arme nach seiner Tochter aus, um sie aus dem Sattel zu heben.

»Ich versteh' nicht, warum sie solche Angst hat«, wunderte sich Devon. »Ich halt' sie doch fest!« Devon hatte extra keinen der Vollblüter, sondern eine gemächliche Kaltblüter-Stute für den ersten gemeinsamen Ritt von Mutter und Tochter ausgewählt.

»Aber sie ist gerade erst zwei Jahre alt!« erinnerte sie John. »Und wenn sie Angst hat, dann hat sie eben Angst. Entweder legt sich diese Angst ganz von allein oder nie. Aber erzwingen kannst du nichts! Wenn du sie mit Gewalt auf dem Pferd hältst, machst du alles nur viel schlimmer!«

»Ja, ich weiß«, murrte Devon unwirsch. Es ärgerte sie, daß John ihr unterstellte, sie würde nur aus persönlichem Ehrgeiz ihre Tochter unnötigen Seelenqualen aussetzen. Warum mußte sie eigentlich all ihre Handlungen immer vor ihm rechtfertigen? Mißmutig reichte sie ihm das schreiende Kleinkind und sprang dann selbst aus dem Sattel.

»Reiten ist nun mal nicht jedermanns Sache«, erklärte John.

Devon wischte seine Bedenken vom Tisch. »Ach, eines Tages wird sie ganz von selbst reiten wollen«, entgegnete sie zuversichtlich. »Ist alles nur eine Frage der Zeit.«

»Vielleicht«, lenkte John ein, aber seine Zweifel waren unüberhörbar.

Verständnislos schaute Devon ihren Mann an. »Möchtest du denn gar nicht, daß sie eine gute Reiterin wird?«

Sie überließen das Pferd einem Stallburschen und gingen gemeinsam ins Haus zurück. »Um ehrlich zu sein – es ist mir ziemlich egal«, antwortete John.

Devon nahm ihm die immer noch leise schluchzende Kleine ab, wiegte sie und redete beschwichtigend auf sie ein, bis sie sich wieder beruhigt hatte. »Ich versteh' dich nicht«, sagte Devon. »Du reitest gerne. Ich reite gerne. Wieso hast du dann kein Interesse daran, daß sie auch gerne reitet?«

Seufzend blieb John stehen. »Soll ich dir sagen, warum?« fragte er. »Weil nicht alles, was einem selbst Spaß macht, automatisch den eigenen Kindern Spaß machen muß.«

Beleidigt wandte sich Devon von ihm ab und zuckte trotzig die Achseln. Dann trug sie ihr Töchterchen ins Haus.

In letzter Zeit hatten sie und John des öfteren Streit über Fragen der Kindererziehung. Zum Beispiel plädierte John dafür, Morgan in Willowbrook aufwachsen und dort vom Personal betreuen zu lassen, um in Ruhe mit Devon in ihrer gemeinsamen New Yorker Residenz leben zu können, zumindest einige Monate im Jahr. Er wollte nicht den ganzen Tag Kindergeschrei um sich haben. Devon dagegen war der Meinung, daß ein Kind seine Eltern brauchte und daß sie Morgan deshalb immer mit nach New York nehmen sollten. Diese unterschiedlichen Standpunkte waren ein häufiger Grund für endlose Streitereien.

Doch zum Glück merkten sie immer rechtzeitig, wenn ihre Dispute ein Ausmaß erreichten, das den Bestand ihrer Ehe gefährdete, und dann unternahm John oder Devon irgend etwas, um dem anderen zu zeigen, wie sehr er ihn liebte.

Diesmal war es John, der einen Vorstoß machte, um wieder ein gutes Klima herzustellen. »Soll ich ein bißchen auf Morgan aufpassen?« fragte er seine Frau. »Dann hast du Zeit, ins Gewächshaus zu gehen.«

Devon wußte seine Bereitschaft zu würdigen. »Danke, das ist sehr lieb von dir«, erwiderte sie mit einem warmen Lächeln. »Aber es ist jetzt sowieso Zeit für ihren Mittagsschlaf, da kannst du sie ruhig Penny überlassen.«

Liebevoll schaute sie den beiden nach – die winzige Morgan kuschelte sich vertrauensvoll an die breite Brust ihres Papas. Auf einmal wallte in Devon eine Woge grenzenloser Liebe auf. Und gleichzeitig empfand sie einen Hauch von Wehmut, den sie sich nicht erklären konnte.

30

Devon und Morgan standen im Gemüsegarten und waren dabei, sich ein paar der schönsten Kürbisse auszusuchen. »Darf ich dann Gesichter reinschneiden?« fragte das vierjährige Mädchen aufgeregt.

Devon mußte lächeln. »Du darfst die Gesichter aufmalen, aber ausschneiden tut sie dann der Papa.«

Morgan zog eine enttäuschte Schnute. »Aber Papa ist doch nicht da!« rief sie, den Tränen nahe.

»Heute nachmittag kommt er aber wieder!« klärte Devon sie auf.

»Ohh!« Ein Strahlen ging über Morgans Gesicht, und vor Begeisterung führte sie sofort ein kleines Tänzchen auf. Wenn ihr Papa doch immer da wäre! Aber Mama sagte, daß er so viel in New York zu tun hätte. Wochenlang war er oft nicht da, und wenn er dann wiederkam, war es immer ein ganz besonderes Ereignis. Manchmal kam er ihr dann aber auch wie ein ganz fremder Mann vor, und sie mußten sich erst wieder neu kennenlernen. Zum Glück war Mama immer da. Mit Mama konnte man so lustige Sachen machen! Zum Beispiel im Wald rumtoben und sich dreckig machen. Papa war immer fein sauber angezogen. Papa war nie dreckig. Dafür konnte er einen in die Luft werfen und wieder auffangen, ohne daß es weh tat. Das war natürlich schon ganz was Tolles, was so manches wieder ausglich!

»Tut der Papa …« Die kleine Morgan verstummte.

»Was denn, mein Schatz?« Devon ging neben ihrer Tochter in die Hocke.

»Tut der Papa mir dann eine Gute-Nacht-Geschichte vorlesen?«

Liebevoll fuhr Devon ihrer Kleinen durchs Haar. »Aber sicher. Da wett' ich drauf!« rief sie lachend.

Doch als es dann Zeit war, ins Bett zu gehen, war kein Papa da, sondern nur Penny. Als Morgan sie nach Papa und Mama fragte, erklärte ihr das Kindermädchen, daß die beiden unten im Salon seien und miteinander redeten. Morgan konnte sie hören. Sie redeten sehr laut. Papa und Mama redeten oft sehr laut, aber nie, wenn sie, Morgan, in ihrer Nähe war.

Ein paar Minuten später gab es für Morgan zum Trost doch noch eine Überraschung. Mama kam ins Zimmer, um ihr gute Nacht zu sagen. Mama sah wunderschön aus. Wie eine Fee aus dem Märchen. Sie hatte ein wehendes rosa Kleid an und roch auch gar nicht nach Heu, wie sonst immer, sondern nach duftenden Blumen. An ihren Ohren und um ihren Hals herum hingen lauter funkelnde Tropfen.

Nein, das waren gar keine Tropfen. Sie fühlten sich ganz hart an. »Sind das Eisblumen?« fragte Morgan ehrfürchtig.

Devon lächelte. »Ja, vielleicht ...« Als sie die Verblüffung im Gesicht ihrer Tochter sah, klärte sie sie schnell auf. »Nein, das sind keine Eisblumen, Morgan. Das sind Diamanten.«

»Oh!« staunte Morgan. »Die sehen aus wie Zaubersterne!«

»Ja, das stimmt«, antwortete Devon leise. Lächelnd betrachtete sie ihre Tochter, die ihr wie aus dem Gesicht geschnitten war. Sie sah so unschuldig aus, mit ihrem glänzenden, ebenholzfarbenen Haar, ihrem zarten Gesichtchen und dem hübschen weißen Spitzennachthemd.

»Wann kommt Papa, um mir die Gute-Nacht-Geschichte zu erzählen?« fragte die Kleine.

»Gleich kommt er«, antwortete ihre Mama mit sanfter Stimme. »Er muß sich nur noch schön anziehen, weil er heute abend auf eine Party geht.«

»Papa geht auf eine Party!« staunte das Mädchen. »Gehst du auch auf die Party?«

»Ja.«

»Geht ihr zusammen?«

Verblüfft schaute Devon ins Gesicht ihrer Tochter. Spürte dieses kleine Mädchen tatsächlich die Spannungen zwischen ihr und John? Sie hatte immer gedacht, daß sie ihre Streitigkeiten bisher erfolgreich vor ihr verborgen hätten. »Natürlich gehen wir zusammen, mein kleines Dummerchen, was glaubst du denn?«

Die Kleine schwieg einen Augenblick. »Bist du böse auf Papa?« fragte sie dann.

»Aber nein! Wie kommst du denn darauf?«

»Warum hast du dann so laut mit ihm geredet?«

Devon überlegte einen Moment, wie sie sich dem Kind verständlich machen könnte. »Weißt du, manchmal machst du die Mama doch auch böse, wenn du zum Beispiel Leslie haust ... oder wenn du dein Gemüse nicht aufißt.«

»Aber Papa ißt sein Gemüse doch immer auf. Papa mag Gemüse.« Zumindest hatte er ihr das immer gesagt, wenn sie dieses doofe grüne Zeugs nicht essen wollte.

Devon mußte lachen. »Ja, Papa mag Gemüse, das stimmt. Aber manchmal haben die großen Leute über irgendwelche anderen Sachen ... einfach verschiedene Ansichten.«

»Vaschie'ne Ansich'n?« Die kleine Morgan konnte mit diesem Ausdruck überhaupt nichts anfangen.

»Verschiedene Ansichten haben ... das ist ... also, wenn ich zum Beispiel sage: ›Bohnen schmecken wunderbar!‹ und du sagst: ›Igittigitt! Bohnen schmecken ganz scheußlich!‹ Dann haben wir verschiedene Ansichten. Das ist nicht das gleiche wie Streiten. Streiten ist häßlich. Verschiedene Ansichten haben heißt einfach, über ein und dieselbe Sache nicht das gleiche denken.«

In Morgans Köpfchen arbeitete es. »Du und Papa ... habt ihr oft vaschie'ne Ansich'n?«

»Nein, überhaupt nicht«, erwiderte Devon. Eigentlich stimmten John und sie in den meisten Fragen überein. Nur die wenigen Dinge, über die sie dann tatsächlich unterschiedlicher Meinung waren, die waren so fundamental, daß es jedesmal ein Hauen und Stechen wurde.

»Warum redet ihr dann immer so laut?«

Devon fühlte sich ein wenig ratlos. John und sie hatten beide immer vermieden, sich in Gegenwart des Kindes zu streiten. Aber offensichtlich hatte die Kleine doch etwas von ihren Auseinandersetzungen mitbekommen.

»Hast du Angst, wenn wir so laut miteinander reden?« fragte sie mitfühlend und strich ihrer Tochter liebevoll übers Haar.

Das Mädchen schwieg. »Manchmal ...«, sagte sie dann leise.

Devon beugte sich über ihr Bettchen und nahm sie fest in die Arme. »Du brauchst wirklich keine Angst zu haben, mein Schätzchen, wenn wir manchmal laut miteinander reden. Ich hab' deinen Papa ganz, ganz lieb, und er hat mich auch ganz lieb, und vor allem haben wir dich so lieb wie niemanden auf der Welt!« Sie ließ ihr Töchterchen wieder los und streichelte ihr die Wange. »Und jetzt kommt gleich der Papa und liest dir deine Gute-Nacht-Geschichte vor.«

Doch als der Papa fünf Minuten später kam, war Klein-Morgan schon fest eingeschlafen und träumte von wunderschönen Feen in rosa Gewändern mit ganz vielen funkelnden Tropfen um den Hals.

31

John gab Grace einen Abschiedskuß auf die Wange, als der Pan-Am-Flug nach Chicago aufgerufen wurde. Chicago war die erste Zwischenstation auf ihrem Weg von New York zur Hearst-Ranch, wo Devons Geburtstag gefeiert wurde. Eigentlich hatte John seine Schwägerin begleiten wollen, aber ein dringendes Geschäft in New York hielt ihn zurück.

»Ich hoffe, Devon hat Verständnis«, sagte er mit leicht schuldbewußtem Blick. »Aber dieses Geschäft darf ich mir auf keinen Fall durch die Lappen gehen lassen.«

»Natürlich. Es ist ja auch nicht deine Schuld, daß Henley erkrankt ist.«

»Ja, aber jetzt, wo es ihm besser geht ... vielleicht hätte ich ihn noch hinhalten können ...«

»Komm, John«, beruhigte ihn Grace. »Du hast unheimlich viel Zeit und Geld in dieses Geschäft investiert, und die Konkurrenz sitzt schon in den Startlöchern ... außerdem – du kommst ja nur einen Tag später.«

»Ja, aber ich verpaß' genau Devons Geburtstagsparty!«

»Bei Marion gibt's doch jeden Tag eine Party!« lachte Grace. »Vielleicht kann ich sie ja auch überreden, Devons Party um einen Tag zu verschieben.«

John wußte, daß Marion Devons Party absichtlich auf den Samstag gelegt hatte, damit ihre zahlreichen Schauspieler-Freunde aus Hollywood kommen konnten. Wenn sie die Party auf Sonntag, Devons eigentlichen Geburtstag, verschieben würden, müßte die Feier in wesentlich kleinerem Rahmen stattfinden.

»Devon hat ja sowieso erst am Sonntag Geburtstag«, kam Grace ihm entgegen, die seine Gedanken zu erraten schien. »Und wenn du am Sonntag nachmittag kommst, reicht das doch allemal noch.« Sie war gerührt, daß John es so sehr bedauerte, Devons Geburtstagsfeier zu verpassen.

Was sie nicht wußte, war, daß John dies vor allem deshalb so bedauerte, weil es in seiner Ehe schon seit längerem kriselte.

Ein letztes Mal winkte John seiner Schwägerin zu, dann strebte er zum Ausgang des Flughafens, wo sein Auto stand.

»Wohin, Sir?« fragte der Fahrer, als John im Fond Platz genommen hatte.

»Ins ›21‹«, war die knappe Antwort. Er würde schnell ein Steak essen, ein, zwei Drinks zu sich nehmen und dann wieder ins Büro fahren, um sich auf den Geschäftstermin morgen vorzubereiten.

Mit einem warmherzigen Lächeln begrüßte der Wirt seinen Stammgast: Ohne daß John etwas zu sagen brauchte, wurde ihm sein üblicher Tisch zugewiesen und ein Glas Whisky-Soda serviert.

»Wie immer«, sagte er zu dem Ober, der daraufhin mit einem kurzen Nicken wieder verschwand. John wußte, daß ihm sein Steak genau ›medium‹ gegrillt und mit gebackener Kartoffel, frischer Butter und Sauerrahm serviert werden würde. An und für sich war John ein Feinschmecker, der exquisite Delikatessen vorzog, aber hin und wieder war ihm einfach nach etwas Herzhaftem zumute.

Als er kurz darauf den ersten Bissen von seinem herrlich saftigem Steak nahm, ging es ihm gleich wesentlich besser. Die Spannungen der letzten Zeit hatten seine Nerven arg strapaziert.

»Einen wunderschönen guten Abend!« ertönte eine sympathische Frauenstimme hinter ihm.

John drehte sich um. Bebe Henley, in einem atemberaubenden, trägerlosen goldenen Paillettenkleid, stand vor ihm und schenkte ihm ein verführerisches Lächeln.

Er erhob sich sofort. »Wie nett, dich wiederzusehen«, erwiderte er höflich. Das Spiel des Lichts auf ihrem Kleid brachte ihn ein wenig aus der Fassung.

Lächelnd trat sie einen Schritt auf ihn zu. »Stört's dich, wenn ich mich einen Augenblick zu dir setze?«

»Aber ganz im Gegenteil«, antwortete er. Aus dem Augenwinkel schaute er sich schnell nach ihrem Begleiter um, aber sie war offensichtlich alleine da.

»Ja, man hat mich schnöde im Stich gelassen«, lachte Bebe, die seinen Blick sofort bemerkt hatte. »Daddy ist gerade eben gegangen. Er ist noch ein bißchen wacklig auf den Beinen und wollte früh ins Bett, damit er für den Termin mit dir morgen fit ist. Aber für mich hat der Abend natürlich gerade erst angefangen«, fügte sie mit einem laszicven Lächeln hinzu und lehnte sich in den weichen Ledersessel zurück.

Einen Augenblick lang war John ein wenig nervös. Es war ihm unangenehm, mit Bebe allein in der Öffentlichkeit gesehen zu werden. Sie hatte zwar in der Zwischenzeit geheiratet, ihm gegenüber jedoch seltsamerweise ihren Mann nie erwähnt. Seine Nervosität steigerte sich noch, als Bebe nun in einer aufreizenden Pose ihre Beine übereinanderschlug, so daß der Schlitz ihres Kleides sich öffnete und ihm einen irritierenden, wenn auch äußerst reizvollen Blick eröffnete.

Bebe tat so, als bemerkte sie die Wirkung nicht, die sie auf ihn ausübte, und suchte in ihrem Täschchen nach den Zigaretten.

»Darf ich?« fragte John, nahm ihr das goldene Cartier-Feuerzeug ab und hielt die Flamme an die Spitze ihrer schlanken Damenzigarette.

»Danke«, sagte Bebe.

John wußte, daß ihm aus Gründen der Höflichkeit nun nichts anderes übrig blieb, als sie auf einen Drink einzuladen.

»Einen Courvoisier hätt' ich gerne«, sagte Bebe und formte ihre makellosen Lippen zu einem verführerischen Kußmund, durch den sie leicht gelangweilt den Rauch ihrer Zigarette blies.

Während John sein Steak zu Ende aß, trank Bebe ihren Courvoisier und danach noch einen zweiten. John hatte seine anfängliche Unsicherheit inzwischen abgelegt – nicht zuletzt aufgrund des Champagners, zu dem er Bebe anschließend eingeladen hatte – und lachte mit ihr gemeinsam über die vielen lustigen Geschichten, die sie von sich und ihrem Vater erzählte.

So plauderten sie den ganzen Abend lang. Als John irgendwann auf die Uhr schaute, war er überrascht, wie schnell die Stunden vergangen waren. Sie hatten schon die zweite Flasche Champagner geleert, und John spürte trotzdem nicht die geringste Lust, schon nach Hause zu gehen. Für einen Augenblick ließ er seinen Blick unverhohlen über Bebes attraktiven Körper streifen. Ihr wallendes Blondhaar fiel auf ihre vollen Brüste, die nur unzureichend von dem Kleid verhüllt wurden. Ihre nackten, von der Sonne gebräunten Schultern glänzten seidig matt im schummerigen Licht der Tischlampe. Auf einmal überkam John das unwiderstehliche Verlangen, ihr diesen Rausch von funkelndem Gold über die Hüften zu ziehen, um zu sehen, ob das, was sich darunter verbarg, genauso aufregend war, wie er es aus den fernen Tagen am Swimmingpool der Hearst-Ranch in Erinnerung hatte.

Doch genau diese Erinnerung brachte ihn wieder in die rauhe Wirklichkeit zurück. Einen Moment schloß er die Augen und dachte an Devon. Doch statt der Gestalt seiner Frau in all ihrer Schönheit erschien vor seinem geistigen Auge das Bild von Devon, wie sie aussah, als er sich mit ihr vor kurzem wieder einmal heftig gestritten hatte.

»Woran denkst du?« drang Bebes rauchige Stimme in sein Bewußtsein.

Ohne zu antworten schaute er ihr in die Augen. Es knisterte zwischen ihnen geradezu vor erotischer Spannung. Und ihr Blick sagte alles. Verwirrt ob der unwiderstehlichen Wirkung, die sie auf ihn ausübte, schaute er weg. »Ich … ich glaube, ich muß jetzt heimgehen«, murmelte er.

»Ja, es ist spät.« Bebes Reaktion überraschte ihn. Aus irgendeinem Grund hatte er angenommen, sie würde versuchen, ihn noch länger in dem Lokal zu halten. Schon seit Jahren umgarnte ihn Bebe nach allen Regeln der Kunst, aber er war ihr stets aus dem Weg gegangen, wohlwissend, wie sehr sie ihn in Versuchung führte, und hatte, wenn er sie auf einer Party traf, immer dafür gesorgt, daß er keinen Augenblick mit ihr allein im Raum war. Doch jetzt, während er ihrem unnachahmlichen Hüftschwung durch das Restaurant nach draußen folgte, hatte er das Gefühl, ihr einfach nicht mehr widerstehen zu können. Das Leben mit Devon war so fürchterlich anstrengend, so voller Spannungen und Streitereien. Wie gern würde er in den Armen dieser kleinen Nymphe hier vor ihm einfach ein bißchen Trost und Entspannung suchen!

»Bringst du mich heim?« fragte sie, als Johns Chauffeur aus dem Rolls-Royce stieg, um ihnen den Schlag aufzuhalten.

Jetzt erst verstand er, warum sie nichts dagegen gehabt hatte, nach Hause zu gehen. Sie hatte also kein eigenes Auto dabei. »Natürlich«, murmelte er. Er war jetzt einfach zu champagner-beschwipst und zu erregt, um von dieser kleinen Verführerin Abstand halten zu können.

Erst als er mit ihr im Auto saß, wurde ihm bewußt, daß, wenn er jetzt nicht die Bremse zog, das Schicksal unwiderruflich seinen Lauf nehmen würde. Seit acht Jahren war er verheiratet, ohne auch nur ein einziges Mal fremdgegangen zu sein. John hielt viel auf eheliche Treue. Nicht, daß er noch nie an einen Seitensprung gedacht hätte. Aber er hatte sich solche Fantasien immer sofort aus dem Kopf geschlagen, um seine Ehe mit Devon nicht zu belasten.

Als der Wagen vor Bebes Haus hielt, hörte er sie leise fragen: »Kommst du noch mit auf einen Drink? Mein Mann ist verreist.« Sie wandte sich zu ihm um. Ihre schneeweiße Pelzstola umrahmte ihr sonnengebräuntes, üppiges Dekolleté. Im schwachen Dämmerlicht der Straßenlaterne wirkte sie auf ihn wie die Inkarnation von Sinnlichkeit und Verführung.

John hatte Mühe zu antworten. »Ich … ich denke nein. Vielen Dank.«

Bebe verzog ihre Lippen zu einem leicht gekränkten Schmollmund. Sie lehnte sich in den Sitz zurück. »Hab' ich dich mißverstanden?« flüsterte sie.

Verwirrt ob ihrer Direktheit, suchte John vergeblich nach Worten. Er war froh, daß sie in der Dunkelheit des Wagens nicht sehen konnte, wie ihm die Schamröte ins Gesicht stieg. »Ich … ich verstehe nicht, was du meinst«, stotterte er schließlich.

Unverwandt schaute sie ihn an. »Es war offensichtlich ein Fehler von mir, anzunehmen, daß du schon soweit wärst. Aber deshalb solltest *du* nicht den Fehler machen, anzunehmen, daß ich blöd bin.«

»Aber wie käme ich denn dazu!« entfuhr es ihm. Er verstand überhaupt nicht, wovon sie redete.

»Ruf mich an, wenn du soweit bist«, schnitt ihm Bebe das Wort ab. »Vielleicht bin ich dann noch zu haben.«

Sie wartete nicht, daß ihr der Fahrer die Tür aufhielt. Fast lautlos schlüpfte sie aus dem Auto, leuchtete mit ihrem aufregenden Paillettenkleid unter der Laterne noch einmal auf wie ein gleißender Komet und verschwand dann in der Dunkelheit der Nacht.

32

Aufgeregt beugte sich Morgan über ihre große Geburtstagstorte und blies dann mit aller Kraft die fünf rosa Kerzen aus, während um sie herum alle »Happy Birthday!« sangen. Unter den wachsamen Augen von Laurel und Devon nahm sie dann mit ihren Händchen das viel zu große Messer und schnitt etwas unbeholfen die Torte an.

»Uiih, Oma, schau!« rief sie begeistert und tanzte von einem Bein aufs andere. »Mein Lieblingskuchen!« Unter dem feinen Schokoladenguß wurden mehrere üppige Lagen mit köstlicher Nugat-Füllung sichtbar.

»Schokolade und nochmal Schokolade!« lachte Laurel. »Du bist ja wie die Mama!«

Strahlend blickte die kleine Morgan im Kreise herum. Im sonnigen Frühstückssalon von Willowbrook waren alle Menschen um sie versammelt, die sie liebhatte. Der glänzende Mahagonitisch bordete nur so über von bunt verpackten Schachteln.

»Darf ich jetzt meine Geschenke auspacken?« drängelte sie.

»Nein, junge Dame«, sagte Devon in freundlichem, doch bestimmten Ton. »Erst wollen wir doch unseren Gästen Kaffee und Kuchen anbieten!« Und so mußte die Kleine geduldig warten, bis die Torte aufgeschnitten und verteilt war und aus den Tassen Kaffee und heiße Schokolade dampften.

Dann war es endlich soweit, und sie riß das bunte Seidenpapier von den Schachteln.

»Oh, ist die schön, Papa!« rief Morgan atemlos und hielt ehrfürchtig die zarte Chinapuppe in die Höhe. Sie hatte seidiges schwarzes Haar wie die Mama und trug ein langes lavendelfarbenes Kleid mit weit gebauschtem Rock und Ärmeln.

Plötzlich legte sie die Puppe wieder in den Karton, lief zu ihrem Papa hinüber und krabbelte auf seinen Schoß. »Wirfst du mich in die Luft?« bettelte sie.

»O nein!« stöhnte John. »Dazu bist du jetzt schon viel zu groß, Morgan! Ich weiß gar nicht, ob ich dich überhaupt noch hochheben kann!«

Morgan kicherte über so einen Quatsch. Ihr Papa war doch der stärkste Mann der Welt! »Ach, bitteeee!« quengelte sie. Sie wußte, daß der Papa ihrem Charme nicht widerstehen konnte, und so stand er denn auch prompt auf.

»Na gut, ausnahmsweise!« lächelte John. Er packte sie an der Taille, warf sie in die Luft, fing sie wieder auf und hielt sie noch einen Moment an die Brust gedrückt. Morgan war glücklich. Wie sicher und geborgen fühlte sie sich in Papas starken Armen! Sie warf einen verstohlenen Blick zur Mama hinüber und sah, wie Papa und Mama sich anlächelten. Wie schön, daß ihre Eltern sich so liebhatten!

»Dein Papa und ich haben noch ein Geschenk für dich!« wandte sich Devon nun in geheimnisvollem Ton an ihr Töchterchen.

»Ja?« erwiderte sie aufgeregt. »Wo denn?« Sie konnte es gar nicht erwarten, von Papas Armen wieder herunterzukommen.

»Draußen.« Devon ging ihr voraus in die Eingangshalle. »Du mußt aber erst dein Mäntelchen anziehen.«

John hielt der Kleinen ihren roten Kapuzenmantel hin, in den Morgan auch willig schlüpfte. Doch zum Zuknöpfen hatte sie einfach keine Zeit mehr, so neugierig war sie, ihr Geschenk zu sehen. Hastig lief sie ihrer Mama hinterher, die in dem Moment die Eingangstür öffnete.

Als Morgan sah, was sie draußen erwartete, erstarrte sie. Da stand Jeremiah mit einem Pony an der Leine, braun und mit sandfarbener Mähne! Um den ebenso sandfarbenen Schwanz hatten ihre Eltern eine riesengroße rosa Schleife gebunden.

»Das ist ... das ist ... vielen Dank«, stammelte Morgan. Sie konnte es nicht fassen. Ihr schlimmster Alptraum war wahr geworden! Alle erwarteten jetzt von ihr, daß sie sich freute, das wußte sie. CeCe Hartwick war begeistert gewesen, als sie ihr erstes Pony geschenkt bekam. Aber CeCe konnte ja auch reiten! Morgan hatte im Grunde schreckliche Angst vor Pferden, außer wenn ihre Mama hinter ihr im Sattel saß. Wußten ihre Eltern das denn nicht? Am liebsten hätte sie auf der Stelle losgeheult.

Devon und John sahen auf einen Blick, daß sie alles andere als einen Treffer gelandet hatten. Sie schauten sich ein bißchen betreten an, dann hockten sie sich vor Klein-Morgan hin.

»Liebling«, begann Devon in beschwichtigendem Ton, »wenn es dir nicht gefällt, dann geben wir es wieder zurück.«

Aber Morgan hätte es niemals fertiggebracht, zuzugeben, daß ihr das Pony nicht gefiel. Sie wußte, daß ihre Eltern Pferde liebten, und sie wollte doch eine genauso tolle und mutige Reiterin werden wie die Mama!

»Weißt du, Morgan«, schaltete sich John ein. »Du mußt das Pony ja nicht reiten. Du kannst es einfach nur als Haustier nehmen. Hm, wie wär' das?«

Als Haustier ..., dachte Morgan. Das Pony war ja wirklich sehr süß und auch nicht so gefährlich groß. Sie nahm ihren ganzen Mut zusammen. »Darf ich ... darf ich es mal streicheln?« fragte sie scheu.

»Na klar doch!« riefen John und Devon wie aus einem Munde.

Ein wenig ängstlich näherte sich Morgan, begleitet von Mama und Papa, dem Pony. Das Tier war kaum größer als sie selbst, was sie ein wenig beruhigte. Vorsichtig hielt sie ihm die Hand unter die Nase. Sie kicherte, als sie den warmen Atem des Ponys spürte. »Das kitzelt!«

Devon suchte in ihren Taschen, in denen immer irgendwo ein paar Stück Zucker steckten. »Hier«, sagte sie und reichte Morgan einen Würfel. »Den kannst du ihm geben, da freut es sich. Aber halt die Fingerchen schön zusammen und die Hand flach ausgestreckt, damit es nicht aus Versehen einen Finger von dir mit ins Maul nimmt!«

Morgan tat wie ihr geheißen und hielt dem Tier zaghaft das Stück Zucker auf der flachen Hand hin. Als das Pony den weißen Würfel mit seinen weichen, warmen Lippen aufgenommen hatte, kreischte die Kleine erleichtert und begeistert auf. »Hat es gefressen!« jubelte sie.

»Siehst du!« bestätigte Devon. »Ist alles gar nicht so schlimm. Magst du es jetzt vielleicht auch einmal reiten?«

Reiten? Morgan rutschte das Herz in die Hose. Nein! Niemals! Doch sie wagte nicht, es offen zu sagen und stand nur hilflos da, die Augen beschämt zu Boden gesenkt.

»Vielleicht hat das alles keinen Sinn«, murmelte John seiner Frau zu. Devon nickte stumm. Sie hatte ihn gebeten, mit ihr zusammen einen letzten Versuch zu unternehmen. Vielleicht würde es ja mit einem eigenen Pony als Köder gelingen, Morgan dazu zu bringen, sich alleine auf den Rücken eines Pferdes zu setzen. John hatte der Idee zugestimmt, allerdings unter der Bedingung, daß Devon, falls Morgan kein Interesse an dem Pony zeigen sollte, endgültig damit aufhören sollte, ihre Tochter zum Reiten zu drängen. Immerhin war sie ja jetzt soweit, daß sie, zumindest wenn ihre Mama hinter ihr saß, sich in einen Sattel wagte, ohne sofort zu brüllen wie am Spieß. Aber allein zu reiten weigerte sie sich immer noch mit Händen und Füßen. Ein Shetland-Pony, so hatten sie sich überlegt, das kaum größer als sie selbst war, wäre wohl am ehesten geeignet, ihr die Angst vor Pferden zu nehmen.

Jetzt sahen sie, daß ihr Plan nur bedingt funktioniert hatte. Zwar war Klein-Morgan offenbar bereit, das Pony zumindest als Haustier zu akzeptieren. Aber ob sie es jemals freiwillig reiten würde, stand nach wie vor in den Sternen.

33

Mit angstvoll geweiteten Augen schaute Morgan zu ihrer Mama empor, die über ihr im Sattel des schlanken, nußbraunen Vollblüters thronte, dann wieder zurück zu Frisky, ihrem Pony, das Devon an einer langen Longe hielt. Das kleine Shetland-Pony wartete gesattelt brav hinter dem großen Pferd, doch Morgan traute sich beim besten Willen nicht, es zu besteigen. »Mama«, flehte sie, »kann ich nicht zu dir in den Sattel kommen?«

Devon seufzte. Seit Morgan das Pony vor einem Monat geschenkt bekommen hatte, hatte sie es jeden Tag gestreichelt, es mit Zucker und ganzen Körben von Äpfeln gefüttert, hatte es gestriegelt und gebürstet – aber sich standhaft geweigert, auf ihm zu reiten. Immer wieder hatte sie, wie auch heute vormittag, lautstark angekündigt, daß sie es nun tatsächlich in Angriff nehmen würde, den Sattel ihres Ponys zu erklimmen, aber immer wenn die Stunde der Wahrheit nahte, verließ sie von neuem der Mut.

»Liebling, du bist jetzt einfach zu groß, mit mir auf Skylark zu reiten. Das ist dann sehr unbequem, und außerdem darf ich mit dir nie schneller als im Schritt reiten.«

Verzweifelt senkte Morgan die Augen zu Boden, hin- und hergerissen zwischen ihrer maßlosen Angst vorm Reiten und dem Wunsch, ihrer Mama einen Gefallen zu tun.

Devon, die spürte, was in ihrer Tochter vorging, versuchte sie zu beruhigen. »Morgan, du mußt dich zu nichts zwingen«, sagte sie sanft. »Wenn du nicht willst, brauchst du nicht zu reiten. Wirklich nicht, Liebes!«

Morgan schaute Frisky an. Er war so ein liebes und geduldiges Pferdchen! Ob er wohl traurig war, daß sie nicht auf ihm reiten wollte? Bestimmt war er traurig! Schuldbewußt senkte sie den Kopf.

»Ich hab' Frisky so lieb, Mami«, schluchzte sie auf. Sie ging zu ihrem Pony und schlang die Arme um seinen Hals. Frisky rieb seinen Kopf an ihrem und nibbelte sanft an ihrer Schulter.

»Das weiß ich, mein Schatz«, redete Devon tröstend auf sie ein. »Frisky hat dich auch sehr lieb!«

»Er tut mir so leid«, jammerte Morgan. »Jedesmal müssen wir ihn hier ganz allein auf der Weide lassen. Können wir ihn nicht mit nach Hause nehmen?«

Ohne es zu wollen, mußte Devon laut lachen. »Aber wie sollen wir ihn denn mitnehmen ...?« Auf einmal kam ihr eine Idee. »Was hältst du davon, Morgan«, fragte sie, »wenn wir mit ihm erst einmal auf den Reitplatz gehen, hm? Ich stell' mich in die Mitte und führ' Frisky an der Longe nur im Kreis herum, paß' auch auf, daß er keinesfalls schneller als im Schritt geht. Und das einzige, was du machen mußt, ist, dich im Sattel zu halten. Na, ist das nichts?«

Morgan zögerte.

»Na, komm schon.« Devon sprang aus dem Sattel von Skylark, übergab die Zügel einem Stallburschen und ging zu ihrer Tochter hinüber. »Jetzt setzen wir dich einfach mal oben drauf. Du wirst sehen, es ist gar nicht hoch. Da brauchst du überhaupt keine Angst zu haben.«

Und so gewöhnte Devon ihre Tochter denn im Laufe der folgenden Tage daran, wenigstens auf dem Reitplatz ihre Runden auf Friskys Rücken zu drehen. Nach anfänglicher Ängstlichkeit schien Morgan sogar Gefallen daran zu finden, besonders daran, daß ihr Pony so artig ihren Befehlen folgte. Trotzdem bestand sie darauf, daß die Mama in der Mitte stand und das Pferdchen an der sechs Meter langen Longe im Kreis herumführte.

Nach einer Woche wagte Devon dann den nächsten Schritt.

»Na, wollen wir's jetzt mal auf dem Reitweg probieren?« fragte sie gespannt die Kleine, während sie ihr auf das Pony half.

»Nein!« kam es wie aus der Pistole geschossen.

»Aber wird's dir denn nicht auf die Dauer 'n bißchen langweilig, so immer im Kreis herum?« gab die Mama zu bedenken.

Morgan überlegte. Es war ihr in der Tat ein bißchen langweilig. Aber so richtig in den Wald reiten …

»Ich halte Frisky weiterhin an der Longe«, beruhigte sie ihre Mama. »Dein Pony stapft nur ganz langsam hinter mir und Skylark her. Na, das ist doch nicht so schlimm, oder?«

»Ich hab' Angst«, flüsterte Morgan beschämt.

Devon tätschelte sie am Schenkel. »Das ist ganz normal, mein Schatz. Wenn man etwas Neues macht, hat man immer ein bißchen Angst. Versuch's einfach mal. Wenn du's dann trotzdem nicht magst, kannst du zu mir auf Skylarks Sattel kommen.«

»Na gut.« Morgans Stimme war kaum vernehmbar.

Devon war gleichzeitig amüsiert und gerührt von dem beklommenen Gesichtsausdruck ihres Töchterchens. Sie mußte an Helena Magrath denken, ihre Freundin aus Kindertagen. Auch sie hatte im Grunde immer Angst vor Pferden gehabt und nur reiten gelernt, um ihrem Papa zu gefallen. Oft hatte Devon tiefes Mitleid für ihre Kameradin empfunden. War sie jetzt nicht im Begriff, das gleiche mit ihrer Tochter anzustellen? Sie wollte auf keinen Fall, daß Morgan das Gefühl bekam, von ihrer Mama nur geliebt zu werden, wenn sie eine gute Reiterin wurde.

»Liebling«, sagte sie in eindringlichem Ton. »Wenn dir das alles keinen Spaß macht, dann kannst du gerne zu Penny ins Haus gehen und mit ihr spielen! Da bin ich dir überhaupt nicht böse, hm?«

»Aber … aber ich möchte doch mit dir zusammensein!«

»Auch wenn dir das Reiten gar keinen Spaß macht?«

»Es macht mir ja Spaß!« behauptete Morgan mit zusammengebissenen Zähnen.

Devon zögerte. Es war offensichtlich, daß Morgan alles tat, um ihr zu gefallen. War es nicht unfair, diese kindliche Hingabe so auszunutzen? Andererseits, wenn ihre Tochter erst einmal die erste Angst überwunden hatte, vielleicht würde sie dann mit der Zeit echten Spaß am Reiten bekommen? Sie entschloß sich, es noch einmal zu probieren. »Du möchtest also jetzt wirklich mit mir ausreiten?«

»Ja.« Morgans Stimme klang sehr bemüht und alles andere als begeistert.

»Das ist aber fein!« freute sich Devon. »Du bist wirklich ein ganz tapferes Mädchen!« Sie reichte Friskys Longe dem Burschen, saß auf und ließ sich die Longe wieder geben. Im Gänsemarsch trotteten Mutter und Tochter dann den Reitweg entlang.

Die Kleine sagte kein einziges Wort, so sehr konzentrierte sie sich. Sie mußte fürchterlich aufpassen, denn rund um sie herum lauerten schreckliche Gefahren! Umgefallene Baumstämme lagen plötzlich quer über dem Weg, kahle Äste ragten drohend wie gefährliche Spieße aus den Bäumen heraus. Unbekannte Geräusche drangen aus dem Wald – geheimnisvolles Knistern und Krachen, markerschütterndes Kreischen irgendwelcher sicherlich ganz gefährlicher Tiere!

Devon drehte sich im Sattel nach Morgan um. Sie erschrak, als sie das ganze Elend in ihrem Gesichtchen sah. Diesmal würde sie nur kurz mit ihr ausreiten, gerade lang genug, um Morgan mehr Sicherheit und Selbstvertrauen auf ihrem Pony zu geben. »Geht's dir gut?« rief sie nach hinten.

Ein angespanntes Nicken war die Antwort.

Je weiter sie ritten, desto schmaler wurde der Pfad. Jetzt fühlte sich Morgan schon ein bißchen sicherer. Das dichte Grün, das sie wie eine schützende Hülle umgab, vermittelte ihr ein Gefühl von Geborgenheit. Sie begann sich ein wenig zu entspannen.

Als sich Devon jetzt wieder nach ihr umdrehte, entdeckte sie zu ihrer großen Freude die Andeutung eines Lächelns auf dem Gesicht ihrer Tochter. »Das nächste Mal, wenn wir ausreiten, nehmen wir einen großen Korb mit und machen ein Picknick!« rief sie Morgan zu.

»Ein Picknick?« fragte Morgan aufgeregt. »Mit Schokoladenkuchen?«

»Was wäre denn ein richtiges Picknick ohne Schokoladenkuchen!« erwiderte Devon lachend. Sie freute sich, daß ihr Töchterchen so verwandelt war. Dann schaute sie wieder nach vorn, gerade rechtzeitig, um Skylark um eine riesige Pfütze herumzulenken, die fast die ganze Breite des Pfades ausmachte.

»Morgan«, rief sie und schaute über die Schulter. »Du mußt jetzt Frisky dazu kriegen, daß er nicht quer durch den Schlamm patscht, sondern außen herum geht. Ich zeig' dir, wie das geht.« Sie machte auf ihrem Pferd kehrt und hielt an, um ihre Tochter heil um die Pfütze herumzudirigieren.

Morgan zog an den Zügeln ihres Ponys und befolgte brav die Anweisungen ihrer Mama. Dabei war sie so auf die richtige Handhabung des Zaumzeugs konzentriert, daß sie gar nicht bemerkte, wie sie schnurstracks auf einen dicken Ast zusteuerte der auf Höhe ihrer Schulter quer über den Weg aus den Bäumen herausragte.

»Paß auf! Schau, wo du hinläufst, Morgan!« rief Devon warnend, doch da war es schon zu spät. Im gleichen Augenblick schlug der Ast der Kleinen voll vor die Brust und warf sie rücklings von ihrem Pony. In hohem Bogen landete Morgan direkt in der Schlammpfütze.

Hastig sprang Devon von Skylark und rannte zu ihrer Tochter. Die Kleine lag, noch völlig geschockt, mitten im Wasser, ohne sich zu rühren. Dann öffnete sie ihren Mund und brach in herzzerreißendes Brüllen aus. Devon kniete nieder und hob sie auf. Sie war erleichtert, als sie sah, daß ihrem Töchterchen zumindest auf den ersten Blick nichts Ernstliches passiert war. Trotzdem hörte das Mädchen nicht auf, zu schreien und zu weinen. »Maaammmiii!« kreischte sie. »Tut so weeeehhh!«

Devon drückte sie an sich, wiegte sie und flüsterte ihr beruhigende Worte zu. Währenddessen befühlte sie Arme und Beine ihrer Tochter, konnte jedoch keinerlei Anzeichen von Verletzungen entdecken. Devon sah, daß Morgans Reitkappe einen Meter entfernt in der Pfütze lag. Das Kinnband hatte sich, offenbar unter dem Druck des Aufpralls, gelöst. Besorgt fuhr Devon mit den Fingern durch Morgans dunkle Locken, doch ihr Köpfchen war heil und unversehrt, nur voller Schlamm und Dreck.

»Schätzchen«, sagte sie beruhigend, »ich glaube, außer dem Schreck ist dir nichts wirklich Ernstes passiert, hm?«

Morgan brach in noch lauteres Gebrüll aus. Offensichtlich war sie da ganz anderer Meinung.

»Schsch, schsch!« Besänftigend wiegte Devon ihre Tochter in den Armen, küßte sie auf Wangen und Haar, bis deren Weinen langsam verstummte.

»Morgan«, sagte sie. »Du bist völlig durchnäßt. Wir müssen heim, damit du dir keine Erkältung holst.« Sie setzte die immer noch leise wimmernde Morgan auf dem Boden ab. »Jetzt reiten wir zwei beide wie der Sausewind nach Hause!« Sie wollte Morgan zu Frisky führen.

»Neiiin!« heulte das Mädchen sofort los, als sie sah, was ihr drohte. »Ich will mit *dir* reiten!«

Devon seufzte. Es fiel ihr schwer, die Verzweiflung ihrer Tochter mitanzusehen. »Liebling«, erklärte sie ihr, »wenn man vom Pferd gefallen ist, ist es ganz wichtig, sofort wieder aufzusitzen! Sonst prägt sich der Schreck ganz tief ein, und man hat dann manchmal sein ganzes Leben lang Angst vor Pferden!«

»Nein, nein! Mit diiir!« jammerte Morgan.

Devon hatte ein Einsehen. Sie wollte ihre Tochter nicht zu Dingen zwingen, die sie offensichtlich seelisch nicht verkraftete. Dabei war sie doch sonst so ein aufgewecktes und lebendiges Kind! Aber sobald ein Pferd nur von weitem sah … na gut, dann würden sie eben ein andermal die Scharte auswetzen.

»Okay, Morgan«, gab sich Devon geschlagen. »Dann hältst du Friskys Longe in der Hand, und wir reiten zusammen auf Skylark nach Hause, ja?«

Das Schluchzen der Kleinen verstummte augenblicklich. Erleichtert spürte sie, wie ihre Mama sie in den Sattel hob, sich hinter sie setzte und ihr Friskys Longe in die Hand gab. Vertrauensselig lehnte sie sich zurück. Wie sicher und geborgen fühlte sie sich in Mamas Armen! Die Welt war wieder in Ordnung.

34

Sydney und Bart ließen sich scheiden. Die Nachricht traf Devon wie ein Blitz aus heiterem Himmel.

Die beiden waren ihre besten Freunde, sie bildeten einfach einen Teil ihres Lebens. Devon war fassungslos.

»Ich hab' immer gedacht, daß das, was zwischen uns war, Liebe wäre«, erklärte Sydney, während sie mit Devon im Palmenhof des Plaza-Hotels zu Mittag aßen. »Und trotzdem war ich so unglücklich.« Gedankenverloren schaute sie über den Rand ihres Weinglases in die Ferne.

Noch nie hatte Devon ihre Freundin so strahlend gesehen. Sydney sah attraktiver aus denn je. Sie trug ein raffiniert geschnittenes, braunes Samtkostüm und hatte sich einen kostbaren Seidenschal in den Farben Rot, Gelb und Braun lässig um den Hals geschlungen. Ihr farblich passender Hut mit dem Spitzenschleier, der Stirn und Augen verhüllte, gab ihr einen Hauch von Geheimnis, von Verwegenheit. Verführerisch kringelten sich ihre schönen langen blonden Haare um ihre Schultern. Die Fingernägel waren in einem zarten Rose lackiert, dem gleichen Ton, in dem auch ihre Lippen glänzten. Alles an ihr wirkte so aufregend, so faszinierend, so erotisch!

»Trotzdem tut es mir irgendwie leid«, sagte Devon leise. Immer wenn sich Freunde oder Bekannte von ihr scheiden ließen, beschlich sie ein eigentümliches Gefühl von Bedrohung. Ihr wurde dann immer schlagartig klar, auf was für tönernen Füßen ihre eigene Ehe stand …

»Da braucht dir nichts leid zu tun«, erwiderte Sydney sarkastisch. »Das einzige, was *mir* leid tut, sind die Jahre, die ich Bart geopfert habe.«

»Aber du hast nie einen Ton gesagt, daß irgend etwas in eurer Ehe nicht stimmte«, wunderte sich Devon.

»Ach, wirklich?« Sydney war ehrlich überrascht. Sie hatte immer gedacht, daß die Art, wie Bart ständig in aller Öffentlichkeit an ihr herumkrittelte, jedem glasklar vor Augen führte, wie sehr es in ihrer Ehe kriselte. Oder waren seine Anspielungen so subtil gewesen, daß nur sie ihre verletzende Botschaft vernommen hatte? »Aber sind dir denn nie diese gemeinen Bemerkungen aufgefallen, die Bart mir gegenüber gemacht hat?«

»Doch, schon ...« gab Devon zu. »Aber es war immer so eine eigenartige Mischung aus Kompliment und ...« Sie suchte nach einem passenden Wort, das ihre Freundin nicht zu sehr kränken würde.

»Beleidigung. Sag's doch! Das waren knallharte Beleidigungen und Verletzungen. Früher hab' ich immer gedacht, ich wäre einfach zu empfindlich. Zumindest hat er das stets behauptet. Heute weiß ich es besser.«

»Und hast du eine Ahnung, warum er so ... so ... war?«

»Hab' ich schon. Du wirst es nicht glauben, aber er hatte da ... er hatte da so gewisse Probleme im ... du weißt schon, was ich meine.« Sydney errötete unter ihrem Schleier. »Und er hat immer *mir* die Schuld dafür gegeben.«

»Oh, wie gemein!«

Sie lachte bitter. »Das Gemeinste war ..., daß ich ihm sogar noch geglaubt habe! Bis ich Douglas traf.«

Devon riß die Augen auf.

Sydney lächelte ein wenig verlegen. »Es war letzten Sommer in Saratoga. Vielleicht erinnerst du dich an ihn ...«

»Der Zimmerkamerad von deinem Bruder aus dem Internat?« Vage konnte sich Devon an einen unscheinbar wirkenden, zurückhaltenden Mann erinnern.

»So ist es. Nicht gerade der Typ für eine heimliche Affäre, was?« Sie lachte.

»Nee«, erwiderte Devon gedehnt. Er hatte auf sie eher konservativ, ein wenig professoral gewirkt. Aber mit einem netten Gesicht.

»Na, wie dem auch sei. Auf jeden Fall hat er mir gestanden, daß er schon als Schüler für mich geschwärmt hat.«

»Hat er jemals geheiratet?«

»Nein. Schmeichelhaft, nicht?« Wieder lachte Sydney.

»Hört sich ja richtig aufregend an.« Devons Augen strahlten. »Wahnsinnig romantisch!« Sie war so froh, daß ihre Freundin einen Mann gefunden hatte, der sie wirklich liebte!

»Wir heiraten, sobald ich aus Reno zurück bin. Bart und ich wollten erst noch die Ferien abwarten, bevor wir es unseren Familien sagen.«

»Douglas lebt nicht in New York, nicht wahr?« Der Gedanke, den Kontakt zu ihrer Freundin zu verlieren, behagte Devon ganz und gar nicht. Was würde John wohl sagen, wenn er die Nachricht erfuhr? Würde er Sydney böse sein?

»Nein, in Vermont – am Ende der Welt sozusagen.« Sydney lachte. Sie holte aus ihrer Handtasche eine lange Zigarettenspitze aus feinstem Ebenholz, steckte eine exotische Zigarette mit schwarzem Papier und goldener Binde hinein und zündete sie dann mit ihrem Cartier-Feuerzeug an.

»Kann mir dich in Vermont nur schwerlich vorstellen«, sinnierte Devon. Sie warf ihrer Freundin einen skeptischen Blick zu.

»Ach, ganz im Gegenteil! Ich kann's gar nicht erwarten«, rief sie begeistert. »All meine Luxus-Fummel – nichts wie weg auf den Speicher damit! Den ganzen Tag nur in Baumwollhosen und Sandalen rumlaufen. Herrlich!« Doch in ihrer Rede schwang ein Hauch von Galgenhumor mit, als ob sie ihren eigenen Worten nicht recht glauben wollte.

»Das Landleben hat durchaus einiges zu bieten!« Devon sprach aus Erfahrung.

»Na ja, ich geb' ja zu, daß ich immer ein Großstadtmensch war. Aber das ist mir egal. Ich will einfach nur dort sein, wo Douglas ist!« Mit verträumtem Lächeln schaute sie in die Ferne. »Ich fühl' mich wie ein verliebtes Schulmädchen mit siebzehn! Nur, daß ich jetzt alt genug bin, um das, was er mir schenkt, auch wirklich würdigen zu können. Es geschieht nicht oft, daß dir jemand sein ganzes Herz bedingungslos zu Füßen legt!«

Gerührt langte Devon über den Tisch und drückte die Hand ihrer Freundin. »Du wirst uns doch besuchen, oder? Ich fände es schrecklich, wenn wir uns aus den Augen verlieren würden!«

»Ach, Devon«, lächelte Sydney. »Wie kommst du nur auf so eine Idee? Du bist doch meine beste Freundin! Und noch viel mehr: Du gehörst zu den wenigen Menschen auf dieser Welt, die ein großes Herz haben. Du bist nicht intrigant und verlogen wie so viele Frauen. Nie hast du mein Vertrauen mißbraucht. Selbst wenn wir weit voneinander entfernt wohnen, wirst du in meinem Herzen immer einen ganz besonderen Platz haben!«

»Hör auf! Sonst fang' ich an zu heulen!« Devon suchte nach einem

Taschentuch. »Was soll ich denn bloß ohne dich machen?« schluchzte sie los.

»Du?« rief Sydney verwundert. »Du brauchst mich doch nicht! Du bist doch die freiste und unabhängigste Frau, die mir jemals begegnet ist!« Sydneys Gesicht wurde ernster. »Manchmal denke ich, fast ein bißchen zu unabhängig, wenn du verstehst, was ich meine.«

»Ja, da bist du nicht die erste, die mir das sagt«, seufzte Devon.

»Paß auf dich auf«, erwiderte Sydney leise.

Nervös schaute Devon auf das zerknüllte Taschentuch in ihren Händen. »Komm, wir sprechen über etwas anderes«, murmelte sie unsicher. Sie schaute auf und strahlte ihre Freundin an. »Laß uns gleich einen Termin für unser nächstes Treffen ausmachen. Sagen wir ... zu den Blue-Grass-Stakes? Ich hab' einen neuen Hengst, ein tolles Tier, das ich eifrig trainiere. Er wird auf jeden Fall bei den Stakes dabei sein. Ich werd' für dich und Douglas zwei Plätze in unserer Loge reservieren!«

»Das ist ein Wort!« lachte Sydney. »Also dann, bis zu den Blue-Grass-Stakes!« Ein verträumtes Lächeln glitt über ihr Gesicht. Bis dahin wäre sie dann schon Mrs. Douglas Silberman!

35

Sehnsüchtig schaute Morgan von der Veranda im zweiten Stock aus ihrer Mutter zu, wie sie sich elegant in Skylarks Sattel schwang.

»Morgan, nicht über die Brüstung lehnen!« kam Pennys mahnende Stimme aus dem Kinderzimmer. »Und es ist auch viel zu kalt für dich draußen. Komm wieder rein, wir spielen was.«

»Ich will aber zu Mama runter!« rief die Kleine.

Penny warf ihr einen verständnisvollen Blick zu. »Ich weiß, mein Schätzchen«, murmelte sie.

Mit hängendem Kopf gehorchte Morgan dem Mädchen und kehrte ins Zimmer zurück. Sie ließ sich in einen der Sessel fallen.

»Ich wär' so gerne wie Mami«, sagte sie kleinlaut.

Penny setzte sich ihr gegenüber auf einen Diwan und nahm ihre Näharbeit wieder auf. »Deine Mama und dein Papa haben dich lieb, genau so, wie du bist, Morgan!« versuchte sie, die Selbstzweifel der Kleinen zu vertreiben.

»Aber alle anderen Kinder können reiten!« widersprach Morgan niedergeschlagen.

Dem konnte Penny nicht widersprechen. Alle Nachbarskinder in Morgans Alter hatten eigene Ponys und taten nichts lieber, als auf ihnen zu reiten. »Vielleicht solltest du es einfach noch einmal versuchen«, schlug sie vor. »Du hast dir letzte Woche doch gar nicht richtig weh getan. Nur einen tüchtigen Schreck hast du bekommen.« Aufmunternd schaute sie der kleinen Morgan in die braunen Augen.

Die Kleine schwieg. »Ja«, sagte sie schließlich ein wenig zaghaft.

Sie mußten wieder ganz von vorn anfangen. Durch nichts und niemanden war Morgan zu bewegen, wieder in den Wald auszureiten. Sie ließ sich gerade mal dazu überreden, auf dem Reitplatz ein paar Runden auf Friskys Rücken zu drehen.

»Weißt du, Morgan«, meinte Devon, während sie in der Mitte stand und Frisky an der Longe herumführte, »ich bin auch schon oft vom Pferd gefallen. Und ich hab' mir nur ein einziges Mal wirklich weh getan. Alle Reiter fallen irgendwann einmal vom Pferd. Das gehört einfach dazu.«

»Ja?« Das war ein ganz neuer Gedanke für Morgan.

»Ja!« erwiderte Devon mit fester Stimme.

»Ist Papa auch schon mal vom Pferd gefallen?«

Devon lachte. »Aber klar!«

Morgan dachte angestrengt nach. »Ich hab' mir nicht richtig weh getan letzte Woche, nicht wahr?« fragte sie.

»Wenn du das sagst, bist du aber ein sehr tapferes Mädchen!« rief Devon bewundernd.

»Ich möchte ja tapfer sein!« seufzte sie sehnsüchtig.

»Das bist du ja schon allein deshalb, weil du dich getraut hast, wieder auf Frisky zu reiten.«

»Jaah?« Überrascht riß die Kleine die Augen auf. »Ich … ich hab' aber trotzdem Angst«, fügte sie kleinlaut hinzu.

»Um so mehr!« erwiderte Devon. »Wenn man etwas tut, obwohl man Angst davor hat, ist man viel tapferer, als wenn es einem gar nichts ausmacht.«

Ein Strahlen ging über Morgans Gesicht.

Und so faßte sie sich schließlich ein Herz, wieder auf den Reitweg zu gehen, vorausgesetzt, daß die Mama wieder die Longe von Frisky hielt. Jetzt, wo sie wußte, daß es keine Schande war, Angst zu haben, fiel es ihr viel leichter, das zu tun, wovor sie am meisten Angst hatte.

»Paß auf, daß du diesmal nicht wieder im Matsch landest«, rief Devon ihrer Tochter mit einem Augenzwinkern zu.

Morgan kicherte. Dann ließ sie sich vom Stallburschen auf ihr Pony hieven.

Es war ein kalter Februartag. Als sie den Wald erreichten, drehte sich Devon nach ihrer Tochter um. »Ist dir auch warm genug?« fragte sie besorgt. Morgan nickte nervös. Sie hatte immer noch furchtbare Angst, allerdings deutlich weniger als das letzte Mal.

Kopfschüttelnd betrachtete Devon ihre Tochter. Warum verkrampfte sie sich nur so? »Morgan, laß doch Friskys Mähne los«, mahnte sie. »Halt dich an den Zügeln fest!« Wenn das Mädchen sich doch nur ein bißchen entspannen würde! »Schau, ich halte Frisky doch an der Longe, so daß er nicht in Trab fallen kann. Wir spazieren ganz gemütlich im Schritt durch den Wald. Es kann überhaupt nichts passieren!« Doch im selben Augenblick widersprach sie sich selber, ohne es zu merken. »Vergiß aber nicht, dich zu ducken, wenn dir ein Ast in den Weg kommt!« erinnerte sie ihre Tochter eingedenk des letzten Desasters.

So ritten sie eine halbe Stunde lang schweigend durch den Wald. Nur das Schnauben der Pferde und das Rascheln des Laubs waren zu hören.

Alle paar Minuten drehte sich Devon nach Morgan um, und jedesmal ließ das Mädchen schnell die Mähne ihres Ponys los und schnappte sich hastig die Zügel. Devon lächelte nur und sagte nichts. Es war ja schon allerhand, daß sich ihr Töchterchen nach dem Sturz überhaupt wieder in den Wald hinaus gewagt hatte. Devon war stolz auf sie, daß sie so mutig gegen ihre Angst ankämpfte. Ob Morgan wohl jemals so eine begeisterte Reiterin werden würde wie sie? Doch im gleichen Moment pfiff sie sich innerlich wieder zurück. Sie durfte nicht so ehrgeizig sein! Es machte überhaupt nichts, wenn ihre Tochter keinen Spaß am Reiten hatte. Aber trotzdem wäre es so schön …

Ein rauher Wind kam auf. Ächzend bogen sich die Bäume und reckten ihre kahlen Äste in den grauweißen, wolkenverhangenen Himmel. Heftige Böen fuhren über den Boden, wirbelten das Laub auf und trieben es vor sich her. Besorgt warf Devon einen Blick zum Himmel. Schwere graue Wolken türmten sich dort oben auf, kündigten Schnee an.

»Mami mir ist kalt!« jammerte Morgan hinter ihr.

Devon drehte sich um. »Ja, Liebling, es ist wirklich kalt«, gab sie zu. »Wir sollten umkehren.« In dem Moment fielen die ersten Schneeflocken. Devon schaute wieder zum Himmel. Sie liebte es, im Schnee zu reiten, und wenn sie allein gewesen wäre, wäre sie weitergeritten, aller Kälte zum Trotz. Aber sie wußte, daß es für Morgan wirklich genug war. »Liebling«, sagte sie, »wir reiten noch fünf Minuten weiter bis vorne zur Weggabelung, und dann kehren wir um, ja? In einer halben Stunde sind wir dann wie der zu Hause.« Bei dem Tempo würde es länger als eine halbe Stunde dauern, aber Devon wollte ihre Tochter nicht noch mehr entmutigen.

»Eine halbe Stunde?« beklagte sich Morgan.

»Eine halbe Stunde vergeht doch wie im Flug!« beschwichtigte sie Devon.

»Aber ich ... auaah!« Morgan stieß einen gequälten Schrei aus.

Devon fuhr im Sattel herum und sah, wie ihre Tochter mit schmerzverzerrtem Gesicht die Hand auf den Mund hielt. »Was ist denn?« rief ihre Mutter erschrocken.

»Mich hat ein Zweig ins Gesicht gehauen!« Das Mädchen brach in klägliches Heulen aus.

»Ach, nein, nicht schon wieder!« Hastig sprang Devon aus dem Sattel und band Skylark an den nächsten Baum. »Ich hab' dir doch gesagt, du sollst dich ducken!« Sie rannte zu Morgan hinüber. »Zeig her, was los ist!«

»Nein, das tut weh!« Morgan weigerte sich, ihre Hand vom Mund zu nehmen.

»Morgan«, sagte Devon in bestimmtem Ton, »ich muß nachsehen, ob du blutest.«

Nur widerwillig ließ das Mädchen die Hand sinken. Über Mund und Wange zog sich ein geröteter Striemen, und die Unterlippe war ein wenig geschwollen, aber es war kein Blut zu sehen. Erleichtert atmete Devon auf. »Komm her, mein Schätzchen.« Devon hob ihre weinende Tochter aus dem Sattel. Das Mädchen schlang Arme und Beine um seine Mutter, als wollte es sie nie wieder loslassen. Immer lauter schluchzte sie. »Morgan«, wunderte sich Devon. »Tut's dir denn wirklich so weh?«

»Ich weiß nicht!« jammerte die Kleine und rieb sich unter Tränen die Äuglein.

»Du kannst jetzt mit mir zusammen reiten«, tröstete Devon ihre Tochter. »Und wenn wir zu Hause sind, mache ich uns einen leckeren heißen Kakao.«

Morgan schniefte und schaute unter Tränen zu ihrer Mama hoch. »Mit Schokoladenkeksen?« fragte sie, immer noch weinerlich.

»Jawohl, mit Schokoladenkeksen«, beruhigte sie Devon. »Und jetzt komm!« Sie hob Morgan in Skylarks Sattel und schwang sich dahinter. Friskys Longe legte sie der Kleinen ins Händchen. »Halt sie schön fest, so wie letztesmal.«

Morgan wickelte sich die Leine mehrere Male ums Handgelenk, um nur ja nicht ihr Pony zu verlieren. Dann kuschelte sie sich eng an ihre Mutter. Jetzt ging es ihr schon viel besser, obwohl immer noch ein eisiger Wind wehte.

»Besser?« Devon beugte sich über sie und drückte ihr einen Kuß auf die Wange.

»Mmmmhh!« grunzte Morgan selig. Es war herrlich, sich nicht mehr auf dieses verdammte Pony konzentrieren zu müssen. »Kann ich meine Kappe abnehmen, Mama?«

»Nein, Liebes, das ist zu gefährlich.«

Devon verstärkte den Schenkeldruck, um Skylark zu einem schnelleren Tempo anzutreiben.

Prompt beklagte sich ihr Töchterchen. »Nicht traben, Mami!« maulte sie.

»Aber möchtest du denn nicht auch schnell heim? Schau nur, wie der Wind pfeift!«

»Aber das huppelt dann immer so«, jammerte die Kleine. Mit einem leisen Seufzer zog Devon die Zügel an, und der Wallach fiel augenblicklich wieder in den Schritt. Doch das kleine Pony hinter ihnen reagierte nicht genauso schnell auf die verlangsamte Gangart und trabte noch ein paar Schritte weiter, so daß es Skylarks Hinterbeinen zu nahe kam. Prompt bäumte sich der Vollblüter auf und schlug mit den Hufen nach hinten aus.

Schmerzvoll wieherte Frisky auf, als Skylarks Hufe vor seine Brust donnerten. In Panik machte er kehrt und nahm vor seinem Angreifer reißaus. Augenblicklich spannte sich die Leine, riß erst Morgans Arm, dann ihr ganzes Körperchen nach hinten, so daß sie jäh aus der mütterlichen Umarmung gerissen wurde und rücklings vom Pferd flog, noch ehe Devon begriff, was geschah.

Während sie wie wild an Skylarks Zügeln riß, um den Vollblüter wieder unter Kontrolle zu bringen, sah sie voller Entsetzen aus dem Augenwinkel, wie ihr Kind auf dem Boden aufschlug.

Noch bevor sich der Wallach wieder beruhigt hatte, war Devon aus dem Sattel. In panischer Angst stürzte sie zu ihrer Tochter, stolperte dabei über etwas, das sie achtlos aus dem Weg kickte, nicht ahnend, daß es Morgans Reitkappe war.

In dem Augenblick zog Frisky wieder Devons Aufmerksamkeit auf sich. Das Pony stieg auf die Hinterbeine und schlug mit den Vorderbeinen in die Luft, wodurch Morgans Ärmchen wieder hochgerissen wurde. Starr vor Schreck sah Devon, daß Friskys Longe immer noch um das Handgelenk der Kleinen gewickelt war. Als allererstes mußte sie ihre Tochter von der Longe befreien, um zu verhindern, daß das Pony davongaloppierte und die kleine Morgan hinter sich herschleifte! Mit einem Hechtsprung warf sich Devon zwischen Morgan und Frisky, packte die Longe und löste den Karabinerhaken am Zaumzeug des Ponys, das wiehernd davonsprang. Die schlimmste Gefahr war gebannt! Als nächstes lief sie zu ihrer Tochter hinüber, die in einem Laubhaufen lag, hob ihren Arm hoch und wickelte schnell die Leine von ihrem Handgelenk ab. Im stillen verfluchte sie sich selbst, daß sie nicht rechtzeitig bemerkt hatte, auf welch gefährliche Weise ihre Tochter sich an die Longe gekettet hatte.

Ein Glück, daß das Laub ihren Aufprall gemildert hat, dachte Devon mit einem Anflug von Erleichterung, während sie die Blätter vom Gesicht ihrer Tochter wedelte. Warum lag sie denn nur so bewegungslos da? »Morgan, was ist los?« rief sie. »Hat's dir die Sprache verschlagen?«

Keine Antwort. Immer noch rührte sich das Mädchen nicht. Beunruhigt schob Devon der Kleinen die Hand unter den Kopf, um sie zu sich hochzuheben. Was war denn da so naß? Irritiert zog sie die Hand wieder unter Morgans Kopf hervor – und erstarrte.

Ihre Hand war blutverschmiert! Fassungslos beobachtete sie, wie die rote Flüssigkeit von ihren Fingern tropfte. Sie riß die Augen auf. Maßloses Entsetzen überwältigte sie, ein solches Grauen, daß sie sekundenlang völlig gelähmt war.

Dann, wie in Trance, beugte sie sich über den Körper ihrer Tochter und horchte an ihrer Brust. Da! Kaum zu vernehmen, aber doch – ein schwaches Klopfen. Sie war noch am Leben!

»Morgan?!« Wenn sie doch nur ihre Augen öffnen, irgend etwas sagen würde! Doch das Mädchen machte nicht die geringste Bewegung.

»Morgan!!« Devon brüllte verzweifelt den Namen ihrer Tochter. »Morgan!!« Ihre Stimme wurde zu einem hysterischen Kreischen. Am liebsten hätte sie nur immer wieder diesen Namen geschrien, in der irren Hoffnung, sie dadurch aufwecken zu können!

Dann, auf einen Schlag, verstummte Devon. Mit dumpfem Gesichtsausdruck saß sie da, starrte in das reglose Gesicht ihrer Tochter, unfähig zu denken, unfähig, eine Entscheidung zu treffen, was als nächstes zu tun sei.

Erst nach einer Weile tauchte sie aus ihrer eigenartigen Trance wieder auf. Sie schob die Arme unter Morgans Körper und richtete sie auf, so daß sie zum Sitzen kam. Und da sah sie es.

An der Stelle, an der Morgans Kopf gelegen hatte, ragte die tödliche Spitze eines schneidend scharfen Granitblocks aus dem Boden hervor. In böser Ahnung drehte Devon den Körper ihrer Tochter ein wenig, um ihren Hinterkopf betrachten zu können.

Was sie sah, ließ sie würgen. Sie schloß die Augen und erbrach sich. Schwindel machte sich in ihrem Kopf breit. Sie spürte, wie sie in Ohnmacht zu fallen drohte. Dann, tief in ihrem Innern, hörte sie eine Stimme, die sie zur Vernunft mahnte. Sie durfte sich jetzt nicht gehen lassen! Von ihr allein hing es ab, ob Morgan noch zu retten war!

Vorsichtig öffnete sie die Augen wieder. Ein grauenhaftes Bild bot sich ihr dar. Der Granitblock hatte ein riesiges Loch in Morgans Schädel geschlagen, aus dem unaufhörlich Blut quoll.

Devon schrie. Sie schrie und schrie, wollte nie wieder aufhören zu schreien. Immer wieder starrte sie auf die klaffende Wunde, als ob sie nicht wahrhaben wollte, was sie sah. Sie mußte irgend etwas tun. Wenn sie wenigstens die Blutung stoppen könnte! Vielleicht war ja alles gar nicht so schlimm wie es aussah!

Mit verzerrtem Gesicht riß sie sich den Wollschal vom Hals, legte ihn zusammen und drückte ihn auf die Wunde. Aber es war zwecklos. Im Nu war der Schal durchgeblutet. Sie mußte Hilfe holen, so schnell wie möglich.

Wie lange würde sie mit Skylark bis nach Hause brauchen? Zwanzig Minuten, aber der Pfad war teilweise so schmal, daß man nicht die ganze Strecke im vollem Galopp reiten konnte. Und was würden sie daheim zuwege bringen? Sie könnte ihre Leute zusammentrommeln, daß sie in aller Schnelle eine Tragbahre bauten, aber das war auch schon alles. Und das würde ewig dauern. Derweil Morgan hier bewußtlos auf dem Weg lag und vor sich hin blutete! Wie lange brauchte es, bis ein Mensch verblutete? Sie konnte doch nicht zulassen, daß ihr geliebtes Töchterchen einsam und verlassen hier im Schnee starb! Devon brach in Tränen aus. Sie war so hilflos. Aber sie durfte jetzt nicht die Nerven verlieren – sie mußte Hilfe holen.

Wie eine Bandage wickelte sie den Schal um Morgans Kopf, so fest wie möglich, um die Blutung zu stoppen. Dann hob sie ihre Tochter vorsichtig auf. Sie machte ein paar hilflose Schritte. Wieder schaute sie auf das Kind in ihren Armen. Die Augenlider der Kleinen flatterten! Devon faßte neue Hoffnung. Wenn sie doch nur schnell genug Hilfe herbeiholen könnte!

Konnte sie mit dem Kind nach Hause reiten? Aber wie sollte sie es sicher in den Armen und gleichzeitig Skylark an den Zügeln halten? Und würde das Auf und Ab des Galopps Morgans Verletzungen nicht womöglich verschlimmern?

Noch fester schlang sie die Arme um ihr Kind, drückte es fest an ihre Brust. Ohne es zu merken, begann sie zu laufen. Sie lief und lief. Wie lange würde sie zu Fuß brauchen? Eine Stunde? Keuchend ging ihr Atem, und ihre Last schien mit jedem Schritt schwerer zu werden. Sie wollte anhalten, um zu verschnaufen, um ihren Tränen freien Lauf zu lassen, aber sie gestattete sich keine Minute Verzögerung. Mechanisch lief sie weiter.

Sie schaute auf ihr Kind. Das Blut war durch den Schal und den Ärmel ihres dicken Wollmantels gesickert. Sie konnte die feuchte Wärme auf ihrer Haut spüren. Am liebsten hätte sie wieder angehalten, um nachzuschauen. Aber was hätte das schon geholfen? Das wichtigste war, so schnell wie möglich Hilfe zu holen. Und so stolperte sie weiter, ächzend und schnaufend.

Es schneite jetzt heftiger, und der eisige Wind blies ihr schneidend ins Gesicht. Immer dichter fielen die Flocken, setzten sich auf Morgans Augen und Wangen ab. Devon heulte und fluchte.

Auf einmal bewegten sich Morgans Lider erneut. Sie kam zu Bewußtsein! Sie würde überleben!

»O Morgan! Es wird alles wieder gut!« stieß Devon hervor. »Gleich sind wir zu Hause! Ich hab' dich so lieb, mein Schätzchen!« Sie trieb sich an, noch schneller zu laufen. Kalter Schweiß brach ihr aus. Es brachte sie schier um den Verstand, daß sie nichts tun konnte, um Morgans Qualen zu lindern. »Hab' keine Angst, Morgan!« wimmerte sie. »Gleich sind wir da!«

Langsam schloß Morgan wieder die Augen.

»Ja, so ist's gut«, flüsterte sie. »Schlaf schön, mein Kind! Ruh dich schön aus! Alles wird wieder gut.« Sie ächzte. »Bitte, lieber Gott, laß sie mir!« murmelte sie in einem eigenartigen, irren Singsang, als ob sie ihre Tochter in den Schlaf wiegen wollte. »Nimm sie mir nicht weg. Bitte, lieber Gott … bitte!« Sie merkte nicht, daß sie laut vor sich hin sprach. Wenn doch nur der Weg nicht so steinig und beschwerlich wäre! Stöhnend schleppte sie sich durch den Schnee.

Dann plötzlich tauchten in der Ferne die Stallungen auf. »Morgan, gleich sind wir da!« stieß Devon hervor, halb weinend, halb lachend.

»Dank dir, lieber Gott, danke!« Sie brach in haltloses Schluchzen aus. Doch sie durfte jetzt nicht innehalten, noch lag ein gutes Stück Wegs vor ihr. Sie wußte selber nicht, woher sie die Kraft holte, weiterzustolpern. Rasselnd, keuchend ging ihr Atem. Vorwärts, vorwärts! befahl sie sich.

»Morgan, wir sind da!« rief sie, als sie den Begrenzungszaun des Anwesens passierte. Mit letzter Kraft schleppte sie sich den Hügel hinauf. Als sie auf den Stall zu taumelte, sah sie den Schatten zweier Farmarbeiter am Tor.

»Hilfe!!« schrie sie mit gellender Stimme. »Hilfeee!« Markerschütternd hallte ihre Stimme über den Hof. Sie kreischte wie eine Besessene.

Entsetzt stürzten die beiden Männer aus dem Stall auf ihre Herrin zu. Devons Gesicht war von der Kälte blaurot angelaufen, der Schleim lief ihr aus der Nase, Blut klebte ihr an den Wangen, und ihre Haare hingen naß und strähnig vom Kopf.

Doch es war nicht ihr verwahrlostes Äußeres, das die Männer erstarren ließ, auch nicht der Anblick des Kindes, das schlaff in ihren Armen hing. Nein, es war dieser irre Blick in Devons Augen, dieser wahnwitzige Singsang, mit dem sie das Mädchen in den Armen wiegte. Sie murmelte tröstende Worte, streichelte ihr die Wangen, zog ihr den blutverschmierten Schal zurecht, redete beschwichtigend auf sie ein.

Als ob das alles noch irgend etwas helfen würde. Als ob sie nicht sehen würde, daß in den grünen Augen der kleinen Morgan alles Leben erloschen war.

36

»Es ist nicht deine Schuld, Liebes, wirklich nicht. Hör auf, dir ständig Vorwürfe zu machen.« Tröstend schlang John die Arme um seine Frau.

Nur im Schutze der Nacht, nur wenn es dunkel war, konnte Devon über den Tod ihrer Tochter sprechen. Zwei Tage lang hatte sie kein einziges Wort geredet. Sie war in einem Meer von Schuldgefühlen, von Trauer und Verzweiflung ertrunken.

Erst am Tag des Begräbnisses, umgeben von der Liebe und Fürsorge ihrer engsten Freunde, war sie ein ganz kleines Stück aus diesem schwarzen Meer wieder aufgetaucht. Wenn auch mechanisch und mit starrem Blick, hatte sie wenigstens ein Mindestmaß an Konversation pflegen können. Doch erst jetzt, in der Nacht nach Morgans Beerdigung, war sie in der Lage, ihren Kummer und ihre Pein mit einem anderen Menschen zu teilen. Und ihre fürchterlichen Schuldgefühle. Warum nur lag sie hier im Bett und nicht dort unten in der Erde, wo ihr totes Töchterchen jetzt ruhte? Warum hatte sie nicht auf John gehört und es endgültig aufgegeben, Morgans Angst vor Pferden mit allen Mitteln der Kunst zu überwinden? Warum hatte sie nicht aufgepaßt, daß Morgan Friskys Longe richtig in der Hand hielt? Sie verfluchte sich, verfluchte sich bis ans Ende ihrer Tage.

»Du mußt mich doch hassen«, flüsterte sie.

»Komm, red keinen Unsinn, es war ein Unfall.« Wie sollte er seine Frau bloß trösten? Dabei gab es tief in seinem Herzen eine Stimme – eine böse Stimme – die ihm sagte, daß Devons Schuldgefühle durchaus berechtigt waren. Aber jedesmal, wenn sich diese Stimme in ihm meldete, weigerte er sich einfach, hinzuhören.

»Wenn ich doch bloß nicht ständig auf sie eingeredet hätte …«, sagte sie verzweifelt.

»Komm, wenn du das so siehst, dann bin ich genauso schuld daran«, erwiderte er. »Ich hab' schließlich zugestimmt, daß wir ihr das Pony schenken.«

»Aber du wolltest es eigentlich nicht. Von Anfang an schon.«

»Du hast nur getan, was du dachtest, daß gut für sie wäre.«

»Ich hab' sie getötet …« Devon schluchzte auf. »Und … was für Qualen muß sie gelitten haben …! Sie hatte immer solche Angst, und trotzdem hat sie mir vertraut. Hat geglaubt, daß ich sie beschützen würde. Und ich hab' sie …« Devon versagte die Stimme. Sie brach in hemmungsloses Weinen aus.

»Du hast sie nie zu irgend etwas gezwungen. Es war immer ihr eigener Entschluß.« John tat alles, um seine Frau zu trösten. Er selbst war den Tränen nahe. »Mach' dich jetzt nicht zum Ungeheuer, nur, weil du sie an etwas heranführen, sie an etwas teilhaben lassen wolltest, das dich mit so viel Freude erfüllt. Morgan hat dich geliebt und wollte genauso toll wie ihre Mama sein. Das ist ganz normal für ein kleines Mädchen.«

Mit dem Verstand sagte sich Devon, daß John recht hatte. Aber tief in ihrem Herzen nagte das schlechte Gewissen. Sie wußte, daß sie eine Schuld auf sich geladen hatte, die sie ihr Leben lang nicht wiedergutmachen konnte.

37

Die einzige Linderung für ihre Seelenpein fand Devon im Stall und auf der Rennbahn. Nur wenn sie sich mit vollen Kräften in ihre Arbeit stürzte, konnte sie vergessen. Nach New York fuhr sie immer seltener, denn dort hatte sie einfach zu wenig zu tun. Und sobald sie nichts zu tun hatte, überfielen sie wieder die schmerzlichen Erinnerungen, die quälenden Schuldgefühle.

Die Atmosphäre von Willowbrook war Balsam für ihre strapazierten Nerven. Die beruhigende Nähe ihrer Eltern, die vor Leben strotzende Farm – Pferde, Blumen, Schmetterlinge, Vögel – all das tröstete ihr Herz.

John dagegen stürzte sich ins Getümmel des New Yorker Nachtlebens. Er ertränkte seinen Schmerz in Champagner, vertrieb seine traurigen Gedanken auf dem glatten Parkett zwischen tanzenden, lachenden Menschen, die es sich gutgehen lassen wollten. Er war nun einmal, anders als Devon, ein geselliger Typ.

Devon hatte auf Willowbrook alle Hände voll zu tun. In den vergangenen sieben Jahren hatte sich die Farm zu einem Wirtschaftsunternehmen von beachtlicher Größe entwickelt. Willowbrook war wieder eine international renommierte Adresse in der Welt der Pferderennen. Devons Zuchthengste waren in aller Welt begehrt, und sie und Willy galten als zwei der bedeutendsten Kapazitäten auf dem Gebiet der Pferdezucht in ganz Amerika.

Als Morgan noch am Leben war, hatte Devon versucht, jede freie Minute mit John in New York zu verbringen. Jetzt, nach dem Tod ihres Kindes, war das Zusammenleben mit ihrem Mann für Devon nur noch eine einzige Qual. Ständig lag John ihr in den Ohren, sie solle endlich ihre Trauer begraben, solle wieder neuen Mut zum Leben fassen, solle die Vergangenheit ruhen lassen. Doch Devon hatte sich ganz in ihre eigene Welt versponnen, eine Welt, in der sie nicht glücklich, aber doch zufrieden war.

»Devon, hast du die Nachrichten gehört?«

Johns Stimme war kaum zu vernehmen, so knackte und rauschte es in der Leitung.

Devon wischte sich die erdverschmierten Hände an ihrer Gartenschürze ab. »Nein, ich bin heute noch nicht dazu gekommen. Was gibt's denn?« fragte sie beunruhigt.

»Die Deutschen sind in Paris einmarschiert!«

»O mein Gott!« stieß Devon hervor. »Grace und Philip leben in Paris!«

»Devon, ich kann dich kaum verstehen! Ich wollte dir nur sagen, daß ich noch heute zu euch nach Willowbrook runterkomme. Ich nehme das nächste Flugzeug, gleich nach der Arbeit. Bis heute abend dann!« Es knackte wieder. Er hatte aufgelegt.

Kaum hatte Devon ihrerseits den Hörer eingehängt, klingelte es schon wieder. Ihre Mutter war am Apparat.

»Devon, hast du's schon gehört?«

»Das mit Paris? John hat es mir gerade am Telefon erzählt.«

»Schrecklich, nicht?«

»Ja! Ich mach' mir solche Sorgen um Grace und Philip!«

Devon war selber bestürzt, doch sie ließ sich nichts anmerken, um ihre Mutter nicht noch mehr zu ängstigen. »Ach, Mama, da brauchst du dir nichts zu denken«, versuchte sie sie zu beruhigen. »Philip ist amerikanischer Staatsbürger und noch dazu Diplomat!«

»Ja, das stimmt natürlich, aber trotzdem ... Devon ... hättest du nicht Lust, heute zum Abendessen zu uns zu kommen? Ich weiß auch nicht ... aber mir würde es irgendwie guttun, wenn du in meiner Nähe wärst.«

»Klar komm' ich, Mama! John kommt zwar heute abend aus New York zurück, aber vor zehn Uhr wird er nicht hier sein. Und bis dahin werd' ich ja wohl zurücksein, oder?«

»Ja, natürlich, Kind. Dann laß' ich das Essen auch schon eine halbe Stunde früher servieren. Kommst du um halb acht, ja?«

Doch als Devon um halb zehn wieder in Willowbrook eintraf, war John schon da. Er saß im Schlafzimmer – in ein Buch vertieft, neben sich auf dem Beistelltisch ein Glas Cognac.

»John!« rief Devon überrascht. »Ich dachte, du würdest erst später kommen. Ich war bei meinen Eltern. Sie sind völlig aufgelöst wegen Grace und Philip. Hast du was Neues aus Frankreich gehört?«

»Nein«, erwiderte John.

Sein eisiger Ton ließ Devon spontan einen Schritt zurückweichen. »John«, fragte sie. »Was ist denn?«

»Ich hätte mich gefreut, wenn ich nicht in ein leeres Haus gekommen, sondern von meiner Frau erwartet worden wäre.«

»Ich hab' ja versucht, rechtzeitig dazusein, John«, erklärte Devon ihm die Situation. »Aber ich hab' nicht vor zehn Uhr mit dir gerechnet.« Seit ihrer Hochzeit hatten sie eine unausgesprochene Übereinkunft, daß immer, wenn der eine von auswärts nach Hause kam, der andere schon da war, um ihn zu empfangen.

John antwortete nichts, sondern widmete sich nur wieder seiner Lektüre.

Devon, die keinen Streit wollte, ging zu ihm hinüber und gab ihm einen Kuß auf seinen Lockenkopf. »John, das tut mir wirklich leid«, schnurrte sie wie eine Schmusekatze. »Und ich freu' mich riesig, daß du da bist!«

Immer noch reagierte John nicht. Gekränkt trat Devon einen Schritt zurück. »Sag mal, willst du mir gar keinen Kuß geben?« fragte sie in beleidigtem Ton.

John legte sein Buch beiseite und stand auf. »Natürlich, Liebling«, sagte er und gab ihr einen mechanischen Kuß auf die Wange. Dann ging er wortlos ins Bad und schloß die Tür hinter sich. Kurz darauf hörte Devon, wie er die Dusche andrehte. Einen Augenblick überlegte sie, ob sie ihm hinterherschlüpfen sollte, aber dann entschied sie sich dagegen, aus Angst, wieder einen Korb von ihm zu bekommen.

Solche Unstimmigkeiten passierten in letzter Zeit immer häufiger. Diesmal war sie die Schuldige gewesen, das wollte Devon ja gar nicht bestreiten. Aber er hätte doch wirklich ein bißchen mehr Verständnis für ihre Situation aufbringen können. Woher hätte sie wissen sollen, daß er heute wesentlich früher als üblich zurückkommen würde?

Je länger sie über die Sache nachdachte, desto mehr ärgerte sie sich, und so beschloß sie, ihn zur Rede zu stellen, sobald er wieder aus der Dusche kam.

Kurz darauf erschien John wieder im Schlafzimmer, nur mit seinem Frotteemantel bekleidet. Unter der warmen Dusche schien er sich entspannt zu haben, denn er war guter Dinge und plauderte gleich munter drauflos. »Hab' heut 'n interessantes Gerücht in der Wall Street gehört«, begann er, während er sich die Haare trockenrubbelte, »man sagt, der Krieg wäre ...«

»John, ich möchte dir gerne etwas sagen«, unterbrach ihn Devon ungerührt und stand auf.

»Bitte?« Erwartungsvoll hob er die Brauen.

Ein wenig nervös schritt sie vor dem Diwan auf und ab. »Wenn ich dir eine Erklärung für ein bestimmtes Verhalten von mir gebe und mich außerdem für dieses Verhalten entschuldige, dann erwarte ich, daß du mit ein bißchen mehr Großzügigkeit darauf reagierst.«

»Nun ...« John setzte sich in den Sessel ihr gegenüber. Gedankenverloren starrte er in den Kamin, in dem kein Feuer brannte. »Ich hätte diese Sache ja auf sich beruhen lassen, aber wenn du darauf bestehst, sie wieder aufzuwärmen ...«

»Ja, ich bestehe darauf«, unterbrach ihn Devon, »und zwar deshalb, weil diese Art von ... Mißverständnissen in letzter Zeit immer häufiger passiert, und ich möchte einfach wissen, was da los ist.« Diese ›Mißverständnisse‹ ... Manchmal hatte sie das Gefühl, als wäre zwischen ihm und ihr eine dicke Glaswand, die es ihnen unmöglich machte, zueinanderzukommen.

Seufzend stand John auf, um sich aus der Kristallkaraffe ein weiteres Glas Cognac einzuschenken. Während er mit dem Rücken zu ihr stand und sich den Schwenker füllte, sagte er: »Ich gebe ja zu, daß ich heute früher als sonst heimgekommen bin. Aber ich verstehe nicht, wieso du selbst am Tag meiner Ankunft aus New York unbedingt noch einen Termin reinquetschen mußt und nicht einfach mal den Abend daheim verbringen kannst, um auf mich zu warten. Du weißt doch, daß wir das bisher immer so gemacht haben.«

Devon ging auf ihn zu und legte ihm zärtlich die Arme um den Hals. »Es war doch nicht irgendein Termin, John«, redete sie beschwichtigend auf ihn ein. »Kannst du nicht verstehen, daß ich mir nach den schlimmen Nachrichten aus Paris große Sorgen um meine Schwester und ihren Mann gemacht habe? Und daß es mir ein Bedürfnis war, bei meiner Familie zu sein, um neue Kraft zu tanken?«

»Und warum nicht mit deinem Mann? Wie es in normalen Ehen üblich ist?« rief John herausfordernd und entzog sich ärgerlich ihrer Umarmung.

Gekränkt fuhr Devon zurück. Warum vermied er nur jede Berührung mit ihr? Sein Willkommensgruß war ja nun auch alles andere als überschwenglich gewesen, und jetzt wieder dieser Rückzug! Sie stemmte die Fäuste in die Hüften und pflanzte sich vor ihm auf. »Wie dem auch sei – jetzt bin ich da. Nur scheint dir im Augenblick meine Anwesenheit deutlich weniger wichtig zu sein. Statt daß du dich freust, mich wiederzusehen, fängst du einen Streit an!«

»Devon! Nicht ich habe einen Streit angefangen, sondern du! Ich für meinen Teil wäre auf der Sache nicht weiter herumgeritten!« John zwang sich, die Ruhe zu bewahren und redete deshalb betont gelassen, was Devons Widerspruchsgeist erst recht anstachelte.

»Ja, das hätte dir so gepaßt!« trumpfte sie auf. »Den Souveränen spielen und zur Tagesordnung übergehen! Aber insgeheim sich als der arme, unverstandene Ehemann fühlen, der von seiner Frau so lieblos behandelt wird! John, manchmal hab' ich das Gefühl, daß dir jede Gelegenheit recht ist, dich zum Märtyrer zu machen. Was auch immer ich sage oder tue – ständig empfindest du es als persönliche Beleidigung!«

»Typisch! Wir reden hier über einen ganz konkreten Einzelfall, und du weichst in Verallgemeinerungen aus!« konterte John wütend. »Sag mir nicht, was ich ständig tue, sondern bleib bei der Geschichte von heute abend!«

»Die Geschichte von heute abend ist aber nun einmal kein Einzelfall«, schoß Devon hitzig zurück. »Solche Sachen passieren ständig in letzter Zeit.«

John wurde auf einmal ganz ruhig. Er ließ sich in seinen Sessel sinken und holte tief Luft. »Wenn solche Sachen andauernd passieren«, sagte er in sachlichem Ton, »erhebt sich die Frage, warum wir immer noch miteinander verheiratet sind.«

Hatte sie richtig gehört? Ungläubig starrte sie auf John hinunter, der mit ernsten Augen aus seinem Sessel zu ihr hoch schaute. Sein letzter Satz hatte sie wie ein Messerstich getroffen. Dabei hatte er die Wahrheit gesagt – die bittere Wahrheit. Nur noch selten führten sie Gespräche, bei denen sie sich austauschten, einander näherkamen. Jede Konversation artete sofort in Streit aus. Es gab kaum noch ein Thema, bei dem sie nicht unterschiedlicher Ansicht waren. Sie hatten praktisch keine Gemeinsamkeiten mehr – jetzt, wo Morgan tot war.

Erschöpft ließ sich Devon auf ihren Diwan fallen. Sie war sprachlos. Und jetzt kam John auf einmal auf sie zu. Er stand auf, kniete neben ihr nieder und sprach mit einer ungeheuren Ernsthaftigkeit zu ihr. Die Maske der Gönnerhaftigkeit, der Herablassung, die sie immer so aufregte, war auf einmal von ihm abgefallen. Was er zu ihr sagte, kam unmittelbar aus dem Herzen.

»Ich liebe dich, Devon. Immer noch, trotz all unserer Streitereien. Aber ich kann nicht mehr. Ich bin zermürbt. Ich habe keine Kraft mehr, zu kämpfen. Dich um Dinge zu bitten, die du mir nicht geben kannst.«

»Aber …«, stammelte Devon. »Ich liebe dich doch auch, John!«

»Ich weiß.« Traurig schüttelte John den Kopf. »Aber das reicht nicht. Ich sehne mich nach einer Frau, die immer an meiner Seite ist. Für die ich das Wichtigste in ihrem Leben bin.«

»Aber das bist du doch …«, widersprach sie schwach.

Er seufzte. »Du weißt, daß es nicht so ist, Devon. Du bist eine sehr erfolgreiche Pferdetrainerin. Und Willowbrook ist deine Heimat. Als Morgan noch am Leben war, war sie dir auch wichtiger als ich. Ich will dir daraus keinen Vorwurf machen, ich will nur sagen, daß *ich*,

ich als Mann, einfach etwas anderes suche ... Ja, ich sehne mich nach einer anderen Frau.« Er schwieg betroffen, als ob ihm die Tragweite dessen, was er gesagt hatte, jetzt erst richtig zu Bewußtsein gekommen wäre.

»Aber ich hab' mich doch so bemüht ...«, wandte Devon ein.

»Ja, ich weiß, Devon. Aber weißt du – wenn ich sehe, daß du mir zuliebe Dinge tust, die dir eigentlich gegen den Strich gehen, dann ... dann macht mich das auch nicht glücklich, im Gegenteil. Ich sehe, daß du dich quälst, und das wiederum quält mich. Ich weiß auch nicht, warum es so schwierig mit uns ist. Wir ... wir sind einfach zu verschieden, so banal das klingt. Wir passen nicht zusammen.«

Für einen Augenblick zogen dunkle Wolken in Devons Gesicht auf. »John«, flüsterte sie. »Gibt es da ... eine andere?«

Er schüttelte den Kopf. »Nein.« Was für ein absurder Gedanke!

»Nein«, wiederholte Devon unhörbar. Doch es stellte sich kein Gefühl der Erleichterung ein, jetzt, wo nichts mehr zu retten schien. Ihr Blick fiel auf ihre Hände, die von Tränen naß waren. Sie hatte gar nicht gemerkt, daß sie weinte.

»Devon ...«, bat er. »Nicht weinen! Es ist das Beste für uns beide. Glaub mir!«

Sie schluckte. »Heißt das ..., daß du die ... Scheidung willst?« Nur mit Mühe kam ihr das Wort über die Lippen. Devon dachte an ihre Familie. Sie würden die Hände über dem Kopf zusammenschlagen, nicht anders als Johns Eltern. Und sie? Sie würde sich fühlen wie ein steuerloses Schiff auf dem Ozean, ohne Anker, hilflos dem Spiel der Wellen ausgeliefert.

Sanft wischte er ihr mit dem Daumen eine Träne ab. »Ja«, antwortete er leise. »Ich denke, es ist das Beste. Weißt du ... ich glaube, daß wir die letzten Jahre nur noch Morgans wegen zusammengeblieben sind. Jetzt, wo sie tot ist ... haben wir nur noch wenig gemeinsam.«

»O John!« Devon schluchzte auf. Wortlos nahm sie das Taschentuch, das John ihr reichte.

»Ich weiß«, tröstete er sie. Er zog sie an sich.

Eigenartig. Jetzt, wo die Trennung feststand, fühlten sie sich einander nah wie schon lange nicht mehr. Es war, als würde in diesem Augenblick das Glück ihrer ersten Liebe noch einmal durch ihre Seele ziehen, bevor es sich für immer von ihnen verabschiedete.

II

KAIRO, ÄGYPTEN

1942

1

In Kairos engen Gassen wimmelte es nur so vor Soldaten aus allen alliierten Ländern. Doch das fiel gar nicht sonderlich auf, denn Kairo war schon immer eine internationale Metropole gewesen, in der sich Menschen aus aller Herren Länder begegneten, und fremde Gesichter gehörten schon seit Jahrhunderten zum Straßenbild dieser aufregenden Stadt.

Devon, die sich an der Seite ihrer Schwester verzweifelt durch das Gewühl kämpfte, wußte nicht, wie lange sie dieses Geschiebe und Gedränge noch aushalten würde. Was sie am meisten in Rage brachte, waren die zahllosen Hände, die wie aus dem Nichts auftauchten und sie von allen Seiten betatschten. Die Ägypter betrachteten westlich gekleidete Frauen als sexuelles Freiwild, und so war es für sie absolut selbstverständlich, ihnen im Vorübergehen an den Busen oder den Po zu greifen. In den ersten Tagen ihres Aufenthalts in dieser Stadt war Devon, wie die meisten amerikanischen und europäischen Touristinnen jedesmal wütend herumgefahren, doch jedesmal sah sie sich einer gesichtslosen, schwitzenden Masse Mensch gegenüber, und der Verursacher ihres Ärgers war nicht auszumachen. Westliche Frauen wie Grace, die schon länger in Kairo lebten, hatten es längst aufgegeben, sich auf diese aussichtslose Weise Respekt verschaffen zu wollen und fügten sich in das Unvermeidliche.

»Grace«, schrie Devon ihrer Schwester über die Köpfe der Menge zu, »wie weit ist es denn noch um Gottes willen?«

»Nicht mehr weit«, rief Grace zurück. Sie warf Devon über die Schulter einen aufmunternden Blick zu. Die beiden Schwestern waren auf dem Weg zum Souk, Kairos berühmtem Basar. Der lange, schwarze Cadillac der amerikanischen Botschaft hatte sie so nah wie möglich herangefahren, doch die verwinkelten Gassen, die zu diesem großen Freiluft-Markt führten, waren für Autos schlichtweg nicht passierbar.

Devons gespannte Erwartung steigerte sich zu purer Begeisterung, als die ersten glitzernden, bunten Stände des Basars auftauchten. Mit leuchtenden Augen lief sie zu einem Tisch, auf dem kunstvoll verzierte Kaftane in allen Farben einladend ausgebreitet lagen.

»Warte doch, Devon!« rief Grace besorgt. »Nicht einfach davonlaufen. Sonst haben wir uns im Nu verloren!«

»Ja, da hast du recht!« lachte Devon. »Mein Gott, gemessen an diesem Gewimmel ist New York ja ein gottverlassenes Nest!«

»Ah, die schönne Lady iest an einem Kaftan interrressiert?« Ein dunkelhäutiger Mann mit rotem Fez auf dem Kopf nahm ein scharlachrotes, mit Gold durchwirktes Gewand hoch und hielt es Devon mit aufforderndem Lächeln unter die Nase.

Devon war von seiner offenen Art, von seinem hinreißenden Akzent mit dem rollenden ›r‹ einfach fasziniert. Freundlich lächelte sie ihm zu, während sie den Stoff befühlte. »Ein wunderschönes Stück«, sagte sie. »Wieviel kostet es?«

»Ich mache Innen einen guanz besonderren Prrreis!« Er lächelte und entblößte seine vor Gold nur so blitzenden Zähne.

Diskret zupfte Grace ihre Schwester am Ärmel. »Laß mich mal machen«, flüsterte sie.

Devon warf ihr einen fragenden Blick zu.

»Daas ist die beste Seide, die Sie nurrr finden können!« erklärte der Verkäufer stolz. »Ein wunderrrschönnes Kleid.«

»Ja, wir hätten womöglich Interesse«, schaltete sich Grace in eher gelangweiltem Ton in das Gespräch ein.

Höflich verbeugte sich der kugelrunde Mann in ihre Richtung, als spürte er instinktiv, daß sie besser wußte, wie es auf dem Souk zuging. »Sibbenundzwaanzig Pfund ist norrrmallerr Prreis, aberr fürr so schönne Dammen mache ich ... zwaanzig Pfund!« Er strahlte übers ganze Gesicht.

»Das sind ja nur dreißig Dollar«, rechnete Devon schnell aus. »Du, das ist ungeheuer günstig!«

»Entschuldigen Sie uns einen Moment bitte«, wandte sich Grace höflich an den Verkäufer und nahm ihre Schwester beiseite. »Hör mal zu«, zischte sie. »Du hältst jetzt den Mund, verstanden? Du magst dich ja auf Pferdemärkten auskennen, aber auf dem Souk bin *ich* die Expertin, okay?«

Zurück am Tisch, nahm Grace wieder die Verhandlungen auf. »Ihr Angebot ist ja sehr freundlich, mein Herr, aber wir sind gerade erst angekommen und würden uns gerne noch ein bißchen umschauen, bevor wir kaufen. Vielen Dank auch!« erklärte sie.

»Madam wirrd auf dem gaanzen Basaar keine besserre Seide finden«, versuchte der Ägypter, sie zu halten. »Schauen Sie nurr!« Mit dramatischem Schwung warf er den roten Kaftan über die anderen Gewänder, daß die feine Seide in fließenden Wellen über den Tisch lief. Stolz reckte er sein Doppelkinn.

»Ja, das ist ja alles schön und gut …«, gab Grace zu. »Aber … es ist einfach zu teuer.« Ehrfürchtig fuhr sie mit ihrer Hand über den glänzenden Stoff.

Das eben noch strahlende Gesicht des Mannes fiel völlig in sich zusammen. »Sagen Sie mirr, waas Sie zahlen wollen!« stöhnte er mit hängendem Kopf.

»Vier Pfund«, erwiderte Grace gleichmütig.

»Vier Pfund?« Entsetzt riß der Verkäufer seine kohlschwarzen Augen auf. »Madam! Wollen Sie mich ruinierrren?!« Ungeachtet seiner demonstrativen Verzweiflung hörte er nicht auf, das rote Gewand vor Graces Augen hin- und herzuwenden. Dann stieß er einen herzzerreißenden Seufzer aus. »Sie bekommen es für sechzehneinhalb Pfund!«

Grace tat so, als berate sie sich mit ihrer Schwester, doch sie nahm sie nur beiseite, um sie zu beruhigen. »Keine Angst«, flüsterte sie ihr ins Ohr, »du kriegst deinen Kaftan!« Wieder wandte sie sich dem Verkäufer zu. Bedauern lag in ihrer Stimme. »Es tut mir wirklich außerordentlich leid, Sir. Aber höher als vier Pfund können wir keinesfalls gehen.«

»Aberr Madam«, entrüstete sich der Händler, »Sie haben bei vierr Pfund angefangen, ich bei zwanzig. Ich sage sechzehneinhalb. Da können Sie doch wohl ein bißchen merr als vierr Pfund gebben, oderr nicht?«

»Sechzehneinhalb … das ist völlig unmöglich!« Grace warf theatralisch die Augen gen Himmel.

»Sie sind wirrklich eine serr schwierrige Kundin«, seufzte der Ägypter. »Ich biete Ihnen sechzehn Pfund – mein letztes Worrrt.«

Doch Grace blieb hart. »Tut mir wirklich leid, dann müssen wir uns eben woanders umschauen.«

»Nirrgendwo werrden Sie etwas Besserres finden! Nirrgendwo!« prophezeite der Verkäufer.

Grace lächelte nur, nahm Devon am Arm und wandte sich zum Gehen. Devon wagte es nicht, auch nur ein Wort zu sagen, doch sie war über die Sturheit ihrer Schwester alles andere als begeistert. Lief es doch jetzt tatsächlich darauf hinaus, daß ihr der schöne Kaftan durch die Lappen ging!

Doch im gleichen Augenblick hellte sich ihr Gesicht wieder auf. »Meine Dammen, bitte!« rief ihnen der Verkäufer hinterher.

Die beiden Schwestern drehten sich um, um sein neues Angebot zu hören.

»Schauen Sie nurr, wie wunderrbarr dieserr Stoff fällt!« schnurrte er und hielt sich das Gewand vor seinen kugelrunden Bauch, daß es ihm in lockeren Falten bis auf die Knie fiel. »Und jetzt hörren Sie, was ich fürr diesen wunderrbarren Kaftan verrlange – nur fünfzehn Pfund! Fünfzehn! Ich mache keinen Penny Gewinn dabei, aberr dieserr wunderrbarre Kaftan ist einfach wie gemacht fürr diese wunderrschönne Damme!«

Er lief ein paar Schritte auf sie zu und hielt den Stoff in gemessenem Abstand neben Devons Gesicht, um zu demonstrieren, wie herrlich die Farbe zu ihrem Teint paßte.

Mit nachdenklichem Blick betrachtete Grace das Gewand. »Jaaa … wirklich sehr schön!« murmelte sie. »Gut, ich erhöhe mein Angebot auf sieben Pfund.«

»Meine Dame!« Der Mann rang die Hände. »Unmögglich! Sieben Pfund! Dieses kostbarre Stück! Unmögglich, einfach unmögglich!«

»Tut mir leid dann, mehr kann ich auf keinen Fall aufbringen.«

Einen Augenblick lang schauten sich beide, Grace und der Händler, schweigend an und versuchten herauszufinden, wo beim anderen die Marke war, hinter die er nicht mehr zurückging. Der Ägypter überlegte. Die attraktive Frau mit den nußbraunen Haaren wich seinem Blick nicht aus, sie schien sehr selbstbewußt zu sein. Und sie wußte, wie das Spiel gespielt wird, und das nötigte ihm Respekt ab.

»Okay«, gab er schließlich nach. »Ich werrde meinen Kinderrn heute abend nichts zu essen heimbrringen können. Ich werrde meine Kleider verrkaufen müssen. Aber wenn es denn sein muß – dann nehmen sie das gute Stück fürr sieben Pfund!«

Grace und Devon verneigten sich so formvollendet vor dem Ägypter, daß er sofort vergaß, daß er bei diesem Preis nur zwei anstatt zweiundzwanzig Pfund Gewinn gemacht hatte. Er verpackte den Kaftan, überreichte ihn, nahm das Geld entgegen – nicht ohne es sorgfältig nachzuzählen – und verabschiedete sich dann von Grace und Devon mit einer höflichen Verbeugung, die die Frauen erwiderten.

»Hervorragend gemacht, mein Kompliment, die Damen!« ertönte in diesem Augenblick der unverkennbare Tonfall eines britischen Aristokraten.

»Roland!« rief Grace überrascht.

Roland Somerset-Smith, schneidig anzusehen in seiner Offiziersuniform der Royal Air Force, nahm seine Mütze ab und deutete eine respektvolle Verbeugung an. Mit seiner hohen Stirn, den markanten Zügen und dem durchdringenden Blick wirkte der Herzog von Abersham wie das getreue Abbild eines Kinohelden in einem britischen Kriegsfilm.

»Ich wußte gar nicht, daß du schon wieder zurück bist«, wunderte sich Grace. Der Kreis, in dem sie und Philip verkehrten, war so klein, daß man über das Kommen und Gehen jedes einzelnen stets Bescheid wußte.

Die Kairoer Oberschicht sonderte sich zwar von der Masse der Bevölkerung deutlich ab, war in ihren eigenen Reihen jedoch ausgesprochen demokratisch und vorurteilsfrei. Nationalität, Religion oder Rasse spielten hier kaum eine Rolle. Europäer, Amerikaner, Afrikaner und Kairoer wurden als einander ebenbürtig betrachtet, solange sie nur über genügend Geld und Beziehungen verfügten. Die Mitglieder dieser privilegierten Schicht trafen sich im ›Groppi's‹ zum Tee, im ›Mena House‹ zum Dinner und zum Tanz, im ›Gezira Sporting Club‹ zur Körperertüchtigung und im ›Turf Club‹ zum Cocktail und zum Roulette. Den heißen Sommer verbrachten sie in Alexandria, ließen sich von ausgewählten ägyptischen Schneidern ihre Kleider nach der neuesten europäischen Mode maßanfertigen und schickten ihre Kinder auf die American University in Kairo, an die Sorbonne in Paris oder nach Oxford in England. Sie sprachen fließend Englisch und Französisch, die Kenntnis des Arabischen war fast unnötig. Handelssprache war sowieso Französisch, und es wurde auch an den Schulen gelehrt, sogar mehr als Arabisch. Nur auf dem ›Souk‹ war es günstig, ein paar Brocken Arabisch zu verstehen, aber selbst dort konnte man auf englisch oder französisch verhandeln.

»Ich bin jetzt hier auf Dauer stationiert«, erwiderte Roland. Unwiderstehlich war sein Blick von Devon angezogen, obwohl er sich ja eigentlich mit Grace unterhielt. »Schluß mit dem Hin und Her zwischen London und Kairo.« Er lächelte. »Zumindest für eine Weile.« Er war Major der Luftwaffe in der Desert Air Force, einer Spezialeinheit der königlichen Luftwaffe in Nordafrika.

»Devon«, wandte sich Grace an ihre Schwester, »darf ich dir Roland Somerset-Smith vorstellen. Er ist ein guter Freund von uns. Roland, das ist meine Schwester, Devon Alexander.«

»Grace«, erwiderte Roland, ergriff Devons Hand und deutete einen formvollendeten Handkuß an, »ich hätte wirklich nicht gedacht, daß es auf dieser Welt *noch* so eine hinreißend charmante Frau wie dich geben könnte! Darf ich hoffen, daß Sie länger hier in Kairo bleiben?« Der Ausdruck seiner Augen verriet Devon, daß sein letzter Satz mehr als nur eine Schmeichelei war.

»Ach, am liebsten würde ich für immer hierbleiben«, erwiderte Devon enthusiastisch. »Oder zumindest so lange, bis Grace und Philip mich rausschmeißen«, fügte sie mit einem Augenzwinkern hinzu.

»Na, dann werden wir dafür sorgen, daß Sie hier eine wunderbare Zeit verbringen«, antwortete Roland lächelnd. »Kairo ist eine atemberaubende Stadt.« Dann kam ihm offenbar ein Gedanke. Er schaute auf seine Armbanduhr. »Haben die Damen etwas dagegen, wenn ich sie zum Mittagessen in den ›Turf Club‹ einlade? Es ist schon ein Uhr!«

Die beiden Frauen waren sofort einverstanden. »Dann können wir ja unseren Fahrer heimschicken, wenn wir mit dir fahren, nicht wahr, Roland?« meinte Grace.

Das Mittagessen unter der blau-weiß gestreiften Markise war so herrlich, daß es darüber Nachmittag wurde. Und so tranken sie denn Tee und bestellten sich ein wenig später die ersten Cocktails.

»Warum schicken wir nicht meinen Fahrer los, daß er Philip holt, hm?« fragte Roland plötzlich.

»Wunderbare Idee!« rief Grace begeistert. Der Champagner stieg ihr bereits ein wenig in den Kopf. Schnell schrieb sie eine Notiz auf einen Zettel und gab ihn mit den nötigen Anweisungen dem Ober. Dann lehnte sie sich selig lächelnd in den tiefen Ledersessel zurück und betrachtete Roland, der sich angeregt mit ihrer Schwester unterhielt. Noch nie hatte sie ihn so ausgelassen und sprühend erlebt. Es war offensichtlich, daß er sich ein wenig in Devon verguckt hatte.

Und Devon schien ebenfalls deutlich Gefallen an ihm zu finden. Sie strahlte und flirtete charmant zurück. Seit Morgans Tod vor drei Jahren hatte Grace ihre Schwester nicht mehr so heiter und beschwingt gesehen. Ihre Wangen waren leicht gerötet, und in dem schmeichelhaften Licht der untergehenden Sonne wirkte sie wie Mitte Zwanzig.

Devon fand Roland in der Tat äußerst anziehend. Sein Charme war einfach unwiderstehlich. Dabei setzte er ihn nicht gezielt ein, um Menschen für sich zu gewinnen, nein, dazu war er eine viel zu ehrliche Haut. Sein Charme hatte eine gewisse Unschuld, als ob er sich seiner überhaupt nicht bewußt wäre.

Irgendwann im Verlaufe des Gesprächs fragte er dann: »Ach, übrigens – gehen Sie gerne auf Pferderennen? Hier in Kairo gibt es mehrere renommierte Rennbahnen.«

Spontan brachen Devon und Grace in heiteres Gelächter aus und erklärten Roland dann die unfreiwillige Komik seiner harmlosen Frage. Es stellte sich heraus, daß Roland auf dem Landgut seiner Familie in England ebenfalls eine Pferdezucht betrieb. Später dann am Abend erfuhr Devon, daß er Witwer war und keine Kinder hatte.

Im Laufe der nächsten Tage und Wochen spürte Devon immer deutlicher, wie stark sie sich von Roland angezogen fühlte.

Sie wunderte sich selbst, wieviel Zeit sie mit ihm verbrachte. Immer wieder unternahmen sie aufregende Streifzüge durch Kairo und Ausflüge in die Umgebung. Später dann mußte Roland sie für fast zwei Wochen allein lassen, da Winston Churchill den britischen Truppenstandort in der Nähe von Kairo besuchte.

Dann, am 30. August, kurz nach der Abreise von Churchill, griffen die Deutschen und die Italiener die britischen Stellungen in Ägypten an. Doch die Briten schlugen zurück, und nur vier Tage später traten die Deutschen den Rückzug an.

Nach der Schlacht kehrte Roland sofort nach Kairo zurück. Sooft er konnte, traf er Devon.

»Sag mal, wann arbeitest du eigentlich?« fragte ihn Devon eines Abends augenzwinkernd, als sie auf der schattigen Terrasse des ›Turf Clubs‹ an ihrem Martini nippte. Sie hatten den Tag mit Champagner im Continental Hotel begonnen, im ›Mena House‹ zu Mittag gespeist und den Nachmittag im ›Heliopolis Club‹ beim Pferderennen verbracht.

»Ich bin ständig im Einsatz, merkst du das nicht?« grinste er. »Du bist die Mission meines Lebens.« Er beugte sich über ihre Hand und küßte sie hauchzart. Plötzlich wurde er ernst. »Ich würde mir sehr wünschen, daß es so wäre«, sagte er leise und suchte in ihren Augen nach einer Antwort.

Verwirrt senkte sie ihren Blick in ihr Martini-Glas.

»Devon«, sagte er heiser. »Ich weiß, daß ich kein Recht habe, weiter in dich zu dringen ... aber irgendwann, und das kann schon sehr bald sein, muß ich Kairo verlassen.«

Devon erschrak. »Aber zu meinem Geburtstag kommst du doch, oder?« fragte sie betroffen. »Es sind nur noch ein paar Wochen hin.« Es fiel ihr schwer, sich vorzustellen, daß es wirklich schon Anfang Oktober war, denn in Kairo herrschte brütende Hitze wie in Virginia im Hochsommer.

Traurig schaute Roland sie an. »Liebend gern, aber ich glaube, es wird nicht möglich sein.« Besorgnis machte sich auf seinem Gesicht breit. »Und um ehrlich zu sein, wäre es mir lieb, wenn du auch für eine Weile woandershin gehen würdest.«

Devon runzelte die Stirn. »Warum?«

»Es ist Krieg.«

»Überall, wo du heutzutage hingehst, ist Krieg«, seufzte Devon.

»Aber nicht in Virginia«, gab Roland zu bedenken.

»Ja, das stimmt. Aber wenn ich an die Geister denke, die dort auf mich warten, dann fühle ich mich hier in Kairo deutlich weniger verfolgt.« Sie zuckte die Achseln. »Und außerdem«, fuhr sie unbesorgt fort, »hat Mr. Churchill doch angeordnet, daß alle britischen Staatsangehörigen in Kairo mit Gewehren ausgerüstet werden sollen, oder nicht? Und was ist mit den Verteidigungsstellungen vor Kairo, die er hat verstärken lassen? Ich fühle mich hier ziemlich sicher!«

Mit wildem Blick starrte er sie auf einmal an. Irgend etwas kämpfte in ihm.

»Was hast du denn?« fragte sie erschrocken.

Von einem heftigen Impuls getrieben ergriff er ihre Hand. »Ich habe kein Recht, dir vorzuschreiben, was du tun sollst«, stieß er hervor. »Obwohl ich es mir bei Gott wünschen würde! Wenn mir dieses Privileg beschieden wäre, dann würde ich darauf bestehen, daß du Kairo augenblicklich verläßt, Devon!«

Ein sanftes Lächeln glitt über ihr Gesicht. »Ich weiß«, gab sie seufzend zu, »daß es das Beste wäre. Aber ich kann einfach noch nicht wieder heim nach Virginia.« Obwohl ihr Herz nach wie vor an Willowbrook hing, hatte Morgans Tod doch eine fürchterliche Lücke gerissen, die sie auf Schritt und Tritt spürte. Und seit John sie verlassen hatte, fühlte sie sich dort einsamer denn je.

Dabei war John nicht völlig aus ihrem Leben verschwunden. Kurz nach dem Kriegseintritt der Amerikaner im Jahre 1941 hatte er sie in Willowbrook angerufen und ihr erzählt, daß er für eine geheime Mission im Auftrag der amerikanischen Regierung in Übersee ausgewählt worden sei. Er nannte keine weiteren Details, aber sie nahm an, daß es etwas mit Spionage zu tun haben mußte.

Dann, im Februar 1942, hatte er sie wieder angerufen, um ihr eine Neuigkeit mitzuteilen, die sie vollkommen aus der Fassung brachte: Er hatte sich mit Bebe Henley verlobt. Devon konnte ihm gerade noch höflich gratulieren, dann hängte sie ein und stürzte ins Bad, um sich zu übergeben. War es aus schlichter Eifersucht oder aus Ekel bei der Vorstellung, daß John sich mit einer derartig oberflächlichen Kreatur einließ? Auf jeden Fall war sie noch lange danach wie am Boden zerstört. Dann, von einem Tag auf den anderen, entschloß sie sich spontan, Amerika zu verlassen. Sie wollte fort, nur fort.

Willowbrook war ihr Ein und Alles. Aber an diesem Ort, am dem sie ihre glücklichsten und unglücklichsten Zeiten mit John verbracht hatte, verfolgte die Vergangenheit sie wie ein dunkler Schatten, der sie ihres Lebens nicht mehr froh werden ließ. Die Farm florierte und wurde von zuverlässigen, kompetenten Menschen geführt. Sie konnte gut eine Weile ins Ausland gehen, ohne sich um Willowbrook Sorgen machen zu müssen. Und deshalb hatte sie ihre Sachen gepackt und war nach Kairo zu ihrer Schwester gefahren.

Roland schüttelte den Kopf, als er sah, daß Devon offenbar nicht zu überzeugen war, wieder zurück in die Vereinigten Staaten zu gehen. »Du bist ein ausgewachsener Dickschädel, Devon Alexander«, schmunzelte er.

»Ja«, erwiderte sie trocken. »Du bist nicht der erste, der mir das sagt.«

Ein paar Wochen später, am 23. Oktober 1942, erfuhr sie den Grund für Rolands Sorge um sie. Briten und Amerikaner landeten einen Überraschungsangriff gegen die Deutschen und Italiener in Nordafrika.

Die deutschen Truppen waren personell und technisch nicht im geringsten auf den Angriff vorbereitet, und was für sie das Schlimmste war – ihr berühmter Kommandeur, General Rommel, lag wegen einer Operation seit Ende September in einem deutschen Krankenhaus. General Stumme, der ihn vertrat, erlitt während der Schlacht einen tödlichen Herzinfarkt, woraufhin Hitler Rommels Rekonvaleszenzeit kurzerhand für beendet erklärte und ihn wieder zurück an die nordafrikanische Front fliegen ließ.

Nur zwei Tage nach Rommels Rückkehr, am 27. Oktober, gab es einen entscheidenden Wendepunkt im Kampfgeschehen. Die Deutschen starteten einen massiven Gegenangriff auf die alliierten Truppen, den die königliche Luftwaffe mit einem zweieinhalbstündigen Bombardement des Gegners beantwortete. Die feindliche Attacke wurde zurückgeschlagen, noch ehe sie richtig begonnen hatte. Bis zum 8. November hatten die Alliierten bei der Schlacht von Al Alamain 30.000 Kriegsgefangene gemacht.

Die Schlacht markierte einen Wendepunkt für die Alliierten im Zweiten Weltkrieg. Churchill sagte später einmal: »Vor Alamain gab es für uns keinen Sieg – nach Alamain keine Niederlage.«

2

»Ich bin so froh, daß ich nach allem, was geschehen ist, wieder bei dir sein kann«, flüsterte Roland zärtlich in Devons Ohr, darauf bedacht, daß die umstehenden Gäste seine Worte nicht hören konnten. Philip und Grace gaben zur Feier von Devons Geburtstag eine rauschende Party.

Devon hob ihr Champagnerglas an die Lippen und warf Roland ein Lächeln zu. »Ich bin so glücklich, daß du da bist«, sagte sie und schaute bewundernd zu ihm auf. In seiner adretten Ausgehuniform sah er attraktiver aus denn je. Neue Verdienstorden blitzten an der sowieso schon überladenen Brusttasche.

Devon trug ein elegantes trägerloses schwarzes Kleid in schlichtem Schnitt, das jedoch um so mehr ihre femininen Kurven betonte. Ihr Haar hatte sie zu einem einfachen Knoten im Nacken gebunden, wodurch ihr kostbares Diamanten-Collier und die passenden Ohrringe erst richtig zur Geltung kamen. Jetzt, im Alter von siebenunddreißig, war sie schöner als vor zehn Jahren. Ihre Haut war immer noch makellos, und sie hatte abgenommen, was ihre Schultern und Wangenknochen stärker hervortreten und sie markanter erscheinen ließ. Vor allem aber war sie durch die Schicksalsschläge ihres Lebens gereift. Devon war nicht mehr das impulsive, ungestüme junge Mädchen von früher, sondern eine in sich ruhende, reife Frau, die mit ihrer souveränen Gelassenheit andere, die über weniger Selbstbewußtsein verfügten, oft regelrecht einschüchterte.

»Du weißt ja gar nicht, wie froh ich bin, daß ich für die nächste Zeit wieder hier nach Kairo versetzt wurde«, verriet Roland ihr mit einem glücklichen Lächeln.

»Ach, wirklich?« Sie strahlte. »Dann haben wir ja endlich wieder mehr Zeit füreinander!«

»Ja, es ist wunderbar!«

In dem Moment kündigte der Butler an, daß das Essen aufgetragen sei und die Gäste begaben sich in den angrenzenden eleganten Speiseraum, der mit französischen Antiquitäten und orientalischen Teppichen kostbar ausgestattet war. Als Vorspeise wurde eine pikant mit Safran gewürzte Fischsuppe serviert, dann gab es einen saftigen, mit Kräutern überbackenen Rinderbraten in Madeirasauce, zartes Broccoligemüse und Kroketten. Dazu wurde ein 1924er Mouton Rothschild ausgeschenkt. Nach dem Hauptgang folgte knackig-frischer Endiviensalat mit Brunnenkresse in herzhafter Senfsauce. Als süßer Nachtisch wurde Devons Geburtstagstorte hereingetragen, ein weißer Traum aus Grand-Marnier-Baiser mit siebenunddreißig Kerzen – eine Tradition, auf der Devon bestanden hatte. Sie fand es lächerlich, als Frau nicht zu ihrem Alter zu stehen.

Nach dem Mahl spielte eine Zehn-Mann-Kapelle zum Tanz auf. Roland bat Devon um den ersten Tanz – einen Walzer. Während sie über das Parkett schwebten, flüsterte er ihr ins Ohr: »Ich würde gerne etwas unter vier Augen mit dir besprechen. Gibt es hier irgendwo eine verschwiegene Ecke, wo wir ungestört reden können?«

»Natürlich«, nickte Devon. Sie führte ihn über den schwarzweiß gefliesten Marmorkorridor zur Bibliothek. Vorsichtig öffnete sie die große Flügeltür, vergewisserte sich, daß niemand im Raum war, und zog Roland schnell hinter sich hinein.

Roland setzte sich auf ein mit marineblauem Samt bezogenes Sofa und bat Devon neben sich.

»In der Schlacht von Al Alamain …« begann er ohne große Einleitung, »… da hatte ich ganz schön Angst.«

Devon hielt den Atem an. Roland war kein Mensch, der sein Herz auf der Zunge trug, und so überraschte sie sein unvermitteltes Eingeständnis solch intimer Gefühle.

»Es war nicht direkt Angst vor dem Tod«, fuhr er fort, »auch wenn ich nichts dagegen hätte, noch eine Weile zu leben«, fügte er mit einem sarkastischen Unterton hinzu.

Devon wagte es nicht, ihm zu antworten, denn sie wollte den Fluß seiner Gedanken nicht unterbrechen.

»Ich hatte Angst …«, er holte tief Luft, weil es ihm offenbar schwerfiel, das Folgende über die Lippen zu bekommen. »Ich hatte Angst …, daß ich sterben könnte, bevor … bevor ich das Glück hätte …, dich … zu meiner Frau zu machen.«

Devon war sprachlos. Mit offenem Munde starrte sie ihn an. Nicht, daß dieser Heiratsantrag völlig unerwartet für sie gekommen wäre, doch so, wie das Gespräch begonnen hatte, hatte sie überhaupt nicht damit gerechnet, daß es auf ein solches Geständnis hinauslaufen würde. »Ich … ich weiß gar nicht, was ich sagen soll«, stotterte sie.

»Sag ›ja‹«, stieß er heiser hervor, in einem harschen Befehlston, den sie von ihm gar nicht gewöhnt war. Selbst wenn er seinen Untergebenen Anweisungen erteilte, tat er dies stets mit ausgesuchter Höflichkeit, sparte nie mit ›bitte‹ und ›danke‹.

Mit klarem Blick sah sie ihn an. »Ich weiß deine Offenheit zu schätzen, Roland. Seit einiger Zeit habe ich gespürt, daß du für mich etwas empfindest, aber ich wußte nie genau, wie weit diese Gefühle reichen.«

»Jetzt weißt du es«, war seine schlichte Antwort. »Aber die entscheidendere Frage ist jetzt, wie weit *deine* Gefühle reichen, nicht wahr?« Roland ergriff ihre Hand und schaute sie durchdringend an, suchte er in der Tiefe ihrer meerblauen Augen nach einer Antwort.

»Ich … ich bin sehr gern mit dir zusammen«, begann Devon zaghaft. »Wenn du nicht in meiner Nähe bist, bin ich traurig, und wenn du wieder zu mir kommst, bin ich glücklich. Ich … ich weiß nicht, ob man das Liebe nennt.« Verwirrt schüttelte sie den Kopf. Wo war die bebende Erwartung, die leidenschaftliche Erregung, die sie bei John empfunden hatte? War sie zu solchen Gefühlen nicht mehr fähig? Es war ihr angenehm, wenn Roland sie berührte … äußerst angenehm. Wenn er sie küßte, schmolz sie in seinen Armen dahin. Sie konnte es sich gut vorstellen, mit ihm die Nacht zu verbringen, seine Zärtlichkeiten zu genießen. Aber wo war das heiße, irrwitzige Verlangen, das sie jedesmal überwältigt hatte, wenn sie Johns Umarmung entgegenfieberte?

»Du stellst Vergleiche an, nicht wahr?« fragte er in ihr Schweigen hinein, als ob er ihre Gedanken gelesen hätte.

Sie errötete schuldbewußt. »Ich bin beschämt, Roland. Das hast du nicht verdient.«

»Nein, nein«, beteuerte er, »ich kann das sehr gut verstehen. Laß uns offen darüber reden, Devon.« Seine Stimme hatte jetzt diesen kühlen, nüchternen Ton, der so ungeheuer britisch war. »Alexander war dein erster Mann, nehme ich an?«

Stumm nickte sie.

»Ja, die erste Liebe ist immer etwas ganz Besonderes, nicht wahr?« Er verschwieg ihr, daß *seine* Leidenschaft für sie stärker war als jede, die er je empfunden hatte. »Du brauchst dich dieser Gefühle nicht zu schämen«, fuhr er fort. »Sie sind ganz normal.«

Doch Devon mußte an Sydney denken, die so verrückt nach Douglas war, daß sie sich von einer emanzipierten Großstädterin in eine Landpomeranze, von einer coolen Zynikerin in eine schüchtern errötende Braut verwandelt hatte. Hatte sie Bart einst auch so leidenschaftlich geliebt? Devon wußte es nicht.

Sie faßte sich ein Herz. Roland hatte so offen über seine Gefühle zu ihr gesprochen. Warum sollte sie ihm nicht auch ehrlich zeigen, was sie in ihrem Innersten bewegte? »Glaubst du also«, fragte sie scheu, »daß es so etwas wie die erste Liebe nur einmal im Leben gibt?«

Roland konnte sie nicht anlügen. Betroffen schaute er auf seine Hände. »Nein, Devon, das glaube ich nicht«, sagte er leise. »Weißt du«, fuhr er mit einem Seufzer fort. »Ich hatte nicht vorgehabt, so freimütig zu dir zu sprechen, aber jetzt, wo du das Thema auf den Tisch gebracht hast, muß ich dir doch ehrlicherweise gestehen, daß es ... als ich dich zum erstenmal sah ... daß es mich da einfach erwischt hat. Es war Liebe auf den ersten Blick. Und jetzt, wo ich dich besser kenne« – ein leicht ironisches Lächeln huschte über seine Züge –, »jetzt weiß ich natürlich auch deine inneren Werte zu schätzen.«

Sie erwiderte sein Lächeln. Er hatte so eine umwerfende Art, ihr Komplimente zu machen! Zärtlich, wie wenn es das erste Mal wäre, hauchte sie ihm einen Kuß auf den Mund, einen Kuß, aus dem eine leidenschaftliche Umarmung wurde. Als sie sich schließlich voneinander lösten, spürte Devon wieder diese Welle der Leidenschaft, die seine Küsse immer in ihr auslösten. Es war nicht die hemmungslose, wollüstige Leidenschaft, die sie mit John erlebt hatte, aber es war trotzdem Leidenschaft.

»Devon«, stöhnte er heiser, »mach das nicht mit mir, bitte! Mach das nicht mit mir, bevor du nicht wenigstens *versucht* hast, ›ja‹ zu sagen! Ich weiß nicht, wie lange ich es noch ertragen kann, deine Nähe zu spüren, ohne dich völlig besitzen zu können.«

Sie blickte ihn von der Seite an. »Roland«, fragte sie mit der Andeutung eines Lächelns. »Ist es nur Leidenschaft, die du für mich empfindest? Weil, wenn das so ist, dann solltest du nicht denken, daß ein Heiratsantrag der einzige Weg ist, ...« Sie ließ den Satz unvollendet im Raum stehen.

Überrascht schaute er sie an. Dann schüttelte er den Kopf. »Devon, ich weiß dein Vertrauen zu schätzen. Und wenn es wirklich nur darum ginge, dann ... dann würde ich auf dein großzügiges Angebot durchaus eingehen. Aber das, was ich für dich empfinde, ist eben mehr als ... als so etwas ... Gewöhnliches.«

Devon antwortete ihm mit einem warmen Lächeln. Seine Antwort erleichterte sie mehr, als sie gedacht hatte. Ja, sie war glücklich, daß er sie liebte. Aber reichte *ihre* Liebe aus, um ihn zu heiraten?

Als hätte er ihre Gedanken erraten, fuhr er fort: »Devon, wenn wir in Friedenszeiten lebten, würde ich jetzt vorschlagen, daß wir uns einfach verloben und uns viel Zeit lassen, unsere Gefühle füreinander zu prüfen. Aber es ist Krieg. Ich muß einfach wissen, ob du meine Frau werden willst. Ich muß es wissen, bevor ich wieder in das nächste Kampfflugzeug steige.« Ein verlegenes Lächeln huschte über seine

Züge. »Ich hoffe, Devon, daß mich die Bedeutung dieses Augenblicks nicht dazu verleitet, rührselig zu werden. So nach dem Motto: ›Wenn ich einst auf dem Felde der Ehre sterben sollte‹ und so weiter.«

»Das hat mit Rührseligkeit nichts zu tun«, erwiderte Devon mit ernster Stimme. »In Kriegszeiten liegen die Dinge nun einmal anders, da hast du ganz recht, Roland.«

»Dann laß mich nicht länger warten«, drängte er. »Denk nicht lange nach, sag einfach ›ja‹! Du wirst es nicht bereuen, das versprech' ich dir! Vielleicht wirst du mit mir nicht die Leidenschaft erleben, die du für Alexander empfunden hast, aber Leidenschaft ist nicht unbedingt die beste Basis für eine gute Ehe, meinst du nicht?«

Devon nickte zustimmend. Dann versank sie wieder in Gedanken. Mit Roland verbanden sie mehr Gemeinsamkeiten als mit John. Beide züchteten sie Vollblutpferde. Beide liebten sie das Landleben. Beide wollten sie Kinder. Sie hatten an den gleichen Dingen Freude, hatten die gleichen Hobbys, sogar die gleichen Lieblingsspeisen. Kurzum, im Grunde waren sie wie füreinander geschaffen.

Doch da gab es noch ein gewichtiges Problem. »Roland«, wandte sie besorgt ein, »was wird deine Familie dazu sagen, wenn du so Hals über Kopf heiratest, noch dazu eine Amerikanerin?«

»Devon«, antwortete er mit fester Stimme. »Ich bin immerhin fast vierzig. Selbst wenn meine Eltern noch am Leben wären, würde ich mich von ihnen nicht abhalten lassen, die Frau zu heiraten, die ich liebe.«

»Außerdem ist das keine reine Familienangelegenheit, Roland«, setzte sie nach. »Du gehörst zur Aristokratie! Willst du deinen Titel und dein Vermögen wirklich Kindern vererben, die zur Hälfte Amerikaner sind und von keiner der alten europäischen Adelsfamilien abstammen?«

Er schaute sie mit so brennenden Augen an, daß ihr Herz dahinschmolz. »Ja«, sagte er leise«, »wenn es nur *deine* Kinder sind!«

Behutsam ließ sie seine Hand los und stand auf. Sie ging zu dem großen Kamin hinüber, in dem trotz der kühlen Kairoer Nächte nur selten Feuer brannte, da es in Ägypten an Brennholz mangelte. Sie stützte sich mit den Unterarmen auf den Sims und bettete ihre Stirn darauf, um ungestört nachdenken zu können. Roland betrachtete sie hingerissen, bewunderte ihre grazile Figur. Er konnte ihre Antwort nicht erwarten. Doch sie schwieg, eine Ewigkeit, wie es ihm erschien.

Schließlich, als er die Spannung nicht mehr ertrug, fragte er mit einem Anflug von Humor: »Dir fällt beim besten Willen kein Grund ein, meinen Antrag abzulehnen, stimmt's?«

Devon fuhr herum. »Roland, darum geht es weiß Gott nicht. Ich möchte ... ich möchte bloß einfach fair zu dir sein, das ist es!«

Roland stand auf, ging zu ihr hinüber und nahm sie wortlos in die Arme, gab ihr einen langen, leidenschaftlichen Kuß. Sie drängte sich an ihn, genoß die Wärme seines Körpers. Als er ihren Nacken mit unzähligen Küssen übersäte, liefen ihr heiße Schauer über den Rücken.

Roland, der ihre Reaktion spürte, flüsterte ihr heiser ins Ohr: »Wir passen in jeder Hinsicht hervorragend zusammen, das schwör' ich dir, Devon!«

Sie schloß die Augen und ließ sich ganz in seine Arme sinken. Es war so wunderschön, wieder von einem Mann gehalten zu werden! Und wenn sie für Roland auch nicht die gleiche Art von Liebe empfand wie für John, wer sagte denn, daß die eine Art besser war als die andere?

»Willst du mich also heiraten?« fragte er ungeduldig.

Sie richtete sich auf und wollte sich von ihm lösen, doch er ließ sie nicht los. Lächelnd schaute sie ihm in die Augen.

»Ja, Roland, ich will dich heiraten!«

3

Devon, Philip und Grace standen in Philips Büro und wollten gerade zum Mittagessen ins ›Shepherd's Hotel‹ aufbrechen, als die Nachricht kam. Eine der Sekretärinnen, die wußte, daß ihr Chef enge Beziehungen zu John Alexander unterhielt, überreichte ihm wortlos, aber mit bestürztem Gesichtsausdruck das Telegramm.

Natürlich hatte Devon von der Bombenexplosion in Genf vor zwei Tagen gehört – die Zeitungen waren voll davon –, doch die Namen der Opfer waren nicht veröffentlicht worden. Es hatte lediglich geheißen, daß die Bombe am Rande eines Geheimtreffens alliierter ›Diplomaten‹ detoniert sei. Daß John unter den Verletzten sein könnte – daran hatte Devon niemals gedacht.

Doch die sogenannten ›Diplomaten‹ waren in keiner der alliierten Botschaften im Ausland registriert, und deshalb wurden ihre Namen auch so strikt geheimgehalten. Ein britischer Agent und zwei aus dem Vichy-Frankreich hatten bei dem Attentat ihr Leben verloren, John war, so stand es in dem Telegramm, mit Verletzungen, wenn auch schweren, davongekommen.

Stöhnend sank Devon in Philips breites Ledersofa. Grace war sofort bei ihr und legte ihr tröstend den Arm um die Schulter. Hilflos stand Philip mit dem Telegramm in der Hand hinter seinem Schreibtisch, unfähig, irgend etwas zu sagen.

Bei dem Gedanken, daß John sterben könnte, schnürte sich Devon die Kehle zu. Auch wenn sie geschieden waren, so bildeten die gemeinsamen Erinnerungen doch einen Teil ihres Lebens. John war ihre erste Liebe und ihr erster Liebhaber gewesen. Zusammen hatten sie ein Kind gehabt, zusammen hatten sie dessen Tod betrauert. Die Spannungen und Auseinandersetzungen unmittelbar vor ihrer Scheidung hatte sie schon fast wieder vergessen.

»Ich muß sofort zu ihm!« stieß sie hervor, als sie den ersten Schock überwunden hatte.

Grace hob die Brauen und warf Philip einen zweifelnden Blick zu. Sie konnte die Sorge ihrer Schwester verstehen, doch sie fragte sich, wie Roland wohl reagieren würde, wenn seine frisch angetraute Ehefrau nichts Eiligeres zu tun hatte, als an die Seite ihres geschiedenen Mannes zu eilen.

»Ich muß mit Roland telefonieren«, murmelte Devon vor sich hin. Im Geiste ging sie schon eine Checkliste durch, was sie vor ihrer Abreise noch alles zu erledigen hatte. »Philip«, fragte sie ihren Schwager, »kannst du von deinem Büro aus herausbekommen, wann das nächste Flugzeug nach Genf geht?«

»Schwesterherz«, sagte Grace so sanft wie möglich, »meinst du nicht, daß du die Dinge ein wenig überstürzt? Außerdem wird höchstwahrscheinlich seine Frau bei ihm sein ...«

»Seine Frau, ...« Devons Gesicht verdunkelte sich. Daran hatte sie gar nicht gedacht! »Ja, ja, natürlich ...« Dann stand sie abrupt auf. »Trotzdem. Ich muß zu ihm«, sagte sie in entschiedenem Ton.

»Devon, meinst du nicht, daß es Roland verletzen wird, wenn du so einfach davonrauschst?«

Unwirsch schüttelte sie den Kopf. »So ein Quatsch! Ich bin sicher, daß er dafür vollstes Verständnis hat!«

»Na, wenn du meinst ...«, seufzte Grace skeptisch.

Und Roland hatte natürlich vollstes Verständnis.

»Ich bin sowieso für ein paar Tage auf einem Sondereinsatz«, sagte Roland mit warmer Stimme, als Devon ihn ein paar Minuten später anrief. »Alexander wird es sicher guttun, wenn du dich so um ihn kümmerst. Das muß ja wirklich eine schreckliche Explosion gewesen sein.«

Erleichtert atmete Devon auf, als sie hörte, wie wohlwollend ihr Mann reagierte. Sie warf Grace einen triumphierenden Blick zu. »Ich wußte ja, daß du es verstehen würdest, Liebling«, raunte sie in den Hörer.

Roland schwieg einen Moment. Um ehrlich zu sein – er hatte eigentlich ziemlich wenig Verständnis dafür; nur ließ er es sich nicht anmerken. Es irritierte ihn sogar ziemlich, daß seine Frau einen solch starken Wunsch verspürte, an das Krankenbett ihres Exmannes zu eilen. Im gleichen Moment schämte sich Roland ob seiner Eifersucht. Schließlich war der Mann schwer verwundet. Und da er wußte, daß er letztlich gegen Devons Dickkopf sowieso nicht ankäme und außerdem einen ausgeprägten Sinn für Fairneß hatte, dachte er, es wäre am besten, gute Miene zum bösen Spiel zu machen.

»Ich würd' dich gerne zum Flughafen bringen«, sagte er. »Weißt du schon, wann du fliegst?«

»Noch nicht, aber ich ruf' dich an, sobald ich Bescheid weiß.«

Ein paar Stunden später küßte Roland seine Frau zum Abschied und sah ihr dann nach, wie sie mit zierlichen Schritten die Gangway emporstieg. Bevor sie im Flugzeug verschwand, drehte sie sich noch einmal um und winkte ihm zu. Stolz und glücklich winkte er zurück. Was hatte er doch für eine attraktive Frau! Ihr schwarzes Haar glänzte im strahlenden Sonnenlicht, und der weite Rock ihres roten Seidenkostüms flatterte im Wind. Über dem Arm trug sie ihren Trenchcoat, denn in Genf würde es deutlich kälter sein. Roland war regelrecht enttäuscht, als die Stewardess mit einer schwungvollen Bewegung die Passagiertür zuschlug. Angestrengt ließ er seine Augen über die Reihe der kleinen, runden Fenster schweifen, um vielleicht einen allerletzten Blick auf Devon zu erhaschen, doch vergeblich. Er hielt nach ihr Ausschau, bis sich die Propeller zu drehen begannen.

Aufatmend sank Devon in ihren Sitz. Ihre Gedanken waren bei ihrem Mann. Wie liebte sie ihn dafür, daß er sie so selbstlos unterstützte! Ihre Ehe war wirklich ungeheuer harmonisch. Manchmal hatte sie das Gefühl, daß sie aus dem Lachen und Scherzen gar nicht mehr herauskamen. Selten hatten sie ernstzunehmende Auseinandersetzungen. Es war, als wären sie immer noch frisch verliebt. Andererseits waren sie ja in der Tat auch erst ganze drei Monate verheiratet.

John war da ein ganz anderer Mensch – ernster, nachdenklicher, manchmal fast schwermütig. Vielleicht besaß Roland ja ähnliche Züge, aber dann gelang es ihm auf jeden Fall besser, diese dunklen Seiten seines Charakters zu kaschieren. Er entsprach so richtig der gängigen Vorstellung von einem britischen Aristokraten: die Gefühle immer unter Kontrolle, ein Meister der Konversation, stets zuvorkommend, freundlich und höflich, selbst in unangenehmen Situationen. Devon ahnte, daß Roland wie jeder Mensch wohl auch seine Schattenseiten hatte, aber die zeigte er nur selten. Und Devon bedauerte das nicht im geringsten. Nach den Spannungen, Schicksalsschlägen und Enttäuschungen der letzten drei Jahre war er Balsam für ihre gemarterte Seele. Sie brauchte weiß Gott keine neuen Probleme und Konflikte. Die harte Realität um sie herum beunruhigte sie schon genug – die Armut in Kairo, die Bedrohung durch den Krieg. Da war es gut, daß es in ihrer Ehe so harmonisch zuging. An Rolands Brust konnte sie immer wieder neue Kraft schöpfen. Er war wie ein Fels in der Brandung.

Obwohl sie sich darauf eingestellt hatte, war Devon doch schockiert von der schneidenen Kälte, die sie in Genf empfing. Saft- und kraftlos streckten die Bäume ihre kahlen Zweige in den grauen, wolkenverhangenen Aprilhimmel. Wo war die Sonne, die in den vergangenen Monaten in Kairo tagtäglich ihre wärmenden Strahlen vom Himmel geschickt hatte?

Sie stieg im ›Le Richemond Hotel‹ ab, in dem sie, nach alter Schweizer Tradition, auf ihrer Suite bereits ein gedecktes Tischchen mit dampfender Teekanne erwartete. Sie bat das Zimmermädchen, ihr ein heißes Bad einzulassen und goß sich in der Zwischenzeit eine Tasse duftenden chinesischen Tees ein. Jetzt ging es ihr schon deutlich besser. Als sie dann endlich nackt in das warme, angenehm parfümierte Badewasser glitt, war für sie die Welt vorerst wieder in Ordnung.

Am liebsten hätte sie nach dem Bad erst einmal ein Nickerchen gemacht, doch sie entschloß sich, als allererstes nach John zu sehen, da, wie man ihr an der Rezeption gesagt hatte, Krankenbesuche nur bis achtzehn Uhr gestattet waren. Einen Moment lang überlegte sie, ob sie sich telefonisch ankündigen sollte, entschied sich dann aber dafür, ihn mit ihrem Besuch zu überraschen.

Lange überlegte sie, was sie anziehen sollte, länger als ihr lieb war, wie sie ärgerlich feststellte. Zweimal zog sie sich wieder um, bis sie schließlich mit einem blaßblauen Wollkostüm mit Chinchilla-Besatz an Kragen und Armaufschlägen zufrieden war. Sie wählte perlgraue

Pumps und Handschuhe und setzte sich einen dunkelblauen Hut auf. Kritisch betrachtete sie ihr Spiegelbild. Die Farbe des Kostüms unterstrich vorteilhaft das Blau ihrer Augen. Aber wirkte das Ganze nicht ein bißchen zu aufgedonnert? Würde John denken, daß sie sich für ihn mit Absicht besonders schön gemacht hatte? So ein Quatsch, rief sie sich zur Ordnung. John lag im Krankenhaus, sicherlich von Schmerzen geplagt. Im Moment hatte er wohl weiß Gott andere Sorgen, als sich darüber Gedanken zu machen, was seine Ex-Frau gerade anhatte.

Dennoch wurde sie den Gedanken nicht los, ob sie sich nicht doch etwas Unauffälligeres anziehen sollte. Doch dann fiel ihr ein, daß ja womöglich Bebe Henley an seinem Bett sitzen würde. Bebe Henley mit ihrer makellosen, jugendlichen Figur, die sie stets durch besonders modische, extravagante Kleider betonte. Nein, sie würde das blaue Kostüm auf jeden Fall anlassen!

Der Rolls Royce des Hotels brachte sie zum Krankenhaus, einer wunderschönen Privatklinik, in der es überhaupt nicht nach Desinfektionsmittel und Mittagessen roch wie sonst. Eine freundliche Krankenschwester geleitete sie zum Zimmer von Monsieur Alexander.

Die Tür stand offen, doch Devon hielt einen Moment inne, bevor sie eintrat. Es waren keine Stimmen zu vernehmen. Sie linste durch den Türspalt und sah zitronengelb getünchte Wände und einladende Rosenholz-Möbel. Typisch schweizerisch, dachte sie lächelnd.

Auf Zehenspitzen ging sie ins Zimmer. Ob er wohl schon im Bett aufrecht sitzen konnte? Warum war es nur so eigenartig still? Machte er gerade ein Nickerchen?

Das Bild, das sie empfing, traf sie wie ein Schlag. Mit weit aufgerissenen Augen stand sie da, atemlos, wie versteinert. War dies ein Alptraum? Nein, nur die gnadenlose Wirklichkeit.

In dem schneeweißen Bett konnte man John kaum erkennen, so sehr war er in Mullbinden eingewickelt. Nur für die Augen und den Mund hatte man Löcher gelassen, alles andere – sein Kopf, sein Hals, seine Arme und Hände – war bandagiert. Eine einzige Mumie! Ein Bein ragte schräg in die Luft, von einem Flaschenzug gehalten. Den Rest seines Körpers bedeckte ein Laken, das sich an vielen Stellen eigenartig wölbte, woraus Devon schloß, daß er darunter noch weitere Verbände haben mußte. Um ihn herum ein Sammelsurium eigenartiger Gebilde – Flaschen, Tröpfe, Schläuche, chromblitzende Apparate, die Devon noch nie gesehen hatte.

War er tot? Panik wallte in ihr auf. Ihr Herz begann zu rasen. Sie rang nach Atem. Stöhnend lehnte sie sich an die Wand, von der Angst gequält, ohnmächtig zu werden. Schwarze Punkte tanzten vor ihren Augen. Nein, es konnte nicht sein, daß er … Unmöglich. Aber er sah doch so … Nein! Wenn er tot wäre, würde er nicht hier in diesem Zimmer liegen. Nur mit Mühe gelang es Devon, wieder einen klaren Kopf zu bekommen.

Sie atmete tief durch. Langsam beruhigte sich ihr Puls, und mit unsicheren Schritten tapste sie auf sein Bett zu. Doch auf halbem Weg blieb sie stehen. Wieder schnürte sich ihr die Kehle zu, und sie hatte Mühe, sich auf den Beinen zu halten. Sie wollte sich vergewissern, daß er am Leben war, aber er lag da wie eine Leiche! Hilflos und voller Entsetzen starrte Devon auf ihn nieder.

Dann plötzlich flatterten seine Lider, und seine Augen öffneten sich einen Spalt.

Ihr fiel ein Stein vom Herzen. Er lebte! Wieder begann es sich in ihrem Kopf zu drehen, und sie sank gerade noch rechtzeitig auf einen Stuhl, der am Fußende des Bettes stand. Ich darf jetzt nicht ohnmächtig werden, befahl sie sich. Ich darf ihm meine Angst nicht zeigen. Sonst stirbt er mir noch unter den Händen weg! Er darf nicht wissen, wie grauenhaft er aussieht. Ich muß jetzt stark sein! Ich muß ihm das Gefühl vermitteln, daß er bald wieder gesund sein wird.

Mit letzter Kraft raffte sie sich auf. Tief atmete sie durch. Dann ging sie mit zaghaften Schritten an das Kopfende.

»John!« flüsterte sie. Ihre Stimme zitterte. Er rührte sich nicht. Devon hielt den Atem an. »John!« Immer noch keine Reaktion. Mein Gott! Er konnte nicht einmal sprechen. Dann auf einmal bewegte er die Augen, schaute in ihre Richtung. Doch er blickte sie an, als wäre sie ein Phantom aus einer anderen Welt. Das letzte Mal, als sie ihn gesehen hatte, hatte er nur so gestrotzt vor vitaler Männlichkeit. Dieser gebrochene Mensch, der dort hilflos im Bett lag, konnte unmöglich John sein!

Plötzlich fror sie, trotz ihres dicken Wollkostüms. Eben noch war ihr der Schweiß ausgebrochen, aber jetzt zitterte sie vor Kälte. Schwer atmend setzte sie sich auf den chintzbezogenen Armsessel neben Johns Bett. Seine Augen folgten jeder ihrer Bewegungen. Sie durfte sich jetzt nichts anmerken lassen. Sie mußte stark sein!

»Kannst du reden?« fragte sie leise.

Sekunden vergingen. Dann krächzte er: »Bißchen.«

Tränen stiegen in ihr auf. Sie zwinkerte ein paarmal und schaute zur Decke, um sich wieder in den Griff zu bekommen. Wieder holte sie tief Luft. »Du mußt große Schmerzen haben«, sagte sie schließlich.

»Ja«, kam es leise aus seinem Mund.

»Diese Verbände ...« Vorsichtig berührte sie mit einer Hand das Laken, das ihn zudeckte. »Verbrennungen?«

»Nein«, krächzte er. »Knochenbrüche.«

Eigenartig, die paar Worte, die er gesagt hatte, machten ihn ihr wieder lebendig. So rauh seine Stimme auch war – sie war ihr doch sofort wieder vertraut. Nein, er war keine Mumie. Er war am Leben! Gott sei Dank!

Wieder flatterten Johns Augenlider. Schließlich fielen sie ihm zu.

Lange saß Devon an seinem Bett und betrachtete ihn, während er schlief. Noch nie in ihrem Leben hatte sie daran gedacht, daß John sterben könnte. In ihrer Vorstellung war er immer unverwundbar gewesen. Ein Riese, der allen Mächten dieser Welt trotzte. Und jetzt lag er da, so ungeheuer hilflos und verletzt. Ein übermächtiger Wunsch, ihn zu beschützen, wallte in ihr auf. Wenn sie ihm doch nur seine Qualen erleichtern könnte! Aber nein, es gab nichts, absolut nichts, was sie für ihn tun konnte. Am liebsten hätte sie losgeheult wie ein kleines Kind. Sie hatte Angst und fühlte sich so allein. Das einzige, was sie tatsächlich für ihn tun konnte, war, ihm in dieser schweren Zeit beizustehen. Sie mußte an Morgan denken. Das Leben ihrer kleinen Tochter hatte sie nicht retten können. Damals hatte sie versagt. Was bewahrte sie davor, diesmal wieder zu versagen?

»Nein!« brach es aus ihr heraus. Johns Augen flogen auf.

Erschrocken schlug sie sich die Hand vor den Mund. Sie hatte John geweckt! Warum konnte sie sich nicht ein bißchen besser beherrschen?! »Schlaf, John«, flüsterte sie, als ob sie ihm ein Wiegenlied sänge. »Dann wirst du bald wieder gesund.« Fast im gleichen Moment fielen ihm wieder die Augen zu.

Aufmerksam betrachtete sie ihn. Sein Atem ging ungewöhnlich flach, doch regelmäßig. Sollte sie den Arzt suchen, um ihn zu fragen, was mit John genau los war? Nein, sie wollte ihn jetzt nicht allein lassen. Nach der Schwester klingeln? Die Stimmen würden ihn womöglich wieder wecken. Also ergab sie sich einstweilen in ihr Schicksal, nichts Genaues über Johns Verletzungen zu wissen. Sie legte die Hände in den Schoß und wartete. Nach einer Weile merkte sie, daß sie immer noch Hut und Handschuhe trug und legte beides ab.

Sie schaute sich im Zimmer um. Es war hell und geräumig, und an den Wänden hingen ansprechende Kunstdrucke. Auf dem Nachtkästchen lagen jede Menge Briefe und Telegramme. Ein großer Korb mit Früchten – unberührt – stand auf der Fensterbank. Blumensträuße in Hülle und Fülle waren über den ganzen Raum verteilt.

Devon stand auf und ging auf einen der Sträuße zu, ein üppiges Arrangement aus roten Rosen. Wieder wurde ihr schwindlig, und sie mußte sich am Tischrand festhalten. Wie gut, daß es so viele Menschen gibt, die sich um ihn kümmern, versuchte sie, sich zu beruhigen. Das ist gut so. Auf diese Weise wird er am schnellsten wieder gesund. Seelischer Beistand war das Wichtigste für einen Kranken. Vielleicht war er ja auch schon über den Berg. Was für wunderbare Rosen!

Sie beugte sich über die Blumen, um an ihnen zu riechen, als ein Geräusch an der Tür ließ sie hochfahren ließ.

»Oh, Madame, entschuldigen Sie«, sagte die grauhaarige, rundliche Nachtschwester, die zur Tür hereinkam. »Ich wußte nicht, daß Monsieur Besuch hat.«

Devon lächelte schwach. »Ich hoffe, es stört Sie nicht, wenn ich noch ein bißchen bleibe …«

»Aber nicht doch, Madame. Es ist schön, daß Sie endlich gekommen sind.«

Verblüfft schaute Devon sie an. Sie hatte doch niemandem gesagt, daß sie kommen würde!

»Sie sind doch Madame Alexander, nicht wahr?« fragte die Schwester, als sie Devons irritierten Blick bemerkte.

Devon ging näher auf die Frau zu. »War Mrs. Alexander noch gar nicht hier?« fragte sie leise. Sie selbst hatte ja erst eine Woche nach dem Bombenattentat von Johns Verletzung erfahren. Bebe dagegen mußte doch umgehend benachrichtigt worden sein.

Die Schwester schaute ein wenig betreten drein und murmelte irgend etwas Unverständliches. Dann begann sie, offenbar um weitere Nachfragen zu vermeiden, sich geschäftig um den Kranken zu kümmern. Vorsichtig steckte sie ihm ein Thermometer in den Mund. Ganz langsam öffnete John die Augen.

»Können Sie mir sagen, was für Verletzungen Mr. Alexander genau erlitten hat?« fragte Devon die Schwester so leise, daß es John nicht hören konnte.

»Das erzählt Ihnen am besten der Doktor persönlich«, erwiderte sie ausweichend. »Sie sind doch eine Familienangehörige, nicht wahr?«

»Nun …« Devon wußte nicht, was sie sagen sollte.

»Der Doktor gibt nämlich nur Familienangehörigen Auskünfte«, klärte sie die Nachtschwester auf. »Ich dachte, daß Sie ... Familienangehörige sind ... wegen dem Foto.«

»Welchem Foto?« wunderte sich Devon.

Mit diskretem Lächeln schob die Schwester eine Blumenvase auf Johns Nachtkästchen zur Seite. Devon verschlug es den Atem: Da lag ein Foto von ihr im Hochzeitskleid! Es war ein wenig ramponiert, zum Teil notdürftig zusammengeklebt, und an einer Ecke war es blutverschmiert. Devons Herz schmolz dahin. Am liebsten hätte sie sich gegen den großen mütterlichen Busen der Krankenschwester gelehnt und hemmungslos losgeheult. John trug also immer noch ihr Bild bei sich!

»Es war in seiner Brieftasche«, erklärte die Schwester. »Er hat sofort danach gefragt, kaum, daß er aus der Bewußtlosigkeit erwacht ist.«

Errötend drehte sich Devon um. Sie begegnete Johns Blick. Das Thermometer in seinem Mund machte es ihm unmöglich, zu sprechen. Die Intensität seines Blickes verunsicherte sie so sehr, daß sie sich wieder der Schwester zuwandte. »Wann kann ich den Arzt sprechen?« fragte sie, um Sachlichkeit bemüht.

»Ich werde ihn gleich vorbeischicken, Madame«, erwiderte die Schwester. Sie nahm John das Thermometer aus dem Mund, nickte anerkennend und verließ dann den Raum.

»John.« Devon ging an sein Bett. »Hat denn niemand ... Bebe benachrichtigt?« Es fiel ihr schwer, den Namen dieser verhaßten Frau über die Lippen zu bekommen.

»Sie war hier«, sagte er mühsam.

»Aber die Schwester schien sie nicht zu kennen.«

Wortlos wandte John den Blick von ihr ab und starrte an die gegenüberliegende Wand. In dem Moment kam der Doktor herein, ein ernst dreinschauender Mann mittleren Alters.

»Madame.« Er streckte ihr die Hand entgegen. »Mein Name ist Dr. Durier.«

Devon schüttelte ihm die Hand und kam gleich zur Sache. »Können Sie mir bitte sagen, welcher Art Mr. Alexanders Verletzungen sind?«

»Natürlich«, erwiderte der Arzt. »Würden Sie mir bitte in das Stationszimmer folgen?«

Er führte Devon in einen nüchtern eingerichteten Raum, ein paar Zimmer weiter auf dem Gang, und bot ihr einen Sessel an.

»Monsieur Alexander wird von allen seinen Verletzungen genesen«, begann er ohne Umschweife. »Aber es werden Narben bleiben. Sein Gesicht wurde von einem meiner Kollegen hier an der Klinik, einem der angesehensten plastischen Chirurgen in ganz Europa, operiert, so daß er fast wie vorher aussehen wird, vielleicht von ein paar kleinen Narben am rechten Auge und am Mund abgesehen. Dann die Arme – da hat er links und rechts Brüche durch umherfliegende Gegenstände erlitten. Tja, und dann ist da noch das Bein ...«

»Ja, ich hab' gesehen, daß es aufgehängt ist«, meinte Devon. »Wohl auch gebrochen?«

Der Arzt rutschte nervös auf seinem Stuhl herum. »Ja, ja, gebrochen und Verbrennungen. Aber ... nun, es hat ja keinen Sinn, um den heißen Brei herum zu reden ... also, ich meine das *andere* Bein ... wir mußten es amputieren.«

Devons Gesicht wurde kreidebleich. Mechanisch bewegte sie ihre blutleeren Lippen, doch sie brachte keinen Ton heraus. Ihre Kehle war wie zugeschnürt. Dann kamen wieder die schwarzen Punkte. Sie schwankte und griff hilfesuchend nach dem Arm des Arztes.

»Madame«, rief Dr. Durier erschrocken und stürzte an ihre Seite.

Sie sank in seine Arme. Alles um sie herum drehte sich. Bilder von John tauchten in ihr auf. John, gesund und unversehrt, wie er an ihrem Hochzeitstag mit ihr Walzer tanzte. Dann, wie sie zum erstenmal in Evergreen über die Felder ritten. Stolz saß er in Sciroccos Sattel, preschte in wildem Galopp über die Wiesen. Sie sah ihn in den schneebedeckten Bergen, wie er auf Skiern in halsbrecherischem Tempo die vereiste Piste hinunterraste. Nie wieder. Nie wieder würde er das alles tun können!

Sie erinnerte sich an Kriegsversehrte, die sie gesehen hatte: humpelnd, auf Krücken, mit leerem Blick. Geschichten von Invaliden, die über ihren Verstümmelungen wahnsinnig geworden waren, die sich umgebracht hatten. Geschichten von zerstörten Ehen, zerstörten Familien. Tränen liefen ihr über die Wangen, ohne daß sie es merkte.

Sanft richtete der Arzt sie auf und lehnte sie in den Sessel zurück. Dann goß er ihr ein Glas Wasser ein und reichte es ihr. Sie nahm ein paar Schlucke. Erst als wieder ein wenig Farbe in ihr Gesicht zurückkehrte, wagte er fortzufahren.

»Ja, es ist immer ein schwerer Schlag, Madame. Aber er wird gesund werden und wieder ein normales Leben führen können.« Er räusperte sich verlegen. »Wenn auch mit kleinen Einschränkungen.« Das Gleiche hatte er John vor ein paar Tagen gesagt, aber er war sich nicht sicher, ob es ihm geholfen hatte. Amputationen bedeuteten immer extreme seelische Traumatisierungen. Es konnte Monate, Jahre dauern, bis ein Patient darüber hinwegkam. Manche schafften es nie.

»Vieles von dem, was er vorher getan hat, wird er wieder tun können«, versuchte der Arzt, Devon zu ermutigen, die mit ausdruckslosem Gesicht ihm gegenüber saß. »Die meisten Menschen stellen sich das alles viel schlimmer vor ...« Er brach ab. Er war eine Koryphäe auf dem Gebiet der Unfallchirurgie, aber psychologische Gesprächsführung gehörte nicht zu seinen Stärken. »Zum Glück konnten wir einen großen Teil des Beines retten«, fuhr er fort. »Wir mußten erst ab dem Knie amputieren.«

Devon gab sich Mühe, die Fassung wiederzugewinnen. Sie durfte sich jetzt nicht gehenlassen, sie wollte zurück an Johns Bett. Er brauchte jetzt Menschen um sich, die ihn ermutigten und unterstützten, nicht solche, die mit verheulten Gesichtern herumsaßen.

Sie raffte sich auf und zwang sich zu einem Lächeln. »Das Wichtigste ist, daß er am Leben ist«, sagte sie tapfer. »Und daß er bald wieder gesund wird!«

Selten hatte Dr. Durier Angehörige von Patienten erlebt, die sich so schnell von ihrem Schock wieder erholten. Er bewunderte die Frau für ihre Kraft. Sie war schön und stark. Und das war gut für seinen Patienten, es würde seine Genesung beschleunigen. Denn die andere Frau, die so schnell wie sie gekommen auch wieder verschwunden war, bedeutete dem Kranken nur wenig, das war Dr. Durier spätestens jetzt klargeworden. Jetzt, nachdem sie gekommen war – die Frau auf dem Foto.

4

Es dauerte noch eine ganze Woche, bis John in der Lage war, aufrecht im Bett zu sitzen und ein längeres Gespräch zu führen. Ohne daß Devon ihn danach fragte, begann er von sich aus über Bebe zu sprechen.

»Ja ja, sie ist sofort gekommen«, sagte er. »Wahrscheinlich hat sie sich schon als tragische Kriegsheldin gesehen. Na, wie dem auch sei, mein Anblick hat sie zumindest wieder auf den Boden der Realität zurückgeholt.«

Verlegen rutschte Devon auf ihrem Stuhl hin und her. Das Thema war ihr irgendwie peinlich, vielleicht gerade deshalb, weil sie noch nie sehr viel von Bebe gehalten hatte.

»Man hatte ihr wohl gesagt, daß ich schwere Verletzungen erlitten hatte, aber wohl nicht das ganze Ausmaß. Als sie mit ihrem Vater ins Zimmer kam, hab' ich ihr deshalb, so gut ich überhaupt konnte, die Geschichte mit der Amputation erzählt. Ich stand selber noch so unter Schock, daß ich mir keine Gedanken darüber gemacht hatte, wie die Nachricht auf sie wirken würde.«

»Hat sie … nicht so reagiert, wie du gehofft hattest?« fragte Devon mitfühlend.

»Kann man wohl sagen«, erwiderte er mit einem Hauch von Sarkasmus in der Stimme. »Sie hat einen hysterischen Schreikrampf gekriegt.« Ungläubig schüttelte er den Kopf, als er sich die Szene in Erinnerung rief. Mit schriller, überschnappender Stimme hatte Bebe immer nur: »Nein! Nein! Nein!« geschrien. »Natürlich ist sofort die Schwester reingerannt gekommen«, fuhr er fort, »aber die konnte sie auch nicht beruhigen. Erst als Henley ihr links und rechts eine Ohrfeige verpaßt hat, hat sie aufgehört.«

Devon, die neben ihm am Bett saß, ergriff seine Hand. »Das tut mir so leid für dich«, murmelte sie.

»Henley hat sich dann noch ein bißchen mit mir unterhalten, soweit ich dazu überhaupt in der Lage war. Bebe hat die ganze Zeit kein einziges Wort gesagt. Kein einziges. Sie hat mich nicht einmal angeschaut. Nicht ein einziges Mal.« Er verstummte.

Devon wagte es nicht, ihn anzusprechen.

»Am nächsten Tag ist Henley dann alleine wiedergekommen«, fuhr John nach einer Weile fort. »Er hat sich hundertmal für Bebes Verhalten entschuldigt, hat mir versucht, zu erklären, so gut es ging, warum sie so … so reagiert hat. Daß sie ohne Mutter aufgewachsen wäre und daß er sie deshalb zu sehr verwöhnt hätte, daß er sie stets von der rauhen Wirklichkeit abgeschirmt hätte, daß deshalb die Nachricht von der Amputation einfach zu viel für sie gewesen wäre und und und. Und dann hat er mir eröffnet, daß sie noch am selben Tag ihren Anwalt in Amerika angerufen hätte, um die Scheidung einzureichen. Henley hat sich fürchterlich dafür geschämt. Er sagte, er hätte alles versucht, ihr das auszureden, aber es wäre aussichtslos gewesen … Mir hat der alte Herr fast leid getan.«

»O John!« stieß Devon teilnahmsvoll hervor.

»Ganz schön selbstsüchtig, was?« fragte er bitter.

Verständnislos schüttelte Devon den Kopf. »Ich weiß einfach nicht, was ich dazu sagen soll …«

»Vielleicht«, grinste er, »daß ich froh sein kann, sie endlich los zu sein.« Einen Augenblick schwieg er bekümmert. »Weißt du«, seufzte er dann, »ich habe sie nie wirklich geliebt.«

Sie schaute ein wenig betreten drein. »Um ehrlich zu ein«, gestand sie leise, »ich hab' mich schon sehr gewundert, als ich von eurer Hochzeit hörte.«

In seinen Augen stand eine leise Wehmut. »Und du? Sind Sie glücklich, Euer Hoheit?«

Ein Lächeln glitt über Devons Gesicht, als sie an Roland dachte. Anders als John hatte sie mit ihrem zweiten Ehepartner Glück gehabt. Roland war ein warmherziger und großzügiger Mensch, ein zärtlicher Gatte. Die Beziehung zu ihm war, anders als die wilde Leidenschaft mit John, eher eine stille Liebe, ein stilles Glück. Ja, sie war glücklich mit ihm.

»Ich lese die Antwort in deinem Gesicht«, sagte John leise. Er freute sich für Devon. Trotzdem war er ein bißchen eifersüchtig, sehr zu seiner Verwunderung. Die Vorstellung, daß sie die Frau eines anderen war, tat ihm weh.

Devon hatte keinen Gedanken darauf verschwendet, daß ihre Periode zwei Tage überfällig war. Die Reise, der Klimawechsel, der Schock über Johns Verletzung – es gab viele Erklärungen. Doch als ihre Regel auch nach zwei Wochen noch nicht kam, entschloß sie sich, einen Gynäkologen aufzusuchen.

»Wenn man den Test so früh macht, ist er nicht hundertprozentig sicher«, erklärte ihr nach der Untersuchung Dr. Hürscht, ein Schweizer Frauenarzt, der aus Zürich stammte. »Trotzdem ...«, er schaute auf den Laborbericht, der vor ihm lag, »... Sie können mit großer Wahrscheinlichkeit davon ausgehen, daß Sie in der vierten Schwangerschaftswoche sind.«

Ein Strahlen ging über Devons Gesicht. »Ach, ist das schön!« rief sie mit seligem Lächeln. »Dr. Hürscht – ich würde es meinem Mann so gern persönlich sagen. Ist es problematisch, wenn ich zu diesem Zeitpunkt reise?«

»Hm.« Dr. Hürscht, ein freundlicher, älterer Herr, den Devon spontan sympathisch gefunden hatte, wackelte nachdenklich mit dem Kopf. »Besser wäre es schon, wenn Sie bis zum vierten Monat warten würden. Kann Ihr Mann nicht hierher kommen?«

»Nein, das ist leider unmöglich. Er ist bei der königlichen Luftwaffe in Kairo stationiert.«

»Ah, ja.« Der Arzt nickte verständnisvoll. »Auf jeden Fall sollten Sie, wenn Sie wieder in Kairo sind, keine weiteren Reisen unternehmen, um sich in Ruhe auf die Entbindung vorbereiten zu können. Sie sind jetzt siebenunddreißig. Natürlich nicht zu alt, um ein Baby zu bekommen, aber die Gefahr von Fehlgeburten ist in diesem Alter doch größer.«

Als Devon John das nächste Mal besuchte, wäre sie am liebsten sofort mit der Neuigkeit herausgeplatzt. Doch irgend etwas hielt sie zurück. Zum einen hatte sie das Gefühl, daß Roland ein Recht darauf hatte, es als erster zu erfahren. Zum anderen befürchtete sie, John mit der Nachricht weh zu tun. Sie hatte das eigenartige Gefühl, als ob er immer noch Ansprüche an sie hätte, und die Tatsache ihrer Schwangerschaft demonstrierte deutlicher als alles andere, daß sie mit einem anderen Mann sexuell verkehrte. Natürlich wußte John das. Und trotzdem – sie hatte die dumpfe Ahnung, daß es ihn verletzen würde, von ihrer Schwangerschaft zu erfahren.

»Hallo!« rief John, der in seinem Bett saß, als sie ins Zimmer kam. Seine Augen leuchteten auf, und sein Rücken straffte sich.

Devon lächelte ihm zu und setzte sich auf ihren Stammplatz an seinem Bett. Seine Arme waren immer noch in Gips, aber von seinem Gesicht hatte man die Verbände inzwischen abgenommen. Der plastische Chirurg hatte hervorragende Arbeit geleistet. Lediglich an Johns rechtem Jochbein und am Mund war eine Narbe zurückgeblieben, doch Devon fand, daß das seinem markanten Gesicht keinen Abbruch tat, sondern im Gegenteil seine Männlichkeit unterstrich.

»John«, begann Devon unsicher. Sie wußte nicht, wie sie es ihm beibringen sollte. »Ich muß nach Kairo zurück.«

Ein Schatten glitt über sein Gesicht. Doch im gleichen Augenblick verschwand der Ausdruck der Enttäuschung wieder, und er nickte verständnisvoll. »Klar, du mußt sicher tausend Dinge erledigen. Du bist sowieso schon sehr großzügig mit deiner Zeit umgegangen.«

»Bei den vielen Menschen, die dich hier jeden Tag besuchen, wirst du mich wahrscheinlich gar nicht vermissen«, scherzte sie.

»O doch, Devon.« Auf einmal war er sehr ernst. »Du bist die einzige aus der Familie. Zumindest bis Mutter ankommt.« Johns Vater war vor einem Jahr an Herzversagen gestorben. Seine Mutter, die zur Zeit von Johns Unfall gerade bei Verwandten in Palm Springs zu Besuch war, war von der Regierung sofort benachrichtigt worden und befand sich auf dem Weg nach Genf.

Bei seinen Worten schmolz Devons Herz dahin. Spontan war sie versucht, noch ein paar Tage zu bleiben. Doch dann dachte sie an Roland. Sie hatte sowieso schon zwei Wochen überzogen. Er war am Telefon wie immer sehr verständnisvoll gewesen, doch sie wollte seine

Großzügigkeit nicht über Gebühr strapazieren. Und dann war da noch das Baby. Sie freute sich so darauf, Roland die gute Neuigkeit mitzuteilen. Anders als John hatte er schon oft gesagt, wie sehr er sich Kinder wünschte. Nicht nur, weil er einen Erben wollte, sondern einfach, weil er ein kinderlieber Mensch war. Seine erste Frau war unfruchtbar gewesen. Devon wußte, daß er von ihrer Schwangerschaft begeistert sein würde.

Sie betrachtete den Mann, der da vor ihr in seinem Krankenbett saß. Immer noch übte er eine starke Anziehungskraft auf sie aus. Diese Mischung aus Verletztheit und markanter Männlichkeit wirkte auf sie ganz besonders attraktiv. Auch wenn sie es nicht ganz wahrhaben wollte, mußte sie zugeben, daß es immer noch sehr viel gab, was sie an ihn band. Aber er war nicht der Vater ihres Kindes.

»John, wenn du ehrlich bist, mußt du doch zugeben, daß du mich hier gar nicht mehr brauchst«, versuchte sie, ihm den Abschied zu erleichtern. »Der Doktor hat schon von deiner Entlassung geredet. Und er hat gesagt, daß du fast alles wieder machen kannst, was du vorher gemacht hast, auch ohne dein ...« Sie brach ab, unsicher, ob es John verletzen würde, an die Amputation erinnert zu werden.

»Sag's nur«, ermunterte er sie. »›Bein‹ ist kein unanständiges Wort. Sicher bedauere ich den Verlust, aber ich werde mich davon nicht unterkriegen lassen. Ich werde alle meine Aktivitäten von früher wieder aufnehmen. Na ja, mit dem Skifahren wird's wohl nichts mehr werden. Aber meinen Job kann ich problemlos weiter ausüben. Eine Amputation ist kein Weltuntergang. Und wenn ich Glück habe, werde ich ja vielleicht auch noch eine Frau finden, die, anders als Bebe, damit leben kann, daß ihr Mann nur ein Bein hat.«

Devon war erleichtert, so selbstbewußte und zuversichtliche Worte aus seinem Munde zu hören. Und was die Frauen anbetraf, so würde er sicher keine Probleme haben, eine neue zu finden. Dazu brauchte sie ihn nur anzusehen.

5

»Devon, das ist das schönste Geschenk meines Lebens!« Mit seligem Lächeln nahm Roland seine Frau in die Arme. Verlegen wischte er sich mit dem Ärmel die Freudentränen aus dem Augenwinkel. Sie würden ein Kind haben! Nie war er so glücklich gewesen!

Überschwenglich drückte Devon ihn an sich. Unwillkürlich mußte sie an Johns Reaktion vor so vielen Jahren in Paris denken. Wie schön für ihr Kind, daß es auf dieser Welt so sehnsüchtig erwartet wurde!

»Ist es dir sehr wichtig, daß es ein Junge wird?« fragte sie ängstlich. Nach britischem Recht konnte nur ein Sohn Rolands Titel und Vermögen erben.

»Ach, was!« rief Roland fast empört. »Ich werde ein Mädchen genauso lieben!« Spontan hob er Devon hoch, trug sie auf seinen Armen in ihr Schlafzimmer und bettete sie sanft auf das weiche Samtsofa. Er kniete zu ihren Füßen nieder, schlang die Arme um ihren Bauch und war einfach nur glücklich. Wie liebte er diese Frau! Selig schaute er in ihr lächelndes Gesicht empor. »Und wann ist es soweit?« fragte er.

»Ende Dezember, denke ich.« Mit einem Hauch von Wehmut mußte Devon an Morgan denken. Auch sie war zur Weihnachtszeit auf die Welt gekommen.

»Zur Weihnachtszeit«, murmelte Roland mit verträumtem Blick, als hätte er ihre Gedanken gelesen. »Wie schön!«

Devon schaute in das glückliche Antlitz ihres Ehemannes, und all ihre Traurigkeit verschwand aus ihrer Seele. Noch nie hatte sie sich so innig mit einem anderen Menschen verbunden, noch nie so geliebt gefühlt. Ihr Kind knüpfte zwischen ihnen ein Band, das ihrer Liebe erst die Vollendung gab.

»Ach, wenn du das Baby doch zu Hause zur Welt bringen könntest«, seufzte Roland.

Sie wußte, daß er Abersham meinte. Auch sie würde am liebsten auf dem Familiensitz ihres Mannes entbinden. Oder in Willowbrook, wenn ihre Mutter bei ihr wäre. Doch sie durfte jetzt nicht mehr reisen. Sie erzählte Roland von Dr. Hürschts Warnung.

»Dann mußt du auf jeden Fall hierbleiben«, entschied er. »Ich werd' schauen, daß ich es irgendwie einrichten kann, bis zur Geburt des Kindes in Kairo bleiben zu können.«

»Was meinst du denn damit?« fragte Devon bestürzt.

Roland preßte die Lippen zusammen. Er mußte es ihr so sanft wie möglich beibringen. »Liebling«, erklärte er ihr, »hier in Ägypten ist unsere Arbeit erledigt. Jetzt brauchen sie uns in Europa.«

Devon erschrak. Angst stieg in ihr auf. »Aber sie können dich doch nicht gerade jetzt versetzen!« rief sie.

»Doch, das können sie schon«, seufzte er leise. »Für viele Soldaten schlägt jetzt die Stunde der Trennung von ihren Lieben. Natürlich werde ich alles nur Erdenkliche unternehmen, um hierbleiben zu können. Aber wenn der Marschbefehl kommt, dann kommt er.«

Devon entzog sich seiner Umarmung und stand auf. Mit zitternden Schritten ging sie zum Fenster und starrte hinaus. Natürlich, er hatte recht. Sie durfte jetzt nicht eigennützig sein. Aber die Vorstellung, ihr gemeinsames Kind zur Welt zu bringen, ohne ihren Mann an ihrer Seite zu wissen, brach ihr fast das Herz.

Sie atmete tief durch, straffte ihre Schultern und drehte sich wieder zu ihm um. »Ich verstehe natürlich, daß du in Europa gebraucht wirst.« Sie versuchte, ein heroisches Lächeln aufzusetzen. Doch dann lief sie auf einmal wie ein kleines Kind auf ihn zu und sank in seine Arme. »Aber bitte«, stieß sie schluchzend hervor, »bitte, schau, daß du bleiben kannst!«

Am nächsten Morgen verließ Roland die eheliche Villa ein wenig früher als sonst. Auf dem Weg zu seinem Stabskommando hielt er kurz an der Post und gab ein Telegramm an seinen Londoner Anwalt auf. Danach rüstete er sich für das Gespräch mit seinem Vorgesetzten. Würde er es ihm gestatten, die nächsten neun Monate in Kairo zu bleiben?

Doch Rolands Hoffnungen wurden enttäuscht.

»Natürlich können Sie noch ein paar Monate hierbleiben«, sagte der weißhaarige General. »Aber so wie die Dinge stehen, werden wir über kurz oder lang alle guten Männer in Europa brauchen. Vielleicht können wir es einrichten, daß Sie für den Zeitpunkt der Niederkunft ihrer Gattin Fronturlaub bekommen. Aber versprechen kann ich Ihnen nichts.« Mitfühlend schaute er seinen Untergebenen an. Er konnte sehr gut verstehen, daß der Herzog seiner Frau in ihrer schwersten Stunde beistehen wollte.

Wie es sich für einen britischen Offizier gehörte, ließ sich Roland seine Enttäuschung nicht anmerken. »Danke, Sir«, sagte er mit gepreßter Stimme. »Danke für Ihre Bemühungen.«

6

Devon stand auf dem Balkon und sah dem Jeep nach. Sie hatte sich solche Mühe gegeben, nicht zu weinen, denn sie wußte, wie schwer es Roland fiel, sich von ihr zu trennen. Doch jetzt, wo sie allein war, stürzten ihr die Tränen nur so über die Wangen.

Ich sollte dankbar sein, daß sie ihn mir wenigstens noch so lange gelassen haben, dachte sie. In zwei Monaten war es soweit. Nach der Geburt würde sie Roland mit dem Kind nach London folgen. Bis dahin jedoch würde sie hierbleiben. Doktor Hürscht hatte ihr in Kairo einen Landsmann, einen international renommierten Gynäkologen empfohlen, bei dem sie sich wunderbar aufgehoben fühlte, während in England alle guten Ärzte in den Lazaretten gebraucht wurden. Außerdem war es in London kalt und naß, sie kannte keine Menschenseele, und es herrschte Krieg. Hier dagegen war es warm und sonnig, sie hatte ihre Schwester in der Nähe, und sie war vor den deutschen Bomben sicher.

Und trotzdem – sie wünschte sich nichts sehnlicher, als in der Nähe ihres geliebten Roland zu sein.

Sie sank in das Sofa und schluchzte hemmungslos. Nur langsam beruhigte sie sich wieder. Als ihr Blick auf das tränennasse Kissen fiel, schämte sie sich über ihr Selbstmitleid. Warum war sie so wehleidig? Millionen anderer Frauen erlitten das gleiche Schicksal wie sie.

Seufzend stand sie auf und klingelte nach Alice, die kurz darauf mit einem Stapel von Briefen und Einladungen erschien.

Während Devon die Post durchging, machte sich Alice im Zimmer zu schaffen. »Sie haben Ihr Frühstück ja gar nicht aufgegessen!« rief sie tadelnd, während sie den kleinen Balkontisch abdeckte. Devon und Roland frühstückten immer auf dem sonnigen Balkon.

»Nein …«, erwiderte Devon geistesabwesend.

Alice warf ihr einen besorgten Blick zu. Sie konnte gut verstehen, daß ihre Herrin verzweifelt über die Abfahrt ihres Mannes war. Hoffentlich schloß sie sich jetzt nicht wieder wochenlang von allen ab! Doch Devons nächster Satz beruhigte sie in dieser Hinsicht.

»Grace hat mich zum Mittagessen bei Cecile de la Montaigne eingeladen. Du weißt doch, sie ist mit Lord Penderbrook verheiratet. Ich zieh' am besten mein rosa Seidenkleid an.«

Alice ging an Devons Schrank, holte das Kleid heraus und nahm es kritisch unter die Lupe. Hier und da riß sie einen herabhängenden Faden ab. »Könnte kurz übergebügelt werden«, murmelte sie und zog die Klingel. Ein ägyptisches Dienstmädchen kam herein und ließ sich von Alice erklären, was zu tun war.

»Oh, du hast ja Arabisch gelernt!« rief Devon anerkennend, als das Mädchen mit dem Kleid verschwunden war.

Fachmännisch nickte Alice mit dem Kopf. »Das kommt immer gut an bei den Angestellten, wenn man ein paar Brocken ihrer Muttersprache kann.«

»Ja, da hast du sicher recht«, pflichtete Devon ihr bei. Alice war jetzt Mitte Sechzig, doch ihre Schaffenskraft war ungebrochen. Das ägyptische Dienstpersonal hatte großen Respekt vor ihr, und im Gegenzug behandelte sie die Domestiken ebenfalls freundlich und voller Hochachtung.

Genau so, dachte Devon, wie sie zu Hause in Willowbrook mit den Stallburschen umging. Eine Welle von Heimweh überkam sie. Nie hätte sie gedacht, daß sie so lange ins Ausland gehen würde. Sie wußte, daß Willy ein fähiger Kopf war, aber trotzdem – was würde sie darum geben, jetzt in Willowbrook zu sein! Nach der Entbindung wollte sie so bald wie möglich zumindest auf einen kurzen Besuch vorbeischauen. Und wenn Roland aus dem Krieg zurückkam, würden sie jedes Jahr mehrere Monate dort Ferien machen. Sie wußte, daß Roland am liebsten in England lebte, doch er hatte ihr schon versichert, daß er auch gerne längere Zeit in Virginia verbringen würde, in einer Landschaft, die seiner Heimat Abersham so verblüffend ähnelte. Wie hatte sich John in Willowbrook immer gelangweilt! Roland dagegen liebte das Landleben, da war ihre Farm wie geschaffen für ihn.

Auf einmal ging ihr ein Bild durch den Kopf. Sie sah sich und Roland vor sich, im Alter, mit Falten im Gesicht und weißen Haaren. Doch sie würden nicht den ganzen Tag am Kamin sitzen. Nein, sie würden immer noch vital sein, würden durch die Wälder reiten, im Garten arbeiten. Bis dahin hätten sie schon Enkel, hoffentlich viele. Vielleicht käme im nächsten Jahr ja schon ihr zweites Kind

Ob Laurel ihren Brief schon erhalten hatte? Sie hatte mit der Ankündigung ihrer Schwangerschaft extra bis zum fünften Monat gewartet, um ihnen für den Fall eines Abgangs keine Enttäuschung zu bereiten. Wie vermißte sie ihre Eltern! Wenn Laurel ihr doch bei der Geburt zur Seite stehen könnte!

Doch sie wollte nicht schon wieder in Selbstmitleid versinken, und so zwang sie sich, an etwas anderes zu denken. An Rolands Schwester Regina zum Beispiel. Was war sie wohl für ein Mensch? Hoffentlich genauso warmherzig und geistreich wie ihr Bruder. Nur selten hatte er bisher von ihr gesprochen. Und wenn, dann immer mit einer eigenartigen Zurückhaltung. Was das wohl zu bedeuten hatte?

Aber warum sollte sie sich darüber jetzt den Kopf zerbrechen? Das Wichtigste war, daß sie und Roland glücklich miteinander waren. Und das waren sie!

7

Devon war glücklich, daß es Roland ermöglichen konnte, am Tag nach der Geburt nach Kairo zu kommen. Wie Morgan war das Kind um die Weihnachtszeit zur Welt gekommen – am 2. Januar 1944, um genau zu sein.

»Bist du enttäuscht, daß es kein Junge ist?« fragte Devon, obwohl sie die Antwort bereits wußte. Lächelnd saß sie in dem behäbigen Lehnstuhl neben ihrem Bett, gekleidet in den wunderschönen roten Kaftan, den sie mit ihrer Schwester einst auf dem Basar gekauft hatte.

»Überhaupt nicht«, lachte Roland. »Das einzige, was ich bedaure, ist, daß sie Abersham nicht erben kann.« Nach englischem Recht durften Mädchen bestimmte alte, adelige Landgüter nicht erben. Wenn der Erblasser nur Töchter hatte, ging ihnen ein anderer Nachkomme männlichen Geschlechts aus der Familie vor – und sei er auch noch so weit entfernt verwandt.

»Das macht nichts«, erwiderte Devon gelassen. »Auf jeden Fall erbt sie einmal Willowbrook. Und außerdem wird das ja hoffentlich nicht unser letztes Kind sein. Vielleicht wird's beim nächsten Mal ein Junge?«

»Das wäre großartig. Aber wenn nicht, macht's auch nichts.« Roland setzte sich auf die Armlehne von Devons Sessel, um ihr möglichst nahe zu sein. Er hatte nämlich etwas auf dem Herzen. »Liebling«, flüsterte er aufgeregt. »Falls du ... falls du dir noch keinen Namen für sie überlegt hast ... ich ... ich hätte da so eine Idee ... ein etwas exotischer Name allerdings.«

»Exotisch?« wunderte sich Devon.

»Was hältst du von ›Francesca‹?« platzte er heraus.

»Hm ...« Sie überlegte. »So exotisch find' ich den ehrlich gesagt gar nicht«, gestand sie. »Wenn auch alles andere als britisch ...«

»Das ist es ja eben!« rief er atemlos. »Weißt du, ich dachte erst an was Klassisches ... ›Penelope‹ oder ›Kleopatra‹ oder so. Aber das kam mir auf einmal alles so altertümlich und verstaubt vor, so ohne jedes Leben.«

»Ja, da ist was dran«, schmunzelte sie.

»Dann fielen mir Namen ein, die irgendwie kurz und flott waren – ›Anne‹ oder ›Mary‹. Aber das sind so Allerweltsnamen, findest du nicht?«

Devon nickte zustimmend. »Aber wie kommst du denn gerade auf ›Francesca‹?« fragte sie neugierig. »Das ist doch nicht etwa der Name einer deiner Verflossenen?« Sie zwinkerte ihm zu.

»Ha!« lachte er auf. »Fast, fast! Ich geb' ja zu, daß es verrückt klingt ... und es ist sicher auch gegen alle Tradition, aber ... also ich hab' einmal einen Roman gelesen, dessen Heldin Francesca hieß! Und der Name ist bei mir irgendwie hängengeblieben.«

»Und wann hast du diesen Roman gelesen?«

»Ach, das ist Jahre her! Als ich noch in der Schule war!«

»Und du hast dir all die Jahre vorgenommen, daß du, wenn du einmal eine Tochter hättest, sie so nennen würdest?« Seltsam, dachte Devon. Die Geschichte ging ihm offenbar sehr nah.

Er errötete regelrecht. »Stimmt. Nur einmal, da hatte ich eine ganz süße Dogge, die hätt' ich beinahe Francesca genannt. Doch dann hab' ich mir's doch anders überlegt.«

»Na, Gott sei Dank«, lachte Devon. »Denn ich weiß nicht, ich hätte irgendwie ein bißchen was dagegen, meine Tochter nach einer deiner verstorbenen Doggen zu nennen, auch wenn sie noch so süß war!«

»Kann ich verstehen! Kann ich gut verstehen!« pflichtete er ihr bei. Eigenartig – er war völlig aus dem Häuschen.

»Das heißt, der Name ist noch frei ...«

Übermütig wie ein Schuljunge sprang er auf. »Du bist also einverstanden?!«

»Durchaus. Francesca ist doch ein schöner Name!« Sie lachte über seine kindliche-Begeisterung.

Er strahlte übers ganze Gesicht. Vorsichtig nahm er Devon die Kleine ab und bettete sie sanft in seine Arme. »Francesca Somerset-Smith! Wie lange habe ich auf dich gewartet!« Zärtlich beugte er sich über sie. »Und ich verspreche dir, daß ich dich so glücklich machen werde wie du mich!«

Devon kamen die Tränen, so gerührt war sie. Nie würde sie diesen Augenblick vergessen, nicht bis ans Ende ihrer Tage.

8

Eine böse Vorahnung ergriff Devon, als sie am 31. März 1944 im Radio hörte, daß bei der Bombardierung Nürnbergs von den 795 britischen Bombern 94 abgeschossen worden waren. Devon wußte, daß Roland hochdekorierter Abfangjäger war und deshalb an einem solchen Großeinsatz mit Sicherheit beteiligt gewesen war.

Zwei Tage lang brachte sie keinen Bissen hinunter. Nachts fand sie keinen Schlaf. Sie bekam sogar einen eigenartigen Hautausschlag, was ihr in ihrem gesamten Leben noch nicht passiert war.

Dann, am dritten Tag, die große Erleichterung – ein Telegramm von Roland, daß er wohlauf sei! Sie atmete auf.

Nach diesen zwei höllischen Tagen und Nächten hatte sie das seltsame Gefühl, daß das Schlimmste vorbei sei. Und das stimmte sogar in gewisser Hinsicht. Die Alliierten waren im Begriff, die Lufthoheit über Deutschland zu gewinnen.

Schließlich, im April, konnte Roland endlich daran denken, seine Frau und sein Kind zu sich nach England zu holen. Die Zerschlagung von Hitlers Luftwaffe war nur noch eine Frage der Zeit. Zumindest waren die Deutschen so damit beschäftigt, ihre eigenen Städte gegen die alliierten Luftangriffe zu verteidigen, daß auf London kaum noch deutsche Bomben fielen.

Obwohl Roland aus Sicherheitsgründen nicht in der Lage war, Devon diese Überlegungen schriftlich mitzuteilen, ging er doch davon aus, daß sie zumindest verstehen würde, daß er sich etwas dabei gedacht hatte, als er ihr schrieb, sie solle doch nach Abersham kommen. Seine Londoner Stadtvilla in Belgravia war natürlich nach wie vor zu gefährlich.

Devon war überglücklich, als sie Rolands Brief erhielt. Sie rief sofort ihre Schwester an.

»Grace!« schrie sie fast in den Hörer. »Francesca und ich reisen nach England!«

Sie war so glücklich! Endlich Roland wiedersehen, in seiner Nähe sein, in den Räumen wohnen, in denen er aufgewachsen war! Roland hatte für sie einen Flug in einer Militärmaschine arrangiert. Es würde eine lange und beschwerliche Reise werden, denn sie mußte mehrere Male umsteigen, um das europäische Kampfgebiet zu meiden. Außerdem hatten natürlich Soldaten Vorrang vor Zivilisten, so daß sie warten mußte, bis für sie, Francesca und Alice ein Platz in einem Militärflugzeug frei war. So hielt sie sich bereit, hatte ihre Koffer gepackt und wartete täglich auf einen Anruf der Luftwaffe. Jeden Morgen zog sie sich und Francesca reisefertig an, und jeden Morgen packte Alice eine Reisetasche mit Windeln, Nuckelflasche und allem sonstigen, was man für unterwegs brauchte. Doch jeden Abend gingen sie alle wieder enttäuscht zu Bett, denn es war kein Anruf gekommen.

Einmal hatte es Devon gewagt, von sich aus beim britischen Hauptquartier nachzufragen, ob es für ihre kleine Gruppe denn gar keinen Platz für einen Heimflug nach England gäbe.

»Wir sind wirklich zu Tode betrübt, Eure Hoheit«, hatte der Offizier am Telefon erwidert, »wir wissen – diese zermürbende Warterei ist absolut unzumutbar. Aber leider müssen wir zur Zeit sämtliche militärischen Kräfte in Europa konzentrieren, so daß wir ganze Bataillone von Soldaten verlegen müssen. Ich hoffe, daß wir in Kürze für Sie Plätze frei haben.«

»Vielen Dank«, erwiderte Devon, beschämt, daß sie den Eindruck erweckte, als wollte sie sich vordrängeln, wo doch offenbar in Europa jeder Soldat gebraucht wurde. »Vielen Dank. Ich werde Sie nicht wieder behelligen.«

»Aber nicht doch, Eure Hoheit! Rufen Sie uns nur jederzeit wieder an, aber seien Sie absolut sicher, daß wir Sie nicht vergessen haben!«

Wie immer erwachte Devon von den Rufen des Obstverkäufers vor ihrem Fenster, der mit lauter Stimme seine Ware anpries. Jeden Morgen brachte er köstliche exotische Früchte, süß und saftig, daß einem das Wasser im Munde zusammenlief, und Devon hatte es sich schon zur Angewohnheit gemacht, täglich zum Frühstück eine Mango zu verspeisen, denn sie wußte – die würde sie in England so leicht nicht bekommen.

Verschlafen dehnte und streckte sie sich in ihren Leinenlaken. Es gab viele Dinge in Kairo, die sie in Abersham vermissen würde. Gerade jetzt, wo sie so bald wieder mit Roland vereint sein würde, entwickelte sie eigenartig nostalgische Gefühle für Kairo. Sie spürte den Abschied nahen. Alles, auch die alltäglichste Handlung, das alltäglichste Erlebnis in dieser brodelnden Metropole, erlebte sie wie ein Geschenk, denn sie wußte – es konnte jeden Tag das letzte Mal sein.

Wie immer in den letzten drei Wochen stand sie auf und wählte ein leichtes wollenes Reisekostüm, denn in London würde es kühl und naß sein. Sie klingelte nach dem Frühstück, und kurz darauf kam Alice mit köstlich duftendem, frisch aufgebrühtem Kaffee, knusprigen Croissants, Johannisbeermarmelade und natürlich der unverzichtbaren Mango herein.

»Glaubst du, daß es heute soweit ist?« fragte Devon ihre Zofe. Jeden Tag empfing sie sie mit der gleichen Frage.

»Wenn's jetzt nicht bald soweit ist«, grinste Alice, »dann ist der Krieg aus, noch bevor wir hier das Feld geräumt haben.«

Devon lachte. »Ach, wäre das herrlich!« seufzte sie selig.

Während Alice ins Badezimmer ging, um warmes Wasser in die

Wanne zu lassen, aß Devon mit verträumtem Blick ihr Frühstück und las daneben die zwei Wochen alte ›Washington Post‹, die Grace ihr geschickt hatte.

Nach dem Frühstück badete sie und kleidete sich an. Sie wollte gerade nach Francesca schauen, als ihr in dem kühlen Marmorkorridor der Butler über den Weg lief, ein vornehmer älterer Araber, der fast perfekt Englisch sprach, obwohl er nie eine Schule von innen gesehen hatte.

»Eure Hoheit«, sprach er sie an, »da ist ein britischer Offizier, der mit Ihnen sprechen möchte.«

Devons Gesicht hellte sich auf. »Oh! Ist es endlich soweit!« strahlte sie. »Wo ist denn der Herr?«

»In der Empfangshalle, Eure Hoheit.«

»Dann führen Sie ihn bitte in den Wintergarten ... ach was, ich mach's gleich selber«, sagte sie und entließ den Butler mit einer ungeduldigen Handbewegung.

Als sie die Treppe hinunter ging, war sie überrascht, zu sehen, daß ihr Besucher ein Oberst war. Sie hatte nicht gedacht, daß ein so ranghoher Offizier dafür abgestellt würde, sie zum Flughafen zu begleiten. Als er sich zu ihr umdrehte, erkannte sie, daß es ein Freund von Roland war.

»Hallo, Harry! Ich bin reisefertig.« Sie warf ihm ein strahlendes Lächeln zu. »Ich muß nur schnell Alice Bescheid sagen, daß sie Francesca fertigmacht.«

Der weißhaarige Oberst schaute sie verblüfft an, sagte aber nichts. Dann räusperte er sich und ging mit ausgestreckter Hand auf sie zu. »Sehr erfreut, Sie wiederzusehen, Devon«, sagte er in ernstem Ton. Daß er immer so ernst ist, grinste Devon innerlich. Ein angenehmer, intelligenter, gebildeter Zeitgenosse, aber stets fürchterlich ernst. Doch Devon war zu gut aufgelegt, um sich irgendwelche Gedanken zu machen, und so plauderte sie munter drauflos.

»Wie schön, daß Sie gekommen sind, Harry! Kommen Sie, wir gehen in den Wintergarten. Ich bestell' uns einen Tee, währenddessen die Sachen runtergetragen werden.« Sie lief ihm durch den langen Korridor voraus, bis sie den gläsernen, sonnendurchfluteten Raum erreichten, in dem üppige grüne exotische Pflanzen wuchsen.

»Also«, fragte sie übermütig, als sie sich gesetzt hatten, »wann fahren wir?«

Der Oberst holte tief Luft. Er erwiderte Devons Lächeln nicht. »Devon«, begann er mit schwerer Stimme, »ich ... ich muß Ihnen eine ...

eine sehr traurige Mitteilung machen.« Er hielt inne und suchte nach Worten. Einen Augenblick herrschte bleiernes Schweigen. Einen Augenblick, in dem in Devons Kopf eine grauenhafte Ahnung dämmerte. Hilflos beobachtete Harry, wie ihr eben noch strahlendes Lächeln mit einem Schlag in sich zusammenfiel. Ihre Züge versteinerten. Alles Blut wich aus ihren Wangen, und ihre sonst so blitzenden Augen weiteten sich in dumpfem, maßlosem Entsetzen. Sie sank in ihrem Stuhl zusammen, gekrümmt, wie wenn man ihr einen Hieb in den Magen versetzt hätte.

Harry fand keine Worte. Wie sollte er es ihr sagen? Daß Roland bei einem der letzten Kampfeinsätze von der deutschen Luftabwehr abgeschossen worden war. Es hörte sich so banal an. Und außerdem gab es in Devons Gesichtsausdruck etwas, was ihn davor zurückschrecken ließ, jetzt in irgendwelche Details zu gehen.

»Sagen Sie jetzt nichts!« befahl sie ihm mit totenbleichem Gesicht, während sie auf ihre Hände schaute. Ihr war, als würde man ihr das Herz aus der Brust reißen. Auf keinen Fall durfte er es jetzt aussprechen! Nein, nicht jetzt. Noch würde sie die Wahrheit nicht ertragen können. Wenn er jetzt irgendwelche Beileidsformeln murmeln, irgendwelche hilflosen Worte stammeln würde – sie würde anfangen zu schreien. Zu schreien, ohne je wieder aufhören zu können! Alles, was sie wissen mußte, las sie in seinen Augen, in seinen erstarrten Zügen. Roland war nicht in Kriegsgefangenschaft geraten, er war nicht verletzt, und er wurde auch nicht vermißt.

Er war tot. Es gab keinen Zweifel. Tot. Einfach tot. Für immer.

Ich habe keine Kraft, noch mehr Schmerz zu ertragen, dachte sie. Ich ertrage einfach nichts mehr. Zumindest nicht das! O Gott! Nicht das!

Sie begann, am Nagel ihres rechten Zeigefingers zu reißen. Beharrlich und mit einer Konzentration, daß Harry Mühe hatte, dabei zuzuschauen. Schließlich hatte sie sich den Nagel soweit aus dem Fleisch herausgerissen, daß er nur noch an einem Fetzen Haut hing. Mit einem letzten Ruck riß sie ihn gänzlich ab und beobachtete dann interessiert, wie das Blut aus der Wunde schoß und auf ihren wollenen Kostümrock tropfte.

»Oh, schauen Sie, was ich gemacht habe«, sagte sie überrascht, »schauen Sie nur, was ich gemacht habe ...«

Harry kniete zu ihren Füßen nieder und ergriff ihre Hände, als wollte er verhindern, daß ihre fieberhaften Finger sich jetzt den nächsten Nagel vornahmen. »Devon, ich ...«

»Schweigen Sie!« zischte sie ihn an. »Erzählen Sie mir jetzt nicht, daß er auf dem Feld der Ehre gefallen ist, daß er ein Held ist … Das weiß ich alles schon!« Etwas Wildes, Irres stand in ihrem Blick.

Harry gehorchte sofort. Er nickte stumm.

Gemeinsam schwiegen sie. Dann sagte er leise: »Zum Glück haben wir seine sterblichen Überreste gefunden, so daß wir ihn in Würde bestatten können. Sie müssen jetzt nach Abersham fahren, Devon …«

»Jetzt?!« schrie sie bitter auf. »Jetzt? Nach all dem Warten? Jetzt darf ich endlich meinen Mann sehen?!«

Harry senkte den Kopf. Sein Blick fiel auf den Blutfleck auf ihrem Rock. »Es tut mir so leid«, sagte er leise. »So leid …« Er wagte es nicht, sie anzuschauen, er hätte ihren Blick nicht ertragen.

»Sie müssen abreisen«, murmelte er schließlich, »heute nachmittag.«

Devon entzog sich ihm und schlug ihre Hände vors Gesicht. Lautlos weinte sie. Blut von ihrem Finger verschmierte ihre Stirn. Eine verwundete Kreatur, dachte Harry. Und das war sie auch.

»Endlich«, stieß sie höhnisch unter Tränen hervor, »endlich ist der Tag gekommen, an dem ich nach England darf!«

Wieder schwieg Harry betroffen. Dann wandte er sich noch einmal an sie: »Und Sie wollen wirklich nichts Näheres erfahren, Devon? Wie er …«

»Später, Harry, später«, erwiderte sie mit schwacher Stimme. »Wenn ich die Kraft dazu habe. Jetzt kann ich einfach noch nicht.«

Harry erhob sich und fummelte nervös an seiner Mütze herum. »Sie werden bald wieder zu Kräften kommen, Devon«, versuchte er, sie zu trösten. In seiner langen militärischen Laufbahn hatte er es gelernt, schwache und starke Charaktere zu unterscheiden. Und Devon war eine starke Frau, das hatte er auf den ersten Blick erkannt.

Wie um seine Vermutung zu bestätigen, stand sie in dem Moment auf. Nur mit Mühe konnte sie sich auf den Beinen halten, doch bevor er ihr zu Hilfe eilen konnte, hatte sie sich schon wieder in der Gewalt und stapfte mit zitternden Knien, aber doch zielstrebig auf die Tür zu. Dann, kurz bevor sie den Raum verließ, schien sie sich daran zu erinnern, daß er ein Gast in ihrem Hause war. Sie straffte ihre Schultern, drehte sich zu ihm um und sagte mit gefaßter Stimme: »Ich danke Ihnen, daß Sie mir die Nachricht persönlich überbracht haben, Harry.«

Mitfühlend schaute er sie an. In seinem Gesicht spiegelte sich die

Qual, die er in ihren Augen sah. »Heut' nachmittag um drei komme ich wieder, um Sie abzuholen«, sagte er leise.

»Ich werde mich bereithalten«, erwiderte sie stoisch. Sie sah aus wie ein Soldat, der sich zur Schlacht rüstet.

9

Am Tag vor Rolands Begräbnis kam Devon in Abersham an. Sie hatte keine offizielle Einladung von Rolands Familie erhalten, und so mietete sie sich zunächst in einem nahegelegenen Gasthof ein, um in Ruhe Kraft für den folgenden Tag sammeln zu können – eine kluge Entscheidung, wie sich kurz darauf erweisen sollte. Denn als sie auf dem Gut anrief, erklärte ihr der Butler in eigenartigem Ton, daß es Rolands Schwester Regina leider unmöglich sei ans Telefon zu kommen.

Devon hinterließ eine Nachricht, war jedoch froh, als kein Rückruf kam. Die Vorstellung, am Abend vor Rolands Begräbnis mit seiner Familie, die sie nicht kannte, Konversation treiben zu müssen, war ihr unerträglich.

Am Tag der Beerdigung verschloß sich Devon ganz in ihrem Schmerz und ihrer Verzweiflung. Nur so war sie in der Lage, die Feierlichkeit zu überstehen, ohne zusammenzubrechen. Trotzdem entging ihr nicht die eisige Kälte, die ihr von Rolands Familie entgegenschlug. Vor allem Rolands Schwester begegnete ihr mit offener Feindseligkeit. Nur ein letzter Rest von Anstand brachte sie offenbar überhaupt dazu, ihr zur Begrüßung die Hand zu geben. Devons Schwager murmelte wenigstens noch eine halbherzige Einladung, mit ihnen nach der Beerdigung nach Abersham zu fahren. Aber Devon spürte so deutlich, wie wenig willkommen sie war, daß sie dankend ablehnte und sich sofort zum Bahnhof begab, um nach London zu fahren. Dort sollte am nächsten Tag Rolands Testament eröffnet werden.

Das haßerfüllte Gesicht ihrer Schwägerin war das erste, was Devon ins Auge sprang, als sie tags darauf das Büro des Notars betrat. Hocherhobenen Hauptes saß Regina da – groß, schlank und dunkelhaarig wie Roland –, eine Aristokratin, der man ansah, daß sie es gewohnt war, zu bekommen, was sie wollte.

Neben ihr saß ein junger Mann mit teigigem Gesicht, der aussah, als könne er kein Wässerchen trüben. Es war Percy, Rolands Neffe, der neue Herzog von Abersham. Devon wußte, daß er fünfundzwanzig Jahre alt war, doch mit seinen pickligen Pausbacken wirkte er wie ein Sechzehnjähriger. Dagegen half auch der sorgsam gepflegte Flaum auf seiner Oberlippe nichts.

Als dritter im Bunde saß ein älterer Herr auf dem Sofa in der Ecke: Reginas Ehemann, der einzige, der während des Begräbnisses Devon ein Mindestmaß an Höflichkeit und Anteilnahme entgegengebracht hatte. Sein Gesicht signalisierte Resignation und Desinteresse.

Regina war, trotz ihrer achtundvierzig Jahre, durchaus nicht unattraktiv. Ihre Haut war fast faltenlos, dank teurer Cremes und täglicher Gesichtsmassagen. Ihre Schönheit, ihren Reichtum und ihre adelige Geburt betrachtete sie nicht als ein Geschenk des Schicksals, sondern als Minimum dessen, was ihr zustand. Kleinste, alltägliche Widrigkeiten empfand sie als persönliche Beleidigung und vor allem untragbare Überforderung, was bei ihr, je nach seelischer Befindlichkeit, zu hysterischen Wut- oder theatralischen Ohnmachtsanfällen führte. Ihre Umwelt hatte entsprechend unter ihren Launen zu leiden und reagierte darauf entweder erzürnt oder mit emotionalem Rückzug. Ihr Mann und ihr Sohn hatten letzteren Weg gewählt.

Trotz dieser charakterlichen Schwächen hatte Roland seine ältere Schwester heiß und innig geliebt, und sie ihn auch. Die beiden waren schon von Kindheit an unzertrennlich gewesen. Sie hatte es stets als ihre Aufgabe betrachtet, ihrem kleinen, ihrer Meinung nach unbedarften Bruder zu sagen, was er zu tun und zu lassen hätte. Er war mit all ihren klugen Ratschlägen immer einverstanden, tat jedoch dann meist das Gegenteil davon, was sie entsprechend in Rage versetzte. Zum Glück aber war sie überhaupt nicht nachtragend und verzieh Roland jedesmal sofort wieder, was nicht zuletzt auf seinen umwerfenden Charme zurückzufahren war.

Das einzige, was sie ihm jedoch bis heute nicht verziehen hatte, war – daß er diese Amerikanerin geheiratet hatte! Diese Neureiche, diese Erbschleicherin, noch dazu geschieden! In der britischen Oberschicht hatte man für so etwas nur ein verächtliches Naserümpfen übrig.

Und jetzt kam diese Frau da herein! Regina würdigte sie keines Blickes, beobachtete sie nur feindselig aus dem Augenwinkel. Diese Scheinheilige! Sie meinte wohl, mit ihrem maßgeschneiderten schwarzen Kostüm hier die feine Lady spielen zu können, diese Landpomeranze, dieser miese kleine Emporkömmling! Doch sie würde es ihr schon zeigen! Regina war für den Kampf gerüstet.

Rolands Anwalt, der hinter Devon sein Büro betreten hatte, ließ diskret seine Augen zwischen den beiden Frauen hin- und herwandern und bedauerte insgeheim die Witwe. Oswald Lyttleton, ein zynischer Handlanger der Reichen, der in ihren Diensten ebenfalls zu einigem Reichtum gekommen war, neigte weiß Gott nicht zu sentimentalen Anwandlungen. Aber diese zurückhaltende Amerikanerin, die ihn mit ihrer Schönheit und ihrer Würde beeindruckte, verdiente doch sein Mitleid. Denn sie wußte wohl noch nicht, was auf sie zukam.

Er führte Devon jetzt zu Rolands Schwester, um sie ihr vorzustellen. »Eure Hoheit«, wandte er sich an Devon, die Höherrangige, »darf ich Ihnen …«

»Bitte!« unterbrach ihn Devon mit einem charmanten Lächeln und hielt Regina ohne große Umschweife die Hand entgegen. »Wir hatten gestern kaum Gelegenheit, uns kennenzulernen …«

Einen Augenblick lang betrachtete Regina mit hochgezogener Braue Devons Hand. Alle im Raum hielten vor Schreck den Atem an. Würde sich Regina tatsächlich zu einer solchen groben Unhöflichkeit hinreißen lassen, die Hand der Amerikanerin zu ignorieren? Doch Reginas gute Erziehung hielt sie in letzter Sekunde doch noch davon ab, die Sitzung mit einem Eklat zu beginnen. Sie ergriff Devons Hand, allerdings nur kurz und mit einem Ekel im Gesicht, als hätte man sie gezwungen, eine schmutzige Babywindel anzufassen.

Wie um Reginas Scharte wieder auszuwetzen, stand jetzt Lord Lewiston auf und schüttelte seiner Schwägerin mit besonderer Herzlichkeit die Hand. Percy, der als nächster dran war, gab Devon mit hochrotem Kopf sein Patschhändchen, stotterte verlegen etwas Unverständliches und verschwand dann sofort wieder tief in seinem Ledersessel.

Mit wichtigtuerischem Gesicht wandte sich Lyttleton nun von den Anwesenden ab und setzte sich hinter seinen Schreibtisch, wie wenn er großen Wert darauf legte, zwischen sich und seinen Mandanten eine unübersehbare Barriere aufzubauen. Er räusperte sich bedeutungsvoll und sagte dann feierlich: »Fangen wir an! Zunächst möchte ich Sie darüber in Kenntnis setzen, daß nach geltendem Recht der Titel von Abersham nur auf einen männlichen Erben übergehen kann – das heißt in unserem Fall auf Percy Lewiston.« Er hielt inne und warf Devon einen gespannten Blick zu. Doch sie nickte nur, woraus er schloß, daß ihr diese Tatsache bereits bekannt war.

»Des weiteren«, fuhr er fort, »stehen Percy Lewiston alle Erträge aus dem landwirtschaftlichen Betrieb Abersham, insbesondere die

Pachterträge zu, sowie ein Extra-Fonds von fünfzehn Millionen Pfund, die ausschließlich für landwirtschaftliche Investitionen auf Abersham reserviert sind.« Wieder hielt Lyttleton inne und ließ, ohne jemand Bestimmten anzusehen, seine Augen durch den Raum schweifen. Lord Lewiston schaute an die Decke, als wenn ihn die ganze Sache nichts anginge. Percy hielt seinen Blick fast schuldbewußt zu Boden gesenkt, während die beiden Frauen aufmerksam an den Lippen des Notars hingen, als ob sie gar nicht erwarten könnten, daß er weitermachte.

»Allerdings ...«, fuhr er daraufhin fort und rutschte ein wenig nervös auf seinem Stuhl hin und her. Man konnte die Spannung im Raum förmlich knistern hören, die das Wort ›allerdings‹ ausgelöst hatte. Lyttleton schob sich seine Brille ein wenig nach oben, den Blick starr auf das vor ihm liegende Dokument geheftet. »Allerdings bestehen weitere Vermögenswerte, die nicht unmittelbar mit dem landwirtschaftlichen Betrieb von Abersham zusammenhängen, über die der Erblasser das Belieben hatte, per Testament zu verfügen.« Lyttleton hob ein wenig seine Stimme, um zu signalisieren, daß er im folgenden Rolands Testament vorlas. »Mein persönliches Privatvermögen vermache ich meiner über alles geliebten Frau Devon, mit der Maßgabe, davon fünf Millionen Pfund in einem Extra-Fonds anzulegen und meiner Tochter Francesca am Tage ihres einundzwanzigsten Geburtstags zu übereignen. Mit der treuhänderischen Verwaltung besagten Fonds betraue ich ebenfalls meine Frau, da ich zu ihrer wirtschaftlichen und persönlichen Urteilskraft vollstes Vertrauen habe.«

»Sein gesamtes Privatvermögen!« stieß Regina hervor.

»Das sind«, klärte der Notar die Anwesenden auf und warf einen schnellen Blick auf einen Zettel mit diversen Zahlenkolonnen, »zum jetzigen Zeitpunkt circa 9,2 Millionen Pfund.«

»9,2 Millionen Pfund!« Regina schnappte nach Luft. »Das ist ja unglaublich! Warum sollte denn ausgerechnet so eine ... *Person,* die gerade einmal ein Jahr mit ihm verheiratet war, ein solches Vermögen erben?!«

Zum erstenmal schaltete sich Lord Lewiston in das Gespräch ein. »Weil Roland es so wollte!« erklärte er, nicht ohne einen leicht süffisanten Unterton.

Wie eine Furie fuhr Regina in ihrem Lehnstuhl herum. »Halt du dich da raus!« zischte sie ihren Ehemann an. »Dich geht das überhaupt nichts an!«

Lord Lewiston beugte sich auf seinem Sofa vor und öffnete den

Mund, um seiner Frau etwas zu erwidern. Doch dann plötzlich schloß er ihn wieder und lehnte sich mit resigniertem Gesicht zurück, als hätte er alle Hoffnung aufgegeben.

»Ähm«, räusperte sich der Notar, »ganz so ist das nicht, Lady Lewiston. Auch ihrem Gatten hat der Verstorbene etwas hinterlassen.« Er las wieder aus Rolands Testament vor: »Meinem Schwager, Sir Archibald Lewiston, vermache ich meine Yacht *Wicked Ways,* in der Hoffnung, er möge auf ihr Stunden des Glücks und der Ruhe genießen, die man als Mensch für sein seelisches Gleichgewicht doch immer wieder so dringend braucht.«

»Ich muß doch sehr bitten!« empörte sich Regina, die den zuletzt vorgelesenen Satz – wohl nicht ganz zu unrecht – als persönlichen Seitenhieb auf sich auffaßte. Sie dachte an Roland. Wie oft hatte er sie mit solchen kleinen Bosheiten auf die Schippe genommen, dann aber mit seinem großen Herzen voller Bruderliebe wieder zum Lachen gebracht! Ja, Roland war der einzige Mensch, der sie wirklich geliebt hatte! Und dieser Mensch war nun dahingeschieden! Regina brach in Tränen aus. Keiner, keiner auf der Welt hatte sie jemals so geliebt wie er! Schon gar nicht ihr Mann und ihr Sohn, diese beiden windigen Gestalten. Was hatte sie von denen schon zu erwarten?

»Und meiner lieben Schwester Regina«, fuhr Mr. Lyttleton fort, als ob er sie trösten wollte, »vermache ich mein Haus in Belgravia, unser ehemaliges Elternhaus, in dem wir unsere glückliche Kindheit verlebten. Außerdem vermache ich Regina den gesamten Familienschmuck mit Ausnahme des Diamant- und Sapphirrings mit dem dazugehörigen Armband und der Kette, die ich meiner Frau geschenkt habe und die dieses Ensemble ihrerseits wieder meiner Tochter Francesca vererben möge.«

»Aber das sind unbezahlbare Familienerbstücke!« rief Regina empört, trotz der Tränen, die ihr immer noch über die Wangen liefen. Während sie sie sich mit ihrem Brüsseler Spitzentaschentuch abwischte, erhaschte sie einen Blick auf Devon, die sie stumm und ernst betrachtete. Regina fuhr auf. Was maßte sich diese kleine Amerikanerin ihr gegenüber für eine provozierende Haltung an! Sie hatte Roland niemals so geliebt wie sie, ihre Schwester! Nicht einen Penny von Rolands Vermögen verdiente diese Kreatur. Und schon gar nicht die Juwelen!

»*Sie!*« zischte Regina ihr voller Abscheu entgegen, »Sie haben es doch von Anfang an nur auf sein Vermögen abgesehen! Sie wußten, daß er seinem Vaterland diente und höchstwahrscheinlich den Heldentod sterben würde! Sie haben die Chance genutzt, sich auf niederträchtigste Weise zu bereichern! Aber ich sage Ihnen jetzt schon, daß ich dieses Testament anfechten werde!«

»Regina!« Sir Archie sprang von seinem Sofa auf und hastete zu seiner Frau hinüber. »Du gehst zu weit! Du gehst entschieden zu weit!« Er packte sie am Ellbogen und zwang sie, sich ebenfalls zu erheben. »Ich schlage vor«, sagte er in einem Ton, den man ihm nie zugetraut hätte, »du verläßt mit mir kurz den Raum, um dich ein wenig zu erfrischen!«

»Was erlaubst du dir?!« fuhr Regina ihn an. Wutschnaubend riß sie ihren Arm aus seiner Umklammerung. Ihr Sohn duckte sich noch tiefer in seinen Sessel und wünschte sich nur sehnlichst, ganz, ganz weit weg zu sein. Devon, ihrerseits bleich vor Zorn, starrte ihre Schwägerin nur wortlos an. Sie befürchtete, auf Reginas Niveau abzugleiten, würde sie ihrer Empörung freien Lauf lassen.

»Regina!« befahl Archie in strengem Ton und packte sie wieder, diesmal mit eisernem Griff, am Ellbogen. »Komm jetzt bitte!«

Irritiert von der überraschenden Hartnäckigkeit ihres sonst so sanften Archie fügte sich Regina schließlich und folgte ihrem Mann aus dem Zimmer.

»Es ... es t-t-t-ut m-m-mir sehr leid!« stotterte Percy, unfähig, Devon in die Augen zu sehen.

»Sie brauchen sich nicht für Ihre Mutter zu entschuldigen.« erwiderte Devon freundlich.

Der Notar, der Devons Blick ebenfalls vermied, raschelte geschäftig mit seinen Papieren auf dem Tisch, legte sie erst auf die linke, dann wieder auf die rechte Seite des Schreibtisches. So vergingen die nächsten Minuten, ohne daß ein Wort geredet wurde, während alle Anwesenden betreten warteten, bis sich Lady Lewiston ein wenig ›erfrischt‹ hatte.

Die erschien denn auch kurz darauf, deutlich gelassener, allerdings ohne ihren Mann, der es wohl vorzog, draußen zu warten. Sie setzte sich nicht wieder hin, sondern ging direkt auf Devon zu und baute sich kerzengerade vor ihr auf.

»Sie« – ihre ganze Verachtung legte sie in dieses Wort –, »Sie haben sich überschätzt, meine Liebe! Ich werde alle rechtlichen Möglichkeiten ausschöpfen, um zu verhindern, daß meine Familie von einer ... Person wie Ihnen um das gebracht wird, was seit Generationen ihres ist! Und wenn mir das auf rechtlichem Wege nicht möglich sein sollte, dann werde ich mich anderer Mittel bedienen! Ich werde Sie ruinieren! Ich werde meine weitreichenden Beziehungen spielen lassen, auf daß es alle Spatzen von den Dächern pfeifen, was für eine infame Erbschleicherin Sie sind! Hier in England wird sich Ihnen nicht eine einzige Tür mehr öffnen! Und ich werde auch dafür sorgen, daß jedermann in der *amerikanischen* Gesellschaft erfährt, was für eine … gewissenlose Kreatur Sie sind!« Sie hielt inne und wartete gespannt, wie die gehaßte Rivalin auf ihre düsteren Drohungen reagieren würde.

Doch wenn sie gemeint hatte, diese einschüchtern oder provozieren zu können, war sie schwer im Irrtum. Devon blieb völlig ruhig. Sie erhob sich gelassen und zog sich betont langsam ihre schwarzen Ziegenlederhandschuhe an. Mit leicht schräggelegtem Kopf studierte sie interessiert Reginas Gesicht, die Brauen leicht hochgezogen. Dann wandte sie sich ab und rauschte an ihr vorbei zur Tür. Vor der Schwelle blieb sie stehen und drehte sich um.

»Sie«, sagte sie kühl und deutete mit dem Kopf auf Regina, »haben soeben ein Vermögen verloren. Ich war bis vor einigen Minuten noch, übrigens ähnlich wie Sie, der Auffassung, daß mir eine so ungeheure Summe nach nur einem Jahr Ehe moralisch nicht zustünde. Dies um so mehr, als ich, anders als Sie offenbar angenommen haben, darauf nicht angewiesen bin. Aus diesem Grunde hatte ich vor, das Erbe auszuschlagen beziehungsweise, es in den Fonds für landwirtschaftlichen Investitionen von Abersham einzubringen. Nach dem, was hier soeben vorgefallen ist, steht das natürlich jetzt nicht mehr zur Debatte. Und deshalb werde ich das Vermögen … der Wohlfahrt vermachen.« Sie wandte sich zum Gehen. »Ach, übrigens«, sagte sie über die Schulter hinweg, wie wenn es ihr eben noch eingefallen wäre, »sollten Sie den unverzeihlichen Fehler begehen, zu versuchen, meinen Ruf in Mißkredit zu bringen, sei es hier oder in Amerika, dann werde ich meine Anwälte damit beauftragen, Sie wegen Verleumdung und übler Nachrede anzuzeigen und auf Schadensersatz zu verklagen. Und Sie können sicher sein, daß kein Richter glauben wird, eine Frau, die ihr gesamtes Erbe der Wohlfahrt vermacht hat, sei eine … nun, ich erspare mir, Ihre peinlichen Beleidigungen zu wiederholen. Also seien Sie vorsichtig – oder Sie verlieren zum zweiten Mal ein Vermögen!« Einen Moment lang blieb Devon noch stehen. Sie wollte sich die Genugtuung nicht entgehen lassen, zu sehen, wie ihre Worte auf Regina wirkten. Als sie diese mit bleichem Gesicht und weit geöffnetem Munde sprachlos dastehen sah, war sie's zufrieden.

»Guten Tag, die Herren«, sagte Devon und fügte mit einem leicht ironischen Lächeln hinzu: »Und natürlich auch Ihnen einen guten Tag, Lady Lewiston.«

III
WILLOWBROOK
1957

1

»Ich bin fast so braun wie du!« erklärte Francesca Somerset-Smith stolz und hielt ihren Arm gegen den des schokoladenbraunen Jungen.

»Denkste!« widersprach Jesse triumphierend. »Da kannst du dich so lange in die Sonne legen, wie du willst!«

»Wenn der Sommer vorbei ist, bin ich so braun wie du, das schwör' ich dir!« versetzte Francesca siegesgewiß. Devons dreizehnjährige Tochter hatte einen olivfarbenen Teint, ganz anders als ihre Eltern. Zusammen mit ihren glänzend schwarzen Zöpfen gab ihr das ein überraschend mediterranes, fast exotisches Aussehen. Dabei konnte man sie nicht direkt eine Schönheit nennen. Die zarte Anmut, die edle Grazie, die Devon in diesem Alter ausgezeichnet hatten, fehlten ihr völlig. Sie war eine schlanke, muskulöse Wildkatze, eine geballte Ladung Energie, doch gerade dies gab ihr wiederum einen ganz eigenen Charme. Sie selbst fand sich alles andere als schön, vor allem betrübte es sie, daß ihr immer noch kein Busen wuchs, ganz anders als ihren Kameradinnen in der Schule. Ihren Kummer verbarg sie hinter einem rauhbeinigen, burschikosen Gehabe. Die anderen Mädchen, die ständig die Köpfe zusammensteckten und über Jungs kicherten, waren ja so etwas von blöd!

Francescas bester Freund war Jesse, der fünfzehnjährige Sohn von Jeremiah, Willowbrooks früherem Top-Jockey. Jetzt, im Alter von zweiundvierzig, war Jeremiah von der Bühne der umjubelten Jockeystars abgetreten und widmete sich wieder dem Geschäft des Pferdetrainings, in dem es weniger halsbrecherisch zuging. Dabei arbeitete er eng mit Willy und Devon zusammen, und sein Interesse galt hierbei insbesondere der Schulung von Willowbrooks jungen, aufstrebenden Jockeys.

In den Jahren seiner Starkarriere hatte Jeremiah mit Preisgeldern genügend Vermögen gemacht, um sich ein komfortables Haus auf einem Stück Land zu bauen, das er Devon abgekauft hatte.

Durch die unmittelbare Nachbarschaft waren Jesse und Francesca praktisch wie Geschwister aufgewachsen. Sie hatten so viel gemeinsam – beide waren sie verrückt nach Pferden, beide wollten sie Jockeys werden, beide gingen sie für ihr Leben gerne schwimmen und angeln.

Jetzt saßen die beiden wieder einmal am Ufer des kleinen Flusses, der die Grenze zwischen Jeremiahs und Devons Land bildete. Es war ihr Lieblingsplatz im Sommer. Fast jeden Morgen trafen sie sich hier, angelten ein bißchen, und dann, wenn die Sonne gegen Mittag vom Himmel brannte, sprangen sie einfach so, wie sie waren, in Hemd und Shorts ins Wasser, um sich abzukühlen, gegen die Strömung zu kraulen und sich kreischend vor Vergnügen naßzuspritzen. Dann stiegen sie wieder an Land, nahmen ihren Fisch aus und brieten ihn am Lagerfeuer. Nach dem Essen dösten sie noch ein paar Stunden in der Sonne und erzählten sich etwas.

»Mag ja sein, daß ich nicht so braun wie du bin«, gab Francesca zähneknirschend zu, »aber dafür kann ich schneller rennen als du! Wetten? Von hier bis zum Stall!« Diese Herausforderung gehörte ebenfalls zu ihrem täglichen Ritual, doch bisher war Jesse immer schneller gewesen als sie.

»Ha!« Jesse sprang auf die Füße. »Das wollen wir doch mal sehen! Los, ich geb' dir 'n Stück Vorsprung, weil du 'n Mädchen bist!«

»Weil ich 'n Mädchen bin!« stieß Frankie wutentbrannt hervor und sprang genauso schnell wie Jesse auf die Füße.

»Haha!« lachte Jesse. »Dich kann man aber auch mit den kleinsten Dingen auf die Palme bringen! Warum findest du es eigentlich so schlimm, ein Mädchen zu sein?«

Rot vor Zorn und vor Scham wandte sie sich ab. Wie gerne wäre sie auch ein Junge! Dann hätte sie keine Sorgen, ob sie schön genug sei oder wann ihr jetzt endlich der Busen wachsen würde. Den anderen Mädchen mit ihren Petticoats, Büstenhaltern und eingedrehten Haaren fühlte sie sich immer so schrecklich unterlegen.

»Wenn du mich nochmal ärgerst, Jesse Washington«, drohte sie wild, »dann hau' ich dich wie ein Junge! Los, und jetzt rennen wir um die Wette. Und du gibst mir *keinen* Vorsprung, verstanden?«

Jesse machte sich bereit. »Auf die Plätze – fertig – los!«

Er gab Francesca keinen Vorsprung, aber er überließ ihr die Führung – bis kurz vor dem Ziel. Und dann schlug er sie um gerade eine Nasenlänge. Er wollte nett zu ihr sein, aber er wollte auch nicht verlieren.

2

»Wie findest du ihn?« fragte Jeremiah Willy und deutete mit dem Kopf auf den jungen Jockey, der auf Royal Flushs Rücken vor ihren Augen über die Rennbahn von Willowbrook galoppierte. Die beiden Männer standen am weißen Begrenzungszaun, beide in der gleichen Haltung: die Ellbogen auf die oberste Planke gestützt, den linken Fuß auf die unterste.

»Pferd ist besser als der Junge«, knurrte Willy in seiner üblichen lapidaren Art. »'N Draufgänger.«

Jimmy Pritchard war ein Jockey, der aufs Ganze ging. Er scheute kein Risiko. Damit hatte er zwar schon so manche Siegestrophäe für Willowbrook geholt, doch auf die Dauer verschliß er das Pferd mit dieser Methode. Er ritt es bis auf die Knochen nieder und paßte sich nicht etwa an die Eigenarten des Pferdes an, sondern erwartete umgekehrt, daß sich das Pferd an *seine* Tour anpaßte. Jeremiah wußte, daß es so nicht weitergehen konnte. »Man muß ihn mehr an die Kandare nehmen«, murmelte Jeremiah mehr zu sich selbst als zu Willy.

»Vergiß es«, erwiderte Willy und drehte sich um.

»Du magst ihn nicht sonderlich, stimmt's?« fragte Jeremiah und schaute den alten Mann von der Seite an, während sie gemächlich zum Stall zurückstapften. Willy ging inzwischen auf die Achtzig zu, aber er war noch so aufrecht und kraftvoll, daß er es mit so manchem deutlich Jüngeren aufnehmen konnte. Jeremiah wußte, daß er, wenn Willy eines Tages einmal nicht mehr sein sollte, den Titel des Cheftrainers von Willowbrook erben würde, doch er sehnte den Tag weiß Gott nicht herbei. Er hing an dem alten Mann wie an seinem eigenen Vater. Was hatte er ihm nicht alles zu verdanken! Alles, was Jeremiah über Pferde wußte, hatte er von Willy gelernt.

»Ob ich ihn mag?« Willy zuckte die Achseln. »Hat mit mögen nichts zu tun. Der lernt's nur, wenn er auf die Schnauze fliegt. Einer, der zu schön ist, um auf seinen Trainer zu hören, fliegt eines Tages auf die Schnauze. Ist so sicher wie das Amen in der Kirche. Trotzdem können wir so jemanden nicht brauchen.«

Jeremiah nickte zustimmend. Andererseits war Pritchard nun einmal ein verdammt guter Jockey. »Ich werd' mal mit ihm reden«, murmelte er.

»Kannste dir sparen. Läßt sich doch von dir nix sagen.« Willy blieb stehen und schaute ihn vielsagend an.

»Du meinst, weil ich schwarz bin?« fragte Jeremiah herausfordernd. Er wußte, daß Willy ihm gegenüber keine Vorurteile hatte, aber die Gesellschaft, die sie umgab, war nun einmal rassistisch.

»So isses«, sagte Willy und steckte die Hände in seine zerbeulten Jeanstaschen.

Nervös fuhr sich Jeremiah mit der Hand übers Gesicht. »Hm. So schnell geb' ich aber nun mal nicht auf«, brummte er. »Der Junge hat Pfeffer im Arsch.«

»Dann tritt ihm mal rein, aber anständig. Oder gleich noch 'ne Etage tiefer.«

Jeremiah lachte über die drastischen Ausdrücke des alten Mannes. Eines hatte er in der Tat von Willy bisher noch nicht gelernt – anderen Anweisungen zu erteilen. Befehle hatte er bisher immer nur Pferden, nie Menschen gegeben. Ansonsten war er sein ganzes Leben Befehls*empfänger* gewesen. Jetzt hatte er auf einmal vier Jockeys unter sich. Sie waren allesamt weiß und hatten von daher Schwierigkeiten, ihn, der zwar ein berühmter Alt-Jockey, aber eben doch ›nur ein Schwarzer‹ war, als ihren Boß zu betrachten. Immer die gleiche Geschichte, dachte Jeremiah resigniert. Es gab berühmte schwarze Sportler, aber keinen schwarzen Trainer, berühmte schwarze Sänger, aber keine schwarzen Produzenten. Sein bisheriges Leben hatte er abgeschirmt von der rauhen Welt des Rassismus in der friedlichen Enklave von Willowbrook verbracht, in der man Schwarze mit dem gleichen Respekt wie Weiße behandelte. Wenn er davon hörte, wie Schwarze wegen ihrer Hautfarbe benachteiligt wurden, hatte er diese Ungerechtigkeiten stets verharmlost, um sich nicht wirklich damit auseinandersetzen zu müssen. Jetzt war er auf einmal selber damit konfrontiert, und das war eine gänzlich neue Situation für ihn. Aber da mußte er durch, sonst würde er sich nie Respekt verschaffen können. Und Pritchard würde die Feuerprobe sein.

»Ich geb' ihm eine letzte Chance«, sagte Jeremiah in betont lässigem Ton.

»Denk bloß nicht, daß er dir dafür dankbar ist«, knurrte Willy. »Und schon gar nicht, daß er sich deshalb von dir was sagen läßt.«

Jermemiah zuckte die Achseln. »Wir werden sehen.«

Die beiden Männer waren vor dem Büro angekommen.

»Kommste rein auf 'n Drink?« fragte Willy.

Jeremiah grinste. Es war für ihn ein Phänomen, daß Willy am hellichten Nachmittag in drückender Hitze sich einen doppelten Whiskey genehmigen und anschließend ohne mit der Wimper zu zucken bis zum Einbruch der Dämmerung arbeiten konnte. »Nee, danke«, sagte er kichernd. »Wir sehen uns später.«

Devon schaute von ihrem Buchhaltungs-Journal auf, als Willy zur Tür hereinkam. »Ärger?« fragte sie, als sie das Stirnrunzeln in seinem Gesicht sah.

»Pritchard.« Mehr brauchte Willy nicht zu sagen. In den zwanzig Jahren ihrer Zusammenarbeit hatten sie gelernt, sich fast wortlos zu verständigen.

Der alte Mann zog die obere Schublade seines schweren eichenen Schreibtischs auf und holte eine Whiskeyflasche heraus. »Drink?« fragte er.

»'N halben« erwiderte Devon von ihrem Schreibtisch aus. Sie stand auf, füllte ein Whiskeyglas zur Hälfte mit Wasser und hielt es Willy hin, der einen anständigen Schuß darüberkippte. Dann nahm er aus der offenen Schublade sein eigenes Glas und füllte es randvoll mit dem edlen Branntwein. Mehr als einen doppelten trank er nie am Nachmittag, aber ohne den ging es auch nicht, das gehörte einfach zu seinem täglichen Ritual.

Devon setzte sich wieder an ihren Tisch und stützte den Kopf in die Hände. »Und was hat Jeremiah mit ihm vor?« fragte sie beklommen.

»Will mit ihm reden«, erwiderte Willy. Er saß auf seinem Tisch, die Füße auf der Stuhllehne.

Sie lehnte sich in ihren Sessel zurück und schlug die Beine übereinander. »Wird er wohl auf taube Ohren stoßen«, seufzte sie.

»Meine Rede.« Willy nahm seine staubige BROOKLYN DODGERS vom Kopf und legte sie neben sich auf den Tisch. Es war nicht dieselbe Mütze, die er vor zwanzig Jahren getragen hatte, aber sie glich seiner alten aufs Haar.

»Tja, so einen guten Jockey wie Jeremiah findet man eben nur alle hundert Jahre einmal«, sagte sie.

»So isses«, pflichtete er ihr bei.

Devon nickte bedächtig mit dem Kopf, dann wandte sie sich wieder ihrem Journal zu. Und auch Willy setzte sich auf seinen Stuhl und machte sich an seine Papiere. Eine Weile arbeiteten sie so, jeder für sich, schweigend, bis das Telefon auf Devons Schreibtisch klingelte.

»Ist es schon so spät?« rief Devon überrascht. »Ja, ich komme gleich, Mama.«

Devon hängte ein und stand auf. »Kommst du auch zu Alices Geburtstagsparty? Ist 'n runder.«

»Achtzig, nicht?«

»Mmmh.«

»Hat sich gut gehalten, für achtzig.«

Verblüfft drehte sich Devon zu ihm um. »Ich glaub', ich hör nicht recht«, frotzelte sie. »Du hast gerade 'ner Dame 'n Kompliment gemacht, hä?«

»Mach mich nicht an«, grunzte Willy, ohne ein Grinsen unterdrücken zu können. »Klar komm' ich.«

Zaghaft klopfte Francesca an Laurels Tür. »Oma?« fragte sie leise.

»Komm rein, Liebes!« klang es freundlich von drinnen.

Francesca öffnete die Tür und trat ein wenig schüchtern ein.

»Oh, schaust du aber heute schön aus!« rief Laurel bewundernd.

Francesca lächelte. Ihre Oma fand immer, daß sie schön aussah.

»Komm, laß dich einmal aus der Nähe betrachten«, bat Laurel.

Das Mädchen gehorchte und kam mit kleinen Schritten über die blank gebohnerten Eichendielen zu dem kunstvoll geschnitzten Frisiertisch aus Kirschbaumholz herüber, an dem Laurel saß und letzte Hand an ihr Make-up legte. Francesca bewunderte ihre Oma. Sie war eine richtige Dame! Immer roch sie aufregend nach Orangenblüten. Alles an ihr war weich und lieblich. Selbst ihr Zimmer, ganz in zarten Pastelltönen gehalten, wirkte so freundlich und warm. Immer wenn sie in Omas Zimmer kam, fühlte sie sich sofort behaglich und wohl. Oma sah heute wieder einmal wunderschön aus – sie trug ein schimmerndes silbergraues Seidenkleid, in dem sich ihre schneeweißen Haare zu spiegeln schienen.

»Dreh dich doch mal, mein Kind«, forderte Laurel ihre Enkelin auf.

Verlegen raffte Francesca den Rock ihres rosa Kleides und drehte sich mit trippelnden Schritten vor ihrer Oma im Kreise. »Mama hat mir erlaubt, Seidenstrümpfe und Schuhe mit Absatz anzuziehen!« erklärte sie, atemlos vor Stolz. Sie hatte sich selbst im Spiegel kaum wiedererkannt. Auf einmal fühlte sie sich ganz und gar nicht mehr wie ein jungenhafter Wildfang. Sie kam sich fast ein bißchen hübsch vor.

Wohlgefällig ruhte Laurels Blick auf ihrer Enkelin. »Und mit dieser Frisur schaust du richtig erwachsen aus!« sagte sie anerkennend. Ihre Enkelin hatte sich ihre schwarzen Locken von ihrer Mama zu einer Hochfrisur stecken lassen.

Impulsiv umarmte das Mädchen seine Oma. Wie glücklich war sie, endlich erwachsen auszusehen! »Ich bin so froh, daß du jetzt bei uns wohnst!« flüsterte sie und drückte ihre Oma so fest sie konnte an sich.

»Ja, das bin ich auch«, lächelte Laurel. »Ohne Chase war ich schon sehr allein auf Evergreen.«

Francesca lehnte sich zurück und betrachtete ihre Oma mit großen Augen. »Denkst du oft an Opa?« fragte sie scheu.

Ein wehmütiges Lächeln glitt über Laurels Züge, und für einen Moment schien sie Francescas Anwesenheit zu vergessen. »Sechzig Jahre waren wir zusammen ...«, murmelte sie wie zu sich selbst.

»Sechzig Jahre!« staunte Francesca. »Ist das lange!«

»Sechzig Jahre, die wie im Flug vergangen sind. Es ist wie ein Traum ...«

Ehrfürchtig schwieg Francesca. Sie spürte, daß sich ihre Oma gerade an etwas sehr Schönes erinnerte und wollte sie dabei nicht stören.

Plötzlich schüttelte Laurel wie verwirrt den Kopf und stand auf. »Manchmal vergesse ich völlig, daß er nicht mehr am Leben ist«, gestand sie. »Mir ist, als würde ich seine Nähe spüren, hier und jetzt!«

»Glaubst du an Geister?« fragte Francesca atemlos und folgte ihrer Oma in die angrenzende Kleiderkammer.

Laurel schaltete das Licht an und setzte sich auf eine kleine Bank gegenüber der Tür. Über ihrem Kopf an der Wand hing ein langes Regal, in dem alle ihre Schuhe sorgfältig aufgereiht standen. Sie schien über Francescas Frage nachzudenken. »Früher hätte ich dir geantwortet, daß es natürlich *keine* Geister gibt. Aber wenn man dann so älter wird ..., dann fängt man doch an, sich Gedanken zu machen, ob es wohl ein Leben nach dem Tode gibt ...«

Francesca hatte sich vor ihrer Oma auf den Boden gesetzt und hielt mit den Armen ihre Knie umschlungen. »Oma«, fragte sie aufmerksam, »hast du Angst vorm Sterben?«

»Ja, irgendwo schon«, antwortete Laurel ehrlich. »Andererseits habe ich so einen starken Wunsch, wieder mit deinem Opa zusammenzukommen. Ich weiß nicht, aber vielleicht ist das im Tod ja möglich.«

»Och, das wünsch' ich mir auch!« brach es aus Francesca heraus. »Dann könnte ich meinen Papa sehen!«

Wehmütig blickte Laurel auf ihre Enkelin nieder. Sie schenkte ihr ein warmherziges Lächeln. »Es tut mir so leid, mein Kind, daß du deinen Vater nie kennengelernt hast. Ich hab' ihn auch nicht gekannt. Aber er war ein Held und ein wunderbarer Mensch, das weiß ich. Und ich bin sicher, daß du eines Tages auch einmal einen Mann heiraten wirst, der so heldenhaft und tapfer ist, wie dein Papa es war!«

Francesca rümpfte die Nase. »Ich werde nie im Leben heiraten!« erklärte sie. »Heiraten ist was für blöde Mädchen, nicht für mich! Ich werde einmal ein berühmter Jockey!«

Laurel stand auf und suchte sich aus dem Regal ein Paar silbergraue Pumps aus. Sie setzte sich wieder und zog sich die Schuhe an. »Gefallen dir denn Jungs überhaupt nicht?« fragte sie ihre Enkelin mit einem milden Lächeln.

»Jungs sind in Ordnung«, gab Francesca gönnerhaft zu. »Es sind die Mädchen, die einfach so dumm sind!«

»Na, dann versteh ich nicht, warum du dein Leben nicht mit einem Jungen ... ich meine, einem Mann verbringen willst?«

Francesca zog die Stirn kraus. »Ja, das ist es ja eben ... Jungs mögen einfach keine Mädchen wie mich. Sie mögen Mädchen wie Melissa Parrish oder Kendra Wilkes. Mädchen, die immer nur in schönen Kleidern rumlaufen und ... na ja, du weißt schon, was ich meine, Oma!«

Laurel lachte leise und stand auf. »Du bist eine ganz hübsche junge Dame, Francesca!« sagte sie. »Du weißt es nur noch nicht. Wart nur ab! In ein, zwei Jahren laufen dir so viele Jungs hinterher, daß du dich gar nicht mehr vor ihnen retten kannst!«

Sie zwinkerte ihr zu und verließ den Ankleideraum, gefolgt von Francesca, die ein sehr nachdenkliches Gesicht machte. Kurz bevor Laurel das Licht in der Kammer löschte, erhaschte Francesca noch einen Blick von sich in der großen Spiegeltür. Sie sah ein langbeiniges Mädchen mit einem ausdrucksvollen Gesicht, dichten schwarzen Locken und leicht schräg stehenden, grünen Augen. Aber sie hätte viel lieber ein anderes Bild von sich gesehen: das Bild einer zierlichen Blondine mit üppigem Busen, glatten Haaren, Stupsnase und runden, blauen Augen. Oma hatte ja keine Ahnung! Sie hatte ja keinen blassen Schimmer, auf was für Mädchen Jungs standen!

3

»Mama, das ist der Mann, mit dem du vor Papa verheiratet warst, stimmt's?« fragte Francesca und zeigte auf das alte Schwarz-Weiß-Foto, das eingerahmt an der Wand hing.

Devon war mit ihrer Tochter für die Rennsaison im August nach Saratoga Springs gefahren und besuchte mit ihr gerade das Nationale

Pferderennsport-Museum, das erst vor zwei Jahren eröffnet worden war. Der Museumsdirektor, der Devon seit vielen Jahren kannte – nicht zuletzt aufgrund ihrer großzügigen Spenden für den Aufbau dieses Museums – hatte sie erst vor ein paar Wochen angerufen, um zu fragen, ob sie nicht alte Fotos aus den Anfängen ihrer Rennsportaktivitäten hätte, und sie hatte ihm umgehend eine ganze Kiste voll geschickt. Jetzt sah sie überrascht, daß die meisten davon als Ausstellungsobjekte ausgewählt worden waren.

Aufmerksam betrachtete Francesca das große Foto, auf dem John Alexander abgebildet war. Liebevoll hatte er einen Arm um Devon gelegt, in der anderen Hand hielt er die Zügel eines rassigen Vollblüters.

Beim Anblick des Bildes gab es Devon einen Stich. Mein Gott, waren das Zeiten gewesen. Die vielen Streitereien mit John, die Konkurrenz mit Willy! Nichts von alledem war auf dem Foto zu erkennen. Ein strahlendes junges Paar, das keinen Zwist zu kennen schien.

»Ja«, murmelte Devon. »Das war mein erster Mann.«

»John Alexander«, las das Mädchen. »Wieso hab' ich ihn eigentlich nie kennengelernt?«

»Weil er in Genf lebt, Liebes. Dort macht er ganz wichtige Sachen für unsere Regierung.«

»Und warum besucht er uns nie?«

Devon zuckte die Achseln. »Was weiß ich?«

»Er sieht sehr gut aus. Sah mein Papa auch so gut aus?«

»Ja, dein Vater sah auch sehr gut aus. Und vor allem hatte er einen hinreißenden Charme. Aber ich hab' dir doch Fotos von ihm gezeigt!« wunderte sich Devon.

Francesca wandte ihren Blick von dem Foto ab und schaute ihrer Mutter geradewegs in die Augen. »Welchen von beiden hast du mehr liebgehabt, Mama?«

Die Frage traf Devon völlig unerwartet. Was sollte sie antworten? Sie überlegte einen Moment. »Ich habe sie beide von ganzem Herzen geliebt«, sagte sie dann, »aber jeden auf andere Weise.«

»Wenn du John Alexander von ganzem Herzen geliebt hast, warum hast du dich dann von ihm scheiden lassen?«

Devon seufzte. Sie versuchte, sich an die Zeit zu erinnern, die ihrer Scheidung vorausgegangen war. Gestritten hatten sie, ständig. Worüber eigentlich? Wie hatte es kommen können, daß ihre Streitigkeiten so überhand genommen hatten, daß von ihrer Liebe nichts mehr übriggeblieben war? »Ich …«, stotterte sie, »um ehrlich zu sein – ich weiß es auch nicht. Wir haben uns einfach auseinandergelebt.«

»War er häßlich zu dir?«

Devon mußte lächeln. »Aber nein. Dazu war er viel zu sehr Kavalier. Nein, er war der netteste Mensch auf der Welt. Aber er ... er wollte einfach andere Dinge vom Leben als ich.«

»Und hat er sie bekommen, diese ... anderen Dinge?«

Was die Kleine für Fragen stellte! Devon mußte überlegen. John hatte seine Immobilienfirma in New York verkauft, um sich ganz seiner Geheimdienst-Karriere zu widmen, was in der Regel mit ›besondere Tätigkeiten im Auftrag der Regierung‹ umschrieben wurde. Dieses Bild von ihm paßte nicht mehr recht mit dem zusammen, das sie in den Jahren ihrer Ehe von ihm gewonnen hatte. John hatte immer hart gearbeitet, aber er war nie ein Workaholic gewesen. Stets hatte er auch die angenehmen Seiten des Lebens zu genießen gewußt. Von dem bißchen, was sie überhaupt über seine jetzige Arbeit wußte, mußte sie annehmen, daß er sich sehr verändert hatte. Trotzdem erschien sein Name auch immer wieder mal in irgendwelchen Klatschkolumnen im Zusammenhang mit schönen Frauen, die alle deutlich jünger waren als er.

»Ich kann dir nicht sagen, Francesca, ob er bekommen hat, was er sich vom Leben erwartet hat«, sagte sie leise. »Denn ich muß zugeben, daß ich ihn kaum mehr kenne. Er hat sich sehr verändert.«

»Haßt du ihn?«

»Aber nicht doch!« rief Devon erschrocken. Lächelnd schüttelte sie den Kopf. Wenn sie an John dachte – dann kamen immer nur schöne Erinnerungen. Sie war froh, daß sie die unschönen vergessen hatte.

»Liebst du ihn dann noch?«

Devon war die Unbekümmertheit, mit der Francesca drauflosplapperte, ein wenig peinlich, und so warf sie schnell einen verstohlenen Blick um sich, ob irgendein anderer Museumsbesucher ihre Frage gehört hatte. Doch sie waren zum Glück allein im Raum. »Wie soll ich ihn denn lieben, Francesca«, flüsterte sie, »wenn ich ihn doch gar nicht mehr kenne?«

»Und liebt *er* dich noch?« Francesca war hartnäckig.

Devon seufzte gequält. »Francesca, ich sagte dir doch bereits, daß wir uns beide einvernehmlich getrennt haben.«

»Aber warum denn?«

»Francesca, deine Fragerei strapaziert mich. Das Thema ist mir unangenehm, und deshalb möchte ich gerne über etwas anderes reden.« Abrupt wandte sie sich ab und tat so, als betrachtete sie interessiert ein paar Fotos in einem Schaukasten. Doch schon ein paar Sekunden später bereute Devon, daß sie ihre Tochter so brüsk von abgewiesen hatte. Es war doch nur verständlich, daß die Kleine mehr über John und ihren eigenen Vater wissen wollte!

Francesca aber schien die Abfuhr schon längst wieder vergessen zu haben. »Schau, Mama, schau!« rief sie in dem Moment begeistert. »Hier steht, daß du die erste weibliche Trainerin bist, die es geschafft hat, sich ihren Platz unter den berühmtesten Pferdetrainern der Welt zu erobern! Devon Somerset-Smith war eine Pionierin auf dem Gebiet des Pferderennsports, die die Willowbrook-Farm von einem kränkelnden Unternehmen in einen der international angesehensten Rennställe und Gestüte verwandelt hat. Schau, Mama, da ist auch ein Bild von Willy. Uiih, und da auch eins von Jeremiah!« Mit glänzenden Augen blickte sie zu ihrer Mutter auf. »Wenn ich groß bin, möchte ich auch auf so einem Foto sein!« gestand sie verlegen.

Devon lächelte. »Mit Sicherheit! Eines Tages wirst du die Herrin von Willowbrook sein!«

»Ach nein, das mein' ich doch nicht!« rief Francesca enttäuscht. »Ich will doch Jockey werden!«

Devon erstarrte. Dann, in einer plötzlichen Aufwallung von Panik, stürzte sie auf ihre Tochter zu, packte sie an den Schultern und schüttelte sie heftig. »Nein, das wirst du nicht!« schrie sie sie fast an.

Francesca war völlig perplex. Sprachlos schaute sie in Devons Gesicht, das auf einmal kreidebleich war. »Warum denn?« fragte sie entgeistert.

Devon, die die Angst in den Augen ihrer Tochter sah, fand augenblicklich ihre Fassung wieder. »Weil Jockey ein sehr gefährlicher Beruf ist«, erklärte sie in beherrschtem Ton. »Reiten, weil es einem Spaß macht, ist eine Sache. Aber Jockeys sind ständig mit sehr riskanten Situationen konfrontiert, in denen viel passieren kann. Schon manch einer ist dabei zum Krüppel geworden.«

»Ach, das weiß ich doch!« Mit einer Handbewegung wischte Francesca die Bedenken ihrer Mutter beiseite.

»Ich ... ich will aber nicht, daß du diesen Beruf ergreifst, Francesca!« Devon wunderte sich selbst über die Heftigkeit ihrer Gefühle. »Du bist eine sehr gute Reiterin, das weiß ich. Aber Jockey sein ist noch einmal etwas ganz anderes. Außerdem – du mußt doch nicht, nur weil *ich* beruflich mit Pferden zu tun habe, nun partout ebenfalls in dieses Geschäft einsteigen. Du kannst doch alles andere werden – Malerin, Ärztin, Fotomodell, was immer du willst!«

Energisch reckte Francesca ihr Kinn und schaute ihrer Mutter herausfordernd in die Augen. »Ich will aber Jockey werden!« beharrte sie.

Devon beschloß, die Diskussion abzubrechen. Zum Glück war ihre Tochter ja erst dreizehn. Und Dreizehnjährige träumten vor sich hin, wollten heute dies, morgen das. Wenn sie erst einmal ihren ersten Freund hätte, würde die Sache sowieso gleich ganz anders aussehen. Je mehr sie jetzt gegen Francescas Berufswunsch argumentierte, desto mehr würde sie sich darauf versteifen. Denn eines hatte ihre Tochter mit Sicherheit von ihr geerbt – ihren knallharten Dickschädel.

4

Devon war die Schirmherrin des Benefiz-Balles zugunsten des Pferderennsport-Museums von Saratoga. So war sie denn schon in aller Herrgottsfrühe auf den Beinen, denn sie mußte noch tausend Dinge erledigen und vor allem in der Stadt etliche Sachen besorgen, die für den Ball benötigt wurden. Wie immer, hatte sie auch Francesca schon früh geweckt, denn sie wollte das quirlige Mädchen nicht daheim lassen, wenn sie in die Stadt ging, um Besorgungen zu machen.

»Warum muß ich denn unbedingt mitkommen?« maulte Francesca, die noch nie gerne früh aufgestanden war. Genervt lief sie an der Seite ihrer Mutter die enge Gasse entlang, die von malerischen Häuschen im viktorianischen Zuckerbäcker-Stil gesäumt war. Sie selbst wohnten dieses Jahr wieder in demselben Haus, das sie sich schon seit zehn Jahren für die Saratoga-Saison im August mieteten. Mit dem Ziegeldach und den knallroten Fensterläden sah es wie das Hexenhäuschen aus dem Märchenbuch aus. Francesca liebte es über alles.

Doch was Francesca nicht ausstehen konnte, war, vor Morgengrauen aufzustehen und dann den ganzen Tag ihrer Mutter hinterherzurennen, die ihren Geschäften nachging. Wie gerne wäre sie daheim bei der Oma geblieben!

»Mutter ist aber inzwischen zu alt, um den ganzen Tag auf dich aufzupassen«, beharrte Devon. »Sie braucht Ruhe.«

»Ich brauche aber auch Ruhe!« jammerte Francesca. »Ich bin hundemüde! Und außerdem hasse ich Bälle!«

Devon seufzte stumm. Man hatte ihr ja gesagt, daß Dreizehn ein schwieriges Alter sei und daß jetzt die ganzen Pubertätsprobleme losgehen würden. Bisher waren sie und ihre Tochter unzertrennlich gewesen. Wohin sie auch ging – Francesca wollte immer mit. Warum wehrte sie sich jetzt auf einmal gegen etwas, von dem sie bis vor kurzem noch begeistert war?

»Du gehst doch sowieso nicht auf den Ball«, erwiderte Devon leicht gereizt, »ich weiß gar nicht, was du hast.«

Mit der typischen Widersprüchlichkeit einer Dreizehnjährigen empörte sich Francesca prompt: »Und warum darf ich nicht auf den Ball?!«

Devon blieb mitten auf dem Gehsteig stehen und drehte sich zu ihrer Tochter um. »Sag mal, weißt du eigentlich, wie alt du bist? Dreizehn! Mit dreizehn geht man noch nicht auf einen Ball!«

»Und wann darf ich dann?« beharrte Francesca.

»Das weißt du ganz genau«, antwortete Devon in scharfem Ton. »Mit sechzehn!«

»Elise Whitney hat aber gesagt, daß ihre Mutter es ihr jetzt schon erlaubt. Und sie ist erst fünfzehn!«

»Sie geht auf die Nachmittags-Cotillion, das ist etwas anderes als der Ball, und das weißt du auch! Natürlich kannst du ebenfalls gerne auf die Nachmittags-Cotillion gehen, aber du sagst doch immer, daß du solche Veranstaltungen haßt!«

»Tu' ich ja auch! Ich hab' überhaupt keine Lust, auf so 'ne blöde Cotillion zu gehen!«

Devon gab es auf und wandte sich wieder zum Gehen. »Na, dann …«

»Aber Elise …«

»Francesca!« Ungehalten unterbrach Devon ihre Tochter. »Es reicht mir langsam! Und eines solltest du doch inzwischen mitbekommen haben – daß ich mich einen feuchten Kehricht drum schere, was andere Mütter ihren Töchtern erlauben und was nicht. Ich habe meine eigenen Erziehungsprinzipien und damit basta!«

»Alles nur, weil ich keinen Vater habe!« heulte Francesca los. »Wenn ich einen Vater hätte, wär' alles viel einfacher. Dauernd verbietest du mir irgendwas. Die Mütter der anderen Mädchen sagen immer: geh und frag deinen Vater!«

Devon schwieg betroffen. So verärgert sie auch über Francesca war, so sehr konnte sie doch die Sehnsucht ihrer Tochter nach einem Vater verstehen.

»Kind«, sagte sie leise. »Ich kann doch auch nichts dafür, daß du keinen Vater hast. Ich wünschte mir ja selber, daß es anders wäre.«

Francesca brach in Tränen aus. Zum einen, weil sie so gerne einen

Papa hätte, zum anderen, weil sie spürte, wie traurig auch ihre Mama darüber war, keinen Mann an ihrer Seite zu haben.

»Mama, ich … es tut mir so leid«, schluchzte sie. Sie hatte doch ihrer Mutter nicht weh tun wollen!

Devon lächelte mitfühlend. »Ist schon gut, mein Kind.« Sie legte den Arm um Francescas Schulter und zog sie an sich. In letzter Zeit hatte sich ihre Tochter gegen solcherlei Annäherungen stets heftig gewehrt, nun aber kuschelte sie sich noch enger an ihre Mama, als bräuchte sie gerade jetzt nichts so sehr wie mütterlichen Trost.

»Mama?« flüsterte sie.

»Ja?«

»Hast du schon mal daran gedacht, wieder zu heiraten? Alle anderen Mädchen …« Sie biß sich auf die Lippen, als sie an die Worte ihrer Mutter dachte.

»Nein. Ich hab' bisher noch niemanden gefunden, den ich so liebe, daß ich ihn heiraten wollte.«

»Und was ist mit Mr. Wilder? Der ist doch sehr nett.«

Devon mußte lächeln. »Er ist nur ein guter Freund, Liebes.«

»Benimmt sich aber nicht so, als ob er nur 'n guter Freund wäre«, gab Francesca keck zurück.

Devon dachte an Mason Wilder, den Herausgeber des *Washington Telegraph*, der seit vier Jahren ihr ständiger Begleiter war. Sie mochte ihn sehr, aber sie war nicht in ihn verliebt. Ob *er* in sie verliebt war? Zweimal hatte er ihr schon einen Heiratsantrag gemacht. Aber dabei hatte er ihre gemeinsamen Freunde, ihre gemeinsamen Interessen hervorgehoben. Von Liebe hatte er nicht gesprochen, statt dessen von Respekt und von Freundschaft. Und genau das war es auch, was Devon für ihn empfand – Zuneigung, aber keine Leidenschaft. Was nicht hieß, daß sie nicht gerade auch im Bett hervorragend harmonierten. Es tat gut, von einem Mann begehrt zu werden – ein Gefühl, das vielen Frauen in ihrem Alter nicht mehr vergönnt war. Aber sie hatte weder den Wunsch, ihn zu heiraten, noch hatte sie es nötig.

»Mr. Wilder ist ein sehr netter Mann, Francesca«, sagte sie vorsichtig. »Aber ich möchte ihn nicht heiraten.«

»Glaubst du, daß du noch mal einen Mann finden wirst, den du heiraten magst?«

»Ich weiß es nicht. Vielleicht.«

»Ach, wär das schön!« flüsterte Francesca voller Sehnsucht.

Mason Wilder stand am Fuße der breiten Holztreppe und wartete auf Devon. Er war ein großer, stattlicher Mann mit breiter Brust und sonnengebräunter Haut, die in faszinierendem Kontrast zu seinen schlohweißen Haaren und dem weißen Frack stand, in den er sich für den heutigen Ball geworfen hatte.

Wilder war ein Erfolgsmensch. Beruflich hatte er erreicht, wovon andere nur träumen konnten. Sein Nachrichtenblatt war die führende Washingtoner Tageszeitung, nicht nur, was die Auflage, sondern vor allem, was das journalistische Niveau anbetraf. Er war Akademiker, und so betrieb er auch sein Unternehmen, als ob jede Ausgabe eine eigene Doktorarbeit wäre. Jede Story mußte peinlich genau recherchiert sein. Ein ganzes Heer von hochqualifizierten Reportern schwärmte jeden Tag aus, um Hintergründe zu erforschen, Daten zu erheben, Interviews zu führen und entlastete auf diese Weise die Artikelschreiber in den verschiedenen Ressorts, die sich so ganz der redaktionellen Arbeit widmen konnten. Trotzdem, oder gerade deshalb, gelang es ihm auch immer wieder, mit Sensationsstorys aufzuwarten, denn die Leser vertrauten darauf, daß die Geschichte seriös recherchiert und nicht der effekthascherischen Fantasie eines Redakteurs entsprungen war.

Doch trotz seines Erfolges war Mason Wilder bescheiden genug zu wissen, daß man manche Dinge im Leben nicht erzwingen konnte. Zum Beispiel die Liebe einer Frau.

Vom ersten Augenblick an hatte er sich hoffnungslos in Devon verliebt. Aber er hatte sich sehr wohl gehütet, ihr seine wahren Gefühle zu gestehen, sondern hatte ihr lediglich seine freundschaftliche Sympathie bekundet. Er wußte – Devons Sinn für Fairneß würde es ihr sonst verbieten, eine Beziehung zu einem Mann fortzufahren, dessen Gefühle sie nicht erwidern konnte. Sie würde ihm so taktvoll wie möglich, aber auch mit aller nötigen Klarheit eröffnen, daß sie ihn nicht liebte und deshalb auch nicht heiraten könnte. Mason wußte, daß es so war, und trotzdem würde er es nicht ertragen, diese Worte aus ihrem Munde zu hören. Und so zog er sich zwischendurch für ein paar Tage oder auch eine ganze Woche zurück, um Abstand zu gewinnen, damit sich seine Gefühle für sie wieder ein bißchen abkühlen konnten.

Und dennoch – kaum sah er sie da oben die Treppe herunterkommen, da begann sein Herz schon wieder wie wild zu schlagen. Wie wunderschön sie war! Schon oft hatte man ihm das Kompliment gemacht, daß er, der er vierundsechzig war, höchstens wie knappe

Fünfzig aussah – aber Devon erst! Wie sie in ihrem wehenden, weißen Chiffonkleid da die Treppe heruntergeschwebt kam – eine junge Göttin! Niemand sah ihr ihre einundfünfzig Jahre an. Ihr ebenholzfarbenes Haar glänzte seidig im Abendlicht, und die einzige weiße Strähne an ihrer Stirn gab ihr einen Hauch von Würde. Mit regelmäßiger Gymnastik und sorgsamer Gesichtspflege hatte sie ihren Körper gertenschlank und ihre Haut rosig und glatt gehalten. Selten hatte er eine so schöne Frau gesehen!

Francesca war es, die Mason in ihrer typischen impulsiven Art aus seiner ehrfuchtsvollen Bewunderung herausriß. »Mama sagt, daß ich erst mit sechzehn auf einen Ball darf!« rief sie ihm ohne jede Einleitung schon von weitem entgegen, während sie die Treppe heruntergerast kam und sich mit weit geöffneten Armen an seinen Hals warf.

Mason fing sie lachend auf und wirbelte sie ein paarmal im Kreise herum. »Uff, bist du aber groß geworden!« japste er in gespielter Erschöpfung, als er sie wieder absetzte. »Du bist ja so schwer, daß ich dich kaum noch hochheben kann!«

»Mama meint, daß ich …«, wollte Francesca ihrer Empörung nochmal Ausdruck verleihen, doch Mason unterbrach sie.

»Ja, das hast du doch schon gesagt«, lachte er und gab ihr einen väterlichen Kuß auf die Wange. »Und ich glaube, da hat deine Mama völlig recht. Meine Töchter sind auch erst mit sechzehn zum erstenmal auf einen Ball gegangen.« Mason hatte zwei Töchter, die inzwischen schon lange verheiratet waren. »Aber warum regst du dich denn so darüber auf?« fragte er. »Ich dachte, du magst Bälle nicht.«

»Mag ich ja auch nicht«, erwiderte Francesca trotzig.

Verblüfft schaute Mason sie an. »Ja, warum beklagst du dich dann?«

»Weil …« Francesca überlegte einen Moment. »Weil ich endlich erwachsen sein möchte und tun und lassen können, was ich will!«

Mason warf den Kopf in den Nacken und brach in dröhnendes Gelächter aus, und auch Devon mußte schmunzeln. Francesca hatte keine Ahnung, was die beiden an ihrer Antwort so lustig fanden. »Es gibt nur sehr wenige Erwachsene, Francesca«, klärte Mason sie auf, »die tun und lassen können, was sie wollen. Und die meisten verbringen ihr Leben damit, Dinge zu tun, die sie ganz und gar nicht mögen.«

»Laß dir mit dem Erwachsenwerden ruhig ein bißchen Zeit«, lächelte Devon und gab ihrer Tochter einen Kuß. »Es werden schon noch genug Enttäuschungen auf dich zukommen.«

Aber Francesca, die mit glänzenden Augen dem eleganten Paar nachsah, das nun zur Tür hinausging, wollte nach wie vor nur eines – so schnell wie möglich genauso groß und schön und strahlend werden wie ihre Mama und Mr. Wilder!

5

Weihnachten in New York! Nichts begeisterte Francesca mehr. Die Riesenmetropole, die sonst wie ein grauer Moloch wirkte, verwandelte sich jedes Jahr zu dieser Zeit in ein strahlendes Märchenland, in dem Hunderte von Sternen funkelten, lächelnde Engel herniederschwebten und Tausende von Glöckchen verheißungsvoll klingelten. Auch wenn Francesca die weite, schneebedeckte Winterlandschaft von Virginia liebte, so zog sie doch die aufregende Glitzerwelt Manhattans zu Weihnachten eindeutig vor.

An diesem Morgen, drei Tage vor Weihnachten, stand Francesca, ganz gegen ihre Gewohnheit, in aller Herrgottsfrühe auf. Hastig zog sie sich ihren Pulli und die zerknautschte Kordhose an, die immer noch an der Stelle auf dem Boden lag, wo sie sie am Abend zuvor achtlos hingeworfen hatte. Dann schlüpfte sie in warme Wollsocken, zog ihre Winterstiefel darüber und war für ihr Unternehmen gerüstet. Zum erstenmal würde sie ganz allein, ohne Begleitung eines Erwachsenen, ein Weihnachtsgeschenk für ihre Mama einkaufen gehen! Bis zu Tiffany's in der Fifth Avenue waren es von ihrer New Yorker Stadtvilla nur fünf Minuten zu Fuß. Das ganze Jahr über hatte Francesca jeden Penny gespart und sich beim Ausmisten in den Stallungen noch ein Taschengeld dazuverdient. Und ihre Oma hatte ihr bis zu ihrem Geburtstag im Januar auch noch etwas Geld geliehen, so daß sie insgesamt hundert Dollar zusammen hatte. Das würde sicher für ein schönes Geschenk für die Mama reichen!

Auf Zehenspitzen schlich sie die breite Marmortreppe hinunter. Die Garderobentür quietschte, als sie ihren Mantel herausholen wollte, und sie hielt erschrocken inne.

»Francesca, bist du's?« tönte prompt aus dem Frühstücksraum Alices Stimme.

Das Mädchen zögerte. Sie hatte die Türklinke schon in der Hand. Sollte sie so tun, als hätte sie nichts gehört, und schnell hinauswitschen? Sie wußte, daß sie andernfalls erst frühstücken mußte, und das kam ihr überhaupt nicht gelegen, weil sie es gar nicht erwarten konnte, wegzukommen. Doch dann siegte ihre gute Erziehung.

Langsam stapfte sie durch die Diele zurück und betrat den Frühstücksraum. Strahlendes Sonnenlicht flutete durch die großen Flügeltüren herein, die hinaus auf die Terrasse und in den Garten führten. Der lange antike Tisch mit den hübschen weißen Platzdeckchen und Servietten war einladend mit chinesischem Porzellan zum Frühstück gedeckt.

Alice und Laurel schauten von ihren Zeitschriften auf, als Francesca hereinkam. Jetzt, wo sie alt war, genoß Alice ihren Ruhestand wie eine nahe Verwandte im Kreise der Familie, für die sie ein Leben lang als Dienstmädchen gearbeitet hatte. Sie saß mit ihnen zu Tisch und verbrachte die meiste Zeit des Tages an Laurels Seite mit Häkeln, Lesen und Plaudern.

»Wir sind zwar alt, aber taub sind wir deshalb noch lange nicht!« rief Alice und drohte Francesca augenzwinkernd mit dem Zeigefinger. »Bloß weil deine Mama heute außer Haus ist, brauchst du nicht zu denken, daß keiner ein Auge auf dich hat, meine Kleine. So, jetzt wird erst mal gefrühstückt, wie es sich gehört. Und komm ja nicht noch einmal auf die Idee, hier lautlos aus dem Haus schleichen zu wollen!«

»Ich bin alt genug, selber zu entscheiden, was und wann ich essen mag«, gab Francesca schnippisch zurück.

Laurel traute ihren Ohren nicht. Sie wollte gerade den Mund öffnen, um Francesca zurechtzuweisen, als Alice ihr zuvorkam.

»Oh, da bin ich aber ganz anderer Meinung, junge Dame! Hingesetzt, aber marsch!« Alice stand auf, um einen Teller vom Beistelltisch zu nehmen.

Alices Autorität erstickte jeden Widerspruch im Keim. Wortlos gehorchte Francesca und setzte sich, wenn auch mit demonstrativem Schmollmund, an den Tisch. Nachdem sie ihr Frühstück hinuntergewürgt hatte, fragte sie mit provozierendem Unterton: »So, dann werd' ich ja wohl jetzt endlich gehen dürfen!«

Alice und Laurel warfen sich einen vielsagenden Blick zu. »Nicht, bevor du dich für deinen Ton entschuldigt und höflich darum gebeten hast!« rief Laurel und schaute strafend auf ihre Enkelin.

Francesca kam sich auf einmal wie ein fürchterlicher Rüpel vor. Warum war sie nur so grob zu ihrer Oma, die sie doch so liebhatte! »Tut mir leid«, murmelte sie, »ich war einfach so in Eile. Darf ich jetzt bitte aufstehen?«

»Sicher, mein Kind«, erwiderte Laurel mit gütigem Ton. »Und wo gehst du hin?«

Ein verlegenes Lächeln glitt über Francescas Gesicht. »Mama ein Weihnachtsgeschenk kaufen! Du hast mir doch Geld geliehen, Oma. Und zusammen mit meinen Ersparnissen hab' ich jetzt hundert Dollar! Ich geh' zu Tiffany's!« Francescas Augen leuchteten.

Die beiden Frauen schauten sich gerührt an. »Ja, wenn das so ist, Kindchen«, sagte Laurel, »dann kannst du gerne noch einmal wegen einer weiteren Anleihe auf mich zukommen, falls es nicht reichen sollte!«

»Danke dir, Oma!« rief Francesca und stand auf. Sie hauchte beiden Frauen ein Küßchen auf die Wange und eilte dann hinaus.

Draußen empfing sie ein eisiger Wind, doch sie spürte ihn kaum, so stolz und glücklich war sie. Sie kam sich so erwachsen vor wie noch nie!

Als sie das berühmte Juweliergeschäft erreichte, rauschte sie wie eine kleine Lady durch die breiten Schwingtüren in den riesigen, weihnachtlich geschmückten Verkaufsraum mit der hohen Stuckdecke und den hell erleuchteten Ausstellungsvitrinen. In dichten Scharen drängten sich hier Kauflustige und Verkäufer.

Ein wenig hilflos schaute sie sich um. Dann ging sie zur nächstliegenden Verkaufstheke und beugte sich über den Schaukasten. Männerschmuck war hier ausgelegt. Da war sie also in der falschen Abteilung.

»Entschuldigen Sie ...«, fragte sie einen vorüberhastenden Verkäufer, doch der nahm keine Notiz von ihr.

Unschlüssig schlenderte sie weiter in den hinteren Teil des Raums. Hier glänzten Silberanhänger, Ohrringe, Perlenketten in den Vitrinen. Doch wo sollte sie in dieser verwirrenden Vielfalt ein Geschenk für Devon finden?

Plötzlich spürte sie einen heftigen Schmerz an ihrem Schienbein, stolperte über etwas und verlor beinahe das Gleichgewicht. Sie fing sich wieder, landete dabei jedoch mit dem Gesicht in dem weichen Wollmantel eines Käufers. »Aua!« schrie sie auf. Der Mann, gegen den sie gestolpert war, fuhr herum und griff ihr sogleich hilfreich unter die Arme, doch seine Begleiterin, eine großgewachsene, attraktive Rothaarige fuhr Francesca giftig an: »Kannst du nicht aufpassen, du dummes Ding?!«

Francesca warf ihr einen bösen Blick zu und wollte sich schon beschweren, doch der Mann kam ihr zuvor. »Mein Gott, das kann doch mal passieren«, beschwichtigte er die Dame.

Die Rothaarige schlang ihren weißen Pelz enger um die Schultern und schüttelte unwillig den Kopf. »Ich versteh, nicht, wie manche Eltern ihre Kinder einfach so allein herumlaufen lassen!« ereiferte sie sich.

»Das geht Sie überhaupt nichts an!« fuhr ihr Francesca in die Parade. »Und außerdem darf meine Mama nämlich gar nicht mitkommen, weil ich sie mit einem Geschenk überraschen will!«

»Sag mal, in was für einem Ton redest du denn mit mir?!« empörte sich die Rothaarige.

»Kommt, beruhigt euch!« ging der Mann dazwischen und hob beschwichtigend eine Hand. In seiner anderen Hand hielt er das, was Francesca den heftigen Schmerz am Schienbein verursacht hatte: Es war sein elfenbeinerner Spazierstock mit einem Messingadler als Griff, über den sie gestolpert war.

Der Mann wandte sich wieder Francesca zu, und es fiel ihr auf, was für wunderschöne blaue Augen er hatte. Irgendwie kam er ihr vage bekannt vor, aber sie konnte sich beim besten Willen nicht daran erinnern, wo er ihr schon einmal begegnet war. »So, du willst deiner Mama also ein Weihnachtsgeschenk kaufen?« fragte er sie mit einem freundlichen Lächeln.

»Ja, vielen Dank, Sir, das habe ich vor«, erwiderte Francesca so höflich, wie sie nur konnte.

Der Mann konnte sich ein Lächeln nicht verkneifen. Ihre etwas gespreizte Ausdrucksweise paßte so gar nicht zu ihrem wilden Haar und der kecken Wollmütze.

»Ja, Tiffany's ist ein Riesenladen. Soll ich dir ein bißchen helfen?«

Francescas Augen leuchteten auf. »O ja, das wäre wunderbar!«

»Ach, komm, ich bitte dich!« versuchte die Rothaarige, ihren Begleiter von seinem Vorhaben abzubringen.

Wortlos drehte sich der Mann zu ihr um. Sein gereizter Gesichtsausdruck brachte sie augenblicklich zum Schweigen.

Spitzbübisch schaute Francesca von einem zum andern. Dann sagte sie mit ihrem charmantestem Lächeln: »Ja, ich könnte ein bißchen Hilfe wirklich sehr gut gebrauchen!«

»Na komm, dann schauen wir mal«, schlug der Mann schmunzelnd vor. Er wandte sich seiner Begleiterin zu. »Du kannst gern den Wagen haben. Ich nehm dann ein Taxi.« Und mit einem flüchtigen Kuß auf die Wange ließ er sie einfach mitten im Laden stehen. Sprachlos und mit vor Wut hochrotem Kopf schaute sie ihm hinterher.

Francesca kicherte. »Jetzt ist sie böse, was?« fragte sie den Mann, als sie außer Hörweite waren.

»Keine Angst – sie beruhigt sich immer wieder sehr schnell«, grinste der Mann zurück.

»Es ist wirklich sehr nett von Ihnen, daß Sie mir helfen. Ich hätte nicht gedacht, daß das Geschäft so riesig ist.«

»Dann wollen wir mal loslegen. Wie hoch ist denn dein Etat?« fragte er.

Francesca verstand nicht. »Mein Etat?«

»Wieviel Geld willst du ausgeben?«

»Ich hab' hundert Dollar!« erklärte sie stolz. »Aber meine Oma sagt, ich kann mir noch was von ihr leihen, wenn es nicht reichen sollte.«

»Wie wär's denn mit so etwas?« fragte der Mann und deutete auf eine Vitrine, in der teure Federhalter und Kugelschreiber glitzerten.

»Ein Federhalter? Das wär 'ne tolle Idee! Meine Mama ist nämlich Geschäftsfrau!« erklärte Francesca mit stolzgeschwellter Brust. Doch wie sollte sie an die schönen Stifte herankommen? Ein wenig hilflos blickte sie sich nach einem der Verkäufer um, aber die wirkten alle so beschäftigt. Und sie wollte nicht, noch dazu vor dem netten Mann, noch einmal die Demütigung erleben, einen der Angestellten anzusprechen und einfach ignoriert zu werden.

Doch der Mann brauchte nur dezent mit seinem Zeigefinger auf einen der Füller in der Vitrine zu deuten, und schon tauchte wie aus dem Nichts ein fein gekleideter Herr auf und deutete eine Verbeugung an.

»Sie wünschen, Sir?«

Der Mann tippte Francesca leicht auf die Schulter. »Diese junge Dame würde gerne für ihre Mama ein Weihnachtsgeschenk kaufen«.

»Ah, ja.« Der Verkäufer wandte sich Francesca zu. »Und woran hat die junge Dame da so gedacht?«

»Vielleicht ... ein Federhalter?« fragte Francesca ein wenig unsicher und schaute zu ihrem neuen Freund hoch.

Der Verkäufer öffnete die Vitrine und holte mehrere Schachteln heraus, in deren Samtfutter teure und elegante Federhalter lagen. »Alles Sterling-Silber«, erklärte er. »Ein sehr edles Geschenk.«

Francesca wußte sofort, welcher ihr am meisten gefiel. Er war aus gehämmertem Silber und zusätzlich mit kunstvollen Perlmutt-Einlagen verziert, was ihm einen Hauch von femininer Eleganz verlieh. »Der würde Mama sicherlich gefallen«, flüsterte sie ehrfürchtig. Dann fiel ein Schatten über ihr Gesicht. »Wieviel kostet er denn?«

»Fünfundachtzig Dollar, junges Fräulein.«

Francesca klatschte vor Begeisterung in die Hände. »Au, fein! Dann nehm' ich ihn!«

»Sehr gern, Fräulein. Ich pack' ihn nur noch ein.«

Francesca zahlte, und der Verkäufer überreichte ihr feierlich das Päckchen. »Vielen Dank auch.« Dann wandte er sich an den Mann. »Sir, Ihre Frau wird sich sicherlich sehr über dieses Geschenk freuen.«

Schon wollte Francesca energisch protestieren, doch ein Kniff in die Seite ließ sie verstummen. Und dann auf einmal merkte sie es – sie wünschte sich nichts sehnlicher, als daß die Worte des Verkäufers wahr wären! Wenn doch dieser nette Fremde ihr Vater wäre und ihr immer helfen würde!

»Kann ich dich irgendwo absetzen?« fragte der Mann.

Francesca verzog das Gesicht. Mußte sie ihren neuen Freund denn so schnell schon wieder verlieren? Als der Mann ihren enttäuschten Gesichtsausdruck sah, schaute er auf seine Uhr. »Nun ja, es ist ja noch ein bißchen früh fürs Mittagessen«, murmelte er. »Aber ... wenn wir ganz langsam die Straße langbummeln und uns ganz viel Zeit nehmen, die Schaufensterauslagen zu begucken, dann sind wir ungefähr um halb zwölf im ›Plaza‹. Und da würd' ich dich dann gerne zum Essen einladen.«

Francesca war entzückt. »Au ja! Das wär' toll!« rief sie. Doch dann plötzlich verdüsterte sich ihr Gesicht. »Ich darf aber nicht mit Fremden mitgehen, hat meine Mama gesagt ...«

»Und da hat sie auch völlig recht.« Der Mann nickte verständnisvoll. »Dann ist es wohl besser, wenn ich mich jetzt verabschiede.«

»Och nein, bitte!« Francesca war auf einmal felsenfest davon überzeugt, daß sie diesem Mann vertrauen konnte. Er war überhaupt nicht der Typ von Mann, vor dem ihre Mutter sie immer gewarnt hatte, im Gegenteil. So wie er aussah, könnte er gut einer von ihren Freunden sein. Er trug einen teuren, dunkelblauen Kaschmirmantel und wirkte absolut seriös. Außerdem wurde sie ja schon in ein paar Tagen vierzehn. Sie war schließlich kein Kind mehr!

Als sie das Juweliergeschäft verließen, fiel ihr auf, daß der Mann ein wenig hinkte. Sie wollte ihn schon nach dem Grund fragen, doch dann biß sie sich schnell auf die Zunge, weil ihre Mama ihr beigebracht hatte, daß solche Fragen unhöflich waren.

So bummelten sie denn die Straße entlang, begutachteten ausgiebig die Schaufensterauslagen und kamen schließlich zu den beiden großen Messingtüren, die ins ›Plaza Hotel‹ führten. Der Mann, der wußte, was seiner kleinen Begleiterin gefallen würde, entschied sich für den luftigen ›Palm Court‹ und nicht für den eher düster wirkenden ›Oak Room‹ im hinteren Teil des Hotels.

Als sie sich gesetzt hatten und Francesca ihren Mantel auszog und ihre Mütze ablegte, bemerkte sie, daß der Mann sie auf einmal so eigenartig studierte.

»Ist irgend was?« fragte sie irritiert.

Der Mann schüttelte den Kopf. »Nein, nein … Es ist nur … du erinnerst mich an jemanden. Ein bißchen.«

Oh, das klang ja geheimnisvoll! »An wen denn?« fragte Francesca neugierig.

»Ach«, seufzte der Mann. »An jemanden, den ich vor zwanzig Jahren einmal gekannt habe. Jemand, der mir sehr viel bedeutet hat.«

»Also … als Sie jung waren?«

Der Mann warf den Kopf in den Nacken und lachte schallend. »Ja«, schmunzelte er. »Als ich jung war.«

Francesca errötete ein wenig, ohne recht zu wissen, warum.

»Was möchtest du denn essen?« wechselte der Mann das Thema.

»Ich möchte ein Sandwich und einen Kressesalat«, kam es wie aus der Pistole geschossen. Sie schaute gar nicht auf ihre Speisekarte. »das esse ich am liebsten. Die machen hier immer diese doofe Kruste von den Sandwichs weg, das gefällt mir. Ach«, sie senkte vertraulich die Stimme, »und wenn Sie nichts dagegen haben, hätte ich zum Nachtisch gerne so ein Erdbeertörtchen. Die sind besonders lecker hier.«

Der Mann schien beeindruckt, daß sie hier offenbar Stammgast war, was Francesca gehörig schmeichelte. Als der Ober kam, gab er die Bestellung auf.

Wieder musterte der Mann sie so eigenartig. Plötzlich sagte er: »Ich hab' dich, glaube ich, noch gar nicht nach deinem Namen gefragt. Wie heißt du denn?«

»Frankie.«

»Ach. Ist aber 'n ungewöhnlicher Name für ein Mädchen.«

»Mag ich aber so«, erwiderte sie trotzig. »Eigentlich heiße ich anders«, fügte sie brummig hinzu.

»Tja, Frankie, und ich heiße John. John Alexander.«

Francesca sperrte Mund und Nase auf. Zunächst bekam sie kein Wort heraus. »Sie sind das also!« stieß sie schließlich hervor und starrte ihr Gegenüber mit leuchtenden Augen an.

Verwundert legte der Mann seinen Kopf schief. »Was ist denn?«

»Sie waren mal mit meiner Mama verheiratet!«

Jetzt verlor John für einen Moment die Kontrolle über seine Gesichtszüge. Ungläubig schaute er die Kleine an. Sie war ihm ja von Anfang an so eigentümlich bekannt vorgekommen! Doch auch jetzt war er nicht in der Lage, genau die Züge zu benennen, die ihn an Devon erinnerten. Oder nein – gar nicht mal so an Devon, sondern an … Morgan! Ja, das war es! Morgan. Ein quälender Schmerz fuhr durch seine Brust. Sein einziges Kind. Und jetzt dieses hier vor ihm. Devons Kind. Mit den gleichen pechschwarzen Haaren, dem gleichen Lachen. Einen Augenblick erwachte Morgan zum Leben. Sie war nicht tot, nein, es war alles ein grauenhafter Irrtum. Morgan, seine kleine Morgan saß vor ihm! Selig lächelte er sie an, trank ihre Züge wie ein Verdurstender. Diese über alles geliebten Züge. Aber … nein, irgend etwas stimmte nicht. Es waren doch nicht die gleichen. Sein Herz krampfte sich zusammen. Nein, es war nicht Morgan. Nur ein Kind, das wie Morgan aussah. Wie das Kind von ihm und Devon. Aber dieses Kind hier war nicht von ihm. John Alexander kämpfte mit den Tränen.

»Dann bist du also Francesca«, murmelte er mit erstickter Stimme. Ja, er erinnerte sich an ihre Geburtsanzeige. »Daß ich dich nicht schon viel früher erkannt habe!«

»Sehe ich Mama sehr ähnlich?« fragte sie neugierig.

»Hm …« Er sah das Bitten in ihren Augen und wollte sie nicht enttäuschen. »Doch, da ist eine starke Ähnlichkeit.« Er versuchte, sich Devons Gesicht zu vergegenwärtigen. Ja, jetzt sah er es. Morgan war ihr auch nicht unmittelbar aus dem Gesicht geschnitten gewesen, und dennoch hatte sie Devon in der gleichen Weise geähnelt wie dieses Mädchen hier. »Deine Augen sind grün, nicht meerblau, und dein Teint ist dunkler, aber deine Gesichtsform, dein Knochenbau, dein Mund – das ist ganz die Mama. Doch, da ist eine große Ähnlichkeit.«

Francescas strahlte, doch im gleichen Moment fiel ihr Gesicht wieder in sich zusammen. »Aber …«, stotterte sie. »Mama ist schön … Und ich nicht.« Sie schaute ihn an. Bitte, widersprich mir! sagte ihr Blick.

Ihr schüchternes Bekenntnis rührte ihn. Was war sie doch für ein verletzbares Wesen! Wie gerne würde er sie beschützen, ihr Mut zusprechen! »Wart nur ab. In ein, zwei Jahren …« Als er die Enttäuschung in ihren Augen sah, setzte er schnell nach. »Es ist alles schon da, weißt du? Deine ganze Schönheit, wie eine Knospe. Du mußt nur Selbstvertrauen haben, dann blühst du ganz von alleine auf. Wirklich!« Es war kein leeres Kompliment. Nein, er meinte es ehrlich.

»Mama ist die schönste Frau, die ich je gesehen habe«, sagte Francesca mit glänzenden Augen.

»Ich hab' sie seit Jahren nicht mehr gesehen«, murmelte John, mehr zu sich selbst als zu Francesca. »Würd' mich wirklich interessieren, wie sie sich verändert hat. Natürlich hab' ich immer wieder mal ein Foto von ihr in der Zeitung gesehen, aber da erkennt man die Leute ja kaum wieder.«

»Mama ist viel schöner als auf den Fotos!« rief Francesca eifrig. »Das sagen alle.«

»Alle?«

»Na ja.« Sie schwieg diskret, während der Ober das Essen auftrug. »Mr. Wilder sagt das«, fuhr sie fort, als der Ober wieder verschwunden war.

»Mr. Wilder?« fragte John und nahm einen Bissen von seinem Hühnchen in Pilzsauce.

»Das ist Mamas ›Hausfreund‹, wie sie ihn nennt.« Francesca nahm sich ein Sandwich von der Platte, klappte es auf, sah, daß es mit Ei belegt war, legte es zurück und nahm sich eines mit geräuchertem Schinken.

Plötzlich kam ihr eine Idee. Jetzt könnte sie ja endlich erfahren, was sie immer schon hatte wissen wollen!

»Warum habt ihr euch scheiden lassen?« fragte sie ohne Umschweife.

John stockte der Atem. Weil ihn die direkte Frage schockierte, ... und weil es seinem Herzen einen Stich gab. Aber das Mädchen konnte ja nicht wissen, wie sehr ihn die Erinnerung an die Scheidung jedesmal schmerzte. Und er verstand sehr gut, daß sie diese Frage beschäftigte, noch dazu in ihrem Alter. Er seufzte und schüttelte den Kopf. »Das ist nicht leicht zu beantworten. Es gab verschiedene Gründe.«

»Haben Sie sich nicht mehr geliebt?«

Er schaute auf die Tischdecke hinunter. »O doch ... Aber ... wir wollten einfach zu unterschiedliche Dinge im Leben.«

»Ja, das hat Mama auch immer gesagt.« Ein wenig altklug nickte sie mit dem Kopf.

John schaute ihr in die Augen. »Ist deine Mama glücklich?« fragte er leise.

Jetzt war es an Francesca, verwirrt zu sein. Glücklich? Natürlich war ihre Mama glücklich. Was denn sonst? Konnten Erwachsene überhaupt unglücklich sein? Nie war ihr die Idee gekommen, daß

Mama und ihre Freunde womöglich die gleichen Höhen und Tiefen erlebten, die sie tagtäglich durchmachte. »Ich ... ich denke schon, daß Mama glücklich ist«, stotterte sie. »Ich hab' sie noch nie weinen sehen, außer, als Opa gestorben ist.«

Sie runzelte die Stirn und nahm ihn streng ins Visier. »Haben Sie noch einmal geheiratet?«

»Ja. Aber meine zweite Frau hat sich von mir scheiden lassen.«

»Haben Sie Kinder?«

John schwieg. Es schnürte ihm die Kehle zu. »Ich hatte ein Kind, aber es ist gestorben«, antwortete er mit erstickter Stimme.

Mitfühlend nickte Francesca ihm zu. »Morgan, ich weiß. Jede Woche legen wir Blumen auf ihr Grab, wenn wir in Willowbrook sind. Sie haben auch einmal Blumen geschickt, nicht wahr?«

»Ja«, sagte John mit melancholischem Blick. »Ich habe einmal Blumen geschickt.«

»Ich hab' sie ja nicht gekannt, aber trotzdem wünsch' ich mir, daß sie noch am Leben wäre.« Plötzlich kam ihr ein Gedanke. »Wenn sie noch leben würde, dann wären Sie vielleicht mein Vater geworden!« rief sie begeistert. »Viele Eltern von meinen Freunden bleiben nur wegen der Kinder zusammen. Manchmal, wenn sie streiten, sagen sie das.«

John mußte lächeln, als er ihre glänzenden Augen sah. »Aber dann wärst du ja ganz jemand anderer!« klärte er sie auf. Er winkte dem Ober, den Tisch abzuräumen und bestellte dann für Francesca ihr Erdbeertörtchen und für sich einen Kaffee. »Hättest du gern einen Vater?« fragte er, als der Ober wieder gegangen war.

Francesca biß sich auf die Lippen. »Mama ist ganz wunderbar«, sagte sie. »Und dann sind da ja noch Mason und Willy und Jeremiah.«

»Aber?« faßte John nach.

»Aber doch ..., ja ..., ich glaube ... ich hätte schon gern ... einen Vater«, stammelte sie verlegen.

John schenkte ihr ein warmherziges Lächeln. »Vielleicht können wir beide ja Freunde werden«, schlug er ihr vor.

»Oh, das wäre schön!« jubelte sie. Doch dann erlosch ihr Lächeln wieder. »Aber Sie wohnen im Ausland, nicht wahr?«

John schüttelte den Kopf. »Nicht mehr. Ich wohne jetzt wieder in New York.«

Der Ober brachte ein fünfzehn Zentimeter hohes Törtchen mit Eis, roten, mit Zuckerguß überzogenen Erdbeeren und einer riesigen Sahnehaube und stellte es vor Francesca ab. Dann goß er John aus einem

Silberkännchen seinen Kaffee ein und entfernte sich mit einer leichten Verbeugung.

»Aber …« John zögerte. »Meinst du denn, daß deine Mama auch nichts dagegen hat, daß wir Freunde werden?«

»Nee, nee!« erklärte Francesca selbstbewußt. »Ich hab' sie ja gefragt, ob sie dich haßt – und sie hat nein gesagt!«

6

Devon erwachte vom schrillen, unablässigen Klingeln des Telefons auf ihrem Nachttisch. Schlaftrunken richtete sie sich im Bett auf und tastete nach dem Hörer.

»Ja?« murmelte sie schwach.

»Devon, es tut mir leid, daß ich dich aus dem Bett hole aber wir haben hier … einen Notfall.« Jeremiahs besorgte Stimme machte sie schlagartig wach.

»Was ist passiert?« stieß sie atemlos hervor. Sie schwang ihre Beine aus dem Bett und setzte sich auf die Bettkante, knipste die Nachttischlampe an.

»Es ist … Willy.« Jeremiah zögerte.

»O mein Gott!« Devons Finger krampften sich um den Hörer.

»Devon, ich weiß nicht, wie ich es dir sagen soll.« Jeremiahs Verzweiflung war unüberhörbar. »Er hat … ich glaube, er hat einen Herzschlag bekommen.«

»Jeremiah! Er ist doch nicht tot …?«

»Devon, es tut mir so leid, aber … ja, er ist tot.«

»Das ist doch unmöglich!« Devon war den Tränen nahe. »Als ich ihn das letzte Mal gesehen habe, war er noch wohlauf!«

Jeremiah räusperte sich. »Tja, als der Arzt vor ein paar Wochen da war … da hat er Willy davor gewarnt, weiter so viel zu arbeiten. Er müsse es unbedingt langsamer angehen lassen, meinte er.«

»Aber warum hat Willy mir denn nichts davon gesagt?!« Devon war verzweifelt. »Mein Gott! Er hat die ganze Zeit weitergeschuftet wie immer.«

»Ja«, sagte Jeremiah leise. »Seine Arbeit war sein Leben.«

»Willowbrook war sein Leben.« Devons Stimme zitterte.

»Er hat dich sehr geliebt, Devon, das weißt du auch, glaube ich.«

Devon lächelte unter Tränen. »Ja«, schluchzte sie. »Ich hätte nie gedacht, daß ... daß er sich an mich gewöhnen würde, aber dann sind wir auf einmal die besten Freunde geworden. Ich weiß nicht mehr, wann das war.«

»Er hat einen Brief für dich hinterlassen. Vielleicht ist es sein Testament oder so was.«

Als die Türangel quietschte, schaute Devon erschrocken auf. Eine verschlafene Francesca im gestreiften Pyjama stand in der Tür. Instinktiv senkte Devon die Stimme und wischte sich verstohlen die Tränen von den Wangen. »Ich nehm' das nächste Flugzeug, Jeremiah«, sagte sie schnell. »In ein, zwei Stunden bin ich da.« Sie legte den Hörer auf und starrte ein paar Sekunden lang vor sich hin. Wie sollte sie es ihrer Tochter beibringen? Für Francesca gehörte Willy zur Familie. Es würde ihr das Herz brechen.

»Komm her, mein Schätzchen«, sagte sie mit einem Lächeln zu ihrer Tochter und deutete auf den Platz neben sich auf der Bettkante. Francesca lief zu ihrer Mutter und kuschelte sich an sie. »Ja, so ist's, gut, Frankie«, fuhr Devon fort, »ich muß dir was erzählen.«

Es wunderte Francesca, daß ihre Mutter sie auf einmal ›Frankie‹ nannte, denn sie wußte, daß ihr diese Abkürzung ganz und gar nicht gefiel. Doch anstatt sich darüber zu freuen, wurde das Mädchen unruhig. Irgend etwas war im Busch. Sie drängte sich noch näher an ihre Mutter. »Was ist denn, Mama?« fragte sie in böser Vorahnung.

Devon zog sie fest an sich. »Mein Gott, bist du groß geworden«, murmelte sie.

»Mama, sag schon, was los ist«, drängte Francesca.

»Ach, Schätzchen, wie soll ich's dir bloß sagen? Es ... es geht um Willy.«

Abrupt richtete sich Francesca auf und entzog sich der mütterlichen Umarmung. »Was ist passiert?« fragte sie mit angstvoll geweiteten Augen.

Devon zwang sich zur Ruhe. »Er war schon seit längerer Zeit krank«, sagte sie so sanft wie möglich.

»Nein, das ist nicht wahr!« rief Francesca.

Devon nahm die Hand ihrer Tochter und streichelte sie. »Wir wußten es alle nicht. Er hat niemandem etwas davon erzählt. Und jetzt ... jetzt muß ich sofort nach Willowbrook. Noch heute.«

»Ich komm' mit! Ich will ihn sehen!«

»Frankie ... Willy hatte heute nacht einen Herzanfall.«

»O nein! Wird er sterben?« Das Mädchen brach in Tränen aus.

»Oh, Frankie!« Auch Devon liefen die Tränen über die Wangen, als sie sich vorbeugte und ihre Tochter fest in die Arme nahm. Sie brauchte Trost genauso nötig wie Francesca.

»Mami«, schluchzte das Kind, »ist er tot?«

Devon schnürte es die Kehle zu. Sie brachte kein Wort heraus. Stumm nickte sie.

Francesca konnte es nicht fassen. Willy! Sie hatte ihn fast jeden Tag gesehen! Sie erinnerte sich an den Schmerz, als ihr Opa gestorben war. Aber in gewisser Weise war ihr Willy noch näher gestanden. Nie wieder würde sie mit ihm lachen können. Herzzerreißend schluchzte sie auf. Und jetzt hatte sie ihm nicht einmal mehr auf Wiedersehen sagen können! »Ich will ihn noch einmal sehen«, weinte sie. »Ich will ihm auf Wiedersehen sagen!«

Aufmerksam schaute Devon in das ernste Gesicht ihrer Tochter. Ja, dachte sie, sie ist alt genug. Als Chase gestorben war, hatte sie ebenso wie Laurel gedacht, daß es Francesca noch nicht verkraften könnte, an der Beerdigung teilzunehmen. Doch jetzt hatte sie ein Recht darauf. Sie war kein Kind mehr.

»Wenn du das möchtest «, sagte Devon, »dann sag ich Ettie Bescheid, daß sie dir beim Packen hilft. Aber nimm nicht zuviel mit. Wir fahren ja nur für ein paar Tage.«

Mutter und Tochter umarmten sich noch einmal, dann stand das Mädchen auf und verließ den Raum. Devon schaute ihr hinterher. Irgendwie tröstete sie die Vorstellung, daß Francesca sie begleiten würde. Bisher hatte sie alle Kraft immer nur aus sich selbst schöpfen müssen. Jetzt stellte sie das erste Mal fest, daß ihre Tochter in der Lage war, sie seelisch zu unterstützen – ein ganz neues, wenn auch eigenartig bittersüßes Gefühl.

Liebe Devon,
große Reichtümer hab' ich ja nicht zu vererben. Gib meine Kleider dem, der sie haben will. Wenn du nichts dagegen hast, würde ich gerne auf Willowbrook begraben werden, am liebsten mit Blick auf die Ställe. Ich weiß ja, daß ich nicht zur Familie gehöre, wenn's dir also Probleme macht, dann laß meine Leiche verbrennen und streu die Asche auf Willowbrooks Rennbahn aus. Unter meiner Matratze liegen 25.000 Dollar. Kauf mir einen schönen Grabstein und gib den Rest für eine gute Sache her.
Du warst eine verdammt gute Chefin. Hätt' ich niemals gedacht. Und eine verdammt gute Freundin. Dank' dir.
Willy O'Neill

Willy wurde auf Willowbrook begraben, so wie er es sich gewünscht hatte. Es gab auf der Farm ein Familiengrab, in dem aber nur die Hartwicks, Willowbrooks frühere Eigentümer, beerdigt lagen. Die Familiengrabstätte der Richmonds war in Evergreen. So schuf Devon für Willy einfach eine eigene Ruhestätte, auf einer kleinen Anhöhe unter ein paar Eichen, ganz in der Nähe der Stallungen, mit Blick über ganz Willowbrook. Devon war so glücklich, daß Willy auf der Farm hatte begraben werden wollen.

Doch jetzt, als sie am Grabe stand und über die winterbraunen Wiesen schaute, fühlte sie sich nur mutterseelenallein. Sie ließ ihre Augen über die Trauergemeinde schweifen, die mit gesenkten Köpfen dem Gebet des Priesters lauschte. Viele vertraute Gesichter sah sie da. Einige gehörten zur Familie – Grace und Philip waren aus Washington angereist, Laurel hatte sie von New York aus begleitet. Viele der Trauernden waren Freunde und entfernte Bekannte. Doch keiner von ihnen war ihr über eine so lange Zeit ein so treuer Begleiter gewesen wie Willy. Zwischen ihnen hatte sich eine tiefe Freundschaft entwickelt, die keiner Worte bedurfte. Und darüber hinaus, und das war vielleicht sogar das Wichtigste, hatten sie beide einen tief empfundenen Respekt voreinander gehabt. Devon warf einen tränenverhangenen Blick auf den Sarg. Ihr war, als sei ein Teil von ihr dahingegangen.

Sie schaute auf Francesca, die neben ihr stand. Tapfer versuchte die Kleine, ihr Schluchzen zu unterdrücken, doch immer wieder ging ein heftiges Schütteln durch ihren Körper. Tröstend legte sie ihr einen Arm um die Schulter und spürte im gleichen Moment, wie Mason Wilders starker Arm sie näher an sich zog. Dankbar lehnte sie sich an ihn. Es war so gut, ihn an ihrer Seite zu wissen.

Als der Priester sein Gebetbuch geschlossen hatte, trat Devon mit feierlichen Schritten an den Rand des offenen Grabes. Sie nahm mit der bereitliegenden kleinen Schaufel ein wenig von der roten Lehmerde auf und warf sie in die Grube. Der dumpfe Klang, als die Lehmbrocken auf dem Sargdeckel aufschlugen, schickte ihr ein Schaudern über den Rücken. Sie legte die Schaufel wieder ab und wandte ihr Gesicht den wartenden Trauergästen zu. Nur nach Hause ins Warme, dachte sie.

Dann plötzlich durchfuhr es sie. Erschrocken kniff sie die Augen zusammen. Ganz hinten in der Menge sah sie, wie einen Geist aus der Vergangenheit, ein bekanntes Gesicht.

7

»WELTBERÜHMTER PFERDETRAINER IM ALTER VON 79 JAHREN GESTORBEN«, lautete die Schlagzeile im Sportteil der *New York Times.* John, der die meisten amerikanischen Pferdetrainer persönlich kannte, legte seinen Frühstückstoast ab und begann, interessiert den Artikel zu lesen.

»O Gott!« stieß er hervor, als er las, um wen es sich handelte. Er warf seine Serviette auf den glänzenden Mahagonitisch und stand kurz entschlossen auf.

»Was hast du denn?« fragte die Rothaarige und schaute irritiert von ihrem Liebesroman auf.

»Einer der Leute, die früher mal für mich gearbeitet haben, ist gestorben«, murmelte er geistesabwesend.

»Ach so. Einer, der für dich gearbeitet hat ...« Sie rümpfte die Nase und vertiefte sich wieder in ihr Buch.

Mit einem Anflug von Verachtung blickte John auf die schöne Frau in dem weißen Morgenmantel aus Satin – sinnlos, ihr zu erzählen, was Willy ihm bedeutet hatte. Er rief nach seinem Kammerdiener.

»Packen Sie mir bitte eine kleine Reisetasche mit schwarzer Garderobe für eine Beerdigung«, sagte er, als der Mann erschien.

»Fährst du zum Begräbnis dieses Mannes?« fragte die Rothaarige ungläubig und erhob sich ebenfalls.

»Ja«, erwiderte John kurz angebunden. »Und jetzt gehe ich in mein Schlafzimmer und ziehe mich um.«

»Ich fahre mit!« rief sie ihm nach. Schon stellte sie sich vor, wie toll sie an seiner Seite am Grabe aussehen würde – in einem schwarzen, maßgeschneiderten Kostüm, einen schwarzen Hut kokett auf ihre rote Mähne gesetzt.

»Nein, das tust du nicht!« erwiderte John mit fester Stimme. Er öffnete die großen Flügeltüren, die auf die Diele seines Penthouses in der Park Avenue führten. Mit zügigen Schritten lief er über den langen, marmorgefliesten Korridor zu seinem Schlafzimmer, gefolgt von seiner beleidigten Geliebten.

»Warum darf ich nicht mitkommen?« rief sie enttäuscht und zog einen herzerweichenden Schmollmund.

John reagierte nicht. Er holte eine graue Flanellhose und ein Tweedjackett aus seinem Schrank und war in zwei Minuten umgezogen.

Als er das Schlafzimmer verließ, gab er ihr im Vorübergehen einen flüchtigen Kuß auf die Wange. »Wir sehen uns, wenn ich zurückkomme.«

»Und wann ist das?« fragte sie, die Hände herausfordernd in die Hüften gestemmt.

John blieb im Türrahmen stehen und überlegte. »Ich weiß noch nicht. Wahrscheinlich übermorgen.«

»Ich warte hier«, erwiderte sie und sank mit einem lasziven Lächeln in die Kissen seines breiten, französischen Betts.

»Nein, das wirst du nicht«, gab er in scharfem Ton zurück.

»Und warum nicht, wenn ich fragen darf?« Sie warf ihm einen koketten Blick zu.

Wieder reagierte er nicht. Wortlos ging er hinaus und eilte zur Haustür.

»Williams«, sagte er mit gedämpfter Stimme, während ihm der Butler in den Mantel half. »Ich komme in drei Tagen zurück. Würden Sie bitte dafür sorgen, daß die Lady bis dahin ... bis dahin verschwunden ist.«

»Jawohl, Sir«, erwiderte der Butler ungerührt.

Nie hätte er gedacht, daß sie immer noch so schön wäre. Francesca hatte mit Stolz von ihrer gutaussehenden Mama erzählt, aber sie hatte sie ja in ihrer Jugend nicht gekannt. Die Fotos, die John in der Zwischenzeit von Devon in der Zeitung gesehen hatte, hatten ihn schon ahnen lassen, daß sie mit ihrer schlanken Figur und den strahlenden blauen Augen immer noch sehr attraktiv war. Aber daß sie eine derartig faszinierende Ausstrahlung besaß, damit hatte er nicht gerechnet. Dabei war der Anlaß – Willys Begräbnisfeier – nicht gerade geeignet, ihre Schönheit in aller Pracht zu entfalten. Sie trug einen schlichten langen schwarzen Mantel sowie einen schwarzen Hut, und in ihrem Gesicht standen Trauer und Verzweiflung. Und dennoch – allein schon, wie sie daherschritt, an der Seite dieses großen, weißhaarigen Mannes ... dieser Stolz, diese Würde, diese reife Sinnlichkeit!

Als sie ihn erkannte, blieb sie mit offenem Munde stehen. Dann, wie in Trance, kam sie auf ihn zu, achtete nicht auf die Umstehenden, die ihr ihr Beileid aussprechen wollten.

»John!« Ihre warme Stimme, ein wenig tiefer jetzt als in ihrer Jugend, klang angenehm weich in seinen Ohren. »Wie schön von dir, daß du gekommen bist.«

Es war, als träfe ihn ein elektrischer Schlag, als er ihr die Hand gab. Einen Moment lang fühlte er sich in die Situation auf dem Ball bei den

Magraths zurückversetzt, als er ihr zum erstenmal begegnet war. Dieses Lächeln, diese Ausstrahlung! Er war völlig überwältigt. Ob sie wohl das gleiche empfand wie er?

Etwas unsanft wurde er aus seinen Gedanken gerissen, als der ältere, weißhaarige Mann in dem Moment an Devons Seite eilte und sie am Ellbogen nahm – eine besorgte, fordernde, fast besitzergreifende Geste. Sofort ließ John Devons Hand los. Er spürte, wie ihn der Mann aufmerksam musterte.

Devon war ein wenig irritiert. »John«, sagte sie, »darf ich dir Mason Wilder vorstellen? Mason, das ist John Alexander.«

Die beiden Männer deuteten jeweils eine Verbeugung an und murmelten höflich: »Angenehm.« Doch ihre Blicke signalisierten, daß ihnen die Begegnung alles andere als angenehm war.

»Willy war ein wunderbarer Mensch«, sagte John, um das peinliche Schweigen zu überbrücken. »Mein Beileid, Devon.«

Devon senkte ihren Kopf und schaute ihn dann mit Tränen in den Augen an. »Ich fühle mich so verloren ohne ihn. Weißt du, in all den Jahren sind wir wirkliche Freunde geworden.«

»Am Anfang wart ihr ja wie Hund und Katz'«, erinnerte sich John mit einem wehmütigen Lächeln. »Ich hätte nie gedacht, daß ihr es schaffen würdet, eure Unstimmigkeiten auszuräumen.«

Devon lächelte unter Tränen. »Heute kann ich nur den Kopf darüber schütteln, über was für unwichtige Dinge wir uns gestritten haben. Wir haben uns wohl, wie man so schön sagt, zusammengerauft. Später dann hätte sich keiner von uns mehr vorstellen können, ohne den anderen zu arbeiten.«

Mason Wilder, der sah, wie Devon von einer neuen Welle heftiger Gefühle überwältigt wurde, faßte sie fester am Arm und zog sie sanft mit sich fort. Mit der Andeutung eines Lächelns nickte er John kurz zu, der ihm mit einem ebenso kurzen Nicken sein Verständnis bekundete.

Die gesamte Trauergemeinde machte sich nun von der Grabstätte aus auf den Weg zu der breiten, kiesbestreuten Zufahrtsstraße, wo bereits eine Flotte schwarzer Limousinen wartete, um die Gäste die kurze Strecke zum Haupthaus hochzufahren.

Als Devon einen flüchtigen Blick hinter sich warf, stellte sie zu ihrer großen Verblüffung fest, daß ein paar Meter hinter ihr John und Francesca einmütig nebeneinander herliefen und John ihr väterlich den Arm um die Schulter gelegt hatte. Die vertraute Geste verwirrte Devon. Woher kannten sich die beiden denn?

»Francesca«, rief sie leise und blieb stehen, um auf ihre Tochter zu warten. »Komm her zu mir.«

Francesca tat zwar brav, wie ihr geheißen, drehte sich jedoch sofort zu John um und rief ihm zu: »Wollen Sie nicht noch kurz bei uns vorbeischauen? Wir machen einen kleinen Umtrunk bei uns.«

John warf Devon einen fragenden Blick zu. Die war zwar äußerst irritiert über die eigenartige Vertrautheit zwischen den beiden, andererseits aber natürlich viel zu höflich, eine Einladung, die ihre Tochter ausgesprochen hatte, wieder rückgängig zu machen, noch dazu vor all den anderen Gästen.

»Ja, Sie sind herzlich eingeladen«, wandte sie sich, ein wenig förmlich, an John. Seine Gegenwart beunruhigte sie, und das wiederum ärgerte sie.

»Danke, ich komme gern«, erwiderte John und lächelte Francesca freundlich zu.

Devon schaute von einem zum anderen und ging dann auf einen der Wagen zu, in dem Laurel bereits auf dem Rücksitz wartete. Francesca und Mason stiegen dazu. Die kurze Fahrt über schwieg sie, denn sie wollte Francesca nicht vor Mason zur Rede stellen, obwohl es ihr auf den Nägeln brannte zu erfahren, woher ihre Tochter John kannte. Auch den ganzen Nachmittag kam sie nicht dazu, mit ihr zu sprechen, weil sie sich fortwährend um die zahlreichen Trauergäste kümmern mußte.

Das Bewußtsein, daß John in ihrem Hause war, ließ ihr keine Ruhe. Auch wenn sie alle Hände voll zu tun hatte und gar nicht dazu kam, mit ihm auch nur ein Wort zu wechseln, war ihr seine Anwesenheit doch ständig gegenwärtig. Immer wieder ertappte sie sich dabei wie sie ihn aus den Augenwinkeln heraus beobachtete. Er hatte sich verdammt gut gehalten. Trotz seiner sechzig Jahre hatte er immer noch kräftige, breite Schultern und nicht die leiseste Andeutung eines Bauchs, ganz anders als die meisten ihrer Freunde in diesem Alter. Und er strahlte eine gewisse Würde, eine Distinguiertheit aus – die in reizvollem Kontrast zu seiner ungebrochenen Sinnlichkeit stand.

Erst am späten Abend, als alle Gäste bis auf ihre Familie und Mason gegangen waren, fand Devon Zeit, mit ihrer Tochter zu sprechen. Leise klopfte sie an der Tür ihres Zimmers.

Francesca lag im Bett und las in einem Buch, natürlich einem Buch über Pferde. Alle Wände ihres Jungmädchenzimmers waren mit Zeichnungen und Fotos von Pferden gespickt, und auch auf dem Regal standen Dutzende von kleinen Pferdefiguren aus Holz, Bronze oder Porzellan. Plötzlich fiel Devon ein, daß ihre Tochter ja schon in zwei Tagen Geburtstag hatte. In der Aufregung der Begräbnisvorbereitungen hatte sie gar nicht mehr daran gedacht.

»Na, Liebling, wie geht's dir denn so?« fragte sie mit warmer Stimme und setzte sich zu ihr auf die Bettkante.

»Na ja, so halt.« Sie legte das Buch beiseite.

Devon ergriff ihre Hand. »Wir beide werden Willy ganz schön vermissen, nicht wahr?«

Francesca nickte stumm und drückte die Hand ihrer Mutter.

»Ich würde dich gerne etwas fragen, Liebes«, begann Devon vorsichtig.

»Ja?«

»Hast du Mr. Alexander vorher schon einmal getroffen?«

Betreten schaute Francesca ihrer Mutter ins Gesicht. Was sollte sie jetzt sagen? Sie hatte ihr erst nach Weihnachten von ihrer Begegnung mit John Alexander berichten wollen, denn sonst wäre ja die ganze Überraschung verdorben, wenn sie ihr von Tiffany's erzählt hätte. Doch nun war Willy zwei Tage vor Weihnachten gestorben, und in der Aufregung um seinen Tod und die anschließende Beerdigung war das Fest sang- und klanglos vorübergegangen. Bei ihrem hastigen Aufbruch von New York hatten sie alle Geschenke dort gelassen, und hier in Willowbrook hatten sie sich spontan entschlossen, Weihnachten nicht zu feiern, denn sie standen alle noch viel zu sehr unter Schock, um einfach zur Tagesordnung übergehen zu können.

»Sag mir die Wahrheit«, drang Devon in ihre Tochter.

»Ich ... ich wollte es dir ja erzählen, aber erst nach Weihnachten ...«, begann Francesca zögernd. Hilflos suchte sie nach den richtigen Worten.

»Wann und wo hast du ihn getroffen?«

»In einem Geschäft, in dem ich dein Weihnachtsgeschenk gekauft habe«, brach es auf Francesca heraus. »Er war unheimlich nett zu mir, obwohl die Dame, die ihn begleitete, mich ein ›dummes Ding‹ genannt hat! Er hat sie einfach nach Hause geschickt und hat mich zum Mittagessen in den ›Palm Court‹ eingeladen.«

Devon stockte der Atem. Und ihre Tochter wußte sofort, was jetzt kommen würde.

»O Mama!« rief Francesca verzweifelt. »Ich wußte, daß er kein Kidnapper oder irgendsowas war! Er wirkte so ... so ... einfach so *nett*, und andererseits absolut ... anständig und so ... vertrauenswürdig. Genauso wie all die Leute, mit denen du verkehrst.«

Mit hochgezogenen Brauen erhob sich Devon von der Bettkante und begann nervös im Zimmer auf- und abzulaufen. Francesca sah ihr an, daß sie dabei war, zu einer längeren Standpauke auszuholen. Seufzend sank sie in die Kissen zurück und harrte der Dinge, die da kommen würden.

Wie vorausgesehen, legte Devon los. »Du weißt genau, daß ich dir strikt verboten habe – ich wiederhole: *strikt* verboten habe, *jemals* mit einem Fremden mitzugehen, Francesca! Hörst du mich?!« Devon blieb vor ihrer Tochter stehen und sah mit strengem Blick auf sie herab. »Du bist schließlich erst dreizehn ...!«

»Vierzehn. Diese Woche«, unterbrach sie Francesca zaghaft.

»Na, dann eben vierzehn. Aber du bist verdammt noch mal in jedem Fall noch zu jung, um beurteilen zu können, ob ein Mann dir etwas tun wird oder nicht. Glaub mir, gerade die, die diese gräßlichen Dinge mit jungen Mädchen wie dir anstellen, wirken oft nach außen hin absolut kultiviert und seriös.«

»Aber ich hab' doch bloß ...«

»Unterbrich mich nicht!« fuhr Devon ihre Tochter an. »Ich bin immer sehr großzügig mit dir gewesen, das weißt du auch, aber es gibt gewisse Regeln, gegen die ich keinen Verstoß dulde!«

»Ja.« Francescas Stimme klang sehr kleinlaut. »Wirst du mich bestrafen?« fragte sie ängstlich.

»Jawohl. Du darfst eine Woche lang nicht ausreiten.«

»Ach, Mama!« stöhnte Francesca. »Das ist zu hart! Reiten ist doch das Schönste hier in Willowbrook!«

»Das weiß ich, und deshalb habe ich mir ja auch gerade diese Strafe ausgedacht. Wer nicht hören will, muß fühlen. Und du brauchst jetzt nicht die Gekränkte zu spielen. Ich habe dir hundertmal verboten, mit fremden Männern mitzugehen, das weißt du ganz genau!«

»Na, gut.« Sie schlug die Augen zu Boden. Die Strafe war hart, aber gerecht.

Jetzt, wo die Sache erledigt und auch ihr Ärger zum größten Teil wieder verflogen war, setzte sich Devon wieder zu ihrer Tochter ans Bett. »So«, sagte sie, »und jetzt wollen wir mal von erfreulicheren Dingen reden. Was deinen Geburtstag anbetrifft ... da würde ich vorschlagen, daß wir ihn dieses Jahr im engsten Familienkreise feiern, in Anbetracht der Tatsache, daß Willy ...«

»Ja, ja!« rief Francesca. »Da bin ich ganz dafür! Ich könnte jetzt nie eine richtige Party feiern, so kurz nach ...« Sie ließ den Satz unvollendet, denn sie wollte das schreckliche Ereignis nicht aussprechen. »Aber da gibt es eine Sache, Mama, die ich mir von Herzen wünsche ...«

Devon lächelte warm. Wahrscheinlich hatte der Wunsch irgend etwas mit Pferden zu tun. »Ja?«

»Dürfte ich ... dürfte ich Mr. Alexander zu meinem Geburtstag einladen?«

Die Frage traf Devon vollkommen unvorbereitet. Einen Moment war sie sprachlos, dann fühlte sie, wie sie rot wurde, ohne zu wissen, warum. Verlegen schaute sie im Raum herum, bemüht, dem fragenden Blick ihrer Tochter auszuweichen. »Nun ..., ich ... ich ...« Sie suchte nach einem passenden Grund, ihrer Tochter diese eigentlich so harmlose Bitte abschlagen zu können. »Er ist schließlich kein enger Freund, und vor allem gehört er nicht zur Familie.«

Francesca seufzte. »Ich weiß.«

Der sehnsüchtige Klang der Stimme ihrer Tochter ließ Devon aufhorchen. »Aber warum willst du ihn denn unbedingt einladen, Kleines? Du hast ihn doch erst zweimal getroffen. Hat er solchen Eindruck auf dich gemacht?«

Verlegen zupfte Francesca an ihrer Bettdecke. »Ich weiß auch nicht genau, warum«, flüsterte sie.

Auf einmal verstand Devon, was ihre Tochter bewegte. Sie hatte gerade erst eine der wichtigsten Vaterfiguren in ihrem jungen Leben verloren. Es gab niemanden außer Willy, der so kontinuierlich als Mann in ihrem Leben eine Rolle gespielt hatte. War es da nicht verständlich, daß sie sich für so eine imponierende Erscheinung wie John begeisterte? Warum sollte sie ihrer Tochter diesen Wunsch versagen? Noch dazu an ihrem Geburtstag!

»Weißt du, Francesca«, erwiderte Devon leise, »vielleicht solltest du nicht allzuviel Gefühl in deine Freundschaft mit Mr. Alexander investieren.«

Erstaunt schaute Francesca ihre Mutter an. »Warum denn nicht?«

Ja, warum nicht? Was sollte sie ihrem Kinde sagen? Daß dieser Mann seine Freiheit liebte und keine Verantwortung für eine Familie und auch nicht für ein vierzehnjähriges Mädchen übernehmen wollte? Aber war es nicht unfair, ihre Tochter mit den traurigen Erfahrungen zu belasten, die sie vor zwanzig Jahren in ihrer Ehe mit John gemacht hatte?

Widerstrebend gab sie schließlich nach. »Also gut, Francesca, wenn du es so gerne möchtest, dann darfst du Mr. Alexander zu deinem Geburstag einladen. Aber mach ihm bitte klar, daß die Einladung von dir und nicht von mir kommt.«

»Au ja!« Francesca klatschte vor Freude in die Hände. »Ich mach' alles, was du willst. Danke, Mama!«

»Und noch etwas, Liebling ...«

»Ja, Mama?«

Devon schaute in das strahlende Gesicht ihrer Tochter. Nein, sie mußte ihre warnenden Worte abschwächen, sie wollte ihr nicht ihre Freude verderben. Doch gleichzeitig verspürte sie den starken Wunsch in sich, ihr Kind vor der Enttäuschung zu bewahren, die sie mit John Alexander erlebt hatte. »Weißt du, Mr. Alexander ist ein vielbeschäftigter Mann«, begann Devon in bedächtigem Ton. »Wenn er dich jemals enttäuschen sollte, sei es, daß er nicht zu erreichen ist, sei es, daß er dir nicht genügend Aufmerksamkeit schenkt ... dann ist das nur, weil er so viel um die Ohren hat. Das heißt keinesfalls ... daß er dich nicht mehr mag.«

8

»Das Maß ist voll, Pritchard!« rief Jeremiah in scharfem Ton. »Deine arrogante Tour kannst du dir langsam abschminken!«

»Ach!« Mit lässigen Schritten ging Jimmy Pritchard auf ihn zu. »Jeremiah der Große, was?!« Er stellte sich so nah vor Jeremiah auf, daß sich ihre Nasen fast berührten. Deutlich traten seine Schlagadern am Hals hervor. »Willy ist noch kein halbes Jahr tot, da meinst du schon, hier den Boß spielen zu können, hä?«

Jeremiah war normalerweise so leicht nicht aus der Ruhe zu bringen, doch die provozierende Art des Jockeys reizte ihn bis aufs Blut. Trotzdem beherrschte er sich und sprach in ruhigem, wenn auch leicht gespanntem Ton. »Ich war schon immer dein Boß, Pritchard«, sagte er und lehnte sich vor, um seinen Worten mehr Gewicht zu verleihen. »Das hat überhaupt nichts mit Willy zu tun. Und nur mir hast du es zu verdanken, daß du hier überhaupt so lange hast arbeiten können. Wenn es nach Willy gegangen wäre, dann wärst du schon vor vielen Monaten hier rausgeflogen! Doch jetzt hast du den Bogen überspannt. Pack deine Sachen und verschwinde! Ich geb' dir Zeit bis Mittag.«

Der Streit zwischen den beiden hatte sich an einer im Grunde lächerlichen Bagatelle entzündet: an der Frage, wann sie mit dem Training eines der Hengste beginnen sollten. Doch dieser Streit war nur der letzte in einer nicht enden wollenden Kette von Auseinandersetzungen. Und Jeremiah wußte inzwischen – Willy hatte recht gehabt. Pritchard war mit sachlichen Argumenten nicht beizukommen. Er war so wild und unbeherrscht wie der Hengst, der zur Debatte stand.

Als ob er Jeremiahs Einschätzung bestätigen wollte, schrie ihn der Jockey in dem Augenblick an: »Du hast hier überhaupt nichts zu sagen! Die einzige, die mich hier rausschmeißen kann, ist Miß Devon, daß du's weißt!«

»Du irrst dich, mein Junge, Miß …«

Jeremiah konnte seinen Satz nicht zu Ende sprechen, denn in dem Moment traf ihn ein brutaler Faustschlag vors Kinn. Ein paar Sekunden lang stand er einfach sprachlos da, es flimmerte ihm vor den Augen. Dann fiel er hinterrücks in den Dreck vor dem Pferdestall. Wie durch einen dichten Nebel hörte er die Stimme von Jimmy Pritchard über ihm. »Hör zu, Nigger! Untersteh' dich, mich nochmal ›Junge‹ zu nennen. Hast du mich verstanden, Nigger?« Dann traf ihn ein Tritt in den Magen, und Jeremiah verlor das Bewußtsein.

Lautstarkes Hämmern an der Küchentür ließ das Küchenpersonal von Willowbrook zusammenfahren, das geruhsam beim Frühstück saß. Das Donnern war bis in den Salon zu hören, in dem Laurel, Alice, Francesca und Devon gerade ihren Kaffee tranken.

»Ich muß Miß Devon sprechen!« hörte Devon eine erregte Männerstimme.

Beunruhigt sprang sie auf und warf ihre Serviette auf den Tisch. »Was ist denn jetzt los?!« rief sie.

Aufgeregtes Stimmengewirr tönte aus der Küche. »Nein, jetzt auf der Stelle!« hörte sie den Mann schreien. »Geht mir aus dem Weg!«

Schon wollte Devon in die Küche laufen, um zu erfahren, was los war, als schwere Schritte in der Diele die Ankunft des unhöflichen Eindringlings ankündigten. Ohne anzuklopfen kam Jimmy Pritchard in den Frühstückssalon gestürmt.

»Ich muß mit Ihnen reden!« stieß er hervor, ohne auch nur guten Morgen zu sagen, und schaute Devon mit wilden Augen an.

Devon bedachte ihn mit einem eisigem Blick. Sie wußte, daß Pritchard als Unruhestifter galt, und sie war schon oft versucht gewesen, ihn hinauszuwerfen. Doch Pritchards Boß war nun einmal Jeremiah, und sie wollte nicht in dessen Hierarchie eingreifen. Ihr war bekannt, daß Jeremiah seit Willys Tod Schwierigkeiten hatte, seine Autorität im Stall aufrechtzuerhalten. Nicht nur viele weiße, sondern auch einige schwarze Stalljungen waren nicht bereit, ihn als ihren neuen Chef anzuerkennen. Devon hatte sich bisher aus diesen Querelen herausgehalten, denn sie wußte – Jeremiah mußte diesen Machtkampf allein ausfechten. Nur so konnte er seine Position behaupten.

Jetzt aber, wo Pritchard wie ein Rüpel in ihr eigenes Territorium einbrach, war es an ihr, ihm eindeutige Grenzen zu setzen.

Devon trug ein schickes blaues Leinenkostüm, denn sie hatte an diesem Vormittag einen wichtigen Termin bei ihrer Bank in Middleburg. Ein großes, renommiertes Gestüt in ihrer unmittelbaren Nachbarschaft stand zum Verkauf an, und Devon brannte darauf, es zu erstehen. Falls das Geschäft zustande kam, würde sie die größte Vollblüterfarm in ganz Virginia ihr eigen nennen. Natürlich konnte sie die Farm leicht mit ihrem eigenen Geld kaufen, doch aus steuerlichen Gründen zog sie es vor, das Geschäft mit Fremdmitteln zu finanzieren, und über die Bedingungen dieses Kredits wollte sie heute mit ihrem Bankberater verhandeln.

Noch nie hatte Pritchard seine oberste Chefin so damenhaft und gleichzeitig geschäftsmäßig gekleidet gesehen. Im Stall trug sie, wie alle anderen stets Jeans und Stiefel. Jetzt aber stand sie vor ihm, kühl und überlegen und schaute ihn mit hochgezogenen Brauen wortlos an.

Ihre natürliche Autorität beeindruckte selbst Pritchard, und so blickte er auf einmal etwas verstört zu Boden und schwieg.

Devon wartete einen Augenblick, bevor sie das Wort an ihn richtete, denn sie wollte, daß das peinliche Schweigen im Raum seine Unsicherheit verstärkte. »Sie platzen hier einfach so herein, Pritchard«, sagte sie schließlich mit mißbilligender Miene. »Darf ich fragen, warum?«

»Ich hab' was mit Ihnen zu besprechen«, stieß er hervor. »Was Geschäftliches.«

»Ach?« Ein ironisches Lächeln umspielte ihren Mund. »Das kann ich mir nur schwer vorstellen. Aber wenn Sie unbedingt meinen – dann können wir ja einen Termin ausmachen …«

»Nein. Jetzt auf der Stelle«, unterbrach sie Pritchard in gewohnter Dreistigkeit.

»Wie bitte?!« fragte Devon und warf ihm einen scharfen Blick zu. Sie klingelte nach dem Butler, der umgehend erschien. »Greene, würden Sie dem Herrn bitte den Weg zum Ausgang zeigen«, sagte Devon kühl.

»Ich muß aber mit Ihnen reden!« schrie der Jockey sie an, als der riesige Schwarze Pritchards verhältnismäßig kleinen Arm mit nur einer Hand packte.

Wortlos drehte ihm Devon den Rücken zu und wandte sich an Laurel, Alice und Francesca. »Es tut mir aufrichtig leid, daß ihr Zeuge dieser peinlichen Szene werden mußtet.«

Wütend über seinen endgültigen Rausschmiß bellte Jimmy los, während ihn der Butler am Schlafittchen packte und unsanft zur Tür zog: »Jeremiah Washington liegt flach im Dreck vor dem Stall, und ich wollte Ihnen eigentlich erzählen, warum ...«

Devon fuhr herum. Kalte Wut stieg in ihr auf, als sie ahnte, was vor sich gegangen war. Zornbebend eilte sie zur Tür. »Aus dem Weg, Pritchard!« fuhr sie ihn an. »Wenn Mr. Washington sich tatsächlich in der Lage befindet, die Sie soeben beschrieben haben, dann werde ich schon von ihm selbst erfahren, wie es dazu gekommen ist.«

Frech wie er war, hielt er sie einfach am Ärmel fest, als sie an ihm vorbeirauschen wollte. »Ich habe ein Recht, ebenfalls gehört zu werden!« begehrte er auf.

»Was unterstehen Sie sich!« zischte sie ihn an und befreite sich mit einer heftigen Bewegung von seinem Griff. Dann wandte sie sich an den Butler. »Greene, bringen Sie den Mann in mein Arbeitszimmer und sorgen Sie dafür, daß er dort bleibt. Ich bin gleich wieder zurück.« Ohne Pritchard eines weiteren Blickes zu würdigen, stürmte sie aus der Tür.

Mit zielstrebigen Schritten stapfte Devon durch den Matsch vor dem Stall in das Büro, das sie seit Willys Tod mit Jeremiah teilte. Dort fand sie die gesamte Belegschaft des Stalls um Jeremiah versammelt, der ausgestreckt auf der ausgedienten Ledercouch lag, einen Eisbeutel auf dem Kinn.

»Was zum Teufel ist hier vorgefallen?« rief Devon mit strenger Stimme.

Als Jeremiah seine Chefin erblickte, wollte er sofort aufstehen, doch ihm war noch so schwindlig, daß es ihm gerade eben gelang, sich auf einen Ellbogen aufzustützen.

»Ich hab' Pritchard gefeuert«, sagte er, als erübrige sich jedes weitere Wort.

Devon nickte nur. Sie brauchte in der Tat keine weiteren Erklärungen. »Du hattest eine Schlägerei mit ihm?« fragte sie. Es war ihr kaum vorstellbar, daß dieser sanftmütige Mensch sich auf so etwas überhaupt einlassen würde.

»Schön wär's«, stieß er sarkastisch hervor. »Aber er hat mir einfach ohne Vorwarnung eine reingehauen. Das nächste, woran ich mich erinnere, war, daß ich mitten im Dreck lag.«

»Und dann hat ihm Pritchard noch in den Magen getreten«, empörte sich einer der Stalljungen. »Obwohl er schon bewußtlos am Boden lag!«

Als sie dies hörte, wurde Devon noch wütender. Spontan nahm sie den Hörer auf ihrem Schreibtisch ab und rief im Haupthaus an. »Greene«, befahl sie, als der Butler abnahm. »Sagen Sie dieser ... dieser ›Person‹« – ihre ganze Verachtung legte sie in die Aussprache dieses Wortes – »daß er fristlos gekündigt ist. Ich gebe ihm eine Stunde Zeit, meine Farm zu verlassen. Er bekommt ein Arbeitszeugnis und zwei Wochen Lohnfortzahlung, vorausgesetzt, er ist in einer Stunde verschwunden. Wenn er noch irgend etwas will, soll er mich anrufen. Sagen Sie ihm, daß das meine ausdrücklichen Anweisungen sind. Er soll mir nicht mehr unter die Augen kommen. Haben Sie mich verstanden?« Sie nickte kurz, als sie die Bestätigung des Butlers hörte, und hängte dann ein.

»Jeremiah, soll ich einen Arzt holen?«

»Nein, danke, es geht schon wieder.« Er winkte seine Angestellten hinaus. »Danke, Jungs. Und jetzt macht euch wieder an die Arbeit.«

Devon griff sich ihren abgeschabten Schreibtischsessel und setzte sich zu Jeremiah an die Couch.

»Sei mal ehrlich«, sagte sie. »Es ging doch um mehr als bloß darum, daß du ihn gefeuert hast, stimmt's?«

»Ja«, seufzte Jeremiah. »Die alte Geschichte. Er verträgt's einfach nicht, sich von einem Schwarzen was sagen zu lassen.« Er erzählte ihr den ganzen Ablauf der Auseinandersetzung mit Jimmy Pritchard. »Ich war blöd«, schloß er, »zu glauben, ich könnte mit vernünftigen Argumenten bei ihm was erreichen. Aber er war nun einmal ein verdammt guter Jockey. Ich wollte ihn ungern verlieren.«

Devon machte eine wegwerfende Handbewegung. »Da findet sich schon wieder Ersatz, keine Angst. Leute wie ihn mußt du gleich beim erstenmal rausschmeißen. Du hast ihm zu oft 'ne Chance gegeben, da hat er gemeint, er kann dir auf der Nase herumtanzen.«

»Ach, Devon«, seufzte Jeremiah. »Wenn ich doch nur so gut wie Willy wäre! Er war einfach eine Autorität – alle haben Respekt vor ihm gehabt, ohne daß er auch nur ein Wort hätte sagen müssen!«

»Ich weiß nicht«, erwiderte Devon, »ich denke eher, daß es deine Hautfarbe ist, die einigen immer noch ein Dorn im Auge ist. Es dauert eben doch sehr lange, bis sich in den Köpfen der Leute was verändert.

Und manche kapieren es nie. Aber mit denen darf man nicht lange fackeln, die muß man gleich vor die Tür setzen.«

»Warum bist du eigentlich nie auf die Idee gekommen, nach Willys Tod einen Weißen für seinen Job einzustellen?«

Empört riß Devon die Augen auf. »Jeremiah! Sag einmal, bist du noch ganz bei Trost?! Du kennst unsere Bestände wie kein anderer. Du kennst meine und Willys Trainingsmethoden. Du bist hier aufgewachsen, kennst den ganzen Betrieb wie deine Westentasche. Seit fast dreißig Jahren arbeiten wir zusammen. Wer sollte denn besser für diesen Job geeignet sein als du, wenn ich fragen darf?!«

»Na ja. Vielleicht einer, der einfach … geschickter ist? Ein Schwarzer als Cheftrainer – so was gibt's einfach nicht. Alle Leute fassen sich an den Kopf, daß du jemandem wie mir diesen Job gibst. Du wirst deshalb noch in Teufels Küche kommen!« Jeremiah schob sich seinen Eisbeutel zurecht und wischte sich das Wasser vom Hemd.

»Gib mal her!« sagte sie. »Ich füll' frisches Eis nach.« Devon beugte sich über ihn, um ihm den Beutel abzunehmen.

»Ach, was für ein trautes Schäferstündchen!« ertönte plötzlich eine sarkastische Stimme. Devon fuhr herum und erblickte Jimmy Pritchards boshaftes Gesicht hinter den rostigen Gitterstäben des kleinen Fensters in der Tür. »Dann stimmt es also doch, was man über die Niggerjungen erzählt. Und dann ist das wohl auch der Grund, warum Sie ihn unbedingt behalten wollen.« Frech grinste er Devon ins Gesicht.

Mit zwei Riesensätzen war Jeremiah an der Tür und stieß sie auf, so daß Pritchard, der mit so einer blitzartigen Reaktion nicht gerechnet hatte, sie voll ins Gesicht bekam.

Jeremiah war zwar nicht größer, doch schwerer als Jimmy, denn seit dem Ende seiner Jockeykarriere hatte er es sich leisten können, wieder an Gewicht zuzunehmen. So schnappte er sich mit seinen muskulösen Armen Jimmy am Kragen und warf ihn krachend gegen die nur einen Meter entfernte Stallwand. Als Jimmy zusammenklappte und vornüberfiel, knallte ihm Jeremiah noch sein Knie voll unters Kinn, so daß Pritchards Kopf nach hinten flog. Dann ließ er ihn in den Dreck fallen.

Völlig entgeistert beobachtete Devon durch das Gitterfenster in der Tür die Szene. Noch nie hatte sie den sanften Jeremiah so aggressiv erlebt.

Doch es kam noch heftiger. »Los, Pritchard«, schrie er ihn an. »Beweg deinen Arsch, wenn du kämpfen willst. Und wenn du feige bist, dann mach' dich vom Acker, aber 'n bißchen dalli!«

Benebelt schüttelte der Jockey seinen Kopf und wischte sich mit dem Ärmel das Blut von der Nase. Dann setzte er sich aufrecht hin und starrte Jeremiah haßerfüllt von unten an. »Mit dir kämpf' ich jederzeit, Nigger!« stieß er verächtlich hervor und hechtete nach vorn, in der Absicht, sich Jeremiahs rechtes Bein zu schnappen und ihn so zu Boden zu werfen. Doch der Schwarze war schneller. Blitzschnell sprang er zur Seite, so daß Pritchard ein zweites Mal mit dem Gesicht im Dreck landete. Dann packte er ihn wieder am Kragen. »Laß dir hochhelfen«, knurrte er ironisch, zog ihn hoch und warf ihn erneut gegen die Stallwand. Schmerzerfüllt schrie der Jockey auf, als er mit dem Ellbogen gegen die eiserne Türangel flog. Er kam wieder auf die Füße, ballte seine Hände zu Fäusten und ging auf den verhaßten Gegner zu. »Dir zeig' ich's«, keuchte er, doch Jeremiah lachte nur überlegen. »Keine Chance, Pritchard«, gab er zurück und hieb ihm mit aller Kraft seine Faust in den Magen.

Pritchard schwankte, fing sich gerade noch und taumelte dann wieder auf Jeremiah zu. Der richtete sich auf und ging in Verteidigungsstellung, doch bevor er auch nur ausholen konnte, fiel der Jokkey auf die Knie und erbrach sich.

Als Jeremiah Luft holte und sich umschaute, erblickte er die gesamte Stallbelegschaft um sich herum versammelt. Die meisten hatten zufriedene Gesichter, doch zwei von Pritchards Freunden gingen auf den am Boden Kauernden zu und halfen ihm hoch. »Für heute reicht's, Jimmy«, murmelte der eine und wollte ihn vom Platz führen.

Doch so schnell gab Jimmy nicht klein bei. Mühsam richtete er sich auf, um Jeremiah ins Gesicht zu sehen. »Mag sein, daß es reicht«, keuchte er. »Aber nur für heute. Ich komme wieder. Und ich werd' dir zeigen, wie man bei uns mit Niggern umgeht, die nicht wissen, wo sie hingehören. Vor allem solchen, die weiße Frauen anfassen. Du und diese Nutte! Wart nur ab«, drohte er düster, »du kriegst deinen Teil noch. Wart nur ab!« Damit drehte er sich um und hinkte davon.

Mit bleichem, versteinertem Gesicht trat Devon aus dem Büro. Sie öffnete den Mund, um etwas zu sagen, doch eine Handbewegung von Jeremiah ließ sie verstummen. »Männer«, rief er, an seine Untergebenen gewandt. »Wenn irgendeiner von euch genauso denkt wie Pritchard, dann kann er auf der Stelle gehen. Er bekommt zwei Wochen sein Geld weiterbezahlt und ein anständiges Arbeitszeugnis. Ich will hier niemanden zwingen, für mich zu arbeiten. Doch wer bleiben will, der muß akzeptieren, daß ich sein Boß bin. Ich bin derjenige, der Leute einstellt und auch wieder rausschmeißt. Und wer auch immer von euch – egal, ob Weißer oder Schwarzer – hier wie Pritchard Stunk machen will, der fliegt raus, und zwar schneller, als er schauen kann, ist das klar? Mir ist es absolut wurscht, welche Hautfarbe einer hat. Wer gut arbeitet, wird auch gut bezahlt. Wer einen Fehler macht – kriegt eine neue Chance. Aber wer rumstänkert, wer frech wird, wer keinen Respekt hat – für den ist hier kein Platz!« Herausfordernd ließ Jeremiah seinen Blick von einem zum anderen wandern, bereit, jeden, der jetzt gehen wollte, zu verabschieden. Doch niemand schien derartiges im Sinn zu haben.

»Is 'n Ordnung, Sir.« Ein schmächtiger Stallbursche, weiß und gerade erst sechzehn Jahre alt, fand als erster die Sprache wieder.

»Einverstanden«, pflichtete ihm einer der schwarzen Jockeys bei.

Alle in der Reihe, einer nach dem anderen, begannen, zustimmend zu nicken.

»Okay, Jungs«, brummte Jeremiah, »dann macht euch wieder an die Arbeit.«

Als die gesamte Belegschaft verschwunden war, drehte sich Jeremiah zu Devon um. Doch die sagte nichts, nickte ihm nur anerkennend zu und machte dann auf dem Absatz kehrt, um nicht zu spät zu ihrem Banktermin zu kommen.

9

Devon war in Champagnerlaune. Es gab gleich zwei Gründe zu feiern. Zum einen hatte die Bank ihr bereitwillig den gewünschten Kredit gewährt, ohne daß sie sie groß von ihrer Bonität hätte überzeugen müssen. Zum anderen hatte es Jeremiah endlich geschafft, seine Autorität im Stall zu festigen. Natürlich war der Zwischenfall mit Jimmy Pritchard alles andere als angenehm gewesen, aber Jeremiah war aus dem Konflikt als Sieger hervorgegangen, und das zählte. Devon war erleichtert, daß er von nun an mit dem Respekt und der Loyalität seiner Mitarbeiter rechnen konnte.

Ihr Blick glitt über das silbergrau schimmernde Abendkleid, das auf dem Bett ausgebreitet lag. Es gab noch einen dritten Grund zum Feiern. Sie war jetzt zweiundfünfzig Jahre alt und immer noch eine attraktive, begehrenswerte Frau – in ihrem Alter eher eine Seltenheit, und Devon war insgeheim sehr stolz darauf, auch wenn sie es natürlich niemandem zeigte.

In einer halben Stunde würde Mason sie abholen. Sie waren bei den Magraths zum Dinner eingeladen. Die alten Magraths waren schon vor vielen Jahren gestorben, doch der Landsitz von Helena Magrath Hartwick und ihrem Mann Brent hieß nach wie vor in der ganzen Gegend ›das Magrath-Gut‹. Devon war froh, daß ihre Freundschaft mit den beiden seit nunmehr fast dreißig Jahren ungebrochen war und auch durch ihre Scheidung keinen Schaden genommen hatte. Sogar John würde heute abend mit dabeisein. Seit Willys Begräbnis hatte er schon des öfteren auf Willowbrook vorbeigeschaut, um Francesca zu besuchen. Devon und Mason beobachteten die wachsende Freundschaft zwischen den beiden mit einem gewissen Unbehagen, doch bisher jedenfalls hatte John das junge Mädchen noch nicht enttäuscht. Für den heutigen Abend hatte Devon sich vorgenommen, in einem Gespräch unter vier Augen John diskret, aber unmißverständlich darauf hinzuweisen, was seine Besuche für ihre Tochter bedeuteten. Sie mußte ihm klarmachen, was für eine immense Verantwortung er übernahm, wenn er sich auf eine Beziehung zu diesem Kind einließ. Devon würde es nicht ertragen, eines Tages mitansehen zu müssen, wie ihre Tochter am Boden zerstört war, nur, weil John womöglich gerade festgestellt hatte, daß so ein Teenager auf die Dauer vielleicht doch ein wenig langweilig war. Devon wußte – Francesca war von dem Gedanken begeistert, daß John ja beinahe ihr Vater hätte sein können. Und in diese Begeisterung für einen fantasierten Traum-Papa mischte sich eine leise Teenager-Verliebtheit in den immer noch sehr attraktiven Mann John Alexander. Devon fand das alles ganz normal und natürlich, aber sie wollte sichergehen, daß John sich der Tragweite seiner Beziehung zu Francesca bewußt war.

Devon legte letzte Hand an ihr Make-up: Sie trug einen dezenten Lippenstift auf, einen Hauch von Rouge auf die Wangen, silbergrauen Lidschatten und farblich dazu passende Wimperntusche. Dann schlüpfte sie in ihre Abendgarderobe. Das Kleid, dessen kostbarer Seidenstoff bei jedem Schritt in einem anderen Grauton schimmerte, ließ ihre runden, femininen Schultern frei, bedeckte jedoch züchtig ihre Arme. Nicht, daß sie ihrem Alter entsprechend schlaff gewesen wären – im Gegenteil, sie waren straff und muskulös –, doch Devon meinte, daß es sich für eine Frau über Fünfzig einfach nicht mehr schickte, ärmellose Kleider zu tragen, und an dieser Überzeugung hielt sie eisern fest, auch wenn sich Grace und Francesca darüber lustig machten.

Es klingelte just in dem Moment, als sie in ihre silbernen Sandaletten fuhr. Das laute Hallo, das Francesca in der Diele anstimmte, bestätigte ihre Vermutung, daß es Mason war, der gekommen war, um sie abzuholen. Devon lächelte. Sie öffnete weit die Fenster, um die milde Abendluft mit den betörenden Düften aus dem Garten hereinzulassen. Es war noch nicht dunkel, sondern es herrschte dieses eigenartige Zwielicht, wie es an Sommerabenden oft bis spät in die Nacht hinein anhielt. Am Horizont schimmerte das letzte blasse Violett der untergehenden Sonne. Devon atmete tief durch. Sie fühlte sich rundherum glücklich.

Mason hatte Mühe, seine Eifersucht zu verbergen, als er Devon und John so eng beieinander vor dem flackernden Marmorkamin der Hartwicks sitzen sah, intensiv ins Gespräch vertieft. Er wußte nicht, daß es Francesca war, über die sie sich unterhielten, aber selbst wenn, hätte ihn dieses Wissen wohl kaum getröstet. Es war einfach … diese Nähe, die aus dem ganzen Bild sprach. Immer wieder berührte John während des Gesprächs Devons Arm, und auch Devon, obwohl sie keineswegs mit ihm flirtete, schien so innig mit ihm verbunden zu sein.

»Francesca mag dich, glaube ich, sehr gerne«, sagte Devon gerade.

»Und ich sie auch«, erwiderte John mit einem warmherzigen Lächeln.

»Es ist nur …«, fuhr Devon fort, »ich bin mir nicht sicher, ob du auch weißt, *wie* sehr sie dich mag …« Sie lächelte ein wenig besorgt.

»Doch, das ist mir sehr wohl bewußt«, erwiderte er mit wissendem Blick. »Ich gebe zu – am Anfang fand ich Frankie in der Tat einfach nur amüsant. Aber inzwischen bedeutet mir ihre Freundschaft sehr viel. Weißt du, ich habe sehr wenige wirklich intensive familiäre Beziehungen. Meine Eltern sind beide tot, der Rest meiner Familie ist mir … nun ja, sagen wir … fern, geographisch wie gefühlsmäßig. Frankie ist mir sehr wichtig geworden.« Er nahm einen Schluck aus seinem Cognac-Schwenker. »Gerade junge Menschen kenne ich nur wenige«, fügte er ein wenig wehmütig hinzu.

»Na ja«, konnte sich Devon die kleine Spitze nicht verkneifen, »früher warst du ja auf Kinder nicht sonderlich erpicht, wenn ich mich recht erinnere. Du hättest mit Bebe Kinder haben können. Oder später dann, nach der Scheidung von ihr, neu heiraten.«

»Ja, das ist leider wahr«, gab John unumwunden zu. »Aber ich glaube, ich war damals einfach noch nicht reif für eine solche Verantwortung. Ich …«

»Aber für Morgan warst du ein wunderbarer Vater«, unterbrach ihn Devon schnell, um ihre leise Kritik von eben zu entschärfen. Sie hatte ihn nicht verletzen wollen.

»Wir haben damals viel gestritten ihretwegen, nicht wahr?« John lächelte traurig. »Du wolltest mehr Zeit mit ihr und damit in Willowbrook verbringen als ich.«

Ein wenig verlegen sprach Devon weiter. »Ich hab' das damals, glaube ich, alles ein bißchen zu verbissen gesehen. Wenn sie hin und wieder mit Penny hiergeblieben und ich zu dir nach New York gefahren wäre, hätte ihr Seelenleben sicher auch keinen Schaden genommen.« Devon schwieg einen Moment, ehe sie fortfuhr. »Sie … sie war ein glückliches Kind, nicht wahr?« Etwas unsicher schaute sie ihm in die Augen. Es tat ihr gut, als er zustimmend nickte.

»Ja, das war sie«, seufzte John. »So wie Frankie … ich meine ›Francesca‹.« Ihm war nicht entgangen, daß Devon jedesmal leise die Stirn runzelte, wenn er den abgekürzten Namen ihrer Tochter gebrauchte. »Aber sie besteht nun einmal darauf, so genannt zu werden.« Schmunzelnd zuckte er die Achseln.

Devon lächelte kopfschüttelnd. »Ja ja, ich weiß.«

Ihr warmes Lächeln traf ihn mitten ins Herz. Was war sie nur für eine wunderbare Frau! Mit einem Anflug von Schuldgefühl schaute er zu Mason hinüber und stellte irritiert fest, daß der die Augen fest auf ihn gerichtet hielt. Doch als sich ihre Blicke begegneten, schaute der weißhaarige Mann wie ertappt sofort zur Seite. John konnte nicht anders, als Respekt vor diesem Mann zu haben. Warum hatten Devon und er bloß nicht geheiratet?

»Na ja«, nahm er nicht ohne einen Hauch von Selbstkritik das Gespräch mit Devon wieder auf, »vielleicht birgt die Beziehung zu Francesca gerade soviel Verantwortung für mich, wie ich als eingefleischter Einzelgänger gerade noch ertragen kann. Immerhin ist sie aus dem Gröbsten heraus. Ich weiß nicht, ob ich, wenn sie jetzt zwei oder drei Jahre alt und mitten in der Trotzphase wäre nicht schon lange das Weite gesucht hätte.« Er lachte. »Nein, wirklich, die Beziehung zu ihr erfüllt mich mit großer Freude. Und wer weiß, wenn die Dinge anders verlaufen wären, könnte ich ja tatsächlich ihr Vater sein …«

Devon lachte. »Ja, genau das sagt sie auch immer!«

»Sie mag aber Mason auch sehr gern«, nahm er sich gleich wieder zurück und nickte unwillkürlich in Masons Richtung.

»Ja.« Sie lächelte.

John zögerte einen Moment. Er hatte kein Recht, in ihre Intimsphäre einzudringen – und dennoch, er konnte seine Neugier einfach nicht bezwingen. »Hast du eigentlich nie daran gedacht, wieder zu heiraten?« fragte er schließlich.

Devon errötete. Ihr war klar, daß John unbedingt herausbekommen wollte, was zwischen ihr und Mason war. »Doch, ich habe daran gedacht.« Sie hielt sich bedeckt.

Ihre Antwort sagte ihm gar nichts. »Mason scheint ja sehr verliebt in dich zu sein«, faßte er nach.

»O ja, und ich mag ihn auch schrecklich gern!« erwiderte Devon inbrünstig.

Diese Antwort sagte ihm alles.

Plötzlich versuchte John sich vorzustellen, wie es wohl wäre, Devon zu küssen. Er erinnerte sich an ihren allerersten Kuß, an einem rauschenden Wasserfall in der Einsamkeit von Evergreen. Wie romantisch war das alles gewesen. Und welche Leidenschaft, welches Feuer hatte er in Devon entfacht! Seit Jahren verdrängte er die Vorstellung, wie Devon mit einem anderen im Bett lag. Erst Roland, dann Mason. John mußte zugeben, daß er eifersüchtig war.

Als ob er auf sein Stichwort gewartet hätte, kam in dem Moment Mason wie zufällig vorbeigeschlendert.

»Nette Party, nicht wahr?« wandte er sich mit einem herzlichen Lächeln an John. »Schön, Sie wiederzusehen, Alexander«, fügte er hinzu und klopfte ihm jovial auf die Schulter.

»Danke, ganz meinerseits«, erwiderte John höflich. »Was machen die Geschäfte?«

»Kann nicht klagen, danke. Werde demnächst ins Fernsehen einsteigen.«

John nickte bestätigend. »Ja ja, das ist das Geschäft der Zukunft!«

Schon bald waren die beiden Männer in ein angeregtes Gespräch vertieft, und Devon stahl sich leise davon. Eine halbe Stunde später sah sie, daß sie sich immer noch miteinander unterhielten. Es war eigentlich das erste Mal, daß die beiden Gelegenheit hatten, sich kennenzulernen. Ob sie wohl Freunde werden würden? Devon behagte die Vorstellung nicht sonderlich, ohne recht zu wissen, warum.

Inzwischen war es schon nach Mitternacht, und die Gäste brachen allmählich auf. Devon selbst wollte am nächsten Morgen früh aufstehen, um ihren neuen Hengst zu trainieren, und so signalisierte sie Mason, daß sie ebenfalls langsam gehen wollte.

Sie mußte wohl während der Heimfahrt eingenickt sein, denn sie erwachte vom Knirschen des Kieses, als Mason in die Zufahrtsstraße zu Willowbrook einbog.

»Möchtest du über Nacht bleiben?« fragte sie. Mason verbrachte oft die Nacht bei ihr. Im Morgengrauen schlüpfte er dann jedes Mal aus ihrem Bett und schlich auf Zehenspitzen ins Gästezimmer hinunter. Es war zwar kaum anzunehmen, daß auch nur einer vom Personal auf diesen Trick hereinfiel, aber zumindest wahrte man auf diese Weise die Fassade.

Im Grunde wollte Mason natürlich wie immer mit Devon die Nacht verbringen, aber irgend etwas an ihrem Verhalten vorhin, als sie mit John im Gespräch saß, hatte ihn stark irritiert. Zwischen John und Devon hatte es unübersehbar geknistert, als ob sie immer noch – oder wieder? – stark voneinander angezogen wären. Etwas war zwischen den beiden, an dem er keinen Anteil hatte, und das kränkte ihn. Er wußte selbst nicht genau, warum er so kindisch eifersüchtig reagierte, aber wie dem auch sei – er wollte jetzt lieber allein sein. Und so entschied er, heim nach Georgetown zu fahren.

Devon respektierte seine Entscheidung und drückte mit einem leisen Murmeln ihr Bedauern darüber aus, aber im Grunde genommen war ihr sein Entschluß sogar eher recht. Sie war ziemlich müde und freute sich auf ihr Bett. Die beiden verabschiedeten sich mit einem flüchtigen Kuß.

Das Haus lag still und friedlich – sie hatte den Dienstboten gesagt, daß sie nicht auf sie warten sollten. Um niemanden zu wecken, zog sie ihre Sandaletten aus und schlich auf Zehenspitzen die Treppe hoch.

Auf einmal hörte sie von draußen seltsame Geräusche. Sie blieb stehen und lauschte. Die Pferde? Aber die Geräusche kamen nicht aus der Richtung der Stallungen, sondern eher von dem großen Rasengelände vorm Haus. Jetzt wurde der Krach immer lauter. Devons Herz begann zu klopfen. Schnell huschte sie die Treppe wieder hinunter und zog ihre Schuhe an. Deutlich vernahm sie nun Stimmen. Sie stürzte zur Haustür und riß sie auf – und erstarrte. Eine gespenstische Szene bot sich ihren Augen dar: Eine Truppe eigenartig vermummter Gestalten mit seltsamen, spitzen Kapuzen auf dem Kopf und flackernden Taschenlampen kam unter grollendem Gemurmel über den Rasen auf sie zu marschiert. Von Panik überwältigt, schlug sie die Tür wieder zu. Was sollte sie tun? Einen Augenblick stand sie wie angewurzelt. Dann stürmte sie in ihr Arbeitszimmer hoch, nahm mit zitternden Händen ihre Remington Kaliber zwölf aus der Halterung und lud sie.

Wieder hinunter in die Diele! Einen Augenblick lang starrte sie auf die Haustür, unfähig sich zu bewegen. Doch sie konnte jetzt nicht kneifen – sie mußte da durch! Ein Geräusch hinter ihr ließ sie mit erhobenem Gewehr herumfahren. Sie schaute in die verängstigten Gesichter von Francesca, Laurel und Alice. Hinter ihnen drückte sich das Personal mit verstörtem Blick an die Wand. Aller Augen waren auf Devons Gewehr gerichtet. Keiner wagte es, sich zu rühren. Bleiernes Schweigen lag im Raum.

Der Lärm draußen wurde immer lauter. Devon riß ihr Gewehr an sich und umklammerte mit beherztem Griff die Türklinke. Ein letztes Mal warf sie einen Blick über die Schulter auf ihre Familie und ihre Angestellten, dann schaute sie wieder auf ihre Hand auf der Klinke. Weiß und hart traten ihre Knöchel hervor. Sie holte tief Luft. Ihr Atem zitterte. Mit einer heftigen Bewegung riß sie die Tür auf.

Der Anblick, der sie erwartete, war schlimmer als befürchtet. Wie gefährliche Flammen tanzten die Taschenlampen vor ihren Augen, blendeten sie, tauchten die Schreckgestalten in gespenstisches Licht, warfen riesige, bedrohliche Schatten auf den Rasen und die Hauswand. Instinktiv trat sie einen Schritt zurück, wollte wieder ins Haus fliehen.

»Da ist sie!« kreischte eine Stimme.

Jetzt gab es kein Entrinnen mehr! Wie angewurzelt blieb sie stehen – eine zarte Gestalt, eine schwarze Silhouette vor dem hellen Hintergrund der erleuchteten Diele. Der Abendwind erfaßte ihren weiten Rock und bauschte ihn hinter ihr auf wie eine wehende Schärpe.

Die Männer, einige von ihnen zu Pferde, die anderen zu Fuß, versammelten sich jetzt in einem Abstand von ungefähr zehn Metern vor ihr.

Devon schlug das Herz bis zum Halse. Plötzlich sah sie, daß einige der Vermummten mitten in ihrem sorgsam gehegten Gladiolenbeet standen und etliche der schönen Blumen brutal niedergetrampelt hatten. Der Anblick traf sie wie ein Hieb ins Gesicht, und mit einem Schlag verschwand ihre Angst und machte einer rasenden Wut Platz.

Mit ein, zwei kräftigen Schritten trat sie vor ihre Haustür bis an den äußersten Rand der Veranda. Sie zitterte, doch jetzt nicht mehr vor Angst, sondern weil sie platzte vor Wut. So sehr, daß sie einen Moment lang kein Wort über die Lippen brachte.

Wie auf ein geheimes Signal hin verstummte die Gruppe auf einen

Schlag. Eine harsche, bellende Stimme erhob sich: »Der Große Meister ist gekommen, um dich zu warnen!«

Ein paar Sekunden herrschte Schweigen. Dann ertönte eine andere Stimme, diesmal in tiefem Baß. »Frauen, die mit Niggern verkehren, Frauen, die sich von Niggerhänden beschmutzen lassen, sind des Todes!«

Die Stimme fuhr fort. »Heute morgen hast du einen Nigger über einen weißen Mann erhoben! Heute abend ereilt dich die gerechte Strafe!«

Zustimmendes Raunen ging durch die Runde.

»Und hinterher werden wir dem Nigger einen kleinen Besuch abstatten!« kläffte eine andere Stimme unter einer Kapuze hervor. Devon erkannte sie – es war die Stimme von Jimmy Pritchard. Sie kniff die Augen zusammen und suchte die Reihen ab, bis sie den Kleinsten ausgemacht hatte.

Devon kochte vor Wut. Unbeweglich wie eine Statue stand sie da, aber in ihr tobte Haß, grenzenloser Haß. Ganz langsam hob sie ihr Gewehr an die Schulter und legte auf Jimmy an.

Wie Göttergrollen klang ihre Stimme. »*Ihr* wollt *mich* ›bestrafen‹?! Versucht's doch! Wenn irgend jemand von euch mein Eigentum antastet oder gar Hand an einen meiner Leute oder ein Mitglied meiner Familie legt, dann ist *er* des Todes! Und glaubt bloß nicht, daß ich mit meinem Gewehr nicht umgehen kann!« Sie fuhr um neunzig Grad auf dem Absatz herum und nahm einen aus Ton geformten Spatz ins Visier, der, erleuchtet von einer Gartenlaterne, auf dem Rand einer Terracotta-Vogeltränke in dreißig Metern Entfernung von ihr saß. Noch bevor die Männer mitbekamen, was Devon vorhatte, krachte es, und die Scherben der Tonfigur flogen wie kleine Geschosse in weitem Umkreis umher. Zack, zack – knapp und präzise wie in einer militärischen Übung lud Devon ihr Gewehr wieder durch und richtete es erneut auf die Gruppe der Vermummten.

»So, ›Großer Meister‹«, höhnte sie. »Jetzt bist *du* dran! Und nach dir« – sie ging mit dem Gewehr leicht nach links »*du,* Jimmy Pritchard!«

Plötzlich hatten auch einige der Kapuzenmänner Gewehre in der Hand, die sie auf Devon richteten. »Ha! Das glaubt ihr wohl, was!« Sie spuckte die Worte geradezu heraus. »Ich bin schneller als ihr! Ihr könnt mich töten, aber vorher erwischt's mindestens zwei von euch! Oder was meinst du, ›Großer Meister‹?« Sie sprach den Titel des Anführers mit aller Verachtung aus, derer sie fähig war, und zielte jetzt unmittelbar auf ihn.

»Wir sind nur hier, um dir eine Warnung zu erteilen!« kam es zurück. Die Stimme klang beileibe nicht mehr so selbstbewußt wie zuvor.

»Ach, wirklich?« Sie brach in höhnisches Gelächter aus. »Ich dachte, ihr wolltet mich ›bestrafen‹?« Wieder lachte sie laut. »Was glaubt ihr eigentlich, was man hier in der Grafschaft mit Leuten macht, die sich erdreisten, jemanden wie mich ›bestrafen‹ zu wollen? Ich glaube kaum, daß man sich bei euch mit einem förmlichen Prozeß und anderen Sperenzchen aufhalten wird. Nein! Am nächsten Baum wird man euch aufknüpfen! Und ich werde die sein, die am lautesten applaudiert! Und glaubt bloß nicht, daß ich nicht weiß, wer ihr seid! Ich habe lange genug hier gelebt, um jeden einzelnen von euch unter diesen lächerlichen Kapuzen zu erkennen!«

»Sie machen uns keine Angst!« rief Jimmy Pritchard, doch es klang mehr wie das Pfeifen des kleinen Jungen im Walde.

Devon sah, daß die Männer, offenbar eingeschüchtert durch ihre drohenden Worte, die Gewehre inzwischen wieder hatten sinken lassen. Sie legte jetzt auf Jimmy an. »Ach, wirklich nicht?« rief sie. »Dann bist du ja noch blöder, als ich gedacht habe! Na, los! Komm raus, Jimmy Pritchard! Oder machst du dir in die Hosen, wenn du dich nicht mehr in der Meute verstecken kannst?!«

Keiner der Männer sprach ein Wort. Und Jimmy Pritchard rührte sich nicht vom Fleck. »Komm raus, du Feigling!« raunte Devon gefährlich leise.

Wütend ob der Demütigung, die er gerade erfuhr, wandte sich der Jockey an die Umstehenden. »Diese Frau hat vor einem Nigger mehr Respekt als vor mir!« schrie er zornentbrannt.

»Tja, vielleicht hat das was mit *dir* zu tun!« höhnte Devon.

»Sie fickt ihn! Das isses!« kreischte Jimmy mit überschnappender Stimme. Ein paar der Männer um ihn herum hielten erschrocken die Luft an. Einer trat hervor und zog ihn am Arm zu sich. »Hey, Junge, das geht wirklich zu weit!«

»Jimmy Pritchard!« Wie ein scharfes Messer durchschnitt Devons Stimme die nächtliche Stille. »Du hast genau drei Sekunden Zeit, mein Anwesen zu verlassen. Und du hast genau drei Stunden Zeit, diese Grafschaft zu verlassen! Und im Gegensatz zu dir, stoße ich keine leeren Drohungen aus. Mit dem ersten Sonnenstrahl werd' ich ein paar meiner Freunde Bescheid sagen. Und wenn du dich dann immer noch hier herumtreibst, geht's dir schlecht, das schwör' ich dir!«

Jimmy öffnete den Mund, um zu kontern. »Sie …«

»Eins!«

»Ich werde ...«

»Zwei!«

»Komm, Jimmy«, murmelte einer der Männer und zog ihn mit sich fort. »Laß uns hier abhauen!«

»Drei!«

Jimmy warf einen ängstlichen Blick über die Schulter zu Devon zurück, die drohend in der Tür stand. »Jimmy«, rief sie. »Du bist verdammt langsam, mein Junge!«

Es krachte höllisch, und auf einmal segelten Gras, Erde und zerfetzte Blumen auf Jimmy nieder, die durch den Einschlag eines Geschosses nur einen Meter hinter ihm aufgewirbelt wurden.

Devon brach in schallendes Gelächter aus, ein Gelächter, so höhnisch, ja, geradezu satanisch, daß den Männern in ihrem Vorgarten das Blut in den Adern gefror. Und als der letzte von ihnen verschwunden war, lachte sie immer noch.

Devon machte ihre Drohung wahr. Im ersten Morgengrauen suchte sie das örtliche Polizeirevier auf. Der diensthabende Sheriff kannte die Richmond-Familie seit Jahren und war sich Devons Macht und Einfluß in der gesamten Grafschaft voll bewußt.

Natürlich hatte Devon ein bißchen geblufft, als sie behauptet hatte, sämtliche Männer unter ihren Kapuzen identifiziert zu haben. Aber einige hatte sie eindeutig erkannt, und deren Namen gab sie dem Sheriff.

»Ich werde diesen Herren mit einigen meiner Männer einen kleinen Besuch abstatten, Madam«, sagte der Sheriff. »Sie können sicher sein, daß weder Sie noch Jeremiah jemals wieder von ihnen belästigt werden.«

»Ich danke Ihnen, Earl. Ich weiß Ihre Hilfe sehr zu schätzen«, erwiderte Devon, jetzt wieder ganz die Lady, und hielt ihm ihre Hand hin, die in einem blütenweißen Handschuh steckte.

»Ich habe für Männer, die schutzlosen Frauen Angst einjagen, nicht das geringste Verständnis ... und behandle sie entsprechend«, sagte der Earl mit bedeutungsvollem Ton.

Devon lächelte nur.

10

Jesse konnte seine Augen nicht von Francesca wenden. Ihre langen, makellos geformten Beine, der weiche Schwung ihrer Hüften, ihre zarten Brüste – aus dem dürren, schlaksigen Mädchen von gestern war über Nacht eine junge Frau geworden! Sie waren zum erstenmal in diesem Sommer beim Schwimmen, und Jesse hatte einige Mühe, seiner Verwirrung Herr zu werden.

Warum hatte er die Veränderung ihres Körpers nicht schon viel früher bemerkt? Es war doch erst ein paar Monate her, daß sie zum letzten Mal ausgeritten waren, miteinander gelacht und herumgealbert hatten! Aber jetzt, plötzlich konfrontiert mit so viel knospender Weiblichkeit, war Jesse auf einmal wie gelähmt.

»Jesse!« Francesca stand über ihm, kokett die Fäuste in die Hüften gestemmt und schaute auf den Jungen hinunter, der faul in der Sonne lag. »Hast du nicht gehört? Laß uns essen. Ich sterbe vor Hunger!« Sie wrang ihre nassen Haare über seiner nackten Schulter aus und lachte, als er ärgerlich aufsprang.

»Hey, hör auf!« rief er.

»Ist ja gut«, kicherte sie. »Aber jetzt komm.« Sie griff sich den Picknick-Korb und packte aus: dick belegte Käse- und Schinkenbrötchen, Kartoffelsalat, gebratene Hühnerschenkel mit Barbecue-Soße, Schokoladenkekse und Äpfel. Sie goß Limonade in einen der Pappbecher, die der Koch ihnen mitgegeben hatte, nahm einen Schluck und reichte ihn Jesse.

Jesse nahm den Becher und trank ebenfalls daraus, achtete jedoch darauf, den Becher keinesfalls an der Stelle an seinen Mund zu führen, an der Francesca vorher getrunken hatte. Er befürchtete, sich die Lippen zu verbrennen, so sehr erregte sie ihn.

Francesca biß in eines der Schinkenbrötchen und gab Jesse ebenfalls eines. »Kartoffelsalat?« fragte sie, auf beiden Backen kauend. Ohne seine Antwort abzuwarten, griff sie sich einen der Pappteller und lud ihm einen gehörigen Berg auf. Nach jahrelanger Erfahrung gemeinsamen Picknickens wußte sie genau, was ihr Freund am liebsten aß.

»Ich werd' jetzt mal mit Mama reden, ob ich nicht als Übungsreiterin bei ihr anfangen kann«, erzählte Francesca stolz.

»Mmmh«, brummte Jesse und schielte aus dem Augenwinkel auf ihren Busen. Er war mit seinen Gedanken ganz woanders.

»Würdest du auch gerne machen, stimmt's?«

Jesse zwang sich, sich auf ihr Gespräch zu konzentrieren. »Ja, sehr gerne sogar. Hab' ich ja auch schon gemacht. Bis ich zu groß geworden bin.« Er schob den letzten Bissen seines Brötchens in den Mund und schnappte sich dann ein Stück vom gebratenen Hähnchen.

Francesca warf einen Blick auf seine breiten Schultern. Es war ihr, als würde sie zum erstenmal bewußt wahrnehmen, daß aus ihrem schmächtigen Freund ein großer, starker junger Mann geworden war. »Wirklich zu schade«, murmelte sie mitfühlend.

»Du bist sicher schon knapp einsachtzig, stimmt's? Auf jeden Fall eindeutig zu groß, um Jockey zu werden.«

Jesse zuckte die Achseln. »Macht nichts. Ich kann ja immer noch Trainer werden. Papa wird's mir beibringen. Vielleicht fang' ich schon bald an, für ihn zu arbeiten.«

»Ich dachte, du wolltest aufs College gehen?« wunderte sich Francesca.

Er lachte. »Ja, eigentlich schon. Aber um Trainer zu werden, brauchst du ja nicht aufs College zu gehen. Papa war auch nie auf dem College – und schau, was aus ihm geworden ist!«

Francesca nickte zustimmend. »Ja. Er ist echt der Größte. Abgesehen von Mama natürlich«, fügte sie mit einem Grinsen hinzu. »Glücklicherweise bin ich ja noch nicht zu groß, um Jockey zu werden. Ich hätte zwar auch nicht gedacht, daß ich so wachsen würde, aber mein Gewicht hab' ich immer noch gehalten – fünfundfünfzig Kilo!« Sie lächelte stolz.

»Na, da bin ich ja mal gespannt, was deine Mama sagt, wenn du mit dem Berufswunsch herausrückst!« grinste Jesse skeptisch.

Francesca nahm einen Schluck aus ihrem Becher. »Pah!« Sie gab sich selbstbewußt. »Eines Tages werde ich Jockey sein, egal, ob Mama oder sonstwer was dagegen hat! Onkel John ist schon mal auf meiner Seite!«

Jesse zog verblüfft die Brauen hoch. »Was geht denn den das an?«

»'ne Menge.« Francesca schaute verschmitzt. »Bisher hat er noch alles bei Mama durchgesetzt, was ich wollte!«

»Na, da wär ich aber in dem Fall nicht so sicher! Sie will dich doch auf dieses Mädchen-College in Washington schicken, oder?«

»Schon, aber ich hab' Onkel John gegenüber ein Mordstheater gemacht, daß ich das überhaupt nicht will und so … na ja, und dann hat er bei Mama ein gutes Wort für mich eingelegt. Im Grunde ist er wahrscheinlich wie Mama der Meinung, daß es besser für mich wäre, auf dieses blöde College zu gehen, deshalb hat er sich auch nicht richtig mit ihr angelegt. Aber zumindest hat er sie schon soweit, daß ich dort nicht ins Internat muß, sondern als Externe gehen kann, und das ist doch schon was, oder?« Sie zog die Nase kraus bei dem schlichten Gedanken, auf ein Internat gehen zu müssen. »Und ich schwör' dir«, fuhr sie mit einem selbstbewußten Grinsen fort, »mit Onkel John krieg' ich sie auch noch soweit, daß ich überhaupt nicht aufs College muß!«

»Er läßt sich von dir um den Finger wickeln«, erwiderte Jesse mit leisem Tadel. »Es wär' bestimmt gut für dich, aufs College zu gehen, aber wenn du ihn mit deinem Charme becirct, kann er einfach nicht nein sagen.«

»So isses.« Sie kicherte stolz. »Aber ich bin nun mal genauso wie du der Meinung, daß ich nicht aufs College muß, um Jockey zu werden.«

»Deine Mama sieht das sicher anders«, gab Jesse zu bedenken. »Sie selbst war schließlich auch auf dem College, und ihre Mutter auch. Das ist sozusagen Familientradition. Bei mir wär' das was anderes. Wenn ich aufs College ginge, wär' ich der allererste in der ganzen Sippschaft, der diesen Schritt wagt.«

Francesca zuckte die Achseln. Das Thema begann sie zu langweilen. »Willst du 'n Keks?« fragte sie.

»Nee danke, ich bin proppenvoll.« Wie um dies zu demonstrieren, drückte er seinen Bauch so weit wie möglich hinaus, sehr zu Francescas Begeisterung. Es war ein altes Spiel zwischen ihnen, das einfach zum Ritual gehörte – immer wenn sie satt waren, drückten sie ihre Bäuche heraus, so weit sie konnten.

Auch wenn Francesca diesmal wieder kicherte, hatte sie doch auf einmal Hemmungen, es ihm nachzutun. Sie wußte, daß ein dicker Bauch immer irgendwie komisch wirkte, und sie wollte doch so gerne hübsch aussehen. Zum erstenmal wurde ihr bewußt, daß sie Jesse gefallen wollte. Und zum erstenmal errötete sie vor ihm.

11

»Du darfst sie nicht so gängeln, Devon«, mahnte John. »Sie ist schließlich kein Kind mehr.« Er warf Mason einen hilfesuchenden Blick zu.

Mason nickte zustimmend. »Sie ist doch ein zuverlässiges Mädchen, Devon. Hat nie irgendwelchen Ärger gemacht. Wenn sie nun mal unbedingt diesen Beruf ergreifen will – dann laß sie doch.«

Ärgerlich ging Devon in ihrem Arbeitszimmer auf und ab. Es brachte sie jedesmal in Rage, wenn Mason und John zusammen Francescas Partei ergriffen. Schließlich war sie ihre Mutter! Und sie allein hatte über die Erziehung ihres Kindes zu entscheiden!

Beide Männer saßen bequem auf dem mit burgunderroter Seide bezogenen Sofa, die Füße lässig auf den glänzenden Mahagoni-Couchtisch gelegt, und schauten Devon zu, die nervös vor ihnen auf- und abging.

Trotz ihrer inneren Erregung waren Devons Bewegungen weich und elegant wie die eines Mannequins. Passend zur Cocktailzeit am Nachmittag trug sie ein auf Figur geschnittenes, lavendelfarbenes Seidenkleid von Dior mit rundem Ausschnitt und langen Ärmeln, das ihren schlanken Körper betonte. Der neue Kurzhaarschnitt unterstrich ihre faszinierenden blauen Augen. Kaum zu glauben, daß diese Frau schon Anfang Fünfzig war!

»Devon, ich bitte dich!« stöhnte John. »Du machst mich ganz verrückt mit deinem Hin- und Hergerenne! Komm, setz dich zu uns und genehmige dir erst mal einen schönen Martini!«

Er schaute Mason an, der zustimmend nickte und dann aufstand, um Devon zu dem behäbigen, geblümten Ohrensessel zu führen. Mit sanftem Druck auf ihre Schultern nötigte er sie, sich zu setzen. John ging derweil zum Barwagen hinüber und mixte ihr einen Martini.

»So«, grinste er und reichte ihr das Glas, »kein weiteres Wort mehr, eh' du den nicht runtergespült hast!«

Devon warf den beiden Männern einen gequälten Blick zu. Doch dann mußte sie wider Willen lächeln. Diese Kerle waren doch selber noch die reinsten Kinder!

Mit einer abrupten Bewegung wandte John sich von ihr ab und ging zu seinem Platz auf dem Sofa zurück. Es war wieder einmal ein Moment, wo er von einem so intensiven Gefühl für Devon überwältigt wurde, daß er nicht anders konnte, als sich vor ihr zu verstecken. Er hatte sich angewöhnt, ihr mit einer freundschaftlichen, fast väterlich zu nennenden Geste zu begegnen, auch oder gerade in den Augenblicken, in denen er von dem starken Wunsch übermannt wurde, sie einfach in die Arme zu nehmen. Vor zwei Jahren, als sie sich bei Willys Begräbnis zum erstenmal wieder begegnet waren, hatte sie ihn so fasziniert, daß er eine Zeitlang mit dem Gedanken gespielt hatte, wieder um sie zu werben. Doch dann hatten er und Mason sich spontan so sympathisch gefunden, und er hatte gespürt, was für tiefe Gefühle dieser Mann zu Devon hegte, daß er von diesem Plan wieder

Abstand genommen hatte. Manchmal fragte er sich, ob Mason ihm vielleicht gerade deshalb so freundlich begegnete, weil er verhindern wollte, daß John ihm seine Freundin ausspannte.

Anfangs war es noch nicht Liebe gewesen, sondern nur erotische Anziehung, die John für Devon empfunden hatte. Die Liebe war erst langsam wiedergekommen. Viele Kleinigkeiten hatten dazu beigetragen. Ihre siegreiche Auseinandersetzung mit dem Ku-Klux-Klan hatte ihm tiefen Respekt abverlangt und ihn mit Stolz erfüllt. Dann die selbstbewußte und dennoch nicht autoritäre Art, ihr Unternehmen zu führen! Heute könnte er sich dafür ohrfeigen, daß er früher mit aller Macht versucht hatte, sie in ihrer Unabhängigkeit zu beschneiden. Die Begeisterung, mit der ihre Angestellten von ihrer Chefin schwärmten, machte ihn fast neidisch – er selbst hatte es in seinen langen Jahren als Unternehmer zum Teil bittere Erfahrungen machen müssen. Er wußte, wie schwer es war, bei seinen Untergebenen Loyalität und Motivation herzustellen. Devon war schon ein kleines Genie! Welche Ziele sie sich auch steckte – sie erreichte sie, und noch dazu fast mühelos, wie es schien. Was John aber am meisten an ihr bewunderte, war die Liebe, die zwischen ihr, ihrer Mutter und ihrer Tochter und Alice spürbar war. Wie sehr bedauerte er es, nicht mehr zu dieser Familie dazuzugehören! Ja, oft genug, vor allem, wenn er mit Devon und Mason zusammen war, fühlte er sich als fünftes Rad am Wagen. Aber die Freundschaft zu ihr und Mason – und die zu Francesca – bedeutete ihm so viel, daß er bereit war, sich mit dieser Rolle zu begnügen.

»Devon«, sagte Mason in seinem tiefen Männerbaß. »Bald wird die Zeit kommen, wo du sowieso nicht mehr darüber bestimmen kannst, was Francesca tut und was sie läßt. Und dann wird sie Jockey werden, egal, ob du es willst oder nicht. Vielleicht tut sie es dann sogar nur aus Trotz, um es dir zu beweisen. So aber ist es vielleicht nur eine Phase, die ganz von allein vergeht. Alle jungen Mädchen lieben Pferde!«

»Das ist keine Phase«, erwiderte Devon grimmig, »das ist eine Besessenheit! Und diese Besessenheit dauert jetzt schon zwölf Jahre an. Nein, das ist keine Phase, wirklich nicht!«

»Es ist *keine* Besessenheit, Devon!« schaltete sich John wieder ein. »Es ist ein Traum! Nicht viele Menschen haben das Talent und die Gelegenheit, ihre Träume wahrzumachen. Warum verwehrst du deinem Kind eine Chance, die nur wenige überhaupt haben?«

»Du redest dich leicht!« konterte Devon erregt. »Es ist schließlich nicht *deine* Tochter!«

John wandte den Blick zu Boden. Es war ihm anzusehen, wie sehr ihn ihre letzte Bemerkung verletzt hatte.

»Devon!« kam Mason seinem Freund zu Hilfe. »John liegt Francescas Wohlergehen so am Herzen, wie wenn sie seine eigene Tochter wäre! Und mir geht es genauso. Wir wollen nur ihr Bestes. Ich verstehe nicht, wie du als unabhängige Frau deiner Tochter das verwehren kannst, was du dir selber so hart hast erkämpfen müssen – einen Beruf, den du liebst und in dem du deine Talente verwirklichen kannst!«

Ärgerlich schlug Devon auf die Armlehne ihres Sessels. »Aber Jockey ist nun einmal kein Beruf für eine Frau!«

»Haha! Und so etwas aus deinem Munde!« ereiferte sich John. »Als du Willowbrook übernommen hast, gab es weit und breit keine einzige Frau, die Pferdetrainerin war! Und hast du dich davon abhalten lassen? Nein! Du hast dich nicht um traditionelle Vorurteile geschert, du hast getan, wonach dir der Sinn stand, basta! Und heute hängt dein Bild im Pferderennsport-Museum! Warum gibst du ihr nicht die gleiche Chance? Devon, Francesca ist wie du! Sie ist ehrgeizig, sie ist ein Gewinner-Typ! Sie wird es schaffen, das schwör ich dir!«

»Nein!« Devon war den Tränen nahe. Und jetzt, wo ihr die Argumente ausgingen, bemerkte sie es auf einmal – sie hatte einfach Angst um ihre Tochter! Doch wie sollte sie dies ihren beiden Freunden verständlich machen? »Was ist mit Morgan?« stieß sie tonlos hervor. »Vielleicht wäre alles ganz anders geworden ...« Die Stimme versagte ihr. »Ich ... ich hätte sie«, fuhr sie stotternd fort, »... vielleicht hätte ich sie schützen können ..., aber ich ... ich habe versagt. Und ... und ich will nicht, daß mir das noch einmal passiert.«

Spontan erhob sich Mason vom Sofa und wollte an ihre Seite eilen. Aber auf halbem Wege blieb er verunsichert stehen. John und Devon schauten sich an – wie hypnotisiert. Als gäbe es nur sie beide, und als würde alles um sie herum versinken. Die ganze Tragödie ihrer Ehe, der ganze abgrundtiefe Schmerz über den Tod ihres Kindes stand im Raum, war wie mit Händen zu greifen. Es war ein Moment solcher Intimität, solch nackter Pein, daß Mason sich auf einmal wie ein Eindringling, wie ein Voyeur vorkam.

Langsam stand John auf und ging zu Devon hinüber. Vorsichtig ergriff er ihre Hand und streichelte sie, als wollte er sie wärmen. Dann kniete er neben ihr nieder und nahm sie in die Arme, als hätte er Masons Gegenwart vergessen. Zärtlich strich er ihr übers Haar, als sie ihren Kopf an seine Schulter lehnte und hemmungslos zu schluchzen begann.

»Es … es tut mir so leid«, stammelte sie unter Tränen. »Es … es hat all die Jahre so an meinem Herzen gefressen! Ich würde mir nie verzeihen, wenn Francesca das gleiche passierte!«

»Aber das ist doch gar nicht vergleichbar«, beschwichtigte sie John mit sanfter Stimme. »Die Umstände sind doch ganz andere. Francesca ist groß und kräftig und weiß, wie man richtig fällt. Und nicht zuletzt ist sie eine hervorragende Reiterin!«

»Aber was ist, wenn sie tödlich verunglückt?!«

»Davor ist niemand gefeit, Devon. Kein Busfahrer, kein Dienstmädchen, kein Arzt und keine Hausfrau. Jeden kann es treffen.«

»Aber das Risiko ist doch bei einem Jockey viel höher!« Fast ärgerlich schob Devon ihn von sich. »Und ich könnte Francesca von so einem gefährlichen Beruf abbringen!«

»Nein, das kannst du eben nicht!« beharrte John. »Zumindest nicht auf alle Ewigkeit. Genausowenig, wie du das, was Morgan geschehen ist, letztlich hättest verhindern können! Denn damals warst du davon überzeugt, das Richtige zu tun, genauso wie du heute davon überzeugt bist, das Richtige zu tun, wenn du Francesca verbietest, ihren Traumberuf zu ergreifen.« Er nahm ein Taschentuch aus seinem Jakkett und wischte ihr zärtlich die Tränen von den Wangen. »Aber du bist nicht Gott, Devon«, fuhr er leise fort. »Und du kannst deine Kinder nicht vorm Tod bewahren, so sehr du dir das auch wünschst!«

Beschämt erinnerte sich John daran, daß auch er damals insgeheim Devon die Schuld an Morgans Tod gegeben hatte. Er war froh, daß er seinen Vorwurf wenigstens nicht laut geäußert hatte.

Devon putzte sich mit Johns Taschentuch die Nase. Langsam gewann sie ihre Fassung wieder.

»Ich hab' solche Angst um sie, John«, gestand sie.

»Ich auch«, gab John zu. »Wenn sie wirklich eines Tages Jockey sein sollte, werd' ich jedesmal Todesängste ausstehen, wenn sie über die Rennbahn rast. Aber ich werde auch stolz auf sie sein. Und ich werde mich mit ihr über ihre Erfolge freuen. Wenn man wirklich etwas will, Devon, dann muß man dafür auch etwas riskieren. Und hin und wieder auch etwas aufgeben. Aber das brauche ich dir ja wohl nicht zu erzählen, oder?« Tief schaute er ihr in die Augen, und für einen Moment sah sie die tiefe Verletzung, die sie ihm damals vor so vielen Jahren zugefügt hatte. Dann war es, als fiele ein Schleier herab, und sie sah nur noch Freundschaft und Sympathie in seinem Blick.

»Vielleicht hab' ich sie zu sehr behütet die ganze Zeit. Vielleicht müßte ich ihr mehr Freiheit lassen.« Zerknirscht schaute Devon auf das Taschentuch in ihren Händen.

»Nein«, erwiderte John sanft und hob mit dem Zeigefinger ihr Kinn, so daß sie ihm geradewegs in die Augen sehen mußte. »Es gibt nicht den geringsten Grund, dir Vorwürfe zu machen. Du bist eine wunderbare Mutter.«

»Tja«, seufzte Devon mit einem wehmütigen Lächeln und strich sich ihr Kleid glatt. »Dann werde ich also Francesca gleich heute abend die frohe Botschaft verkünden …«

»Ja, das ist gut.«

»Mason, was hältst du davon, wenn wir …« Sie brach ab und drehte sich suchend nach ihrem Freund um. Dann kehrte ihr Blick zu John zurück. »Wo ist denn Mason?« fragte sie verblüfft.

»Weiß auch nicht«, wunderte sich John. »Ich hab' gar nicht gemerkt, daß er gegangen ist.«

12

»Kannst du dir das vorstellen?« rief Francesca begeistert ihrem Freund Jesse zu. »Mama hat mir erlaubt, schon nächsten Monat anzufangen!« Die beiden ritten hintereinander durch den Wald zu ihrem altvertrauten Badeplatz.

»Toll!« rief Jesse, der voranritt, über die Schulter. »Herzlichen Glückwunsch! Und wie hast du das hingekriegt?«

»Genauso, wie ich's dir gesagt habe!« grinste Francesca. »Onkel John hat die Sache für mich erledigt.«

»Verwöhnter Fratz, ich sag's ja!« neckte sie Jesse.

Als sie die Lichtung erreichten, stiegen sie beide ab und banden die Pferde an einen Baum.

»Erst schwimmen?« fragte sie.

Jesse nickte. Mit leichtem Unbehagen dachte er an das letzte Mal, als sie zusammen schwimmen waren. »Ich zieh aber 'ne Badehose an«, sagte er so beiläufig wie möglich. »Hat mir Mama zum Geburtstag geschenkt.« Er wußte auch nicht genau, warum – aber es war ihm lieber, eine anständige Badehose anzuhaben, als in nassen Jeans und T-Shirt vor Francesca zu sitzen. So grotesk es auch klang er fühlte sich dann einfach … angezogener, nicht so … so ihren Blicken ausgesetzt, einfach sicherer.

Francesca warf ihm einen verblüfften Blick zu. »Willst nicht, daß deine Klamotten naß werden, hä?«

»Mmmh.«

»Dabei werden die doch in Null Komma nix trocken«, wunderte sie sich. »Ach, vielleicht zieh' ich nächstes Mal auch 'n Badeanzug an«, überlegte sie dann laut. Vielleicht war das erwachsener. Und vielleicht sah sie darin ja auch hübscher aus.

Wortlos zuckte Jesse die Achseln. Er vermied es, ihrem Blick zu begegnen, während er die Picknickdecke ausbreitete.

»Ziehst du dir deine Sachen dann wieder an, wenn du aus dem Wasser kommst?« wollte Francesca wissen.

Jesse stöhnte auf. »Mann, das weiß ich auch nicht, Frankie! Ich hab' mir doch keinen Plan gemacht! Ich hab' einfach Lust, das Geschenk von meiner Mama anzuziehen.«

»Ist ja gut, ist ja gut!« beruhigte ihn Francesca. »Vielleicht geh' ich heut' ja auch überhaupt nicht ins Wasser.«

»Na, dann eben nicht.« Er zog sich aus und stapfte in seiner Badehose ans Ufer, gefolgt von Francesca.

»Ist's kalt?« fragte sie und hielt prüfend eine Hand ins Wasser.

Jesse, der jetzt unmittelbar neben ihr stand, verspürte auf einmal große Lust, sie ins Wasser zu schubsen. Ganz langsam drehte er sich zu ihr um.

Francesca riß die Augen auf, als sie sah, was er vorhatte. »Untersteh dich!« schrie sie, doch da war es schon passiert, und sie flog mit lautem Klatschen in den Fluß.

»Mann, das ist ja fürchterlich kalt!« Lachend und prustend kam sie wieder hoch und fuhr sofort mit der Handfläche über die Wasserfläche, um ihn anständig naßzuspritzen. Er kreischte und hechtete dann von sich aus in den Fluß, bemüht, beim Aufprall eine möglichst große Fontäne zu machen.

Kaum war er wieder aufgetaucht, da strampelte seine Freundin schon aus voller Kraft mit den Beinen an der Oberfläche und ließ so einen wahren Regen auf ihn niedergehen. Er ließ sich nicht lange bitten und plantschte zurück, und so ging es eine volle Viertelstunde unter lautem Gejohle hin und her.

»Puh!« japste sie schließlich. »Ich geh' raus. Mir wird' s zu kalt!«

»Ich auch.«

Sie stemmte sich am Ufer hoch und sprang mit elegantem Schwung aus dem Wasser, das ihr jetzt in Strömen aus Haaren und Kleidern troff.

»Ich hab' Handtücher dabei«, sagte Jesse, der nach ihr ans Ufer geklettert war.

»Hey, du bist ja heute vielleicht ausgerüstet!« wunderte sich Francesca.

»Na ja«, gab er zurück. »Du bringst schließlich immer das Futter mit.«

Er ging zu seiner Satteltasche und kehrte mit zwei frischen Handtüchern zurück. Francesca stand immer noch triefend vor Nässe da. Sie hatte diesmal dickere Hosen an, so daß sich ihr Körper darunter nicht abzeichnete, wie Jesse erleichtert feststellte. Auch trug sie zum Glück kein T-Shirt, sondern eine Bluse aus einem festen Baumwollstoff mit einem kurzärmeligen Unterhemd drunter, so daß von ihren irritierenden Brustwarzen nichts zu sehen war.

Doch als hätte sie seine Gedanken gelesen, sagte sie in dem Moment: »Ach, wenn du sowieso 'n Handtuch dabei hast, dann häng' ich meine Sachen zum Trocknen auf.« Und schon hatte sie sich ihre Bluse ausgezogen, und Jesse erhaschte, ohne es zu wollen, einen Blick auf ihre Unterwäsche. Das nasse Hemd zeichnete genau ihren vollen Busen nach, und Jesse konnte nicht anders als ihn atemlos anzustarren.

Francesca errötete, als sie sah, wo Jesse hinschaute. Ärgerlich entriß sie ihm das Handtuch, drehte sich schnell um und wickelte es sich um den Oberkörper.

Ohne sich anzusehen, setzten sich dann beide auf die Decke und machten sich über ihren Proviant her.

»Mmmmh! Hühnchensalat, Salamibrötchen, Oliven, Kartoffelchips!« schwärmte Jesse, bemüht, seine Verwirrung von gerade eben zu kaschieren. »Hey! Und Roastbeef! Das eß' ich am liebsten!« Er schien geradezu überwältigt.

Francesca, die sein Manöver durchschaute, beobachtete ihn mit kritischem Blick.

»Sag mal, Jesse«, kam sie gleich zur Sache, »wieso hast du eigentlich keine Freundin?«

Abrupt hielt Jesse inne. »Wer sagt dir denn, daß ich keine habe?« erwiderte er trotzig.

»Na ... weil du mir nie von ihr erzählt hast. Und ... und weil du den Samstag und den Sonntag immer mit mir verbringst.«

»Tja, es gibt ja auch noch andere Tage ...«, antwortete er geheimnisvoll.

Francesca riß die Augen auf. »Ehrlich? Los, raus mit der Sprache! Wer ist deine Freundin?«

»Rosie Hammersmith.«

Francesca spürte einen schmerzhaften Stich, als sie daran dachte, daß Jesse seine Zeit mit einem anderen Mädchen als mit ihr verbrachte. »Reverend Hammersmiths Tochter?«

»Mmmh.«

»Die ist hübsch«, mußte Francesca zugeben. Sie wartete einen Augenblick, ehe sie fortfuhr. »Interessiert's dich denn gar nicht, ob *ich* einen Freund habe?«

»Nee.« Mit betont gleichgültigem Gesicht griff Jesse nach einem Roastbeef-Brötchen und biß herzhaft hinein.

Enttäuscht verzog Francesca das Gesicht. Warum wollte Jesse denn gar nicht wissen, ob sie für Jungs attraktiv war? »Gehst du mit deiner Freundin heute abend aus?« fragte sie.

»Im Sommer ist sie immer in der Bibelschule«, erwiderte er, auf beiden Backen kauend. Wenn Francesca doch bloß aufhören würde, ihn so auszufragen!

Doch Francescas Neugier war noch lange nicht gestillt. »Jesse ...«, fuhr sie fort, »hast du's mit Rosie schon mal gemacht?«

Mit aufgerissenen Augen starrte er sie an. »Also jetzt reicht's aber! Das geht dich doch wirklich 'n Scheißdreck an!« Schuldbewußt erinnerte er sich daran, wie er mit Rosie direkt hinter der Kirche ihres Vaters herumgeknutscht hatte. Ihm war der Ort alles andere als passend vorgekommen, aber Rosie schien von der Vorstellung, jederzeit erwischt werden zu können, nur noch mehr erregt zu werden. »Wenn's denn deinem Seelenfrieden dient – wir können uns ja hundert Meter weiter ins Gebüsch verdrücken«, hatte sie gekichert. »Dann befinden wir uns nicht mehr auf geheiligtem Boden!« Aber sie war so heiß und feucht, daß er ihr sowieso nicht hätte widerstehen können. Nie hätte er geglaubt, daß Mädchen so ... willig sein konnten.

Doch vor zehn Tagen war Rosie abgefahren, und kurz danach hatte er entdeckt, daß Francesca vom Mädchen zur Frau geworden war. Seitdem kreisten seine erotischen Fantasien nicht mehr um Rosie, sondern um Francesca, und das Wissen darum, daß diese Leidenschaft so völlig aussichtslos war, weil kein schwarzer Junge auch nur im Traum daran denken durfte, ein weißes Mädchen anzufassen, quälte ihn bis zur Verzweiflung.

Francesca betrachtete Jesse aus dem Augenwinkel. Die Vorstellung, daß er ein anderes Mädchen küßte und streichelte, machte sie rasend vor Eifersucht. Auf einmal verspürte sie den Wunsch, ihm zu beweisen, daß sie ebenfalls in der Lage wäre, seine Leidenschaft zu entflammen.

»Ach«, sagte sie so beiläufig wie möglich, »wenn ich ewig dieses Handtuch um mich gewickelt habe, werden meine Klamotten ja nie trocken.« Und mit einer lässigen Bewegung ließ sie ihr Handtuch auf den Boden neben sich fallen. Jetzt saß sie da in ihrem nassen Unterhemd, durch das sich ihre aufgestellten Nippel verführerisch abzeichneten, und Jesse durchfuhr es wie ein elektrischer Schlag. Er ließ sein angebissenes Brötchen auf den Pappteller fallen und starrte sie an. Dann warf er sich abrupt auf den Bauch. »Hab' keinen Hunger mehr«, erklärte er und barg den Kopf in seiner Armbeuge. »Ich halte jetzt ein Nickerchen und wünsche mindestens eine halbe Stunde lang nicht gestört zu werden!«

»Na, dann, gute Nacht!« antwortete sie schnippisch. Es ärgerte sie maßlos, daß er ein so wahnsinnig aufregendes Gespräch so unvermittelt abbrach.

Beleidigt starrte sie auf die krausen Locken auf seinem Hinterkopf. Wenn er sich doch bloß endlich wieder umdrehen und sie anschauen würde! Aber Jesse rührte sich nicht, als wäre er auf der Stelle eingeschlafen. Wie er so dalag, mußte sie an all die Sommertage in den letzten Jahren denken. Stundenlang hatten sie in der Sonne gedöst, ohne auch nur ein einziges Wort miteinander zu wechseln. Damals hatte sie auch nicht einen Hauch der quälenden Spannung empfunden, die sie jetzt verspürte. Lag vielleicht alles nur an ihr? Auf einmal schämte sich Francesca. Wie konnte sie nur auf so eine dumme Idee kommen, Jesse zu einem Kuß verführen zu wollen? Jesse war ihr Freund! Wollte sie, daß er mit ihr herumknutschte? Um Gottes willen, nein! Er war doch praktisch ihr Bruder.

Oder etwa nicht?

13

Devons Jaguar-Sportwagen fuhr vor Mason Wilders Villa in Georgetown vor, einem majestätischen, neoklassizistischen Bau, der von einem herrlichen, einen Hektar großen Park umgeben war.

Sie stieg aus dem Cabrio und strich sich über den Rock ihres weißen Leinenkostüms, als könnte sie so die zahlreichen Falten glätten, die sich während der Fahrt gebildet hatten. Schwungvoll fuhr sie sich mit den Fingern durch ihre schwarzen Locken und eilte dann die breite aus Backsteinen gemauerte Treppe zum Eingangsportal hinauf. Mit seinen wuchtigen weißen Säulen und den riesigen Fenstern wirkte das Gebäude geradezu monumental.

Noch bevor sie das Portal erreichte, flogen die Türen schon von innen her auf, und Mason kam ihr mit strahlendem Lächeln entgegen. Selig nahm er sie in die Arme und verschloß ihren Mund mit einem langen Kuß. Erst als er die Schritte des Butlers hinter sich hörte, ließ er von ihr ab.

»Owens, würden Sie bitte die Koffer der Dame in die Elfenbein-Suite bringen«, wies er den Diener an und zwinkerte Devon diskret zu. Diese Suite war durch eine versteckte Tür mit seinem Schlafzimmer verbunden. Selbst bei sich daheim versuchte Mason, die Etikette zu wahren, obwohl er natürlich auch hier davon ausging, daß das gesamte Personal Bescheid wußte.

»Ach, Devon, ich bin so froh, daß du's einrichten konntest«, strahlte er seine Geliebte an, während er Arm in Arm mit ihr ins Haus ging. »Das wird mit Sicherheit ein rauschendes Fest, wenn ich so eine wunderbare Gastgeberin an meiner Seite habe!«

Mason führte sie zu der breiten Terrasse auf der Rückseite des Hauses. ›Terrasse‹ war an und für sich eine charmante Untertreibung für das fünfzig mal fünfzig Meter große, ziegelgepflasterte Areal, das sich in mehreren Stufen hinter dem Haus hinzog. Plätschernde Springbrunnen, exotische Bäume, eine lauschige Pergola und eine Orangerie verliehen der Anlage ein wahrhaft fürstliches Ambiente. Ein Swimmingpool von geradezu olympischen Ausmaßen grenzte an die Terrasse, umgeben von schwarzen, schmiedeeisernen Tischen und Stühlen, die unter großen roten und weißen Sonnenschirmen zum Entspannen einluden.

»Magst du 'n Tee oder 'n Cocktail?« fragte Mason.

»Ein Glas Limonade«, erwiderte Devon.

»Also Limonade«, murmelte Mason und griff zum Telefon, um in der Küche Bescheid zu sagen.

Ein paar Minuten später erschien ein Dienstmädchen in grauer Uniform, in den Händen ein Silbertablett mit einem Glas sprudelnder Zitronen-Pfefferminz-Limonade und einem Teller mit belegten Brötchen, Obsttörtchen und glasierten Keksen.

»Hilfe! Meine Linie!« stöhnte Devon. Doch sie konnte der Versuchung nicht widerstehen und griff sich einen der leckeren Kekse mit Zitronenguß.

Mason lachte und biß von einem Schinkenbrötchen ab. »Denk daran, daß das Buffet erst um neun Uhr eröffnet wird. Ich will doch nicht, daß du mir bis dahin verhungerst!«

Devon lächelte und schob sich ein zweites Keks in den Mund.

»Wie lange kannst du bleiben?« fragte er.

»Leider nur übers Wochenende«, erwidert Devon mit Bedauern in der Stimme. »Wir müssen uns auf Saratoga vorbereiten. Ich kann selber kaum glauben, daß es schon in knapp zwei Wochen soweit ist!«

»Mietet ihr wieder das gleiche Ferienhaus?«

»Ja, sicher.«

»Was macht Francesca?«

»Alles bestens. Beziehungsweise – na ja, also meine Hoffnung, daß ihre fixe Idee, Jockey zu werden, nur eine vorübergehende Laune wäre, hat sich leider zerschlagen. Jeremiah meint, sie wäre die beste Übungsreiterin, die er seit langem gehabt hat. Sie hätte echtes Talent. Und Franesca selbst – wie verwandelt! Jeden Morgen ist sie um Schlag halb fünf im Stall. Früher hat sie immer bis Mittag geschlafen.«

»Na, ist doch toll, wenn sie so motiviert ist!«

»Ja ja«, seufzte Devon. »Wenn sie nur für die Schule genausoviel Begeisterung aufbringen würde. Aber sie hat nichts anderes als Pferde im Kopf!«

»Ich dachte immer, Mädchen in ihrem Alter haben nichts anderes als Jungs im Kopf!« witzelte Mason.

»Tja, bei unserer kleinen Frankie ist das anders. Obwohl – den einen oder anderen Verehrer hat sie schon. So ist es nun auch wieder nicht.«

Mason nickte gedankenversunken. Wie war doch der Wildfang Francesca im letzten Jahr zu einem jungen Mädchen erblüht! Dabei hatte sie immer steif und fest behauptet, daß sie häßlich sei!

»Aber sie hat keinen speziellen Freund«, fuhr Devon fort. »Oder vielleicht doch. Was weiß ich?« Sie seufzte. »Du weißt ja, wie Teenager sind. Sie erzählen einem einfach nichts mehr.«

»Na, komm!« erwiderte Mason mit einem Schmunzeln. »Ihr habt doch insgesamt ein äußerst gutes Verhältnis. Da können doch andere Eltern weiß Gott mehr klagen!«

»Ja, stimmt auch wieder.«

Sie schwiegen einen Augenblick.

»Devon«, sagte Mason schließlich und rutschte nervös auf seinem Stuhl herum. »Ich ... ich wollte dich noch etwas fragen. Ich habe dich nämlich nicht nur … nicht nur wegen dieser Party heute abend eingeladen …« Er brach ab.

Fragend blickte Devon ihn an.

»Ich möchte … ich möchte einfach offen mit dir reden, Devon. Auch wenn ich dadurch riskiere, etwas zu verlieren, das mir sehr kostbar ist.«

»Du sprichst in Rätseln«, wunderte sich Devon.

»Nun ja, um auf den Punkt zu kommen … also du bist ja, Devon … du bist ja seit nunmehr … seit nunmehr sieben Jahren schon … meine Bekannte … wie man so sagt. Mein Gott, wie ich dieses Wort hasse!«

»Sag's doch offen – ich bin deine Geliebte.« Sie zwinkerte ihm zu.

»Jaah«, erwiderte er gedehnt, »aber das klingt irgendwie so … so nach Plüsch und Hinterzimmer, also ich weiß auch nicht, es gibt einfach keinen … keinen würdigen Ausdruck dafür.« Er hielt kurz inne, bevor er fortfuhr. »Und deshalb meine ich auch, Devon, daß wir jetzt endlich heiraten sollten. Entweder heiraten oder unsere … unsere Beziehung beenden.«

Verblüfft riß Devon die Augen auf. »Das ist doch nicht dein Ernst, Mason! Wie kommst du denn auf so was?«

Mason preßte die Lippen zusammen und schwieg. Dann sagte er es rundheraus: »Weil du einen anderen liebst.«

Devon blieb die Luft weg. Einen Moment lang war sie so verwirrt, daß sie unfähig war, einen klaren Gedanken zu fassen. Etwas, wovor sie bisher erfolgreich die Augen verschlossen hatte, bahnte sich unbarmherzig seinen Weg in ihr Bewußtsein. Nein! Verzweifelt wehrte sie sich gegen das, was Mason ihr direkt ins Gesicht gesagt hatte. Das ist nicht wahr! Doch, es ist wahr, und das weißt du auch ganz genau! widersprach ihr eine innere Stimme. Aber ich werde es einfach nicht zulassen! nahm sich Devon vor. Ich werde mich totstellen, ich werde einfach völlig passiv sein. Dann geht das Gefühl ganz von allein vorbei. Jawohl, ich tu' einfach so, als ob nichts wäre. Es wird vorbeigehen. Es muß vorbeigehen!

Ein diskretes Räuspern von Mason riß Devon aus ihren Gedanken. Sie spürte seinen durchdringenden Blick auf sich. Ein Blick, der nach einer Antwort verlangte. Aber was sollte sie ihm sagen? Waren ihre Gefühle wirklich so offensichtlich, daß er sie eher als sie selbst bemerkt hatte? Und John? Hatte er ihre Verliebtheit womöglich auch schon wahrgenommen? Und ihre Freunde? Machten sie sich schon über ihre Dreiecksbeziehung lustig? Oh, Gott, war das alles peinlich! Nein! Sie weigerte sich. Sie weigerte sich strikt, die Wahrheit nach außen hin zuzugeben. Statt dessen sagte sie laut: »Wenn du tatsächlich der Meinung bist, Mason, ich liebte einen anderen – was ich rundheraus bestreite –, dann frage ich mich, wieso du mich gerade *dann* heiraten willst?«

»Weil ich, meine liebe Devon, meinerseits *dich* liebe!« Hilflos hob Mason die Hände. Als er Devons irritierten Gesichtsausdruck sah, fügte er schnell hinzu: »Oh, das soll nicht heißen, daß ich Masochist bin, nein! Ich betrachte die ganze Angelegenheit völlig nüchtern: Du bist eine Frau, die etwas auf sich hält. Wenn du mich heiratest, kann ich davon ausgehen, daß du mir treu bist. Und auf deine Weise liebst du mich ja auch. Außerdem bezweifle ich, daß du den Mann, den du eigentlich liebst, jemals heiraten wirst. Was spricht dann dagegen, daß du einfach *mich* heiratest?«

»Hm.« Devon wollte zu Mason genauso offen und ehrlich sein wie er zu ihr. »Das hört sich ja sehr nach ›zweiter Wahl‹ an.«

»Aber nein! Du bist die allererste Wahl für mich! Du bist die Frau auf der Welt, die ich liebe!«

Devon errötete. »Mit ›zweiter Wahl‹ meinte ich eher ...«

»Ja ja, ich weiß schon«, unterbrach er sie. Er lehnte sich vor und ergriff ihre Hand. »Aber sag doch mal ehrlich: Hast du jemals vor, John, wieder zu heiraten?«

Devon fuhr zusammen. Er hatte den Namen offen ausgesprochen! Wie haßte sie sich dafür, daß sie bei der schlichten Erwähnung dieses Namens schon Herzklopfen bekam! Sie fühlte sich wie ein Vulkan, in dem die Lava brodelte. Aber so wie die Lava würde auch ihre Liebe nur Zerstörung bewirken, würde verletzen – vor allem Mason. Mason, der wollte, daß sie seine Frau würde!

Doch so sehr die Liebe zu John in ihr ganz neue, schon lange verlorengeglaubte Gefühle wachrief, so sehr kämpfte sie doch dagegen an. Nein, sie wollte nicht zweimal den gleichen Fehler machen, nicht zweimal die gleiche Enttäuschung erleben. Dieses Sehnen, dieses Verlangen in ihr – sie mußte es auslöschen. Ausmerzen mit Stumpf und Stiel. Aber es war da. Und sie war machtlos dagegen.

Nein, du bist überhaupt nicht machtlos dagegen, redete sie sich ein. Versteck dein Gefühl! Versteck es, bis es von alleine verschwindet!

Aufmerksam studierte Mason Devons Gesicht. Die widerstreitenden Gefühle in ihr – er konnte sie alle lesen: die Verwirrung, die Sehnsucht, den Widerstand, die Entschlossenheit und wieder die Sehnsucht. Schließlich rang sie sich zu einer klaren Aussage durch: »Ich habe nicht vor, John zu heiraten!« erklärte sie mit Nachdruck.

Mason glaubte ihr. Er wußte, daß sie sehr eigensinnig, ja geradezu verbohrt sein konnte. Aber das hieß auch, daß sie stark war. Stark, die Dinge, die sie sich einmal vorgenommen hatte, auch durchzuziehen. Mit ihrer ersten Ehe waren viele unglückliche Erinnerungen verbunden. Vor allem hatte sie das Scheitern dieser Ehe als persönliches Versagen erlebt. Und Devon war ein Gewinner-Typ. Sie haßte es, zu versagen. Und sie würde sich dieser Gefahr kein zweites Mal aussetzen. Dieses Wissen gab ihm Mut. »Dann frag ich dich noch einmal«, flüsterte er. »Warum nicht mich?« Er lehnte sich vor, hing geradezu an ihren Lippen.

Seine Nüchternheit verunsicherte und ärgerte sie zugleich. Sie stand auf und stieß ihren Stuhl mit einer heftigen Bewegung nach hinten. Schrill kratzten die schmiedeeisernen Stuhlbeine über das Terrassenpflaster.

Mit einem Lächeln lehnte sich Mason zurück. »Wenn du ein Problem hast, mußt du immer auf- und abmarschieren, stimmt's?« schmunzelte er.

Die Zuneigung, die aus seinen Worten sprach, löste einen Teil ihrer Spannung. »Mmmh«, gab sie zu. »Ich kann halt meine Gefühle nicht sonderlich gut verbergen.«

»Kommt drauf an, welche.« Ein wenig skeptisch zuckte er die Achseln.

»Zumindest jetzt will ich sie nicht verbergen«, erwiderte sie und sah ihm offen ins Gesicht. »Das bin ich dir einfach schuldig!«

Mason schaute sie an und wartete geduldig, bis sie ihre Gedanken geordnet hatte.

»Mason«, begann sie, »ich finde unser Verhältnis, so wie es ist, einfach wunderbar. Ich verstehe nicht, warum du daran etwas ändern willst.«

»Weil ich ... weil ich einen Anspruch auf dich haben will«, erklärte er rundheraus. »Wenn ich dich heirate, habe ich die Gewißheit, daß du immer an meiner Seite bist. Andernfalls fürchte ich, dich eines Tages zu verlieren.«

»Aber zu dieser Befürchtung besteht doch nicht der geringste Anlaß! Ich liebe dich und bin glücklich mit dir!« Und das war keine Floskel, um ihn zu beruhigen. Sie war wirklich glücklich mit ihm! Mason war ein angenehmes, wärmendes Kaminfeuer an einem kalten Winterabend, John dagegen eine unberechenbare Glut, die sich im Nu in eine Flammenhölle verwandeln konnte. Nein, sie war zufrieden mit dem, was sie hatte. Und sie wollte auch gar nicht mehr.

Gedankenvoll strich sich Mason mit der Hand übers Kinn. »Ich bin ja auch glücklich«, erwiderte er. »Aber ich habe einfach Angst, dich an einen anderen zu verlieren.«

Devon ging zu Mason hinüber, stellte sich hinter ihn und beugte sich zu ihm hinab, daß ihre Wange seine berührte. »Das brauchst du aber nicht, Liebling«, wisperte sie ihm ins Ohr.

Ihre körperliche Nähe, der betörende Duft ihres Parfüms erweckten eine tiefe Sehnsucht in ihm. Er griff nach ihr und streichelte ihr Haar. »Aber ich würde mich viel sicherer fühlen, wenn du für immer mit mir leben wolltest«, sagte er leise.

Devon konnte ihn gut verstehen. Wie sollte er ihren Versicherungen Glauben schenken, wenn sie sich andererseits weigerte, ihr Verhältnis zu legalisieren?

Sie richtete sich wieder auf und ging zu ihrem Stuhl hinüber. Ihr weiter Rock umspielte verführerisch ihre schlanken Knie. Gedankenverloren starrte sie in das Blau des Swimmingpools. Was sollte sie Mason antworten? Sie wollte ihn nicht verlieren. Die Beziehung zu ihm bedeutete ihr viel – Trost, Vertrautheit, Sicherheit. Und Francesca liebte ihn heiß und innig. Warum sträubte sie sich dann nur so, ihn zu heiraten? War sie schon so alt und unflexibel, daß sie auf Veränderungen grundsätzlich ablehnend reagierte? Andere Frauen würden keine Sekunde zögern, wenn ihnen ein Mann wie Mason einen Antrag machen würde!

Aber ich liebe ihn nun einmal nicht, meldete sich ihre innere Stimme wieder zu Wort. Wie kannst du einen Mann heiraten, den du nicht liebst? Liebe ist nicht das Wichtigste für eine harmonische Ehe, widersprach Devon. John habe ich geliebt – und was ist aus unserer Ehe geworden? Für Roland habe ich nicht die gleiche Leidenschaft empfunden – und dennoch war es eine wunderbare Beziehung. Es war eine zärtlichere, reifere Liebe. Aber immerhin war es Liebe, entgegnete die innere Stimme. Na gut, gab Devon zurück, aber wenn ich mich einfach mehr auf Mason einlasse, vielleicht … vielleicht entwickeln sich meine Gefühle dann in die gleiche Richtung wie bei Roland?

Aber sie konnte es drehen und wenden, wie sie wollte – die Liebe, die sie für Roland empfunden hatte, und die tiefe Zuneigung, die sie mit Mason verband, waren eben einfach nicht ein und dasselbe.

»Du siehst ziemlich unentschlossen aus«, bemerkte Mason mit einem trockenen Grinsen.

»Das bin ich auch«, gab sie zu.

»Na, das ist ja ermutigend«, erwiderte er, nicht ohne einen Hauch von Galgenhumor, »wenigstens lehnst du mein Angebot nicht von vornherein ab.«

»Das würde ich niemals!« antwortete Devon mit einem warmen Lächeln. »Ich … ich brauche einfach noch ein bißchen Zeit zum Nachdenken.«

»Ich habe immerhin schon sieben Jahre gewartet«, gab Mason mit einem leisen Seufzen zurück. »Kannst du mir nicht wenigstens sagen, was deine Bedenken sind?«

Devon überlegte einen Moment. »Es ist … sowenig ich dich verlieren möchte – ich weiß einfach nicht, ob ich zu diesem Zeitpunkt mein Leben so von Grund auf ändern möchte. Und ich weiß auch nicht, ob dieser plötzliche Umbruch für Francescas Entwicklung gerade jetzt gut wäre …«

»Ach, das ist doch Unsinn«, unterbrach sie Mason unwillig, »wenn es jemanden gibt, dem eine kontinuierliche, verläßliche Vaterfigur guttäte, dann ist es doch Francesca! Sie war schon immer wild auf einen Papa. Deshalb ist sie ja auch so verrückt nach …«

Betreten brach Mason ab, denn in dem Moment wurde ihm klar, wie sehr es gerade gegen ihn gesprochen hätte, wenn er den Satz vollendet hätte. Francesca hatte zu John eine Zuneigung gefaßt wie noch zu keinem Mann in ihrem Leben. Es hatte Mason ein bißchen verletzt, denn er mochte Francesca sehr gern und hatte sich immer sehr um sie bemüht. Aber es war offensichtlich, daß sie zu John eine intensivere Beziehung hatte.

»Ja, du hast recht, es ist völlig absurd, in dieser Angelegenheit Francesca ins Feld zu führen«, versetzte Devon schnell, die wußte, wie eifersüchtig Mason darauf war, daß bei aller Sympathie die Vorliebe ihrer Tochter eindeutig John galt. »Sie ist jetzt praktisch erwachsen. Und sie mag dich unheimlich gern. Es würde ihr sicher sehr gefallen, wenn wir heiraten würden.«

Mason seufzte. »Na, wenn du erstens John nicht heiraten willst, zweitens dir um Francescas Entwicklung keine Sorgen machst und drittens mich nicht verlieren willst – warum zögerst du dann noch?«

Weil ich dich nicht liebe, dachte Devon. Und Mason, der es in den vergangenen sieben Jahren gelernt hatte, in ihren Zügen zu lesen, sah die Antwort klar und deutlich in ihr Gesicht geschrieben.

Niedergeschlagen blickte er auf die dichte, grüne Buchsbaumhecke, die sein Anwesen vom Nachbargrundstück abgrenzte. Hoffnungslosigkeit und Resignation sprachen aus seinem Gesicht. Daß er in seinem Alter sich noch auf solche Torheiten einließ! Er war doch keine siebzehn mehr! In seinem Leben hatte er so manche Verletzung einstecken müssen, und mit den Jahren hatte er einen dicken Schutzwall um sich gezogen, um sich vor weiteren Verletzungen zu schützen. Doch Devon war es gelungen, diese Mauer zu durchdringen.

Jahrelang hatte er seine wahren Gefühle für sie vor ihr verborgen. Um sie nicht zu verlieren, hatte er mit Absicht eine Distanz zwischen ihnen hergestellt, die ihr alle Freiheiten gab, die sie brauchte. Und er hatte immer behauptet, daß er mit dieser lockeren Art der Beziehung glücklich sei. Sie hatte nicht mehr angeboten, und er hatte nicht mehr verlangt.

Bis heute. Heute hatte er sich ihr gezeigt, nackt, in all seiner Verletzlichkeit. Hatte ihr gesagt, daß er sie heiraten würde, egal, ob sie ihn liebte oder nicht. Welche Erniedrigung! Welche Scham! Auf einmal fühlte er sich erbärmlich wie nie.

»Mason!« rief Devon erschrocken, als sie sah, was in ihm vorging. »So darfst du das nicht sehen! Das einzige, worum ich dich bitte, ist ein wenig mehr Zeit, darüber nachzudenken!«

Mit leeren Augen blickte er sie an. »Dann bleibt mir also nichts anderes übrig, als zu warten, nicht wahr?« Er seufzte gequält. »Aber ich kann nicht ewig warten, Devon! Nicht, daß meine Liebe zu dir nicht groß genug wäre. Nein, aber … es … es zerreißt mich einfach.« Als er ihr bestürztes Gesicht sah, fühlte er sich genötigt, die Dramatik aus seinen Worten zurückzunehmen. »Um Gottes willen, ich will nicht sentimental werden … ich meine nur, es ist einfach eine gewisse … Spannung mit dieser Frage verbunden, und ich habe das Gefühl, daß ich diese Spannung schon … zu lange aushalten mußte.«

»Was schlägst du dann vor?« fragte sie mit sanfter Stimme.

»Tja … spontan liegt mir auf der Zunge, dir ein … ein Ultimatum zu setzen, auch wenn das in … Herzensangelegenheiten weniger üblich ist. Aber du mußt entschuldigen, ich bin nun mal ein kruder Zeitungsmensch.« Ein trockenes Lächeln umspielte seinen Mund. Als er sah, daß sie ihm zustimmend zunickte, traute er sich, fortzufahren. »Was hältst du vom … Thanksgiving Day? Bis dahin hast du, denke ich, genügend Zeit, dir eine Antwort zu überlegen, hm?«

»In Ordnung.« Sie nickte. »Also Thanksgiving.«

»Und wenn du tatsächlich ›ja‹ sagen solltest«, murmelte er und schaute sie mit verliebten Augen an, »dann bekommt der Thanksgiving Day, der Erntedank für mich einen ganz neuen Sinn …«

14

»Diesen französischen Hengst Carte Blanche, den muß man im Auge behalten«, keuchte Francesca, als sie sich, erhitzt und außer Atem von ihrem schnellen Galopp über die Rennbahn, aus dem Sattel von Willowbrooks Superhengst Roll the Dice schwang. Jesse und Jeremiah folgten ihrem Blick, als sie mit dem Kopf zu dem relativ kleinen Schimmel hinüberdeutete.

»Ausgerechnet den?« wunderte sich Jesse. »Der hat doch allein schon zwei gravierende Handicaps: Er ist erstens nicht an Sandbahnen und zweitens nicht daran gewöhnt, gegen den Uhrzeigersinn zu laufen!« In Frankreich liefen Pferde, wie auch im übrigen Europa, bei Rennen stets auf Grasbahnen und immer im Uhrzeigersinn.

Francesca warf einen beifallheischenden Blick zu Kelly Majors hinüber, Willowbrooks derzeitigem Starjockey. Doch auch er lächelte nur geringschätzig. Seiner Meinung nach hatte Roll the Dice von diesem Franzosen keine Konkurrenz zu befürchten.

Ärgerlich zuckte Francesca die Achseln. »Ich weiß nicht – der hat was! Die Reiter halten ihn bei den Trainingsrennen mit Absicht zurück, ich merk das! Dem braucht man nur die Zügel zu geben – und der zischt ab wie 'ne Rakete!«

»Wie Roll the Dice!« sagten Jesse und Kelly wie aus einem Munde.

Doch Jeremiah schlug Francescas Warnung nicht so einfach in den Wind. Auch wenn es der erste Sommer war, in dem sie für ihn als Übungsreiterin arbeitete, hatte er doch sofort mitbekommen, daß dieses Mädchen einen fast untrüglichen Instinkt für Pferde hatte – mal ganz abgesehen davon, daß sie eine hervorragende Reiterin war. Es war das erste Mal, daß sie offiziell am Saratoga-Rennen teilnahm, und von daher verspürte sie natürlich den Drang, sich durch kluge Kommentare zu profilieren. Aber sie war keine Aufschneiderin, das wußte Jeremiah, und deshalb nahm er ihre Einschätzung durchaus ernst. Francesca hatte Pferdeverstand. Zum Beispiel hatte sie genau das richtige Gespür dafür, ein Pferd bei einem Trainingsrennen zu fordern, ohne es zu überfordern, so daß es seine Kräfte verschliß. Außerdem war sie lernfähig – stets folgte sie präzise seinen Anweisungen, anders als so mancher junge, ehrgeizige Jockey, der sich Freiheiten herausnahm und erst merkte, daß er einen Fehler gemacht hatte, wenn es schon zu spät war. Nein das Mädchen hatte Talent, das war überhaupt keine Frage.

Jeremiah wandte seinen Blick zu dem weißen Hengst hinüber, der in gemäßigtem Tempo seine Runden ritt. Er wunderte sich, daß er nicht schon viel früher auf ihn aufmerksam geworden war. Statt dessen hatte er sein ganzes Augenmerk auf Gallant Man gerichtet, der von Willy Shoemaker geritten wurde. Shoemaker war ein Top-Jockey und ritt nur auf Pferden, von denen er sich etwas versprach, und so galt Gallant Man automatisch als Favorit, auf den alle ihre Wettgelder setzten, und Jeremiah hatte ihn auch prompt als seinen Hauptkonkurrenten angesehen. Doch drohte die eigentliche Gefahr nicht aus einer ganz anderen Ecke?

Jeremiah wandte sich an Francesca. »So, jetzt hast du dir mal 'ne kleine Pause verdient. Deine Mutter erwartet dich zum Frühstück. Aber in einer Stunde bist du wieder da, ja?«

Das Mädchen nickte und brachte seinen Hengst zum Stall zurück. Sie wußte schon, wo sie ihre Mutter finden würde. Wie die meisten Pferdebesitzer frühstückte Devon in Saratoga jeden Morgen im Clubhaus an der Rennbahn. Laurel und Alice dagegen wollten es eher gemütlich und verbrachten ihre Vormittage deshalb in dem hübschen Ferienhäuschen, das sich die Familie wie jedes Jahr gemietet hatte.

Francesca duschte sich schnell und zog dann einen gestreiften Faltenrock und eine Bluse an. Es galt als unschicklich, in Hose und Reitstiefeln im Clubhaus zu erscheinen. Auf ihrem Weg dorthin schlenderte sie an den weißen, schmiedeeisernen Gittern der Tribüne vorbei die mit Blumenkästen voller bunter Geranien und Petunien geschmückt waren. Jetzt, in den ersten Strahlen der Morgensonne, öffneten sich die hauchzarten Blüten der Petunien gerade und erfüllten die nebelschwangere Luft mit ihrem betörenden Duft.

Als Francesca zur Tür hereinkam, erhob sich Gloria Vanderbilt gerade von Devons Frühstückstisch und verabschiedete sich von Mutter und Tochter mit einem Küßchen auf die Wange.

»Hat sie was gegessen?« fragte Francesca, als die schlanke Frau außer Hörweite war.

»Nee, die ißt doch nie was« grinste Devon. Gloria Vanderbilt ließ zwar kein gesellschaftliches Ereignis aus, doch noch keiner hatte je gesehen, daß sie bei diesen Anlässen auch nur einen Bissen zu sich genommen hätte. Devon dagegen liebte seit ihrer Kindheit ein herzhaftes Frühstück.

»Ich versteh' nicht«, wunderte sich Francesca, »wie die dir dabei zusehen kann, wie du eine Waffel nach der anderen verputzt, während sie die ganze Zeit nur in ihrem schwarzen Kaffee rührt.«

»Tja, sie ist eben *noch* disziplinierter als ich«, grinste Devon.

Francesca griff sich ein Blaubeertörtchen vom Teller und schob es in den Mund. »Kelly Majors nimmt mich einfach nicht ernst!« beschwerte sie sich, auf beiden Backen kauend. »Als ich ihm gesagt habe, daß Carte Blanche für uns gefährlich werden kann, hat er nur abfällig gegrinst!«

»Kelly hat Erfahrung. Er hat schon viele Rennen für uns gewonnen!«

»Aber deshalb ist er trotzdem ein arroganter Kerl. Der läßt sich von niemandem was sagen!«

Devon lachte. »Tja, das ist bei Jockeys, glaube ich, 'ne Berufskrankheit.«

»Jeremiah hat es aber sehr wohl zu denken gegeben, was ich gesagt habe!« erklärte sie stolz.

»Ach, wirklich?« Devon klang überrascht. »Dann sollte ich mir diesen Hengst vielleicht doch einmal etwas näher ansehen.«

»Aber ist es dazu jetzt nicht zu spät? Das Rennen ist doch schon morgen!«

»Es ist nie zu spät, die Taktik zu ändern. Das kannst du auch noch, wenn die Pferde schon an die Startlinie geführt werden.« Devon warf ihre Serviette auf den Tisch und stand auf. Sie hatte schwarze Leinenhosen und ein schwarzweiß gestreiftes T-Shirt an. Damit konnte sie durchaus einen kurzen Ritt machen, sie mußte nur die Schuhe wechseln. Mit Schwung warf sie sich ihre Umhängetasche um und machte sich auf den Weg in die Damentoilette, um ihre schwarzen Sandalen aus- und ihre knöchelhohen Reitstiefel anzuziehen.

Francesca folgte ihr mit einem zweiten Blaubeertörtchen in der Hand. »Gehst du jetzt runter auf die Bahn?« fragte sie.

»Ja. Warum?«

»Onkel John wollte dich doch heute morgen hier treffen. Willst du nicht auf ihn warten?«

Devon zögerte einen Moment. Doch dann fiel ihr sofort Masons Bemerkung ein, daß man ihr ihre Gefühle für John zehn Meter gegen den Wind ansehen könnte. Ärgerlich über sich selbst stieß sie die Toilettentür auf, setzte sich auf einen Diwan und wechselte schnell ihre Schuhe. »Ich hab' keine Zeit heute morgen, Liebes«, sagte sie schließlich. »Außerdem kommt John ja nicht meinetwegen, sondern um *dich* zu besuchen.«

Francesca lächelte geschmeichelt. »Wie du meinst, Mami.«

15

Francesca traute ihren Augen nicht. Diese schöne junge Frau da in dem großen Barockspiegel – war das tatsächlich sie? Die gewölbten Wangenknochen, die grünen, leicht schräg stehenden Augen, die bronzene, glänzende Haut – sie sah ja richtig exotisch aus! Seit wann waren denn ihre Brüste auf einmal so groß? Und ihr Po – so rund und knackig, der kam ja in dem weißen, körpernah geschnittenen Kleid aufregend zur Geltung! Mit ihren dunklen Locken, die Mama ihr zu einer Hochfrisur gesteckt hatte, sah sie mindestens wie zwanzig aus! Und heute abend würde sie auf ihren ersten Ball gehen. Auf einen richtigen Ball, keine Nachmittags-Cotillion!

Dabei hatte sie das Kleid, als Laurel damit zur Tür hereinkam, zuerst absolut unmöglich gefunden. Auf dem Kleiderbügel hatte es, zu ihrem großen Ärgernis, eher wie ein Klein-Mädchen-Kleid und gar nicht raffiniert gewirkt. Aber das stimmte überhaupt nicht! Jetzt, wo sie es anhatte, sah sie es genau. In dem eckigen Dekolleté erahnte man sogar einen Hauch ihrer Busenfalte, und die smaragdgrüne Schärpe betonte ihre schlanke Taille. Der weite Schlitz hinten am Rock ließ einen zwischendurch einen Blick auf ihre wohlgeformten, gebräunten Schenkel erhaschen. Eine Welle von nie gekanntem Selbstbewußtsein durchströmte sie. Stolz reckte sie das Kinn. Sie war schön! Ach, sie konnte es gar nicht erwarten, daß ihre Familie sie so sehen würde! Was würden John und Mason wohl für Augen machen? Und Jesse erst! Wenn der sie jetzt sehen könnte, dann würde er vielleicht ein bißchen mehr Respekt vor ihr haben, verdammt noch mal! Dann würde er endlich kapieren, daß sie kein kleines Mädchen mehr war! Daß sie es mit der kaffeebraunen Schönheit locker aufnehmen konnte, mit der sie ihn am letzten Sonntag im Park gesehen hatte! Sie kannte sie flüchtig – es war die Tochter des Kochs aus dem Gideon Putnam Hotel. Sie hieß Lacey.

Es hatte ihr einen schmerzhaften Stich versetzt, als sie die beiden zusammen gesehen hatte. Das Mädchen hatte an einem Baum gelehnt, Jesse ihr gegenüber, beide Arme links und rechts von ihr gegen den Stamm gestützt. Mit scheuem Lächeln, das ihre perlweißen Zähne entblößte, hatte sie zu ihm aufgeschaut. Instinktiv hatte sich Francesca abgewandt, als sie Zeugin der intimen Szene wurde. Und dann hatte sie das Lachen des Mädchens gehört. Es war nur ein kurzes Glucksen gewesen, aber es hatte so … so erwachsen, so verführerisch geklungen. Nach verschwiegenen Umarmungen in lauen Sommernächten, wenn ein dünner Schweißfilm auf der Haut lag und der Atem stoßweise ging ... Sehnsucht und brennende Eifersucht waren in Francesca aufgewallt.

Zu allem Übel ignorierte sie Jesse auch noch völlig, seit sie bei seinem Vater als Übungsreiterin arbeitete. Noch ein, zwei Male waren sie zusammen ausgeritten, aber für einen Badespaß oder ein Picknick hatte er auf einmal keine Zeit mehr.

Und seit sie vor drei Wochen nach Saratoga gekommen waren, hatte er sich vollends von ihr zurückgezogen. Am Anfang hatte sie sich nur gewundert, doch nach der Szene im Park war ihr klar, warum er auf einmal so beschäftigt war. Dabei vermißte sie ihn so sehr! Als Freund und als ... ja, als was eigentlich?

Sie wußte es nicht. Manchmal, wenn sie spät abends im Bett lag, überlegte sie sich, wie es wohl wäre, die kräftigen Muskeln zu streicheln, die sogar durch sein Hemd hindurch sichtbar waren, stellte sich vor, von seinen starken Armen gehalten zu werden ... Diese Fantasien erregten sie ungemein, so sehr, daß sie seitdem sofort so ein eigenartiges Flattern im Bauch verspürte, wenn sie Jesse nur von weitem sah!

Jetzt, wie sie da in ihrer frisch erblühten Schönheit vor dem Spiegel stand, war sie sich zum erstenmal sicher, bei ihm dieselben Gefühle auslösen zu können. Sie mußte an ihr letztes gemeinsames Bad am Anfang dieses Sommers denken. Einen ganz kurzen Augenblick lang hatte sie den Eindruck gehabt, als sei er von ihr erotisch angezogen. Aber vielleicht war das ja auch nur Einbildung? Seitdem hatte er sie gar nicht mehr richtig angesehen. Und das Schlimmste war, daß sie mit niemandem über die Gefühle reden konnte, die er in ihr auslöste! Andererseits erregte das Verbotene dieser Empfindungen sie nur um so mehr!

Mit einem Seufzer wandte sie sich vom Spiegel ab. Auf dem Bett lag eine große Spitzenstola ausgebreitet. Laurel wollte, daß sie sie heute trug. Aber dann würde man ja ihr schönes Kleid gar nicht mehr sehen! Nein, sie würde die Stola einfach ›vergessen‹.

Hastig lief sie aus dem Zimmer.

So sehr Francesca auch nach ihm suchte – Jesse war nicht zu dem Ball gekommen! Aber dafür Kelly Majors. Und das war kein schlechter Ersatz.

Der selbstgefällige, arrogante Jockey blieb mit offenem Munde stehen, als er Francesca im Foyer des Gideon Putnam Hotels erblickte.

Schnell riß er sich wieder zusammen, als er sah, daß sie von ihrer Mutter und Mason Wilder begleitet wurde. Er eilte zu ihnen, um sie zu begrüßen, wechselte ein paar Worte mit ihnen, aber aus dem Augenwinkel schielte er die ganze Zeit nur nach Francesca. Daß sie so … so erwachsen aussah! Er kam regelrecht ins Stottern, als sie sich in sein Gespräch mit seiner Chefin und deren Begleiter einmischte. Dann – leider viel zu früh! mußte er sich schon wieder verabschieden, denn er hatte woanders noch eine Verabredung. Aber wie die Kleine heute abend ausgesehen hatte! Das würde er so schnell nicht vergessen.

Und Francesca würde so schnell nicht das Gesicht vergessen, das er gemacht hatte, als sie ihm begegnet war! Sein Gesicht nicht und auch nicht das Gesicht all der anderen, die sie kannte und die sie heute abend so voller Verblüffung anstaunten! Ach, war das herrlich, den ganzen Abend lang von Verehrern umschwärmt zu sein! Jeden Tanz mit einem anderen Jungen zu tanzen! Sich mit College-Jungen zu unterhalten, die sie wie ihresgleichen behandelten. Mit Jungen *ihres* Alters zu reden, die vor lauter Verlegenheit kein Wort mehr herausbekamen. Jetzt verstand sie, warum Marina Witherspoon, diese blöde Blondine aus ihrer Klasse in Washington, immer so eingebildet war! Auf einmal verstand sie auch, warum sich ihre Schulkameradinnen über nichts anderes als über Jungs unterhielten. Es war geradezu berauschend, die Macht der eigenen erotischen Ausstrahlung zu spüren!

Und dieser Rausch wirkte weiter! Am nächsten Morgen war Kelly Majors ihr gegenüber wie verwandelt. Die ganze Zeit scharwenzelte er um sie herum und lachte nicht ein einziges Mal mehr über ihre Kommentare. Er hörte ihr zu, verfolgte sie mit seinen Augen, flirtete mit ihr. Und Francesca flirtete zurück. Besonders dann, wenn Jesse in ihrer Nähe war. Sie gab sich Mühe, genauso verführerisch zu lachen wie seine aufregende Schönheit aus dem Park.

»Sag mal, was ist denn heute bloß mit dir los?« fragte Jesse sie schließlich, als sie einen Moment lang allein im Stall waren. Er klang äußerst irritiert.

»Was soll denn los sein?« fragte sie mit unschuldigem Lächeln.

Jesse schlug die Augen gen Himmel. »Den ganzen Tag lang gakkerst und kicherst du herum und führst dich auf wie … wie …« Er zuckte die Schultern und machte eine wegwerfende Handbewegung. »Ich weiß auch nicht …«

»Tja«, erwiderte Francesca mit rauchiger Stimme. »Ich weiß es auch nicht …«

»Komm, hör bloß mit der Nummer auf, Frankie. Reiß dich 'n bißchen zusammen. Wir haben 'ne Menge zu tun heute.«

»Oh, entschuldigen Sie, *Sir*«, erwiderte Francesca ironisch, »ich wollte Sie nicht von Ihrer so ungeheuer wichtigen Arbeit abhalten.«

Jesse schüttelte nur verständnislos den Kopf und wandte sich dann zum Gehen.

»Moment mal bitte!« rief Francesca ihm in harschem Ton hinterher. »Ich möchte dir was sagen!«

Jesse blieb stehen, ohne sich nach ihr umzudrehen. Er schien gelangweilt.

»Von jetzt ab heiße ich ›Francesca‹, okay? ›Frankie‹ ist gestorben!«

16

»Sieht so aus, als ob du mit Carte Blanche recht gehabt hast«, erklärte Jeremiah Francesca am nächsten Morgen. Der französische Hengst hatte Roll the Dice in einem Überraschungssieg geschlagen und den wenigen Zuschauern, die auf ihn gesetzt hatten, einen wahren Geldsegen beschert.

Die vier standen der Reihe nach – Jeremiah, Jesse, Kelly und Francesca – an dem weißen Absperrzaun und schauten Devon beim Morgentraining zu. Wenn ein Pferd, auf das man in Willowbrook so große Hoffnungen gesetzt hatte, bei einem so entscheidenden Test versagt hatte, schwang sich die Meisterin höchstpersönlich in den Sattel, um festzustellen, woran es gelegen haben könnte.

»Dabei war ich so sicher, den Sieg schon in der Tasche zu haben«, murmelte Kelly niedergeschlagen. »Wir lagen mehrere Längen voraus, schon vom Start aus.«

»Ja«, murmelte Jesse, »und Carte Blanche von Anfang an ganz hinten. Sah aus wie ein Kinderspiel.«

Jeremiah warf einen Blick auf die Rennzeitung in seiner Hand und las laut den Artikel vor, in dem auf deprimierende Weise in allen Details beschrieben wurde, wie Carte Blanche Roll the Dice seine vernichtende Niederlage bereitet hatte: »Carte Blanche war mindestens zehn Längen zurückgefallen, und als es so aussah, als wäre Roll the Dice der Sieg schon gewiß, da holte der französische Hengst auf einmal auf. ›Wie ein Geschoß flog das Pferd an mir vorbei‹, berichtete Willy Shoemaker, der Reiter von Galant Man.«

»Scheiße, warum mußte der das auch sagen«, fluchte Kelly.

»Weil es die Wahrheit war«, gab Francesca trocken zurück.

Verzweifelt schlug sich Kelly mit der flachen Hand vor die Stirn. »Ich weiß auch nicht, was los war«, stöhnte er.

Doch Jeremiah las ungerührt weiter: »Auf den letzten fünfzig Metern wußte Benito Rodriguez, der Jockey auf Carte Blanche, bereits, daß er den Sieg so gut wie in der Tasche hatte. Er konnte es sich leisten, sich über die Schulter nach seinen Verfolgern umzusehen, die weit hinter ihm lagen. Und so galoppierte denn der unbekannte Franzose durch die Ziellinie und …«

Wie aus einem Munde stöhnte die Gruppe auf, denn sie konnte es einfach nicht mehr hören. Und in dem Moment kam Devon im langsamen Trab herangeritten. »Ja ja«, rief sie mit leicht anzüglichem Grinsen, »und der Boß liest wieder aus der Rennzeitung vor …«

»Klar doch«, grinste Jeremiah. Er deutete mit dem Kopf auf Roll the Dice. »Hast du 'ne Ahnung, woran es gelegen haben könnte?«

»Er ist 'n Sprinter. Vielleicht war die Strecke gestern einfach zu lang für ihn.«

»Hab' ich mir auch gedacht«, erwiderte Jeremiah prompt. »Ich wollt' bloß nichts sagen, bevor ich deine Meinung gehört hatte. Könnte aber auch sein, daß ihn die Konkurrenz einfach einschüchtert. Bisher war er immer so weit voraus, daß er niemanden an seiner Seite hatte.«

»Aber Langstrecken ist er doch schon oft gelaufen«, wandte Francesca ein.

»Aber nur im Training. Und Pferde kriegen voll mit, ob es ein echtes Rennen oder nur ein Training ist«, belehrte sie Jeremiah.

»Ja, das sind zwei unterschiedlichen Theorien«, bemerkte Devon. »Wir müssen nach beiden vorgehen und dann schauen, ob wir das Problem in den Griff kriegen. Also zum einen auf Langstrecken trainieren, zum anderen ihm die Konkurrenz auf den Hals hetzen.«

Jeremiah wandte sich an seinen Sohn. »Jesse, vielleicht könntest du das in den nächsten Tagen mit Francescas Hilfe ausprobieren? Ich muß mich voll auf Willow the Wip für das Samstags-Rennen konzentrieren.« Es war bei Rennstallbesitzern durchaus üblich, im Namen des Pferdes den Namen des Gestüts mit anklingen zu lassen, um auf diese Weise für den Stall zu werben. ›Willow the Wip‹ signalisierte, daß das Pferd aus dem Willowbrook-Stall stammte.

Während Francesca, Jesse und Kelly zu den Ställen zurückkehrten, blieben Devon und Jeremiah noch ein Weilchen am Zaun stehen, um miteinander zu plaudern. »Kompliment!« begann Devon. »Jesse macht sich wirklich hervorragend. Seinen Pferdeverstand hat er offenbar vom Papa geerbt.«

Jeremiah lächelte geschmeichelt. »Danke. Aber wenn ich ehrlich bin – mir wäre es lieber, er würde mal 'ne kleine Pause einlegen und für ein, zwei Jahre aufs College gehen.«

»Und warum macht er das nicht?«

»Er meint, es wäre verlorene Zeit. Und dann verweist er immer auf mich. Ich wär' auch nie aufs College gegangen und wäre trotzdem ein erfolgreicher Mann geworden. Was soll ich da noch sagen?«

»Aber du hast mir doch erzählt, er hätte immer gute Noten in der Schule gehabt«, wunderte sich Devon. »Dann wär' das doch erst recht ein Ansporn, aufs College zu gehen.«

»Meine Rede. Aber das nützt alles nichts.« Seufzend fuhr sich Jeremiah mit der Hand übers Gesicht. »Was willst du den Kids von heute noch groß erzählen? Die machen doch sowieso, was sie wollen!«

»Du könntest dich doch einfach weigern, ihn auf Willowbrook zu beschäftigen, solange er seine Ausbildung nicht beendet hat«, schlug Devon vor.

Jeremiah lächelte skeptisch. »Ich befürchte, daß er dann abhaut und bei irgendeinem anderen Rennstall anfängt.«

Eine düstere Wolke zog über Devons Gesicht. »Der kriegt doch woanders so leicht keine Anstellung, Jeremiah«, sagte sie leise. »Das weißt du doch. Und er weiß es auch.«

»Tja«, seufzte Jeremiah, der sehr wohl wußte, worauf Devon anspielte. »In der Richtung hat sich nicht viel geändert in den letzten zwanzig Jahren, was? Die Anti-Rassismus-Gesetze in allen Ehren, aber in den Köpfen der Leute spuken immer noch die gleichen Vorurteile herum.« Verständnislos schüttelte er den Kopf. »Natürlich – damals, als ich zum erstenmal das Derby gewonnen habe, da haben sich alle weißen Rennstallbesitzer nach mir die Finger abgeschleckt, haben mir jede Menge Geld geboten, haben mir Champagner ... ach!« – er lachte bitter auf – »einer hat mir sogar eine schöne, weiße Frau vorbeigeschickt. Hab' ich dir das jemals erzählt?« Devon schüttelte den Kopf. »Na ja, wie dem auch sei – nach 'ner Weile haben sie's dann aufgegeben. Haben kapiert, daß ich Willowbrook treu bleibe. Haben angefangen, mich ›Devons Junge‹ zu nennen. Wahrscheinlich nennen sie mich immer noch so. Ich weiß auch nicht ...« Gedankenverloren schaute er in die Ferne. »Weiße wissen wahrscheinlich selber nicht, warum sie auf uns Schwarze herabschauen. Sie sind einfach überzeugt, daß wir ihnen unterlegen sind. Dabei hab' ich doch verdammt noch mal bewiesen, daß ich allen weißen Jockeys *über*legen bin! Aber nein – sie bestehen darauf, daß die Hautfarbe den Menschen ausmacht.« Haß glühte in seinen Augen auf. »Kannst du mir sagen, warum? Du mußt es doch wissen, du bist doch weiß!«

»Ich ... ich weiß es auch nicht«, stammelte Devon betreten. Sie schämte sich auf einmal. Viele der Menschen, die Jeremiah auf so demütigende Weise behandelt hatten, waren ihre Freunde. Aber wenn sie ihre Freunde danach auswählen würde, ob sie Rassisten waren oder nicht, würde sie in Virginia ziemlich allein auf weiter Flur stehen. Das einzige, was sie machen konnte, war, daß sie allen, die für sie arbeiteten, egal, ob schwarz oder weiß, gleiche Chancen gab. Aber gemessen an den Vorurteilen, mit denen Schwarze tagtäglich zu kämpfen hatten, war das nur ein Tropfen auf den heißen Stein. Plötzlich kam ihr eine Idee. »Vielleicht sollten wir schauen, daß wir Jesse eine Lehrstelle auf einem anderen Gestüt besorgen? Der Junge ist doch so talentiert ...«

»Ach so«, unterbrach sie Jeremiah in bitterem Ton, »damit deine weißen Freunde kapieren, daß ich nicht die Ausnahme bin, die die Regel bestätigt, was? Daß ich kein mutierter Nigger bin, der sich wider Erwarten als intelligent erwiesen hat? Daß es also jetzt schon *zwei* schlaue Nigger auf der Welt gibt, hä?«

Sie erschrak. »Jeremiah! Was sind denn das auf einmal für Töne! So hab' ich dich noch nie reden gehört. Du bist ja der reinste Zyniker!«

»Devon, glaubst du denn ehrlich, daß es in Amerika auch nur *einen* Schwarzen gibt, der nicht zum Zyniker geworden ist?!« Er schaute in die Ferne. »Weißt du, was die größte, die beschämendste Niederlage meines Lebens war?« fragte er dann. Devon schüttelte den Kopf und bedeutete ihm, fortzufahren. »Erinnerst du dich an die Nacht, in der du als weiße Frau mich vor dem Ku-Klux-Klan retten mußtest?«

Betroffen schwieg sie. »Aber Jeremiah«, stotterte sie, »sie sind doch nicht mal in deine Nähe gekommen!«

Er lachte bitter. »Das ist es ja! Weil sie Angst vor *dir* hatten! Ich wäre der nächste gewesen, nur daß sie mit mir nicht so *zivilisiert*« – er sprach das Wort mit aller Verachtung aus – »umgegangen wären wie mit dir! Dein Name hat einiges Gewicht in der Grafschaft. Du hast Macht. Auch Macht über sie! Ich mag Geld haben, und ein Gewehr, aber das ist auch schon alles! Ich habe keine Macht, und was das Traurigste ist – ich sehe weit und breit nichts, was darauf hindeutet, daß es mein Sohn in dieser Beziehung einmal besser haben wird!«

»Ja.« Sie seufzte. »Ich kann ein bißchen nachvollziehen, was du empfindest, Jeremiah. Denn mir als Frau geht es ja ähnlich. Als Frau mußt du ständig beweisen, daß du genauso gut wie ein Mann bist. Du wirst einfach nicht ernst genommen. Nie bekommst du die gleichen Chancen wie Männer.«

Jeremiah widersprach. »Das kannst du nicht vergleichen! Du bist zwar eine Frau. Aber du bist weiß und du gehörst zur Oberschicht in diesem Land. Nein, das ist nicht dasselbe!«

»Gut«, gab Devon zu. »Vielleicht ist es nicht *ganz* dasselbe. Aber es ist ähnlich. Meinst du vielleicht, daß Francesca irgendwo sonst hier die Chance bekäme, Jockey zu werden? Okay, man würde sie vielleicht in die Country-Clubs aufnehmen, aber mehr nicht. Kein Rennstall würde doch das Risiko eingehen und einen weiblichen Jockey anstellen!«

»Mmmh«, brummte Jeremiah. »Verstehe, was du meinst. Natürlich werden Frauen auch diskriminiert. Aber das ist nicht vergleichbar mit den alltäglichen Demütigungen, die mein Sohn erfahren muß.«

»Ich weiß«, sagte Devon leise. »Warum engagierst du dich eigentlich nicht in der Bürgerrechtsbewegung?«

Er lachte kurz auf. »Was glaubst du denn, Devon, wieviel Geld ich denen schon gespendet habe!«

»Aber Geld allein reicht doch nicht, oder?«

»Nein.« Jeremiah seufzte. »Geld reicht nicht, das ist wahr. Aber ich weiß auch nicht, neben der ganzen Arbeit ... ich krieg' einfach den Hintern nicht hoch, da politisch mitzumischen. Willowbrook ist auch so ein ... so ein geschützter Ort, in den die knallharte Realität der Rassendiskriminierung gar nicht so durchdringt. Wenn ich ... wenn ich zum Beispiel ein Buch lese, dann kann ich mit Irma darüber diskutieren, oder auch mit dir, ohne daß du dich wunderst, daß ich überhaupt lesen kann. Du behandelst mich mit Respekt. Hin und wieder, wenn ich in die feindliche Welt hinausmuß, dann krieg' ich überhaupt erst mit, was da draußen mit uns Schwarzen so tagtäglich passiert. Und auf der Rennbahn ... nun ja, da herrscht insgesamt ein rüder Ton, aber das ist unabhängig von der Hautfarbe.«

Devon lachte auf. »O ja, das kannst du laut sagen!«

»Deshalb bin ich da irgendwie im Zwiespalt. Soll ich Jesse in Willowbrook lassen, wo er behütet ist, oder soll ich ihn hinaus ins feindliche Leben schicken? Vielleicht ist letzteres besser für ihn, weil er dann lernt, wie der Hase läuft. Ich hab' doch im Grunde keine Ahnung.«

»Ach komm, Jeremiah!« widersprach Devon. »Jetzt machst du dich aber kleiner als nötig! Als Jockey hast du doch geradezu Geschichte gemacht! Und jetzt tust du es als Trainer!«

»Aber ich hab' nichts verändert. Nichts«, meinte Jeremiah resigniert.

»Das stimmt doch nicht!« versuchte sie ihn aufzubauen. »Manche Veränderungen vollziehen sich eben nur ganz langsam, daß man es im Laufe eines Menschenlebens gar nicht richtig merkt. Aber du hast viel dazu beigetragen, daß sich etwas verändert hat, glaub mir!«

»Nee.« Jeremiah war von seinem Pessimismus nicht abzubringen. »Ich war immer nur ›Devons Junge‹. Und das werd' ich auch meinen Lebtag bleiben!«

17

Francesca warf Kelly Majors einen verführerischen Blick zu. »Meine Mama würde mich umbringen, wenn sie wüßte, daß ich mit dir hier bin.« Sie lächelte kokett.

Kelly schaute sich in der ganz in Rosa und Weiß gehaltenen Eisdiele um. Sie saßen an einem weißen, schmiedeeisernen Tisch mit passenden Stühlen. Er hätte sich kaum ein unschuldigeres Ambiente vorstellen können. »Was ist denn schon dabei, miteinander auf ein Eis zu gehen?« grinste er. »Und auf der Rennbahn sind wir doch sowieso jeden Tag zusammen.«

»Ist aber trotzdem was anderes«, beharrte Francesca. »Meine Mutter würde es mir niemals erlauben, mit einem Mann abends auszugehen, der schon über Zwanzig ist. Allerhöchstens mit einem Oberschüler dürfte ich mich verabreden.«

Ein wenig nervös rutschte Kelly auf seinem Stuhl herum. Dieser harmlose kleine Ausflug würde ihn doch nicht etwa seinen Job kosten? Er hatte sich überhaupt nichts dabei gedacht, als er Francesca auf ein Eis eingeladen hatte. Es war einfach – seit besagtem Abend in dem Hotelfoyer war ihm dieses kleine Luder nicht mehr aus dem Kopf gegangen. Tagtäglich verwirrte sie ihn mit ihrem Charme. Ihre Figur, die immer in knallengen Jeans und dünnen Baumwollhemden steckte – verdammt, aus dem kleinen Mädchen war eine attraktive junge Frau geworden! In vielerlei Hinsicht war sie ihrem Alter voraus, zum Beispiel arbeitete sie zuverlässig wie ein alter Hase. Aber trotz all dem hatte sie sich eine gewisse kindliche Unschuld bewahrt, die ihn faszinierte. Die Frauen, mit denen er normalerweise zu tun hatte, waren eher abgebrühte Groupies, die hinter der Rennbahn herumhingen und untereinander damit prahlten, welchen der Profijockeys sie letzte Nacht abgeschleppt hatten. Sie waren sexy und sahen gut aus, aber sie waren alles andere als unschuldig.

Er betrachtete Francesca, die ihn mit ihren exotischen grünen Augen ansah. Ihr Blick war äußerst einladend. War sie sich eigentlich darüber im klaren, wozu sie ihn einlud?

Ihm wurde ein wenig mulmig. Und so nahm er seine Ellbogen vom Tisch, lehnte sich in seinen Stuhl zurück und verschränkte die Arme vor der Brust. »Hör zu«, sagte er an Francesca gewandt. »Du bist ein verdammt nettes Mädchen, aber ich hab' keine Lust, Ärger mit deiner Mutter zu kriegen.«

»Keine Angst – wirst du nicht«, erwiderte sie leichthin. »Dafür hab' ich schon gesorgt. Sie ist mit Mason ausgegangen, und ich hab' ihr gesagt, daß ich zu einer Freundin gehen und dort auch übernachten würde.«

»Aber wird sie bei der nicht anrufen?«

»Schon. Aber bis sie zurück ist, bin ich doch längst wieder zu Hause. Ich werd' ihr dann sagen, daß mir nicht gut gewesen ist und ich deshalb vorzeitig zurückgekommen bin.« Genüßlich schob sich Francesca einen Löffel mit Eis in den Mund. Als ihr ein wenig Schlagsahne an der Oberlippe hängen blieb, leckte sie sie betont langsam mit der Zunge weg. Kelly beobachtete jede ihrer Bewegungen. Sie war schon ein raffiniertes Biest!

Wenn sie wenigstens ihren üblichen Reitdreß anhätte! Aber nein, sie hatte sich voll in Schale geworfen. Der rosafarbene Rock war zwar im Grunde äußerst schlicht, doch die raschelnden Petticoats darunter gaben ihr etwas aufregend Weibliches. Das hautenge Oberteil drückte ihren vollen Busen noch mehr nach oben, so daß sich ein verführerisches Dekolleté ergab, das durch den herzförmigen Ausschnitt noch betont wurde. Ihr Haar trug sie offen, so daß ihre dunklen Locken als wilde Mähne auf ihre sonnengebräunten Schultern fielen. Und erst ihr Make-up! Francesca hatte heimlich in Devons Kosmetikkoffer gestöbert und nicht nur Lippenstift, sondern auch Lidstrich, Rouge, grauen Lidschatten und Wimperntusche aufgetragen. Oft genug hatte sie Devon beim Schminken zugeschaut, so daß sie ihr erstes richtiges Make-up erstaunlich gut hinbekommen hatte. Um das Ganze abzurunden, hatte sie sich auch noch einen Spritzer von Devons Parfum gegönnt, so daß sie jetzt aufregend nach ›Joy‹ roch. Francesca kam sich sehr erwachsen vor. Und richtig ein bißchen gefährlich.

»Du siehst so besorgt aus«, wandte sie sich grinsend an Kelly. Obwohl er soviel älter war als sie, kam sie sich ihm auf einmal sehr überlegen vor.

Er schenkte ihr ein trockenes Grinsen. »Das bin ich auch.«

Sie lächelte geheimnisvoll und schob sich einen weiteren Löffel Eis mit Sahne in den Mund.

Als die beiden eine halbe Stunde später die Eisdiele verließen, war es immer noch hell. »Wir gehen am besten heim, oder?« schlug Kelly vor und schaute sich nervös aus dem Augenwinkel um, ob irgend jemand, den er kannte, sie beobachtete. Warum bloß war er auf diese verrückte Idee gekommen, Francesca einzuladen? Und wie sollte er sie jetzt nach Hause bringen, ohne daß sie jemand sah? Das war doch ganz und gar unmöglich!

Als hätte sie seine Gedanken gelesen, sagte Francesca in dem Moment: »Komm, laß uns die Abkürzung durch den Park nehmen!«

»Das ist aber nicht der Weg zu dir nach Hause«, widersprach er.

»Nein. Aber der zu *dir!*« gab sie kokett zurück. »Und ich wohn' ja nur ein paar Straßen weiter.«

Irritiert zog Kelly die Brauen hoch. Es beruhigte ihn, daß es langsam zu dämmern begann. Je weniger man von ihnen sehen konnte, desto besser. Als sie den Park betraten, wurde es unter den Baumkronen noch dunkler, und er atmete erleichtert auf. Hier würde sie so leicht keiner erkennen.

Wieder schien es, als hätte Francesca seine Gedanken gelesen. »Da! Der Reitweg!« flüsterte sie. »Da sieht uns keiner!«

»Gute Idee!« feixte Kelly und ergriff ihre Hand. Schweigend liefen sie nun den von schattigem Grün eingehüllten Reitweg entlang.

Heimlich beobachtete sie ihn von der Seite. Er war nicht direkt schön zu nennen. Sein breites Gesicht mit den schmalen blauen Augen, den langen Wimpern und den aufgeworfenen Lippen strahlte eine gewisse Arroganz, aber auch eine zupackende Sinnlichkeit aus. Etwas Wildes, Verwegenes haftete ihm an, das sie höchst aufregend fand. Seine dichten schwarzen Haare hatte er sich, wie es Mode war, mit Pomade nach hinten gekämmt. Er war durch und durch der drahtige Athlet, bei dessen Anblick alle Frauenherzen höher schlugen. Sie wußte nicht recht fand sie ihn wirklich so anziehend, oder war sie nur geschmeichelt, daß sich ein vierundzwanzigjähriger Mann mit ihr abgab?

»Es war sehr nett heute abend«, sagte Kelly leise, »aber ich glaube, wir … wir sollten so etwas nicht wiederholen.«

Francesca blieb abrupt stehen. Seine Bemerkung verletzte sie zutiefst. Auf einmal fühlte sie sich wieder ganz wie die dürre, schlaksige Göre, die sie bis vor kurzem noch gewesen war.

Wahrscheinlich fand Kelly sie häßlich!

»Hey«, sagte er mit sanfter Stimme, als er sah, wie sie deprimiert die Augen zu Boden schlug. »Versteh mich recht! Das hat nichts mit … wenn du nicht erst sechzehn wärst, dann würd' ich dich auf der Stelle vernaschen!« Frech grinste er sie an.

Doch Francesca war am Boden zerstört. »Warum … warum find ich bloß keinen Jungen, der fest mit mir gehen will?« stammelte sie, den Tränen nahe.

»Weil du erst sechzehn bist!« beschwichtigte er sie. »Keine Angst, Mädchen – du schaust fabelhaft aus!«

»Ehrlich?« Zweifelnd blickte sie zu ihm auf.

»Klar! Sonst würd' ich's doch nicht sagen!«

Francesca errötete und wandte sich wieder zum Gehen. Ohne ein weiteres Wort liefen sie nebeneinander her. Ein paar Minuten später erreichten sie den weißen Absperrungszaun, der an der Rennbahn entlang zu den Stallungen führte. Als sie in der schützenden Dunkelheit des Stalls waren, ergriff Kelly auf einmal Francescas Hände. »Mach dir keine Sorgen, Mädchen«, sagte er noch einmal und gab ihr einen freundschaftlich-zarten Kuß auf den Mund. »Es ist so, wie ich's gesagt habe.«

Wie ein elektrischer Schlag durchfuhr es Francesca, als sein Mund ihre Lippen berührte. Noch nie hatte sie einen Jungen geküßt! Und schon gar nicht einen, der so alt war! Sie zitterte vor Aufregung. Auf keinen Fall durfte sie sich diese einmalige Gelegenheit entgehen lassen! Impulsiv schlang sie ihre nackten Arme um seinen Hals und erwiderte seinen Kuß, so wie sie es im Kino immer gesehen hatte.

»Hey, hör auf!« rief er atemlos, nahm ihre Arme von seinem Hals, drückte Francesca gegen eine nahegelegene Pferdebox und hielt ihre Hände mit eisernem Griff fest. »Du solltest so etwas nicht machen«, grinste er, »wenn du nicht wirklich Ärger bekommen willst!«

Ein wenig unsicher lächelte sie ihn an. »Was meinst du damit?«

»Ich meine«, erklärte er ihr, ohne ihre Hände loszulassen, »du solltest keinen Jungen küssen – es sei denn, du willst mehr als nur einen Kuß!«

»Will ich ja auch!« gab sie keck zurück.

Kelly lachte lauthals auf. Seine schneeweißen Zähne blitzten in der Dunkelheit. »Ich glaub', du weißt nicht ganz, wovon du redest, Mädchen«, erwiderte er kopfschüttelnd. »Und das ist das eigentlich Gefährliche an dir!«

Je mehr er sie zum kleinen Mädchen machte, desto stärker fühlte sich Francesca provoziert, ihre neu erworbenen weiblichen Waffen zu erproben. Sie drehte ihren Körper verführerisch und versuchte, sich aus seinem Griff zu befreien.

»Nix!« lachte er. »Du bleibst schön da, wo du bist!«

Plötzlich ging alles ganz schnell. Ein Schatten tauchte aus dem Nichts auf und riß Kelly von ihr weg. Dann ein fürchterliches Klatschen und zwei Körper, die sich ineinander verkeilt auf dem Boden wälzten. Heftiges Keuchen.

Instinktiv wich Francesca zurück und schnappte sich den nächstbesten Gegenstand, einen leeren Blecheimer, um ihn dem unbekannten Angreifer entgegenzuschleudern. Schon holte sie aus – da sah sie, daß es Jesse war, der sich mit Kelly einen Ringkampf lieferte.

»Jesse!« schrie sie.

»Lauf, Frankie! Lauf!« stieß er hervor, während er versuchte, den kleineren Jockey in den Schwitzkasten zu nehmen.

»Was machst du denn, du Arschloch!« brüllte Kelly und versuchte, sich aus Jesses Griff zu befreien. Er wollte ihn nicht mit der Faust schlagen, aus Angst, sich dabei die Hand zu verletzen – denn das konnte er sich als Jockey nicht leisten.

»Jesse! Geh weg! Laß ihn los!« kreischte Francesca, warf sich mit ins Getümmel und versuchte, Jesse an seinem T-Shirt von Kelly wegzuziehen.

Der Schwarze fuhr herum und schüttelte sie ab. »Laß mich! Dem werd' ich's schon zeigen!«

Doch Francesca ließ nicht locker. Sie packte Jesse am Arm und zerrte mit aller Kraft daran. »Laß ihn los!« schrie sie. »Er hat doch gar nichts gemacht!«

Kelly nutzte die kurze Ablenkung, um sich von Jesse zu befreien. Taumelnd kam er auf die Füße und klopfte sich den Staub von den Kleidern. »Du Idiot!« stöhnte er. »Was ist denn bloß in dich gefahren?!«

Verwirrt schaute Jesse zwischen Kelly und Francesca hin und her – dann plötzlich begriff er, daß seine heldenhafte Rettung offenbar alles andere als willkommen gewesen war. »Ich ... ich dachte, du tust ihr was an«, stammelte er betreten.

»Aber nein!« schaltete sich Francesca ein. Was für eine absurde Idee!

»Sah aber ganz so aus«, brummte Jesse ärgerlich.

»Im Gegenteil!« grinste Kelly trocken. »Ich mußte mich vor der jungen Dame in Sicherheit bringen!« Langsam fand er seinen Humor wieder.

Jesse, dem die Situation furchtbar peinlich war, warf Francesca einen fragenden Blick zu. Doch auch sie fand die Angelegenheit offenbar inzwischen eher lustig und begann zu grinsen. »Tut mir wirklich leid«, murmelte Jesse zerknirscht. »Aber ich dachte, daß er dich zu Boden werfen will.«

»Wie denn, bitteschön?« fragte Kelly spöttisch. »Sie ist doch 'n ganzen Kopf größer als ich!« Und alle drei brachen in prustendes Gelächter aus.

»Und wahrscheinlich auch stärker!« setzte Jesse kichernd noch einen drauf. Als sie sich alle wieder ein bißchen beruhigt hatten, wurde Jesse ernst. Verlegen schaute er zu Boden. »Tut mir leid, wenn ich ... gestört habe!« murmelte er.

»Kein Grund, sich zu entschuldigen, im Gegenteil. Du hast mich gerade noch rechtzeitig gerettet!« witzelte Kelly.

Jesse grinste und wandte sich dann an Francesca. »Sag mal, weiß deine Mutter eigentlich, daß du dich hier herumtreibst?«

Francesca errötete, reckte dann aber selbstbewußt das Kinn. »Nein«, erwiderte sie trotzig. »Aber ich bin schließlich sechzehn und kann tun und lassen, was ich will!«

»Nein, das glaube ich nicht!« gab Jesse in strengem Ton zurück. »Und du weißt ganz genau, daß deine Mutter dir den Hosenboden versohlen würde, wenn sie wüßte, daß du mit einem Jungen ausgehst, der acht Jahre älter ist als du!«

Entrüstet stemmte sie ihre Hände in die Hüften. »Erstens geht dich das gar nichts an! Und zweitens hast du überhaupt keine Ahnung, was Mama mir erlaubt und was nicht!«

»O doch!« fuhr Jesse ihr über den Mund. »Denn ich kenne euch beide seit nunmehr achtzehn Jahren. Und ich weiß sehr wohl, was geht und was nicht geht!«

Wie zwei Kampfhähne schauten sich die beiden an, doch Kelly fuhr dazwischen. »Kommt, beruhigt euch! Und wenn du ehrlich bist, Francesca – dann hast du mir das, was Jesse gerade gesagt hat, erst vor einer Stunde fast wortwörtlich in der Eisdiele erzählt! Also, was soll das Theater?« Er warf einen Blick auf seine Armbanduhr. »Jesse, ich denke, Mrs. Somerset-Smith wird sich nicht das geringste dabei denken, wenn du Francesca nach Hause bringst. Warum lieferst du sie nicht schnell daheim ab? Denn, um ehrlich zu sein – die Vorstellung, sie ganz allein in der Dunkelheit heimgehen zu lassen, wär mir jetzt doch nicht so angenehm ...«

Jesse schien von diesem Auftrag alles andere als begeistert zu sein, denn er marschierte, ohne Francesca auch nur eines Blickes zu würdigen, zurück zu dem Ausgang, durch den Kelly und sie vorher den Stall betreten hatten. Nach zehn Metern blieb er stehen und drehte sich mürrisch nach ihr um. »Kommst du?« rief er.

»Na los«, flüsterte Kelly, »geh schon!«

Widerwillig setzte sich Francesca in Bewegung, und auch Jesse lief wieder los. »Wart halt auf mich, verdammt!« rief sie ihm ärgerlich hinterher.

Und so wartete er, bis Francesca ihn eingeholt hatte. Als sie den Stall verlassen hatten, deutete er mit dem Kopf zur Rennbahn hinüber. »Gehen wir gleich da rüber, oder willst du außenrum laufen?« Er warf einen skeptischen Blick auf ihre hochhackigen weißen Sandaletten.

Trotzig biß Francesca die Lippen aufeinander, als sie sah, worauf er anspielte. Dann bückte sie sich unwillig und zog die Sandalen aus. »Scheiße«, murmelte sie. »Gehen wir rüber!«

Ein paar Minuten lang liefen sie in völligem Schweigen nebeneinander her. Dann brach es plötzlich aus Jesse heraus: »Was zum Teufel hast du dir eigentlich dabei gedacht, mit so einem Typ auszugehen? Der ist vierundzwanzig!«

»Was interessiert es dich denn, mit wem ich ausgehe?« gab sie schnippisch zurück. Wie sie es haßte, daß alle immer an ihr herumkritisierten!

Wütend steckte Jesse die Hände in die Taschen seiner zerbeulten Hosen und ballte sie zu Fäusten. Er schwieg. Lieber würde er sich die Zunge abbeißen als zuzugeben, daß es ihn vor Eifersucht fast zerriß, wenn er sich bloß vorstellte, ein anderer Mann könnte Francesca küssen!

»Antworte mir!« herrschte sie ihn an und kniff ihn schmerzhaft in den Oberarm.

»Auah! Laß das!« schrie er zornig.

»Na, dann antworte gefälligst!« Sie ließ nicht locker.

»Weil wir schon seit vielen Jahren Freunde sind. Weil ich weiß, daß deine Mutter völlig ausrasten würde, wenn sie davon erführe. Weil

Majors ein Schürzenjäger ist. Der treibt sich doch laufend mit anderen Frauen rum – erwachsenen Frauen! Nicht mit Kindern!«

Wutschnaubend blieb Francesca stehen und baute sich kerzengerade vor ihm auf. »Schau mich an, Jesse!« rief sie mit triumphierendem Lächeln. »Ich bin kein Kind mehr! Ich bin genauso hübsch wie die anderen!«

Jesse starrte sie an. Der Abendwind fuhr durch ihre wilden Locken und spielte mit ihrem Rock, unter dem mehrere Petticoats aufregend raschelten. Ihre jungen, vollen Brüsten drückten sich durch den hauchdünnen Stoff ihres Oberteils. Ja, sie war weiß Gott kein Kind mehr. Sie war ein verdammt hübsches Mädchen. Jesses Augen füllten sich mit Sehnsucht, und als sein Blick Francescas begegnete, sah sie zum erstenmal, was er für sie empfand.

Francesca trat einen Schritt auf ihn zu. Sie stand jetzt so nah vor ihm, daß sie die Hitze seines Körpers spüren konnte. So nah, daß sie trotz der nächtlichen Dunkelheit die Angst in seinen Augen sah.

Ohne den Blick von ihr zu lassen, wich Jesse einen Schritt zurück. »Ich ... ich kann nicht«, stotterte er. Hilflos schüttelte er den Kopf.

Doch schon war sie wieder bei ihm. Sein Körper zog sie an wie ein Magnet. »Warum nicht?« fragte sie heiser.

Jesse roch ihr Parfüm, das sich mit dem Duft ihres betörend jungen Körpers mischte. Er sah die dunkle Falte zwischen ihren Brüsten, hörte das Knistern ihrer Petticoats. Seine Sinne waren zum Zerreißen gespannt. Er schaute in ihre grünen Augen, in denen flammende Sehnsucht stand. Ihre feuchten Lippen bebten erwartungsvoll. Sie wollte ihn. Jede Faser ihres Körpers sagte ihm, daß sie ihn wollte.

Zitternd streckte er die Hand nach ihr aus, um sie zu berühren, doch dann riß er sie erschrocken zurück. Francesca sah, wie die Schlagader an seinem Hals heftig pulsierte. Ein hauchdünner Schweißfilm lag auf seiner Haut. Sie roch den Mann, und dieser Geruch brachte sie schier um den Verstand. Immer näher ging sie an ihn heran. Es gab kein Halten mehr.

Jesse stand da wie zur Salzsäule erstarrt. Seine Gefühle waren ein einziges Chaos. Angst, brennende Sehnsucht, Liebe und die Stimme seines Gewissens tobten in ihm. Er wollte davonlaufen, aber er war wie gelähmt. Er wollte sie streicheln, aber er durfte doch nicht! Sie war so nah! Schaute ihm direkt in die Augen. Ihre Lippen – nur Millimeter von seinem Mund entfernt! Ihre Brüste! Fast konnte er sie schon spüren!

Wie zwei eherne Statuen standen die beiden da – erstarrt in Zeit und Raum. Alles um sie herum versank im Nichts. Dann, ganz langsam hob Francesca ihre Hand und legte sie zitternd auf seine breite Männerbrust.

Die Berührung brannte wie Feuer. Und sie nahm ihm alle Kraft. Der letzte Widerstand in ihm schmolz dahin. Und so ergab er sich seinem Verlangen und zog sie mit einem leisen Stöhnen an sich.

Selig schlang Francesca ihre Arme um seine schlanke Taille. Durch den dünnen Stoff seines Hemdes konnte sie seine kräftigen Muskeln spüren. Groß und mächtig stand er über ihr, schloß sie fest in seine starken Arme. Und als er sie küßte, meinte sie zu zerfließen, ganz eins mit ihm zu werden.

»O Gott, Frankie!« stöhnte er heiser. Er begrub sein Gesicht in ihrem duftenden Haar. »Mein schönster Traum wird wahr!« Noch enger zog er sie an sich. Und wieder suchten seine Lippen ihren Mund.

Leidenschaft überwältigte sie. Sie war heiß und feucht, zitterte vor Erregung. Sein Kuß war zarter und wilder, sein Körper erregender, seine Nähe betörender als sie es sich je erträumt hatte! Hilfesuchend lehnte sie sich an ihn, so schwindelte ihr. »Jesse, ich liebe dich!« hauchte sie.

Wie ein Peitschenknall brachten ihre Worte ihn in die Wirklichkeit zurück. Erschrocken ließ er sie los und wich einen Schritt zurück. »Sag das nicht, Francesca!« keuchte er. »Sag das nie wieder!«

Francesca war, als hätte er ihr einen Schlag versetzt. »Warum denn nicht?« fragte sie entgeistert.

Verzweifelt preßte Jesse die Fäuste vor die Stirn. »Es ist alles so ... so furchtbar. O mein Gott! Was hab' ich getan!«

»Was hast du denn getan?«

Mit wirrem Blick starrte er sie an.

Das junge Mädchen schaute ihm fragend ins Gesicht. »Warum siehst du mich so komisch an?« Auf einmal hatte sie Angst.

»Verstehst du denn nicht, Francesca!« rief er wie ohnmächtig. »Wir ... wir dürfen das einfach nicht!«

Francesca trat einen Schritt auf ihn zu und ergriff seine Hand. »Aber ich liebe ...«

»Nein!« Fast wütend schlug er ihr auf die Hand. Warum verstand dieses Mädchen denn bloß nicht?! »Unsere Familien ... sie würden uns umbringen, wenn sie wüßten, was gerade geschehen ist!«

»Aber ... wir können doch heimlich ...« Francescas Augen waren groß und unschuldig. »Und sobald ich alt genug bin, können wir heiraten!« Sie wollte ihm klar machen, daß sie alles für ihn tun würde! Alles!

Jesse traute seinen Ohren nicht. »Heiraten! Wir können doch niemals heiraten!« Fassungslos schüttelte er den Kopf. Wie konnte sie so etwas auch nur denken! Geschweige denn aussprechen! Von plötzlicher Panik ergriffen, schaute er um sich, ob irgend jemand sie beobachtet hätte. Aber es war Gott sei Dank weit und breit niemand zu sehen.

»O Jesse!« flehte Francesca ihn an. »Siehst du denn nicht, daß sich alles verändert? Eines Tages wird es ganz normal sein, daß Weiße und Schwarze heiraten!«

Doch sein Gesicht war wie versteinert.

»Bis sich bei uns etwas verändert hat, sind wir beide schon tot!« stieß er grimmig hervor. »Erinnerst du dich an die Nacht, als der Ku-Klux-Klan kam?«

»Ja, natürlich. Aber sie haben deinem Vater doch gar nichts getan! Sie sind zu Mama gekommen. Und die hat sie alle wieder nach Hause geschickt.« Sie lächelte ihn an. Es würde alles gutgehen, davon war sie überzeugt. Im Kino gab es doch auch immer ein Happy-End!

»Francesca! Du hast keine Ahnung, was auf dieser Welt los ist! Wenn die Leute wüßten, daß ich dich angefaßt habe, ja, daß ich nur davon träumen würde, dich anzufassen, dann würden die mich auf der Stelle lynchen! Und deine Mutter würde die Meute anführen!«

Entsetzt wich Francesca zurück. »Jesse!« rief sie empört. »Wie kannst du so etwas nur sagen! Du weißt, daß das nicht wahr ist!«

»Von wegen!« gab er hitzig zurück.

Doch als er sah, wie verletzt Francesca war, taten ihm seine harten Worte leid. »Schau doch«, fuhr er in sanftem Ton fort. »Das mit uns – das kann einfach nicht gutgehen! Es gibt keinen Platz für uns auf dieser Welt, glaub mir!«

Tränen liefen Francesca über die Wangen. »Aber … es muß doch«, schluchzte sie, »es muß doch irgendwo einen Platz geben …«

Wie gerne hätte er sie wieder an sich gezogen, hätte sie getröstet! Aber er durfte nicht. »Im Himmel, Francesca«, flüsterte Jesse traurig. »Nur im Himmel.«

Sie ließ den Kopf hängen, unfähig, den Fluß ihrer Tränen zu stoppen. Hilflos stand er vor ihr. Er wollte seine Hand nach ihr ausstrecken. Doch er konnte nicht. Wenn er sie noch einmal berühren würde – er hätte nicht die Kraft, sie wieder gehen zu lassen! Und so steckte er seine Hände in die Hosentaschen. »Schau mich an, Frankie«, sagte er leise.

Langsam, ganz langsam hob sie den Kopf. Er sah sie an. Wie ein Verdurstender sog er ihr Gesicht in sich hinein, prägte sich jeden ihrer Züge ein, um ihn für immer in seinem Herzen zu bewahren. Ihre Wimpern waren naß von Tränen, ihre Lippen feucht und geschwollen von seinen Küssen, und ihre Augen … ihre Augen quollen über von maßloser Sehnsucht und grenzenloser Liebe.

Wie sie da vor ihm stand, so verletzbar und so einladend zugleich … Er wußte, von nun an mußte er sie meiden, durfte keinen einzigen Augenblick mehr mit ihr allein sein. Sonst würde er sich vergessen. Und dann würde das Unheil über sie hereinbrechen. Er trat einen Schritt zurück, dann noch einen. Tränen standen ihm in den Augen. »Ich muß gehen«, sagte er mit belegter Stimme.

»Jesse!« rief Francesca. »Warte doch!«

Er wandte sich von ihr ab und machte sich auf den Weg. Nach ein paar Schritten drehte er sich ein letztes Mal nach ihr um.

»Bitte, geh nicht fort!« flehte sie mit tränenerstickter Stimme. »Bitte!« Sie rang nach Luft.

Doch da war Jesse schon in der Dunkelheit verschwunden.

18

»Papa, ich muß mit dir reden«, sagte Jesse und ließ die roh gezimmerte Tür zu der Baracke seines Vaters hinter sich zufallen.

Jeremiah, der über seinen Papieren saß, schaute nur kurz auf und bedeutete ihm dann mit einem Kopfnicken, sich zu ihm zu setzen.

Jesse zog sich einen der wackligen Stühle an den Schreibtisch und nahm Platz. »Also … ich hab's mir überlegt«, begann er.

Sein Vater legte seine Arbeit beiseite und beugte sich neugierig zu ihm vor. »So, was denn?«

»Das mit dem College. Also wenn du nach wie vor dafür bist … dann würd ich mich gern an der Howard University einschreiben.«

Überrascht hob Jeremiah die Brauen. Er hatte mit so ziemlich allem gerechnet – bloß *damit* nicht!

»Tja, da wird ja deine Mutter sehr stolz auf dich sein«, lobte er seinen Sohn. »Aber wie kommt es denn zu diesem plötzlichen Sinneswandel?«

Jesse schaute zu Boden, unfähig, dem prüfenden Blick seines Vaters standzuhalten. Er fürchtete, sein Vater könnte ihm sofort die ganze Geschichte ansehen, die gestern nacht geschehen war. Betont lässig zuckte er die Schultern. »Ich will so schnell wie möglich mein Examen in der Tasche haben. Am liebsten würde ich schon diesen Herbst anfangen.«

»Aber bis dahin sind es nur noch ein paar Wochen«, wunderte sich Jeremiah. »Du hast dich doch noch gar nicht beworben.«

»Ich könnte noch heute heimfahren. Und morgen schon nach Washington. Persönlich bei denen vorsprechen, das verkürzt das Verfahren. Ich hab' gute Noten. Und bei denen macht's auch nichts, daß ich … daß ich dein Sohn bin.«

»Aber ich dachte, du wolltest in Willowbrook arbeiten«, erwiderte Jeremiah erstaunt.

»Ich geh' aber lieber aufs College. Wenn ich mein Examen habe, kann ich noch mein ganzes Leben lang in Willowbrook arbeiten.«

Jeremiah holte tief Luft und lehnte sich in seinen Stuhl zurück. Aufmerksam studierte er das Gesicht seines Sohnes, der immer noch seinem Blick auswich. »Was hast du auf dem Herzen, mein Junge?« fragte er schließlich.

Wie von der Tarantel gestochen, sprang Jesse auf und schlug sich mit lautem Klatschen auf den Schenkel. »Warum soll ich denn was auf dem Herzen haben?!« rief er erregt. »Ich will aufs College, was ist denn da groß dabei? Das ist doch das, was du immer wolltest. Und jetzt, wo ich deinem Wunsch nachkomme, stellst du so komische Fragen. Ich dachte, du freust dich!«

»Das tu' ich ja auch«, beschwichtigte ihn sein Vater. »Aber jetzt setz dich erst mal wieder!« fügte er in einem Ton hinzu, auf den hin Jesse sofort gehorchte. »Dieses plötzliche Interesse fürs College …«, fuhr Jeremiah fort. »Ich nehme an, du hast ein bestimmtes Fach im Auge, das du studieren möchtest?«

Verwirrt schaute Jesse seinen Vater an. »Ein bestimmtes Fach?«

»Ja. Du mußt doch ein Hauptfach belegen!«

»Ich … ich weiß noch nicht«, murmelte Jesse.

»Hmmh. Und warum ausgerechnet Howard University? Warum nicht Tuskegee oder eine andere Uni?«

»Ich weiß nicht. Howard's ist halt in der Nähe.«

Jeremiah schwieg. Als das Schweigen für Jesse immer unerträglicher wurde, fing er an, nervös auf seinem Stuhl herumzurutschen.

»Ich … ich hab' so den Eindruck«, nahm Jeremiah schließlich das Gespräch wieder auf, »daß du …«

»Ja? Daß ich was?« unterbrach ihn Jesse gereizt.

Jeremiah blieb demonstrativ gelassen. »Ich hab' so den Eindruck«, wiederholte er, »daß du nicht aufs College willst, um dort dein Wissen zu erweitern, sondern nur deshalb, weil du hier vor etwas anderem davonläufst. Und mich würde interessieren, was das ist.«

Jesse fuhr hoch und warf seinem Vater einen flammenden Blick zu. Entschlossen streckte er das Kinn vor. Aus dem verlegenen Jungen war mit einem Schlag ein erwachsener Mann geworden. »Vater«, begann er mit fester Stimme. »Ich habe dir alles gesagt, was es zu sagen gibt. Wenn du mir helfen willst, das College durchzustehen, dann danke ich dir dafür. Ich werde mein Bestes tun, daß das Geld, das du in mich investierst, nicht zum Fenster rausgeworfen ist. Wenn du mich dagegen finanziell *nicht* unterstützen willst ...« Er zuckte die Achseln, um anzudeuten, daß er dann schon andere Wege finden würde.

Jeremiah überlegte. Sollte er respektieren, daß Jesse ihm die wahren Motive für seinen plötzlichen Entschluß, aufs College zu gehen, verschwieg? Oder sollte er weiter in ihn dringen, womöglich gar seine finanzielle Hilfe davon abhängig machen, daß er ihm alle Hintergründe erläuterte? Nein, das durfte er auf keinen Fall tun. So sehr er sich auch wünschte, daß sein Sohn genug Vertrauen zu ihm hätte, ihn in seinen Kummer einzuweihen – denn er hatte Kummer, das spürte Jeremiah deutlich –, so sehr erfüllte es ihn andererseits doch mit Stolz und Respekt, zu sehen, daß sein Sohn genug Kraft hatte, mit seinen Problemen alleine fertig zu werden.

»Tja«, sagte Jeremiah, »wie ich schon sagte – deine Mutter wird sicher sehr stolz sein, wenn sie von deinem Entschluß erfährt. Und ich selbst bin es natürlich auch. Wenn du also wirklich aufs College willst, dann tu das! Ich werde dich dabei mit allen mir zur Verfügung stehenden Mitteln unterstützen!«

19

»John, hör auf, weiter in mich zu dringen!« rief Devon gereizt. »Ich weiß auch nicht, was mit Francesca los ist!«

Gedankenverloren legte John einen weiteren Holzscheit nach. Es war der erste Herbstabend, an dem es so kalt war, daß er im Kamin Feuer machen mußte. Und es war überhaupt das erste Mal, daß er den Kamin in seinem neuen Domizil in Georgetown in Betrieb nahm. Er hatte die Villa erst vor ein paar Wochen bezogen. Mason und er waren jetzt unmittelbare Nachbarn. Ein weiterer Vorzug seines neuen Wohnsitzes war, daß er jetzt Francesca viel öfter sehen konnte. Denn sie hatte sich überraschenderweise doch entschlossen, für ihr letztes Schuljahr aufs Internat in Georgetown zu gehen, anstatt, wie ursprünglich geplant, in Willowbrook wohnen zu bleiben und von dort aus jeden Tag eine Stunde hin- und eine Stunde wieder zurückzufahren. Zuerst war Devon aus allen Wolken gefallen, als sie von Francescas Wunsch hörte. Ihre Tochter hatte sich doch bis vor kurzem strikt geweigert, aufs Internat zu gehen! Und daß sie freiwillig darauf verzichtete, jeden Nachmittag reiten zu können! Aber Francesca hatte zwei gewichtige Argumente ins Feld geführt, die ihre Mutter schließlich überzeugt hatten: Erstens war die Fahrerei sehr anstrengend und zweitens würde sie in der Schule viel leichter lernen können, da ihr dort eine umfangreiche Bibliothek zur Verfügung stand und insgesamt eine ganz andere Lernatmosphäre herrschte. Vor allem aber würde sie nicht durch die Verlockungen, die ihr Willowbrook bot, vom Lernen abgehalten. Trotzdem – Devon würde Francesca sehr vermissen, das wußte sie.

»Tja«, mischte sich Mason in das Gespräch zwischen John und Devon ein. »Seit Saratoga ist Francesca wie verwandelt.« Doch auch wenn ihm das Wohl des Mädchens sehr am Herzen lag, beschäftigte ihn im Moment doch etwas ganz anderes. Verstohlen schaute er sich in Johns Bibliothek um. Wie stilvoll John diesen Raum doch eingerichtet hatte! Die Wände und die aufwendig gearbeitete Stuckdecke waren in dezentem Ockergelb getüncht. Die Bücherregale, in vier großen Wandnischen untergebracht, fügten sich harmonisch in den Raum ein. Ein gewaltiger Mahagoni-Schreibtisch beherrschte die eine Seite der Bibliothek, auf der gegenüberliegenden lud eine gemütliche Sitzgruppe zum Entspannen ein.

Devon und Mason saßen auf dem bequemen Ledersofa, während John vor dem weißen Marmorkamin auf- und abging und gelegentlich mit dem Feuerhaken die Glut schürte.

»Sie will mir einfach nicht erzählen, was sie auf dem Herzen hat«, sagte Devon. »Es wäre alles in Ordnung, meint sie immer, aber sie hat irgendwas, das schwör ich euch!«

»Vielleicht hat sie Liebeskummer«, überlegte Mason.

Devon schüttelte den Kopf. »Glaub' ich nicht. Sie ist ganz einfach niedergeschlagen, deprimiert. Weiß der Himmel, was los ist. Selbst Mutter kriegt nichts aus ihr raus, und ihr wißt ja, was die beiden für ein enges Verhältnis haben.«

»Na ja, ich seh' sie ja dieses Wochenende«, meinte John. »Mal schauen, ob ich ihr nicht doch ein bißchen was aus der Nase ziehen kann.«

»Wenn das nichts hilft, dann weiß ich nicht, was sonst noch helfen könnte«, murmelte Devon. Sie war mit ihrem Latein am Ende. Eigenartig, dachte sie mit einem Anflug von Eifersucht, daß Francesca John mehr vertraute als jedem anderen Erwachsenen in ihrer Umgebung. Seit wann hatte John eigentlich diese väterlichen Eigenschaften entwickelt? Wie konnte es kommen, daß ein sechzehnjähriges Mädchen sein Herz nicht der eigenen Mutter, sondern lieber einem Mann ausschüttete, der nicht einmal ihr leiblicher Vater war? Sie seufzte und starrte in die Flammen des Kaminfeuers. Dann wanderte ihr Blick wieder zu Johns Gesicht. Er wirkte nachdenklich, besorgt. Wenn ihr irgend jemand vor zwanzig Jahren erzählt hätte, daß John die Depressionen eines sechzehnjährigen Mädchens derartig zu Herzen gehen würden, hätte sie ihn schlichtweg ausgelacht. Damals hatte er nur eines im Sinn – sich zu amüsieren, das Leben zu genießen. An den Sorgen anderer war er wenig interessiert. Was hatte nur diesen Wandel in ihm bewirkt? Der Krieg? Francesca?

Dann fiel ihr plötzlich die Klatschkolumne ein, in der sie vorige Woche ein Foto von John gesehen hatte, Arm in Arm mit einer strahlenden Blondine, einer Schweizer Schauspielerin. In dem Artikel wurde über eine angebliche Affäre zwischen John und dieser Frau gemunkelt, die sich gerade von ihrem zweiten Ehemann scheiden ließ.

Devon hatte sich die junge Dame sehr genau angeschaut. Sie war bestimmt dreißig Jahre jünger als John, doch sie himmelte ihn auf dem Foto so rückhaltlos an, daß man sich des Eindrucks nicht erwehren konnte, daß sie ihn äußerst anziehend fand. Und das war er ja weiß Gott auch. Mit seinen zweiundsechzig Jahren war er vital und männlich wie eh und je. Genauso wie Mason, fügte Devon in ihrem inneren Selbstgespräch hastig hinzu. Auf einmal hatte sie ein schlechtes Gewissen, ohne recht zu wissen, warum.

»Devon, hörst du mich nicht? Das Abendessen ist fertig!« rief Mason. Verwirrt schaute sie auf. Die beiden Männer standen schmunzelnd über ihr und hielten ihr die Hand hin, um ihr aus dem Sofa hochzuhelfen. Mein Gott, altes Mädchen, dachte sie, langsam wirst du schwerhörig.

Sie raffte ihren schwarzen Taftrock und folgte den Männern in den Salon. »Wirklich ein wunderschönes Haus. Mein Kompliment!« wandte sie sich an John und schaute sich bewundernd in dem elegant eingerichteten Raum um. Als erstes stach ihr der eindrucksvolle, im Schachbrettmuster gehaltene schwarz-weiße Marmorfußboden ins Auge. Dann die Wände – sie waren in einem eigenartigen Stahlgrau getönt, in dem auch Silber und Burgunderrot mitschwang. Weiterer Blickfang war der massive, kunstvoll gedrechselte Eßtisch aus Walnußholz, in dessen glänzend polierter Platte sich die tausend Lichter des riesigen Kristallüsters spiegelten. Die burgunderroten Seidenbezüge der Polsterstühle bildeten reizvolle Farbakzente im Raum. Zwei spiralenförmig getrimmte Zierwacholder, die aus amphorenartigen Pflanzschalen wuchsen, standen jeweils neben den zwei schlanken Säulen, die den Eingang flankierten. Wie in der Bibliothek, so waren auch im Salon die Wände mit Nischen versehen, in denen, von indirektem Licht angestrahlt, Antiquitäten und andere Kunstobjekte die Aufmerksamkeit des Betrachters auf sich zogen. Welche Frau in Johns Leben, dachte Devon plötzlich, hatte ihm wohl bei der Gestaltung dieses faszinierenden Interieurs mit Rat und Tat zur Seite gestanden?

Ärgerlich über ihre kindische Eifersucht wandte sie sich dem Gespräch zwischen John und Mason zu. »Aber glaubst du denn ernstlich, daß deiner Ernennung irgend etwas im Wege steht?« fragte Mason gerade.

»Ich weiß ja selber nicht, ob ich diesen Job überhaupt will«, erwiderte John mit einem gequälten Lächeln. »Die ganzen letzten zwanzig Jahre war ich im Ausland. Langsam ist es doch mal an der Zeit, sich irgendwo niederzulassen, oder?« Unwillkürlich warf er einen Blick auf Devon.

»Aber Botschafter der Vereinigten Staaten – das ist doch eine ganz außergewöhnliche Ehre!« widersprach Mason. »So eine Gelegenheit darfst du dir nicht entgehen lassen! Und Belgien hat von jeher schon eine zentrale Rolle im politischen Kräftespiel Europas gespielt. Wir vom *Washington Telegraph* werden jedenfalls alles unternehmen, deine Nominierung zu unterstützen. Von deiner Persönlichkeit wie von deiner beruflichen Erfahrung her bist du doch geradezu prädestiniert für diese Position!«

»Ja, ja«, antwortete John nachdenklich, »ich geb' ja zu, daß dieses Angebot eine große Ehre ist! Aber ich weiß nicht, ob ich mit dem Herzen wirklich dabei wäre. Schau, jetzt hab' ich mir gerade erst dieses Haus gekauft. Zum ersten Mal seit langer Zeit wieder ein eigenes Heim! Mein Gott, dieses ewige In-der-Weltgeschichte-Herumreisen – wie ich das satt habe!« Er seufzte. »New York – Washington«, fügte er mit einem Augenzwinkern hinzu, »das ist eine Distanz, die ich gerade mitmache, aber' mehr nicht!«

»Du und keine Lust mehr, zu reisen?!« rief Devon überrascht. »Ich hätt' ja nicht gedacht, daß ich das noch einmal erleben würde!« Ungläubig schüttelte sie den Kopf.

John schaute ihr in die Augen. Für einen Moment mußten sie beide an die letzten Jahre ihrer Ehe denken. Immer hatte er reisen wollen – nach Paris, London, Monte Carlo, Newport, San Simeon, Palm Beach. Es hatte einfach zu seiner Vorstellung von Glück gehört. Jetzt konnte John darüber nur noch milde lächeln. »Tja«, sagte er leise, »man wird eben älter und hin und wieder sogar klüger.«

Doch Mason hörte nicht auf, seinen Freund mit Lorbeeren zu überschütten. »Aber du hast doch so viel Erfahrung«, beharrte er, »die du in diese Arbeit einbringen könntest! Du bist einer der erfolgreichsten Unterhändler, den diese Nation zu bieten hat! Denk doch nur an die aktuellen Spannungen mit den Sowjets – da könnten wir gut einen Mann in Europa brauchen, der früher schon mit ihnen verhandelt hat – wie du im Krieg!«

»Sag mal – willst du mich loswerden?« witzelte John, um dem Gespräch, das sich zu einer echten Kontroverse auszuwachsen drohte, ein wenig die Spannung zu nehmen. Doch er bewirkte das glatte Gegenteil. Auf einmal breitete sich peinliches Schweigen im Raum aus, wie wenn an Johns letzter Bemerkung tatsächlich ein wahrer Kern gewesen wäre.

Devon schaute betreten zu Boden, während Mason nach einer Schrecksekunde in ein etwas künstlich wirkendes Gelächter ausbrach. John war irritiert. Er hatte sich bei seinem Scherz nichts weiter gedacht und war jetzt peinlich berührt, daß er seinen Freund in eine solche Verlegenheit gestürzt hatte. »Tja ... um das leidige Thema abzuschließen –«, sagte er schnell, »ich hab' dem Präsidenten natürlich meine Bereitschaft bekundet, den Posten anzunehmen. Die weitere Entscheidung liegt jetzt beim Senat. Von daher heißt es jetzt erst einmal abwarten.«

»Ja ja«, lächelte Mason, »ich verstehe schon – reden wir von etwas anderem!«

Später, als Mason und Devon in zärtlicher Umarmung miteinander im Bett lagen, gestand er ihr: »Um ehrlich zu sein – ich hätte tatsächlich nichts dagegen, wenn John für eine Weile aus unserem Leben verschwinden würde ...«

Devon hob ihren Kopf von seiner Schulter und stützte sich auf ihren Ellbogen. Es war dunkel, doch der Mond schien durchs Fenster und goß sein silbernes Licht über ihre nackten Körper. Sie fühlte sich herrlich entspannt – wie immer, wenn sie sich geliebt hatten. Liebevoll lächelte sie ihn an und gab ihm einen Kuß auf die Wange. »Wir haben dieses Thema doch zur Genüge beredet. Glaub mir, er ist keine Bedrohung für dich!«

»Doch, das ist er!« widersprach er. »Es ist so seltsam – in mir streiten sich die Geister. Eigentlich mag ich ihn nämlich verdammt gerne! Ich habe großen Respekt vor ihm. Die Abende, die ich mit euch beiden verbringe, gehören zu den schönsten meines Lebens! Und dennoch …«

»Ich weiß«, antwortete Devon leise.

»Hast du über meinen Antrag nachgedacht?« fragte er plötzlich und zog sie an sich.

»Ja.« Sie schwieg einen Moment, ehe sie forfuhr. »Willst du wirklich Schluß machen, wenn ich nein sage?« fragte sie ernst.

»Ich muß, Devon«, erwiderte er. »Aus reinem Selbstschutz. Und auch aus Selbstachtung. Schau – ich bin nicht mehr zwanzig. Ich suche eine Frau … und um ehrlich zu sein – ich suche auch eine Gefährtin für den Herbst meines Lebens. Wenn es soweit ist, dann möchte ich in den Armen der Frau sterben, die ich liebe. Und wenn du mich nicht heiraten willst, dann … dann muß ich eben einsam sterben.« Er schwieg. »Vielleicht aber auch nicht«, fuhr er nach einer Weile fort. »Früher habe ich immer geglaubt, die große Liebe gäbe es nur einmal im Leben. Heute bin ich da nicht mehr so sicher. Vielleicht habe ich noch Zeit, eine andere Frau zu finden, die ich liebe und die meine Liebe erwidert.«

Devon schaute ihm in die Augen. »Ja, Mason. Ich glaube, daß es auch für dich die große Liebe gibt. Du mußt sie nur suchen.«

Aus traurigen Augen lächelte er sie an. »Aber ich habe sie doch schon gefunden …«

Sie fuhr mit den Fingern durch die dichten grauen Haare auf seiner breiten Brust. »Du weißt, was ich meine, Mason. Ich … ich kann dir einfach nicht die Liebe geben, die du verdienst.«

Mason seufzte. »Das Traurige ist nur, daß ich dich trotzdem will. Auch wenn ich glaube, daß ich eine Frau finden könnte, die mich genauso liebt wie ich sie, so bezweifle ich doch, ob ich jemals wieder jemanden, egal, ob Mann oder Frau, so achten kann wie dich!«

»Ich … ich fühle mich sehr geehrt, Mason. Aber ich weiß nicht, ob ich diese Achtung verdiene.«

»Doch, Devon, ich weiß es. Dazu sind wir zu viele Jahre beieinander. Ich bin kein Teenager, der blind vor Leidenschaft ist. Meine Liebe ist aus dem Respekt und der Bewunderung erwachsen, die ich für dich empfinde – nicht umgekehrt.«

Ihre Augen füllten sich mit Tränen, so sehr berührten sie seine Worte. Er war so gut zu ihr! Doch sie durfte sich jetzt nicht wieder aus der Affäre ziehen. Sie mußte ihm die Wahrheit sagen, das war sie ihm einfach schuldig. Auch wenn sie ihn schmerzen würde.

»Mason«, sagte sie leise, »ich kann dich nicht heiraten.«

Er schloß die Augen und schwieg. So lange, daß sie glaubte, er wäre eingeschlafen. Oder war er nur zu verletzt, um zu sprechen? Auf einmal fühlte sie sich in seinem Bett völlig deplaziert. Es war ihr ein Bedürfnis, ins Gästezimmer zu gehen, und so hob sie so leise wie möglich die Decke und wollte aus dem Bett schlüpfen. Doch seine starken Arme hielten sie zurück.

»Bitte«, stieß er heiser hervor, »geh nicht weg!«

Devon zögerte. »Ich …«

»Bitte«, wiederholte er. Aber es klang mehr wie ein Befehl als wie eine Bitte.

Devon hob ihre Beine wieder ins Bett und deckte sich zu. Er richtete sich auf und kam über sie, und sie stellte überrascht fest, daß er wieder bereit war, sie zu nehmen. Mit einer Heftigkeit, die sie irritierte und gleichzeitig erregte, benutzte er ihren Körper. Sie liebten sich so ausgiebig, so wild und so leidenschaftlich, wie sie sich noch nie geliebt hatten. Als es vorbei war, fiel er erschöpft in die Kissen. Dann zog er sie wieder an sich und schlang seine Arme um sie, als wollte er sie nie wieder loslassen. Sie blieb bei ihm bis zum Morgen. Beide wußten sie – es war das letzte Mal, daß sie beieinander waren.

20

»Ich kann's einfach nicht glauben, daß er tatsächlich das Examen bestanden hat!« flüsterte Jeremiah begeistert und drückte Irma die Hand, als der Name ihres Sohnes in der Aula aufgerufen wurde.

Jesse, der bei Schuleintritt noch überhaupt nicht gewußt hatte, was er als Hauptfach belegen sollte, hatte als einer der Besten seiner Klasse abgeschlossen. Regelmäßig hatte er sogar die Sommerferien über gebüffelt, um die Studienzeit von vier Jahren auf drei zu verkürzen. Im Herbst würde er sich in die juristische Fakultät einschreiben.

»Und ich kann's einfach nicht glauben, daß in zwei Wochen schon Hochzeit ist!« schluchzte Irma gerührt und tupfte sich mit einem Taschentuch die Augen ab. Denn Jesse hatte auch sein Mädchen gefunden. Celine Thibault war die Tochter eines haitianischen Einwanderers, der mit 700 Dollar Startkapital angefangen hatte und heute der Inhaber der zweitgrößten Bäckereikette im Umkreis von ganz Washington war.

»Ungünstige Zeit zum Heiraten«, brummte Jeremiah. Denn in der nächsten Woche fanden die Preakness-Stakes statt, und einer der Favoriten war King of Hearts, den Jeremiah in monatelanger Arbeit für dieses Rennen trainiert hatte.

Irma warf ihm einen entrüsteten Blick zu. »Pfui, schäm dich!« rief sie leise. »Dein einziger Sohn macht sein College-Examen und schließt zur gleichen Zeit den Bund fürs Leben, und du hast nichts anderes als dein dämliches Rennen im Kopf!«

»Und du nur deine dämliche Hochzeit!« lachte Jeremiah und gab ihr einen verstohlenen Kuß auf die Wange. Dann schaute er wieder nach vorn auf die Bühne. »Schade, daß Jesse nicht beim Derby dabei war. Ein wunderbares Rennen, und was für ein glorreicher Sieg!«

Drei Jahre lang war Jesse nun schon von Willowbrook fort, und er war auch nicht zum Derby gekommen, weil er für die Abschlußprüfung pauken mußte. Nicht etwa, weil er Francesca aus dem Weg gehen wollte, da war er sich ganz sicher. Die Zeiten, in denen er nachts nicht schlafen konnte, weil ihm ihr Bild nicht aus dem Kopf ging, waren endgültig vorbei. Jetzt hatte er Celine gefunden, und er liebte sie, wollte mit ihr bis an sein Lebensende glücklich sein. An Francesca dachte er nur noch selten. Eigentlich überhaupt nicht mehr.

Trotzdem bekam er leichtes Herzklopfen, als ihm einfiel, daß er sie nächste Woche auf den Preakness-Stakes sehen würde. Am liebsten würde er ja überhaupt nicht hinfahren. Aber das konnte er seinem Vater nicht antun. Auf jeden Fall würde er seine Celine mitnehmen und darauf achten, daß er keine Minute mit Francesca allein war.

21

»Ich bin in Top-Form und Kelly ist immer noch krank! Ich versteh' beim besten Willen nicht, wieso ich nicht reiten darf!« Wütend stampfte Francesca mit ihrem Stiefel auf, daß die Dielen des alten Stallbüros dröhnten.

»Nichts da, junge Dame!« Devon blieb hart. »Jeremiah hat gesagt, daß Kelly die Preakness-Stakes reiten wird, und wenn Jeremiah das sagt, dann läuft das auch so!«

»Aber du bist die Eigentümerin! Und du hast doch wohl auch noch was zu sagen, oder etwa nicht?«

»Als Eigentümerin wäre ich schlecht beraten, einen Lehrling die Preakness Stakes reiten zu lassen, wo er gegen die besten und erfahrensten Top-Jockeys der Nation antreten muß!«

»Ich hätte auch soviel Erfahrung, wenn ihr mich mal reiten ließet!«

»Komm, Francesca, das ist doch wohl nicht fair!« erwiderte Devon ruhig. »Wir lassen dich weiß Gott oft genug reiten!«

»Ja ja, irgendwelche drittklassigen Rennen, wo's auf nichts ankommt!«

Devon warf ihrer Tochter einen scharfen Blick zu und knallte laut und vernehmlich ihre Briefmappe zu, über der sie gesessen hatte. Ohne ein weiteres Wort zu sagen, setzte sie die Kappe auf ihren Füllfederhalter und legte ihn sorgsam in die Schreibtischschublade. Dann stand sie auf und ging zum Kühlschrank hinüber. Erst als sie ihm eine Cola entnommen und den Verschluß geöffnet hatte, nahm sie das Gespräch wieder auf. »Jedes Rennen zählt, Francesca, jedes!« sagte sie streng. »Jedes Rennen bedeutet, daß ich Geld investiere, und nur wenn ich Glück habe, verdiene ich auch etwas daran. Das Ganze ist ein Geschäft! Und ich betreibe dieses Geschäft seit fast dreißig Jahren! Du wirst mir hier ja wohl nicht erklären wollen, welches Rennen sich rentiert und welches nicht, oder? Wenn ich auf diese … diese Schnapsidee von dir, die Preakness reiten zu wollen, tatsächlich einginge, könnte mich das ein Vermögen kosten!«

»Aber ich kenn' die Bahn von Pimlico mindestens so gut wie Kelly …«

»Francesca!« Ärgerlich hob Devon die Stimme. »Das ist mein letztes Wort zu diesem Thema!«

Francesca hatte Mühe, ihren Zorn im Zaum zu halten, aber sie wußte – ein Wutanfall würde jetzt erst recht beweisen, wie unreif sie noch war. Mit vor Erregung zitternder Stimme fragte sie: »Und wann glaubst du, bin ich soweit, daß ich so ein wichtiges Rennen reiten kann?«

»Nächstes Jahr, denke ich.«

Noch ein ganzes Jahr! Sie war verzweifelt. Seit zwei Jahren arbeitete sie wie eine Besessene, um ein guter Jockey zu werden. In der Trainingsperiode, die hinter ihr lag, hatte sie King of Hearts tagtäglich geritten! Es gab niemanden, der diesen Hengst besser kannte als sie! Schon wollte sie zu einem neuen Protestgeheul ansetzen, doch im letzten Moment riß sie sich zusammen. »Hast du gesehen«, fragte sie statt dessen so beherrscht, wie es ihr möglich war, »wie ich mit King of Hearts gearbeitet habe?«

»Ja, das habe ich.«

»Und hast du irgend etwas an meinem Stil auszusetzen? Ich meine, Kritik und so?«

Devon hob die Brauen. Die schlagartig veränderte Haltung ihrer Tochter überraschte sie angenehm. Natürlich war Francesca immer noch anzumerken, daß sie mit Devons Entscheidung nicht im mindesten einverstanden war. Aber sie trat nicht mehr wie ein forderndes, jähzorniges Kind auf, sondern wie ein professioneller Jockey, der mit Enttäuschungen umgehen kann und von sich aus um Kritik bittet, um aus seinen Fehlern lernen zu können.

Devon setzte sich auf die breite Ledercouch und lud ihre Tochter mit einer Handbewegung ein, sich neben sie zu setzen. »Du hast das Problem«, begann sie, »das alle guten, jungen Jockeys haben: Du bist ehrgeiziger und waghalsiger, als es deine Fähigkeiten zulassen.«

»Du meinst also, ich bin nicht begabt genug?« Schmerzhaft krampfte sich Francescas Magen zusammen, als sie an diese Möglichkeit dachte.

»Das will ich damit nicht sagen«, beruhigte sie Devon. »Begabung und Fähigkeit sind zweierlei. Du bist begabt und risikofreudig, und du hast eine gute Technik. Aber das Ganze steht noch nicht in einem ausgewogenen Verhältnis zueinander. Ich glaube, an deiner Technik solltest du noch mehr arbeiten.« Devon schwieg einen Moment. »Jetzt, wo ich darüber nachdenke«, fuhr sie fort, »kommt mir da so eine Idee ...«

»Was denn?« fragte Francesca aufgeregt.

»Du warst ja bisher in erster Linie mit dem Training unserer Zweijährigen befaßt, das heißt, das Augenmerk lag auf der Entwicklung der Pferde. Der nächste Schritt wäre jetzt, daß wir das Augenmerk auf dich als Jockey lenken. Vielleicht solltest du von nun an weniger mit

Jeremiah als mit Kelly arbeiten. Also mehr deine Technik, deinen Stil als Jockey verbessern.«

Francescas Augen leuchteten auf. »Wann kann ich anfangen?«

»Das hängt von Kelly ab. Ich will ihn nicht bei seinem Training für die Preakness stören.«

»Aber der liegt doch immer noch krank im Bett!«

Devon erhob sich von der Couch und ging wieder zu ihrem Schreibtisch hinüber. Sie mußte ihre Schreibarbeiten noch erledigen. »Ach, ihr beide werdet euch da schon einig werden«, erwiderte sie ein wenig geistesabwesend. »Und ich sag' dann Jeremiah Bescheid.«

»Meinst du, daß er sehr enttäuscht sein wird, wenn ich nicht mehr als Übungsreiterin zur Verfügung stehe?«

»Oh, ich glaube, du hast mich mißverstanden, mein Liebling«, erwiderte Devon schmunzelnd. »Natürlich wirst du neben der Arbeit mit Kelly auch weiterhin für Jeremiah als Übungsreiterin arbeiten. Du hast jetzt lediglich ein doppeltes Arbeitspensum.«

22

Ein eigenartiges Gefühl von Beklommenheit, ja, Bedrohung erfaßte Devon, als sie von weitem den rußbedeckten Backsteinbau der Universitätsklinik erblickte. Wie böse Augen starrten sie die Dutzende von Fenstern des monströsen Gebäudes an. Und das Sprechzimmer von Dr. George Donatello wirkte ebenso alles andere als einladend. Der enge, nüchtern und funktional eingerichtete Raum, in kaltem Krankenhaus-Grün getüncht, strahlte auch nicht ein bißchen menschliche Wärme aus. Dr. Donatello saß hinter dem verkratzten Eichenschreibtisch, der fast das ganze Zimmer ausfüllte. Devon selbst mußte auf einem unbequemen Holzstuhl Platz nehmen, der eingeklemmt zwischen dem Schreibtisch und einer Reihe von Blechspinden stand. Doch obwohl die abweisende Umgebung auf ihre Stimmung drückte, hatte sie im Moment ganz andere Sorgen. Wie hypnotisiert lauschte sie den Wortes des Arztes.

»Ja, die Geschwulst ist äußerst verdächtig«, erklärte ihr Dr. Donatello in geschäftsmäßigem Ton. »Leider ist die einzige Möglichkeit, eine definitive Diagnose zu stellen, die Entnahme einer Gewebeprobe, Mrs. Somerset-Smith. Wenn Sie wollen, können wir Sie morgen schon aufnehmen und übermorgen den Eingriff machen.« Er sprach sachlich und routiniert. Für ihn war die ganze Angelegenheit eine Einweisung wie jede andere.

Unfähig, irgend etwas zu sagen, starrte Devon den jungen Arzt an, der soeben den Knoten in ihrer linken Brust untersucht hatte. Ihr Hausarzt hatte sie an ihn überwiesen, hatte ihn als ›den besten Mann weit und breit‹ bezeichnet. Warum brauchte sie denn nur den besten Mann weit und breit?

Weil da etwas war. Etwas Fremdes in ihrem Körper. Etwas Gräßliches. Sie haßte es, es zu befühlen, haßte seit neuestem sogar, ihre Brüste nur im Spiegel zu betrachten. Das einzige, was sie wollte, war, daß dieses Etwas verschwand. Eine Zeitlang war sie jeden Morgen aufgewacht und hatte sofort ihre Brust befühlt, in der Hoffnung, dieser Fremdkörper hätte sich über Nacht auf wunderbare Weise verflüchtigt. Aber er war da – jeden Morgen. Genauso wie gestern. Oder war er sogar noch größer geworden? Ein bißchen nur, ein ganz klein bißchen? Sie mußte wissen, was es war. Und so war sie denn schließlich hier, bei Dr. Donatello, gelandet.

»Morgen?« war das einzige Wort, das sie herausbekam.

»Ja, morgen. Das würde ich Ihnen empfehlen.«

Wie benommen starrte Devon aus dem Fenster hinter dem Schreibtisch des Arztes. Trotz des grauen Dreckfilms auf der Scheibe drang doch ein Hauch der ersten Frühlingssonne ins Zimmer. Doch Devon nahm nichts davon wahr. Sie zitterte. Das hier ist ein Alptraum, dachte sie. Das ist alles nicht wahr.

Nur mühsam fand sie endlich die Kraft, das Ungeheuerliche zu benennen, das die ganze Zeit in ihrem Kopf kreiste. »Sie befürchten also, daß es …« Sie brach ab. Dieses Wort. Krebs. Man durfte es nicht aussprechen, dann war man auch nicht krank. Wenn überhaupt, dann durfte man dieses Wort nur flüstern. O Gott! Sie schüttelte den Kopf, schüttelte ihn immer heftiger, als könnte sie den Arzt dadurch bewegen, diesen grauenhaften Verdacht in ihr auszuräumen.

Der Arzt vermied eine direkte Antwort. Er blickte von dem Untersuchungsbericht, der vor ihm lag, auf und schaute ihr mit einem warmherzigen Lächeln in die Augen. Zum erstenmal schien er in ihr nicht nur einen medizinischen Fall, sondern einen Menschen zu sehen. »Hat Sie jemand aus ihrer Familie hierher begleitet?« fragte er mit sanfter Stimme.

Wie freundlich seine Worte auch gemeint waren – für Devon wirkten sie wie ein Schlag in den Magen. Denn sie verstand sofort. Das Fürchterliche, das er ihr zu eröffnen trachtete, verkraftete man wohl nur, wenn man einen seiner Lieben dabei hatte, der einen seelisch auffangen konnte. Sie erbleichte. Bemüht, nicht die Kontrolle über sich zu verlieren, stammelte sie: »Nein. Ich bin allein gekommen.«

Devon hatte es mit Absicht vermieden, über ihre Befürchtung mit jemandem aus der Familie zu reden. Denn dann hätten Laurel und Francesca sie sofort mit Fragen überschüttet, hätten sie zu tausend Ärzten geschickt, zu allen denkbaren und undenkbaren Aktivitäten gedrängt. Sie brauchte einfach Zeit und Ruhe, sich mit der Tatsache auseinanderzusetzen, daß diese grauenhafte Krankheit womöglich von ihr Besitz ergriffen hatte.

Diese Krankheit, die Tod bedeutete. Langsamen, qualvollen Tod. Gab es überhaupt genügend Zeit, sich mit dieser Krankheit vertraut zu machen? Brauchte man dazu nicht eine Ewigkeit?

Die Stimme von Dr. Donatello riß sie aus ihren Gedanken. »Ich würde Ihnen gerne erklären, wie das Ganze abläuft.« Devon nickte benommen, von der verzweifelten Hoffnung getrieben, in seinen Worten noch irgendeinen Trost, irgendeine Rettung finden zu können. »Zunächst entnehmen wir dem Knoten eine Gewebsprobe, denn nur so können wir herausfinden, ob er bösartig ist oder nicht. Diese Probe sowie eine weitere aus den Lymphknoten lassen wir sofort in der Pathologie untersuchen, während Sie noch unter Narkose sind. Sollte sich herausstellen, daß die Geschwulst maligne ist, werden wir sie operativ entfernen, einschließlich des umgebenden Gewebes und der Muskulatur, je nachdem, wie groß die Wucherung ist. Wenn die Lymphknoten noch nicht befallen sind, müssen wir nur die Brust als ganze entfernen, nicht den darunterliegenden Muskel.«

Devon traute ihren Ohren nicht. »Sie wollen doch wohl nicht sagen, daß Sie mir übermorgen meine Brust abnehmen?!« schrie sie ihn an. Mit zusammengebissenen Zähnen kämpfte sie gegen ihre aufsteigende Ohnmacht an. Das Zimmer begann sich schon gefährlich zu drehen.

»Das ist im Fall eines bösartigen Tumors unser Standardverfahren, Mrs. Somerset-Smith. Auf diese Weise wird alles in einem Aufwasch erledigt – Sie haben nur eine Operation, nur eine Narkose, nur eine Rekonvaleszenz. Vorausgesetzt natürlich, es gibt keine Metastasen.«

Panik überwältigte Devon. Was redete dieser eiskalte Typ da daher? Metastasen? Standardverfahren? Daß sie aus der Operation ohne ihre linke Brust aufwachen könnte? Sie schloß die Augen. Am liebsten wäre sie schreiend aus dem Sprechzimmer gerannt. Unfähig, irgend etwas zu sagen fiel sie vornüber, konnte sich gerade noch an der Schreibtischkante festhalten.

»Mrs. Somerset-Smith«, kam die Stimme des Arztes dünn und wie von ferne an ihr Ohr. »Viele Patientinnen führen nach einer solchen Operation ein normales und glückliches Leben. Deshalb plädiere ich auch dafür, in Fällen wie dem Ihren den Eingriff so schnell wie möglich vorzunehmen.«

Devon brachte kein Wort heraus. Ihr Körper fühlte sich wie Gummi an, weich und schwach und haltlos. Sie sackte vornüber auf den Schreibtisch des Arztes. Um sie herum war nur Nebel. Dunkler Nebel.

Dem Arzt waren Reaktionen wie die von Devon nicht neu. Die Patientinnen wußten eben nicht, welche bahnbrechenden Fortschritte die Krebsforschung in den letzten Jahren gemacht hatte! »Mrs. Somerset-Smith«, erklärte er stolz, »wenn die Brust früh genug entfernt wird und eine konsequente Nachbehandlung erfolgt, sind die Prognosen in der Regel außerordentlich positiv!«

Es brauchte eine Weile, bis die Worte des Arztes durch den Nebel um Devon herum in ihr Bewußtsein gedrungen waren. Dann richtete sie sich auf und starrte ihn dumpf an. »Was ... was meinen Sie mit ›positive Prognosen‹?« stotterte sie.

»Keine Metastasen. Gute Überlebenschancen.«

Überlebenschancen? Unmöglich, dachte Devon. Eine Krebsdiagnose war ein Todesurteil. »Was reden Sie da?« rief sie mit bitterer Stimme. »Die Bekannten von mir, die an Krebs erkrankt sind, sind bisher noch alle gestorben!«

»Ja, meine liebe Mrs. Somerset-Smith, und genau dies muß eben heutzutage nicht mehr sein!« Dr. Donatello strahlte übers ganze Gesicht. »Wenn die Krankheit im Frühstadium erkannt wird, bestehen gute Aussichten, sie zu heilen!«

Devon straffte ihren Rücken und richtete sich auf. Mißtrauisch suchte sie in den Augen des Arztes nach einer versteckten Lüge. Erzählte er ihr nur irgendwelche Geschichten, um sie über die grausige Wahrheit hinwegzutrösten, weil sie anders nicht auszuhalten war? »Sie meinen, daß ich nach ... nach der Operation dann ... keinen Krebs mehr habe?!«

Er verzog sein Gesicht zu einem mechanischen Lächeln. »Manchmal tritt der Krebs wieder auf. Manchmal auch erst nach fünf oder zehn Jahren. Aber in vielen Fällen kann die Krankheit vollständig ausgeheilt werden, und die Patientinnen führen wieder ein ganz normales Leben.«

»Normales Leben …« Sie versuchte, die Worte des Arztes zu begreifen. »Heißt das«, fragte sie mit zitternder Stimme, »daß ich alles, was ich vorher gemacht habe, dann wieder tun kann?«

»Ja. Zumindest das meiste.«

Devon starrte den Arzt an. In ihrem Kopf purzelten die Gedanken durcheinander. Aber eines kristallisierte sich heraus: Dieser verdammte Knoten würde sie also nicht zwingend umbringen – wenn sie den Worten des Doktors Glauben schenken konnte!

»Aber eines verstehe ich nicht«, sagte sie schließlich. »Wenn nur dieser Knoten bösartig ist, warum müssen Sie mir dann gleich die ganze Brust abnehmen?«

Dr. Donatello schien auf diese Frage vorbereitet zu sein. Er setzte sich auf seinem Stuhl zurecht und schien geradezu erfreut, zu einer längeren Vorlesung ausholen zu können. »Ja, ich gebe zu«, begann er, während er mit seinem Kugelschreiber auf die Schreibtischplatte klopfte, »es gibt Mediziner, die den Standpunkt vertreten, im Fall, daß die Lymphknoten nicht befallen sind, nur den Tumor als solchen zu entfernen. Aber diese Kollegen befinden sich in der Minderheit. In weiteren zehn Jahren sind wir vielleicht so weit, aufgrund umfassender Langzeituntersuchungen sagen zu können, daß Patientinnen, denen nur die Geschwulst entfernt worden ist, die gleichen Überlebenschancen haben wie solche, denen man die ganze Brust abgenommen hat. Aber wie gesagt, das ist Zukunftsmusik, und im Moment ist es in der Krebschirurgie üblich, vorsorglich die gesamte Brust zu entfernen, um möglicherweise mitbefallenes Gewebe auszuräumen.«

Devons Gesicht verdüsterte sich. Dieser Mensch da redete über ihren Körper, und sie verstand kein einziges Wort! »Was zum Teufel sind denn bloß diese Lymphknoten, von denen Sie die ganze Zeit sprechen?« fragte sie ärgerlich.

Dr. Donatello lächelte gönnerhaft. »Diese Lymphknoten befinden sich unter Ihrem Arm und auch sonst an verschiedenen Stellen Ihres Körpers und dienen dort als Filter für Infektionen beziehungsweise ganz allgemein für Erreger, die in den Körper eindringen.«

»Und Sie entfernen diese Knoten«, fragte Devon, »wenn sie … wenn sie ebenfalls von … von Krebs befallen sind?« Der Arzt nickte. »Aber … wenn ich dann irgendeine andere Krankheit kriege«, überlegte sie, »dann hab' ich ja diese … diese Knoten nicht mehr, um die Krankheit abzuwehren?«

»Ja, es ist durchaus richtig«, gab Dr. Donatello zu, »daß durch diese Operation das Immunsystem geschwächt wird und sich die Anfälligkeit für Infektionen erhöht. Aber Sie müssen dieses erhöhte Risiko im Verhältnis zum Krebsrisiko auf der anderen Seite sehen, und da fällt die Entscheidung doch wohl nicht schwer.« Er schaute auf seine Armbanduhr. »So, Mrs. Somerset-Smith.« Abrupt stand er auf. »Sie haben meine Empfehlung gehört und können es sich ja überlegen. Wenn Sie die Meinung eines zweiten Kollegen hören wollen, kann ich Ihnen einen guten Mann nennen.«

Warum bezeichneten sich Ärzte gegenseitig immer als ›gute Männer‹, dachte Devon bitter. Dieser Mensch hier war ein Automat und alles andere als ein ›guter Mann‹. Trotzdem – wenn ihr alter Hausarzt der Überzeugung war, daß Dr. Donatello ein ›guter Mann‹ war, warum dann noch weitere Zeit verlieren? Seit sie den Knoten in ihrer Brust entdeckt hatte, lebte sie in Angst. Wenn sie endlich Gewißheit hatte, konnte sie die Lösung des Problems in Angriff nehmen. Und Dr. Donatello hatte ja eine Lösung.

»Nein«, erwiderte Devon aus einem spontanen Impuls heraus. Sie holte tief Luft. »Lassen Sie uns genau nach dem Zeitplan vorgehen, den Sie vorgeschlagen haben. Ich hätte nur noch eine einzige Frage: Falls meine Lymphknoten in Ordnung sind ... werde ich dann ... werde ich dann überleben?«

Für einen Bruchteil einer Sekunde huschte eine Andeutung von Mitgefühl über Dr. Donatellos Gesicht. Doch gerade dieser Ausdruck war es, der Devon am meisten erschreckte. »Ich ... ich kann Ihnen nichts garantieren«, sagte er leise.

Devon fühlte, wie sich ihr Magen zusammenkrampfte. Nein, sie wollte noch nicht sterben! Sie war erst siebenundfünfzig Jahre alt! Und sie hatte noch so viel vor in ihrem Leben!

»Mrs. Somerset-Smith, geht es Ihnen nicht gut?« fragte der Arzt.

»Danke, es geht schon«, erwiderte sie mit schwacher Stimme. Ihre Knie zitterten. Aber sie durfte sich jetzt nicht gehenlassen!

»Mrs. Somerset-Smith«, erklärte Dr. Donatello, »ich kann Ihnen zum Trost versichern, daß ich diese Operation schon Hunderte von Malen gemacht habe. Wenn sich herausstellen sollte, daß die Geschwulst gutartig oder nur im allerinnersten Kern entartet ist, dann hat sich die Sache damit erledigt. Vielleicht bestrahlen wir dann noch eine Weile, aber das ist dann auch alles. Wie dem auch sei – nach der Operation wissen wir mehr.«

»Aber wenn es ... wenn es bösartig ist, dann ... dann entfernen Sie die ganze Brust?« vergewisserte sich Devon mit zitternder Stimme.

»Wenn der Tumor maligne ist – ja.«

»Ich … ich hab' noch nie daran gedacht, daß Mama sterben könnte«, schluchzte Francesca und barg ihr Gesicht im Schoß ihrer Oma. »Es klingt komisch, ich weiß – aber sie war immer so stark. Ich dachte, sie stirbt nie.«

»Ja, so geht es den meisten Kindern mit ihren Eltern«, erwiderte Laurel mit einem wehmütigen Lächeln. Sie saß auf Francescas Bettkante und streichelte ihrer Enkelin liebevoll übers Haar. Es war früher Abend, und Devon war gerade erst von der Universitätsklinik nach Hause gekommen, um ihnen die Hiobsbotschaft zu überbringen. Nur mit äußerster Selbstdisziplin war es Francesca gelungen, ihre Tränen zurückzuhalten, zumindest solange, bis Devon darum bat, allein gelassen zu werden. Doch kaum war das Mädchen aus dem Zimmer, da hatte sie sich schon voller Verzweiflung weinend ihrer Oma an die Brust geworfen, die doch selber Trost bitter nötig hatte. Laurel hätte nie geglaubt, daß sie womöglich den Tod ihrer eigenen Tochter miterleben müßte. Die Vorstellung brach ihr das Herz, und so war sie denn froh, daß sie in dieser Schicksalsstunde nicht allein war und wenigstens ihre geliebte Enkelin bei sich hatte.

»Man muß ja nicht gleich mit dem Schlimmsten rechnen«, versuchte Laurel, Francesca und sich selbst zu trösten. »Noch wissen wir ja nicht, in welchem Stadium die Krankheit ist. Der Arzt hat deiner Mama doch gesagt, daß sie durchaus heilbar ist, wenn man sie früh genug erkennt.«

»Aber das Wort allein macht mir schon so viel angst«, schluchzte Francesca. »Krebs …«

»Ja, das kann einem auch wirklich angst machen«, pflichtete Laurel ihrer Enkelin bei. »Aber deine Mama ist stark. Wenn es jemand gibt, der kämpfen kann, dann sie!«

Francesca hob den Kopf und blickte ihrer Oma ins Gesicht. »Ja«, hauchte sie ehrfürchtig, »Mama ist die Stärkste, nicht wahr?«

»Ja«, lächelte Laurel. »Und du und Grace und ich werden ihr noch mehr Kraft geben.«

Francesca rutschte noch näher an ihre Oma heran und schlang die Arme um sie, und auch die alte Frau drückte ihre Enkelin fest an ihr Herz.

»Denk daran«, tröstete Laurel das Mädchen, »in achtundvierzig Stunden wissen wir mehr. Und wie immer das Ergebnis auch sein sollte – wir werden damit fertig werden!«

Es war schon tiefe Nacht, doch Francesca lag immer noch wach, unfähig, Schlaf zu finden. Sie schaltete die Nachttischlampe an und warf einen Blick auf den Wecker: schon kurz nach zwei! Um halb fünf mußte sie schon wieder aufstehen! Seufzend löschte sie das Licht und versuchte, sich zu entspannen.

Doch die Bilder, die aus ihrer Seele auftauchten, ließen ihr keine Ruhe. Bilder von der Zukunft, einer Zukunft ohne Devon. Sie würde Waise sein. Ihre Großmutter war schon alt, auch sie würde nicht mehr lange leben. Bald würde sie mutterseelenallein auf der Welt sein.

Ach, wenn doch John jetzt bei ihr wäre! Wie sehnte sie sich nach ihm! Aber John war weit weg, ganz, ganz weit. Vor drei Jahren, als Eisenhower noch Präsident war, hatte er einen Posten als Botschafter in Belgien angenommen. Dann 1961, als Kennedy an die Macht kam, hatten alle geglaubt, daß er wie auch die übrigen von Eisenhower ernannten Botschafter abberufen werden würde. Doch es fand sich kein geeigneter Kandidat, und so hatte denn Kennedy John persönlich gebeten, noch so lange auf seinem Posten zu bleiben, bis ein ebenso qualifizierter Mann wie er gefunden war. Doch der ließ offenbar auf sich warten, und so saß John immer noch in Belgien.

Francesca versuchte, sich an den Zeitunterschied zwischen Virginia und Belgien zu erinnern. Vor einem Jahr hatte sie John im Sommer einen Monat lang besucht. Mit Sehnsucht erinnerte sie sich an die herrlichen Frühstücke am Morgen auf der sonnigen Terrasse, umgeben von bunten, duftenden Blumen und zwitschernden Vögeln! Einen Moment zögerte sie noch. Dann faßte sie den Entschluß und griff zum Telefonhörer.

Durch den dichten Nebel in ihrem Kopf hindurch hörte Devon die besorgte Stimme ihres Vaters. Er streichelte ihren Fuß. Sie versuchte zu sprechen, doch sie bekam kein Wort heraus, und so bewegte sie statt dessen ihre Zehen. Au, wie das weh tat! Alles tat weh, selbst das Atmen. Warum denn bloß? Jetzt erinnerte sie sich wieder. Sie war von Scirocco gestürzt. Aber nicht nur ihre gebrochenen Knochen schmerzten, sondern auch ihr gebrochenes Herz. John. John Alexander hatte sie verlassen. War nach New York abgereist, ohne ihr auch nur auf Wiedersehen zu sagen. Tränen liefen ihr über die Wangen.

»Ist sie bei Bewußtsein?« flüsterte John und beugte sich über Devon.

»Sie weint ja!« rief Francesca und hielt sich entsetzt die Hand vor den Mund. Nur selten in ihrem Leben hatte sie ihre Mutter weinen sehen, und jedesmal war sie zu Tode erschrocken gewesen.

Wie zart und zerbrechlich sah ihre Mutter in dem riesigen, weißen

Krankenhausbett aus, umgeben von lauter Apparaten, Flaschen und Schläuchen, die ihr in den Armen und der Nase steckten. Sie mußte fürchterliche Schmerzen haben. Vorsichtig ergriff Francesca Devons Hand, doch ihre Mutter reagierte nicht auf die Berührung.

»Wann wird sie aufwachen?« fragte Laurel die Krankenschwester, eine mütterliche und zugleich äußerst kompetent wirkende ältere Frau.

»Das ist individuell ganz verschieden«, erwiderte sie. »Ich denke, das Beste ist, wenn Sie erst einmal in die Cafeteria gehen und etwas essen. Ich schicke Ihnen dann sofort jemanden runter, wenn die Patientin aus der Narkose erwacht ist. Vielleicht bleiben Sie, Mrs. Richmond, derweil hier? Es ist immer gut, ein vertrautes Gesicht zu sehen, wenn man nach einer Operation zum erstenmal die Augen aufschlägt.« Laurel nickte.

Die anderen – John, Grace und Francesca – waren zwar von der Vorstellung, Devon allein zu lassen, nicht sonderlich angetan, doch sie sahen ein, daß es wenig Sinn machte, an ihrem Bett herumzustehen, solange sie noch nicht bei Bewußtsein war. Und so folgten sie denn dem Rat der Schwester und verließen das Krankenzimmer. Schließlich blieb ja Laurel als Wache zurück.

Als sie auf den Gang traten und langsam zum Aufzug schlenderten, legte John Francesca väterlich den Arm um die Schulter und drückte sie fest an sich. »Keine Angst, mein Schätzchen, es wird alles wieder gut. Der Doktor ist sehr optimistisch.«

»Aber sie hat doch Krebs!« weinte Francesca.

»Nein, Mädchen. Sie *hatte* Krebs. Der Doktor hat gesagt, daß er den gesamten Krankheitsherd ausräumen konnte. Und es war zum Glück auch früh genug. Der Knoten war erst einen Zentimeter groß, und die Lymphknoten noch nicht in Mitleidenschaft gezogen. Er meint, daß Devon wieder ganz gesund werden wird!«

»Aber wenn sie dann aufwacht«, schluchzte Francesca, »… und merkt, daß …, daß man ihr … das … abgenommen hat?« Weinend blieb das Mädchen stehen. Die Operation ihrer Mutter nahm sie furchtbar mit.

»Dann wird sie sicher im ersten Augenblick schockiert sein«, seufzte Grace. »Aber dann auch wieder klug genug, um einzusehen, daß das eben nicht zu vermeiden war.«

Francesca drehte sich zu John um. »Sag mal, wie war das eigentlich für dich damals, als du nach der Operation aufgewacht bist und man dir gesagt hat, daß man dir das eine Bein amputiert hat?«

»Francesca!« rief Grace entsetzt. Wie konnte das Mädchen nur so taktlos sein!

Doch John beruhigte sie. »Ist schon gut, Grace«, erwiderte er mit einem Schmunzeln. Er entschloß sich, Francesca genauso offen zu antworten, wie sie ihn gefragt hatte. »Es hat mich total umgehauen, aber ich bin darüber hinweggekommen«, begann er. »Am Anfang war ich so am Boden zerstört, daß ich mich umbringen wollte. Das Leben als Beinamputierter, als Krüppel, kam mir völlig sinnlos vor. Die Reaktion meiner Frau damals, die ... die hat mich auch nicht gerade weitergebracht. Aber nachdem sie mich verlassen hatte, kam deine Mutter. Und die hat mir sehr geholfen!« Der Aufzug kam, und sie stiegen ein. »Tja, und heute«, schloß John, »heute habe ich mich an meine Beinprothese so gewöhnt, daß ich gar nicht mehr daran denke. Ich genieße das Leben wieder, so wie früher. Und deiner Mutter wird es genauso ergehen, wenn sie über den ersten Schock hinweggekommen ist.«

Francesca wartete, bis sie das Erdgeschoß erreicht hatten und aus dem Fahrstuhl gestiegen waren. Dann erst wagte sie es, die Frage zu stellen, die sie schon die ganze Zeit bewegte. »Aber wie ... wie kann sie sich jemals wieder als ... als Frau fühlen?«

Grace warf John einen hilflosen Blick zu. Wie oft hatte sie sich diese Frage selbst schon gestellt! Sie war froh, daß gute Aussichten für ihre Schwester bestanden, den Krebs zu überleben. Aber würde sie, Grace, es verkraften, daß man ihr eine Brust abnahm? Und wie würde Philip reagieren? Würde sie je wieder Lust auf Sex verspüren? Würde sie es je wieder wagen, ihren durch Narben entstellten Körper den Blicken ihres Mannes auszusetzen?

Doch John sah das offenbar gänzlich anders. »Mein Gott, als ob es darauf ankäme!« rief er. »Die Weiblichkeit deiner Mutter hat doch nun weiß Gott nichts mit irgendeinem Teil ihres Körpers zu tun!«

»Aber sie wird doch nie wieder so ... so schön sein wie früher!« erwiderte Francesca unter Tränen.

Mit zornfunkelnden Augen fuhr John sie an: »Francesca! Wie kannst du nur so dumm sein, zu glauben, daß die Schönheit deiner Mutter von etwas so Oberflächlichem wie einer Brust abhängt! Ich will so einen Unsinn nie wieder von dir hören! Und auf keinen Fall vor ihr!«

Beruhigend legte Grace ihm die Hand auf den Arm. »Komm, John«, beschwichtigte sie ihn, »sie versucht doch nur, mit der Situation fertig zu werden, genauso wie wir!«

John seufzte. »Ja, du hast recht, Grace«, gab er zu. Dann legte er

Francesca den Arm um die Schulter. »Tut mir leid, Mädchen«, murmelte er. »Deine Mutter hat ein sehr schönes Gesicht und eine sehr schöne Figur. Aber die Liebe eines Partners – die hängt zum Glück von so etwas nicht ab.«

Grace warf ihm einen forschenden Blick zu, den John ohne Zögern erwiderte. Es war wie ein lautloses Geständnis.

Sie hatten inzwischen die Selbstbedienungstheke der Cafeteria erreicht. Das Angebot wirkte alles andere als appetitanregend, doch was konnte man im Krankenhaus anderes erwarten! Francesca entschied sich schließlich für eine nicht mehr ganz heiße Apfeltasche, Grace für einen etwas schlaffen Salat, und John für ein Schinkenbrötchen, das auch schon bessere Zeiten gesehen hatte. Dazu tranken sie alle drei Kaffee, den sie bitter nötig hatten.

»Weißt du«, wandte sich John an Grace, nachdem sie in einer gemütlichen, sonnenbeschienenen Ecke der nahezu leeren Cafeteria Platz genommen hatten, »ich hab' immer gedacht, daß der Ausdruck ›Liebe macht blind‹ bedeutet, daß man in seiner Verliebtheit die Fehler des anderen nicht sieht. Aber inzwischen bin ich zu einer ganz anderen Interpretation gekommen.«

»Und die wäre?« frage Grace neugierig.

»Die Liebe macht dich am Anfang tatsächlich blind für die Fehler des anderen. Aber je vertrauter dir der andere wird, als desto selbstverständlicher empfindest du auch die Vorzüge und Qualitäten, die er hat und derentwegen du dich ursprünglich in ihn verliebt hast. Und darin liegt meines Erachtens diese andere Bedeutung des Sprichworts: Du wirst einfach blind für das Einzigartige, das Besondere, das der andere für dich ist, und weißt es deshalb gar nickt mehr zu schätzen.«

»Sagt mal, worüber redet ihr eigentlich?« schaltete sich Francesca ein.

Die beiden Erwachsenen schauten sich verblüfft an. Sie hatten den Teenager für eine Augenblick tatsächlich völlig vergessen. »Wir reden darüber«, erwiderte Grace mit einem verständnisvollen Lächeln, »wie dumm und häßlich sich viele Leute oft demjenigen gegenüber verhalten, den sie im Grunde aus ganzem Herzen liebhaben.«

Verwirrt schaute Francesca von ihrer Tante zu John. Was hatte das denn mit der Operation ihrer Mutter zu tun? Verwundert schüttelte sie den Kopf. Aber offenbar verstanden die beiden sich ja bestens. Und so zuckte sie nur mit den Achseln und widmete sich wieder ihrer Apfeltasche.

Und John fuhr unbeirrt in seinen Gedanken fort. »Sind wir wirklich in der Lage, aus unseren Fehlern zu lernen?« sinnierte er. »Sind wir wirklich in der Lage, auch nach vielen Jahren ehelichen Zusammenlebens, den anderen so zu sehen, wie er ist? Das Einzigartige, das ihn ausmacht, zu erkennen?« Fragend schaute er in Graces Gesicht. Seine ehemalige Schwägerin war seit vierzig Jahren verheiratet. Wenn irgend jemand das Geheimnis einer glücklichen Ehe kannte, dann sie.

»Gegenseitiger Respekt und Toleranz sind meiner Erfahrung nach das Wichtigste im Zusammenleben. Tut mir leid, wenn ich deine poetische Frage eher prosaisch beantworten muß«, erklärte Grace mit einem trockenen Grinsen.

John lehnte sich zu ihr über den Tisch. »Aber das kann doch nicht alles sein!« rief er in leisem, aber eindringlichem Ton. »Warum bin ich jetzt von Qualitäten fasziniert, die ich 1940 so leichtfertig habe fahren lassen?«

Francesca spitzte die Ohren, als sie die Jahreszahl hörte. Schon immer hatte sie wissen wollen, wie es eigentlich zu der Scheidung ihrer Mutter von Onkel John gekommen war. Wie oft hatte sie beide nach den näheren Gründen gefragt! Aber stets hatte sie ausweichende Antworten bekommen.

»John«, entgegnete Grace mit einem gequälten Lächeln, »die Antwort ist so simpel, daß ich mich wundere, daß du überhaupt danach fragst.«

Gespannt hingen Francesca und John an ihren Lippen.

Grace nahm kein Blatt vor den Mund. »Ihr wart halt beide viel zu eigensinnig und egozentrisch, schlicht unreif! Habt stur auf euren Standpunkten beharrt und euch die gemeinsten Verletzungen zugefügt. Ihr wart unfähig, Kompromisse zu machen.« Grace lehnte sich in ihren Stuhl zurück und verschränkte die Arme vor der Brust. »Soll ich weitermachen?«

»Nein, nein«, kam ihr John hastig zuvor, »ich glaube das reicht fürs erste.«

»Nicht sehr schmeichelhaft, was?« feixte Francesca.

»Eins möchte ich allerdings noch loswerden, wenn wir schon darüber reden«, beharrte Grace, »auch wenn du es vielleicht nicht gerne hörst ...«

»Nur zu! Tu dir keinen Zwang an«, gab John mit einem spöttischen Lächeln zurück.

»Ich habe den Eindruck, daß du deine Ehe mit Devon idealisierst. Du schwelgst in dem Klischee von der törichten Jugend, die aus Übermut und Unerfahrenheit die wahre Liebe verkennt. Du weißt schon' dieser ganze Quatsch von ›ewiger Sehnsucht‹ und ›verpaßten Gelegenheiten‹.« Sie machte eine wegwerfende Handbewegung.

»Ich wußte es ja – du bist eine hoffnungslose Zynikerin!« grinste John.

»Überhaupt nicht. Ich bin nur realistisch. Ich sehe die Dinge so, wie sie sind und nicht so, wie du sie gerne hättest. Glaubst du denn ehrlich, John, daß du heute noch mit Devon zusammen wärst, wenn ihr euch damals nicht hättet scheiden lassen?«

Überrascht schaute er auf. »Wenn wir mehr Geduld und Verständnis angesichts unserer unterschiedlichen Standpunkte gehabt hätten – mit Sicherheit! Geduld und Toleranz sind doch sicher bessere Garantien für eine glückliche Ehe als Konfliktvermeidung oder wilde Konfrontation, meinst du nicht?« fragte John, jetzt ganz ernst.

»Flexibilität! Flexibilität ist es, was euch gefehlt hat, und zwar beiden! Also hör endlich auf damit, dich zu verfluchen, daß du am Scheitern eurer Ehe schuld bist. Wenn man überhaupt von Schuld reden will, dann lag sie weiß Gott auf beiden Seiten. Und was die Flexiblität angeht ... da kann ich dir was verraten ...!«

»Was denn?« Neugierig zog er die Brauen hoch.

»Die Flexibilität, die man auf körperlicher Ebene zunehmend verliert«, belehrte sie ihn ein wenig schulmeisterlich, »gewinnt man im Alter auf geistiger Ebene dazu!« Sie lehnte sich zurück und lächelte philosophisch.

»Ich denke, ich hatte bisher noch wenig Gelegenheit, diese Theorie empirisch zu überprüfen«, murmelte John mit leichtem Spott in der Stimme.

Grace schnaubte verächtlich. »Das glaube ich gern. Wenn überhaupt, dann vielleicht beruflich. Aber privat warst du doch immer nur ein Playboy.«

John warf ihr einen entsetzten Blick zu und deutete mit dem Kopf dezent auf Francesca.

Doch Grace ließ sich nicht einschüchtern. »Mach dir um sie keine Sorgen«, gab sie unbeeindruckt zurück. »Es ist sowieso höchste Zeit, daß sie wenigstens ein paar ihrer Illusionen über ihren Traumpapa verliert. Und was deine ... deine Pläne mit Devon anbetrifft – natürlich ist die jetzige Situation dazu angetan, daß du in all deiner Ritterlichkeit auf den Plan trittst. Aber du solltest dir trotzdem gut überlegen, ob ihr beide inzwischen wirklich die menschlichen Qualitäten entwickelt habt, um ein zweites Fiasko zu verhindern.«

»Ich weiß nicht …«, versetzte John nachdenklich, »wenn du von Flexibilität redest … Ich weiß gar nicht, ob ich die wirklich so nötig habe. Meine Vorstellungen von Leben und von Ehe sind inzwischen denen, die Devon hat und immer schon hatte, sehr ähnlich geworden.«

»Heißt das, daß du Mama wieder heiraten willst?!« Francesca hielt vor Aufregung den Atem an.

John lächelte ihr zu. Es rührte ihn, daß sie diese Vorstellung so begeisterte. Dann wurde er ernst. »Ich hab' darüber mit deiner Mama noch nicht gesprochen, und ich möchte dich sehr bitten, das, was du gerade gehört hast, schön für dich zu behalten, bis es soweit ist, ja?«

Francesca nickte heftig. »Ach, wär' das schön, wenn ihr zwei wieder zusammenkämt!« seufzte sie selig.

Mit ernstem Gesicht wandte sich Grace an John. »Du und Devon – ihr beide mögt im Moment das gleiche wollen. Aber du kannst sicher sein, daß ihr über kurz oder lang wieder vor den gleichen Konflikten steht, die ihr früher schon hattet!«

»Aber … Konflikte sind doch ganz normal in jeder Ehe«, wiegelte John ab.

»Bedenke bitte – seit vielen Jahren schon lebt ihr beide allein, ohne in euren alltäglichen Entscheidungen auch nur im entferntesten auf einen Ehepartner Rücksicht nehmen zu müssen. So etwas prägt einen doch! Und je älter man wird, desto weniger kann man von Gewohnheiten lassen, die einem lieb geworden sind, die Erfahrung wirst du sicher auch schon gemacht haben!«

»Ja, das stimmt«, gab John ein wenig kleinlaut zu. Und dann brach es aus ihm heraus. »Aber um ehrlich zu sein … die letzten Tage … die letzten Tage, die waren einfach die Hölle für mich!« Tränen stiegen ihm in die Augen. »Die Vorstellung, Devon zu verlieren …« Er brach ab, so heftig wurde er von seinen Gefühlen überwältigt.

Spontan beugte sich Grace zu ihm vor und ergriff seine Hand. »Das kann ich gut verstehen, John«, sagte sie mit sanfter Stimme.

Verzweiflung stand in seinen Augen. »Ich … ich will einfach nicht noch mehr Zeit verlieren«, stotterte er. »All die Jahre hab' ich mich zurückhalten müssen. Erst war da Mason. Dann mußte ich nach Europa. Immer gab es irgend etwas, was dazwischenkam. Und jetzt das mit der Operation … das … das hat mir schlagartig die Augen geöffnet, daß ich Devon womöglich für immer verlieren könnte. Und das … das wäre so entsetzlich …!«

»Ich verstehe«, sagte Grace leise. »Aber trotzdem – wenn du sie durch eine zweite Scheidung verlierst, ist dieser Verlust vielleicht noch grausamer! Was jetzt zwischen euch ist, ist vielleicht nicht optimal, weil etwas fehlt ... aber ... aber es ist doch etwas Schönes, das sich bewährt hat!«

»Ja. Aber es fehlt etwas!« beharrte John. Er schaute ins Weite, und sein Blick war fest entschlossen. »Ich bin jetzt Mitte Sechzig. Aber das ist noch zu jung, um sich mit halben Sachen zu begnügen. Und zu alt, um sein Glück dem Zufall zu überlassen!«

23

Devon hatte von vornherein mit dem Schlimmsten gerechnet. Und so nahm sie denn die Nachricht, daß man ihr die Brust hatte abnehmen müssen, mit stoischer Gelassenheit entgegen. Was sein muß, muß sein, war ihre Devise. Und damit war das Thema für sie erledigt.

Drei Wochen nach der Operation war sie bereits so fit, daß sie ihr tägliches Arbeitspensum wieder aufnehmen konnte. Doch die Schnelligkeit, mit der sie sich körperlich von dem Eingriff erholte, täuschte darüber hinweg, daß sie die seelischen Folgen keineswegs bewältigt hatte. Auch wenn sie mit niemandem darüber sprach – seit der Operation fühlte sie sich wie ein Krüppel. Jetzt erst merkte sie voller Schrecken, wie sehr sie ihr Selbstbewußtsein doch immer auch aus ihrer körperlichen Attraktivität gezogen hatte. Sie haßte sich selbst dafür, daß sie von solchen Äußerlichkeiten abhängig war – aber sie konnte nichts dagegen unternehmen. Schon als Kind war sie besonders hübsch gewesen, und seit sie zur Frau gereift war, hatten sie stets ganze Scharen von Verehrern umschwärmt. Auch jetzt noch, mit siebenundfünfzig, erntete sie auf der Straße immer wieder bewundernde Blicke.

Doch jetzt schmeichelten ihr diese Blicke nicht mehr, sondern stürzten sie in quälende Selbstzweifel. Wie würde der entsprechende Mann wohl reagieren, dachte sie jedesmal voller Scham, wenn er sie nackt, von Narben entstellt, vor sich sehen würde? Was würde er sagen, wenn er feststellen würde, daß die aufregende Rundung an ihrem Oberkörper kein verführerischer Busen, sondern eine erbärmliche Schaumgummi-Attrappe war? Sie haßte ihren Körper, fühlte sich von ihm betrogen. Betrogen um das kitzelige Hochgefühl, das ihr früher die Komplimente der Männer verschafft hatten. Devon schwor sich, nie wieder nackt einem Mann, ausgenommen ihrem Arzt, unter die Augen zu treten. Sie brachte es nicht einmal über sich, ihren eigenen Körper im Spiegel zu betrachten.

Was sie am quälendsten fand, waren Johns Besuche. Sie liebte ihn – das spürte sie jetzt, wo sie sich so schwach fühlte, mehr denn je. Es gab keinen Weg, vor dieser Wahrheit die Augen zu verschließen. Wie oft hatte sie, als sie noch im Krankenhaus war, von ihm geträumt! Immer wieder die gleiche Szene: wie John von einem Tag auf den anderen nach New York abgereist war – vielleicht für immer –, ohne ihr auch nur auf Wiedersehen gesagt zu haben. Schweißgebadet war sie dann jedesmal erwacht – um John mit warmem Lächeln an ihrem Bett sitzen zu sehen. Wie glücklich war sie dann! Aber nur für Sekunden. Dann fiel ihr wieder ein, daß sie nicht in Evergreen und daß sie auch nicht mehr fünfundzwanzig war. Sie war siebenundfünfzig, sie war im Krankenhaus, sie hatte Krebs, und man hatte ihr die Brust amputiert!

Stundenlang hatten sie sich dann einfach nur an den Händen gehalten, schweigend. Seine Gegenwart war ihrer Rekonvaleszenz mit Sicherheit förderlich gewesen. Ihre Liebe zu ihm – derer sie sich inzwischen nicht mehr schämte – hatte sie in einen sanften, weichen Kokon gehüllt und nicht nur ihre körperlichen, sondern auch ihre seelischen Wunden schneller heilen lassen. Doch je mehr sie wieder zu Kräften kam, desto mehr verspürte sie das Bedürfnis, sich von John zurückzuziehen.

Wenn er sie in Willowbrook besuchen wollte, schützte sie Müdigkeit vor. Wenn sein Besuch trotz allem nicht zu vermeiden war, sorgte sie dafür, daß sie nicht mit ihm allein war, redete über Geschäftliches oder übers Wetter. Gerade mit John, der soviel Sinnlichkeit und Attraktivität ausstrahlte, konnte sie am allerwenigsten über ihre Gefühle sprechen.

Und schon gar nicht über ihren verstümmelten Körper.

24

»Tut mir wirklich leid, daß du meinetwegen die Preakness-Stakes verpaßt hast«, sagte Devon und strich ihrer Tochter liebevoll eine widerspenstige Haarsträhne aus der Stirn. Die beiden lehnten mal wieder am weißen Zaun entlang von Willowbrooks Rennbahn und sahen Kelly zu, der auf King of Hearts über den Sand preschte.

»Ach, Mama, red doch nicht so einen Unsinn!« widersprach Francesca. »Meinst du, daß ich an die Preakness auch nur *gedacht* habe, während du im Krankenhaus warst?!«

»Na ja, auf jeden Fall können wir sie uns ja jetzt im Fernsehen anschauen. Ich hätte nie gedacht, daß ich mir so einen neumodischen Kram anschaffen würde, aber im Krankenhaus hab' ich dieses Gerät durchaus schätzen gelernt.«

»O Mama!« lachte Francesca, »in vielen Dingen denkst du so fortschrittlich – aber in manchen bist du wirklich hoffnungslos altmodisch!« Doch dann legte sie ihrer Mutter fürsorglich den Arm um die Schulter und sagte schnell: »Vielleicht ist das aber auch der Beginn der Altersweisheit!« Seit der Operation vermied Francesca offene Auseinandersetzungen mit Devon. Sie fühlte sich auf einmal verantwortlich für sie, achtete darauf, daß sie sich nicht übernahm, daß sie immer wieder zwischendurch kleine Ruhepausen einlegte, daß sie sich ausgewogen ernährte.

»Als nächstes steht ja jetzt Belmont an«, fuhr Devon fort. »Da freu' ich mich schon riesig drauf!«

»Mann, wär' das schön, wenn wir die Triple Crown holen könnten!« seufzte Francesca sehnsüchtig.

»Ja, das wäre die Krönung meiner Karriere!« schwärmte Devon. »Aber selbst wenn King of Hearts nicht gewinnt, wird er doch auf jeden Fall ganz vorn mitmischen. Er ist ein fabelhafter Hengst. Dabei hat er nicht unbedingt den allerbesten Stammbaum.«

»Ach, das mit dem Stammbäumen, da blick' ich sowieso nie richtig durch«, gestand Francesca. »Ich würd' am liebsten nur Jockey sein und die Zucht anderen überlassen.« Mit neidischem Blick folgte sie Kelly, der gerade eben wieder an ihnen vorbeijagte.

»Das eine geht aber ohne das andere nicht«, belehrte sie Devon. »Du mußt auch einen Blick für die richtige Zuchtauswahl entwickeln. Sonst machst du als Gestütseigner ständig Fehlinvestitionen. Jeremiah ist in diesem Punkt auch nicht gerade Experte, was er auch unumwunden zugibt. Er ist ein hervorragender Trainer, aber Willys Händchen für die Zucht hat er einfach nicht.«

»Willys – und deines!« grinste Francesca.

»Und meines«, stimmte Devon ihr mit einem selbstbewußten Lächeln zu. »Ach ja«, seufzte sie, als sie an Jeremiahs Sohn dachte. »Ich bin ja immer davon ausgegangen, daß Jesse eines Tages in Jeremiahs Fußstapfen treten würde. Daß ihr beide genauso ein Team werden würdet wie Jeremiah und ich. Aber daraus wird ja jetzt wohl nichts ...«

Francesca schlug die Augen zu Boden und bohrte ihre Fäuste in die Hosentaschen. »Ja, ich hab' gehört, er will jetzt Jura studieren«, murmelte sie.

»Gehört?« wunderte sich Devon. »Habt ihr euch gar nicht gesehen, als er zu Besuch war?«

»Nein.«

»Ihr wart doch früher so dicke Freunde. Wie sich die Zeiten ändern!« Devon nickte bedächtig.

Francesca vermied ihren Blick und schaute statt dessen gedankenverloren einer großen, weißen Wolke am Himmel nach. »Ja, wenn man älter wird, dann trennen sich halt hin und wieder die Wege«, sinnierte sie. »Erst ist er aufs College gegangen. Und jetzt ist er auch noch verheiratet.«

»Schade, daß wir auch die Hochzeit verpaßt haben, nicht?« sagte Devon. »Aber ich konnte dem armen Mädchen doch nicht zumuten, daß es extra meinetwegen die Hochzeit verschiebt. Das war eine Idee von Jeremiah, aber Celine hätte mir das nie verziehen.« Sie lächelte mitfühlend. Daß ihre Tochter bei dem Namen von Jesses Braut die Zähne aufeinanderbiß, entging ihr.

Auf einmal wandte sich Francesca offen ihrer Mutter zu. »Du und Jeremiah – ihr seid echte Freunde, stimmt's?«

Devon hob fragend die Schultern. »Ich weiß nicht. Freundschaft mit Männern, als Frau, geht das eigentlich? Wenn ich ehrlich bin, dann denke ich bei ›Freundschaft‹ eher an gleichgeschlechtliche Beziehungen. Aber wie dem auch sei – auf jeden Fall hab' ich mit Jeremiah länger zusammengearbeitet als mit irgend jemandem sonst in meinem Leben.« Sie überlegte. »Doch, er ist ein wirklicher Freund für mich«, entschied sie sich dann, »und ich für ihn sicher auch.«

»Hast du dich jemals ... auch ... erotisch ... von ihm angezogen gefühlt?« fragte Francesca verlegen.

»Ich bitte dich!« lachte Devon. »Ich hab' ihn als sechzehnjährigen Jungen kennengelernt, und ich war zehn Jahre älter und glücklich verheiratet!«

»Hmm.«

»Aber selbst wenn ich ... also ich wäre überhaupt nie auf die Idee gekommen, mit ihm ...«

»Weil er ein Schwarzer ist?«

Devon warf ihr einen irritierten Blick zu. »Ich ... ich weiß nicht.«

»Aber in der Nacht damals, als der Ku-Klux-Klan kam, da hast du doch ...«

»Dem Rassismus Einhalt gebieten, ist eine Sache«, unterbrach sie Devon. »Aber trotzdem gibt es doch gewisse … Rassenschranken …, die es zu beachten gilt.«

Francesca schwieg. »Ach, wenn es doch überhaupt gar keinen Rassismus gäbe!« brach es dann plötzlich aus ihr heraus.

Wieder schaute Devon ihre Tochter stirnrunzelnd an. »Ja, dann wäre vieles besser auf dieser Welt«, erwiderte sie gedehnt.

»Aber wie … wie kann man das nur ändern?« rief Francesca verzweifelt.

Devon schüttelte den Kopf. »Ich weiß nicht, das ist alles sehr schwierig. Veränderungen gehen nun einmal sehr langsam. Da braucht es viel Geduld und viel Mut. Aber es werden immer mehr, die sich für die Sache der Schwarzen einsetzen. Nimm nur Jesse als Beispiel. Er hat sich am College in der Bürgerrechtsbewegung engagiert, hat er mir erzählt. Und ich bin sicher, daß er, wenn er sein Jura-Examen in der Tasche hat, sein Wissen in den Dienst dieser Bewegung stellen wird, zum Beispiel, indem er Aktivisten vor Gericht vertritt. Einerseits tut es mir natürlich leid, daß er nicht in Jeremiahs Fußstapfen tritt, aber diese politische Arbeit ist mit Sicherheit viel wichtiger. Sein Vater ist bestimmt sehr stolz auf ihn.« Sie schwieg einen Augenblick. »Aber trotzdem werde ich ihn sehr vermissen«, fügte sie leise hinzu.

»Ich auch«, flüsterte Francesca.

25

»Du liebe Güte, beeil dich halt ein bißchen!« rief John die Treppe hoch und schaute ungeduldig auf seine Uhr.

Hinter dem Geländer im zweiten Stock tauchte Devon auf. »Ich hab' dich keine fünf Minuten warten lassen!« verteidigte sie sich ärgerlich. »Außerdem – wenn du, anstatt hier zu drängeln, dich in Ruhe hinsetzt und eine Cola trinkst, vergeht die Zeit in Windeseile!«

John wollte ihr schon widersprechen – doch ihm stockte der Atem, als er zu ihr hochschaute. So aus der Entfernung, mit ihrem grazilen, biegsamen Körper und den glänzenden, schwarzen Haaren sah sie wie Dreißig aus! Sie trug ein leichtes, zartrosa Ensemble, wie immer nach der neuesten Mode. Der lange, schmal geschnittene Rock und das enganliegende Oberteil betonten ihre schlanke Figur. Die bauschigen Blusenärmel waren aus durchsichtiger Georgette-Seide, was bei jeder anderen Frau aufgedonnert gewirkt hätte, Devons klassische Schönheit jedoch hervorragend unterstrich. Auch der Ausschnitt war mit Georgette besetzt, was die zarte Haut ihres Dekolletés zur Geltung brachte.

»Ich schnapp' mir nur noch meine Jacke, dann bin ich fertig«, rief sie und zog sich dabei ihre grauen Handschuhe an, die farblich genau zu den hohen Schuhen paßten.

»Ja ja«, seufzte John. »Eine schöne Frau läßt eben immer auf sich warten.«

»Vor allem, wenn sie stolze Besitzerin der Triple-Crown ist!«

»Hey, hey, nun mal langsam!« lachte John. »Das Rennen ist doch erst übermorgen!«

»Na, wenn schon«, gab sie kokett zurück. »Der Gewinner steht trotzdem schon fest!«

Eine Minute später kam sie betont lässig die breite Marmortreppe ihrer New Yorker Stadtvilla heruntergeschlendert, als gäbe es nicht den geringsten Grund zur Eile. Und in der Tat –, sie bemerkte selbst, daß sie ihre Fahrt nach Belmont Park irgendwie hinauszuzögern versuchte. Ja, sie hatte regelrecht Angst davor. Zum erstenmal seit ihrer Operation würde sie mit John allein sein. Bei seinen bisherigen Besuchen hatte sie es immer so einrichten können, daß Familienmitglieder oder Freunde mit dabei waren, so daß sie ein Gespräch unter vier Augen vermeiden konnte. Heute aber war dies unmöglich gewesen. Francesca nahm an dem Rennen, das zu den weniger wichtigen Vorläufen vor dem eigentlichen Belmont-Rennen zählte, selber als Jockey teil und hatte John dazu eingeladen. Natürlich lag es nahe, daß er das Rennen von Devons Eigentümerloge aus verfolgte, so daß sie nicht umhin konnte, ihn dorthin einzuladen. Und zu allem Überfluß hatte er nicht etwa Devon angeboten, sie in seinem Auto mitzunehmen – das hätte sie ja mit irgendeiner Ausrede dankend ablehnen können –, sondern gefragt, ob er bei ihr mitfahren könnte. So war ihr also nichts anderes übriggeblieben, als in den sauren Apfel zu beißen. In ihre Loge hatte sie zur Vorsicht noch eine Reihe anderer Freunde und Bekannte eingeladen, aber auf der Fahrt nach Belmont würde sie mit John ganz allein sein.

Devon rückte sich ihren Hut zurecht und warf einen letzten prüfenden Blick in den großen Barockspiegel im Foyer.

»Du siehst wunderbar aus. Komm, gehen wir.«

Sie warf ihm einen unwilligen Blick zu. »Jetzt drängel doch nicht so! Wir haben noch jede Menge Zeit. Die anderen kommen erst um zwei Uhr!«

»Eben. Deshalb hab' ich es ja so eilig. Ich möcht' wenigstens ein paar Minuten mal allein mit dir sein.«

»Allein mit mir? Das sind wir doch *jetzt* schon!« gab sie verwundert zurück.

»Natürlich«, grinste John sarkastisch. »Wenn du das Personal und deine Mutter und Alice oben nicht dazurechnest. Mein Kompliment übrigens den beiden Damen. Sie sehen hervorragend aus.«

»Ja«, seufzte sie. »Ich kann nur hoffen, daß ich in ihrem Alter genauso gut aussehe!«

»Mit Sicherheit!« erwiderte er charmant. Er half ihr in ihr Jackett und ließ einen kurzen Augenblick seine Hände auf ihren Schultern ruhen. Erschrocken wich sie zurück. Sie hatte Angst vor seiner Berührung. Jedesmal durchfuhr es sie wie ein elektrischer Schlag. Und jedesmal wurde ihr schmerzlich bewußt, was sie bis ans Ende ihrer Tage vermissen würde – die liebende Berührung eines Mannes. Devon war immer eine leidenschaftliche Frau gewesen. Nie hätte sie sich träumen lassen, einmal ein Leben ohne Liebe und ohne Sex führen zu müssen. Aber seit ihrer Operation war sie entschlossen, diesen Freuden zu entsagen. Jedesmal, wenn sie John nur ansah, kam dieser Vorsatz heftig ins Wanken, doch dann brauchte sie nur an die häßlichen roten Narben und vor allem an die erschreckend flache Stelle auf ihrer linken Brustseite zu denken, dann stand der Entschluß wieder felsenfest.

»Laß uns gehen«, sagte sie und griff nach ihrer kleinen Chanel-Handtasche. Draußen wartete bereits ihr grüner Jaguar-Sportwagen auf sie. Manchmal fragte sie sich, ob sie für so ein schnittiges Cabrio inzwischen nicht doch ein wenig zu alt sei aber dann schlug sie ihre Bedenken jedesmal wieder in den Wind. Warum sollte sie eine Sache, die ihr Spaß machte, aufgeben, nur weil es sich nicht ›schickte‹?

Als sie eine Weile schweigend gefahren waren, räusperte sich John plötzlich und sagte dann: »Devon, ich möchte dich etwas fragen. Und ich würde mich freuen, wenn du mir offen und ehrlich antworten würdest.«

Devon hielt ihren Blick stur geradeaus gerichtet. Ihr schwante Fürchterliches. »Ich werd's versuchen«, erwiderte sie ausweichend. Sie wollte nichts versprechen.

»Ist dir eigentlich klar, daß wir jetzt zum erstenmal seit deiner Operation allein sind?«

Schnell griff sie das Stichwort auf und versuchte, das Thema in eine andere Richtung zu lenken, als die, die er womöglich im Sinn hatte. »Ach«, sagte sie, »ich bin dir ja so dankbar, daß du da warst, als ich aus der Narkose aufgewacht bin! Ich glaube, ich bin bisher noch gar nicht dazu gekommen, dir zu sagen, wie sehr mir das geholfen hat. Francesca war auch ganz glücklich darüber, daß du da warst!«

»Tja, ihr zwei seid ja auch die beiden wichtigsten Menschen in meinem Leben.«

Fast wäre sie zusammengezuckt. Die Wärme, die aus seinen Worten sprach, tat ihr so gut! »Ja, und du bist für Francesca der wichtigste Mensch in ihrem Leben«, erwiderte sie vorsichtig.

»Und was bin ich für dich?« fragte er unvermittelt. Er hielt den Atem an.

Devon tat so, als würde der Verkehr ihre Aufmerksamkeit ganz besonders in Anspruch nehmen. »Ich ... ich mag dich sehr gern, John. Aber das weißt du ja, denke ich«, sagte sie leichthin.

Johns ganze Enttäuschung brach aus ihm heraus. »Ach, Devon, zum Teufel nochmal! Bin ich einer von deinen Stalljungen, oder – noch schlimmer – eins deiner Pferde, daß du mich nur gerade eben ›gern magst‹ ...?!« Betroffen und verletzt brach er ab.

Devon erschrak. Sie hatte ihm nicht weh tun wollen, aber andererseits würde sie sich lieber auf die Zunge beißen, als ihm zu gestehen, was sie wirklich für ihn empfand! »Ich ... ich wollte dich nicht verletzen ...«, murmelte sie hilflos.

»Hast du aber!« rief er ungehalten und drehte sich auf seinem Sitz so weit nach links, daß er ihr frontal ins Gesicht sah. »Wieso schaust du mich nicht an?« begehrte er auf. »Wieso faßt du mich nicht an? Bin ich dir so widerwärtig? Manchmal hab' ich das Gefühl, daß du mich liebst. Und manchmal vermittelst du mir den Eindruck, als ob du meine Gegenwart nur mit Mühe ertragen könntest!«

Bestürzt über den Schmerz, der aus seinen Worten sprach, schaute sie ihn an. »Aber das stimmt nicht! Es ist alles ganz anders!« rief sie. Auf einmal war sie den Tränen nahe.

»Und wie ist es dann? Devon!« Verzweifelt schüttelte er den Kopf. »Wir haben schon viel zu viel Zeit verloren! Als du noch mit Mason zusammen warst, hab' ich ja verstanden, daß mehr als Freundschaft zwischen uns nicht möglich war. Das war auch der entscheidende Grund, warum ich den Posten in Europa angenommen habe. Ich weiß nicht, wann ihr euch getrennt habt und warum, aber seitdem ... seitdem hab' ich die Hoffnung nicht aufgegeben, daß wir vielleicht doch wieder zusammenkommen könnten. Und seit deiner Krebsoperation – da ist mir klar, daß es einfach ein Verbrechen wäre, noch länger rumzulavieren und kostbare Zeit zu verschwenden. Ich liebe dich, Devon! Und ich will dich wieder heiraten!«

»Nein!« brach es verzweifelt aus ihrer Kehle.

Sprachlos ob ihrer heftigen Reaktion starrte John sie an. Dann kam ihm auf einmal ein Verdacht. »Devon«, fragte er leise, »trägst du es mir nach, daß ich nach Europa gegangen bin?«

»Ach, Unsinn!« gab sie impulsiv zurück. »Nein, das ist es nicht. Ich ... ich hab' mich einfach entschlossen, nie wieder zu heiraten!«

»Devon!« John ließ nicht locker. »Wir kennen uns zu lange, wir ... wir haben zusammen einfach viel zu viel durchgemacht, als daß du mir jetzt mit solchen dummen Ausflüchten daherkommen könntest!« Ärgerlich schlug er mit der flachen Hand auf das Armaturenbrett. »Ich will von dir eine klare Antwort: Liebst du mich oder liebst du mich nicht?« Er wußte, daß sie ihn liebte! Über die Jahre hatte er gespürt, wie ihre Liebe zu ihm gewachsen war, Tag für Tag. Aber er hatte auch deutlich ihre Angst, ihre Wachsamkeit bemerkt. Welche Verletzungen hatten sie sich gegenseitig beigebracht! Was für schlimme Fehler hatten sie gemacht, sie, die sie beide in ihrer jugendlichen Selbstherrlichkeit davon ausgegangen waren, daß sie nie und nimmer irgend etwas falsch machen könnten! Vor sechs Jahren schon war seine Liebe zu ihr wieder neu entflammt, aber in all der Zeit hatte es immer irgendeinen Grund gegeben, sich vor ihr zu verstecken, mit dem Geständnis seiner Liebe doch noch zu warten. Doch als er dann von ihrer Krankheit erfuhr, hatte er von einem Tag auf den anderen seine Bedenken über Bord geworfen. Jetzt hatte er sich ihr erklärt und wollte von ihr eine Antwort – eine offene, ehrliche Antwort, hier und jetzt!

»Liebst du mich oder liebst du mich nicht?« wiederholte er.

Wie versteinert starrte Devon geradeaus. Kein Wort kam ihr über die Lippen. »Ich ... ich weiß nicht«, stammelte sie nach einer Weile, »ich weiß, glaube ich, nicht mehr, was ... was Liebe ist, John.«

»Was soll denn das auf einmal heißen?« fragte er unwirsch.

»Ich ... ich glaube, ich bin ... körperlich ... dazu nicht mehr in der Lage.« Ihre Stimme war ein Flüstern.

»Wie bitte?« fragte er schnoddrig. »Sie haben dir doch nur eine Brust abgenommen. Der Rest ist doch noch dran, oder?«

Fassungslos drehte sich Devon zu ihm um. So taktlos hatte sie ihn ja noch nie erlebt! Er redete daher, als ob es sich um die letzte Geburt einer ihrer Zuchtstuten handelte und nicht um eine einschneidende, das gesamte Leben verändernde Operation! »Wie kannst du nur so gefühllos sein!« fuhr sie ihn in einer Mischung aus Verletzung und Verachtung an.

»Gefühllos? Inwiefern bitte?« fragte er ungerührt.

»John!« stieß sie verzweifelt hervor. »Die gesamte Identität einer Frau hängt nun einmal an ihrer äußeren Erscheinung!«

»Quatsch mit Soße!« gab er schroff zurück. »Damit stellst du ja all die anderen Qualitäten vollständig in den Schatten, die deinen eigentlichen Wert ausmachen: deine Fähigkeiten, deinen Mut, deine Beharrlichkeit, deine Intelligenz, deine Gefühlstiefe. *Das* sind doch die Dinge, aus denen Devon Alexander gemacht ist!«

»Devon Somerset-Smith«, verbesserte sie ihn mit schwacher Stimme.

»Na gut«, knurrte er, »dann eben Somerset-Smith. Sag mal«, fuhr er ein wenig gereizt fort, »kannst du nicht mal irgendwo anhalten, daß wir wirklich in Ruhe miteinander reden können?«

Nervös schaute Devon herum und nahm dann die nächste Ausfahrt, die auf den Parkplatz eines Restaurants führte. Sie parkte ein und stellte den Motor ab.

John setzte sich bequemer hin und ergriff Devons Hand. »Sieh mich an, Devon!« befahl er sanft.

Nur widerstrebend gehorchte sie. Und dann geschah es. Als sie ihre meerblauen Augen in seine versenkte, fand sie dort all die Liebe, die Sehnsucht und die Bewunderung, die sie so bitter nötig hatte. Durch diesen Blick fühlte sie sich mit einem einzigen Schlag wieder als liebens- und begehrenswerte Frau.

»O John!« flüsterte sie, den Tränen nahe. »Es … es sieht so fürchterlich häßlich aus! Ich … ich würde es nie ertragen, daß du … es … siehst.« Sie wagte nicht, das Wort ›Narbe‹ auszusprechen.

»Das ist doch alles völlig unwichtig, Devon«, sagte er mit sanfter Stimme. »Du bist es doch, die ich liebe! Du und alles an dir! Nicht deine linke Brust oder dein rechtes Auge oder deine perfekt gewachsene Nase!« Er lächelte und küßte erst ihre linke, dann ihre rechte Hand.

»Aber die Frauen, mit denen du sonst zu tun hast … sie sind alle so schön …« Verzagt brach sie ab.

»Nicht schöner als du!« versicherte er ihr.

»Jünger und schöner«, beharrte Devon. »Und nicht … entstellt.«

»Na und? Was heißt schon ›entstellt‹? Ich bin genauso ›entstellt‹, wenn du so willst. Findest du meinen Beinstumpf sehr abstoßend?« Erwartungsvoll schaute er sie an.

»Das ist doch nicht vergleichbar«, widersprach sie.

»Wie kannst du so etwas behaupten?!« begehrte er auf. »Die Kraft eines Mannes, seine Beweglichkeit, seine physischen Möglichkeiten – das hängt doch auch unmittelbar mit seiner Männlichkeit zusammen! Früher war ich ein hervorragender Reiter und Skifahrer. Heute bin ich nicht mehr halb so gut. Glaubst du, daß ich deshalb weniger männlich bin?«

»Natürlich nicht.«

»Na also. Warum jammerst du dann so wegen deiner eigenen Amputation herum?« John sah, wie Devon bei dem Wort ›Amputation‹ zusammenzuckte, doch er fuhr ungerührt fort. Er wollte sie ganz bewußt aus ihrem Selbstmitleid herausholen. »Du kannst doch außerdem, anders als ich, alles tun, was du vorher getan hast – ohne jede Beeinträchtigung. Du bist doch dieselbe wie vorher!«

»Wenn ich angezogen bin, ja.«

Er schlug die Augen gen Himmel. »Und wenn ich jetzt meine Hose ausziehe ... wird's dir dann beim Anblick meines Beinstumpfes den Magen umdrehen?«

Liebevoll lächelte sie ihn an. Aber sie konnte sich den Witz nicht verkneifen: »Ich weiß nicht. Bis jetzt hast du deine Hose ja immer noch angelassen.«

»Fällt mir in deiner Gegenwart aber immer schwerer«, gab er grinsend zurück und drückte ihr einen sanften Kuß auf den Mund. »Meinst du nicht«, fuhr er augenzwinkernd fort, »daß ich einen verdammt starken Charakter habe, daß ich deinen Verlockungen geschlagene sechs Jahre widerstanden habe?«

»Einen *äußerst* starken Charakter«, murmelte sie und suchte seinen Mund. Eine heiße Welle durchströmte sie, als sich ihre Lippen berührten. Sie wollte ihn an sich ziehen, wollte, daß er sie mit seinen starken Armen umschlang und sie nie mehr losließ!

»Ja, so gefällst du mir schon sehr viel besser«, lächelte er sie an, als sie sich aus ihrer Umarmung lösten. Mit dem Zeigefinger hob er ihr Kinn zu sich hoch und badete in der Liebe, die aus ihren Augen strömte. »Devon«, sagte er leise, aber eindringlich. »Ich will nicht, daß du dich vor mir versteckst! Weder mit deinem Herzen noch mit deinem Körper. Ich liebe alles an dir und ich will nicht, daß du dich auch nur für einen einzigen Teil deines wunderbaren Körpers schämst!«

»Aber ... aber es sieht so ... fürchterlich häßlich aus! Wirklich!« stieß sie mit zitternder Stimme hervor. Seine Worte waren ja gut und schön. Aber wie würde er reagieren, wenn er die Narben tatsächlich vor sich sehen würde? Würde er sich mit Grausen von ihr abwenden? Sie würde es nicht ertragen! Andererseits wußte sie genau, daß *sie* sich niemals von seinem Beinstumpf abwenden würde, und sähe er noch so grausig aus.

John entschied sich, ihr reinen Wein einzuschenken. »Es hat keinen Sinn, die Dinge schönzureden«, begann er. »Narben sind nun einmal häßlich, das ist gar keine Frage. Aber wenn unsere Narben das einzige wären, was unserer Liebe im Wege steht, dann wäre unsere glückliche Ehe vorprogrammiert. Leider ist dem aber nicht so. Vor dreißig Jahren waren wir körperlich vollkommen und unversehrt, doch Fehler in unserem Verhalten haben unser Glück zerstört. Inzwischen hoffe ich, daß wir beide reif genug sind, die Schwächen des anderen zu tolerieren und seine Vorzüge mehr zu schätzen. Ich für meinen Teil würde es so gerne noch einmal versuchen! Denn ich denke, daß ich ein unverschämtes Glück habe. Welcher Mann bekommt schon die Gelegenheit, die große Liebe seines Lebens ein zweites Mal zu heiraten?«

»So? Dann bin *ich* also deine große Liebe und nicht Bebe Henley?« fragte Devon mit einem Augenzwinkern.

»Komm, ich bitte dich!« John schlug entnervt die Augen zum Himmel. Dann glitt ein Ausdruck unendlicher Zärtlichkeit über sein Gesicht. Er beugte sich zu ihr vor und gab ihr einen ganz zarten Kuß auf die Lippen. »Bitte, Devon!« hauchte er. »Laß uns keine weitere Zeit verlieren. Heirate mich!«

Devons Herz begann zu rasen. Auf einmal fühlte sie sich atemlos und aufgeregt wie ein Teenager. Sie schaute in die Augen des Menschen, den sie im Grunde nie aufgehört hatte zu lieben, und all ihre Zweifel lösten sich in Nichts auf. »Ich glaube«, flüsterte sie errötend, »ich hab' nicht die Kraft, nein zu sagen.«

Ein Strahlen ging über Johns Gesicht. »Wunderbar!« jubelte er. Heftig zog er sie an sich und gab ihr einen langen, leidenschaftlichen Kuß. »Komm«, schlug er vor, »wir vergessen Belmont und fahren zum Standesamt!«

»Aber das geht doch nicht«, protestierte Devon. »Wir müssen doch erst das Aufgebot bestellen!«

»Dann fahren wir eben nach Maryland!«

Sie zögerte. »Aber man erwartet uns doch in Belmont!« Devon war völlig durcheinander. Wie aufregend war das alles!

»Nein!« befahl John mit strengem Ton. »Wir fahren nach Maryland, und zwar auf der Stelle! Sonst überlegst du es dir am Ende noch anders«, fügte er grinsend hinzu. »Wir rufen in Belmont an, hinterlassen eine Nachricht für Francesca. Ach, was!« Er machte eine wegwerfende Handbewegung. »Das sind alles Kleinigkeiten. Jetzt geht es doch um ganz andere Dinge! Unsere gemeinsame Zukunft steht auf dem Spiel!« Er wirkte geradezu berauscht. Seine Augen leuchteten. »Komm, Devon, komm! Wir fahren nach Maryland!« Er zog sie an sich und flüsterte ihr Zärtlichkeiten ins Ohr.

»Also ...«

»Komm schon«, drängte er ungeduldig.

»Na gut«, gab sie schließlich nach. »Aber zum Hauptrennen übermorgen müssen wir wieder zurück sein!«

»Abgemacht!« willigte John ein. »Für morgen verspreche ich dir alles, was du willst, wenn du nur heute mit mir nach Maryland fährst!« Er beugte sich vor und drehte einfach den Zündschlüssel um. »Los, auf geht's!« rief er. Und schon zischte der grüne Wagen mit quietschenden Reifen aus der Parkbucht. Seine beiden Insassen kicherten wie zwei verliebte Teenager.

26

Voller Verblüffung stellte Devon fest, daß ihre Freunde und Bekannten schon lange darauf gewartet hatten, daß sie und John endlich wieder heiraten würden.

»Wie immer – die Ehefrau erfährt es als letzte«, schmunzelte sie, während sie und ihr frischgebackener Ehemann sich für die Belmont-Stakes ankleideten.

»Und Francesca war genauso selig, wie ich es mir vorgestellt hatte«, erwiderte John lächelnd, während er sich vor dem Spiegel die Krawatte band.

Als er fertig war, drehte er sich um – gerade in dem Moment, als Devon in ihrem kleinen Ankleidezimmer verschwand.

John wußte warum. Nach schweren inneren Kämpfen hatte sie es in der Hochzeitsnacht schließlich geschafft, ihm ihre Operationsnarben zu zeigen, zuzulassen, daß er sie berührte, daß er sie streichelte. Aber im Alltag, wenn Devon sich an- oder auszog, war sie ihm gegenüber immer noch befangen, vor allem dann, wenn sie ihre Brustprothese anlegte. Obwohl es John irritierte, daß sie sich immer wieder vor ihm versteckte, hatte er doch beschlossen, sie nicht zu drängen, sondern ihr Zeit zu lassen. Es war ihr ja schon schwer genug gefallen, sich überhaupt vor ihm nackt zu zeigen.

Zur Zeit wohnten sie beide in Devons Haus, denn die Belmont-Stakes waren für Devon so wichtig, daß ein Umzug in eine gemeinsame Wohnung die Vorbereitungen für dieses Rennen völlig durcheinandergebracht hätte. Schließlich winkte Devon, falls King of Hearts gewinnen würde, die Triple-Crown, die Trophäe, nach der jeder Rennstallbesitzer gierte! Nach dem Rennen würden sie dann in Johns Villa ziehen, während Francesca allein nach Willowbrook zurückkehren wollte. Laurel hatte diesen Vorschlag gemacht, da ihrer Meinung nach die Frischverheirateten Zeit für sich allein haben sollten.

»Aber Mutter!« hatte Devon protestiert. »Wir sind doch in dem Sinne keine ›Frischverheirateten‹ mehr! Und Francesca so ganz allein in Willowbrook zu lassen – das behagt mir ganz und gar nicht.«

»Unsinn!« hatte die sonst so sanfte Laurel in einem Ton erwidert, der keinen Widerspruch duldete. »Das Mädchen ist neunzehn Jahre alt und kann gut und gerne einmal eine Zeitlang ohne seine Mutter auskommen. Schließlich bin ich ja auch noch da. Und zu Weihnachten seid ihr ja wieder zurück. Zu einer Hochzeit gehören nun einmal Flitterwochen, ganz egal, wie alt man ist. Wenn ich nur sehe, wie John dich die ganze Zeit anschaut, da habe ich nicht den Eindruck, als ob sein sexuelles Interesse an dir auch nur einen Hauch abgenommen hätte.«

»Mutter!« rief Devon entsetzt, schockiert von deren ungewohnt direkter Ausdrucksweise. Laurel pflegte sich normalerweise, vor allem bei so delikaten Themen, äußerst diskret auszudrücken, wie es ihrer Erziehung als Südstaaten-Aristokratin entsprach.

»Ja sag mal«, gab Laurel unverblümt zurück, »meinst du, daß Sex für mich ein Fremdwort ist?«

»Nein, natürlich nicht«, stotterte Devon verlegen, »es ist nur …«

»Na also«, unterbrach sie ihre Mutter ungerührt, »dann sind wir uns doch wohl einig. John und du, ihr macht jetzt anständige Flitterwochen, und der Rest der Familie kommt derweil hervorragend ohne euch aus! Wir haben ja zum Glück jede Menge Personal, das sich um uns kümmert. Und wenn ihr beiden nach Virginia heimkommt, werden Alice und ich auch von unserer Reise zurück sein, und die ganze Familie ist wieder glücklich vereint!«

»Von eurer Reise?!« Devon fiel aus allen Wolken. Die beiden Damen gingen inzwischen auf die Neunzig zu.

»Ja, wir fahren im Herbst nach London«, erklärte Laurel, als ob dies das Selbstverständlichste der Welt wäre.

»Aber das geht doch nicht, wie wollt ihr das denn machen? Das ist absolut unmöglich!« ereiferte sich Devon.

»Sag mal, Kindchen«, gab Laurel mit erhobenen Brauen zurück, »du meinst doch wohl nicht, daß ich mir von dir das Reisen verbieten lasse, oder? Senil bin ich schließlich noch nicht!«

»Nein, nein«, beschwichtigte Devon schnell, »so hab' ich das auch nicht gemeint. Es ist nur … ich mach' mir einfach Sorgen um euch. Die Jüngsten seid ihr ja nun auch nicht mehr.«

»Richtig, Liebes. Aber mach dir darüber keine Gedanken. Wir haben uns was äußerst Gemütliches ausgesucht: eine bequeme Kreuzfahrt im Luxusliner mit Bordorchester, Champagnerfrühstück und allen Schikanen.«

Devon mußte schmunzeln. Sollte doch noch einmal jemand sagen, daß das Leben im Alter nicht lebenswert wäre!

Und was Laurels Pläne für ihre Flitterwochen anbetraf – sie hatte sich ja anfänglich nur der Form halber dagegen gewehrt. Im Grunde ihres Herzens sehnte sie sich nach nichts so sehr, wie endlich mit John ganz allein zu sein!

27

Unverhohlen verrenkten sich die Leute die Hälse nach dem auffallend schönen Paar, das da Hand in Hand über die Tribüne von Belmont schlenderte. Nicht nur wegen der athletischen Figur des außergewöhnlich attraktiven Mannes, nicht nur, wegen der aparten, zierlichen Frau und deren eleganter Kleidung, sondern weil beide etwas ausstrahlten – Souveränität und Selbstbewußtsein –, das man sonst bei ›Negern‹ nicht gewohnt war. Ja, ›Neger‹ nannte man damals im Jahre 1963 die Schwarzen, wenn man zeigen wollte, daß man fortschrittlich dachte. Doch die meisten Schwarzen konnten von dem Leben nur träumen, das Jesse und Celine beschieden war. Die weißen Zuschauer nahmen sie gar nicht wahr, die schwarzen Reitknechte, Stallburschen und Bauarbeiter, die hinter der Rennbahn im Schweiße ihres Angesichts schufteten, damit das Rennen überhaupt über die Bühne gehen konnte. Sie waren eine gesichtslose Masse – gekaufte Arbeitskräfte, die man nach Belieben ein- und wieder ausstellte. Doch dieses junge, attraktive Paar da – das war für die meisten Zuschauer ein ungewohnter Anblick, ja, in gewisser Hinsicht eine Provokation.

Es war noch früh am Tag, aber das Thermometer zeigte bereits fünfunddreißig Grad. Celine trug eine leichtes, figurbetontes, weißes Leinenkleid. Es war so schlicht und gleichzeitig so perfekt geschnitten, daß die sachverständigen Damen in den Logen auch ohne Fernglas sofort erkannten, daß es sich um ein Pariser Modellkleid handelte. Jesses Anzug war ebenfalls aus weißem Leinen – eine Farbe, die in reizvollem Kontrast zu ihrer beider Hautfarbe stand. Dazu trug er ein himmelblaues Hemd und eine dunkelblau-beige gestreifte Krawatte.

Ein stolzes Strahlen ging über Jeremiahs Gesicht, als er die beiden auf sich zukommen sah. Verliebt hielten sie sich bei der Hand, und ihre schönen weißen Zähne blitzten in der Sonne, wenn sie sich zulächelten. Ja, den beiden stand eine glänzende Zukunft bevor, das sah man ihnen bereits von weitem an! Ob sie es selber schon wußten?

»Schau, Frankie«, sagte Jeremiah – einer der wenigen, der Francesca noch bei diesem Namen aus ihrer Kinderzeit rief –, »da kommen Celine und Jesse.«

Francesca stockte der Atem. Wie wild begann ihr Herz zu klopfen, als sie aus dem Augenwinkel die beiden unausweichlich auf sie zuschlendern sah. Seit Jahren war sie ihm erfolgreich aus dem Weg gegangen – doch jetzt gab es kein Entrinnen mehr. Sie hatte ihm ihre Liebe gestanden, hatte sich ihm an den Hals geworfen – wie schämte sie sich jetzt dafür! Am liebsten wäre sie vor Verlegenheit im Boden versunken.

Als Jesse näher kam, wanderten seine Augen zwischen seinem Vater und Francesca hin und her. Das leuchtende Rot und Schwarz des Willowbrook-Trikots kleideten Francesca hervorragend – mit ihren exotischen grünen Augen und den wilden schwarzen Haaren sah sie darin geradezu verwegen aus, auch wenn sie sich aus aerodynamischen Gründen ihre Lockenmähne zu einem festen Zopf geflochten hatte, der ihr bis auf die Hüften fiel.

Francesca entschloß sich, die Flucht nach vorn anzutreten. Als das Paar noch nicht ganz bei ihnen angekommen war, stürmte sie bereits mit ausgestreckter Hand auf Celine zu und rief mit gespielter Begeisterung: »Sie müssen Celine sein, nicht wahr? Wie schön, Sie kennenzulernen!«

»Francesca! Ganz meinerseits!« Die junge Frau beeilte sich, die ausgestreckte Hand zu ergreifen, und schüttelte sie mit einem herzlichen Lächeln.

»Hallo, Francesca«, erklang Jesses tiefer Männerbaß. Wie ein elektrischer Schlag durchfuhr es das Mädchen. Sie wagte es nicht, ihn anzuschauen. Verzweifelt überlegte sie, welche Art der Begrüßung wohl die unauffälligste wäre – ihm ein Küßchen auf die Wange zu geben, die Hand zu schütteln oder jeglichen Körperkontakt zu vermeiden.

Jesse überspielte die angespannte Situation, indem er zunächst seinen Vater herzlich umarmte. Und während er noch mit ihm die ersten Worte wechselte, hatte Celine Francesca bereits in ein Gespräch verwickelt.

»Reiten Sie heute?« fragte die schwarze Frau neugierig.

»Ich weiß es noch nicht«, erwiderte Francesca. »Ich bin so eine Art Ersatzmann. Wir haben ja heute insgesamt vier Rennen – drei Vorläufe und dann das eigentliche Hauptrennen. Wenn irgendeiner wegen plötzlicher Erkrankung oder Verletzung ausfällt, spring' ich für ihn ein. Aber gestern abend waren noch alle bei bester Gesundheit«, fügte sie mit einem verlegenen Grinsen hinzu.

Celine mußte lächeln. »Nach dem, was Jeremiah mir erzählt hat, bekommen Sie Ihre Chance in nicht allzu ferner Zukunft. Kelly reitet das Hauptrennen, nicht wahr?«

»Ja«, versetzte Francesca mit leichtem Schmollmund. Sie hatte ja nicht zu hoffen gewagt, daß sie King of Hearts reiten dürfte, aber daß sie, so wie es aussah, überhaupt nicht zum Zuge kommen würde, enttäuschte sie schon sehr.

»Deine Aufgabe ist viel wichtiger und erfordert viel mehr Können«, hatte Jeremiah ihr vor einer Woche erklärt. »Du springst ein, wenn jemand verletzt oder erkrankt ist, das heißt, daß du nicht auf ein einziges Pferd eingespielt sein mußt, sondern auf alle, um dich im Ernstfall auf jedes einzelne sofort einstellen zu können.«

»Aber die Wahrscheinlichkeit, daß ich reite, ist doch gleich Null!« hatte sie sich empört. »Die Stakes sind nun einmal der Höhepunkt für jeden Jockey. Warum krieg' ich nicht endlich auch einmal diese Chance?!«

»Ach? Suchst du 'n neuen Job?« hatte Jeremiah den Konflikt mit einem Witz zu entschärfen versucht.

»Kann gut sein, wenn das so weitergeht! Nie darf ich zeigen, was ich kann!« Mit einem wütenden Aufstampfen hatte sie Jeremiahs Büro verlassen. Aber sie wußte – er war der Boß, und sie mußte seinen Anweisungen folgen, auch wenn sie die zukünftige Eigentümerin von Willowbrook war.

Jetzt, in Gegenwart von Jesse und seiner jungen Frau, nahm sie sich vor, gute Miene zum bösen Spiel zu machen. Sie mußte den beiden ja nicht brühwarm von ihren betrieblichen Zwistigkeiten erzählen.

Verstohlen beobachtete sie das junge Paar, während sie sich mit Jeremiah unterhielten. Sie paßten hervorragend zusammen und waren offenbar sehr verliebt. Ob Jesse wohl trotzdem noch etwas für sie empfand? Und sei es nur ein Hauch dessen, was sie verspürte? Sie wagte es nicht, in seinen Augen nach einer Antwort zu suchen.

Und auch Celine betrachtete die ehemalige Spielkameradin ihres Mannes aus dem Augenwinkel. Irgend etwas irritierte sie an ihr. Warum vermied das junge Mädchen nur so konsequent, ihrem Mann in die Augen zu schauen? Mochte sie ihn nicht? Oder gab es zwischen den beiden irgendeine Unstimmigkeit? Dabei unterhielten sie sich doch so angeregt. Auf den ersten Blick schien alles in bester Ordnung. Aber irgend etwas war da im Busch, das spürte sie deutlich.

»Weißt du noch, wie Frankie vor diesem französischen Hengst in Saratoga gewarnt hat?« erinnerte sich Jeremiah gerade. »Keiner hat ihn ernst genommen, aber dann hat er alle abgehängt.«

Celine sah genau, daß Jesse das Mädchen fixierte, als ob er sie zwingen wollte, ihn anzuschauen. Aber wieder wandte sie ihren Blick von ihm ab und starrte nervös auf den Boden.

»Ja, ich weiß«, pflichtete Jesse seinem Vater bei. »In diesen Sachen hat Francesca immer einen besonders guten Instinkt gehabt.«

Francesca dankte ihm für sein Kompliment mit einem hastigen Lächeln. Aber es war nur wie ein kurzes Zähneblecken, dann schaute sie wieder angestrengt in die Weite.

»Ja, mein Junge«, fuhr Jeremiah fort, »dieser Roll the Dice hat sich ja als ganz schöne Lusche erwiesen.«

»Dabei hatte er doch einen hervorragenden Stammbaum, wenn ich mich recht erinnere«, bemerkte Jesse.

Jeremiah nickte bedächtig. »Mein Gott, das waren Zeiten! Wann mag das gewesen sein? Achtundfünfzig? Neunundfünfzig?«

»Genau in dem Herbst, als Jesse aufs College gegangen ist«, kam es von Francesca wie aus der Pistole geschossen. All die Gefühle dieses letzten gemeinsamen Sommers schlugen auf einmal wie eine Welle über ihr zusammen.

Francesca spürte, wie Celines Blick auf sie geheftet war. Doch sie tat, als merkte sie nichts. Die junge Schwarze wandte sich daraufhin wieder ihrem Mann zu. Der schaute auf seine massivgoldene Piaget-Uhr, die sie ihm zur Hochzeit geschenkt hatte.

»Ich glaube, ihr habt bestimmt noch eine Menge zu tun …«, meinte Jesse unsicher.

»Ach was, für eine Cola zwischendurch haben wir immer Zeit«, widersprach Jeremiah schmunzelnd. »Was hältst du davon, mein Sohn, wenn ich Celine ein bißchen die Ställe zeige? Du und Frankie, ihr habt euch doch sicher viel zu erzählen …«

»Um Gottes willen!« Die Worte waren schon über Francescas Lippen, noch bevor Jeremiah ausgesprochen hatte. Noch im selben Moment schoß ihr die Schamröte ins Gesicht, als ihr bewußt wurde, wie unhöflich sie gerade gewesen war. »Ich … ich muß noch einiges erledigen«, versuchte sie schnell, die Scharte wieder auszuwetzen. Betreten schaute sie zwischen Celine und Jesse hin und her. »Ich würde euch unheimlich gerne einmal besuchen, Jesse«, stieß sie hastig hervor, »aber jetzt … jetzt muß ich wirklich gehen.« Als hätte sie Angst vor ihm, wich sie einen Schritt zurück.

Verblüfft hob Jeremiah die Brauen. Fragend schaute Celine zu ihrem Mann hoch, in dessen Gesicht sie erst Enttäuschung, dann eine Spur von Erleichterung entdeckte. Und da verstand sie auf einmal. Zwischen den beiden war etwas gewesen!

»Tja, dann … Auf Wiedersehen, Francesca!« Jesse streckte ihr die Hand hin.

Francesca ergriff sie und schüttelte sie so kurz sie konnte. Gleichzeitig schaute sie ihn an – und in diesem Moment war es Celine, als wankte der Boden unter ihren Füßen, und ihre glückliche Welt würde in tausend Scherben fallen. Doch es war nur ein Moment. Schon hatte sich Francesca umgedreht und stapfte, ohne sich noch einmal umzusehen, davon. Und auch Jesse folgte ihr mit den Augen nur für den Bruchteil einer Sekunde, dann wandte er sich wieder an seinen Vater.

Also hatte er Francesca geliebt! Celine war verletzt und verwirrt. War sie für Jesse also nur die zweite Wahl gewesen? Und was genau war zwischen ihrem Mann und diesem Mädchen gewesen? Tausend Fragen schossen ihr durch den Kopf, so daß sie erst gar nicht merkte, wie Jesse ihr den Arm um die Schulter legte und sie an sich zog.

Und in dem Augenblick wurde es ihr klar: Er gehört mir, dachte sie stolz. Was auch immer vorher war – jetzt gehört er mir! Und mit einer Weisheit, die weit über ihre jungen Jahre hinausreichte, entschloß sie sich, all die Fragen, die ihr eben noch durch den Kopf gegangen waren, für immer zu vergessen.

Sie legte ihren Arm um seine schlanke Hüfte und kuschelte sich zärtlich an ihn.

»Ach, ihr Frischverliebten!« schmunzelte Jeremiah. »Ich glaube, unsere Celine ist gar nicht so erpicht auf einen Rundgang durch die Ställe, stimmt's?«

Jesse grinste. »Wir sehen uns später, Vater. Das Hauptrennen schauen wir uns gemeinsam mit dir an, ja?«

»Devon hat uns in ihre Loge eingeladen«, erwiderte er.

Verblüfft zog Jesse die Brauen hoch. »Und was sagen ihre Freunde dazu?«

Jeremiah zuckte die Achseln. »Ach, also an *mich* haben sie sich inzwischen gewöhnt. Ich sitz' jetzt fast bei jedem Rennen neben ihr. Tja, mein Junge, man merkt, daß du lange fort warst. Die Dinge verändern sich zwar langsam, aber sie verändern sich!«

Jesse warf seinem Vater einen skeptischen Blick zu, doch die Augen des alten Mannes leuchteten so hoffnungsvoll, daß sein Sohn, der es besser wußte, es nicht übers Herz brachte, ihm seine Illusionen zu rauben. »Ja, man kann's auf jeden Fall nur hoffen«, erwiderte er. Eine Sekunde lang mußte er an die denkwürdige Sommernacht denken, in der Francesca ihn fast mit den gleichen Worten wie gerade eben sein Vater von der rosigen Zukunft hatte überzeugen wollen. Doch dann ließ er diese Erinnerung wieder in der Versenkung verschwinden.

Und er beugte sich über seine Frau und küßte sie – unbeirrt von den Hunderten von Augenpaaren, die ihn von den Zuschauerrängen aus schockiert anstarrten. Er küßte sie, wie er sie vor dem Traualtar geküßt hatte. Diesmal war es ein stilles, ein unausgesprochenes Gelöbnis. Aber Celine wußte – es war ein Gelöbnis fürs Leben.

28

Unruhig rutschte Devon auf ihrem Stuhl hin und her. Hin und wieder nippte sie an ihrer Limonade, ängstlich wie ein Vogel, der immer nur kurze Schlucke an der Tränke nimmt, weil er auf der Hut vor der Katze ist.

Bald würden ihre Freunde auftauchen, die sie in ihre Loge eingeladen hatte. Es war noch früh, und im Moment trudelten gerade die ersten Zuschauer auf der Rennbahn ein, vornehmlich die, die keine Plätze reserviert hatten.

»Ich glaube, ich schau' mal kurz nach unten«, sagte sie zu John und blickte nervös auf ihre Armbanduhr.

Er beugte sich zu ihr vor und ergriff ihre Hand. »Liebling«, mahnte er leise, »da warst du doch erst vor knapp fünf Minuten.«

»Ja, ich weiß.« Sie warf ihm einen Blick zu, der um Verständnis bat. »Aber es beunruhigt mich, daß Kelly immer noch nicht da ist.«

John lächelte kopfschüttelnd. »Ach, Devon! Meinst du wirklich, daß Majors dieses Rennen verpaßt – das wichtigste in seiner ganzen Jockeykarriere? Wahrscheinlich ist er nur irgendwo im Stau aufgehalten worden.« Seit mehreren Jahren schon weigerte sich Majors, sich während eines Rennens in den eher spartanisch eingerichteten Jockeyunterkünften hinter der Rennbahn einzuquartieren. Mit steigender Berühmtheit und steigendem Einkommen zog er es vor, in einem der nahegelegenen Luxushotels abzusteigen. Im Falle der Belmont-Stakes kamen da vor allem die Edelpaläste von New York City in Betracht. Sein Lieblingshotel war das Waldorf Towers, gleich neben dem Waldorf Astoria, in dem es von attraktiven, abenteuerlustigen Frauen nur so wimmelte. Majors war nach wie vor eingefleischter Junggeselle, und New York bildete für ihn nun einmal das Dorado der schönen Frauen, das er sich nicht entgehen lassen wollte, wenn es ihn beruflich dorthin verschlug.

»Ich kann ja verstehen«, sagte Devon leicht ungehalten, »daß jemand wie Kelly keine Lust hat, in den Bruchbuden da hinter der Rennbahn zu hausen, aber daß er bei so wichtigen Rennen immer auf den allerletzten Drücker kommt, das ärgert mich schon gewaltig.«

»Tja, die Jockeys von heute sind eben selbstbewußter geworden«, erwiderte John nachdenklich. »Ich glaube, die Zeiten, wo man als Jockey sein Leben lang für einen einzigen Rennstallbesitzer gearbeitet hat, neigen sich ihrem Ende zu. Die meisten der jungen, aufstrebenden Jockeys wollen keine lebenslange Anstellung mehr, sondern lieber frei bleiben und je nachdem, welcher Besitzer für welches Rennen wieviel bietet, Einzelverträge abschließen. Es hat sicher Vorteile, als Jockey für Willowbrook zu arbeiten aber doch auch Nachteile, Devon. Und von daher denke ich, daß du nun einmal nicht in der Position bist, ihm vorzuschreiben, was er tun und was er lassen soll.«

»Zumindest so lange nicht«, seufzte Devon, »bis ich jemand gleich guten oder gar besseren gefunden habe.«

»So? Den hast du doch schon«, erwiderte John geheimnisvoll.

Überrascht hob Devon die Brauen. »So? Wen denn?«

»Na, deine eigene Tochter, meine Liebe! Oder hast du nicht gemerkt, wie gut sie inzwischen ist?«

»Ach, das ist doch absoluter Blödsinn!« rief Devon entrüstet. »Sie ist doch noch viel zu jung! Jeremiah sieht das ganz genauso, sonst würde er sie doch nicht so sparsam einsetzen.«

»Majors hat bei dir angefangen, als er gerade so alt war wie Francesca jetzt!«

»Aber nicht als mein Chefjockey. Und außerdem, wenn Francesca wirklich so weit ist, warum hat mir dann Jeremiah noch nichts davon erzählt?«

»Warum? Na, das liegt doch auf der Hand: Weil sie eine Frau ist!«

Devon schnappte hörbar nach Luft. »Sag mal, willst du ausgerechnet Jeremiah vorwerfen, er hätte Vorurteile?« rief sie empört.

»Ich werfe ihm doch gar nichts vor. Aber die Welt der Pferderennen wird nun einmal von Männern dominiert, und das hat natürlich auch Jeremiah geprägt. Oder wie viele weibliche Jockeys kennst du?«

»Aber Jeremiah hat schließlich sein ganzes Leben für mich gearbeitet – für mich, eine Frau!«

John lächelte und gab ihr einen Kuß. »Ja ja, natürlich. Aber das schließt doch nicht aus, daß er trotzdem gewisse Vorstellungen darüber hat, was ein weiblicher und was ein männlicher Jockey kann.«

»Er hat sich bisher nur lobend über Francesca geäußert«, nahm Devon ihren Cheftrainer in Schutz.

»Das mag schon sein, aber ich habe dennoch den Eindruck, daß er Francesca nur langsam hochkommen läßt. Nimm nur zum Beispiel diesen Luccioni. Er ist lange nicht so gut wie sie, aber trotzdem reitet er heute.«

»Er hat mehr Erfahrung als sie«, gab Devon zu bedenken.

»Aber er ist trotzdem nicht so gut wie Francesca. Er ist einfach zu defensiv.«

Devon dachte über Johns Einwände nach. »Vor vielen Jahren«, erwiderte sie nach einer Weile, »hatten Jeremiah und ich einmal ein wichtiges Gespräch darüber, welche Chancen wir wohl in unserer Branche hätten – er als Schwarzer und ich als Frau. Wir haben damals einen Pakt geschlossen, daß wir uns in unserer Arbeit nie von irgendwelchen Vorurteilen beeinflussen lassen wollten.« Sie schwieg, als sie sich an die Szene erinnerte. Im gleichen Atemzug fiel ihr die heftige Auseinandersetzung mit Willy ein, in der John so deutlich dessen Partei ergriffen hatte. »Sag einmal, John«, fragte sie ihn mit einem anzüglichen Grinsen, »seit wann kämpfst du eigentlich derartig für die Belange der Frauen? Ich kann mich an eine Zeit erinnern, in der du alles andere als begeistert darüber warst, daß ich meine Nase dauernd in Willys Angelegenheiten gesteckt habe.«

John grinste schuldbewußt. »Ja, ich weiß. Ich war damals ein heilloser Trottel. Aber über die Torheiten unserer Jugend haben wir uns ja schon ausführlich unterhalten, denke ich. Auf jeden Fall will ich bei Francesca nicht den gleichen Fehler machen. Und was Jeremiah betrifft – da glaube ich, daß er sich gar nicht bewußt ist, was er tut. Die Sache ist komplizierter, als du denkst, glaube ich. Du darfst nicht vergessen, daß er früher selber Jockey war, und zwar einer der weltbesten. Aber diesen Ruf hat er sich hart erkämpfen müssen. Auf der Rennbahn weht ein verdammt rauher Wind. Etwas in ihm möchte sicherlich Francesca vor diesem rauhen Wind schützen. Tja, und andererseits will er vielleicht einfach nicht wahrhaben, daß ein junges Mädchen genauso stark ist wie er, diese Kämpfe durchzustehen. Und Francesca wird Kämpfe zu bestehen haben, davon kannst du ausgehen.«

»Meinst du wirklich, daß wir unfair zu ihr gewesen sind?« fragte Devon betroffen.

»Vielleicht nicht unfair, aber ... blind. Blind für ihr Können.«

Devon biß sich auf die Lippen. »Ich werde mit Jeremiah darüber reden«, antwortete sie entschlossen.

»Und jetzt mußt du unbedingt noch kurz einmal nach unten schauen, stimmt's?« John zwinkerte ihr zu.

»Ach du!« lachte sie kokett, sprang von ihrem Sitz auf und zog ihn mit sich.

Lachend ließ er sich aus der Loge führen und ging Hand in Hand mit ihr hinunter zur Rennbahn. Auf dem Weg dorthin genoß er voller Stolz die bewundernden Blicke der Männer, die sich nach seiner schönen Frau umdrehten. Wie immer bei bedeutenden Rennen trug sie ein Ensemble in Willowbrooks Farben – schwarz und scharlachrot. Über den schmal geschnittenen roten Rock fiel ein farblich passendes dreiviertellanges Jackett mit rundem Ausschnitt. Dazu hatte sie einen breiten schwarzen Schal mit dicken roten Punkten um ihren schlanken Hals geschlungen, der ihr bis auf die Hüften fiel und beim Gehen wie eine Schärpe hinterherwehte. Ihren Kopf krönte ihr Markenzeichen: ein schwarzer Strohhut mit rotem Band, dazu trug sie rote Stöckelschuhe mit gewagt hohen Absätzen.

Schon von weitem sah sie, daß irgend etwas los war. Jeremiah stand am Sattelplatz und redete wild gestikulierend mit besorgtem Gesicht auf zwei seiner Jockeys ein.

»Was gibt's denn?« rief sie ihm zu, als John und sie die drei erreichten.

Erleichterung breitete sich in Jeremiahs Gesicht aus. »Devon! Gut, daß du kommst! Ich wollte gerade jemanden nach dir schicken.«

»Was gibt's denn?« wiederholte sie beunruhigt.

»Majors hat einen Unfall gehabt. Er fällt für das heutige Rennen aus!«

»Was?!« schrie Devon entgeistert. Sie rang nach Luft.

»Ja. Ein Autounfall auf dem Weg hierher.«

»Ist er schwer verletzt?« fragten Devon und John wie aus einem Munde.

»Nein, nichts Dramatisches«, beruhigte sie Jeremiah. »Er hat sich einen Arm gebrochen. Aber auf jeden Fall kann er heute nicht reiten.«

Alles Blut wich aus Devons Gesicht. Einen Moment lang befürchtete sie, ohnmächtig zu werden. Warum um Himmels willen mußte das gerade heute, an einem so wichtigen Tag passieren?! Dieser gottverdammte Majors! Warum mußte er auch partout immer im Waldorf absteigen? Ab heute hatten ihre Jockeys an der Rennbahn zu wohnen, fertig, aus! Sie würde es in den Vertrag schreiben. Wenn sich die Zeiten änderten – na schön, aber dann änderte sie sich auch! Ab jetzt würde sie nur noch Einzelverträge abschließen, mit jedem Jockey, für jedes Rennen neu. Aber das waren ehrenwerte Entschlüsse, die ihr jetzt nicht aus der Patsche halfen. Sie warf einen Blick auf die beiden Jockeys, die neben Jeremiah standen. Beides waren blutige Anfänger, die würde sie niemals die Belmont-Stakes reiten lassen.

»Denkst du daran, worüber wir gerade eben geredet haben?« flüsterte John ihr ins Ohr.

Devon fuhr herum. »Das ist doch wohl nicht dein Ernst! Nicht bei einem solchen Rennen! Das ist ganz und gar unmöglich!« Sie winkte Jeremiah zu sich. »Komm, wir müssen in Ruhe reden!« stieß sie hektisch hervor. Zu dritt gingen sie ein paar Schritte abseits, um die Lage zu besprechen. Sie bat John mit Absicht dazu, denn sie wollte nicht wieder den Fehler begehen, ihn aus ihrer Welt so auszuschließen, wie sie es früher getan hatte.

»Was schlägst du vor?« fragte sie den Trainer.

Hilflos zuckte Jeremiah die Achseln. »Alle guten Leute sind bereits besetzt. Uns bleibt nichts anderes übrig, als uns von der Liste streichen zu lassen.«

»Und die Chance zu vergeben, die Triple-Crown zu holen? Niemals!« Erregt stampfte sie mit dem Fuß auf.

»Na ja, Luccioni ist der Beste von allen«, murmelte Jeremiah. »Aber die Triple-Crown-Strecke ist extrem lang – fast zweieinhalb Kilometer. Und auf Langstrecken ist er nun mal nicht besonders.«

»Meinst du, daß Francesca es packen könnte?« schaltete sich John in das Gespräch ein.

Devon warf ihm einen entnervten Blick zu. Es mochte ja durchaus sein, daß sie und Jeremiah die Fähigkeiten ihrer Tochter bisher unterschätzt hatten – aber hier ging es um die Triple-Crown, verdammt noch mal!

Doch Jeremiah schien Johns Vorschlag wider Erwarten ernstlich zu erwägen! Nachdenklich kratzte er sich am Kopf. »Hab' ich dir erzählt, daß sie mit King of Hearts kürzlich den Bahnrekord gebrochen hat?« wandte er sich an Devon.

»Jaa«, antwortete Devon gedehnt. »Aber womöglich haben sich die anderen bewußt zurückgehalten.«

»Aber das ändert ja nichts daran, daß sie einen neuen Bahnrekord aufgestellt hat«, gab der Trainer zu bedenken.

Stirnrunzelnd schaute sie ihn an. »Meinst du allen Ernstes, daß sie es packen könnte?«

»Sie ist doch ganz wild darauf! Na gut, das sind letztlich alle«, versetzte Jeremiah. »Aber sie hat eindeutig die besten Voraussetzungen.« Bedächtig nickte er mit dem Kopf. »Ich bin selbst die Strecke oft genug geritten, und ich kann dir sagen – so eine Herausforderung, die spornt dich zu Höchstleistungen an!«

»Aber hat sie denn überhaupt die Ausdauer, so eine lange Strecke durchzustehen?« fragte Devon.

»Ausdauer? Die hat mehr Ausdauer als all die Jungs miteinander! Deshalb ist sie ja gerade auf Langstrecken so gut. Aber sie hat vor allem etwas anderes – sie hat Feuer im Hintern!«

Ein düsterer Schatten fiel über Devons Gesicht. Sie wußte – wenn ihre Tochter diese Chance bekäme, dann würde sie alles auf eine Karte setzen. Francesca würde jedes Risiko eingehen, jedes! Sie würde sich in Gefahr bringen. Natürlich zeichnete gerade diese Risikobereitschaft einen guten Jockey aus. Aber hatte sie die Reife, trotz allen Wagemuts einen klaren Kopf für den Ernst der Situation zu behalten?

»Irgendwann mußt du ihr einfach mal die Chance geben«, sagte John leise. »Und warum nicht jetzt, wo du nichts zu verlieren hast?«

»Nichts zu verlieren?!« brach es aus Devon heraus. »Hast du Morgan ganz und gar vergessen?«

Betroffen schwiegen Jeremiah und John. Und auch Devon brachte für einen Augenblick kein Wort mehr heraus. Ihr letzter Satz war wie ein Pfeil, der alle drei in eine schwärende Wunde getroffen hatte.

John war der erste, der die Sprache wiederfand. »An dem Tag, an dem du dich dazu durchgerungen hast, ihr zu erlauben, daß sie Jokkey wird, bist du auch dieses Risiko eingegangen, Devon!« sagte er leise, aber bestimmt. »Und dazu mußt du jetzt stehen! Du kannst ihr nicht jetzt, nachdem sie vier Jahre lang wie eine Besessene auf dieses Ziel hingearbeitet hat, eine Chance versagen, nur weil du Angst um sie hast, so verständlich diese Angst auch ist!«

Verzweifelt blickte Devon zu Jeremiah, flehte ihn mit ihren Augen geradezu an, doch irgendeinen Grund zu nennen, warum es für ihre Tochter vielleicht *doch* noch nicht gut wäre, die Belmont-Stakes zu reiten. Doch ihr alter Freund, ihr langjähriger Verbündeter, ließ sie diesmal im Stich. »John hat recht«, sagte er lapidar.

Devon fuhr auf dem Absatz herum und warf einen Blick auf die Rennbahn. Im Moment war sie noch leer. Doch in ihrer Vorstellung verwandelte sich die Bahn in einen winterlichen, verschneiten Reitpfad. Den Pfad, auf dem Morgan zu Tode gekommen war. Devon schauderte.

Dann spürte sie, wie John ihr seine starken Hände auf die Schulter legte und sie langsam wieder zu sich und Jeremiah herumdrehte. Schweiß lag auf ihrer Stirn. Sie hatte das Gefühl, aus einem Alptraum zu erwachen.

»Francesca ist eine hervorragende Reiterin«, sagte er mit sanfter und doch fester Stimme. »Und ich schwöre dir – sie ist reif genug, die Gefahren richtig abzuschätzen.« Er beugte sich über sie und gab ihr einen zarten Kuß auf die Stirn.

Devon nickte wie benommen. Sie wandte sich an Jeremiah. »Dann gehen wir am besten gleich zu ihr und sagen ihr es.«

Francesca war größer als all die anderen Jockeys neben ihr, doch ihr jugendliches Gewicht von fünfzig Kilo hatte sie gehalten. Und die paar Zentimeter, um die sie ihre Kollegen überragte, gaben ihr zusätzliches Selbstbewußtsein. Mal ganz abgesehen von King of Hearts natürlich. Er ist der tollste Vollblüter aller Zeiten, dachte sie stolz. Wie lange schon hatte sie darauf gewartet, eines der bedeutenderen Rennen zu reiten, aber daß es die Belmont-Stakes sein würden, das hatte sie in ihren kühnsten Träumen nicht zu hoffen gewagt!

Sie warf einen Blick auf die anderen Jockeys links und rechts von ihr. Ihre Startposition war günstig – die zweite Bahn von innen. Das eigentliche Problem, das jetzt vor ihr lag, war, King of Hearts lange genug zurückzuhalten, damit er sich nicht verausgabte und noch genügend Energien für den Endspurt übrig hatte. Der Hengst war ein Schnellstarter, so wie sie letztlich auch. Aber für so eine lange Strecke war das die absolut falsche Taktik. Nein, sie würde sich peinlich genau an die Anweisungen Jeremiahs und ihrer Mutter halten, würde ihnen beweisen, daß sie kein ungestümer Hitzkopf mehr war. Die beiden zweifelten im Grunde daran, daß sie das Zeug dazu hatte, das Rennen zu gewinnen, das hatte sie deutlich gespürt, auch wenn sie es ihr nicht offen gezeigt hatten. Sie unterschätzten sie, wollten aus irgendwelchen Gründen nicht wahrhaben, wie gut sie inzwischen geworden war. Aber sie würde es ihnen zeigen! Ihnen und der ganzen Familie. Als vor ein paar Stunden die Entscheidung gefallen war, daß sie, Francesca, die Belmont-Stakes für Willowbrook reiten würde, hatte man in aller Eile Laurel und Alice angerufen, ob sie bei diesem bedeutenden Ereignis nicht doch mit dabei sein wollten. Und die beiden alten Damen hatten sich natürlich sofort in Schale geworfen und sich schnellstens nach Belmont chauffieren lassen.

Francescas Nerven waren zum Zerreißen gespannt, sie war wie elektrisiert, was sich unmittelbar auf King of Hearts übertrug. Wie ein Teufel war er aus der Box gefahren, als man ihn in die Startposition führte. Und jetzt hatte Francesca alle Hände voll zu tun, ihn im Zaum zu halten, so gierte er danach, endlich loszupreschen. Schweiß lief ihr die Achseln hinunter, noch bevor das Rennen überhaupt begonnen hatte. Und auch King of Hearts stand bereits der Schaum vorm Maul. Es war, als wüßte er, daß dies auch für ihn, King of Hearts, das bedeutendste Rennen seiner Karriere wäre!

Der Startschuß fiel, doch Francesca nahm ihn kaum war. Sie sah nur, wie die Gatter aufflogen und King of Hearts sich aufbäumte. In wildem Galopp raste er los, lag sofort an der Spitze. Aber sie mußte ihn zurückhalten! Schon war ihr schärfster Konkurrent links auf der Innenbahn neben ihr, der Mann, der als der derzeit weltbeste Jockey angesehen wurde. Auch er hielt seinen Hengst, Dragon Slayer, zurück, kam aber extrem nahe an sie heran, um sie unter Druck zu setzen. Von rechts versuchte ihr Nebenmann, sie nach innen an die Rennbahnabsperrung zu drängen. Verzweifelt suchte Francesca nach einem Ausweg. Sie hatte sich einen ganz genauen Plan für die Strecke zurechtgelegt, war im Geiste Hunderte von Malen bei ihren täglichen Trainingsläufen mit King of Hearts entlanggaloppiert. Doch die Reaktionen ihrer Konkurrenten hatte sie dabei natürlich nicht vorhersehen können. Und mit denen mußte sie jetzt fertig werden.

Sie nahm sofort Tempo zurück, um die beiden vorzulassen. Sollten sie ihren Zweikampf doch unter sich austragen! Der Mann auf der Innenbahn erfaßte jedoch gleich, was sie vorhatte, und fiel ebenfalls zurück. Doch Francesca war schneller. Sie nutzte den Bruchteil der Sekunde, in dem sich zwischen ihren beiden Konkurrenten ein Schlupfloch auftat und preschte sofort hindurch. Jetzt hatte sie die beiden abgehängt. Mit festem Blick nahm sie die Bahn vor sich ins Visier, schaute konzentriert zwischen den Ohren ihres Hengstes hindurch. Noch hielt sie sich zurück. Noch holte sie ihre Ernte nicht ein.

Sie sah nicht, aber sie spürte, daß Dragon Slayer hinter ihr schon wieder aufholte. Im Moment lag sie an vierter Stelle, aber um die drei Pferde vor ihr brauchte sie sich keine Sorgen zu machen – sie waren keine wirkliche Bedrohung für sie. Dragon Slayer war ihr Hauptgegner, und auf den hatte sie sich zu konzentrieren. Der schwarze Hengst lag jetzt bereits Kopf an Kopf mit ihr. Wieder setzte er sie von links unter Druck, aber diesmal schlug Francesca zurück. Gerade in einer äußerst gefährlichen, weil engen Kurve der Bahn drängte sie nach links und zwang ihn so, vor ihr auszuweichen, so daß er kostbare Sekunden verlor. Ein zweites Mal hatte sie ihn abgehängt. Und jetzt legte sie los. Sie ließ King of Hearts die Zügel, und wie ein von Ketten befreiter Gefangener stürmte er voran. Den Rest brauchte sie jetzt fast nur noch ihm zu überlassen. Sie wußte – wenn King of Hearts irgend etwas nicht mochte, dann waren es Pferde, die vor ihm lagen! Ihre Aufgabe war es jetzt, eine sichere Position in der Innenbahn zu halten, während King of Hearts das seine tat – die Pferde von der Strecke zu fegen. Dicht hielt sie sich an der Bahnabsperrung, aber auch wieder nicht zu dicht, um in der Kurve nicht abbremsen zu müssen.

»Sie schafft es, sie schafft es!« schrie Devon enthusiastisch. Ihre Finger umklammerten das Fernglas. Sie lehnte sich weit über die Brüstung ihrer Loge, um Francesca noch besser in den Blick zu bekommen. Wie sie ihre Tochter bewunderte! Wie genial hatte sie ihren Hauptkonkurrenten gerade abgehängt! Nachdem bekanntgegeben worden war, daß nicht Kelly Majors, sondern Francesca Somerset-Smith Willowbrooks Starhengst reiten würde, hatten viele ihre Wetteinsätze von King of Hearts zurückgenommen und statt dessen auf andere Pferde gesetzt. Denen werden wir's schon zeigen, dachte Devon grimmig. Wie stolz sie war! All ihre Befürchtungen waren vergessen.

Dann, wie wenn vor ihren Augen ein alter Film aus ihrem Leben abgespult würde, sah sie plötzlich ein wildes Durcheinander von bunten Jockey-Trikots. Ein Pferd lag am Boden! Es war das, das bisher die Spitze gehalten hatte. Seinen Reiter hatte es an die Bahnabsperrung geschleudert. Die Strecke war ein einziges Chaos. Das folgende Pferd stolperte über das am Boden liegende, und ein weiterer Jockey flog wie ein bunter Farbklecks durch die Luft.

Wo war Francesca? »Francesca!« schrie Devon mit gellender Stimme und lehnte sich voller Verzweiflung noch weiter über die Brüstung. Und da kam sie! King of Hearts segelte wie ein geübtes Jagdpferd mit ungeahnter Lässigkeit über den Haufen von gestrauchelten Pferden und am Boden liegenden Jockeys, als wären sie für ihn nicht das geringste Hindernis. Jetzt hatte King of Hearts die Führung übernommen! Doch Dragon Slayer, dessen Jockey wie wild mit der Peitsche auf ihn einschlug, hatte die Klippe ebenso gekonnt umschifft und lag jetzt Kopf an Kopf mit Willowbrooks Starhengst. Wieder bedrängte er King of Hearts, doch diesmal konterte Francesca nicht, sondern ließ sich von ihm noch näher an die Absperrung treiben. Erst als sie die Kurve erreichten, holte sie zum Gegenschlag aus. In einer unvorstellbar waghalsigen Aktion preschte sie frontal auf Dragon Slayer zu und schnitt ihm den Weg ab, so daß er ihr ausweichen mußte, um einen Zusammenstoß zu vermeiden. Jetzt hatte Francesca ihn wieder hinter sich, und jetzt machte auch sie von der Peitsche Gebrauch.

Sie lag in Führung! Die Ziellinie war in greifbarer Nähe. Dicht hinter sich hörte sie das Trappeln von Dragon Slayers Hufen. Er holte auf. Kam immer näher! Jetzt war er an ihrer Seite, sie sah bereits seine schaumbedeckten Lefzen, jetzt seine Ohren neben sich. Sie mußte nun alles wagen. Tief duckte sie sich an King of Hearts Hals, preßte die Arme an sich, um dem Wind so wenig Widerstand wie möglich entgegenzusetzen. Und dann gab auch King of Hearts sein Letztes. Seine Hufe donnerten, seine Lungen pumpten, und mit jedem Atemzug flogen seine Flanken hin und her. Wie ein Pfeil schoß er durch die Zielgerade. Sie hatten gewonnen. Gewonnen!

Um Francesca drehte sich alles wie ein buntes Karussell. Tränen der Freude und der Erschöpfung strömten ihr über das schmutzige Gesicht. Es dauerte mehrere Sekunden, bis ihr bewußt wurde, daß sie sich jetzt wieder aufrichten konnte und ihr Pferd langsam zur Ruhe kommen lassen mußte. Schreiend und jubelnd stand die Menge auf den Rängen. Man hatte damit gerechnet, daß King of Hearts das Rennen machen könnte. Aber nicht, wenn er von einer Frau geritten wurde. Begeistert applaudierte man ihr. »Bravo! Bravo!« rief es aus Hunderten von Kehlen.

Francesca schaute zur Tribüne hoch, suchte nach der Loge ihrer Mutter. Doch sie sah überall nur winkende Hände, strahlende Gesichter und wehende Fahnen. Und alles galt ihr, ihr, der Gewinnerin! Sie umrundete noch einmal die gesamte Bahn, ließ sich feiern wie ein Gladiator in der Arena. Dann trabte sie auf den Platz zu, an dem die Siegerehrung stattfinden würde. Eine Meute von Fotoreportern stürzte auf sie zu. King of Hearts wurde ein aus Rosen geflochtenes Hufeisen um den Hals gehängt. Das erste Pferd aus dem Willowbrook-Stall, das die Triple-Crown holte! Geritten von einer Frau! Trainiert von ihr und einem schwarzen Cheftrainer! Und die Eigentümerin war ebenfalls eine Frau!

Und dann bahnten sich diejenigen Menschen einen Weg durch die Reporterschar, die Francesca am meisten liebte: ihre Mutter, ihre Oma, John und Jeremiah, Alice.

Im Hintergrund erhaschte sie einen Blick auf Jesse, der ihr strahlend vor Begeisterung zuwinkte. Francesca wußte, daß er sich bestimmt mit einem Teil seiner Seele an ihre Stelle wünschte. Auch er hatte einst davon geträumt, Jockey zu werden, doch er hatte diesen Kindertraum aufgeben müssen. Jetzt hatte er etwas anderes gefunden, etwas, das ihm sicher viel wertvoller war. Aber Francesca hätte jetzt mit nichts und niemandem auf der Welt getauscht! Sie feierte ihren Sieg, den sie sich so hart erkämpft und verdient hatte!

Sie badete in der Bewunderung, die ihr die Menge entgegenbrachte. Immer wieder zuckten Blitzlichter auf, immer wieder hielt man ihr Mikrofone hin.

»Los! Ein Foto mit den Eltern!« schrie jemand. Und schon hatte man sie, Arm in Arm, zwischen John und Devon postiert. Die Apparate klickten, die Kameras surrten.

»Sie sind sicher sehr stolz auf Ihre Tochter, nicht wahr?« rief ein Reporter John zu.

»Das kann man wohl sagen!« antwortete der mit einem breiten Grinsen.

Doch die Zeitungsleute waren im Grunde nicht an John, sondern an Francesca interessiert, und so fand er sich schnell wieder in den Hintergrund gedrängt. Devon hatte sich bei ihm eingehängt, um ihn in dem Getümmel nicht zu verlieren.

»Komm, wir gehen!« rief sie mit erhobener Stimme, um den Lärm um sie herum zu übertönen. »Wir sind hier überflüssig! Das ist jetzt Francescas Stunde!«

Er nickte, und so schlenderten sie in ihre Loge zurück, die jetzt leer und verwaist lag. Von hier aus hatten sie einen guten Überblick über das Geschehen unten auf der Rennbahn und waren dennoch ungestört.

John öffnete eine Flasche Champagner und schenkte zwei Gläser ein. »Der erste Toast geht auf Francesca!« sagte er lächelnd und stieß mit Devon an. »Ich war vielleicht stolz, daß alle mich für ihren Vater gehalten haben!« gestand er strahlend.

Voller Liebe schaute Devon ihn an. »Und sie sieht in dir auch ihren Vater!«

»Ja«, erwiderte er leise, »ich bin sehr glücklich darüber!« Sie schwiegen beide eine Zeitlang und hingen ihren Gedanken nach. »Ach«, seufzte John nach einer Weile, »wenn ich an all die Jahre denke, die wir versäumt haben …«

»An der Vergangenheit ist nichts mehr zu ändern«, antwortete Devon mit sanfter Stimme. Lächelnd hielt sie ihr Glas hoch, so daß der Champagner im Sonnenlicht funkelte, und blickte ihrem Mann tief in die Augen. »Laß uns statt dessen auf unsere Zukunft trinken!«